Über die Autorin:
Sabine Ebert wurde in Aschersleben geboren, ist in Berlin aufgewachsen und studierte in Rostock Lateinamerika- und Sprachwissenschaf-
ten. In ihrer langjährigen Wahlheimat Freiberg arbeitete sie als Jour-
nalistin und verfasste mehrere Sachbücher. Aus Passion für sächsische
und deutsche Geschichte begann sie, historische Romane zu schreiben, die allesamt zu Bestsellern wurden. Eigens für die Arbeit an
ihrem Roman über die Völkerschlacht und die Fortsetzung zog sie
nach Leipzig und wurde in der Messestadt schnell heimisch.

SABINE EBERT

1815

BLUTFRIEDEN

ROMAN

Besuchen Sie uns im Internet:
www.knaur.de

Besuchen Sie auch die Autorin im Internet:
www.sabine-ebert.de

Vollständige Taschenbuchausgabe Oktober 2016
Knaur Taschenbuch
© 2015 Knaur Verlag
Ein Imprint der Verlagsgruppe
Droemer Knaur GmbH & Co. KG, München
Alle Rechte vorbehalten. Das Werk darf – auch teilweise –
nur mit Genehmigung des Verlags wiedergegeben werden.
Die Nutzung unserer Werke für Text- und Data-Mining
im Sinne von § 44b UrhG behalten wir uns explizit vor.
Ein Projekt der AVA International GmbH
Autoren- und Verlagsagentur
www.ava-international.de
Redaktion: Kerstin von Dobschütz
Covergestaltung: ZERO Werbeagentur, München
Coverabbildung: FinePic®, München/© akg-images
Satz: Wilhelm Vornehm, München
Druck und Bindung: GGP Media GmbH, Pößneck
ISBN 978-3-426-51020-9

2 4 5 3

»Haben grandiosen Sieg errungen!
Feind vernichtend geschlagen.«

Friedrich Wilhelm III., König von Preußen,
während der Siegesparade in Leipzig am 19. Oktober 1813

»Ich sorge dafür, dass der Weg nach Westen
frei gehalten wird.«

Franz I., Kaiser von Österreich, in einem geheimen Brief an
seinen Schwiegersohn Napoleon vom 17. Oktober 1813

»Ich komme wieder! Im Frühjahr kehre ich mit zweihundertfünfzigtausend Mann über den Rhein zurück.«

Napoleon Bonaparte auf dem Rückzug nach der
Niederlage von Leipzig am 19. Oktober 1813

»In Leipzig fand ich ungefähr zwanzigtausend
verwundete und kranke Krieger aller Nationen.
Die zügelloseste Phantasie ist nicht imstande,
sich ein Bild des Jammers in so grellen Farben auszumalen, wie ich es vorfand.«

Johann Christian Reil, Arzt, an den Freiherrn vom Stein
am 26. Oktober 1813

»Die Leichen lagen in Haufen zu Hunderten
aufgetürmt.«

Johann Daniel Ahlemann, Totengräber von Leipzig

»Der König von Preußen wird König von Preußen
und Sachsen sein, wie ich Kaiser von Russland
und König von Polen sein werde.«

Zar Alexander von Russland 1814 auf dem Wiener Kongress

Prolog

Drei Tage nach der mörderischen Schlacht rannte eine Frau über den Leipziger Marktplatz und schrie gellend: »Sie schlagen die verwundeten Franzosen tot, sie schlagen die Schwerverletzten tot!«

Die Menschen erstarrten.

Da schritt ein kräftiger Mann auf sie zu und presste seine Hand auf ihren Mund.

»Sei ruhig, gute Frau!«, sagte er mit tiefer Stimme. »Niemand erschlägt niemanden. Niemand könnte je einen solchen Befehl erteilen, niemand wird es je bestätigen, und niemand spricht darüber. Sie erlösen die, denen sonst furchtbare Qualen bis zu ihrem unvermeidlichen Tod bevorstünden. Ein Akt der Gnade in schlimmster Not. Doch es ist nie geschehen, verstehst du? Nun geh nach Hause und schweig still wie wir alle!«

Und dann an alle: »Das hier gerade ist nie geschehen.«

ERSTER TEIL

NACH DER SCHLACHT

Der Irrtum des Königs

Leipzig, Quartier des sächsischen Königs am Markt
im Apelschen Haus, 19. Oktober 1813

Stocksteif mit weißer Perücke, in rot-gelber Galauniform mit silbernen Epauletten, beäugte der König von Sachsen die Siegesparade der Alliierten auf dem Leipziger Marktplatz durchs Fenster und verstand die Welt nicht mehr.

Wieso ritt nicht *er* dort an der Seite des Zaren, des Kaisers von Österreich und des preußischen Königs und ließ sich mit ihnen vom Volk feiern? Von *seinem* Volk, wohlgemerkt! Dem seine Abwesenheit nicht einmal aufzufallen schien.

Kein einziger Ruf nach ihm erscholl in all dem Jubel, kein entrüsteter Aufschrei der Sachsen, wo denn ihr geliebter König bliebe! War er seinem Volk in fast fünfzigjähriger Regentschaft nicht immer ein guter Vater gewesen? Den Weisen nannten sie ihn, den Gerechten. Hatten ihn nicht auch die Leipziger stets inbrünstig gefeiert?

Doch jetzt jubelten sie den Österreichern und Russen zu, sogar den Preußen und den wilden Reiterstämmen, die der Zar aus den entlegensten Gegenden seines Reiches mitgebracht hatte.

Weder rief *sein* Volk nach ihm, noch kam ein Gesandter der alliierten Herrscher, um sich alleruntertänigst für das Versehen zu entschuldigen und ihn umgehend an die Seite der Majestäten zu bitten. Unfassbar!

Nein, Friedrich August von Sachsen, ein Mann von dreiundsechzig Jahren, verstand das alles nicht.

Seine Kopfhaut juckte und brannte unter der Perücke,

Schweißperlen bildeten sich auf seiner Stirn, das Atmen fiel ihm immer schwerer in dem eng geschlossenen Uniformrock mit den großen Orden.

Als einzige Erleichterung gestattete er sich, kurz mit dem Finger unter den hohen Stehkragen zu fahren, um sich etwas Luft zu verschaffen und das lästige Kratzen der Gold- und Silberstickereien am Kinn zu lindern. Wenigstens für einen Augenblick. Einen Knopf zu öffnen oder das seidene Halstuch zu lockern kam nicht in Frage.

Er war ein König!

In dem prächtigsten Raum des Apelschen Hauses weilten außer ihm mehr als ein Dutzend Personen: seine Gemahlin, seine Tochter, die engsten Berater, Bedienstete. Doch niemand sagte ein Wort, solange er sich nicht regte. Und so starrte Friedrich August von Sachsen weiter durch das Erkerfenster der Beletage und versuchte, die Welt zu verstehen, die ihm gerade vollends entglitt.

Die Alliierten konnten ihm doch nicht ernsthaft vorwerfen, dass er aus der Not heraus ein Bündnis mit Napoleon eingegangen war. Das hatten sie doch alle getan, bis sie sich früher oder später daraus lösen konnten! Und er hatte sich eben *heute Morgen* aus diesem Bündnis gelöst, vor exakt vier Stunden!

Neun Uhr früh war es, die Russen, Preußen und Österreicher bereiteten schon den Sturm auf die Stadt vor, da stand er mit Napoleon Bonaparte an diesem Fenster und lehnte heldenhaft dessen Aufforderung ab, ihn bei seinem geordneten Rückzug nach Erfurt zu begleiten.

Seinen treuesten Verbündeten wolle er in Sicherheit wissen, schmeichelte Bonaparte. Außerdem sei es für Sachsens Herrscher besser, bei den Verhandlungen mit den Alliierten an der Seite des Kaisers der Franzosen zu stehen. Schließlich verfüge er, Napoleon, selbst nach der misslich verlaufenen Leipziger Schlacht immer noch über eine furchtgebietende Armee.

Dass von geordnetem Rückzug keine Rede sein konnte, sah der König sogar vom Fenster aus. Leipzig war zum Inbegriff des Chaos geworden. Zehntausende Soldaten der Grande Armée versuchten verzweifelt, durch die von Menschen, Pferden, Trainwagen und Geschützen verstopften Straßen zu entkommen – vergeblich.

Deshalb hatte er mit vor Pathos zitternder Stimme geantwortet: »Mein Platz ist bei meinem Volke.«

Seine wahren Gründe für diese Entscheidung angesichts von dreihunderttausend Mann feindlicher Truppen, die Leipzig jeden Moment im Sturm einnehmen konnten, behielt Napoleons »treuester Verbündeter« für sich.

Friedrich August von Sachsen war nie auf einem Schlachtfeld gewesen. Das überließ er seinen Militärs. Doch dass die Grande Armée hier in Leipzig eine vernichtende Niederlage erleiden würde, war spätestens seit gestern Abend klar, als für die Alliierten weitere einhunderttausend Mann Verstärkung eintrafen. Napoleon hatte die Situation längst erkannt und schon *vorletzte* Nacht sein wertvollstes Gepäck und die ersten seiner Eliteeinheiten aus der Stadt abziehen lassen.

Bis gestern hatte der sächsische König noch fest an den Sieg Napoleons geglaubt. Doch nun musste er sich schleunigst von ihm lossagen und die Alliierten überzeugen, dass er auf *ihrer* Seite stand.

Schließlich war der größte Teil seiner Armee gestern zu den Verbündeten übergelaufen! Zwar ohne Erlaubnis ihres Königs und zu seiner maßlosen Enttäuschung. Aber diesen Seitenwechsel konnte er als Argument zu seiner und zu Sachsens Rettung anführen.

Erleichtert beobachtete er vom Fenster aus, wie der Kaiser, bevor er mit einem Pulk von Marschällen und Generälen davonritt, dem Sächsischen Leibgrenadierregiment zum Abschied zurief: »Behütet euren König gut!«

Wenig später musste die königliche Familie ins Kellergewölbe flüchten. Kugelhagel, Kanonendonner, Rauchwolken und durchdringende Schreie kündeten vom Vorrücken der Alliierten. Beobachter meldeten, dass die ersten feindlichen Truppen durchs Hallesche und Grimmaische Tor in die Stadt einzudringen versuchten. Gegen Mittag ließ eine gewaltige Explosion die Fensterscheiben klirren.

»Euer Königliche Majestät, die Elsterbrücke ist zerstört, der letzte Ausweg aus der Stadt!«, berichtete atemlos der Generaladjutant von Bose, den der König als Beobachter auf dem Turm der Thomaskirche postiert hatte. »Damit sind dreißigtausend französische Soldaten in Leipzig eingeschlossen!«

Die Militärs im Raum zogen angesichts dieser Schreckensnachricht scharf die Luft ein, denn sie verhieß ein fürchterliches Blutbad – und weitere tausende Verwundete und Gefangene, für die es weder Proviant noch ärztliche Hilfe gab.

»Die Alliierten haben die Stadt eingenommen«, fuhr, immer noch schwer atmend, der Generaladjutant fort. »Die Kaiserlichen und Königlichen Majestäten werden gleich auf den Markt reiten, wo sich das Volk sammelt, um sie zu bejubeln.«

Mit einem Blick befahl der König den Kammerdiener zu sich, um sich die letzten Körnchen Staub und Mörtel von der Uniform bürsten zu lassen, die im Kellergewölbe während des Beschusses auf ihn herabgerieselt waren.

Beklommen lauschte er auf den Lärm von draußen: Schüsse, Schreie, Waffenklirren, qualvoll wiehernde Pferde.

Dann folgte ein Moment gespenstischer Stille, der dem König einen eiskalten Schauer über den Rücken jagte. Rasch bekreuzigte er sich.

Und plötzlich Jubelschreie, tausendstimmige Hochrufe auf die Befreier. Auf Zar Alexander, auf Blücher, auf König Friedrich Wilhelm von Preußen, auf Kaiser Franz von Österreich und Kronprinz Karl Johann von Schweden. Sie mussten also schon ganz in der Nähe sein.

Der König straffte sich, bat in Gedanken um Gottes Beistand und trat vor die Tür des Apelschen Hauses.

Sein Leibgrenadierbataillon hielt Wache vor dem Quartier der königlichen Familie. Es war gestern von Napoleon persönlich herkommandiert worden. Weniger aus Sorge um den König, sondern um die Peinlichkeit zu verhindern, dass auch noch die sächsischen Garden zum Feind überliefen.

Auf Kommando des Majors von Dreßler erwiesen die Leibgrenadiere ihrem König die Ehrenbezeugung. Zögernd trat der Monarch einen Schritt vor.

Über dem Markt hing der beißende Geruch von Schießpulver, hinzu kam eine abstoßende Mischung von anderen Ausdünstungen: Blut, Verwesung, Exkremente.

Angewidert ließ sich der König ein Riechfläschchen geben.

Aus dem Augenwinkel konnte er erkennen, dass sich polnische Offiziere neben seinem Regiment aufreihten. Da Napoleon die Stadt verlassen hatte und sich das Gerücht wie ein Lauffeuer verbreitete, Fürst Poniatowski sei bei der Sprengung der Elsterbrücke gefallen, unterstellten sie sich direkt seinem Kommando als Herzog von Warschau.

Friedrich August sah den Kronprinzen von Schweden auf sich zureiten. Erleichtert atmete er auf und verlangte nach seinem Pferd. Dieser Mann war einmal Marschall von Frankreich gewesen, er würde ihn zur Siegesparade holen!

Karl Johann von Schweden, mit bürgerlichem Namen Bernadotte, begrüßte den im Eingang des Hauses stehenden sächsischen König mit einem höflichen Nicken.

Das Anschwellen des Jubels veranlasste den schwedischen Thronfolger, sich umzudrehen. Als er den Zaren und den preußischen König sah, wendete er seinen Schimmel und folgte ihnen. Nun ritt Kaiser Franz von Österreich an die Seite von Alexander und Friedrich Wilhelm. Erneut flammte euphorischer Jubel auf.

Und ich?, fragte sich Friedrich August fassungslos. Wieso

bitten sie mich nicht zu sich? Hätte ich ihnen etwa entgegen-
gehen sollen? Zu Fuß? Während sie zu Pferde sitzen? Nein,
das wäre zu entwürdigend.

Ich bin ein König!

Ratlos verharrte der sächsische Monarch. Doch da ihn tatsächlich niemand zur Siegesparade einlud, entschloss er sich,
wieder über die prachtvoll geschwungene Treppe hinauf in
die Beletage zu steigen. Keiner der Herrscher hatte ihn auch
nur eines Blickes gewürdigt. Starr schauten sie an ihm vorbei,
als wäre er Luft.

Sie werden jemanden schicken, der mich zu ihnen bittet,
dachte er unablässig. Etwas anderes war für ihn völlig unvorstellbar.

Der Preis des Sieges

Leipzig, Thomaskirche, 19. Oktober 1813

Benommen blinzelte der junge preußische Premierleutnant Maximilian Trepte in das Innere der Thomaskirche. Es war, als würde er durch die schwere Holztür eine
andere, düstere Welt betreten.

Draußen strahlte die Sonne; das schien wie ein Wunder nach
den Stürmen und eisigen Regenschauern der letzten Tage. Als
wollten auch die himmlischen Mächte der Siegesparade Glanz
verleihen, die keine zweihundert Schritt von ihm entfernt
stattfand.

Auf dem Marktplatz jubelten tausende Menschen, Wild-
fremde lagen sich in den Armen, weil sie noch lebten und ihre
Stadt noch stand. Hübsche Mädchen warfen abgekämpften
Männern in zerrissenen Uniformen Herbstblumen und
Kränze aus Eichenlaub zu. Und für diesen Augenblick des

Triumphes schienen auch die Soldaten alle Qualen und Schrecknisse des Krieges vergessen zu haben: den Hunger, die Strapazen der endlosen Märsche, den Tod ihrer Gefährten, die Furcht, als Nächster von einer Kugel verwundet oder getötet, von einem Säbel verstümmelt oder einem Bajonett durchstochen zu werden.

Sie hatten gesiegt in einer viertägigen Schlacht nie da gewesenen Ausmaßes, mit mehr als einer halben Million Kämpfern. Sie hatten den gefürchtetsten Feldherrn ihrer Zeit in die Flucht getrieben.

An der Tür konnte Maximilian Trepte noch die Hochrufe und die Musik vom Marktplatz hören. Doch im nächsten Atemzug wurden sie aufgesogen von dem Grauen in der Kirche, die Leipzigs Hauptlazarett geworden war.

Der beißende Gestank nach Fäulnis, Blut, Erbrochenem und Exkrementen war die erste, alle Sinne betäubende Wahrnehmung an diesem Ort. Dann kamen die Schmerzensschreie, Flüche und verzweifelten Rufe um Hilfe. Doch erst nachdem sich seine Augen an das Dämmerlicht gewöhnt hatten, bot sich ihm das ganze Ausmaß des Elends dar.

Auf dem nackten, eiskalten Boden lagen Sterbende dicht gedrängt nebeneinander, fast alles Franzosen, Polen oder Rheinbündler: mit blutigen Verbänden oder offenen Wunden, Verstümmelungen jeder Art, ausgezehrt, vor Kälte zitternd oder im Fieber glühend, vor Schmerz wimmernd oder laut stöhnend. Maximilian Trepte kannte die katastrophalen Zustände in den Lazaretten dieses Menschen verschlingenden, nicht enden wollenden Krieges. Er war selbst im Frühjahr schwer verwundet worden und dem Tod nur knapp entronnen. Dieses hier gehörte zu den schlimmsten aller Lazarette, und der Anblick entsetzte ihn.

Vorsichtig half er dem verletzten Offizier zu Boden, den er hergebracht hatte, und rief laut durch das Kirchenschiff: »Wie viele Verwundete können Sie aufnehmen?«

Suchend schaute er sich nach einem Arzt um.

Da traf ihn wie ein Blitzschlag der Anblick eines vertrauten Gesichtes keine zehn Schritte entfernt. Eines, das er hier nie erwartet hätte.

Sie war es wirklich, direkt vor ihm: Henriette Gerlach, die er gut behütet bei ihren Verwandten in Freiberg wähnte!

Jene Henriette, die ihm im Mai das Leben gerettet hatte, die ihm auf seine Bitte eine Haarsträhne als Zeichen ihrer Zuneigung sandte. Deren Bild er seitdem immer wieder in Gedanken heraufbeschwor, damit es ihn in den dunkelsten Momenten des Krieges mit Licht erfüllte.

Dort kniete sie inmitten der Sterbenden, mit blutverschmierten Händen, noch zerbrechlicher als bei ihrer ersten Begegnung, tränenüberströmt. Und auf ihren Schoß gebettet der Kopf eines toten französischen Lieutenants.

Wieso ist sie hier? In der Stadt, um die bis eben noch die schrecklichste Schlacht seit Menschengedenken tobte?, fragte sich Maximilian entsetzt.

Und sein nächster, zorniger Gedanke: Wieso weint sie um diesen toten Franzosen? Um einen Feind!

Auch Henriette zuckte zusammen, als sie erkannte, wer vor ihr stand: Maximilian Trepte, der junge preußische Offizier, der ihr Herz berührt hatte, während sie ihn nach einer schweren Verwundung pflegte. Über dessen unerwartete Briefe aus dem Feld sie sich so freute, dass sie sie immer noch bei sich trug, obwohl sie fast ohne Habe nach Leipzig geflüchtet war. Der versprochen hatte, sie nach dem Krieg auf einen Ball zu führen.

Doch darauf durfte sie nicht mehr hoffen. Sie war verloren, ganz gleich was die Zukunft nach dem Sieg der Preußen, Russen, Österreicher, Schweden und Briten bringen mochte. Sie hatte ihre Unschuld verloren und galt damit nicht mehr als ehrbar. Gefallene Mädchen wurden aus dem Haus gejagt, wenn sich der Skandal nicht verheimlichen ließ. Sie würde eine Ausgestoßene sein, falls sich das herumsprach, und die gesellschaftliche Ächtung würde auch die Familie ihres Oheims treffen, die sie und ihren Bruder Franz nach dem Tod ihrer Eltern bei sich aufgenommen hatte. Um das zu verhindern, ging sie lieber freiwillig – mitten hinein in das größte Chaos des Krieges, wo niemand sich um ihr Schicksal scherte.

Und nun war auch noch Étienne tot, unter ihren Händen verblutet. Étienne de Trousteau, dessen ungeborenes Kind sie vor vier Tagen verloren und den sie sterbend unter den Verwundeten vor der Kirche gefunden hatte. Sie konnte nicht mehr tun, als ihm in seinen letzten Minuten etwas Trost zu spenden.

Behutsam ließ sie seinen Kopf zu Boden sinken und schlug den Mantel eines toten Marinegardisten über Étiennes blutigem Körper zusammen. Als wäre es ein Leichentuch. Dann wischte sie sich mit dem Ärmel die Tränen vom Gesicht und erhob sich mit klammen, hölzernen Bewegungen.

Der preußische Premierleutnant Trepte war nicht ihretwegen gekommen. Er hatte nach der Lage im Lazarett gefragt und brachte einen verwundeten Offizier.

Also nahm sie alle Kraft zusammen und ging ihm entgegen, vorsichtig zwischen den Verwundeten und Todgeweihten hindurchbalancierend, um auf niemanden zu treten.

Mager sieht sie aus, völlig erschöpft, dachte Maximilian bedrückt. Sein Zorn verflog und wich tiefem Mitgefühl. Bei ihrer Begegnung im Mai hatten ihn ihre klugen grünen Augen fasziniert. Jetzt war ihr Blick erloschen. Sie wirkte nicht mehr zerbrechlich, sondern zerbrochen.

Was trieb sie nur hierher?, fragte er sich voller Sorge. Wo und wie lebt sie? Ihr Kleid war zu dünn für diese Kälte, aus dem flüchtig zum Knoten hochgesteckten, hellbraunen Haar lösten sich Strähnen. Kein unverheiratetes Mädchen aus gutem

Hause gehörte allein irgendwohin, schon gar nicht an den Austragungsort einer Schlacht. Hatte ihr Oheim und Vormund, ein Freiberger Buchdrucker, sie etwa nach Leipzig verheiratet?

Oder hing ihre unerwartete Anwesenheit an diesem düsteren Ort mit dem toten französischen Lieutenant zusammen?

Im Freiberger Lazarett, beim schnellen Rückzug der Alliierten Anfang Mai, hatte Maximilian Trepte erlebt, wie aufopfernd Henriette für ihn und seine verwundeten Kameraden sorgte. Schon dafür liebte er sie, denn der Anblick schlimmster Kriegsverletzungen war ganz sicher nichts, das man einem siebzehnjährigen Mädchen aus behütetem Haus zumuten sollte. Und noch mehr liebte er sie für den Mut, bei ihnen auszuharren, bis die letzten Verwundeten evakuiert waren, obwohl die Feinde schon durch eines der Tore in die Stadt eindrangen.

Doch die Verzweiflung und Innigkeit, mit der sie den toten Franzosen gehalten hatte, ließen ihn argwöhnen, dass sie mehr als nur Fürsorge mit jenem Lieutenant verband.

Henriette ging Maximilian entgegen, ohne durch die geringste Regung zu verraten, dass sie ihn erkannte. Vielleicht erinnert er sich nicht mehr an mich, hoffte sie.

Er sah noch genau so aus, wie sie sein Bild immer wieder in Gedanken heraufbeschworen hatte; groß, schlank, dunkelhaarig, entschlossen, in der Uniform eines Preußischen Garderegiments.

»Der Erste Wundarzt wird Ihnen sagen, wie viele Ihrer Männer wir aufnehmen können«, brachte sie mit spröder Stimme heraus, noch während sie zwischen den Sterbenden hindurchstieg. Sie wies hinter sich zu dem Tisch, an dem ein Mann im blutbefleckten Kittel jemanden operierte, einen polnischen Ulanen der Uniform nach.

»Einen Augenblick, Herr Leutnant!«, rief der Wundarzt, der

nur kurz zu ihnen sah. »Ich komme, sobald ich die Kugel entfernt habe. Man hätte diesen Lancier gar nicht erst herbringen sollen, er wird nicht überleben!«, rügte er seine Helfer.

Hilflos zog Henriette die Schultern hoch.

»Es sterben fast alle, die hier sind«, erklärte sie Maximilian. »Wir haben kein Brot, kein Lagerstroh, keine Medikamente und vor allem nichts zum Verbinden.«

Sie kniete sich neben den verwundeten preußischen Offizier, den der Premierleutnant gegen eine Säule gelehnt hatte. Er mochte Mitte vierzig sein, mit schweißnassem braunem Haar und totenbleich. Sein Stiefelschaft war zerfetzt, Blut rann aus mehreren Wunden. Ein großes, unregelmäßig geformtes Metallstück hatte sich ihm tief in den Unterschenkel gebohrt, dicht unter seinem Knie saßen noch weitere Splitter. Henriette schnitt das Leder auf, um die Wunden zu begutachten.

»Unser Stabskapitän von Wilhelmsen. Es erwischte ihn, als wir in Probstheida unter Beschuss standen. Der Feldchirurg ist selbst verletzt, und die Helfer wollten amputieren«, erklärte Maximilian Trepte. »Aber wir brauchen diesen Mann. Deshalb erhielt ich Erlaubnis, in Leipzig einen Arzt …«

»Er verliert zu viel Blut!«, unterbrach ihn Henriette alarmiert. »Haben Sie Leinen? Rasch, sonst verblutet er!«

Ohne Zögern holte Maximilian sein zweites Hemd aus dem Tornister und riss es in Streifen.

Bis zu diesem Moment hatte Henriette durch nichts gezeigt, dass sie einander kannten, dass sie etwas miteinander verband. Doch beim Anblick des Hemdes flackerte etwas über ihr Gesicht.

Das bewies ihm: Sie erinnerte sich genau. Dieses Hemd hatte sie selbst geflickt, während er in Freiberg mit dem Tod rang. Ein Bajonett war unterhalb des Schlüsselbeins durch seinen Körper gedrungen. Sie hatte nicht nur die Wunde gepflegt und das Fieber bekämpft, sondern auch die aufgeschlitzte Stelle in seinem Hemd ausgebessert.

»Bitte tun Sie, was Sie können, um ihn zu retten, Mademoiselle Gerlach!«, drängte er. »Vorigen Monat fiel sein einziger Sohn. Die Familie soll nicht noch den Vater verlieren.«

Als Maximilian sie beim Namen nannte, beugte sich Henriette tief über die Wunde. Jetzt war endgültig die Gelegenheit vorbei, so zu tun, als seien sie einander nie begegnet. Der preußische Leutnant würde Fragen haben, berechtigte Fragen, und wenn sie darauf antwortete, würde er sich voller Verachtung von ihr abwenden.

»Ich brauche mehr Licht!«, sagte sie.

Rasch stand er auf und holte eine Kerze, die einige Schritte entfernt auf einem Schemel brannte.

»Blei aus Kirchenfenstern«, erklärte Maximilian verbittert. »Wir standen auf dem Südlichen Schlachtfeld in Probstheida unter Beschuss. Als den Gegnern die Munition knapp wurde, zerschlugen sie die Kirchenfenster und beschossen uns mit Kartätschenladungen aus den zerhackten Bleirahmen.«

Vorsichtig erfühlte Henriette mit den Fingerspitzen den Sitz des größten Metallteils und versuchte, es zu lockern. Dann stellte sie die Kerze ab und rollte hastig die Leinenstreifen zusammen, die Maximilian ihr gegeben hatte.

Sie deutete auf Krug und Becher neben dem Schemel. »Stützen Sie ihn und geben Sie ihm zu trinken. Jetzt legen Sie ihn auf den Boden und halten sein Bein fest. Die Wunde wird weiter aufreißen, wenn ich dieses grässliche Ding herausziehe. Drücken Sie die Wundränder sofort zusammen, damit er nicht noch mehr Blut verliert! Um die kleineren Splitter kümmere ich mich später.«

Sie verständigten sich mit einem Blick, und sie zog erst vorsichtig, dann mit einem Ruck das fingerlange Stück Blei heraus. Ein Schwall Blut schoss aus der Wunde, aber Maximilian befolgte ihre Anweisung, und Henriette legte rasch einen festen Verband an.

»Trinken Sie, Sie müssen viel trinken!«, drängte Jette den

Stabskapitän, während sie das Ende des Leinenstreifens in der Mitte zerriss und mit beiden Zipfeln den Verband zuknotete. Maximilian richtete den Verwundeten auf und flößte ihm Wasser ein. Henriette begann, die kleineren Splitter mit einer Pinzette herauszuziehen, tief über das zerfetzte Bein gebeugt. So konnte sie die Regungen auf ihrem Gesicht verbergen.

Wehmütig dachte Maximilian an ihre erste Begegnung im Frühjahr.

Heute erschienen ihm die Zeiten unwirklich, als sie auf dem Feldzug noch die Wäsche gewaschen und genug zu essen bekamen. Sein im Sommer aus den besten Männern verschiedener Truppenteile formiertes 2. Preußisches Garderegiment zu Fuß war noch nicht einmal mit einheitlichen Uniformen ausgestattet. Und hatte er Henriette nicht prahlerisch versprochen, sie auf einen Ball zu führen?

Der Sieg über Napoleon war mit dem heutigen Tag zwar so gut wie errungen, der größte Teil des Landes befreit. Doch nicht einmal ein Narr könnte jetzt von einem Ball träumen. Sachsen war ausgeplündert, kaum eine Krume Brot ließ sich noch auftreiben für die hunderttausenden Soldaten rund um Leipzig, ob Sieger oder Gefangene. Und niemand wusste, wohin mit den zehntausenden Verwundeten.

Das brachte ihn wieder auf seinen zweiten Auftrag.

Zwei Helfer trugen gerade den operierten und nun toten polnischen Ulanen in den hinteren Teil des Kirchenschiffs. Da Henriette im Moment keine Hilfe brauchte, stand er auf und ging dem Chirurgen entgegen, der gleichzeitig auf ihn zukam.

»Doktor Multon, Erster Wundarzt von Leipzig«, stellte sich der hochgewachsene Mann in blutbeflecktem Kittel vor, der müde und übernächtigt aussah wie vermutlich alle Ärzte in diesen Tagen.

»Premierleutnant Trepte vom 2. Preußischen Garderegiment zu Fuß«, erwiderte Maximilian. »Ich soll erkunden, wie viele Verwundete Sie hier aufnehmen können.«

»Also haben die Alliierten die Franzosen endgültig aus der Stadt getrieben? Ist es vorbei?«

»Für Leipzig. Napoleon ist geflohen, wir verfolgen ihn. Es sind noch tausende seiner Soldaten in der Stadt. Aber sie haben sich ergeben.«

Dr. Multon atmete auf. »Wir sind sehr froh über Ihren Sieg. Und dankbar, dass Leipzig noch steht. Wir tun, was wir können, um zu helfen. Doch schauen Sie sich um, Herr Premierleutnant! Es mangelt an allem!«

Resigniert schwenkte er den Arm durch den Raum. »So sieht es derzeit in sämtlichen Leipziger Lazaretten aus: überfüllt, ohne Brot und ohne Medizin. Und es kommen immer mehr Blessierte. Zu Hunderten! Aus Mangel an Ärzten amputieren schon die Badergesellen.«

Multon ballte die blutverschmierten Hände vor Hilflosigkeit zu Fäusten und ließ sie wieder sinken. »Wir können nicht einmal mehr Totenscheine ausstellen. Alles Papier ist aufgebraucht, und den Lazarettschreiber hat das Nervenfieber niedergestreckt. Schicken Sie Männer und Fuhrwerke, damit wir die Toten schneller fortschaffen können! Dann wird Platz für Ihre Verwundeten. Brot und Lagerstroh werden Sie vermutlich auch nicht beschaffen können, aber wenigstens Leinen?«, bat er. »Wir haben nichts mehr zum Verbinden. Das Nervenfieber grassiert. Je eher Sie die Verletzten von hier fortschaffen, nachdem sie operiert sind, umso weniger Gefahr besteht, dass sie sich anstecken.«

»Ich werde im Hauptquartier berichten, damit Abhilfe geschaffen wird«, versprach Trepte. Sie wussten beide, dass nach vier blutigen Schlachttagen mit mehr als einer halben Million Beteiligten in einem kahl geplünderten Land keine Wunder zu erwarten waren.

Dr. Multon wollte wieder an seine Arbeit gehen, doch Maximilian hielt ihn zurück.

»In Probstheida, wo unser Regiment stand, entdeckten wir

gestern ein Lazarett voller Franzosen im schlimmsten Zustand. Wir versuchten, ihnen zu helfen, soweit es uns möglich war. Können Sie etwas für diese Männer tun?«

Die Miene des Arztes verschloss sich.

»Wenn sich in Probstheida niemand dafür findet – ich kann hier weder jemanden entbehren noch diese Leute holen lassen. Die Aussichten, dass auch nur einer von ihnen den Transport übersteht, sind äußerst gering und der Aufwand nicht vertretbar angesichts dessen, was wir hier zu tun haben.«

Es war auch nicht nötig. Noch während sie darüber sprachen, ging genau dieses Lazarett in Flammen auf. Franzosen und Preußen starben Seite an Seite unter größten Qualen.

Der Arzt entschuldigte sich und ging zurück zu dem Tisch, auf den die Helfer inzwischen einen blutjungen Infanteristen gehievt hatten. Fast noch ein Kind, dem Alter und der Kleidung nach einer der »Marie-Louisen«, Napoleons letztes Aufgebot.

»Ich muss Ihr Bein amputieren, wenn Sie überleben wollen«, eröffnete der Arzt ihm auf Französisch. Der Junge schrie und weinte, er flehte verzweifelt, ihm sein Bein zu lassen. Und dann brüllte er gellend vor Schmerz. Kaum volljährig, von nun an ein Krüppel. Falls er überhaupt durchkam.

Maximilian wandte sich ab und ging zurück zu Henriette.

Er hockte sich neben sie und den nun leblos wirkenden Stabsoffizier. Henriettes Hand lag an der Halsschlagader des Verwundeten, ihre Miene wirkte besorgt. Im Dämmerlicht der Kirche ließ sich nicht erkennen, ob sich sein Brustkorb noch hob und senkte.

»Wird er diesen Tag überleben?«, fragte Maximilian alarmiert.

»Er stirbt, wenn er hierbleibt«, antwortete sie und zuckte so hilflos mit den Schultern wie bei ihren ersten Worten.

»Sie sterben doch alle! Wenn nicht an ihren Verletzungen

oder am Wundbrand oder vor Kälte und Hunger, dann am Nervenfieber.« Ihre Stimme wurde immer verzweifelter.

»Unsere Feldlazarette sind hoffnungslos überfüllt«, erwiderte Maximilian. »Und mein Regiment zieht heute noch weiter, um den fliehenden Feind zu verfolgen.«

Nachdenklich starrte Henriette zur Tür. Dann holte sie tief Luft und sagte zögernd: »Sie könnten die Witwe, bei der ich untergekommen bin, bitten, ihn bei sich aufzunehmen. Ein verwundeter preußischer Stabsoffizier als Einquartierung ist ihr sicher lieber als zwei Dutzend Kosaken.«

Wie vom Donner gerührt sah Maximilian sie an.

Dann beugte er sich jäh vor und platzte heraus, fast drohend: »Sie wohnen hier nicht bei Verwandten? Sind Sie etwa trotz der gewaltigen Truppenaufmärsche allein nach Leipzig gereist? Ohne Ihren Vormund oder einen anderen Beschützer?«

Henriette senkte den Kopf.

»Ich bin allein hier. Um in den Lazaretten zu helfen.«

»Das ist unverantwortlich!«, rief der Premierleutnant bestürzt. »Wer hat Sie auf so eine gefährliche Reise geschickt, durch Kriegsgebiet, zwischen all den Truppen hindurch? Wusste er nicht, dass er damit Ihr Leben *und* Ihren guten Ruf aufs Spiel setzt?«

Bekenntnisse

Leipzig, Thomaskirche, 19. Oktober 1813

Jch ging freiwillig, um meine Verwandten vor Schaden zu bewahren«, gestand Henriette leise. Um meine Schuld zu sühnen und zu sterben, hätte sie ehrlicherweise hinzufügen müssen.

»Ich hatte einen Schutzbrief. Und Geleit bis Leipzig. *Preußi-*

sches Geleit«, sagte sie stattdessen, als sie seine finstere Miene sah. »Ich wusste, die hiesige Lazarettverwaltung würde dringend Helfer brauchen.«

»Aber ein unverheiratetes Mädchen!«, beharrte Maximilian fassungslos. »Im Zentrum des Krieges – allein! Wie konnten Sie so etwas Unerhörtes tun?«

Weil sie schwieg, sah er ihr in die Augen und fragte ruhig: »Was ist passiert?«

Henriette senkte den Blick und verknotete die Hände.

»Ich ... habe Schuld auf mich geladen. In Weißenfels, wo meine Familie lebte, erschlug ich einen Plünderer, der über mich hergefallen war, einen Franzosen. Deshalb floh ich nach Freiberg. Aber dort konnte ich auch nicht bleiben ... wegen einer anderen Schuld ...«

Sie zögerte und rang nach Worten. »Das hier«, nun wies sie mit dem Kopf zu den Sterbenden, »ist meine Sühne. Ich glaubte, wenn ich hundert Leben rette, könnte ich damit vielleicht jenes eine aufwiegen, das ich nahm. Doch ich habe mich geirrt.«

Maximilian vermochte sich die Szene genau vorzustellen. Die im Frühjahr neu eingezogenen Soldaten der Grande Armée plünderten rücksichtslos, und ihre Offiziere ließen sie gewähren, weil die reguläre Versorgung des Heeres zusammengebrochen war. Es grenzte an ein Wunder, dass Henriette lebte, dass der Angreifer sie nicht erschlagen hatte. »Henriette, es war Notwehr, Sie wären sonst tot!«, beschwor er sie. »Lassen Sie sich dadurch nicht jetzt noch Ihr Leben zerstören!«

»Wer getötet hat, dessen Leben *ist* zerstört«, widersprach sie schroff.

»Der Krieg zwingt uns alle zu Dingen, zu denen wir in Friedenszeiten nicht fähig wären. Um noch Schlimmeres zu verhindern«, widersprach er und wischte ihr sanft mit der Fingerkuppe eine Träne aus dem Augenwinkel. Sie selbst konnte es nicht tun, Hände und Ärmel waren blutverschmiert. Deshalb ließ sie die unerlaubt vertrauliche Berührung zu.

»Ich weiß, dass Sie ein barmherziger Mensch sind, voller Mitgefühl für andere. Sie sind unfähig, etwas zu tun, wofür Sie den Tod verdienen.«

Wenn du wüsstest!, dachte Henriette bitter. Ich habe einen Feind in mein Bett gelassen. *Deinen* Feind! Was würdest du wohl dazu sagen?

»Sie haben hier zu viel Elend gesehen«, fuhr Maximilian unbeirrbar fort. Er deutete auf die Sterbenden um sie herum – einen Korporal mit verbranntem Gesicht, einen jungen Soldaten, dem beide Beine amputiert worden waren, einen Offizier mit klaffender Bauchwunde.

»Doch der Krieg ist gewonnen, also fassen Sie Hoffnung! Auch wenn es noch eine Weile dauern mag, bis wieder normale Zustände herrschen. Es kommen bessere Zeiten. Und sobald Friede geschlossen ist, löse ich mein Versprechen ein. Dann führe ich Sie auf einen Ball und spaziere mit Ihnen durch die Gärten von Sanssouci.«

Henriette lachte bitter auf.

»Ich *war* auf einem Ball! Im August, am Ende des Waffenstillstands, zur Feier von Napoleons Geburtstag. Ausgerechnet an jenem Tag, an dem ich Ihren letzten Brief erhielt und mich die Sorge fast zerriss, ob Sie unversehrt bleiben, wenn die Kämpfe wieder beginnen. Ich wollte nicht auf dieses Fest. Doch mein Oheim durfte sich nicht verweigern, er hätte seine Existenz aufs Spiel gesetzt. So musste ich mit den Franzosen tanzen …«

Maximilians Freude darüber, dass sie sich um ihn gesorgt hatte, erlosch jäh.

»Mit *jenem* Franzosen?«

Fragend sah er in die Richtung des toten Premier-Lieutenants, um den sie geweint hatte, als er die Kirche betrat.

Henriette nickte mit erstarrten Zügen.

»Haben Sie ihn geliebt?«

»Wie könnte ich ihn lieben, da er ein Feind war? Er wurde ins Haus meines Vormundes einquartiert. Doch er verhielt sich stets höflich mir gegenüber. Er war noch so jung … So viele junge Männer sind gestorben in diesem Krieg. Es sterben doch alle um mich herum!«

Nicht aus Liebe hatte sie Étienne in ihr Bett gelassen in jener Nacht, bevor er erneut in den Krieg zog. Nicht aus Verlangen oder Unkeuschheit. Es war Mitleid. Mitleid mit all den vielen jungen Männern, die zum Sterben geschickt wurden.

Sie hatte Étienne in die Arme geschlossen, weil er den sicheren Tod vor Augen sah. Und mit ihm in Gedanken all jene, denen das gleiche Los drohte – auch Maximilian.

Dadurch hatte sie gegen alle Regeln verstoßen und die Hoffnung auf ein normales Leben verspielt.

»Sie können unmöglich allein in Leipzig bleiben!«, beharrte Maximilian. Das war undenkbar für ein ehrbares Mädchen.

»Meine Eltern sind tot, und ich weiß nicht, ob unser Haus in Weißenfels noch steht.«

»Dorthin können Sie nicht!«, fiel ihr Maximilian ins Wort. »Über Weißenfels zieht sich Napoleon mit dem Rest seiner Armee zurück, dort wird spätestens morgen hart gekämpft werden.«

»Ginge ich nach Freiberg zurück, würde ich die Familie meines Vormundes ruinieren. Andere Verwandte habe ich nicht«, zählte sie müde auf. »In den hiesigen Lazaretten werden noch lange Helfer gebraucht. Dort fragt niemand nach dem Woher und Wohin.«

Erneut lachte sie trocken auf. »Wen kümmert es auch? Schauen Sie sich doch um!«

Mit ausgestrecktem Arm wies sie durch das Kirchenschiff. »Sehen Sie dieses Leid und die vielen Toten dort draußen auf den Straßen! Und das soll nicht das Ende aller Tage sein?«

Fast die gleichen Worte hatte Henriette vor ihrem Aufbruch

aus Freiberg Felix Zeidler vorgehalten, einem einst schüchternen Bergstudenten. Felix hatte sich zu den preußischen Freiwilligen gemeldet; er begleitete sie auf ihrer heimlichen Flucht nach Leipzig, als er nach auskurierter Verwundung wieder zu den Truppen ging. Ob er wohl noch lebte? Wie wahrscheinlich war das angesichts der vielen Toten der letzten Tage?

Jäh begriff Maximilian: Henriette wollte sterben. Viele Ärzte und Pfleger starben derzeit am Nervenfieber.

Das werde ich nicht zulassen!, dachte er bestürzt.

Doch was konnte er tun, um ihr zu helfen? Viel Zeit blieb nicht, sein Regiment war schon Richtung Pegau abkommandiert. Er hatte sich nur kurz entfernen dürfen, um den Stabskapitän zu einem Arzt zu bringen und das Hauptlazarett auf weitere Verwundete vorzubereiten.

Maximilian erhob sich.

»Mademoiselle Henriette, ich muss noch einen Auftrag ausführen. Aber ich komme gleich wieder«, versprach er und legte so viel Zuversicht in seine Stimme, wie er nur konnte.

Er war schon an der Tür, hörte wieder die jubelnde Menge und die Musik auf dem Markt, als sie seinen Namen rief.

»Ich bin sehr froh, dass Sie noch leben«, sagte sie mit dem traurigsten Lächeln, das er je gesehen hatte. »Jeden Tag habe ich für Sie gebetet.«

»Und ich trage immer noch Ihre Haarlocke bei mir, hier im Tschako«, entgegnete er und tippte an die Kopfbedeckung. »Sie hat mir Glück gebracht.«

Siegesparade

Leipzig, 19. Oktober 1813

Mühsam kämpfte sich der Stadtschreiber Artur Reinhold Münchow durch die wogende Menge, um zum Rathaus zu gelangen. Normalerweise genügte seine Respekt gebietende Erscheinung in grauem Reitmantel und gleichfarbigem Zylinder, damit die Menschen ihm Platz machten. Schließlich war er eine stadtbekannte Persönlichkeit. Doch heute schubsten und drängelten die Leipziger so rücksichtslos, dass selbst der hochgewachsene Münchow Mühe hatte durchzukommen. Eine dicke Frau rammte ihm so heftig den Ellbogen in die Seite, dass er schmerzhaft das Gesicht verzog, und schrie gellend dicht an seinem rechten Ohr: »Hoch lebe Blücher!«

Im ersten Moment fürchtete der Schreiber, er würde ertauben.

Doch die Sorge verflog rasch, als er jemanden von hinten mit befehlsgewohnter Stimme nach sich rufen hörte.

Er ließ die Meute an sich vorbeiströmen und wandte sich um. Staunend sah er auf den in bestes Tuch gekleideten Mann um die vierzig.

Münchow zog den Hut und verbeugte sich, was weniger elegant als gewohnt ausfiel, da ihn schon wieder jemand anrempelte.

»Herr Hofrat, ganz zu Ihren Diensten!«

Vor ihm stand einer der einflussreichsten Männer Leipzigs: Siegfried August Mahlmann, Hofrat, Dichter und Pächter der *Leipziger Zeitung*, der bedeutendsten Zeitung Sachsens und auch der einzigen, die über politische Ereignisse schreiben durfte – unter Zensur, versteht sich.

Des Krieges wegen waren jedoch gestern und heute keine Ausgaben erschienen, ein ganz außergewöhnliches Vorkommnis in der Geschichte dieser Zeitung.

31

»Herr Stadtschreiber, verhelfen Sie mir zu einem guten Platz, von dem ich alles sehen kann!«, forderte Mahlmann gebieterisch. »Vielleicht dort?« Er wies auf den Balkon, der den Turm an der Front des Leipziger Rathauses an drei Seiten umlief.

Artur Reinhold Münchow hatte diesen Standort auch für sich ausgewählt und angesteuert, um möglichst viel von der Siegesparade zu sehen, ohne von der Menge niedergetrampelt zu werden.

»Gehen wir über den Naschmarkt ins Rathaus, Herr Hofrat, sonst werden wir noch überrannt«, schlug er vor.

Ein Dutzend Schritte entfernt entdeckte der Schreiber eine weitere stadtbekannte Person.

»Herr Kaufmann Hußel!«, rief er über den Lärm der Militärkapellen und der tosenden Menschenmenge hinweg und schwenkte seinen Arm, um auf sich aufmerksam zu machen.

Der Gerufene wandte sich um und wäre dabei fast ausgerutscht, denn das Pflaster war mit einer schmierigen Schicht aus Blut, Pferdeäpfeln und Unrat bedeckt. Der Zusammenprall mit einem kräftigen Mann in der Kleidung eines Sänftenträgers bewahrte ihn vor dem Sturz und seinen Hut davor, in den Schmutz zu fallen.

Erstaunt und überaus höflich begrüßte Ludwig Hußel, Kaufmann mit Hang zur Literatur, zuerst den Hofrat, dann den Stadtschreiber.

»Sie werden doch auch diesen historischen Moment für die Nachwelt festhalten wollen. Begleiten Sie uns auf den Rathausturm, dann sehen Sie alles!«, schlug Münchow vor.

Der Stadtschreiber gedachte nicht, den Hofrat zu fragen, ob ihm diese Gesellschaft recht sei. Immerhin war *er* es als Angestellter des Magistrats, der ihnen Zutritt zu diesem Aussichtspunkt gewähren konnte. So wie Mahlmann als Zeitungsredakteur und er als Stadtschreiber besaß seiner Ansicht nach auch Hußel ein Anrecht darauf, das denkwürdige Ereignis genau mitverfolgen zu können.

Ludwig Hußel hatte in den letzten Monaten als Chronist für die Nachwelt zusammengetragen, was sich in Leipzig an Außergewöhnlichem ereignete, und keine Gefahr dabei gescheut. Deshalb war der eifrige Kriegsberichterstatter auch hocherfreut über dieses Angebot.

Artur Reinhold Münchow bahnte den Weg, Mahlmann schritt würdevoll hinterher, bemüht, in keinen der Pferdeäpfel zu treten, die tausende Militärpferde hinterlassen hatten, und Hußel schwebte fast vor Freude über diese unerwartete Gelegenheit.

Was für ein schicksalhafter Tag, dieser Dienstag! Natürlich zuallererst wegen des Sieges der Alliierten und weil Leipzig noch stand, worauf heute Morgen niemand hätte wetten wollen. Bis sich die ersten Landwehrverbände und Kosaken durchs Grimmaische Tor kämpften, war Ludwig Hußel trotz des Kugelhagels und der herabstürzenden Dachziegel durch die Stadt gelaufen, um nichts zu verpassen.

Dann hatte ihn der Bankier und Geheime Rat Frege – ein vornehmer Herr, noch reicher und mächtiger als Mahlmann – aufgefordert, den Schutz eines Hauses zu suchen. Der berühmte Frege lud ihn sogar ein, vom Balkon seines prächtigen Hauses in der Katharinenstraße zuzusehen, wie die Alliierten in die Stadt strömten und sich die eingeschlossenen Franzosen, Polen und Rheinbündler nach kurzem, aber sehr blutigem Kampf ergaben.

Dann aber hielt den literarisch ambitionierten Kaufmann nichts mehr im Haus des reichen Bankiers; er musste wieder hinaus auf die Straßen, um alles aus nächster Nähe zu sehen und der Nachwelt berichten zu können. Auch wenn er dabei sein Leben riskierte.

Im Frühjahr hatte er sich furchtlos den auf dem Leipziger Markt biwakierenden Kalmücken und Baschkiren genähert, über die die unheimlichsten Gerüchte kursierten, und fand sie bei näherer Betrachtung recht umgänglich. Im Juni, beim

Angriff der Kosaken unter Woronzow und einer Abteilung Lützower auf Leipzig, hatte er sich an den Stadtwachen vorbeigemogelt, um am Ort der Kämpfe zu sein, wo ihm die Kugeln nur so um die Ohren pfiffen. Vor fünf Tagen stand er bei Wind und Wetter draußen am Hochgericht, um zu sehen, wie der gerade in Leipzig eingetroffene Napoleon Befehle für die von allen erwartete Schlacht erteilte – auch wenn sie erst zwei Tage später begann.

Was sie alle seitdem durchleben mussten, er mittendrin, würde schwer in Worte zu fassen sein. So unermesslich war das Grauen.

Noch vor weniger als einer Stunde hatte er – vorsichtig Deckung suchend – gesehen, wie sich Alliierte mit Franzosen und Rheinbündlern in einigen Vierteln einen blutigen Häuserkampf lieferten, wie Menschen aus dem vierten Stock geworfen wurden. Vom Fleischerplatz her klangen immer noch Schüsse. Was dort vorging, mochte er sich lieber nicht vorstellen. Es hieß, am Halleschen und Grimmaischen Tor habe es furchtbare Gemetzel gegeben, ein regelrechtes Abschlachten.

Doch Leipzig stand noch, er lebte und war unversehrt.

Jetzt wollte er den großen Moment auf sich wirken lassen, von dem die Menschen noch in hundert Jahren reden würden. Und er war dabei, als Augenzeuge!

Was für eine glückliche Fügung, dass er auf Münchow getroffen war. Oder der auf ihn. Denn in den letzten Minuten hatte er nichts sehen können außer drängelnden Menschen und weißen Tüchern, die aus den Fenstern geschwenkt wurden.

Die drei Männer – jeder auf seine Art Chronist des Geschehens – gelangten nicht ohne Schwierigkeiten und nur unter Einsatz der Ellbogen über den Naschmarkt zu der Treppe ins Rathaus hinauf. Artur Reinhold Münchow hatte sich den Schlüssel schon vom Ratsdiener geholt und öffnete die Tür, die hinaus zu dem Balkon in Höhe des ersten Stockwerkes führte.

Erleichtert, dem Gedränge entkommen zu sein und endlich etwas sehen zu können, stellten sich die drei stadtbekannten Persönlichkeiten nebeneinander. Jeder von ihnen ließ das denkwürdige Bild auf sich wirken, das vermutlich noch Dutzende Maler auf Papier und Leinwand bringen würden, ohne dabei gewesen zu sein.

Ordentlich in Reih und Glied, doch in völlig abgerissenen Uniformen, säumten tausende Soldaten und Offiziere den Marktplatz. Dahinter drängten sich die jubelnden Leipziger.

»Wann hat Leipzig je solch eine Menschenmenge auf dem Markt erlebt?«, fragte der aufgewühlte Ludwig Hußel rhetorisch.

»Diesen Sommer, als Napoleon hier seine Truppen inspizierte«, erinnerte Hofrat Mahlmann bissig.

Das war wirklich ein ebenso denk- wie merkwürdiger Tag gewesen. Allein mit seiner Präsenz hatte es der Kaiser der Franzosen geschafft, die ihm fast durchweg feindlich gesinnten Leipziger für sich zu begeistern. Heute allerdings würde ihm das nicht mehr gelingen. Er hatte die Stadt an den Rand des Abgrunds gebracht.

»Der Herzog von Padua soll verhaftet sein«, wusste Hußel nicht ohne Schadenfreude zu berichten. Dieser Arrighi, der französische Militärkommandant, ein Verwandter Napoleons, hatte sich durch Härte und exorbitante Geldforderungen bei den Leipzigern verhasst gemacht.

»Dazu noch ein halbes Dutzend anderer Generäle. Marschall Augereau soll verwundet sein, und Gerüchten zufolge ist Fürst Poniatowski bei der Sprengung der Elsterbrücke gefallen«, erzählte Hußel ohne Atempause. »Tapferer Mann, schade um ihn! Ich sah mit eigenen Augen, wie sich Stadtkommandant Bertrand der russischen Generalität ergab.

Schade auch um ihn; er hatte Verständnis für die Bürgerschaft, ganz im Gegensatz zu Arrighi!«

»Gouverneur Arrighi hat sich heute Morgen aus dem Staub
gemacht, durch die Hintertür, so dass Markgraf Wilhelm von
Baden das Kommando übernehmen musste«, fiel Mahlmann
ihm erneut ins Wort. Auch er besaß seine Quellen, dafür
musste er nicht durch die Stadt streunen wie Hußel.

»Ist ihm aber nicht gelungen, sie haben ihn geschnappt!«,
frohlockte Hußel grinsend.

In diesem Punkt teilte der Zeitungspächter seine Häme, denn
Arrighi hatte ihn aus nichtigem Anlass in Festungshaft geschickt.

»Der Markgraf von Baden kapitulierte, nachdem die Stadttore durchbrochen waren, und übergab Leipzig an die Alliierten«, wusste der Stadtschreiber Münchow beizusteuern.

Doch seine Worte gingen in dem frenetischen Lärm unter, der
einsetzte, als sich an der Frontseite des Marktes, vor dem
Apelschen Haus, drei Reiter aus der Menge lösten, in etwas
Abstand gefolgt von einem vierten und einer Kavalkade
prächtig uniformierter Generäle.

»Da kommen sie!«

Vor Aufregung überschlug sich Hußels Stimme. »Zar Alexander! Kaiser Franz! Friedrich Wilhelm von Preußen! Dicht
hinter ihnen Kronprinz Karl Johann ...«

Sie tragen einfache Offiziersuniformen, keine große Gala,
konstatierte Mahlmann, ganz Reporter, in Gedanken schon
am Text arbeitend, während er die Aufgeregtheit seines Ne-
benmannes ignorierte.

»Und da, alle unsere Helden!«, jubelte Hußel weiter. »Ich
erkenne Blücher, das dort muss Feldmarschall Fürst Schwarzenberg sein ... und der von schmaler Statur, ist das General
von Bülow, der Retter von Berlin?«

Er beugte sich vor, kniff die Augen ein wenig zusammen,
um besser zu sehen, und zog schließlich ein Opernglas aus

der ledernen Tasche hervor, die er wie seinen Augapfel hütete.

Nun schwoll der Lärm dermaßen an, dass selbst Hußels euphorische Stimme nicht mehr dagegen ankam.

»Hurra!« und »Vivat!« erschollen immer wieder aus tausenden Kehlen, und es war, als läge das Publikum im Wettstreit miteinander, auf welcher Seite des Marktes die Hochrufe lauter und feuriger geschrien wurden.

Artur Reinhold Münchow sog die Szene mit allen Einzelheiten in sich auf, um sie nie wieder zu vergessen.

Das musste er auch, denn er war Stadtschreiber, doch er hatte kein Papier mehr. Jedes einzelne Blatt seines Oktavheftes hatte er vorhin einem Mädchen gegeben, das in der Thomaskirche Verwundete verband. Zum Schluss sogar die Ratsprotokolle. Es gab im Hauptlazarett kein Leinen mehr, deshalb versuchte sie, sich mit den Seiten zu behelfen, um einen jungen französischen Offizier vor dem Verbluten zu bewahren.

»Wann können Sie schon einmal mit Papier Leben retten?«, hatte sie ihn angefleht, als er zögerte. Und so gab er Blatt für Blatt der kostbaren Aufzeichnungen her. Jetzt fühlte er sich hin- und hergerissen zwischen schlechtem Gewissen und Stolz.

Wie viele werden noch sterben?, fragte er sich. Nach allem, was er wusste, waren noch dreißigtausend Mann der Grande Armée in der Stadt, Gefangene, die meisten verwundet oder vom Nervenfieber niedergestreckt. Wer soll sie pflegen, wie sollen wir sie satt kriegen?

Die Menschen hier haben allen Grund zu jubeln, dachte er angesichts der völlig aus dem Häuschen geratenen Menge. Denn heute haben sie überlebt. Heute hat die Stadt überlebt. Doch was wird morgen? In Gedanken überschlug der Schreiber die Reserven an Mehl, die der Magistrat angelegt hatte; gutes Mehl, sorgfältig gelagert.

Das reicht nicht für zwei- oder dreihunderttausend Mann,

die zusätzlich verköstigt werden müssen, selbst wenn die Alliierten rasch weiterziehen. Wir haben den Typhus und die Ruhr in der Stadt. Wir wissen nicht, wohin mit all den Toten. Und wer sie überhaupt beerdigen soll. Alle Obstbäume rund um die Stadt sind abgeholzt, das Vieh geschlachtet. Der Winter naht. Eine Hungersnot ist unausweichlich.

Dann rief er sich zur Ordnung. Der Rat wird Vorsorge treffen! Und es hätte durchaus sein können, dass in Leipzig kein Stein mehr auf dem anderen stand.

Vor dem Sturm auf eine besetzte Stadt war es üblich, den Angriff durch massiven Artilleriebeschuss einzuleiten. Aber auf eine Kanonade mit Brandgeschossen hatten die Alliierten verzichtet und die Stadt zu Fuß eingenommen, auch wenn sie das höhere Verluste kostete.

»Stimmt es, dass Napoleon den gesamten Ranstädter Weg in die Luft sprengen und niederbrennen wollte, aber ein paar Sänftenträger das Gedränge nutzten, um die Wagen mit dem Pech umzukippen?«, fragte Hußel.

Münchow bestätigte. Er selbst hatte diesen Sabotageakt vorgeschlagen.

»Gehen Sie bloß nicht dorthin – Leichen über Leichen, der ganze Fluss ist voll! In den Vorstädten ist alles voller Toter, schauderhaft! Der schöne Richtersche Garten … der Reichelsche Garten … eigentlich alle Gärten um die Stadt … *schauderhaft*!« Ludwig Hußel schüttelte es bei der Erinnerung, während die Menschen wenige Meter unter ihnen immer noch jubelten.

»Der Postillion Gabler führte Napoleon und seine Suite eine Stunde lang hin und her durch die Stadt, aber alle Tore waren verschlossen«, fuhr er fort. »Da hielten ein paar Dummköpfe Wache am Barfüßertor, die den Kaiser nicht erkannten! Jedenfalls sind wir ihn nun los, den Bonaparte, Gott sei es gedankt.«

»Seine Sappeure hätten das Tor leicht einschlagen können«,

widersprach Hofrat Mahlmann. »Der Kaiser wollte noch einmal zurück, um mit Marschall Poniatowski zu reden.«

Zweifelnd zog Hußel die Augenbrauen hoch, doch dann konterte er einfach mit der nächsten Anekdote.

»In *Auerbachs Keller* sitzt der Landsteuereintreiber Wichmann und erzählt, was er heute Morgen als Parlamentär erlebte. Der Magistrat hatte ihn zum Oberbefehlshaber Fürst Schwarzenberg geschickt, damit er um Schonung für die Stadt bittet. Er durfte sogar vor dem König von Preußen *und* dem Zaren sprechen! Aber Sie kommen zu spät, Herr Hofrat, wenn Sie noch etwas Sinnvolles von ihm erfahren wollen. Der Wein fließt reichlich, und wann hatte je ein Steuereintreiber so viele begeisterte Zuhörer?« Der Kaufmann konnte sich ein Grinsen nicht verkneifen.

»Ich hörte den Bericht des Landsteuereintreibers, als er noch nüchtern war, Herr Hofrat«, versicherte Münchow dem allmählich gereizt wirkenden Mahlmann. »Werden Sie morgen wieder eine Zeitung herausbringen?«

»Das ist völlig undenkbar! Erst muss geklärt werden, wer nun die Texte genehmigt. Aber ich bin zuversichtlich, dass wir spätestens in drei Tagen wieder erscheinen«, erklärte Mahlmann und wurde sarkastisch. »Man hat ja schon nach Jena und Auerstedt erlebt, dass die Teilnehmer der Schlacht auf dem Rückzug durch Leipzig strömten, noch ehe wir aus Dresden die Erlaubnis des Hofes erhielten, etwas darüber zu schreiben. Aber wie sollen wir *das hier* verschweigen?«

Mit ausladender Geste wies er auf die Menge vor sich.

»Es wird eine neue Ära für die *Leipziger Zeitung* anbrechen!«

»Und Ihre Verhaftung nach der Affäre Colomb kommt Ihnen sicher bei den Alliierten zugute«, erinnerte Hußel, bevor er ins nächste Fettnäpfchen trat. »Die wissen doch, dass Sie die Schmähungen gegen den Kronprinzen von Schweden nur gezwungenermaßen druckten.«

Das hoffte auch der Zeitungsherausgeber.

Es war ein Kreuz mit der Zensur! Unter den Franzosen musste er immer wieder erlogene Erfolgsmeldungen der Grande Armée veröffentlichen, wörtliche Nachdrucke aus dem *Westphälischen Moniteur*. Doch als im Frühjahr die Alliierten kurzzeitig in Leipzig einzogen, waren die nicht besser und zwangen ihn zu ebenso haarsträubenden Veröffentlichungen. Nach Napoleons Rückkehr hatte er über die gesamte Titelseite zu widerrufen. Was für eine Blamage!

Doch die Affäre Colomb – eine vom Zensor übersehene winzige Annonce in der Ausgabe vom 14. Juni, eine getarnte Danksagung an den preußischen Rittmeister von Colomb, über dessen Husarenstreiche ganz Sachsen und Thüringen jubelten – würde ihn bei den neuen Machthabern in gutes Licht rücken. Verhaftet und nach Erfurt verschleppt hatte man ihn deshalb. Er hätte auch exekutiert werden können wie der Buchdrucker Palm aus Nürnberg! Nur seine einflussreichen Gönner am Dresdner Hof bewahrten ihn davor. Deshalb sollte er nun als Märtyrer für die gute Sache gelten.

Dass er unter strengster Polizeibewachung stand und ihm jedes Wort im politischen Teil des Blattes vorgeschrieben wurde, konnte er beweisen. Er hatte alle Texte seines Aufpassers, dieses schrecklichen Barons von Bacher, aufbewahrt. Das sollte ihn vor den Russen und Preußen reinwaschen. Immerhin hatte er patriotische Gedichte verfasst! Zugegeben – auch Lobgesänge auf Bonaparte. Aber das lag nun wirklich lange zurück …

Den größten Teil der nächsten Ausgabe hatte er bereits entworfen, eine Zusammenfassung der Ereignisse der vorangegangenen Tage. Einzelheiten und welche Generäle gefangen genommen waren, würde er erfahren, sobald er bei den Alliierten vorsprach. Und wenn er diese Siegesparade in zu Herzen gehenden Worten schilderte, die stürmischen Jubelrufe auf die gekrönten Häupter, sollte der Weiterführung der Redaktionsgeschäfte nichts im Wege stehen.

Zumal in solchen Zeiten jedes Gouvernement – ob sächsisch, russisch oder preußisch – unzählige Proklamationen zu veröffentlichen hatte. Es würde ein neuer Stadtkommandant eingesetzt werden, eine neue Regierung, das tägliche Leben musste normalisiert werden. Sie brauchten ihn.

»Das Gerücht, General Thielmann sei gefallen, hat sich nicht bestätigt«, plauderte Hußel unterdessen weiter. »Der ist schon gestern mit seiner gesamten Kavallerie abgerückt, unter Feldzeugmeister Graf Gyulai, um die flüchtende Grande Armée noch vor Weißenfels abzufangen.«

Unter österreichischem Kommando? Obwohl er doch zu den Russen gegangen ist?, dachte Mahlmann mit deutlichem Unbehagen. Hauptsache, er bleibt Leipzig fern! Denn es lag noch keine drei Wochen zurück, dass er in seiner Zeitung den einstigen sächsischen General wegen Verrats vors Kriegsgericht zitieren musste. Der würde ihm das bestimmt nicht so leicht nachsehen; er war ein Mann von Ehre, stolz und leicht aufbrausend …

»Jetzt werden Orden vergeben!«, rief Hußel und beugte sich mit dem Opernglas weit über die hölzerne Brüstung. Blücher und Schwarzenberg traten unter erneut aufflammendem Jubel vor.

Der Zar umarmte Blücher, das konnten auch Münchow und Mahlmann erkennen, während die Menschenmenge begeistert Blüchers Namen skandierte. Niemand wurde bei dieser Siegesparade euphorischer gefeiert als der siebzigjährige General.

Der Zeitungspächter ärgerte sich, nicht selbst auf die Idee mit dem Opernglas gekommen zu sein. Es war weder zu hören noch zu sehen, wer dort sonst noch und wie ausgezeichnet wurde. Aber auch das würde er nachher im Detail erfahren.

Noch einmal sog Siegfried August Mahlmann Bild und Stimmung in sich auf. Die Worte flossen ihm im Geiste nur so zu.

Deshalb verabschiedete er sich kurz und bündig von seinen Begleitern und ging in sein Kontor.

Von der nun zweifellos folgenden Truppenparade konnten ihm seine Gehilfen berichten. Wenn er bei den neuen Machthabern vorsprach, war es besser, gleich einen Textentwurf vorzulegen, an dem sie Gefallen fanden. Außerdem musste er sich dringend den Pferdemist von den Schuhen putzen lassen.

»Und jetzt der Vorbeimarsch der Regimenter!«, hörte er im Gehen noch Hußel jubeln. »Dort hinten, die mit den Bögen und den Fellmützen, das sind Baschkiren. Großartige Leute, ich habe sie im Frühjahr kennengelernt. Tausende Meilen sind sie bis hierher geritten, manche brachten sogar ihre Frauen mit! Ihre Treffsicherheit mit Pfeil und Bogen ist unglaublich. Ich hab's gesehen, ich hab's gesehen!«

Kaiser, König, Kronprinz

Leipzig, 19. Oktober 1813

In scheinbar schönster Eintracht ritten die Sieger der Völkerschlacht über den Marktplatz und ließen sich von ihren Regimentern und den Leipzigern bejubeln. Doch ihre Gedanken hätten nicht unterschiedlicher sein können.

Alexander, Kaiser von Russland, war der Einzige, der den Triumph aus vollem Herzen genoss. Ja, das liebte er, wenn seine Soldaten und das Volk – ob nun sein eigenes oder ein fremdes – ihm donnernde »Vivats!« zubrüllten, wenn jedes joviale Lächeln oder Winken neue Begeisterungsstürme auslöste.

So gehörte es sich auch; er war der Kaiser! Und nun der mächtigste Mann Europas. In Leipzig hatte er sich für Smolensk und Moskau gerächt. Bald würde er in Paris einziehen.

Er hatte den unbezwingbar scheinenden Bonaparte bezwungen. Nun war er der Retter Europas.

Ein Hochgefühl erfüllte ihn, und ungeduldig hielt er Ausschau, ob er unter den Jubelnden eine anmutige Frauengestalt entdeckte. Schließlich war die Schönheit der sächsischen Frauen sprichwörtlich.

Kaiser Franz von Österreich ließ den Jubel, die Trommelwirbel und die sonstigen Huldigungen mit mühsam verhohlener Ungeduld über sich ergehen.

Ja, sie hatten gesiegt, und es war nicht zum Allerschlimmsten gekommen. Auf seinen geheimen Befehl hin wurde seinem Schwiegersohn Napoleon der Rückzugsweg nach Westen über Lindenau und Weißenfels frei gehalten. Wer weiß, in welcher Katastrophe alles noch geendet hätte, wäre der gefürchtete Schlachtenlenker hier wie ein Tiger im Käfig in die Enge getrieben worden.

Metternich hatte vollkommen recht, dieser brillante Kopf: Frankreich durfte nicht völlig vernichtet werden, sonst würden Russland und Preußen die neuen Giganten in Europa, und Österreich geriet zwischen die Mahlsteine.

Anders als der Zar und der König von Preußen kam Kaiser Franz nicht vom Schlachtfeld, um an der Siegesparade teilzunehmen, sondern aus seinem Quartier im Röthaer Schloss, zwanzig Kilometer südlich. Anders als sie liebte er es nicht, auf dem Schlachtfeld zu sein.

Im Gegenteil, er konnte das Gemetzel nicht ertragen, den Anblick von Toten, Verstümmelten, abgeschlagenen Gliedmaßen. Eine Barbarei! Nicht einmal hier, mitten in Leipzig, blieben ihm solche Abscheulichkeiten erspart!

Ein Schauer lief ihm über den Rücken, und wehmütig wünschte er sich zurück zu seinen Herbarien und Büchern in der Wiener Hofburg.

Karl Johann, der Kronprinz von Schweden, durfte nicht neben den drei Monarchen reiten, sondern musste sich ein Stück hinter ihnen halten. Schließlich war er noch kein König. Doch die protokollbedingte Zurücksetzung störte ihn nicht. So euphorisch der Zar war, so insgeheim angewidert Kaiser Franz, so zufrieden fühlte sich Karl Johann, mit bürgerlichem Namen Bernadotte, einst Marschall von Frankreich.

Eine solch gigantische Schlacht hatte die Welt noch nicht gesehen. Allein die Verluste der alliierten Seite schätzte er auf mindestens fünfzigtausend Tote und Verwundete, und den höchsten Blutzoll hatten zweifellos die Russen gezahlt.

Doch nur zweihundert Schweden waren gefallen. Er hatte seine Truppen klug aus den Kämpfen herausgehalten und geschont. Sein Volk – genauer gesagt: das Volk, über das er einmal die Regentschaft übernahm – würde es ihm danken.

Nach menschlichem Ermessen sollte Friedrich Wilhelm von Preußen die Parade zu Ehren des Sieges über Napoleon am meisten genießen. Denn keiner der Monarchen an seiner Seite war durch Bonaparte so tief gedemütigt worden wie er.

Halb Preußen hatte der Korse nach seinen Siegen bei Jena und Auerstedt 1806 vereinnahmt, die härtesten Bedingungen auferlegt, die Königsfamilie bis in den hintersten Winkel des Reiches getrieben, nach Memel an der russischen Grenze. Und um die Erniedrigung zu vollenden, durfte der König von Preußen erst mit Napoleons Erlaubnis wieder nach Berlin zurückkehren. 1809! In seine eigene Hauptstadt!

Friedrich Wilhelm III. wusste, seine innig geliebte Luise wäre stolz auf ihn, könnte sie diesen triumphalen Tag miterleben. Doch sein Herz war kalt seit ihrem Tod, jedes Gefühl in ihm erloschen. Er konnte keine Freude mehr empfinden, nicht einmal an diesem lang ersehnten Tag.

Er wusste sehr wohl, dass der König von Sachsen darauf wartete, zur Parade der Sieger eingeladen zu werden. Wie konnte der Wettiner nur auf diesen absurden Gedanken kommen? Zugegeben, er hatte Preußen 1806 als Einziger beigestanden. Doch als die Herausforderung an Napoleon mit einem Fiasko endete, schloss Friedrich August ohne Wissen Preußens einen Separatfrieden mit Frankreich. Er ließ sich von Bonaparte zum König erheben, während die preußische Königsfamilie ins Exil musste, in größter Not, durch eisige Lande, in ärmlichste Hütten.

Und was tat Friedrich August von Sachsen, während Luise litt, in erbärmlichen Unterkünften fror, von einem Fieber ins andere fiel, bis ihr schließlich das Herz brach? Er sonnte sich im Glanz des Usurpators und ließ sich noch zum Herzog von Polen erheben.

Deshalb würde es für den sächsischen König keine Gnade geben. Und auch nicht für sein Land.

Sollten sie jubeln, die Leipziger.

Schon bald erwartete sie ein böses Erwachen.

Blutige Hände

Leipzig, Thomaskirche, 19. Oktober 1813

Während der Premierleutnant Trepte seine Aufträge erledigte, verharrte Henriette in der zum Lazarett umgewandelten Thomaskirche an der Seite des verwundeten preußischen Stabsoffiziers. Der lag immer noch in tiefer Bewusstlosigkeit. So spürte er wenigstens keine Schmerzen, und sie durfte über die unverhoffte Begegnung mit Maximilian nachsinnen.

Sie hätte sich auch weiter um die Franzosen und Rheinbündler kümmern können, die in der Kirche fieberten, verbluteten, unter grässlichen Schreien im Starrkrampf die Körper zurückbogen, bis ihre Wirbelsäulen brachen. Aber sie würden doch sowieso alle sterben, trotz ihrer Mühen! Vielleicht vermochte sie wenigstens diesen einen Mann am Leben zu halten, damit die Familie nicht den Ernährer verlor, nachdem sie schon den Sohn betrauern musste. Henriette wollte ihn unbedingt retten. Als Abbitte dafür, dass sie Maximilian verraten hatte, indem sie einen Feind in ihr Bett ließ.

Sie brachte es jetzt nicht über sich, noch einmal zu Étiennes Leichnam zu gehen, der nur zehn Schritte entfernt lag, in den dunkelblauen Marinemantel gehüllt. Sonst würde sie schreien vor Hilflosigkeit und Trauer und Zorn …

Henriette wusste nicht einmal all die Gefühle zu benennen, die sie so mit Schwärze ausfüllten.

Im Schein der Kerze sah sie, dass der Atem des Stabskapitäns flach wurde. Energisch rüttelte sie ihn, bis er benommen die Lider halb öffnete.

»Sie sind verwundet und haben viel Blut verloren. Trinken Sie!« Vorsichtig half sie ihm etwas auf und flößte ihm Wasser ein, einen ganzen Becher voll. Wasser war auch schon alles, was sie ihm geben konnte. Als sie fragte, ob er vielleicht Branntwein bei sich habe, verneinte er.

»Wir wären in den letzten Tagen schon über Brot froh gewesen.«

Höflich bat er um mehr Wasser. Als sie bemerkte, dass er auf ihre blutverkrusteten Hände starrte, während sie ihm den nächsten Becher reichte, ging sie zu einem Bottich und wusch sich das Blut von den Händen. Das eiskalte Wasser darin war schon verfärbt.

Französisches Blut, polnisches Blut, deutsches Blut, dachte sie. Das eine ist so rot wie das andere. Warum müssen sie aufeinander schießen?

Die Tür ging auf, und für einen Augenblick drangen erneut Sonnenlicht, Jubelrufe und die Musik der Militärkapellen in die Kirche.

Der Premierleutnant Trepte trat ein, warf einen Blick auf Henriette und den verwundeten Stabskapitän, der zu seiner Erleichterung bei Bewusstsein war, dann hielt er Ausschau nach Dr. Multon. Dieser amputierte gerade in zwanzig Schritten Entfernung einem qualvoll schreienden Artilleristen den rechten Arm.

Multon war nicht zu sprechen, während er operierte.

Deshalb rief Maximilian einen Helfer zu sich, der eine Kiepe voller menschlicher Gliedmaßen zur Tür zerrte, einen Alten mit struppigem Bart und mürrischer Miene.

»Sobald der Erste Wundarzt Zeit hat, melden Sie ihm, er solle sich auf eine größere Zahl preußischer und russischer Verwundeter einrichten. Und dass gleich ein paar Männer kommen, die helfen, die Toten auf den Gottesacker zu bringen.«

»Dort werden sie keinen Platz mehr finden, Herr Leutnant. Wir schaufeln seit Tagen ein Massengrab nach dem anderen. Bald kippen wir die Leichen einfach nur noch irgendwo vor der Stadt ab«, erwiderte der Alte schroff. »Und wenn Sie ein gutes Werk tun wollen, Herr Leutnant: Schneiden Sie den bedauernswerten Gestalten dort die Kehlen durch!«

Er wies mit dem Kopf hinter sich, zu den Fiebernden, Stöhnenden, sich im Starrkrampf Biegenden. »So wahr mir Gott helfe, Sie tun ihnen einen Gefallen damit.«

Max unterdrückte den furchtbaren Gedanken, dass der Alte vielleicht recht hatte.

»Die preußische Heeresleitung schickt Reis und was wir an Leinen entbehren können«, sagte er stattdessen. Sie hatten etliche Wagen mit Vorräten erbeutet, die die Franzosen bei ihrer Flucht zurücklassen mussten.

Da ließ der Alte die Kiepe mit dem grausigen Inhalt los und salutierte mit strahlender Miene. »Gott segne Blücher und den König von Preußen! Oder erst den König, dann Blücher. Der Herr wird sich das schon sortieren …«

Schnurstracks kehrte er um und schlurfte zum Operations-
tisch, um die guten Neuigkeiten so schnell wie möglich wei-
terzugeben.

Nun wurden beide Türflügel weit geöffnet. Eiskalte Luft
strömte in das Kirchenschiff. Zwei preußische Gardisten traten ein. Der größere, geradezu ein Hüne, stapfte sofort auf
Trepte zu und erstattete Meldung, der andere winkte zwei
Kärrner herein, die mit ihren Fuhrwerken bis vor die Kirche
gefahren waren.
»Alle, die anpacken können, hergehört!«, rief Maximilian
durch das Kirchenschiff. »Die Toten müssen hinausgetragen
werden, sofort. Und auch das hier!« Er wies auf die Stapel
amputierter Gliedmaßen, die sich rund um die Operations-
tische häuften. »Bald kommen jede Menge neuer Verwundeter.«
Dann lobte er: »Gut gemacht, Füsilier Werslow!«
Es konnte nicht leicht gewesen sein, bei dem Durcheinander
in der Stadt Männer *und* Karren aufzutreiben. Aber Werslows
Überzeugungskraft beim Reden stand seiner Körpergröße in
nichts nach.
»Ich habe den Totengräber auch gleich mitgebracht«, berichtete der Hüne und schob einen abgezehrten Mann von etwa
vierzig Jahren zu Trepte.
»Herr Premierleutnant, Johann Daniel Ahlemann, städtischer
Totengräber«, stellte der sich vor und zog seinen Hut. »Wir
können keine Toten mehr aufnehmen. Man treibt gerade
hunderte gefangene und verwundete Franzosen auf den
Johannisfriedhof.«
Der Totengräber schien vollkommen aufgebracht, seine
Stimme zitterte vor Empörung. »Gott allein weiß, wie die
dort überleben sollen! Wir hatten vorher schon preußische
Gefangene da, das war schlimm genug. Ich muss sofort zu-
rück.«

Maximilian Trepte wandte sich an die Kärrner. »Es gibt doch bereits Massengräber außerhalb der Stadt. Legen Sie weitere an, wenn nicht ganz Leipzig von Seuchen dahingerafft werden soll!«

Dann ging er zu Multon, der die Amputation an dem Artilleristen beendet hatte.

Unterdessen kam der zweite Gardist zu Henriette und ihrem Patienten, ein junger Füsilier. Er begrüßte Jette mit einem kecken Lächeln und fragte: »Herr Stabskapitän, schaffen Sie es in den Sattel? Sie kommen in ein Privatquartier, sagt unser Premierleutnant, dem Herrn sei gedankt! Doppelt Dank, wenn Ihr Pferd immer noch vor der Tür steht. Ihr Bursche bewacht es.«

»Wie weit ist es bis zu dem Quartier?«

»Nicht viel mehr als fünfhundert Schritte«, antwortete Henriette. »Aber Sie sollten nicht reiten. Beim Auf- und Absteigen würde sich die Wunde wieder öffnen.«

»Ich will nicht wie ein Fuder Stroh durch die Stadt gekarrt werden«, protestierte der Stabskapitän.

»Das darf jetzt nicht Ihre Sorge sein!«, mahnte Henriette. »Sie leben noch, und Sie erholen sich wieder. Vorausgesetzt, die Wunde wird nicht brandig.«

»So jung und schon so energisch!«

Trotz seiner Schmerzen lächelte der Offizier. »Premierleutnant, denken Sie nicht, es ist höchste Zeit, der Höflichkeit Genüge zu tun und mich mit dieser bemerkenswerten jungen Dame bekannt zu machen?«

Er stemmte sich gegen die Säule und versuchte hochzukommen. »Helfen Sie mir auf, Füsilier Hansik!«

»Nein, nein!«, intervenierte Henriette sofort und wandte sich an den jungen Gardisten. »Er muss liegen. Tragen Sie ihn nach draußen!«

Fred Hansik pfiff den hünenhaften Karl Werslow zu sich. Der trieb gerade die Männer an, die die Toten hinausschleppten und manchmal versehentlich auch jemanden, der noch ein schwaches Lebenszeichen von sich gab.

»Dann verzeihen Sie angesichts der Umstände, dass ich nicht aufstehe«, entschuldigte sich der verletzte Offizier bei Henriette.

»Mademoiselle Gerlach, ich habe die Ehre, Ihnen den Stabskapitän von Wilhelmsen vom 2. Preußischen Garderegiment zu Fuß vorzustellen«, kam Maximilian der Aufforderung nach. »Herr Stabskapitän, dies ist Mademoiselle Henriette Gerlach aus Freiberg. Sie rettete mir im Mai das Leben, nachdem ich in Großgörschen schwer verwundet worden war.«

Jette knickste, als sei dies eine ganz normale Begegnung in Friedenszeiten, und es kam ihr absurd vor.

»Dann bin ich Ihnen doppelt zu Dank verpflichtet, wenn Sie uns auch den tapferen Premierleutnant erhalten haben«, meinte der Stabskapitän erstaunt. »Sie kennen also einander? Was führt Sie aus Freiberg ausgerechnet hierher, an so einen blutig umkämpften Ort?«

Beklommen senkte Henriette den Kopf. »Das ist eine lange Geschichte …«

»Nun, wir werden noch Zeit haben für lange Geschichten«, erklärte der Stabskapitän – sehr zur Beunruhigung seiner jungen Pflegerin. »Ich bin beeindruckt, Mademoiselle …«

Hansik und Werslow hatten inzwischen aus zwei Gewehren und einem Mantel eine Trage gebaut und betteten ihren Offizier darauf.

Henriette schaute sich um, als sie ihn hinaustrugen.

Sie musste beim Ersten Wundarzt die Erlaubnis einholen, wenn sie von nun an im Haus der Witwe Lindenthal und nicht mehr in der Thomaskirche Verwundete pflegen sollte. Aber Dr. Multon war mit Maximilian ins Gespräch vertieft.

Also suchte sie ihre wenige Habe zusammen. Das wollene Schultertuch. Strohhut und Mantel. Nadel und Schere. Eine

Kerze für den Heimweg. Ein winziges Stück Seife, das ihr die Zimmerwirtin geschenkt hatte, damit sie ihr nicht mit so grässlich blutigen Händen ins Haus käme: Savon de Marseille, französische Kernseife, Hinterlassenschaft des Generals, der bis gestern im Haus einquartiert und in der Nacht auf und davon war.

Plötzlich erstarrte sie mitten in der Bewegung. Zwei Männer trugen Étiennes Leichnam hinaus und wollten ihn auf einen der mit Toten beladenen Karren werfen.

»Nein! Warten Sie!«, schrie sie, ließ den Korb fallen und rannte ihnen nach. »Er darf nicht in ein Massengrab! Er ist Offizier und von Adel. Sein Vater wird Sie großzügig entlohnen, wenn Sie seinem einzigen Sohn wenigstens ein ordentliches Grab zuweisen«, flehte sie den Totengräber an.

Hastig schlug sie den Mantel des Marinegardisten auseinander, in den sie Étienne gehüllt hatte; das gute Kleidungsstück würde sowieso umgehend einen neuen Besitzer finden. Sie löste eines der blutdurchtränkten Blätter von seiner Brust, das der Stadtschreiber ihr als Ersatz für Leinen gegeben hatte, lieh sich vom Totengräber einen Bleistift und schrieb mit zittrigen Fingern Étiennes Namen, Dienstgrad und Heimatort auf das Papier. Dann rannte sie zu demjenigen der Ärzte, der am nächsten stand, bat ihn um eine Unterschrift und den Vermerk, der Tote werde später durch seine Familie nach Frankreich umgebettet und solle an einem wieder auffindbaren Platz begraben werden. Mit einer Haarnadel befestigte sie den provisorischen Totenschein an Étiennes Uniform. Das musste genügen.

Auf den Formularen stand sonst zumeist nur die Nationalität, sofern sie sich an der Uniform erkennen ließ, »unbekannt« und »wird nicht abgeholt, begraben«.

»Ich komme morgen, damit ich seinen Eltern beschreiben kann, wo er liegt«, versicherte sie dem Totengräber Ahlemann. »Hier, ich gebe Ihnen das dafür!«

Mit zitternden Fingern nestelte sie das Medaillon mit dem Bild ihrer Mutter unter dem Kleid hervor, ihr einziges Erinnerungsstück. Sie hatte es beim heimlichen Aufbruch in Freiberg gelassen – für Franz, ihren kleinen Bruder. Doch als ihr Cousin Eduard vor vier Tagen überraschend hier auftauchte, um sie zur Heimkehr zu bewegen, gab er es ihr zurück. Obwohl sie nicht mit ihm nach Freiberg ging.

Der Totengräber musterte sie mit einer Mischung aus Mitleid und Staunen. »Sie können seine Familie informieren?«, fragte er.

Henriette nickte.

»Sonderbar ... In diesen Zeiten, in denen alles aus den Fugen ist, noch jemanden zu finden, der sich um einen Toten sorgt. Die meisten kümmern sich ja nicht einmal mehr um die Lebenden«, räsonierte Johann Daniel Ahlemann. »Behalten Sie Ihr Medaillon, Mademoiselle! Es ist Ihnen sicher mehr wert als nur das bisschen Silber. Ihnen zuliebe will ich sehen, was ich tun kann. Weil ich weiß, wie viel Barmherzigkeit Sie in diesen Tagen bewiesen. Und einzig Barmherzigkeit ist es, die uns in solchen Zeiten nicht verrohen lässt – angesichts solcher Bilder ...«

Mürrisch deutete er auf die Berge amputierter Gliedmaßen, die kreuz und quer auf Fuhrwerke geworfenen Leichen.

Dann nickte er ihr zu, ordnete an, den jungen französischen Lieutenant auf einen der Karren zu legen, und schlurfte voraus Richtung Johannisfriedhof.

Henriette sah ihm nach, bis er ihren Blicken entschwand. Fröstelnd zog sie sich das Wolltuch enger um die Schultern und ging zurück in die Kirche.

Maximilian Trepte wartete in der Nähe des Eingangs und bat Henriette zu sich. Verunsichert trat sie näher.

»Es waren außergewöhnliche Zeiten und außergewöhnliche Umstände, die Sie allein hierhertrieben«, begann er. »Doch nun ist der Krieg zumindest in dieser Stadt vorbei, und wir müssen schleunigst Ihre Reputation sichern.«

Henriette wollte etwas einwenden, doch Maximilian hinderte sie mit einem Blick und einer Geste daran.

Dann nahm er den Tschako ab, klemmte ihn unter den Arm und verneigte sich förmlich.

»Mademoiselle Gerlach, bitte gewähren Sie mir die Ehre, Ihnen ein Verlöbnis anzutragen.«

Jette starrte ihn an wie einen Geist.

Als sie endlich den Sinn seiner Worte begriff, wich sie einen halben Schritt zurück.

»Sie können mich nicht heiraten!«, entfuhr es ihr. »Ich bin … Ihrer nicht würdig.«

Sie hätte auch Étienne niemals heiraten können, obwohl er es ihr trotz des Standesunterschiedes angeboten hatte. Er war ein Feind gewesen. Aber noch weniger konnte sie nach dieser Affäre, der Nacht mit Étienne, die Frau eines preußischen Gardeoffiziers werden!

Maximilian wollte keine Bedenken und Einwände hören.

»Sie haben mir im Frühjahr das Leben gerettet«, insistierte er. »Jetzt kann ich einen Teil dieser Schuld begleichen. Sie sind in einer Notlage, und das Verlöbnis wird dafür sorgen, dass Ihr Ruf gewahrt bleibt.«

Lieber hätte er ihr von den Gefühlen erzählt, die er für sie empfand. Doch dafür war sie viel zu verstört.

»Der Regimentskommandeur wird mir angesichts der Umstände die Heiratserlaubnis sicher nicht verweigern. Ich schreibe heute noch an Ihren Vormund und bitte ihn um Ihre Hand. Das sollte Sie auch in Freiberg einigermaßen rehabilitieren, nachdem Sie von dort weggelaufen sind. Und jetzt gehen wir zu Ihrer Wirtin, wo ich mich als Ihr Verlobter vorstellen und sie bitten werde, sich in meinem Namen Ihrer anzunehmen. Soll sie den Stabskapitän bei sich aufnehmen, und Sie pflegen ihn gesund.«

Henriette hat zu viel Elend in diesem Lazarett gesehen, dachte er erneut. Sie darf nicht mehr hierher, sie erträgt das nicht länger. Bei dieser Witwe ist außerdem die Gefahr nicht ganz so groß, dass sie sich mit dem Nervenfieber ansteckt.

»Ich habe bereits Doktor Multon erklärt, dass Sie sich auf Bitten der preußischen Armee andernorts um einen Garde-offizier und weitere Verwundete kümmern.«

Jette wollte widersprechen. Aber sie vermochte einfach keinen klaren Gedanken zu fassen.

Maximilian nahm ihre eiskalten Hände zwischen seine und sah ihr ins Gesicht.

»Falls Sie nicht irgendwann von ganzem Herzen meine Frau werden möchten, gebe ich Sie ohne jeden Vorwurf frei, das schwöre ich. Doch jetzt müssen wir handeln. Noch diesen Nachmittag muss ich die Stadt verlassen. Gott allein weiß, wann wir uns wiedersehen.«

Nun drückte er ihre Hände stärker, ein klein wenig nur.

»Als Verlobte eines Offiziers ist Ihre gesellschaftliche Position eine gänzlich andere, verstehen Sie? Ich will Sie vor Schaden bewahren. Nicht nur, weil ich in Ihrer Schuld stehe, sondern weil Sie es verdienen. Und weil ich Ihnen sehr zugetan bin. Sie hätten mir nicht einst eine Locke von Ihrem Haar geschickt, wäre ich Ihnen gleichgültig. Ist das nicht schon fast ein Verlöbnis gewesen?« Er lächelte.

Henriette kämpfte gegen Tränen an, unfähig vor Schuldge-fühlen, etwas zu sagen.

Lange Zeit hatte sie gedacht, verliebt in Maximilian Trepte zu sein. In Wirklichkeit kannte sie ihn kaum. Und vor nicht ein-mal einer Stunde hatte sie Étienne beim Sterben tröstende Worte zugeflüstert – wie sie gemeinsam durch Lavendelfelder gehen würden, über Sommerwiesen voller Blumen …

Jetzt in ein Verlöbnis mit Maximilian einzuwilligen war nicht nur vollkommen undenkbar. Damit würde sie ihn *und* Étienne verraten.

»Es ist Krieg«, sagte Maximilian eindringlich. »Im Krieg gelten andere Regeln, denken die Menschen anders als in Friedenszeiten. Weil sie viel deutlicher als sonst sehen, wie schnell ein Leben enden kann. Sie wagen Dinge, die sie unter normalen Umständen nie tun würden. Gute wie schlechte.«

Er weiß es, dachte Henriette erschrocken. Dass ich nicht mehr unberührt bin. Doch was gilt das gegen die viel größere Schuld, getötet zu haben?

»Es steht mir nicht zu, darüber zu urteilen«, fuhr der Premierleutnant fort. »Aber wenn ich die Stadt verlassen habe, sind Sie wieder allein hier und damit dem öffentlichen Gerede ausgesetzt. Dieses Verlöbnis ist der beste Schutz, den ich Ihnen bieten kann. Nehmen Sie ihn an, wenn Sie nicht untergehen wollen. Bitte!«

Untergehen ist wohl das treffende Wort, gab Henriette zu. Sie hatte nie über den letzten Schlachttag hinausgedacht. So sicher war sie, hier zu sterben. In ihr früheres Leben konnte sie nicht zurück.

Maximilian ließ ihre Hände los. »Die Zeit drängt. Kommen Sie mit!«

Rachepläne

Napoleons Hauptquartier in Lindenau,
19. Oktober 1813

Warnend hüstelte Napoleons Generalstabschef Berthier, um den wütenden Marschall Macdonald zu bewegen, seinen Ton zu mäßigen. So sprach man nicht mit einem Kaiser, schon gar nicht mit diesem! Und erst recht nicht in einer Situation wie dieser, unmittelbar nach einer verheerenden Niederlage.

Sie befanden sich im Obergeschoss der Lindenauer Mühle, die für ein paar Stunden zu Napoleons Hauptquartier erklärt worden war. In Lindenau westlich von Leipzig, nur eine Dreiviertelstunde zu Fuß vom Ort seiner Niederlage entfernt, hatte Napoleon den ersten Halt auf seiner Flucht befohlen.

Hier saß er nun reglos und mit steinerner Miene, eine Karte vor sich auf dem Tisch, umgeben von Marschällen, Generälen, Adjutanten, etliche davon verwundet, und schien auf etwas zu warten.

Erst angesichts der gewaltigen Explosion der Elsterbrücke, die sogar die Wände der Mühle vibrieren ließ, wurde dem Letzten klar, worauf der Kaiser wartete: auf die Bestätigung, dass sämtlichen Verfolgern der Weg abgeschnitten war. Und auf die Nachzügler, die es gerade noch hinaus aus der Stadt geschafft hatten.

Zu denen gehörte auch der Marschall aus altem schottischem Adel, den Berthier gerade dezent zu warnen versuchte.

Doch Étienne Jacques Joseph Alexandre Macdonald dachte nicht daran, sich zu beherrschen. Stattdessen steigerte er sich immer weiter in seinen wütenden Rapport hinein. Triefend nass, zitternd vor Kälte, bar jeglicher Habe außer dem, was er auf dem Leibe trug, war er dem Leipziger Inferno entkommen und direkt zum Kaiser befohlen worden, um Bericht zu erstatten.

Macdonald hatte – wie Poniatowski, Lauriston und Reynier – zu denen gehört, die den Rückzug der Nachhut befehligen sollten. Doch als die Elsterbrücke gesprengt wurde, der einzige Fluchtweg aus der Stadt, waren auf einen Schlag mehr als dreißigtausend Soldaten der Grande Armée in Leipzig eingeschlossen und verloren. Tot oder gefangen, was angesichts der Zustände in der Stadt keinen großen Unterschied ausmachen konnte.

»Die Brücke war voll bemannt, als irgendein Idiot vom Ingenieurkorps sie vorzeitig sprengte! Der Fluss ist mit Leichen gefüllt. Mit hunderten Leichen!«, schrie der Marschall aufgebracht. Er holte tief Luft und sagte dann etwas gemäßigter: »Sie haben es doch selbst auf dem Weg hierher gesehen, Sire: Die Elster führt reißendes Hochwasser nach dem vielen Regen der letzten Tage, die Böschung ist steil. Ich sah, wie Marschall Poniatowski ins Wasser ritt und von einer Kugel tödlich getroffen wurde. Sein Pferd stürzte, er versank in den Fluten. ›Lieber kämpfend untergehen als den Feinden in die Hände fallen!‹, hatte er zuvor noch gerufen.«

Macdonald bekreuzigte sich, und die anwesenden Marschälle, Generäle, Adjutanten und Schreiber sprachen in Gedanken ein Gebet für den Anführer der polnischen Truppen.

»Ich selbst entkam nur mit Mühe schwimmend. Mein gesamtes Gepäck und Vermögen sind verloren. Der Herzog von Ragusa gab mir ein Pferd, damit ich Euer Kaiserlichen Majestät Bericht erstatten kann«, fuhr Alexandre Macdonald, Herzog von Tarent, fort.

Trockene Sachen wären ihm lieber gewesen. Doch er sollte Marmont wohl dankbar sein für den Gaul, zumal nicht gerade Freundschaft zwischen ihnen herrschte. Sein Körper in den nassen Sachen war inzwischen so ausgekühlt, dass ihm die Zähne klapperten. Aber innerlich kochte er vor Wut.

Seine Vorfahren hatten nach dem gescheiterten Jakobitenaufstand der Stuarts gegen die Engländer nach Frankreich fliehen müssen, und nun brach sich das gefürchtete schottische Temperament hemmungslos Bahn.

»Wie konnte das geschehen?«, wütete er. »Wie konnte dieser Idiot die Brücke sprengen, kaum dass der erste Feind sich blicken ließ? Während noch dreißigtausend Mann in der Stadt stehen und sich Tausende vor und auf der Steinbrücke drängten? Wo waren seine gottverdammten Vorgesetzten, um das zu verhindern? Und wieso ist es überhaupt unterlassen worden, weitere Flussübergänge zu schaffen? Das ist unverantwortlich! Seit anderthalb Tagen steht fest, dass wir uns aus Leipzig zurückziehen. Wieso wurden keine Vorkehrungen getroffen, damit wir die Elster auch an anderen Stellen passieren können?«

Der Marschall schien nicht zu bemerken, dass das gesamte Hauptquartier höchst besorgt den Atem anhielt.

Jeder wusste, dass sich Napoleon persönlich um diese Dinge kümmerte, ausnahmslos und bis ins letzte Detail. Der todesmutige Marschall warf hier gerade seinem Kaiser vor, den Verlust von dreißigtausend Mann durch ein Versäumnis verschuldet zu haben.

Napoleon Bonaparte hatte bis eben ohne jede Regung am Tisch gesessen, während sich die Stabsoffiziere von Macdonalds Bericht mehr oder weniger erschüttert zeigten. Dreißigtausend Mann Verlust konnte die in den letzten Wochen arg gebeutelte Grande Armée nicht mehr verschmerzen. Auch nicht den Tod von Poniatowski.

Lauriston, Reynier, Arrighi – alles bewährte Befehlshaber – waren nun wahrscheinlich Gefangene der Alliierten.

Und keinen in der Lindenauer Mühle hatte es ungerührt gelassen, als der Marschall berichtete, wie ihm die Ertrinkenden in ihrer Verzweiflung zuriefen: »Retten Sie Ihre Soldaten, Monsieur le Maréchal, retten Sie Ihre Kinder!« Macdonald konnte niemanden retten, nicht einmal seinen Adjutanten Beurnonville, der dicht neben ihm ertrank.

»Die Verluste der Armee an Menschen und Material sind so ungeheuer, dass Euer Majestät keinen Augenblick versäumen sollten, bis hinter den Rhein zurückzugehen, um den Rest zu retten!«, beendete er seine leidenschaftliche Ansprache, die eher eine Anklage war.

Dass er damit quasi dem Kaiser einen Befehl erteilte, ließ die meisten Anwesenden zusammenzucken. In Erwartung eines Wutausbruchs starrten sie auf Napoleon. Der hob jetzt den Blick und musterte seinen renitenten Marschall scharf.

Doch das befürchtete Donnerwetter blieb aus.

Kalt, schroff, aber immer noch leidlich beherrscht befahl der Kaiser, der Herzog von Tarent möge gehen und sich trockene Kleider geben lassen.

Beklommenes Schweigen herrschte in den nächsten Minuten. Kaum jemand wagte, tief Luft zu holen.

Dann stand Napoleon auf und ging mit kräftigen Schritten auf und ab, während er Befehle erteilte.

»Wir bleiben bis drei Uhr. Bis alle hier sind, die es noch über die Elster geschafft haben. Die Brücken hinter dem hiesigen Gasthof und am Kuhturm werden abgedeckt, damit uns niemand folgen kann. Wir marschieren über Markranstädt und Weißenfels auf Erfurt. Das gehört mir, dort haben wir Vorräte und können uns neu ausstatten: Proviant, Munition, Ausrüstung. Von dort zum Main. Der Herzog von Reggio wird den Rückzug sichern.«

Dann scheuchte er alle hinaus und ließ sich von seinem Leibmamelucken Roustam Kaffee bringen.

Wortlos und immer noch entsetzt über das Ausmaß der Katastrophe verließen die Generäle, Adjutanten und Schreiber die Mühle. Schneller Rückzug war jetzt die einzige Rettung für die geschlagene Armee.

Als Einziger durch und durch zufrieden war Marschall Oudinot, der Herzog von Reggio, weil er die Nachhut führen durfte. Jetzt konnte er wieder zeigen, was er wert war!

Napoleon verübelte ihm, dass er im Sommer Berlin nicht hatte einnehmen können. Er entzog ihm nicht nur das Oberkommando über die Berlin-Armee, sondern auch den Befehl über sein bewährtes und geliebtes Zwölftes Korps.

Vor Leipzig hatte Oudinot das Kommando über zwei Divisionen Junge Garde erhalten und sich mit ihnen bei den blutigen Kämpfen auf dem Südlichen Schlachtfeld rehabilitiert. Nun bekam er erneut eine Gelegenheit, sich zu beweisen. Es kümmerte ihn wenig, dass er damit die gefährlichste Aufgabe übernahm. Mut war seine Stärke. Fast in jeder Schlacht, wohl an die dreißig Mal, war er verwundet worden und immer wieder auf die Beine gekommen. Die Kugel, die ihn fällte, war noch nicht gegossen.

Marschall Oudinot winkte einen schlanken, schwarzhaarigen Offizier Ende vierzig zu sich, den er erst vor kurzem in seinen Generalstab aufgenommen hatte, den Major Guillaume de Trousteau.

»Lassen Sie antreten! Wir haben die ehrenvolle Aufgabe, den Rückzug zu sichern. Also kehren wir um und verhindern mit allen Mitteln, dass die Gegner eine Behelfsbrücke über die Elster bauen.«

Major de Trousteau nickte zufrieden. Auch er hatte keine Angst, und er war ehrgeizig. Dieser Auftrag gab ihm Gelegenheit, Ausschau zu halten, ob sein Sohn Étienne nicht doch noch unter den Nachzüglern war, die aus Leipzig entkommen konnten.

Étienne, vor dem Herbstfeldzug zum Premier-Lieutenant befördert, war nach der Auflösung des Zwölften Korps dem Korps Marmont zugeteilt worden. Das befand sich längst hier, aber er hatte seinen Sohn noch nicht entdecken können. Was überhaupt nichts besagen musste angesichts der durcheinanderwimmelnden Truppen.

Mein Junge ist tapfer und zäh, der weiß sich zu helfen, sprach sich de Trousteau selbst Mut zu. So einer wie er kommt durch. Es kann gar nicht anders sein.

Napoleon Bonaparte trat an eines der kleinen Fenster, als er allein im Obergeschoss der Mühle war. Direkt vor ihm lagerte die Alte Garde, seine zuverlässigsten Kämpfer. Die hielten Disziplin; ihre Gewehre standen wie immer im Biwak akkurat zu Pyramiden zusammengestellt. Die meisten der Männer blickten in seine Richtung, als erwarteten sie ein Wunder von ihm. Und das taten sie wohl auch. Für sie war er wie ein Gott.

Und er würde ein Wunder wirken.

Seine Alte Garde ließe ihn nie im Stich.

Doch die anderen? Ein wilder Haufen, zerlumpt, entmutigt, zu nichts mehr zu gebrauchen, zur Hälfte schon desertiert.

Das war kein Rückzug, das war ein Desaster!

Und die schlechte Stimmung nahm ihren Ausgang bei den Marschällen und Generälen. Die wollten ihm doch schon nach dem Waffenstillstand im Sommer nicht mehr folgen! Genau genommen hatten ihm viele nicht einmal auf den Russlandfeldzug folgen wollen.

Deshalb hatte er eben auch darauf verzichtet, Macdonald für seine respektlosen Äußerungen zusammenzubrüllen. Weil sie alle so dachten.

Außer Poniatowski vielleicht, aber der war nun tot, wenn stimmte, was Macdonald berichtete. Am Morgen hatten sie noch miteinander gesprochen, hatte er den Anführer der Polen ermahnt, die Stadt um jeden Preis zu halten. Der neu ernannte Marschall von Frankreich Fürst Józef Anton Poniatowski erfüllte seine Pflicht bis zum letzten Atemzug, statt sich in Sicherheit zu bringen wie andere.

Ob die Polen nun weiterkämpfen würden, die ihren tapferen Anführer aus tiefstem Herzen verehrten, in ihm den künftigen König Polens sahen? Derzeit bestand weniger Aussicht denn je, dass ihnen der Kaiser der Franzosen das Königreich Polen wiederherstellen konnte. Zumal der Herzog von Warschau in Leipzig geblieben war: Friedrich August von Sachsen.

Doch er brauchte die Polen! Das waren – selbst die hohen Verluste des heutigen Tages eingerechnet – noch ein paar tausend Mann. Auf die konnte er nicht verzichten, schon gar nicht auf die hervorragende polnische Kavallerie.

Ich werde Fürst Sulkowski das Kommando über die Polen geben, überlegte er. Der ist jung, erst achtundzwanzig, aber tapfer, kampferprobt und aus bestem Haus. Dem werden sie folgen.

Aus der Ferne sah der Kaiser noch einige Nachzügler kommen: sächsische Kürassiere, ein paar Marinegardisten, eine größere Anzahl polnischer Infanteristen und sogar Artillerie, was ihn erleichtert aufatmen ließ. General Dombrowski war es doch noch gelungen, die polnische Infanterie und Artillerie aus Leipzig herauszuführen! Bemerkenswert. Sollte er womöglich ihm das Kommando über die Polen geben?

Unter dem Fenster klangen streitende Stimmen. Eine davon erkannte er sofort. Larrey, sein Erster Heereschirurg, beschwerte sich völlig aufgebracht, dass der Tross mit der gesamten medizinischen Ausrüstung fehle. Eine Katastrophe! Es müsse sofort ein Kommando auf die Suche danach geschickt werden!

Larrey war ein begnadeter Arzt und wurde von den Soldaten zutiefst verehrt, weil er sie auch auf dem Schlachtfeld nicht im Stich ließ, sogar dort operierte, unter Beschuss. Wenn jetzt die gesamte Ausrüstung für ihn und seine Kollegen in Leipzig verloren war … übel. Aber nicht zu ändern.

Wie vieles andere.

Napoleon Bonaparte hatte sich einer Antwort auf Macdonalds Vorwürfe auch enthalten, weil er dann hätte sagen müssen: Denkt ihr Dummköpfe etwa, dass *ich*, das größte militärische Genie unserer Zeit, etwas so Wichtiges wie Brücken vergesse?

Flussübergänge bei schnellen Vormärschen und Rückzügen sind kriegsentscheidend, das weiß jeder. Brücken bauen zum Vordringen, Brücken hinter sich zerstören für den ungehinderten Rückzug. *Gestern schon* habe ich Bertrand mit seinem Vierten Korps nach Weißenfels geschickt, damit er dort unseren Übergang über die Saale vorbereitet!

Doch wer hätte denn hier Übergänge bauen sollen, wenn der komplette Trainpark mit allem Zubehör für den Brückenbau vor zwei Tagen irgendwo zwischen Eilenburg und Torgau verschollen ist? Fast siebentausend Mann und fünfhundert-vierzig Wagen! Weil Ney wieder einmal seine Befehle nicht richtig befolgt hat!

Deshalb blieb gar kein anderer Ausweg. Die Elsterbrücke flog genau in dem Augenblick in die Luft, wie ich es befohlen habe: als der erste Feind sich zeigte. Um unseren Rückzug zu decken, die Verfolger aufzuhalten. Pech für diejenigen, die noch in der Stadt waren.

Ich habe dreißigtausend Mann geopfert, um meine Armee zu retten.

Doch die Reaktionen auf Macdonalds Worte eben zeigten, dass dieses Eingeständnis für Aufruhr sorgen würde.

Es würde ihn nicht gut dastehen lassen.

Deshalb sollte er wohl besser die Brückensprengung als Miss-geschick eines verängstigten Sappeurs deklarieren und irgend-wen dafür vors Kriegsgericht bringen.

Ungeduldig zog Napoleon Bonaparte seine Taschenuhr her-vor.

Die große Explosion erfolgte mittags, kaum eine Stunde nachdem er Leipzig verlassen hatte. Jetzt war es kurz nach eins. In Leipzig wurde vereinzelt immer noch geschossen, das konnte er bis hierher hören. Aber die Stadt musste nun einge-nommen sein. Wahrscheinlich feierten seine Gegner schon ihren Sieg mit einer Parade auf dem Marktplatz.

Dem Kaiser kam nicht der Gedanke, dass jeder Schuss, den er jetzt hörte, womöglich einen seiner noch Widerstand leisten-den Soldaten traf. Für ihn waren sie längst tot.

Stattdessen wunderte er sich, dass Leipzig nicht in Flammen stand. Die Alliierten hatten wohl auf Brandgeschosse ver-zichtet. Natürlich, sie brauchten einen Stützpunkt, denn nach Dresden kamen sie nicht hinein. Noch nicht. Dort saß sein Marschall Gouvion Saint Cyr mit mehr als dreißigtausend Mann, umzingelt von der Reservearmee unter Bennigsen, Russen und Österreicher. Gouvion Saint Cyr war ein zäher

Kerl. Vielleicht konnte er einen Ausfall wagen und sich zur Hauptarmee durchschlagen.

Es waren weit über hundertfünfzigtausend Mann, die er in den Elbfestungen zurücklassen musste, überschlug Napoleon in Gedanken. Die Festungen in Polen und an der Oder konnte er ohnehin abschreiben, da war nichts zu retten. Und die an der Elbe?

General Narbonne in Torgau – zu viele Typhuskranke und zu viele Sachsen, auf die war kein Verlass mehr. Noch ein Komplettverlust. Ob Wittenberg über den Winter einer Belagerung standhalten konnte? Magdeburg? Und der Eiserne Marschall Davout in Hamburg? Der könnte einen Durchbruch schaffen. Aber er sollte die Stellung halten und ihm Hamburg und Holstein bis zu seiner Rückkehr sichern.

Im Grunde seines Herzens wusste Napoleon Bonaparte, dass er auch diese Männer allesamt opferte.

Der Kaiser der Franzosen ließ sich auf den Stuhl sinken, streckte die Beine auf einem Schemel aus, verschränkte die Hände hinter dem Kopf und lehnte sich zurück.

Es war äußerst selten, dass er eine Schlacht verlor, wenn er persönlich das Kommando führte.

Aber auf seine Generäle und Marschälle konnte er sich einfach nicht mehr verlassen. Oudinot und Ney hatten ihn bei Berlin vor diesem Bülow blamiert, Ney machte ohnehin, was er wollte, Vandamme hatte im August in Kulm sein ganzes Korps eingebüßt und saß nun als Kriegsgefangener in Sibirien, weil er dem Zaren bei der Verhaftung auch noch frech gekommen war. Macdonald hatte sich sein Korps von Blücher an der Katzbach zusammenhauen lassen. Zur Strafe musste er heute die Verteidigung der Stadt übernehmen, zusammen hauptsächlich mit Rheinbündlern und Polen.

Poniatowskis Tod war bedauerlich.

Doch Reynier, Arrighi und Lauriston waren entbehrlich.

Reynier hielt zu sehr auf seine Sachsen, und die waren gestern fast allesamt übergelaufen!

Überhaupt, dachte der Kaiser in seinem grimmigen Monolog: Wenn schon ein Schuldiger an der Niederlage gesucht wird, dann müssen wir über die Sachsen sprechen.

Die haben mich um den Sieg gebracht!

Er sah das Bulletin im *Moniteur* schon vor sich: Die gesamte sächsische Armee ist übergelaufen, mit sechzig Kanonen, und die haben sie sofort gegen uns gerichtet, gegen ihre Verbündeten!

Das war nicht einmal völlig gelogen. Nur stark übertrieben. Von sechzig Geschützen konnte die sächsische Armee nach den Verlusten der letzten Monate nur träumen. Viel mehr als die dreitausend Mann, die mit »Hurra« zu den Russen rannten, war von der sächsischen Armee auch nicht mehr übrig nach den harten Kämpfen der letzten Wochen, in denen er sie bedenkenlos geopfert hatte, wenn es brenzlig wurde.

Und Leipzig mochte ich noch nie leiden, das war schon immer Frankreichs gefährliche Feindin, dachte Napoleon wütend. Das Kaufmannspack lässt trotz Kontinentalsperre englische Waren ins Land schmuggeln und handelt damit. Zur Strafe dafür soll die Stadt jetzt bluten!

Anfangs in dieser großen, unvermeidlichen Schlacht lief alles nach Plan. Er hatte die besten Standorte gewählt und verfügte natürlich über die besseren Truppen. Noch dazu hatten seine Gegner wieder einmal so unglaubliche Fehler in ihren Dispositionen begangen, dass er schon am Mittag des ersten Schlachttages die Siegesglocken in Leipzig läuten ließ. Etwas voreilig, wie sich zeigte. Gestern Abend waren die Feinde zahlenmäßig mehr als doppelt so stark wie seine Truppen, und er konnte im Gegensatz zu ihnen keinen Nachschub mehr herbeiordern.

Und dann diese Verräter! Vor ein paar Tagen wechselte Bayern ganz offiziell die Seiten und erklärte ihm den Krieg, gestern liefen die Sachsen und Württemberger scharenweise zum Gegner über.

So kann man keine Schlacht gewinnen!

Der Lärm, der von draußen zu ihm drang, die gebrüllten Kommandos sagten dem Kaiser, dass die Zeit für den Abmarsch nach Markranstädt nahte. Erneut klappte er die goldene Taschenuhr auf und sah zufrieden auf das Zifferblatt: zehn vor drei.

Schwungvoll stand er auf und trat zur Tür. Stieg die Treppe hinab und stellte sich auf.

So wie alle Welt ihn kannte: im grauen Mantel über der grünen Uniform und mit schwarzem Zweispitz, mit vorgerecktem Kinn und zu allem bereit.

Sofort ging ein Ruck durch die abmarschbereiten Truppen, wandten sich alle Gesichter zu ihm.

Er hatte eine Schlacht verloren, aber nicht den Krieg!

Die Welt hielt mich schon einmal für vernichtet, damals in Russland, dachte der Kaiser der Franzosen grimmig. Doch binnen weniger Wochen hatte ich eine neue Armee aus dem Boden gestampft, die den Feind in nur zwanzig Tagen über Spree und Neiße trieb.

Diesmal wird es nicht ganz so schnell gehen, denn die jungen Rekruten werden knapp. Aber spätestens im Mai komme ich mit einer Viertelmillion Mann zurück!

Ich, Napoleon Bonaparte.

Abschied

Leipzig, 19. Oktober 1813

ie Parade löste sich auf, die meisten Zuschauer eilten in ihre Häuser, um dort zu sichern, was zu sichern war. Doch die Straßen waren voller Menschen, als sich Henriette und ihre Begleiter den Weg am Markt vorbei über die Grimmaische zur Nikolaistraße bahnten.

Aus der Ferne hallten immer noch Schüsse. Militär beherrschte das Straßenbild. Offiziere wurden einquartiert, ganze Regimenter in Marsch gesetzt, Gefangene fortgeführt.

Der Bursche des Stabsoffiziers, ein schlaksiger, sommersprossiger Blondschopf, ging mit dessen Pferd am Zügel voran, um Platz für die anderen zu schaffen. Einem Pferd wich selbst im dichtesten Gewühl jeder vorsichtige Mensch aus. Ihm folgten Werslow und Hansik, die den Verwundeten trugen. Henriette und Maximilian bildeten den Schluss der kleinen Gruppe, jeder von beiden in Gedanken versunken, die den anderen betrafen.

Bin ich jetzt tatsächlich verlobt?, zweifelte Jette, während sie achtgab, auf dem schmierigen Straßenpflaster nicht auszurutschen. Darf ich den Antrag überhaupt annehmen? Früher oder später musste sie Maximilian die Wahrheit beichten. Dann würde er sie verstoßen und verachten, vielleicht sogar hassen. Wie sollte sie das ertragen?

Unterdessen ging Maximilian mit sich ins Gericht, ob er Henriette verzeihen könnte, falls ihr Verhältnis mit jenem Franzosen über Höflichkeiten hinausgegangen war.

Doch noch mehr beschäftigte und bestürzte ihn ihre tiefe Mutlosigkeit. Sogar heute, am Tag des großen, hart erkämpften Sieges!

Er selbst war überglücklich und stolz. Froh, dass er noch lebte. Einer seiner beiden jüngeren Brüder war erst Anfang des Monats gefallen, als Blüchers Korps Yorck bei Wartenburg über die Elbe ging: Julius, der jüngste.

Ob der Zweitälteste noch lebte, wusste er nicht. Philipp gehörte ebenfalls zum Korps Yorck, und das hatte vor drei Tagen in Möckern im Norden Leipzigs ein Drittel der Männer verloren. Ohne seinen erbitterten Einsatz hätte Napoleon schon am ersten Tag der Entscheidungsschlacht gesiegt.

Blücher hatte gestern dieses Korps nach Halle vorausgeschickt, und deshalb hoffte Maximilian, dass sein Bruder dort war und von den Hallensern so gefeiert wurde, wie es die Leipziger hier mit den Alliierten taten. Sie kamen aus den Häusern und drückten Preußen oder Österreichern und sogar den gefürchteten Kosaken freudestrahlend Weinflaschen in die Hand, luden sie zu sich ein, um ihnen für die Befreiung von Napoleon zu danken. Frauen steckten ihnen Blumen an. Bleiche Gestalten dankten Gott auf Knien für ihre Rettung.

Die Besiegten – Franzosen, Badener und andere Rheinbündler – standen mit niedergelegten Waffen an Hauswänden und warteten, wohin man sie bringen würde. Nur aus einer Nebenstraße klangen immer noch Schüsse und Schreie, bis sie jäh erloschen.

Maximilian folgte Henriettes Blicken und versuchte, die Welt mit ihren Augen zu sehen: die Straßen voller Toter, Sterbender, Pferdekadaver.

Die Sieger trugen Kränze und Blumen an den Uniformen, doch sie wateten durch Blut und Schmutz, sie stiegen über Leichen hinweg. Und trotz aller Euphorie waren die meisten von ihnen völlig erschöpft, ausgehungert, fiebrig. Viele heute harmlos scheinende Wunden würden noch Tage nach der Schlacht Leben fordern. Sobald der Jubel verklungen war, würden Hunger und Fieber das Regime übernehmen.

Henriette hatte von der Lazarettverwaltung eine Unterkunft in der Nikolaistraße zugewiesen bekommen: bei der Schwester eines dort tätigen städtischen Beamten, einer vornehmen Witwe mit kunstvoll aufgetürmtem grauem Haar.

Diese trug wie stets ein schwarzes Satinkleid, heute allerdings ein dezent mit weißer Spitze verziertes, und schien nicht besonders überrascht, als ihr Dienstmädchen einen preußischen Offizier meldete. Die Alliierten hatten die Stadt eingenommen, so würde es eben preußische oder russische Einquartierung geben statt französischer. Das war der Lauf der Dinge in Kriegszeiten.

Eher schon staunte sie darüber, an der Seite dieses Offiziers die junge Lazaretthelferin zu sehen, die sie bei sich aufgenommen hatte, nachdem sie auf rätselhafte Weise mutterseelenallein in Leipzig aufgetaucht war.

Skeptisch äugte die vornehme Witwe von einem zum anderen. Bevor sie zu irgendwelchen Schlüssen kommen konnte, übernahm Maximilian die Initiative.

Er schlug die Hacken zusammen und salutierte.

»Premierleutnant Maximilian Trepte vom 2. Preußischen Garderegiment zu Fuß.«

Dann setzte er ein verbindliches Lächeln auf. »Madame, ich bin Ihnen sehr dankbar, dass Sie sich meiner Verlobten angenommen haben, die durch die Kriegswirren ihre Familie verloren hat. Und ich wäre Ihnen sehr verbunden, wenn Sie weiter für Mademoiselle Gerlach sorgen könnten, solange ich im Felde bin.«

»Ihre ... *Verlobte*?«

Der Witwe Charlotte Wilhelmine Lindenthal verschlug es nur sehr selten die Sprache. Doch diese Neuigkeit war so erstaunlich, dass sie die Augen weitete und die Brauen hochzog. Was für eine Wendung!

Nun, wenn das Mädchen, das in so mitgenommenen Kleidern und ohne Begleitung zu ihr geschickt worden war, die Braut eines preußischen Gardeoffiziers war, sollte sie der Kleinen etwas Besseres anbieten als die Dachkammer des durchgebrannten Zimmermädchens.

»Aber Kind, wieso haben Sie das denn nicht gleich gesagt?«, rügte sie Henriette milde.

Dann legte sie eine Hand aufs Herz. »Selbstverständlich, Herr Premierleutnant, werde ich Ihre Braut gut behüten.«

»Das ist sehr großzügig von Ihnen, Madame. Ich sende von nun an einen Teil meiner Löhnung, damit Mademoiselle Gerlach ein Auskommen hat und Sie für Kost und Logis bezahlen kann.«

Sein Regiment hatte zwei Monate keinen Sold bekommen, weil die Straßen nach Berlin nicht frei waren, doch dieses Problem sollte nun behoben sein.

Er will mir Geld schicken?, dachte Henriette erschrocken. Das kann ich unmöglich annehmen!

»Da wäre noch ein dringendes dienstliches Anliegen, Madame«, sprach Maximilian weiter, bevor die Witwe Lindenthal etwas sagen konnte. »Ich bitte Sie, einen verwundeten Stabsoffizier meines Regiments in Ihrem Haus aufzunehmen, damit Mademoiselle Gerlach ihn hier gesund pflegt. Ihn und vielleicht noch einige andere – so viele Sie unterbringen können. Ich habe die Zustände im Hauptlazarett gesehen. Dort kann er nicht genesen.«

»Ein preußischer Stabsoffizier der Garde?«, vergewisserte sich die Witwe geschmeichelt. »Selbstverständlich, Herr Premierleutnant! Normalerweise vermiete ich an Studenten, nur aus allerbesten Familien. Die meisten haben sich freiwillig zur preußischen Armee gemeldet.«

»Wie viele können Sie hier aufnehmen?«

»Vier, wenn sie nicht zu schwer verwundet sind«, überschlug die Dame des Hauses rasch.

»Gut. Ich informiere Doktor Multon. Und sorge dafür, dass man Ihnen keine weitere Einquartierung schickt«, versprach Maximilian.

Die Witwe wirkte sichtlich erleichtert. Sie strich über ihr makellos sitzendes Satinkleid, zupfte an ihrer Frisur und berichtete leicht pikiert: »Bis gestern hatten wir ja einen französischen General und seine Suite im Haus. Nichts war ihm gut genug. Aber letzte Nacht zog er es zu unserem Glück vor, klammheimlich das Weite zu suchen. Wahrscheinlich ist er schon auf halbem Weg nach Paris.«

Sie läutete, zwei Dienstmädchen erschienen.

»Wir müssen im Haus umräumen«, verkündete sie. »In das große Gästezimmer kommt ein verwundeter preußischer Gardeoffizier. In der Bibliothek werden vier Betten für weitere Verwundete aufgestellt. Und da nach dem Abzug der Franzosen, Gott sei dafür gedankt, wieder Platz im Haus ist, zieht Mademoiselle Gerlach in das grüne Zimmer neben der Bibliothek. So kann sie sich am besten um die Blessierten kümmern. Allez, allez!«

Sie klatschte in die Hände und sah den Premierleutnant auffordernd an, während die Mädchen davonhuschten, um alles vorzubereiten.

»Worauf warten Sie? Lassen Sie endlich Ihren Offizier bringen, er kann doch unmöglich auf der Straße liegen!«

Maximilian fragte sich auch längst, wo Werslow und Hansik mit dem Stabskapitän blieben. Er bat Henriette, hinunterzugehen und ihnen Bescheid zu geben. Das gab ihm Gelegenheit, noch etwas unter vier Augen mit der Witwe zu besprechen.

Jette nickte und stieg die Treppe hinab.

Sie brachte immer noch kein einziges Wort heraus. Maximilian hatte ihr Schicksal in die Hand genommen.

Es tat gut, wieder Fürsorge zu erfahren, lebenswichtige Entscheidungen nicht allein treffen zu müssen. Aber das Geld durfte sie nicht annehmen. Sie würde nur das Nötigste ausgeben und später alles zurückzahlen. Ein wenig Geld hatte sie noch durch den heimlichen Verkauf ihres ersten Ballkleides.

Ein Geschenk von Étiennes Vater, einem Major im Korps Oudinot, der darauf bestanden hatte, dass sie es annahm. Und ihm widersprach man besser nicht.

Für sie gab es nur eine einzige Rechtfertigung, Maximilians Hilfe nicht abzuweisen: Es war ein rein vernunftmäßiges Arrangement, aus der Not heraus geboren. Er hatte es ja selbst gesagt: Daraus musste keine Hochzeit werden. Vielleicht starb sie ja doch, vielleicht trug sie das Fieber schon in sich. Und der Krieg war noch lange nicht vorbei. Das hatte ihr am Morgen erst ein verwundeter sächsischer Kürassier namens Enge versichert.

Charlotte Wilhelmine Lindenthal war mit der Entwicklung der Dinge überaus zufrieden.

Wer hätte das heute Morgen gedacht, als sie vor diesem Mädchen – dieser Offiziersbraut!, korrigierte sie sich – ihre Ängste laut aussprach, ob sie den Sturm auf Leipzig heil und mit einem Dach über dem Kopf überstehen würden?

Das Leben ging also weiter. Damit stand fest, dass sie neue Einquartierung bekam. Aber ein paar preußische Offiziere – noch dazu von der Garde! – waren zwei Dutzend wilder Kosaken eindeutig vorzuziehen.

»Wenn Sie mir freundlicherweise Papier und Feder geben, stelle ich Ihnen eine Bescheinigung für das Quartieramt aus«, schlug der Premierleutnant Trepte vor.

»Natürlich, sofort!« Mit einer eleganten Geste dirigierte ihn die Witwe an das Pult im Salon.

»Ihre Braut muss viel durchgemacht haben – ganz allein in Kriegszeiten! Und wenn man bedenkt, was sie im Lazarett zu sehen bekommt«, begann sie zu plaudern. »Darf ich Sie und Ihre Verlobte zur Feier des Sieges auf Kaffee und Gebäck einladen? Echter Kaffee!«, versprach sie und lächelte vielversprechend.

Seit der von Napoleon verhängten Kontinentalsperre waren

englische Importgüter nur unter der Hand zu bekommen –
dank des blühenden Schmuggels damit.

»Das ist sehr freundlich von Ihnen, Madame. Doch ich
muss mich umgehend bei meinem Regiment zurückmelden«,
lehnte Maximilian ab, obwohl ihm der Magen knurrte und er
seit Ewigkeiten keinen echten Kaffee mehr getrunken hatte.

»Wirklich nicht?«, beharrte die Witwe, während Maximilian
das Schreiben für das Quartieramt aufsetzte.

»Danke, ich möchte Ihre Gastfreundlichkeit nicht über Gebühr strapazieren«, versicherte er und ignorierte sein Ma-
gengrimmen.

Selbst wenn diese wohlhabende Witwe garantiert über einige
Vorräte verfügte, so waren die nicht unbegrenzt. Bald musste
der Mangel in der ausgebluteten Stadt unvorstellbare Ausmaße annehmen. Hier würden noch auf längere Zeit dreißigtausend Gefangene und Verwundete bleiben; fast so viele, wie
Leipzig Einwohner zählte. Und bevor sich das gewaltige,
hungrige Heer wieder in Bewegung setzte, wollte es auch ver-
proviantiert werden. Sollte sie Kaffee und Gebäck Henriette
und dem Stabskapitän geben.

Charlotte Wilhelmine Lindenthal musterte ihn aufmerksam,
während er schrieb. Sie neigte den Kopf ein wenig und fragte
scheinbar beiläufig: »Wie lange sind Sie denn schon mit
Mademoiselle Henriette verlobt, Herr Premierleutnant?«

Das galt es dringend zu klären. Nicht dass dieses Kind gerade
erst jemanden von der Straße aufgelesen hatte und ihr eine
Zufallsbekanntschaft als seriöse Verbindung präsentierte! In
Kriegszeiten ereigneten sich die absonderlichsten Dinge.

»Mademoiselle Gerlach pflegte mich gesund, als ich im Mai
schwer verwundet nach Freiberg kam. Sie tat das auf so groß-
mütige Weise, dass ich mein Herz an sie verlor«, antwortete
Maximilian diplomatisch, der sofort erkannte, worauf diese
Frage hinauslief.

»Es war sehr leichtsinnig von ihr, in den Kriegswirren nach

Leipzig zu reisen, um mich zu suchen, nachdem sie ihre Verwandten verloren hatte«, fuhr er fort, was ihm ein zustimmendes und wohlwollendes Nicken einbrachte. »Natürlich hatte sie preußischen Geleitschutz.«

Woher eigentlich?, fragte er sich. Damals hielt französische Kavallerie unter General Pajol Freiberg besetzt. Aber das würde ihm Henriette schon noch erzählen.

»Meine Verlobte kam hierher, um Not lindern zu helfen«, erklärte er der aufmerksam lauschenden Witwe. »Dass die Familie, bei der sie unterkommen wollte, wegen des Krieges die Stadt verlassen hatte, brachte sie allerdings in eine schwierige Lage.« Damit dürfte Jettes mysteriöses Erscheinen hinreichend begründet sein.

»Mein Herr Bruder arbeitet in der Lazarettverwaltung und schickte sie mir mit einem Empfehlungsschreiben«, erwiderte Madame Lindenthal bedeutungsschwer. »Sie legte ausgezeichnete Referenzen von den Freiberger Ärzten vor.«

Maximilian löschte die Tinte auf dem Schreiben für das Quartieramt und reichte es der Witwe. Nun senkte er die Stimme etwas und blickte ihr in die Augen.

»Sie sind eine lebenserfahrene Frau, Madame, und sehen es selbst: Meine Verlobte ist über die Maßen erschöpft. Ich bin sehr besorgt. Sie braucht ein paar Tage Erholung von dem Grauen im Hauptlazarett. Das ist mehr, als jemand in ihrem Alter und mit ihrer Zartheit ertragen kann. Sie hat niemanden sonst hier, der sich um sie kümmert. Ihre Mutter starb schon vor Jahren, der Vater erst kürzlich.«

»Das arme Ding!«, seufzte die Witwe.

»Und ich kann sie nicht zu meinen Eltern nach Berlin schicken, solange die Straßen nicht sicher für Zivilreisende sind. Deshalb möchte ich, das sie vorerst hierbleibt und in Ihrem Haus Verwundete pflegt.«

»Sie haben mein Wort: Ich sorge dafür, dass Ihre Braut wieder zu Kräften kommt.«

Maximilian glaubte der Witwe. Sie war gewieft, aber gewiss nicht herzlos. Und dieses Arrangement ersparte ihr viel lästigere Einquartierung.

Polternde Schritte kündigten Werslow und Hansik an, die den Verwundeten herauftrugen.

»Ist das Zimmer für den Gardeoffizier fertig?«, rief Madame Lindenthal in den Flur. Eines der Dienstmädchen huschte herbei, knickste und bejahte.

»Hier hinein!«, dirigierte die Gastgeberin die Füsiliere mit dem Blessierten in das künftige Krankenquartier.

Maximilian Trepte stellte sie und den Stabskapitän einander vor, sah zufrieden, dass die Witwe ihn sofort in ein lebhaftes Gespräch verwickelte, und beorderte Hansik und Werslow zu sich hinaus in den Flur. Deren Mienen verrieten ihm, dass es Neuigkeiten gab; die wollte er gern erfahren.

»Was war unten los?«

»Gestatten Sie, Herr Premierleutnant, nebenan sind einige unserer einstigen Kameraden vom 1. Garderegiment einquartiert«, meldete der Jüngere der beiden.

»Ist Ihnen bewusst, Füsilier Hansik, dass Sie jetzt zum 2. Garderegiment gehören und sich dieses Regiment bereits auf dem Marsch befindet? Dass wir also keine Zeit verlieren dürfen, schon gar nicht für Plauderstündchen mit alten Kameraden, während Sie für einen schwer verwundeten Offizier zu sorgen haben?«

Fred Hansik grinste ohne das geringste Anzeichen von Reue.

»Genau das taten wir, Herr Premierleutnant«, versicherte er. »Für unseren Herrn Stabskapitän sorgen.«

»Wollen Sie das gefälligst erklären?«

Treptes Geduld war fast erschöpft, aber er kannte Hansik gut genug, um eine Pointe zu erwarten.

»Der Hauswirt hat sich tausendmal dafür entschuldigt, dass er unseren Männern nicht mehr als ein paar trockene

Kartoffeln anbieten kann. Es gibt ja kaum noch etwas zu essen in der Stadt. Da sind die Füsiliere vom Vierten Zug kurz losmarschiert und trieben zwei Ochsen auf, die die Franzosen requiriert und dann ... äh ... irgendwo verloren haben. Nun wird im ganzen Nachbarhaus gekocht und gebraten.«

Hansik und Werslow grinsten beide von einem Ohr zum anderen. »Wir einigten uns, dass auch dieses Haus von der freizügigen Spende der Franzosen profitieren soll«, brachte Werslow die Geschichte zu Ende.

»Gut gemacht!«, lobte Trepte und unterdrückte ein Lächeln. »Aber jetzt bringen Sie die nächsten Verwundeten hierher, vier Mann, und dann setzen Sie sich schnellstens Richtung Pegau in Bewegung. Hier sind Ihre Marschpapiere. Ich reite auf dem Pferd des Stabskapitäns voraus, um Bericht zu erstatten.«

Das Pferd wurde unten immer noch vom Burschen bewacht, der bei seinem Offizier bleiben würde. Doch das Reittier wurde bei der Truppe gebraucht.

»Zu Befehl, Herr Premierleutnant!«, bestätigten Werslow und Hansik wie aus einem Munde, machten kehrt und polterten die Treppe hinab.

Mit einem Krug Wasser, das leicht dampfte, und einem Handtuch über dem Arm trat Henriette in den Flur. Zögernd verharrte sie, als sie Maximilian sah.

»Sie müssen jetzt gehen, nicht wahr?«, fragte sie leise.

»Ja. Aber ich schreibe Ihnen. Sooft ich kann.«

Er brachte ein zuversichtliches Lächeln zustande, obwohl ihm Henriettes Anblick beinahe das Herz zerriss.

Verlegen und aufgewühlt stand sie da mit Krug und Tuch, in einem dünnen Leinenkleid mit zarten lila Streifen. Und genau wie er sie ansah, um sich dieses Bild einzuprägen, versuchte sie unter halb gesenkten Lidern, jeden seiner Gesichtszüge in sich aufzunehmen. Zum Abschied, als Erinnerung für den Rest ihres Lebens.

Sie hatte von ihm geträumt, sich immer wieder ausgemalt, wie es ihm wohl gehen würde. Und jetzt waren sie sich unter Umständen wiederbegegnet, die keinen Raum für Hoffnung ließen.

Ihr Herz blutete bei der Vorstellung, Maximilian könnte verwundet werden. Oder sterben wie Étienne. Die vielen Toten und Verwundeten dieses Tages waren noch lange nicht die letzten des Krieges. Vielleicht war gestern oder heute auch Felix gefallen, der Schüchterne, den sie sich gar nicht auf einem Schlachtfeld vorstellen konnte.

»Passen Sie auf sich auf!«, flüsterte sie, die Kehle wie zugeschnürt. »Ich könnte es nie verwinden ... wenn Ihnen etwas zustieße ...«

Maximilian lächelte. »Dann wird mir nichts geschehen! Der Gedanke an Sie wird mich schützen. Und Ihre Locke.«

Gerührt von seinen Worten, sah Henriette ihn an, immer noch den Krug mit dem langsam erkaltenden Wasser und das Tuch in der Hand haltend.

Der Moment des Abschieds war gekommen.

Sie galten nun als verlobt. Was würde Maximilian tun?

Ihr einen Kuss auf die Wange geben wie Étienne? Tröstend über ihr Haar streichen? Einen Herzschlag lang wünschte sie sich, er würde es tun, auch wenn es sich nicht schickte.

Doch er sah sie nur an und lächelte ihr zu.

»Fassen Sie Hoffnung, Henriette! Wir haben gesiegt, das Vaterland wird frei. Ich werde schreiben. Bald sehen wir uns wieder.«

»Gott schütze Sie!«, flüsterte sie noch einmal.

Als er die Treppe hinabeilte, füllten sich ihre Augen mit Tränen.

Der geschlagene König

*Leipzig, Quartier des sächsischen Königs am Markt,
19. Oktober 1813*

ie Parade war vorbei, und noch immer wartete der König von Sachsen auf die Einladung der alliierten Herrscher zur Siegesfeier.

Während sich die Menschenmenge auf dem Markt zu zerstreuen begann, brachte ein Kammerdiener endlich die erlösende Nachricht: Ein Abgesandter des Kaisers von Österreich bitte um Audienz bei Seiner Majestät.

Wie sich herausstellte, war dieser Abgesandte ein alter Bekannter: der Rittmeister Graf von der Schulenburg, der einst in der sächsischen Armee gedient hatte. Aber er war zu den Österreichern übergetreten und inzwischen Adjutant des Oberbefehlshabers der Verbündeten, Fürst Karl Philipp zu Schwarzenberg.

Allerdings kam der Rittmeister nicht, um Friedrich August von Sachsen zur Siegesfeier einzuladen, wie jener felsenfest glaubte. Sondern um in aller Höflichkeit auszurichten, Seine Königliche Majestät habe sich als Kriegsgefangener der Alliierten zu betrachten.

Fassungslos riss der alternde Regent die Augen auf.

Porzellan zerbrach klirrend. Königin Amalie hatte ihre Tasse fallen lassen und stieß einen schrillen Laut aus.

Prinzessin Maria Augusta fing an zu schluchzen, die Hand vor den Mund gepresst.

Statt seine Gemahlin und seine Tochter zur Beherrschung zu ermahnen, wie es jedermann erwartete, griff sich der König an die Brust, taumelte und wäre gestürzt, hätte ihn nicht sein Generalstabschef von Gersdorff aufgefangen.

Der Graf von der Schulenburg fühlte sich äußerst unwohl in seiner Haut; immerhin hatte er diesem Monarchen einmal gedient.

Wortreich und mit gesenkter Stimme begann er zu erklären, der Kaiser von Österreich habe bewusst ihn mit dieser delikaten Mission betraut, damit Seine Majestät die Nachricht zuerst von einem Vertrauten empfange. Noch vor dem Abend werde Seine Kaiserliche Majestät Zar Alexander jemanden mit der Order schicken, der König von Sachsen und seine Familie hätten Vorbereitungen zu treffen, um in wenigen Tagen an einen anderen Ort eskortiert zu werden.

»Aber man lässt uns doch in Sachsen?«, rief die Königin entsetzt und zu aller Überraschung.

Die einundsechzigjährige Amalie von Zweibrücken war nie eine Schönheit gewesen, und das Alter hatte gnadenlos alle unangenehmen Züge in ihrem Antlitz noch deutlicher zur Geltung gebracht. Sie ergriff sonst nie von sich aus das Wort, jedenfalls nicht vor versammelten Beratern, Generälen und Ministern.

Der Graf von der Schulenburg neigte höflich den Kopf.

»Ich bedauere, Königliche Majestät. Hoffen Sie besser nicht darauf.«

»Führt man uns etwa in Ketten nach Sibirien?«, schrillte die Prinzessin.

»Contenance!«, fuhr ihr Vater sie scharf an.

Sein erstes Wort seit der unheilvollen Eröffnung des Rittmeisters, genau genommen seit Stunden. »Wir sind eine Herrscherdynastie, die durch Gottes Gnade über sechs Jahrhunderte dieses Land regiert.«

Jener Satz ging ihm sogar jetzt wie von allein über die Lippen. Er verwendete ihn täglich, er prägte sein ganzes Wesen. Mit einem strengen Blick auf seine Tochter zischte er: »Unseresgleichen wird nicht in Verliese geworfen oder nach Sibirien geschickt.«

Schließlich kam dieses Urteil – so ungeheuerlich es auch war – nicht von einem Pariser Revolutionstribunal, sondern von gekrönten Häuptern. Von seinesgleichen!

»Richten Sie sich auf Berlin als Reiseziel ein«, wagte der Graf von der Schulenburg noch zu sagen, auch wenn er nicht sicher war, ob seine Vollmachten so weit reichten.

Niemandem war gedient, wenn die königliche Familie jetzt die Fassung verlor und ihre Untertanen aufwiegelte. Es war die ausdrückliche Anweisung des Freiherrn vom und zum Stein gewesen, einen Aufruhr bei der Verhaftung des Königs unbedingt zu vermeiden.

Der einst sächsische, nun in österreichischen Diensten stehende Rittmeister atmete noch einmal durch, bevor er den heikelsten Teil seiner Mission aussprach.

Zu seinem allergrößten Bedauern müsse er Seine Königliche Majestät im Auftrag der alliierten Herrscher um die Übergabe des Degens bitten.

Damit stürzte die Welt für den König von Sachsen endgültig ein. Schreckensstarr verfiel er erneut in Wortlosigkeit.

Der Graf von der Schulenburg musste sich die Waffe von einem Bediensteten bringen lassen, was zunächst eine hektische Suche auslöste.

Als der Rittmeister das Haus verlassen wollte, sah er sich von polnischen Offizieren umringt, die ihm ebenfalls ihre Degen anboten. Sie seien lieber Gefangene der Österreicher als der Russen, erklärten sie einmütig. Von der Schulenburg bedeutete ihnen, die Waffen auf den Boden zu legen, und erklärte sie zu seinen Gefangenen.

Kaum war die Tür hinter dem Gesandten des Kaisers Franz geschlossen, beendete Prinzessin Maria Augusta ihr erzwungenes Schweigen.

»Gütigster, erlauchtester Vater, ich bitte Sie! Sie sind ein König! Man verhaftet keinen König! Und wenn sie uns nach Berlin verschleppen – wo werden wir dort leben?«, sprudelte es aus ihr heraus. »Wie viele Bedienstete dürfen wir mitnehmen? Was ist mit Kleidern und Schmuck? Wir führen nur das bisschen bei uns, das wir bei dem überstürzten Aufbruch von Dresden mitnehmen durften.«

Diesen überstürzten Aufbruch hatte Napoleon vor zwölf Tagen befohlen, in aller Herrgottsfrühe, mit nur kleinem Gepäck, damit die Dresdner nicht durch die Abwesenheit der königlichen Familie beunruhigt wurden.

»Kleines Gepäck« bedeutete fünfundzwanzig Wagen aus der königlichen Remise sowie hundertneununddreißig weitere Wagen. Natürlich hatte Friedrich August auch etlichen Schmuck aus dem Grünen Gewölbe holen lassen.

»Beruhige dich!«, sprach die Königin auf ihre Tochter ein, ihr einziges überlebendes Kind von vier. »Wir können nicht nach Dresden. Das ist von Russen und Österreichern umzingelt, und drinnen eingeschlossen sind dreißigtausend Mann französischer Garnison unter Marschall Gouvion Saint Cyr«, erinnerte sie. »Du willst doch nicht den wilden Kosaken in die Hände fallen?«

Natürlich könnte ihnen der Zar mit einem einzigen Wort Zugang in die belagerte Hauptstadt verschaffen. Doch Alexanders Pläne sahen ganz sicher keinen Aufenthalt der bei den Sachsen beliebten Königsfamilie in Dresden vor. Das begriff sogar Amalie, die sich sonst geflissentlich aus der Politik heraushielt. Der Zar wollte sie schnell und ohne großes Aufsehen aus dem Land haben.

Stumm dankte Friedrich August von Sachsen dem Allmächtigen für diese Gefährtin. Er hatte Jahre gebraucht, um seiner Gemahlin die Albernheiten, die Unbekümmertheit und die Klatschsucht auszutreiben, sie der strengen Etikette am sächsischen Hof zu unterwerfen. Hier galten Pflichterfüllung und strikt geregelte Tagesabläufe! Selbst ein Fest bedeutete kein ungezwungenes Amüsement, sondern die eherne Pflicht, sich zu vergnügen.

Aber Maria Amalie Auguste von Zweibrücken-Birkenfeld-Bischweiler war ihm eine liebevolle Gattin von dem Tag an gewesen, als sie vor Gott und der Welt miteinander verbunden wurden. Sie tat, was er von ihr erwartete, und mischte sich nie in seine Entscheidungen ein – wenn er denn welche traf.

Auch Napoleon hatte sie dafür geschätzt.

Nun stand sie ihm sogar in dieser unfassbaren Lage bei, während er selbst immer noch keine Worte fand.

»Sperrt man uns in Berlin ins Königliche Schloss? Oder irgendwohin außerhalb der Stadt? Und bei allem Gehorsam, den Euch eine Tochter schuldet: Ich heirate keinen Hohenzollernprinzen!«, jammerte die Prinzessin.

»Natürlich werden uns Ausritte und Spaziergänge gestattet, gewiss auch die Teilnahme an Festen und Bällen, sobald sich die Lage erst einigermaßen beruhigt hat«, versicherte die Königin.

Aller Voraussicht nach würde ihre Tochter sowieso nie heiraten, weder einen Hohenzollern noch sonst jemanden.

Maria Augusta zählte bereits dreißig Jahre und verfügte über ebenso wenig Liebreiz wie ihre Mutter. Ihre Chancen auf eine Ehe standen aber nicht nur deshalb schlecht. Der Kaiser von Österreich hatte die Vermählung mit ihr abgelehnt, und Napoleon Bonaparte entschied sich lieber für die neunzehnjährige Marie Louise von Österreich als für die ihm von ihrem Vater angebotene ältliche sächsische Prinzessin.

Wer jedoch als Braut für zwei Kaiser im Gespräch gewesen und zurückgewiesen worden war, für den würde es keinen standesgemäßen Bewerber mehr geben. Schon gar nicht angesichts dessen, dass Zukunft und Titel der sächsischen Herrscherfamilie nun ganz vom Wohlwollen des Zaren und des preußischen Königs abhingen.

Erleichtert sah Friedrich August, dass seine Gemahlin die Tochter um die Schulter fasste und hinausführte. So konnte er sich wieder ganz seinem Schweigen widmen und aus dem Fenster starren.

Gebrüllte Kommandos lenkten seine Aufmerksamkeit auf das Geschehen vor dem Haus. Erschüttert musste er zusehen, wie neben jedem seiner Leibgrenadiere eine russische Wache aufzog. Nun war er endgültig ein Gefangener.

Mit Schaudern blickte der König von Sachsen auf das Elend der Stadt, die zum Austragungsort der größten Schlacht der Menschheitsgeschichte geworden war.
Trümmer, zerstörte Fuhrwerke, Pferdekadaver, Männer wie Frauen, die sich um Beute prügelten. Verstümmelte und zerschmetterte Leichname. Dazwischen Verwundete, die auf Krücken humpelten, sich über die Toten auf dem Straßenpflaster schoben, unter den Rathauskolonnaden Zuflucht vor dem eisigen Wind suchten. Und solche, die vor Schmerz so laut schrien, dass er es durch das Fenster bis hinauf in die Beletage hörte.
Fast glaubte er, wieder den stechenden Geruch von Schießpulver in der Nase zu spüren.
Detlev Graf von Einsiedel, der Erste Kabinettsminister, räusperte sich und trat einen Schritt näher.
»Sire, wenn Eure Königliche Majestät erlauben, sollten wir einen Rat einberufen.«
Langsam drehte sich der König um und sah den Minister mit müden Augen an.
Einen Kriegsrat.
Die Runde war eigentlich schon fast vollständig versammelt.
Mit einem knappen Nicken erteilte der König seine Zustimmung. Er war immer noch unfähig, Worte zu finden.

Der alte General

er Kriegsrat der Alliierten hingegen fand ganz formlos unter freiem Himmel statt: eine kurze Verständigung der Monarchen und ihrer Heerführer über das morgige Vorgehen direkt auf dem Schlachtfeld, mitten in Leipzig.

Dann ritten Kaiser Franz und der österreichische Generalstab zurück in das südlich gelegene Schloss Rötha, wo sie bereits in den vergangenen Tagen logiert hatten.

Die anderen bezogen in der Stadt Quartier: Zar Alexander im Haus des Dr. Hiller in der Katharinenstraße, der preußische König nur wenige Schritte entfernt in Hommels Hof am Markt. Karl Johann von Schweden gefiel der Gedanke, ins Hotel de Prusse zu ziehen, wo der nun gefangen genommene französische Militärgouverneur Arrighi residiert hatte und Napoleon noch in dieser Nacht gewesen war.

Erschöpft, aufgewühlt und ungeduldig wartete Gebhard Leberecht von Blücher in dem Gewimmel von Menschen und Pferden, bis endlich feststand, wo er sein Hauptquartier einrichten konnte.

»Wir ziehen ins Hotel de Saxe in der Klostergasse«, meldete ihm sein Generalstabschef August Neidhardt von Gneisenau.

Mit besorgtem Blick auf den ungewöhnlich blass wirkenden Oberbefehlshaber der Schlesischen Armee ergänzte er: »Das ist gleich hinter dem Markt. Nur hundert Meter von hier, Euer Exzellenz!«

»Dann man los!«, murmelte der alte General und klopfte seinem Pferd den Hals. »Tausende Kilometer im Sattel uff diesem Feldzug – und nu is mich, als fall ich uff die letzten Meter noch um!«

Vor dem Gast- und Speisehaus in der Klostergasse drängten

sich nicht nur ihre eigenen Leute. Überrascht stießen sie hier auch auf General von Bülow und seinen Stab.

»Alle Gasthäuser und Hotels sind mit Einquartierung belegt und die Vorratskammern leer«, berichtete der Sieger von Dennewitz und Großbeeren verstimmt. »Seit einer halben Stunde ziehe ich schon herum, ohne eine Bleibe zu finden.«

»Als Erster in die Stadt reinjekämpft und als Letzter ein Bett fürs müde Haupt? So nich!«, protestierte der Oberbefehlshaber der Schlesischen Armee und stemmte sich aus dem Sattel. Dabei verkniff er sich die bissige Bemerkung, wieso denn der Kronprinz von Schweden den ruhmreichsten General der Nordarmee nicht zu sich ins Hotel de Prusse geladen habe. Immerhin hatte Bülow noch nie eine Schlacht verloren, und heute waren es seine Truppen gewesen, Landwehr und Russen unter General von Borstell, die zuerst eine Bresche schlugen und sich durchs Grimmaische Tor in die Stadt kämpften. Karl Johann von Schweden hatte sehr zu Bülows Verdruss die Lorbeeren für die Siege vor Berlin geerntet, ohne wesentlich dazu beigetragen zu haben.

Blücher selbst war auch nicht gut auf Bernadotte zu sprechen. Was er gestern anstellen musste, um diesen Gascogner dazu zu bringen, mit seiner Nordarmee endlich auf dem Schlachtfeld zu erscheinen! Er, Blücher, musste persönlich zu ihm reiten und ihm auch noch dreißigtausend seiner Leute vorübergehend abtreten. Erst als der englische Gesandte drohte, die Zahlungen und Militärlieferungen einzustellen, ließ sich Karl Johann zu einer Zusage bewegen.

Versöhnlich legte der alte General dem schmalen, aber zähen Friedrich Wilhelm von Bülow den Arm um die Schulter und nahm ihn mit sich in die Gaststube, führte ihn direkt auf einen großen Tisch zu. Dort hatte sich das Blüchersche Hauptquartier bereits nach und nach eingefunden, während sein General en chef noch unter freiem Himmel mit Schwarzenberg über die Dispositionen für die nächsten Tage diskutierte.

Ein am Boden zerstört wirkender Kellner eilte den vier Generälen – Blücher, Gneisenau, Bülow und Borstell – entgegen.

»Euer Exzellenzen! Ihr Besuch ehrt uns über alle Maßen. Aber ich bedauere vielmals … es schmerzt mich zutiefst …«

»Wat denn?«, ermunterte ihn Blücher ungeduldig.

»Wir sind vollkommen aufgezehrt!«, brachte der Kellner verzweifelt heraus. »Das dort ist alles, was wir Euer Exzellenzen und den Herren Offizieren bieten können.«

Entschuldigend wies er auf die Platten mit belegten Broten und kaltem Braten.

»Wie Sie sehen, sind unsere Männer höchst zufrieden damit!«, beruhigte ihn der Generalmajor von Gneisenau, denn die Offiziere am Tisch langten kräftig zu. Die meisten von ihnen hatten seit dreißig Stunden nichts gegessen.

Als sich jedoch die vier Generäle näherten, erhoben sich alle sofort respektvoll.

Blücher tauschte einen Blick mit Bülow, der besagte: Jetzt erwarten sie wohl ein Zeremoniell von uns.

Sie ließen sich die Gläser füllen, dann hob der Oberbefehlshaber der Schlesischen Armee seines und rief: »Uff unsern Sieg! Uff die tapfern Preußen und Russen der Schlesischen Armee und dat jenau so tapfre Korps Bülow, dat sich heute als Erstes durch die Stadttore kämpfte! Mit Gott, für Könich und Vaterland!«

Dreifach donnernd wurde dieser Salut von den Anwesenden wiederholt.

Doch bevor sich Blücher setzen konnte, raunte er Gneisenau zu dessen Erschrecken zu: »Bringen Sie mir hier raus! Jetzt! Mich zittert's am janzen Leibe.«

Schlotternd vor Erschöpfung, ließ sich der alte General in seiner Suite auf die Chaiselongue fallen.

Während der Parade, selbst nach Tagen härtester Kämpfe, da hatten ihn die Begeisterung, die Rührung, die Freude über den Sieg aufrecht gehalten. Doch jetzt schien das letzte Quentchen Kraft aus ihm gesogen. Seine Hände flatterten, vor seinen Augen flimmerte es, jeder Knochen tat ihm weh.

Gebhard Leberecht von Blücher war siebzig Jahre alt und hatte auf diesem Feldzug nicht nur riesige Strecken im Sattel zurückgelegt. Er war die letzte Nacht kaum vom Pferd gekommen und immer wieder an der Spitze seiner Soldaten in den Angriff geritten. Er hatte sie angefeuert und nach vorn getrieben. So wie er die ganze Armee durch sein unnachgiebiges Drängen und manch eigenmächtige Entscheidung immer wieder zum Handeln getrieben hatte. Ohne ihn wären die Alliierten heute nicht in Leipzig, schon gar nicht als Sieger.

»Ich lasse Ihnen sofort etwas zu essen bringen«, sagte Gneisenau nach besorgtem Blick auf seinen Oberbefehlshaber und gab einem Adjutanten entsprechende Order.

»Brauchen Sie sonst noch etwas? Soll ich einen Arzt suchen?«

»Bloß nich!«, wehrte Blücher erschrocken ab. »Dat wird schon wieder. Darf sich nich rumsprechen …«

Mit einer Geste bat er seinen Generalstabschef, sich zu setzen.

Auch wenn er sich gern auf der Chaiselongue ausgestreckt hätte – diesen denkwürdigen Augenblick wollte er nicht ohne den Vertrauten und Freund zubringen, seine größte Stütze seit Scharnhorsts Verwundung und Tod.

Sie waren sich gegenseitig Garanten für den Erfolg: Blücher, der voranmarschierte, die Soldaten mit sich riss und von ihnen geliebt wurde, von den Preußen ebenso wie von den Russen unter seinem Kommando. Und Gneisenau, der die kühnen Pläne und Strategien entwickelte, die sein General en chef ohne das geringste Zögern in die Tat umsetzte.

»Zwei große, schöne Tage!«, schwärmte Blücher. »Der Koloss fiel wie die Eiche im Sturm. Aber der Tyrann ist entkommen. Wir müssen hinterher!«

»Morgen«, beruhigte ihn Gneisenau. »Sie können den Truppen heute keinen Nachtmarsch mehr zumuten. Schon gar nicht, wenn sie danach noch kämpfen sollen.«

Blücher gab ihm nur ungern recht. Aber er konnte sich im Moment ja selbst kaum vorstellen, jemals wieder von dieser Chaiselongue hochzukommen.

»Wat für 'ne lausige Disposition im Kriegsrat eben!«, krittelte er stattdessen.

Gneisenau, der die ganze Zeit schon mürrisch blickte, stieß sofort ins gleiche Horn.

»Das war keine Disposition, das war eine Posse! Der Zar will dem Feind angeblich morgen seine *gesamte* Kavallerie hinterherjagen. An diese mystischen hundertzwanzig Eskadrons glaubt ja nicht einmal der Schwarzenberg! Und haben Sie *das* Schauspiel mitbekommen? Der Kronprinz von Schweden befiehlt von Boyen, sofort mit der gesamten Kavallerie der Nordarmee die Verfolgung aufzunehmen, der wackere von Boyen will hocherfreut mit seinen Männern auf der Stelle losreiten – *und wird zurückgerufen!* So wörtlich sei das doch nicht gemeint ...«

»Dieser Lump von einem Gascogner!« Wütend ließ Blücher die Hand auf den Tisch fallen.

Also würde morgen die Verfolgung Napoleons beginnen. Der würde über Lützen und Weißenfels fliehen. In Naumburg, Freyburg und Merseburg konnten sie ihm den Weg versperren, wenn sie schnell genug waren.

Schwarzenbergs Hauptarmee sollte aus südlicher Richtung gegen den Feind vorstoßen, Bernadotte, von dem niemand viel Einsatz erwartete, irgendwann nachrücken, und Blüchers Schlesische Armee von Norden her Napoleons Streitmacht in die Flanke fallen.

Das Korps Yorck war bereits unterwegs, auch die Kolonne Gyulai, dabei die tüchtigen Reiterführer Thielmann und Mensdorff mit ihren Streifscharen. Die würden den Franzosen jetzt schon einigen Ärger bereiten. Genau wie sein Schwager Peter von Colomb und der Major von Hellwig mit ihren Eskadrons im Hinterland des Feindes, die in den letzten Tagen wieder ein paar schöne Husarenstückchen vollbracht hatten. Und etliche von Blüchers Kosaken und Baschkiren, die über schmale Stege oder schwimmend dem Feind gefolgt waren. Inzwischen sollten Handwerker und Sappeure die Elsterbrücke instand setzen.

»Wenigstens ein Gutes brachte der Kriegsrat eben«, resümierte Gneisenau. »Der Freiherr vom Stein als engster Berater des Zaren und ich sind uns einig: Dieser Krieg kann erst sein Ende finden, wenn der Gegner endgültig geschlagen ist. Selbst wenn wir dafür bis nach Paris müssen.«

Und wenn der Freiherr vom Stein das sagt, wird auch der Zar nicht lockerlassen, bis alle ihm folgen! Äußerst zufrieden mit dieser Aussicht ließ sich Blücher noch tiefer in das bequeme Möbel sinken und wies spöttisch auf die neuen Prunkstücke auf seiner Uniform.

»Mit die Ordens weeß ich mich schon nicht mehr, wohin. Behangen bin ich wie ein altes Kutschpferd!«

Die Monarchen hatten ihn auf der Parade ausgiebig geehrt: der Kaiser von Österreich mit dem Großkreuz des Maria-Theresien-Ordens, der König von Preußen mit dem Schwarzen Adlerorden und der Zar, der ihn unter dem Jubel der Zuschauer umarmte, mit dem St.-Georgs-Orden Erster Klasse.

Dem alten General lag es fern zu prahlen. Er freute sich wie ein Kind über den Ausgang des Tages. Es entging ihm völlig, dass er damit den Grund von Gneisenaus schlechter Laune traf. Denn der war trotz seines großen Anteils am Sieg leer ausgegangen. Der Kaiser von Österreich zeichnete ihn zwar mit einem Kommandeurskreuz aus. Doch sein eigener König hatte ihn komplett übergangen. Kein Orden, keine Beförderung, keine einzige lobende Bemerkung für den Mann, ohne den sie diesen Sieg nie errungen hätten.

»Der Zar und der Kaiser sagten mir die schönsten Dinge. Aber unser König? Ein paar kalte Worte über die Armee, nichts zu mir«, sprach Neidhardt von Gneisenau nun aus, was ihn so tief kränkte. »Kein Wort der Anerkennung für unseren Elbübergang, für all das danach.«

Mitfühlend sah Blücher auf den Vertrauten.

»Machen Se sich nix draus! Dem Scharnhorst hab ich damals auch jesacht, er soll sich nix draus machen, und den wollte der König sogar in Festungshaft schicken wegen des Durcheinanders beim Anmarsch auf Großgörschen. Dabei konnte Scharnhorst nich mal wat dafür.«

Das tröstete seinen Generalstabschef nicht, es verstärkte noch seinen Ärger.

»Wir haben so viel geschaffen: das ganze Land aufgerüttelt, ein schlagkräftiges, modernes Heer auf die Beine gestellt, dazu die Schlesische Landwehr. Wir haben diese Offensive vorangetrieben und erst möglich gemacht!«

Doch König Friedrich Wilhelm von Preußen liebte keine Veränderungen und keine Entscheidungen. Erst recht keine Reformen, sofern sie nicht unerlässlich waren wie die für sein Heer, nachdem es 1806 bei Jena und Auerstedt kläglich unterging. Und ganz und gar nicht liebte Friedrich Wilhelm von Preußen die Idee einer Volksbewegung, auch wenn er gegen Napoleons Übermacht eine brauchte. Deshalb beäugte er die Reformer wie Scharnhorst oder Gneisenau äußerst misstrauisch. Sie waren ihm suspekt und mussten nach Kräften kleingehalten werden.

Eine Ordonnanz servierte Kaffee, Wein und Branntwein.

Wehmütig erinnerte sich Blücher daran, wie versessen Scharnhorst auf Kaffee gewesen war, und hob wie dieser den Deckel der Kanne, um den verführerischen Duft zu genießen. Doch dann ließ er den Deckel klappernd wieder fallen und goss sich und Gneisenau Branntwein in die Becher.

»Auf Scharnhorst!«

»Auf Scharnhorst! Ich wünschte, er hätte den heutigen Tag erleben können.«

Für eine Weile gab sich jeder seinen Erinnerungen an den kühnen Vordenker und Heeresreformer hin, der Ende Juni an den Folgen einer Verwundung gestorben war.

Dann schenkte Gneisenau nach, trank auf einen Zug aus und sagte bitter: »Ich werde dem König nicht länger als nötig im Weg stehen. Sobald dieser Krieg vorbei ist, trete ich aus der Armee aus. Ich will mich diesem unfreundlichen Herrscher nicht aufdrängen.«

»Dat könn Sie nich machen!«, widersprach Blücher aufgeregt und knallte seinen Becher auf den Tisch. »Seine Majestät weiß janz jenau: Ohne Ihnen kann er nich jewinnen!«

Der König hätte Blücher heute zum Feldmarschall ernennen sollen, dachte der tief verletzte Gneisenau. Bei der Parade wäre die schönste Gelegenheit dazu gewesen. Aber es muss ihn sehr gestört haben, dass sein General den meisten Jubel bekam, nicht er. Man soll eben keine Dankbarkeit von einem König erwarten.

»Königin Luise hätte Sie zu danken jewusst. Von janzem Herzen. Gott hab sie selig«, versuchte Blücher, seinen Generalstabschef aufzumuntern.

Der schwieg, während sich sein Gegenüber in schwärmerischen Erinnerungen verlor. Luise hatte nicht nur eine Art gehabt, jedermanns Herz einzunehmen, sogar das eines alten Zausels wie er. Auf dem Hofball hatte sie mit ihm getanzt! Vor allem hatte sie zu den Anführern der »Kriegspartei« gehört und die Reformer unterstützt. Ihr Tod vor drei Jahren war nicht nur für den König ein herber Verlust gewesen.

Plötzlich glaubte der alte General, keine Minute länger die Augen offen halten zu können.

»Ich werd wohl alt«, sagte er und rieb sich müde über das zerfurchte Gesicht.

Gneisenau verstand und verabschiedete sich, um nach unten

zu gehen, zu den anderen Angehörigen des Hauptquartiers. Und dann würde er sich wohl noch seine Enttäuschung von der Seele schreiben müssen. An seinen jungen Freund von Clausewitz, der Stabschef des russischen Korps von Wallmoden war. Carl von Clausewitz hatte voriges Jahr wie viele andere auch die preußische Armee verlassen, weil er es für unmoralisch hielt, dass Preußen Napoleon bei seinem Krieg gegen Russland unterstützte. Doch obwohl Preußen und Russen jetzt Verbündete waren, weigerte sich der König hartnäckig, ihn wieder in seine Dienste zu nehmen.

Als Gebhard Leberecht von Blücher allein war, überlegte er, ob er sich noch eine Pfeife anstecken sollte, bis das Essen kam. Briefe wären zu schreiben: an seinen Gutsnachbarn von Bonin, den er sehr schätzte, und an sein »Malchen«, seine dreißig Jahre jüngere Frau Amalie, eine geborene von Colomb. Sie würde froh sein zu lesen, dass es ihm gutging.
Doch stattdessen streckte er sich auf der Chaiselongue aus und schloss die Augen. Die Briefe mussten warten.
Wie es wohl Franz ging, seinem Sohn? Der hatte vorigen Monat eine schlimme Kopfwunde abbekommen und wurde von den Franzosen in Dresden gefangen gehalten.
Es war gut, den Russen ausgeredet zu haben, Leipzig mit Brandgeschossen zu bombardieren, dachte er vorm Einschlafen. Die Stadt hat schon genug zu leiden.
Und sein letzter Gedanke: Morgen früh beginnt die Jagd auf den Tyrannen. Dann fiel er in tiefen Schlaf.
Ein junger Adjutant mit einem üppig beladenen Tablett aus der Küche spähte vorsichtig hinein, als niemand auf sein Klopfen reagierte. Nach einem kurzen Blick auf den Schlummernden beschloss er, ihn nicht zu wecken.
Er stellte das Essen auf dem Tisch ab und deckte behutsam den Feldmantel über den schlafenden Oberbefehlshaber der Schlesischen Armee.

Drei Briefe aus Pegau

Pegau, 19. Oktober 1813

Es war schon dunkel, als Maximilian Trepte in Pegau eintraf, einem Städtchen etwa fünfundzwanzig Kilometer südwestlich von Leipzig. Dorthin war dem 2. Preußischen Garderegiment um drei Uhr nachmittags der Abmarsch befohlen worden.

Mit dem Pferd des Stabskapitäns gelang es Maximilian, unterwegs zu seinem Regiment aufzuschließen. Werslow und Hansik würden sich zu Fuß allein zu ihnen durchschlagen müssen, nachdem sie vier weitere Verwundete ins Haus der Witwe Lindenthal gebracht hatten. Aber das waren gute Männer, um die machte sich Trepte keine Sorgen.

Die ganze Gegend zwischen Leipzig und Pegau wimmelte von Truppen, die bereits in Marsch gesetzt worden waren, um der fliehenden Grande Armée den Rückweg zu versperren.

Die Männer, an denen Trepte vorbeiritt, waren zwar im Hochgefühl des Sieges, aber vollkommen erschöpft nach den mörderischen Schlachttagen im Regen und fast ohne Proviant. Viele von ihnen besaßen keine Schuhe mehr, mancher kaum noch die Kraft, sein Gewehr zu tragen und die nackten Füße Schritt für Schritt aus dem Schlamm zu ziehen. Inzwischen hatte es wieder zu regnen begonnen.

Die Straßen und Dörfer zwischen Leipzig und Pegau waren seit Wochen Aufmarschgebiet von ständig wechselnden Truppen. An den Wegrändern türmten sich Pferdekadaver, ausgeplünderte Trainwagen, die Überreste gesprengter Munitionskarren. Sie waren in aller Eile von Sappeuren zur Seite gezerrt worden, um den Marschweg freizuräumen. Aber beim nächsten Halt einer Kompanie an dieser Stelle würden die Holzteile verfeuert werden und das Pferdefleisch in den Kochtopf wandern.

Angesichts der Unmengen Soldaten, die in und um Pegau bis ins benachbarte Groitzsch lagerten, gab Maximilian Trepte die Hoffnung auf, endlich wieder einmal eine Nacht unter festem Dach zubringen zu können.

Neben den Preußen waren es vor allem russische Garden und irreguläre Truppen, von denen es hier wimmelte; Kosaken und Baschkiren, die auf ihren schnellen, kleinen Pferden und mit ihren tollkühnen Blitzattacken dem feindlichen Heer auch auf dem Marsch das Leben schwermachten. Tausende Pferde drängten sich in Gärten und Koppeln.

An der Fahne erkannte er das 1. Baschkirische Regiment. Dicht nebeneinander brannten Wachfeuer, an denen die Reiter aus der Fremde lachten, den Sieg feierten und keine Müdigkeit zu kennen schienen. An mehreren dieser Feuer sah und hörte er Männer die Kuraj spielen, die baschkirische Flöte. Andere trockneten und räucherten Pferdefleisch als Wegzehrung. Er sah einen jungen Mann mit fellbesetzter Mütze den Arm um eine Frau in fremdartiger Kleidung legen und wunderte sich wieder einmal, wie es diese zierlichen Frauen schafften, auf einem Kriegszug über tausende Werst ihre Männer zu begleiten und die Härten des Krieges zu überstehen.

Beim Quartiermeister erkundigte sich Trepte nach dem Sitz des Stabes und bekam für seinen Zug einen Lagerplatz in einem abseits der Stadt gelegenen Gehöft zugewiesen.

»Fragen Sie dort höflich, ob wir in einer Scheune übernachten dürfen – sofern die nicht schon alle überfüllt sind«, instruierte er seinen Korporal Braksch, einen altgedienten, schnauzbärtigen Unteroffizier.

Er selbst musste sich jetzt erst einmal mit Nachrichten beim Stab melden. »Und sorgen Sie dafür, dass abgekocht wird! Auch wenn die Männer noch so müde sind.«

Angesichts der vielen Eilmärsche und extremen Bedingungen, unter denen sie lebten und kämpften, war Essen wichtiger als Schlaf – eine alte Regel, auf deren Einhaltung der Premierleutnant Trepte strikt achtete.

Schaudernd dachte er an die Nächte, die sie an Bäume gelehnt im Stehen verbringen mussten, weil es in Strömen goss und die Felder von riesigen Wasserlachen bedeckt waren. Wie im August während der Schlacht um Dresden. Die Tage bei Leipzig waren kaum besser gewesen. Nur hatten sie diesmal gesiegt.

»Zu Befehl, Herr Premierleutnant!«, bestätigte der Korporal. »Und wenn Sie gestatten: Wer heute schläft, ohne unseren Sieg gefeiert zu haben, verdient es nicht, zu Preußens Garde zu gehören!«

Der Korporal scheuchte die Männer auf, die sich erschöpft hatten fallen lassen, während sie darauf warteten, dass ihnen in dem Durcheinander von tausenden Neuankömmlingen ein Lagerplatz zugewiesen wurde.

Der Regimentskommandeur saß über den Verwundetenlisten, als Trepte eintreten durfte, um Bericht zu erstatten.

Major Wilhelm Freiherr von Müffling, Mitte dreißig, aus einer Generalsfamilie stammend und für seinen Mut in der Schlacht bei Großgörschen mit dem Eisernen Kreuz und dem russischen St.-Annen-Orden ausgezeichnet, hatte im Juni das Kommando über das neu gebildete 2. Preußische Garderegiment zu Fuß erhalten.

Dass Hoffnung bestand, sein Stabsoffizier könne genesen und bald wieder zu ihnen stoßen, erleichterte ihn sehr. Niemand stellte so schnell und effizient die Marsch-, Angriffs- oder Rückzugsbefehle für die einzelnen Truppenteile aus wie Wilhelmsen. Davon konnte im entscheidenden Moment das Leben vieler abhängen.

Major von Müffling wollte den Premierleutnant Trepte schon wegtreten lassen und sich wieder seinen Listen widmen, als dieser bat, ein persönliches Anliegen vortragen zu dürfen.

Überrascht hob der Kommandeur die Augenbrauen.

»Eine Heiratserlaubnis? Sie wissen, die kann ich nur in Ausnahmefällen erteilen. Darum müssen Sie den König ersuchen. Preußische Soldaten sollen sich dem Kampf widmen.«

Maximilian holte tief Luft, um seine Gründe ausführlicher zu erklären, doch sein Vorgesetzter ersparte ihm das.

»Ich verstehe, hier liegen besondere Umstände vor. Sie haben das Verlöbnis ohnehin schon ausgesprochen, was es verbindlich macht. Da sich diese Mademoiselle Gerlach Verdienste um preußische Verwundete erworben hat – sonst würden Sie heute nicht vor mir stehen, Premierleutnant, und unser Stabskapitän hätte sein Bein verloren –, erteile ich meine Zustimmung. Zumal sich das Mädchen in einer heiklen Lage befindet und Schutz benötigt. Heiraten wollen Sie erst nach unserem Sieg?«

»Das kann doch nicht mehr lange dauern!«, entgegnete Trepte euphorisch. Dann wurde er wieder ernst. »Wir werden wohl ein Jahr warten müssen. Meine Familie ist in Trauer. Mein jüngster Bruder ist bei Wartenburg gefallen.«

»Sie können das Mädchen unter diesen Umständen nicht lange allein in Leipzig lassen«, meinte der Major von Müffling nachdenklich. »Vielleicht machen wir eine Feldhochzeit daraus? Dafür gibt es Dispens vom Trauerjahr.«

Als der junge Offizier verblüfft schwieg, griff er erneut nach den Verwundetenlisten und befahl: »Nun gehen Sie schon und schreiben Sie Ihrer Verlobten, dass Sie die Heiratserlaubnis haben! Sie dürfen wegtreten und sich zu Ihrer Truppe begeben, Premierleutnant.«

Erleichtert und überglücklich verließ Maximilian das Hauptquartier, als hätte er nicht gerade vier blutige Schlachttage hinter sich und wer weiß wie viele noch vor sich. Er durfte Henriette heiraten, vielleicht sogar bald!

Es kann nicht mehr lange dauern, bis wir den Rest der Grande

Armée geschlagen haben, wiederholte er in Gedanken. Vielleicht fassen wir sie schon, bevor sie über Saale und Unstrut setzen. Denn sollte Napoleon seine Festungen Erfurt oder gar Mainz erreichen, kann er dort Vorräte und Truppen auffüllen. Und sollte er es über den Rhein schaffen, wird er eine neue Streitmacht aus dem Boden stampfen, so wie damals nach dem Russlandfeldzug, als ihn alle schon vernichtet glaubten. Das darf nicht noch einmal passieren. Wir müssen schnell sein und ihm zuvorkommen.

Maximilian Trepte war überzeugt von diesem schnellen Sieg. Und dann würde er Henriette zum Altar führen.

Das Gehöft, in dem sein Zug einquartiert war, lag eine halbe Wegstunde entfernt. Während Maximilian mit knurrendem Magen an unzähligen Biwakfeuern vorbeilief, drehten sich alle seine Gedanken um Henriette.

Am Lagerplatz erwartete ihn eine Überraschung – als sollten die guten Neuigkeiten an diesem Tag kein Ende nehmen. Sein Zug konnte tatsächlich in einer Scheune übernachten.

Sogar Werslow und Hansik trafen gerade unter dem Jubel ihrer Kameraden ein, und Maximilian fragte sich, wie sie es wohl geschafft hatten, sich so schnell durchzuschlagen.

Seine Männer waren dabei, ihre Waffen zu reinigen. Die Feuer der Kochgemeinschaften brannten, doch das Wasser in den Kesseln siedete noch nicht.

Das machte aber nichts, denn eine Frau in grünem Kleid mit rotem Besatz, Schürze und gestärkter weißer Haube kam aus dem Haus, rief nach ein paar starken Kerlen und ließ sie einen großen Topf heißer Suppe zur Scheune tragen.

Sie selbst folgte ihnen mit zwei Broten im Arm.

»Gott segne Sie, gute Frau, das erste warme Essen seit Tagen!«, brachte Karl Werslow begeistert heraus.

Seine Augen leuchteten, als er einen großen Löffel aus dem Brotbeutel zog.

»Das ist gute sächsische Kartoffelsuppe, sogar mit Rauch-speck. Lassen Sie riesiger Kerl den anderen noch etwas übrig!«, mahnte die Pegauerin.

»Keine Sorge, schöne Frau, wir teilen den Hunger und auch das Essen, wenn uns eine gute Seele wie Sie etwas zukommen lässt«, versicherte Werslow fröhlich.

Ein weißhaariger Mann kam humpelnd aus dem Haus, eine Flasche unter den Arm geklemmt.

»Gertraud, du hast das Wichtigste vergessen!«, kritisierte er und schwenkte die Flasche. Die Gardesoldaten empfingen ihn und den Branntwein mit begeisterten Rufen.

»Da ihr Preußen den Bonaparte und seine Bande nun endlich vertrieben habt, Gott danke euch dafür, muss auf den Sieg angestoßen werden!«, krächzte der Alte.

Eiligst holten alle ihre Becher hervor. Es wurde nicht mehr als ein winziger Schluck für jeden. Aber den Zweck erfüllt's, freute sich Werslow. Zumal der Alte kichernd versicherte: »Mein bester Selbstgebrannter, ein feines Tröpfchen!«

Mit geübtem Schwung verteilte er den Branntwein so, dass jeder einen Schluck abbekam, selbst seine Tochter Gertraud. Für sich behielt er die Neige in der Flasche und sah Trepte erwartungsvoll an.

»Auf Ihr Kommando, Herr Premierleutnant!«

Alle erhoben sich.

»Auf unseren heutigen Sieg! Mit Gott, für König und Vater-land!«

»Mit Gott, für König und Vaterland!«, brüllten die Männer begeistert dreimal hintereinander und tranken.

Es war ein harter Kampf gewesen bis hierher. Und so koste-ten sie diesen feierlichen Moment aus – trotz der Kälte, ihrer Erschöpfung und der alles andere als festlichen Umgebung.

Trepte erstanden im Geiste die Männer vor Augen, die er auf diesem Feldzug verloren hatte; die meisten davon in der Schlacht bei Bautzen. Mehr als ein Dutzend aus seinem Zug starben an jenem 21. Mai. Auch Marie, ihre Marketenderin, die Frau seines Korporals Beier, der kurz vor ihr fiel. Er erinnerte sich an jeden Einzelnen.

»Auf die Toten!«, sagte Gertraud düster, als würde sie seine Gedanken erraten. »Wir hatten in Pegau bis letztes Jahr leichte sächsische Reiterei stationiert, das Regiment Prinz Clemens. Von denen ist fast keiner aus Russland zurückgekommen.«

Sie wandte das Gesicht ab und wischte sich die Augenwinkel. Da geriet ihr ein Schreckensbild ins Blickfeld.

»Es brennt, das muss Elstertrebnitz sein!«, schrie sie und zeigte nach Süden, wo Flammen loderten und sich dicke Rauchwolken nach oben schraubten.

»Denen können wir nicht helfen!«, knurrte ihr Vater. »Müssen ja selbst froh sein, wenn hier nicht die Funken übergreifen von den tausend Biwakfeuern.«

»Das wird ein Ende haben«, sagte Trepte voller Überzeugung. »Bald wird sich auch dieses Land vom Krieg erholen. Es kann nicht mehr lange dauern, bis das ganze deutsche Vaterland befreit ist.«

»Ihr Wort in Gottes Ohr, Premierleutnant«, meinte der Alte skeptisch.

»Amen«, seufzte seine Tochter leise.

Die Kartoffelsuppe der Pegauerin tat den Männern gut. Doch bald forderten die Anstrengungen der letzten Tage ihren Tribut. Die Wärme des Feuers und das Essen sorgten dafür, dass ihnen schnell die Lider schwer wurden. Trepte teilte Wachen ein und befahl Nachtruhe.

Jederzeit konnte der Abmarschbefehl kommen; da sollten seine Leute wenigstens etwas geschlafen haben.

Er selbst legte sich nicht hin. Zu viel wirbelte ihm durch den Kopf. Stattdessen holte er aus seinem Tornister Papier und Bleistift.

Zuerst schrieb er an seine Eltern, nur wenige Zeilen. Von der großen Schlacht bei Leipzig würden sie schnell erfahren, deshalb sollten sie wissen, dass er noch lebte. Einen Sohn hatten sie schon verloren. Wie es Philipp, dem zweitjüngsten, ging, wusste er nicht. Ob er Möckern überlebt hatte? Gütiger Vater im Himmel, lass Philipp wohlauf sein!, dachte Max.

Von seiner Verlobung würde er den Eltern berichten, sobald er die erste Post von Henriette bekommen hatte. Sie sollte erst über ihre Entscheidung nachdenken können. Er versiegelte den Brief und griff nach dem zweiten Blatt.

Unruhig spähte er hinaus, ob schon ein Meldereiter zu sehen war. Würde die Zeit noch reichen? Oder gleich der Befehl zum Weitermarsch kommen?

Auch die Worte für den zweiten Brief hatte er sich in Gedanken schon zurechtgelegt. Dennoch stockte er mehrfach beim Schreiben. Was er mitzuteilen hatte, entsprach nicht im Geringsten den Gepflogenheiten. Aber dies waren außergewöhnliche Zeiten. Der Empfänger des Briefes sollte das verstehen. Er war Buchdrucker und Zeitungsverleger, ein gebildeter Mann, der mehr über die Zeitumstände wusste als die meisten anderen Menschen.

Doch wieso hatte er zugelassen, dass sich seine Nichte, sein Mündel, am Austragungsort einer Schlacht aufhielt, noch dazu ohne Begleiter? Lag ihm nichts an ihr? War etwas so Schlimmes vorgefallen, dass er sie verstoßen hatte? Oder zerriss ihn jetzt auch die Sorge um Henriette?

Also schrieb er an Friedrich Gerlach in Freiberg:

Gestatten Sie, mich vorzustellen: Premierleutnant Maximilian Trepte vom 2. Preußischen Garderegiment zu Fuß. Zunächst bitte ich um Nachsicht, dass dieser Brief nur mit Bleistift geschrieben ist, nicht mit Feder und Tinte. Die Kriegszustände lassen mich fürchten, die Tinte könnte auf langen Wegen und bei der derzeitigen Witterung zerlau-

fen, bevor Sie diese Zeilen in die Hand bekommen. Um
Nachsicht bitte ich auch für die Formlosigkeit meines
Anliegens, die ich ebenfalls mit den Umständen entschul-
digen muss.
Ich möchte um die Hand Ihrer Nichte Henriette anhalten.
Ich lernte Mademoiselle Henriette kennen, als sie im Mai
während des Durchzugs Alliierter Truppen in Freiberg
meine Wunde versorgte, einen Bajonettstich. Sie rettete
mein Leben und gewann mein Herz.

Maximilian zögerte. Sollte er schreiben, dass er seitdem mit
Henriette Briefe gewechselt hatte? Vielleicht hatte sie dem
Vormund nichts davon erzählt. Er wollte sie nicht der Anschuldigung von Heimlichkeiten aussetzen. Also verwarf er
den Gedanken und schrieb stattdessen:

Gestern traf ich sie zu meiner großen Überraschung in
Leipzig wieder, als ich einen blessierten Stabsoffizier zur
Thomaskirche brachte. Sie pflegt dort Verwundete. Meine
Gefühle für Ihre Nichte sind noch die gleichen wie im
Mai, und da ich hoffe, dass sie ebenso empfindet, trug ich
ihr ein Verlöbnis an.
Seien Sie versichert, ich hätte gern in aller Form um Ihre
Nichte geworben und Sie um die Erlaubnis und Ihren
Segen gebeten, nachdem ich mich bei Ihnen und Ihrer
Gattin vorgestellt habe. Seien Sie auch versichert, dass
zwischen Henriette und mir nichts vorgefallen ist, das
ihren Ruf in Frage stellen könnte. Nur schien mir ange-
sichts ihrer besonderen Lage – ohne Begleitung in einer
vom Krieg beherrschten Stadt – ein Verlöbnis der beste
Schutz zu sein, den ich Ihrer Nichte geben kann. Sobald
der Feind endgültig geschlagen ist und ich einige Tage
Urlaub von meinem Regiment bekomme, werde ich mich
Ihnen persönlich vorstellen. Bis dahin kann ich versichern,

dass Mademoiselle Henriette als meine Verlobte in der
Obhut einer respektablen Witwe so gut behütet ist, wie sie
es in diesen Zeiten und unter diesen Umständen sein kann.

Mit vorzüglicher Hochachtung
Maximilian Trepte

Er überflog die Zeilen noch einmal, faltete das Blatt, schrieb darauf »Buchdrucker Gerlach, Freiberg in Sachsen« und versiegelte den Brief.

Erneut sah er hinaus, ob es schon Anzeichen dafür gab, dass bald zum Sammeln und Abmarsch geblasen wurde. Einen Brief hatte er noch zu schreiben, der war ihm der wichtigste. Und diesmal war er sich nicht so sicher, wie er ihn formulieren sollte. Das begann schon mit der Anrede.

Liebste Henriette? Zu vertraulich.

Teure Henriette? Zu geschwollen.

Mademoiselle Henriette? Zu förmlich.

Wieder hatte er sie vor Augen, abgemagert, verweint, so völlig ohne Hoffnung.

Er liebte sie, dessen war er ganz sicher. Sie hatte um diesen toten Franzosen geweint. Aus Mitgefühl, sie hatte ihn nicht geliebt. Das waren ihre Worte.

Musste er mehr wissen? *Wollte* er mehr wissen?

Es war Krieg, und er würde sich jeden Tag mehr von ihr entfernen, wenn sein Regiment Richtung Westen marschierte, um den Feind zu verfolgen. Er könnte morgen fallen.

Also schrieb er:

Henriette, meine Liebe, mein Herz!

Ich hoffe, Sie sind wohlauf, wenn diese Zeilen Sie erreichen.

Es fällt Ihnen im Moment vielleicht schwer zu glauben, dass sich alles zum Guten fügen wird. Doch vertrauen Sie mir! Meine Gefühle für Sie sind ehrlich, und nichts, was Sie mir glauben sagen zu müssen, kann daran etwas ändern. Ich weiß, Sie sind ein guter Mensch, barmherzig gegen jedermann, sonst wären Sie nicht an jenem Ort gewesen, an dem ich Sie fand.

Fühlen Sie sich nicht bedrängt, wenn Sie meine Empfindungen nicht erwidern können. Aber die Haarsträhne, die Sie mir schickten, lässt mich hoffen. Ist erst der Feind aus dem Vaterland verjagt, werden wir Zeit haben, einander besser kennenzulernen.

Ich hoffe inniglich, mir Ihre Zuneigung verdienen zu können. Morgen ziehe ich mit meinem Regiment erneut in den Kampf. Doch Feldpost wird zugestellt, und ein kurzer Gruß von Ihrer Hand würde mich sehr glücklich machen.

Mit ganzem Herzen der Ihre
Maximilian Trepte

Drei Briefe aus Halle

Felix Zeidler, einstiger Freiberger Bergstudent, dann Volontärjäger in der legendären Streifschar des preußischen Rittmeisters von Colomb, könnte Maximilian Auskunft über das Schicksal seines Bruders Philipp geben. Denn er hatte neben ihm gekniet, als er starb. Gestern. Beinahe kam es ihm vor, als klebte ihm noch Philipps Blut an den Händen, das unaufhaltsam zwischen seinen Fingern hindurchgeströmt war, ohne dass er für den Freund etwas tun konnte.

Felix kannte auch Maximilian Trepte flüchtig. Im Mai hatte er ihn und andere Verwundete gemeinsam mit Henriette und weiteren Freiwilligen auf dem Freiberger Obermarkt versorgt, bis die Franzosen die Stadt eroberten.

Doch um nichts in der Welt käme er auf den Gedanken, dass genau dieser preußische Premierleutnant, der ihnen damals fast unter den Händen weggestorben war, heute Henriette die Ehe angetragen hatte. Das bräche ihm wohl das Herz.

Seit seiner Rückkehr zu den Truppen vor vier Tagen war Felix Zeidler dem Korps Yorck zugeteilt. Deshalb stand er heute nicht auf dem Leipziger Schlachtfeld, sondern in Halle, umjubelt von tausenden Stadtbewohnern.

General Blücher hatte gestern Abend das Korps Yorck nach dessen extremen Verlusten Richtung Halle abkommandiert. Für die große Schlacht in Leipzig war es in jenem Moment nicht einsatzfähig, sollte es nicht ganz aufgerieben werden. Deshalb schickte der Oberbefehlshaber der Schlesischen Armee sein bestes Korps auf einem Nachtmarsch vorweg, um dem fliehenden Feind den Weg zu versperren.

Diesen Morgen, noch bevor die Alliierten den Sturm auf Leipzig begannen, waren Yorcks Truppen unter Trompetensignalen durch das Galgtor in Halle einmarschiert, euphorisch begrüßt von Kindern, Frauen, Männern, die ihnen hinterherrannten, an den Straßen Spalier bildeten und jubelten: »Halle ist wieder preußisch! Wir sind wieder preußisch!«

Staunend, hundemüde und aufgekratzt zugleich sog Felix die Begeisterung der Hallenser in sich auf. Wenn mich Henriette jetzt sehen könnte!, dachte er mit einem Anflug von Stolz.

»Sie sind verwundet, soll ich Ihr Gewehr tragen?«, fragte ihn ein Halbwüchsiger mit leuchtenden Augen.

Felix verneinte. Die Wunde am linken Arm, die er sich vor drei Tagen beim Kampf um Möckern zugezogen hatte, störte ihn nicht so stark, dass er dafür sein Gewehr ablegen würde. Dabei hatte er sich einmal für den unmilitärischsten Menschen auf Erden gehalten! Eher schmächtig von Statur, mit krausem Haar und Brille, ein eifriger Student der Mineralogie.

Sein Freund Richard hatte ihn bedrängt, sich freiwillig zur preußischen Armee zu melden, als die Lage für die Alliierten im Mai bedrohlich wurde. Doch es war das Vorbild seines ersten Kommandeurs, das ihn veränderte.

Die Freude der Hallenser, die sie zum Lagerplatz begleiteten, erinnerte ihn an eine Episode aus dieser Zeit unter dem Befehl des preußischen Husarenrittmeisters von Colomb. Sie hatten Ende Mai bei Zwickau einen französischen Artilleriepark erobert, gegen eine vierfache Übermacht, mit dem ersten eigenen Toten. Beim Weitermarsch durchquerten sie einen kleinen thüringischen Ort, bis ihnen der Dorfpfarrer auf der Straße entgegenschritt. Da niemand wusste, was er vorhatte, befahl Colomb der Reiterkolonne Halt.

Der Geistliche erkundigte sich, ob sie die Preußen seien, die den Franzosen in diesen Tagen so viel Schaden zugefügt hätten. Als der Rittmeister bejahte, geschah etwas völlig Unerwartetes. Der Pfarrer nahm die Mütze ab, hob die Arme und sagte: »Gott segne euch! Gott segne euch, meine Kinder!«

Dafür hat es sich gelohnt, dachte Felix auch jetzt angesichts der jubelnden Hallenser.

Er ließ sich auf den zugewiesenen Lagerplatz fallen und wollte nichts als schlafen. Doch ein Mädchen kam auf ihn zu, so wie sich viele Einheimische zwischen die Reihen der Soldaten hindurchdrängten und ihnen etwas zu essen oder zu trinken brachten.

»Sie sind verwundet; soll ich Sie frisch verbinden?«

Das Mädchen hatte ein wenig Ähnlichkeit mit Henriette, schlank, zierlich, mit hellbraunen Locken, die unter der breiten Hutkrempe hervorlugten. Nur dass Jette ihn leider nie so bewundernd anstarren würde.

Sie schätze ihn wie einen Bruder, hatte sie gesagt, nachdem er sie sicher durch Kriegsgebiet nach Leipzig geführt hatte. Henriette ahnte nicht, was er für sie empfand. Das konnte er ihr schon in seiner Freiberger Studienzeit nicht sagen, als er fast täglich in die Buchhandlung ihres Oheims ging. Angeblich auf der Suche nach Lehrbüchern, doch in Wirklichkeit nur, um sie zu sehen. Und nun, da ihm seit dem Überfall auf die Lützower bei Kitzen drei Finger der rechten Hand fehlten, konnte er es erst recht nicht.

Es hatte ihn viel Geduld und Überwindung gekostet zu lernen, trotz der verstümmelten Hand wieder die Feder zu führen oder ein Gewehr laden zu können. Aber nach den Kriegserlebnissen schien es ihm einfach unvorstellbar, sein Leben als Bergstudent wieder aufzunehmen.

Da er nicht wusste, wo sich Colombs Streifschar derzeit aufhielt, ging er nach Leipzig – zusammen mit Henriette, die er als seine Schwester ausgab und die dort in den Lazaretten helfen wollte, wo die Not am größten sein würde.

Damals, vor zwölf Tagen, deutete schon vieles darauf hin, dass die Entscheidungsschlacht in diesem Krieg um Leipzig geschlagen werden würde.

Nachdem er Jette sicher bei Freunden untergebracht hatte, ging er einfach in Richtung der nächsten preußischen Patrouille und meldete sich zum Dienst. Wo Colomb steckte, konnte ihm auch hier niemand sagen. Also wurde er der Brigade Steinmetz im Korps Yorck zugeteilt und fand sich am nächsten Tag inmitten des mörderischen Kampfes um das Dorf Möckern. Das Korps Yorck verlor dort siebentausend von zwanzigtausend Mann und die meisten seiner Offiziere. Doch mit diesem Opfer verhinderten sie, dass das als unbesiegbar geltende Korps Marmont die französische Hauptstreitmacht im Süden verstärkte. Sonst hätte Napoleon vor drei Tagen gesiegt.

Blücher wollte das geschundene Yorcksche Korps danach schonen und teilte es der Reserve zu. Aber gestern mussten sie erneut in den Kampf, und dabei war Philipp an Felix' Seite gefallen.

Der einstige Bergstudent blinzelte, um die düstere Erinnerung zu verdrängen, rückte seine Brille zurecht und dankte dem Mädchen aus Halle für das Angebot.

»Die Wunde scheint gut zu verheilen, lassen wir sie lieber in Ruhe«, meinte er. Der Rat seines früheren Kameraden Julian Reil, dessen Vater ein berühmter Arzt war.

»Dann geben Sie mir Ihren Uniformrock, ich flicke den Riss«, beharrte das Mädchen. »Und Sie sollten etwas essen!«

Dankbar und hungrig griff Felix nach dem duftenden Leberwurstbrot.

»Vorgestern wurde Prinz Karl zu Mecklenburg-Strelitz schwer verwundet hierhergebracht«, erzählte die junge Hallenserin, während sie ihm vorsichtig aus dem Uniformrock half und Nähzeug aus ihrem Korb kramte. »Der Bruder unserer Königin Luise, Gott hab sie selig! Aber wir pflegen ihn wieder gesund.«

»Er ist Samstag beim Kampf um Möckern verwundet worden. Ich war dabei«, sagte Felix leise zwischen zwei Bissen.

Bewundernd starrte ihn das Mädchen an.

»Wie war es dort?«, fragte sie neugierig.

Ein harter Blick von Felix brachte sie zum Schweigen. Beschämt beugte sie sich wieder über die Näharbeit.

Felix Zeidler würde nie mit jemandem über Möckern reden können, der nicht dabei gewesen war. Davon, wie sie beim siebten Angriff direkt ins feindliche Artilleriefeuer stürmen mussten, während die eigenen Geschütze keine Munition mehr hatten. Wie seinem Brigadekommandeur Steinmetz der linke Arm zerschossen wurde, wie Kugeln, Erde, Blut, zerfetzte menschliche Körperteile um sie flogen. Wie sie am Abend einen Stapel aus Leichen als Windschutz errichteten, weil sie kein Feuer entzünden durften.

Hätte nicht in letzter Minute die eilig herangezogene Reservekavallerie eingegriffen, läge auch er jetzt auf einem der vielen Leichenstapel.

Kaum war der Feind in die Flucht getrieben, wurde er zu einem Sterbenden gerufen: Leutnant Eckardt, Colombs Adjutant. Kurz darauf traf er zu seiner Überraschung noch etliche weitere Angehörige seiner alten Eskadron. Sie seien seit dem Waffenstillstand wieder dem Brandenburgischen Husarenregiment angegliedert, berichteten sie nach überschwenglicher Begrüßung. Der inzwischen zum Major beförderte Rittmeister habe ein neues Kommando bekommen und agiere wieder im Hinterland des Feindes, diesmal mit zwei Eskadrons Elitekavallerie.

»Wir hören ab und an etwas von seinen Husarenstückchen«, erzählte ihm einer seiner Kameraden stolz. »Im September soll er bei Altenburg mit General Thielmann und Hetman Platow dem General Lefèbvre-Desnouettes das Fürchten beigebracht haben.«

Von seinen früheren Kampfgefährten erfuhr Felix auch, welches Wunder in Möckern im letzten Augenblick die Wende bewirkte.

»Yorck sagte zu unserem Major von Sohr: ›Wenn jetzt die Kavallerie nicht noch etwas tut, ist alles verloren! Lassen Sie einhauen!«, berichtete ihm aufgeregt ein rothaariger Trompeter. »Der eiserne Yorck verliert bekanntermaßen nie die Nerven. Aber in dem Moment wirkte er ziemlich verzweifelt. Das war die Lage auch.«

»Ich weiß, ich steckte schließlich mittendrin in dem Schlamassel«, warf Felix zynisch ein. Er hatte mit dem Leben abgeschlossen, als sie ins feindliche Artilleriefeuer rannten.

Der Trompeter ignorierte den Einwurf und sprach mit unverminderter Begeisterung weiter. »Trotzdem forderte der Major etwas Zeit bis zum Angriff, um alles zusammenzurufen, was an Reservekavallerie noch in der Nähe stand. Und dann trabten wir los, in allerletzter Minute, mit Hurra in den Pulverdampf hinein. Wie die Litauischen Dragoner dort aufritten, die Linien hielten und schwenkten, das hättest du auf keinem Exerzierplatz so exakt gesehen, unglaublich! Den Major erwischte eine Kugel im Arm. Aber der war schon schlimmer verletzt und ist genesen. Lass dich zu uns Brandenburgischen Husaren versetzen! Ein begnadeter Reiter wie du gehört auf ein Pferd.«

Da hatte Felix voller Bitterkeit mit der verstümmelten Hand auf seinen verwundeten Arm gezeigt. »Ich kann so nicht die Zügel *und* eine Waffe führen. Aus mir wird kein Husar mehr werden.«

Die junge Hallenserin riss Felix aus seinen Erinnerungen.

»Es tut mir leid wegen der Frage«, sagte sie und reichte ihm den geflickten Uniformrock. »Das war taktlos, verzeihen Sie.«

Vorsichtig half sie ihm, den linken Ärmel über den Verband zu streifen, mit dem Rest mühte er sich selbst ab.

»Die Stadt ist voll von Verwundeten und französischen Gefangenen«, erzählte sie. »Die werden jetzt sogar schon von der Halloren-Bruderschaft bewacht. Gestern Abend wurde Großalarm geblasen. Die ganze Nacht schwebten wir in Todesangst, weil es hieß, Napoleon würde kommen und Halle niederbrennen. Das hatte er gedroht. Deshalb sind wir heute doppelt froh über Ihr Erscheinen.«

Felix hätte jetzt etwas Feierliches sagen können wie: »Die Alliierten werden alles tun, um Sie zu beschützen.«

Aber solche Sprüche wären eher typisch für seinen Kommilitonen und Freund Richard gewesen, der im August gefallen war.

Außerdem würde ihn das nur dazu bringen, sich das Gemetzel auszumalen, das derzeit in Leipzig vor sich ging. Den Kanonendonner konnte er bis hierher hören.

Also bedankte er sich höflich für die Flickarbeit und das Wurstbrot, wickelte sich in seinen Mantel, legte den Kopf auf den Tornister, und sofort fielen ihm die Augen zu.

Felix Zeidler erwachte von Freudenschreien.

Er hatte keine Ahnung, wie lange er geschlafen hatte, aber es dämmerte schon. Rund um ihn herum sprangen die Männer auf und fielen in den Jubel ein.

»Wir haben gesiegt!«

»Bonaparte ist aus Leipzig geflohen!«

»Ein Meldereiter brachte die Nachricht soeben!«

Glücklich lagen sich seine Kameraden in den Armen, lachten, schrien, weinten vor Rührung. Jemand rief laut zu den Hallensern hinüber, wo denn der Branntwein bliebe, um den Sieg zu feiern. Bis der Kommandeur das Regiment Aufstellung nehmen und ein dreifach schallendes »Mit Gott, für König und Vaterland!« ausbringen ließ.

Doch sobald die erste Euphorie verflogen war, sehnte sich Felix nach etwas Abgeschiedenheit, um die Schicksalsnachricht auf sich wirken zu lassen.

Außerdem hatte er nun drei dringende Briefe zu schreiben. Ob sie heute wieder auf einen Nachtmarsch geschickt wurden?

Er zog sich ein paar Schritte von den anderen zurück, lehnte sich gegen einen fast kahlen Baum und holte Schreibzeug aus dem Tornister.

Jetzt musste er seinen Eltern gestehen, dass er längst nicht mehr in Freiberg studierte, wie sie immer noch glaubten.

Die Lüge, mit der er sie hatte schonen wollen, weil sein älterer Bruder seit vier Jahren als kriegsvermisst galt, ließ sich nicht länger aufrechterhalten. Denn nun konnte Henriette nicht mehr seine auf Vorrat geschriebenen Briefe aus Freiberg absenden.

Felix' Eltern lebten in Köthen, kaum mehr als dreißig Kilometer entfernt. Während seiner Zeit beim Rittmeister von Colomb war er einige Tage lang sogar noch näher an seinem Zuhause gewesen als jetzt. Doch aufsuchen konnte er sie damals nicht. Er hätte sie in tödliche Gefahr gebracht, denn Napoleon hatte die Angehörigen der Streifkorps zu Gesetzlosen erklärt. Nun schrieb er:

Liebe Eltern,

sorgt Euch nicht um mich! Ich habe mich freiwillig zu den Truppen gemeldet, doch die große Schlacht ist geschlagen, und ich habe überlebt. Bald ist der Krieg vorbei, dann komme ich Euch besuchen. Ich darf auch mein Studium fortsetzen, das hat mir Professor Werner versprochen. Wer weiß, vielleicht kann ich später sogar in preußische Staatsdienste treten?

Euer gehorsamer Sohn Felix

Seinen zweiten Brief kritzelte er an Hermann und Greta, die ihn in Leipzig bei sich aufgenommen hatten und bei denen er Jette in Sicherheit glaubte. Er konnte nicht wissen, dass sie diese Zuflucht kurz nach ihm verlassen hatte – aus Scham darüber, er könnte erfahren, dass sie schwanger gewesen war.

Greta stand damals kurz vor der Niederkunft. Vielleicht war das Kind schon geboren. Felix sandte der jungen Familie seine besten Wünsche und bat Hermann, den Brief im Brief Henriette auszuhändigen. Ein dünnes Blatt, seine ganze Hoffnung. Darin schrieb er Jette, dass er lebte, es ihm gutging, sie auf sich achtgeben solle und er an sie denke.

Zufrieden verschloss er den Brief und lehnte sich wieder an den Baum, während um ihn herum weiter lautstarkes Treiben herrschte.

Nun würde er hoffentlich bald Post bekommen – zum ersten Mal, seit er sich freiwillig zur Armee gemeldet hatte. Dieser Gedanke hielt ihn wach nach all den Strapazen, der Angst im Kugelhagel und dem Nachtmarsch.

Er wünschte sich sehr, seine Eltern würden ihm verzeihen und seine Beweggründe verstehen. Er hoffte, dass Greta die Entbindung überstand und Mutter und Kind gesund waren. Doch am meisten sehnte er sich nach ein paar Zeilen von Henriette.

Verlierer und Sieger

Leipzig, Quartier des sächsischen Königs am Markt, und Borna, Quartier des preußischen Staatskanzlers, 19. Oktober 1813

Jm Apelschen Haus am Leipziger Markt wurde immer noch Kriegsrat gehalten. Der hatte bisher wenig Ergebnisse gebracht, geschweige denn Lichtblicke.

Der Premier- und Außenminister von Einsiedel hatte sich inzwischen bemüht, diplomatischen Kontakt zu den Alliierten aufzunehmen: zum preußischen Staatskanzler von Hardenberg, zum österreichischen Außenminister von Metternich und zum russischen Gesandten von Nesselrode. Vergeblich. Niemand war für ihn zu erreichen.

Eine klare Botschaft.

Damit lag alles Handeln beim sächsischen König.

Briefe waren zu schreiben. An den Zaren, den Kaiser Franz und den König von Preußen.

»Der Zar ist jetzt der mächtigste Mann Europas«, verkündete Friedrich August von Sachsen, als er endlich seine Sprache wiedergefunden hatte.

»Ja, an ihn müssen sich Euer Majestät zuerst wenden, in aller Ausführlichkeit«, bekräftigte der kluge Graf von Einsiedel sofort. »Wir müssen die Sieger um Verständnis bitten, in welcher Zwangslage sich Sachsen befand. Und unseren Willen bekunden, nun mit allen Kräften an der Überwindung Napoleons mitzuwirken.«

»Euer Majestät können ins Feld führen, dass wir das bereits tun! Die verbliebenen sächsischen Truppen sind sofort nach Einzug der Verbündeten unter alliiertes Kommando gestellt worden«, erinnerte der Generaladjutant von Bose.

Des Königs Miene verzog sich kaum spürbar bei dem Gedanken an die bevorstehende Korrespondenz.

Bittbriefe. Um diese nächste Demütigung kam er nicht herum.

Wie unter Zwang trat Friedrich August erneut an das Fenster, was alle Anwesenden nötigte, sich zu erheben.

Schroff drehte sich der König zu ihnen. »Ich werde diese Briefe höchstpersönlich abfassen. Sie dürfen sich entfernen.«

Unter wortlosen Verbeugungen verließen der Minister und die Generäle den Raum.

Dumpf vor sich hin brütend, stand Friedrich August von Sachsen am Fenster, die Hände auf dem Rücken verschränkt, und starrte in die Nacht.

Rund um die Stadt loderten tausende Biwakfeuer. Selbst aus dem Fenster konnte der König die Rauchfahnen über den niedergebrannten Dörfern und Gehöften um Leipzig sehen.

Auf dem Markt lagen immer noch Tote und Verwundete, und wieder gellten ihm die Schreie in den Ohren.

Schaudernd bekreuzigte sich Friedrich August von Sachsen. Trug er die Schuld an diesem Elend?

Nein, *er* hatte gegen niemanden die Waffe erhoben, sein Gewissen war rein. Schließlich ging er jeden Tag zur Beichte. Stundenlang und auf Knien hatte er den Rosenkranz gebetet.

Hätte er vielleicht doch im Frühjahr auf diejenigen seiner Offiziere und Minister hören sollen, die so leidenschaftlich auf den Übertritt Sachsens zu den Alliierten drängten? Auf seinen einstigen General Thielmann?

Den hatte er benutzt, ohne Skrupel, diesen brillanten Reiterführer und Festungskommandanten von Torgau. Er hatte ihn Zeit schinden lassen, indem er ihn zu Verhandlungen mit den Russen und Preußen schickte, während auf der anderen Seite die Generäle von Watzdorf und von Langenau in seinem Auftrag mit den Österreichern Pläne schmiedeten.

Und dann hatte er Thielmann öffentlich als Verräter gebrandmarkt. Ihn dadurch zu den Russen getrieben, wo er sich neuen Ruhm erwarb – auf der Seite des Feindes. Rechtfertigte nicht das allein schon das vernichtende Urteil über den Reitergeneral?

Wenn Sachsen *und* Österreich im Frühjahr zu den Alliierten übergetreten wären, hätten dann die blutigen Kämpfe der letzten Monate und die grausige Schlacht um Leipzig vielleicht nie stattgefunden?

Napoleon war zu stark. Bis gestern noch hielt er Sachsen mit seinen marodierenden Truppen im Würgegriff. Deshalb wollte der König nicht über die goldenen Brücken gehen, die ihm gebaut wurden. Wie vorgestern erst, als der französische General Reynier vorschlug, die abgekämpften und halb verhungerten sächsischen Truppen aus dem Schlachtgeschehen herauszunehmen und in die Festung Torgau zu schicken.

Nun war das Land verwüstet. Sein Land.

Ausgeblutet, ausgehungert, von Verwundeten und Typhus-kranken überschwemmt.

Hätte er das verhindern können?

Diesen Gedanken wies Friedrich August von Sachsen strikt von sich. Er hatte *stets* zum Wohl seines Landes regiert und war mit Gott und sich im Reinen.

Nun würde er das Seine tun, um zu retten, was zu retten war. Diese Briefe schreiben.

Formal *bin* ich ein Verbündeter, denn gestern sind meine Truppen übergelaufen!, beharrte er in Gedanken. Das war jetzt sein gewichtigstes Argument.

Mit Kaiser Franz stand er sich am besten von den Herrschern der Siegermächte. Doch das große Wort würden Zar Alexander und Friedrich Wilhelm von Preußen führen.

Der Zar hatte sich heute Vormittag unerbittlich gegen die sächsischen Parlamentäre gezeigt. Seine Worte ließen keinen Raum für Hoffnung: Der König von Sachsen habe den Zaren betrogen, als er *entgegen seinen Zusage* weder dem Bündnis mit Österreich noch der preußisch-russischen Allianz beitrat. Deshalb könne es keine Gnade für ihn geben.

Gehöhnt hatte Alexander, der Übertritt der sächsischen Soldaten sei reichlich spät erfolgt. Und gegen den Willen ihres Regenten, wie er sehr wohl wisse.

Den König von Preußen mochte Friedrich August von Sachsen noch viel weniger. Sie hatten seit jeher Gebietsstreitigkeiten, und nun würde sich Preußen von Sachsen holen, was die anderen Sieger ihm zugestanden.

Das Herzogtum Warschau – heute noch sächsisch – würde nach dem Ausgang dieser Schlacht zweifellos von Russland vereinnahmt, und Preußen durfte Ausgleich erwarten. Auf Kosten Sachsens.

Dabei hatte er, Friedrich August, vor ein paar Stunden noch gedacht, *er* könne Gebietsausgleich fordern, wenn Warschau an die Russen fiel!

An diesem Punkt seiner Gedanken meldete ein Kammerdiener, der Baron von Anstett bitte im Auftrag Seiner Kaiserlichen Majestät des Zaren um eine Audienz.

Der russische Diplomat überreichte mit höflichen Worten das angekündigte Schreiben. Die persönliche Sicherheit Seiner Majestät des Königs von Sachsen erfordere dessen Abreise aus Leipzig. Dies sei im Interesse aller verbündeten Mächte und deren gemeinsame Entscheidung, richtete er aus.

Ein Treffen mit dem Zaren lehnte der Baron ab. Es könne für beide Seiten nur peinlich werden. Außerdem hätten derzeit dringende militärische Angelegenheiten den Vorrang.

Zurück ließ der russische Gesandte einen König, der nicht wusste, ob er am nächsten Tag noch einer war. Der mit aller Macht den Gedanken von sich wies, er hätte doch ein paar Tage eher den Entschluss fassen sollen, die Seiten zu wechseln – so wie sein Schwager, der König von Bayern.

Der war jetzt kein Gefangener.

Und der König von Württemberg oder der Großherzog von Baden, die immer noch auf Napoleons Seite standen – würden die wohl auch verhaftet werden, wenn ihre Territorien erst von den Alliierten besetzt waren?

Die Preußen und Russen wollten nicht nur ein Exempel an ihm statuieren, denn wann war je ein König gefangen genommen worden? Sie wollten ihn aus dem Land entfernen, um ungehindert seinen angestammten Besitz an sich zu reißen.

Friedrich August von Sachsen kannte sich aus in diesem Spiel, dem Spiel um Macht.

Wie es aussah, hatte er es gerade verloren.

Zur gleichen Stunde erfuhr der preußische Staatskanzler von Hardenberg vom Sieg der Alliierten. Der nach dem König mächtigste Mann Preußens, Nachfolger des auf Verlangen Napoleons geschassten Freiherrn vom und zum Stein, Innen-,

Außen- und Finanzminister, logierte dreißig Kilometer südlich vom Schlachtfeld in Borna.

Wie sein Vorgänger war Karl August von Hardenberg ein
unnachgiebiger Befürworter von Reformen. Doch im Gegensatz zu dem nun in russischen Diensten stehenden Stein hielt
er ganz und gar nichts von der Idee eines deutschen National-
staates. Ein mächtiges, großes Preußen – das war es, wonach
er strebte.

Endlich!, dachte er, als er den Brief hastig öffnete. Das muss
die Siegesnachricht sein!

Zweimal hintereinander las der schwerhörige Dreiundsech-
zigjährige die kurze, aber schicksalsschwere Botschaft und
strich sich durch das graue Haar, aus tiefster Seele erleichtert.
Um den lang und schwer erkämpften Sieg zu feiern, orderte
der Staatskanzler Wein. Doch er gestattete sich keinen einzigen Schluck, bis er das Glückwunschschreiben an seinen
König vollendet hatte. In welchem er Friedrich Wilhelm von
Preußen schon freudig als »König von Sachsen und Großherzog von Polen« grüßte.

Aufruhr

Markranstädt, 19. Oktober 1813

Napoleon Bonaparte erreichte Markranstädt gegen acht
Uhr abends und ließ sein Hauptquartier im Gasthaus
Zum Rosenkranz einrichten. Er gab sich ruhig und gelassen,
ja beinahe freundlich. Doch innerlich tobte er.

Was da hinter seinem Rücken lief – im wahrsten Sinne des
Wortes –, sah nicht nach geordnetem Rückzug aus. Nur seine
Alte Garde marschierte noch in Reih und Glied. Der Rest bot
einen jämmerlichen Anblick.

Abgesehen von seinem Schwager Joachim Murat natürlich, dessen Eitelkeit und Verschwendungssucht ebenso legendär waren wie seine Kavallerieattacken. Missbilligend starrte Napoleon auf den überbordenden Putz des Königs von Neapel: rote Hosen, grüne Samtjacke mit goldenen Verschnürungen, Pelzwerk und Stickereien, rot-weiß-blaue Reiherfedern am Hut und als Gipfel der Extravaganz *gelbe* Stiefel mit goldenen Nähten und Litzen.

Das macht ihm keiner nach: Rückzug von einer verlorenen Schlacht in gelben, goldbestickten Stiefeln!, dachte Napoleon sarkastisch.

Umso größer war der Kontrast zu dem Bild des Jammers, das sich sonst bot. Der Wegesrand war gesäumt mit Pferdekadavern, zertrümmerten Fuhrwerken und entkräfteten Männern, die sich einfach hatten fallen lassen, um zu sterben.

Was sich hier unter seinen Augen dahinschleppte, waren höchstens hundertzwanzigtausend Mann. Wenn überhaupt. Die noch marschierten, trugen zerlumpte Uniformen und kannten keine Moral. Die verrohten, hungernden Soldaten nahmen sich gewaltsam, was das Land noch hergab: Brot, Vieh, Bettzeug, Leinen …

Ihre Offiziere ließen sie gewähren.

Auch der Kaiser ließ sie gewähren. Seine Männer mussten essen. Und wenn ihnen in ein, zwei Tagen die Feinde folgten, sollten sie nur verwüstetes Land vorfinden, kein Korn und keine Krume Brot.

Außerdem hob Beute die Stimmung. Und die brodelte gefährlich. Er sah es an der Disziplinlosigkeit der Soldaten und in den finsteren Mienen seiner Marschälle und Generäle.

Fournier, der im Sommer noch, ohne mit der Wimper zu zucken, die Lützower Kavallerie bei Kitzen hatte niederschießen lassen, Marmont, der am Samstag im erbitterten Kampf um Möckern ein Drittel des gefürchteten Korps Yorck vernichtet hatte, Augereau, der auf dem Südlichen

Schlachtfeld mit seiner in Spanien kampferprobten Kavallerie wie eine Urgewalt über die Gegner hereingebrochen
war – sie hatten sich in Gedanken schon von ihm abge-
wandt.

Er sah es in ihren Augen.

Zu Napoleons Begleitern, die vor dem Markranstädter Gasthof aus den Sätteln stiegen, gehörte ein Mann in gelbem Uniformrock mit blauen Aufschlägen, der zwar den ganzen Tag
neben dem Kaiser ritt, aber kein Militär war. Das Horn und
seine sonstige Ausrüstung wiesen ihn als Leipziger Postillion
aus.

Johann Gottfried Gabler war vor zehn Tagen von Napoleon
persönlich in Dienst genommen worden, damit er ihn nach
Leipzig führte und heute aus Leipzig heraus.

Es war eine heikle Sache, einem Kaiser den Weg zu weisen.
Noch dazu einem Kaiser, der gerade eine gewaltige Schlacht
verloren hatte. Doch jetzt quälten den Leipziger Postreiter
vor allem zwei Fragen: wann er endlich nach Hause durfte
und ob er den versprochenen Lohn bekam.

Da der Postillion nur ein paar Brocken Französisch sprach,
brauchte er einen Mittler. Missmutig rückte Gabler seinen
schwarzen Dreispitz zurecht und hielt Ausschau nach seinem
einzigen Landsmann im Gefolge, dem Major von Odeleben.
Der sprach hervorragend Französisch.

Dummerweise konnte Gabler den sächsischen Major in dem
Gedränge nicht entdecken. In das nun zum Hauptquartier
erklärte Wirtshaus kam der Postillion nicht hinein. Das blieb
den engsten Begleitern Napoleons vorbehalten, und selbst
von denen mussten sich die meisten auf dem Kornboden oder
in den Fluren einrichten.

Also nahm Johann Gabler seinen Braunen am Zügel und ging
eine Stelle suchen, wo er ihn grasen lassen konnte.

Die Soldaten, die rund um das von der Alten Garde bewachte Gasthaus biwakierten, waren längst losgestürmt, um die Häuser der Umgebung rücksichtslos nach allem Brauchbaren zu durchwühlen und auseinanderzunehmen.

Gabler würde seine eigenen Landsleute nicht ausplündern. In Leipzig hatte er einem Bekannten ein Stück Wurst und zwei Äpfel abgeschwatzt. Vielleicht ließ sich hier noch etwas gütlich auftreiben; er machte oft in Markranstädt Station und war ein angesehener Mann. Doch erst einmal musste er sein Pferd versorgen.

Das Biwak bot einen niederschmetternden Eindruck.

Verwundete, erschöpfte, abgerissene Männer. Ein Stück seitwärts diskutierte aufgeregt eine größere Gruppe Polen. Vielen standen Tränen in den Augen; sie wollten nicht glauben, dass ihr Anführer tot war. Vielleicht kam Fürst Poniatowski ja doch noch nachgeritten?

Auch der Postillion Gabler vermochte sich kaum vorzustellen, dass der Kriegsminister von Warschau und mögliche künftige König Polens tot sein sollte. Er hatte ihn heute Morgen noch gesehen, als Napoleon ihn vor dem endgültigen Abzug aus Leipzig aufsuchte und mit ihm ein kurzes, sehr ernstes Gespräch unter vier Augen führte. Da war Poniatowski schon zweifach verwundet gewesen.

Gabler lief an ein paar Marinegardisten vorbei, die ihre Sachen am Feuer trockneten. Sie mussten nach der Explosion durch die Elster geschwommen sein. Er hatte in den letzten Stunden etliche Augenzeugenberichte darüber gehört, was an der Brücke geschehen war, und es schauderte ihn immer noch.

Ein paar Schritte weiter lagen sich laut lachend und schwatzend ein paar Burschen vom Spanischen Strafbataillon in den Armen, die sich wohl gerade erst wiedergefunden hatten. »Pícaro, pícaro!«, schrien ein paar von ihnen immer wieder begeistert.

Wie würden wohl seine Bekannten darauf reagieren, dass er Napoleon geführt hatte? Und die Alliierten? Darüber grübelte Gabler nach, während er das spanische Wortgeratter hinter sich ließ.

Andererseits – er war ein Postillion! Jedermann konnte solche Dienste beanspruchen, sofern er dafür bezahlte. Durfte er es sich nicht sogar als Ruhmestat anrechnen, dass er den Kaiser allen Schwierigkeiten zum Trotz aus der Stadt *hinausgeschafft* hatte? Machte ihn das nicht zum Retter Leipzigs? Wäre Napoleon dort gewesen, als die Alliierten zum Sturm übergingen, könnte man Leipzig jetzt noch von hier aus brennen sehen.

Zu gern würde Gabler nach Hause reiten und in der Posthalterei oder in *Auerbachs Keller* von seiner Odyssee mit dem Kaiser der Franzosen erzählen. Das brächte ihm sicher manchen guten Schoppen von neugierigen Zuhörern ein.

Stattdessen lief er hier durch die Kälte, sein Magen knurrte, und seinen Lohn hatte er auch noch nicht erhalten. Ein ganzer Louisdor pro Tag war ausgemacht!

Mit solchen Gedanken ging er zu den beiden Windmühlen vor dem Badertor. In deren Nähe sollte die sächsische Kavallerie biwakieren – oder, besser gesagt, das, was davon noch übrig war. Die Ersten, auf die er dort traf, waren ein paar Zastrow-Kürassiere.

»Sie sind verwundet!«, sagte Gabler bestürzt zu einem jungen Wachtmeister, dessen Fuß mit einem blutdurchtränkten Verband umwickelt war. Er lehnte an seinem Pferd und stützte sich auf den Karabiner, das Gesicht vor Schmerz verzerrt.

»Wieso sind Sie nicht im Lazarett?«

»Wachtmeister Johann Enge«, stellte sich der Blessierte vor. »Hat mich noch kurz vorm Ende erwischt, Herr Postillion, heute früh. Aber ins Lazarett geh ich nicht. Wissen Sie, was für Zustände da herrschen? Erst hackt einem ein Hänfling von einem Fleischerlehrling das Bein ab, und wenn man nicht auf der Stelle verblutet, verreckt man später am Nervenfieber.«

Stur schüttelte er den Kopf. »Entweder lässt es der liebe Gott heilen, oder ich sterbe eben am Wundbrand.«

»Wir zwei haben es bis nach Moskau und zurück geschafft, da fallen wir doch jetzt nicht um!«, ermutigte ihn sein noch jüngerer Nebenmann, der sich als Heinrich Franke vorstellte.

Beeindruckt sah Gabler die beiden an. Nur sehr wenige sächsische Soldaten waren aus Russland zurückgekehrt, von den Kürassieren fast keiner.

»Dann sind Sie in Borodino gewesen?«, fragte er ungläubig.

»Jawohl!«, bestätigte Enge stolz. »Unter dem Kommando von General Thielmann. Kühn ritt er voran, und so haben wir die große Redoute gestürmt und eingenommen, die Rajewski-Schanze. Den Tag wird keiner von uns vergessen … Von uns wenigen, die überlebten.«

In einem Anfall von Bewunderung bot der Postillion den beiden Kürassieren sein letztes bisschen Schnupftabak an.

»Und wieso sind Sie jetzt hier und nicht in Leipzig?«, erkundigte er sich.

In unmittelbarer Nähe des Kaisers bekam er einiges mit, sofern es auf Deutsch ausgesprochen wurde. Dadurch wusste er, dass Napoleon schon gestern fast alle nicht übergelaufenen Sachsen zurückgeschickt hatte. Sogar das Leibgrenadierregiment, das ebenso wie die sächsischen Kürassiere dem Kaiser direkt unterstellt war.

»Dorthin wollten wir ja«, erzählte Heinrich Franke. »Doch dann kam Befehl, wir hätten uns bei der Division Bordesoulle einzufinden. Der ganze Rest der schweren sächsischen Reiterei, wir und die Leibkürassiere. Das ergibt zusammen nicht einmal eine ganze Eskadron.«

»Was wird nun aus uns?«, fragte Gabler finster. »Wann dürfen wir heim?«

»Das weiß der Himmel«, meinte Enge. »Aber Sie, Herr Postillion, werden sicher eher wieder in Leipzig sein als wir.«

Unter den Polen, die Gabler gesehen hatte, herrschte mittlerweile heftiger Streit. Etliche forderten umzukehren, statt weiter mit dem Kaiser zu ziehen. Der König von Sachsen und Herzog von Warschau sei in Leipzig geblieben. Und Fürst Poniatowski sei gefallen und damit eine bewaffnete Rückeroberung Polens undenkbar geworden.

»Was sollen wir am Rhein? Wir mussten so viel Blut opfern, so viele von uns sind gestorben. Jetzt ist es Zeit, an die Rettung der letzten Überlebenden zu denken«, sprach ein Husarenrittmeister aus, was viele dachten.

»Es ist ehrlos, den Kaiser in Feindesland im Stich zu lassen«, widersprach ein schnauzbärtiger Ulanenführer. »Wir sind immer noch ein paar tausend Mann unter Waffen. Die kann der Kaiser nicht entbehren.«

Mehr und mehr Polen kamen zusammen, schrien wild durcheinander. Bis der neu ernannte Anführer der polnischen Truppen, General Antoni Pawel Fürst Sulkowski, die Offiziere zu sich befahl.

»Ich gebe Ihnen mein Ehrenwort, dass ich den Rhein nicht überschreiten werde«, erklärte der Fürst. »Aber ich beschwöre Sie, den Kaiser bis zum Rhein zu begleiten! Von dort aus führe ich Sie nach Hause.«

Napoleon Bonaparte hatte unterdessen gute Nachrichten von General Bertrand erhalten: Der Übergang über die Saale bei Weißenfels war gesichert. Die ersten Truppen würden schon übersetzen, eine weitere Brücke für Kavallerie und Artillerie sei errichtet. Zufrieden lehnte sich Napoleon zurück, ehe er weiterlas. Auf Bertrand war Verlass.

Auch Oudinot machte seine Sache gut, denn von Verfolgern blieben sie bisher verschont. Wenn der Marschall das bis morgen früh durchhielt, hatte er ihm achtzehn Stunden Zeitvorsprung verschafft. Die genügten, damit ihn niemand einholen konnte.

Naumburg sei allerdings vom Feind besetzt, berichtete Bertrand. Besetzt von Thielmann. Ein Name, bei dessen Erwähnung den Kaiser die Wut packte. Wenn er nicht so sehr in Eile wäre, würde er am liebsten ein paar Kolonnen aussenden, um ihn unschädlich zu machen. Doch jetzt hatte Vorrang, dass sie schnellstmöglich über Saale und Unstrut gelangten.

Er hätte nach diesem wirklich schlechten Tag liebend gern ein heißes Bad genommen. Aber wichtiger war es, für gute Stimmung bei den Truppen zu sorgen. Zumal er nicht die geringste Lust verspürte, sich mit seinen Generälen und Marschällen an einen Tisch zu setzen, von denen ihn die Hälfte im Geiste schon aufgegeben und verlassen hatte.

Zu den Regimentern zu gehen, die gerade die umliegenden Gehöfte auf der Suche nach etwas Brauchbarem demolierten, kam auch nicht in Frage. Die würde jetzt nicht einmal er zur Räson bringen. Sollten sie sich austoben.

Nein, er konnte nur zu seiner Alten Garde. Zu denen, die ihn liebten, verehrten, bewunderten. Ein paar Gespräche unter gestandenen Kämpfern, Erinnerungen an gemeinsam geschlagene Schlachten, ein Lob für ihre Tapferkeit, ein paar Orden – das würde gut ankommen. Und es würde auch seine Stimmung wieder heben.

Soeben hatte er schon erfahren, dass Sulkowski die polnische Krise abgewendet hatte. Napoleon beglückwünschte sich zu dem Entschluss, den jungen, charismatischen Fürsten zum Anführer der Polen ernannt zu haben, obwohl es der erfahrenere Dombrowski ebenso verdient hätte.

Mit bemühter Freundlichkeit ging er hinaus zu seinen »Unsterblichen«, die ihn gerührt und begeistert empfingen.

Da ahnte der Kaiser noch nicht, dass gleich eine sächsische Krise in seiner Armee ausbrechen würde.

»Wir geben unsere Pferde nicht her! Das sind wertvolle, aus-gebildete Militärpferde, unsere treuen Kameraden, keine Ackergäule für die Artillerie!«, brüllte Johann Enge aus Un-terauerswalde in höchster Wut. »Und wir sind Kürassiere, kein Fußvolk!«

Dutzende Männer in den Uniformen des Regiments Zastrow stimmten ihm lautstark zu. Es kümmerte sie nicht, dass der dürre französische Colonel kein Wort verstand, der ihnen den Befehl überbracht hatte, über den sie sich so aufregten. Sowenig es sie in ihrer Wut kümmerte, dass sie einen vorge-setzten Offizier der Grande Armée anschrien.

»Ich geb meine Jule nicht her! Sie ist mit mir durch die Bere-sina geschwommen!«, rief Enge mit Tränen in den Augen. Er zog eine schwere rechtshändige sächsische Kürassierpistole und setzte sie seinem Pferd an den Kopf.

»Lieber bring ich sie um und mich hinterher, als sie euch Rossschindern zu überlassen, damit sie Munitionswagen zieht!«

Der französische Offizier reagierte mit einem drohenden Wortschwall, die drei Männer in seiner Begleitung legten die Hände an die Griffe von Pistolen oder Säbeln.

Der sächsische Rittmeister Adolph Freiherr von Gutschmidt begriff, dass die Szene gleich zu einem Blutbad ausarten würde, wenn nicht ein Wunder geschah.

»Ruhe, Ruhe allesamt!«, brüllte er und schob sich vor den verwundeten Wachtmeister, zwischen seine Leute und die Franzosen.

»Das sind speziell für den Kampf ausgebildete Armeepfer-de, die wir in der Schlacht brauchen«, appellierte er an den französischen Colonel in dessen Sprache. »Und Kürassie-re können in ihrer schwerer Ausrüstung nicht zu Fuß kämpfen.«

»Das sind *unsere* Pferde, *notre*!«, radebrechte ein Kornett mit dunkel angelaufenem Gesicht. »Nix *votre*!«

»Sie unterstehen französischem Kommando, damit gehören die Pferde dem Kaiser!«, beharrte der Colonel stur. »Sie sind zu wenige, um noch eine funktionierende Einheit zu bilden. Also wurden Sie der Division Bordesoulle zugeteilt. Sitzen Sie ab und übergeben Sie Ihre Pferde der Artillerie! Die braucht dringend welche.«

»Diese Pferde sind Eigentum des sächsischen Königs«, widersprach von Gutschmidt.

»Ja, lang lebe unser König Friedrich August der Gerechte!«, brüllten zwei Dutzend seiner Kürassiere sofort.

»Und wo ist Ihr König jetzt?«, fragte der Colonel höhnisch.

»Bei unserem Kaiser, seinem Verbündeten? Ich kann ihn hier nirgends entdecken. Nein, er hockt in Leipzig und hat längst seinen Handel mit dem Feind geschlossen. Ehrloses sächsisches Verräterpack!«

Seine einzige Rettung war, dass keiner der Sachsen außer dem Rittmeister diese Beleidigung auf Französisch verstand.

Der Lärm hatte den Major von Eckart alarmiert, der nun wie aus dem Nichts neben Gutschmidt auftauchte.

»Achtung!«, brüllte von Eckart.

Ihm gehorchten die Männer. Mit trotzigen, wütenden Mienen.

»Zweifellos beruht dieser Befehl auf mangelhaften Informationen über den Status der sächsischen Kavallerie«, erklärte von Eckart mit aller ihm zu Gebote stehenden Autorität den Franzosen.

»Monsieur le Colonel, bevor hier etwas geschieht, das nicht wieder rückgängig zu machen ist und womit niemandem gedient ist, schlage ich vor, den Rittmeister von Gutschmidt ins Hauptquartier zu schicken und um Klärung zu bitten.«

Angesichts der deutlichen Überzahl der revoltierenden Sachsen entschied der Colonel widerwillig, auf diesen Vorschlag einzugehen. Dass der sächsische Major nicht selbst zum Kaiser ging, sondern den im Rang unter ihm stehenden Rittmeister schickte, gab ihm zusätzlich zu denken. Offenbar glaubte dieser Eckart, dass nur der Respekt vor seinem Dienstgrad die Männer noch ruhig halten konnte.

Der Status der sächsischen Kavallerie!, dachte der Colonel höhnisch. Die leichte Reiterei ist gestern übergelaufen, der Rest verreckt bis auf die paar hier. Und die bringe ich vors Kriegsgericht.

Besorgt und mit langen Schritten ging der Rittmeister von Gutschmidt Richtung Hauptquartier und hoffte, dort vorgelassen zu werden. Er hatte keine Ahnung, wie dieser Streit ausgehen würde. Auf ein gutes Ende wagte er kaum zu hoffen.

Er verstand seine Männer; er würde sein Pferd auch nicht hergeben, schon gar nicht, damit es Kanonen zog. Zwischen Reitern im Kampf und ihren Pferden bestand ein enges und kameradschaftliches Verhältnis. Sie mussten einander verstehen, sonst konnten sie nicht überleben.

Doch dieser Zwischenfall war im Grunde genommen Meuterei, wofür Kriegsgericht drohte. Und wie er die Franzosen kannte, würden die von ihrer Forderung nicht abgehen. Schon einmal mussten die sächsischen Kürassiere ihre Pferde den Franzosen übergeben.

Jetzt sind wir richtig zwischen die Mahlsteine geraten!, dachte Adolph von Gutschmidt wütend.

Nach dem gestrigen Übergang des größten Teils der sächsischen Reiterei zu den Alliierten wurde den verbliebenen Offizieren freigestellt, ob sie in Leipzig dem König beistehen oder mit dem Kaiser weiterziehen wollten. Doch die Mannschaften blieben ungefragt unter französischem Kommando. Der Oberst von Lindenau, Kommandeur der leichten Kavallerie, hatte vergeblich versucht, Marschall Macdonald zu bewegen, diesen Befehl zurückzunehmen und auch die Mannschaften zu ihrem König zu schicken.

Wir haben tapfer gekämpft, in den härtesten Schlachten, die meisten sind gefallen. Und jetzt kommt Schimpf und Schande über uns, dachte der Rittmeister verbittert.

Wie hätte wohl General Thielmann reagiert, wenn der noch das Kommando über uns Kürassiere hätte wie damals in Russland?, fragte er sich. Laut und heftig bei seinem Temperament! Aber er hätte sich für seine Leute bis zum Letzten eingesetzt. Nun kämpft er auf der anderen Seite.

Hastig schritt der Rittmeister auf den *Rosenkranz* zu, aber laute Hochrufe »Vive L'Empereur!« aus einer Gruppe Alter Garde bestätigten seine Vermutung. Der Kaiser hielt sich inmitten seiner treuesten Gefolgsleute auf und verlieh gerade Orden der Ehrenlegion.

Da Eile geboten war, ging der sächsische Rittmeister sofort auf den ersten Offizier der Alten Garde zu, der ihm über den Weg lief, und erklärte in knappen Worten den Notfall. Der Offizier winkte ihn mit sich, und schon stand der Rittmeister von Gutschmidt unmittelbar vor Napoleon Bonaparte.

»Ich komme gleich wieder, meine Kinder!«, versprach der Kaiser Augenblicke später seinen »Unsterblichen« und stapfte dem Sachsen hinterher.

Gibt es denn nie Ruhe mit diesen Sachsen?, dachte er verärgert. Welcher Idiot ist auf die Idee gekommen, die guten Kürassierpferde wie Zugochsen zu verwenden? Wo ich in den letzten Tagen fast meine gesamte Elitekavallerie verloren habe?

Napoleon hatte selbst schon mehrmals befohlen, dass rheinbündische Kavalleristen ihre Pferde an seine Franzosen abgeben sollten; 1806 den Sachsen und diesen September, nachdem ein paar westphälische Eskadrons übergelaufen waren. Das waren Strafmaßnahmen. Aber jetzt war die Lage viel zu heikel, um noch mehr Unruhe zu schüren. Er hatte gedacht, wenigstens die sächsischen Kürassiere behalten zu können.

Das war eine Elitetruppe, wenngleich sehr zusammengeschmolzen in diesem Herbstfeldzug.

Nun musste er sehen, wie er die Lage bereinigte. Schnell und
unauffällig. Denn es gärte an allen Ecken und Enden.

Solange der Rittmeister von Gutschmidt unterwegs war,
herrschte feindseliges Schweigen zwischen den sächsischen
Reitern und dem französischen Colonel und seinen Begleitern. Untermalt mit bösen Blicken und leise dem Nachbarn
ins Ohr gemurmelten Worten.

Doch als sie den Kaiser höchstpersönlich auf sie zuschreiten
sahen, erstarrten sie alle.

Napoleon – leibhaftig!, dachte ehrfürchtig der Wachtmeister
Enge. So nah hatte er ihn noch nie vor sich gehabt. Ihm war
zumute, als müsste er gleich umfallen. Was natürlich auch an
seiner Verletzung und dem Blutverlust liegen konnte.

Bevor irgendjemand etwas zur Ursache ihres Streites sagen
konnte, verkündete der Kaiser seinem Colonel: »Hier liegt
ein Irrtum vor.«

Dann wandte er sich an die Sachsen und sagte mit liebens-
würdiger Stimme: »Die sächsischen Kürassiere haben tapfer
gekämpft. Doch jetzt reitet heim, meine Kinder. Ihr seid in
Ehren entlassen.«

Gutschmidt übersetzte sofort, und die Worte lösten fassungs-
loses Schweigen aus.

Lediglich der Colonel wagte es, vorsichtig zu protestieren:
»Sire, wir brauchen die Pferde für die Artillerie! Sonst müssen wir Geschütze zurücklassen.«

»Diese Pferde sind Eigentum meines treuen Verbündeten, des
Königs von Sachsen«, beschied ihm der Kaiser mit strafen-
dem Blick. »Außerdem verdienen es diese tapferen Männer
nicht, zu Fuß heimkehren zu müssen.«

Bevor es noch mehr Aufruhr gab, wollte er die letzten sächsischen Kürassiere lieber schleunigst fort von hier haben. Die

Artillerie sollte gefälligst in der Umgebung Pferde requirieren. Außerdem gab es nahe Erfurt ein großes sächsisches Kavalleriedepot, da konnten sie sich versorgen.

»Wir sollen wirklich gehen?«, raunte Wachtmeister Enge.

Die meisten seiner Kameraden wirkten ähnlich entsetzt. Sie fühlten sich ins Leere gestoßen.

Der Postillion Gabler, der den Zwischenfall aus sicherer Entfernung beobachtete, wog kurz ab, ob dies der geeignete Moment sein könnte, nach *seiner* ehrenvollen Entlassung zu fragen. Doch er verwarf den Gedanken rasch. Das hier hätte übel ausgehen können, blutig. Er durfte nicht noch mehr Wunder erwarten an diesen Tag mit all seinen Schrecknissen.

»Sie haben tapfer gekämpft und sind hiermit in Ehren entlassen«, wiederholte der Kaiser in gespielter Geduld. »Begeben Sie sich zu Ihrem König! Sie reiten heute noch. Aber nicht direkt nach Leipzig, sondern über Altranstädt und Merseburg. Das ist der letzte Befehl, den ich Ihnen erteile. Gott sei mit Ihnen!«

Die Sachsen sollten nicht so bald auf den Feind treffen und ihm von der desolaten Lage innerhalb der Grande Armée berichten – deshalb der befohlene Umweg.

Zufrieden mit sich, die nächste Krise so schnell abgewendet zu haben, schlenderte Napoleon Bonaparte weiter durchs Biwak, da und dort mit seinen alten Soldaten plaudernd, Zuversicht verbreitend.

Bald war er selbst wieder voller Zuversicht. Um drei Uhr nachts würden sie nach Weißenfels abmarschieren, in drei Tagen sein Bollwerk Erfurt erreichen und sich neu versorgen.

Auf dem Sprung

Naumburg und Alliiertes Hauptquartier in Rötha,
19. Oktober 1813

Während Napoleon Bonaparte in Markranstädt durch die Biwaks der Alten Garde schritt und die sächsischen Kürassiere zum Aufbruch sattelten, wartete in Naumburg der einst sächsische, jetzt Kaiserlich-Russische General Johann Adolph Freiherr von Thielmann ungeduldig auf die Rückkehr seiner Kuriere. Würde das Hauptquartier der Alliierten seinen Vorschlag annehmen? Verstärkung schicken und ihm die Erlaubnis zum Losschlagen erteilen?

Das könnte diesen langen, menschenfressenden Krieg vielleicht binnen eines Tages beenden, nachdem es in Leipzig nicht gelungen war, Napoleon zu fassen.

Wie ein Tiger vor dem Sprung, jede Sehne gespannt, stand Thielmann am Fenster und starrte hinaus in die Finsternis. Dichter Nieselregen nahm nicht nur jede Sicht jenseits weniger Meter, sondern verschluckte auch sämtliche Geräusche.

Ohne es wahrzunehmen, bewegte er die Finger der Rechten auf dem Fensterbrett wie zu Übungen auf dem Pianoforte. Er hatte seit Ewigkeiten nicht mehr gespielt. Das letzte Mal während des Waffenstillstandes, bei einem denkwürdigen Gespräch mit dem ebenfalls russischen General Prinz Eugen von Württemberg über den Krieg und die Musen und ob sich Beethoven wohl einmal Schillers *Ode an die Freude* annehmen würde.

Doch jetzt richteten sich all seine Gedanken auf den Kampf, der jeden Moment beginnen konnte, sofern die ersehnten Befehle kamen.

Sollte er satteln lassen? Seine zweitausend Mann wären binnen weniger Minuten einsatzbereit. Die Kuriere hatte er schon nachmittags um drei losgeschickt. Sie müssten längst mit Antwort zurück sein.

General von Thielmann und seine Reiterschar sollten zunächst unter dem Befehl des österreichischen Feldzeugmeisters von Gyulai der fliehenden Grande Armée den Rückweg versperren. Doch dann war neue Order gekommen: zurückziehen, in Tuchfühlung bleiben, aber nicht angreifen.

Durch seine Kundschafter wusste er, dass Bertrands Viertes Korps bereits Weißenfels erreicht hatte und dort den Übergang für Napoleons Hauptarmee sicherte.

Mit dieser überaus wichtigen Nachricht hatte er sofort Boten an Gyulai und das Alliierte Hauptquartier in Rötha geschickt, an den Oberbefehlshaber Fürst Schwarzenberg persönlich.

Außerdem bat er dringend um Verstärkung und die Erlaubnis, Bertrand in Weißenfels anzugreifen und den Flussübergang der Grande Armée zu verhindern.

Er kannte diese Gegend, jeden Weg und Steg. Hier hatte er nicht nur die ersten Jahre seiner militärischen Laufbahn zugebracht, sondern mit seiner Reiterschar dem Feind in den letzten zwei Monaten etliche Niederlagen bereitet. Der dichte Nieselregen, der ihm jetzt die Sicht raubte, wäre ihr Verbündeter. Wie aus dem Nichts würden sie vor dem Gegner auftauchen.

Endlich! Schritte und knarrende Dielen kündeten von der Ankunft eines Mannes. Hellwach und erwartungsvoll drehte sich Thielmann zur Tür. Sein Adjutant, der preußische Major von Strantz, klopfte und meldete die Rückkehr des Kuriers aus dem Hauptquartier.

Dieser – noch jung, aber ein waghalsiger Reiter – trat ein, salutierte und reichte dem General einen versiegelten Brief. Thielmann öffnete ihn hastig, überflog ihn ... und schloss maßlos enttäuscht für einen Moment die Augen. Dann schickte er den jungen Mann hinaus, sein Pferd und sich selbst zu versorgen.

»Das Hauptquartier sendet keine Verstärkung«, informierte er seinen Adjutanten. »Wir sollen Naumburg und den Übergang in Kösen sichern. Das hat absolute Priorität.«

Doch dann ging sein Temperament mit ihm durch; wütend hieb er mit der Faust gegen die Wand.

»Napoleon wird morgen mit dem Gros seiner Armee Weißenfels erreichen. Und wir sollen ihn tatenlos die Saale passieren lassen! Hier steht, es sei undenkbar, dass unsere Truppen ihn bis dahin einholen.«

Er barst vor Tatendrang, seine Männer ebenso. Mehr als jeder andere wollte und musste er sich beweisen – nicht nur aus Ehrgeiz oder weil er den Mut, die Kühnheit und die Entschlossenheit dazu hatte. Sondern um sich selbst und der Welt jeden Tag neu zu bestätigen, dass es richtig war, im Mai die Seiten gewechselt zu haben.

Er war kein Verräter! Er hatte eine Gewissensentscheidung getroffen.

Doch allein konnten sie es nicht mit dem Korps Bertrand aufnehmen, einer vielfachen Übermacht.

Der Österreicher Karl Philipp Fürst zu Schwarzenberg, Oberbefehlshaber der Alliierten Streitkräfte, war ein vorsichtiger Mann. Nicht nur, weil sie den gefürchtetsten Feldherrn ihrer Zeit zum Gegner hatten, nicht nur wegen der Befehle seines Kaisers Franz, des Schwiegervaters Napoleons. Die Truppen waren zu erschöpft für einen weiteren Nachtmarsch und mussten erst geordnet werden. Außerdem scheiterte jeder Versuch, eine provisorische Brücke über die Elster zu errichten, an Oudinot und seinen Jungen Garden.

Als der Bote mit dem Antwortschreiben an den rastlosen Thielmann den Raum verlassen hatte, sagte der Oberbefehlshaber zu seinem Generalstabschef Radetzky von Radetz: »Bonaparte hat immer noch mehr als hunderttausend Mann. Die werden verbissen für ihren Rückzug kämpfen. Überlassen wir sie der österreichisch-bayerischen Armee unter General von Wrede. Alles, was wir jetzt Thielmann schicken könnten, würde zusammen mit ihm zermalmt werden.«

Der Morgen nach der Schlacht

Leipzig, Haus der Witwe Lindenthal,
20. Oktober 1813

Ein qualvoller Schrei aus dem Nebenzimmer ließ Henriette aus dem Schlaf fahren. Ihr Herz hämmerte, und erschrocken versuchte sie zu begreifen, wo sie war.

Leipzig erwachte am ersten Morgen nach der gigantischen Schlacht. Draußen riefen sich Leute etwas zu, ein Wagen rollte geräuschvoll über das Pflaster. Aus der Ferne klangen immer noch Schüsse.

Nun erkannte Henriette im Dämmerlicht ihre Umgebung: das grüne Zimmer der Witwe Lindenthal. Wie eine Flutwelle strömten Erinnerungen und Bilder auf sie ein.

Étienne, der in ihren Armen gestorben war. Der Karren, auf dem sein Leichnam fortgefahren wurde. Die Verlobung mit Maximilian Trepte. Die fünf verwundeten preußischen Offiziere, für die sie nun hier zu sorgen hatte. Und einer von ihnen litt gerade so starke Schmerzen, dass er schrie.

Sie hatte geschlafen wie ein Stein, zum ersten Mal seit langem ohne Alpträume von Sägen, die Knochen durchtrennten, von Verstümmelten, die sie zu Hunderten umschwirrten oder als Nebelgestalten wehklagend entschwebten.

Auf einem Tischchen standen Schüssel und Wasserkanne. Hastig stand Henriette auf und wusch sich Gesicht und Hände.

Ich muss heute noch auf den Friedhof gehen, damit Étienne

auch wirklich ein Grab bekommt, dachte sie bedrückt, während sie ins Kleid fuhr, die Schürze umband und die Haare hochsteckte. Und seinen Eltern schreiben, dass ihr Sohn gestorben ist und wo er begraben liegt.

Henriette konnte nicht ahnen, dass sich Étiennes Vater, der Major Guillaume de Trousteau, in diesem Augenblick nur ein paar hundert Meter von ihr entfernt befand. Dort, wo immer noch Schüsse hallten und die Junge Garde unter Oudinots Kommando erfolgreich verhinderte, dass die Alliierten und die eiligst von der Stadt beauftragten Zimmerleute die zerstörte Elsterbrücke reparierten.

In weniger als einer Stunde würden sich Marschall Oudinot und auch der Major de Trousteau zurückziehen und dem Kaiser nach Weißenfels folgen. Sie hatten der Grande Armée nicht nur fast einen ganzen Tag Vorsprung und damit einen unangefochtenen Rückzug gesichert. Sie wussten nun auch, dass selbst ohne ihre Störmanöver die Elsterbrücke nicht so bald instand gesetzt würde. Es mangelte an geeignetem Holz. Die frierenden Soldaten hatten in den vergangenen Tagen und Nächten alles verbrannt.

Henriette überprüfte kurz im Spiegel, ob Haar und Kleidung auch ordentlich saßen. Eines der Dienstmädchen hatte auf Anweisung der Witwe gestern Abend noch ihre blutverschmierte Schürze geschrubbt, gestärkt und trockengebügelt, so dass sie nun in Weiß erstrahlte.

Auf dem Flur traf Jette den Burschen des Stabsoffiziers. Er hieß Franz, das wusste sie inzwischen. Franz wie ihr kleiner Bruder.

»Ist der Herr Stabskapitän wach?«, fragte sie.

»Ja, Mademoiselle. Er hat auch schon gefrühstückt. Die anderen ebenfalls; frisch Geschlachtetes aus dem Nachbarhaus«, antwortete der sommersprossige junge Mann mit verwegenem Grinsen.

Militärs sind früh auf – und ich habe so lange geschlafen!, dachte Henriette beschämt.

Franz klopfte an und meldete sie bei seinem Vorgesetzten, der im Bett saß, das verwundete Bein von sich gestreckt, und auf einem Tablett als Unterlage einen Brief verfasste. Mehrere mit wenigen Zeilen beschriebene Blätter lagen schon auf dem Nachttisch.

»Guten Morgen, Herr Stabskapitän, wie geht es Ihnen?«, erkundigte sie sich schüchtern.

»Bestens, gemessen an den Umständen. Schauen Sie ruhig erst nach den jungen Leutnants, Mademoiselle Gerlach! Wenigstens einer von ihnen braucht jetzt dringender Ihre Fürsorge.«

Also hatte auch er den Schrei gehört; es war kein Traum gewesen.

Jette warf einen Blick zum Fenster. Die Sonne brach gerade durch die Wolken. Es würde vom Wetter her ein freundlicher Tag werden, dieser erste Tag nach der Schlacht um Leipzig.

»Sobald mehr Licht im Zimmer ist, schaue ich nach, ob ich gestern keinen Splitter übersehen habe. Sagen Sie mir bitte, wenn ich Ihnen etwas Lektüre aus der Bibliothek bringen soll oder Sie sonst etwas wünschen.«

»Später, Mademoiselle Gerlach. Jetzt kümmern Sie sich um die Leutnants!«

Henriette nickte und ging in die zum Krankenzimmer umgewandelte Bibliothek.

Für keinen der dort untergebrachten vier jungen Offiziere bestand Hoffnung, vollständig zu genesen. Einer hatte das Augenlicht verloren, einer würde voraussichtlich nie mehr gehen können. Die Lunge des jüngsten war so schwer verletzt, dass er nicht mehr lange leben würde. Er war kaum achtzehn Jahre alt, frisch von der Kadettenschule ins Feld geschickt.

»Machen Sie ihm seine letzten Stunden etwas leichter!«, hatte ihr der Chirurg ans Herz gelegt. »Ich weiß, Sie können das. Ich habe es gesehen.«

Doch der Schmerzensschrei war von dem Patienten mit den Verbrennungen gekommen. Vielleicht nach einer unvorsichtigen Bewegung im Schlaf. Deshalb ging sie zuerst zu ihm.

»Es wird gleich besser«, versprach sie und legte vorsichtig kühlend nasse Tücher auf die Stellen mit verkohlter, aufgeplatzter Haut, Blasen und rohem Fleisch. Er stöhnte vor Schmerz und Erleichterung und sah ihr dankbar ins Gesicht. Dann wandte sie sich dem Erblindeten zu.

»Ich nehme jetzt den Verband um Ihren Kopf ab«, kündigte sie an, damit er nicht erschrak. Beklommen starrte sie auf die blutigen Löcher, in denen einmal seine Augäpfel gewesen waren. Aber noch deutete nichts auf eine Entzündung hin.

»Haben Sie Schmerzen?«, fragte sie leise.

»Nein. Durst«, antwortete er matt.

Sie verband die leeren Höhlen wieder mit sauberem Leinen, von der Witwe Lindenthal gespendet, richtete den Leutnant vorsichtig auf und gab ihm ein Glas Wasser zu trinken.

»Möchten Sie, dass ich einen Brief an Ihre Familie schreibe? Sie können ihn mir diktieren«, bot sie an.

»Nein!«, wehrte er schroff ab. »Soll ich ihnen etwa *das* sagen?« Voller Bitterkeit deutete er auf seinen verbundenen Kopf.

»Sie leben. Vielleicht möchten Sie erst einmal diese Nachricht Ihren Eltern mitteilen?«, fragte Henriette vorsichtig.

Sie erhielt keine Antwort.

Also ging sie hinüber zu dem jungen Sekondeleutnant mit der zerstörten Lunge. Als sie das Zimmer betreten hatte, war er noch nicht wach gewesen, jetzt atmete er schwer und rasselnd. Henriette kühlte ihm die schweißnasse Stirn mit einem feuchten Tuch. Dann nahm sie seine Hand und hielt sie, bis sein Atem ruhiger wurde.

»Tut … gut«, flüsterte er mühevoll.

»Soll ich Ihnen etwas vorlesen?«, fragte sie. »Hier sind so viele Bücher, da finden wir bestimmt etwas, das Ihnen gefällt.«
»Bleiben Sie … einfach so sitzen …«
Es dauerte nur wenige Minuten, bis er wieder einschlief.

Als alle vorerst versorgt waren, ging Henriette erneut ins Zimmer des Stabskapitäns und zog mit einer schmalen Pinzette die Splitter aus seiner Wade, die sie gestern im Dämmerlicht der Kirche nicht hatte finden können. Einige Wunden begannen schon zu verschorfen, andere waren gerötet.
»Ich versuche nachher, in einer Apotheke Kamillenblüten oder Senfpulver aufzutreiben; das ist gut gegen Entzündungen«, meinte sie. Dann deutete sie auf den zerfetzten Stiefel des Offiziers. »Es tut mir leid, dass ich ihn zerschneiden musste. Vielleicht sollten wir gleich ein neues Paar in Auftrag geben. Die besten Schuhmacher wird Madame Lindenthal kennen.«
»Machen Sie sich keine Gedanken deshalb! Der war sowieso hinüber«, erwiderte der Stabskapitän. »Es bringt Unglück, sich neue Stiefel anmessen zu lassen, bevor sicher ist, ob man das Bein überhaupt behält.«
Er sagte das in der für ihn üblichen Gelassenheit. Doch seine Worte verrieten Henriette, dass er starke Schmerzen litt und befürchtete, das Bein zu verlieren. Viele Wunden wurden brandig. Dann gab es keinen anderen Ausweg als Amputation, sonst würde der Betroffene unweigerlich sterben.
Vorsichtig löste sie den Verband um die größte Wunde.
»Das sieht besser aus als gestern«, stellte sie erleichtert fest.
Der Bursche des Stabskapitäns klopfte und trat ein.
»Ich kümmere mich vorerst um alles Nötige, Mademoiselle. Madame Lindenthal bittet Sie, mit ihr das Frühstück gemeinsam einzunehmen.«
»Ich habe zu tun«, widersprach Henriette.
»Madame besteht darauf und duldet keine Ausrede.«

»Auch ich bestehe darauf und dulde keine Ausrede«, ergänzte der Stabskapitän streng.
Also erneuerte sie seinen Verband und verließ das Zimmer.

Die Witwe saß bereits am Tisch und trank Kaffee aus rosenverziertem Meißner Porzellan – echten Kaffee, wie der köstliche Duft verriet. Wer weiß, woher sie den hatte? Aber für wohlhabende Leute in der bedeutendsten deutschen Messestadt sollte mühelos aufzutreiben sein, was unter Napoleons Importverbot für englische Waren fiel. Schon aus Prinzip.
Jette erinnerte sich an eine geheime Druckschrift, die sie bei ihrem Oheim in Freiberg gelesen hatte: Elgers Bericht über die Verbrennung beschlagnahmter Waren in Leipzig 1810, die wie eine Hinrichtung vor dem Grimmaischen Tor inszeniert worden war. Eine Woche lang mussten die Leipziger zusehen, wie ein Vermögen in Flammen aufging. Das hatte ihre ohnehin wenig ausgeprägte Sympathie für Napoleon nicht gefördert. Dafür ihren Ehrgeiz, nun erst recht heimlich mit englischer Schmuggelware zu handeln.
»Kommen Sie, Kind, Sie haben noch nicht gefrühstückt, und Ihr Zukünftiger hat mich verantwortlich dafür gemacht, dass es Ihnen an nichts fehlt!«, rief die Witwe leutselig.
Jette wollte so schnell wie möglich zurück zu den Kranken. Aber die Auswahl an Speisen auf dem Tisch war verlockend. Und irgendwann musste sie etwas essen.
»Es gibt kein Brot, das letzte haben Sie mir ja gestern abgeschwatzt, um es an die Notleidenden zu verteilen«, erklärte Madame Lindenthal gespielt vorwurfsvoll. »Die Alliierten werden hoffentlich zulassen, dass die Leipziger Bäcker nun auch wieder für uns backen und nicht nur für die Regimenter. Aber wir haben Zwieback, Honig und diese großzügige Spende von den wackeren Gardesoldaten aus dem Nachbarhaus.«
Mit einem spitzbübischen Lächeln wies sie auf die Platte mit

appetitlich angerichteten Scheiben Blut- und Leberwurst. Der würzige Duft stieg Jette sofort in die Nase.

Doch zuerst wollte sie von dem Bohnenkaffee kosten. Sie hatte ewig keinen mehr getrunken. Mit geschlossenen Augen schnupperte sie an dem dampfenden Inhalt der Tasse und lächelte genießerisch.

»Probieren Sie von dem Gebäck!«, forderte die Witwe sie auf und schob ihr eine Kristallschale hinüber. Der Anblick der Biskuitplätzchen erinnerte Henriette an Freiberg, an den Oheim und die Tante und ihren kleinen Bruder.

Sie starrte auf den gedeckten Tisch und fragte sich: Welche Welt ist real? Die grausige Welt des Lazaretts in der Thomaskirche oder diese mit eleganten Möbeln, Klöppeldeckchen und Rosenporzellan?

Die Witwe Lindenthal, eine gute Menschenkennerin, las auf Jettes Gesicht, was sie dachte.

»Sie helfen niemandem, indem Sie nicht essen, Kind! Im Gegenteil: Sie können den Männern in den Krankenzimmern nur helfen, wenn Sie bei Kräften bleiben. Also essen Sie, solange wir noch etwas haben.«

Energisch schob sie den Wursteller zu ihr hinüber, und dann überkam der Hunger Henriette mit aller Macht.

Während sie den kräftigen Majorangeschmack der Leberwurst genoss, drang anschwellender Lärm von der Straße durch die Fenster. Trommelwirbel näherten sich.

»Der Stadttambour hat etwas bekanntzugeben!«, meinte Madame Lindenthal aufgeregt und rief nach einem der Dienstmädchen. »Rosa, lauf rasch hinunter und hör genau zu, was uns mitgeteilt wird!«

Trotzdem schritt sie selbst zum Fenster und lehnte sich hinaus, um nichts zu verpassen. Auch Henriette lauschte, was der Ausrufer der sich versammelnden Menge kundtat: Jeder Hauswirt solle einen Mann zum Begraben der Toten abstellen.

»Um Himmels willen, woher sollen wir den nehmen?«,

stöhnte die Witwe. »Mein Bruder muss mir jemanden aus seinem Haushalt schicken. Ich bin heute schlecht zu Fuß, Rosa soll ihm ein paar Zeilen von mir bringen. Mit den neuen Herren der Stadt legt man sich besser nicht an. Haben Sie das auch gehört? Unter Androhung strengster Strafen dürfen wir von Militärs kein Schlachtvieh kaufen ...«

Nachdenklich sah sie zum Tisch.

»Nun ja, das ist ja nicht *gekauft*. Es ist ein *Geschenk*. Und heißt es nicht, dass sich die Offiziere selbst verpflegen? Es sollte also keine Schwierigkeiten geben«, schlussfolgerte Madame Lindenthal zufrieden. »Wir müssen trotzdem erst einmal in Erfahrung bringen, wer uns nun regiert – Russen oder Preußen. Übrigens, meine Liebe: Sie können unmöglich Ende Oktober noch mit einem Strohhut herumlaufen, selbst wenn heute ausnahmsweise einmal die Sonne scheint! In meinen Schachteln liegen einige Hüte in zarten Farben, die ich nicht mehr tragen kann. Wir suchen Ihnen etwas Passendes heraus, wenn Sie aufgegessen haben.«

»Später!«, entschuldigte sich Henriette, nachdem sie hastig den letzten Bissen hinuntergeschluckt hatte. »Jetzt muss ich wieder zu den verwundeten Leutnants.«

»*Ich* würde Ihnen gern einen Brief diktieren«, flüsterte der achtzehnjährige Sekondeleutnant mit der zerstörten Lunge mühevoll. »Ein Gruß an meine Mutter und meine Schwester ... zur Erinnerung.«

»Ja«, sagte Jette traurig lächelnd. »Das würde sie bestimmt freuen ...«

Sie griff nach Papier und Feder, die auf einem Schreibpult lagen, holte ein Buch als Unterlage aus einem der Regale und setzte sich auf den Stuhl, den sie neben das Krankenbett geschoben hatte.

Der Todgeweihte diktierte langsam, mit rauher, immer leiser werdender Stimme.

Liebe Mutter, liebstes Minnalein,

*ich lebe, macht Euch bitte keine Sorgen. Wir haben eine
große Schlacht gewonnen, das werdet Ihr schon wissen.
Wundert Euch nicht über die fremde Handschrift. Ich bin
verletzt, aber bestens betreut und kann einem freundlichen Lazarettengel diese Zeilen an Euch diktieren.
Gott schütze Euch!*

*Euer gehorsamer und
Euch liebender Sohn und Bruder
Paul*

Jette mühte sich, ihre Tränen zurückzuhalten.

»Ich würde ihnen gern schreiben ... dass sie mir die liebsten
Menschen auf Erden sind«, sagte der blutjunge Sekondeleutnant rasselnd, immer wieder von Pausen unterbrochen, in
denen er nach Atem rang. »Aber dann wird Mutter merken ...
dass etwas nicht stimmt.«

»Sie ist Ihre Mutter, sie spürt es sowieso«, meinte Henriette
leise. »Machen Sie ihr die Freude!«

Denn sie wird diesen Brief bis zu ihrem Lebensende aufbewahren und immer wieder lesen, dachte sie traurig.

»Möchten Sie selbst unterschreiben?«, schlug sie vor.

Angestrengt, doch mit einem Lächeln auf den Lippen, kritzelte er seinen Namenszug unter Jettes Zeilen.

»Sie erinnern mich ... an meine kleine Schwester. Minna. Sie
ist jünger als Sie, fast noch ein Kind.«

Jette lächelte ihm zu und erhob sich hastig, um nicht vor ihm
loszuheulen.

»Möchte noch jemand einen Brief diktieren?«, fragte sie, an
alle gewandt.

Der Reitende Artillerist mit der Rückenverletzung wollte seinen Brief selbst schreiben, ebenso der Infanterist mit den Ver-

brennungen. Sie brachte ihnen Papier, Feder und eine Unterlage und ging erneut auf den Erblindeten zu.

»Leutnant Skiba, wollen Sie nicht doch Ihren Eltern ein Lebenszeichen schicken? Alles andere ... schreiben wir später, nach und nach, wenn Sie lernen, damit zurechtzukommen, so gut es geht.«

»Wie denn!«, schrie er voller Zorn. »Wie soll einer *damit* zurechtkommen?«

Aufgebracht riefen ihn seine Mitpatienten zur Ordnung, er möge die nette Mademoiselle gefälligst nicht anschreien.

»Heute bleiben Sie liegen, ruhen sich aus und essen, um zu Kräften zu kommen«, erwiderte Henriette ruhig. »Morgen fange ich an, Sie langsam herumzuführen, damit Sie sich hier zurechtfinden. Sie werden lernen, Schritte zu zählen, Ihre anderen Sinne zu schärfen, jedes Ding auf seinen bestimmten Platz zu legen ... Anfangs helfe ich Ihnen beim Essen, aber bald können Sie das allein.«

»Verzeihen Sie mir!«, flüsterte er, drehte das Gesicht zur Wand und streckte seine Hand bittend nach ihrer aus. Sie nahm sie und drückte sie tröstend.

»Es stimmt, Mademoiselle, Sie haben warme, schmale Hände.« Seine Stimme klang dumpf. »Die anderen sagen, Sie seien hübsch, mit grünen Augen und hellbraunen Haaren. Viel zu zart für die Arbeit in einem Lazarett. Ich wollte Sie nicht anschreien. Bitte verzeihen Sie mir!«

»Es ist schon vergessen.«

Er holte tief Luft. »Meine Braut ... Ich muss sie von dem Verlöbnis entbinden. Morgen, nachdem ich über einiges nachgedacht habe. Wenn Sie so gütig wären, meinen Eltern ein Lebenszeichen zu schicken – ähnlich wie das, das Paul Ihnen diktiert hat ... Für die ganze Wahrheit bin ich noch nicht bereit.«

Mit seiner Hilfe formulierte Jette die Zeilen an Skibas Familie.

»Schreiben Sie bitte auch, wie der Sekondeleutnant Sie genannt hat: Lazarettengel!«, forderte der Blinde und zeigte dabei zum ersten Mal die Spur eines Lächelns.

Das Blut schoss ihr in die Wangen, doch sie tat ihm den Gefallen.

Auch die französischen Verwundeten hatten sie »Engel« genannt, »petit ange« – aus Dankbarkeit, weil sich jemand ihrer in der Not annahm. Soldaten beteten vor der Schlacht darum, einen schnellen Tod zu sterben, sollte ihnen an diesem Tag eine Kugel bestimmt sein. Das war besser als langes Martyrium und qualvolles Dahinsiechen.

Henriette faltete die Briefe zusammen, verschloss sie mit Wachs und ging zum Stabskapitän, um zu fragen, ob sie mit seiner Erlaubnis diese und seine Briefe zum preußischen Feldpostamt schaffen solle.

»Meine Dienstpost hat Franz bereits dort abgegeben. Aber gehen Sie ruhig, damit Sie wieder einmal Sonne sehen, und bringen Sie die Briefe der jungen Leutnants auf den Weg«, meinte er mit aufmunterndem Lächeln. »Sie erwecken den Eindruck, als könnten Sie einen kleinen Spaziergang vertragen.«

Erleichtert bedankte sich Jette.

Sie musste herausfinden, wo genau Étienne begraben lag. Und sie sann verzweifelt nach einer Möglichkeit, seine Eltern zu benachrichtigen. Niemand würde jetzt von hier aus nach Frankreich reisen – sämtliche in Leipzig verbliebenen Franzosen waren Gefangene oder verwundet.

»Haben Sie Ihrem Verlobten geschrieben?«, fragte der Stabskapitän mit strengem Blick, bevor sie sein Zimmer verließ.

Henriette fragte gar nicht erst, woher er von dem Verlöbnis wusste. Madame Lindenthal würde schon dafür gesorgt haben, dass jedermann von dem Stand der jungen Krankenpflegerin erfuhr, die bei ihr wohnte.

Trotzdem schoss ihr das Blut in die Wangen.

»Auch wenn Sie den Premierleutnant erst gestern gesehen haben – Briefe von den Lieben sind wichtig für die Männer im Felde. Vergessen Sie nie: Im Leben eines Soldaten kann von einem Moment zum anderen sehr viel geschehen«, mahnte von Wilhelmsen.

Henriette nickte und fühlte sich erneut vom schlechten Gewissen übermannt. Rasch ging sie in ihr Zimmer. Es gab so vieles, was sie Maximilian gern in einem Brief sagen würde. Aber dafür war sie zu scheu. Und zu schuldbeladen.

Schließlich nahm sie allen Mut zusammen und schrieb:

Ich hoffe, Sie sind wohlauf. All meine Segenswünsche begleiten Sie. Ich versuche hier, den verwundeten Männern Linderung zu verschaffen. Die Bedingungen sind im Haus viel besser als im Lazarett, und so habe ich Anlass zur Hoffnung, dass Ihr Stabskapitän bald genesen ist.

Dabei dachte sie: Gott bewahre dich davor, je in eine Lage zu kommen wie diese bedauernswerten jungen Männer! Aber wenn es geschieht, bete ich, dass sich jemand dort um dich kümmert. Deshalb setzte sie noch darunter:

Passen Sie gut auf sich auf! Ich könnte nicht ertragen, wenn Ihnen etwas zustößt. Gott schütze Sie!

Leben und Sterben nach der Schlacht

Leipzig, 20. Oktober 1813

Gehen Sie hinaus und berichten Sie uns, wie der Frieden aussieht! Wie er riecht, wie er klingt!«, ermunterte die Witwe Lindenthal Henriette, nachdem sie sie mit einem hellblauen Hut »respektabel« gemacht hatte, wie sie es nannte. Den üppigen Straußenfederschmuck und sonstigen Zierat hatten sie gemeinsam nach einigem Probieren durch passende, zur Schleife gebundene Satinbänder ersetzt.

Die Nikolaistraße wimmelte nur so von Leuten, Militärs wie Zivilisten. Menschen strömten für ein Dankgebet in die Nikolaikirche – die einzige Kirche, in der noch Gottesdienste stattfanden. Alle anderen dienten als Lazarette. Passanten waren auf der Suche nach Brot und sonstigen Einkäufen; jemand tat lauthals kund, dass nebenan in der Reichsstraße schon wieder Tabak feilgeboten werde.

Etliche Leipziger standen auch einfach nur in Grüppchen beieinander und tauschten Neuigkeiten aus, wie sie oder dieser und jener Bekannte die schrecklichen Tage überstanden hatten, wessen Wohnhaus geplündert oder von einer Kanonenkugel getroffen war und wer eine Berühmtheit als Einquartierung vorweisen konnte.

Die Sonne schien und ließ auf den ersten Blick alles freundlich wirken – kein Vergleich zu dem Grauen der letzten Tage. Doch nur auf den ersten Blick.

Überall lagen Unrat, Schutt, zersplitterte Dachziegel und Fensterglas auf der Straße. Da und dort Pferdekadaver. Um jeden Haufen Schutt oder Abfall standen Leute und durchwühlten ihn. Die meisten Überreste von Ausrüstungen, Holz und sonstige brauchbare Dinge waren längst aufgeklaubt und verfeuert oder in die Speicher der Leipziger gewandert. Eisen und Bleikugeln konnten für gutes Geld weiterverkauft werden.

Aus den Pferdekadavern waren große Stücke Fleisch herausgeschnitten und vermutlich schon gegessen worden. Vielleicht sogar roh … Denn immer noch lagen unzählige Verwundete auf den Straßen, um die sich niemand kümmerte. In den Abfallhaufen vor den Häusern suchten sie nach einem Kohlstrunk oder ein paar Kartoffelschalen. Ein Offizier mit Bauchschuss hob seine blutverschmierten Hände in die Höhe und bot krächzend viel Geld, wenn ihn jemand bei sich aufnehme oder zu einem Arzt bringen würde. Keiner der Passanten reagierte.

Ich kann hier nichts tun!, ermahnte sich Jette, die den Anblick kaum ertrug. Doch es kam noch schlimmer.

Jemand zog sie am Ärmel. »Knöpfe zu verkaufen, schöne, blanke Knöpfe zu verkaufen, schauen Sie her, edles Fräulein!«, rief die aufdringliche Hökerin und streckte ihr ein Holzkästchen mit runden Metallstücken entgegen. Bei näherer Betrachtung zeigte sich, dass es Uniformknöpfe verschiedenster Herkunft waren, zweifellos von den Röcken und Mänteln der Toten abgeschnitten. An manchen klebte noch Blut.

Jette wollte sich abwenden, doch ein älterer Mann trat ihr in den Weg, um die Ware ebenfalls zu begutachten.

»Hier, für dich, Alter!«, meinte die Hökerin, schlug die Knopfkiste zu und klappte eine andere auf. »Mach dir ein neues Gebiss daraus, dann kannst du wieder Fleisch essen und dir eine Liebste anlachen.«

»Von den Toten auf dem Schlachtfeld?« Jäh wich der Mann zurück.

»Ja, ganz frisch, bin dafür die halbe Nacht über die Äcker gezogen«, pries die in schmutzige Wollsachen gehüllte Frau ihre Ware an. »Wenn du Glück und genug Geld hast, kriegst du die Zähne von einem feinen Mann, einem jungen Offizier.«

»Das ist ja widerlich!«, ächzte der Mann voller Abscheu. »Die Toten sind noch nicht einmal kalt, und du schlägst ihnen die Zähne heraus, um sie zu verhökern.«

»Das ist mein Broterwerb, Alter! Ich muss davon sechs Kinder durchkriegen!«, fauchte die Frau ihn an. »Die Toten brauchen keine Zähne mehr.«

Als der Mann sich abwandte, schrie sie ihm wütend nach: »Hau doch ab mit deinem Holzgebiss und schlürf weiter Brei, wenn du dir dafür zu fein bist!«

Schaudernd bog Jette ins Salzgässchen ab.

Den Feldpostmeister finde sie im größten Haus in der Katharinenstraße nur wenige Schritte vom Markt entfernt, hatte ihr von Wilhelmsen erklärt. Dort sei jetzt das Hauptquartier für Militärs und Diplomaten. Sicher hatte sein Bursche das am Morgen ausgekundschaftet.

Es war ein sehr auffälliges Haus, auch durch das lebhafte Kommen und Gehen von vornehm gekleideten Zivilisten und ordensgeschmückten Offizieren in gold- oder silberbetressten Uniformen.

»Ich bin Hofrat Mahlmann und verlange, dringend vorgelassen zu werden, damit morgen endlich wieder eine Zeitung in dieser Stadt erscheinen kann!«, forderte gebieterisch vor ihr ein Herr in kostbarer Kleidung und wedelte mit einer Mappe voller Schriftstücke.

»Seine Exzellenz der Generalintendant wird bald Zeit für Sie haben, Herr Hofrat«, versicherte ihm ein ins Schwitzen geratener Adjutant.

»Herr Baron von Humboldt, Herr Baron von Humboldt!«, schrie jemand die Treppe hinauf, was der Gerufene in der allgemeinen Betriebsamkeit überhörte oder ignorierte und hinter einer Tür verschwand. Jette konnte auf Zehenspitzen noch einen Blick auf ihn erhaschen und erstarrte fast in Ehrfurcht: Wilhelm von Humboldt hier in Leipzig, einer der bedeutendsten deutschen Gelehrten, der große Bildungsreformer und Gründer der Berliner Universität! Aber er sei des Verwaltungspostens der vielen Bürokratie wegen müde und jetzt in diplomatischen Diensten unterwegs, hatte ihr der Oheim erzählt. Insofern war seine Gegenwart hier nicht überraschend. Friedensverhandlungen standen bevor.

Eingeschüchtert von solch bedeutenden Namen und dem Menschengewühl, erkundigte sich Henriette nach dem preußischen Feldpostmeister, zwängte sich zu ihm durch und übergab ihm die Briefe ihrer Schützlinge und ihren eigenen an Maximilian.

Dann verließ sie eilig das überfüllte Haus und atmete tief durch, als sie wieder blauen Himmel über sich sah.

Die Witwe Lindenthal hatte sie beauftragt, auf dem Weg so viele Neuigkeiten wie möglich aus der Stadt mitzubringen.

Deshalb lenkte sie ihre Schritte Richtung Rathaus, wo ein hochgewachsener Mann ein bedrucktes Blatt befestigte.

Sie erkannte ihn schon von weitem am grauen Mantel und dem gleichfarbigen Zylinder: der Stadtschreiber Münchow, mit dem sie gestern gesprochen hatte. Neben ihm stand der Mann, der wie sie am ersten Schlachttag auf dem Turm der Thomaskirche gewesen war, um herauszufinden, für wen die Siegesglocken läuteten. Er hatte ständig Notizen in ein Oktavheft geschrieben.

Die beiden unterhielten sich lebhaft und erkannten sie nicht; wohl wegen des neuen Hutes, dessen Krempe viel von ihrem Gesicht verdeckte. Sie hielten sie anscheinend einfach für jemanden, der die Bekanntmachung lesen wollte.

Hußel hieß der Mann mit dem Oktavheft, hörte Henriette aus dem Gespräch der beiden heraus und staunte. Ihr Oheim hatte im Frühjahr einen Sonderdruck über die Völker der Kosaken, Baschkiren und Kalmücken von einem Ludwig Hußel veröffentlicht. Das musste er sein, denn er erzählte dem Stadtschreiber von einem umfassenden Werk über die Tage der Schlacht, an dem er arbeitete.

Da es sich nicht gehörte zu lauschen, vertiefte sich Henriette in die Bekanntmachung des Generaladjutanten des Zaren, Graf Schuwalow, des bestellten Gouverneurs von Leipzig: Unter Androhung von Strafe sei bis morgen anzuzeigen, wer noch feindliche Personen beherberge.

Darunter hing ein Befehl des russischen Generalintendanten Rachmanow, dass *nicht* requiriert werde. Sofern es entsprechende Vorkommnisse gebe, sollen diese sofort beim Generallandeskommissar von Miltitz angezeigt werden.

Noch ein Name, dessen Klang Jettes Augen zum Leuchten brachte und sie an ihr früheres Leben erinnerte, das durch die Liebe zu Büchern geprägt war.

Der Freiherr von Miltitz hatte sein Anwesen Siebeneichen nahe Meißen zu einem Ort der Kunst und Kultur gemacht. Schiller, Kleist, Novalis und Theodor Körner waren Gäste dort gewesen, als sie noch lebten. Auch von Carlowitz, Thielmann und andere kunstsinnige Militärs, dazu Körners Vater, ein Jurist und Dichter. Von ihrem Oheim wusste sie, dass sich Miltitz, Carlowitz und Thielmann schon im Frühjahr der Kaiserlich-Russischen Armee angeschlossen hatten, weil sie nicht wollten, dass Sachsen weiter auf Napoleons Seite kämpfte.

Wir werden jetzt russisch regiert, und es soll nicht geplündert werden – das sind genug wichtige Neuigkeiten für Madame Lindenthal, beschloss Henriette und lief weiter.

Sie durfte nicht zu lange fortbleiben. Aber sie musste unbedingt auf den Johannisfriedhof *und* einen Weg finden, Étiennes Eltern eine Nachricht nach Frankreich zu schicken. Darum kreisten ihre Gedanken zunehmend verzweifelt.

Beim Blick auf den Thomaskirchplatz hielt sie jäh inne.

Das könnte die Lösung sein! Nach kurzem Zögern ging sie in die Posthalterei, um zu fragen, ob noch Briefe nach Erfurt befördert wurden.

Erfurt war früher kurmainzisch, dann preußisch und seit

1806 Privatdomäne Napoleons. Das dürfte es jetzt auch noch sein, zumindest für die nächsten Tage. Gerüchten nach zog Napoleon mit seiner Armee dorthin. Sie musste nur eine Privatperson in Erfurt finden, die ihren Brief zur französischen Kommandantur trug, solange die noch existierte. Also bevor die Alliierten die Stadt einnahmen.

»Da haben Sie großes Glück, Demoiselle, morgen früh geht ein Postreiter dorthin ab, vermutlich der letzte vorerst«, erklärte ihr mit anzüglichem Grinsen ein dicker Mann mit gekräuselten Koteletten. Wahrscheinlich dachte er, sie wollte einen Liebesbrief aufgeben.

Henriette brachte sein Grinsen mit einem strengen Blick und einem kühlen »Danke!« zum Erlöschen.

Sie wusste schon, an wen in Erfurt sie schreiben würde. Abgesehen von ihrem Cousin Konstantin, der nicht in Frage kam, kannte sie drei Personen in dieser Stadt – allesamt Buchhändler, denen sie auf den Leipziger Buchmessen begegnet war, als der Oheim sie dorthin mitgenommen hatte.

Monsieur Keyser und sein Sohn waren ganz und gar nicht gut auf die Franzosen zu sprechen. Außerdem arbeitete und lernte Konstantin bei ihnen.

Aber Monsieur Beyer, der würde es vielleicht tun! Sie erinnerte sich noch gut an seine Spöttelei über die Preußen.

Er würde sicher ihre Nachricht überbringen.

Gerade wollte sie aufatmen, als das Krachen einer Explosion sie erschrocken herumfahren ließ. Das konnte nur aus der Thomaskirche kommen!

Sie rannte los, und wie sie strömten Besorgte und Neugierige von allen Seiten zum Unglücksort. Das Dach einer der Nebenkapellen war in die Luft geflogen, ebenso ein Teil der Seitenwand.

»Sie sprengen die Kirche mitsamt den Blessierten!«, schrie jemand. Verwundete brüllten um Hilfe. Wer von ihnen noch kriechen konnte, versuchte, aus dem Gotteshaus zu entkommen. Ärzte und Helfer mühten sich nach Leibeskräften, die Menschen zu beruhigen. Es seien vermutlich in der Kapelle gelagerte Patronentaschen in die Luft geflogen; niemand sei getroffen, und die Kirche werde keinesfalls gesprengt, riefen sie immer wieder, ohne das Chaos mildern zu können.

Henriette erwog kurz, ob sie hier helfen konnte. Aber eher würde sie von der panischen Menge zu Tode getrampelt werden. Das hier mussten Männer regeln, am besten Bewaffnete. Der Frieden riecht immer noch nach Pulver, Leid und Schmerz, dachte sie bitter.

Der Johannisfriedhof befand sich östlich der Innenstadt, nur einige hundert Meter entfernt. In der Peterskirchhofgasse sah Henriette das Gardegrenadierbataillon, das gestern noch das Haus des sächsischen Königs bewacht hatte. Die Männer in den leuchtend rot-gelben Uniformröcken schienen nicht sehr glücklich darüber, von dort abkommandiert zu sein. Verloren, wartend und hungernd standen sie da, nur von einigen mildtätigen Leipzigern mit Proviant versorgt.

Je näher Jette dem Friedhof kam, desto schwerer wurden ihre Schritte. Und je näher sie kam, desto weniger konnte die strahlende Sonne über das Elend hinwegtäuschen. Im Gegenteil, sie beleuchtete noch die kleinste traurige Einzelheit.

Auch die Johanniskirche war zum Lazarett geworden, und hier fand Henriette die gleichen Szenen vor, die sie zur Genüge kannte: Verwundete und Sterbende auf den Straßen und an Hauswände gelehnt, Pferdekadaver, Wagentrümmer ...

Bevor sie nach dem Totengräber fragen konnte, entdeckte sie ihn schon. Schwer beladen mit einem Weidenkorb voller Bücher, kam er ihr entgegen und erkannte sie auch gleich.

»Gott zum Gruße, Mademoiselle! Ich habe Sie nicht vergessen. Aber ich muss zuerst die Gottesackerbücher in Sicherheit bringen, bevor sie auch noch verfeuert werden.«

Johann Daniel Ahlemann keuchte vor Anstrengung.

»Ich glaubte sie schon verloren. Als ob nicht alles auch so schlimm genug wäre!«, klagte er. »Und wenn Sie erst sehen, was aus unserem schönen Gottesacker geworden ist ... Bringen wir die Totenbücher in die Wohnung des Küsters! Der gute Mann hat mich und meine Familie aufgenommen. Mein Haus ist geplündert und nicht mehr bewohnbar.«

Jette nahm so viele Bücher, wie sie tragen konnte, um dem Totengräber etwas Last abzunehmen. Als die Folianten in Sicherheit waren, führte Ahlemann sie zum Friedhof.

»Machen Sie sich auf Schlimmes gefasst!«, warnte er. »Auch wenn Sie in Sankt Thomas schon viel Schlimmes sahen ...«

Von der friedlichen Stille und elegischen Schönheit des Johannisfriedhofs war nichts geblieben. Man konnte nicht treten vor Toten, Verwundeten, Gefangenen, die kaum bekleidet und zumeist ohne Schuhwerk zwischen den Grabstellen hausten.

»Wir hatten bis gestern wochenlang preußische Gefangene hier«, klagte Ahlemann. »Aber das jetzt ... Schauen Sie lieber nicht hin! Wir können nichts für diese armen Seelen tun ...«

Henriette sah, wie ein blutjunger, bis auf die Knochen abgemagerter französischer Soldat Fleisch von einem Pferdekadaver schnitt und roh aß. Ein paar Schritte weiter verbrannten Gefangene die Überreste eines zertrümmerten Sargs, um sich zu wärmen.

Unter steinernen Gewölbebögen kauerten Gefangene um spärlich brennende Feuer, einige kochten etwas im Kessel, über dessen Inhalt Henriette lieber nicht nachdachte, und nur wenige Schritte daneben lagen unbeachtet vollständig entkleidete Leichname kreuz und quer übereinander.

»Wir müssen in die vierte Abteilung.«

Der Totengräber deutete nach vorn, wo hunderte Leichen aufgetürmt lagen. Gefangene, die noch bei Kräften waren, schaufelten tiefe Gruben.

Wie soll ein Mensch das ertragen?, fragte Henriette sich schaudernd. Wie soll die ganze Menschheit nach solchen Szenen weiterleben?

Sie wagte nicht hinzusehen, ob unter den fahlen, leblosen Körpern Étienne zu finden war.

Ahlemann bot ihr seinen Arm als Stütze, weil er sah, dass seine junge Begleiterin immer blasser wurde, und führte sie zu einer frischen Grabstelle.

»Wir haben hier einen General und Ihren jungen Premier-Lieutenant begraben. Beide sollen überführt und umgebettet werden. Ich hätte das eigentlich nicht tun dürfen. Also sorgen Sie dafür, dass der Offizier bald von seinen Eltern heimgeführt wird. Gott schenke Ihnen Kraft, Mademoiselle! Nun gehen Sie, rasch. Sie dürfen hier nicht bleiben.«

Henriette dankte ihm – erleichtert, Étienne nicht in einem der Stapel von hunderten entkleideten Toten zu finden, und vor Schmerz zerrissen, weil sie sich nicht von ihm verabschieden konnte. Doch der Totengräber zog sie unnachgiebig fort von dem Ort, wo das Grauen herrschte.

Tränen liefen ihr übers Gesicht, während sie zurück in die Stadt ging. Sie würde in St. Nikolai ein Gebet für Étienne sprechen. Und heute Abend seinen Eltern schreiben, damit sie Gewissheit über das Schicksal ihres Sohnes erhielten.

Auch der König von Sachsen verfasste an diesem Tag etliche Briefe, die meisten sogar von eigener Hand. Das erste Schreiben floss ihm noch leicht aus der Feder; an Kaiser Franz gerichtet, den er um ein Treffen bat. Darauf kam nur eine höfliche, aber nichtssagende Antwort.

Der zweite Brief war für Zar Alexander bestimmt und wurde drei Seiten lang. An diesem Entwurf saß König Friedrich August lange, feilte mit seinem Minister von Einsiedel an jedem Satz. Ausführlich schilderte der König dem russischen Kaiser seine Versuche, sich aus der erzwungenen Liaison mit Napo-

leon zu lösen, erinnerte an das geplante Bündnis mit Österreich, welches ihn ja *beinahe* zum Mitalliierten gemacht habe,
und dass er ja *beinahe* Napoleon die sächsische Armee entzogen habe.

In einem Akt völliger Unterwerfung gab er zu, dass sein
Schicksal nun vollständig vom *machtvollen und generösen
Eingreifen* des Zaren abhänge.

Der Zar reagierte darauf mit der lapidaren Botschaft, der
König von Sachsen möge ihm vertrauen.

Friedrich Wilhelm von Preußen antwortete erst gar nicht auf
die Schreiben, die Friedrich August von Sachsen ihm schickte.

Am ersten Tag nach der siegreichen Schlacht beförderte der
König von Preußen per Kabinettsorder Gebhard Leberecht
von Blücher in Abwesenheit zum Generalfeldmarschall.

Der Kaiser von Österreich erhob Clemens Wenzel Lothar
Graf von Metternich in den Fürstenstand.

Und beim Buchdrucker Johann Christoph Friedrich Gerlach
in Freiberg trafen zwei ängstlich vermisste Ausreißer wieder
ein.

Familienstreit

*Freiberg, Haus des Buchdruckers Gerlach
am Untermarkt, 20. Oktober 1813*

Eduard! Franz! Um Himmels willen! Was habt ihr euch
dabei gedacht, fortzulaufen? Im schlimmsten Krieg!«
Vergeblich versuchte Johanna Gerlach, die Stimme zu dämp-
fen, während ihr Tränen der Erleichterung in die Augen
schossen.

Sie riss die beiden Jungen, die nach sechs Tagen wer weiß wo
staub- und schlammbedeckt wieder aufgetaucht waren, an

ihre Brust und presste sie heftig an sich. Doch dann ließ sie los und verpasste jedem von ihnen eine Kopfnuss.

»Reitet dich der Teufel? Einfach tagelang zu verschwinden, während überall marschiert und geschossen wird, und uns nur eine Nachricht auf dem Tisch zu lassen: Ich weiß, wo Henriette ist, und hole sie zurück!«, fauchte sie ihren fünfzehnjährigen Sohn an. »Und dass du auch noch den kleinen Franz mitnimmst! Hast du den Verstand verloren? Wir sind vor Sorge fast gestorben. Ihr könntet tot sein, alle beide!«

»Es geht uns gut, Mutter!«, versicherte Eduard, so überzeugend er konnte.

»Ja, Tante, es geht uns gut, wirklich!«, echote der zehnjährige Franz, Jettes Bruder. »Nur ganz ausgehungert bin ich ...«

»Dann ab in die Küche, Frau Tröger wird schon was zu essen für dich finden!«, entließ die Tante den Jüngeren, der sofort und sehr erleichtert verschwand.

»Aber wasch dich vorher und zieh dir saubere Sachen an!«, rief sie ihm nach.

Franz antwortete aus sicherer Entfernung brav: »Ja, Tante!«

Nun richtete sich Johannas Zorn ganz und gar auf Eduard, der zerknirscht vor ihr stand.

»Was hast du dir dabei gedacht?«, schrillte sie, die Hände in die Hüften gestemmt. »Uns so in Sorge zu versetzen, tagelang durch Kriegsgebiet zu stromern, noch dazu mit Franz, der erst zehn ist!«

»Der ist mir nachgeschlichen, ich konnte ihn nicht mehr zurückschicken!«, verteidigte sich Eduard, der natürlich auf diese Vorwürfe vorbereitet war und sich Argumente zurechtgelegt hatte, um seine wortgewaltige Mutter zu beschwichtigen. »Aber ich habe Jette gefunden! Genau dort, wo ich sie vermutete.«

»Und weshalb sehe ich sie dann nicht hier?«, wütete Johanna. »Wo steckt sie?«

»In Leipzig.«

»Was um alles in der Welt tut sie dort, allein und mitten in der Schlacht?«, schrie seine Mutter entsetzt.

»Sie arbeitet im Lazarett. Euch soll ich ausrichten, ihr mögt euch keine Sorgen machen. Aber sie kommt nicht zurück. Sie will euch keine Schande bereiten. Mehr hat sie nicht gesagt.«

Dafür gab es nur eine Erklärung, begriff Johanna Gerlach sofort. Sie schnappte nach Luft, legte die Hand auf die Brust und ließ sich auf die nächste Truhe sinken. Ihre schlimmsten Befürchtungen hatten sich bestätigt.

»Ich habe mir wirklich alle Mühe gegeben, sie zu überreden«, versicherte Eduard, der den Grund für die Reaktion seiner Mutter nicht ahnte. Hauptsache, sie beruhigte sich etwas. Die schwierigste Aufgabe stand ihm schließlich noch bevor: seinem Vater gegenüberzutreten.

Es wäre leichter, hätte er Jette mitgebracht, wie es seine Absicht gewesen war. Dann stünde er jetzt als Held da, als Retter.

»Ich ziehe mich um und gehe in die Setzerei, um die nächste Ausgabe fertigzustellen«, versuchte Eduard, für gut Wetter zu sorgen.

»Nicht nötig!«, erklärte ihm seine Mutter schnippisch und sehr streng. »Das tut bereits dein Bruder.«

Eduard starrte sie mit offenem Mund an.

»Konstantin? Wieso ist der nicht in Erfurt?«

Die Gerlachs hatten ihren ältesten Sohn vor einigen Jahren zur Ausbildung ins Ausland geschickt. Genauer gesagt nach Erfurt, das Privatdomäne Napoleons war und wo bis vor kurzem nicht zum Militärdienst eingezogen wurde.

»Wir mussten ihn holen, denn dein Vater erlitt nach all der Aufregung und eurem Weggang einen Herzanfall!«, sagte Johanna anklagend. Diese Nachricht hatte sie sich bewusst bis jetzt aufgehoben, um bei ihrem Sohn ein Höchstmaß an Reue zu erzwingen.

Vor Schreck verlor Eduard alle Farbe im Gesicht.

»Wie geht es ihm?«

»Doktor Meuder hat ihm Bettruhe verordnet. Und er braucht viel Schonung in nächster Zeit.«

Aus Angst um seinen Vater fühlte sich Eduard auf einmal ganz schrecklich. Dass ihm kein triumphaler Empfang bereitet würde, war ihm klar gewesen. Aber bis eben hatte er noch gehofft, die Freude der Eltern über ihre Rückkehr wäre größer als der Zorn über ihr klammheimliches Verschwinden.

»Er wird doch wieder gesund?«, fragte er kleinlaut.

»Das liegt in Gottes Hand«, beschied ihm seine Mutter streng. Es ging ihrem Mann schon wieder viel besser. Doch sie sah keinen Grund, dem ungeratenen Sohn auch nur den geringsten Anlass zur Beruhigung zu verschaffen.

»Du wirst dich jetzt säubern und umkleiden und wartest in deinem Zimmer, bis ich dich hole. Vorausgesetzt, dein Vater will dich überhaupt sehen«, wies sie an.

»Ja, Mutter.« Reumütig nickte Eduard und schlich davon, von der Schreckensvision heimgesucht, sein Vater könnte sterben.

Johanna raffte die Röcke und ging hoch in das Krankenzimmer ihres Mannes, um ihn schonend auf die Neuigkeiten vorzubereiten.

Friedrich Gerlach, Buchdrucker, Buchhändler und Herausgeber einer Wochenzeitung für Freiberg und das Erzgebirge, ein Mann Anfang sechzig, gebildet und normalerweise von freundlichem Gemüt, saß bleich und matt im Bett, gegen ein dickes Kissen gelehnt. Tastend nahm er die Brille vom Nachttisch und setzte sie umständlich auf, um seinen jüngeren Sohn zu mustern.

»Ich kann gar nicht sagen, wie sehr du mich enttäuscht hast«, begann er. »Die Finger habe ich mir wund geschrieben an alle möglichen Bekannten, um eine Spur von deiner Cousine zu finden: Kell in Weißenfels, Reclam in Leipzig, Brockhaus in

Altenburg, Göschen in Grimma, Bertuch in Weimar, Keyser in Erfurt ... Du wusstest oder ahntest zumindest, wo sie ist, und hast es mir verschwiegen! Denkst du nicht, ich wäre sofort aufgebrochen, um sie zu holen? Wo ist sie überhaupt in Leipzig untergekommen?«

Eduard durchfuhr es eiskalt. Danach zu fragen, hatte er vollkommen vergessen. Wie konnte er nur so dumm sein?

»Sie hätte es mir nicht gesagt«, rechtfertigte er sich geknickt. »Sie wollte euch anfangs nicht einmal ausrichten lassen, dass sie noch lebt. Sonst würde sie euch ruinieren ...«

Friedrich und Johanna Gerlach wechselten einen kummervollen Blick. Sie schienen etwas aus seinen Worten zu schlussfolgern, doch er hatte keine Ahnung, was.

»Ich werde an meinen Freund Reclam schreiben. Er soll Jette über die Lazarettverwaltung ausfindig machen«, entschied Friedrich Gerlach. »Wir müssen sie auf schnellstem Weg zurückholen. Ich kann jetzt nicht reisen. Aber wir finden jemanden. Vielleicht Herr Tröger ...«

Das war der Mann ihrer Köchin Lisbeth, ein Fuhrmann.

»Jette sagt, sie könne nicht zurück«, wiederholte Eduard.

»Sie ist eine Waise und unsere Nichte. Wir lassen sie nicht im Stich«, erklärte sein Vater ganz entschieden.

»Ich hatte ja für die nächste Ausgabe schon vorgearbeitet«, unternahm Eduard einen erneuten Versuch, sich zu rechtfertigen. »Den Nachruf auf den Stadtphysikus Doktor Beyer, der am Nervenfieber starb, habe ich gesetzt. Der füllt schon fast die ganze Ausgabe ...«

»Ist dir nicht in den Sinn gekommen, dass euer Verschwinden deinen armen Vater dermaßen aufregen könnte, dass er krank wird?«, hielt ihm die Mutter vor. »Noch dazu, wo so viel zu tun und alles schon wieder im Umbruch ist ... Freiberg wird jetzt russisch regiert, der neue Stadtkommandant, der Herr Baron Stahl von Hollstein, will seine Bekanntmachungen sofort gedruckt sehen ...«

»Geh in die Setzerei und hol deinen Bruder hierher!«, bestimmte Friedrich Gerlach.

Niedergeschlagen wandte sich Eduard zur Tür.

»Noch etwas!«, hielt ihn sein Vater kurz zurück. »Ich weiß nicht, wie du und Franz es zweimal überleben konntet, durch die Aufmarschgebiete sämtlicher Armeen zu schleichen. Ihr müsst wirklich himmlischen Beistand gehabt haben, dankt Gott dafür! Aber ich möchte kein einziges Wort darüber jemals in diesem Haus hören. Habe ich mich verständlich ausgedrückt?«

»Ja, Vater«, murmelte Eduard und stieg hinunter in die Setzerei, die sich im gleichen Eckhaus wie die Wohnräume und die Buchhandlung befand, um Konstantin zu holen.

Es würde bestimmt kein fröhliches Wiedersehen unter Brüdern werden. Sie waren beide blond und hatten blaue Augen, aber da hörten die Gemeinsamkeiten schon auf.

Friedrich Konstantin Gerlach war zwanzig, einen Kopf größer als er, breitschultrig, der Schwarm der Mädchen und jungen Frauen. Und er legte seit jeher Wert darauf, der Ältere und Klügere von ihnen beiden zu sein.

»Willkommen, Dummkopf! Darauf kannst du dir etwas einbilden: Vater krank, die letzte Ausgabe fast geplatzt, und statt in Erfurt zu lernen, setze ich hier die neueste Bekanntmachung des russischen Stadtkommandanten. Gratuliere! Hast du wenigstens Cousine Jette heimgebracht?«

»Nein«, gab Eduard kleinlaut zu.

Wütend wiegte Konstantin den schon halb gefüllten Winkelhaken in der Hand, als wollte er ihn nach seinem Bruder werfen.

»Du sollst zu Vater kommen«, richtete Eduard eilig aus und verbiss sich jedes weitere Wort, um Streit zu vermeiden.

Der Ältere legte das Werkzeug beiseite, streifte Schürze und Ärmelschoner ab und ging voraus.

»Fühlst du dich besser, Vater?«, fragte er im Krankenzimmer.

»Wenigstens sind die Burschen unbeschadet wieder hier«, antwortete sein Vater. »Und wir wissen, wo Henriette ist. Sie will nicht zurückkommen. Aber wir können sie auf keinen Fall allein in Leipzig lassen, noch dazu in dem Elend nach der Schlacht. Deine liebe Mutter und ich haben hin und her überlegt, wie wir die Lage bereinigen und sie retten können. Wir sehen nur einen Weg.«

Gespannt sahen seine Söhne auf ihn: Eduard völlig ahnungslos, was nun kommen würde, Konstantin mit vor der Brust verschränkten Armen und regloser Miene.

Friedrich Gerlach holte tief Luft und sah seinen Ältesten an. »Jette ist ein gutes Kind, klug und mit reinem Herzen. Du hast sie immer gemocht, schon von klein auf. Könntest du dich entschließen, sie zu heiraten?«

Eduard riss die Augen auf. In seinen Träumen war er derjenige, der Henriette zum Altar führte, obwohl er zwei Jahre jünger war als sie.

»Auf keinen Fall!«, antwortete Konstantin sofort und sehr entschieden.

»Willst du nicht wenigstens erst einmal darüber nachdenken?«, schlug sein Vater mahnend vor. »Könntest du wirklich tatenlos zusehen, wie sie zugrunde geht?«

»Ja, das könnte ich.«

»Sohn!«, schrie seine Mutter.

»Ich mochte sie leiden, als sie noch ein ehrbares Mädchen war!«, rief ihr Erstgeborener voller Verachtung. »Doch sie ist durchgebrannt, weil sie es mit dem französischen Lieutenant getrieben hat, der im Haus einquartiert war. Das pfeifen alle Spatzen von den Dächern. Und jetzt brütet sie wahrscheinlich seinen Bastard aus. Die Folgen hat sie sich selbst zuzuschreiben. Vater, du willst einmal, dass ich dein Geschäft übernehme und Graz und Gerlach weiterführe. Das kann ich nicht, wenn die Frau an meiner Seite den Ruf einer Hure hat. Einer *Franzosenhure*.«

Da jedermann fassungslos schwieg, fuhr er fort: »Seid froh, dass sie weit weg bleibt! Dann trifft uns dieser Skandal wenigstens nicht zur ganzen Härte. Wir können schon von Glück reden, wenn sich die Leute nicht mehr allzu lange die Mäuler darüber zerfetzen, warum sie gegangen ist und wo sie sich herumtreibt. Im Krieg verschwinden viele Leute. Das könnte unsere Rettung sein.«

»Du Dreckskerl!«, brüllte Eduard und stürzte sich auf seinen Bruder. »Hockst in Erfurt, lässt es dir gutgehen und hast keinen Schimmer, was hier los war! Was sie getan hat, damit wir überlebten!«

»Ins Bett musste sie ganz sicher nicht mit diesem de Trousteau, damit ihr überlebt«, meinte Konstantin verächtlich und wehrte den Angriff seines Bruders so hart ab, dass der gegen die Wand krachte.

»Hört auf!«, schrie Johanna. »Schämt ihr euch denn gar nicht? Vor eurem kranken Vater?«

»Ich bin sehr enttäuscht. Von euch beiden«, sagte Friedrich Gerlach und starrte seine Söhne an, erst den einen, dann den anderen. Auf seiner Stirn hatten sich Schweißperlen gebildet, er atmete schwer. Dann nahm er seine Brille ab und putzte die Gläser, wie er es oft tat, wenn er Zeit brauchte, um sich zu sammeln.

»Besonders von dir, Konstantin. Was erlaubt dir, so zu richten? Die eigene Cousine dem Elend zu überlassen? Habe ich dich nicht Menschlichkeit und Barmherzigkeit gelehrt? Ich könnte vielleicht noch verstehen, wenn du gesagt hättest, du liebst eine andere. Oder sie sei dir zuwider …«

»Sie *ist* mir zuwider, seit sie einen Feind in ihr Bett gelassen hat! Und ihr solltet mir danken, dass ich euch davor bewahre, uns alle mit diesem Skandal zu ruinieren! Habt ihr nicht schon genug gelitten unter den Requirierungen, der Einquartierung und der doppelten Zensur?«

Er wandte sich Eduard zu, wieder mit verschränkten Armen vor der Brust.

»Und dir, kleiner Bruder, erzähle ich etwas über Erfurt. Dagegen geht es hier sehr beschaulich zu. Die ganze Stadt wird seit Monaten auf eine Belagerung vorbereitet. Sämtliche Obstbäume sind abgeholzt, Wasserläufe angestaut, so dass die Keller anderthalb Meter unter Wasser stehen. Es gab Hinrichtungen nach einem Aufruhr im Sommer. Die Stadt kann sich vor Einquartierung nicht retten, das Nervenfieber grassiert, und für die tausenden Soldaten auf der Zitadelle ist jedes bisschen Proviant requiriert. Napoleon wird auf Erfurt marschieren, und die Alliierten werden ihn dort stellen, in einer Schlacht oder Belagerung. Wer weiß, was danach noch von der Stadt übrig ist ...«

Vorwurfsvoll sah Konstantin zu seinem Vater.

»Ich glaubte ja, meine mich liebenden Eltern holen mich deshalb von dort weg, aus Sorge um mich. Aber nein, sie taten es, damit ich ein gefallenes Mädchen von der Straße auflese. Ich bin mindestens so enttäuscht wie du, Vater!«

Friedrich Gerlach starrte auf seinen ältesten Sohn, als sähe er ihn zum ersten Mal.

»Ich verstehe nicht, wie jemand, der so gefühllos ist, einmal mit Büchern handeln will«, sagte er leise.

»Und ich verstehe nicht, wie jemand, der nicht zuerst an das Geschäft denkt, einmal ein Geschäft führen soll!«, entgegnete Konstantin. »Wenn du erlaubst, Vater, gehe ich jetzt wieder hinunter und setze die Proklamationen des neuen Stadtkommandanten. Die Arbeit erledigt sich nicht von selbst.«

»Ich würde Jette heiraten, auf der Stelle!«, sagte Eduard in die verstörende Stille hinein, nachdem sein Bruder fort war. Ganz gleich was Konstantin behauptet hatte – er würde sie nicht im Stich lassen.

»Du bist noch zu jung«, erklärte sein Vater mit traurigem Lächeln. »Aber es ist sehr anständig von dir gemeint. Nun geh schon hinunter zu Franz und lass dir von Lisbeth etwas zu essen geben.«

Als beide Söhne hinaus waren, setzte sich Johanna Gerlach auf das Krankenbett ihres Mannes und nahm seine Hand.

»Wir holen sie und finden jemanden, der sie heiratet«, versprach er ihr leise. »Ich gebe sie nicht auf. Gleich schreibe ich an Heinrich Reclam. Er soll sie in Leipzig ausfindig machen. Ich muss nur noch ein bisschen nachdenken ...«

Verzweifelt rieb er sich die Stirn.

»Ruh dich jetzt aus, mein Lieber!«, versuchte Johanna, ihn zu trösten, obwohl sie am liebsten weinen würde – aus Sorge um Jette und Enttäuschung über ihren Ältesten. »Wir haben den Krieg überstanden, da werden wir das auch überstehen ... irgendwie ...«

Als Eduard in die Küche kam, schlug die Köchin gerade mit finsterem Gesicht Eier in die Pfanne, in der ein paar Würfel Speck leicht qualmend brutzelten.

Franz erzählte ihr und den staunenden Dienstmädchen Schauergeschichten. Schauergeschichten, die leider wahr waren. »Die Felder lagen voller Leichen, richtig zu Haufen übereinandergestapelt, und aus manchen klang noch ein Stöhnen ...«

»Sei still!«, fuhr Eduard ihn an. »Kein Wort davon in diesem Haus, das hat Vater gesagt.«

Erschrocken verstummte der Junge.

Die Köchin warf Eduard einen dankbaren Blick zu.

»Haben Sie inzwischen Neues von Karl und Anton gehört, Frau Tröger?«, erkundigte er sich höflich.

Lisbeth Tröger hatte vier Söhne bei der Reitenden Artillerie, von denen keiner aus Russland wiedergekehrt war. Im August meldeten sich auch noch ihre zwei jüngsten zur Armee. Eduard hoffte, dass wenigstens diese beiden lebten.

»Wenn sie übergelaufen sind, werden sie ja hoffentlich wohlbehalten bei den Alliierten sein. Wer weiß, wann man ihnen erlaubt, ihrer alten Mutter einen Brief zu schreiben«, murrte sie, drehte sich wieder zum Herd und wischte sich mit dem Schürzenzipfel über die Augen. »Dieser verdammte Qualm aber auch!«

Der Kaiser zieht über die Saale

Weißenfels, 20. Oktober 1813

Es ist wie im Frühjahr ... Nur diesmal werden wir nicht davonkommen«, wisperte die junge Frau mit weit aufgerissenen Augen und drückte ihr drei Monate altes Söhnchen an sich. »Siehst du, wie viele das sind?«
Sie begann zu schluchzen. »Was soll nur aus unserem kleinen Leopold werden?«
»Sie fliehen, Liebes, sie wollen über den Fluss!«, bemühte ihr Mann sich, sie zu beruhigen, der Buchdrucker Johann Carl Leberecht Kell. Er war Anfang vierzig, hager und trug eine Brille. »Bald sind sie für immer weg.« Auch er flüsterte aus Angst, jemand draußen könnte ihn hören.
Scharen französischer Soldaten strömten durch die kaum fünftausend Einwohner zählende Stadt. Die ersten – schon etliche tausend – waren vorgestern Abend gekommen, sicherten sofort die überdachte Holzbrücke und bauten eine Floßbrücke über die Saale. Was dann seit gestern Mittag durch Weißenfels flutete, ließ keinen Zweifel, dass die Grande Armée eine Niederlage erlitten haben musste.
Doch die jetzt anrückten, in gewaltigen Kolonnen, mit Geschützen und Munitionswagen, das waren nicht nur Vorauskommandos. Das war die Hauptarmee: Zehntausende, ausgehungert, abgerissen, frierend, wütend.
Die Kells hatten die Türen ihres Wohn- und Geschäftshauses in der Marienstraße versperrt und verriegelt, einen schweren

Tisch davorgeschoben und die Fensterläden geschlossen. Nun hofften sie inbrünstig, von Plünderungen verschont zu bleiben. Das Haus stand kaum dreihundert Meter von der Saale entfernt.

Ohne diesen verfluchten Krieg würde sich Johann Carl Kell im Zenit des Glücks wähnen: Er hatte endlich seine eigene Druckerei, eine Zeitung, eine zärtliche junge Frau und nun – sein größter Stolz – auch einen Sohn. Doch vielleicht war er vor Ende dieses Tages an den Bettelstab gebracht.

Es klopfte. Karoline Kell erstarrte vor Angst und presste ihr Kind noch enger an sich.

Auch ihr Mann zuckte zusammen. Dennoch wunderte er sich, dass dies ein höfliches Klopfen war, kein Krachen von Gewehrkolben oder gar Axthieben gegen die Tür.

»Herr Buchdrucker Kell, ein Brief für Sie!«, rief jemand.

Verblüfft und unendlich erleichtert schob der Verleger den schweren Tisch ein Stück beiseite und öffnete die Tür einen Spaltbreit. Tatsächlich! Nicht zu fassen, dass jetzt noch ein Brief zugestellt wurde.

Der Säugling spürte die Angst seiner Mutter und fing zu schreien an.

»Rasch, hinauf auf den Dachboden«, riet Johann Kell seiner Frau und versperrte den Eingang wieder.

Sie hasteten die steile Treppe hoch. Oben ließ sich die junge Mutter auf einen umgestülpten Strohkorb sinken, wandte sich ab und gab ihrem Sohn die Brust, um ihn zur Ruhe zu bringen. Gierig trank der drei Monate alte Leopold, während sich seine Mutter fragte, wie lange sie ihn noch würde stillen können in diesen schlimmen Zeiten.

Der Familienvater stieg auf eine Kiste, um aus der Dachluke zu beobachten, was in der Stadt geschah.

»Sie ziehen wirklich alle zum Fluss, sie wollen über die Saale und fort!«, rief er erleichtert.

Was er seiner Frau verschwieg: Das Seminargebäude der Bürgerschule, neben dem die Franzosen die zweite Brücke errichtet hatten, wurde gerade völlig demoliert. Türen und Fenster waren herausgerissen, Uniformierte schleppten Möbel, Musikinstrumente, Notenblätter und Bücher aus dem Haus und warfen sie in ihre Biwakfeuer.

Von hier aus sah es aus, als ob es an der Saale schneite. Doch es waren keine Schneeflocken, die da im Wind herumwirbelten, sondern Bettfedern.

Die Weißenfelser kannten solche Szenen schon vom Einmarsch der Grande Armée im Frühjahr. Die Soldaten requirierten nicht nur alles Essbare, sondern auch Bettzeug, schlitzten es auf und fertigten sich aus dem Leinen neue Beinkleider.

Damals, Ende April, war das Heer nach Tagen der Gewalt und der Angst weiter Richtung Osten gezogen, um ein paar Kilometer östlich in den Dörfern um Großgörschen eine gewaltige Schlacht gegen die Alliierten zu schlagen. Der Kanonendonner von hunderten Geschützen hallte Johann Kell immer noch in den Ohren. Tausende starben, fast alle Gehöfte brannten nieder.

Doch der Buchdrucker hoffte fest darauf, dass heute kampflos und auf Nimmerwiedersehen verschwand, was gerade als geschlagene Armee durch Weißenfels flutete.

Er stieg von der Holzkiste, und während er seinen Sohn beim Trinken glucksen hörte, was ihn lächeln ließ, wandte er sich endlich dem Brief zu, der ihn unter so ungewöhnlichen Umständen erreicht hatte.

Das Schreiben kam aus Freiberg, datiert vom 8. Oktober. Erleichtert sah Kell den Namenszug auf der letzten Zeile: Johann Christoph Friedrich Gerlach, Buchdrucker und Zeitungsverleger wie er. Bestimmt erkundigte er sich nach dem Haus seiner Mündel. Henriette und der kleine Franz, die kurz zuvor verwaisten Kinder des Buchbinders aus der Nachbarschaft, waren während des Einmarschs der Grande Armée im Frühjahr auf rätselhafte Weise aus Weißenfels verschwunden.

Johann und Karoline Kell wussten als Einzige in der Stadt, dass die beiden zu ihrem Oheim nach Freiberg geflüchtet waren. Doch das sollten sie geheim halten. Friedrich Gerlach befürchtete Schwierigkeiten wegen eines toten französischen Soldaten im Haus des Buchbinders. Er hatte sie ins Vertrauen gezogen, da Kell ebenfalls aus Freiberg stammte. Nach Gerlachs Vorbild wollte Johann Kell eine Druckerei betreiben und eine Zeitung gründen, nachdem er durch Papierhandel in Dresden zu Geld gekommen war. Vor einem Jahr zog er nach Weißenfels, übernahm die berühmte Severinsche Buchdruckerei, und seit Januar gab er das *Weißenfelser Wochen- und Intelligenzblatt* heraus. Vorerst nur vier Seiten stark und nicht acht wie Gerlachs *Gemeinnützige Nachrichten*, aber die erste Zeitung für die Stadt.

Der Weißenfelser vertiefte sich in die Zeilen, doch er war kaum über die Anrede hinaus, als er erschrocken aufsah.

»Henriette ist verschwunden, und Monsieur Gerlach fragt, ob sie hier ist«, las er seiner Frau vor.

Die klopfte gerade dem kleinen Leopold sanft auf den Rücken. Ein lauter Rülpser, mit dem auch ein Schwall Muttermilch wieder herausfloss, war Ergebnis ihrer Mühe.

»Wieso sollte sie allein zurückkommen, nachdem sie weggelaufen ist?«, fragte Karoline brüsk. »Sie wäre nicht mehr gesellschaftsfähig.«

Johann Kell rieb sich übers Gesicht und seufzte.

»Ich fürchte, ihr ist etwas Schlimmes zugestoßen. Gerlach ist ganz verzweifelt. Bisher nirgendwo eine Spur. Am besten, ich gehe kurz hinüber in ihr Haus und sehe nach. Vielleicht ist sie wieder dort. Obwohl ich nicht wüsste, was sie ausgerechnet jetzt hierhergetrieben haben könnte.«

»Willst du etwa mich und deinen Sohn jetzt allein lassen?«, schrie Karoline Kell hysterisch.

Ihr Mann stieg noch einmal auf die Kiste und sah aus der Dachluke. Inzwischen bot sich ein gänzlich anderes Bild. Unzählige Regimenter der Alten Garde marschierten in Reih und Glied durch die Jüdenstraße Richtung Markt, in ihrer Mitte – umgeben von Gardekavallerie und polnischen Lanciers – ein dichter Pulk von goldbetressten Reitern. Das konnte nur Napoleon mit seiner Entourage sein.

Johann Kell ging zu Frau und Kind und strich seinem Söhnchen sanft über die Wange. »Der Kaiser reitet zum Markt; dadurch sind alle abgelenkt. Lass mich kurz hinaus, Liebes. Ich bin gleich wieder zurück.«

»Bleib! Ich fürchte mich!«

Doch Johann Kell wollte Gewissheit. Gerlachs Sorge um die Kinder des Buchbinders hatte auch ihn erfasst.

Sie stiegen wieder hinab. Widerstrebend legte seine Frau das Kind in die Wiege und half, den Tisch ein Stück beiseitezurücken.

Wenig später huschte er wieder ins Haus.

»Kein Anzeichen dafür, dass Henriette da war. Gott schütze das arme Mädchen!«, meinte er bedrückt.

Sorge dich lieber um dein eigen Fleisch und Blut!, dachte seine Frau wütend.

Napoleon Bonaparte war bestens gelaunt, als er gegen ein Uhr mit seiner Hauptarmee Weißenfels erreichte. Unangefochten waren sie hierhergekommen, und unangefochten würden sie den Fluss passieren.

Was auf dem Marktplatz gerade an Truppen aufmarschierte, gab auch schon wieder ein ordentliches Bild ab. Sofort gafften die Leute aus dem Fenster, um ihn zu sehen – ihn, den Kaiser.

»Stehen Chirurgen bereit? Ist das Schloss noch Hauptlazarett?«, erkundigte er sich streng bei dem herbeigeeilten Bürgermeister Oelzen. »Sie haben hier doch diesen riesigen Kerl von einem Arzt, ich erinnere mich. Mein Leibwächter hielt ihn für einen Attentäter ...«

»Der Herr Doktor Otto. Er starb bedauerlicherweise vor wenigen Tagen am Nervenfieber, in Ausübung seiner Pflichten, wie mehrere seiner Kollegen und Helfer«, erklärte Oelzen bedrückt. »Das Lazarett ist überfüllt, das Fieber greift um sich, und wir können es nicht eindämmen.«

»Wo ist die Poststation?«, wollte Napoleon wissen. »Ich brauche zwei hiesige Postreiter als Wegführer.«

Er wandte sich zum Postillion Gabler um. »Sie führen mich dorthin!«, befahl er. Der Leipziger zuckte zusammen und ließ sich die Order rasch durch Odeleben übersetzen.

Endlich kann ich nach Hause!, dachte er erleichtert, während er voranritt. Doch seine Erleichterung schwand schlagartig, als ihm der Kaiser nach Verpflichtung der beiden Weißenfelser Postillions ein Goldstück reichen ließ. Nur eines! Eines *pro Tag* war ausgemacht, das wären zehn!

Er verneigte sich und sann verzweifelt, ob und wie er Ansprüche geltend machen durfte. War ein Goldstück am Ende nicht besser als gar nichts?

»Das ist Ihr Trinkgeld. Die komplette Summe wird Ihnen aus Frankfurt angewiesen«, raunte ihm der Major von Odeleben zu.

Froh und verwirrt zog der Mann in der gelb-blauen Postuniform von dannen, immer noch zweifelnd, ob er dieses Geld je zu sehen bekommen würde. Aber nun konnte er sich von Neugierigen im Wirtshaus freihalten lassen, während er über sein Abenteuer berichtete.

Die zehn Louisdor erhielt der Postillion Gabler tatsächlich ein paar Wochen später. Doch von seiner Irrfahrt mit Napoleon konnte er so bald nicht erzählen wie erhofft. Denn kaum hatte er Leipzig erreicht, musste er schon wieder in den Sattel steigen und Eilpost nach Halle befördern.

Während Gabler losritt, führte Napoleon seine Truppen

durch die Saalstraße Richtung Fluss. Eine überdachte Holzbrücke – hervorragend! Sicher und fest für Artillerie und Kavallerie und hinterher schnell abzubrennen. In der Nähe hatte der zuverlässige Bertrand noch eine Schiffbrücke für die Infanterie bauen lassen.

Zufrieden kommandierte der Kaiser persönlich den Übergang von mehreren tausend Mann über die Saale, bevor er selbst die Holzbrücke passierte.

Die zurückliegenden Stunden waren weit weniger erfreulich für Napoleon Bonaparte gewesen.

Wie geplant verließ er mit einem Teil der Armee Markranstädt drei Uhr nachts. Doch sie mussten gefährliches Gelände durchqueren, ideal für Reiterangriffe. Deshalb blieb der Kaiser in seinem Reisewagen, umgeben von einem dichten Kordon Alter Garde. Wer weiß, wie viele Kosaken sich bis hierher durchgeschlagen hatten? Außerdem waren da ja noch die gegnerischen Streifkorps, wie das von diesem verhassten Colomb!

Vor Lützen gab es einen erzwungenen Halt, weil die Straßen von Truppen und Wagen verstopft waren. Der Kaiser befahl, mit Trommeln und Trompeten Marsch zu schlagen und zu blasen und hunderte Wachfeuer zu entzünden, um den Gegner über ihre Zahl zu täuschen.

Als der Morgen anbrach, stieg er aus der Kutsche und betrachtete die Umgebung durchs Fernrohr. Er tat das nicht wie sonst zur Erkundung der Lage, sondern um die Erinnerung an den Sieg heraufzubeschwören, den er hier im Mai errungen hatte. In der ersten großen Schlacht, zu der ihn Preußen und Russen in ihrer neu gebildeten Allianz herausforderten, weil sie ihn in Russland besiegt glaubten.

Am 2. Mai 1813 bewies er aller Welt, dass er noch lange nicht besiegt war. Er vertrieb die Alliierten vom Schlachtfeld, aus Großgörschen, Rahna und den Nachbardörfern. Dort drüben in Kaja hatte Ney Großes geleistet. In Starsiedel bewahrte ihn seine Garde mit einem vorbildlichen Karree vor einer Reiterattacke, als alles schon verloren schien.

Er war der Sieger von Lützen.

Übernächtigt und frierend im Morgendunst, warteten seine Generäle und Marschälle darauf, dass der Kaiser etwas sagen oder befehlen würde.

Es ist wie ein Leichenzug, dachte der sächsische Major von Odeleben. Ihm blutete das Herz angesichts dessen, wie viel von seiner Heimat zerstört war, wie viele Tote hier begraben lagen. Neben sich hörte er jemanden auf Französisch wispern: »Genau so ist er damals aus Russland fortgegangen ...«

Ein kalter Schauer lief dem Sachsen über den Rücken.

Wortlos stieg Napoleon wieder in die Kutsche und befahl den nächsten Halt in Rippach.

Hier war am 1. Mai sein bester und fast einziger Freund gefallen, Marschall Bessières. Den anderen – Marschall Duroc – hatte er keinen Monat später bei der Verfolgung der Preußen und Russen nach der Schlacht bei Bautzen verloren.

Immer noch wortlos starrte der Feldherr auf die Stelle, wo seinem Freund und Marschall die Brust von einer Kanonenkugel zerschmettert worden war.

Doch wer glaubte, der Kaiser würde in innerer Einkehr verharren, täuschte sich.

Napoleon Bonaparte war ein Mann, der sich Erfolge zu organisieren wusste, selbst wenn es keine gab. Also befahl er, ihm die viertausend österreichischen Kriegsgefangenen vorzuführen, die sie in den letzten Tagen gemacht hatten und mit denen er sein nächstes Bulletin schmücken würde. Und die sechsundzwanzig in der Schlacht um Dresden erbeuteten österreichischen Fahnen.

Dann frühstückte er drei Stunden lang mit Ney, Augereau und anderen, als ob er alle Zeit der Welt hätte und ihre finsteren Mienen nicht bemerkte. Er wartete auf Nachrichten, die auch bald eintrafen.

Naumburg und der Saaleübergang in Kösen waren immer noch in alliierter Hand, meldete General Bertrand. Was bedeutete, der Gegner wollte ihn in Freyburg über die Unstrut zwingen.

Weimar war von Kosaken besetzt. Das sollte sich General Lefèbvre-Desnouettes mit seiner gefürchteten Kavallerie gefälligst zurückholen. Der hatte eine Scharte auszuwetzen nach der Niederlage vom September gegen Thielmann, Mensdorff, Colomb und Platow.

Begierig erfuhr der Kaiser Einzelheiten über die neu aufgestellte bayerisch-österreichische Armee, die ihm unter General von Wrede entgegenzog. Noch ein Verräter! Hatte dieser Kerl nicht bis vor ein paar Tagen unter seinem Kommando gekämpft? Hatte er ihn nicht immer ausgezeichnet und gefördert?

Bevor ich mich über den Rhein zurückziehe, um eine neue Armee auszuheben, werde ich noch einmal demonstrieren, wer hier das Genie auf dem Schlachtfeld ist!, dachte Napoleon Bonaparte grimmig. Ich weiß schon, wo ich den Bayern zur Schlacht stelle. In Hanau zeige ich dem Lehrling, was es bedeutet, sich gegen den Meister zu erheben.

Beflügelt von diesem Gedanken, beendete der Kaiser das Frühstück und befahl den Abmarsch nach Weißenfels.

»Verschwinden sie?«, fragte Karoline Kell ihren Mann, der immer noch durch das Dachfenster beobachtete, was draußen vor sich ging.

»Nein, sie errichten Biwaks auf der anderen Seite des Flusses, in den Weinbergen.«

»Dann lass alle Hoffnung fahren!«, murmelte die junge Frau. »Die Alliierten werden die Stadt beschießen.«

»Es dauert Stunden, wenn Zehntausende über zwei Brücken

wollen, dazu die vielen Pferde und Kanonen!«, erklärte ihr
Mann, um sie zu beruhigen. »Vielleicht warten sie ja nur, bis
alle drüben sind, und ziehen dann weiter.«

Wenigstens zum Teil sollte Johann Carl Kell recht behalten.
Der Kaiser und seine Garden – aber nur sie – rückten noch in
der Nacht ab. Doch zunächst bezog Napoleon Quartier in
den Weinbergen bei Markröhlitz, im Winzerhäuschen eines
Weißenfelser Kaufmanns. Von dort aus unternahm er einen
Erkundungsritt, schlenderte durch die Biwaks seiner Männer,
die sämtliche Weinstöcke verfeuerten.
Im Verlauf des Abends und der Nacht verfasste der Kaiser
Befehle, um Erfurt auf seine Ankunft vorzubereiten und den
morgigen Übergang seiner Armee über die Unstrut zu
sichern. Da Naumburg und Kösen besetzt waren, blieb nur
Freyburg dafür. Doch statt die breite Straße zu nehmen,
würde er über die Dörfer ziehen. Er ließ sich doch nicht vom
Gegner den Weg vorschreiben! Sicher würden sie ihm vor
Freyburg auflauern.
Drei Uhr nachts verließ Napoleon Weißenfels und ward dort
nie wieder gesehen. Aber für die Weißenfelser war es noch
lange nicht vorbei.

»Marschall Vorwärts«

Weißenfels, 21. Oktober 1813

Gewehrfeuer riss die Stadtbewohner am Donnerstag-
morgen aus dem Schlaf. Kosaken und russische Jäger,
die Blücher vorgeschickt hatte, lieferten den Franzosen entlang der Saale ein Tirailleurgefecht.
Johann Kell stieg sofort wieder auf den Dachboden.

»Russen«, berichtete er seiner Frau, die ihm im Nachthemd gefolgt war. »Die Franzosen verteidigen das Saaltor und haben die provisorische Brücke gekappt. Die treibt nun im Fluss.«

An der überdachten Holzbrücke herrschte immer noch wildes Gedränge; französische Infanteristen und Reiter zwängten sich rücksichtslos zwischen den Wagen hindurch, die auch hinübermussten.

Als die Letzten am linksseitigen Ufer der Saale waren, befahl Marschall Oudinot, der erneut das Kommando über die Nachhut führte, die Holzbrücke anzuzünden.

»Die Brücke brennt!«, schrie Kell aus dem Dachbodenfenster und stürmte die Treppe hinunter.

Einige mutige Stadtbewohner folgten ihm durch die Straßen und rannten zum Fluss. Gemeinsam mit den Kosaken versuchten sie, ihre Brücke zu retten, doch vergeblich. Das auf Befehl Oudinots mit Pech, Teer und Öl getränkte Holzwerk brannte wie Zunder.

Blücher war noch im Anmarsch auf Weißenfels, als ihm die Zerstörung der Brücke gemeldet wurde. Über diese Nachricht geriet er in maßlosen Zorn.

»Wir sind zu langsam!«, schimpfte er und fluchte deftig.

Die ganze Kavallerie tauge nichts, die von Yorck nicht, die von Langeron und Sacken nicht und seine eigene schon gar nicht!

Diesmal mühte sich Gneisenau vergeblich, den Aufgebrachten zu beruhigen und daran zu erinnern, dass ein höheres Tempo angesichts des Zustandes der Truppen beim besten Willen nicht möglich sei. Zumal die Feinde, denen sie folgten, jeden Ort bis auf den letzten Bissen Proviant ausgeplündert hätten, was die Versorgung des Heeres fast unmöglich mache. Blücher schimpfte über alles und jeden.

Bis sich ein Stabsadjutant näherte, salutierte und meldete:

»Euer Exzellenz, seine Königliche Hoheit Prinz Wilhelm wünscht Euer Exzellenz zu sprechen.«

Jäh beendete der alte General seine Tirade. Ein freudiges Lächeln breitete sich auf seinem faltigen Gesicht aus.

Er mochte den jüngsten Bruder des Königs, der zwar menschenscheu war, doch als Offizier von bemerkenswerter Tapferkeit. Wie Prinz Wilhelm an jenem 2. Mai bei Großgörschen – genauer gesagt in Starsiedel – mit seinen brandenburgischen Kürassieren ein französisches Karree zersprengt hatte, war grandios gewesen.

Außerdem hatte der Prinz ihm, Blücher, und der gesamten Alliierten Armee vor drei Tagen einen großen Dienst erwiesen, als er mit ihm zu Bernadotte ritt, um endlich dessen Teilnahme am Kampf zu erreichen. Wilhelm hatte Blüchers überaus impulsive Ansprache an den Thronfolger von Schweden beim Übersetzen diplomatisch so geglättet, dass es nicht zum Eklat kam.

Prinz Wilhelm, ein Mann von dreißig Jahren mit wachem Blick und lockigem dunklem Haar, überreichte dem General ein Schreiben, auf dem das königliche Siegel prangte. »Meinen Glückwunsch! Euer Exzellenz Ernennung zum Generalfeldmarschall.«

Verblüfft starrte Blücher auf das Schreiben und gab es dem Erstbesten neben ihm weiter, damit er es vorlese. Ihm selbst verschwamm die Schrift vor den Augen, und die befehlsgewohnte Stimme versagte.

Kabinettsorder vom 20. Oktober. Durch wiederholte Siege mehren Sie Ihre Verdienste um den Staat schneller, als ich mit Beweisen meiner Dankbarkeit zu folgen vermag. Empfangen Sie einen neuen Beweis derselben durch die Ernennung zum Generalfeldmarschall und bekleiden Sie diese Würde noch recht lange zur Freude des Vaterlandes als Vorbild

für die Armee, die Sie so oft zu Ruhm und Sieg
geführt haben.
Friedrich Wilhelm.

Zu Tränen gerührt, nahm der Siebzigjährige die Glückwünsche seines Generalstabs entgegen.

Nur in Gneisenau stieg erneut Verbitterung auf. Der König
hätte seine Dankbarkeit durchaus schneller zeigen können,
wenn er gewollt hätte! Während der Siegesparade in Leipzig!
Ihm zwei Tage später das Schreiben durch seinen Bruder
zustellen zu lassen, brachte den Geehrten um die Zeremonie
vor seinen versammelten Truppen.

Eine solche Beförderung vor den Truppen bekanntgeben
durfte nur ein Ranghöherer; in diesem Fall der König. Prinz
Wilhelm war im militärischen Rang kein Vorgesetzter.

Doch als Gneisenau sah, wie begeistert die Anwesenden dem
rastlosen alten Heerführer gratulierten, da wusste er: Sie würden sich keinen Deut um das Protokoll scheren, sondern
dafür sorgen, dass ihr Marschall Blücher seine Zeremonie vor
den Truppen bekam.

Spätestens in Weißenfels. Sie waren schon fast dort.

Wehen Herzens sah Johann Kell, wie die schöne überdachte
Weißenfelser Brücke in Flammen aufging. Nun stürzte sie
brennend in den Fluss.

Er seufzte und fragte den neben ihm stehenden Goldschmied
Prembach: »Schauen wir im Rathaus nach, was dort los
ist?«

Prembach, ein rundlicher Mann mit Geschick für die feinsten
Arbeiten, folgte ihm. In der Ratsstube herrschte ein re-
gelrechter Auflauf von Offizieren, überwiegend Russen, die
laut schreiend miteinander diskutierten – auf Französisch,
Deutsch und Russisch.

Kell, der hier ein paar Neuigkeiten für sein *Wochen- und*

Intelligenzblatt zu erfahren hoffte, vielleicht eine Mitteilung der Alliierten, schob sich unauffällig an die Seite und fragte einen Ratsdiener nach dem Bürgermeister. Doch der war nicht auffindbar.

Plötzlich brüllte jemand in preußischer Offiziersuniform: »Marschall Blücher kommt!«

Augenblicklich erstarb jegliches Geräusch.

Das war auch gut so, denn schon stand der Oberbefehlshaber der Schlesischen Armee in der Tür und bat sich knurrend gefälligst Ruhe aus.

Marschall?, dachte der Herausgeber des *Intelligenzblattes* überrascht. Da hatte er schon eine Neuigkeit!

Schlagartig leerte sich die Ratsstube bis auf diejenigen, die zur Besprechung mit dem Generalfeldmarschall bleiben sollten. Prembach und Kell wurden gebeten zu warten und bei der Zuweisung von Mittagsquartieren zu helfen.

Es müsse unverzüglich eine Floßbrücke gebaut werden, befahl Blücher. Und die russische Artillerie solle auf dem Klemmberg Stellung beziehen, dem höchsten Punkt des Ortes, und von dort auf das französische Biwak in den Weinbergen feuern. Er ließ sich ein Quartier beim Kaufmann Ackermann empfehlen. Prembach und Kell bekamen ein paar Offiziere als Mittagsgäste zugewiesen.

Wenig später ritt Blücher zum Fluss, um die Stelle zu begutachten, wo die Floßbrücke entstand. Aus westlicher Richtung war kräftiger Kanonendonner zu hören.

Da heizte Yorck dem Feind in Freyburg kräftig ein.

Nachdenklich betrachtete der Feldmarschall die Stelle am Ufer, wo die Einheimischen das Holz für die Floßbrücke abgeladen hatten, etwas unterhalb der Stadt nahe einer Mühle. Kahnfischer, Zimmerleute und russische Pontoniere waren schon mit Elan bei der Arbeit.

Plötzlich wurde Alarm gebrüllt: Die Reste der abgebrannten

Holzbrücke trieben in der starken Strömung gefährlich schnell heran. Die Saale führte Hochwasser nach den Regengüssen der letzten Tage, und nun drohte alles gerade erst Errichtete zertrümmert zu werden. Unter großem Geschrei schafften es die Fischer, Zimmerleute und Pontoniere, die angekohlten Balken ans Ufer zu ziehen.

Blücher starrte immer noch zweifelnd auf die Stelle, wo die neue Brücke entstand. Ein alter Weißenfelser näherte sich ihm und zog ehrerbietig die Mütze.

»Gestatten, Herr General, Johann Christian Mundt, Fischer und Holzhändler. Die Stelle ist genau richtig. Hier hab ich den Franzosen schon mal eine Brücke hinterhergeschlagen.«

»Juter Mann, dat is reineweg unmöglich!«, meinte Blücher milde. Dieser Fischer war ja *noch* älter als er. Kein Wunder, wenn er etwas durcheinanderbrachte.

»O ja«, versicherte der Weißenfelser. »Vor sechsundfünfzig Jahren. Im Siebenjährigen Krieg, bevor der große Friedrich den Franzosen bei Roßbach auf die Hosen klopfte!«

Der neu ernannte Generalfeldmarschall grinste vergnügt.

»Der Alte Fritz hat sie wie die Hasen in die Flucht jetrieben!«

»Über das Siegesdenkmal regte sich Napoleon gewaltig auf, als er 1806 hier durchkam«, mischte sich keck ein junger Bursche ein. »Er ließ den Obelisken abbauen und nach Paris schaffen.«

»Dann man los mit die Brücke!«, rief Blücher euphorisch. »In Gottes Namen und dem vom Alten Fritz!«

Unterdessen entspann sich eine heftige Kanonade zwischen beiden Seiten der Saale. Die russische Artillerie feuerte vom Klemmberg auf das französische Biwak in den Weinbergen, Oudinots Nachhut blieb den Russen nichts schuldig und versuchte, den Brückenbau zu stören und in der Stadt für Angst und Chaos zu sorgen.

»Allmächtiger, das muss ganz in der Nähe sein!«, schrie Kells Frau auf. »Sie beschießen den Markt!«

Ihr Mann sprach ein Stoßgebet, auf dass sein Haus mitsamt der Druckerei verschont bliebe. Doch ein furchtbares Krachen in der Nähe zwang ihn nachzusehen, was geschehen war. Eine Staubwolke stieg über dem Haus des Buchbinders auf, immer noch prasselten Splitter zu Boden. Ein riesiges Loch klaffte im Dach. Henriette und Franz hatten kein Heim mehr.

Kurz darauf erhielt Blücher Meldung, dass eine Kugel das Quartier des russischen Generalleutnants Lanskoi am Markt getroffen habe.

»Aber ihm ist nichts passiert, sie blieb im Haus stecken«, ergänzte der Überbringer der Nachricht sofort, als er den Schrecken auf dem Gesicht des Feldmarschalls sah. Der dankte Gott lauthals und erleichtert, denn der erst vorigen Monat für außerordentliche Tapferkeit an der Katzbach zum Generalleutnant beförderte Lanskoi war ein geschätzter Führer der Arrièregarde.

Der Bau der Floßbrücke schritt rasch voran. Gegen zwei Uhr wurde Abmarsch geblasen, Blüchers Armee sammelte sich an der Saale. Zuerst würden die beiden russischen Korps Sacken und Langeron übersetzen, dann die Preußen, allesamt unter den Klängen ihrer Kapellen.

»Vorwärts!«, rief Blücher seinen Truppen zu, wie sie es von ihm gewohnt waren.

»Pascholl!«, übersetzte Generalleutnant Sergei Nikolajewitsch Lanskoi völlig unnötigerweise. Die Russen hatten diesen Ruf schon so oft von Blücher gehört, dass sie längst wussten, was er bedeutete.

»Urraaa, Marschall Pascholl!«, brüllten die russischen Garden an der Spitze. Der Ruf pflanzte sich durch die gewaltige Menge Uniformierter fort. Aus tausenden Kehlen klang

Gebhard Leberecht Blücher ein russisches »Marschall Pascholl!« entgegen – und dann ein preußisches »Marschall Vorwärts!«.

Tief gerührt rieb sich der Siebzigjährige das Gesicht.

Dann ritt er über die Behelfsbrücke und beobachtete zufrieden den Übergang seiner Schlesischen Armee.

Was er aus Richtung Freyburg hörte, stimmte ihn noch zufriedener. Yorck machte offensichtlich Napoleons Armee gewaltigen Ärger. So leicht würde der Tyrann nicht entkommen!

Über die Unstrut

Freyburg und Merseburg, 21. Oktober 1813

Der Übergang der Grande Armée über die Unstrut erfolgte in solchem Chaos, dass sich der Major von Odeleben mit Grauen an die Beresina erinnert fühlte. Dort waren in einem der schlimmsten Gemetzel des Krieges dreißigtausend Mann der Grande Armée elendig gestorben.

Der Name dieses russischen Flusses wurde in Freyburg viele Male unheilvoll beschworen. Dabei war die Unstrut viel kleiner, weder von Sumpfland umgeben noch von Treibeis durchsetzt, das Land keine Eiswüste.

Aber es war schon wieder eine panische Flucht der geschlagenen Grande Armée. Witterung und Landschaft schienen gegen sie verschworen. Die abgerissenen und hungernden Truppen mussten sich die ganze Nacht lang über steile Berge und zwischen Weinpflanzungen hindurchquälen. Regen hatte den schweren Lehmboden in Morast verwandelt. Vor allem viele jüngere Soldaten warfen entkräftet und demoralisiert ihre Tornister und Gewehre weg.

Als sie am frühen Morgen das Tal erreichten, hallte Kanonendonner von beiden Seiten und sorgte für noch mehr Entsetzen in der fliehenden Armee.

Infolge der Regengüsse der letzten Tage war auch die Unstrut zum reißenden Fluss geworden, so dass es den Pontonieren nur mit Mühe gelang, zwei höchst unsichere Behelfsbrücken zu bauen. Während sie von Yorcks Truppen beschossen wurden, mussten die Soldaten zusehen, wie immer mehr von ihren Kameraden ein nasses Grab in den Fluten fanden.

Um auf die andere Seite der Unstrut zu entkommen, drängte alles in immer größer werdender Verzweiflung zur einzigen festen Brücke, die eigentlich der Artillerie vorbehalten war.

Das Chaos erreichte solche Ausmaße, dass Napoleon persönlich das Kommando übernahm. Stunde um Stunde überwachte und leitete er unmittelbar neben der Brücke den Übergang, erst von einem Schimmel aus, dann auf seinem Lieblingsfalben sitzend. Einzig seine Präsenz rettete die militärische Operation.

Am frühen Nachmittag griff das Korps Yorck von Norden her an – höchste Zeit für den Kaiser, selbst den Fluss zu überqueren.

Unzählige Geschütze und Trainwagen mussten sie zurücklassen. Im dichtesten Gewühl erhielt Napoleon auch noch die Nachricht, dass Yorcks Avantgarde unter einem Oberst Graf Henckel von Donnersmarck die viertausend österreichischen Gefangenen befreit hatte, die er sich gestern noch hatte vorführen lassen. Aber mit denen konnte er sich jetzt ohnehin nicht belasten.

Doch nun hatten sie nur noch das schwierige Wegstück bis Eckartsberga zu bewältigen, dann waren sie auf der breiten, schnellen Straße nach Erfurt und Frankfurt und so gut wie in Sicherheit!

Dass Yorck sich am Abend zurückzog, statt den Feind mit einem Nachtmarsch zu verfolgen, brachte ihm übrigens einen Rüffel seines neu ernannten Generalfeldmarschalls ein.

Wieder einmal. So furchtlos das Korps Yorck kämpfte, so energisch sein Anführer in der Schlacht das Kommando führte – er sorgte dafür, dass seine Männer Ruhepausen bekamen, wenn sie die dringend brauchten. Darüber hatte er mit Blücher schon an der Katzbach gestritten, in Wartenburg und nun erneut.

Charles-Nicolas Oudinot trieb die von ihm befehligte Nachhut der Hauptarmee hinterher. Was sich dabei seinen Augen bot, erfüllte den Marschall mit brodelndem Zorn.

Dass die Unordnung einer fliehenden Armee mit der Entfernung zu ihrem Anführer wuchs, war normal. Dass geplündert wurde, entsprach der Lage. Auch dass mit jedem Tag die Zahl der Deserteure wuchs, überraschte niemanden.

Doch der Weg war nicht nur mit Leichen und Sterbenden gesäumt. Es hatten sich Banden zusammengerottet, die ihre zu Tode erschöpften eigenen Leute mit Gewehrkolben erschlugen, um Schuhe und Brot zu erbeuten.

»Nehmen Sie zwanzig Mann, ergreifen Sie diesen Abschaum und lassen Sie ein paar zur Abschreckung erschießen!«, befahl er seinem neuen Stabsoffizier, dem Major de Trousteau, und wies auf eine Gruppe solcher Marodeure.

»Zu Befehl, Euer Exzellenz!«, erwiderte de Trousteau ungerührt und sammelte ein Exekutionskommando um sich.

Unterdessen erreichten die von Napoleon entlassenen sächsischen Kürassiere Merseburg. Doch preußische Wachen verwehrten ihnen den Zugang zur Stadt.

Der Major von Eckart dirigierte sein Pferd nach vorn.

»Wir sind aus französischen Diensten befreit«, erklärte er. »Unterwegs trafen wir auf russische Dragoner vom Korps Saint Priest unter General Davidow. Der General empfing uns sehr freundlich und gestattete uns die Weiterreise nach Merseburg.«

»Ich habe meine Befehle«, erwiderte der Wachposten stur.

»Dann schicken Sie nach Ihrem Vorgesetzten!«, forderte der sächsische Major ebenso stur.

»Das ist nicht nötig. Strikte Anweisung: Die sächsischen Kürassiere dürfen Merseburg weder betreten noch passieren. Sie haben vor der Stadt zu biwakieren, bis Ihnen die Weiterreise erlaubt wird.«

Eckart und Gutschmidt tauschten einen wütenden Blick, und daran erkannte der Rittmeister, dass sein Vorgesetzter gerade dasselbe dachte wie er während des gestrigen Aufruhrs: Jetzt sind wir endgültig zwischen die Mahlsteine geraten. Was wird uns erst in Leipzig erwarten?

Sie wendeten die Pferde und suchten nach einem Lagerplatz vor den Toren der Stadt.

Die Stimmung unter den Reitern war miserabel. Im eigenen Land so behandelt zu werden! Und noch eine feuchtkalte Oktobernacht unter freiem Himmel!

Doch ein freudiges Raunen ging durch die Reihen der Kürassiere, als wenig später einige Merseburger in ihr Biwak kamen, um Essen und Trinken zu verteilen.

Und noch mehr staunten von Eckart und von Gutschmidt beim Anblick der vornehmen Dame, die diese Gruppe anführte. Von Gutschmidt sah einmal hin, zweimal ... und glaubte zu träumen. War sie das wirklich?

Aber wie konnte er sie verkennen? Die schönste Frau in Sachsen, Napoleons hinreißende Bewunderin ... und vielleicht auch seine Geliebte, wie gemunkelt wurde – die Gräfin von Kielmannsegge.

Die überaus höfliche Begrüßung der Besucherin durch den Major nahm dem Rittmeister den letzten Zweifel.

»Frau Gräfin, welche Freude! Wir wähnten Sie auf Ihren Gütern in Lübben.«

»Oh, dort scheinen mich die Preußen für eine schreckliche Bedrohung zu halten«, sagte sie mit ironischem Lächeln.

Verlegen sah sich der Major im Biwak um. »Ich würde Ihnen gern einen Sitzplatz anbieten, Gräfin … Aber Sie sehen ja, wir biwakieren gezwungenermaßen auf der Wiese und sind ohne jeglichen Komfort. Wenn Sie mit einem Sattel anstelle eines Stuhls vorliebnehmen würden?«

Er bot ihr den Arm und führte sie zu der Stelle, wo er sich für die Nacht hatte einrichten wollen. Zwei etwa zehnjährige Kinder, den Gesichtszügen nach unzweifelhaft ihre, ein Diener und eine Zofe folgten ihr.

»Eine Schande, dass Sie als sächsische Kürassiere nicht einmal eine kursächsische Stadt betreten dürfen!«, entrüstete sich die Gräfin von Kielmannsegge. »Das verdanken Sie dem hiesigen preußisch gesinnten Adel. Doch es gibt auch hier treue Sachsen, die mir vor die Tore folgten, um Ihren Männern Essen zu bringen. Eine fähige Heilkundige ist ebenfalls dabei, falls Wunden zu versorgen sind.«

Graziös deutete sie auf die Leute, die mit gefüllten Körben durch das Biwak gingen. Nach Erlaubnis der Gräfin gesellten sich auch ihre Kinder und die Dienerschaft dazu. Eine ältere Frau mit wild gelocktem grauem Haar steuerte geradewegs auf den Wachtmeister Enge mit seinem blutverkrusteten Bein zu, offenbar die Heilkundige.

»Gott preise Sie für Ihre Güte!«, sagte von Gutschmidt ehrlichen Herzens.

»Es ist beschämend!«, meinte die Gräfin empört. »Dass man Ihnen nicht einmal ein Dach über dem Kopf gönnt, nur weil Sie erst gestern aus den Diensten des Kaisers entlassen wurden. Wo nur noch so wenig übrig ist von Sachsens stolzer Kavallerie! Übrigens …«

Sie legte eine Pause ein, um den nächsten Worten mehr Gewicht zu verleihen: »Gerade befindet sich ein Regiment leichter sächsischer Reiterei unter Major von Trotha *in* der

Stadt. Seine Husaren kämpften heute schon unter Graf Henckel von Donnersmarck in der Vorhut des Korps Yorck. Sie halfen bei der Befreiung österreichischer Kriegsgefangener und durften diese sogar nach Merseburg führen. Womit die Sachsen also auch unter alliiertem Kommando ihre Zuverlässigkeit bewiesen haben.«

Der Major wollte der Gräfin zustimmen, doch sie hielt ihn warnend zurück und deutete auf zwei vornehm gekleidete Männer, die sich ihnen misstrauisch näherten.

»Meine argwöhnischen Bewacher!«, spottete Auguste Charlotte von Kielmannsegge und rief mit feinem Lächeln einen der russischen Offiziere herbei, die den Aufbau des Biwaks überwachten.

»Ich ersuche Sie, als Zeuge dabei zu sein, wenn ich mich mit meinen braven Landsleuten unterhalte«, bat sie ihn auf Französisch. »Man hält mich hier nämlich für eine Spionin.«

Von da ab wurde die gesamte Unterhaltung auf Französisch geführt, sehr zur Belustigung der Gräfin.

Auguste Charlotte von Kielmannsegge war zwar nicht Napoleons Geliebte, wie gemunkelt wurde, aber seine Freundin und Vertraute, aus tiefster Bewunderung und Verehrung für den Kaiser der Franzosen.

Und sie war tatsächlich seine Spionin. Die Alliierten mussten etwas ahnen von den höchst geheimen Papieren, die Napoleon ihr bei ihrer letzten Begegnung im Juli übergeben hatte: sein politisches Vermächtnis. Im schlimmsten aller Fälle sollte sie es dem Zaren zukommen lassen.

Noch vor der Leipziger Schlacht war sie verhaftet, tagelang durchs Land gefahren und dann vor den russischen General Woronzow zum Verhör gebracht worden. Er hatte sie ausgesucht höflich behandelt und zum Schluss wieder nach Hause begleiten lassen. Für die scharfsinnige Auguste Charlotte von Kielmannsegge war es ein Genuss, wie sie ihn mit Worten in die Enge trieb statt umgekehrt.

Das schmale Etui aus rotem Saffianleder mit Napoleons letzter Botschaft an Zar Alexander hatte niemand gefunden.

August Charlotte von Kielmannsegge würde immer Napoleons treueste Verbündete bleiben. Doch sie fühlte sich auch als leidenschaftliche Sächsin. Deshalb konnte sie nicht tatenlos hinnehmen, dass die sächsischen Kürassiere so empörend behandelt wurden.

So kamen die Reiter nicht nur zu einer Mahlzeit, sondern der Wachtmeister Enge auch endlich zur gründlichen Behandlung seiner Wunde.

»Sie haben Glück, ein glatter Durchschuss. Aber leider schon entzündet«, erklärte ihm die Heilkundige mit den wilden grauen Locken, bevor sie den Eiter ausdrückte, die Wunde mit einer streng riechenden Tinktur reinigte, verband und ihm ein Leinensäckchen Kräuter mitgab. »Achten Sie nur darauf, dass sich nichts rötet oder wieder zu eitern beginnt! Dann tun Sie, was ich eben tat, oder suchen sich eine Kräuterfrau statt eines Feldchirurgen, der gleich zur Säge greift. Aber ja keine, die ihnen einen Kuhfladen auf die Wunde packen will! So kommen Sie auch wieder nach Hause nach Unterauerswalde.«

Kriegsbeute

Leipzig, 21. Oktober 1813

In Berlin läuteten an diesem Tag alle Glocken zu Ehren des großen Sieges.

In Leipzig bat der Reichsfreiherr vom und zum Stein, soeben ernannter Leiter des Zentralen Verwaltungsrates für alle zurückeroberten deutschen Gebiete, den künftigen Gouverneur Sachsens zu einer Unterredung.

Exakt auf die Minute ließ sich Fürst Repnin-Wolkonski melden. Es wurde ein Treffen zweier höchst verschiedener Charaktere.

Heinrich Friedrich Karl Reichsfreiherr vom und zum Stein war Politiker, leidenschaftlicher Reformer, enger Vertrauter des Zaren und oft weniger diplomatisch, als er in seiner Position sein sollte. Poltrig und gelegentlich grob unhöflich, rücksichtslos bei der Durchsetzung seiner politischen Interessen, was Sachsen bald zu spüren bekommen würde.

Dabei ahnte er schon voller Verbitterung, dass sich sein Traum von einem neuen, modernen deutschen Kaiserreich nicht erfüllen würde. Aber wenigstens ein deutscher Bundesstaat mit einer Ständeverfassung – dafür wollte er kämpfen. Durch den grauen Star hatte er die Sehkraft des rechten Auges verloren, seine rechte Gesichtshälfte war leicht gelähmt, und die Folgen des Nervenfiebers, dem der Mittfünfziger im Frühjahr fast erlegen war, machten ihm immer noch zu schaffen. Doch das ignorierte er. Dies waren schicksalhafte Zeiten!

Fürst Nikolai Grigorjewitsch Repnin-Wolkonski hingegen war durch und durch Militär. Mitte dreißig, aus einer Generalsfamilie von altem Adel stammend, ein tapferer Offizier, der in Austerlitz einen tollkühnen Angriff wagte, verwundet wurde und in französische Gefangenschaft geriet. Nach seiner Rückkehr wurde er zum Generalmajor befördert, mit höchsten Orden geehrt und zeichnete sich in vielen Schlachten aus. Im Gegensatz zu Steins spärlichem weißem Haar trug er üppige dunkle Locken und breite Koteletten. Trotz der früheren schweren Verwundung wirkte er vor Kraft und Gesundheit strotzend.

»Meinen Glückwunsch zur Ernennung Euer Durchlaucht zum russischen Generalgouverneur von Sachsen!«, eröffnete der Reichsfreiherr vom Stein das Gespräch, bot ihm einen Platz an und kam umgehend zur Sache.

»Sie haben zwei überaus schwierige Aufgaben vor sich: das

Leben in Sachsen wieder zu normalisieren *und* dabei unbemerkt die problemlose Übernahme Sachsens durch Preußen vorzubereiten.«

Falls diese zweite Eröffnung Fürst Repnin überraschte, ließ er es sich nicht anmerken.

»Ich möchte Ihnen helfen, die Sachsen zu verstehen, dieses merkwürdige Volk«, erklärte der Freiherr, beugte sich etwas vor und legte die Fingerspitzen aneinander.

»Sie sind außerordentlich fleißig, ideenreich, kunstsinnig. Das macht das Land so interessant! Aber mit einer fatalen Neigung, die falschen Bündnisse einzugehen. Wovon Preußen erneut profitieren wird. Unser großer König Friedrich sagte einmal sinngemäß: In Sachsen ist immer etwas zu holen, selbst nach einem verlorenen Krieg.«

»Bei allem Respekt für Ihren großen preußischen König: Auf die derzeitige Lage dürfte das kaum zutreffen«, widersprach General Repnin-Wolkonski sarkastisch. »Unsere oberste Priorität muss sein, Hungersnot und Seuchen zu bekämpfen.«

»Natürlich, natürlich«, lenkte Stein sofort ein und breitete die Hände aus. »Doch Euer Durchlaucht sollten wissen: Es gibt in Sachsen trotz der momentanen Euphorie wenig Sympathie für Preußen. Der Anschluss Sachsens an Preußen muss diskret und mit Feingefühl vorbereitet werden.«

Der russische Fürst verzog keine Miene. Natürlich hatten die Monarchen ihre Absprachen hinsichtlich der Kriegsbeute bereits getroffen. Doch er war nicht willens, sich jede Einzelheit seiner Tätigkeit als Gouverneur diktieren zu lassen.

»Vorerst residieren Sie in Leipzig?«

»Es ist nur eine Frage von Tagen, bis Marschall Gouvion Saint Cyr in Dresden kapituliert«, versicherte der General. »In spätestens vier Wochen regieren wir von Dresden aus.«

»Gewiss«, gab der Freiherr ihm erneut recht. »Darf ich vorschlagen, dass Euer Durchlaucht so lange Quartier im Apelschen Haus nehmen? Nicht in der Beletage wie der König, der morgen außer Landes gebracht wird – das könnte Anstoß bei den Sachsen erregen! Sie lieben ihren König.«

Er verzog sein Gesicht verächtlich.

»Obwohl ich keinen Grund dafür erkennen mag außer den, dass es sich für einen braven Untertan gehört, seinen König zu lieben. Doch mit seiner Treue zu Napoleon erwies uns der Wettiner einen großen Dienst. Er führte sein Land auf die Verliererseite, und damit fällt Sachsen als erobertes Land unter Kriegsrecht. Beziehen Sie die Etage darüber, das ist ein klares Signal. Die Sachsen werden lernen müssen, dass Friedrich August in diesem Land keine Rolle mehr spielen wird.«

Der Reichsfreiherr lächelte kalt. »Die Überführung der königlichen Familie nach Berlin ist unter strengster Geheimhaltung für heute Nacht vier Uhr angewiesen, um Aufruhr zu vermeiden. Natürlich wird es sich herumsprechen. Sorgen Sie für eine Ablenkung! Wenn Euer Durchlaucht morgen die Aufhebung von Napoleons Importverbot für englische Waren bekanntgeben, wird das den Leipziger Kaufleuten wichtiger sein als alles andere. Und *Sie*, Fürst, sind der Verkünder der guten Nachricht.«

Er legte eine Pause ein, um seine Worte wirken zu lassen.

Dann fuhr er fort: »Das zivile Leben in Leipzig wieder in Gang zu bringen, insbesondere angesichts der vielen Verwundeten, ist eine schwierige Verwaltungsaufgabe. Gestatten Sie mir, Ihnen Oberst Prendel als Platzkommandanten für Leipzig vorzuschlagen. Er spricht Deutsch, ist sehr gründlich in allem, was er tut, in gewisser Weise ein Original. Die Leipziger werden ihn mögen. Die Sachsen sollen sich wohl fühlen unter Ihrem Gouvernement. Und in einem Jahr wird Sachsen preußisch, ohne dass es jemand vorher ahnt.«

Repnin mochte keine Intrigen. Aber dem Freiherrn war nicht nur die Oberaufsicht über das Generalgouvernement Sachsen übertragen worden, er war auch der engste Berater des Zaren. Und er kannte sich aus mit deutschen Verhältnissen. Deshalb hörte der Russe weiter zu, ohne zu widersprechen. Vorerst.

»Sobald Dresden wieder in unserer Hand ist und wir von dort aus regieren, erweisen Sie den Dresdnern ein paar symbolträchtige Gefallen! Lassen Sie die steinerne Elbbrücke reparieren, die Marschall Davout zu sprengen befahl, die Frauenkirche wieder herrichten, die von den Franzosen als Depot missbraucht wurde, die Kunstschätze zurückholen, die sicherheitshalber auf die Festung Königstein gebracht wurden. Öffnen Sie den Großen Garten für die Bevölkerung, sorgen Sie für Theater und Ausstellungen, und die Sachsen werden befriedet sein.«

»Ich danke Ihnen für diese Ratschläge, Exzellenz«, sagte der russische General kühl.

Die Sachsen mit Kultur für sich zu gewinnen, entsprach durchaus seinen Wünschen und Neigungen. Er wusste erst seit wenigen Stunden, dass er zum Vizekönig für Sachsen ernannt worden war, und seitdem träumte er davon, Dresden zum Mittelpunkt der deutschen Kunst zu machen. Welche Stadt sonst käme in Frage?

Im Vergleich zur Prachtentfaltung in Sankt Petersburg war Preußen geradezu ärmlich.

Doch vorher gab es Dringenderes zu tun.

»Zuerst müssen wir gegen die Seuchen und die drohende Hungersnot vorgehen. Die sächsische Armee muss reorganisiert und zuverlässig in unsere Streitkräfte eingebunden werden«, begann er energisch aufzuzählen.

»Dafür hat der Zar bereits einen geeigneten Mann auserkoren, einen Sachsen«, wusste Stein.

»General von Thielmann?«, fragte Fürst Repnin skeptisch.

»Er ist ein fähiger Kommandeur und ein tapferer Mann. Aber ob das klug ist? Werden ihm die Generäle folgen, die nicht auf unsere Seite wechselten wie er?«

»Sie *müssen* und sie *werden*, wenn ihnen ihr Rang lieb ist!«, wies der Freiherr barsch jeden Zweifel zurück.

»Ich will Carlowitz das Freiwilligenkorps übertragen und Miltitz weiterhin als Marschkommissar, damit er die Kriegslasten für die Bevölkerung auf ein erträgliches Maß reduziert«, erklärte Repnin-Wolkonski. Beide dienten seit Monaten in der Kaiserlich-Russischen Armee, waren Patrioten und geeignet für diese schwierigen Aufgaben.

»Ja, natürlich, das hat Vorrang«, räumte Stein ohne Zögern ein. »Eine gute Wahl! Miltitz für die innere Verwaltung, Carlowitz für das Freiwilligenkorps und der Geheime Rat von Oppel für die Finanzen, ein sehr fähiger Mann. Drei Sachsen in der Regierung – da kann sich niemand beschweren. Für die Truppenversorgung stelle ich Ihnen Krüger von der preußischen Armeeverwaltung zur Seite, als Sekretär Staatsrat Merian, ein Schweizer, sehr erfahren. Wir lösen nur das Geheime Kabinett des Königs auf, die übrige sächsische Verwaltung bleibt bestehen. Unter Ihrem Befehl.«

Vom Stein lehnte sich zurück und trommelte mit den Fingern auf dem Tisch aus Mahagoni. »Mit Oppel und dem Bankier Frege muss ich dringend über die Aufrechterhaltung der Kassenbilletts sprechen, um eine Finanzkrise zu verhindern.« Dann signalisierte er das Ende des Gesprächs.

»Das Elend ist furchtbar«, sagte Repnin-Wolkonski, während er sich erhob. »Ich höre von zehn Prozent Toten in der Zivilbevölkerung durch das Nervenfieber.«

»Es wird noch schlimmer kommen«, konstatierte der Freiherr vom Stein trocken.

Husarenstück

Falls Napoleon plante, seine Reiterei mit Pferden aus den sächsischen Kavalleriedepots nahe Erfurt zu verstärken, stand ihm eine herbe Enttäuschung bevor.

Denn fast alle diese Depots hatte der preußische Major Peter von Colomb vom Brandenburgischen Husarenregiment in den letzten Tagen ausgehoben. Dabei erbeutete er trotz mehrfacher Übermacht der Gegner ohne eigene Verluste fast vierhundertfünfzig Kürassierpferde. Der Eskadronführer von Zglinizki überführte außerdem gerade noch fünfundachtzig kräftige Artilleriepferde vom heutigen Eroberungszug.

Seine tollkühnen Aktionen gegen die Grande Armée hatten Colomb schon im Frühjahr große Popularität bei den Thüringern und Sachsen beschert. Damals agierte er im Auftrag seines Schwagers Blücher mit einer kleinen Streifschar von nicht einmal hundert Berittenen überaus erfolgreich im Hinterland des Feindes.

Napoleon war so erbost über die peinlichen Schlappen, die dieser preußische Husar seinen Truppen bereitete, dass er persönlich ein Kopfgeld auf Colomb aussetzte. Er jagte ihm die Kolonnen hinterher, die schon die Kavallerie des Lützowschen Freikorps zerschlagen hatten. Doch Peter von Colomb, ein erfahrener und kluger Anführer, schaffte es, seine Eskadron über die Demarkationslinie zu führen – nicht zuletzt dank einer Warnung, die der verletzte Freiberger Bergstudent und Volontärjäger Felix Zeidler unter Lebensgefahr überbracht hatte.

An diesem Abend wartete der Major von Colomb auf die Rückkehr seines Kuriers aus dem Hauptquartier der Alliierten.

Er tat das nicht so von Unruhe getrieben wie zwei Tage zuvor der General von Thielmann. Gelassenheit entsprach seiner ostfriesischen Natur.

Aber sie standen so tief in feindlichem Gebiet, dass ihre Nachrichten über den Verlauf der Kämpfe schon fast eine Woche alt waren. Sämtliche Armeen marschierten damals auf Leipzig. Was war seitdem geschehen?

Colomb, von der Hausfrau des Gehöftes, in dem er Quartier hatte, mit einem guten Abendbrot versorgt, nahm seine Pfeife und ging zu einer der Koppeln, um sich nach dem langen Ritt ein wenig die Beine zu vertreten.

Er liebte diese stillen Momente, in denen er Pläne schmieden, seine Gedanken zurück- oder vorausfliegen lassen konnte.

Der Himmel war bedeckt, aber es regnete nicht. Die Kälte konnte ihm nichts anhaben; seine fellbesetzte Jacke sah nicht nur prächtig aus, sondern wärmte auch vorzüglich.

Bis auf die Wachen, die bei seinem Erscheinen sofort salutierten, schliefen die meisten seiner Männer bereits.

Es war nicht mehr sein altes Kommando vom Frühjahr, dem damals auch Felix Zeidler angehörte. Nach Ablauf des Waffenstillstandes hatte das Hauptquartier dem zum Major beförderten Rittmeister von Colomb hundertsiebzig Mann Elitekavallerie unterstellt, damit er seine Tätigkeit im Hinterland des Feindes wieder aufnahm: Gardekavallerie, ein Teil des Jäger-Detachements des Brandenburgischen Kürassierregimentes, Neumärkische Dragoner und Schlesische Husaren.

Der Oberbefehlshaber der Alliierten, Fürst zu Schwarzenberg, gab ihm damals zwei Ratschläge mit auf den Weg.

Auf keinen Fall sollte er bayerisches Gebiet betreten, denn es liefen geheime Verhandlungen, in deren Folge man hoffe,

Bayern würde den Alliierten beitreten. Das war vor ein paar Tagen geschehen.

In allem anderen müsse er eigenständig entscheiden. Doch der Major würde der Sache einen großen Dienst erweisen, wenn er sich der sächsischen Kavalleriedepots bei Langensalza nahe Erfurt annehme.

Das taten Colomb und seine Männer mit Hingabe.

Ihre Kundschafter fanden schnell heraus, dass den Sachsen Langensalza nicht mehr sicher genug war. Deshalb zog deren kommandierender Offizier mit sämtlichen Pferden und Truppen durch den Thüringer Wald und richtete Depots in und um Schleusingen ein.

Also war die Streifschar nach einem Ruhetag in Pößneck bei Rudolstadt über die Saale gegangen, Richtung Schwarzburg geritten und hatte Schleusingen im Handstreich erobert.

Sie überrumpelten den Kommandeur im Morgengrauen, holten ihn aus dem Bett und erzählten ihm, seine Truppen seien von Kosaken umkreist. Dabei war in dieser Gegend weit und breit kein Kosak.

Sämtliche Abteilungen hatten sich ergeben, rund vierhundert Mann: Zastrow-Kürassiere, Prinz-Clemens-Ulanen, Chevaulegers von drei Regimentern und Husaren. Der sächsische Oberstleutnant lud ihn sogar zum Mittagessen ein.

Dass die Sachsen widerstandslos kapitulierten, lag nicht nur daran, dass Colomb ihnen sein Wort gab, er würde sie mit ihrem gesamten persönlichen Eigentum ziehen lassen.

So wie sich im Frühjahr die Westphalen und Italiener, die er bei seinen Scharmützeln besiegte, glücklich zeigten, dass sie nicht mehr für die Grande Armée kämpfen mussten, waren es auch die Sachsen leid, Napoleon Gefolgschaft zu leisten, der ihr Land ausgeplündert und zerstört hatte.

Peter von Colomb wollte kein deutsches Blut vergießen. Er hoffte wie viele auf den Tag, an dem alle Deutschen auf einer Seite für ihr Vaterland fochten.

Deshalb hatte er auch einem alten sächsischen Wachtmeister sein Pferd zurückgegeben, dem Tränen in den Augen standen, als er sich von dem Tier trennen sollte.

Es sei nicht recht, wenn ein so tüchtiger Soldat zu Fuß nach Hause gehe; er solle sein Pferd nehmen und fortreiten, hatte er ihm gesagt. Ohne es zu ahnen, verwendete der preußische Major fast die gleichen Worte wie Napoleon vor den sächsischen Kürassieren. Nur kamen sie bei ihm von Herzen.

Der Alte war zutiefst gerührt, doch wagte es nicht, das Geschenk anzunehmen. Genau genommen gehöre das Pferd seinem König, gab er zu bedenken.

»Nicht mehr!«, erwiderte Colomb mit listigem Lächeln. »Ich habe es erbeutet und kann damit tun, was mir beliebt. So beschließe ich, es Ihnen zu schenken.«

Da zog ein Strahlen über das Gesicht des Wachtmeisters. Überglücklich und nach vielen Dankesworten ritt er davon. Colomb würde dieses Bild nie vergessen.

Schnaubend und stampfend näherten sich ihm auf der Koppel ein paar der erbeuteten Pferde – ausgesucht schöne und starke Tiere. Freundschaftlich strich er ihnen über das Fell. Dann lehnte er sich gegen einen Baum und entzündete seine Pfeife.

Der Anblick einer sehr ungestümen jungen Schimmelstute erinnerte ihn an seinen einstigen Volontärjäger Felix Zeidler. Peter von Colomb hatte selten einen so begnadeten Reiter wie ihn erlebt, obwohl er als Husarenrittmeister naturgemäß von Männern umgeben war, die bestens mit Pferden zurechtkamen. Dabei wollte er ihn erst wegschicken, weil er für das Militär ungeeignet schien. Der schmächtige Student Felix Zeidler hatte ihn durch Beharrlichkeit und seinen außergewöhnlichen Pferdeverstand überzeugt.

Als Offizier besaß Colomb keine hohe Meinung von Freiwilligen. Sie hätten eine »verderbliche poetische Lizenz«, meinte er manchmal abfällig. Was er bei einer zufälligen Begegnung mit dem Korps des Majors von Lützow erlebt hatte, bestätigte ihn darin.

Deshalb legte er Wert darauf, dass seine Einheit kein Freikorps war, sondern eine Streifschar innerhalb der regulären Armee. Er forderte seine Leute hart und verlangte militärische Disziplin.

Wieder musste Colomb lächeln, als er sich erinnerte, wie der sonst so stille Zeidler im Lützower Lager tatsächlich eine Prügelei angezettelt hatte, weil es ihn maßlos aufregte, dass dort Pferde bis aufs rohe Fleisch zerschunden waren. Dafür konnte er ihn natürlich nicht öffentlich loben, aber insgeheim hatte es ihn gefreut.

Zeidler war nach seiner Verletzung wohl zum Studium nach Freiberg zurückgekehrt. Der Major fragte sich, ob der schüchterne junge Mann inzwischen den Mut gefunden hatte, sich dem Mädchen zu erklären, an dem sein Herz hing. Wenn die Frau, die er liebte, etwas taugte, werde sie sich nichts aus der verstümmelten Hand machen, hatte er ihm beim Abschied versprochen.

Hufgetrappel holte Colombs Aufmerksamkeit zurück in die Gegenwart, bevor seine Pfeife zu Ende geraucht war. Welche Neuigkeiten würde der Major von Steinäcker bringen?

Große offenbar angesichts seiner aufgeregten Miene. Der Neuankömmling galoppierte direkt auf ihn zu und brachte sein Pferd vor der Koppel zum Stehen.

»Sieg! Sieg! Die Unsrigen haben vorgestern in Leipzig einen gewaltigen Sieg gegen Napoleon errungen!«, rief er, sprang aus dem Sattel und berichtete in schneller Folge Einzelheiten.

»Dann haben wir also die entscheidende Schlacht verpasst«, konstatierte von Colomb bedauernd.

»Wir leisteten hier unseren Beitrag«, widersprach von Steinäcker und zog lächelnd ein Schreiben aus der Säbeltasche. »Hier, eine Kabinettsorder für Sie: allerhöchste Zufriedenheit!«

Am nächsten Morgen ließ der Major von Colomb seine zwei Eskadrons durch Trompeter wecken und zum Feldgottesdienst antreten.

»Zum Gebet – Tschakos und Helme ab!«

Er informierte seine Männer vom Sieg der Alliierten Armeen in Leipzig. Gemeinsam sprachen sie ein Dankgebet und gedachten der Toten.

Er ließ den Reitern etwas Zeit, die schicksalhaften Neuigkeiten zu verarbeiten. Dass es das Brandenburgische Husarenregiment gewesen war, das am ersten Schlachttag die Entscheidung in Möckern herbeiführte, machte ihn stolz. Doch die Kunde vom Tod des Leutnants Eckardt, der im Frühjahr sein Adjutant gewesen war, traf ihn hart.

Dann befahl er erneut: »Stillgestanden!«

»Ab sofort ist damit unsere Aufgabe eine ganz andere«, erklärte er. »Die Armee des Gegners wird sich schnell an den Rhein zurückziehen, und die Unsrigen werden folgen. Gegen die Hauptarmee können wir nichts ausrichten. Aber wir können der Nachhut Ärger bereiten und dort Verwirrung stiften. Wir werden jede Gelegenheit dazu nutzen!«

Das taten sie dann auch sehr beeindruckend.

Nie geschehen

Leipzig, 22. Oktober 1813

An diesem Freitag erschien in allen noch französisch kontrollierten deutschen Zeitungen die Bekanntmachung, General Bertrand, Befehlshaber des Vierten Armeekorps, habe am 19. Oktober abends aus Weißenfels gemeldet: »Wir haben den Feind auf allen Punkten geschlagen; der Kaiser befindet sich wohl.«

Dänemark erklärte Russland und Preußen den Krieg.

Die Nordarmee unter dem Kommando des Kronprinzen von Schweden brach endlich zur Verfolgung des Feindes auf.

Fürst Repnin-Wolkonski wurde unter der Oberaufsicht des Freiherrn vom Stein offiziell zum Generalgouverneur für Sachsen ernannt.

Marschall Gouvion Saint Cyr, mit dreißigtausend Mann französischer Garnison in Dresden eingeschlossen, erfuhr von der Niederlage seines Kaisers bei Leipzig und versuchte mit seinen Truppen sofort einen Durchbruch zur Festung Torgau. Doch die Überzahl der Gegner trieb sie zurück in die Stadt.

Auch ein Teil der Festungsbesatzung von Magdeburg unternahm einen Ausfall – allerdings nur, um in den umliegenden Dörfern sämtliches Schlachtvieh, Getreide und Stroh zu requirieren.

Versprengte und Deserteure brachten erste Nachrichten vom Fiasko der Grande Armée nach Erfurt.

Der Versuch französischer Truppen, Weimar zurückzuerobern, scheiterte.

Die sächsische Königin bat den Zaren in einem herzzerreißenden Brief, dass der König in seinem Land bleiben dürfe – an einem Ort nach Alexanders Wahl, und sei es jenseits der Elbe. Sie wurde nicht erhört. Stattdessen erhielt die königliche Familie die Aufforderung, sich zur Abreise am nächsten Morgen bereitzuhalten.

Und dann ereignete sich noch ein unheimliches Vorkommnis in Leipzig.

Am Abend dieses Tages rannte eine Frau über den Leipziger Marktplatz und schrie gellend: »Sie schlagen die verwundeten Franzosen tot! Sie schlagen die Schwerverletzten tot!«

Die Menschen, die gerade nach Hause eilten, wandten sich brüsk um und starrten sie an. Einige begannen, aufgeregt zu murmeln, andere bekreuzigten sich und liefen davon – ob sie nun so etwas Schreckliches nicht hören oder aber gleich weitererzählen wollten.

Die immer noch schreiende Frau stand einsam inmitten des Platzes. Erst in deutlichem Abstand hatte sich ein Kreis von Gaffern um sie gebildet. Da schritt ein kräftiger Mann auf die Kreischende zu und presste seine Hand auf ihren Mund.

»Sei ruhig, gute Frau!«, sagte er mit tiefer Stimme.

»Niemand erschlägt niemanden. Niemand könnte je offiziell einen solchen Befehl erteilen, niemand wird es je bestätigen, und niemand spricht darüber. Sie erlösen die, denen sonst furchtbare Qualen bis zu ihrem unvermeidlichen Tod bevorstehen. Ein Akt der Gnade in einer außergewöhnlichen Notlage. Doch es ist nie geschehen, verstehst du? Nun geh nach Hause und schweig still wie wir alle!«

Er wartete, bis die Frau angsterfüllt nickte, bevor er seine schwere Hand von ihrem Mund nahm, und sah ihr in die aufgerissenen Augen.

»Geh nach Hause, Frau!«, wiederholte der Mann bestimmt. Und dann, an alle gewandt: »Das hier gerade ist nie geschehen.«

Ein König reist in Gefangenschaft

Erfurt und Leipzig, 23. Oktober 1813

Nach gnadenlosen Eilmärschen mit seiner geschlagenen Armee erreichte Napoleon Bonaparte am Samstag gegen halb drei nachts das immer noch französische Erfurt.

Es war für ihn wie ein rettender Hafen: eine Stadt mit einer uneinnehmbaren Festung, einer starken Garnison und reichlich Vorräten an Proviant, Munition und sonstiger Ausrüstung. Er hatte sogar noch dreizehntausend Mann aus Mainz nach Erfurt beordert, um für alles gewappnet zu sein.

Blücher wollte ihn unbedingt zur Schlacht stellen, *bevor* er in die Stadt einzog, die sein Bollwerk war. Doch dafür war die Armee des alten Fuchses nicht schnell genug.

Zwei Tage würde der Kaiser bleiben und seine heruntergekommenen Truppen auf Vordermann bringen, dann schleunigst weiter nach Frankfurt und über den Rhein ziehen. Mainz war schon französisches Gebiet. Hatte er das erst erreicht, würden ihm die Gegner nicht mehr folgen, sondern Verhandlungen anbieten.

Exakt zu jener nächtlichen Stunde, in der Napoleon Bonaparte erleichtert die Stadttore von Erfurt passierte, ließ sich in Leipzig sein »treuester Verbündeter«, der König von Sachsen, voll düsterer Gedanken ankleiden und die Perücke pudern, um samt Frau, Tochter und Gefolge als Staatsgefangener nach Berlin eskortiert zu werden.

Die Abreise – oder, genauer gesagt, Deportation – der sächsischen Königsfamilie war durch Gouverneur Repnin für vier Uhr in der Frühe angewiesen worden, um möglichst wenig Aufsehen zu erregen.

Das war dem geschlagenen König recht. Er wollte keine Zeugen dieser nächsten Demütigung. Und in seiner jetzigen Verfassung fürchtete er sogar, erschüttert in Tränen auszubrechen, wenn ihm seine liebenden Untertanen wehmütige Abschiedsworte zuriefen. Ein solcher Gefühlssturm wäre etwas, das einem König nicht geziemte.

Gramgebeugt und unsicheren Schritts ließ sich Friedrich August zu seiner Kutsche führen. Vielleicht wollte er auch vor Scham sein Gesicht verbergen und hielt deshalb den Kopf gesenkt.

Der russische Baron von Anstett begrüßte ihn höflich, ebenso der russische Generalleutnant Fürst Golitzyn, Flügeladjutant des Zaren, die ihn beide begleiten würden. Offiziell als Gesellschafter, aber zuvorderst natürlich als Aufpasser, darüber gab sich der König keinen Illusionen hin.

Fürst Golitzyn verwickelte die Königin und die noch schlaftrunkene Prinzessin in einen galanten französischen Wortwechsel, der deutlich signalisierte: Die Form bleibt gewahrt. Man würde mit höchstem Respekt für das Wohlbefinden der Majestäten Sorge tragen.

Das stimmte Königin Amalie versöhnlich. Immerhin entstammte Fürst Dimitrij Wladimirowitsch einem der ältesten litauischen Adelsgeschlechter, fast so alt wie das Haus Wettin. Weit verzweigt in Russland, verwandt mit dem Fürstenhaus Bagration.

Die Prinzessin zeigte sich bald hingerissen vom Charme des Fürsten, eines stattlichen, mit den höchsten Orden dekorierten Mannes. Vielleicht würde alles gar nicht so furchtbar werden?

»Euer Ehrengeleit, Königliche Majestät!«, erklärte General Golitzyn diplomatisch und wies auf die hundert Kosaken, die unter seinem Kommando die Eskorte des Zuges bildeten.

Die Abreise verzögerte sich.

Es dauerte seine Zeit, bis einundzwanzig Kutschen mit hundertachtzehn Pferden bespannt, auf dem Markt vorgefahren und beladen waren. Noch dazu angesichts der Umstände dieser Reise, die unter den Bediensteten für Erschütterung sorgten. Nicht nur das Schicksal der königlichen Familie war ungewiss, sondern auch ihr eigenes.

Seit der gestrigen Bekanntgabe des Zeitpunktes für den Aufbruch hatten die Kammerdiener und Zofen eilig zusammengepackt, was in Truhen und Wagen passte.

Mit dem gefangenen Monarchen reiste auch ein Teil des Hofstaates. Der Minister von Einsiedel begleitete seinen König in die Kriegsgefangenschaft, ebenso der Hofmarschall Graf Vitzthum, General von Zeschau, der katholische Bischof

Schneider als Beichtvater des Königs sowie diverse Bedienstete.

Ungeduldig saßen die Kosaken in den Sätteln und warteten
auf den Befehl zum Abmarsch.

Es war eiskalt in der nächtlichen Dunkelheit, auf den Pflas-
tersteinen lag Reif.

Die Königin verlangte nach ihrem Pelz. Sie hasste das Reisen
bei solchem Wetter, das endlose Geholper der Kutschen über
schlechte Wege. Napoleon hatte sie erst vor zwei Wochen
tagelang durch das Land gescheucht, von einem Ort zum
anderen bis nach Leipzig. Beim langen Sitzen drückte ihr
Korsett, und da ihr in den zierlichen Damenstiefeln die Beine
anschwollen und schmerzten, trug sie nur leichte Schuhe.
Ihre Füße waren jetzt schon eiskalt. Eine der Kammerfrauen
brachte eine kupferne Wärmpfanne und stellte sie auf den
Boden des Gefährts, damit die Königin nicht fror.

Prinzessin Maria Augusta stand noch neben der sechsspän-
nigen Kalesche und ließ Golitzyn nicht aus den Augen. Der
Fürst kam auf sie zu, um ihr in die Kutsche zu helfen.
Lächelnd reichte er der ältlichen Königstochter die Hand. Sie
lächelte strahlend zurück und stieg so graziös ein, wie es ihr
in dem ausladenden Kleid möglich war.

Dann lehnte sie sich in die Ecke des gepolsterten Wagens,
zupfte sich den Pelz um die Schultern zurecht, schloss die
Augen und begann zu träumen.

Die Königin übersah nichts an dieser Szene, doch ließ sie das
ihrer Tochter vorerst durchgehen. Sie würde später dafür sorgen, dass sich das Kind keine Flausen in den Kopf setzte. Im
Moment zählte nur, dass sich ihre Tochter nicht mehr fürchtete angesichts der Ungewissheit ihrer Lage.

Und die war mehr als ungewiss. Der König von Preußen,
in dessen Hand sie sich jetzt begaben, hatte bis heute kein
Wort mit ihnen gewechselt, nicht mit einer einzigen Zeile auf
die Briefe ihres Gemahls geantwortet. Niemand von ihnen

wusste, wie Friedrich Wilhelm mit ihnen verfahren und wie lange ihre Gefangenschaft dauern würde.

Doch eindeutig hatten der Baron von Anstett und Fürst Golitzyn Order, sie respektvoll zu behandeln. Ein hoffnungsvolles Zeichen.

Amalie Augustes größte Sorge galt jetzt ihrem königlichen Gemahl, nicht ihrer Tochter.

Kreidebleich und stocksteif saß dieser in der Kutsche, als sei kaum noch Leben in ihm. Die Vorhänge hatte er sofort zuziehen lassen. Das wäre nicht nötig gewesen, außer um etwas von der Kälte draußen abzuhalten. Denn es gab keine Beobachter, abgesehen von denen, die sie auf dieser Reise unbestimmter Dauer begleiteten.

Keine weinenden Untertanen sammelten sich auf dem Markt, um ihm ein Lebewohl zuzurufen und ihn mit ihrer Liebe zu Tränen zu rühren. Die Leipziger nahmen nicht einmal zur Kenntnis, dass ihr König in Gefangenschaft geführt wurde! Obwohl das wirklich ein unerhörtes Vorkommnis war.

Eine Reisegesellschaft von so vielen Kutschen, Gespannen, Gepäckwagen, dazu hundert Kosaken berittenes Geleit konnte auch bei Nacht in einer Stadt wie Leipzig nicht unbemerkt bleiben. Doch selbst aus den Fenstern am Markt lugte kaum jemand für einen kurzen, verstohlenen Blick hinaus.

Das lag keineswegs nur daran, dass die Bewohner dieser Häuser in den letzten Wochen Tag und Nacht lärmendes Treiben erlebt hatten: Biwaks, Auf- und Abmärsche großer Truppenkontingente samt Pferden, Geschützen und Munitionswagen, von der Kanonade während der Schlacht ganz zu schweigen. Dafür stiegen sie nicht mehr aus den warmen Betten, sofern nicht Gefahr für Leib und Leben oder Hab und Gut drohte.

Die Leipziger hatten ihre eigenen Sorgen. Und viele von ihnen waren auf ihren einst beliebten König im Moment nicht gut zu sprechen. Hatten sie anfangs gehofft, seine

Anwesenheit würde Leipzig vor der Zerstörung bewahren, ihn sogar dafür bewundert, dass er bei ihnen ausharrte – jetzt verübelten sie ihm sehr, nicht zu den Alliierten gewechselt zu sein. Wie beispielsweise die Bayern. Deren König Maximilian hatte erst vor ein paar Tagen das Bündnis mit Napoleon aufgekündigt, und schon standen sie mit größter Selbstverständlichkeit aufseiten der Sieger!

Sachsen war stattdessen nun besiegtes Land. Kriegsbeute.

Und *sie* mussten es ausbaden mit all den Toten und Verwundeten, den Plünderungen und Zerstörungen. Es würde Jahre dauern, bis sich die Ratsdörfer, von denen Leipzig sonst prosperierte, von den Verwüstungen erholt hatten. Und wann erst die Messegeschäfte wieder richtig laufen würden – nicht abzusehen! Die diesjährige Herbstmesse war durch den Krieg mehr oder weniger ausgefallen, der Schaden irreparabel.

Leipzig war nicht Dresden, die Residenzstadt, in der sich alles um den Hof drehte. Die Leipziger lebten vom Handel und hatten ihre eigenen Prioritäten.

So wurde die bedeutendste Neuigkeit des Tages für die Leipziger nicht die Abreise des Königs, sondern die Bekanntmachung des Gouverneurs Fürst Repnin, dass mit sofortiger Wirkung das von Napoleon verhängte Importverbot für englische Waren aufgehoben sei.

Ganz, wie es der Freiherr vom und zum Stein geplant hatte.

Statt eines Aufruhrs wegen der Deportation des Königs gab es am Abend in Leipzig die erste Aufführung im Theater nach dem tagelangen Trauerspiel unter freiem Himmel.

Als sich die Kolonne auf General Golitzyns Befehl in Bewegung setzte, lehnte der König den Kopf vorsichtig gegen das rote Samtpolster und schloss die Augen. Während der nächsten Stunden zeigte sich nicht die geringste Regung auf seinem Gesicht. Sollten seine Gemahlin und seine Tochter denken, er schliefe.

Natürlich ließ sich Amalie nicht täuschen. Aber sie schwieg. Und während sie neben sich das leise, gleichmäßige Schnarchen ihrer Tochter hörte, fielen auch ihr die Augen zu.

Derweil kreisten die Gedanken des Königs nur um einen Punkt: Das muss ein Irrtum sein! Ein gewaltiger Irrtum, der sich bald aufklärt. Wenn er dem Zaren und dem preußischen König seine Beweggründe erklärte, würden sie ihn verstehen. Also musste er noch mehr Briefe schreiben, bei jeder Rast und in jedem Quartier. Jeden würde er wie gewohnt mit »König von Gottes Gnaden« unterzeichnen – zur Erinnerung und Mahnung an die Adressaten. Bis diese unsägliche, unhaltbare Situation endlich bereinigt war.

Zwei Tage und Nächte reiste die königliche Gefangenenkolonne durch überwiegend anhaltinisches Gebiet Richtung preußische Grenze.

Königin Amalie gab während dieser Zeit ihre übliche Zurückhaltung auf und nutzte jede Gelegenheit, ihren in Lethargie verfallenen Ehemann aufzumuntern.

»Sehen Sie nur, mein Teurer, wie liebevoll Ihre Untertanen Sie aufzurichten versuchen!«, redete sie auf ihn ein. »Selbst die bescheidensten Nachtquartiere sind mit Blumen geschmückt. Und diese Ehrfurcht in den Gesichtern … das Mitgefühl! Fassen Sie nur Mut, mein liebster Gemahl! Vertrauen Sie auf Gott, wie Sie es immer taten!«

Der König fasste Mut – durch das Zureden seiner Frau und das ausnehmend höfliche Betragen von Golitzyn und Anstett. Über Landsberg, Zörbig und Aken erreichte die Gesellschaft am Abend des 24. Oktober das Städtchen Ziesar, den letzten Halt vor Preußen. Tief in der Nacht rief Friedrich August seinen Staatsminister zu sich.

»Übergeben Sie dem Baron von Anstett eine Erklärung an den Zaren!«, wies er den Grafen von Einsiedel an. Im Verlauf des Tages war ihm nämlich noch ein Argument eingefallen.

»*Ich* äußerte im Frühjahr als *erster* Rheinbundfürst den Wunsch, mich der Sache der Alliierten anzuschließen!«, erklärte der König triumphierend.

Einen Wunsch äußern und der Allianz auch tatsächlich beitreten sind zwei Paar Schuhe, dachte sein Minister nüchtern.

Die geheime Konvention mit Österreich war im April nicht vom sächsischen König unterzeichnet worden, weil es klare Anzeichen dafür gab, dass Napoleon mit einer gewaltigen Streitmacht auf deutsches Gebiet zurückkehrte. Friedrich August hatte laviert, den Alliierten vage Versprechungen gemacht, die er nie einzulösen gedachte. Das würden sie ihm nicht verzeihen.

Doch treu führte der Minister den Auftrag aus und verfasste eine sehr, sehr lange Verbalnote an den russischen Baron von Anstett als Bevollmächtigten der Alliierten.

In einem plötzlich aufwallenden Impuls schrieb der gefangene König in dieser Nacht noch einen vor Unterwürfigkeit strotzenden Brief an Friedrich Wilhelm von Preußen. Wie glücklich er sich schätzen würde, wenn er Seine Majestät persönlich aufsuchen dürfe. Dass es ihm ein Herzensbedürfnis sei, dabei alle Missverständnisse auszuräumen. Wie innig gerührt er sei über die Befehle, ihn und seine Familie auf dieser Reise so wohlwollend zu behandeln.

Und der Mann, der seine Briefe an Napoleon stets mit »Euer Majestät guter Bruder und Verbündeter« unterschrieben hatte, auch wenn er den »Verbündeten« in den letzten Tagen weggelassen hatte, unterzeichnete nun an den König von Preußen mit »Euer freundwilliger Bruder und Vetter F. A.«.

Dann ging er zufrieden mit sich und seinem Tagewerk zu Bett.

Ein König feiert, ein Kaiser räumt auf

Domkirche zu Berlin und Kaiserliches Palais zu Erfurt, 24. Oktober 1813

Während sich sein hochrangigster Gefangener mit russischem »Ehrengeleit« der preußischen Grenze näherte, zog der König von Preußen unter riesigem Jubel in Berlin ein. Es war ein Sonntag, und so feierte Friedrich Wilhelm III. den in Leipzig errungenen Sieg mit einem Dankgottesdienst in der überfüllten Berliner Domkirche.

Zum Schlussgebet sank er auf die Knie.

Niemand außer dem König selbst konnte wissen, mit welch unendlicher Erleichterung ihn dieser Sieg nach Jahren des Selbstzweifels und der Ratlosigkeit angesichts demütigender Niederlagen erfüllte.

Als die Menschen im Dom einen Gesang zum Lobpreis Gottes anstimmten, erklangen von draußen hundertundein Schuss aus eroberten Kanonen.

Eine perfekte Inszenierung. Die Berliner waren überschwenglich vor Begeisterung und spendeten großzügig für die Verwundeten. Die Verehrung für ihren König Friedrich Wilhelm III. kannte keine Grenzen.

Napoleon Bonaparte hingegen war an diesem Sonntag in Erfurt höchst beschäftigt.

Er residierte in der ehemaligen Kurmainzischen Statthalterei, einem Prachtbau mit reich verzierter Fassade in Weiß, Ocker und Terrakotta, die nun natürlich nicht mehr Kurmainzische oder gar Preußische Statthalterei genannt wurde, sondern *Kaiserliches Palais*.

Erfurt war Privatbesitz Napoleons. Als Preußen 1802 Erfurt zum Ausgleich für Gebietsverluste jenseits des Rheins bekam, wurde die Statthalterei preußischer Gouvernementssitz. Nach ihrer Niederlage in Jena und Auerstedt zogen die Preußen wieder aus und der vom Kaiser der Franzosen geschickte französische Gouverneur ein.

Während Napoleons Aufenthalt allerdings verlegte Gouverneur General d'Alton seinen Sitz in die hoch über der Stadt thronende, gewaltige Zitadelle auf dem Petersberg.

Mit großen Schritten eilte der Kaiser durch die prachtvollen Räume, vom Audienzzimmer im Barockflügel zum Kartographieraum im Renaissanceflügel.

Dabei blitzten in ihm Erinnerungen an den glanzvollen Fürstenkongress auf, den er hier vor fünf Jahren ausgerichtet hatte. Große Empfänge und Bankette, Bälle … Eigens dafür hatte er Kristallleuchter, Bronzeskulpturen, Wandteppiche und andere Prunkstücke aus Paris kommen lassen. Ein überaus prachtvolles Fest, um die deutschen Fürsten zu beeindrucken und seine Macht zu demonstrieren. In erster Linie diente es ihm jedoch für einen Handel mit dem Zaren: Alexander erhielt Finnland sowie die Fürstentümer Moldau und Walachei und ließ ihn dafür in Spanien gewähren.

Kein gutes Geschäft aus heutiger Sicht, dachte Napoleon grimmig, während er durch die Räume stapfte, die Hände auf dem Rücken verschränkt, gefolgt vom Schwarm seiner goldbetressten Stabsleute. In Spanien habe ich nur Ärger mit der aufständischen Bevölkerung. Und die Briten unterstützen natürlich das Rebellenpack nach Leibeskräften. Was die mich allein an Truppen und Pferden gekostet haben! Manchmal denke ich, Spanien war unterm Strich noch verheerender als Russland.

Während des Erfurter Kongresses hatte er sich im schönen Erkerzimmer des Palais auch mit Goethe getroffen; eine bemerkenswerte Unterhaltung, nach der sich der Dichter sichtlich geschmeichelt fühlte. Doch wer würde das nicht, wenn ein Kaiser sein Werk schätzte?

Heute allerdings hatte Napoleon keine Zeit für Literaten.

Der ohnehin meist ruhelose Kaiser entfaltete im Palais eine selbst für seine Verhältnisse gewaltige Geschäftigkeit. Denn er stand vor einer eigentlich unlösbaren Aufgabe: Binnen achtundvierzig Stunden musste er aus seiner geschlagenen, heruntergekommenen, ausgehungerten und durch massenhaftes Desertieren rapide schrumpfenden Armee wieder eine schlagkräftige Truppe formen, eine furchtgebietende Streitmacht.

Niemand sonst könnte das bewerkstelligen. Aber er, der Gigant, der Titan, der geniale Schlachtenlenker, würde das Wunder vollbringen. Kraft seiner Autorität, seiner Brillanz und diverser Befehle, die er bereits vor dem Rückzug von Leipzig aus gesandt hatte.

Tausende Mann Verstärkung waren aus Mainz eingetroffen, hauptsächlich die von ihm angeforderte Marineinfanterie aus den französischen Seestädten.

Die gut gefüllten Erfurter Depots wurden geöffnet und Proviant und Kleidung an die Truppen ausgegeben.

Um zu verhindern, dass Erfurt restlos ausgeplündert und zerstört wurde, hatte er lediglich solchen Regimentern den Zutritt in die Stadt erlaubt, auf deren Disziplin er sich verlassen konnte. Wie seiner Alten Garde oder den polnischen Ulanen. Nicht aus Rücksicht auf die Bevölkerung, sondern weil die französische Garnison hier bald einer Belagerung trotzen musste. Die anderen biwakierten in den umliegenden Dörfern, von denen einige bereits in Flammen aufgingen.

Doch als Napoleon aus dem Fenster sah, wie sich draußen sogar seine Gardisten um Zwieback, Branntwein und Kleidungsstücke prügelten, wandte er sich angewidert ab.

Angesichts des empörenden Zustandes seiner Truppen war ihm vorhin eine unbeherrschte Bemerkung herausgerutscht: von Hunden, die wegliefen, und dass er so noch achtzigtausend Mann verlieren würde, ehe er an den Rhein käme.

Doch jetzt gab er sich größte Mühe, sich nichts von seiner Verstimmung anmerken zu lassen. Denn jeder der Männer im Kartographiezimmer beobachtete ihn heute besonders aufmerksam. Sie wollten sehen, wie er den jüngsten Schicksalsschlag verkraftete.

Murat hatte ihn verlassen.

Sein Schwager, der von ihm ernannte König von Neapel, der Marschall, der stets die kühnsten und leider auch verschwenderischsten Kavallerieangriffe angeführt hatte. Mit dem er noch gestern zu den Wällen geritten war, um Ausschau nach dem Feind zu halten und die Vorgehensweise zu planen, sollten sie in Erfurt zur Schlacht herausgefordert werden.

Joachim Murat hatte ihn im Stich gelassen und verraten. Wie schon einmal im Dezember 1812 in Russland, als er die Grande Armée zurück nach Frankreich führen sollte, aber kläglich versagte und nach Neapel floh.

Offiziell hatte sich der König von Neapel diesmal verabschiedet, um italienische Truppen als Verstärkung zu sammeln und ihm entgegenzuschicken. Doch Napoleon sah an seinem Gesicht, dass das eine Lüge war. Der Schwager wagte nicht, ihm dabei in die Augen zu sehen.

Das war auch den anderen Marschällen und Generälen nicht entgangen, die Murat gut kannten, nicht einmal den Adjutanten und Bediensteten.

Joachim Murat verließ mit dieser Lüge auf den Lippen seinen Kaiser und Schwager, um mit den Alliierten zu verhandeln. Er wollte das Königreich Neapel für sich retten, nachdem er schon Kleve und Berg verloren hatte.

Soll er doch gehen mit seinen lächerlichen goldenen Stiefeln, den Perlen und den Reiherfedern!, dachte Napoleon wütend. Ich brauche ihn nicht! Soll er gehen mitsamt meiner heuchlerischen Schwester! Die steckt sowieso dahinter. Caroline, diese Intrigantin!

»Mir scheint auch, die Anwesenheit des Königs von Neapel

ist in Neapel erforderlich«, war deshalb sein einziger Kommentar zum Weggang des Marschalls.

Er fragte sich, wer dem Verräter als Nächster folgen würde. Doch diesen finsteren Gedanken verbarg er ebenso sorgfältig wie seinen Zorn. Er gab sich heiter und gelassen, konzentriert und voller Tatendrang. Nichts von verlorener Schlacht, nichts von chaotischem Rückzug. Und schon gar nichts von dem schnöden Verrat seines Schwagers.

Einzig die kluge Gräfin von Kielmannsegge hätte es aus seinen Zügen lesen können und sich Sorgen gemacht; um ihn und seine Gesundheit angesichts der Blässe und leichten Gelbfärbung seiner Haut. Doch seine treueste sächsische Vertraute, seine *einzige* sächsische Vertraute, saß in Merseburg fest, und jeder ihrer Schritte wurde von Russen und Preußen überwacht.

Beim Gedanken an die schöne Gräfin hakte sich Napoleons Blick an dem einzigen Sachsen in seiner Entourage fest, dem Major von Odeleben, den er im Frühjahr als ortskundigen Begleiter für diesen Feldzug angefordert hatte. Sofort erkannte er: Der wusste es auch!

Odeleben war ein ebenso scharfsinniger Beobachter wie die schöne Auguste Charlotte von Kielmannsegge. Im Gegensatz zu ihr sagte er nur selten etwas. Einmal jedoch war ihm zu aller Überraschung der Kragen geplatzt: als sich Napoleon abfällig über die Moral der sächsischen Truppen ausließ.

»Wenn die Sachsen nicht miterleben müssten, dass sich ihre Verbündeten in ihren Heimatorten wie in Feindesland aufführen, wäre ihre Moral besser!«, hatte der Freiherr von Odeleben dem Kaiser unerwartet scharf widersprochen.

Was damals einen Moment explosiver Stille im Raum hervorrief.

Beim Anblick des Majors in sächsischer Uniform fasste Napoleon einen raschen Entschluss.

»Monsieur, da wir Sachsen verlassen haben, werden Ihre

Dienste nicht mehr gebraucht. Sie sind ehrenhaft entlassen. Reiten Sie nach Leipzig und unterstellen Sie sich wieder Ihrem König!«

Zwar fragte sich Ernst Otto von Odeleben seit der Abreise des Postillions Gabler, wann er wohl wieder nach Hause durfte, doch dieser Abschied kam sehr abrupt.

Ein halbes Jahr hatte er im engsten Zirkel Napoleons zugebracht und dabei vieles gesehen und erfahren, das andere Menschen nie auch nur ahnen würden.

Beeindruckendes, Großes, Banales, Schreckliches. Er hatte miterlebt, wie es im Machtzentrum einer in ganz Europa gefürchteten Armee zuging. Er hatte Napoleon Bonaparte aus nächster Nähe bei Triumphen erlebt und bei Niederlagen, nach denen sich andere Heerführer nie wieder erhoben hätten.

Manchmal, wie in der Schlacht um Dresden, konnte er seine Bewunderung für das Feldherrngenie Bonaparte nicht leugnen. Doch das Entsetzen über die vielen Toten und die zerstörten Orte überwog. In diesem halben Jahr musste er blutenden Herzens zusehen, wie große Teile seiner Heimat gnadenlos verwüstet wurden.

Und das Elend endete nicht hier. Der Rückzug der Grande Armée von Leipzig wirkte auf ihn wie ein Leichenzug; dieses Wort bekam er überhaupt nicht mehr aus dem Kopf. Die Truppen würden weiter Tod, Leid, Typhus und Not mit sich tragen und als schreckliche Hinterlassenschaft verbreiten.

Wie die apokalyptischen Reiter.

Erleichtert sah der Kaiser, dass sein sächsischer Wegführer den Raum verließ. Dieser Mann hatte zu viel mitbekommen, und er war von der Sorte, die sich eigene Gedanken dazu machte. So etwas liebte er nicht.

Als der Major die Tür hinter sich geschlossen hatte, knurrte Bonaparte: »Ich kann einfach keinen Sachsen mehr um mich ertragen. Verräterpack allesamt!«

Generalstabschef Berthier klopfte wie üblich dreimal an und rief seinen Namen, bevor er das Kartographiezimmer betrat und die neuesten Depeschen brachte.

Der Kartographieraum war in jedem Hauptquartier Napoleons das Allerheiligste, ganz gleich wo sie sich einrichteten. Meistens war der Kaiser dort von Marschällen und Generälen umgeben. Doch jetzt hatte er diejenigen, die noch einsatzfähig waren, hinausgeschickt, damit sie ihre Regimenter neu sortierten, die Versprengten heranführten und wieder kampftüchtige Einheiten zusammenstellten.

Die Mitte des Zimmers nahm wie immer ein großer Tisch ein, der mit einer riesigen Karte bedeckt war. Stecknadeln markierten die Positionen der Heeresabteilungen. Nachts mussten ständig Kerzen brennen, die die Karte beleuchteten, falls der Kaiser noch einmal etwas kontrollieren und verändern wollte.

Mindestens vier Schreiber saßen stets an Tischen in den Ecken parat, um die Vielzahl von Befehlen in Kurzschrift festzuhalten und umgehend in Reinschrift zu übertragen. Heute hatte er sogar sechs Schreiber angefordert.

Den Brief aus Paris öffnete der Kaiser zuerst mit großer Hast. »Großartige Nachrichten!«, verkündete er triumphierend. »Der Senat hat beschlossen, zweihundertachtzigtausend Konskribierte auszuheben. Meine Herren, damit können wir die Glanzleistung dieses Frühjahres wiederholen. In einem halben Jahr kehren wir zurück und gehen mit zweihundertfünfzigtausend Mann erneut über den Rhein!«

Hatte er es nicht schon gewusst, als sie Leipzig kaum hinter sich hatten und in der Lindenauer Mühle noch auf die Explosion der Brücke warteten?

Die nächste Depesche aus Berthiers Mappe bestätigte, dass sich ihm General von Wrede, der frisch ernannte Befehlshaber der gerade erst gebildeten österreichisch-bayerischen

Armee, auf dem Weg nach Frankfurt entgegenstellen wollte. Der Abtrünnige Wrede, der bis vor kurzen unter ihm gedient hatte und von ihm protegiert worden war, belagerte Würzburg.

Napoleon lachte, als er die Nachricht überflog.

Würzburg würde ein Pyrrhussieg für den Verräter werden, auch wenn er die Stadt beschoss und hunderte Häuser zerstörte. Wrede vergeudete nur Zeit und Munition. Die dortige Mainfestung konnte er nicht einnehmen, und so würden er und seine alliierten Freunde auch den Mainübergang nicht nutzen können. Wrede hatte sich selbst eine Falle gestellt.

Unglaublich, wie sehr ihm seine Gegner immer wieder durch Fehler in die Hand spielten!

»Nachricht an Marschall Gouvion Saint Cyr!«, diktierte er einem der Schreiber. »Der Marschall soll von Dresden einen Ausfall unternehmen und sich nach Torgau zu General Narbonne durchschlagen. Wenn sie sich vereinigen, sind sie gerettet. Achtzigtausend Franzosen kommen überall durch! Als Zivilisten getarnte Boten sollen sich in die sächsische Hauptstadt schleichen und die Order überbringen.«

Wenn Gouvion Saint Cyr es befahl, der Unerbittliche, der in Russland selbst nach schwerer Verwundung noch drei Tage das Kommando in der Schlacht von Polozk geführt hatte, würden seine Männer die Strecke sogar im Laufschritt zurücklegen.

Dass Gouvion Saint Cyr in Dresden und Narbonne in Torgau nie und nimmer über achtzigtausend Mann verfügten und ein großer Teil der Torgauer Festungsmannschaft vom Nervenfieber niedergestreckt war, ignorierte Napoleon. Durch solch unbedeutende Kleinigkeiten ließ er sich nicht aufhalten.

Von draußen drang immer noch der Lärm der streitenden Garden ins Zimmer. Der Kaiser warf einen finsteren Blick Richtung Fenster, bevor er sich wieder dem Diktat widmete.

Er, Napoleon Bonaparte, würde erneut das Schicksal wenden. Sollten die Gegner erwägen, ihn in der Nähe der Stadt zur Schlacht herauszufordern, würde er sich ihnen stellen. Doch die Alliierten hielten respektvoll Abstand.

Blüchers Armee war zu erschöpft. Und der Zar und Schwarzenberg hatten wieder einmal durch gegensätzliche Dispositionen Verzögerung bewirkt und ihm damit den unangefochtenen Einzug in Erfurt geschenkt.

Alles lief nach Plan, nach *seinem* Plan.

Binnen achtundvierzig Stunden würde er das Unmögliche vollbracht haben: Seine Truppen waren neu ausgerüstet und neu formiert, die Munitionswagen wieder voll beladen, die Schwerverwundeten vorausgeschickt, die Erfurter Garnison aufgestockt, die beiden Festungen – die Cyriaksburg und die Zitadelle auf dem Petersberg – gut bemannt und bevorratet. Und er würde den Feinden erneut entkommen, auf schnellstem Weg nach Mainz, auf französisches Gebiet.

Als alle Befehle diktiert und alle Kuriere losgeschickt waren, hielt der Kaiser in seinem ruhelosen Auf und Ab für einen Moment inne. Er ließ sich von seinem Leibmamelucken Roustam Kaffee reichen, setzte sich in einen der gepolsterten Lehnstühle, legte die Hände samt der goldverzierten Tasse auf den im Sitzen vorquellenden Bauch und starrte in die Luft.

Nur eines blieb jetzt noch zu tun.

»Das neue Bulletin, sofort nach Paris zu schicken«, kündigte er dem schnellsten Schreiber an.

Der nickte dienstfertig, legte ein Blatt zurecht, tauchte die Federspitze kurz ins Tintenfass und blickte erwartungsvoll.

Nun diktierte Napoleon die Sätze, die er sich schon seit Tagen zurechtgelegt hatte, um sein Scheitern in Leipzig vor der Welt einzuräumen. Verheimlichen ließ es sich leider nicht. Aber so zurechtbiegen, dass ihm keinerlei Schuld daran zufiel.

Dass er seine Feldzugspläne ändern musste, nachdem sich die Bayern von ihm lossagten. Dass in Leipzig der Sieg *sein* gewesen sei. Doch dann sei die *gesamte sächsische Armee* übergegangen und habe sechzig Geschütze auf die französischen Linien gerichtet! Auch andere Rheinbundkorps seien zum Feind übergelaufen. Ein derart umfassender, unerhörter Verrat musste zwangsläufig zum geordneten Rückzug führen. Natürlich nur vorübergehend!

Es war wie in Russland.

Die Lüge vom »General Winter« würde sich noch ewig halten. Und verschleiern, dass die Grande Armée in erster Linie an fehlendem Proviant und Kosakenangriffen gescheitert war, an der Weigerung der Russen, sich zum offenen Kampf zu stellen. Und an der Weigerung des Zaren, Parlamentäre in das brennende Moskau zu schicken. *Dann erst* kam der strenge russische Winter – als Napoleon schon wusste, sie würden Moskau aufgeben müssen.

Wer wusste es außer den wenigen, die dort waren und überlebt hatten? Und auch die paar übergelaufenen Sachsen, kaum dreitausend Mann und ohnehin nur als Kanonenfutter gedacht, konnten sich nicht gegen die Lüge wehren.

Der russische Winter und die verräterischen Sachsen trugen die Schuld an seinen Niederlagen!

Nicht er, Napoleon Bonaparte.

Und so, wie er es diktierte und vieltausendfach im *Moniteur* und in Sonderdrucken veröffentlichen ließ, würde es die Welt in Erinnerung behalten.

ZWEITER TEIL

ZWISCHEN ELBE
UND RHEIN

Noch eine Stadt im Chaos

Erfurt, 24. Oktober 1813

Zu Tode erschrocken wich Constantin Beyer vor einem sich aufbäumenden Pferd zurück.

Die Straßen und Gassen Erfurts waren so voll, dass kaum ein Durchkommen war: Soldaten und Offiziere in erschreckendem bis bemitleidenswertem Zustand, Munitionswagen, Kutschen, Trosskarren … Aus den Magazinen wurde Proviant gleich unter freiem Himmel verteilt, so dass sich davor in dicken Trauben Uniformierte drängten.

Denen konnten Passanten noch mit einigem Geschick ausweichen. Aber die vielen Pferde waren in dem Gedränge die größte Gefahr. Das Gebrüll von Reitern und Kärrnern, von Verwundeten und sich gegenseitig laut Beschimpfenden machte die Tiere verrückt, ließ sie scheuen oder durchgehen. Wer von den Erfurtern bei Verstand war und es sich erlauben konnte, der blieb im Haus und versteckte seine letzten Vorräte. Fast alle Geschäfte waren geschlossen, das normale Leben völlig zum Erliegen gekommen.

Constantin Beyer, Betreiber einer kleinen Buchhandlung mit angeschlossener Leihbibliothek, bahnte sich dennoch gezielt einen Weg durch die Straßen seiner Stadt.

In seiner Wohnung in der Langen Gasse zu bleiben kam für ihn nicht in Frage. Jedes Haus war heute bis unters Dach mit Soldaten und Offizieren als Einquartierung vollgestopft. Sollte sich der Hausbesitzer damit herumschlagen, der war Jurist. Und in seine kleine Buchhandlung kamen jetzt ohnehin nur Offiziere auf der Suche nach Landkarten. Die verkauften sich in diesen Tagen blendend, aber dort hielt sein Freund und Teilhaber Dr. Maring die Stellung. Gestern war sogar ein General bei ihnen gewesen: Souham, der nach Marschall Neys Verwundung in Leipzig dessen Drittes Korps übernommen hatte.

Constantin Beyer war ein sehr gebildeter und charmanter Mann Anfang fünfzig. Er sprach ein halbes Dutzend Fremdsprachen, entstammte einer angesehenen Erfurter Familie, war ein talentierter Maler und Dichter. Gut aussehend und dennoch Junggeselle, nahm er in den Zukunftsplänen vieler Mütter unverheirateter Töchter in Erfurt großen Raum ein. Und auch in denen manch gut behüteter Tochter; nicht selten ohne Zutun und Wissen ihrer Mutter. Erst heute Morgen wieder hatte ihn so ein hübsches junges Ding aufgesucht und gebeten, ihr einen Brief ins Französische zu übersetzen. Sie wusste ihrer Bitte mit ein paar vielversprechenden Blicken Nachdruck zu verleihen. Das beeindruckte ihn wenig. Sein Herz gehörte einer anderen, auf ewig. Kein Mensch durfte je davon erfahren. Und da er sie nicht heiraten konnte, würde er wohl bis an sein Lebensende Junggeselle bleiben.

Beyer führte akribisch Tagebuch, auch über die Damenbesuche, aber nie schrieb er den Namen einer Besucherin aus, obwohl die Aufzeichnungen nur für ihn gedacht waren. Vorrangig hielt er in seinen Tagebüchern alles fest, was ihm wichtig schien für diese Stadt.

Vielleicht würde er später einmal eine Chronik daraus verfassen, wer weiß?

Deshalb ging Constantin Beyer in Erfurt genau wie Ludwig Hußel in Leipzig als aufmerksamer Beobachter durch Straßen und Plätze und stieg sogar auf die Wälle.

Doch bei allem Durcheinander in der Stadt hielt er selbst heute an einer Gewohnheit fest: Sein Mittagessen würde der Junggeselle wie jeden Tag im *Weißen Ross* einnehmen.

Jetzt war er unterwegs dorthin, mit einem Umweg am Dom

vorbei und über den Anger, um nichts zu verpassen. Beharrlich zwängte er sich durch die übervollen Straßen und beobachtete das Geschehen um sich herum.

Dabei wäre er beinahe mit dem vollkommen aufgelösten Johann Daniel Pohle zusammengeprallt, der im Einquartierungsamt der Stadt arbeitete.

»Tausendfach Pardon, Herr Buchhändler Beyer!«, entschuldigte sich dieser und lüpfte den Zylinder, wodurch sein völlig zerzauster Schopf zum Vorschein kam.

»Es ist zum Haareraufen!«, stöhnte er, passend zu Beyers belustigtem Blick auf seine Frisur. »Ich hatte *sechstausend* Einquartierungsbilletts für die Alte Garde ausgestellt! Können Sie sich diese Arbeit vorstellen? Und alles umsonst! Die sechstausend Mann sollen jetzt doch vor der Stadt biwakieren. Ich weiß nicht, wo mir der Kopf steht!«

»Nehmen Sie es gelassen«, tröstete ihn Beyer, der selbst einmal Ratsherr und Stadtvogt gewesen war, bis die Preußen die kurmainzische Verwaltung auflösten und ihn mit einer schmalen Pension entließen. Seitdem musste er sich mit Übersetzungen und seiner kleinen Bücherei über Wasser halten, die der großen Keyserschen Universitätsbuchhandlung am Ort nicht Konkurrenz machen konnte.

»Seien Sie froh über jeden, den sie nicht in die Stadt schicken. Die Garden vorm Palais und im Hirschgarten richten schon genug Schaden an. Und sehen Sie dort!«

Constantin Beyer deutete auf die andere Straßenseite, wo Soldaten Haustüren einschlugen und nach Proviant brüllten, dann ein Stück weiter, wo Verwundete um Hilfe flehten und von mitleidigen Seelen umsorgt wurden.

»Die Stadttore mussten schon stundenweise geschlossen werden, damit nicht alles auf einmal hereindrängt«, erzählte der Buchhändler. »Von den Wällen aus sah ich, was diejenigen in den Dörfern treiben, die draußen blieben. Ein Grauen, sage ich Ihnen, mein lieber Pohle, ein Grauen.«

Fassungslos schüttelte er den Kopf.

Johann Daniel Pohle, ein schmal gebauter Mann Mitte dreißig, drückte sich erschrocken an die Hauswand, um einem heranrumpelnden Munitionswagen Platz zu machen.

Dann senkte er die Stimme, obwohl es bei dem Lärm in den Straßen unnötig war zu flüstern.

»Ich sollte die Billetts nur für zwei Nächte ausstellen. Glauben Sie wirklich, Monsieur Beyer, dass der Kaiser übermorgen weiterzieht? Und falls er das tut: *mit* oder *ohne* die Festungsbesatzung? Das ist die entscheidende Frage. Beten wir zu allen Heiligen, dass sie samt und sonders abziehen und uns eine Belagerung erspart bleibt!«

»Die Frau des Intendanten und die Damen der hier stationierten Offiziere sind vorgestern abgereist«, wusste Beyer.

Beide Männer dachten sofort das Gleiche, ohne es auszusprechen: Wäre doch nur der verhasste Intendant Devismes gleich mit von dannen gezogen! Seine Unnachgiebigkeit provozierte im Sommer den Aufstand der Konskribierten in der Stadt, in dessen Folge zwei Erfurter standrechtlich erschossen wurden. Trotzdem mussten eintausend junge Männer der Einberufung in die Grande Armée Folge leisten.

»Die Garnison bleibt. Weshalb sonst hatten die Stadtbewohner alle Vorräte anzuliefern?«, meinte Beyer. »Vorhin sah ich, dass frische Truppen auf die Zitadelle und die Cyriaksburg geschickt wurden. Ich befürchte, sobald der Kaiser weiterzieht, werden sämtliche Stadttore geschlossen.«

»Dann steh Gott uns bei!«, stöhnte Johann Daniel Pohle. »Alles, was wir im Keller lagerten, ist abgesoffen, als die Franzosen die Wasserläufe angestaut haben. Und die ganze Obsternte ist ihren Äxten zum Opfer gefallen, weil diese Unholde in ihrer Zerstörungswut nicht die paar Tage warten konnten, bis Äpfel und Pflaumen reif gewesen wären!«

Das gesamte Umfeld der Stadt war auf Befehl des Gouverneurs General d'Alton mitleidslos kahlgeschlagen worden, damit die Kanoniere freie Sicht und Schussbahn hatten. Was eine vielversprechende Ernte vernichtete.

»Wenn man auf den Wällen steht, hört man von Osten schon den Geschützdonner der Alliierten«, berichtete Constantin Beyer. »Machen Sie sich auf eine Blockade gefasst, mein lieber Monsieur Pohle. Und lassen Sie uns beten, dass die preußischen Kanoniere gut zielen! Auf die Zitadelle und nicht auf die Stadt ...«

Der Mann aus dem Einquartierungsamt, der sonst nicht so leicht aus der Ruhe zu bringen war, ließ die Schultern mutlos hängen. »Gott zum Gruße, Monsieur Beyer!«

Er tippte kurz an seinen Hut auf dem wirren Haar und zwängte sich zwischen zwei Karren hindurch, die im Gewühl feststeckten. Dabei hatte er den nächsten unfreiwilligen Zusammenstoß: mit einer dicken Frau, die einem verdutzten Infanteristen tatsächlich einen Fisch um die Ohren haute, während sie wütend auf ihn einschrie.

Constantin Beyer wartete kurz ab, ob die Frau den Zwischenfall unbeschadet überstehen würde. Doch angesichts ihres deftigen Geschreis musste er sich wohl eher Sorgen um den Infanteristen machen. Also ging er weiter Richtung *Weißes Ross*.

Sein knurrender Magen sagte ihm, dass Mittagszeit war.

Aber so schnell war heute kein Durchkommen, und außerdem gab es viel zu sehen, das er nachher in seinem Tagebuch festhalten wollte.

Da war der schluchzende, ruhrkranke Infanterist, dem die Exkremente an den Beinen hinabliefen. Ein müder Dragoner, der sein erschöpftes Pferd am Zügel führte und weder Schuhe noch Strümpfe trug. Bemerkenswert viele französische Soldaten, die Napoleon lauthals verfluchten. Ein Karren voller Verwundeter, durch dessen Bretterboden Blut auf die Erde rann. Und der junge Bursche mit hübschem Gesicht, der an eine Wand gelehnt saß, als schliefe er nur, aber starr zu Boden kippte, als ihn jemand anstieß.

Nichts davon sollte vergessen werden.

Was Napoleon vom Palais aus als wiederhergestellte Ordnung betrachtete, nahm sich in den Straßen Erfurts ganz anders aus. Chaos war die einzig treffende Bezeichnung.

Schon seit dem 21. Oktober strömten immer mehr Fliehende, Versprengte und Deserteure nach Erfurt. An jenem Tag wurden noch Siegesmeldungen der Grande Armée verkündet. Gouverneur d'Alton hatte Bertrands Nachricht in der ganzen Stadt ausrufen lassen: »Der Feind ist geschlagen, der Kaiser befindet sich wohl!«

Doch der stets gut informierte Constantin Beyer wusste von einer Abendgesellschaft beim Intendanten, die ausgesprochen fröhlich verlief – bis ein Brief eintraf, der Intendant erbleichte und seine Gäste ohne ein weiteres Wort nach Hause schickte.

Am nächsten Tag verließen die Damen der höheren Militärs und Beamten in aller Eile Erfurt. Zur Post wurden Unmengen Pferde bestellt, der Platzkommandant und der Intendant zogen auf die Zitadelle. Spätestens da wussten die Erfurter Bescheid.

Nach den Versprengten und Deserteuren kamen die Vorauskommandos und schließlich, seit letzter Nacht, die napoleonische Armee samt dem Kaiser.

Die Truppen waren in einem erbärmlichen Zustand. Zerlumpt, halb verhungert, viele verwundet. Das betraf nicht nur die Soldaten. Constantin Beyer hatte Wagen voller Offiziere und Generäle durchs Krämpfertor in die Stadt fahren sehen, die blutige Verbände trugen.

In den Straßen konnte man kaum gehen vor Uniformierten, Pferden und ineinander verkeilten Wagen und Kutschen.

Selbst nachts herrschte furchtbarer Lärm. Männer hämmerten an die Türen und forderten schreiend Quartier, um nicht im Regen auf dem Pflaster schlafen zu müssen. Munitionswagen wurden gesprengt, damit sie dem Feind nicht in die Hände fielen. Pferde wieherten, Räder rasselten, Kutscher fluchten, Kommandeure brüllten Befehle … Und als Folge heulten all die Kinder, die durch den Lärm aus dem Schlaf gerissen worden waren.

Das Gasthaus *Zum Weißen Ross* in der Krämpferstraße unweit des Angers war brechend voll. Es wimmelte von französischen Offizieren, die lautstark nach einer Mahlzeit oder Wein riefen.
Constantin Beyer war der einzige Einheimische in der Runde, abgesehen vom Wirt und dem Schankgehilfen. Entweder mieden die Erfurter heute lieber diese unberechenbare Gesellschaft, oder ihnen war klar, dass sie kaum etwas zu essen bekommen würden. Es sei denn, man war ein angesehener Stammgast und kam seit vielen Jahren jeden Tag hierher wie der charmante Beyer.
»Warten Sie, setzen Sie sich hierher, Monsieur Beyer!«, empfing ihn der kahle, bärtige Wirt namens Voigt, warf sich ein zerschlissenes Leinentuch über die Schulter und holte einen Stuhl aus dem Hinterzimmer, den er an den Stammplatz seines Gastes rückte.
»Jede Kammer bis unters Dach ist mit Offizieren vollgestopft! Heute gibt es nur Kartoffelsuppe. Ich versuche schon seit Stunden, diesen Männern klarzumachen, dass wir weder Brot noch Fleisch haben. Und es liegt ganz bestimmt nicht an meinem spärlichen Französisch, dass sie mich nicht verstehen wollen«, meinte der Wirt grimmig.
Er senkte die Stimme und raunte: »Aber ich sorge dafür, dass Sie ein paar Stückchen Wurst in der Suppe haben.«
Constantin Beyer wusste zu schätzen, dass er unter diesen

Umständen bevorzugt behandelt wurde, und bedankte sich mit verschwörerischem Lächeln.

Während er noch überlegte, ob er sich einen großen Krug Bier leisten konnte, denn es war alles furchtbar teuer geworden in den letzten Tagen, seit sie fast sämtliche Vorräte bei der Garnison abliefern mussten, stellte ihm der Wirt schon eines hin. Dann kümmerte er sich wieder um seine uniformierten Gäste.

Der sprachbegabte Buchhändler ließ seine Blicke durch den Raum schweifen. Gleich beim Eintreten hatte er die einzige Person bemerkt, die sich nicht an dem allgemeinen Spektakel beteiligte, sondern ganz still in einer Ecke saß, völlig in sich zusammengesunken.

Er erkannte sie sofort; eine hübsche junge Frau, die ihm schon gestern in der Stadt aufgefallen war. Vielleicht die Frau eines Offiziers, der Qualität ihrer Kleidung nach. Doch aufgefallen war sie ihm nicht wegen ihrer Schönheit, sondern wegen der Verzweiflung, die sie ausstrahlte. Sie stand am Rand des Stadtgrabens, den Kopf auf die Arme gestützt, und starrte in das strudelnde Wasser. So schmerzerfüllt, dass er befürchtete, sie würde hineinspringen.

Vermutlich war ihr Mann gefallen, gerade erst, und in dem Durcheinander des Rückzugs hatte sie den Kontakt zu seinem Regiment verloren. Ihr Gepäck wahrscheinlich auch, denn sie trug die gleichen Sachen wie gestern: einen dunkelblauen Samtmantel über fliederfarbenem Kleid. Unter dem mit Federn und Satinbändern besetzten Hut lugten blonde Locken hervor.

Ihre Augen waren vom Weinen geschwollen, ihr Gesicht bleich und ohne die geringste Regung. Sie schien in ihrer Erstarrung nichts mehr wahrzunehmen, weder das Geschehen um sie herum noch ihre bedrohliche Lage, wie Constantin Beyer zunehmend besorgt beobachtete.

Unter normalen Umständen würde eine Frau wie sie nie

allein einen Raum voller lärmender, trinkender Männer betreten, sondern darauf bestehen, dass der Wirt ihr aufs Zimmer brachte, was sie benötigte.

An dem Glas Milch vor sich hatte sie kaum genippt.

Jetzt jedoch fuhr sie so heftig zusammen, dass das Glas umkippte und die Milch über den Tisch rann, denn einer der Unteroffiziere hatte sie angerempelt und einen groben Scherz gerissen. Verschreckt sprang sie auf und versuchte, sowohl dem Mann als auch der verschütteten Milch zu entkommen.

Constantin Beyer war mit raschen Schritten bei ihr und schob sich zwischen den Störenfried und die junge Trauernde.

»Monsieur, Sie werden sich bei Madame entschuldigen und zugeben, dass ein solches Benehmen eines Angehörigen der Grande Armée nicht würdig ist!«, forderte er streng.

»Will uns etwa ein barbarischer Teutone Benehmen beibringen?«, grölte der Unteroffizier betrunken.

Constantin Beyer antwortete ruhig in makellosem Französisch. »Monsieur, wir sind in Erfurt, das ist *französisch* und Privatdomaine Seiner Majestät des Kaisers der Franzosen. Damit sind wir also allesamt *Landsleute und Freunde!*«

Laut brachte er ein »Vive L'Empereur!« aus. Dem mussten sich die Anwesenden zwangsläufig anschließen, und damit hatte er erst einmal alle Aufmerksamkeit auf sich gezogen.

»Die junge Dame ist offensichtlich die Gattin eines Offiziers. Eines *gefallenen* Offiziers, wie ich annehme?«

Er sah sie an, und sie nickte mit Tränen in den Augen.

»Mein Beileid, Madame!«

Nun wandte er sich an die Militärs. »Ihr Gatte opferte sein Leben für den Kaiser. Da die junge Witwe den Kontakt zum Regiment ihres Mannes und damit jeden Schutz verloren hat, sollten Sie ihr helfen, statt sich dermaßen pöbelhaft zu benehmen. Wer ist hier der ranghöchste Offizier?«

Ein Obrist der Kavallerie erhob sich, salutierte vor der Offizierswitwe und stellte sich vor.

Die stand ebenfalls auf und flüsterte ihren Namen.

»Monsieur le Colonel, würden Sie sich freundlicherweise darum kümmern, dass Madame in ihrer Not sicher und unbehelligt wieder in die Heimat kommt?«, vermittelte Beyer, nachdem auch er sich vorgestellt hatte. »Sie wollen doch nicht die Verantwortung übernehmen, wenn ihr etwas zustieße?«

Dem Colonel blieb nichts anderes übrig, als zuzusagen.

Constantin Beyer atmete auf.

Die Situation hätte auch völlig anders ausgehen können.

Der Kavallerist stieß erneut die Hacken zusammen und erklärte, Madame möge ihn in einer Viertelstunde zum Palais begleiten, wo er sich um ihre Weiterreise kümmern werde.

Die junge Witwe dankte höflich und sah Constantin Beyer trotz ihrer Not mit so viel Erleichterung an, dass es sein Herz wärmte.

Sie musste ihren Mann sehr geliebt haben, wenn sie ihm ins Feld gefolgt war. Doch nun, da er tot war und auch seine Kameraden sie nicht mehr schützen konnten, war ihre Lage nicht nur tragisch, sondern höchst gefährlich geworden – eine junge hübsche Frau inmitten so vieler Männer, von denen die meisten jede Moral verloren hatten.

Der Buchhändler redete ihr zu, etwas Suppe zu essen, ging zurück an seinen Tisch und sah mit Genugtuung, dass die junge Witwe wenig später von dem Colonel höflich hinausgeleitet wurde.

Zufrieden trank Constantin Beyer den Rest seines inzwischen schal gewordenen Bieres und stand auf, um zu gehen.

Doch in diesem Augenblick stürzte ein Junge aus der Nachbarschaft in die Gaststube und direkt auf ihn zu; Fritz, ein Zehnjähriger mit zerzaustem Haar und abstehenden Ohren, der liebend gern in Beyers Büchern über fremde Länder blätterte und sich dafür auch jedes Mal seine dreckverschmierten Hände sorgfältig wusch.

»Monsieur Beyer, Monsieur Beyer, ein Brief für Sie ist gekommen! Der Herr Doktor Maring schickt mich. Er sagt, wenn in diesen Zeiten noch ein Brief zugestellt wird, muss er wichtig sein, und ich soll ihn sofort zu Ihnen bringen.«

Verwundert nahm der Buchhändler die Post entgegen und betrachtete sie näher. Im ersten Impuls dachte er, seine Geliebte habe geschrieben. Doch das würde sie nie wagen – es sei denn, etwas ganz Schreckliches wäre geschehen. Außerdem sah man dem Brief an, dass eine längere Reise hinter ihm lag.

Um sich vor den neugierigen Blicken des Jungen zu retten, winkte er den Wirt herbei und überredete ihn, dem Burschen in der Küche einen Teller Suppe zu geben. Zehnjährige waren immer hungrig, in diesen Zeiten erst recht.

Der Buchhändler vergaß alles um sich herum und öffnete den Brief, aus dem ein zweiter, kleinerer herausfiel, adressiert an einen französischen Major.

Immer noch verwundert suchte Constantin Beyer nach der Unterschrift auf dem ersten Blatt.

Henriette Gerlach aus Leipzig.

Er kannte keine Henriette Gerlach in Leipzig. Oder sollte er eine flüchtige Messeaffäre vergessen haben? Dann musste die schon einige Zeit zurückliegen.

Doch als er die ersten Zeilen las, begriff er, wer ihm da schrieb. Die süße kleine Jette, die Tochter des Buchbinders aus Weißenfels! Ihr Oheim, der gute Gerlach aus Freiberg, ein geschätzter Kollege, nahm sie wegen ihrer Liebe zu Büchern immer zu den Leipziger Buchmessen mit.

Bei einer Begegnung im Hause Reclam hatte er das Mädchen schwer beeindruckt, als er ihr erzählte, dass Friedrich Schiller einige Zeit im Haus seiner Eltern in Erfurt gewohnt hatte und er ihn aus dieser Zeit persönlich kannte.

Jette – damals sicher nicht älter als zwölf oder vierzehn – hatte ihn mit leuchtenden Augen angeblickt, als sei er Schiller selbst. Ganze Szenen aus dem *Don Carlos* oder den *Räubern* konnte sie auswendig vortragen.

Constantin Beyer sah sie vor sich, als sei es gestern gewesen: zierlich, fröhlich, wissbegierig, bücherverrückt wie fast alle, die sich zu den großen Buchmessen in Leipzig trafen, mit wachen grünen Augen und hellbraunem Haar.

Wie alt mochte sie jetzt sein? Sechzehn? Siebzehn?

Hastig las er weiter.

Jetzt war sie also verwaist. Armes Ding!

Wenn Friedrich Gerlach sie bei sich in Freiberg aufgenommen hatte, war gut für sie gesorgt, daran hegte er nicht den geringsten Zweifel. Doch wieso war sie in Leipzig, was hatte es mit dem Brief an einen französischen Major auf sich? Und warum in aller Welt schickte sie den nicht an ihren Cousin, der hier in Erfurt in der Keyserschen Buchhandlung lernte? War sie vom rechten Pfad abgekommen? Hatte es Streit im Hause Gerlach gegeben?

Constantin Beyer zog seine Taschenuhr hervor und klappte sie auf, dann bestellte er doch noch ein Bier, ein kleines. Heute, da sein Wohnhaus voll von Einquartierten war, durfte er nicht mit Damenbesuch am Nachmittag rechnen. Also vertiefte er sich weiter in den mit zierlicher Schrift verfassten Brief. Zeile für Zeile enthüllte sich ihm das Rätsel.

Ich helfe als Freiwillige in Leipzigs Lazaretten bei der Pflege der Unglücklichen, die verwundet wurden oder am Nervenfieber leiden. Wir können inzwischen nicht viel mehr tun, als ihnen Trost zuzusprechen. Die Lage in den Lazaretten ist furchtbar. Heute – unmittelbar vor dem Einzug der Alliierten in Leipzig – starb vor meinen Augen ein junger Premier-Lieutenant namens Étienne de Trousteau, der gemeinsam mit seinem Vater mehrere Monate im Haus meines Oheims in Freiberg einquartiert war. Ich bitte Sie um nicht mehr und nicht

weniger, Monsieur Beyer, als diesen Brief an die Grande
Armée weiterzuleiten, damit der Vater vom Tod seines
Sohnes erfährt. Die Truppen werden doch sicher in die-
sen Tagen durch Erfurt kommen.
Üben Sie Barmherzigkeit, indem Sie den Eltern des
Lieutenants die Ungewissheit über das Schicksal ihres
einzigen Sohnes ersparen. Sie werden sich fragen, wes-
halb ich nicht meinen Cousin Konstantin darum bitte.
Aber ich weiß nicht, ob er sich noch in Erfurt aufhält,
und ich befürchte, sein Hass auf alles Französische ist
größer als sein Mitgefühl für trauernde Eltern. Deshalb
wende ich mich an Sie, denn Sie sind ein gütiger
Mensch.

Constantin Beyer seufzte leise.

Arme Jette! Was mochte nur aus dem fröhlichen, begeiste-
rungsfähigen zarten Ding geworden sein? Verwaist, im Lazarett von schlimmstem Leid, von Sterbenden und abscheu-
lichsten Verstümmelungen umgeben … Und allem Anschein
nach auch noch im Streit mit den Verwandten, wenn sie sich
nicht an ihren Cousin zu wenden wagte.

Dass sie ihn als Übermittler des Briefes wählte, bewies Klugheit. Es lag auf der Hand, dass die Franzosen derzeit in Erfurt
nur noch sehr wenige Sympathisanten hatten. Wahrscheinlich
erinnerte sich Henriette an einige spitze Bemerkungen, die er
über die Preußen gemacht hatte, von denen sich nie einer in
seiner Buchhandlung blicken ließ, bis sie 1806 Erfurt verlassen mussten. Vor allem aber hatte sie in einem recht: Er würde
es nicht fertigbringen, eine solche Nachricht zu unterschlagen,
egal für wen.

Wenn er den Brief in diesem Chaos einfach an einer Feldpost-
stelle abgab, würde er nie den Adressaten erreichen. Also
blieb ihm wohl nichts anderes übrig, als sich auf die Suche
nach diesem Major de Trousteau zu begeben.

»Korps Oudinot« war auf dem Brief als Hinweis angegeben. Das sollte helfen.

Das Korps Oudinot bildete die Arrièregarde und war noch gar nicht in Erfurt eingetroffen. So viel wusste Beyer.

Mit einem einzigen Schluck trank er sein Bier aus, ließ wie üblich anschreiben und ging hinaus Richtung Kommandantur. Er würde wohl ein paar seiner Beziehungen spielen lassen müssen, damit der Brief mit der Unglücksbotschaft auch wirklich ankam.

Kommandowechsel

Schmalkalden, 24. und 25. Oktober 1813

Es lebe das befreite Vaterland! Ein dreifaches Vivat auf Zar Alexander und den König von Preußen!«

Der in russischen Diensten stehende, einst sächsische Generalleutnant Johann Adolph von Thielmann erhob sich, zwang sich zu einem Lächeln und trank dem begeisterten Redner zu. Der Reitergeneral war todmüde und erschöpft wie fast all die zweitausend Männer seines Korps. In den zurückliegenden Tagen hatten sie den gen Westen fliehenden Feind verfolgt und nur gerastet, wenn die Pferde Ruhe und Futter brauchten. Schon einen Tag nach der mörderischen Schlacht um Leipzig erreichten und sicherten sie Naumburg, am 22. Oktober überquerten sie die Saale. Sie vertrieben die Franzosen aus Weimar, wobei er wie schon im September gemeinsam mit Graf Mensdorff und Hetman Platow und ihren berittenen Streifkorps dem gefürchteten Lefèbvre-Desnouettes und seiner Elitekavallerie eine Niederlage bereitete. Nun versuchten sie, der Grande Armée, die sich in großer Eile über Erfurt zurückzog, den Weg zum Rhein zu versperren.

Wohin sie kamen, wurden sie als Sieger gefeiert. Hier im einst thüringischen, dann hessischen und nun westphälischen Schmalkalden empfingen die Stadtbewohner sie sogar mit einem Fest und Fackelschein.

So rührend diese Begeisterung auch war – die meisten seiner Männer schafften es gerade noch, ihre Pferde zu versorgen und die Waffen zu reinigen, dann wollten sie nur irgendwo einen Platz zum Schlafen.

Als Kommandeur konnte sich Thielmann der Einladung jedoch nicht entziehen, noch dazu angesichts seines Rufes als verwegener Reiterführer. Seine Erschöpfung verbergend, tauschte er sich nun mit enthusiastischen Ratsherren über die geschichtsträchtigen Ereignisse der letzten Tage aus.

Während Gläser klirrten, elegant gekleidete Damen lächelten und junge Mädchen ihn bewundernd anstarrten, eilten seine Gedanken voraus: zum nächsten Marschtag, der nächsten Wegstrecke, dem nächsten Kampf mit dem geschlagenen, aber noch nicht besiegten Feind.

Wie weit würde ihre Verfolgungsjagd gehen? Gelang es den Alliierten, Napoleon und seine immer noch mindestens hunderttausend Mann starke Armee auf deutschem Gebiet zu stellen und zur Kapitulation zu zwingen?

Oder mussten sie über den Rhein? Am Ende gar bis Paris?

Und da waren außerdem die hundertfünfzigtausend Mann französische Truppen in den Elbfestungen, von Dresden bis Hamburg, die Garnisonen in Erfurt, Würzburg, Frankfurt …

Bonaparte war noch lange nicht bezwungen. Obwohl alles in Leipzig schon ein Ende hätte finden können. Oder in Weißenfels, wenn es nach ihm gegangen wäre.

»… finden Sie nicht auch, Euer Exzellenz?«, riss ihn sein Gegenüber aus den Gedanken, der schon eine ganze Weile auf ihn eingeredet hatte, ein freudestrahlender Apotheker von rundlicher Statur im braunen Samtfrack.

»Verzeihen Sie, es ist so laut hier, dass ich Ihre Worte nicht hörte«, entschuldigte sich der General. Allmählich konnte er kaum noch die Augen offen halten.

Bis eben hatte ihn das Schicksalhafte dieser Tage vorangetrieben, die Begeisterung der Menschen in den Orten, die sie durchquerten. Und ihn trieb der Gedanke vorwärts, dass sein Traum und der vieler Gleichgesinnter von einem freien, einigen deutschen Vaterland nun Wirklichkeit werden konnte.

Dafür hatten sich der Kampf und die vielen Blutopfer gelohnt. Sogar, dass er im Mai eine Gewissensentscheidung auf sich genommen hatte, für die ihn viele in seiner sächsischen Heimat immer noch Verräter schimpften. Nicht einmal die hohen Auszeichnungen, mit denen ihn der Zar und der preußische König für seine Tapferkeit ehrten, konnten diese Kränkung auslöschen.

Mit Mühe zwang er sich, seine Gedanken wieder auf das Fest zu richten und sich den Gastgebern zuzuwenden, die lachten, tranken und den Sieg bei Leipzig feierten.

Doch die Strapazen der letzten Tage forderten ihren Tribut. Morgen stand ihnen ein weiterer harter Ritt bevor, vielleicht auch ein Gefecht. Sobald es die Höflichkeit erlaubte, verabschiedete sich General von Thielmann und zog sich in das Haus am Markt zurück, in dem er für eine Nacht Quartier bezogen hatte. Die meisten seiner Offiziere folgten ihm erleichtert, um selbst etwas Schlaf zu finden.

Am nächsten Morgen – Thielmann hatte das Frühstück noch nicht einmal beendet – brachte sein Adjutant ein Schreiben aus dem Hauptquartier des Zaren.

Neue Befehle? Nachrichten von einer Vernichtungsschlacht, die vielleicht schon gestern geschlagen worden war?

Ungeduldig brach der General das Siegel und überflog das Schriftstück.

Dann las er es noch einmal, Wort für Wort. Widersprüchlichste Gefühle loderten in ihm auf: Freude, Verlust, Stolz, Bedauern, Sorge.

Feuer der Begeisterung und ein eisiges Gefühl im Magen.

Er würde sein Bestes geben, um diesen Befehl, diese ehrenvolle Aufgabe auszufüllen. Aber es würde Ärger geben.

Gewaltigen Ärger.

Wortlos reichte er den Brief an seinen Stabschef weiter, den preußischen Major Ludwig von Strantz, der sich zum Frühstück bei ihm eingefunden hatte.

»Schicken Sie Oberst Orlow zu mir!«, befahl Thielmann seinem Adjutanten und schob den Teller mit dem halb aufgegessenen Frühstück beiseite. Er würde jetzt keinen Bissen mehr hinunterbekommen.

Graf Orlow, der Anführer der fast tausend Kosaken, die in Thielmanns Streifschar ritten, hatte Quartier im Nachbarhaus bezogen und war schnell zur Stelle.

»Lassen Sie die Truppe antreten! Sie lösen mich heute noch im Kommando ab«, informierte General von Thielmann den verblüfften Russen. »Ich erhielt soeben Order nach Leipzig, um ein selbständiges sächsisches Korps zu bilden.«

Mit dieser Entscheidung des Zaren hatte keiner von ihnen gerechnet. Denn wenn es auch eine ehrenvolle Aufgabe war, die durchaus Thielmanns Tüchtigkeit und seinem Organisationstalent entsprach, barg sie eine Menge Sprengstoff.

Thielmann sollte also nach Leipzig reiten – Dresden war nach wie vor französisch besetzt und von alliierten Truppen umschlossen – und das Kommando über die sächsische Armee übernehmen. Die Armee, die er im Mai verlassen hatte, weil er es nicht über sich brachte, die Streitmacht und die von ihm befehligte Festung Torgau erneut Napoleon zu unterstellen, wie es der König anwies.

Diese königliche Order zerstörte seine Hoffnung und die seiner Freunde, Sachsen würde allen Geboten der Vernunft entsprechend zu den Alliierten überwechseln, statt weiter an

Napoleons Seite zu verharren. Also quittierte er den Dienst und verließ noch am gleichen Tag Stadt und Festung Torgau. Er hatte dem Befehl seines Königs *nicht* zuwidergehandelt. Aber er hatte sich aus Gewissensgründen geweigert, ihn auszuführen.

Und so wie er mussten noch am gleichen Tag, an dem der sächsische Herrscher reuevoll aus dem Prager Exil zurück an Napoleons Seite kam, sämtliche Männer Sachsen verlassen oder ihr Amt niederlegen, die von den geheimen Verhandlungen des Königs mit den Österreichern und den Alliierten wussten. Sie alle taten es ohne Zögern – aus Loyalität zu ihrem König und um ihn zu schützen.

Diesem König, Friedrich August von Sachsen, hatte Johann Adolph von Thielmann treu, tapfer und unter Einsatz seines Lebens gedient, bis er es nicht mehr mit seinem Gewissen vereinbaren konnte. Er hatte es sogar auf sich genommen, zum Sündenbock für die vom Monarchen gebilligten Unterhandlungen mit den Alliierten gemacht zu werden.

Der König ließ ihn bedenkenlos fallen. Napoleons Befehlen willfährig folgend, prangerte der sächsische Herrscher seinen einstigen General öffentlich als Verräter an und beorderte ihn per Bekanntmachung in der *Leipziger Zeitung* vors Kriegsgericht.

Das konnte Thielmann nicht verwinden, das war die offene Wunde in seinem Herzen.

Michail Fjodorowitsch Orlow, ein erst fünfundzwanzigjähriger Oberst aus einer angesehenen russischen Adelsfamilie und fähiger, oft tollkühner Reiterführer, fand die Fassung rasch wieder und wünschte seinem General für die neue Aufgabe Gottes Segen.

Gemeinsam gingen sie zum Kartentisch und erörterten, wo auf dem Weg bis Frankfurt der Feind am besten angegriffen werden könne.

»Vor Hanau müssen wir sie packen!«, legte der General seinem Nachfolger eindringlich nahe.

Der junge Kosakenführer war der gleichen Meinung. Wenn es nach ihnen und ihren Männern ginge, wäre der Feind längst gestellt. Aber das Hauptquartier der Alliierten ließ sich Zeit. Nur Blücher mit seinen Korps jagte Bonaparte und dessen Armee unerbittlich hinterher. Blücher und kleinere, schnelle Einheiten wie ihre.

Thielmann forderte seinen Nachfolger auf, die Truppen zusammenzurufen, damit er den Wechsel im Kommando bekanntgeben konnte.

»Gottes Segen für Ihr neues Kommando!«, sagte auch der Major von Strantz, als sie wieder allein im Quartier waren.

Er salutierte. »Es war mir eine Ehre, unter Ihrem Befehl dienen zu dürfen!«

Thielmann erwiderte die feierliche Geste.

Gemeinsam hatten sie im September dem Gegner eine Serie von Niederlagen bereitet, als sie zu einem »kleinen Krieg« ausgeschickt worden waren, um im Hinterland des Feindes für Unruhe zu sorgen. Bald kam kein Kurier, kein Gefangenentransport, keine Munitions- oder Proviantkolonne mehr zwischen Erfurt und Leipzig durch. Napoleon tobte und schickte fast zehntausend Mann seiner Elitekavallerie unter General Lefèbvre-Desnouettes gegen sie. Doch zusammen mit den anderen Streifkorps – unter anderem denen des legendären Kosaken-Hetmans Platow, des preußischen Majors von Colomb und des österreichischen Obristen Graf Mensdorff – bestanden sie sogar gegen eine doppelte Übermacht, bis sie zurück zur Hauptarmee befohlen wurden.

»Es wird sicher nicht leicht werden«, meinte von Strantz nach einem Moment des Schweigens.

Thielmann erwiderte nichts.

Aus dem Fenster seines Quartiers konnte der General sehen,

wie sich die zweitausend Mann seines Korps auf dem Marktplatz sammelten. Und wieder flogen seine Gedanken hin und
her zwischen Zukunft und Vergangenheit.

Seit Tagen fragte sich Johann Adolph von Thielmann voller
Selbstzweifel, ob er nicht doch schon im März mitsamt der
sächsischen Armee und dem wichtigen Elbübergang Torgau
die Seiten hätte wechseln sollen. Sein Freund Dietrich von
Miltitz, damals bereits in russischen Diensten, hatte ihm die
Zusicherung des preußischen Königs übermittelt, in diesem
Falle werde Sachsen uneingeschränkt als Königreich fortbe-
stehen.

Aus Loyalität zu seinem König hatte Thielmann diesen dras-
tischen Schritt nicht getan. *Das* wäre in seinen Augen Verrat
gewesen. Denn der königliche Befehl lautete damals noch,
Torgau und die sächsische Armee neutral zu halten.

Doch indem der König im Mai an Napoleons Seite zurückkehrte und selbst während der Leipziger Schlacht daran festhielt, hatte er Sachsen auf die Verliererseite getrieben. Jetzt
war Friedrich August Kriegsgefangener, und Sachsen fiel unter Eroberungsrecht.

Daran änderte auch nichts, dass die auf wenige tausend Mann
zusammengeschrumpfte sächsische Armee einen Tag vor dem
Sieg der Alliierten fast komplett überlief. Diese Soldaten taten
auf Weisung ihrer Offiziere am 18. Oktober in einer ausweg-
losen Situation das, was er, Thielmann, bereits im Mai nach
großem innerem Kampf gewagt hatte. Hätten ihre Generäle
oder ihr König diesen Entschluss früher gefasst – Sachsens
Schicksal wäre jetzt ein anderes.

Und mit solchen Männern sollte er, Thielmann, eine neue
sächsische Armee aufbauen, die entschlossen aufseiten der
Alliierten kämpfte? Würden sie ihm folgen?

Die Mehrzahl der Soldaten, das wusste er, schätzten seine
Tapferkeit im Kampf und seinen Einsatz für die ihm Unterstellten. Doch in der Generalität sah es anders aus. Er

fragte sich, auf wen unter den Offizieren er überhaupt zählen konnte. Wer ihn nicht als Verräter beschimpft hatte.

Nach langem Schweigen erteilte er eine letzte Order an seinen Adjutanten. »In unserer Reitenden Artillerie gibt es einen sächsischen Kanonier, Wilhelm Tröger aus Freiberg. Er und alle weiteren Sachsen in diesem Kommando bekommen Marschbefehl nach Leipzig, um sich bei der künftigen sächsischen Armee einzufinden.«

General von Thielmann hatte vier Trögers in Russland unter seinem Befehl gehabt, Brüder und allesamt überaus begabt im Umgang mit Pferden. Nicht einen konnte er zurück in die Heimat bringen. In Torgau hatte ihn die verzweifelte Mutter aufgesucht, und er musste ihr mitteilen, dass alle vier gefallen waren. Diesen Tag würde er nie vergessen.

Doch als während des Waffenstillstandes Freiwillige unter den Kriegsgefangenen gesucht wurden, die bereit waren, in der Kaiserlich-Russischen Armee zu kämpfen, da hatte sich der tot geglaubte Wilhelm Tröger bei ihm gemeldet und erklärt: wenn schon auf russischer Seite, dann nur unter seinem Kommando.

Thielmann hoffte sehr, dass die Mutter des jungen Mannes, eine Köchin aus Freiberg, inzwischen wusste, dass einer ihrer Söhne noch lebte. Vielleicht hatte sie dadurch wenigstens einen Teil ihres Friedens wiedergefunden.

Der General griff nach dem Degen, setzte den Zweispitz auf, ließ sich sein Pferd bringen und ritt vor seine vollständig angetretene Truppe.

»Mit sofortiger Wirkung übertrage ich das Kommando an Oberst Orlow«, rief er. »Ich selbst werde auf Befehl Seiner Kaiserlichen Majestät des Zaren das Kommando über die sächsische Armee übernehmen. Deshalb entferne ich mich von diesem Beritt und erwarte von Ihnen allen, dass Sie Ihrem neuen Kommandeur mit ebenso viel Hingabe, Tapferkeit und

Disziplin dienen, wie Sie es unter meinem Befehl taten. Dafür meinen Dank und meine Anerkennung!«

Die Verblüffung war groß. Keiner der Männer hatte erwartet, dass ihr erfolgreicher Anführer ausgerechnet jetzt abkommandiert würde, wo sie dem Feind schon so dicht auf den Fersen waren.

Thielmann lenkte sein Pferd einige Schritte zurück und ließ Orlow vorreiten, der seinerseits eine ebenso kurze Ansprache hielt und ein donnerndes dreifaches »Vivat!« auf ihren scheidenden Kommandeur ausbringen ließ.

Segenswünsche klangen von allen Seiten zu ihm, als der Appell zu Ende war.

Doch so schwer ihm der Abschied von seinen bewährten Kämpfern auch fiel – in Gedanken war Generalleutnant Johann Adolph von Thielmann schon weit weg.

In Leipzig. Er hatte große Pläne, kühne Ideen.

Nur ein sichtbares Engagement der Sachsen für die Alliierten konnte das Land noch retten, sein Heimatland.

Aber er wusste auch: Es würde unweigerlich Ärger geben.

Ein Befehl, ein Geheimnis, ein Brief

Erfurt, 25. Oktober 1813

Marschall Oudinots Arrièregarde marschierte in Erfurt vor Tagesanbruch ein; wenige Stunden, nachdem Napoleon und seine Armee die Stadt verlassen hatten.

Sie würden sich hier bloß kurz aufhalten, um neue Befehle entgegenzunehmen, Proviant und Munition zu fassen.

Oudinot und seine zwei Divisionen Junger Garde, jetzt noch verstärkt durch einige Einheiten Alter Garde, hatten sich bei der Deckung des Rückzugs der Grande Armée bestens bewährt. In den letzten Nächten lieferten sie den Verfolgern auf dem Weg über Eckartsberga und Ballstedt harte Kämpfe und behaupteten jedes Mal ihre Stellung, sogar gegen russische Reiterei.

Der unerschrockene Charles-Nicolas Oudinot hätte auch kein Weichen geduldet. Jetzt *musste* ihm der Kaiser das Scheitern vor Berlin im Spätsommer nachsehen!

Er hatte das Kommando über die Berlin-Armee nie gewollt. Doch als Napoleon es ihm nach der Niederlage von Großbeeren wutentbrannt entzog und seinem Liebling Ney übertrug, verlor der genauso bei Dennewitz. Sie schafften es beide nicht, Berlin einzunehmen, scheiterten am Kampfgeist der Preußen. Nur war Ney nicht in Ungnade gefallen.

Seitdem dürstete der gekränkte Marschall und Herzog von Reggio nach einem anerkennenden Wort des Kaisers.

Auf dem Südlichen Schlachtfeld von Leipzig und bei der Deckung des Rückzugs hatte er die Scharte ausgewetzt. Zumal seine Truppen eiserne Disziplin hielten – ganz im Gegensatz zu dem, was er sonst vom fliehenden Heer zu sehen bekam. Das zeigte jetzt wieder ein Blick auf seine vorbildlich marschierenden Garden, während sie durch das Krämpfertor in die Stadt einrückten.

Ein Reiter galoppierte ihnen entgegen, Oudinots neuer Adjutant Guillaume de Trousteau. Der Marschall hatte ihn vorausgeschickt, um zu erkunden, ob sie sich im Palais oder auf der Zitadelle einfinden sollten. Er hatte den Mann rasch schätzen gelernt: zuverlässig, gründlich, hart durchgreifend.

»Gouverneur General d'Alton erwartet Euer Exzellenz und den Stab im Kaiserlichen Palais«, meldete der Major. »Die Truppen sollen sich in den Magazinen ausrüsten und kurz rasten; Biwak in den Hirschgärten vor dem Palais.«

Zufrieden nahm der Marschall diese Informationen entgegen und veranlasste, dass die Befehle weitergegeben wurden.

Dann ritt er voran zum Palais und stieg aus dem Sattel, ein

Stöhnen unterdrückend. Kühle und Feuchtigkeit machten seinen Wunden zu schaffen, insbesondere die Kugel, die er seit dem Russlandfeldzug noch im Leib trug und die die Ärzte nicht zu entfernen wagten. Aber wenn alles gut lief, waren sie in einer Woche in Frankreich. Dann konnte er um Urlaub bitten und seine Verletzungen endlich auskurieren.

Der Marschall und sein Stab wurden trotz der frühen Stunde erwartet und sofort zum Gouverneur geführt.

General Alexandre d'Alton war ein strenger, drahtiger Mann von achtunddreißig Jahren mit stark ergrautem Haar, der seine Schulter sehr vorsichtig bewegte. Oudinot wusste, dass er bei der Schlacht um Smolensk vor einem Jahr schwer verwundet worden war. Vermutlich machten Herbstkälte und Feuchtigkeit auch dieser Wunde zu schaffen.

»Willkommen, Herzog!«, begrüßte der Divisionsgeneral den Marschall und ging ihm mit raschen Schritten entgegen. »Seine Kaiserliche Majestät hat vor wenigen Stunden Erfurt verlassen und lässt ausrichten, dass er mit Ihnen außerordentlich zufrieden ist.«

Das hörte Oudinot mit unendlicher Genugtuung, auch wenn er keine Miene verzog.

»Der kaiserliche Befehl lautet, dass sich Euer Durchlaucht wieder dem Hauptheer anschließen möge«, fuhr d'Alton fort. »Ab sofort bildet Marschall Mortier die Arrièregarde.«

Damit rückte Oudinots Traum in greifbare Nähe, in einer Woche in Frankreich zu sein. Vielleicht würde er bald schon seine junge Frau wiedersehen, Eugénie! Sie hatten erst voriges Jahr geheiratet.

Major Guillaume de Trousteau war erleichtert, bald wieder Ausschau nach seinem Sohn halten zu können. Das Korps Marmont, dem Étienne zugeteilt worden war, marschierte nun ganz vorn.

»Ich habe für Euer Durchlaucht und den Stab ein Frühstück bereiten lassen. Erweisen Sie mir die Ehre, Herzog, es gemeinsam mit mir einzunehmen, während sich Ihre Garden mit Proviant und Munition aus den Magazinen versorgen.«

Dankend nahm Oudinot das Angebot an und folgte d'Alton. Den Luxus einer guten Mahlzeit an einer üppig gedeckten Tafel in einem prächtigen Haus hatte er lange vermissen müssen. Seit dem Sommer, als er und seine Männer während des Waffenstillstandes Gäste der hinreißenden Gräfin von Kielmannsegge waren. Ob sie sich jetzt wohl in Sicherheit befand? Er hatte ihr vor seiner Abreise geraten, in der Nähe ihres Königs und seiner Armee zu bleiben. Das war nun hinfällig. Doch sie war eine außerordentlich kluge Frau und würde sich zu behaupten wissen.

Der Marschall gestattete sich und seinen Männern eine halbe Stunde für das Frühstück. Dann mussten sie weiter. Sobald die letzten durchziehenden Truppen die Stadt verlassen hatten, konnten die Stadttore geschlossen werden. Dann musste die Garnison unter d'Alton Stadt und Festung halten.

»Das Zweite Preußische Korps unter General von Kleist rückt auf Erfurt an. Aber sie haben kein schweres Geschütz«, informierte Oudinot den Gouverneur. »Mit dem bisschen Artillerie, das sie mitführen, können sie diese Festung nicht einnehmen. Solange die Zitadelle gut bevorratet ist, hängt alles von der Disziplin der Besatzung ab.«

»Das ist das Problem«, erklärte d'Alton stirnrunzelnd, während er sich von einer Ordonnanz Kaffee nachschenken ließ. »Wir besitzen ausreichend Vorräte und Munition, um einer langen Belagerung standzuhalten. Ich ließ alles Verfügbare requirieren. Doch einen Großteil der Stammbesatzung der Zitadelle hat das Nervenfieber niedergestreckt. Was die Neulinge aus Mainz taugen, ist fraglich, und was wir sonst hier zum Auffüllen der Garnison bekommen … Sie sehen ja selbst, in welchem Zustand die Truppen sind! Man sollte zur Abschreckung jeden Zehnten exekutieren.«

»Haben wir«, erklärte Oudinot mit bösem Lächeln und sah

kurz hinüber zu de Trousteau. »Plündererpack. Abschaum. Eine Schande für die Grande Armée.«

D'Alton nickte zustimmend. »Was mir fehlt, sind mehr Offiziere, die erbarmungslos durchgreifen, um die Disziplin aufrechtzuerhalten. Ich habe die Erlaubnis des Kaisers, Sie zu bitten, mir dazu einen geeigneten Mann abzustellen.«

Oudinot schnaubte leicht belustigt.

»Seien Sie versichert, dass niemand in meinen Stab käme, der es je an der nötigen Härte fehlen lassen würde.«

Er warf seine Serviette auf den Tisch und stand auf; alle anderen erhoben sich sofort. Das Frühstück war beendet.

Der Marschall richtete seinen Blick auf de Trousteau, obwohl er sich ungern von ihm trennte.

»Major, ich teile Sie als Offizier dem Gouverneur von Erfurt zu. General, Major de Trousteau ist ein absolut fähiger Mann und genau der, den Sie jetzt hier brauchen. Mit eiserner Hand und Augen, denen nichts entgeht.«

De Trousteau zeigte keine Regung, sondern salutierte vor dem Marschall.

»Euer Durchlaucht, ich bitte, mich von diesem Beritt entfernen zu dürfen, um meinen neuen Posten anzutreten.«

»Gestattet. Ich setze großes Vertrauen in Sie, Major. Und Sie, General, werden diesen Mann schnell schätzen lernen, mein Wort darauf.«

»Danke, Herzog! Jetzt entschuldigen Sie mich bitte. Ich muss auf die Zitadelle. Sobald die letzten nach Mainz marschierenden Regimenter die Stadt verlassen haben, schließen wir die Tore. Major, Sie begleiten mich!«

De Trousteau ließ sich sein Pferd bringen und wies seinen Burschen an, dafür zu sorgen, dass sein Gepäck auf die gewaltige Festung hoch über der Stadt geschafft wurde.

Einer der Adjutanten des Gouverneurs trat näher und räusperte sich.

»Major de Trousteau? Ein Brief ist für Sie abgegeben worden, eine dringende Nachricht. Der Überbringer ist mir wohlbekannt, Monsieur, ein angesehener Mann, und sagte, es sei außerordentlich wichtig, dass Sie ihn erhalten.«

Eine Nachricht von Étienne?

Hastig nahm Guillaume de Trousteau das Schriftstück entgegen und sah enttäuscht, dass sich diese Hoffnung nicht erfüllte. Das war eine andere Handschrift, die er bei näherer Betrachtung zu erkennen glaubte. Diese zierlichen Buchstaben stammen doch nicht etwa von der kleinen Demoiselle Henriette aus Freiberg?

Der Himmel bewahre mich vor den verflossenen Liebschaften meines Sohnes!, dachte er unwirsch. Glaubte dieses junge Ding wirklich, sie könne eine ernsthafte Verbindung mit einem adligen Offizier der Grande Armée eingehen?

So einfältig war sie eigentlich nicht.

Ob Étienne sie geschwängert hat und sie deshalb um Geld bittet? Er hatte jetzt wirklich andere Sorgen! Statt seinen Sohn zu finden und in einer Woche in Frankreich zu sein, saß er plötzlich in Erfurt fest und musste aller Voraussicht nach eine monatelange Belagerung über sich ergehen lassen.

Nachlässig steckte er den Brief ein, saß auf und folgte d'Alton missgelaunt den steilen Weg hinauf zur Zitadelle, ohne sich noch einmal umzudrehen.

Constantin Beyer hatte eine schlaflose Nacht hinter sich. Nicht die erste und ganz sicher nicht als Einziger in Erfurt.

Vom Nachmittag an bis zu Napoleons Abreise lange vor Tagesanbruch herrschte ein furchtbares Gedränge und Getöse – auf dem Anger, vor den Toren und noch schlimmer auf den Feldern um die Stadt. Bis sechs Uhr morgens zog sich der lärmende Abmarsch der Grande Armée hin. Dann kehrte plötzlich Stille ein.

Doch diese ungewohnte Ruhe bescherte dem Bücherfreund nicht etwa den ersehnten Schlaf, sondern nur Grübeleien.

War Napoleons Abzug und der seiner Armee das Ende der großen Katastrophe? Oder der Beginn einer neuen?

Es hatte keine Schlacht um oder in Erfurt gegeben wie in Leipzig, dem Himmel sei gedankt! Aber der Donner der preußischen Geschütze war schon bis hierher zu hören. Gerüchte kursierten von einer bevorstehenden Kapitulation der Franzosen. Es fiel ihm schwer zu glauben, dass Napoleon freiwillig Stadt, Zitadelle und Cyriaksburg räumen ließ.

Constantin Beyer grübelte auch über Henriette nach und darüber, wie es ihr jetzt wohl gehen würde. Er hatte getan, was er konnte, damit ihr Brief den richtigen Mann erreichte.

Oudinots Arrièregarde wurde in der Nacht erwartet und sollte gleich weiterziehen. Wegen der Ausgangssperre war es ihm unmöglich, hinauszugehen und sie zu suchen. Doch Oudinots Stab sollte im Palais neue Befehle bekommen. Das hatte er sich zunutze gemacht.

Solange der jetzige Fürstprimas von Dalberg und Großherzog von Frankfurt noch als Gouverneur in der Kurmainzischen Statthalterei residierte, war der Stadtrat, Maler und Dichter Beyer oft zu Gesellschaften dorthin eingeladen worden. Dies und ein respektables Trinkgeld hatten ihm gestern Zugang ins Palais und zu den richtigen Leuten verschafft. Jetzt konnte er nur hoffen, dass der Brief den Empfänger erreichte.

Schließlich hielt es ihn nicht mehr im Bett, enerviert warf er die Decke beiseite. Er würde keine Ruhe finden. Er musste hinaus, um zu wissen, was dieser Tag noch bringen würde.

Erfurts Straßen waren fast wie ausgestorben. An etlichen Häusern sah Constantin Beyer Spuren von Plünderungen: zertrümmerte Türen und Fenster, Scherben auf den Straßen. Sogar die hölzerne Umzäunung des Obelisken auf dem Anger für Napoleons Sohn war den Biwakfeuern zum Opfer gefallen.

Im Gegensatz zu sonst sah er auch kaum noch einen Soldaten. Die in der Stadt verbliebenen standen auf den Wällen, bewachten das Krämpfer- und das Andreastor.

Die fast menschenleeren Straßen wirkten gespenstisch.

Etwas Unheimliches lag in der Luft. Angst.

Doch in der Buchhandlung versammelte sich bald ungewöhnlich viel Kundschaft: weniger zum Kaufen oder um ein Buch auszuleihen, sondern weil die Erfurter wussten, dass Monsieur Beyer meistens sehr gut informiert war.

»Es heißt, der Kaiser will Erfurt zum Dank für unser Wohlverhalten schonen, die Stadt soll kampflos übergeben werden!«, erzählte aufgeregt die Gattin des Apothekers Bauer. Und ihre Begleiterin, eine üppige Brünette, wollte sogar wissen: »Hunderttausend Taler soll er als Entschädigung dagelassen haben. Stimmt das, Monsieur Beyer?«

Beide Frauen sahen ihn an, und ihre Augen bettelten darum, dass er ihre Worte bestätigte.

Auch die Studenten, die zwischen den Regalen der Leihbibliothek standen, traten neugierig näher.

»Das Geld ist für die Hospitäler, soweit ich weiß«, erklärte Beyer.

»Aber die Stadt wird kampflos übergeben, nicht wahr?«, beharrte die Apothekersfrau.

»Hören wir, was dort draußen vor sich geht«, schlug Constantin Beyer vor.

Ein Tambour in französischer Uniform stellte sich dicht vor der Buchhandlung auf und rief, dass gleich auf dem Domplatz etwas Wichtiges verkündet werde.

»Herr im Himmel, lass sie die Stadt friedlich übergeben!«, murmelte die Frau des Apothekers verzweifelt. »Dafür häng ich auch mein letztes Laken aus dem Fenster!«

Constantin Beyer, sein Teilhaber Dr. Maring, die Frauen und die Studenten folgten dem Trommler die paar Schritte von der Kettenstraße bis zum Domplatz. Zu Dutzenden strömten Menschen zusammen, um die Neuigkeiten zu hören.

Der Tambour schlug einen Trommelwirbel, dann entrollte der städtische Ausrufer ein Papier und las mit schallender Stimme: »Befehl Seiner Exzellenz des Gouverneurs: Es ist allen Zivilisten verboten, sich den Militärposten und den Wällen zu nähern. Ebenfalls strengstens verboten sind Ansammlungen von mehr als fünf Menschen. Gehen Sie nach Hause und schaffen Sie nasse Säcke auf die Dachböden. Verstöße werden streng geahndet.«

Entsetzen breitete sich auf den Gesichtern der Zuhörer aus.

»Es gibt keine kampflose Übergabe. Laufen Sie sofort nach Hause und wappnen Sie sich für den Beschuss der Stadt, so gut Sie können!«, drängte Beyer seine Begleiter.

Den Rest des Vormittags verbrachte Constantin Beyer damit, in der Buchhandlung, dem Haus seines Freundes Maring und in seinem Wohnhaus Eimer und sämtliche sonstigen Gefäße mit Wasser zu füllen. Doch sollte die Stadt in Brand geschossen werden, konnte er damit gar nichts ausrichten.

Als er mittags zum Essen ins *Weiße Ross* ging, war außer ihm nur noch ein einziger Passant auf den Straßen; ein junger Mann oder Bursche, der fast geradewegs auf ihn zulief.

Überrascht erkannte ihn Beyer, als er schon auf zehn Schritte heran war, und sprach ihn an.

»Monsieur Gerlach! Ich dachte, Ihr Vater hätte Sie nach Freiberg gerufen?«

»Das hat er auch«, bestätigte Konstantin Gerlach widerstrebend. »Doch ich bin zurückgekehrt. Ich habe es gerade noch in die Stadt geschafft, ehe das letzte Tor geschlossen wurde.«

»Ist das klug?«, zweifelte sein älterer Namensvetter besorgt. »Monsieur Keyser hätte doch sicher Verständnis ... Wir stehen vor einer Belagerung!«

Abgesehen davon, dass es tragisch wäre, stieße dem jungen Mann etwas zu: Bei einer Belagerung zählte jeder Esser doppelt. Und Bücher wurden dabei gewiss nicht verkauft.

»Es war … erforderlich«, antwortete Konstantin Gerlach vage. Er wollte nicht zugeben, dass er nach einem heftigen Streit mit seinem Vater im Zorn gegangen war. Alles wegen Jettes Schamlosigkeit!

»Geht es Ihrer Familie gut? Ihren Eltern?«, wollte der Buchhändler Beyer wissen.

»Ja«, log Konstantin.

Erst recht nicht wollte er zugeben, dass er seinen kranken Vater im Stich gelassen hatte. Dafür schämte er sich. Doch sein Bruder Eduard war ja zurückgekehrt; sollte der sich gefälligst wieder um den Zeitungssatz kümmern! Außerdem ging es Vater schon viel besser.

»Und Ihre liebenswerte Cousine?«, erkundigte sich Beyer beiläufig. Vielleicht konnte er so hinter das Rätsel dieses Briefes kommen.

»Von ihr kein Wort!«, sagte der junge Gerlach scharf, lüpfte den Hut zum Abschied und lief rasch weiter zu Keysers Haus in der Marktstraße.

Da begann Constantin Beyer, sich ernsthaft um Henriette zu sorgen.

»Sind Sie denn von allen guten Geistern verlassen?«, empfing der Inhaber der größten Buchhandlung der Stadt den Sohn seines Freiberger Kollegen.

»Als ich Ihnen erlaubte, Ihrem verzweifelten Vater zu Hilfe zu eilen, erwartete ich nicht, dass Sie am nächsten Tag schon wieder abreisen! Ihr Arbeitseifer in allen Ehren, Konstantin, aber Sie begeben sich in große Gefahr. Ab heute ist Erfurt im Belagerungszustand. Vielleicht werden wir morgen schon beschossen. Wie soll ich vor Ihrem Herrn Vater rechtfertigen, wenn Ihnen etwas zustößt?«

Georg Adam Keyser schüttelte missbilligend den Kopf. »Ist wenigstens Ihre Cousine gefunden worden?«

Der zweimal verwitwete Buchhändler gehörte zu denjenigen, denen Friedrich Gerlach nach Jettes Verschwinden sofort geschrieben hatte.

Konstantin wollte auch hier nicht über Henriette sprechen.

»Wenn Sie einverstanden sind, gehe ich in die Setzerei und helfe Ihrem Sohn bei der Zeitung«, wich er aus.

Hastig öffnete er das Felleisen mit seinem bisschen Reisegepäck und streckte es Keyser senior entgegen. »Drei Brote; ich habe drei Brote mitgebracht, weil ich mir dachte, dass es hier keines mehr gibt.«

»Sehr gut!«, lobte Keyser. Die hiesigen Bäcker durften in den letzten Tagen nur noch für die Armee backen; fast alles Essbare war requiriert und das wenige, das es noch gab, unerschwinglich. »Bringen Sie es in die Küche.«

Ihm war nicht entgangen, dass der junge Mann die Frage nach der vermissten Cousine nicht beantwortet hatte.

Friedrich Keyser, der fünfundzwanzigjährige Sohn und künftige Erbe der Keyserschen Buchhandlung, war mit der Herausgabe einer Zeitung betraut, dem *Allgemeinen Literarischen Anzeiger*, der zweimal wöchentlich erschien. Erstaunt riss er die Augen auf, als Konstantin in der Setzerei auftauchte und nach Winkelhaken und Ahle griff.

»Ist dein Vater wieder gesund? Und dein Cousinchen aufgefunden?«, fragte er sofort.

Konstantin verzog das Gesicht voller Hass. »Von der sprich nie wieder! Sie hat's mit den Franzosen getrieben und ist durchgebrannt. Das erspart uns wenigstens einen Teil der Schande. Es ist mir völlig gleich, wie und wo sie vor die Hunde geht.«

»Das lass lieber nicht meine Schwester hören!«, wies Friedrich ihn streng zurecht. »Findest du nicht, dass du sehr hart urteilst? Zumal du nicht dabei warst. Wer weiß, ob es überhaupt stimmt! Jette ist weder leichtsinnig noch dumm oder verdorben.«

»Dann tu mir den Gefallen und behalt es für dich!«, erwiderte Friedrich Gerlachs Erstgeborener schroff und beugte sich mit finsterer Miene über den Text.

Diesmal hielt sich Constantin Beyer nur kurz im *Weißen Ross* auf, denn er hoffte sehnsüchtig auf Besuch. An guten Tagen konnte seine große Liebe zwischen ein und drei Uhr heimlich zu ihm kommen. Eine Viertelstunde lang hielt er deshalb schon am Fenster seiner Wohnung in der Langen Gasse gegenüber dem Rathaus Ausschau.

Da, endlich! In einem schlichten Umhang über dem dunklen Kleid, dessen Kapuze ihr Gesicht verdeckte, ging sie auf sein Haus zu, mit einem Weidenkorb in der Hand, als erledige sie Einkäufe. Rasch stieg er die Treppe hinunter, ließ sie zum Hintereingang herein und führte sie nach oben. Er schloss die Tür hinter sich, nahm ihr den Umhang ab und legte zärtlich eine Hand auf ihre Wange. Sie sah so traurig aus, dass es ihm beinahe das Herz brach.

»Liebste!«, flüsterte er. »Vergiss die Welt! Wenigstens für diesen Augenblick! Wenigstens, solange du bei mir bist …«

»Zwei Stunden kann ich bleiben«, sagte sie und blickte unruhig um sich. »Er ist zu einem Treffen mit dem Intendanten und Polizeioberinspektor Kahlert gegangen.«

Dann ließ sie den Kopf gegen seine warme Hand sinken und schloss die Augen.

Er war ihr Ehemann. Einer der einflussreichsten und am meisten gehassten Männer Erfurts, gleich nach Devismes und Kahlert. Ein treuer Erfüllungsgehilfe der Franzosen. Hart, gnadenlos. Auch gegen seine Frau.

Die Verzweiflung hatte sie in Constantin Beyers Arme getrieben.

Als im Sommer wegen des Aufstandes der Konskribierten zwei junge Männer hingerichtet werden sollten, hatte sie ihn heimlich aufgesucht, damit er ihr helfe, Bittgesuche in einwandfreiem Französisch *und* der Diktion der Advokaten zu verfassen. Einer der zum Tode Verurteilten war jemand aus ihrer Nachbarschaft, den sie von klein auf kannte. Sie wollte diese Gesuche für seine Mutter. Genutzt hatte es nichts, beide Verurteilte wurden als Aufrührer erschossen.

Das traf sie schwer, denn kurz zuvor war ihr eigener Sohn gefallen. Ihr Ehemann hatte darauf bestanden, dass er sich freiwillig zur Grande Armée meldete. Sein Sohn sei für Kaiser und Ehre gestorben, es gebe nichts Höheres, hatte ihr Mann sie angebrüllt und sich verbeten, dass sie deshalb herumflenne.

Sie wollte sich das Leben nehmen.

Constantin Beyer hielt sie davon ab und wurde der einzige Trost und Halt in ihrem Dasein.

Er hatte schon viele Affären gehabt, etliche Geliebte. Keine hatte ihm je so viel bedeutet wie diese. Doch ausgerechnet diese eine konnte er nicht haben, nicht einmal beschützen. Deshalb nannte er sie nie beim Namen, um sich nicht irgendwann einmal vor anderen zu versprechen.

»Das Leben ist mir nichts mehr wert, seit mein Junge tot ist. Und ich kann die Eiseskälte dieses Mannes nicht mehr ertragen. Wärst du nicht ...«

Sie brachte den Satz nicht zu Ende.

Auch ihretwegen war ihm die junge Offizierswitwe aufgefallen, hatte er ihr beigestanden. Und dann musste er an Henriette Gerlach denken und daran, welches Leid der Krieg ihr wohl zugefügt haben mochte. Welches Leid der Krieg den Frauen insgesamt brachte.

Sanft strich er über das glänzend schwarze Haar seiner Geliebten, fuhr zärtlich mit den Fingerkuppen über die schön geschwungenen Augenbrauen, den schlanken Hals.

»Wenn wir je vorgehabt hätten, gemeinsam fortzugehen – jetzt ist die Chance vertan. Die Stadttore sind geschlossen. Die Preußen werden die Stadt umzingeln, und wir sind gefangen«, sagte sie bitter. »Am liebsten würde ich in alle Welt hinausposaunen, dass ich dich liebe. Soll er mich töten! Ich bin doch schon wie erstorben. Nur würde er dann auch dich umbringen lassen. Also verstecken wir uns weiter ...«

Er legte ihr den Finger auf die Lippen und küsste sie – erst auf den Hals, dann die Linie ihres Kinns entlang und endlich auf den Mund.

»Still! Lass die Welt draußen! Wir haben zwei Stunden.«

Er zog sie an sich, umfasste sie mit beiden Armen und küsste sie erneut. Sie schmiegte sich an ihn, und geschickt begann er, die Häkchen zu öffnen, die ihr Kleid auf dem Rücken verschlossen.

Wenn sie keinen Lebensmut mehr hatte, mussten sie sich eben seinen teilen. Wenn sie in der Kälte ihrer Ehe gefangen war, wollte er ihr wenigstens etwas von seiner Wärme geben.

Die Erfurter Zitadelle war eine gewaltige Zwingburg auf dem Petersberg, hoch über der Stadt, mit meterdicken und unüberwindlich hohen Mauern. Durch deren Tiefen führten endlos lange Horchgänge, die es Feinden unmöglich machten, sich unbemerkt heranzugraben und Minen zu plazieren.

Eisiger Wind fauchte um das mächtige Bollwerk, als de Trousteau und der Gouverneur hinaufritten. Die Böen tosten durch die Fluchten zwischen den einzelnen Bauten, wirbelten über die freien Plätze.

So hoch oben über der Stadt de Trousteau auch war, seine Stimmung hätte nicht tiefer sinken können.

Die Aussichten waren weiß Gott trübe. Sechstausend Mann Garnison – die achthundert auf der Cyriaksburg schon mitgezählt – und die Hälfte davon krank. Sie waren viel zu wenige und verfügten nicht einmal ansatzweise über genug

Kavallerie, um einen ernstzunehmenden Ausfall zu wagen. Also mussten sie Stadt und Festung halten, bis der Kaiser im Frühjahr mit einer neuen Armee zurückkam.

So lange steckte er hier fest – mit Soldaten, die entweder krank, unerfahrene Rekruten waren oder auf dem Rückzug von Leipzig jeglichen Kampfgeist verloren hatten.

»Tun Sie sich keinen Zwang an!«, ermunterte ihn d'Alton, als er sah, wie de Trousteau beim Anblick einer Gruppe Infanteristen das Gesicht verzog, die sich einen windgeschützten Platz gesucht hatten und untätig herumstanden. »Sofern die Preußen nicht große Geschütze auffahren, mit denen sie diese Zitadelle erreichen können, ist Müßiggang unser größter Feind.«

»Die Preußen haben kein schweres Geschütz«, wusste de Trousteau aus eigener Anschauung der letzten Tage. »Zwar konnten sie einiges in Leipzig erbeuten, büßten aber auch viel ein. Und schließlich müssen die Gegner ihre Artillerie auf diverse Festungen verteilen, die zu belagern sind: Dresden, Torgau, Wittenberg, Magdeburg, von Hamburg ganz zu schweigen. Mit ein paar Sechspfündern können sie hier nichts bewirken.«

»Ich erwarte Sie heute Abend zum Essen«, erklärte der Gouverneur. »Bis dahin haben Sie jegliche Vollmacht, den Kerlen Beine zu machen. Fangen Sie am besten gleich damit an!«

Das tat de Trousteau mit Hingabe.

Er ging auf die kleine Gruppe Infanteristen zu, die an der Mauer standen und schwatzten, bis sie bei seinem Nahen endlich Haltung annahmen. Erst brüllte er sie zusammen, dann ließ er ihren Zugführer holen und die gesamte Kompanie über den Exerzierplatz scheuchen, bis die Männer vor Erschöpfung fast umfielen.

Damit hatte er seinen Ruf als erbarmungsloser Schinder auf der Zitadelle schon begründet, noch ehe er zum Essen mit dem Stab des Gouverneurs erschien.

»Wer morgen seine Uniform nicht in bester Ordnung hat, wird sich in den Schoß seiner Mutter zurückwünschen!«, drohte er im Gehen.

Erst als er sich zu Bett legen wollte, fiel Guillaume de Trousteau der Brief wieder in die Hände, den er am Morgen erhalten hatte. Unwillig öffnete er ihn im Schein einer stark rußenden Kerze. Vielleicht hatte er sich in der Handschrift getäuscht, und es war doch eine wichtige Nachricht.

Aber dann sah er die Unterschrift, und schon an den ersten Worten erkannte er auch die charmante Diktion, die dieser Demoiselle Gerlach beim Sprechen einen so süßen Akzent verlieh. Kein Wunder, dass sich sein Sohn ausgerechnet um sie bemüht hatte, obwohl er zweifellos jedes Mädchen hätte haben können.

Guillaume de Trousteau machte sich auf eine Jungmädchenschwärmerei oder die Kunde von einer Schwangerschaft gefasst. Beides würde ihn kaltlassen. Sein Sohn sollte einmal etwas Besseres bekommen, eine Schönheit von Adel. Missgelaunt las er weiter.

Plötzlich stieß er einen Schreckenslaut aus. Er taumelte einen Schritt zurück und ließ sich auf die Kante seines Bettes fallen. Das konnte nicht sein! Sein einziger Sohn, sein ganzer Stolz, sein Ein und Alles!

Dieses Mädchen musste sich irren, Étienne konnte nicht tot sein! Was nahm sie sich heraus!

Doch seine Wut und seine Hoffnung schwanden Zeile um Zeile, als er weiterlas.

Vielleicht tröstet es Sie zu wissen, dass ich in seinen letzten Minuten bei Ihrem Sohn war, Monsieur le Major. Er starb nicht einsam.

Ich fand Étienne schwer verwundet am 19. Oktober nahe dem Leipziger Hauptlazarett, kurz bevor die Alliierten die Stadt einnahmen. Die Ärzte konnten nichts mehr für ihn tun. Der Erste Wundarzt schaffte es zwar, die Kugel aus seiner Brust zu entfernen, doch wir vermochten die Blutung nicht aufzuhalten. Ihr Sohn starb in meinen Armen. Vielleicht tröstet es Sie auch ein wenig zu wissen, dass er dabei lächelte, denn er war noch voller Pläne für sein Leben.

Ich konnte den Totengräber überreden, ihn nicht in einem der vielen Massengräber beizusetzen. Étienne liegt auf dem Johannisfriedhof in Leipzig begraben, neben einem General. Wenn dieser Krieg vorbei ist, können Sie seinen Leichnam in Ihre Heimat überführen. Vielleicht ist das Ihnen und seiner Mutter ein geringer Trost in Ihrem unermesslichen Leid. Es ist der einzige, den ich Ihnen spenden kann.

Auch ich traure von ganzem Herzen um Ihren Sohn. Doch ich weiß, es gibt keinen größeren Schmerz als den von Eltern, die ihr Kind begraben müssen.

Gott schütze Sie!
Henriette Gerlach

Guillaume de Trousteau hatte noch nie in seinem Leben eine einzige Träne vergossen. Zweimal war er kurz davor gewesen: als sein Sohn geboren wurde und als Henriette im Sommer den vermissten und schwer verwundeten Étienne gefunden und vor dem Tod gerettet hatte.

Gefühle waren nicht seine Sache. Er war ein nüchtern denkender Mann mit schneidendem Verstand und ohne jegliches Mitleid. Eiserne Beherrschung hatte er stets auch von seiner Gattin und seinem Sohn erwartet. Das schuldeten sie ihrem Stand.

Doch jetzt erlebte er zum ersten Mal im Leben diese fürchterliche Enge im Hals, das Brennen in den Augen, das Gefühl, der Boden würde unter den Füßen aufreißen, bis sich ihm erneut ein qualvoller Schrei entrang.

Sein Gesicht zuckte, Tränen liefen ihm über die Wangen, während er nur einen Gedanken fassen konnte: Sein Sohn war tot. Sein einziger Sohn.

Wenigstens wusste er, wo Étiennes Grab war, konnte ihn zu sich nach Hause holen, wenn alles vorbei war. Doch dieses Wissen nützte ihm nichts, während er hier festsaß. Solange die Belagerung anhielt, konnte er nicht einmal seiner Frau die Unglücksnachricht zukommen lassen.

Vielleicht war das gut so? Aber für den Fall, dass auch ihm etwas zustieß, musste sie davon erfahren.

Bis zu diesem Moment hatte er nie auch nur die Möglichkeit in Betracht gezogen, er oder sein Sohn könnten aus dem Krieg nicht wiederkehren.

Wankend stand er vom Bett auf und setzte sich an den Tisch, wo Papier und Feder lagen.

»Nach meinem Tod meiner Gemahlin zu übersenden«, schrieb er als Erstes auf ein Blatt, das er faltete, um den eigentlichen Brief hineinzulegen.

Die halbe Nacht verbrachte der sonst so unerbittliche Major de Trousteau mit Grübeleien, wie er seiner Frau die Nachricht vom Tod ihres Sohnes schonend beibringen konnte.

In der Morgendämmerung warf er den Federkiel beiseite, ohne eine Zeile geschrieben zu haben.

Er würde es ihr selbst beichten müssen, von Angesicht zu Angesicht. Schon deshalb musste er diese Belagerung und das zu erwartende Bombardement überstehen, bis der Kaiser wiederkehrte und sie hier raushaute.

Dafür würde er sorgen. Und wenn er jeden einzelnen Mann der Garnison höchstpersönlich in die Horchgänge oder an die Geschütze zerrte!

Sollten die Preußen nur kommen und die Stadt umschließen – er würde sie für Étiennes Tod teuer bezahlen lassen.

Ermahnungen

Besorgt sah Henriette auf das verletzte Bein des Stabskapitäns.

Zunächst verschorften die Wunden gut, auch die größte schloss sich erstaunlich schnell. Doch heute war sein Bein deutlich geschwollen. Sie hatte den Verband abgenommen, weil der Offizier von einem pulsierenden Schmerz berichtete.

Vorsichtig legte sie ihre kühlen Hände auf die Haut über der Schwellung und spürte die beunruhigende Hitze.

»Ich fürchte, ein Eiterherd ist im Innern«, sagte sie und biss sich ratlos auf die Unterlippe. Sie wrang ein Tuch aus und legte einen kalten Umschlag auf. »Vielleicht muss die Wunde noch einmal geöffnet werden, damit das Gift abfließen kann. Ich sollte einen Arzt holen.«

»Tun Sie das!«

Von Wilhelmsen hatte die Tüchtigkeit der jungen Pflegerin zu schätzen gelernt. Aber jetzt brauchte er einen Chirurgen.

Henriette zog Mantel und Hut an und lief in die Thomaskirche. Dr. Multon war nicht dort, also wandte sie sich an einen Wundarzt mit schütterem grauem Haar, der dem Lazarettschreiber gerade Totenscheine diktierte, lange schmale Streifen Papier, auf denen zumeist nicht viel stand.

»Das Übliche: unbekannt, wird nicht abgeholt, begraben. Zwei Russen, ein Franzose. Ein Preuße: unbekannt, wird abgeholt und identifiziert.«

Geduldig wartete Henriette, bis sie ihr Anliegen vortragen durfte.

»Wir können jetzt wirklich niemanden entbehren, nicht einmal für einen Gardeoffizier!«, erklärte der Wundarzt gereizt, als sie sich nicht gleich abweisen ließ.

»Es werden immer noch Blessierte vom Südlichen Schlachtfeld gebracht. Der Himmel weiß, wie sie fast eine Woche auf dem kahlen Acker überleben konnten, noch dazu bei Kälte und Regen. Und immer mehr Typhuskranke kommen, heute allein Dutzende neuer Fälle. Wir werden der Seuche nicht mehr Herr. Kühlen Sie die Schwellung, Mademoiselle, das löst manchmal schon das Problem. Wenn es morgen nicht besser ist, kommen Sie wieder. Dann schicke ich jemanden zu Ihrem Offizier.«

Der Wundarzt wies auf ein paar Fässer an der Wand. »Heute ist eine ganze Wagenladung Eis als Hilfssendung von den böhmischen Brauern eingetroffen. Ein Segen! Nehmen Sie sich etwas davon zum Kühlen mit.«

Rasch überlegte Jette, ob sie die Eisstücke in den Hut packen dürfte, ohne sich den Zorn von Madame Lindenthal zuzuziehen. Der Stoff trocknete wieder. Aber die Witwe würde ihr unmöglich durchgehen lassen, mit unbedecktem Haar durch die Stadt zu laufen.

Also fragte sie den Lazarettschreiber, ob sie sich eine Schüssel leihen dürfe. Gegen Quittung und das Versprechen, sie am nächsten Tag zurückzubringen, gab er ihr eine verbeulte Blechschale, in die sie mit beiden Händen Eisbrocken schaufelte.

In Gedanken voller Sorge um den Stabskapitän, verließ sie die Kirche. Sie war noch keine zehn Schritte weit gekommen, als jemand ihren Namen rief.

Überrascht sah sie in die Richtung, stutzte und rannte dann voller Freude auf die Ruferin zu: eine junge Frau mit einem Neugeborenen im Arm, das in warme Decken gehüllt war. Neben ihr stand ein etwa sechsjähriger blonder Junge mit fast leerem Weidenkorb.

»Greta! Paul! Und euer Kindchen ist da! Geht es euch gut?«, jubelte Henriette.

»Es ist ein Mädchen geworden! Wie ich es mir wünschte«, sagte Greta strahlend. »Schau sie dir an, unsere kleine Maria! Ist sie nicht wunderschön?«

Die junge Mutter hielt Jette das Bündel entgegen und schob die Decke ein wenig beiseite, um das Gesicht ihres schlafenden Töchterchens zu zeigen.

»Sie kam am Morgen nach der Schlacht zur Welt. Das erste Kind des Friedens! Hermann ist überglücklich. Er arbeitet jetzt wieder bei der *Leipziger Zeitung*.«

»Ich freue mich für euch!«, sagte Jette aus vollem Herzen.

Hermann und seine Frau hatten sie und Felix mitten in der Nacht bei sich aufgenommen, als sie unmittelbar vor Schlachtbeginn in Leipzig eintrafen. Damals stand Greta kurz vor der Niederkunft, und sie alle fürchteten sich, was die nächsten Tage bringen würden. Am Morgen war Felix gegangen, um sich zurück zu den Truppen zu melden.

»Ich würde deine kleine Maria so gern streicheln«, meinte Henriette wehmütig und hob die Schale mit den Eisstückchen. »Aber inzwischen sind meine Finger so kalt, dass ich sie erschrecken würde.«

»Nächstes Mal«, vertröstete Greta sie. »Komm uns besuchen! Und ich muss dir etwas geben.«

Auf ein Zeichen seiner Mutter zog Paul einen Brief aus dem Korb und reichte ihn Henriette. »Bitte sehr, Mademoiselle!«, sagte er wohlerzogen und verneigte sich sogar.

»Felix hat uns geschrieben, und das lag für dich dabei. Ich bringe es nicht fertig, ihm zu sagen, dass du fort bist. Deshalb kam ich jeden Tag hierher, seit ich wieder auf den Beinen bin, und habe in Sankt Thomas nach dir gefragt. Aber niemand konnte mir sagen, wo du steckst.«

»Du darfst dort nicht hinein!«, rief Henriette entsetzt. »Sonst holt ihr euch noch den Tod bei all den Fieberkranken.«

»Nun hab ich dich ja gefunden. Schreib ihm! Er wartet auf ein Lebenszeichen von dir«, drängte Greta.

Henriette sank ein Stück in sich zusammen. Sie war damals gegangen, weil sie an jenem Tag Étiennes Kind verloren hatte. Greta würde darüber schweigen. Doch sonst durfte niemand erfahren, dass sie schwanger gewesen war, schon gar nicht Felix, der sie beschützt hatte wie ein Bruder. Sie wollte nicht, dass er sie verachtete.

Ratlos stand sie da, die Schüssel mit Eis in den klammen, tropfnassen Händen, und die Kälte erfasste sie mehr und mehr. Sie zog die Zipfel ihres Wolltuches aus dem Mantel hervor, um sie unter die Schale zu legen, aber nun fror sie um Schultern und Hals.

Kurz entschlossen steckte Greta ihr den Brief unter das Tuch in den Mantel. »Schreib ihm! Und nun geh, ehe dir die Finger abfrieren!«

Mit langsam vor Kälte absterbenden Händen hastete Henriette zurück in die Nikolaistraße, während ein scharfer Wind durch die Stadt fauchte und an ihren Kleidern zerrte.

Zehn Schritte vor dem Haus der Witwe Lindenthal trat ihr ein hochgewachsener Mann in Gehrock und Zylinder in den Weg. Erschrocken wich sie zurück. Als sie ihn erkannte, sank sie noch mehr in sich zusammen.

Vor ihr stand der Verleger und Buchhändler Carl Heinrich Reclam, einer der Leipziger Freunde ihres Oheims. Bei ihm hatten Eduard und ihr Bruder übernachtet, als sie nach ihr suchten.

»Mademoiselle Henriette, Ihr Vormund ist äußerst besorgt um Sie«, sprach der Verleger eindringlich auf sie ein. »Er selbst kann nicht kommen, aber er bat mich brieflich, Sie zu bewegen, nach Freiberg zurückzukehren. Gerade wollte ich Madame Lindenthal deshalb aufsuchen ...«

Er weiß, wo ich wohne! Panik durchfuhr Jette.

Aber natürlich konnte jemand mit dem Ansehen und den Verbindungen eines Monsieur Reclam leicht herausfinden, wo sie war, nachdem er von Eduard wusste, dass sie im Hauptlazarett arbeitete.

Und sie hatte in ihrer Einfalt geglaubt, wenn sie nur die Grimmaische Straße mied, würde sie unerkannt bleiben! Dort hatten nicht nur die Reclamsche, sondern auch viele andere Leipziger Buchhandlungen ihren Sitz.

Wie konnte sie nur so töricht sein?

Carl Heinrich Reclam, ein kluger Mann mit gütigen Augen, sah sie mitleidig durch die ovalen Brillengläser an.

»Kind, Ihr Onkel und Ihre Tante sorgen sich sehr um Sie«, beschwor er Henriette. »Mein guter Freund Gerlach ist krank geworden vor Kummer. Es ist ihm gleich, weshalb Sie davonliefen. Er wird alles regeln und Ihnen keine Vorwürfe machen, das verspricht er. Er bat mich, Ihnen ein Billett für die Postkutsche und eine angemessene Begleitung für die Heimreise zu besorgen.«

»Mein Onkel ist krank? Was fehlt ihm?«, brachte Jette kläglich heraus. Der Schreck über die Krankheit des Oheims und die sich ausbreitende Kälte ihrer Hände ließen sie am ganzen Leibe zittern.

»Er befindet sich auf dem Weg der Genesung«, sagte der Verleger und Buchhändler.

»Dem Himmel sei Dank! Aber ich kann hier nicht weg, Monsieur Reclam, ich habe Verwundete zu versorgen …«

Jetzt begann sie sogar, mit den Zähnen zu klappern.

»Kommen Sie zu mir, sobald Sie sich entschließen heimzukehren. Und wenn nicht, in Gottes Namen, dann schreiben Sie wenigstens!«, mahnte Reclam streng und blickte ihr noch einmal eindringlich in die Augen.

»Sie müssen ins Warme, sonst holen Sie sich den Tod bei diesem kalten Wind.«

Er tippte mit dem Gehstock zum Abschied an den Hut und

öffnete ihr die Tür ins Haus. Zitternd und mit weichen Knien stieg Henriette die Treppe hinauf.

In ihrem Kopf wirbelten die Gedanken durcheinander.

Wenn Madame erfährt, dass ich noch Verwandte habe ...

Der Oheim ist krank, meinetwegen ...

Felix sucht mich ...

Die Welt schien über ihr zusammenzustürzen.

Sie war in der Gewissheit nach Leipzig gekommen, hier den Tod zu finden, weil sie keinen Ausweg mehr sah, und wollte nur vorher wenigstens noch etwas Gutes tun.

Wider Erwarten hatte sie überlebt, die Schlacht und die Seuchen. Jetzt musste sie für ihre Verfehlung zahlen.

Wie sich zeigte, konnte sie vor ihrer Vergangenheit nicht davonlaufen. Sie hatte es versucht.

»Sie sind ja selbst zu Eis erstarrt!«, rief der Stabskapitän besorgt, als Henriette mit der Schüssel voll Eisbrocken und frischen Tüchern in sein Zimmer kam. Sie hatte nur den Mantel ausgezogen, Felix' Brief überflogen und zwischen zwei Bücher gesteckt. Sie würde ihn später in Ruhe noch einmal lesen. Wenigstens wusste sie nun zu ihrer Erleichterung, dass es ihm gutging. Oder zumindest vor ein paar Tagen noch gutgegangen war.

»Franz, mein Mantel für Mademoiselle Gerlach, rasch! Mehr Feuer im Kamin und etwas Heißes zu trinken! Stellen Sie die Schüssel ab, Mademoiselle, Sie sind ja kreidebleich.«

Sein Ton duldete keinen Widerspruch. So ließ sich Jette den Mantel des Offiziers um die Schultern legen und trat näher an den Kamin, wo Franz rasch ein paar Scheite nachlegte.

»Ein Arzt kommt morgen, wenn es nicht besser wird«, berichtete sie, immer noch zähneklappernd.

Doch der schwere Mantel wärmte sie, und bald ließ das Zittern nach. Franz brachte bemerkenswert schnell ein Glas mit frisch gebrühtem Tee. Der Bursche stand längst auf bestem Fuß mit der Köchin und den Dienstmädchen.

»Geht es Ihnen wieder besser?«, erkundigte sich der Stabskapitän freundlich.

Henriette nickte, legte den ihr viel zu großen Mantel ab, trank einen Schluck heißen Tee und griff nach der Schüssel.

»Der Arzt sagt, ich soll die Wunde kühlen. Dafür muss ich die Umschläge regelmäßig wechseln. Sagen Sie mir bitte, wenn die Haut unter dem Eis taub wird.«

Der Offizier lud sie mit einer Geste ein, sich auf den Stuhl neben sein Bett zu setzen, und schickte seinen Burschen zu Besorgungen hinaus.

Von Wilhelmsen fand, es war höchste Zeit für ein längeres Gespräch mit Mademoiselle Gerlach. Dem war sie bisher immer scheu ausgewichen.

Er wusste, wie gewissenhaft und einfühlsam sie sich um die jungen Leutnants nebenan kümmerte, von denen keiner wieder in sein normales Leben zurückkehren würde. Dass sie ihr Bestes gab, um ihnen zu helfen, mit dieser Erkenntnis fertig zu werden. Die Männer liebten sie dafür wie eine jüngere Schwester – außer Leutnant Skiba, der sich ganz in sich zurückgezogen hatte. Doch sie ließ nicht locker und übte mit ihm, sich ohne Augenlicht zurechtzufinden.

Der Stabskapitän wusste auch, dass Henriette seinem Premierleutnant Trepte das Leben gerettet hatte und sogar noch bei ihm und den anderen Verwundeten geblieben war, als die Gegner schon in die Stadt eindrangen.

Und es beeindruckte ihn in höchstem Maße, dass sie wochenlang in den schlimmsten Lazaretten gearbeitet hatte, obwohl das ebenso bedrückend wie gefährlich war. Wenn jemand von ihrer Jugend und Zartheit sich so schreckliche Anblicke und Schicksale zumutete, um zu helfen, war das außerordentlich bemerkenswert.

Doch er spürte, dass sie an einer Last trug, die sie fast zermalmte. Waren es die Kriegsfolgen, die schrecklichen Verwundungen und die Zustände in den Lazaretten? Oder etwas anderes?

Der Stabskapitän von Wilhelmsen empfand mittlerweile eine fast väterliche Zuneigung für die tüchtige, aber zumeist bedrückte Mademoiselle Gerlach und wollte ihr helfen. Nicht zuletzt wünschte er sich, dass der Premierleutnant mit ihr glücklich wurde.

»Sie haben Post von Ihrem Verlobten erhalten?«, erkundigte er sich beiläufig, während sie eine mit Eisstücken gefüllte Kompresse um sein entzündetes Bein wickelte und ein Handtuch darum schlug.

»Ja, schon nach zwei Tagen«, sagte sie zaghaft lächelnd.

»Und auch gleich geantwortet?«

»Natürlich, Herr Stabskapitän.«

Sie hatte seine Ermahnung nicht vergessen.

»Dann darf ich gratulieren zu den guten Neuigkeiten?«

»Welche Neuigkeiten?«, fragte sie verwundert.

»Der Regimentskommandeur hat Ihnen beiden die Heiratserlaubnis erteilt. Meinen Glückwunsch!«

Jette zuckte innerlich zusammen. Davon hatte Maximilian kein Wort geschrieben. Und nach den Begegnungen des heutigen Tages konnte diese Hochzeit nicht stattfinden.

»Er schickte seinen Brief noch am Abend unseres Wiedersehens ab. Sicher wusste er da noch nichts von der Erlaubnis«, antwortete sie matt.

»So wird es sein. Aber *ich* weiß inzwischen davon, und also werden Sie es auch bald erfahren«, meinte der Stabskapitän aufmunternd. »Freuen Sie sich!«

Sie wusste, dass er rege Korrespondenz mit seinem Regiment führte – und nebenbei auch über alles bestens informiert war, was draußen in der Stadt geschah.

Das Eis im Leinenumschlag schmolz und lief in kalten Rinnsalen von seinem Bein auf das Laken. Jette nahm die Kompresse ab und erneuerte sie. Das enthob sie vorerst einer Antwort.

Doch von Wilhelmsen hinderte es nicht zu sprechen.

»Mademoiselle Gerlach, ich höre von Premierleutnant Trepte und den Leutnants nebenan nur Gutes über Sie. Auch ich bin des Lobes voll über Ihre aufopfernde Hilfe. Deshalb gestatten Sie mir, ganz unverblümt zu sprechen.«

Verwundert starrte sie ihn an, während das kalte Wasser von ihren Fingern tröpfelte.

»Sie scheinen sich nicht ganz sicher zu sein, was Ihren Verlobten und diese Hochzeit betrifft. Aber glauben Sie mir: Premierleutnant Trepte ist trotz seiner Jugend einer der besten Männer im Regiment. Klug, tapfer, ehrenhaft.«

Henriette schwieg und tat, als erfordere ihre Arbeit die ganze Aufmerksamkeit.

»Sie könnten keinen Besseren finden«, fuhr der Stabskapitän eindringlich fort. »Und ich sehe, dass er Ihnen auch etwas bedeutet. Sonst würden Sie jetzt nicht erröten. Ich weiß nicht, was zwischen Ihnen steht und was Sie zweifeln lässt. Dass Sie sich noch nicht lange kennen? Offenbar haben Ihre Herzen schon damals in Freiberg zueinander gesprochen.«

»Wir schrieben einander seitdem«, murmelte Henriette.

»Sehen Sie! Und wenn Sie ihn erst näher kennenlernen, werden Sie keinen Augenblick mehr zweifeln.«

»Ich bin seiner nicht wert ...«

Der Stabskapitän sah sie erstaunt an.

»Was macht den Wert eines Menschen aus?«, fragte er und antwortete sofort selbst. »Seine Taten! Das, was er bewirkt! Blicken Sie zurück, was Sie in den letzten Monaten bewirkt haben, unter Entbehrungen und umgeben von schlimmstem Leid. Das macht Sie in meinen Augen zu einer tapferen, großherzigen, selbstlosen jungen Frau. Auch deshalb kann der Premierleutnant stolz und glücklich sein, wenn Sie die Seine werden.«

»Ich habe Fehler begangen, furchtbare Fehler! Es sollte meine Sühne sein, dort den Leidenden zu helfen, wo die Not am größten ist.« Henriette schrie fast vor Verzweiflung.

Der Stabskapitän ließ sich davon nicht beirren.

»Wir alle begehen Fehler«, erwiderte er ruhig. »Wer aufrichtig bereut, dem werden sie verziehen. Ich will Sie nicht bedrängen, Mademoiselle Gerlach, aber hören Sie auf, sich deshalb zu quälen! Was Sie auch getan haben mögen – es ist gesühnt. Niemand kommt unbeschadet durch den Krieg. Man kann nicht durch den Fluss waten, ohne nasse Füße zu kriegen. Sie haben sehr viel Schlimmes gesehen, Furchtbares, woran andere zerbrochen wären. Sie sind stärker. Leben Sie!«

Er räusperte sich kurz und sagte etwas leiser: »Mein Sohn wollte nächstes Frühjahr heiraten. Dazu wird es nie kommen. Er liebte das Leben und musste sterben. Werfen Sie Ihres nicht weg, da Sie doch leben können.«

Eine Weile herrschte Schweigen zwischen ihnen.

Henriette schien vollauf beschäftigt, die letzten Eisstücke zwischen das Leinen zu legen.

Als sie damit fertig war, fragte von Wilhelmsen: »Wissen Sie, warum Ihr Verlobter vorzeitig zum Premierleutnant befördert wurde?«

Henriette schüttelte den Kopf.

Eigentlich wusste sie fast nichts über Maximilian. Weder über seine Eltern – sie lebten in Berlin, hatte er gegenüber Madame Lindenthal erwähnt – noch über seine Herkunft oder seine Beweggründe, sich zur preußischen Armee zu melden. Sie wusste lediglich, dass er Schiller liebte wie sie, dass er offenbar *sie* liebte, dass er zwei Brüder hatte, von denen einer Anfang des Monats gefallen war, und dass er den Respekt der Männer seines Kommandos besaß. Das konnte sie an Hansik und Werslow deutlich sehen.

»Dann will ich es Ihnen erzählen. Als die preußische Armee voriges Jahr auf Befehl Napoleons zwanzigtausend Mann für den Russlandfeldzug stellen musste – unsere größte Schande, und etliche gute Offiziere quittierten aus Protest ihren Dienst –, blieb das Gros der Truppen unter General von Yorck im Baltikum. Aber einige Einheiten wurde direkt der Grande Armée angegliedert: je ein Regiment Husaren und Ulanen und zwei Batterien Artillerie. Ihr Verlobter war damals Artillerist wie die meisten bürgerlichen Absolventen der Militärschule. Diese Einheiten waren in Borodino und Moskau. Auf dem Rückmarsch mussten sie das Geschütz unbrauchbar machen und vergraben. Sein Zug wurde in einem sehr schwierigen, sumpfigen Gelände zur Rekognoszierung ausgeschickt. Kosaken überfielen sie und trieben sie in die Sümpfe. Aber er brachte jeden einzelnen Mann zurück, einschließlich seines schwer verwundeten Premierleutnants, obwohl er selbst fast gestorben wäre. Drei Tage lang führte er sie im Nebel durch die Sümpfe, von Feinden umgeben, und bestand darauf, dass kein Verwundeter aufgegeben und zurückgelassen wurde. Und dann sorgte er dafür, dass sie durch die eisigen Weiten Russlands kamen. Was Trepte da geleistet hat, würden neun von zehn weder wagen noch schaffen. Dafür wurde er befördert und ins Garderegiment versetzt. Eine große Ehre. Dass er in Großgörschen verwundet wurde, als er mutig an der Spitze seiner Männer in den Kampf ging, wissen Sie.«

Das erklärt seine Schreie im Fieberwahn, dachte Jette. Da wollte er seine Leute immer noch retten …

Der Stabskapitän ließ seine Worte eine Weile wirken.

Dann sagte er: »Ein tapferer junger Mann für eine mutige junge Frau. Zweifeln Sie nicht an ihm und zweifeln Sie nicht an sich! Sie beide haben Ihr Glück verdient und sollten es genießen, solange es Ihnen möglich ist.«

Er rückte sein Bein ein wenig zur Seite. »Den Rest wird mein Bursche übernehmen. Kümmern Sie sich jetzt wieder um die jungen Leutnants, die brauchen Aufmunterung!«

Wilhelmsen wies auf ein dünnes, fast quadratisches Journal auf seiner Kommode. »Die neueste Ausgabe der *Preußischen Feldzeitung*. Lesen Sie den vieren daraus vor. Das wird sie heute mehr erfreuen als Lessing oder Kotzebue.«

Nachdenklich nahm Henriette die Zeitung und ging hinaus.

Junge Leutnants

Leipzig, Haus der Witwe Lindenthal,
25. Oktober 1813

Nachmittags, wenn die Wunden versorgt waren, die ihr Anvertrauten gegessen und geruht hatten, las Henriette ihren Patienten im Haus der Witwe vor, damit sie nicht zu viel grübelten.

Paul, der junge Sekondeleutnant mit der zerstörten Lunge, war am zweiten Tag gestorben. Jette hatte wie versprochen an seinem Bett gesessen und seine Hand gehalten, bis er seinen letzten qualvollen Atemzug tat. Danach herrschte für Stunden Grabesstille im Zimmer, auch noch, als ein Arzt kam und den Totenschein ausstellte.

Bevor Zwangsverpflichtete den Leichnam abholten, entzündete Henriette eine Kerze und forderte den Erblindeten auf, der sonst weiter verbittert schwieg, einige Worte des Gedenkens für den Leutnant zu sagen. Mit finsterer Miene tat Skiba das. Dann sprachen sie gemeinsam ein Gebet.

Keine Stunde später, das Bett war kaum frisch bezogen, wurde der nächste Verwundete gebracht, ein Lancier vom preußischen Garde-Ulanen-Regiment namens Joseph Zeidler, der die rechte Hand eingebüßt hatte und dessen Stumpf entzündet war.

Als sie seinen Nachnamen hörte, zuckte Henriette zusammen. Sie machte sich Sorgen um Felix, kaum weniger als um Maximilian. Die Garden wurden zumeist geschont, sie blieben in der Nähe des Königs und gingen nur ins Gefecht, wenn die Lage wirklich kritisch wurde. Felix dagegen war nun Füsilier, die kämpften ganz vorn, noch vor den Linien.

In den vergangenen Tagen hatte sie gelesen, was sich ihre Patienten wünschten, meist leichte Stoffe, Komödien. Und natürlich die *Leipziger Zeitung*, die nun wieder täglich außer am Sonntag erschien.

Heute aber wollten die Leutnants jede Zeile aus der neuesten Ausgabe der *Preußischen Feldzeitung* hören, wie es von Wilhelmsen vorausgesagt hatte. Das Blatt schilderte ausführlich die Ereignisse der vergangenen Tage.

»Bitte, Mademoiselle, lesen Sie noch einmal den Abschnitt über Wachau am ersten Schlachttag!«, bat der Leutnant von der Reitenden Artillerie mit der schweren Rückenverletzung.

»›Die Generäle der Kavallerie Graf Wittgenstein und Graf Klenau empfingen den Feind abermals mit der größten Kaltblütigkeit, und die russischen Grenadiere behaupteten ihre Stellung unerschütterlich‹«, las sie geduldig ein zweites Mal vor.

Sie wusste, dass der junge Mann, der vielleicht nie wieder gehen würde können, dort bei Wachau verwundet worden war.

»›Das wohl dirigierte Feuer der Artillerie und eine glänzende Attacke des Garde-Kosaken-Regiments unter Führung des Generaladjutanten Seiner Majestät des Zaren, General Graf Orlow-Denissow, zwangen den Feind wieder zum Rückzug bis hinter Wachau.‹«

»Wohl dirigiertes Feuer! Da hört ihr es!«, freute sich der Artillerist. »Die Russen unter Prinz Eugen von Württemberg hielten die Stellung gegen die Übermacht, obwohl sie umgemäht wurden wie Getreide. Als Marschall Murat mit fast allem losritt, was die Franzosen noch an Kavallerie hatten – ich schwör's, die Erde hat gebebt, und zwar nicht von den

Kanonen, sondern von donnernden Hufen. Aber dann brausten Orlow-Denissows Garde-Kosaken heran und hauten uns raus. Es war, als seien die himmlischen Heerscharen herabgestiegen!«

Für einen Moment trat Glanz in seine Augen.

»Ohne sie läge ich nicht hier, sondern wäre irgendwo verscharrt. Wann beginnen Sie, mit mir das Gehen zu üben, Mademoiselle?«

»Bald«, versprach Henriette. Hoffnung war ein gutes Heilmittel. Sie stand auf, schlug das untere Ende der Bettdecke zurück und strich über seine Fußsohlen.

»Spüren Sie das?«

»Ich denke, mit jedem Tag ein wenig mehr«, sagte er gepresst und versuchte ein Lächeln. Er spürt also immer noch nichts, begriff Jette, ließ sich das aber nicht anmerken.

Auch die anderen erkannten seine Zwecklüge.

»Lesen Sie uns noch einmal vor, wie Obrist Graf Henckel die viertausend Kriegsgefangenen befreit hat!«, mischte sich der Infanterist mit den Verbrennungen ein, um abzulenken.

Henriette tat ihm den Gefallen, sehr zur Freude der anderen, die diese Nachricht erneut bejubelten.

»Und von der Siegesparade! Die haben wir schließlich alle verpasst.«

Henriette blätterte zum Ende der Zeitung aus der preußischen Felddruckerei.

»›Viele Einwohner warfen sich im Übermaß der Freude auf die Knie, tausend und abertausend Stimmen riefen ihnen aus vollem Herzen ihr Willkommen entgegen, Tausende schleuderten die Hüte in die Lüfte.‹«

»Wirklich? Tausende Hüte in der Luft? Wie gern hätte ich das gesehen«, meinte der Infanterist und seufzte. »Wir alle, oder?«

»Ich war die meiste Zeit im Lazarett, in der Thomaskirche, und bekam auch nicht viel davon mit«, antwortete Henriette. »Aber den Jubel konnte ich hören.«

Als Étienne starb ... zwischen den Schmerzensschreien der Verwundeten ... als wir durch die blutverschmierten Straßen gingen, dachte sie bedrückt und starrte auf die letzten Zeilen der *Feldzeitung*: »›Leipzig hat die Ehre, auf seinen Gefilden die deutsche Freiheit erkämpft zu sehen, teuer bezahlt, aber es wird durch seinen nun entfesselten Handel den Schlag bald vergessen.‹«

Entfesselter Handel? Gemeint ist wohl die Aufhebung der Kontinentalsperre. Doch ich sehe nur die Hökerin mit den Zähnen der Toten vom Schlachtfeld vor mir.

»Bitte lesen Sie noch einmal, wie Yorck es dem Feind in Freyburg gegeben hat!«, wünschte sich der Infanterist.

Sie tat ihm den Gefallen, während sie überlegte, dass Felix bei diesem Gefecht dabei gewesen sein müsste.

Der Bericht über die Ereignisse des 21. Oktober in Weißenfels und Freyburg endete: »Die feindliche Armee zieht sich auf Erfurt zurück ... Napoleon hat nicht mehr als dreihundert Stück Geschütz, seine Bespannung fällt vor Übermattung vor den Kanonen um; der größte Teil dieser Artillerie muss in unsere Hände fallen. In Erfurt kann sich der Feind nicht lange halten.‹«

Zufrieden kommentierten ihre Patienten diese Sätze, ausgenommen der erblindete Leutnant Skiba.

Es klopfte; Henriette legte die *Feldzeitung* sorgfältig beiseite und ging zur Tür. Dort stand eines der Dienstmädchen der Witwe Lindenthal, knickste und hielt ihr mehrere Briefe entgegen. »Die Post. Für Sie ist auch etwas dabei, Mademoiselle Gerlach!«

Jettes Herz machte einen Sprung vor Freude. Maximilians Brief lag gleich obenauf; sie erkannte seine längst vertraute Handschrift und ihren Namen.

Doch erst einmal sah sie durch, wer von ihren Patienten Post bekam. Sie hatte darauf bestanden, dass alle bereits am ersten Tag ihre Familien informierten, und das Bündel Schriftstücke selbst zum Feldpostamt gebracht. Niemand konnte wissen, wie lange Briefe in diesen Tagen unterwegs waren.

»Leutnant Frenzel, Leutnant Hafner!«

Freudestrahlend reichte sie dem Reitenden Artilleristen und dem Infanteristen die zusammengefalteten und versiegelten Blätter. Für den Infanteristen waren sogar zwei Briefe gekommen.

Der Garde-Ulan sah sie erwartungsvoll an, obwohl er wusste, dass in der kurzen Zeit noch keine Antwort aus seiner schlesischen Heimat eingetroffen sein konnte.

Sie trat an das Bett des Erblindeten und sagte bedauernd: »Für Sie ist diesmal leider nichts dabei, Leutnant Skiba.«

Schroff drehte er den Kopf zur Wand.

Seine Düsternis traf Henriette hart. Doch sie konnte nicht zulassen, dass ihn das Selbstmitleid überwältigte. Zu leicht wurde daraus Selbstverachtung.

Deshalb erklärte sie im Kommandoton: »Also nutzen wir die Zeit und gehen heute zum ersten Mal gemeinsam hinaus. Ziehen Sie sich an, das können Sie jetzt allein, wir haben es geübt. Ich möchte nicht, dass ihm jemand dabei hilft!«, ermahnte sie die anderen streng.

»In einer halben Stunde hole ich Sie ab, und Sie lernen, an meinem Arm durch die Straßen zu gehen. Das schaffen wir noch, bevor es dunkel wird.«

Jäh richtete sich der junge Mann auf und schrie: »Sie begreifen es nicht, Sie begreifen es einfach nicht! Es ist doch völlig gleich, ob es dunkel oder hell ist. Für mich ist es *immer* dunkel. Tiefschwarze Nacht!«

Seine Stimme brach, und er ließ sich auf das Kissen fallen.

Bevor ihn die anderen zurechtweisen konnten, tat es Henriette selbst: »Aber für mich ist es nicht gleich, Leutnant! Ich möchte Sie sicher führen. Deshalb gehen wir bei Sonnenlicht.«

Sie nahm den Stapel seiner sorgfältig zusammengefalteten

Sachen und legte ihn auf sein Bett, direkt über seine Beine.
»Ihre Stiefel stelle ich vor das Bett. Genau in die Mitte.«
»Sie haben das Zeug zum Feldwebel, Mademoiselle!«, meinte
der Schlesier breit grinsend.
»Als Feldwebel kann ich einem Leutnant leider keine Befehle
erteilen«, entgegnete sie bedauernd. »Aber Sie können das.
Sorgen Sie bitte dafür, dass Leutnant Skiba in einer halben
Stunde bereit zum Aufbruch ist!«
Das täten sie mit Vergnügen, versicherten ihr die drei.
Sie gab dem Schlesier noch ein Buch als Lektüre, das er sich
gewünscht hatte, und ging hinaus, um in Ruhe Maximilians
Zeilen zu lesen.

Es war bereits sein zweiter Brief in dieser Woche. Mit pochen-
dem Herzen entfaltete sie das Blatt.
Es ging ihm gut! Das stand schon in der ersten Zeile. Erleichtert atmete sie auf und ließ sich auf den Stuhl in ihrem Zimmer sinken, um weiterzulesen. Der Brief war vom Abend des
22. Oktober datiert, also vor drei Tagen geschrieben.

Wir sollten heute bei Kösen über die Saale gehen, aber
das zog sich durch die Stärke der Truppen bis in die Nacht
hinein. Jetzt biwakieren wir bei Hassenhausen auf dem
Schlachtfeld von Auerstedt. Es ist das furchtbarste Biwak
seit Dresden. Es stürmt und regnet, Holz und Stroh müs-
sen von weit her geholt werden. Aber ich werde mich nicht
beklagen. Der Gedanke, jetzt als Sieger auf dem Feld zu
stehen, wo unsere Armee 1806 eine so schicksalsschwere
Niederlage erlitt, wärmt uns allen das Herz.

Jette lächelte matt. Er wollte ihr Mut machen, wie immer.
Doch sie sah ihn vor sich, frierend, durchnässt, und hoffte
innig, dass er wenigstens einen schützenden Unterstand hatte.

Genauso wärmt und tröstet mich der Gedanke, dass Sie
gut behütet sind, liebste Henriette. Bitte richten Sie Ma-
dame Lindenthal meine Empfehlung und meinen Dank
dafür aus!
Ich denke oft an Sie. Mit Ihren Zeilen haben Sie mir eine
große Freude bereitet. Sie ahnen nicht, wie groß.
Deshalb wage ich nun, Ihnen mitzuteilen, womit ich Sie in
meinem vorigen Brief noch nicht bedrängen wollte.
Wir haben die Erlaubnis meines Regimentskommandeurs
zu heiraten. Bei Ihrem Vormund hielt ich offiziell um Ihre
Hand an. Sie sind natürlich frei in Ihrer Entscheidung.
Aber vielleicht freut Sie der Gedanke auch nur halb so
sehr wie mich. Dann wäre das schon eine riesige Freude.
Bleiben Sie wohl, liebste Henriette!
Der Gedanke an Sie trägt mich voran, er erfüllt mein
Leben mit Freude und Licht, und er schützt mich vor
allem, das da kommen mag.

Von ganzem Herzen der Ihre
Maximilian Trepte

Wieder und wieder las Henriette diese Zeilen, stellte sich vor, wie er sie schrieb, irgendwo im flackernden Licht einer Kerze tief in der Nacht, weil er gleich bei Tagesanbruch weitermarschieren musste. Fast meinte sie, den Regen auf der Haut zu spüren, den Sturm und die Kälte.

Sie konnte sich nicht vorstellen, wie die Soldaten unter solchen Umständen überlebten; ohne Schutz vor Wind und Wetter, oft ohne Proviant, auf langen Märschen, häufig bei Nacht, mit schwerem Gepäck und in schlechten Schuhen, die alle über einen Leisten geschlagen waren – wenn sie überhaupt noch Schuhe hatten. Inzwischen wusste sie, dass mehr Soldaten an Fieber und Entkräftung starben als an feindlichen Kugeln auf dem Schlachtfeld. Und so wünschte sie sich von ganzem Herzen, dass Maximilian jene Nacht gut überstanden hatte.

Ohne dass sie es wollte, stiegen ihr Tränen in die Augen.

Aus seinen Zeilen las sie die Sorge, sie würde das Verlöbnis lösen. Und er hatte bei ihrem Vormund um ihre Hand angehalten.

Was wohl der Oheim sagen würde? Sie musste ihn um Verzeihung bitten für das Leid, das sie ihm und auch der Tante, Eduard und ihrem kleinen Bruder zugefügt hatte.

Wehmütig rief sie sich die Zeit vor Augen, als Maximilian schwer verwundet nach Freiberg gebracht worden war. Erst am letzten Tag erwachte er aus seinen Fieberträumen.

»›Sire, geben Sie Gedankenfreiheit!‹«, hatte er ihre Lieblingsstelle aus dem *Don Carlos* zitiert. Sie hatte sich in ihn verliebt, obwohl sie noch gar nichts von Liebe wusste.

Doch nun war sie kein unschuldiges Mädchen mehr, und Étienne würde immer zwischen ihnen stehen.

Blind

Leipzig, Haus der Witwe Lindenthal,
25. Oktober 1813

Energische Frauenstimmen auf dem Flur rissen Henriette aus ihren Gedanken. Die Witwe bekam anscheinend Besuch.

Aber sie musste sich jetzt ohnehin für den ersten Spaziergang mit dem blinden Leutnant Skiba fertig machen. An Maximilian, den Oheim und Felix konnte sie erst danach schreiben.

Jette hatte die Satinbänder am Hut noch nicht einmal zur Schleife gebunden, als das Dienstmädchen ausrichtete, sie möge bitte in den Salon zu Madame Lindenthal kommen. Es sei dringend. Verwundert ging sie dorthin.

Im Salon saßen eine Dame mittleren Alters und ein junges Mädchen in eleganter Reisekleidung, beide mit überaus besorgten Gesichtern.

»Madame Skiba und Mademoiselle Böhmer aus Potsdam, die Mutter und die Verlobte eines Ihrer Patienten«, stellte die Witwe mit nicht weniger besorgter Miene die Gäste vor. »Und das ist Mademoiselle Gerlach, Braut eines preußischen Gardeoffiziers und eine sehr erfahrene Krankenpflegerin.«

Die Potsdamerinnen erhoben sich und neigten den Kopf, Henriette knickste.

»Dann sind Sie also die gute Seele, die uns den Brief geschickt hat«, konstatierte die Mutter höflich, aber kühl. »Wir sind erleichtert, dass Richard noch lebt. Doch dermaßen in Sorge, dass wir sofort aufgebrochen sind. Mein Gatte musste Himmel und Hölle in Bewegung setzen, damit wir so schnell reisen konnten. Wie geht es Richard? Wir wollen zu ihm.«

Energisch erhob sie sich und blickte auffordernd zu Jette. Ihre künftige Schwiegertochter tat es ihr gleich.

Henriette sah zu Madame Lindenthal und wusste, dass die lebenserfahrene Witwe so dachte wie sie.

»Madame Skiba, vielleicht gehen Sie erst einmal allein zu ihm«, sagte sie zögernd. »Und Sie, Mademoiselle, warten bitte noch einen Moment hier.«

»Ja, stärken Sie sich«, bekräftigte die Witwe hastig und schenkte persönlich Kaffee nach.

»Wieso? Ich bin seine Verlobte! Ich will ihn sehen! Und ganz sicher will er mich auch sehen!«, protestierte die junge Frau, eine Schönheit Anfang zwanzig mit Porzellanteint, üppigem schwarzem Haar und sinnlichen Lippen.

»Es könnte … zu viel für ihn werden«, sagte Henriette, während ihr angesichts der bevorstehenden Szenen fast das Herz brach. »*Bitte* warten Sie hier! Ich bin gleich zurück.«

Sie forderte die Mutter auf, sie zum Krankenzimmer zu begleiten, ging aber zunächst allein hinein.

»Leutnant Skiba, Sie haben Besuch. Ihre Mutter ist gekommen. Darf sie eintreten?«

Doch da stand seine Mutter schon im Zimmer, sah von einem Krankenbett zum anderen und stieß einen Schrei aus, als sie ihren Sohn erblickte, dessen Augen und halbes Gesicht mit Verbänden bedeckt waren. Sie stürzte zu ihm, griff nach seinen Händen und zog dann ganz vorsichtig seinen Kopf an ihren Schoß. Mit erstickter Stimme flüsterte sie seinen Namen, strich ihm übers Haar, während sie stumm zu weinen begann. Hastig schloss Jette die Tür hinter sich, um nach der Braut zu sehen. Die war bei dem Schrei aufgesprungen und kam ihr kreidebleich entgegen.

»Was ist mit ihm? Was ist mit Richard? Ich will ihn sehen!«

»Gleich. Gehen wir erst zurück in den Salon«, beharrte Henriette und nahm Mademoiselle Böhmer beim Arm.

Sie wartete, bis sie wieder Platz genommen hatte, setzte sich ihr gegenüber an den Tisch und biss sich auf die Unterlippe. Es gab keine schonende Art, diese Nachricht zu überbringen. »Ihr Verlobter lebt und ist außer Gefahr«, begann sie, atmete tief durch und sprach es aus: »Doch er hat sein Augenlicht eingebüßt. Er ist blind.«

Die junge Frau starrte sie an und verlor jede Farbe aus dem Gesicht. Henriette fürchtete schon, sie würde vom Stuhl kippen, aber da war die Witwe Lindenthal auf der Hut. Eilig schob sie die Tasse noch näher. »Mokka, doppelt stark. Trinken Sie, meine Liebe!«

Die Verlobte reagierte nicht, sie wirkte wie erstarrt. Dann schlug sie die Hände vors Gesicht und fing an zu weinen.

»Das kann nicht sein ... Wie kann so etwas geschehen?«

»Eine Explosion. Aber er spürte keinen Schmerz, er hat nicht einmal eine Erinnerung daran«, sagte Henriette leise.

Sie räusperte sich und erklärte bemüht sachlich: »Der Leutnant möchte die Verlobung mit Ihnen lösen. Sie sollen Ihr Leben nicht an einen Blinden vergeuden, sagt er.«

»Wie kann er nur so etwas von mir denken?«, schluchzte Friederike Böhmer entrüstet.

»Das ist eine schwierige Entscheidung, auch für Sie. Die sollten Sie zumindest eine Nacht überschlafen«, gab Jette zu bedenken. »Es würde Ihr gesamtes Leben verändern. Der Leutnant wird aus der Armee ausscheiden und mit der Zeit lernen, in vielen Dingen allein zurechtzukommen. Aber er kann Sie nie wieder sehen. Und er wird für den Rest seines Lebens Hilfe brauchen, einen Begleiter. Ertragen Sie das? Wollen Sie das? Und um die ganze Wahrheit zu sagen ...«

Sie zögerte, doch sie konnte es ihr nicht ersparen.

»Er hat nicht nur das Sehvermögen verloren, auch ein Teil seines Gesichtes ist zerstört. Leutnant Skiba erlitt Verbrennungen um die Augenpartie.«

Tränen rannen über die Wangen der schönen jungen Frau.

»Ihr Verlobter bietet Ihnen die Chance, sich aus dieser Verpflichtung zu lösen. Das ist sehr mutig und großzügig von ihm. Deshalb habe ich ihm nicht gesagt, dass Sie da sind. Wenn Sie hineingingen und ihn so sähen, würde das die Dinge ... noch mehr verkomplizieren.«

»Richard darf Ehre haben? Und ich nicht? Ich soll ihn im Stich lassen? Das ist genau das, was seine Mutter von mir erwarten würde! Aber da hat sie sich getäuscht!«

Mit einem Ruck stand Mademoiselle Böhmer auf.

»Ich rate nur, Sie sollen die Bedenkzeit nutzen, die er Ihnen schenkt!«, sagte Jette eindringlich. »Es ist für Sie beide besser, ihm heute Ihre Gegenwart zu verschweigen. Ersparen Sie ihm den Schmerz zu wissen, dass Sie ihn so sehen! Er braucht selbst noch Zeit, um sein Schicksal ertragen zu lernen.«

»Darf ich ihn wenigstens heimlich sehen? Von weitem? Ohne dass ihm jemand sagt, dass ich da bin? Bitte!«

Zögernd sah Jette erneut zu Madame Lindenthal, dann stand

sie auf und ging zum Krankenzimmer. Leise öffnete sie die Tür und bedeutete den anderen Verwundeten mit dem Finger auf den Lippen zu schweigen. Die verstanden, als eine fremde junge Frau still im Türrahmen erschien.

Jetzt war Jette doppelt froh, dass sie den Leutnant gezwungen hatte, seine Uniform anzuziehen. Sie gab ihm Würde.

Reglos stand Friederike Böhmer in der Tür und starrte den Mann an, den sie heiraten wollte und der sie nie wieder sehen konnte. Der – wenn sie bei ihm blieb – auf ihre Hilfe angewiesen war. Würde er auf ihrer Hochzeit überhaupt mit ihr tanzen können?

Stumm drehte sie sich um und ging wieder in den Salon, gefolgt von Henriette.

»Sie haben recht«, schluchzte sie. »Ich *will* ihn nicht im Stich lassen. Aber ich muss und will diese Entscheidung bewusst treffen, nicht nur aus einem Anflug von … Mitleid.«

Sie schneuzte in ein spitzenbesetztes Taschentuch und wischte sich die Tränen von den Wangen. Doch ihre Stimme zitterte.

»Richard und ich, wir lieben uns, seit wir uns das erste Mal gesehen haben. Ich kann mir nicht vorstellen, ohne ihn zu sein. Also danke ich Gott, dass er lebt.«

Noch einmal putzte sie sich die Nase.

»Ich komme morgen wieder. Bis dahin habe ich Zeit, mich zu sammeln, und schaffe es vielleicht, nicht vor ihm zu weinen. Doch Sie, Mademoiselle, sagen mir bitte, was ich künftig tun kann, um ihm zu helfen!«

Henriette erklärte ihr so vieles, bis Friederike Böhmer fragte, woher sie das alles wisse.

»Früher wohnte in der Nachbarschaft ein Mann, der über Nacht das Augenlicht verlor. Wir Kinder erlebten mit Staunen, auch wenn es erst wohl pure Neugier war, was seine Familie alles tat, damit er zurechtkam. Bald erkannte er jeden von uns an der Stimme. Manchmal bat er, mein Gesicht

berühren zu dürfen, weil er nicht mehr sehen könne, wie ich heranwachse. Er sagte dann, ich würde immer schöner.«
Sie lächelte matt. Kindheitserinnerungen aus Weißenfels – als ihre Eltern noch lebten und die Welt noch in Ordnung schien.
»Der Leutnant wird nicht sehen können, aber fühlen, Geräusche und Düfte intensiver wahrnehmen. Er wird über den Stoff Ihres Kleides streichen, sich die Farben schildern lassen, und er wird an Ihrer Stimme erkennen, wie es Ihnen geht.«
Eine Weile herrschte Stille. Dann kam Madame Skiba.
»Danke für alles, was Sie für meinen Sohn tun«, sagte sie zu Henriette und strich sich über die Augen. »Ersparen Sie ihm heute den Spaziergang. Wir sind jetzt beide ein wenig aufgewühlt ... Wir alle drei«, korrigierte sie sich nach einem Seitenblick auf ihre potenzielle Schwiegertochter. »*Ich* werde morgen mit ihm gehen. Für heute empfehlen wir uns.«
Auch Mademoiselle Böhmer erhob sich.
»Ich komme morgen wieder«, erklärte sie energisch.

Sobald Henriette konnte, zog sie sich in das grüne Zimmer zurück. Sie hatte heute sehr viel Stoff zum Nachdenken bekommen. Und schwierige Briefe zu schreiben: an ihre Familie in Freiberg, an Felix, um den sie bangte, und natürlich an Maximilian.
Über die Worte des Stabskapitäns musste sie grübeln.
Dass ein Mensch wert war, was er *tat* und *bewirkte*.
Über Schuld, Sühne, Vergebung.
Und dann waren da noch die Schreckensbilder, die sie nicht mehr loswurde, seit sie heute etwas über Maximilians Leben erfahren hatte. Sie sah ihn in der Hölle von Borodino im Geschützfeuer, im brennenden Moskau, von Kosaken mit Säbeln angegriffen, durch tückische Sümpfe getrieben, sich mit seinen Männern hungernd und in zu dünner Kleidung über eisige Weiten schleppen.
Das lag kaum ein Jahr zurück. Hunderttausende waren in

Russland gestorben und nie begraben worden. Diesen Mai hatte ihn ein Bajonettstich fast getötet. Er stand in den blutigen Schlachten bei Bautzen, um Dresden und Leipzig. All das hatte er überlebt.

Wie lange konnte sein Glück noch währen?

Von nun an würde sie ihm jeden Tag schreiben.

Königliche Ankunft in Berlin

Brandenburg und Berlin, 25. und 26. Oktober 1813

Heute erreichen wir die preußische Grenze. Was wird uns dahinter erwarten?«, fragte die Prinzessin besorgt am Morgen, während ihr eine Zofe die Haare mit der Brennschere in Locken legte und zu einem kunstvollen Gebilde auftürmte, in das sie Perlen einflocht.

»Eine Ehrenwache zur Begrüßung, du wirst sehen!«, versprach ihr die sächsische Königin, die bei jeder Rast viel Zeit in betont harmlosem Geplauder mit dem Baron von Anstett und dem Fürsten Golitzyn verbracht hatte, um genau solche Dinge in Erfahrung zu bringen.

Darin war sie gut: charmante Konversation. Damit konnte sie jeden um den Finger wickeln – ausgenommen die Gräfin von Kielmannsegge, die zu klug für Schmeicheleien war und wusste, dass die Königin sie hasste, weil *sie* mit ihrer Eleganz den Mittelpunkt jeder Gesellschaft bildete.

Amalie würde nie den Scharfsinn der Auguste Charlotte von Kielmannsegge erreichen. Doch sie war schlau genug auszunutzen, dass man ihr ein eher schlichtes Gemüt zuschrieb.

Johann Protasius von Anstett ließ zwar nichts an Deutlichkeit vermissen, was die abweisende Haltung des Zaren gegenüber Friedrich August von Sachsen betraf, aber seine Bemerkungen über die nächsten Reisestationen waren höchst interessant.

Amalie Auguste sollte recht behalten. Ein ganzes Bataillon stand an der preußischen Grenze zur Parade, um die hohen Gefangenen mit militärischem Zeremoniell zu begrüßen.

»Das ist doch sehr nett von Seiner Majestät, dem König von Preußen, nicht wahr?«, fragte die Prinzessin mit leichtem Zweifel im Unterton.

»Es ist, was uns zusteht!«, berichtigte ihre Mutter sie streng, um gleich darauf einzulenken: »Aber natürlich, Kind, es ist sehr höflich. Bald erreichen wir Brandenburg, dort ist ein Frühstück für uns vorbereitet.«

Das Frühstück in Brandenburg fiel so erlesen aus, dass dem Königspaar ein Stein vom Herzen fiel.

Wie unleidlich die Umstände ihrer Reise auch waren, der Empfang in allen Ehren auf preußischem Gebiet konnte nur eines heißen: Friedrich Wilhelm hatte sich besonnen und würde sie ihrem Rang gemäß behandeln.

Diese Hoffnung zerplatzte in dem Moment, als dem sächsischen Hofmarschall eine Rechnung über vierzig Augustdor für das königliche Frühstück vorgelegt wurde.

Die Reise ging fast die ganze Nacht hindurch.

Der König von Preußen wollte seine Gefangenen bei sich wissen – erst dann konnte er diesen Triumph offiziell verkünden.

Und ebenso tief in der Nacht, wie die sächsische Königsfamilie in Leipzig aufgebrochen war, sollte sie auch in Berlin eintreffen, um jegliches Aufsehen zu vermeiden. So hatte es der Staatsminister von Hardenberg angewiesen.

Deshalb gab es in Potsdam zu beinahe mitternächtlicher Stunde nur einen zweistündigen Halt, damit die Gesellschaft speisen konnte. Um eins wurde zur Weiterfahrt geblasen, und nachts um vier am 26. Oktober erreichten der gefangene sächsische Monarch und sein Geleit nach dreitägiger Reise die preußische Hauptstadt.

Die Zimmer im Residenzschloss waren aufs beste vorbereitet, ebenso ein Diner.

Doch von dem Nachtmahl nahm die königliche Familie Abstand – ob nun aus Müdigkeit oder aus Protest, weil ihr Gefolge nicht im Schloss untergebracht wurde, sondern Quartiere in der Stadt zugewiesen bekam.

Oder vielleicht aus Sorge, wie viel ihnen der König von Preußen dafür berechnen würde?

Der Zorn des Dr. Reil

Leipzig, 26. Oktober 1813

Als Henriette an diesem Morgen die Verbände des Stabskapitäns abnahm, erkannte sie sofort: Wenn sie nicht schnellstens Hilfe auftrieb, würde der Offizier sein Bein verlieren.

Erneut fühlte sie die Hitze, die die Entzündung ausstrahlte, und legte noch einmal kühlende Tücher auf. »Das muss geöffnet werden. Ich gehe ins Lazarett, einen Arzt holen.«

Von Wilhelmsen nickte. Er hatte genug Kriegsverwundungen gesehen, um den Zustand seiner eigenen beurteilen zu können.

Henriette gab sich zuversichtlich. »Wenn wir rasch handeln, retten wir Ihr Bein. Der Erste Wundarzt Doktor Multon hat versprochen, persönlich nach Ihnen zu schauen, sollte es nötig werden.«

Alles in ihr sträubte sich dagegen, noch einmal diesen Ort des Grauens zu betreten. Den Ort, an dem Étienne gestorben war. Außerdem sorgte sie sich, ob sie tatsächlich einen der Ärzte

überreden konnte, mit ihr zu einem Patienten in die Nikolaistraße zu gehen. Doch diesmal würde sie sich nicht abweisen
lassen. Und wenn sie den halben Tag dort stand oder einen
gewaltigen Aufruhr verursachte.

»Danke, Mademoiselle Gerlach!«

Der verwundete Offizier griff nach einem der Bücher auf
dem Nachttisch, um sich davon abzulenken, was ihm mögli-
cherweise bevorstand. Doch noch das Bein zu verlieren, den
Dienst quittieren zu müssen, ein Krüppel zu sein …

Das oder zu sterben war das Risiko seines Berufes. Und
trotzdem hoffte jeder vor jeder Schlacht, vor jedem Scharmützel, dass es ihn nicht erwischte.

Henriette zog den Mantel an, legte das Wolltuch um die
Schultern und setzte den hellblauen Hut auf, den ihr die
Witwe überlassen hatte.

An der Treppe musste sie warten, denn gerade führte Friederike Böhmer ihren Verlobten vorsichtig hinab und kündigte
ihm jede Stufe und jeden Absatz an. Wie sie Richard Skibas
Mutter dazu gebracht hatte, ihr diese Aufgabe zu überlassen,
darüber konnte Jette nur spekulieren. Aber es war sicher ein
langes und tränenreiches Gespräch gewesen.

Eisige Kälte herrschte an diesem Morgen. Gestern Abend
hatte es schon gegraupelt und geschneit. Fröstelnd zog sich
Jette das Wolltuch enger um die Schultern.

Das Leben in der Stadt schien sich eine Woche nach der
Schlacht beruhigt zu haben, es gab auffallend wenig Militär zu
sehen. Doch *normalisiert* hatte sich das Leben noch lange
nicht. Vor etlichen Häusern lagen immer noch Pferdekadaver,
trotz der vielen amtlichen Bekanntmachungen und angedrohten Strafen. Immer noch lagerten auf den Straßen Verwundete,
und ihr Anblick war schrecklicher denn je. Zu Skeletten abgemagert, lehnten sie an den Wänden und durchwühlten die Abfälle nach Essbarem. Sie pickten sogar in den Pferdeäpfeln, um

darin ein Korn zu finden. An der Ecke zur Grimmaischen Straße schnitt ein zerlumpter Soldat mit einer schwärenden Kopfwunde Fleischfetzen aus einem toten Pferd, ein paar Schritte weiter verbarg einer mit unförmig geschwollenem Bein den steifen Körper einer verendeten Katze unter seinem Mantel.

Und über alldem lag der durchdringende Gestank von Verwesung.

Mit Grauen dachte Henriette an ein Gerücht, das seit ein paar Tagen durch die Stadt ging, aber von niemandem offiziell bestätigt wurde: dass die schwer verwundeten französischen Soldaten erschlagen worden waren, um ihr Leiden zu verkürzen, weil man weder ihre Wunden versorgen noch sie ernähren konnte.

Wir werden noch lange keinen Frieden haben, dachte sie schaudernd und zögerte einen Moment, bevor sie die Thomaskirche betrat. Dann gab sie sich einen Ruck, drückte die Klinke herunter und trat ein.

Die Szenerie hatte sich in einer Hinsicht verändert: Jetzt lagen hier vor allem preußische, russische und österreichische Verwundete. Doch der Gestank nach Schweiß, Blut und Exkrementen raubte einem immer noch den Atem.

Wieder amputierte jemand am Tisch, nicht Dr. Multon, sondern ein junger Gehilfe. Ein halbes Dutzend Freiwilliger – zumeist Frauen – ging zwischen den Leidenden herum, verteilte Wasser oder half ihnen, eine warme Suppe zu löffeln.

Im hinteren Teil der Kirche hörte Henriette aufgebrachte Männerstimmen streiten.

Eine auffallend schöne Frau Mitte zwanzig, mit lockigem Haar und in einem Kleid, das zwar schlicht geschnitten, aber aus bestem Tuch war, lief ihr entgegen. Henriette kannte sie aus der Zeit, als sie noch hier half; das Erscheinen dieser Frau sorgte damals für gelindes Aufsehen.

»Die Gattin des Kaufmanns Speck, ihr Vater ist der Senator

und Seidenhändler Hänel von Cronenthall«, hatten ihr die anderen Freiwilligen bedeutungsschwer zugewispert.

Was die junge Frau nicht hinderte, im Lazarett Männern mit schlimmsten Verstümmelungen und bar jeder Hoffnung Mut zuzusprechen, ihnen zu trinken zu geben, ihre Stirn zu kühlen, wenn sie fieberten.

»Mademoiselle Gerlach, kommen Sie etwa doch zu uns zurück?«, begrüßte Charlotte Elisabeth Speck sie hoffnungsvoll. »Wir brauchen jede helfende Hand.«

»Ich muss dringend einen der Ärzte sprechen, am besten Doktor Multon. Der Stabskapitän, den ich in der Nikolaistraße pflege, scheint Wundbrand zu bekommen.«

»Da üben Sie sich besser in Geduld. Die Preußen haben ihren Verantwortlichen für die linkselbischen Lazarette zur Inspektion geschickt«, sagte die junge Frau leise. Diskret deutete sie auf einen schlanken, weißhaarigen Mann Mitte fünfzig mit fein geschnittenen Gesichtszügen, der in einen heftigen Disput mit Dr. Multon und dem Obersten Lazarettverwalter verwickelt war, dem Geheimen Rat Frege.

»Schauen Sie sich um, und dann wissen Sie, weshalb sie sich so anbrüllen«, meinte Charlotte Speck mit gesenkter Stimme. »Als ob wir hier Leinen, Ärzte, Betten und Lazarettstroh herbeizaubern könnten. Es kommen immer mehr Verwundete und Fiebernde, das reißt nie ab. Und Platz wird nur dadurch, dass so viele sterben.«

Henriette erkannte in den Augen der jungen Frau dieselbe Hoffnungslosigkeit, die auch sie hier erfasst hatte.

»Es tut mir leid, Mademoiselle, Sie müssen warten, bis die Herren fertig sind. Und ich muss zurück an die Arbeit.«

Zaghaft näherte sich Henriette den Männern, die so in ihren Streit vertieft waren, dass keiner von ihnen sie wahrnahm. Sie kam sich vor wie eine Lauscherin. Aber um des Stabskapitäns willen musste sie Multon abpassen, sobald das Gespräch beendet war.

»Die Zustände hier sind schauderhaft, unvorstellbar und nicht hinzunehmen!«, rief der preußische Lazarettinspekteur aufgebracht. »Es ist mir durchaus bewusst, Herr Kollege, dass die Stadt mit Verwundeten überfüllt ist. Ich habe schon, von Halle kommend, den endlosen Zug von Blessierten gesehen, die mit Schubkarren ohne Stroh und ohne Rücksicht auf ihre Wunden durchs Land gestoßen werden. Doch was Sie hier diesen Männern zumuten, ist nicht zu fassen! Sie bringen Verwundete an Orte, wo eine Leipziger Kaufmannsfrau nicht einmal ihren kranken Hund lassen würde! Zwanzigtausend Patienten jedweder Nation, und nicht einer von ihnen hat eine Bettstatt, ein Hemd oder eine Decke!«

»Ihr Vorwurf ist durchaus berechtigt, Herr Doktor Reil. Doch wir haben hier weit mehr als zwanzigtausend Verwundete, es sind fast doppelt so viele«, verteidigte sich der hochgewachsene Dr. Multon.

Reil? Henriette merkte bei diesem Namen auf.

Felix hatte ihr von einem Lützower Kameraden Julian Reil erzählt, dessen Vater ein berühmter Arzt war: Johann Christian Reil aus Halle, der sich sehr für die medizinische Versorgung der Armen einsetzte und vor drei Jahren nach Berlin gegangen war, als Dekan der Medizinischen Fakultät an der von Humboldt gegründeten Universität. Sogar sie hatte schon von ihm gehört. Das musste er sein.

In seinem Wesen war etwas ebenso Zielstrebiges wie Sanftes. Ein Zornesausbruch wie dieser konnte nur ein Zeichen äußerster Fassungslosigkeit sein.

Doch wen lässt das hier schon kalt, noch dazu als Arzt?, dachte sie bitter.

»Leipzig hat kaum mehr dreißigtausend Einwohner«, verteidigte sich unterdessen Dr. Multon weiter. »Die Stadt ist von Heeren jeglicher Couleur in den letzten Wochen vollkommen leer gefressen und leer geplündert worden. Seit Tagen gibt es kein Leinen mehr zum Verbinden. Wir nutzen faktisch jedes öffentliche Gebäude ...«

»Ja, das habe ich gesehen!«, unterbrach ihn der zornige Dr. Reil. »Wissen Sie, wie es derzeit im Gewandhaus aussieht? Ich rede nicht davon, dass es vollkommen überfüllt ist. Dort stehen Jauchebottiche für die Notdurft der Männer mitten auf dem Flur. Sie quellen über, und der stinkende Inhalt läuft über das Treppenhaus! In der Petrikirche ist es nicht besser – offene Eimer voller Exkremente, und ein paar Schritte weiter wird die Suppe zum Mittag ausgeteilt. Wie könnte jemand unter diesen Verhältnissen gesund werden? Entweder die Männer verrecken im Pestgestank, oder sie erfrieren, weil man sie in Schulen mit zertrümmerten Fenstern legt.«

»Glauben Sie etwa, dass mir gefällt, was derzeit im Gewandhaus vorgeht?«, protestierte der in Schwarz gekleidete Geheime Rat Frege. »Ich hatte es zu einer Stätte der Kunst umbauen lassen! Und nun wird alles ruiniert: sämtliche Hospitäler, Lazarette, Armenhäuser, Schulen, in denen diese einst reiche Stadt *immer* für die Bedürftigen sorgen konnte. Jetzt können wir niemandes Leid mehr lindern.«

Er holte kurz Luft und sagte sarkastisch: »Wie ich hörte, Doktor Reil, waren die Berliner nach der Schlacht von Großbeeren ganz begierig darauf, einen preußischen Verwundeten im Haus aufnehmen zu dürfen. Berlin ist groß. Wie viele Verwundete werden Sie nach Berlin schaffen?«

Dann redete er sich wieder in Rage. »Wir haben hier ja nicht nur die Verwundeten! Als zu Jahresbeginn die Überlebenden aus Russland heimkehrten, brachten sie das Nervenfieber mit. In jedem Dorf im Umkreis von Dutzenden Meilen sind Schloss und Kirche Lazarette. *Ganz Sachsen* ist seit Monaten ein einziges Lazarett! Die Ärzteschaft arbeitet bis zum Umfallen, etliche haben sich mit dem Nervenfieber infiziert und sind in Ausübung ihrer Pflichten gestorben. Wären die

Berliner unter solchen Umständen auch noch begierig darauf, Verwundete aufzunehmen?«

»Der Rat und das Lazarettkomitee erlassen wieder und wieder Spendenaufrufe an die Bevölkerung für Leinen, Schüsseln, Betten, Helfer …«, mischte sich Dr. Multon erneut ein.

»Die offenbar nichts bewirken«, konterte Dr. Reil unvermindert zornig. »Unter Ihrer Obhut verrecken die Verwundeten! Auf dem Hof der Bürgerschule sah ich vorhin einen ganzen Berg Leichen meiner Landsleute, beinahe nackt, wie Kehricht übereinandergeworfen, von Hunden und Raben angefressen. Wie wollen Sie das rechtfertigen? Und es geht mir hier nicht nur um Preußen. Sie laden Blutschuld auf sich, Sie beide, wenn Sie das weiterhin zulassen! Während Leipzigs Kaufmannsfrauen müßig zu Hause sitzen und keine Not leiden. Schicken Sie jeder von ihnen fünf Dutzend kranker Baschkiren in die Betten und einen Kosaken dazu, der für Ordnung sorgt, dann wird sich die Lage schon bessern.«

»Leipziger Kaufmannsfrauen sind hier und helfen!«, wies Frege den Vorwurf energisch zurück und deutete auf mehrere der Freiwilligen.

Doch seine Antwort ging in Multons Aufschrei unter.

»Damit die Fiebernden den Typhus auch noch in jedes einzelne Haus dieser Stadt tragen? Vor elf Tagen, also *vor* der Schlacht, führten wir ein ähnliches Gespräch wie dieses mit Doktor Larrey, dem Ersten Heereschirurgen der Grande Armée. Wissen Sie, was unser geschätzter Herr Kollege verkündete? Wir sollen uns auf *hunderttausend* Verwundete einstellen. Was hätten Sie an meiner Stelle getan? Wir waren damals schon völlig überfordert!«

Er atmete schwer und strich sich durchs Haar, bevor er gemäßigter fortfuhr: »Ich sagte das bereits Monsieur Larrey: Leipzig ist an der Grenze seiner Leidensfähigkeit! Soll Ihre Regierung Abhilfe schaffen. Wir brauchen Stroh, Medikamente, Decken, medizinisch ausgebildete Männer. Oder wir können hier gar nichts bewirken und gehen allesamt zugrunde – ganz gleich ob Verwundete, Ärzte oder Helfer.«

Einen Augenblick lang schwiegen alle drei.

Müde strich sich Dr. Reil über sein bleiches Gesicht.

»Sie haben recht«, lenkte er ein. Mit Vorwürfen und lauten Worten ließ sich hier nichts bewirken. Hilfe war nötig. Und ein planvolles Vorgehen angesichts der extremen Situation.

»Wir müssen die Typhuskranken sofort von den Blessierten trennen. Wir brauchen gesonderte Baracken für alle, die am Nervenfieber leiden, sonst werden wir der Seuche nie Herr«, entschied er und wandte sich an den Obersten Lazarettverwalter. »Können Sie das veranlassen, Herr Geheimer Rat?«

»Im Umkreis von Meilen ist alles Holz in den letzten Tagen verbrannt worden«, erinnerte Christian Gottlob Frege. »Aber ich kümmere mich darum.«

»Die Fähigkeiten der meisten Feldscher in der preußischen Armee sind vollkommen unzureichend«, gestand Reil. »Aber das gilt auch für Ihre städtischen Hilfschirurgen, wenn ich sehe, wie hier noch mit der Knochensäge hantiert wird. Rufen Sie alle für heute Abend sechs Uhr zusammen, dann zeige ich ihnen, wie man am Gelenk amputiert, statt Knochen durchzusägen. Das lehrt der geschätzte Kollege Larrey. Es geht schneller, verkürzt den Schmerz und bietet bessere Aussicht auf Heilung.«

Solch einen Operationskurs hatte Dominique Jean Larrey, der Erste Heereschirurg der Grande Armée, vor dem Russlandfeldzug persönlich in Berlin für preußische Ärzte veranstaltet; Reil war dabei gewesen, Hufeland ebenso, und beide wurden sofort zu Befürwortern dieser neuen Methode.

»Appellieren Sie weiter an die Leipziger, Barmherzigkeit zu üben. Ich werde heute noch beim Generalgouvernement auf Sonderlieferungen und Spendenaktionen für Leipzig drängen«, versprach er. »Aber sorgen Sie umgehend dafür, dass diese untragbaren hygienischen Zustände ein Ende haben!«

Johann Christian Reil tippte an seinen Zylinder und stürmte hinaus, um seinen Rapport an den Freiherrn vom und zum Stein zu verfassen.

Er musste sich jetzt seine Fassungslosigkeit von der Seele schreiben.

Henriette hätte Dr. Reil gern gesagt, dass sie von seinem Sohn gehört hatte. Aber es war undenkbar, einfach jemanden anzusprechen, mit dem sie nicht bekannt gemacht worden war. Und wer würde sie schon mit einem berühmten Berliner Arzt und Universitätsprofessor bekannt machen?

Außerdem lag Felix' letzte Begegnung mit Julian Reil ein paar Monate zurück. Wenn Julian noch lebte, dann wusste sein Vater es. Und falls nicht, wäre es äußerst unpassend, ihn jetzt auf seinen Sohn anzusprechen.

Zaghaft näherte sie sich Dr. Multon und dem Geheimen Rat Frege, die heftig diskutierend Richtung Sakristei gingen.

Der Erste Wundarzt bemerkte sie und hielt kurz inne, um nach dem Grund ihres Hierseins zu fragen.

»Ich komme, sobald ich kann«, sagte er unwirsch.

Doch nach allem, was Henriette hier gerade erlebt hatte, würde das Stunden dauern.

Also drehte sie sich kurz entschlossen um und rannte hinaus in der Hoffnung, den berühmten Dr. Reil noch zu finden, ehe er in dem Gewühl verschwand.

Sie sah ihn mit langen Schritten quer über den Markt gehen, raffte die Röcke ein wenig und lief, so schnell sie konnte. Kurz vor der Börse, dem Sitz der Lazarettverwaltung, holte sie ihn ein.

»Professor Reil!«, rief sie. »Herr Professor Reil!«

Verwundert drehte sich der Gelehrte um und musterte die

Ruferin. Vielleicht erinnerte er sich daran, sie eben im Lazarett gesehen zu haben.

»Bitte verzeihen Sie, Herr Professor! Aber es gibt Leipziger, die Verwundete bei sich aufnehmen! In dem Haus, wo ich jetzt Kranke pflege, sind zwar nicht fünf Dutzend Baschkiren, aber immerhin fünf preußische Verwundete. Ein Stabskapitän der Garde ist dabei. Seinetwegen kam ich ins Lazarett. Er braucht dringend einen Arzt. Seine Wunde wird immer schlimmer, und ich weiß mir nicht mehr zu helfen. Es sind nur ein paar Schritte dorthin.«

Mit dem Arm deutete sie Richtung Nikolaistraße.

»Bitte! Opfern Sie ein paar Minuten Ihrer kostbaren Zeit, um diesem Offizier das Bein zu retten. Und überzeugen Sie sich, dass die Leipziger nicht herzlos über das Leiden der Verwundeten hinwegsehen.«

Jedenfalls nicht alle, fügte sie in Gedanken hinzu.

»Sie sind müde, dort wird man Ihnen einen Kaffee bereiten«, lockte sie. Und als das auch nicht zu fruchten schien, sagte sie aus einer Eingebung heraus: »Ein guter Freund von mir war mit Ihrem Sohn Julian zusammen im Korps Lützow. Ihr Sohn rettete ihm die Hand, als er bei dem Überfall in Kitzen verwundet wurde ...«

Verblüfft starrte der berühmte Mediziner sie an.

»*Mein Sohn*, der nie Arzt werden wollte, sondern lieber Bergbau und dann Juristerei studierte?«, fragte er erstaunt. »Julian behauptete stets, er könne kein Blut sehen, was durch Ihre Episode ad absurdum geführt wird.«

Nun lächelte er. »Ich ahnte es schon immer: Er scheut sich nur, in die Fußstapfen seines Vaters zu treten.«

Dr. Reil zog seine Taschenuhr hervor.

»Eine halbe Stunde kann ich für diesen Notfall erübrigen. Doch dann muss ich in die Kommandantur. Also, Mademoiselle, führen Sie mich zur Ehrenrettung der Leipziger in dieses Haus! Und auf dem Weg dorthin erzählen Sie mir alles, was Sie über meinem Sohn hörten. Diese Geschichte hat er mir nämlich verschwiegen.«

Pünktlich eine halbe Stunde später verabschiedete sich Dr. Reil von der Witwe Lindenthal, die äußerst entzückt war, eine so bedeutende Bekanntschaft gemacht zu haben.

»Danken Sie nicht mir, sondern der kühnen Mademoiselle, die mich unerbittlich hierher verschleppt hat, damit ich Ihnen helfe«, sagte er zum Stabskapitän, nachdem er die Wunde wieder aufgeschnitten und den Eiterherd beseitigt hatte.

»Ihre Heilung wird nun etwas länger dauern, aber mit Gottes Hilfe behalten Sie Ihr Bein. Bei Mademoiselle Gerlach sind Sie und die anderen Offiziere in besten Händen. Seien Sie froh über die Gastlichkeit, die Sie in diesem Haus genießen! Das Bild des Jammers, das ich in den hiesigen Lazaretten vorfand, übertrifft die zügellosesten Phantasien.«

»Das werde ich Ihnen nie vergessen«, sagte von Wilhelmsen mit heiserer Stimme zu Dr. Reil, doch dann blickte er zu Henriette.

Johann Christian Reil hastete los, um endlich in der Kommandantur vorzusprechen und dann seinen geharnischten Bericht an den Freiherrn vom und zum Stein zu schreiben.

Er war auch deshalb so voller Zorn und Eile, weil er tief in seinem Inneren ahnte, dass ihm nicht mehr viel Zeit blieb.

Als Arzt erkannte er die ersten Anzeichen: die Mattigkeit, die diffusen Kopfschmerzen. Noch war das Fieber nicht anhaltend hoch, fehlte der typische Hautausschlag des Typhus. Würde sich beides demnächst einstellen?

Nun konnte er nicht einmal mehr zu seiner Frau reisen. Sie war hochschwanger.

Höflichkeiten unter Brüdern

Den zweiten Tag schon verbrachte die sächsische Königsfamilie im Berliner Residenzschloss, doch erst jetzt erhielt Friedrich August von Sachsen die verzweifelt erwartete Nachricht, der König von Preußen werde ihn aufsuchen, in einer Stunde.

Endlos erleichtert schloss er die Augen und ließ sich auf den goldgerahmten Samtstuhl sinken.

Doch jäh wich die Gefühlswallung, und ein Klumpen Eis schien sich in seinem Magen auszubreiten. Man könnte es fast Angst nennen, wäre der selbstgerechte Monarch zu diesem Eingeständnis fähig.

»Was ist mit Ihnen?«, rief Amalie Auguste angesichts der Totenblässe ihres Gemahls besorgt.

»Der König kommt«, hauchte Friedrich August.

»Sehen Sie, alles fügt sich zum Guten, wie ich es gesagt habe!«, gurrte Amalie erfreut. »Seine Majestät hatte viel zu tun, doch jetzt wird er uns willkommen heißen.«

»Er kommt nur zu mir. Ein Gespräch unter vier Augen. In *Ihrem* Zimmer.«

»Oh!«, hauchte Amalie erschrocken.

Das verhieß nichts Gutes.

Kein freundliches Willkommen unter Gleichgestellten, nicht einmal die Höflichkeit, die Königin und die Prinzessin zu begrüßen. Sondern es sollten vertrauliche Dinge besprochen werden.

Unerfreuliche vertrauliche Dinge.

Auch der festgelegte Ort für das Treffen sprach Bände. Keiner der prachtvollen Säle, in denen der preußische König Besucher von Rang offiziell begrüßte. Nicht einmal das Empfangszimmer ihres Gemahls, der dort fast so etwas wie ein Gastgeber wäre. Sondern ein Damenzimmer. Ein neutraler Ort – aber nur neutral innerhalb des den »Gästen« zugewiesenen Bereichs.

Amalie verstand, was das bedeutete. Doch das verbarg sie; Einfältigkeit war mitunter eine hilfreiche Taktik, und die hatte sie zu nutzen gelernt. Also täuschte sie Geschäftigkeit vor, um ihren Gemahl abzulenken.

»Wir müssen Sie umkleiden lassen, wie es sich für ein Treffen zweier Könige gehört. Natürlich die große Galauniform. Und die Diener sollen mein Gemach angemessen vorbereiten.« Bissig und mit gerümpfter Nase fügte sie hinzu: »Ich hoffe, dass diese neue preußische Dienerschaft dazu imstande ist.«

Gleich nach der Ankunft war die gesamte sächsische Begleitung ausgetauscht und durch eine preußische ersetzt worden – von den Ehrenoffizieren, Kammerdienern und Zofen bis zu den Pagen und Dienern. Weder Friedrich August noch seine Frau oder seine Tochter konnten einen einzigen Schritt unbeobachtet tun oder auch nur ein Wort ohne Zeugen wechseln.

Die diesbezüglichen Instruktionen des Staatsministers von Hardenberg ließen an Klarheit nichts missen: Man solle den König von Sachsen seinem hohen Rang entsprechend behandeln, ihm Geleit stellen, auch Aufwartung, aber alle Ehrenwachen müssten zugleich Sicherheitswachen sein. Die Schritte, Kontakte und Korrespondenzen des Inhaftierten und seiner Begleiter seien genauestens zu verfolgen.

Ein Affront, der den sächsischen König stets an seinen Gefangenenstatus gemahnen sollte.

Doch dieser hielt in striktem Beharren auch das für ein Missverständnis, welches er noch beheben könne – wenn, ja wenn nur endlich Friedrich Wilhelm von Preußen auf seine Briefe antworten und ihn persönlich aufsuchen würde.

Er *muss* kommen und mir seine Aufwartung machen, er *muss* doch kommen und mich in seinem Schloss begrüßen! Es gehört sich so unter Königen!, dachte Friedrich August seit ihrer Ankunft in Berlin mit wachsender Besessenheit. Das brachte ihn sogar um seinen sonst unerschütterlichen Schlaf.

Doch der Hohenzollernkönig ließ ihm gestern nur ein paar Zeilen überbringen, eine sehr kurze Antwort auf den Brief aus Ziesar.

Er habe mit Vergnügen aus dem »gefälligen Schreiben Seiner Majestät« gesehen, dass dieser mit der Aufnahme in Preußen zufrieden sei, schrieb Friedrich Wilhelm, wobei er seinen Gefangenen mit »Durchlauchtigster Großmächtigster Fürst, freundlich lieber Vetter und Bruder« ansprach.

War das kühl, knapp, höflich – oder Häme angesichts der devoten Botschaft des Sachsen, der sich für seine »Ehrenwache« noch bedankte?

Friedrich August von Sachsen war derzeit weder willens noch in der Lage, über Feinheiten nachzudenken, und griff sofort zur Feder, um einen Wust an Schmeichelei und Unterwürfigkeit an den preußischen König zu schreiben. In »ergebener Dankbarkeit«. Und gewiss würden leicht alle Missverständnisse ausgeräumt, wenn sie sich erst persönlich begegneten.

Nun war es so weit, in weniger als einer Stunde!

Alles hing von diesem Treffen ab.

Genauso jäh, wie sich der sächsische König auf den Stuhl hatte fallen lassen, sprang er wieder auf und duldete, dass seine Gemahlin die Dienerschaft kommandierte, damit er in Galauniform gekleidet wurde, mit sämtlichen Orden dekoriert, die Perücke frisch gepudert.

Während er das wortlos über sich ergehen ließ, kreisten seine Gedanken um die Frage: Konnte er nun alle *Missverständnisse* aufklären? Oder würde ihn Friedrich Wilhelm von Preußen mit Vorwürfen überschütten?

Kaum war der König von Sachsen in voller Gala ausstaffiert, begab er sich in das Zimmer seiner Gemahlin und schickte alle Anwesenden fort.

Es blieb noch eine Viertelstunde bis zu dem Treffen, wie die kunstvoll gearbeitete Uhr auf dem Kaminsims verriet.

Diesmal setzte sich Friedrich August nicht, und er ging auch nicht zum Fenster, um hinauszusehen. Ungeachtet der Schmerzen, die ihm die Gicht bereitete, wartete er stehend, den Blick starr auf die Tür gerichtet, durch die der König von Preußen kommen musste.

Nur ab und zu sah er zur Kaminuhr.

Die Zeit schien stillzustehen.

Exakt zum Glockenschlag wurde die Tür schwungvoll aufgerissen und Seine Majestät der König von Preußen angekündigt. Augenblicke später trat Friedrich Wilhelm III. ebenso schwungvoll ein. In Uniform wie sein Gegenüber, nur preußischblau und silbern statt rot-gelb.

Im blumengeschmückten Damenquartier standen sich zwei Könige gegenüber: Sieger und Besiegter, der eine unerbittlich, der andere verzweifelt.

Sie würden während des gesamten, nur halbstündigen Gespräches stehen bleiben.

Schon mit der ausbleibenden Einladung, Platz zu nehmen, signalisierte Friedrich Wilhelm von Preußen klar: Das hier wird nicht lange dauern. Ich habe Wichtigeres zu tun.

Beide standen sich in straffer Haltung gegenüber, jeder hochgewachsen und ordensgeschmückt. Doch von Augenhöhe konnte bei dieser Begegnung keine Rede sein.

Friedrich August von Sachsen, seit fast einem halben Jahrhundert Regent seines Landes, ganz dem Alten verhaftet, wovon schon die Perücke kündete, dank Napoleon erhöht und nun im tiefen Fall, gebrochen.

Friedrich Wilhelm von Preußen, zwanzig Jahre jünger, mit

dunklem, sich an den Schläfen lichtendem Haar und schmalem Oberlippenbart, von Bonaparte zutiefst gedemütigt, doch jetzt im Zenit seines Triumphes, nachdem er alles gewagt und gewonnen hatte.

Dabei gab es in ihrer beider Leben mehr Gemeinsamkeiten, als die Szene glauben lassen wollte.

Beide waren mit äußerster Strenge erzogen worden, was sie wortkarg, schüchtern, ja gehemmt im Umgang mit anderen machte. Beide gehörten sie den ältesten deutschen Adelsgeschlechtern an, und beide übernahmen sie die Königsbürde aus Pflicht und Tradition, obwohl sie wussten, dass ihnen diese Last zu schwer werden könnte. Vielleicht wäre der eine lieber katholischer Priester, der andere lieber Dorfschullehrer geworden.

Und beide standen sie im Schatten übermächtiger Vorfahren, aus dem sie nie heraustreten konnten. Kein sächsischer Herrscher würde je August den Starken überstrahlen, kein preußischer Friedrich den Großen. Sie wussten beide, dass sie ewig an diesen Giganten gemessen werden würden.

Doch damit endeten die Gemeinsamkeiten.

Friedrich Wilhelm hatte die Liebe seines Lebens gefunden, die ihn ermutigte und lehrte, mit seinen Schwächen umzugehen. Er umgab sich mit klugen Ratgebern, rief sein Volk zu den Waffen, nahm den Kampf gegen Napoleon auf.

Friedrich August hingegen duldete keine klugen Berater an seinem Hof, er hörte auf niemanden, höchstens aus einer Laune heraus. Für ihn war Mittelmaß das rechte Maß.

Zu leidenschaftlichen Empfindungen war er nicht fähig. Seine Gemahlin, auch wenn er sie schätzte, war ein zu Wohlverhalten erzogenes Beiwerk, nicht seine Kampfgefährtin. Er war betagt und hatte keinen Sohn und Erben, nur eine Tochter, die als alte Jungfer sterben würde.

Während von den zehn Kindern des preußischen Königs sieben lebten und sein Erbe weiterführen würden.

Schon der Anblick der sächsischen Galauniform seines Gegenübers erfüllte Friedrich Wilhelm mit Verachtung. Welche Anmaßung!

Dieser aufgeputzte alte Mann war noch nie auf einem Schlachtfeld gewesen, er hatte Pulverdampf höchstens bei den Ehrensaluten seiner Garden gerochen!

Während er selbst, sein Bruder Wilhelm und seine Schwäger den ganzen Feldzug mitgemacht und sich nicht geschont hatten. Sein Großcousin Louis Ferdinand war 1806 gefallen, Luises Bruder Prinz Karl zu Mecklenburg-Strelitz vor wenigen Tagen in Möckern schwer verwundet worden.

Seit April standen sogar sein ältester Sohn, der Kronprinz, und der Erstgeborene seines Bruders im Feld und wagten ihr Leben!

Die zwei Könige begrüßten sich mit einem knappen Nicken und einem »Euer Majestät, mein Bruder«.

»Finden alles zur Zufriedenheit?«, erkundigte sich Friedrich Wilhelm in kühler Höflichkeit, seinen Groll vorerst noch zügelnd.

»Ja, Euer Majestät, und ich bin Euch überaus dankbar für die vielen Beweise Eurer hohen Gesinnung«, begann sein sächsischer Staatsgast schmeichlerisch.

Was den Hohenzollern erneut aufbrachte. Mit der Begrüßungsfloskel war in seinen Augen der Höflichkeit Genüge getan, und so ging er direkt zum Angriff über.

»Wieso tragen Majestät sächsische Gardeuniform, obwohl Sie beim Sturm auf Leipzig erklärten, Sie besäßen keinerlei Zuständigkeit über Ihre Armee? Als Bonaparte schon aus der Stadt verjagt war! Können sich also nicht mit *unliebsamen Zwängen* herausreden!«

Das war ein ausnehmend langer Monolog des Königs von Preußen, der für kurze Sätze berüchtigt war.

Kürzere, als die deutsche Sprache sie dulden wollte.

Dieser Eröffnungsangriff brachte den seit der Gefangennahme scheinbar um Jahre gealterten sächsischen König vollends aus der Fassung.

Er rang nach Luft und Worten, bis ihm endlich eine angemessene Antwort einfiel: »Zu Euer Majestät Ehren trage ich meine beste Robe.«

Die Hilflosigkeit seines Gegenübers stimmte Friedrich Wilhelm nicht versöhnlich, sie erfüllte ihn mit Sarkasmus.

Die Briefe, die der sächsische König ihm *vor* der Leipziger Schlacht geschrieben hatte, waren ganz und gar nicht so unterwürfig wie seine letzten, sondern arrogant bis zur Unhöflichkeit. Das hatte er nicht vergessen.

Und auch dies nicht: Genau heute vor sieben Jahren, am 27. Oktober 1806, war Napoleon Bonaparte mit seiner Armee durch das Brandenburger Tor in Berlin einmarschiert.

Während das preußische Königspaar an die hinterste Landesgrenze fliehen musste, ließ der Wettiner seine Königswürde ausrufen und lebte wie die Made im Speck von Napoleons Gnade. Auch auf Kosten Preußens, denn er bekam preußische Teile Schlesiens und den Cottbuser Kreis zum Dank.

Jetzt hatten sich die Dinge ins Gegenteil verkehrt.

Friedrich Wilhelm von Preußen war der Sieger der großen Schlacht gegen Napoleon; diesen völlig zu vernichten, konnte nur noch die Frage von Tagen oder Wochen sein.

Und Friedrich August von Sachsen war sein Kriegsgefangener. Er sollte mit seinem Land und vielleicht auch mit seinem Titel bezahlen.

Aber es war würdelos, jemanden noch mit Füßen zu treten, der schon am Boden lag.

Deshalb überwand sich der König von Preußen und fragte: »Etwas, womit ich zu Euer Wohlbefinden beitragen kann?«

»Die Missverständnisse! Wir sollten endlich die Missverständnisse aufklären, die zwischen uns entstanden sind!«, rief Friedrich August. »Wenn ich erst sämtliche Beweggründe für mein Handeln dargelegt habe, werden Euer Majestät und auch die anderen Hohen Verbündeten begreifen, dass ich gar nicht anders handeln konnte. Und dass ich gern längst auf der Seite der Alliierten gestanden hätte.«

»Wollen diese Begegnung doch nicht durch Lügen herabwürdigen!«, wies ihn Friedrich Wilhelm kalt zurecht. »Zusagen nicht eingehalten. Haben uns getäuscht und an Bonaparte festgehalten. Tun das vielleicht noch immer?«

Er sah, dass der andere erblasste und wankte.

Der Hohenzollern hatte seinen Gegner im Schach stehen. Doch er würde ihm nicht den letzten Stoß versetzen. Das gehörte sich nicht unter Königen. Und schließlich galt es, ein reiches Land zu annektieren. Dafür konnte etwas Entgegenkommen eine gute Taktik sein.

»Bin nicht hier, um über angebliche Missverständnisse zu reden. Alliierte haben Ihr Handeln wohl verstanden«, stellte Friedrich Wilhelm klar. »Wollen nur Euer Befinden erfragen.«

Langsam, sehr langsam, begann Friedrich August, das Ausmaß seiner Niederlage zu erahnen.

»Sind uns Theaterbesuche gestattet?«, wagte er zu fragen.

»Bedaure.«

»Spaziergänge und Ausritte?«

»In Begleitung Golitzyns. Stellen Kutschen und Pferde bereit. Können Berlin kennenlernen, wunderbare Stadt!«, sagte der preußische König generös. »Großartiges von Schlüter und Knobelsdorff gebaut. Erwarten noch Größeres von Schinkel.«

Unter Qualen rang sich der gefangene König durch, das heikelste Thema anzusprechen, so demütigend es war.

»Majestät, man hat meine gesamte Suite, auch die der Königin und der Prinzessin, fortgeschickt und durch preußische Gesellschafter und Bedienstete ersetzt. Ein Teil unserer Dienerschaft wurde auf Weisung des Barons von Anstett sogar schon unterwegs entlassen.«

Der preußische König sah ihn ungerührt an, im vollen Einverständnis mit diesen Maßnahmen.

Er wollte die Bitte ausgesprochen hören.

Mit Schweißperlen auf der Stirn und rasselndem Atem fragte Friedrich August von Sachsen, während er seinen ganzen Stolz herunterschluckte: »Könnten sich Euer Majestät dazu entschließen, uns in dieser ... unleidigen Lage ... wenigstens unsere vertraute Gesellschaft zuzugestehen?«

Ein feines, hartes Lächeln zeichnete sich auf Friedrich Wilhelms stolzen Gesichtszügen ab.

»Gewährt.«

Der sächsische König wollte schon erleichtert aufatmen und sich überschwenglich bedanken, doch sein Widerpart hatte noch nicht zu Ende gesprochen.

»Majestät bezahlen Verpflegung und Hofhaltung selbst«, ergänzte er kühl. »Kann von meinen Preußen nach harten Jahren nicht erwarten, dass sie sächsischen Hofstaat finanzieren.«

Der Wettiner zuckte leicht zusammen. Unter Aufbietung aller Kräfte bedankte er sich mit schmeichelhaftesten Worten.

Angewidert beendete Friedrich Wilhelm die Audienz.

Trotz des neuerlichen Personalwechsels würde ihm nichts entgehen, was sein königlicher Gefangener sagte, tat und schrieb. Hardenberg hatte einen hervorragenden Plan, wie man den sächsischen König mit einem kleinen Stück Land weit weg abfinden könnte.

Schon bald würde der Titel an ihn übergehen, und damit wäre das Königreich Sachsen eine preußische Provinz.

Als er allein im Zimmer der Königin war, ließ sich Friedrich August auf die nächstgelegene Sitzgelegenheit sinken. Er hatte einen ganz anderen Verlauf dieses Gespräches erhofft. Doch immerhin: Ein Teilsieg war errungen. Die preußischen Spione um sie herum wurden abgezogen, und sie bekamen ihr eigenes, vertrautes Personal zurück.

Wenn Napoleon erst ganz besiegt war, würden die Alliierten gnädiger gestimmt sein! Das glaubte Friedrich August.

Doch diese Illusion zerplatzte jäh mit der Nachricht, dass das russische Gouvernement das königliche Vermögen in Sachsen beschlagnahmt hatte.

Zur Finanzierung seiner Haft musste der König von Sachsen Anleihen bei Berliner Bankhäusern aufnehmen.

Eingeschlossen

Erfurt, Dresden, Wittenberg, Magdeburg
und Hamburg, 28. Oktober 1813

Zwei Tage dauerte nun schon die Blockade Erfurts. Für die verängstigten Bewohner der Stadt begann die Umzingelung durch preußische Truppen jedoch nicht wie befürchtet mit einer heftigen Kanonade. Im Gegenteil, es herrschte Totenstille. Sämtliche Geschäfte waren geschlossen, die Straßen verlassen. Bangen Herzens erwarteten die Erfurter das unausweichlich scheinende Unheil.

Der Gouverneur hatte ihnen verboten, auf die Wälle zu steigen und einen Blick auf das Belagerungsheer zu werfen. Deshalb konnten sie nicht wissen, dass die Stille hauptsächlich dem Umstand geschuldet war, dass die Alliierten nicht über ausreichend Kanonen und Munition verfügten, schon gar nicht über schweres Geschütz, um von ihren Positionen aus die Zitadelle auf dem Petersberg und die Cyriaksburg zu erreichen.

An diesem Donnerstag erhielt General Friedrich von Kleist, der Erfurt bereits hinter sich gelassen hatte und nach Gotha geritten war, den Befehl des preußischen Königs, anstelle Wittgensteins die Blockade Erfurts zu übernehmen. Also kehrte er auf der Stelle um. Doch solange kein schweres Geschütz eintraf, konnte er nicht viel tun, außer seine Truppen in Position zu bringen.

Umso eifriger nutzten die Franzosen innerhalb der Stadtmauern die Zeit. Sie trieben unerbittlich Proviant, Stroh, Bettzeug, Leinwand und sämtliche Salzvorräte ein. Gouverneur d'Alton verpflichtete tausend Erfurter zur Zwangsarbeit, um die Stadt weiter zu verschanzen.

Die Waren Erfurter Händler wurden entschädigungslos beschlagnahmt und auf die Zitadelle gebracht.

Dort war der übel gelaunte Major de Trousteau schnell zum Schrecken der Garnison geworden und ließ die Besatzung von früh bis spät exerzieren, Waffen und Ausrüstung putzen oder auf Patrouillengänge ziehen.

Wie jeden Mittag schlenderte der Buchhändler und Inhaber einer Leihbibliothek Constantin Beyer zum Essen ins *Weiße Ross*. Nach dem Lärm und der Hektik der letzten Tage, als fast die gesamte Grande Armée durch Erfurt gezogen war, nahm sich die Stille in den Straßen besonders ungewöhnlich aus.

Während er seine Suppe löffelte, sinnierte er darüber nach, ob die hübsche, frisch verwitwete Offiziersgattin wohlbehalten nach Frankreich gelangen würde.

Dann flogen seine Gedanken wieder zu seiner Geliebten. Konnte sie heute kommen? Da alle Geschäfte geschlossen waren, hatte sie keinen Vorwand, das Haus zu verlassen. Aber vielleicht war ihr Mann ja wieder zu einer Gesellschaft eingeladen, zum Mittag beim Polizeioberinspektor Kahlert oder dem ebenso verhassten Bürgermeister Weißmantel.

Um sie keinesfalls zu verpassen, ging er etwas eher als üblich zurück zu seiner Wohnung. Doch er blieb allein, ungeduldig und voller Sorge. Als drei Uhr nachmittags verstrichen war, beschloss er, einen Spaziergang zu *Vogels Garten* zu unternehmen, um auf andere Gedanken zu kommen.

Das beliebte Ausflugslokal am Hirschbrühl war erstaunlich voll, vor allem angesichts dessen, dass ein beträchtlicher Teil der Erfurter zu Schanzarbeiten gezwungen war.

Es war wohl weniger der Sinn nach Vergnügen, der die Gäste hierhergetrieben hatte. An diesem Ort wurden stets lebhaft die Ereignisse des Tages diskutiert. Allerdings durfte man dabei nie vergessen, dass die Geheime Polizei mithörte.

Beyer bahnte sich den Weg zwischen den voll besetzten Tischen hindurch, wurde vom Gastwirt freudig begrüßt und an einen der wenigen freien Plätze dirigiert.

Wie sich zeigte, saßen dort am Tisch der Sohn seines Kollegen Georg Adam Keyser, Friedrich, und dessen junger Freund Gerlach aus Freiberg. Keyser junior gab eine Zeitschrift heraus, und Konstantin Gerlach half ihm und vollendete damit seine Ausbildung. Sicher sollte er einmal die Freiberger *Gemeinnützigen Nachrichten* übernehmen, damit sich sein Vater ganz der Herausgabe von philosophischen Schriften und Werken der Gelehrten der Bergakademie widmen konnte.

Beide jungen Männer erhoben sich höflich und grüßten, als Beyer an ihrem Tisch erschien. Die Erfurter Buchhändler gingen trotz gegenseitiger Konkurrenz respektvoll miteinander um.

»Wie geht es Ihrem Herrn Vater?«, erkundigte sich Constantin Beyer.

»Gut, jedenfalls an den Umständen gemessen. Zu unserem Glück sind Bücher anscheinend das Einzige, das die Franzosen nicht requirieren«, antwortete der junge Keyser zynisch. »Doch stellen Sie sich vor: Mein *Literarischer Anzeiger* wurde verboten, mit sofortiger Wirkung eingestellt. Dabei ist er völlig unpolitisch, ein reines Unterhaltungsblatt für den kulturell interessierten Leser!«

Constantin Beyer warnte ihn mit einem Blick, etwas leiser zu sprechen. Man konnte nie wissen, wer mithörte.

»Bei Gedrucktem verstehen sie keinen Spaß«, erklärte Gerlachs Sohn. »Da rede ich noch nicht einmal von der Zensur. In Freiberg tauchten im Sommer franzosenfeindliche Flugblätter auf, und mein Vater geriet in Verdacht, sie gedruckt zu haben. Natürlich eine völlig haltlose Anschuldigung, es waren auch ganz anderes Papier und andere Lettern, als wir benutzen. Aber die Franzosen haben die gesamte Druckerei durchwühlt und verwüstet, und Vater musste seinen besten Setzer entlassen.«

Er lachte bitter auf. »Am Ende wurden wir nur verschont, weil meine Cousine wohl eine Liaison mit einem im Haus einquartierten Offizier hatte. Was für eine Schande! Meine Verwandte ein Franzosenliebchen, eine Franzosenhure!«

Er schüttelte sich, trank sein Bier mit einem Schluck aus und ließ den Krug auf die Tischplatte krachen.

»Nehmen Sie dieses hässliche Wort unverzüglich zurück, junger Mann!«, forderte der sonst stets freundliche Beyer streng. »Verzeihen Sie, wenn ich mich in Ihre Familienangelegenheiten einmische. Doch als ein durch die Jahre etwas weise gewordener Mann rate ich Ihnen: Urteilen Sie nicht so vorschnell über Ihre Cousine.«

Leiser fügte er hinzu: »Und vor allem nicht so laut!«

Dann sprach er mit normaler Stimme weiter.

»Ich hatte auf den Buchmessen die Ehre und das Vergnügen, Ihre reizende Verwandte kennenzulernen. Sie sprechen doch von Mademoiselle Henriette, nicht wahr? Ich fand sie über ihre Jahre klug, und sie liebt Bücher wie wir alle an diesem Tisch. Etwas Ehrloses traue ich ihr nicht zu.«

»Dann haben Sie sich täuschen lassen wie wir alle, Monsieur Beyer!«, widersprach sein junger Namensvetter scharf. »Sie hat solche Schande über sich und unsere Familie gebracht, dass sie Freiberg bei Nacht und Nebel verließ. Jetzt ist sie vermutlich in der Gosse gelandet, und der Schurke, der sie dahin gestoßen hat, vergnügt sich mit der Nächsten. Schauen Sie nur, wie viele Bälger hier in Erfurt ins Taufbuch eingetragen sind mit dem Vermerk *Vater: unbekannter französischer Soldat.*«

Beyer sah dem aufgebrachten Freiberger noch einmal warnend in die Augen.

»Aus Erfurts Preußenzeit finden Sie genauso viele Einträge *Vater: unbekannter preußischer Soldat*«, meinte er milde. »So ist das in Garnisonsstädten.«

Er lächelte, aber nur kurz. »Nach meiner Kenntnis lebt Ihre Cousine nicht in der Gosse, sondern bei einer respektablen Witwe in Leipzig und hilft dort, wo nach der Schlacht die größte Not herrscht, bei der Versorgung Verwundeter. Überdenken Sie also Ihr hartes Urteil, junger Mann!«

Jetzt war es an Konstantin Gerlach, die Augen aufzureißen.

»Woher wissen Sie das? Hat sich der Skandal etwa schon bis hierher herumgesprochen?«

Constantin Beyer hütete sich zu erzählen, wieso er Henriettes Aufenthalt kannte, denn ihr Brief schien den Vorwurf des Cousins eher zu bestätigen als zu entkräften.

Andererseits hielt er das Mädchen für großherzig genug, sich aus reiner Menschlichkeit darum zu kümmern, dass ein Vater vom Schicksal seines einzigen Sohnes erfuhr.

Und selbst wenn sie sich verliebt hatte – sie war bestimmt nicht der Typ, der leichtgläubig auf ein paar nette Worte hereinfiel. Oft baten ihn junge Mädchen, einen Liebesbrief an einen Soldaten oder Offizier der französischen Garnison zu übersetzen. Und dabei erlebte er durchaus Fälle, bei denen ehrliche, tiefe Gefühle im Spiel waren.

»Das Herz lässt sich nicht befehlen. Außerdem wissen Sie gar nicht, ob das Gerücht stimmt. Üben Sie Nachsicht mit Ihrer Cousine!«, mahnte er deshalb noch einmal.

»Niemals!« Entrüstet wandte sich der Freiberger an seinen Begleiter. »Was würdest du denn sagen, wenn sich deine Schwester mit *denen* einlassen würde?«

»Gott bewahre!«

Friedrich Keyser richtete kurz die Augen zur Decke. »Magdalena scheint sich überhaupt nicht für Männer zu interessieren, obwohl sie mit sechsundzwanzig längst verheiratet sein sollte. Dieser einflussreiche Widerling, der es auf sie abgesehen hat, schreckt wahrscheinlich alle Interessenten ab. Aber hast du jetzt wirklich keine anderen Sorgen, als über deine kleine Cousine herzuziehen? Meine Zeitung ist eingestellt, die Stadt umzingelt, das Essen knapp, jeden Augenblick kann ein Hagel von Kanonenkugeln und Brandgeschossen auf uns niedergehen ...«

»Und zwei Tische weiter sitzt einer der Sekretäre des Polizeioberinspektors«, raunte Beyer ihm zu.

Nun trank auch er sein Bier mit einem Schluck aus, verabschiedete sich und ging voller Bitterkeit hinaus.

Er hatte Henriette Gerlach vor Jahren auf väterliche Weise in sein Herz geschlossen und ertrug es nicht, dass ihr Cousin so hasserfüllt über sie sprach.

Außerdem konnte wirklich jeden Moment der Beschuss der Stadt beginnen. Er sollte besser noch einmal überprüfen, ob auf dem Dachboden genug Eimer mit Wasser standen, und beten, dass die Nacht ruhig verlief.

Wann würden die Preußen das Feuer auf Erfurt eröffnen, eine einstmals preußische Stadt? Wenn nicht heute Nacht, dann vielleicht morgen in aller Herrgottsfrühe. Er sollte zusehen, dass er etwas Schlaf bekam.

Wie der Major de Trousteau richtig bemerkt hatte, fehlte den Preußen derzeit nicht nur in Erfurt schweres Geschütz, um den Angriff auf die Stadt zu eröffnen. Die Alliierten mussten auch noch sämtliche Elbfestungen belagern, wofür sie ebenfalls jede Menge Artillerie benötigten.

So blieb den Erfurtern eine Gnadenfrist bis zu einem der größten Unglückstage in der mehr als tausendjährigen Geschichte ihrer Stadt.

In den Elbfestungen befanden sich derweil grob geschätzt noch fast hundertfünfzigtausend französische Soldaten und Offiziere, umzingelt von alliierten Truppen und ohne jede Aussicht, zur Grande Armée durchzubrechen. Sie waren von ihrem Kaiser aufgegeben worden und sollten durchhalten, bis Napoleon im Frühjahr mit einer neuen Armee zurückkäme.

In all diesen Städten – Dresden, Torgau, Wittenberg, Magdeburg, Hamburg – herrschte die gleiche Not: Typhus, Hunger, Lebensmittelknappheit, eine über die maßlosen Zwangslieferungen an die französische Garnison aufgebrachte Zivilbevölkerung, die hin- und hergerissen war, ob sie die Alliierten als Befreier freudig erwarten oder sich vor dem drohenden Kampf um ihre Stadt fürchten sollte.

Am gleichen Tag, als die Blockade Erfurts begann, traf der preußische General von Dobschütz mit seinem Korps vor dem sächsischen Wittenberg ein.

Magdeburg war bereits im September von russischen und preußischen Truppen umschlossen worden und verstärkte seine Garnison auf achtzehntausend Mann, was die Misere in der Stadt drastisch verschärfte. Als der französische Gouverneur Le Marois eine Million Franc Kriegsanleihe von den Bürgern Magdeburgs forderte, ließ der Polizeikommissar Schultze dreizehn angesehene Kaufleute einsperren, um die Summe zu erpressen.

In Dresden war Marschall Gouvion Saint Cyr mit mehr als dreißigtausend Mann eingeschlossen. An diesem 28. Oktober hatte der Marschall, ein Mann von sprichwörtlicher Unerbittlichkeit, den Henriette in Freiberg beim Ball zu Ehren Napoleons erlebt hatte, eine Bekanntmachung veröffentlichen lassen. Darin forderte er alle Zivilisten auf, zu ihrem eigenen Wohl die Stadt zu verlassen, wenn sie sich nicht für zwei Monate verproviantieren konnten.

Einzig Marschall Davout hätte mit seinen fast vierzigtausend Mann zu Napoleon durchbrechen können. Aber seine Befehle lauteten anders. Noch sicherte der Eiserne Marschall den Norden für seinen Kaiser und würde sich erst Anfang Dezember auf Hamburg zurückziehen. Die Hamburger Bürgerschaft hatte bereits im Frühjahr teuer dafür bezahlen müssen, sich von Napoleon losgesagt zu haben – mit achtundvierzig Millionen Franc Strafgeld, dem Abriss ganzer Viertel und Zwangsarbeit für den Ausbau Hamburgs zur Festungsstadt.

Besonders dramatisch allerdings war die Lage in Torgau: Dreißigtausend Mann – Militärs und Zivilisten – in einer überfüllten Stadt eingeschlossen, und die Hälfte von ihnen litt am zumeist tödlichen und hoch ansteckenden Typhus.

Deshalb hatte Festungsgouverneur General Narbonne die Alliierten ersucht, mit seinem Vorgänger in Torgau, General von Thielmann, über Kapitulationsbedingungen verhandeln zu dürfen. Der ritt gerade nach Leipzig, um den Oberbefehl über die sächsische Armee zu übernehmen.

Kalter Wind

Leipzig, 28. Oktober 1813

Eisiger Wind fauchte über die Ebenen um Leipzig, als sich Thielmann der Messestadt näherte. Der nahende Winter hatte bereits mit Schnee und Graupel seine ersten Boten geschickt.

Diesmal ritt der General nicht mit zweitausend Kavalleristen durchs Land, für deren Leben er verantwortlich war, den Feind vor oder hinter sich. Und so bekam er Gelegenheit, in allen traurigen Einzelheiten zu sehen, wie sehr seine Heimat verwüstet war.

Denn im Herzen war Sachsen immer noch sein Heimatland –

trotz des erzwungenen Weggangs. Sofort nach seiner Befehlsverweigerung in Torgau hatte er Frau und Kinder von Dresden nach Teplitz reisen lassen, weil sie sonst nicht mehr sicher wären. Nun kehrte er als Angehöriger der Kaiserlich-Russischen Armee zurück, um auf Befehl des Zaren die sächsische Armee neu aufzustellen und zu führen.

Würde ihn Sachsen wieder aufnehmen? Konnten seine Frau und seine Kinder hier ruhig leben?

Sosehr er sich nach ihnen sehnte – was sich gerade seinen Augen darbot, sprach dringend dafür, dass sie vorerst noch in Böhmen blieben.

Jedes Dorf um Leipzig, durch das er ritt, hatte während der Kämpfe schlimmen Schaden genommen. Häuser waren niedergebrannt, Kirchen von Kugeln getroffen, Obsthaine abgeholzt, Schindeldächer, Balken, Türen und Zäune herausgerissen und in tausenden Biwakfeuern verbrannt.

Es war kalt gewesen in den Tagen der Schlacht, es goss in Strömen, die Soldaten froren und hatten nichts zu essen.

Die Felder um Leipzig waren bedeckt mit unzähligen Toten jedweder Nationalität. Offensichtlich gab es niemanden, der sie begrub. Die meisten waren von Plünderern vollkommen entkleidet.

Manchmal jagte sein Erscheinen ganze Schwärme von Krähen auf. An anderen Stellen blieben die Totenvögel bei ihrer Beute und hackten weiter auf rohes Fleisch und glasige Augen ein.

In ein paar Tagen würde der Boden gefroren sein. Das verminderte die Seuchengefahr. Doch sollten die Toten wirklich unbestattet den ganzen Winter auf den Schollen liegen bleiben, den Raben zum Fraß?

In der gesamten Gegend ließ sich kaum etwas zu essen auftreiben, nicht einmal für Geld. Die Bauern, sofern schon in ihre zerstörten Dörfer zurückgekehrt, waren bis auf ein paar gut versteckte Schätze restlos ausgeplündert.

Zum Glück hatte ihn sein Adjutant in Schmalkalden gut bevorratet.

Mehrfach glaubte der General zu erkennen, dass sich vermeintlich Tote noch bewegten. Er sah einen Grenadier mit zerschmetterten Beinen zu einem Pferdekadaver kriechen, neben dem schon mehrere andere lagen und fauliges Fleisch herausrissen, um es sich in den Mund zu stopfen.

Weiter drüben ging eine Frau übers Feld, beugte sich da und dort über einen Leichnam, schlug ihm mit einem Hammer die Zähne aus und stopfte die grausige Beute in ein Leinensäckchen. Sie würde ihr Geschäft mit dem Gebissbauer machen.

Johann Adolph von Thielmann hatte in vielen Kriegen gekämpft, er war auf dem Russlandfeldzug dabei gewesen und musste dort noch Schlimmeres erleben. Doch jetzt fragte er sich, wie und wann sein Land die Folgen dieser furchtbaren Schlacht jemals überwinden konnte.

Je mehr er sich Leipzig näherte, desto größer wurde die Zahl der Verwundeten, die ihm entgegenkamen: an Krücken humpelnd, im Fieber brennend, ausgemergelt.

Immer dichter wurde die Ansammlung von gesprengten Munitionswagen, Pferdekadavern, Toten und Sterbenden. Die für ihre Schönheit berühmten Gartenanlagen um Leipzig waren verwüstet, über Jahrzehnte gepflegte Bäume abgeholzt und verfeuert worden.

Vor den Toren der Stadt biwakierte sächsische Infanterie. Thielmann wollte vorbeireiten, als eine Szene seine Aufmerksamkeit auf sich zog, die ihn zum sofortigen Eingreifen zwang.

Mit Rang und Namen forderte er Einlass bei den Wachen und lenkte sein Pferd Richtung Exerzierplatz. Dort erhielt ein junger Infanterist derbe Stockhiebe auf den Hintern, während der Rest seines Zuges in Reih und Glied zusehen musste.

»Beenden Sie das auf der Stelle!«, fuhr er schroff den Offizier an, der vermutlich die Strafe verhängt hatte.

Thielmann gehörte zu denen, die vor drei Jahren die sächsische Militärreform durchsetzten, und die Abschaffung körperlicher Strafen war ihm dabei wichtig gewesen, ganz nach dem Vorbild Scharnhorsts, den er sehr schätzte.

Doch mit dieser Reform hatte er sich auch Feinde gemacht.

»Exzellenz, der Kerl hat seine Patronentasche verloren«, widersprach der Oberst scharf.

Nun klang deutlich Zynismus aus seiner Stimme. »Da er meinem Kommando untersteht, fordere ich das Recht, selbst über die Bestrafung zu entscheiden und sie mir nicht von einem Angehörigen einer anderen Armee diktieren zu lassen. Auch nicht von der russischen, *Generalleutnant*!«

Zynisch werden konnte Thielmann auch, und dank seines Intellekts besser als dieser Offizier, der den Mienen der Infanteristen nach bei der Mannschaft deutlich verhasst war. Zynismus bewahrte ihn im Augenblick womöglich auch vor einem Wutausbruch biblischen Ausmaßes.

»Ihnen mag es vielleicht entgangen sein, *Oberst,* auch wenn ich nicht weiß, wie Sie das bewerkstelligt haben: Körperliche Züchtigungen sind seit Jahren in der sächsischen Armee abgeschafft. Das nicht zu wissen ist ein grobes Versäumnis Ihrerseits und spricht nicht gerade für Sie.«

Auf den Gesichtern der Mannschaft entdeckte er verhaltene Zeichen von Schadenfreude.

»Doch noch mehr erstaunt mich, wie Ihnen entgehen konnte, dass die sächsische Armee seit zehn Tagen dem Kommando der Alliierten untersteht. Ein Kaiserlich-Russischer General ist also in jedem Fall Ihr Vorgesetzter.«

Er legte eine kurze, aber wirkungsvolle Pause ein, bevor er dem anderen den Rest gab. »Und um Sie gänzlich auf aktuellen Stand zu bringen: Mit mir haben Sie den von Seiner Kaiserlichen Majestät Zar Alexander ernannten neuen Oberkommandierenden der sächsischen Armee vor sich. Ein entsprechendes *publicandum* steht in der heutigen Ausgabe der *Leipziger Zeitung*. Informieren Sie sich künftig über die Vorgänge in dieser Armee, sonst werden Sie ihr nicht mehr lange angehören dürfen.«

Dem Obristen entglitten die Gesichtszüge, der größte Teil der Mannschaft grinste unverhohlen, wenn auch nur ganz kurz.

»Helfen Sie ihm auf!«, befahl Thielmann einem Gefreiten, der sofort zu dem Geschundenen rannte. Stöhnend und schluchzend sackte der junge Soldat zusammen.

»Sie können jemanden für solch ein Vergehen in Arrest schicken oder ihm zusätzliche Wachdienste auferlegen«, wandte sich der General erneut an den Obristen. »Doch ich garantiere Ihnen: Sollte ich erfahren, dass in Ihrem Regiment noch ein einziges Mal körperliche Strafen verhängt werden, sorge ich persönlich dafür, dass Sie und alle sonstigen dafür Verantwortlichen zur Rechenschaft gezogen und unehrenhaft entlassen werden!«

Er sagte das so unerbittlich und hart, dass dem eben noch arroganten Oberst nichts anderes blieb, als zu salutieren und »Zu Befehl, Euer Exzellenz!« zu antworten.

Energisch wendete Thielmann sein Pferd und ritt davon, immer noch voller Zorn.

Da die Straßen mit Karren voller Verwundeter, Reitern und Flüchtenden verstopft und versperrt waren, musste er in großem Bogen über den Ranstädter Weg reiten.

Dort bot sich ihm das nächste grausige Bild. Die Elster war immer noch voll von Toten. Nur da und dort mühten sich ein paar Männer, einen Leichnam aus dem Wasser zu ziehen – bevorzugt solche mit reich verzierten Uniformen, weil sie auf Beute hofften.

»Ein Stück flussaufwärts haben sie vorgestern Fürst Poniatowski gefunden«, rief einer von ihnen den anderen zu. »Die polnischen Studenten suchten nach ihm, als sie hörten, er sei hier gefallen. Sie gaben nicht auf, bis ihn ein paar Fischer entdeckten.«

»Nun haben sie ihn, und er liegt beim Leichenbeschauer«, meinte ein anderer sarkastisch.

»Er wird schon ein feines Begräbnis kriegen«, wies ihn ein Dritter zurecht. »Er hätte König von Polen werden können.«

»Als ob irgendjemand vorhätte, Polen wiederherzustellen!«, höhnte der Zweite, während er versuchte, einen langen Haken unter die Kleidung eines Ertrunkenen zu schieben, um sie mit oder ohne Inhalt herauszuziehen.

Thielmann wandte den Blick wieder geradeaus, ganz in Gedanken an Józef Antoni Poniatowski.

In Russland, bei Borodino, bewiesen seine Kürassiere und Poniatowskis polnische Reiter Seite an Seite ihren legendären Mut. Bei Leipzig hatten er und Fürst Poniatowski auf verschiedenen Seiten gekämpft. Es hätte ebenso geschehen können, dass man jetzt seinen Leichnam aus dem Wasser zog. Gerüchteweise soll Napoleon den Polen noch während der Schlacht zum Marschall von Frankreich ernannt haben.

Doch den Tod kümmerten Rang und Titel nicht.

Leipzig erweckte ganz den Anschein, als sei die mörderische Schlacht nicht neun, sondern erst ein oder zwei Tage her. Auch hier lagen Kadaver herum, krochen Verletzte auf den Straßen, um die sich niemand kümmerte und die den Kehricht der Stadtbürger nach Essbarem durchwühlten. Viele Häuser hatten Einschusslöcher und beschädigte Dächer.

Immerhin war das Leben in der Stadt wieder so weit erwacht, dass Hökerinnen Branntwein, Tabak und anderes feilboten.

Überall an den Wänden sah Thielmann Aushänge mit Bekanntmachungen, unterschrieben mit »Prendel, Russisch-

Kaiserlicher Obrist und Stadtkommandant«, die meisten davon Aufrufe an die Hauseigentümer, bei ihnen untergebrachte Militärs zu melden und endlich für Sauberkeit auf den Straßen zu sorgen. Zumindest die Letzteren nahm trotz der Seuchengefahr offenbar niemand ernst, denn sie wurden Tag um Tag bei Androhung immer strengerer Strafen wiederholt.

Dafür waren an mehreren Stellen Handwerker dabei, Baracken zu errichten. Ihre rege Geschäftigkeit, der Duft nach frisch geschlagenem Holz verhießen Lebenswillen, Wiederaufbau.

Doch unter den Proklamationen fand Thielmann auch eine, die dieses Tun erklärte: Sämtliche Maurer- und Zimmergesellen aus Leipzig und Umgebung waren zum Bau von Lazaretten befohlen. Der Rat hatte das auf Dr. Reils Drängen angewiesen, um die tausenden Typhuskranken gesondert unterzubringen und so die weitere Ausbreitung der Seuche aufzuhalten.

Wieder fragte sich Johann Adolph von Thielmann, wie die einst reiche Stadt und das Land nach alldem genesen konnten. Für die neue sächsische Armee waren dreißigtausend Mann gefordert. Wovon sollte dieses Land sie ernähren, das jahrelang als Durch- und Aufmarschgebiet gewaltiger Heere ausgeplündert worden war?

Thielmann ließ sich beim Generalgouverneur für Sachsen melden und wurde bereits nach einer halben Stunde vorgelassen.

Er war überrascht, in einem der Ordonnanzoffiziere Fürst Repnins einen Bekannten zu erkennen, den Sohn seines ältesten Freundes – auch wenn diese Jahrzehnte während Freundschaft inzwischen zerbrochen war.

Der einundzwanzigjährige Karl August von Funck hatte bis vor wenigen Tagen noch als Ordonnanz bei dem französischen General Reynier gedient, der die sächsischen Truppen innerhalb der Grande Armée kommandierte und nun Gefangener der Alliierten war.

»Ich freue mich, Sie wohlauf und in so guter Stellung zu sehen«, begrüßte ihn Thielmann, und seine Freude war echt. Doch der junge Offizier verzog keine Miene.

»General Reynier hat sich bei Fürst Repnin für meine Zuverlässigkeit verbürgt. So nahm dieser mich in seine Dienste. Sonst wäre ich auch Gefangener.«

Das war die demonstrative Klarstellung, dass *er* nicht übergelaufen sei.

»Wie geht es Ihrem Bruder?«, erkundigte sich Thielmann, die Feindseligkeit in den Worten des Jüngeren ignorierend. Zögernd fügte er an: »Und Ihrem Vater?«

»Moritz wurde leicht verletzt und geriet in russische Kriegsgefangenschaft. Da wir nun Verbündete der Russen sind, ist er wieder frei. Mein Vater ist immer noch auf Wartegeld gesetzt und erwägt, seinen Abschied aus dem aktiven Dienst zu nehmen. Er fühlt sich noch nicht alt genug, um nichts zu tun.«

Bevor Thielmann antworten konnte, wurde die Tür zum Empfangsraum des Gouverneurs geöffnet. Ein Mann in der Uniform eines russischen Obristen und mit einem sehr auffälligen, langen Backenbart trat heraus, der neue Stadtkommandant Victor von Prendel.

Er und Thielmann grüßten sich, Augenblicke später kam der junge Funck zurück und erklärte, Seine Durchlaucht Fürst Repnin-Wolkonski sei bereit, den General von Thielmann zu empfangen.

»Euer Durchlaucht, ich melde mich zur Stelle, um mein neues Kommando anzutreten«, sagte er salutierend in hervorragendem Französisch.

»Sehr gut!«, erwiderte Repnin in gleicher Sprache und wies einen seiner Adjutanten an, sämtliche verfügbaren sächsischen Generäle, Kommandeure und Kommandanten für drei Uhr herzubeordern.

Bei einem weiteren bestellte er Tee für sich und seinen Gast.

»Nun, General, Sie sind ein entschlossener Mann mit kühnem, vorausdenkendem Geist!«, eröffnete der Gouverneur das Gespräch. Sie kannten einander aus dem Hauptquartier des Zaren. »Unterwegs hatten Sie Zeit, sich Gedanken über Ihre neue Aufgabe zu machen. Wie wollen Sie vorgehen?«

»Ich habe viele Ideen und Vorschläge«, versicherte Thielmann sofort und legte ein mehrseitiges Papier auf den Tisch, das er in den letzten Nächten erarbeitet hatte.

»Trotzdem, Durchlaucht, gestatten Sie mir einen Einwand. Halten Sie mich nicht für verzagt oder feige deshalb. Das Vertrauen, das Seine Majestät der Zar und auch Sie in mich setzen, ehrt mich über alle Maßen. Doch ist es ratsam, mir den Oberbefehl über eine Armee zu geben, die ich im Mai verlassen habe und deren Offiziere mich deshalb in der Mehrzahl immer noch für einen Verräter halten?«

Jegliche verbindliche Höflichkeit auf dem Gesicht des Gouverneurs erlosch.

»Sie verkennen die Situation, Thielmann!«, sagte er mit Nachdruck und wachsendem Zorn. »Vor allem aber verkennen jene Offiziere die Situation, die meinen, über Sie richten zu dürfen. Sachsen war bis zuletzt sklavischer Verbündeter Napoleons. Daran ändert auch nicht, dass mehrere Regimenter zu uns übergelaufen sind. Der Befehl dazu kam *nicht* von ihrem König. Ihr König hielt Bonaparte bis zum Schluss die Treue. Er weigerte sich sogar noch während des Sturms auf Leipzig, das Kommando über seine Armee abzugeben, weil jene seinem *Hohen Verbündeten* Napoleon unterstellt sei.«

Diese Eröffnung war neu für Thielmann, und sie machte ihn fassungslos. Repnin erkannte beides an der Miene seines Gegenübers und nannte deshalb die Details.

»Napoleon war bereits aus Leipzig geflohen, als der Generalquartiermeister des Zaren und der Flügeladjutant Natzmer des Königs von Preußen den sächsischen König baten, seine verbliebenen Truppen aus dem Gefecht zu nehmen«, berichtete der russische Fürst. »Der König lehnte ab, *da er keine militärische Befehlsgewalt über seine Armee habe!* Diese liege in Abwesenheit des Kaisers bei dem französischen Militärkommandanten von Leipzig, dem Herzog von Padua, General Arrighi. Der übrigens längst aus der Stadt geflohen war.«

Thielmann war zumute, als würde der Boden vor seinen Füßen aufreißen. Wie konnte sich der König dermaßen seiner Verantwortung entziehen? Der Verantwortung für seine Soldaten und sein Land!

»Nach unserem Sieg glaubte der König von Sachsen, sich als Gleichgesinnter ausgeben zu können«, fuhr Repnin unerbittlich fort. »Zar Alexander ist gnädig. Aber er lässt sich nicht täuschen und schon gar nicht belügen. Der sächsische König hätte sich im Frühjahr klar auf die Seite der Alliierten stellen sollen, wie er es versprach. Haben nicht Sie selbst, Thielmann, genau diese Worte Ihres Königs überbracht?«

Es war eine rhetorische Frage, deshalb musste Thielmann nicht antworten. Für einen Moment schloss er vor Demütigung die Augen – auch wenn nicht er, sondern sein König hier gedemütigt wurde. Sein einstiger König.

»Selbst wenn Sachsen erst im Sommer zu uns gewechselt wäre wie Österreich, ja sogar noch im Oktober wie Bayern, würde es heute aufseiten der Sieger stehen«, sprach Repnin-Wolkonski weiter. »Doch so ist es Feindesland und unter unserem Protektorat, Friedrich August von Sachsen Kriegsgefangener. Er dürfte Berlin vor drei Tagen erreicht haben.«

Der russische Gouverneur sah kurz aus dem Fenster, als wollte er dem entmachteten sächsischen König nachschauen, dann verschränkte er die Arme auf dem Rücken.

»Wenn Sachsen milde behandelt werden will, muss es beweisen, dass es auf unserer Seite steht. Mit Tapferkeit im Kampf
gegen die Überreste des napoleonischen Heeres. Dafür sind
Sie der beste Mann an der Spitze der Armee.«

Der Tee war inzwischen kalt geworden. Doch keinen der beiden kümmerte das.

»Wer von den sächsischen Offizieren dies nicht begreift, tut
sich und seinem Vaterland keinen Gefallen«, erklärte der
Gouverneur streng. »Ich erwarte dreißigtausend Mann von
Ihnen, Thielmann. Räumen Sie auf mit sämtlichen Überresten der Franzosenzeit in Ihrer neuen Armee! Und all denen,
die noch glauben, dem sächsischen König treu sein zu müssen, richten Sie aus: Die sächsische Armee hat sich mit ihrem
Überlaufen vor zehn Tagen selbst von ihrem Eid an diesen
König entbunden.«

Warum hält er mir diese Rede und nicht nachher den Generälen, die mich immer noch Verräter schimpfen?, dachte Thielmann bitter.

Gerade weil der Gedanke in ihm wühlte, ob es nicht besser für
Sachsen gewesen wäre, wenn er im Frühjahr mit der ganzen
Armee zu den Alliierten gewechselt wäre, notfalls auch ohne
königlichen Befehl, fühlte er sich noch schlechter angesichts
der unerbittlichen Worte und der unglaublichen Enthüllung.

Jahrelang hatte er seinen König geachtet und ihm loyal
gedient. Bis an die Grenzen des Vertretbaren. Dann verriet
ihn der König und ließ ihn fallen, auf einen bloßen Wink
Napoleons hin. Das hatte ihn schwer getroffen und mit Verbitterung erfüllt.

Doch jetzt, als er auch noch von der verhängnisvollen Weigerung hörte, die Überreste der sächsischen Armee unmittelbar
vor dem Sturm der Alliierten auf Leipzig aus dem Gefecht zu
nehmen, da verspürte der Generalleutnant Johann Adolph
von Thielmann zum ersten Mal Zorn auf seinen einstigen
König.

Friedrich August von Sachsen hatte mit seiner Starrheit und Entschlusslosigkeit das Land in den Abgrund getrieben.

Punkt drei Uhr nachmittags stellten sich die noch verbliebenen Generäle, Kommandeure diverser Truppenteile und Kommandierenden der sächsischen Armee beim russischen Generalgouverneur Fürst Repnin ein, im zweiten Stock des Apelschen Hauses.

Thielmann kannte jeden und las auf vielen Gesichtern verblüfftes Staunen darüber, ihn hier anzutreffen. Die meisten vermuteten ihn weit weg auf der Straße nach Frankfurt, um die Überreste der Grande Armée zu verfolgen.

Doch bei einigen sah er auch Freude.

Zu seiner Überraschung waren unter den Eintretenden seine alten Freunde von Carlowitz und von Miltitz, obwohl beide weder im Generalsrang standen noch ein eigenes Kommando führten. Miltitz allerdings war Marschkommissär und sollte die Lasten der Zivilbevölkerung durch die Truppen lindern. Ihre Gegenwart verschaffte ihm sofort ein besseres Gefühl.

Gouverneur Generalmajor Nikolai Grigorjewitsch Repnin-Wolkonski trat neben ihn und ließ den Versammelten keine Zeit, Vermutungen auszutauschen.

»Mit sofortiger Wirkung übernimmt General Freiherr von Thielmann das Kommando über die sächsische Armee. Sie werden ihn dabei unterstützen, diese Armee neu aufzubauen und auszurüsten.«

Thielmann sah von einem Gesicht zum anderen. Da waren die Generäle Steindel und Sahrer von Sahr, seine alten Widersacher in Torgau – entrüstet, dass man ihm und nicht ihnen diesen Auftrag erteilt hatte.

Er konnte noch froh sein, dass die Generäle von Zeschau und von Bose nicht hier waren, sondern den König in seine Gefangenschaft nach Berlin begleiteten.

General von Ryssel starrte ihn erwartungsvoll an; er war am

18. Oktober mit seinen Truppen zu den Verbündeten übergelaufen. Doch Thielmann traute ihm nicht. Noch vor wenigen Wochen, so wusste Thielmann, hatte Ryssel von Napoleon das Kreuz der Ehrenlegion erhalten und war überaus stolz darauf gewesen.

Major Friedrich von Dreßler, der das Leibgrenadierbataillon kommandierte, schien ihm ein zuverlässiger Mann zu sein. Auch auf Lindenau, der das Kommando über die Überreste der leichten Kavallerie hatte, und auf den Chef der Artillerie, Oberstleutnant Raabe, konnte er zählen.

Er wünschte sich die Männer her, mit denen er schon einmal die sächsische Armee reformiert hatte. Aber von Gersdorff war Gefangener, Langenau stand in österreichischen Diensten, Funck war auf Wartegeld gesetzt, LeCoq königstreu bis zum Letzten.

Und Ernst Ludwig Aster, sein Adjutant und Vertrauter aus Torgauer Zeiten, der gemeinsam mit ihm den Dienst quittiert hatte, kommandierte irgendwo eine russische Kosakeneinheit.

»Die Alliierten Heerführer erwarten binnen kurzem dreißigtausend Sachsen unter Waffen, die tapfer gegen den Feind kämpfen«, fuhr Repnin-Wolkonski fort. »Beweisen Sie, dass Sie ehrlichen Herzens auf unsere Seite gewechselt sind, und tilgen Sie die Schmach, die Ihr unglückseliger König über Ihr Land gebracht hat.«

Hatte bis eben noch eisiges Schweigen geherrscht, so schien sich nun Grabesstille über den Raum zu senken.

Außer bei seinen Freunden und dem eifrigen General von Ryssel las Thielmann auf den Gesichtern so viel Ablehnung, dass er sich sagte: Nun kommt es auch nicht mehr darauf an. Er bat den Generalgouverneur durch eine Geste, das Wort ergreifen zu dürfen.

»Ich vertraue darauf, dass wir es gemeinsam schaffen, die sächsische Armee wieder zu dem zu machen, was sie war:

tapfer, diszipliniert, gut ausgebildet«, erklärte er mit Nach-
druck, legte eine kurze Pause ein und sagte dann mit leichter
Schärfe in der Stimme: »Um klarzustellen, dass es weder für
Sie noch für die Ihnen Unterstellten einen Loyalitätskonflikt
geben kann, teile ich Ihnen hiermit die offizielle Haltung der
Alliierten Heeresführung mit: Die sächsische Armee hat
durch ihr Überlaufen am 18. Oktober den Eid an ihren
König gelöst und ist nicht mehr an ihn gebunden. Friedrich
August von Sachsen ist Kriegsgefangener. Ich richte den glei-
chen Appell an Sie wie Fürst Repnin: Lassen Sie uns gemein-
sam beweisen, dass wir an der Befreiung des deutschen
Vaterlandes mitwirken wollen! Nur so helfen wir auch
Sachsen.«

Niemand sagte ein Wort.

Lediglich Carlowitz sah ihn aufmunternd an, Miltitz lächelte.

»Alle sächsischen Offiziere, Unteroffiziere und Mannschaften haben sich sofort bei General von Ryssel zu melden, um
ihren Dienst wiederaufzunehmen«, befahl Thielmann.

»Wie Ihr neuer Oberkommandierender bereits sagte: Wir er-
warten dreißigtausend Mann von Ihnen, nicht nur reguläre
Armee, das wäre in der kurzen Zeit nicht zu bewerkstelligen,
sondern auch Landwehr und Freiwillige«, erklärte nun wieder der Generalgouverneur. »Dieses Banner der Freiwilligen
Sachsen aufzustellen, übertrage ich dem Obristen von Carlowitz, den ich mit sofortiger Wirkung in den Rang eines
Generalmajors erhebe. Außerdem erteilt Seine Kaiserliche
Majestät Zar Alexander der neuen sächsischen Armee die
Erlaubnis, das Grün Sachsens als neues Feldzeichen zu tragen. Französische Auszeichnungen sind abzulegen; alles ist
zu tilgen, was an die alte Zeit erinnert.«

»Zum Zeichen des Neubeginns sollten wir die neuen grünen
Kokarden mit weiteren Farben umgeben – aus Dankbarkeit
für die Befreier«, fügte Thielmann hinzu.

Nun sah er, wie die Feindseligkeit auf manchem Gesicht triumphierendem Grinsen wich. Glaubten seine Gegner, er habe ihnen damit selbst die Munition gegen ihn geliefert?

Begriffen sie nicht, dass Sachsens Existenz auf Messers Schneide stand?

Und noch etwas musste er loswerden: »Auch wenn Französisch Hofsprache in Sachsen ist – sobald Sie mein Arbeitszimmer betreten, erwarte ich von Ihnen, dass Sie Deutsch mit mir reden.«

Einer der Adjutanten des Generalgouverneurs hatte Thielmann unterdessen ein Quartier am Markt besorgt.

Carlowitz und Miltitz bestanden darauf, seine und Carlowitz' Beförderung und das Wiedersehen zu feiern, und so saßen sie bei mehreren eilig aufgetriebenen Flaschen Wein zusammen und schmiedeten Pläne. Wieder einmal.

»Sie haben das Oberkommando über die Armee, Carlowitz und ich organisieren das Freiwilligenbanner, von Vieth die Landwehr … und der gute alte Körner soll Justizminister werden!«, berichtete der leidenschaftliche Dietrich von Miltitz überschwenglich. »Das heißt, wir haben fast alle wichtigen Positionen inne und können endlich das veraltete sächsische Verwaltungswesen modernisieren. Unsere Träume von einem fortschrittlichen Sachsen in einem freien deutschen Vaterland verwirklichen!«

»Unter russischem Gouvernement«, schränkte der weise Carl Adolph von Carlowitz ein. »Im Schatten steht der Reichsfreiherr vom Stein und überlegt, wie und wann er Sachsen den Preußen einverleibt.«

»Damit das nicht geschieht, müssen wir handeln«, drängte Thielmann.

»Deshalb haben Sie die Königstreuen vorhin so vor den Kopf gestoßen«, meinte Carlowitz nachdenklich.

»In der Hoffnung, dass sie es endlich begreifen«, brauste Thielmann auf. »Wenn Sachsen in den bevorstehenden Kämpfen nichts Außergewöhnliches leistet, wird es als Kriegsbeute aufgeteilt.«

Als niemand antwortete, fragte er mit widerstreitenden Gefühlen: »Sollten wir nicht auch Funck dazunehmen? Er ist General, ein kluger Kopf, und wie ich hörte, ist er immer noch auf Wartegeld gesetzt und erwägt, seinen Abschied zu nehmen.«

Sie alle waren einst Freunde gewesen, hatten in jungen Jahren auf dem Miltitzschen Gut in Siebeneichen ihre Begeisterung für die Dichtkunst geteilt. Und Karl Wilhelm Ferdinand von Funck war derjenige, der mit der größten Energie und Leidenschaft die sächsische Militärreform voranbrachte.

»Mein Freund«, begann nun Carlowitz mit hochgezogenen Augenbrauen. »Ihnen wird ein sehr scharfer Wind ins Gesicht wehen, wenn Sie mit dieser Generalität die Armee auf die Seite der Alliierten führen wollen. Funck ist mittlerweile so verbittert und selbstgerecht, dass niemand mehr mit ihm auskommt. Sie brauchen nicht noch jemanden, der nur Zwietracht sät.«

Miltitz ergänzte zynisch: »Er verkündet wieder und wieder, der König hätte eisern durchgreifen und alle Deserteure und Überläufer hinrichten lassen sollen. Also auch uns. Erleichtert das Ihre Entscheidung?«

Thielmann entgegnete nichts.

Nach einem Moment des Schweigens räusperte er sich und erkundigte sich leiser: »Wie geht es Körner? Und seiner Frau? Wie verkraften sie den Tod ihres Sohnes?«

Die ganze Familie zählte zu ihrem Freundeskreis.

Gern würde er jetzt von seiner letzten Begegnung mit dem jungen Theodor Körner erzählen, vier Wochen vor dessen Opfertod. Doch er hatte dem umschwärmten Dichter und Adjutanten des Majors von Lützow versprochen, sein Geheimnis zu wahren: dass Theodor Körner es leid war, als Symbol für ein Korps zu stehen, das seinem Ruhm nicht gerecht wurde. Dass er lieber zu jeder anderen Einheit gehen und für das Vaterland kämpfen würde als zurück zum Lützower Freikorps. Doch weil er ein Symbol geworden war, blieb ihm dieser Weg versperrt. Darum ging Carl Theodor Körner, um zu sterben.

Bald sprangen Thielmanns Gedanken voraus zu dem Übermaß an Arbeit, das ihn erwartete. Die Truppen lagen noch über ein weites Gebiet verstreut – je nachdem, ob und zu wem sie übergelaufen waren oder nicht. Sie mussten zusammengeführt und fast komplett neu ausgerüstet werden. Sein Instinkt sagte ihm, dass die sächsische Armee zur Verstärkung der Belagerungstruppen nach Torgau geschickt werden würde. Die Befehlsgewalt über die sächsische Hauptfestung hatte nun der Graf de Narbonne-Lara, einer der wenigen Generäle von altem Adel in Napoleons Armee.

Er und Thielmann waren Freunde seit Jahren, auch durch ihre gemeinsame Passion für die Literatur. Auf dem Rückzug aus Russland hatte der Dresdner dem Franzosen das Leben gerettet.

Deshalb wollte der neue Oberbefehlshaber der sächsischen Armee dem Alliierten Hauptkommando anbieten, bei den Kapitulationsverhandlungen mit Narbonne zu vermitteln – ohne zu wissen, dass der Freund bereits darum ersucht hatte. Gerüchten zufolge sollte der Typhus in Torgau fürchterlich wüten. Wenn die Alliierten *ihn* zu den Verhandlungen schickten, würde Narbonne sicher schnell einer Kapitulation zustimmen, sofern er dabei das Gesicht wahren konnte. Das würde der Stadt eine Kanonade und vielen eingeschlossenen Soldaten und Zivilisten den Tod ersparen.

Thielmann vermutete richtig: Am nächsten Tag, dem 29. Oktober, erging Befehl an die sächsische Armee, sich auf Torgau in Marsch zu setzen und dem Belagerungskorps des preußischen Generals von Tauentzien anzuschließen.

Drei Briefe für Felix

Nahe Eisenach, 28. Oktober 1813

Vorsichtig und mit zusammengebissenen Zähnen versuchte der Tirailleur im Korps Yorck von Blüchers Schlesischer Armee, Felix Zeidler, den blutigen Verband am linken Arm mit kaltem Wasser aufzuweichen. Die Wunde hatte sich gegen alle Wahrscheinlichkeit nicht entzündet. Und jetzt verspürte er das dringende Gefühl, den festgeklebten Leinenstreifen abnehmen zu müssen, sollte sie ganz heilen.

Das Wasser im Bottich war eisig, die Luft nicht minder, und Felix fror bis auf die Knochen. Er sehnte den Moment herbei, an dem er sich wieder in den grauen Feldmantel hüllen konnte – die Hinterlassenschaft eines der vielen Toten von Möckern, die ihm gute Dienste leistete.

Für morgen war ein Ruhetag befohlen, nach harten Märschen und dem blutigen Gefecht vorgestern bei Eisenach gegen französische Garden. Sein Zug genoss das Glück, diese Nacht in einer Scheune auf einem Gehöft verbringen zu können.

Die meisten seiner Kameraden hatten es sich längst im Stroh bequem gemacht, sobald die Waffen gereinigt und die Ausrüstung, so gut es ging, in Ordnung gebracht waren. Andere saßen auf dem Hof um das Wachfeuer, rauchten Pfeife, schrieben Briefe nach Hause oder unterhielten sich leise.

Als Leinen und verklebtes Blut aufgeweicht waren, zog Felix den Verband mit einem Ruck ab. Es tat weh, aber die Wunde sah gut aus. Bald konnte er den Arm wieder voll bewegen.

Vielleicht erfüllte sich doch eines Tages sein Traum, wieder zu Pferde kämpfen zu können?

Die Narben an seiner rechten Hand, wo drei Finger fehlten, waren vor Kälte ganz dunkel geworden. Aber dank eisernen Übens – auch auf Beharren des Majors von Colomb – hatte er inzwischen eine bemerkenswerte Geschicklichkeit mit der verstümmelten Rechten erreicht. Nur der Anblick war verstörend, selbst für ihn. Und viel mehr fürchtete er, dass Henriette so empfinden würde.

Damit war er in Gedanken wieder bei seinem sehnlichsten Wunsch: ein Brief von ihr als Hoffnungsschimmer gegen Kälte, Hunger, Müdigkeit und die Strapazen der Märsche.

Warum schrieb sie nicht?

Sie waren einander so nah gewesen auf ihrer einwöchigen, gefährlichen Reise nach Leipzig, hatten sich als Bruder und Schwester ausgegeben und mit Du angesprochen, um kein Aufsehen zu erregen. Ein junges Mädchen, das allein reiste, ohne Vormund oder ältere weibliche Begleitperson, wäre schon in Friedenszeiten undenkbar.

Doch sobald er Henriette sicher bei Freunden untergebracht hatte und zur Truppe aufbrach, verabschiedete sie ihn überraschend mit einem Sie, das ihn mitten ins Herz traf.

Sie müsse sonst weinen, hatte sie gesagt.

Der in Liebesdingen wenig erfahrene Felix entnahm ihren Worten eine andere Botschaft: Die Vertrautheit zwischen ihnen war lediglich gespielt, zur Täuschung der Menschen um sie herum. Und jetzt schrieb sie ihm nicht einmal!

Auf die anderen Briefe, die er vor zehn Tagen aus Halle abgeschickt hatte, war längst Antwort gekommen. Die erste Feldpost, seit er sich im Mai als Freiwilliger gemeldet hatte, und er war überglücklich darüber gewesen.

Seine Eltern beklagten sich zwar bitter, weil er ohne ihre Erlaubnis zu den Truppen gegangen war. Sie fürchteten um sein Leben, da sie schon um seinen älteren Bruder Victor trauerten, der als vermisst galt, seit er sich vor vier Jahren dem Schillschen Freikorps angeschlossen hatte.

Doch letztlich erteilten sie ihm zu seiner großen Erleichterung ihren Segen und wünschten ihm Gottes Beistand, auf dass er bald lebend und unversehrt zurückkäme. Den Verlust dreier Finger hatte er ihnen verschwiegen.

Gleichzeitig mit dem Brief aus Köthen von seinen Eltern war auch ein Gruß von Hermann aus Leipzig gekommen, der ihm voller Stolz mitteilte, dass Greta am ersten Tag des Friedens ein kleines Töchterchen zur Welt gebracht hatte. Mutter und Kind seien wohlauf.

Die Feldpost funktionierte also auch aus Leipzig.

Doch keine Zeile von Henriette.

War er für sie nicht mehr gewesen als Mittel zum Zweck, um nach Leipzig zu gelangen? Hatte sie ihn schon vergessen? Oder ging es ihr nicht gut?

Felix wusste nicht, ob er sich ärgern oder sorgen sollte.

Vorsichtig fuhr er wieder in den Uniformrock, brachte den Bottich der Bäuerin zurück und ging in die Scheune, wo er und seine Kameraden diese Nacht schlafen konnten.

»Zeidler, Post für dich!«, empfing ihn der rothaarige Jakob Häusler, der ihm seit Philipp Treptes Tod als Partner zugeteilt worden war. Tirailleure waren Scharfschützen und gingen immer zu zweit vor die Linien der Infanterie, damit einer dem anderen beim Laden Deckung geben konnte.

Er hielt einen Brief hoch und wedelte damit herum.

»Von deiner Liebsten? Erzähl von ihr! Sie scheint dir ja viel zu berichten zu haben, das sind mindestens drei Blätter voll!« Jakob war ein guter Kamerad, kampferfahren, reaktionsschnell und treffsicher. Aber genauso redselig, wie Philipp es gewesen war.

Unwirsch riss ihm Felix mit seiner verstümmelten Rechten die zusammengefalteten Seiten aus der Hand.

Sein Herz hämmerte vor Freude, als er erkannte, dass der Brief tatsächlich von Henriette kam.

»Seht nur, unser Neuer kriegt rote Ohren!«, spottete Jakob. »Findest du nicht, es wird höchste Zeit, uns etwas von der Absenderin zu erzählen? Der gesamte Zug ist sich einig, dass dieser Brief von zarter Frauenhand stammt. Heraus damit, Zeidler, wer ist sie?«

Doch Felix war ganz aufgeregt und hatte es eilig zu lesen. Ohne ein Wort ging er an das Wachfeuer auf dem Hof und versenkte sich in das Schreiben.

Es war ein langer Brief, tatsächlich drei Blätter und so eng beschrieben, dass er die Zeilen im flackernden Feuerschein nur mit Mühe lesen konnte, zumal ihm bei dem schweren Gefecht am Hörselberg bei Eisenach vorgestern das linke Brillenglas zersplittert war. Morgen würde er um Erlaubnis bitten müssen, in der nächsten Stadt einen Brillenmacher auf-zusuchen, sonst wäre er als Scharfschütze untauglich.

Henriette schrieb, dass sie von Herzen hoffe, es ginge ihm gut. Dass sie Hermann und Greta nicht zur Last fallen wollte und sich deshalb von der Lazarettverwaltung Unterkunft bei einer wohlhabenden Witwe in der Nikolaistraße hatte zuwei-sen lassen.

Das erklärte, warum er heute erst Post bekam!

Heute traf ich Greta mit Ihrem neugeborenen Töchter-chen, und sie gab mir Ihren Brief. Ich bin sehr froh und erleichtert, dass Sie noch leben, mein guter, treuer Freund.

Felix wurde ganz warm ums Herz bei diesen Worten.

Erneut begann er zu hoffen, selbst wenn er sich das kaum eingestehen wollte. Zwar redete ihn Jette auch hier mit Sie an. Aber vielleicht war es gut so, wenn sie jetzt wieder die übli-chen Umgangsformen wahrten, überlegte er.

Und »guter, treuer Freund« – war das nicht mehr, als er in seinen kühnsten Träumen erhoffte?

Begierig las er jedes einzelne Wort von ihr, jede Zeile. Sie schrieb von ihrem Alltag als Krankenpflegerin und von den Zuständen in Leipzig nach der Schlacht, davon, was sie in Sankt Thomas erlebt hatte.

Zu seinem Erstaunen berichtete Jette, dass sie nun nicht mehr im Hauptlazarett arbeitete, sondern fünf schwer verwundete Preußen im Haus der Witwe pflegte, bei der sie wohnte.

Das erscheint viel leichter als die Arbeit in einem der großen Lazarette, vergleichsweise behütet und vielleicht auch selbstsüchtig: Ich muss nicht mehr frieren und bekomme gutes Essen, jedenfalls gemessen an den Umständen hier nach der großen Schlacht. Nun kann ich wirklich helfen. Dennoch bedrückt mich die Frage: Was ist wichtiger, was zählt mehr? Den unzähligen Leidenden, für die es keine Rettung gibt, einen letzten Trost zu spenden? Oder wenigen zu überleben helfen?
Ich habe noch keine Antwort darauf gefunden.
Inzwischen kenne ich die mir hier Anvertrauten gut, und dadurch schmerzt es noch mehr zu wissen, dass selbst im besten Falle nur ein Einziger von ihnen so weit genesen wird, dass er sein früheres Leben wieder aufnehmen kann. In den letzten Wochen und Monaten sah ich so viel Leid, so viele verstümmelte und sterbende junge Männer ...
Mit Erschütterung wird mir bewusst, dass auch für die meisten Überlebenden nichts mehr so sein wird wie zuvor. Deshalb bete ich jeden Tag von ganzem Herzen zu Gott, dass Ihnen, mein treuer Freund, nichts zustößt. Möge der Herr Seine schützende Hand über Sie halten!

Felix Zeidler war tief berührt. Von ihren Zweifeln, in denen er sie genau wiedererkannte, ebenso wie von den guten Wünschen. Sie dachte an ihn.
Er würde ihr antworten und alles schreiben, was ihn in diesen Tagen bewegte. Gleich morgen. Aber jetzt, vor dem Einschlafen, wollte er noch so lang wie möglich von ihren Worten zehren und sich die Antwort zurechtlegen.
Nun las er den Nachsatz.

PS: Erinnern Sie sich noch an jene Tage im Mai, als wir in Freiberg preußische Verwundete in der Hauptwache auf dem Obermarkt pflegten? Kurz bevor die Franzosen die Stadt zurückeroberten?

Jenen Premierleutnant Trepte von den preußischen Garden, der nach einem Bajonettstich schwer fieberte und uns beinahe unter den Händen weggestorben wäre, sah ich unmittelbar nach Ende der Schlacht hier in Leipzig wieder. Er sollte das Lazarett auf die Aufnahme weiterer Verwundeter vorbereiten. Es ging ihm gut. Einen Verwundeten zumindest haben wir also gemeinsam durchbekommen.

Natürlich erinnerte er sich, wie könnte er das vergessen? Und an diesen Trepte besonders, weil er Henriette eindeutig den Hof gemacht hatte, sobald das Fieber gewichen war. Aber noch mehr, weil er selbst noch vor ein paar Tagen an der Seite von Treptes jüngerem Bruder Philipp gekämpft hatte – bis der in seinen Armen starb.

Gedankenschwer ging Felix Zeidler zurück in die Scheune und suchte sich einen Schlafplatz im Stroh.

Er konnte nicht wissen, dass Jette lange gezögert hatte, Maximilian zu erwähnen. Die Verlobung nicht, das kam nicht in Frage, denn es würde keine Hochzeit geben.

Von seiner Euphorie war wenig geblieben. Stattdessen fraß nun Eifersucht an ihm. Irgendetwas beunruhigte ihn sehr an diesem Wiedersehen von Jette und dem Gardisten Trepte.

Am nächsten Tag war Marschpause. Die Mannschaften besserten ihre Uniformen aus, und die Vorgesetzten überzeugten die Dorfbewohner, Schuhe und Leinen für das tapfere, aber inzwischen unsäglich schlecht ausgerüstete Korps Yorck zu spenden.

Die Bereitschaft dazu war erstaunlich groß – wohl auch angesichts dessen, dass das Gefecht am Hörselberg zwar das blutigste in Thüringen geworden war, die meisten Einheimischen aber begriffen, dass sie im Vergleich zu den leidgeprüften Sachsen milde davongekommen waren.

Felix erhielt sogar eine neue Brille. Die mitleidige Bäuerin auf dem Gehöft, in dem sie übernachteten, hatte sie aus einer Schublade hervorgekramt.

»Von meinem Schwager, Gott hab ihn selig; er half dem alten Herrn Pfarrer bei den Kirchenbüchern. Probieren Sie!«

Tatsächlich sah Felix damit viel besser als zuvor.

Überschwenglich bedankte er sich für das Geschenk, und als endlich Freizeit befohlen war, suchte er sich einen ruhigen Platz, um Henriettes Brief zu beantworten und ihr zu schreiben, wie sehr er sich über ihre Zeilen gefreut hatte.

Kein Korps ist dem Feind so dicht auf den Fersen wie unseres! Vor drei Tagen lieferten wir ihm ein Gefecht bei Eisenach, das ich unversehrt überlebt habe, obwohl wir französischen Garden gegenüberstanden und nur halb so viele waren. Die Märsche sind anstrengend, aber als Bergstudent bin ich durch die Exkursionen über und unter Tage lange Wanderungen gewohnt.

Diese Wanderungen ließen sich nicht im Geringsten damit vergleichen, wie sie sich nun durch Kälte und Schlamm über unwegsame thüringische Gebirgswege quälten. Doch Henriette sollte nicht glauben, er sei dem militärischen Leben nicht gewachsen.

Er dachte an das Geschenk, das er ihr als erstes zaghaftes Zeichen seiner Verehrung gemacht hatte, als sie noch in der Gerlachschen Buchhandlung Lehrbücher verkaufte: eine gepresste Pflanze aus seinem Herbarium, die gelbe Galmeiflora, die sie gerahmt und aufgehängt hatte.

Es schien wie gestern und doch ein Menschenleben her.

Beim besten Willen konnte sich Felix nicht vorstellen, nach all dem, was er als Volontärjäger und jetzt Tirailleur getan und durchgemacht hatte, wieder in das beschauliche Kleinstadtleben zurückzukehren, ins Studierzimmer und die Welt der Minerale.

Seiner Wirtin in der Freiberger Nonnengasse hatte er gestern geschrieben, sie möge seine wenigen verbliebenen Habseligkeiten in eine Kiste packen und das Zimmer anderweitig vermieten. Dieser Krieg würde womöglich doch nicht so schnell zu Ende sein, wie alle hofften. Denn nun waren schon zehn Tage seit der großen Schlacht bei Leipzig vergangen, und es sah nicht mehr aus, als ob sie den Feind noch diesseits des Rheines zu fassen bekämen.

Doch er würde beim Korps bleiben, bis zum Ende des Krieges. Falls es ihm vergönnt war, das zu erleben.

Sicher bekommen Sie in Leipzig viel mehr als wir hier von den gewaltigen Umstürzen mit, die in deutschen Landen vor sich gehen. Meine Eltern berichteten mir, dass ganz Köthen kopfstand, nachdem Jérôme Bonaparte aus Kassel floh. Und noch mehr, als er wieder zurückkehrte.
Es kann nicht mehr lange dauern, bis Jérôme Kassel und sein gestohlenes Königreich endgültig aufgibt und der Herzog von Braunschweig endlich die Regentschaft über sein Land antritt. Dann kommt vielleicht auch der Tag, an dem mein Bruder zurückkehrt.

Kassel war die Hauptstadt des von Napoleon gegründeten Königreichs Westphalen. Kosaken hatten es schon Ende September eingenommen, aber nur für wenige Tage.

Der Schwarze Herzog, wie Friedrich Wilhelm von Braunschweig-Oels genannt wurde, war mit der von ihm geführten Freischar nach England ins Exil gegangen, wohin auch einige Überlebende von Schills Korps flüchten konnten. Viele von ihnen kämpften in der King's German Legion, als Königlich-Deutsche Legion, in Spanien unter dem Herzog von Wellesley gegen die Franzosen. Nun wurde ihre Rückkehr erwartet, und Felix gab die Hoffnung nicht auf, dass sein Bruder dabei war.

Wir marschieren auf Gießen und Wetzlar, und mit jedem Kilometer, den wir vordringen, befreien wir ein Stück des Vaterlandes. Leider bedeutet das auch, dass sich der Weg für die Feldpost zwischen uns verlängert.
Ich bitte Sie inständig, teure Henriette, lassen Sie sich davon nicht entmutigen. Lassen Sie sich durch nichts entmutigen! Schon gar nicht durch Zweifel an dem, was Sie tun. Sie helfen den Menschen, die Hilfe am dringendsten benötigen. Das ist ein großes Geschenk.
Ich bin überaus erleichtert, Sie nun in besseren, etwas leichteren Verhältnissen zu wissen, denn ich sorge mich sehr um Sie. In Leipzig erleben Sie nun schon den Frieden. Hier müssen wir ihn noch erkämpfen.
Gott behüte und beschütze Sie!

Ihr ergebener, treuer Freund Felix Zeidler

Er zögerte, rückte die neue, noch ungewohnte Brille zurecht, wie er es immer tat, wenn er nachdenken musste, und rang sich zu einem Nachsatz durch:

PS: Es freut mich zu erfahren, dass Premierleutnant Trepte noch lebt. Ein Zufall fügte es, dass ich mit seinem jüngeren Bruder Philipp im Korps Yorck Seite an Seite kämpfte. Tragischerweise ist Philipp am 18. Oktober im Kampf um Gohlis nördlich von Leipzig gefallen. Aber er fand einen schnellen Tod und musste nicht leiden. Das ist, was wir alle uns wünschen, sollte das Schicksal uns ereilen.

Das Blatt war voll. Er las es noch einmal, faltete es zusammen und versiegelte es.

Dann gab er es demjenigen, der die Briefe des ganzen Zuges einsammelte und zum Feldpostmeister brachte.

Felix legte den Kopf in den Nacken, starrte in den wolkenverhangenen Himmel und sann darüber nach, ob seine letzten Worte nicht zu pathetisch klangen.

Er dachte an Philipp, an seinen Studiengefährten Richard, über dessen Tod im Korps Lützow er immer noch nichts Genaues wusste, und an die vielen, die er am 16. Oktober in Möckern hatte sterben sehen.

Dann dachte er an die Verwundeten, die er im Mai mit Henriette versorgt hatte. An die, denen bei vollem Bewusstsein ein Arm oder Bein amputiert worden war und die bei dieser qualvollen Prozedur verbluteten. An die Schreie jener, in deren Körpern kaum ausgebildete Feldscher nach Kugeln herumstocherten. An seinen tapferen Brigadeführer Steinmetz, der virtuos Geige spielte und in Möckern am linken Arm schwer verwundet worden war. An Colombs Adjutanten Eckardt, der vor Felix' Augen starb.

Wo der Major von Colomb jetzt wohl steckte?

Der erfahrene Kommandeur hatte es Felix einst freigestellt zu gehen, wenn er die Härte des Krieges nicht ertragen konnte.

Doch er war geblieben. Und er meinte jedes Wort in seinem letzten Satz aufrichtig. So dachten alle Soldaten, ganz gleich welche Uniform sie trugen.

Zwei Eskadrons gegen die Grande Armée

Der preußische Major von Colomb lag an einem Waldrand am Tal der Kinzig und beobachtete von dort aus das riesige Biwak der Franzosen bei Salmünster, etwa auf halber Strecke an der Straße zwischen Fulda und Frankfurt.

Es war tief in der Nacht, und anhand der Größe und Zahl der Feuer schätzte der erfahrene Offizier, dass er mindestens zehntausend Mann vor sich hatte. War das die Avantgarde der Grande Armée?

Solange die Gegner dort verharrten, vermochte er mit seinen beiden Eskadrons, die sich im Wald versteckt hielten, nichts zu unternehmen.

Peter von Colomb besaß zwar den typischen Wagemut und das Draufgängertum der Husaren, doch wenn es darum ging, den besten Moment für einen Angriff abzupassen, konnte er *sehr* geduldig sein.

Sein Kommando zählte zu den eigenständig agierenden Streifschars, die die Grande Armée nun auf ihrer Flucht Richtung Frankfurt und Mainz umschwirrten und sie zu stören versuchten, wo sie nur konnten.

Das untätige Warten in der Nacht würde nicht mehr lange dauern. Sein Plan stand fest. Sobald die Gegner aufbrachen, würde er ihnen unbemerkt folgen und mit seinen Reitern das Ende der Kolonne angreifen.

Das schmale Tal der Kinzig bot die besten Voraussetzungen dafür. Falls dies wirklich die Avantgarde war, gab es an deren Ende keine besonderen Vorsichtsmaßnahmen, weil sie sich durch die ihr folgende Armee geschützt glaubte.

Doch zunächst einmal mussten die Franzosen ihr Biwak räumen und sich in Marschordnung begeben, und bis dahin konnten seine Leute und ihre Pferde noch ruhen. Ein wenig Schlaf würde ihnen guttun, denn sie waren erst ein Uhr nachts aus Alt-Gronau aufgebrochen.

Ein verschmitztes Lächeln huschte über Colombs schmales, scharf geschnittenes Gesicht, als er sich an den gestrigen Abend erinnerte. Die jungen Damen hatten sie jubelnd mit dem Ruf »Preußen! Preußen!« empfangen und seine Männer umschwärmt.

Mit kokettem Lächeln behauptete die Gattin des Hausherrn, sie habe ein Gelübde abgelegt, den ersten Preußen zu umarmen, der ihr begegne, und wenn es ein Packknecht sei.

»Ein Packknecht bin ich nicht, aber als preußischer Major und Husar muss ich auf meinem Recht bestehen«, hatte Colomb galant geantwortet und war umgehend in die Arme geschlossen worden.

Den kurzen Rest der Nacht bis zum Aufbruch verbrachte Colomb in Gedanken an seine hübsche junge Frau Luise und seinen Sohn, der vorigen Sommer geboren worden war. Steinäcker hatte aus Leipzig auch Privatpost mitgebracht, und darin schrieb ihm Luise stolz, dass der kleine Enno inzwischen schon alleine lief.

Wie gern würde er das sehen!

Seine Frau hatte ihm das Heranwachsen des Kleinen so liebevoll geschildert, dass ihm die Szenen lebhaft vor Augen standen. Er konnte es kaum erwarten, den Jungen vor sich in den Sattel zu nehmen, wenn er das nächste Mal nach Hause kam. Es wurde Zeit, den Kleinen an das Reiten zu gewöhnen. Schließlich sollte sein Sohn auch einmal ein kühner Husar werden.

Als der Morgen dämmerte, kam Leben ins gegnerische Lager. Langsam, sehr langsam. Durch sein Fernrohr beobachtete der Major von Colomb, wie im Biwak Vorbereitungen für den Aufbruch getroffen wurden. Die zogen sich ungewöhnlich in die Länge. Nun näherte sich in aufgelöster Marschordnung auch noch eine weitere Kolonne aus Richtung Fulda.

Aufmerksam beobachtete von Colomb die Szenerie und winkte dann den Major von Steinäcker und die Anführer seiner beiden Eskadrons zu sich, die Rittmeister Moritz und von Zglinizki.

»Das ist nicht die Avantgarde!«, schlussfolgerte er und reichte das Fernrohr weiter, damit sie sich mit eigenen Augen überzeugten. »Die Avantgarde wäre nie ein so disziplinloser Haufen. Es sind auch keine Garden dabei. Und sehen Sie, aus Richtung Fulda stoßen immer mehr dazu.«

Er räusperte sich bedeutungsschwer. »Meine Herren, wir haben die französische Hauptarmee vor uns!«

Die drei Offiziere betrachteten das Durcheinander im Biwak und die Heranströmenden und stimmten ihrem Kommandeur zu. Seine Einschätzung passte zu den Informationen, die sie in den letzten Tagen erhalten hatten.

Napoleon war gestern Nachmittag, von Fulda kommend, in Schlüchtern einmarschiert und wollte auf dem schnellsten Weg nach Frankfurt und Mainz. Der schnellste Weg führte über Salmünster, Gelnhausen und Hanau.

»Wir ändern unsere Pläne«, entschied Colomb in Einvernehmen mit seinen Offizieren. »Wir werden in die Kolonne sprengen und dort für so viel Verwirrung wie möglich sorgen. Jede Verzögerung, die wir erzwingen, nutzt den Alliierten bei der Verfolgung der Hauptarmee.«

Das war tollkühn.

Ihr Trupp bestand momentan nur noch aus etwas mehr als hundertzwanzig Reitern, denn zwei Dutzend Leute waren abkommandiert, um die erbeuteten Pferde und abgefangene Kurierpost zum Hauptquartier der Alliierten zu bringen.

Doch die Männer vertrauten ihrem Anführer. Für seine blitzschnellen, aber gut durchdachten Überraschungsangriffe wusste er mit sicherem Blick die besten örtlichen Gegebenheiten zu finden und zu nutzen.

Peter von Colomb war überzeugt davon, dass jeden Augenblick sein Schwager Blücher mit der Schlesischen Armee zu ihnen stoßen würde. Dessen Truppen waren den fliehenden Franzosen dicht auf den Fersen.

Der ruhelose Blücher, die treibende Kraft innerhalb der Alliierten Armee, würde nicht lockerlassen. Denn Colombs berühmter Schwager und sein Generalstabschef Gneisenau wussten genau: Hatte Bonaparte erst einmal Hanau hinter sich, war er schon so gut wie in Frankfurt. Dann konnte er seine dortigen Munitions- und Proviantdepots nutzen und einen Tag später links des Rheins stehen, auf französischem Gebiet. Das mussten sie unbedingt verhindern, wenn dieser Krieg ein rasches Ende finden sollte. Colomb wollte den Verfolgern so viel Zeitgewinn wie möglich verschaffen, damit sie endlich zum Gegner aufschlossen.

Was der Major tragischerweise nicht wissen konnte: Blüchers Armee, mit der er jeden Augenblick rechnete, würde nicht kommen.

Der Oberkommandierende Fürst Schwarzenberg hatte dem neu ernannten Generalfeldmarschall sehr zu dessen Verdruss befohlen, mit seiner Schlesischen Armee Richtung Gießen und Wetzlar abzuschwenken, weil er glaubte, Napoleon wolle in Koblenz über den Rhein gehen.

Alles andere gedachte Schwarzenberg dem General von Wrede zu überlassen. Sollte sich dessen neue bayerisch-österreichische Armee erst einmal beweisen; die war ausgeruht und gut gerüstet.

Somit würde Colomb weiter allein auf sich gestellt bleiben, in von Feinden wimmelndem Gebiet.

Dass sie sich hier behaupteten, verdankte die kleine Schar nur dem taktischen Geschick ihres Anführers und der Disziplin und Entschlossenheit seiner Männer. Seit ihrem Aufbruch in

Schleusingen vor drei Tagen hatten sie schon wieder mehrere erfolgreiche Operationen ausgeführt und hundertvierzig Pferde aus dem Gestüt in Veßra erbeutet.

Ob Schwarzburg, Rudolstadt, Meiningen – wohin sie kamen, wurden sie und ihre Neuigkeiten vom Sieg der Alliierten in Leipzig begeistert aufgenommen. Doch wichtiger als das charmante Willkommen durch die Damen in Alt-Gronau war Colomb eine Begegnung der letzten Tage.

Seine Eskadrons hatten das Rhöngebirge in großer Eile überquert, um der feindlichen Armee auf der Straße von Fulda nach Frankfurt zuvorzukommen.

Als sie zum Füttern der Pferde auf einer Wiese rasteten, meldeten seine Feldwachen, dass sich vier- bis fünfhundert Mann württembergische Kavallerie und Infanterie näherten.

Er ließ aufsitzen und vorreiten, doch schon galoppierte ihm ein Offizier entgegen, der hektisch ein weißes Taschentuch schwenkte.

»Mir wolle Sie net beunruhige!«, rief der Württemberger laut, kaum dass er nah genug heran war, um gehört zu werden.

»Sie *beunruhigen* mich ganz und gar nicht«, erwiderte Colomb in seiner typischen ironischen Gelassenheit.

»Wir henn uns getrennt von de Franzose und reite off Stuttgart. Mir Württemberger lasse uns net mehr missbrauche, ums Korps Lützow im Waffenstillstand anzugreife«, beteuerte der Offizier.

Colomb versicherte, das freue ihn sehr. Der Herr Oberst und seine Männer sollten ungehindert ihrer Wege ziehen und in die Heimat zurückkehren.

Er verkniff sich die Bemerkung, dass württembergische Truppen auf persönlichen Befehl Napoleons auch seine Streifschar während des Waffenstillstandes überfallen hatten.

Doch im Gegensatz zu Lützows Männern, die sehenden Auges in die Falle getappt waren und von denen viele niedergesäbelt oder gefangen genommen wurden, konnte er dem Angriff entkommen – dank blitzschnellem Handeln, einem kaltblütigen Täuschungsmanöver und Zeidlers Warnung.

Jetzt wollte er den Württembergern keine alten Rechnungen aufmachen. Der aus Überzeugung dem Brandenburgischen Husarenregiment beigetretene Ostfriese Colomb war froh, dass nicht länger Deutsche gegen Deutsche kämpften. Die beiden Mecklenburgs, Österreich, Bayern, die thüringischen Staaten und Sachsen hatten bereits die Seiten gewechselt. Nun also auch noch Württemberg. Der Rheinbund, Napoleons erzwungenes Verbündetenlager in Deutschland, zerfiel.

Vor zwei Tagen hatten sie eine freundschaftliche Begegnung mit einem weiteren Streifkorps gehabt, drei Eskadrons leichte Kavallerie Russen und Österreicher. Von dessen Kommandeur Oberst von Scheibler erfuhr der Major Einzelheiten über die bayerisch-österreichische Armee unter General von Wrede, die aus Südosten über Würzburg Richtung Hanau marschierte, um Napoleon den Weg zu versperren.

Sie verabredeten, dass sie auf getrennten Wegen Wrede entgegeneilen würden, um sich ihm anzuschließen. Doch jetzt musste er erst einmal die Gelegenheit nutzen, die sich gerade vor seinen Augen bot, in der sich auflösenden feindlichen Armee noch ein wenig zusätzliche Verwirrung zu stiften.

Das konnte er sich einfach nicht entgehen lassen.

Leise führten Colomb und seine Männer die Pferde die Schlucht hinunter durch einen Hohlweg, der bis kurz vor Salmünster führte. Er teilte den Trupp in drei Abteilungen ein, dann schlugen sie los.

Sie preschten in die Stadt, die von französischen Soldaten wimmelte, und ritten und hieben alles nieder, was ihnen in die Quere kam. Die Gegner waren so überrascht und verwirrt, dass es zehn Minuten dauerte, bis die ersten Franzosen aus der sicheren Deckung von Häusern und Gärten heraus das Feuer auf sie eröffneten.

Doch da ließ Colomb schon zum Rückzug blasen.

Ohne verfolgt zu werden, schafften sie es in den Wald und beobachteten von einer Anhöhe aus, wie französische Soldaten scharenweise aus Salmünster flohen. Offenbar hielten sie die Attacke der kleinen Streifschar für den ersten Angriff der Alliierten Armee.

Es dauerte zwei Stunden, bis halbwegs wieder Ordnung im gegnerischen Lager hergestellt war.

Colomb hatte drei Tote zu beklagen. Mehrere Männer und Pferde waren verwundet. Eine hohe Verlustrate für den Major, der fast immer alle seine Leute aus ihren kühnen Angriffen wieder zurückbrachte. Doch noch gering angesichts dessen, was sie gewagt und bewerkstelligt hatten. Auf gegnerischer Seite gab es deutlich mehr Opfer.

Einer seiner Freiwilligen Jäger übergab ihm erbeutete Kurierpost. Flüchtig sah der Major die Schriftstücke durch und entdeckte darin zu seiner Überraschung seinen Namen. Der Domherr von Merseburg rühmte sich in einem Brief an Marschall Berthier, dem Leipziger Militärgouverneur Arrighi geholfen zu haben, die schwarzen Briganten Lützows und Colombs zu vernichten.

»Wofür wird ihn sein oberster Dienstherr im Himmel wohl härter strafen? Für den Verrat oder für die Prahlerei, uns *vernichtet* zu haben?«, fragte der Major in die Runde seiner Offiziere – sehr zu deren Belustigung.

»Wir schicken die Papiere an Knesebeck«, entschied er. Das war der Generaladjutant des preußischen Königs. »Jetzt reiten wir nach Orb. Hier können wir nichts mehr ausrichten, und Männer und Pferde müssen ruhen.«

Colomb lächelte ein wenig. »Soweit ich weiß, gehört die dortige Saline dem Fürstprimas von Dalberg. Da ihm vor Anhänglichkeit an Napoleon das Interesse für das deutsche

Vaterland etwas abhandengekommen scheint, sollten wir dafür sorgen, dass er es wenigstens mit den Einkünften seiner Saline unterstützt.«

Ein Plan, den seine Männer lachend begrüßten.

Kaum hatten sie Orb erreicht und aus den zittrigen Händen des verängstigten Verwalters die Kasse in Empfang genommen, kündeten Hufgetrappel und laute Rufe von der Ankunft einer weiteren Reiterschar.

Colomb wusste schon von seinen Wachposten, auf wen er gleich treffen würde.

Die Tür wurde aufgerissen, und mit ausgreifenden Schritten durchquerte ein auffallend stattlicher Mann in russischer Offiziersuniform den Raum, etwa im gleichen Alter wie Colomb, Ende dreißig, ordensgeschmückt und alle Blicke auf sich ziehend.

»Willkommen, Graf Orlow-Denissow«, begrüßte Colomb ihn auf Französisch und stellte sich vor. »Ich vermute, Sie hatten den gleichen Gedanken wie ich. Leider kommen Euer Exzellenz etwas zu spät.«

Der Major wies auf den schreckensbleichen Kassierer und fügte lächelnd hinzu: »Vielleicht tröstet Sie der Gedanke, dass nur fünfhundert Gulden in der Kasse waren. Der Fürst von Dalberg ist womöglich doch nicht so gut für seinen Gesinnungswechsel bezahlt worden, wie alle Welt glaubte.«

Wassili Wassiljewitsch Orlow-Denissow, der Generaladjutant des Zaren und Anführer der Garde-Kosaken, brach in schallendes Gelächter aus.

»Zur Hölle! Wir sind geritten wie die Teufel, um die Ersten zu sein. Denn es sind noch ein paar kleinere Abteilungen auf dem Weg hierher, die bald eintreffen und ebenfalls diese Kasse begehren werden.«

Seine dunklen Augen blitzten, er lächelte breit. »Da Sie

schneller waren, gebührt Ihnen natürlich die Ehre, Monsieur le Major. Und das Geld. Wir werden uns anderswo schadlos halten.«

Colomb hielt sich nicht lange in Orb auf. Als Reiter und Pferde ausgeruht hatten und alle Wunden versorgt waren, zogen sie noch am Abend dieses ereignisreichen Tages weiter Richtung Gelnhausen. Sie nutzten vor allem die Nächte, um sich unbemerkt durch das von Feinden wimmelnde Terrain zu bewegen. Flussaufwärts von dem Dorf Wirtheim, wo sich das Tal der Kinzig auf weniger als fünfhundert Meter verengte, sah der Major von der bewaldeten Anhöhe aus eine Kolonne Franzosen die Talstraße entlangmarschieren.

Die perfekte Stelle, um der gesamten Grande Armée den Weg zu versperren, ging ihm sofort durch den Kopf. Man muss nur die Höhen besetzen, den Ausgang des Tals mit ausreichend Artillerie kontrollieren – und Bonaparte kann höchstens über die schmalen, unwegsamen und regennassen Gebirgspfade zu entkommen versuchen. Das kostet ihn so viel Zeit, dass ihn unsere Truppen endlich einholen.

Wie zur Bestätigung sah Colomb mehrere Eskadrons österreichischer Ulanen von den Bergen hinab in die Kolonne sprengen und dort so für Chaos sorgen, wie er es am Morgen in Salmünster getan hatte.

Das Korps Wrede!, dachte er voller Freude. Und sie schlagen an der besten Stelle zu!

Ebenso rasch, wie sie angegriffen hatten, zogen sich die Ulanen wieder in die Wälder zurück. Sofort setzte der Major von Colomb sein Kommando in Bewegung, um zu ihnen aufzuschließen.

»Oberstleutnant von Mengden«, stellte sich der Führer der Lanzenreiter vor.

Beiden Gruppen wurde kurze Rast befohlen, damit ihre Kommandeure Neuigkeiten austauschen und ihr Vorgehen besprechen konnten. Die Reiter saßen ab und hängten den Pferden Futtersäcke um.

»Wir sind nur ein Vorkommando. Die Armee des Generals von Wrede hat in Hanau Stellung bezogen«, berichtete von Mengden.

»In Hanau?«, fragte der Major beunruhigt zurück. »Das bietet viele taktische Nachteile. *Hier* wäre der ideale Punkt für den Angriff! Ein so günstiges Terrain findet man selten, Sie sehen es doch selbst.«

»Die bayerisch-österreichische Armee schaffte es nicht weiter als bis Hanau. Die Eroberung Würzburgs hat uns drei Tage gekostet.«

Colomb starrte den anderen Offizier ungläubig an.

Was konnte einen erfahrenen General wie Wrede, der jeden österreichischen und dann jeden Feldzug Napoleons mitgemacht und dabei viele Lorbeeren geerntet hatte, veranlassen, sich *drei Tage* mit Würzburg aufzuhalten, statt hierher vorzurücken und dem Gegner den günstigsten Austragungsort der Schlacht aufzuzwingen?

»Aber Sie konnten die Zitadelle einnehmen und den Mainübergang sichern?«, fragte er. Beides bildete die einzige strategische Bedeutung Würzburgs, wobei die Zitadelle nur mit einer schwachen Garnison besetzt war.

»Leider nicht«, berichtete der Ulanenführer sichtlich missgestimmt. »Wir umzingelten und beschossen Würzburg aus mehr als achtzig Geschützen, doch der Kommandant war erst nach zwei Tagen zu Kapitulationsverhandlungen bereit. Die Festung Marienberg und das Mainviertel bleiben in französischer Hand.«

»So ist Würzburg doch wertlos für uns!«, rief Colomb verärgert.

»Die Truppen hatten kräftezehrende Märsche hinter sich, sie brauchten dringend einen Ruhetag«, versuchte der Österreicher, das Vorgehen seines Generals zu erklären.

Der Major von Colomb war wie vor den Kopf geschlagen. Eine Belagerung war kein Ruhetag!

Und was hatte Wrede getrieben, dermaßen viel Zeit in Würzburg zu vergeuden, wo hier jede Stunde drängte? Eine deutsche Stadt zu beschießen, die zudem ohne Zitadelle und Mainübergang strategisch keinen Nutzen brachte? Außerdem musste Wrede nun auch noch ein Blockadekorps in Würzburg zurücklassen.

»Dann ist meine ganze Hoffnung dahin, dass die Schlesische Armee jeden Augenblick hier erscheint und den Feind in dieser günstigen Stellung aufhält«, resümierte Colomb bitter.

Nun sah von Mengden *ihn* überrascht an.

»Wissen Sie es denn nicht? Generalfeldmarschall Blücher ist von Fürst Schwarzenberg abkommandiert, um Napoleon bei Koblenz den Rheinübergang zu verwehren.«

Das waren gleich zwei Neuigkeiten für Colomb.

»Blücher zum Feldmarschall ernannt? Davon hat mein Kurier nichts erzählt, als er Nachrichten aus Leipzig brachte.«

»Der königliche Erlass erreichte den Generalfeldmarschall auch erst zwei Tage nach der Leipziger Schlacht, in Weißenfels«, wusste der offenbar gut informierte Oberstleutnant.

Colomb stand seinem Schwager nicht übermäßig nahe, doch dessen Ernennung zum Feldmarschall freute ihn. Allein für sein unnachgiebiges Vorwärtsdrängen hatte Blücher diese Ehre verdient. Der Gedanke blitzte in ihm auf, dass man seine Schwester Amalie nun wohl mit »Frau Feldmarschallin« anreden würde. Die sicher großzügige Dotation würde ihr einen Teil der finanziellen Sorgen nehmen. Blücher war durch seine Vorliebe fürs Spiel fast ständig in Geldnöten. Doch rasch schob Colomb Privates beiseite und kam zu den wichtigeren Dingen.

»Wieso Koblenz? Wir haben *hier* die Hauptarmee vor uns, und sie marschiert direkt nach Hanau!«

»General von Wrede ist überzeugt, es in Hanau nur mit der

Nachhut oder einer Seitenkolonne zu tun zu haben, höchstens zwanzigtausend Mann ohne Kampfgeist und Disziplin. Mit denen wird unsere Armee trotz der Geländenachteile fertig«, erhielt er zur Antwort.

»Aber Sie sehen es doch selbst: Das hier ist nicht nur die Nachhut!«, rief Colomb voller Zorn. »Ich beobachte sie schon den ganzen Tag; das ist eindeutig die Hauptarmee! Und wenn wir sie nicht hier aufhalten, wo das Gelände beste Voraussetzungen bietet, ist es in Hanau unmöglich. Die Stadt ist von Wald umgeben. Dort können sich die Franzosen verbergen, in aller Ruhe abwarten, bis wir unsere Munition verschossen haben, und zum Sturm ansetzen.«

Mit einem Kopfschütteln resümierte er: »Ich weiß nicht, wie Ihre Befehle lauten, Herr Oberstleutnant, aber Sie sollten umgehend General von Wrede informieren. Ich selbst werde mein Kommando auch auf Hanau in Marsch setzen.«

Der Oberstleutnant von Mengden begriff die Brisanz der Lage durchaus und wirkte alles andere als glücklich. Sie wünschten einander Gottes Segen und verabschiedeten sich.

Der Major von Colomb informierte seine Offiziere über die Neuigkeiten. Inzwischen hatten sich die Feinde im Tal neu formiert, brachten eine Batterie in Stellung und begannen, sie zu beschießen.

Langsam und ohne verfolgt zu werden, zogen sie sich tiefer in den Wald zurück, während die französische Armee die Hauptstraße entlang nach Gelnhausen marschierte.

Am Abend erreichte die Schar auf schmalen Pfaden ein Dorf namens Niederrodenbach kurz vor Hanau. Colomb ließ rasten und erkundete mit einigen Vorposten selbst die Umgebung. Von der Chaussee erklangen Schusswechsel.

Sie fanden dort die Brigade des österreichischen Generals von Volkmann auf dem Rückzug nach blutigen Kämpfen mit der Reiterei des Generals Sébastiani.

Colomb berichtete Volkmann von einer Brücke über die Kinzig ganz in der Nähe und wurde aufgefordert, mit seinen Männern diese Brücke zu sichern, damit der Feind nicht auf den rechten Flügel von Wredes Armee durchbrechen könne. Das taten sie und entfernten auch noch die Bohlen.

So vergingen der Abend und die Nacht.

Schusswechsel gab es immer wieder und von mehreren Seiten, doch das waren eindeutig nur Erkundungsgefechte. Die Vorboten der Schlacht.

Am Morgen des 30. Oktober konnte Peter von Colomb vom linken Ufer der Kinzig aus sehen, wie riesige französische Truppenkontingente in vorbildlicher Disziplin und Ordnung Richtung Hanau vorrückten. Kurz darauf wurde das Feuer heftig.

Jetzt blieb ihm nur noch eines zu tun. Aber blindlings würde er seine Männer nicht mit ins Verderben ziehen.

»Leutnant von Hirschfeld, Jäger Pustar, Sie begleiten mich! Alle anderen bleiben hier und sichern die Brücke.«

Hirschfeld hatte keine Familie, Pustar war verwundet, den würde niemand als Ersten in die Schlacht schicken.

General von Wrede hatte seine Truppen östlich von Hanau aufgestellt, zwischen der Stadt und dem davor liegenden Lamboywald.

Colomb erkannte sofort, von welchem Standort aus der General das Kommando über die Schlacht führen würde, und hielt geradewegs darauf zu. Ein Blick über das Terrain bestätigte seine schlimmsten Befürchtungen.

In dem dichten Wald unmittelbar vor den Bayern und Österreichern konnte der Gegner in aller Ruhe und verborgen seine Stellungen beziehen und seine Geschütze aufbauen. Noch dazu war das Aufmarschgebiet der neuen Verbündeten durch die Kinzig geteilt. Nur eine einzige Brücke führte über den Fluss, in dem Hochwasser zwischen steilen Böschungen strudelte. Es gab keine Rückzugsmöglichkeit für die Österreicher und Bayern außer in die Stadt – und auch dorthinein führte nur eine einzige Brücke.

An diesem Punkt fragte sich Peter von Colomb zum ersten Mal nach all seinen gewagten Unternehmungen, ob er seinen kleinen Sohn wohl je würde laufen sehen.

Er ließ sich zu Wrede führen, berichtete von der gesicherten Brücke bei Niederrodenbach und bot dem bayerischen General an, über ihn und seine Männer zu disponieren.

General Carl Philipp Graf von Wrede, bis vor kurzem noch Günstling Napoleon Bonapartes, jetzt Führer der bayerisch-österreichischen Armee gegen Napoleon, betrachtete ihn mit einem gönnerhaften Lächeln.

»Mit hundertzwanzig Pferden können Sie auf dem Schlachtfeld nichts bewirken«, meinte er herablassend. »Aber wenn Ihre Männer diese Brücke weiter bewachen und mich informieren, sollte der Feind von dort kommen, wäre ich Ihnen verbunden.«

Er musterte den Husaren, auf den Napoleon schon im Frühjahr ein Kopfgeld ausgesetzt hatte und von dem er wusste, dass er mit Blücher verschwägert war.

»Sie für Ihre Person, Herr Major, dürfen gern als Hospitant an meiner Seite bleiben.«

Sollte der Generalfeldmarschall aus erster Hand von dem grandiosen Sieg erfahren, der heute hier errungen wurde!

Colomb schickte seinen Leutnant von Hirschfeld und den Jäger Pustar mit Befehlen zurück zur Brücke und nahm das Angebot an, als Beobachter die Schlacht an der Seite des Generals mitzuverfolgen.

So erlebte er an vorderster Stelle das restlose Scheitern von Wrede und seiner Armee vor Hanau. Den letzten Sieg Napoleons auf deutschem Boden und seinen ebenso genialen wie brachialen Durchbruch zum Rhein.

Verhängnisvoller Irrtum

Schlachtfeld östlich vor Hanau, 30. Oktober 1813

Kaum hatten sich Pustar und Hirschfeld entfernt, meldete der Major von Colomb eindringlich: »Euer Exzellenz, was hier im Lamboywald Aufstellung bezieht, ist Napoleons *Hauptarmee*! Mein Streifkorps hat die Kolonnen gestern den ganzen Tag lang verfolgt und beobachtet. Doch nur einige Kilometer von hier bei Gelnhausen gibt es eine Schlucht, in der man mit wenigen Beherzten eine ganze Armee aufhalten kann.«

»Das mag wohl sein, aber dorthin gelangen wir jetzt nicht mehr, Herr Major!«, wurde er kühl zurechtgewiesen. »Meine Männer sind erschöpft und abgekämpft, alle Stellungen sind bezogen. Und das Oberkommando hat mir versichert, Napoleon marschiert auf Koblenz. Wir haben vor uns nur einige demoralisierte Einheiten.«

Colomb geriet allmählich in Rage angesichts von so viel Ignoranz. »Euer Exzellenz! Ich traf bei Gelnhausen den Generalmajor von Volkmann in blutige Kämpfe mit der Kavallerie Sébastianis verwickelt. Sébastiani führt die Avantgarde! Auch General Orlow-Denissow hielt unsere Gegner eindeutig für die Hauptstreitmacht der Franzosen.«

»Sébastiani hat mitunter schon die Nachhut angeführt«, tat Wrede den Einwand unwirsch ab. »Und die Russen irren sich. Auch Tschernitschow und Kaisarow, die das Gleiche behaupten wie Sie.«

Der von Napoleon zum Grafen ernannte Wrede ließ sich zu dieser Debatte überhaupt nur herab, weil er wusste, dass der aufgebrachte Streifscharführer vor ihm Blüchers Schwager war. Man wusste ja nie, was er dem erzählen würde. Aber dieser langsam lästig werdende Preuße würde gleich erleben, wer hier recht behielt.

»Was Sie nicht wissen können, Major: *Ich* habe inzwischen den Rheinbund gesprengt«, erklärte von Wrede selbstzufrieden. »Dem König von Württemberg drohte ich, sein Land wie Feindesland zu behandeln, sollte er nicht binnen vierundzwanzig Stunden Napoleon entsagen und den Alliierten beitreten. Ähnliche Schreiben gingen an die Herrscher von Baden und Hessen. Deshalb war uns die Eroberung des Großherzogtums Würzburg wichtiger als Ihre ominöse Auffangstellung bei Gelnhausen.«

Colomb verstand. Damit konnten die Bayern nach dem Sieg der Alliierten Würzburg für sich fordern. Doch ein altes Sprichwort riet, die Haut des Bären nicht zu verteilen, bevor der Bär erlegt war.

Und dass Wrede heute und hier vor Hanau Napoleon mit dieser Schlachtaufstellung besiegen würde, hielt Colomb für äußerst unwahrscheinlich. Das konnte nur im Desaster enden.

Ein Reiter in der Uniform eines österreichischen Offiziers galoppierte heran und stieg aus dem Sattel.

Colomb erkannte ihn sofort; nicht nur an dem kantigen Gesicht mit der Narbe auf der rechten Wange, sondern auch daran, dass der Neuankömmling die rechte Hand infolge einer Kriegsverletzung nicht nutzen konnte, davon aber nicht im Geringsten beeinträchtigt schien. Oberst Graf von Mensdorff war Anführer eines tausend Mann starken Streifkorps, und im September hatten er, Kosaken-Hetman Platow und Colomb bei Altenburg gemeinsam unter dem Kommando von General Thielmann gekämpft.

Auch Mensdorff erkannte Colomb, als er sich näherte, und wirkte einen Moment überrascht, ihn hier zu sehen. Sie begrüßten sich mit einem Blick und einem knappen Nicken.

Dann salutierte der Graf vor dem General und sagte fast das Gleiche wie Colomb zuvor: »Euer Exzellenz, es ist mit absoluter Gewissheit das Gros der französischen Armee, das auf Hanau marschiert.«

»Ich will davon nichts mehr hören!«, unterbrach ihn Wrede
unwirsch. »Oberst Mensdorff, Sie sind mit Ihrem Korps dem
linken Flügel zugeteilt. Nehmen Sie unverzüglich Aufstellung an der Chaussee nach Windecken! Die Eskadron Freiwilliger Jäger des Grafen Orlow reitet mit Ihnen.«
Im Gehen tauschte der nun ebenfalls zornige Emmanuel von
Mensdorff erneut einen Blick mit Colomb; ein stummes Einverständnis unter Gleichgesinnten.
Sie konnten hier nichts bewirken, solange der Feldherr die
Augen nicht öffnete und sich der Wirklichkeit stellte.

Das geschah gegen elf Uhr vormittags.
Ein atemloser Husar preschte heran, sprang aus dem Sattel
und stürzte dabei fast. Hastig salutierte er und schrie panisch:
»Das sind alles Garden im Lamboywald! Die Alte Garde
rückt gegen uns vor! Und sie rufen ›Vive L'Empereur!‹.«
Das bedeutete, Napoleon war dort.
Schlagartig herrschte Totenstille im Umkreis von zehn Schritt
um den General und seinen Stab. Erst jenseits dieser Sphäre
schien es wieder Lärm auf dem Schlachtfeld zu geben. Wredes
Gesichtszüge erstarrten und verloren jegliche Farbe. Dann
schluckte er und räusperte sich mehrmals.
Endlich sagte der General in die Stille: »Jetzt ist nichts mehr
zu ändern. Tun wir unser Möglichstes als brave Soldaten.«

Napoleon Bonaparte triumphierte, als er den schmalen Pass
von Wirtheim unbesetzt vorfand – jenen, den Colomb sofort
als die geeignete Stelle für den Angriff erkannt hatte.
Jetzt wusste der fliehende Kaiser, dass er ungehindert zum
Rhein gelangen würde. Als er wenig später erfuhr, Wrede
wolle ihm bei Hanau mit seiner bayerisch-österreichischen
Armee den Weg versperren, verbesserte das seine Laune noch
mehr.
Er hatte es zwar eilig, mit seiner Armee nach Frankfurt und

Mainz zu kommen, aber in Wrede sah er keinen ernstzunehmenden Gegner. Ihm würde er eine Lehre erteilen.

Keinesfalls wollte er sich die Gelegenheit entgehen lassen, den Verräter in Grund und Boden zu stampfen. Es würde ihm ein Vergnügen sein.

So konnte er sogar mit einem Paukenschlag deutsches Gebiet verlassen. Er würde aller Welt beweisen, dass er immer noch zu fürchten und seinen Feinden haushoch überlegen war.

Außerdem würde ein leicht erkämpfter Sieg der Moral seiner Soldaten guttun.

Inzwischen hatte er auch die Polen wieder dazu gebracht, mit ihm über den Rhein zu gehen – obwohl Fürst Sulkowski daraufhin das Kommando niederlegte und abgereist war. Das konnte er verschmerzen, sollte eben Dombrowski die Polen anführen!

Von Gelnhausen aus schickte der Kaiser den größten Teil des Trains, die Kranken und Verwundeten vorweg, um schnell und beweglich zu sein.

Für die Schlacht mit Wrede verfügte er nun über viertausend Mann Alter Garde, fast dreitausend Mann schwere Gardekavallerie, viertausend Mann leichte Kavallerie und die Reserveartillerie des erfahrenen Generals Drouot, dazu die Infanterie der Korps Macdonald und Victor. Das sollte reichen, um den größtenteils frisch aufgestellten und im Kampf nicht erprobten Bayern das Fürchten beizubringen.

Während Wrede noch sämtliche Warnungen der Streifkorpsführer in den Wind schlug, hatte Napoleon längst seine Truppen in aller Stille im Lamboywald in Stellung gebracht. Sein Hauptquartier richtete er in einem kleinen Tempel an der Straße nach Gelnhausen ein.

Zehn Uhr befahl er Marschall Macdonald, bei den vermeintlichen Vorgefechten energischer zu werden. Zugleich griff die französische Vorhut an und provozierte damit ein heftiges Artilleriefeuer aus den Geschützen der Bayern und Österreicher.

Zufrieden lächelnd erklärte der Kaiser: »Lassen wir sie ihre Munition verschießen. Sie haben nicht viel. Sie haben das meiste auf Würzburg verschwendet.«

Während des gesamten Feldzuges hatte er sich oft gewundert, mit welch unglaublichen taktischen Fehlern die Alliierten ihm seine Siege geradezu schenkten. Aber der Leichtsinn von Wrede übertraf beinahe alles – abgesehen von den desaströsen Entscheidungen der Alliierten vor und während der Schlacht um Dresden im August.

»Einen Grafen konnte ich aus ihm machen. Aber keinen General«, meinte Napoleon geringschätzig zu seinem Generalstabschef Berthier, der ihm nicht von der Seite wich.

Als General Carl Philipp Graf von Wrede den Ernst der Lage zu begreifen begann, befahl er, über die Lamboybrücke vorzurücken und den Wald zu besetzen. Offenbar war ihm aber immer noch nicht klar, dass dort tausende Mann der gefürchteten Alten Garde *und* die Gardekavallerie steckten.

Sofort entspann sich ein zweistündiges Schützengefecht zwischen Teilen von Marschall Macdonalds Korps und österreichischen Tirailleuren.

Unterdessen ließ Napoleon den brillanten Artilleriegeneral Antoine Drouot seine Batterien am besten Standort in Stellung bringen.

Drei Uhr nachmittags schickte der Kaiser zwei Bataillone Alter Garde vor, die im Nu alle gegnerischen Tirailleure im Wald vernichteten oder vertrieben.

Jetzt ließ Drouot auch noch die Reitende Artillerie auffahren. Nun stand Geschütz an Geschütz in einer langen Linie. Dahinter sammelte sich die Gardekavallerie, bereit, nach der Kanonade gegen den linken Flügel Wredes einen massiven Angriff zu reiten.

An der Seite General Wredes erlebte der zu Tatenlosigkeit verurteilte Major von Colomb, wie ein Batterieführer nach dem anderen Boten mit der verhängnisvollen Nachricht schickte, dass ihre Geschütze keine oder kaum noch Munition hatten. Alles war verschossen.

Dazwischen erkundigte er sich bei einem von Wredes Adjutanten, wo die drei Eskadrons des Streifkorps Scheibler eingesetzt waren. Noch standen sie in Reserve. Graf Mensdorffs kampferprobte Kavallerie verstärkte den linken Flügel.

Die Artilleristen begannen, sich mit ihren munitionslosen Geschützen hinter die Kinzig zurückzuziehen. Das wäre schon die Entscheidung für diesen Tag gewesen.

Doch Napoleon eröffnete gerade erst seine große Offensive. Geschickt hatte er Wrede durch Angriffe auf den rechten Flügel dazu gebracht, Verstärkung dorthin zu schicken und damit seine linke Seite zu schwächen.

Jetzt ließ er seine schwere Gardekavallerie, die bereits am Waldrand auf das Kommando wartete, hervorpreschen und sich auf den linken Flügel stürzen.

»Unsere Reiter sollen den Abzug der Geschütze decken und die feindliche Geschützlinie nehmen!«, schrie Wrede.

Die Österreicher und Bayern ritten los. Unterdessen bewies ein fränkischer Artillerieoffizier kaltes Blut und ließ die französische Kavallerie bis auf siebzig Meter heran, bevor er mit der letzten Munition das Feuer auf sie eröffnete.

Doch gegen die überlegene feindliche Artillerie *und* die Gardekavallerie hatten sie keine Chance.

Von seinem Beobachterposten aus musste Colomb zusehen, wie in der blutigen Reiterschlacht am Fallbach Wredes Reiter und Pferde gnadenlos zusammengeschossen und niedergehauen wurden.

Die Verbündeten räumten das Gefechtsfeld fluchtartig. Die französische Kavallerie setzte ihnen sofort nach.

»Vier Eskadrons gegen die Flanke der feindlichen Kürassiere!«, schrie der österreichische Oberst Mensdorff und führte seine Männer selbst in den waghalsigen Angriff gegen die Verfolger. Dadurch ermöglichte der Graf wenigstens noch einen halbwegs geordneten Rückzug in Karrees in einer Lage, in der völlige Vernichtung drohte.

Colomb erkannte vom Feldherrnhügel aus, wer diese verzweifelte Attacke ritt, und sein Herz schlug höher aus Respekt vor so viel Mut und Entschlossenheit.

Im nächsten Augenblick tötete eine Kanonenkugel einen Adjutanten samt Pferd nur zwei Schritte von Wrede entfernt. Es war jener, bei dem Colomb sich nach Scheibler erkundigt hatte. Ein Verwandter des Generals, wie der Major inzwischen wusste.

Gegen fünf Uhr nachmittags befahl Wrede den vollständigen Rückzug, der unter dramatischen Verlusten erfolgte.

Die Reiterschlacht am Fallbach hatte sein Korps mehr als eintausend Pferde und vermutlich ebenso viele Reiter gekostet. Die letzten Bataillone auf dem Schlachtfeld waren bereits von drei Seiten umzingelt, und in ihrer Verzweiflung wollten sich viele Soldaten schwimmend durch die reißende Kinzig retten. Hunderte ertranken bei diesem Versuch. Gleiches passierte an der Lamboybrücke.

Die hereinbrechende Nacht wurde zur Rettung für die geschlagenen Bayern und Österreicher. Doch sie hatten alles Terrain rechts der Kinzig aufgeben und sich nach Süden an die Straße nach Aschaffenburg zurückziehen müssen.

Peter von Colomb konnte sich nicht erinnern, in seiner militärischen Laufbahn schon einmal eine derart vorhersehbare Niederlage erlebt zu haben, außer vielleicht beim Feldzug von 1806. Aber da hatte er auf dem Rückzug noch zusammen mit seinem Schwager Blücher tapfer um Lübeck gekämpft. Normalerweise enthielt er sich kritischer Bemerkungen über fremde Kommandos. Und trotz des Desasters musste er

Wrede zugestehen, dass dieser persönlichen Mut bewies, nachdem ihm endlich der Ernst der Lage klargeworden war. Er tat alles, um seinen jungen und unerfahrenen Soldaten Mut zu machen, begab sich immer wieder ohne Zögern an Orte, wo er in Lebensgefahr geriet.

Doch sie hatten die Schlacht nicht nur unter gewaltigem Blutzoll an Menschen und Pferden verloren. Sie hatten Napoleon den Weg auf linksrheinisches Gebiet freigegeben, das ihm gehörte und wo er in Sicherheit war.

Und Peter von Colomb sah auch: Hätte Bonaparte es nicht so eilig, nach Mainz zu kommen, könnte er jetzt völlig ungehindert ihre Rückzugsstellungen angreifen. Das wäre das Ende dieser gesamten bayerisch-österreichischen Armee.

Der *Hospitant* Colomb erhielt General Wredes Erlaubnis, sich zurückzuziehen und von einem der Adjutanten ein Quartier zuweisen zu lassen. Vor dem Hauptquartier in Großauheim erwartete ihn zu seiner großen Erleichterung einer seiner Husaren, den der Major von Steinäcker geschickt hatte.

»Wir sichern weiter die Brücke, ohne eigene Verluste«, berichtete der Kurier.

»Gut so! Halten Sie die Stellung, bis ich komme und wir wieder unserer eigenen Wege ziehen«, befahl er.

Der Rittmeister salutierte und kehrte um.

Wenigstens die eigenen Leute hatten überlebt.

Obwohl er in den letzten zwei Tagen kaum geschlafen hatte, fühlte sich der Major von Colomb zu aufgewühlt, um Ruhe zu finden. Jede freie Stelle war mit blutüberströmten Verwundeten belegt, die vor Schmerz brüllten, während Feldchirurgen ihnen zu helfen versuchten und meistens doch nur noch größere Schmerzen zufügten.

Alle paar Schritte sah er Pferde, die sich auf dem Boden wälzten und nicht mehr aufkamen, bis ihnen irgendjemand den

Gnadenschuss gab. Dem Husaren Colomb blutete das Herz bei dem Anblick.

Er erkundigte sich nach dem Standort des Korps Mensdorff, um zu sehen, ob es dem Obristen gutging, und ihm zu seinem mutigen Reiterangriff zu gratulieren. Doch niemand konnte sagen, wo in dem nächtlichen Durcheinander dessen Kolonne steckte. Auch Scheiblers Ulanen suchte er vergeblich, und so beschloss er, doch ein paar Stunden zu schlafen.

Für Napoleon Bonaparte war nun der Weg nach Frankfurt frei. Das waren nur noch zwanzig Kilometer.

Er befand sich bereits kurz vor Hanau, um über Nacht in der Stadt Quartier zu beziehen, als von dort noch einmal kräftig gefeuert wurde und die Kämpfe erneut aufflammten.

Wrede hatte Hanau durch das Bataillon Hromeda unter Generalmajor von Volkmann besetzen lassen und selbst Quartier in Großauheim genommen.

Napoleon wählte kurz entschlossen den Heegwald als Nachtlager und befragte Ortskundige nach der Beschaffenheit der Wege. Als er erfuhr, dass alles außer der Chaussee sumpfig und kaum zu passieren sei, stand fest: Hanau musste zwingend in seine Hand fallen.

Er befahl Marschall Marmont zu sich, einen seiner erfahrensten und zähesten Befehlshaber, von dem es hieß, er habe noch keine Schlacht verloren. Und wie kaum jemand sonst – ausgenommen General Drouot – wusste er die tödliche Kraft der Artillerie mit maximaler Wirkung einzusetzen.

Marmont war es, der dem Korps Yorck am 16. Oktober in Möckern bei Leipzig einen so erbitterten Kampf geliefert hatte, dass der eiserne General Yorck ein Drittel seiner Männer einbüßte. Seitdem fehlten dem Marschall und Herzog von Ragusa zwei Finger an der Hand. Am 16. Oktober und bei der Deckung des Rückzugs von Leipzig hatte er die gleiche Härte bewiesen, die sein Kaiser nun von ihm erwartete.

»Beschießen Sie die Stadt!«, befahl Napoleon dem Marschall.
Umgehend ließ Marmont die schwere Artillerie nur hundert
Meter vor den ersten Häusern der Stadt auffahren.

Zwei Uhr nachts begann er mit dem Beschuss der Stadt.

Die Hanauer, die schon seit dem Vortag voller Angst und
Sorge das Geschehen auf dem Schlachtfeld verfolgten und
gehofft hatten, das Schlimmste sei vorbei, wurden jäh aus
dem Schlaf gerissen und sollten eine wahre Schreckensnacht
durchleben.

Hunderte Granaten krachten in ihre Stadt, die meisten aus
geringer Entfernung, dafür mit umso größerer Wirkung.
Schon stand die Vorstadt in Flammen, bald brach in weiteren
Straßen Feuer aus. Alle Versuche, die Feuer einzudämmen,
scheiterten.

Ohne Munition konnte das Bataillon Hromeda nichts bewirken. Um die Bevölkerung zu schonen, räumten die Österreicher die Stadt, die sofort von Franzosen besetzt wurde.

Napoleon war mit einem Teil seines Heeres schon auf dem
Weg nach Frankfurt. Von der Zerstörung Hanaus sah er nur
den Feuerschein, wenn er sich auf seinem Pferd einmal umdrehte. Falls er es tat.

In ein paar Stunden würde er am Rhein stehen.

Nächtliche Razzia

Erfurt, 30. Oktober 1813

An diesem Samstag um elf Uhr nachts, zur gleichen
Stunde, als Napoleon seinem Marschall Marmont die
Kanonade auf Hanau befahl, hämmerten kräftige Fäuste an
die Tür des Erfurter Buchhändlers Keyser.

»Polizei! Öffnen Sie sofort, oder wir schlagen das Tor ein!«

Aus mehreren Zimmern stürzten schlaftrunkene Familienmitglieder und Dienstboten in den Flur. Die meisten von
ihnen hatten sich längst zur Ruhe gelegt.

Ein erschrockenes Hausmädchen kam mit einer Kerze in der
Hand in den Flur, ein großes Wolltuch um die Schultern
geworfen, darunter nur das Nachthemd.

Mit Erlaubnis des betagten Hausherrn, der rasch in Hose und
Hausmantel gestiegen war, öffnete sie zitternd die Tür, vor
der immer lauter nach Einlass geschrien wurde.

Sofort drängten zehn Polizisten herein, von denen einige
Waffen auf die Hausbewohner richteten.

»Messieurs, was hat das zu bedeuten?«, erkundigte sich
Georg Adam Keyser streng, doch innerlich voller Furcht um
die Seinen.

»Wir suchen einen gewissen Friedrich Keyser. Das ist doch
Ihr Sohn, nicht wahr? Er ist im Haus, das wissen wir genau«,
erklärte triumphierend der Anführer des Polizeitrupps.

Friedrich und sein Freiberger Freund Konstantin Gerlach
waren als Einzige im Keyserschen Haus noch vollständig
bekleidet. Sie hatten den Nachmittag und Abend wieder einmal in *Vogels Garten* verbracht, zum Gedenken an die heute
erschienene letzte Ausgabe ihrer Zeitung.

»Friedrich Keyser, Sie sind verhaftet wegen Anstiftung zum
Aufruhr und franzosenfeindlicher Äußerungen! Wenn Sie
Widerstand leisten oder einen Fluchtversuch unternehmen,
lasse ich schießen«, ratterte der Anführer der Polizeipatrouille
herunter. Auf sein Zeichen traten zwei Männer vor und packten den jungen Verleger grob bei den Armen.

Der über siebzigjährige Adam Keyser erblasste.

Konstantin wurde mulmig zumute. Vielleicht hatten sie vorhin in der Schankwirtschaft etwas zu offen gesprochen – und
da wären sie nicht die Einzigen gewesen.

Magdalena Keyser kam in die Diele gestürzt und stieß einen
entsetzten Schrei aus. Sie hatte nur den Morgenmantel über

dem Nachtgewand zusammengerafft, das rötliche Haar war für die Nacht zu einem dicken Zopf geflochten.

»Ich habe mir nichts zuschulden kommen lassen«, protestierte ihr Bruder. »Wie vom Polizeioberinspektor befohlen, ist die Einstellung der Zeitung in der heutigen letzten Ausgabe bekanntgegeben.«

»Sehr klug von Ihnen, Keyser«, knurrte der schnauzbärtige Anführer des Polizeitrupps. »Aber Sie können mir viel erzählen. Ich will auf der Stelle sämtliche Papiere sehen, die Sie in Ihrem Schreibpult aufbewahren.«

»Das ist unerhört!«, erhob sein Vater Einspruch und erntete dafür eine Drohung.

»Sie befolgen besser meinen Befehl, sonst nehme ich Sie auch mit! Glauben Sie nicht, Ihr Alter oder Ihr Ansehen könnte Sie davor bewahren.«

Adam Keyser richtete sich noch ein wenig auf, um einen Rest Würde zu wahren, und führte die Eindringlinge ins Comptoir.

Sein Sohn öffnete widerwillig, aber ohne ein Wort des Protestes die Fächer des Schreibpults, und alle Familienmitglieder mussten mit ansehen, wie der Schnauzbärtige sämtliche Papiere an sich raffte.

»Beweismaterial!«, sagte er triumphierend und hielt das Bündel Blätter dem jungen Zeitungsverleger unter die Nase. »Damit kriegen wir Sie, Keyser! Und Ihre Verräterfreunde auch, einen nach dem anderen. Die ersten warten schon auf Sie!«

»Das sind alles genehmigte Texte, jede Seite trägt die Unterschrift des Zensors«, widersprach Friedrich Keyser.

»Legen Sie ihn in Fesseln!«, befahl der Schnauzbärtige seinen Männern, die umgehend dem Verleger die Hände auf den Rücken banden.

»Wohin bringen Sie ihn?«, schrie Magdalena verzweifelt.

»Erst zu Platzkommandant Spickert zum Verhör und dann in

die Zitadelle. Da sind schon ein paar von der Sorte, die wir heute gefasst haben. Sogenannte *Vaterlandsfreunde*. Und jetzt los, Keyser!«

Er gab seinem Gefangenen einen Stoß Richtung Tür.

Johanne Wilhelmine Magdalena ging trotz ihrer Angst zwischen den Bewaffneten hindurch und legte ihrem Bruder einen warmen Mantel über die Schultern. Es war eiskalt in der Nacht, und wer weiß, in welch finstere Zelle sie den armen Friedrich werfen würden.

»Ich protestiere!«, erklärte Keyser senior energisch.

Doch das kümmerte die Polizisten nicht, die seinen Sohn auf die Straße stießen.

Verzweifelt und fassungslos sahen die Keysers und Konstantin Gerlach ihm nach, bevor die Kälte sie zurück ins Haus trieb.

Adam Keyser schickte das verängstigte Gesinde ins Bett und versicherte wider seine Überzeugung, die leidige Affäre werde sich schon morgen aufklären. Dann beorderte er seine Tochter und den jungen Gerlach mit sich in den Salon.

Magdalena, deren Schrecken sich inzwischen in Zorn verwandelt hatte, wartete erst gar nicht, bis ihr greiser Vater etwas sagte, sondern fuhr Konstantin gleich an: »Was habt ihr vorhin in *Vogels Garten* geschwätzt? Hattet ihr ein Bier zu viel getrunken und euch in aller Öffentlichkeit über das Zeitungsverbot beschwert, ohne zu beachten, dass überall Spitzel sitzen?«

»Nein!«, beteuerte Konstantin Gerlach, während er sich fieberhaft an Details zu erinnern versuchte. »Dort regt sich doch jedermann auf nach den Schrecknissen der letzten Tage. Gestern brannten die Franzosen sämtliche Mühlen nieder, heute Nachmittag ganz Daberstedt samt Kirche. Dann verlangten sie alle Kassen für sich, das Holz, neunzig Wagengespanne ... Glauben Sie mir, Mademoiselle, die anderen haben sich viel lauter darüber ausgelassen! Dagegen waren wir geradezu still.«

»Haben Sie wenigstens eine Ahnung, wer Sie belauscht und verraten haben könnte?«

Konstantin zuckte mit den Schultern. »Es war voll. Aber wie gesagt, jedermann regte sich auf, und das nicht gerade leise.« Er zögerte, weil ihm ein Gedanke durch den Kopf schoss.

Adam Keyser erkannte das und sah ihn auffordernd an.

»Vorgestern waren Friedrich und ich auch in *Vogels Garten* und sprachen über meine Cousine. Der Buchhändler Beyer setzte sich an unseren Tisch, fragte uns aus und wusste erstaunlich viel über Jette.«

»Monsieur Beyer ist über jeden Verdacht erhaben«, erklärte Georg Adam Keyser in einem Tonfall, der keinen Widerspruch duldete. »Er mag zwar nicht viel Sympathie für die Preußen haben, aber er ist ein ehrbarer Mann, der seine Stadt so liebt, wie es ein braver Bürger tun sollte. Er würde nie jemanden denunzieren. Schon gar keinen Kollegen.«

»Ich will gar nicht wissen, was Sie dabei über Ihre Cousine von sich gegeben haben«, fauchte Magdalena Konstantin an. »Wenn es die Unflätigkeiten waren, die Sie uns hier dauernd diesbezüglich zumuten, haben Sie eine kräftige Ohrfeige verdient. Oder zwei. Eine, weil Sie das arme Mädchen nur aufgrund von Gerüchten in Verruf bringen, und eine, weil Sie damit vielleicht das Interesse der Spitzel auf meinen Bruder gelenkt haben.«

Verächtlich verschränkte sie die Hände vor der Brust und drehte Konstantin den Rücken zu.

»Magdalena, Liebes, Anschuldigungen helfen uns nicht weiter«, mahnte ihr Vater. »Vor morgen kann ich nichts unternehmen. Beten wir, dass er die Nacht heil übersteht. Und nun geht zu Bett. Du, Tochter, und auch Sie, Konstantin.«

Beklommen zog sich Gerlachs Erstgeborener in seinem Zimmer aus und schlüpfte ins Nachthemd. Magdalenas Worte hatten ihm hart zugesetzt. Jetzt sorgte er sich nicht nur um den älteren Freund, sondern musste sich fragen, ob er ihn vielleicht in diese schlimme Lage gebracht hatte. Alles wegen Henriette!

Dabei hatte er früher darüber nachgedacht, sie einmal zu heiraten. Sie war hübsch und die Tochter eines Buchbinders, das würde auch in geschäftlicher Hinsicht passen. Nun, nach ihrem skandalösen gesellschaftlichen Fall, kam das natürlich nicht mehr in Frage.

Seitdem spielte er mit dem Gedanken, nach seiner Lehrzeit um Magdalenas Hand anzuhalten. Sie war ein paar Jahre älter als er und ziemlich vorlaut für ein Mädchen, doch sie sollte froh sein, noch einen Bewerber zu finden. Und sie war die Miterbin einer großen Buchhandlung. Aber vielleicht würde ihre Familie nicht wagen, diesen Widerling abzuweisen, der beharrlich um sie warb, weil der sie alle vernichten könnte.

Und nach der Szene eben durfte er sich Magdalena wohl aus dem Kopf schlagen.

Friedrich Keyser wurde schwer bewacht zum Platzkommandanten Spickert geführt. Dort fand er zu seiner Beunruhigung drei weitere Verhaftete vor, alles angesehene Bürger der Stadt: den Justizkommissar Dr. Born, den Medizinalrat Dr. Fischer und den Arzt Dr. Sixt. Sie wurden in Ketten auf den Petersberg eskortiert und in die große, eiskalte Gefängniszelle unterm Eingangstor der Zitadelle geschickt. Friedrich Keyser war froh, dass seine Schwester ihm den Mantel übergeworfen hatte, dennoch fror er jämmerlich.

Keiner der vier Erfurter wusste, was man ihnen vorwarf und was ihnen bevorstand. Aber niemand von ihnen hatte nicht schon einmal eine Äußerung getan, aus der man ihm einen Strick drehen könnte. Dafür war die Stimmung in der Stadt zu explosiv.

»Was soll schon sein … Morgen früh schaffen sie uns raus und knallen uns ab«, meinte zähneklappernd Dr. Sixt.

»Ist das etwa nichts, Sie Dummkopf?«, schrie, vor Kälte schlotternd, der Justizrat Born.

»Streiten Sie nicht!«, ging Friedrich Keyser dazwischen. »Sofern wir nicht heute Nacht erfrieren oder morgen früh erschossen werden, wie der ehrenwerte Doktor Sixt fürchtet …«

»Dann?«, forderte ihn Dr. Fischer auf, den Gedanken zu Ende zu bringen.

»… sind wir hier in der Zitadelle eingeschlossen. Genau an dem Ort, den die Preußen zuerst beschießen werden. Ich fürchte, meine Herren, die Kälte wird dann unser geringstes Problem sein.«

Bitteres Ende

Hanau, 31. Oktober und 1. November 1813

General von Wrede wusste: Noch einmal konnte er keine Schlacht annehmen. Sie besaßen fast keine Munition mehr, und die Kavallerie hatte beinahe neunhundert Mann und eintausend Pferde eingebüßt.

Dennoch sammelte er am Morgen persönlich alles zusammen, was sich noch gegen den Feind schicken ließ, und setzte sich an die Spitze. Aber mehr als ein paar kleine Scharmützel konnte er nicht bewerkstelligen.

Gegen zwei Uhr nachmittags war die Grande Armée aus Hanau so weit abgezogen, dass der bayerische General befahl, die Stadt zu stürmen und der gegnerischen Nachhut möglichst viel Schaden zuzufügen.

Er selbst führte die linke Sturmkolonne an und ritt so schnell voraus Richtung Nürnberger Tor, dass seine Stabswachen kaum hinterherkamen; lediglich Colomb folgte ihm dicht auf. So geriet er selbst in den Kugelhagel, den die verbliebenen Franzosen gegen den weithin sichtbaren, üppig betressten General schickten.

Wrede schien das nicht zur Kenntnis zu nehmen. Wollte er Mut beweisen, oder suchte er den Tod nach seinem Versagen? Als der General durch den Torbogen des dreistöckigen Margaretenturms ritt, der mitten auf der Kinzigbrücke stand, traf ihn eine Gewehrkugel.

Sein zu Tode erschrockener Ordonnanzoffizier stützte den Schwerverwundeten, hastig brachten sie ihn in das nahe gelegene Haus des Kommerzienrates Kaula. Der Leibarzt des Erbprinzen von Hessen-Homburg wurde geholt, Medizinalrat Dr. Möller.

»Ein Bauchschuss, ich kann für nichts garantieren. Die Kugel ist durch die Eingeweide bis an die Wirbelsäule gedrungen«, konstatierte er mit gerunzelter Stirn.

Das Kommando für die bayerisch-österreichische Armee übernahm der österreichische General Graf Fresnel und entschied, sich auf die Sicherung der zurückeroberten Stadt zu beschränken.

Mit Einbruch der Dämmerung begann die Arrièregarde unter General Bertrand, die Vorstadt heftig mit Kanonen zu beschießen. Hart umkämpft war immer noch die Kinzigbrücke, bis deren Holzteile in Flammen aufgingen.

Erst am Abend, als fast die gesamte Grande Armée an Hanau vorbeigezogen war, ließ auch Bertrand sein Korps abrücken. Der Major von Colomb betrachtete damit seine Zeit als *Hospitant* für beendet.

Er ritt zu seinen beiden Eskadrons, die er zu seiner großen Erleichterung vollständig vorfand.

Im Ohr klangen ihm noch die großsprecherischen Abschiedsworte eines bayerischen Generals: »Es ist nicht wichtig, ob wir hier gewonnen oder verloren haben. Hauptsache, wir waren dabei und haben bewiesen, dass wir jetzt auf der Seite der Alliierten kämpfen.«

Colomb war gewiss kein Romantiker, doch so viel Zynismus machte ihn sprachlos.

Wredes Versagen hatte die Verbündeten über neuntausend Mann gekostet. Der bayerische General konnte sich damit trösten, dass die Verluste der Franzosen ähnlich hoch waren und hinzu noch zehntausend Gefangene kamen.

Bonaparte hatte also fast zwanzigtausend Mann in Hanau eingebüßt. Doch sein Ziel, den schnellen Durchbruch seiner Hauptarmee zum Rhein, hatte er rigoros durchgesetzt.

Der Sieg lag eindeutig bei Napoleon. Sein letzter auf deutschem Boden.

Am 31. Oktober gegen zwei Uhr nachmittags – genau zu der Stunde, als Wrede befahl, Hanau einzunehmen und dabei schwer verwundet wurde – traf Napoleon Bonaparte in Frankfurt ein. Einen Tag später erreichte er Mainz und damit französisches Gebiet.

Für ihn war dieser Feldzug vorbei.

Im Frühjahr würde er wiederkommen.

Der preußische Major von Colomb war froh, mit seinen beiden Eskadrons wieder nach eigenem Entschluss handeln zu können. Am Morgen des 1. November brach die Reiterschar Richtung Homburg auf.

Links und rechts des Marschweges lagen zu Hunderten entkräftete Franzosen. Er hätte sie gefangen nehmen können. Stattdessen wies er seine Männer an, den Geschwächten etwas von ihrem Proviant zu geben, was bei den Besiegten Fassungslosigkeit und Dankbarkeit auslöste.

Im noch französisch besetzten Koblenz führte er sein Kommando wenige Tage später über den Rhein, denn er hatte gehört, die Nordarmee Bernadottes würde auf Holland vorrücken, wo ein Aufstand gegen die französische Vorherrschaft ausgebrochen war.

Ostfriesland, Colombs eigentliche Heimat, gehörte seit 1806 zu Holland. Bei General von Bülow erbat und erhielt Colomb die Erlaubnis, die Aufständischen in Rotterdam zu unterstützen, was er dann ebenso gründlich wie erfolgreich tat. Bis der Prinz von Oranien aus England nach Scheveningen zurückkehrte, um seine Regentschaft anzutreten, und den tatkräftigen Husaren freudig begrüßte.

General Graf von Wrede genas wider Erwarten von seiner schweren Verwundung und wurde mit höchsten Ehren ausgezeichnet.

Hanau jedoch loderte am Abend des 31. Oktober immer noch lichterloh. In den Häusern verbrannten die Verwundeten, die dort Rettung gesucht hatten. Die Straßen, von denen einige vor Hitze glühten, lagen voller toter Soldaten und Pferdekadaver, das Schlachtfeld ebenso. In der Kinzig trieben tausende Leichname. Bäume, Gärten, Häuser waren zerschossen oder verbrannt.

Wie in Leipzig scheiterten alle Versuche, die vielen Toten so schnell wie möglich zu bestatten. Bald hing beißender Leichengeruch über der Stadt. Nach Tagen noch krochen Sterbende über das Schlachtfeld, sich von rohem Pferdefleisch nährend, bis der Tod sie holte. Jedes verfügbare Gebäude wurde zum Lazarett, ohne dass es auch nur annähernd genug Ärzte, Pfleger und Medikamente gab. Der Typhus hielt überreichlich Ernte unter den Bewohnern der leidgeplagten Stadt und der benachbarten Dörfer.

Totensonntag

Leipzig, 31. Oktober 1813

An jenem Sonntag, an dem Napoleon Bonaparte mit seinen Garden ungehindert in Frankfurt einritt, fand in der Leipziger Nikolaikirche ein Festgottesdienst statt.

Schon am Samstagabend läuteten alle Glocken zur Feier des Sieges der Verbündeten und zum Lobpreis Gottes für die Rettung der Stadt.

Der verwundete Stabskapitän von Wilhelmsen war fest entschlossen, an diesem Te Deum teilzunehmen. Das betrachtete er als seine Ehrenpflicht, und er war es leid, tatenlos bis auf ein paar Korrespondenzen im Bett zu liegen. Er wollte zurück zu seinem Regiment.

Deshalb übte er seit Tagen verbissen das Gehen, erst im Zimmer, dann auf den Fluren mit einem Gehstock, den ihm die Witwe Lindenthal geliehen hatte. »Von meinem Gatten, Gott hab ihn selig!«

Seitdem nahm der Stabskapitän auch die Mahlzeiten gemeinsam mit Madame Lindenthal und Henriette im Salon ein. Er ließ einen Schuhmacher kommen und sich neue Stiefel anmessen. Gestützt auf seinen Burschen, versuchte er das Treppensteigen, bis Henriette intervenierte, damit die Wunde nicht wieder aufplatzte.

Jetzt, als die Glocken zum Gottesdienst riefen, meldete sie noch einmal ihre Bedenken dagegen an, dass er zum ersten Mal seit seiner Verwundung das Haus verließ und sich gleich einen so anstrengenden Ausflug vorgenommen hatte.

»Es wird viel Gedränge geben, Herr Stabskapitän. Wer weiß, ob wir überhaupt hineinkommen, wenn sogar der Freiherr vom Stein, Fürst Repnin und Stadtkommandant Prendel erwartet werden.«

»Pah, *ich* werde schon vorgelassen, und erst recht, wenn ich mit einem preußischen Gardeoffizier erscheine«, meinte die Witwe Lindenthal schnippisch. »Und Sie, Kind, folgen uns einfach!«

Der Stabskapitän trug volle Paradeuniform. Franz, sein Bursche, hatte sie am Vortag auf Hochglanz gebracht, alle Orden poliert, die Schärpe geglättet, den Tschako mit komplettem Schmuck versehen: Gardestern, Federstutz, Borte, Adler als Haken, Kettenbehang … Dazu die weiße Hose und die neuen schwarzen Stiefel.

Die Damen ließen sich in Mäntel helfen und setzten die Hüte auf, der Stabskapitän den Tschako mit allem Paradeschmuck. Madame Lindenthal musterte ihn beeindruckt und machte kein Hehl aus ihrer Bewunderung.

»Leider wird das Bild durch den Gehstock beeinträchtigt. Und es fehlen die Waffen, schließlich wollen wir in eine Kirche«, räumte von Wilhelmsen ein.

»Sie sind ein verwundeter Kriegsheld, nichts kann Ihren Anblick beeinträchtigen!«, widersprach die Witwe Lindenthal kategorisch.

Henriette sah, dass ihr Patient Schmerzen litt und vor jeder Stufe die Zähne zusammenbiss, obwohl sie die Wunde gut gepolstert hatte. Als sie auf der Straße angelangt waren, standen ihm Schweißperlen auf der Stirn.

»Ich glaube, wir gehen besser gleich in die Kirche statt erst auf den Markt, um zuzusehen, wie Fürst Repnin von den Generälen, dem Magistrat, den Universitätsprofessoren und der Bürgergarde abgeholt wird«, schlug sie vor. »Es stehen schon sehr viele Menschen vor der Kirche.«

Zu ihrer Erleichterung widersprach von Wilhelmsen nicht.

Alle paar Meter hielt er inne, las die ausgehängten Proklamationen des Stadtkommandanten und des Rates und zog seine Schlüsse. Sein Bursche und auch Henriette berichteten ihm eine Menge darüber, was in der Stadt vor sich ging. Doch jetzt mit eigenen Augen zu sehen, wie unglaublich langsam die

Normalisierung des Lebens vorankam, erfüllte ihn mit Sorge, fast Schrecken.

Viele Befehle stammten von den letzten Tagen und waren offenbar nicht zum ersten Mal erteilt: die Misthaufen vor den Häusern zu beseitigen, die einfach nicht abnehmen wollten, wie der Stadtkommandant kritisierte, Leiterwagen bereitzustellen, damit die Unmengen von Pferdedung fortgebracht werden konnten, die Hospitäler zu unterstützen, Männer mit Schaufeln zu schicken, damit die Toten endlich unter die Erde kamen …

Es waren nicht viele Schritte von der Wohnung der Witwe Lindenthal bis zur Nikolaikirche. Aber sehr viele Proklamationen.

Es schien, als dränge ganz Leipzig zu diesem Dankgottesdienst. Alle wollten den festlichen Einzug von Stein, Repnin und Prendel erleben.

Doch wie die Witwe Lindenthal vorausgesagt hatte, wagte es niemand, sie daran zu hindern, am Arm des Stabskapitäns in die Kirche zu schreiten. Im Gegenteil, sie wurde von allen Seiten ehrerbietig gegrüßt.

»Was für ein stattlicher Mann, dieser Fürst Repnin!«, raunte die Witwe vernehmlich nach einem Blick durchs Lorgnon, als die hohen Gäste einzogen.

Dann stützte sie beide Hände auf den als Löwenkopf geformten Griff des Gehstocks ihres Verblichenen. Der Stabskapitän war froh, den Stock vorübergehend loszuwerden. Er trug nun den Tschako mit dem hohen Federbusch im Arm, wie es sich in einer Kirche ziemte.

»Und der Obrist Prendel … ein imposanter Bart, das muss man wohl sagen«, kommentierte Madame Lindenthal ungeniert die ausgefallene Haartracht des Stadtkommandanten. »Aber er soll ja insgesamt ein recht außergewöhnlicher Mann sein, dieser Südtiroler.«

Es dauerte eine Zeit, bis die vielen hundert Menschen ihre Plätze eingenommen hatten. Doch als der erste Orgelton erklang, trat schlagartig Stille ein.

Henriette rann ein Schauer über den Rücken. Sie erinnerte sich an den Gottesdienst, den sie hier vor zwei Wochen besucht hatte, als die Schlacht um Leipzig noch tobte.

Für diesen einen Tag ruhten damals die Kämpfe. St. Nikolai war als einzige Kirche weit und breit kein Lazarett, und die von Furcht vor dem Morgen erfüllten Stadtbewohner strömten hierher, um Trost und Beistand zu finden.

Henriette versuchte, in Gedanken zu zählen, wie viele Männer sie in letzter Zeit hatte sterben sehen, und kam zu keinem Ergebnis. Die vielen Leichen vor der Liebertwolkwitzer Kirche. Die Karren voller Toter vor Sankt Thomas. Die Leichenstapel auf dem Friedhof, als sie um ein Grab für Étienne bat. Étienne. Und der junge Leutnant mit der zerschossenen Lunge.

Ihre Augen begannen zu brennen. Sie blickte hoch auf das außergewöhnliche Deckengewölbe der Nikolaikirche, das wie auf zartgrüne Palmenblätter gestützt wirkte.

Und schließlich war da noch jener Tote in Weißenfels, den sie in Notwehr selbst erschlagen hatte und der ihr bis ans Lebensende auf der Seele lasten würde.

Ob Maximilian noch lebte? Felix? Der freundliche Dr. Meuder in Freiberg? Viele Ärzte starben dieser Tage an Typhus; Gerüchte kursierten, dass auch Dr. Reil fieberte.

Und wie es wohl ihrem Bruder, dem Oheim, der Tante und Eduard in Freiberg ging?

Die festliche Zeremonie füllte Henriettes Seele ganz und gar aus. Doch nicht mit Triumph, sondern mit Schmerz. Es sollte jedes Jahr an einem Sonntag der zahllosen Toten dieses Krieges gedacht werden, sinnierte sie.

Aus ihrer Trauer und Betäubung erwachte sie erst, als die Besucher nach dem Gottesdienst aus der Kirche drängten.

In der Enge verlor sie den Anschluss an ihre Begleiter.

Als sie die beiden draußen auf sie wartend fand, entdeckte sie dicht neben ihnen Hermann – allein und mit tränenüberströmtem Gesicht.

»Erlauben Sie? Das ist der Ehemann einer Bekannten, die gerade ein Kind geboren hat. Darf ich mich erkundigen, wie es ihr und der Kleinen geht?«, fragte sie ihre Begleiter. Unter deren strengen Blicken hätte sie niemals einen Mann von sich aus ansprechen dürfen. Dass Hermann weder Frack noch Zylinder trug, sondern seine Sonntagsjacke und eine Mütze, musste ihn in den Augen der Witwe noch verdächtiger machen.

»Er arbeitet für Hofrat Mahlmanns *Leipziger Zeitung*«, ergänzte sie deshalb hastig, um Hermanns Reputation zu heben. Setzer waren angesehene Leute, gebildet und in mehreren Fremdsprachen bewandert.

Felix' Freund nahm sie erst wahr, als sie direkt vor ihm stand, und da las sie auf seinem Gesicht schon die Antwort auf die Frage, die sie stellen wollte.

»Tot. Sie sind alle tot«, schluchzte Hermann. »Erst starb unser kleines Mädchen, gerade einmal eine Woche alt. Greta brach es das Herz, sie fieberte so sehr, dass sie am nächsten Tag von uns ging. Sie hat mich nicht einmal mehr erkannt. Nach zwei Tagen holte sich das Fieber auch meinen Jungen. Paul war erst sechs. Warum müssen die Unschuldigen für diesen Krieg bezahlen? *Warum?*«

Jette weinte mit ihm. Sie hatte keine tröstenden Worte.

Es gab keine. Das Nervenfieber forderte auch unter der Einwohnerschaft immer mehr Opfer.

Und während sie Hermann mitleidend ansah, erkannte sie voller Schrecken: Die Röte in seinem Gesicht kam nicht von seinen aufgewühlten Gefühlen.

»Du glühst, du fieberst auch! Du hast dich angesteckt. Geh sofort in eines der Hospitäler, die Doktor Reil für die Typhuskranken eingerichtet hat!«, flehte sie ihn an.

»Das sind Sterbehäuser. Niemand kommt dort lebend wieder heraus. Da kann ich auch bei mir zu Hause verrecken, ganz allein«, meinte er dumpf. »Dort, wo ich mit Greta und den Kindern glücklich war …«

Plötzlich erstarrte er und rief: »Gehen Sie weg von mir! Geht alle weg! Sonst sterbt ihr auch! Ich trage den Tod in mir!«

Jäh drehte er sich um und lief davon, schneller, als ihm jemand folgen konnte.

Hilflos sah Jette ihm nach.

»Schrecklich!«, seufzte Madame Lindenthal.

Dann blickte sie streng auf Henriette und hob den Zeigefinger. »Ich weiß, was Sie denken. Aber wagen Sie ja nicht, in sein Haus zu gehen, um ihm zu helfen, erwägen Sie das nicht einmal! *Sie können nichts für ihn tun.* Er gehört ins Spital. Eines der Dienstmädchen wird gleich morgen früh meinem Bruder eine Nachricht in die Lazarettverwaltung bringen, damit ihn jemand holt. Und seien Sie froh, Kind, dass Sie nicht mehr im Hauptlazarett arbeiten, sonst würden Sie uns die schreckliche Krankheit noch ins Haus tragen.«

Sie nahm den Arm, den der Stabskapitän ihr reichte, und ging mit ihm langsam voraus.

Niedergeschmettert folgte Henriette ihnen.

Vielleicht sind sie meinetwegen gestorben, dachte sie. Vielleicht haben sie sich angesteckt, als Greta in Sankt Thomas nach mir suchte.

Von Wilhelmsen sagte auf dem Heimweg kein Wort.

Eines war ihm an diesem Sonntagvormittag klargeworden: Henriette Gerlach, für deren Schutz er sich zuständig fühlte, musste dringend fort aus dieser Stadt. Bevor hier alles zusammenbrach. Wenn dem jungen Premierleutnant Trepte wirklich etwas an dem Mädchen lag, sollte er sie zu sich holen, sobald das Garderegiment festes Quartier bezog, und sie schleunigst heiraten!

Die Festung an der Elbe

Torgau, 3. November 1813

Der französische General und Kommandant der Festung Torgau, Graf Louis Marie de Narbonne-Lara, stand auf einem der Vorbauten der Bastion III und beobachtete, wie die Männer zurückkehrten, die einen Ausfall nach Süden gewagt hatten, auf das Biwak der sächsischen Armee bei Loßwig.

»Wir haben ein paar Kühe requiriert und dem Feind blutige Köpfe verpasst, Euer Exzellenz«, berichtete deren Offizier.

»Verluste?«

»Geringe. Die Gegner hatten mehr.«

Narbonne suchte noch einmal nach einer bestimmten Gestalt im sächsischen Lager, dann schob er sein Fernrohr zusammen. Jede seiner Bewegungen war von geschliffener Eleganz und verriet seine aristokratische Herkunft.

»Sofern die andere Seite nicht auf mein Angebot reagiert, wiederholen wir das in zwei Tagen«, befahl er, saß auf und ritt zurück in die Stadt.

Die von ihm angewiesene Aktion war kein ernsthafter Versuch, den Ring der Belagerer zu durchbrechen. Sie war als Signal gedacht, als Achtungszeichen. Die unmissverständliche Botschaft, dass er auf Antwort wartete.

Vor Tagen schon hatte er dem Kommandeur der preußischen Belagerungsarmee, General Graf von Tauentzien, die Nachricht zukommen lassen, dass er zu Verhandlungen über den Abzug der französischen Besatzung bereit sei. Die einzige Bedingung: Sein Vorgänger als Festungsgouverneur, General von Thielmann, sollte als Gesprächspartner und Vermittler der Alliierten gesandt werden. Doch Tauentzien hatte ihn nicht einmal einer Antwort gewürdigt. Also musste er seinem Ansinnen Nachdruck verleihen.

Die Lage in und um Torgau schien klar: Die Belagerungsarmee war zwanzigtausend Mann stark, seit gestern noch die Sachsen dazugestoßen waren. Doch sie verfügte über wenig Geschütze und Munition, und es herrschte bereits Novemberfrost.

Die Festung dagegen war klug erdacht und gut bevorratet. Er hatte hier dreißigtausend Mann, mit denen er entweder einer langen Blockade standhalten oder einen massiven Durchbruch wagen könnte.

Könnte. Wenn da nicht einige besondere Umstände wären …
Torgau war der bedeutendste Brückenkopf an der Elbe, aber nicht nur deshalb keine Festung wie viele andere. Die *ganze Stadt* war eine Festung, vor wenigen Jahren auf Befehl Napoleons dazu umgebaut, ein vielzackiger Stern, von Mauern und Wällen umgeben. Jede Kanonade der Belagerer würde unweigerlich auch die Zivilbevölkerung treffen, und für die fühlte sich Narbonne als Gouverneur Torgaus ebenso verantwortlich wie für seine Soldaten.

Das noch größere Problem: Mehr als die Hälfte dieser dreißigtausend Mann litt am Nervenfieber oder an der Ruhr. Trotz aller Mühen der Ärzte ließen sich die Seuchen nicht eindämmen. Die Stadt war hoffnungslos überfüllt und das Wasser schlecht, die Zustände in den Lazaretten wurden immer schlimmer. Sogar das riesige Schloss mit dem prachtvollen Wendelstein war inzwischen mit Fiebernden und Sterbenden gefüllt.

Als Napoleon Torgau im September zum Hauptdepot der Grande Armée erklärte und zu aller Überraschung seinem bewährten General, Diplomaten und Flügeladjutanten Louis Marie de Narbonne-Lara das Kommando dafür übertrug, flammte sofort Gerede von einer Strafversetzung auf.

Narbonne war Aristokrat von Herkunft, Bildung und Gesinnung. Als einer von wenigen Anführern der Grande Armée entstammte er dem alten französischen Hochadel und hatte dadurch seit den Revolutionsjahren ein sehr wechselvolles Leben hinter sich.

Schon als er das Kommando übernahm, hielt das Nervenfieber Torgau dermaßen im Würgegriff, dass er die Festung unmöglich wie befohlen bis zum Frühjahr würde halten können. Angesichts dessen rief er nach wenigen Tagen den Belagerungszustand für die Stadt aus.

Doch was ihn *wirklich* mit Fassungslosigkeit und Zorn erfüllte, war die Tatsache, dass Napoleon ihm in den letzten Tagen noch einmal mehrere tausend Verwundete und Fiebernde aus auswärtigen Lazaretten geschickt hatte.

Schlimmer hätte kein Feind ihm schaden können.

Sofern nicht Order kam, einen Durchbruch zu wagen, würde er hier im Frühjahr dreißigtausend Tote haben. Es starben jetzt schon jeden Tag mehr als hundert Menschen einen qualvollen Tod, und diese Zahl wuchs stetig.

Er *musste* über einen Abzug verhandeln, auch aus Rücksicht auf die Zivilbevölkerung, die verzweifelt hoffte, dass er den Untergang der Stadt verhinderte.

Die Preußen hatten durch Verhandlungen ebenfalls viel zu gewinnen. Deshalb verwunderte es den Grafen von Narbonne, dass Tauentzien nicht antwortete.

Der französische General wusste über seinen Gegner nicht viel; er galt als sehr ehrgeizig, aber nur mäßig felderfahren. Zwei Eigenschaften, die auf solch einem Kommando eine verhängnisvolle Kombination bilden konnten.

Deshalb hatte der Gouverneur um Thielmann als Vermittler gebeten. Sie waren seit Jahren befreundet; außerdem hatte Thielmann im Frühjahr selbst das Kommando über Torgau gehabt und wusste genau um die Lage in Stadt und Festung.

Mit ihm konnte er eine Lösung finden, durch die beide Seiten Ehre und Gesicht wahrten, und tausende Leben schonen.

Denn bedingungslose Kapitulation kam nicht in Frage.

Am 19. Oktober, am letzten Tag der Leipziger Schlacht, hatte

Narbonne in Torgau einen großen Wagenpark mit fünfhundertvierzig Wagen aufgenommen, auf den Napoleon in Leipzig verzweifelt wartete und der aufgrund von Kosakenangriffen und falscher Befehle Marschall Neys nicht mehr zum Zentrum der Schlacht durchkam: Ausrüstung für die Pontoniere zum Brückenbau, Werkzeug, Feldschmieden, Geschütze, Munition und nicht zuletzt sieben Wagen mit Napoleons Kriegskasse. *Das* konnte er auf keinen Fall dem Feind überlassen.

Nachdem sie das Tor passiert hatten, lenkte Narbonne seinen Schimmel Richtung Schloss.

»Ich werde die Lazarette besuchen«, kündigte er seinem Stellvertreter an, Brigadegeneral Le Brun de Villaret, einem fähigen Mann.

»Euer Exzellenz, die Gefahr ist zu groß, dass Sie sich auch anstecken«, warnte Le Brun in ehrlicher Sorge.

»Das kann hier jedem überall passieren«, entgegnete Narbonne. »Sehen Sie nicht, wie mutlos und übermüdet selbst die Pfleger und Ärzte sind? Dann muss ein Kommandeur dorthin, um ihre Moral zu heben.«

Bevor er zu den Kranken ging, hielt er vom Schloss aus noch einmal Ausschau, ob er Thielmann schon irgendwo im Biwak der Sachsen entdecken konnte. Der Festungsgouverneur war überzeugt, dass sich der dringend Erwartete ganz in der Nähe befand. Der Freund hatte den Oberbefehl über die sächsische Armee erhalten, und die war gestern hier eingetroffen. Sicher würde er selbst Vermittlung anbieten. Doch dafür benötigte er die Erlaubnis des preußischen Generals von Tauentzien.

General Narbonne vermutete richtig. Während er die im Schloss Hartenfels untergebrachten Kranken besuchte, traf der sächsische Generalleutnant von Thielmann in Dommitzsch ein, knapp fünfzehn Kilometer nordwestlich von

Torgau, wo General von Tauentzien sein Hauptquartier eingerichtet hatte.

Er war aus eigenem Antrieb hierhergeritten, um zu verhindern, dass Torgau in Schutt und Asche gelegt wurde und viele Menschen starben, Zivilisten wie Soldaten.

Das hatte er schon einmal geschafft, fast auf den Tag genau vor einem halben Jahr und unter Einsatz seines Lebens. Heute musste er dafür nicht sein Leben wagen, auch wenn er es ohne Zögern tun würde, sondern lediglich einen preußischen General überzeugen.

»Euer Exzellenz, der Oberbefehlshaber der sächsischen Armee bittet darum, Sie sprechen zu dürfen«, meldete ein Adjutant ihn beim Grafen von Tauentzien an.

»Lassen Sie ihn eintreten. Ich habe ihn schon erwartet.«

Der Besucher konnte diese Worte durch die halb geöffnete Tür hören. Das wusste auch der preußische Kommandeur der Belagerungsarmee.

Dennoch empfing er ihn mit den Worten: »Welch eine *Überraschung*, Thielmann, dass Sie sich persönlich herbemühen!«

Der neu ernannte Oberbefehlshaber der sächsischen Armee war dem preußischen General noch nie persönlich begegnet. Doch schon nach diesem einen Satz wusste er, dass der andere nicht auf sein Angebot eingehen würde.

Bogislav Friedrich Emanuel Graf von Tauentzien liebte gutes Essen, guten Wein, ein bequemes Leben. Sein Quartier zeigte eine für Thielmann nach all den blutigen Kämpfen befremdlich wirkende Behaglichkeit: prasselndes Feuer im Kamin, dick gepolsterte Sessel, silberne Leuchter, auf dem Tisch Kristallgläser und die Reste eines so opulenten Mahls, dass es ihn angesichts der Notlage in diesem Landstrich verwunderte.

Johann Adolph von Thielmann hingegen war auf dem Russlandfeldzug bis auf die Knochen abgemagert und von den Strapazen dieser Zeit immer noch nicht richtig genesen. Die zurückliegenden zwei Monate, in denen er fast ununterbrochen im Sattel von einem Gefecht ins andere gezogen war, hatten auf seinem Gesicht Spuren der Erschöpfung hinterlassen, auch wenn seine Haltung keine Schwäche zeigte.

Im Geiste fühlte sich Thielmann immer noch als Husar. So hatte er weder Verständnis für Leibesfülle bei Feldherren noch dafür, dass jemand vom Sessel aus statt aus dem Sattel kommandierte. Und *niemals* würde Thielmann als Anführer einer zwanzigtausend Mann starken Belagerungsarmee sein Hauptquartier fünfzehn Kilometer entfernt von der Festung und seinen Truppen einrichten: so bequem, sicher und fernab vom Geschehen.

Der sächsische Reitergeneral hatte sein Leben bei der Truppe verbracht und sich die Erhebung in den Freiherrenstand durch Leistungen im Feld und den in Borodino gezeigten Mut verdient.

Der Graf von Tauentzien hingegen war in höchste Kreise hineingeboren und immer wieder rasch befördert worden. Die meisten Jahre seiner militärischen Laufbahn absolvierte er bei Hofe oder in diplomatischen Diensten. Dennoch hatte sich Tauentzien im Frühjahr völlig haltlose Hoffnungen gemacht, den Oberbefehl über die preußische Armee zu bekommen. Nun befehligte er das Vierte Preußische Korps, eine Belagerungsarmee. Er wischte sich mit einer Serviette Fett aus den Mundwinkeln und warf das Damasttuch beiseite.

»Ja, welche *Überraschung*!«, wiederholte er mit zynischem Unterton. »Ihr General von Ryssel führte gestern die sächsische Verstärkung heran. Wenn man es überhaupt Verstärkung nennen kann. Jetzt kommen Sie auch noch höchstpersönlich. Trauen Sie ihm nicht? Von Ryssel hatte bei Leipzig die Überläufer angeführt, nicht wahr? Vielleicht erhoffte er zur Belohnung das Oberkommando, das Sie nun erhalten haben?«

Der preußische General hob abwehrend eine Hand, als sein Gegenüber antworten wollte.

»Oder trauen Sie *Ihrer Armee* nicht?«, setzte er nach. »Die *sogenannte* sächsische *Armee* ist ein kleiner, schlecht ausgerüsteter und äußerst bedenklich zusammengewürfelter Haufen: Überläufer vom September, Überläufer vom Oktober, diejenigen, die Narbonne vor ein paar Tagen aus der Torgauer Festung entließ, und diejenigen, die Napoleon sogar noch aus Leipzig hinaus folgten wie die Kürassiere … Apropos: Führten *Sie* nicht in Russland das Kommando über die sächsischen Kürassiere in der Grande Armée?«

Es kostete den heißblütigen Thielmann alle Kraft, sich zu beherrschen, während er und seine Armee beleidigt wurden. Doch er wusste, der andere wollte ihn provozieren. Schon die Tatsache, dass er ihm noch nicht einmal einen Platz angeboten hatte, während er selbst saß, zeigte das deutlich.

Um der Sache willen musste er ruhig bleiben. Aber in sich fühlte Johann Adolph von Thielmann die gleiche Verachtung aufbrodeln, die der andere ihm zeigte. Nur aus gänzlich anderen Gründen.

»Ich vertraue meinen Soldaten«, antwortete er in eisiger Gelassenheit. »Dass die sächsische Armee derzeit stark zusammengeschrumpft und schlecht ausgerüstet ist, liegt daran, dass sie harte Kämpfe zu bestehen hatte und ihren Mut unter großen Opfern bewies – oft an vorderster Front oder bei der Deckung des Rückzuges. Das sollten Sie in Großbeeren und Dennewitz gesehen haben und einem tapferen Gegner Respekt zollen.«

Eine feine Spitze: Am Sieg bei diesen beiden Schlachten um Berlin hatte Tauentzien unbestreitbar Anteil – nach General von Bülow als Oberbefehlshaber und neben dem General von Dobschütz. Doch nun behauptete er in aller Öffentlichkeit, seine Verdienste seien größer als Bülows. *Er* müsse als Sieger von Dennewitz gewürdigt werden.

»Und in den harten Tagen bei Leipzig wurde keiner geschont, der dabei war«, setzte Thielmann mit innerer Genugtuung den nächsten feinen Stich.

Denn Tauentzien war *nicht* dabei gewesen. In dieser brisanten Lage hatte er sich mit seinen Truppen Richtung Berlin zurückgezogen, statt auf Leipzig vorzustoßen. Der darüber höchst erzürnte Gneisenau nannte das eine »schmähliche Flucht«, was sich rasch herumsprach.

»Wie schön, dass wenigstens *Sie* Ihren Leuten trauen«, erwiderte Tauentzien kalt. »Doch die Sachsen haben eine merkwürdige Vorliebe, auf der falschen Seite zu kämpfen. Deshalb bin ich mir nicht sicher, ob *ich* ihnen trauen kann.«

Jetzt stieg eisige Wut in Thielmann auf, und nun wurde auch er sarkastisch.

»Darf ich Euer Exzellenz daran erinnern, dass die Sachsen 1806 auf einer Seite *mit Preußen* standen? Und dass zu den wenigen Ruhmestaten jener Kämpfe gehört, wie das sächsische Regiment Aus dem Winkel in vorbildlicher Weise den Rückzug des preußischen Oberkommandos unter dem Fürsten zu Hohenlohe deckte? Auch das sollten Sie gesehen haben! Sie führten schließlich damals in Jena das Kommando über die Vorhut.«

Und die versagte, die Preußen rannten scharenweise vor dem Feind davon.

»Darf ich außerdem erinnern, dass nicht nur Sachsen, sondern auch Preußen gezwungen war, Napoleon auf dem Russlandfeldzug zwanzigtausend Mann zu stellen? Wir also ebenfalls *auf einer Seite* standen? Und da Sie so ausdrücklich die sächsischen Kürassiere unter meinem Kommando erwähnen: Diese Kürassiere haben in Borodino die Große Redoute eingenommen, die Rajewski-Schanze, was niemand vor ihnen schaffte.«

Jetzt war er es, der den anderen nicht zu Wort kommen ließ.

»Im Verlauf dieser Woche werden noch sieben Eskadrons leichter sächsischer Kavallerie eintreffen. Diese Männer kämpften in den letzten Tagen unter Blüchers Kommando gegen die Grande Armée, um das deutsche Vaterland von den

Eindringlingen zu befreien. Wie die sächsischen Husaren und Ulanen werden das auch alle anderen Soldaten und Offiziere unserer Armee tun.«

»Nun echauffieren Sie sich nicht so, General!«, lenkte der Befehlshaber des Vierten Korps ein. Er lehnte sich zurück und versank dabei geradezu in seinem Sessel.

»Sie werden verstehen, dass ich mich auf Ihre Leute verlassen können muss. Nehmen wir zum Beispiel die Artillerie. Werden die sächsischen Kanoniere auf meinen Befehl eine sächsische Stadt beschießen?« Fragend zog der Graf die Augenbrauen hoch. »Ihre eigenen Landsleute?«

»Das führt mich hierher, Euer Exzellenz«, erklärte Thielmann. Das Vorgeplänkel war vorbei.

»Ich möchte Ihnen einen Vorschlag unterbreiten, um eine lange Belagerung und den Beschuss Torgaus zu vermeiden, was beide Seiten viele Opfer kosten würde. Das Hauptquartier der Alliierten hat mich ermächtigt, Ihnen dieses Angebot vorzulegen.«

»Lassen Sie hören!«, meinte der preußische General jovial und verschränkte die Hände auf dem Tisch. »Wie lautet Ihr Wundermittel, um die Franzosen zur Kapitulation zu bewegen?«

»Schicken Sie mich, um mit General de Narbonne die Übergabebedingungen auszuhandeln. Wir kennen einander seit Jahren. Ich bin sicher, dass wir eine Absprache treffen können, die es ihm erlaubt, die Festung kampflos zu übergeben.«

»Dachte ich es mir doch«, meinte Tauentzien mit unverhohlenem Triumph und richtete sich wieder auf.

»*Rein zufällig*« – das sprach er sehr gedehnt – »erhielt ich gleich bei meiner Ankunft vor Torgau ein Schreiben von General Narbonne, das genau Sie als Vermittler anfordert. Und schon tauchen Sie hier auf. Ein bisschen auffällig, finden Sie nicht auch? Um nicht zu sagen: verdächtig! Stehen Sie in heimlicher Korrespondenz mit dem Feind? Wie es heißt, sind Sie nicht nur Bekannte, sondern Freunde. Das stimmt doch?«

»Ich verwahre mich gegen Ihre Unterstellung!«, protestierte Thielmann. »Ich stehe *nicht* mit ihm in Korrespondenz, mit niemandem innerhalb der Festung. Aus eigenem Antrieb habe ich diesen Vorschlag der Alliierten Heeresleitung unterbreitet und zustimmende Antwort erhalten. Liegt es nicht auf der Hand, diese Chance zu nutzen? So ersparen Sie Ihren Soldaten eine längere Belagerung im Winter und uns allen viele Tote. Stadt und Festung bleiben unbeschädigt.«

»Überaus ehrenhaft, wie sehr Ihnen Torgau immer noch am Herzen liegt! Schließlich waren Sie im Frühjahr hier Festungskommandant«, erinnerte der preußische General.

Dann fragte er mit echter Neugier: »Wie haben Sie es damals geschafft, Marschall Ney, den *berühmten* Ney, davon abzuhalten, die Stadt zusammenzuschießen und zu stürmen? Das war Anfang Mai, wenn ich mich nicht täusche, kurz vor Ihrem Abgang von diesem Kommando …«

»Ich bot General Reynier, der zwei Tage vor Marschall Ney eintraf und das Kommando über die sächsischen Truppen führte, Verhandlungen außerhalb der Stadt an. Hier, südwestlich, zwischen der Bergeltschen Wiese und dem Entenfang.«

Er trat zwei Schritte an die Karte heran, die auf einem Tischchen ausgebreitet lag, und deutete auf den Ort der Begegnung.

»Als ich hinausritt, stand an jedem Geschütz einer meiner Kanoniere mit brennender Lunte und dem Befehl zu feuern, sollten sich die Franzosen auch nur einen Schritt der Stadt nähern.«

»Hätten die geschossen? Auch auf Sie?«

»Ja. Ich habe es so befohlen. Und General Reynier kannte mich gut genug, um zu wissen, dass ich es ernst meinte. Ich hatte damals den strikten Befehl meines Königs, Torgau neutral zu halten.«

Nicht nur seine eigenen Leute waren feuerbereit. Auch eine Linie französischer Infanterie hielt die Gewehre auf ihn angelegt, während er unter vier Augen mit Reynier sprach. Die Torgauer beteten für ihn, als er hinausritt, und feierten ihn als ihren Retter, als er wiederkam, ohne dass eine Kanonade auf die Stadt niederging. Das würde er ihnen nicht vergessen. Und sie ihm nicht.

»Kaltblütig, das muss ich Ihnen schon zugestehen«, räumte Tauentzien ein.

In Thielmann flackerte Hoffnung auf. Vielleicht ließ sich der preußische General ja trotz anfänglicher Unhöflichkeiten auf das Angebot ein?

Doch im nächsten Augenblick erlosch diese Hoffnung, als der Graf von Tauentzien sagte: »Hätten Sie damals nur auch so viel Mut gezeigt, um *uns* Torgau zu übergeben!«

»Sie wissen genau, dass mir dies meine Befehle unmöglich machten!«, widersprach Thielmann heftig, bar jeder Bereitschaft, sich in diesem Punkt zu verleugnen. »Ich sollte Torgau neutral halten. Und ich gab den Alliierten mein Ehrenwort als Offizier, dass ich sie nicht angreifen werde. Mehr konnte ich nicht tun. Alles andere wäre Verrat gewesen. Als dann die Order meines Königs eintraf, Torgau den Franzosen auszuliefern, gab ich mein Kommando ab und quittierte den Dienst, weil ich einen Befehl nicht ausführen wollte, der sich nicht mit meinem Gewissen vereinbaren ließ.«

»Verrat ist immer relativ«, konterte der Graf zynisch. »Aber ich weiß ... Die ganze jüngste Ausgabe der *Preußischen Feldzeitung* ist damit gefüllt, die Ehrenhaftigkeit Ihres Handels darzulegen.«

Er griff nach der Druckschrift vom 31. Oktober, wedelte kurz damit und warf sie nachlässig wieder beiseite.

»Narbonne ist ein gewiefter Diplomat. Sie sind befreundet. Ein gewisses Maß an Misstrauen werden Sie mir zubilligen.«

»General de Narbonne steht in meiner Schuld, weil ich ihm

auf dem Russlandfeldzug das Leben rettete. Es stimmt, wir sind Freunde. Er ist ein Mann von hohem Ehrgefühl und will mit jemandem über die Kapitulation verhandeln, dem er vertraut.«

»Nur aus Rührseligkeit wird er nicht freiwillig die Waffen strecken, dafür hat er zu viele Leute in der Festung.«

»Eben, es sind *zu viele*!«, rief Thielmann leidenschaftlich. »Dreißigtausend Mann, die meisten typhuskrank. Wahrscheinlich grassiert auch längst die Ruhr. Wir hatten im Frühjahr in Torgau dreitausend Fälle von Nervenfieber bei elftausend Mann Garnison, und das war schon kaum noch zu beherrschen. Die Stadt ist überfüllt und bereits in normalen Zeiten durch Tümpel, Sümpfe und ungepflasterte Straßen ohne Ablaufrinnen für die Ausbreitung von Seuchen prädestiniert. Nicht nur General de Narbonne rennt die Zeit davon, wenn wir länger warten, auch uns. Sonst haben wir hier dreißigtausend Typhustote, wenn wir Torgau einnehmen.«

»Sie sagen es, die Zeit arbeitet für uns«, meinte Tauentzien schulterzuckend. »Seine Truppen sind geschwächt. Entweder kapituliert Narbonne bedingungslos ...«

»Das lassen seine Befehle nicht zu. Denken Sie an Ihre Soldaten, denken Sie an die Zivilbevölkerung!«, beschwor ihn der sächsische General.

»Sie sind bestens mit den Örtlichkeiten vertraut. Wie würden Sie vorgehen?« Der preußische Graf stemmte sich aus dem Sessel hoch und ging zum Kartentisch.

»Die Wahl Ihres Hauptquartiers sagt mir, dass Sie den ersten Angriff über das Fort Zinna führen – oder das vortäuschen wollen«, erklärte Thielmann sofort. »Das ist das stärkste Außenfort. Diese Festung hat der begabteste sächsische Festungsingenieur geplant und den Bau überwacht, mein damaliger Adjutant Ernst Ludwig Aster. Sie verfügen nicht über genug Geschütze und Munition. Sie müssen bei gefrorenem Boden Parallelen graben lassen, um die Artillerie in Position zu bringen. Das wird Wochen dauern. Mit einer Kanonade werden Sie die wichtigste Elbfestung beschädigen und die Stadt eines Verbündeten zerstören. Ist es Ihnen angesichts all dessen nicht wert, wenigstens den Versuch zu unternehmen, die Angelegenheit schnell und ohne weitere Verluste zu regeln?«

Tauentzien drehte sich schroff um und ließ sich wieder in den Sessel sinken.

»Aufgrund Ihrer engen Beziehungen zum Gegner kann ich Ihnen diese Verhandlungen nicht überlassen. Danke für Ihr Angebot, Generalleutnant, aber Ihre Dienste werden hier nicht benötigt.«

Thielmann fühlte sich wie mit Eiswasser begossen.

»Ich habe früher selbst schon einmal mit General Narbonne verhandelt«, fuhr von Tauentzien selbstzufrieden fort. »Er wird mit mir reden müssen. Und wenn er das nicht will – nun, dann machen wir hier eine *schöne* Belagerung. Ich lasse meine besten Artillerieoffiziere schon die Pläne ausarbeiten. Erst nehme ich Torgau ein, dann Wittenberg. Das hält Dobschütz schon für mich umzingelt. Und dann Magdeburg. Ich werde sie alle brechen.«

Am liebsten hätte Thielmann den Preußen angeschrien, ob er jegliche Vernunft seinem Ehrgeiz opfern wolle.

Aber das hätte nichts bewirkt.

Tauentzien wollte den Ruhm allein für sich.

Um jeden Preis. In Blut und Asche.

Die letzte Hoffnung

Dommitzsch und Torgau,
3. November 1813

Jemand klopfte dreimal an die Tür von General Tauentziens Quartier und wurde zum Eintreten aufgefordert.

Der Adjutant, der auch Thielmann eingelassen hatte, führte einen preußischen Husaren in das überheizte Zimmer, offenbar ein Meldereiter, denn man sah ihm an, dass er einen schnellen Ritt hinter sich hatte.

Der junge Reiter salutierte und meldete: »Euer Exzellenz, die Franzosen haben einen Ausfall gemacht, nach Süden, auf Loßwitz und das alte Blockhaus. Dort, wo die sächsischen Truppen stehen.«

»Ja, und weiter?«, blaffte sein Oberbefehlshaber ihn an.

»Zwei Kompanien des Gardegrenadierbataillons unter Major von Dreßler haben den Gegner erfolgreich zurückgeworfen, so dass er in die Festung retirierte.«

»Ein Ausfall auf das Biwak der Sachsen. Das sticht schon sehr ins Auge«, konstatierte der General von Tauentzien bedeutungsschwer.

Dann sah er Thielmann direkt ins Gesicht. »Die Franzosen hatten wohl gehofft, ihre alten sächsischen Freunde würden sie durchlassen?«

»Sie haben sie aufgehalten und zum Rückzug gezwungen!«, widersprach der wütend. Er war die bösartigen Unterstellungen endgültig leid. »Wie viele Tote und Verwundete auf unserer Seite?«, forderte er zu wissen.

Mit Erlaubnis des preußischen Befehlshabers berichtete der Meldereiter: »Mehrere Dutzend, darunter sechs Offiziere, Euer Exzellenz. Das war kein ernst gemeinter Durchbruchsversuch.«

»Aber meine Männer starben dafür! Und Sie stellen ihre

Loyalität in Frage!«, hielt der Oberbefehlshaber der sächsischen Armee dem preußischen General wütend vor.

»Es ist noch nicht klar, was die Franzosen damit bezweckten«, entgegnete jener.

»Vielleicht die Aufmerksamkeit Euer Exzellenz auf einen bestimmten Punkt zu richten?«

Thielmann kannte Narbonne gut genug, um zu wissen, wie dieser dachte. Und er argwöhnte, dass sein Freund noch nicht einmal eine Antwort von Tauentzien auf seine Bitte um Kontakt zu Thielmann bekommen hatte. Weshalb sonst sollte er seine Leute direkt auf das sächsische Biwak jagen?

Das Ganze musste passiert sein, derweil sie hier diskutierten – und sie hatten nichts davon mitbekommen. Zu weit weg vom Geschehen, während seine Leute starben. Er brodelte vor Zorn.

»Es bleibt dabei. Danke für Ihren Vorschlag, General, aber der ist inakzeptabel. Wir werden die Franzosen mit aller militärischen Härte zur bedingungslosen Kapitulation zwingen«, erklärte der Graf von Tauentzien und beendete damit das Gespräch.

Bevor er zum Angriff auf Torgau ansetzte, würde er sich die unzuverlässigen Sachsen vom Halse schaffen. Dieser Sieg sollte ganz und gar ein preußischer werden. Sein Sieg!

»Dann gestatten Euer Exzellenz, dass ich mich zu meinen Truppen begebe?«, verabschiedete sich Thielmann und wurde umgehend entlassen. »Ich werde noch zwei Tage dort anzutreffen sein«, erklärte er für den Fall, dass der Preuße seine Meinung änderte.

Draußen wartete sein Adjutant, der im Gegensatz zu dem General nach dem langen Ritt durch die Kälte Brot und eine heiße Suppe bekommen hatte.

»Er lehnt ab. Und Tausende werden deshalb sterben«, berichtete Thielmann verbittert, während sie zu den Pferden gingen. »Reiten wir zu unseren Leuten! Es gab Tote und Verletzte. Ich will das Lazarett besuchen.«

Während Freiherr von Thielmann vergeblich versuchte, den Grafen von Tauentzien zu überzeugen, ging General Narbonne durch die riesigen Krankensäle im Torgauer Schloss Hartenfels.

Alle Beamten und Offiziere – auch er – hatten hier ausziehen müssen, als sie auf Weisung Napoleons noch mehr Verwundete aufzunehmen hatten.

Nun herrschte ein grauenhafter Gestank in den einst prachtvollen Räumen. Die Fiebernden lagen dicht nebeneinander auf dem nackten Boden, oft in ihren Exkrementen, denn die Krankheit entriss ihnen jede Kontrolle über ihren Körper.

Weil es nicht genügend Decken gab, konnte sich glücklich schätzen, wer noch einen Mantel hatte. Die Ärzte und Pfleger schafften es nicht einmal mehr, regelmäßig Essen zu verteilen. Brennholz wurde knapp, bald würden sie weder kochen noch heizen können.

Auch das Zeughaus, das große Proviantmagazin und viele Bürgerhäuser waren längst Lazarette, und dort sah es keinen Deut besser aus.

Narbonne wusste, es würde noch schlimmer kommen, falls er nicht umgehenden Abzug mit Thielmann aushandeln konnte.

Wenn die Preußen begannen, die Stadt zu beschießen, würden die Fensterscheiben zerspringen und die Kälte in alle Räume dringen. Dann froren die Fiebernden auf dem eisigen Boden in ihren Exkrementen an, denn es gab kein Lazarettstroh mehr.

Louis Marie de Narbonne-Lara mutete sich diesen schrecklichen Anblick und die Gefahr der Ansteckung zu, weil er den Kranken und Pflegern Mut machen wollte. Er war ein charismatischer und hochgebildeter Mann, geschätzt bei den ihm Unterstellten. Doch hier und heute konnte er niemandem mehr Mut machen.

Nach einer halben Stunde verabschiedete er sich von den

übermüdeten, kraftlos und hoffnungslos gewordenen Pflegern und ritt zu seinem Quartier in der Stadt.

Die Straßen waren voller Unrat. Sterbende krochen im Schmutz herum, weil sie den Lazaretten entkommen wollten, sich im Delirium verirrt oder aus dem Fenster gestürzt hatten.

Von den Maßnahmen, die der Gouverneur mit dem Bürgermeister, den Ratsherren und der Sanitätskommission besprochen hatte, fruchtete kaum noch eine infolge des Mangels an Medikamenten, Verbandsstoff und Pflegern. Torgau zählte rund fünftausend Einwohner, die in besseren Zeiten gut an der Garnison verdient hatten.

Aber mit der verheerenden Seuche in diesem Ausmaß konnte niemand mehr fertig werden. Die Toten lagen jetzt schon einen Meter hoch gestapelt auf den wenigen Flächen, wo sie noch begraben werden konnten.

Louis Marie de Narbonne-Lara fühlte sich von Napoleon zum Sterben geschickt, als er in Torgau eintraf und mit eigenen Augen sah, wie aussichtslos die Lage war. Doch dass der Kaiser ihm dann auch noch weitere fünftausend Typhuskranke von auswärts aufhalste, war das endgültige Todesurteil.

In seinem Quartier bat der General um eine Fleischbrühe und ein warmes Bad. Dann stellte er sich vor den Spiegel und betrachtete sein Gesicht.

Die Novembersonne warf fahles Licht in das Zimmer und zeigte erbarmungslos die bläuliche Blässe auf seinen Zügen, die zu den ersten Anzeichen der Krankheit gehörte. Auch Magenkrämpfe, Schüttelfrost, leichtes Fieber und drückender Kopfschmerz machten sich seit einigen Tagen immer stärker bemerkbar.

Seine Zeit lief ab. Wie viel blieb ihm noch, um Torgau zu retten?

Er wollte nicht daran denken, was in den nächsten zwei Wochen aus ihm werden würde. Immerhin hatte er ein Bett und bekam seine Kleidung gewaschen.

Das würde es ihm vielleicht etwas leichter machen als den Soldaten und Zivilisten. Nicht ganz so ... würdelos.

Also wandte er sich vom Spiegel ab, trat ans Fenster und schaute hinaus. Er wollte noch einmal den atemberaubenden Blick auf die Elbe genießen, solange er es konnte, und rekapitulierte die schönen Momente seines Lebens.

Er war jetzt siebenundfünfzig Jahre alt und hatte ein gutes Leben geführt, trotz des Exils nach der Revolution, in den Jahren des Terrors. Er liebte die Kunst, die Literatur. Er hatte für Napoleon Siege erfochten und Verhandlungen geführt, zusammen mit Metternich die Ehe Napoleons mit der Tochter des Kaisers von Österreich angebahnt.

In Russland wäre er vor einem Jahr an der Beresina gestorben, hätte ihn Thielmann nicht gerettet. Wie sich jetzt zeigte, war ihm dadurch eine Gnadenfrist von einem Jahr zuteilgeworden.

Bei normalem Krankheitsverlauf blieben ihm noch zwei Wochen zu leben. Aber schon in wenigen Tagen konnte das Delirium einsetzen. Dann würde er nichts mehr von dem mitbekommen, was um ihn herum passierte.

Wenn morgen nicht das Wunder geschah, auf das sie alle hofften, blieb ihm gerade noch Zeit, um seine Nachfolge zu regeln. Seine Angelegenheiten zu ordnen. Le Brun, sein Stellvertreter, war ein fähiger Mann.

Wehmütig zog Louis de Narbonne aus der Schatulle mit seinen persönlichsten Besitztümern ein Jugendbildnis der faszinierenden Germaine de Staël hervor, seiner langjährigen Geliebten. Wie ewig war das her, fast fünfundzwanzig Jahre ...

Ihr Esprit, ihre außergewöhnliche Klugheit, ihr literarisches Talent hatten ihn fasziniert. Ob sie manchmal noch an ihn dachte?

Er hatte es geschafft, sich ein Exemplar ihres jüngsten Werkes zu besorgen, *De l'Allemagne*, obwohl es von Napoleons Zensur verboten, beschlagnahmt und eingestampft worden war. Der Kaiser hatte die kluge Madame de Staël schon immer verabscheut; er hasste Frauen mit eigenem Kopf, zumal wenn sie sich in die Politik einmischten. Dass sie Deutschland auch noch als ein freundliches Land beschrieb, als *Land der Dichter und Denker*, das konnte er ihr nicht verzeihen.

Vielleicht hing Narbonnes Strafversetzung sogar damit zusammen? Napoleon war bekanntermaßen launisch und überaus nachtragend.

Louis Marie de Narbonne-Lara bereute nichts.

Doch was ihn tief bekümmerte: dass er trotz seines Willens Torgaus Untergang nicht verhindern konnte.

Truppeninspektion

Südlich von Torgau, 3. bis 5. November 1813

Das unangekündigte Auftauchen des neuen Oberbefehlshabers der sächsischen Armee in deren Lager südlich vor Torgau sorgte für große Aufregung.

Jeder bis auf den jüngsten Rekruten kannte den legendären Ruf des Generalleutnants von Thielmann aus der Zeit bis zu seinem Weggang. Der Seitenwechsel des kühnen Reiterführers und Torgauer Festungsgouverneurs hatte die Wirkung eines Kanonengewitters auf die Truppen gehabt; seine öffentliche Brandmarkung als Verräter brachte selbst den Letzten dazu, sich ein Urteil über ihn zu bilden, wobei die Meinungen weit auseinanderklafften.

Als Thielmann den General von Ryssel und dessen Stab in deren Hauptquartier aufsuchte, zuckte dieser zusammen. Er schien zu befürchten, sein neuer Vorgesetzter würde ihn seines Kommandos entheben.

Doch der ließ keinen Zweifel an seinen Absichten.

»Ich werde morgen eine Truppeninspektion bei sämtlichen Regimentern vornehmen, um mich von Zustand und Ausrüstung zu überzeugen«, kündigte er an. »Acht Uhr will ich die Infanterie in Formation aufgestellt sehen, elf Uhr die Artillerie, ein Uhr mittags die leichte Kavallerie, zwei Uhr die Kürassiere. Abschließend besuche ich das Leibgrenadierbataillon unter Major von Dreßler. Meine Herren, ich erwarte von Ihnen ausführlichen Bericht über Zustand und Mannschaftsstärken, über Mängel an Ausrüstung, Munition und dergleichen. Listen, was am dringendsten zu beschaffen ist, legen Sie mir bis morgen früh sechs Uhr vor. Und jetzt begleiten Sie mich zu den Verwundeten!«

General von Ryssel atmete sichtlich erleichtert auf.

Erneut dachte Thielmann an Tauentziens provokatorische Frage: »Trauen Sie ihm?«

Er traute ihm nicht, vorerst. Aber er konnte sich seine Offiziere nicht backen, sondern musste mit denen auskommen, die er vorfand. Sie zu überzeugen und auf seine Seite zu bringen, auch dazu wollte er die nächsten Tage nutzen, nachdem seine Mission bei Tauentzien so bitter gescheitert war. Zumindest im ersten Versuch.

Während er sich zum Feldlazarett führen ließ, erfragte Johann Adolph von Thielmann die Namen der sechs Offiziere, die am Vormittag während des französischen Angriffs gefallen waren. Vier von ihnen hatte er gekannt; fähige Männer, die ihm fehlen würden.

Als er bei den Verwundeten eintraf, amputierte der Feldchirurg gerade unter freiem Himmel einem Linieninfanteristen das von einer Kugel zerfetzte linke Bein. Der junge Soldat verblutete noch während der Operation. Wortlos wurde er von zwei Helfern zur Seite getragen, wo dicht aneinandergereiht schon mehrere Dutzend Tote lagen.

Der Chirurg wischte Messer und Säge mit einem blutigen Lappen ab, legte die Gerätschaften zurück in einen Kasten und erklärte, im Moment nicht mehr tun zu können.

Er hatte stundenlang Kugeln aus blutüberströmten Körpern gezogen und Gliedmaßen amputiert; nun waren die Überlebenden erst einmal notdürftig versorgt, und angesichts der zunehmenden Dunkelheit konnte er bei flackerndem Kerzenlicht kaum noch etwas bewirken.

Die Verwundeten lagen trotz der Novemberkälte unter freiem Himmel wie alle Soldaten. Manche stöhnten oder schrien vor Schmerz, andere waren bewusstlos. Thielmann erkundigte sich nach Einzelheiten des französischen Angriffs, fragte diesen oder jenen, der ansprechbar schien, nach Namen, Dienstgrad und Art der Verwundung.

Er war nicht ohne Mitgefühl für die Männer, von denen die wenigsten Aussicht hatten, wieder zu genesen. Doch seine Gedanken flogen zu Narbonne.

Warum haben Sie das getan, alter Freund?, fragte er sich. Thielmann war nach wie vor fest davon überzeugt, dass der französische General so nach ihm rief. Diese Botschaft war an Tauentzien gerichtet.

Beinahe glaubte er zu spüren, wie Narbonne gerade von einem geeigneten Ort aus nach ihm Ausschau hielt – vermutlich von einem der Vorbauten der Bastion III oder von der kleinen Teichschanze am Großen Teich.

Er verfluchte den Einbruch der Dunkelheit, denn er wünschte, der Freund könnte ihn sehen und wissen, dass er hier war und darum kämpfte, als Verhandlungsführer geschickt zu werden. Als einstiger Gouverneur von Torgau hatte Thielmann eine ziemlich genaue Vorstellung davon, wie sehr seinem Nachfolger angesichts der Epidemie die Zeit davonlief.

Die Truppeninspektion hatte er nicht nur befohlen, um sich mit eigenen Augen ein Bild vom derzeitigen Zustand der sächsischen Armee zu verschaffen, *seiner Armee*, sondern auch, weil dies ein auffälliges, gut von den Festungswällen aus zu beobachtendes Schauspiel war.

Eigens deshalb ritt er diesmal einen Schimmel. Er trug nun nicht mehr die tiefgrüne Generalsuniform der Kaiserlich-Russischen Armee mit weißen Hosen und rotem Kragen, sondern wieder sächsische Farben: rote Hosen, dunkelblauer Uniformrock mit ebensolchem Kragen, goldene Epauletten und Stickereien an Rock und Zweispitz.

Diese Uniform hatte er sich in Dresden nach seiner Heimkehr aus Russland schneidern lassen, bevor er nach Torgau versetzt wurde. Seit seinem Weggang führte er sie stets im Gepäck. Sie war für ihn ein Stück Heimat und Symbol seiner militärischen Laufbahn, von dem er sich nicht trennen wollte. Tief in ihm loderte stets die Hoffnung, wieder unter sächsischer Fahne zu kämpfen.

Nachdem er den Verwundeten Gottes Segen für ihre Genesung gewünscht hatte, ritt er mit seiner Eskorte zu dem abendlichen Treffen mit Ryssels Stab und den Anführern der einzelnen Waffengattungen. Der Schimmel gehorchte auf das geringste Zeichen, und so heftete der General seinen Blick auf die Festung und fragte sich erneut, ob sein Freund Narbonne wohl genauso verzweifelt Ausschau hielt nach ihm wie umgekehrt.

»Morgen früh Truppeninspektion durch den neuen Oberbefehlshaber der Armee!«

Dieser Satz hallte durch die Regimenter und ließ bei den Soldaten heftige Sorge aufwallen. Ihre Ausrüstung war alles andere als vorschriftsmäßig, von parademäßig ganz zu schweigen. Kaum jemand hatte noch eine komplette Uniform, und wenn, dann war sie zerrissen, durchlöchert und nur notdürftig geflickt. Vielen fehlten Schuhe, Tschakos, es besaß nicht einmal mehr jeder ein Gewehr.

»Der Leutnant will jedes Metallstück glänzen sehen. Also bringt schleunigst eure Ausrüstung auf Vordermann!«, befahl Korporal Friedhelm den Männern seines Zuges vom Regiment Anton.

Er war der älteste und erfahrenste unter ihnen und hatte den jüngeren vieles beigebracht: wie man nicht nur Kämpfe, endlose Märsche und Regennächte ohne Quartier überlebte, sondern auch die gefürchteten Truppeninspektionen durchstand.

»Ha! Als ob wir noch irgendwas Metallenes hätten. Nicht mal Nägel in den Schuhen, denn wir haben keine Schuhe mehr!«, spottete Mattes, ein junger Füsilier aus Frauenstein, der Spaßvogel der Truppe, und wackelte mit den nackten Zehen.

»Dieser neue Oberbefehlshaber ... Ist das tatsächlich General Thielmann? Der zu den Russen übergelaufen ist?«, fragte Karl Tröger, der Jüngste im Zug. Er hatte sich im August zusammen mit seinem kleinen Bruder Anton freiwillig zur Grande Armée gemeldet, um seine vier älteren Brüder zu rächen, die allesamt in Russland gefallen waren.

Doch Mutter und Vater nach Freiberg zu schreiben, dass ihr Jüngster vor ein paar Tagen auch noch umgekommen war, brachte er nicht über sich. Denn Karl hatte Anton zum Weglaufen überredet. Der Major de Trousteau, der in dem Haus des Buchdruckers Gerlach einquartiert gewesen war, nahm sie als Freiwillige im Korps Oudinot mit. Erst nach dessen Auflösung im September waren sie der sächsischen Armee zugewiesen worden.

Karl wollte sich unbedingt an den Russen für den Tod seiner Brüder rächen. Aber jetzt sollte er unter einem Befehlshaber dienen, der für die Russen gekämpft hatte.

Der Korporal erkannte an Trögers Miene, was dieser dachte, und fauchte: »Dir Bürschlein steht es nicht zu, über einen General zu urteilen, verstanden? Wenn deine Brüder wirklich zur berühmten Brigade Hiller gehörten, dann haben sie in Russland unter ihm gedient, und dort bewies er wahren Heldenmut! Er soll alles getan haben, um möglichst viele seiner Leute zurück in die Heimat zu bringen. Und was die hohen Herren für Entscheidungen treffen, geht uns verdammt noch mal nichts an. Also putz gefälligst dein Kreuzbandelier, bis es aussieht wie neu!«

Er ist zu denen übergelaufen, die meine Brüder erschossen haben!, dachte Karl trotzig, während er die weißen Ledergurte säuberte und fettete. Also ist und bleibt er ein Verräter.

»Weißt du, dass meine Mutter im Frühjahr, als sich die aus Russland Heimgekehrten in Torgau sammelten, extra von Freiberg herreiste, um hier nach meinen Brüdern zu suchen?«, sagte er wenig später zu Mattes, der neben ihm saß und Knöpfe mit einem Stöckchen polierte. »Sie hat sich sogar bis zu diesem Thielmann durchgefragt.«

»Deine Mutter, eine Köchin, bei einem Generalleutnant?« Mattes prustete verächtlich. »Das soll ich glauben?«

»Du kennst meine Mutter nicht. Die ist nicht aufzuhalten, wenn sie einmal in Fahrt gerät. Außerdem hat sie früher für die Familie gekocht, deren Tochter der General geheiratet hat. Sogar sein Hochzeitsmahl hat sie zubereitet! Wahrscheinlich durfte sie deshalb vorsprechen.«

Karl wäre nie auf den Gedanken gekommen, dass Thielmanns Adjutant Aster die verzweifelte Lisbeth Tröger nicht wegen ihrer Kochkünste vorgelassen hatte, sondern aus Mitgefühl, weil er und sein Vorgesetzter wussten, dass sie vier Söhne in Russland verloren hatte. Noch viel weniger ahnte Karl, dass einer der Totgeglaubten später unerwartet wieder aufgetaucht war.

»Seitdem ist Mutter wie erstarrt. Es war nicht mehr auszuhalten zu Hause.«

»Arme Frau. Hast du ihr endlich geschrieben, dass es den kleinen Anton auch erwischt hat?«

Karl brummte etwas Unbestimmtes und sah Richtung Torgau. »An dem verdammten Tag sollten wir nach Torgau geschickt und aus den Kämpfen herausgenommen werden«, murrte er. »Dann würde Anton noch leben, wir säßen jetzt im Warmen und hätten genug zu essen. Jedermann weiß, dass die Proviantlager von Torgau gut gefüllt sind. Stattdessen hocken wir hier im Schlamm und sollen den Preußen helfen, eine sächsische Stadt einzunehmen. Torgau scheint irgendwie unser Schicksal zu sein …«

»Torgau ist die sächsische Hauptfestung. Und ich weiß nicht, ob du dir wünschen solltest, jetzt dort zu sein, Bursche«, mischte sich Korporal Friedhelm ein. »Da drin verrecken sie nämlich zu Hunderten am Nervenfieber. Hört auf zu schwatzen und bringt endlich eure Waffen und Uniformen in Ordnung!«

Sie verstummten und widmeten sich wieder ihrer Arbeit.

Nach einer Weile sagte Mattes versonnen: »Ich hörte einmal eine Geschichte, die soll sich wirklich zugetragen haben. Während der Kreuzzüge ins Heilige Land, vor vielen hundert Jahren. Da führte ein an Lepra erkrankter König namens Balduin eine Schar Lepröser in den Kampf. Stell dir mal vor, wenn ein Haufen lebender Leichen mit abfaulenden Gliedmaßen auf dich zureitet … Hoffentlich kommt Narbonne nicht auf so eine Idee mit seinen Todkranken.«

»Mir ist jetzt wirklich nicht nach Schauergeschichten zumute!«, knurrte Karl leise. »Es reicht schon, hier in Schlamm und Kälte zu hocken und morgen vor einem Verräter zur Inspektion antreten zu müssen.«

Als Johann Adolph von Thielmann am nächsten Morgen die Überreste der sächsischen Infanterie in Reih und Glied vor sich stehen sah, übertraf der Anblick seine schlimmsten Erwartungen. Dabei präsentierten sich die Männer in vorbildlicher Disziplin.

So wenige!, dachte er. Er kannte die Zahlen und wusste, dass von der sächsischen Armee kaum noch fünftausend Mann übrig waren. Doch jetzt das zusammengeschrumpfte Häufchen von Infanteristen zu sehen, die zum Teil barfuß vor ihm standen, ausgehungert, in zerlumpten, notdürftig geflickten oder wild zusammengestoppelten Uniformen, erschütterte ihn. Dagegen war seine Reiterschar hervorragend ausgerüstet gewesen. Aber sie hatten sich im Hinterland des Feindes verproviantieren und ausrüsten können.

Napoleon opferte die Sachsen in seiner Armee nicht nur gnadenlos, sondern hatte sie auch ohne Bedenken auf halbe Ration gesetzt, damit seine französischen Soldaten mehr zu essen bekamen.

Der neu ernannte Oberkommandierende ließ die Infanteristen – sofern sie überhaupt Gewehre hatten – mehrfach hintereinander laden und feuern. Die Handgriffe saßen.

Dabei ritt er auf seinem Schimmel auf und ab, wählte seine Position bewusst so, dass Narbonne ihn sehen *musste*, wenn er von einem Vorwerk aus durchs Fernrohr sah. Die Aufstellung der Truppen, die Salven und er in seiner Uniform konnten nicht unbemerkt bleiben.

Am liebsten hätte er sich umgedreht und dem Freund etwas zugerufen. Stattdessen sollte er nun den traurigen Überresten der einst glanzvollen sächsischen Armee ein paar ermutigende Worte verkünden. Die blieben ihm fast im Hals stecken. Er ließ die Infanteristen wegtreten und in ihr Biwak zurückkehren. Dann ritt er zur Artillerie.

»Euer Exzellenz, fünfzehn einsatzfähige Geschütze. Und eine Reitende Batterie«, meldete Oberstleutnant Raabe. »Vier Geschütze haben die Alliierten für sich behalten«, ergänzte er verlegen.

Raabe hatte am 18. Oktober die Überreste der sächsischen Artillerie kurz entschlossen auf alliierte Seite geführt, sobald die Infanteristen zu den Russen losliefen. Sonst wären sie alle binnen der nächsten halben Stunde vernichtet worden.

»Keine sechzig also?«, meinte Thielmann mit sarkastischem Lächeln. Jeder in der Runde verstand die Anspielung auf Napoleons verlogenes Erfurter Bulletin.

»Sechzig – die hätten wir gern, Euer Exzellenz«, meinte der Artillerieoffizier bitter.

Thielmann ließ sich von Geschütz zu Geschütz führen, um den Zustand der Kanonen zu sehen.

»Einige werden uns bald um die Ohren fliegen; wir haben gefeuert, bis die Rohre glühten. Es fehlen auch ein Dutzend Lafetten, die zerstört worden sind. Die meisten Kanonen müssen wir ohne Fahrgestelle ziehen. Und wir verfügen kaum noch über Munition«, berichtete Raabe.

»Die Alliierten haben viel Beute gemacht. Die Franzosen schafften es nicht, alle Munitionswagen zu sprengen und Geschütze zu zerstören, die sie auf der Flucht nicht mitnehmen konnten. Ich spreche beim Gouvernement vor, damit uns einiges davon zugewiesen wird«, versicherte Thielmann. Das würde er nicht erst mit Repnin bereden, der genug zu tun hatte, das zivile Leben wieder zu normalisieren, sondern direkt mit dem Freiherrn vom Stein. Schließlich forderte dieser dreißigtausend Sachsen unter Waffen.

Im Moment aber war General von Thielmann fast froh über den schwachen Zustand seiner Artillerie.

Sosehr er wünschte, dass die sächsische Armee im Kampf gegen Napoleon ihr Bestes gab: Von seiner Artillerie eine sächsische Stadt samt Zivilbevölkerung zerschießen zu lassen, das ging ihm gegen den Strich. Und den Männern um ihn herum vermutlich ebenso. Darüber könnte sogar eine Revolte ausbrechen. Auch deshalb musste er zwingend mit Narbonne sprechen.

Während er die Reitende Artillerie inspizierte und einige Manöver ausführen ließ, sah er zufrieden, dass sich der Kanonier Wilhelm Tröger bereits bei der Truppe eingefunden hatte und so geschickt mit Pferden und Geschütz hantierte, wie er es von ihm und seinen Brüdern gewohnt gewesen war. Die vier Trögers hatte er auch deshalb in Erinnerung behalten, weil sie über ein außerordentliches Gespür für den Umgang mit Pferden verfügten.

Der Generalleutnant verzichtete darauf, die Artillerie ein paar Schüsse abgeben zu lassen. Er wollte die in der Festung eingeschlossenen Franzosen nicht zu hektischen Reaktionen veranlassen. Stattdessen machte er auch aus der Inspektion der Kavallerie ein weithin sichtbares Schauspiel.

Narbonne *musste* ihn sehen. Das spürte er ganz deutlich. Er sollte wissen, dass sein Dresdner Freund zu Hilfe geeilt war.

Thielmann vermutete richtig. General Graf de Narbonne beobachtete die Truppeninspektion im südlichen Feld, wo die sächsische Armee lagerte, den ganzen Tag schon durchs Fernglas, obwohl ihn Fieberschauer abwechselnd frieren und schwitzen ließen.

Er erkannte Thielmann auch sofort. Nicht nur an Uniform und der hageren Statur; sie alle hatten in Russland viel an Gewicht verloren. Sondern auch an der Art, wie er im Sattel saß. Als wären er und das Pferd untrennbar miteinander verbunden. Und er war sich sicher, dass Thielmann bewusst einen Schimmel als Pferd gewählt hatte, um aufzufallen. Die sächsische Armee bezog das Gros ihrer Pferde aus dem nahe gelegenen königlichen Gestüt Graditz, und das züchtete braune Halbblüter.

Er ist gekommen!, dachte Narbonne erleichtert.

Doch da der Freund ihn nicht sofort aufgesucht oder wenigstens einen Parlamentär geschickt hatte, der Ort und Zeit für ein Treffen vorschlug, konnte das nur bedeuten, dass Tauentzien den Verhandlungen nicht zustimmte.

General Narbonne beschloss, noch bis zum Abend auf Nachricht zu warten. Vielleicht geschah ja das Wunder.

»Wenn wir bis Einbruch der Nacht keine Antwort von den Preußen bekommen, erfolgt morgen früh um sechs Uhr ein weiterer Angriff auf das sächsische Biwak«, instruierte er seinen Stellvertreter Le Brun de Villaret. Der bestätigte den Befehl und meinte: »Wenn die Preußen diese Botschaft nicht verstehen, ist ihnen nicht zu helfen.«

Uns aber auch nicht, dachte Narbonne verzweifelt, während er seinen Freund Thielmann nicht aus den Augen ließ.

Auch Johann Adolph von Thielmann wartete mit wachsender Ungeduld auf Nachricht von General Tauentzien. Er wollte die Hoffnung nicht aufgeben, dass dieser nach dem Angriff seine Meinung revidiert hatte und Verhandlungen zwischen Narbonne und dem sächsischen Generalleutnant zustimmte. Alles andere wäre wider die Vernunft.

Er hatte Order erteilt, ihn sofort zu informieren, sollte ein Kurier des preußischen Stabes in seinem Quartier erscheinen. Doch nichts geschah.

Also inspizierte er weiter und nahm den Bericht des Obersts von Lindenau entgegen. Dessen leichte Kavalleriebrigade – Husaren und Ulanen – war am 18. Oktober in Paunsdorf östlich von Leipzig als Erste zu den Russen übergegangen, nachdem sie ohne Deckung einer sechsfachen Übermacht gegenüberstand und allesamt binnen weniger Minuten niedergemetzelt worden wären.

Von Lindenau blieb jedoch auf französischer Seite, um vor seinem König die Verantwortung für dieses Handeln zu übernehmen. Eine Tat, die Thielmann Respekt abnötigte, auch wenn er sich hier vor aller Ohren aus gutem Grund nicht dazu äußerte. Das Thema war heikel und würde ewig ein Streitpunkt in dieser Armee bleiben.

»Euer Exzellenz, das sächsische Husarenregiment und eine

Eskadron Ulanen werden in vier Tagen zurückerwartet«, meldete von Lindenau. »Sie wurden einen Tag nach der Schlacht dem preußischen Korps Yorck zugeteilt und kämpften unter dem Kommando des Obersts Graf Henckel in Freyburg, um der Grande Armée die Flucht über die Unstrut zu erschweren.«

»Damit bewiesen sie, dass die Sachsen von nun an ihren Anteil leisten, den Feind von deutschem Boden zu vertreiben«, kommentierte Thielmann betont laut.

Gern wäre er mit den Husaren zusammengetroffen, denn bei den Grimmaer Husaren hatte er seine militärische Laufbahn begonnen, und ihnen fühlte er sich nach wie vor verbunden. Doch wenn sie bereits zur Rehabilitierung der sächsischen Armee bei den Alliierten beitrugen – umso besser.

An den Koppeln verschaffte er sich ein Bild vom Zustand der Pferde der Lanciers.

Dann ließ er sich von Lindenau zu den Kürassieren begleiten, deren Anblick ihn mit Freude und Trauer zugleich erfüllte. Zwei Regimenter schwerer Reiterei, eine Elitetruppe von tausendsechshundertfünfzig Mann, hatte er auf Befehl Bonapartes und des sächsischen Königs nach Russland geführt. Nur wenige überlebten Kämpfe und Rückzug. Im Frühjahr stellte er zwei neue Kürassierregimenter auf. Doch von denen waren jetzt kaum mehr als einhundert Mann übrig.

Er ließ sie in Formation aufreiten, links schwenken, rechts schwenken, alles in größter Akkuratesse und so, dass es von der Festung aus gesehen werden konnte.

Dann galoppierte er mit ihnen zurück zu den Koppeln.

»Ich kenne dieses Pferd«, meinte er angesichts von Wachtmeister Enges Stute Julchen und sah nach dem Reiter.

Der verwundete Kürassier aus Unterauerswalde erhielt die Erlaubnis, mit dem General zu sprechen, salutierte, nannte Dienstgrad und Namen und sagte stolz: »Gestatten, Euer Hochwohlgeboren: Bis nach Moskau hat sie mich begleitet,

durch die eisige Beresina ist sie mit mir geschwommen ...
Und sie ist mit mir unter Ihrem Kommando die Rajewski-
Schanze hochgeritten.«

Sanft strich Thielmann der Stute über die Nüstern. »Dann hat
sie einen ausgezeichneten Reiter«, lobte er. »Wo sind Sie verwundet worden?« Er wies auf den zerfetzten Stiefel und das
verbundene Bein.

»In Leipzig, kurz vor dem Sturm auf die Stadt«, antwortete
der Kürassier bitter. »Bis nach Russland und zurück haben
wir es geschafft, meine Jule und ich, und am letzten Tag der
Schlacht erwischt es mich. Aber Glück im Unglück: Ein glatter Durchschuss, und es heilt gut. Jetzt reite ich wieder unter
Ihrem Kommando, Euer Hochwohlgeboren, und es ist uns
eine Ehre.«

Thielmann lächelte unwillkürlich trotz seiner Anspannung.
»Die sächsischen Kürassiere haben stets Ehre eingelegt. Und
ich weiß, das werden sie auch weiterhin tun.«

Das Leibgrenadierregiment stand exakt in Reih und Glied,
wie es von den Garden erwartet wurde.

Thielmann ließ sich von dem noch jungen Major von Dreßler
Einzelheiten über die Attacke berichten.

»Sie griffen früh um sieben an; wir rückten mit den Gardebataillons, einer Batterie und zweihundert Reitern auf die Sam-
melplätze. Der Feind beschoss uns lange und aus kurzer Di-
stanz mit einer Batterie, aber so schlecht, dass wir dadurch
keine Verluste erlitten.«

Das bestätigte Thielmanns Vermutung. Die Aktion war ein
Achtungszeichen Narbonnes, mehr nicht.

»Dann schickten sie Tirailleure. Wir erwiderten das Feuer,
zerstörten zwei gegnerische Geschütze und trieben den Feind
gegen drei Uhr zurück in die Festung.«

»Sie haben hervorragend gekämpft!«, lobte der General die
Gardisten, von denen er wusste, dass sie besonders treu zu

ihrem König standen und über dessen Deportation zutiefst beunruhigt waren.

Deshalb appellierte er: »Seien Sie sich bewusst, dass wir jetzt alle gemeinsam für das deutsche Vaterland kämpfen. Dass Sie Sachsens Ehre wiederherstellen, wenn Sie bei der Vertreibung des Feindes mitwirken, und damit auch Ihrem König helfen.« Er hätte »unserem König« sagen müssen. Aber das brachte er nicht über sich.

Er gestattete den Gardisten, in ihr Biwak zu gehen, und sprach dort mit Dreßler und einigen seiner Männer. Die Königstreuesten in seiner Armee würde er nicht an einem Tag umstimmen können, das wusste er. Aber solange es hell war, wollte der General im sächsischen Lager bleiben, um von Narbonne gesehen zu werden. Deshalb ließ er ankündigen, er werde noch die Überreste des Regiments Anton besuchen.

Der größte Teil dieses Regiments war ebenfalls am 18. Oktober übergelaufen, doch General von Zeschau hatte die anderen daran gehindert. Wenn es deshalb Streit unter den Männern gab, musste er den aus der Welt schaffen.

Die Füsiliere waren dabei, ihre Waffen zu reinigen, sofern sie noch welche hatten. Die Übrigen begannen bereits mit dem Abkochen, denn die Dämmerung brach an.

Als sich ihr Oberkommandierender näherte, legte jedermann Waffen und Putzzeug beiseite, erhob sich und stand stramm.

»Lassen Sie die Männer rühren!«, richtete der General dem befehlshabenden Offizier aus.

Mehr oder weniger erstaunt bauten die Füsiliere ihre Waffen wieder zusammen und warteten, was nun geschehen würde.

»Dass es Ihnen an Ausrüstung, Uniformen, Waffen und Munition mangelt, sehe ich«, begann Thielmann seine Ansprache. »Wir schaffen Abhilfe, so schnell es geht.«

Er forderte die Männer auf, Fragen zu stellen.

»Stimmt es, dass wir neue Kokarden kriegen, grüne statt der weißen, Votre Excellence?«, wagte sich einer der Leutnants vor.

»Da wir beide Deutsche sind und hier auf deutschem Boden stehen, erwarte ich, dass Sie mich auf Deutsch anreden«, rügte Thielmann ihn streng.

Dann ließ er seinen Blick erneut über die nackten Füße und zerrissenen Beinkleider der meisten der Soldaten schweifen und sagte mit kargem Lächeln: »Wie ich sehe, brauchen Sie Schuhe, Mäntel, Patronentaschen und Tornister im Moment dringender als Kokarden.«

Er spürte, dass er mit diesen Worten die Sympathie der Soldaten für sich gewann – abgesehen von einem finster dreinblickenden Burschen, der ihm noch viel zu jung und zu mager schien, um schon Armeedienst leisten zu können.

»Doch es ist richtig, als Zeichen des Wandels und Neubeginns für die sächsische Armee werden Sie auch neue Kokarden erhalten. Grüne statt weiße.«

Niemand sagte etwas dazu.

»Wie ist die Verpflegung?« Diese Frage richtete er an den finster schauenden Soldaten.

»Besser als früher, Euer Hochwohlgeboren«, stammelte Karl Tröger. »Wir haben Reis aus erbeuteten Trainwagen und Brot aus dem Nachbardorf bekommen. Unter den Franzosen kriegten wir eine Woche lang fast nichts zu beißen.«

»Euer Exzellenz, Füsilier Tröger aus Freiberg«, stellte der Leutnant ihn vor.

Thielmann stutzte. »Tröger? Aus Freiberg? Wieso sind Sie nicht bei der Reitenden Artillerie?«

»Euer Hochwohlgeboren, meine älteren Brüder waren alle bei der Reitenden Artillerie. Aber keiner von ihnen ist aus Russland zurückgekehrt.«

»Füsilier Tröger, Ihr ältester Bruder befindet sich wohlbehalten dort drüben unter dem Kommando von Oberstleutnant

Raabe«, versicherte der General und wies in die Richtung des Artilleriebiwaks.

Als Karl Tröger ihn mit offenem Mund anstarrte, wandte sich Thielmann an den Regimentskommandeur.

»Gestatten Sie ihm, seinen tot geglaubten Bruder aufzusuchen, sobald er hier seine Aufgaben erledigt hat?«

Da Karl sein Gewehr schon zusammengebaut hatte, gab sich der Kommandeur großzügig. »Füsilier Tröger, marsch, marsch! Pünktlich zum Zapfenstreich sind Sie zurück.«

Völlig fassungslos salutierte Karl Tröger, machte kehrt und lief zum Lager der Reitenden Artillerie, ein Bein leicht nachziehend.

Wilhelm lebte? Es musste Wilhelm sein; der General hatte gesagt, der Älteste. Wo hatte er die ganze Zeit gesteckt? Und wusste Mutter davon?

»Ich suche den Kanonier Tröger von der Brigade Hiller, Reitende Artillerie«, meldete sich Karl, als er die Wachen am Eingang des Artilleriebiwaks erreichte.

»Die Brigade Hiller gibt's schon lange nicht mehr, die sind in Russland alle draufgegangen. Tröger ist der Einzige, der's überstanden hat. Was willst du von ihm?«

Karl salutierte.

»Füsilier Karl Tröger vom Regiment Anton. Kanonier Tröger ist mein Bruder. Ich habe eben erst erfahren, dass er noch lebt, und Erlaubnis meines Kommandeurs, ihn bis zum Zapfenstreich zu besuchen.«

Großzügig trat die Feldwache beiseite. »Ich trag dich in die Liste ein, aber melde dich gefälligst ordentlich ab, wenn du wieder gehst. Du findest ihn auf der Koppel. Sie müssen noch die Pferde versorgen.«

Karl glaubte, sein Herz würde vor Freude und Angst zugleich zerspringen. Vielleicht war es nicht sein Bruder, und er hatte umsonst Hoffnung geschöpft?

Doch es war Wilhelm, unverkennbar. Abgemagert, äußerlich um Jahre gealtert, aber eindeutig sein ältester Bruder. Sein Vorbild. Er striegelte gerade ein Pferd und redete beruhigend auf es ein. Ja, das konnte Wilhelm gut. Er brachte sie alle zur Ruhe, sogar die nervösesten Stuten.

»Verschwinde von der Koppel, du hast hier nichts zu suchen!«, fuhr der Ältere ihn an.

Sein Bruder blieb sofort stehen, blickte ihm ins Gesicht und rief ihn heiser beim Namen.

»Karl?«

Wilhelm starrte durch die Dämmerung und wollte seinen Augen nicht trauen. Was machte der Bursche hier, noch dazu in Uniform? Er war nicht nur viel zu jung für die Armee, sondern auch untauglich durch sein Hinken nach einem schlecht verheilten Knochenbruch!

»Du lebst!«, jubelte Karl, stürzte auf den Bruder zu und umklammerte ihn, als wolle er ihn nie wieder loslassen. Tränen schossen ihm in die Augen.

»Wir dachten, ihr wärt alle verreckt! Mutter hat sich euretwegen fast zu Tode geheult!«

»Die anderen hat's auch erwischt«, knurrte Wilhelm. »Nur mir standen sämtliche Engel bei, als wir auf dem Rückmarsch halb erfroren und fast verhungert angegriffen wurden. Alle dachten, ich sei tot; Säbelhieb auf den Kopf. Eine jüdische Familie nahm mich auf und pflegte mich halbwegs gesund. Dann geriet ich in russische Gefangenschaft. Später meldete ich mich freiwillig zu General von Thielmann.«

Jäh ließ Karl seinen Bruder los.

»Du bist zu einem Verräter gegangen?«, rief er wütend. »Du hast für die Russen gekämpft, die unsere Brüder abgeschlachtet haben? Anton und ich, wir haben uns freiwillig gemeldet, um euch zu rächen. Und du gehst zu denen!«

Grob packte Wilhelm den Jüngeren an Arm und zerrte ihn mit sich.

»Runter von der Koppel, du machst mir ja die Pferde ganz verrückt! Rede nicht von Dingen, von denen du nichts verstehst. Wie kommst du überhaupt in eine Uniform? Und was soll das heißen: Anton und du, ihr habt euch freiwillig gemeldet? Hast du den Kleinen etwa auch mitgeschleppt? Der ist erst zwölf! Wo steckt er?«

»Sie haben ihn als Tambour genommen, in Oudinots Korps. Das wollte er so sehr ...«

Jetzt versagte Karl die Stimme. Bedrückt ließ er den Kopf hängen.

Wilhelm begriff und wollte es doch nicht glauben.

»Wo hat es ihn erwischt?«

»Großbeeren. In den letzten Minuten der Schlacht. Aber es ging ganz schnell. Er musste nicht leiden.«

Sein großer Bruder, der so sanft zu Pferden war, holte mit der Faust aus und hieb wütend auf Karl ein.

»Du gottverdammter Narr hast dich nicht nur selbst in den Krieg gestürzt, obwohl das nicht deine Sache ist, sondern auch noch unseren kleinen Bruder mitgeschleift? Einen Zwölfjährigen? Und sagst mir jetzt ins Gesicht, der Kleine ist verreckt?«

Wieder schlug er zu. »Was hast du dir dabei gedacht? Wie soll Mutter das ertragen?«

Wilhelm fühlte nicht das geringste schlechte Gewissen, als er den jüngeren, verkrüppelten Bruder zu Boden stieß und auf ihn einprügelte, so maßlos waren seine Wut und Trauer.

Karl wehrte sich nicht, sondern hielt nur die Arme schützend vors Gesicht und schluchzte, bis der andere endlich von ihm abließ. Nicht freiwillig, sondern weil zwei seiner Kameraden herbeirannten und ihn von dem zu Boden Geschlagenen wegrissen.

Jemand half Karl aufzustehen. Er wischte sich Rotz und Tränen aus dem Gesicht und hatte dabei den absonderlichen Gedanken, bei der nächsten Inspektion käme er nicht mehr durch, denn das Regiment Anton trug weiße Uniformen mit blauem Besatz.

Jetzt stieg auch in ihm Wut auf.

»Und was würde wohl Vater zu dir sagen? Du hast den König verraten! Unseren König, den Kaiser und dein Vaterland«, brüllte er schniefend.

Schwer atmend wiederholte Wilhelm: »Nichts verstehst du! Denkst du, Napoleon kümmert unser Vaterland? In den Abgrund getrieben hat er es. Es hätte sein können, dass wir beide uns im Gefecht gegenüberstehen und aufeinander schießen. Großartig, du Held! Und du hast den Kleinen auf dem Gewissen. Das verzeihe ich dir nie. Weiß es Mutter?«

Verzweifelt schüttelte Karl den Kopf.

»Geh weg!«, schrie Wilhelm, dem nun selbst Tränen in die Augen schossen, und stieß seinen Bruder mit beiden Händen von sich. Dann drehte er sich um und stapfte zurück auf die Koppel.

Verheult, verdreckt und mit Blutergüssen im Gesicht tauchte Karl kurz vor Zapfenstreich wieder bei seinem Zug auf.

»Ist wohl nicht so gut gelaufen, das Familientreffen?«, meinte Friedhelm, verkniff sich aber jede weitere Frage.

Auch an diesem Abend erhielten weder Thielmann noch Narbonne eine Nachricht von General Tauentzien.

Am nächsten Morgen unternahmen die in Torgau eingeschlossenen Franzosen erneut einen Ausfall, wieder direkt auf das sächsische Lager, und diesmal mit deutlich mehr Toten. Nach einer halben Stunde zogen sie sich zurück.

Thielmann hatte genug gesehen und genug gewartet.

Er verabschiedete sich von Ryssel und dessen Stab und ritt erneut nach Dommitzsch, zu General von Tauentzien.

Der saß beim Frühstück und nahm die Nachricht von dem erneuten Angriff gelassen auf.

»Das sind die letzten verzweifelten Versuche. Die Franzosen können nicht aus dem Mauseloch«, meinte er selbstgefällig.

»Es ist ein Signal. Lassen Sie mich mit General Narbonne über Abzugsbedingungen verhandeln!«, beharrte Thielmann.

»Ich habe keinerlei Anlass, meine Meinung in dieser Angelegenheit zu ändern«, beschied ihm Tauentzien.

Seine Feldwachen hatten soeben wertvolle Kurierpost abgefangen: ein Schreiben von Marschall Gouvion Saint Cyr aus Dresden, der Narbonne fragte, ob er ihn und mindestens achtzehntausend Männer in der Festung Torgau aufnehmen würde, falls es ihm gelänge, sich zu ihm durchzuschlagen. Dann könnten sie gemeinsam versuchen, Richtung Frankreich durchzubrechen.

Gouvion Saint Cyr musste in einer nicht weniger verzweifelten Lage wie Narbonne sein. Sollte er nur kommen! Auch mit dem würde er fertig werden und noch mehr Ruhm ernten. Dafür brauchte er diesen Sachsen nicht.

»Nachdem Sie Ihre Truppen nun ausgiebig inspiziert haben, werden Sie sicher in Leipzig zurückerwartet, um sich dort um die Neuausstattung Ihrer Armee zu kümmern«, verabschiedete er Thielmann kühl.

Ohne ein weiteres Wort verließ der sächsische General den Raum. Es ist hoffnungslos, dachte er.

Torgaus Verhängnis war nicht mehr aufzuhalten.

Drei Briefe für Maximilian

Biwak des 2. Preußischen Garderegiments zu Fuß
nahe Wertheim, 5. November 1813

leich drei Briefe für Sie, Herr Premierleutnant! Ihre Braut scheint Sie sehr zu vermissen.«
Maximilian Trepte blickte von seiner Schreibarbeit auf und sah ein argloses Strahlen auf dem Gesicht des Überbringers. Die Geschichte von der Heiratserlaubnis hatte natürlich sofort die Runde im Regiment gemacht, und die Männer schienen sich ehrlich mit ihm zu freuen. Dass dieses Verlöbnis aus außergewöhnlichen Gründen zustande gekommen war, konnte schließlich keiner von ihnen ahnen.

Ungeduldig griff Maximilian nach seinem Bündel Post.

Inzwischen schrieb Henriette ihm zu seiner großen Freude täglich. Die Feldpost traf nicht regelmäßig ein. Gestern war er leer ausgegangen, dafür wurde er heute doppelt und dreifach belohnt. Doch als er die Briefe in der Hand hielt, erkannte er sofort, dass nur zwei von Henriette stammten.

Der dritte kam ebenfalls aus Leipzig, aber zu seiner Verwunderung vom Stabskapitän von Wilhelmsen.

Das beunruhigte ihn. Wenn der Stabskapitän mitteilen wollte, dass seine Genesung abzusehen war und er bald zurückkehrte, würde er das dem Regimentskommandeur von Müffling schreiben, nicht ihm.

Steckte Henriette in Schwierigkeiten? War sie etwa krank geworden? Sie hatte so lange inmitten der am Nervenfieber Leidenden gearbeitet …

Dieser Gedanke beunruhigte Max dermaßen, dass er ohne Zögern den Brief des Stabskapitäns zuerst öffnete.

*Premierleutnant, Sie müssen eine schnelle Entscheidung
treffen! Zunächst: Ihre Braut leistet Hervorragendes und
genießt meine allerhöchste Wertschätzung, ebenso die der
anderen Verwundeten. Dank ihres Einsatzes werde ich in
zwei Wochen von Leipzig abreisen können, um mich zum
Dienst zurückzumelden. Da unser Regiment bis dahin
festes Quartier in Frankfurt bezogen haben wird, weil
Friedensverhandlungen bevorstehen, möchte ich Ihnen
dringend ans Herz legen, Ihre Verlobte zu sich zu holen
und die Hochzeit trotz des Trauerfalls in Ihrer Familie
vorzuziehen. Ich könnte Mademoiselle Gerlach bei meiner
Rückreise mitnehmen und sicher nach Frankfurt geleiten.*

Verblüfft las Maximilian diese Worte noch einmal.

Von Wilhelmsen war kein Befürworter von Feiern. Und welche Gegebenheiten sie in Frankfurt erwarteten, konnte niemand vorhersagen. Genauso wenig, ob sie diesen Winter im
Quartier verbringen würden oder wieder in den Kampf zogen,
sollten die Friedensverhandlungen scheitern.

Durfte er es da verantworten, Henriette zu sich reisen zu lassen? Abgesehen davon, glaubte er nicht, dass sie bereit wäre,
ihn so bald zu heiraten. Sie schrieben sich täglich, aber diesem
Thema wich sie aus. Innerlich alarmiert las er weiter.

*Wie Sie sich denken können, bin ich trotz des Krankenla-
gers gut informiert, was in Leipzig vor sich geht. Gestern
war ich anlässlich eines Festgottesdienstes erstmals in den
Straßen unterwegs und konnte mit eigenen Augen vieles
sehen, das mich äußerst beunruhigt. Der Rat und die
neuen Behörden sind angesichts des Ausmaßes der Katastrophe nicht imstande, der Seuchengefahr Herr zu werden. In immer stärkerem Maße fallen auch Zivilisten dem*

Nervenfieber zum Opfer. Dass nach wie vor Verwundete
und Pferdekadaver auf den Straßen liegen, verschärft die
Lage ungemein. Die Zahl der tödlich Erkrankten unter
Ärzten und Helfern steigt erschreckend, und über kurz
oder lang wird die Versorgung Leipzigs mit Nahrungsmit-
teln zusammenbrechen.
Premierleutnant, wenn Ihnen etwas an Ihrer Braut liegt,
und diesen Eindruck gewann ich durchaus, dann holen Sie
sie unverzüglich aus dieser Stadt heraus! Sonst werden Sie
sie vielleicht betrauern müssen, bevor Sie sie in die Arme
schließen konnten. Das ist mein ernst gemeinter Rat.
Entscheiden Sie sich schnell, denn wenn Ihr Antwort-
schreiben hier eintrifft, werde ich schon packen lassen.

H. von Wilhelmsen
Stabskapitän im 2. Preußischen Garderegiment zu Fuß

Aufgewühlt fuhr sich Maximilian mit den Fingern durchs
Haar. Das klang so besorgniserregend, dass er Henriette am
liebsten sofort kommen lassen würde. Doch hier konnte er
ihr nicht einmal ein Dach über dem Kopf bieten.
Würde sie in Frankfurt in Sicherheit sein? Für wie lange?
Und würde sie nicht zurückschrecken, wenn er sie jetzt so zu
dieser Hochzeit drängte? Unverheiratet konnte sie auf keinen
Fall bei der Truppe bleiben, das war völlig ausgeschlossen.
Voller Unruhe brach er das Siegel ihres ersten Briefes. Der
stammte auch vom 31. Oktober. Kannte sie von Wilhelmsens
Vorschlag?
Offensichtlich nicht.
Denn sie schrieb zwar ebenfalls von dem Dankgottesdienst
und dass der Stabskapitän auf dem Wege der Genesung sei,
aber nichts von einer desolaten Lage in Leipzig. Sie be-
schränkte sich auf harmlose Kleinigkeiten – um ihn nicht zu
beunruhigen, wie er durchaus erkannte.

Tat er das nicht auch?

Er hatte ihr geschrieben, dass es ihm gutging, dass die preußischen Garderegimenter in der unmittelbaren Umgebung ihres Königs bleiben würden, sobald dieser in Frankfurt eintraf. Nach einem Ruhetag gestern hatten sie heute bei Wertheim den Main überquert. Über eine halbe Seite hatte er ihr eben die Erhabenheit dieses Moments geschildert. Und dass sie nun durch Gegenden mit schönen Weinbergen zogen.

Das klang sehr harmlos. Sollte es auch. Die rauhe Wahrheit verschwieg er ihr, damit sie sich nicht sorgte.

In Wirklichkeit waren sogar die Garden als Eliteregimenter des Königs derzeit kaum weniger desolat ausgestattet als die Linientruppen. Der Zustand ihrer Uniformen war nach den anstrengenden Märschen der letzten Wochen so schlecht, dass sie vor zehn Tagen sogar die Ehre ablehnen mussten, an einer Parade vor Zar Alexander teilzunehmen. Mäntel und Beinkleider waren zerrissen, es fehlte Schuhwerk, sogar Essen. Viele Männer litten an Durchfall. Bezogen sie mitten in der Nacht endlich ein Biwak, so wollten die Feuer auf dem vom Schnee feuchten Boden nicht brennen. Festes Quartier hatten sie in der letzten Woche nur ein einziges Mal gehabt, in Meiningen, und da jeweils ein Haus für eine ganze Kompanie!

Der Major von Müffling hatte während dieses Ruhetages gegen Quittung Schuhe requirieren lassen. Die Meininger gaben bereitwillig, was sie entbehren konnten, da sie mit eigenen Augen sahen, welche Bedürftigkeit sogar bei den Garden herrschte: barfuß über den gefrorenen Boden marschieren zu müssen.

Und hierher sollte er Henriette holen?

So gern er sie wiedersehen würde, so gern er sie auf der Stelle zur Frau nehmen wollte – konnte er das verantworten?

Doch wäre die Lage in Leipzig nicht wirklich besorgniserregend, hätte von Wilhelmsen seine Warnung nicht geschrieben.

Die letzten Zeilen ihres Briefes ließen ihn aufmerken.

Spürbar bedrückt erwähnte sie, unmittelbar nach dem Gottesdienst erfahren zu haben, dass eine ihr gut bekannte junge Mutter samt zwei kleinen Kindern am Nervenfieber gestorben sei, der Vater dem Tode nahe stehe.

Eine ganze, eben noch glückliche Familie ausgelöscht! Wie soll man das verstehen? Zumal ich immer noch leide wegen der schlechten Nachricht, die ich Ihnen in meinem gestrigen Brief übermitteln musste – und Sie sicher noch viel mehr.

Schlechte Nachricht?

Sofort öffnete Maximilian den dritten Brief und überflog ihn.

Im Gegensatz zu sonst waren es nur wenige Zeilen.

Er stöhnte auf und stützte den Kopf auf die Faust.

Philipp war gefallen. Ein Bekannter Henriettes hatte es gesehen und ihr mitgeteilt.

Nach Julius nun auch noch Philipp. Wie sollten seine Eltern das verkraften? Zwei Söhne binnen eines Monats zu verlieren!

Er hätte seine jüngeren Brüder schützen müssen!

Dass er sie nicht einmal vor einer tödlichen Kugel bewahren könnte, wenn sie neben ihm stünden, wollte Maximilian Trepte in diesem Augenblick nicht wahrhaben.

Die Trauer, die ihn durchflutete, trieb ihn zu einem unumstößlichen Entschluss. Er musste Henriette zu sich holen. Um wenigstens sie zu beschützen.

Jäh zerknüllte er den begonnenen Brief mit der Schilderung des Mainübergangs und schrieb einen neuen, der eine Stunde später schon nach Leipzig abging. Zusammen mit der Antwort an den Stabskapitän.

Warten auf den Sturm

Erfurt, 5. November 1813

Elf Tage dauerte die Belagerung Erfurts nun schon, und der Großangriff auf Stadt und Zitadelle blieb immer noch aus. Dabei waren es Gerüchten zufolge jetzt mehr als dreißigtausend Preußen, die Erfurt umzingelten, die Kavallerie und Artillerie noch nicht mitgezählt!

Nur ab und zu ein paar Schüsse Richtung Zitadelle abzufeuern, um dem Gegner zu zeigen, dass sie überhaupt da waren – damit bewiesen die Alliierten in den Augen der geplagten Stadtbewohner nicht gerade Entschlossenheit.

Ihre spektakulärste und von den Erfurtern euphorisch bejubelte Aktion war es, den »Napoleon-Tempel« auf der Steigerhöhe in Flammen aufgehen zu lassen.

Nur durfte der Jubel darüber nicht allzu laut ausfallen, denn die Spitzel waren allgegenwärtig.

Friedrich Keyser und die Doktoren Born, Fischer und Sixt saßen zur Warnung für alle nach wie vor in der Zitadelle ein, wenngleich nicht mehr in dem eiskalten Loch, in das man sie in der Nacht ihrer Inhaftierung geworfen hatte. Nun »logierten« sie in einer der Zellen für Staatsgefangene. Magdalena hatte ihrem Bruder sogar Bettzeug bringen dürfen. Sie war voller Angst um ihn – und voller Zorn auf Konstantin, weil sie ihn für denjenigen hielt, der in *Vogels Garten* zu viel geplaudert hatte.

Im Gegensatz zu den Alliierten zeigten Alexandre d'Alton und seine Gefolgsleute enorme Geschäftigkeit. Der Gouverneur ließ seine Kanoniere überall dorthin feuern, wo die Preußen Verschanzungen zu bauen begannen. In der Stadt wurden alle Schusswaffen und sämtliche Waren beschlagnahmt, die sich auch nur im Entferntesten als nützlich erweisen konnten, und mit ebenfalls requirierten Wagen auf die Zitadelle geschafft.

Täglich mussten eintausend Erfurter zu Schanzarbeiten antreten. Alle Mühlen und Gehöfte vor der Stadt wurden in Brand geschossen, um freies Sicht- und Schussfeld zu haben, sollten die Feinde sich nähern wollen.

Die Stimmung in Erfurt siedete. Um die befohlenen Lieferungen zu sichern und für Grabesruhe in der Stadt zu sorgen, rief der Gouverneur eine »Permanente Kommission« ins Leben. Der verhasste Intendant Devismes gehörte ebenso dazu wie der kaum minder verhasste Bürgermeister Weißmantel und der gefürchtete Polizeioberinspektor Kahlert.

Aus der Gründung der Kommission zog Constantin Beyer überraschend Vorteil, ohne dass es jemand ahnte. Der Ehemann seiner Geliebten hatte an den täglichen Sitzungen teilzunehmen, und so konnte sie ihn nun regelmäßig zwischen eins und drei heimlich aufsuchen. Für sie beide der einzige Lichtblick in einer Lage, wo jedermann in ständiger Erwartung des Infernos lebte.

Beyers Tagebuch füllte sich unterdessen mit Nachrichten über Todesfälle in nächster Umgebung. Vor drei Tagen war der sechzehnjährige Sohn seines Nachbarn Winzer am Nervenfieber gestorben, gestern der Regierungsrat Dörnig, der zweite Sohn seines Nachbarn Weidemann, die Frau des Konzertmeisters Fischer …

Erneut schwirrten Gerüchte über eine bevorstehende Kapitulation der Franzosen durch die Stadt.

Generalleutnant Friedrich von Kleist, seit ein paar Tagen Oberbefehlshaber über die Belagerung Erfurts, hatte gestern einen Parlamentär auf den Petersberg entsandt. Der überbrachte Gouverneur d'Alton die schriftliche Aufforderung zur Kapitulation.

General d'Alton dachte gar nicht daran, sich zu ergeben. Weshalb sollte er? Erfurt gehörte Napoleon, und dabei würde es bleiben. Er würde die Stellung halten, bis der Kaiser mit einer neuen Armee zurückkam.

»Seine Majestät vertraut darauf, dass ich Erfurt verteidige, und ich werde seine Erwartungen und meine Pflicht erfüllen. Ich lasse mich auf keinerlei Arrangement ein«, erklärte er schroff und schickte den Parlamentär zurück.

Wenn auch fast die Hälfte seiner sechstausend Mann an Verwundungen oder dem Nervenfieber litt – sie waren bestens bevorratet, während die Preußen draußen in der Kälte hockten und kein schweres Geschütz hatten. So konnte er es sich als Verdienst anrechnen, hier ein fünfunddreißigtausend Mann starkes gegnerisches Korps zu binden.

Sein Kaiser würde das zu schätzen wissen.

Als Antwort auf die dreiste Aufforderung zur Kapitulation schickte der Gouverneur in der nächsten Nacht alle verfügbaren Infanteristen und die Kavallerie zu einem Angriff auf das preußisch besetzte Dorf Ilversgehofen nördlich von Erfurt. Er hatte gesehen, dass die Gegner versuchten, dort einige Batterien Geschütze in Stellung zu bringen.

Sein Ausfallkommando überrumpelte die Preußen mit einem simplen Trick, machte reichlich Beute an Gefangenen und Vieh und brannte das Dorf nieder. Siegestrunken kehrten die Männer am Morgen zurück auf den Petersberg. Dort ließ der Gouverneur sie sofort auf dem größten Exerzierplatz antreten, und der Siegestaumel verflog im Nu.

Zwei Exekutionen standen bevor.

Streng bewacht und unter unheilvollen Trommelschlägen wurden die Delinquenten herangeführt, junge Männer, Seesoldaten, die Napoleon erst vor kurzem von Mainz nach Erfurt abkommandiert hatte. Ihr Vergehen: Sie waren auf ihrem Wachposten eingeschlafen.

Einer schien bereits mit seinem Leben abgeschlossen zu haben. Mit hängenden Schultern murmelte er Gebete und setzte einen Fuß vor den anderen, dem harten Klang der Trommeln folgend. Der andere musste mit Bajonetten vorwärtsgetrieben werden, sein Gesicht war tränenüberströmt.

»Ich habe nicht geschlafen!«, schrie er immer wieder. »Ich will nicht sterben!«

Alexandre d'Alton wusste genau, dass die Tatenlosigkeit der Belagerer die Garnison zu Nachlässigkeit verleiten würde, wenn er nicht eisern durchgriff. Dabei war ihm der unerbittliche Major de Trousteau die beste Stütze; mittlerweile nach dem Gouverneur der gefürchtetste Mann auf der Zitadelle. Der Major führte nachts regelmäßig Offizierskommandos an, um die Wachen zu kontrollieren. Gleich beim ersten Mal hatte er einen Doppelposten schlafend vorgefunden und bei Tagesanbruch exekutieren lassen. Die gesamte Garnison musste antreten und zusehen.

Letzte Nacht hatte de Trousteau erneut einen Doppelposten beim Schlafen erwischt und war maßlos erzürnt, weil die abschreckende Wirkung der ersten beiden Hinrichtungen offensichtlich nachgelassen hatte.

Schluchzend sah sich der Seesoldat um, ob ihm jemand zu Hilfe kommen würde.

Doch keiner der Männer, die in Reih und Glied standen, um bei seiner Erschießung zuzusehen, zeigte Mitgefühl. Es war eines der schlimmsten Vergehen im Militärdienst, auf Wache einzuschlafen. Wer das tat, gefährdete die Sicherheit aller. Bei einem Doppelposten hatte jeder dafür zu sorgen, dass der andere wach blieb, sonst machte er sich ebenfalls schuldig.

Der Blick der Verzweifelten fiel auf einen Leutnant in der Uniform der Marinegarde, schwarz mit breiten goldenen Tressen an Hosen und Uniformrock.

»Lieutenant de vaisseau, helfen Sie mir! Ich stamme aus Boulogne wie Sie! Ich sah Ihre Frau, bevor ich nach Mainz abkommandiert wurde. Ich kann Ihnen sagen, wie es ihr geht …«, schrie und flehte er.

Doch wenn er dachte, damit Sympathien bei dem Marinegardisten gewinnen zu können, hatte er sich getäuscht. Lucien Junot war äußerst interessiert am Befinden seiner Frau, denn sie erwartete sein drittes Kind und müsste in diesen Tagen niederkommen.

Doch die hierher abkommandierten Seesoldaten stammten aus Brest, Toulon und Dünkirchen. Und Boulogne lag mehr als achthundert Kilometer entfernt. Also konnte dieser erbärmliche Kerl gar nicht wissen, wie es Juliette und den Kindern ging. Ein Verräter und Feigling wäre außerdem der Letzte, von dem er es hören wollte.

Ein grober Stoß mit dem Gewehrkolben zwang den Schreienden zu Boden, damit er den Gardeoffizier nicht weiter behelligte und damit beleidigte. Als der Bursche sich wieder aufgerappelt hatte, blieb er stumm.

Angewidert sah Lucien Junot über ihn hinweg.

Er hatte sein Bestes gegeben, um in diesem Krieg Ruhm zu ernten; er hatte hart gekämpft und davon geträumt, sich das Kreuz der Ehrenlegion zu verdienen.

Doch als er bei der Sprengung der Elsterbrücke bei Leipzig auch noch die letzten Männer seiner *escouade* sterben sah, war etwas in ihm zerbrochen. Schwimmend konnte er sich durch den eiskalten, reißenden Fluss retten. Danach hatte ihn ein Fieber gepackt. Deshalb war er in Erfurt ebenso wie de Trousteau der Besatzung der Zitadelle zugeteilt worden – und nicht weniger frustriert darüber wie jener.

Lucien Junot träumte vom Meer und von seiner Familie. Stattdessen saß er hier auf Monate fest, bis der Kaiser zurückkehrte. Wahrscheinlich würde nicht einmal ein Brief von Juliette durchkommen. Und das Versagen der beiden Seesoldaten würde man ihm ankreiden. Er war sogar Zeuge dieser Blamage gewesen, denn de Trousteau hatte ihn aufgefordert, ihn auf dem Kontrollgang zu begleiten.

Junot verwünschte sein Schicksal.

Die beiden Delinquenten standen mit dem Rücken nahe der Festungsmauer, murmelten ihr letztes Gebet und bekamen die Augen verbunden. Jetzt schrie der jüngere wieder, schrie und bettelte um Gnade.

Der Feuerbefehl, eine präzise Salve, dann herrschte Stille auf dem Platz. Der Schnee färbte sich rot.

Als der eisige Wind den Pulverrauch vertrieben hatte, die Mannschaft wegtrat und die Toten fortgeschafft wurden, ging der Major de Trousteau mit unbewegter Miene an die Festungsmauer. Er ließ sich sein Fernrohr geben und beobachtete die preußischen Stellungen rund um Erfurt.

Da war etwas im Gange. Die würden doch sicher nicht die Schlappe von Ilversgehofen auf sich sitzenlassen!

Generalleutnant Friedrich von Kleist, ein kampfbewährter und bei seinen Truppen sehr angesehener Mann, nahm gerade höchst frustriert den Rapport über den gelungenen feindlichen Angriff entgegen. Welch peinliches Debakel! Das sie noch dazu vier Tote, zehn Verwundete und neunzehn Gefangene gekostet hatte.

»Sie kamen im Morgengrauen. Unsere Ulanenwachen sahen sie, und mehrere Gegner riefen auf Deutsch, dass sie Überläufer seien«, berichtete ein trotz der Kälte verschwitzter Meldereiter. »Plötzlich waren da tausendfünfhundert Mann und schossen auf uns. Zum Glück sammelte der Major von Hundt rasch alles, was in der Nähe war, und zwang den Feind mit nur fünf Kompanien zum Rückzug. Aber da brannte Ilversgehofen schon. Immerhin konnten wir den Gegner daran hindern, auch noch Marbach niederzubrennen, das Nachbardorf.«

»Ich verlange eine gründliche Untersuchung dieses Zwischenfalls«, forderte Kleist seinen Stabschef auf, den Oberst von Tippelskirch. Der bestätigte und schaute ebenso missgelaunt nach Norden, wo immer noch lodernde Flammen zum Himmel stiegen.

Das wird unser Ansehen bei den Erfurtern nicht gerade fördern, dachte der General finster. Die meisten von ihnen trauerten ohnehin kurmainzischen Zeiten nach.

Nicht nur, dass hier ein fünfunddreißigtausend Mann starkes Korps festgehalten wurde, um sechstausend Mann Garnison zu belagern – die Franzosen machten sich auch noch über sie lustig, wie der Vorfall im Morgengrauen bewies.

Erfurt sollte schnellstens wieder preußisch werden, das war der feste Wille des preußischen Königs. Dafür beorderte Friedrich Wilhelm sogar einen seiner besten Generäle dorthin und genehmigte ein so großes Belagerungskorps. Der Unverschämtheit Napoleons, eine *preußische* Stadt zu seiner Privatdomäne zu erklären, musste unverzüglich ein Ende bereitet werden!

General von Kleist, gerade erst für den Sieg bei Kulm zum Ritter des Schwarzen Adlerordens ernannt, war nicht glücklich darüber gewesen, mit seinem Zweiten Korps die Belagerung Erfurts übernehmen zu müssen. Er hatte sich schon auf dem Weg nach Gotha befunden und würde lieber zusammen mit Blücher Napoleons Armee verfolgen.

Sofort nach Übernahme des Oberkommandos berief er den Kriegsrat ein und ließ sich Pläne vorlegen.

Sie mussten erst auf schwere Geschütze warten, die die Österreicher nach und nach schickten. Das erklärte die scheinbare Tatenlosigkeit der Preußen.

Ein österreichischer Ingenieurmajor hatte vorgeschlagen, nicht nur die Zitadelle, sondern auch die Stadt zu beschießen. Doch als Preuße eine ehemals und bald wieder preußische Stadt zu zerstören, wollte Kleist nach Möglichkeit vermeiden. Er berichtete dem König schriftlich und begann mit dessen Erlaubnis, den Beschuss der Festung auf dem Petersberg zu planen.

Seit gestern waren sie zum Angriff bereit. Deshalb die Aufforderung zur Kapitulation als letzte Chance. Da d'Alton abgelehnt hatte, würde morgen früh die preußische Offensive beginnen. Mit Einverständnis des Königs.

Schon um drei Uhr nachmittags, unbemerkt vom Feind und den Erfurtern, fingen die Pionierkompanien und die Artillerie an, sich für den Angriff zu sammeln. Gut gedeckt, ohne Laut und Kommando wurden preußische, russische und österreichische Geschütze wie Geisterkolonnen in die Stellungen gefahren und zu Batterien aufgereiht.
Zur gleichen Stunde verabschiedete Constantin Beyer seine traurige Geliebte mit einem zärtlichen Kuss in den Nacken.
»Als ich heute früh die Schüsse hörte und die Flammen sah, da dachte ich, das Inferno bricht los«, sagte sie, während er ihr das Mieder zuschnürte. »Stattdessen traf es Ilversgehofen. Wann wird es uns treffen?«
Vielleicht schon morgen, dachte Beyer düster, ohne zu ahnen, dass er richtig vermutete.

Stadt in Flammen

Erfurt, 6. November 1813

Es war zwei Tage vor Vollmond. So konnte General von Kleist trotz der Dunkelheit das Zifferblatt seiner Taschenuhr im fahlen Mondlicht erkennen.
Fünf Minuten vor sechs. In anderthalb Stunden würde die Sonne aufgehen.
Friedrich von Kleist und sein Stabschef Oberst Ernst Ludwig von Tippelskirch befanden sich dort, wo Punkt sechs Uhr der erste Schuss abgegeben werden sollte: am äußersten rechten Flügel der Batterien von Zwölfpfündern, die nun nordwest-

lich und südwestlich der Stadt auf Anhöhen standen, jede etwa tausendsiebenhundert Meter von der Zitadelle entfernt. Nach dem Signalschuss von rechts sollte aus allen großen Geschützen gefeuert werden.

Der nächtliche Aufmarsch und die Vorbereitungen für den Angriff waren anscheinend vom Feind unbemerkt geblieben. Hinter ihnen in Alach, acht Kilometer westlich von Erfurt, standen die Reitende Artillerie und die Kavallerie in Reserve, um einen möglichen Ausfall der Franzosen abzuwehren.

Besorgt betrachtete der Oberkommandierende des Zweiten Preußischen Korps, wie die für Erfurt typischen Bodennebel aus den Flussniederungen aufstiegen. Bald würden sie nicht mehr viel sehen können. Das war schlecht, denn die Einschlagstellen waren der Anhaltspunkt, um die Geschütze alle paar Schuss neu auszurichten.

Deshalb sollten zu Beginn des Angriffs ausschließlich Brandgranaten abgefeuert werden. Die Flammen würden sie auch im Nebel sehen. Nur ließ sich die Flugbahn von Brandgranaten nicht so exakt berechnen. Wahrscheinlich würden sie auch Teile der Stadt treffen.

Doch Erfurt musste genommen, d'Alton zur Kapitulation und Übergabe von Festung und Stadt gezwungen werden. So lautete der ausdrückliche Befehl des Königs.

Und sie mussten es *heute* schaffen, denn ihre Munition für die weittragenden Geschütze reichte nur für einen einzigen Tag: zweitausendfünfhundert Schuss.

Der General sah, dass der Batterieführer zu ihm hinüberschaute. Eine Minute vor sechs.

Mit einem Blick verständigten sie sich. Alle Dispositionen waren bekannt. Als Orientierungspunkt für die Richtkanoniere galten die Türme der alten Klosterkirche auf der Zitadelle.

»Feuer!«, befahl der Batterieführer.

Der Kanonier am äußersten rechten Flügel führte die brennende Lunte ans Zündloch.

Mit preußischer Pünktlichkeit eröffnete ein ohrenbetäuben-
der Schuss den Großangriff auf Erfurt um exakt sechs Uhr.

In präziser, rascher Folge fielen sämtliche schweren Geschütze
ein. Die preußische und russische Artillerie begannen, die
österreichische schloss sich im gleichen Rhythmus an. Von
allen Batteriestellungen aus flogen Brandgranaten durch die
stockfinstere Nacht auf Erfurt.

Bereits wenige Minuten nach sechs loderten riesige Flammen
an vielen Stellen Erfurts. Augenblicke später geriet das erste
Gebäude auf der Zitadelle in Brand, bald die nächsten.

Schnell vermischte sich der immer stärker werdende Nebel
mit dem Pulverdampf der Geschütze und den Rauchsäulen
der Brandherde. Während der nächsten Stunden konnten die
Richtmeister und Kanoniere nicht mehr sehen, wohin ihre
Granaten und Brandgeschosse flogen. Sie sahen nur die Folgen: Erfurt brannte lichterloh.

Zweitausendfünfhundert Schuss waren erbärmlich wenig,
um die Garnison einer so massiven und gut bevorrateten Festung zur Kapitulation zu treiben, deren Kommandeur gewillt
war, Napoleons Privatdomäne um jeden Preis zu halten.

Doch zweitausendfünfhundert Kugeln und Brandgranaten,
an einem Tag auf eine mehr als tausendjährige Stadt abgefeuert, waren mehr als genug, um eine Katastrophe zu bewirken
und das Antlitz Erfurts für immer zu verändern.

Als der erste Schuss fiel, dachten die meisten Städter noch:
Wieder das übliche Geplänkel! Mancher war versucht, sich
im Bett auf die andere Seite zu drehen, wenigstens für ein paar
Minuten. Doch die Augenblicke später einsetzende mark-
erschütternde Kanonade trieb sie alle hinaus, so verschlafen
sie auch bis eben noch gewesen sein mochten.

Brennende Geschosse schlugen krachend und pfeifend nieder

und zertrümmerten Dächer und Erker. Ziegel stürzten prasselnd zu Boden, Fensterscheiben zersprangen, in vielen Straßen loderten Brandherde auf.

Zehn Minuten nach sechs läuteten alle Glocken der Stadt Alarm. Wer auf den Straßen war, schrie gellend: »Feuer! Feuer!«

Im Haus des Buchhändlers Keyser in der Marktstraße wies das Familienoberhaupt alle Bewohner samt der Dienerschaft an, sofort in warmer Kleidung ins Kellergewölbe zu gehen, um vor Kugeln geschützt zu sein. Er selbst werde draußen nachsehen, ob er irgendwo helfen könne.

»Nein, lassen Sie mich gehen! Bleiben Sie im Haus und stehen Sie Ihrer Familie bei«, rief Konstantin Gerlach.

Er war jung, kräftig und hatte etwas gutzumachen. Dass Friedrich Keyser immer noch auf der Zitadelle gefangen saß und jetzt wahrscheinlich in Lebensgefahr schwebte, daran gab er sich mittlerweile einen beträchtlichen Teil der Schuld.

»Ich muss zu Fritz!«, schrie Magdalena durch den tosenden Lärm der Einschläge ganz in der Nähe, in panischer Angst um ihren Bruder.

Die Fensterscheiben klirrten, die Dielen vibrierten, und Putz rieselte von der Decke, während sie fahrig den Mantel zuknöpfte und sich dabei verheddert. »Die Preußen werden die Zitadelle zusammenschießen. Jemand muss ihm heraushelfen.«

»Das ist zu gefährlich!«, widersprach Konstantin vehement und trat ihr sogar in den Weg. »Sie können ihm nicht helfen.«

»Doch! Ich besteche den Wachposten ... Vater, hast du noch Bargeld im Haus? Oder eine Flasche Branntwein?«

»Sie kommen nie und nimmer in die Zitadelle, jetzt schon gar nicht!«, schrie Konstantin sie an, um sie von diesem irrwitzigen Vorhaben abzuhalten.

Als nicht einmal ihr Vater sie zur Vernunft bringen konnte, bestand er darauf, mit Magdalena zusammen hinauszugehen.

Auch Constantin Beyer war eiligst in seine Kleider gefahren und hastete vor die Tür seines Hauses am Markt. Seinen Besitz und die Buchhandlung zu retten, konnte er sich aus dem Kopf schlagen. Jetzt half nur noch Beten.

In der Stadt war das Inferno ausgebrochen. Überall stürzten pfeifend und krachend glühende Kugeln mit Feuerschweifen nieder, die meisten zwischen den Graden am Domplatz und dem Petersberg, und setzten ein Haus nach dem anderen in Brand. Statt die Zitadelle zu treffen, flog die Mehrzahl der Geschosse darüber hinweg und ging auf die Stadt nieder.

Eine gewaltige Feuersbrunst hatte das schöne Hermannsche Eckhaus am Markt erfasst; das Dach brannte schon, aus den Fenstern des oberen Stockwerkes züngelten Flammen.

Von Beyers Haus bis dorthin waren es keine dreihundert Schritte. Er rannte los, während ganz in seiner Nähe immer mehr Brandgranaten einschlugen.

Panisch schreiende Bürger irrten kopflos und bizarr bekleidet durch den frühen Morgen, mit Mänteln über Nachthemden, verrutschten Nachthauben, aufgelösten Haaren.

»Gehen Sie ins Haus! Oder suchen Sie Schutz in einer Kirche!«, rief Beyer einem Kindermädchen mit zwei heulenden Jungen an der Hand zu. Die gleichen Worte galten einem greisen Paar, das erstarrt inmitten des Chaos stand, sich gegenseitig umklammert hielt und mit aufgerissenen Augen den Flug der Brandgeschosse verfolgte.

Ein paar Männer mit einer lächerlich kleinen Feuerspritze auf einem Handwagen, unter ihnen Monsieur Pohle aus dem Quartieramt, rannten zum Hermannschen Haus und riefen nach weiteren Helfern. Die meisten Spritzenwagen samt Besatzungen waren auf die Zitadelle kommandiert. Inzwischen loderten die Flammen aus den Fenstern des Obergeschosses schon meterhoch.

Das Nachbarhaus brannte gleichfalls. Hier war offenbar das erste Feuer ausgebrochen, und Beyer sah sofort, dass nichts mehr zu retten war; es war ein Warenlager, bis unters Dach gefüllt mit leicht brennbaren Dingen. Ebenso die Häuser nebenan. Der halbe Straßenzug Unter den Heringern am Domplatz war eine sengende Wand aus Flammen.

Unaufhaltsam fraß sich das Feuer weiter von Haus zu Haus. Die Bewohner versuchten, sich zwischen fauchenden Lohen und tödlichem Kugelhagel in Sicherheit zu bringen, ohne zu wissen, wohin. Mütter schrien nach ihren Kindern oder zerrten die angstvoll Kreischenden mit sich. Aus brennenden Häusern wurden Kranke herausgetragen, manche sogar auf Matratzen oder einem Strohsack durch die Gassen geschleift, um sie unter ein schützendes Dach zu schaffen.

»Mit Feuerspritzen können Sie hier nichts ausrichten!«, schrie Beyer durch das Getöse der Geschosse und prasselnden Flammen. Die Spritzenmannschaft zog sich bereits zurück, denn jetzt breitete sich das Feuer auch auf die unteren Stockwerke des Hermannschen Eckhauses aus.

»Alle zurück, gleich kommt das Dach runter!«, warnte lauthals eine tiefe Stimme.

Beyer drehte sich um und erkannte den Bauschreiber Diebel. Augenblicke später stürzten verkohlte Balken herab, stoben Funken und kleine brennende Brocken in alle Richtungen.

Taten- und fassungslos mussten Constantin Beyer, Johann Daniel Pohle und die anderen Freiwilligen zusehen, wie eines der schönsten Erfurter Häuser zum Raub des Feuers wurde. Und rasend schnell die gesamte Straße Unter den Heringern, Haus für Haus.

Auch der Gatte von Constantin Beyers Geliebter hatte den ersten Schuss nicht ernst genommen. Doch als ganze Batteriesalven folgten, sprang er erschrocken auf.

»Der Großangriff der Alliierten! Lassen Sie sich schnell anziehen und bewahren Sie Ruhe!«, befahl er seiner Frau. »Ich muss ins Palais, zur Kommission.«

Als er selbst angekleidet war, kehrte er zurück und starrte ungeduldig auf das Dienstmädchen, das seiner Frau das Mieder schnürte und ein Kleid überstreifte.

»Geht das nicht schneller?«, fuhr er beide an.

Er hatte seine Frau instruiert, im Falle einer Kanonade die unteren Räume aufzusuchen und dort den Schmuck, das Tafelsilber und das Bargeld zu hüten, das sein vertrauenswürdiger Maître de maison gerade dorthin brachte. Es war bereits alles in Kisten verstaut. Doch als er sah, dass sich seine Gattin in aller Ruhe auch noch das Haar frisieren ließ, verlor er vollkommen die Fassung.

»Ich erwarte, dass Sie meine Anweisungen befolgen!«, herrschte er sie an.

Sie zuckte nur müde mit den Schultern.

»Natürlich«, meinte sie gleichgültig und wandte sich ab. Doch statt in den Spiegel zu schauen, sah sie nach draußen.

Ihr Mann, einer der höchsten Beamten der Stadt, folgte ihrem Blick und trat ans Fenster.

Unzählige Feuer loderten in der Stadt, und der Lärm der Geschosse und der berstenden Dächer war grauenerregend. Verlor sie gerade den Verstand?

»Sollte es hier zu gefährlich werden, schicke ich jemanden, der Sie ins Kaiserliche Palais eskortiert«, versprach er etwas milder. »Dort sind Sie sicher.«

Wenigstens einen dankbaren Blick sollte er dafür erwarten dürfen. Doch sie sah ihn kaum an. Für einen winzigen Moment blitzte hinter der Gleichgültigkeit in ihrer Miene so viel Abscheu auf, dass er sich in einem schon lange schwelenden Verdacht bestätigt fühlte.

Er ging auf sie zu, das Kammermädchen wich ängstlich zurück, und packte seine Frau grob am Handgelenk.

»Sie haben heute Nacht einen Namen gerufen, Madame. Nicht den meinen!«, wütete er. »Sollte ich herausfinden, dass Sie mich hintergehen, dann wird Ihnen das hier« – er wies mit dem freien Arm auf die Straße – »harmlos vorkommen im Vergleich zu dem, was Sie bei mir erwartet. Und nun beenden Sie auf der Stelle diese alberne Lockendreherei und befolgen sie meine Weisungen!«

»Sie tun mir weh!«, fauchte sie zurück – die erste klare Gefühlsregung überhaupt, die er seit langem an ihr entdecken konnte. Mit einem Ruck entzog sie ihm den Arm. Die Stelle, wo er zugepackt hatte, lief bereits dunkelrot an.

Dann hielt sie ihm kühl, fast zynisch vor: »In Ihrer Position wünschen Sie gewiss nicht, dass man Ihnen nachsagt, Ihre Frau verfalle vor dem Feind in Angst, statt als Vorbild für jedermann Ruhe zu bewahren. Und erwarten Sie wirklich, dass ich mich unfrisiert aller Welt zeige?«

Er blinzelte verwirrt und lenkte ein, von Schuldgefühlen geleitet. »Ich will nicht, dass Ihnen etwas zustößt, Madame. Gehen Sie hinunter! Und sollte es hier zu gefährlich werden, lassen Sie sich ins Palais begleiten. Ich muss nun leider aufbrechen …«

Er erwog, ob er sich mit einem Kuss auf die Hand oder die Wange von ihr verabschieden sollte, doch etwas in ihrem Blick hielt ihn davon ab.

Also stürmte er hinaus und ließ sich im Vorzimmer von einem Diener mit Stiefeln, Mantel, Degen und Hut ausstatten.

Seine Frau bedeutete dem Dienstmädchen, mit der Frisur fortzufahren. Es sah ganz so aus, als würde heute die Welt untergehen. Zumindest in Erfurt. Aber ihr war das gleichgültig. Für sie war die Welt schon untergegangen, als ihr Sohn starb. Und deshalb würde sie sich an keinen der Befehle ihres Mannes halten, sondern hinaus in die brennenden Straßen gehen. Vielleicht konnte sie in der Panik ein Beispiel geben und da draußen irgendjemandem helfen.

Und falls eine Kugel sie traf – es wäre ihr gleichgültig.

Oder auch nicht. Eigentlich wäre es eine Erlösung.

Inzwischen loderten die Flammen nicht nur Unter den Heringern, sondern die ganze Fingerlingsgasse entlang, zu den
Salzhäusern bis kurz vor die Graden, die große, jahrhunder-
tealte Freitreppe am Erfurter Dom.

Fast das gesamte Severi-Viertel brannte, von den kaskaden-
förmigen Domstufen bis zum Rubenmarkt.

Falls die Flammen von dort auf die andere Straßenseite über-
griffen, wäre auch der Rest der Stadt nicht mehr zu retten. Das
wusste Constantin Beyer ebenso wie die anderen Freiwilligen,
die verzweifelt versuchten, dieses Unheil zu verhindern.

Funken, Rußflocken, angekohlte Papierreste wirbelten durch
die Luft, Rauch erschwerte ihnen das Atmen, die brennenden
Häuserfronten strahlten sengende Hitze aus. Als wäre das
nicht schon schlimm genug, krachten immer neue Geschosse
herab, wahllos auf Straßen, in Dächer, Erker.

Beyer erkannte Konstantin Gerlach und Keysers Tochter
Magdalena inmitten der Menschen, die über den Markt hasteten, die Köpfe einziehend und immer wieder nach oben
schauend, als ob sie so den brennenden Geschossen ausweichen könnten. Die meisten versuchten, sich in eine der Kirchen zu retten, möglichst entfernt von der größten Brand-
stelle. Doch diese beiden kamen direkt auf sie zu.

»Ich wollte bei den Feuerspritzen helfen, aber damit können
wir wohl nichts ausrichten«, rief der junge Freiberger. »Sagen
Sie mir, wie ich mich nützlich machen kann, Monsieur Beyer.
Aber überzeugen Sie Mademoiselle Keyser davon, sich in
Sicherheit zu bringen! Auf mich hört sie nicht.«

Beyer begriff sofort, was Magdalena vorhatte.

»Mademoiselle, Sie müssen unbedingt nach Hause!«, beschwor er die Tochter seines Kollegen. »Man lässt Sie keinesfalls auf die Zitadelle. Eine gnädige Seele wird sich der Gefangenen erbarmen. Hier ist es zu gefährlich für Sie!«

Wie um seinen Worten Nachdruck zu verleihen, jagte eine Bö
einen ganzen Schauer Funken in ihre Richtung.

Ziegel rasselten vom Dach herab und zerplatzten vor ihren Füßen, Dachbalken gaben ein ächzendes Geräusch von sich, das sogar das Tosen der Flammen übertönte, und stürzten in anfangs unheimlich wirkender Langsamkeit herab.

Sie wichen zurück, doch winzige fliegende Glutstücke sengten Löcher in Magdalenas Mantel. Nachdem sie die Glut hastig ausgedrückt hatte, befolgte sie widerwillig und verzweifelt den Rat der beiden Männer. Die sahen ihr noch kurz nach, ob sie heil über die nächsten Meter kam.

»Monsieur Gerlach, helfen Sie, die Kranken und Schwachen aus den Häusern zu tragen, aber halten Sie ausreichend Abstand von den Feuern!«, sagte Constantin Beyer dann.

Er wies auf ein blondes Mädchen, das sich verzweifelt mühte, einen alten Mann auf einem Strohsack durch die Straße zu zerren. Gemeinsam packten sie an, um den Kranken samt dem Strohsack außer Reichweite der Flammen zu schaffen.

Auf der Zitadelle standen kurz nach dem ersten Schuss alle Mann auf ihrem Posten. Die Geschosse trafen rasch hintereinander das Dach der Peterskirche, das Kloster, die Lager für Fleisch, Speck und Branntwein, das große Heumagazin, eines der Mannschaftsquartiere und den Pferdestall.

»Alles holen, was noch zu retten ist, und in die Kasematten bringen, marsch, marsch!«, befahl de Trousteau, und sofort rannten die in seiner Nähe Stehenden los.

»Habt ihr den Verstand verloren?«, brüllte der Major ein paar Männer an, die sich in das in Brand geratene Branntweinlager stürzen wollten. »Alle raus da, weg, sofort!«

Der Befehl kam keinen Augenblick zu früh, denn nun stieg eine gewaltige Stichflamme empor.

»Idioten!«, murmelte de Trousteau und scheuchte die Männer in das als Lager dienende Klostergebäude, dessen Dach schwer beschädigt war. Zwei Ingenieuroffizieren übertrug er die Verantwortung dafür, rechtzeitig zu warnen, bevor das Dach einstürzte.

Die Kavalleristen waren vollauf damit beschäftigt, die scheuenden Pferde zu beruhigen und in Sicherheit zu bringen, ebenso die am Vortag in Ilversgehofen erbeuteten Ochsen. »Achtung, alle sofort zurücktreten!«, brüllte ein Offizier, als eines der Gebäude zusammenzubrechen drohte. Augenblicke später zersprang es in viele kleine Brandherde, die gelöscht und beseitigt werden mussten.

Die vier Staatsgefangenen saßen in ihrer Zelle im Norden der Zitadelle und hörten die Granaten ganz in der Nähe niedergehen. Die Fensterscheiben zerbarsten, einer der herumfliegenden Glassplitter brachte Friedrich Keyser eine stark blutende Wunde an der Schläfe bei. Er presste den Handballen dagegen, und noch bevor Dr. Sixt etwas unternehmen konnte, sahen sie eine feurig glühende Granate auf das große Heumagazin herabfallen, genau gegenüber ihrem unfreiwilligen Aufenthaltsort. Binnen weniger Augenblicke stand es in Flammen. Sengende Hitze und beißender Qualm drangen in die doppelt verriegelte Zelle.

»Hilfe, Hilfe, lasst uns raus!«, schrien die vier in ihrer Verzweiflung, so laut sie konnten, und hämmerten an die Tür. Doch niemand kam, um sie zu befreien.

»Nun müssen sie uns gar nicht mehr erschießen!«, brüllte Born den Dr. Sixt an, als ob ihre verzweifelte Lage dessen Schuld sei.

Fischer und Meyer hingegen schrien und hämmerten weiter an der Tür, vor Qualm hustend und röchelnd. Sie hatten die Hoffnung schon fast aufgegeben, als sie Schlüssel klirren und den Riegel rasseln hörten.

»Fort, rasch!«, schrie ein hochgewachsener Korporal und bedeutete ihnen mit einer Handbewegung, sie sollten sich gefälligst beeilen.

Die vier stürzten aus der Zelle und brauchten einen Moment, um sich in dem Chaos aus Brandstellen, Rauchwolken, rennenden Soldaten und herabstürzenden Geschossen zu orientieren. Dann liefen sie los, kreuz und quer und völlig unbeachtet, durch das Tor und den Berg hinab in die Stadt.

Missmutig sah General d'Alton, dass auch ein Teil der Hauptwache auf dem Paradeplatz demoliert war, ebenso einige der unteren Kasernen.

Dem Kommandeur seiner Artillerie hatte er den Befehl gegeben, das feindliche Feuer nur spärlich zu erwidern, lediglich mit acht Geschützen und einem Mörser. Jede Kugel, die sie hinübersandten, wäre ein Geschenk an den Feind.

Eine Ironie der Geschichte, die d'Alton durchaus bewusst war: ein großer Teil der Munition auf der Zitadelle war preußischer Herkunft. Die preußischen Festungen, Erfurt und Magdeburg voran, hatten 1806 nach Napoleons Siegen bei Jena und Auerstedt voll bemannt und gerüstet kampflos kapituliert. Nur in Kolberg leisteten Gneisenau und Schill hartnäckig Widerstand.

So könnte der Gouverneur die Belagerer mit ihren eigenen Kanonen und Kugeln beschießen. Aber er sparte die Munition lieber für den Fall, dass die Gegner den Sturm auf die Zitadelle wagten. Das wäre zwar mit hohen Opfern verbunden, aber er durfte es nicht ausschließen. Was er an Truppen noch in der Stadt hatte, war auf die Zitadelle beordert. Sie konnten das Tor schließen und waren dahinter sicher, sollten die Preußen stürmen wollen.

Inzwischen brannten auf dem riesigen Festungsplateau Klostergebäude, Heulager, Ställe, Hauptwache, ein Teil der Mannschaftsunterkünfte und mehrere Proviantlager.

Das war ärgerlich, doch noch lange kein Grund zur Kapitulation. Auch nicht der Verlust des Branntweins, mochte dem die Mannschaft noch so nachjammern. Er würde morgen in der Stadt neuen requirieren.

Die Brandstellen wurden ordentlich gesichert, was zu retten war, war gerettet worden, und in den Kasematten lagerten genug Vorräte. Dorthin konnten sie sich auch alle in Sicherheit begeben, sobald die Gefahr gebannt war, dass Funkenflug und einstürzende Dächer und Wände weitere Gebäude entflammten.

Gegen Mittag wurde das Feuer der feindlichen Artillerie deutlich schwächer. Ein Lächeln spielte um Alexandre d'Altons Lippen.

»Wird ihnen jetzt schon die Munition knapp?«, meinte er zu de Trousteau, der zu demselben Schluss gekommen war und ebenfalls kalt lächelte.

»Es erweckt ganz den Anschein. Denken Euer Exzellenz, dass sie die Stadt stürmen werden?«

»Ganz Erfurt brennt! Sie haben sich selbst den Weg hierher versperrt.«

Immer noch läuteten die Brandglocken über Erfurt.

Das ganze Viertel vom Dom bis zum Andreastor war inzwischen ein einziges fauchendes Flammenmeer. Auch an vielen anderen Stellen der Stadt loderten Feuer. Nur wenige Menschen hielten sich noch in den Straßen auf und versuchten, diejenigen in Sicherheit zu bringen, deren Häuser in Schutt und Asche aufgingen.

Mit größter Erleichterung sah Konstantin Gerlach die von der Zitadelle geflohenen vier Erfurter die Straße hinabbrennen. Hastig umarmte er Friedrich Keyser, der hustete, keuchte und rußverschmiert war wie sie alle inzwischen.

»Geh rasch nach Hause, Magdalena kommt um vor Sorge um dich!«, rief er, und Friedrich befolgte den Rat sofort. Er würde wiederkommen, doch zuerst wollte er nach Vater und Schwester schauen.

Erleichtert sah auch Constantin Beyer dem jungen Mann nach. Dann fiel sein Blick auf eine vertraute Gestalt, und er erschrak. Rasch fasste er sich und ging auf sie zu.

»Madame!«, sagte er, zog seinen Hut, der angesengt, schon mehrmals zu Boden gefallen und völlig verschmutzt war und den er nur noch wegwerfen konnte, sollte er diesen Tag überleben.

Nichts an seiner Miene ließ erkennen, dass hier etwas anderes geschah, als dass ein Bürger dieser Stadt die allseits bekannte Gattin eines der höchsten Beamten in Sicherheit bringen wollte.

Seine Geliebte befand sich in Begleitung eines ihrer Dienstmädchen, und jede von den beiden trug einen Korb und verteilte Bier und Butterbrote an diejenigen, die sich noch in den Straßen aufhielten.

»Madame, Sie sind hier in größter Gefahr!«, sagte er mit Nachdruck.

Plötzlich schrie der Bauschreiber Diebel von rechts: »Alle zurück, der Erker kracht gleich runter!«

Die Warnung kam keinen Augenblick zu früh, schon stürzten brennende Balken und Mauerwerk prasselnd zu Boden, Funken stoben meterweit.

Ein glühendes Stück Holz fiel auf den Hut von Beyers Geliebter, der mit Spitzen verzierte Stoff fing sofort Feuer. Geistesgegenwärtig riss das Dienstmädchen die brennende Kopfbedeckung herunter, und in den Gestank von Rauch und Ruß mischte sich nun der von versengtem Haar.

Noch einmal bewies das Dienstmädchen schnelles Reaktionsvermögen und schüttete Wasser aus einer Kanne in ihrem Korb über die sengenden Locken.

»Es tut mir so leid, Madame!«, rief sie bestürzt. »Ihr Haar ist jetzt nass! Aber es hat kaum Schaden genommen.«

Darüber war auch Beyer sehr erleichtert, der das schwarz glänzende Haar dieser Frau sehr liebte.

»Sie haben geholfen, das wird Ihnen Erfurt hoch anrechnen. Doch jetzt müssen Sie sich in Sicherheit bringen!«, flehte er. Und um den Schein zu wahren, fügte er hinzu, auch wenn es ihm schwerfiel: »Ihr Gatte wird in großer Sorge um Sie sein.« Er rief den Polizeikommissar Schütz heran, einen zuverlässigen Mann, der mit einigen seiner Unterstellten tatkräftig bei den Rettungsarbeiten half.

»Monsieur, bitte geleiten Sie die Gattin des Herrn Rates sicher in ihr Heim, sofern es noch steht, oder in das Palais!«

Der Polizeikommissar zögerte keinen Augenblick, diesen Auftrag von einem Zivilisten anzunehmen. Niemand hätte ihm verziehen – er selbst sich am allerwenigsten –, wenn er die schöne Gattin eines der einflussreichsten Männer der Stadt nicht außer Gefahr brächte. Zumal sie ihm leidtat; seit dem Tod ihres Sohnes war sie in Schwermut verfallen.

»Bitte, Madame, folgen Sie mir. Ich bringe Sie in Sicherheit«, sagte er taktvoll nach einer tiefen Verneigung. Seine Männer würden so lange auch ohne ihn tun, was zu tun war.

Die heimliche Geliebte des Monsieur Beyer übergab die Körbe mit dem Proviant den Freiwilligen, dankte dem stadtbekannten Buchhändler höflich und mit steinerner Miene für seine Fürsorge und ließ sich wortlos fortführen.

Am Mittag befahl General von Kleist, das Feuer vorläufig einzustellen. Sie mussten Munition sparen, sonst würde sie nicht einmal bis zum Abend reichen. Die Männer sollten pausieren, die Geschütze abkühlen.

Vor allem aber hoffte Friedrich von Kleist, Gouverneur d'Alton würde die Kapitulation oder zumindest Verhandlungen anbieten. Lange wartete der preußische General. Doch kein Parlamentär wurde gemeldet.

Also befahl er, die Kanonade wieder aufzunehmen.

Gerade als die Erfurter Hoffnung schöpften, das Schlimmste sei vorbei, eröffnete der furchtbare Knall, mit dem eine Haubitzgranate in ein schon brennendes Haus am Rubenmarkt krachte, den zweiten Akt der Tragödie.

Kurz vor Einbruch der Dämmerung verzog sich endlich der Nebel über der Stadt. Nun bekamen Kleist und sein Generalstab Gewissheit: Ihre Artilleristen hatten zwar auf der Zitadelle beträchtlichen Schaden angerichtet, aber auch halb Erfurt in Brand gesetzt.

Gegen neun Uhr abends meldeten sämtliche Batterieführer des Zweiten Preußischen Korps, dass ihre Munition verschossen sei. Zweitausendfünfhundert Kanonenkugeln, Brandgeschosse und Granaten.

General von Kleist schickte erneut einen Leutnant aus seinem Stab als Parlamentär auf die Zitadelle, um den Gouverneur zur Übergabe der Festung aufzufordern.

Doch der lehnte wiederum ab.

Als der Kanonendonner in der von Flammen erleuchteten Nacht jäh erstarb, kam dieser Moment plötzlicher Stille den Stadtbewohnern gespenstisch vor.

Doch schon fraßen sich wieder andere unheilvolle Geräusche und Bilder in ihr Bewusstsein. Immer noch zischten, fauchten, knisterten die Feuer, läuteten die Alarmglocken, stürzten berstend die Gerippe ausgebrannter Häuser zusammen.

Ganze Straßenzüge am Domplatz waren eine einzige grausige Feuerwand, die Stadt von Glut überzogen.

Erfurt leuchtete schaurig rot durch die Nacht. Die feuchte, nebelschwere Luft war voller Qualm, der Himmel von dichten Rauchsäulen zerteilt.

Beyer, sein Teilhaber Maring, Gerlach und auch der junge Keyser versuchten immer noch, zusammen mit anderen Freiwilligen ein Übergreifen der Flammen vom Rubenmarkt auf das nächste Viertel zu verhindern.

Ihre Gesichter waren rußverschmiert, die Gehröcke ruiniert, aber wen kümmerte das? Immer neue Schreckensnachrichten erreichten sie, von weiter entfernt gelegenen Häusern, die nur noch Schutt und Asche waren.

Ein blondes Mädchen näherte sich durch die von Trümmern und Glut bedeckte Straße und bot ihnen Wasser zur Erfrischung an. Beyer kannte sie; er hatte ihr auf ihre Bitte hin öfter Briefe an einen französischen Sergeanten übersetzt. Und Konstantin Gerlach erkannte sie jetzt auch.

»Ich danke Ihnen dafür, dass Sie mir halfen, meinen Vater in Sicherheit zu bringen«, sagte sie. »Ihn plagt das Fieber, er kommt nicht mehr auf die Beine.«

»Zu Ihren Diensten!«, erwiderte Konstantin, lupfte seinen Hut, wischte sich den Schweiß von der Stirn und nannte seinen Namen. »Verzeihen Sie, dass ich mich vorhin nicht vorgestellt habe.«

»Marie Fischer«, sagte sie und knickste. »Sie sehen alle schwarz aus wie die Teufel.«

Dann schaute sie in die Richtung, aus der die Kugeln und Brandgranaten gekommen waren. »Ob es nun vorbei ist?«

»Das walte Gott!«, meinte Konstantin. »Wie lange können die eine Stadt beschießen?«

Niemand antwortete, denn diese Antwort wollte keiner hören.

Johann Daniel Pohle aus dem Einquartierungsamt kehrte zurück und brachte Neuigkeiten: Schon über einhundert Häuser lagen in Schutt und Asche, etliche brannten immer noch. Und in die Keller flutendes Wasser hatte sämtliche Vorräte vernichtet.

»Die meisten, die ausgebrannt sind, retten sich in die Predigerkirche. Gott sei gedankt, dass niemand bereit war, sie abzureißen!«

Die sechshundert Jahre alte Kirche war unter Napoleons Herrschaft erst als Kriegsgefangenenlager, dann als Heumagazin genutzt worden und vor zwei Jahren zum Verkauf und Abriss freigegeben. Doch es hatte sich kein Käufer gefunden.

»Was ist mit den Verwundeten in der Severikirche?«, fragte Constantin Beyer. Die war jetzt französisches Lazarett.

»Dort ist nur das Dach der Sakristei beschädigt; sie müssen sich selbst helfen. Aber bei allem Unglück – bisher weiß ich nur von einem oder zwei Toten«, berichtete der dürre Pohle. »Die Frau eines Bandmachers und ihr Mann standen am Fenster, als eine Kugel die arme Frau niedermähte und ihrem Mann beide Beine abriss.«

Er nahm den Hut kurz ab und murmelte: »Friede sei mit ihnen!«, und die Männer um ihn herum taten es ihm gleich.

»Wenn es doch nur regnen würde!«, stöhnte der Bauschreiber Diebel. »Aber so … Wir können hier nichts mehr ausrichten. Hoffen wir, dass nicht noch Wind aufkommt.«

Constantin Beyer sah nach oben. Von Regenwolken keine Spur. Sein Blick verharrte bei dem brennenden Kloster oben auf dem Petersberg.

»Wie Riesenaugen!«, sagte er schaudernd. Rote Glut leuchtete durch die runden Öffnungen im Kreuzgang und die hohen Fenster der Kirche. Millionen Funken sprühten von dem immer noch brennenden Heuschober.

In der Stadt beleuchtete der Feuerschein der lodernden Häuser vor der großen Freitreppe auf grausig schöne Art die Fassade des Erfurter Domes.

Immer noch schaudernd, bleiern schwer vor Erschöpfung, schwitzend und frierend zugleich, rußverschmiert und schwer keuchend in der rauchgeschwängerten Luft, schleppte sich Constantin Beyer die wenigen Schritte zu seiner Wohnung. Der Fischmarkt war taghell, auf Türmen und Fenstern flackerte der Widerschein des Flammenmeers.

Jetzt wollte er nichts weiter als einen Krug Wasser trinken, sich den Schweiß und Ruß vom Leib waschen und in sein Bett fallen. Ein Wunder, dass sein Haus – nur wenige Minuten vom Ort der schlimmsten Katastrophe entfernt – verschont geblieben war. Für heute zumindest.

Der Markt war menschenleer bis auf eine französische Kavalleriepatrouille, während die Sturmglocken nach wie vor läuteten. Und als wäre dieser Tag nicht schon furchtbar genug, kam ihm kurz vor dem Haus ein Leichenzug mit einem ausgemergelten Toten entgegen.

Das erinnerte Constantin Beyer daran, dass die Stadt, selbst wenn alle Brände gelöscht waren, den nächsten Feind in ihren Mauern hatte: den Typhus, der gerade erst richtig aufzuflammen begann.

Am nächsten Tag – das Kloster brannte immer noch – vereinbarten General Friedrich von Kleist und Gouverneur Alexandre d'Alton einen Waffenstillstand, um in Verhandlungen zu treten.

Beide wollten Zeit gewinnen.

Kleist konnte nichts unternehmen, solange nicht Nachschub an Munition und weitere schwere Geschütze von den Österreichern kamen.

Und d'Alton durfte sich über jeden Tag freuen, den er mit seinen paar tausend Untergebenen das fünfunddreißigtausend Mann starke Zweite Preußische Korps hier festhielt.

Derweil würde seine Besatzung das Plateau der Zitadelle aufräumen und die Schäden beheben. Was an Vorräten vernichtet worden war, mussten die Erfurter ersetzen.

Am gleichen Tag, dem 7. November 1813, verließ Napoleon Bonaparte Mainz, wo er eine Woche lang seine Armee geordnet hatte, um nach Paris zu reisen und sich vom Senat neue Truppen bewilligen zu lassen.

Und während in Erfurt das Kloster auf dem Petersberg noch brannte und die Häuser am Domplatz schwelten, fiel in Dresden die Entscheidung über Wohl und Wehe der sächsischen Hauptstadt.

Eine Habsburgerin rettet Dresden

Sachsens Hauptstadt, 7. November 1813

Prinzessin Therese, die Gemahlin von Prinz Anton, dem Bruder des sächsischen Königs, war keine Schönheit und bei den Sachsen auch nicht beliebt. Sie war eine Tochter des Kaisers Leopold II. und Erzherzogin von Österreich. Groß, hager und spitznasig, stocksteif gemäß ihrer strengen Erziehung am Wiener Hof, vereinigte sie alle Hässlichkeit der habsburgischen Familie in sich. So hatte es der Generalleutnant von Funck einmal im kleinsten Kreise wenig charmant, aber treffend formuliert.

Als der sächsische König samt Frau und Tochter auf Napoleons Weisung Dresden im Oktober verließ, um dem Kaiser nach Leipzig zu folgen, blieben seine jüngeren Brüder Anton und Maximilian mit ihren Gemahlinnen am Hof. So waren sie nun in der seit Wochen von den Alliierten umzingelten Stadt eingeschlossen. Und die Lage dort konnte nur noch als verzweifelt bezeichnet werden.

Das Nervenfieber wütete, die Lazarette waren überfüllt, die Verpflegung reichte nur noch wenige Tage. Dresdens Militärgouverneur Marschall Gouvion Saint Cyr hatte schon alle Kriegsgefangenen entlassen, um keinen Esser mehr als nötig in der Stadt zu haben. Er hatte die bayerischen und sächsischen Soldaten fortgeschickt, die nicht mehr seinem Kommando unterstanden. Die Westphalen waren von allein weggelaufen.

Er besaß kaum noch Munition und keine Kavallerie mehr für einen Ausfall oder um die Geschütze zu ziehen. Die letzten Pferde wurden gerade geschlachtet und gegessen.

Die sonst so auf Gemütlichkeit bedachten und kaum aus der Ruhe zu bringenden Dresdner standen kurz vor der Rebellion.

Und zu alldem lastete auf Marschall Gouvion Saint Cyr auch

noch die Verantwortung für Mitglieder der sächsischen Königsfamilie. Einen heiklen Todesfall hatte es gerade erst gegeben: Vor einer Woche starb der französische Gesandte in Dresden am Nervenfieber, der Baron von Serra.

Die Belagerungsarmee unterstand dem österreichischen General der Kavallerie Johann Graf Klenau, Freiherr von Janowitz. Der galt als erfahrener und draufgängerischer militärischer Führer. Gouvion Saint Cyr hoffte deshalb, Klenau würde den Angriff auf Dresden befehlen, und bereitete sich entsprechend vor.

Doch sein Gegner tat nichts dergleichen. Er wollte das Blut seiner Männer sparen und lieber warten, bis ihm Dresden in ein paar Tagen von allein zufiel.

Also hatte Laurent Gouvion Saint Cyr, der Mann, der niemals lächelte, gnadenlos gegen seine Soldaten und gegen sich selbst, gestern einen letzten Durchbruchsversuch befohlen. Vier Uhr nachts, zwei Stunden vor Beginn der Kanonade auf Erfurt, zogen vierzehntausend Franzosen los, um sich nach Torgau durchzuschlagen, ohne zu wissen, ob sie in der Festung aufgenommen würden. Doch der Ausfall scheiterte. Nach blutigen Kämpfen musste Gouvion Saint Cyr seinen durch Krankheit und Hunger geschwächten Männern den Rückzug befehlen. Unter großen Verlusten retteten sie sich nach Dresden – und waren erneut Gefangene.

Wie der Marschall nun noch eine ehrenvolle Kapitulation erwirken sollte, wusste er nicht.

Im eilig einberufenen Kriegsrat verkündete Graf Dumas, die Lebensmittelvorräte reichten nur noch für drei Tage.

»Ich will nicht sterben!«, kreischte der dürre Graf Marcolini, der mehr Schätze und Ämter als jeder andere gehortet hatte und trotzdem in Todesangst lebte, er könnte das gleiche Schicksal erleiden wie der französische Gesandte. Oder von den Alliierten hingerichtet werden, denn *er* hatte den König immer wieder überredet, Napoleon die Treue zu halten.

»Auf die Knie gefallen bin ich vor den Österreichern, aber sie wollen nicht verhandeln!«, stöhnte Bürgermeister Heyme und raufte sich die Haare. Die Mitglieder der vom König eingesetzten Regierungskommission schwiegen ratlos und blickten bedrückt zu Boden.

Gouvion Saint Cyr tat, was er sonst nur nach einer besonders harten und blutigen Schlacht tat: Er zog sich allein in einen Raum zurück und spielte Violine. Das galt als wunderliche Eigenart des eiskalten Marschalls. Doch für die wenigen, die ihn verstanden, war es kein Ausdruck von Gefühlskälte, sondern von höchster Verstörung.

An jenem Punkt erklärte unerwartet Prinzessin Therese, sie werde sich der Angelegenheit annehmen.

Jedermann staunte.

Denn Therese – eigentlich Maria Theresia, aber dieser Name klang den Sachsen wohl zu machiavellistisch – und ihr Gemahl Prinz Anton führten am Dresdner Hof ein zurückgezogenes Leben und hielten sich aus der Politik vollkommen heraus. Sie waren so gegensätzlich, wie man es sich nur denken konnte: sie groß und dünn, so starr dem Hofprotokoll verhaftet, dass sie diesbezüglich sogar dem sächsischen König den Rang ablief; er klein und rundlich, zu Scherzen neigend, was ihn im Gegensatz zu ihr beliebt machte, und nicht mit übermäßigen Geistesgaben gesegnet.

Doch die Leute täuschten sich in Therese.

Sie mochte hässlich sein, stocksteif und unnahbar nach der strengen habsburgischen Erziehung, zumeist still, wie es am sächsischen Hof von den Damen erwartet wurde. Aber hinter dieser Fassade steckten ein kluger Geist und der wache politische Verstand einiger bemerkenswerter Frauen des Hauses Habsburg – auch wenn dergleichen am Dresdner Hof unerwünscht war.

Als es keine Hoffnung mehr für die Stadt und die hier Eingeschlossenen zu geben schien, übernahm Prinzessin Therese die Initiative und schrieb einen Brief an ihren Landsmann, den österreichischen General von Klenau.

Darin bat sie ihn, doch freundlicherweise die Unterhändler des Marschalls Gouvion Saint Cyr zu empfangen, um Dresden noch größeres Elend zu ersparen.

Es waren weniger die höflichen Worte Thereses, die den General veranlassten, entgegen seinen Absichten schon am nächsten Tag Verhandlungen aufzunehmen. Doch die nun sächsische Prinzessin war eine Erzherzogin von Österreich und Tochter eines österreichischen Kaisers. Als Österreicher durfte er ihr keine Bitte abschlagen.

Bereits am 11. November wurde im nahe gelegenen Herzogswalde Einigung erzielt.

Dresden kapitulierte als erste der Elbfestungen.

Die immer noch mehr als dreißigtausend Mann starke Besatzung – es gab da trotz aller Verluste eine wundersame Vermehrung, weil nun tausende Deserteure aus ihren Verstecken kamen, die bei Dresdner Bürgern untergekrochen waren – durfte bewaffnet und mit Gepäck aus Dresden abmarschieren und sollte vor der Stadt die Waffen strecken. Die Offiziere konnten die Degen behalten.

Als Zeichen besonderen Respekts vor der Person des Marschalls bewilligte General von Klenau sogar, dass ein sechshundert Mann starkes Bataillon bewaffnet bleiben und er zwei Geschütze Reitender Artillerie mitnehmen durfte.

Im Gegenzug verbürgte sich der Marschall, seine Männer, die als Kriegsgefangene galten, nach Frankreich zu führen, wo sie gegen alliierte Kriegsgefangene ausgetauscht würden. Bis dahin durften sie sich an keinen militärischen Aktionen beteiligen und frühestens in sechs Monaten wieder gegen die Verbündeten ziehen.

Laurent Gouvion Saint Cyr, der Mann, der niemals lächelte, atmete auf.

Maria Theresia, die Prinzessin, der das Lächeln schwerfiel, strahlte über das ganze hagere Gesicht.

Die leidgeprüften Dresdner jubelten.

Die Soldaten freuten sich, nach Hause zu kommen.

Doch sie alle freuten sich zu früh.

Als Generalfeldmarschall Fürst Schwarzenberg von den Kapitulationsbedingungen erfuhr, die sein Landsmann Klenau den Franzosen nach Eingreifen der Prinzessin Therese gewährt hatte, erklärte er die Vereinbarung für ungültig.

Das erfuhr Gouvion Saint Cyr aber erst, als er mit der ersten Kolonne bereits hundert Kilometer weit westlich war.

Entscheidungen

Leipzig, 8. November 1813

Beim gemeinsamen Abendessen mit Madame Lindenthal beobachtete der Stabskapitän von Wilhelmsen Henriette genau. Jeder im Haus wusste, dass er in zwei Tagen zu seinem Regiment zurückkehren würde. Heute hatte er einen Brief von Maximilian Trepte erhalten, Mademoiselle Gerlach ebenso. Und seitdem strich sie wie ein Geist durchs Haus.

Als sie auch jetzt kein Wort sagte, sondern nur blass in ihrem Kartoffelpüree herumstocherte, sprach er sie schließlich an.

»Haben Sie Ihre Entscheidung getroffen, Mademoiselle Gerlach?«

Henriette zuckte zusammen und sah hoch.

Sie wusste, dass diese Frage heute Abend unausweichlich fallen würde. Seit am Vormittag Maximilians Brief mit diesem Vorschlag gekommen war, der sie wie ein Blitz getroffen und von dem der Stabskapitän ihr gegenüber nie auch nur ein Wort erwähnt hatte, konnte sie an nichts anderes denken. Doch jetzt brachte sie kein Wort heraus.

Madame Lindenthal hingegen reagierte sofort.

»Welche Entscheidung steht denn an, Herr Stabskapitän?«, fragte sie leicht gekränkt und vorwurfsvoll. Sollte ihr tatsächlich etwas entgangen sein, in ihrem eigenen Haus?

»Vielleicht braucht die Mademoiselle einen mütterlichen Rat? Sie wirkt nämlich gerade nicht besonders glücklich. Offenbar scheint ihr diese mysteriöse Entscheidung, die Sie da ansprechen, sehr zu schaffen zu machen.«

Von Wilhelmsen hatte keine Bedenken, das Geheimnis zu lüften. Premierleutnant Trepte nahm seinen Vorschlag an, nun musste das Mädchen zustimmen oder ablehnen. Ihr Entschluss würde auch die Witwe betreffen, deshalb gehörte das Gespräch an diesen Tisch.

Und angesichts seiner nahenden Abreise war Eile geboten. Nicht zuletzt hoffte von Wilhelmsen, die lebenserfahrene und wortgewaltige Charlotte Wilhelmine Lindenthal könnte Henriette eher überzeugen als er.

»Mein Verlobter möchte, dass ich mit dem Herrn Stabskapitän zum Regiment nach Frankfurt reise, damit Premierleutnant Trepte und ich dort heiraten«, erklärte Jette matt, fast flüsternd.

Nun war es heraus.

Die Augen der Witwe weiteten sich. Gleich strahlte sie übers ganze Gesicht. »Eine Hochzeit? Eine Feldhochzeit, meine Liebe? Das ist ja wunderbar!«

Begeistert schlug sie die Hände zusammen. »So ungern ich Sie gehen lasse, aber wieso sitzen Sie dann hier wie ein Häufchen Elend? Sie sollten längst packen! Uns bleiben nur zwei Tage. Eigentlich bloß einer, da der Herr Stabskapitän übermorgen sicher in aller Frühe abreisen will.«

Sie lehnte sich zurück, verschränkte die Arme vor der Brust

und musterte Henriette kritisch. »Zuerst einmal brauchen wir ein Kleid für Sie, Kind! Etwas Schlichtes, einer Feldhochzeit angemessen. Aber nicht *zu* schlicht …«

Madame Lindenthal war ganz aus dem Häuschen und ganz in ihrem Element. Da die Braut keine Eltern mehr hatte, musste sie eben einspringen. Was für eine freudige Abwechslung in dieser traurigen Zeit! Und irgendwie war ihr das zarte Ding ans Herz gewachsen, es verdiente das Glück und diesen gut aussehenden jungen Gardeoffizier.

»*Sie*, Herr Stabskapitän, werden doch unsere hübsche Braut zum Altar führen, da die Ärmste keinen Vater mehr hat?«, fragte Madame Lindenthal in einem Tonfall, der keinen Widerspruch duldete.

»Gern, sofern Mademoiselle Gerlach das wünscht. Schließlich verdanke ich ihr, dass ich immer noch auf zwei Beinen stehe und meinen Dienst wieder antreten kann.«

Von Wilhelmsen wandte sich Henriette zu und erforschte ihr Gesicht. »Doch zunächst müssen wir hören, was Mademoiselle Gerlach in dieser Angelegenheit sagt. *Möchten* Sie mit mir nach Frankfurt reisen?«

Jette sank noch mehr in sich zusammen.

»Es kommt … sehr plötzlich.« Damit es nicht ganz so kläglich klang, wandte sie noch ein: »Und was soll aus den Verwundeten werden, wenn ich fortgehe?«

»Dann lösen wir dieses kleine Lazarett auf«, erklärte der Stabskapitän, der bereits alles in die Wege geleitet hatte. »Die jungen Leutnants sind dank Ihnen so weit wiederhergestellt, dass sie nach Hause reisen und aus dem Dienst entlassen werden können. Madame Lindenthal, Sie müssen nicht fürchten, dass Ihnen neue Kranke geschickt werden. Das ist nun angesichts der Seuche nicht mehr zu verantworten. Die Infizierten kommen in die Baracken, die Doktor Reil bauen ließ, alle anderen in die regulären Lazarette. Ich habe befürwortet, dass Sie stattdessen einen Offizier oder Regierungsbeamten als Einquartierung zugeteilt bekommen, und hoffe, es ist Ihnen recht, Madame?«

»Sehr recht, natürlich, Herr Stabskapitän«, meinte die Witwe Lindenthal ehrlich erleichtert.

Einquartierung blieb in diesen Zeiten niemandem erspart, auch wenn fast alle Regimenter Richtung Westen abmarschiert waren. Das würde mindestens noch so lang gehen, bis die neue Regierung endlich in Dresden einziehen konnte. Doch selbst abgesehen von der gefährlichen Seuche: Sterbende und vor Schmerz schreiende Verwundete im Haus zu haben zehrte an den Nerven, auch wenn es eine fromme Christenpflicht war, den Leidenden zu helfen.

Außerdem machte sie sich Gedanken, wie lange sie noch so viele Esser satt bekommen konnte, trotz der Lieferungen der preußischen Armee. Der Winter nahte, und sämtliche Dörfer, die Leipzig sonst mit frischen Waren versorgten, waren ausgeplündert.

Von Wilhelmsen sorgte sich im Moment mehr darüber, was in Henriette vor sich ging.

»Ich verstehe, wenn diese plötzlich angesetzte Vermählung Sie etwas aus der Fassung bringt, Mademoiselle«, sagte er deshalb freundlich. »Doch der Premierleutnant hätte sich nicht für Sie entschieden, würde er Sie nicht sehr schätzen. Und ich kann ihm zu seiner Wahl nur gratulieren.«

Jette schossen die Tränen in die Augen. Sie brachte gerade noch eine Entschuldigung hervor, sprang vom Stuhl auf und stürzte in ihr Zimmer. Maximilian wird mich zurückstoßen und verachten, wenn er es erfährt, dachte sie verzweifelt.

Doch sie konnte nicht länger in Leipzig bleiben. Sie musste wieder einmal fort. Denn vorgestern war Post von ihrem Oheim aus Freiberg gekommen.

Mein liebes Kind,

ein preußischer Gardeleutnant namens Trepte hält bei mir um Deine Hand an. Was hat es damit auf sich? Wie gut kennst Du diesen Mann?

Jette, wenn Du ihn wirklich liebst und überzeugt bist, bei ihm in Sicherheit zu sein und ein glückliches Leben führen zu können, werde ich dem nicht im Weg stehen und gebe Euch von Herzen gern meinen Segen. Vielleicht ist das ja die Lösung für Deine derzeitige Situation.

Aber wenn Du das nur aus Verzweiflung tun willst, wenn Du diesen Mann weder richtig kennst noch ihm vertraust, dann höre bitte auf mich: Stürz dich nicht ins Ungewisse, in die nächste Notlage! Du hast mein Versprechen und das Deiner Tante: Du kannst jederzeit zurück nach Freiberg. Wir werden alles tun, um Dir ein anständiges Leben zu ermöglichen, und wir finden einen guten Mann für Dich.

Ich bedaure sehr, nicht nach Leipzig reisen zu können, um mit Dir über all das zu reden. Doch es wäre eine Unternehmung von einer Woche, und eine solche verbietet mir vorerst der Arzt. Außerdem, Du weißt: Die Zeitung muss erscheinen. Es sind sehr viele Proklamationen des neuen Stadtkommandanten zu veröffentlichen.

Zu meiner Unterstützung hatte ich Konstantin aus Erfurt hergebeten. Aber er ist inzwischen wieder zu Keyser zurückgekehrt. Ich will Dir nicht verschweigen, dass ein Streit um Dich der Grund war. Er darf mein Haus erst wieder betreten, sobald er zur Vernunft gekommen ist.

Deine Tante, Eduard und ich stehen zu Dir. Franz vermisst Dich, er fragt oft nach Dir. Wir alle vermissen Dich. Komm nach Hause! Dann beraten wir gemeinsam.

Kein Vorwurf wird fallen. Wir wollen Dein Bestes.

Nimm das Angebot an, Dir von meinem Freund Reclam die Reise organisieren zu lassen. Falls nicht, werde ich

meine liebe Johanna in den nächsten Tagen nach Leipzig
schicken. Lass Dich von ihr beruhigen – oder beruhige
uns, was diesen unerwarteten Heiratsantrag betrifft.
Bei Reclam habe ich Geld für Dich hinterlegt, damit Du
finanziell gesichert bist.
Gott schütze Dich und lenke Deine Schritte mit Bedacht!

Deine Dich liebenden Verwandten

Auf keinen Fall durfte Tante Johanna hier auftauchen und sie nach Freiberg zurückholen!

Das Zerwürfnis zwischen Konstantin und seinem Vater bewies, welch schlimmes Gerede in Freiberg über sie kursierte. Nur aufgrund dessen konnte sich Konstantin gegen sie gewandt und sogar mit seinem Vater zerstritten haben, denn er hatte das Jahr in Erfurt verbracht und nichts von alldem gesehen und miterlebt.

Ihr Ruf war ruiniert, und um ihrer Verwandten willen konnte sie nicht zurück. Das wäre auch der Ruin der Familie Gerlach. Also *musste* sie nach Frankfurt.

Mit Maximilian sprechen, ihm alles beichten und hinnehmen, wie er entschied. Falls er sie verstieß … Es wurden gewiss auch in Frankfurts Lazaretten Pflegerinnen gesucht, wenn ein Teil der Alliierten Armeen dort Quartier bezog.

Es blieb ihr nicht erspart, zur Reclamschen Buchhandlung in die Grimmaische Straße zu gehen, um das Geld von ihrem Oheim abzuholen. Sie musste in der Lage sein, Maximilian die Löhnung vollständig zurückzuzahlen, die er ihr übersandt hatte. Und sie brauchte wärmere Kleidung.

Zum Glück würde das Kleid aus blauem Wollstoff, das sie unlängst auf Drängen Madame Lindenthals in Auftrag gegeben hatte, morgen fertig sein.

Als sie vor mehr als einem Monat aus Freiberg fortlief, hoffte sie zu sterben – durch eine verirrte Kugel oder das Fieber. Sie hatte nur das Nötigste mitgenommen. Dass sie jetzt immer noch lebte, war in ihren Plänen nicht vorgesehen gewesen.

Unterdessen führte der Stabskapitän ein leises Gespräch mit der Witwe Lindenthal.

»Es tut mir sehr leid, die Mademoiselle so in Bedrängnis gebracht zu haben, dass sie weinte«, entschuldigte er sich. »Das war nicht meine Absicht.«

»Es ist das Beste für sie und auch für den Premierleutnant!«, versicherte die Witwe.

Jegliches Lächeln auf ihren Zügen erlosch.

»Wer weiß, wie viel Zeit den jungen Leuten bleibt«, sagte sie bekümmert. »Es ist immer noch Krieg, und ich glaube nicht, dass sich dieser Bonaparte so schnell geschlagen gibt.«

Auch von Wilhelmsens Gesicht verfinsterte sich. Er dachte an seinen Sohn, der im kommenden Frühjahr heiraten wollte und vor wenigen Wochen gefallen war. Nun weinte sich seine Braut die Augen aus.

Bedrückt fuhr Madame Lindenthal fort: »Wie ich von meinem Bruder hörte, ist auch der gute Doktor Reil am Nervenfieber erkrankt. So schwer, dass er sich nach Halle zu seiner Tochter bringen lässt. Ihm bleiben nur noch ein paar Tage, dem Ärmsten, Gott steh ihm bei! Seine Frau in Berlin ist kurz vor der Niederkunft. Um sie und das Ungeborene nicht zu gefährden, kann er sich nicht einmal von ihr verabschieden.«

Der Stabskapitän wusste vom Zustand des ärztlichen Leiters der linkselbischen Lazarette der Alliierten.

»Verstehen Sie jetzt, weshalb ich so darauf dränge, dass Mademoiselle Gerlach Leipzig verlässt?«

Mit einer Entschuldigung kehrte Henriette in den Salon zurück und setzte sich erneut an den Tisch. Sie hatte sich das Gesicht mit kaltem Wasser abgespült, doch ihre Augen waren immer noch gerötet.

»Es ist ein großer Schritt, eine Ehe einzugehen«, meinte die Witwe verständnisvoll und tätschelte ihr die Hand. »Da ist es ganz natürlich, wenn Sie aufgeregt sind, Kindchen. Noch dazu wird es nur eine schlichte Feldhochzeit, obwohl jedes Mädchen träumt, in Weiß in einer schönen Kirche zum Altar zu schreiten, bewundert von der ganzen Gemeinde. Aber diese Gelegenheit, sicher nach Frankfurt zu gelangen, wo die Regimenter feste Quartiere beziehen, dürfen Sie sich nicht entgehen lassen! Wer weiß, wann Sie Ihren Verlobten sonst wiedersehen. Er sorgt sich um Sie.«

Henriette nahm allen Mut zusammen.

»Ich habe mit dem Premierleutnant etwas Wichtiges zu besprechen. Deshalb nehme ich Ihre freundliche Einladung dankbar an, Herr Stabskapitän. Darf ich mit Ihnen nach Frankfurt reisen? Was muss ich tun?«

Erleichtert atmete von Wilhelmsen auf.

»Gar nichts außer packen!«, versicherte er. »Um Reisegelegenheit und sämtliche Papiere kümmere ich mich. Nehmen Sie meine Glückwünsche entgegen, Mademoiselle!«

Euphorisch stimmte Madame Lindenthal in die Gratulation ein, ihre Stimme zitterte vor Rührung.

»Der Premierleutnant wird überglücklich sein. Es wird auch den Männern des Regiments viel bedeuten«, meinte von Wilhelmsen. »Sie kämpften tapfer und mussten harte Entbehrungen hinnehmen. Da ist eine Hochzeit eine erfreuliche Abwechslung. Und ich versichere Ihnen: Das Regiment wird Sie auf Händen tragen, wenn es von Ihrer aufopferungsvollen Arbeit im Lazarett erfährt.«

Oder sie jagen mich davon, dachte Henriette.

»Wenn der Herr Stabskapitän meint, für sie sei nichts zu tun, so kann sich das nur auf die Reisepapiere beziehen«, entrüstete sich Madame Lindenthal, die jäh zu alter Durchsetzungskraft zurückfand. »Sie braucht ein Kleid für die Hochzeit, tausend Dinge müssen bedacht werden. Und uns bleibt nur ein Tag

Zeit! Warum hat denn niemand eher ein Wort darüber fallen-lassen, dass uns so plötzlich eine Hochzeit ins Haus steht?«

»Sie steht ja nicht in diesem Haus an; es ist nicht einmal gewiss, ob es überhaupt eine Hochzeit geben wird«, wagte Henriette einzuwenden.

Die Witwe Lindenthal ignorierte das.

»Wie viel Gepäck kann sie mitnehmen, Herr Stabskapitän? Das junge Paar benötigt Geschirr, Weißwäsche, um sich ein-zurichten ...«

»Ich könnte die Nachbarn in Weißenfels bitten, eine Truhe voll aus dem Haus meiner Eltern nach Frankfurt zu senden – sofern die Plünderer etwas übrig gelassen haben«, meinte Henriette überrascht.

So weit hatte sie noch gar nicht gedacht, da sie nach wie vor bezweifelte, dass diese Hochzeit stattfand. Doch die Buch-druckerfamilie Kell würde das gewiss für sie tun. Jetzt, nach-dem Weißenfels befreit war, würde auch niemand mehr nach-forschen, wer den Plünderer erschlagen hatte. Nun war ihr Verbleib kein Geheimnis mehr, und hatte sie erst eine richtige Adresse, konnte sie auch Monsieur Kell bitten, ihr ein paar Kleider und Schuhe zu schicken, ihre Lieblingsbücher und was sie sonst noch brauchte.

»Das Quartier in Frankfurt ist nur vorübergehend, und die Hauseigner, bei denen das junge Paar einquartiert ist, werden alles Nötige bereitstellen«, dämpfte der Stabskapitän den Eifer der Witwe. »Das Brautpaar wird sich später in Berlin einrichten können.«

»Aber das Kleid!« In diesem Punkt ließ Madame nicht locker.

»Weiß geht nicht, die Eltern Ihres Zukünftigen haben gerade zwei Söhne verloren.«

Die Familie kennt mich nicht und kann zur Hochzeit nicht kommen, dachte Henriette. Es wird eine Zeremonie ohne Verwandte, nur mit Regimentsangehörigen. Und unschuldi-ges Weiß steht mir nicht mehr zu.

»Holen Sie doch einmal Ihr anderes Kleid, das weiße mit den winzigen blauen Punkten, und halten Sie es an …«

Wortlos gehorchte Henriette. Sie wurde aufgefordert, sich in die Mitte des Salons zu stellen und langsam zu drehen, während Madame Lindenthal sie von allen Seiten musterte.

»Den Ausschnitt setzen wir mit weißer Spitze ab, passende Rüschen an den Ärmeln, ein weißes Satinband über der Taille … Sehen Sie, was ich sehe, Herr Stabskapitän? Zurückhaltend und doch festlich, sogar mit Preußischblau im Muster. Ein Brautkranz aus Eichenlaub. Jetzt in den leuchtenden Herbstfarben wird das auf ihrem hellbraunen Haar ganz zauberhaft aussehen. Schlicht, angemessen, *patriotisch*. Was sagen Sie?«

Von Wilhelmsen nickte mit verstohlenem Lächeln.

Zufrieden nickte auch die Witwe.

»Meine Liebe, morgen müssen Sie alle Pflichten aufschieben! Ihre Patienten werden das schon verkraften. Wir gehen gleich in der Frühe zum Schneider und zum Putzmacher. Sie brauchen auch einen Muff, sonst erfrieren Sie noch, bevor Sie überhaupt im Ehebett landen. Vertrauen Sie mir, ich kümmere mich um alles. Und jetzt gehen Sie schlafen, Kind! Ihnen stehen aufregende Tage bevor.«

Geständnisse

Frankfurt-Sachsenhausen, 12. November 1813

Durch die Fenster der Kutsche konnte Henriette trotz der wirbelnden Schneeflocken schon die Kirchtürme Frankfurts erkennen. Je mehr sie sich der über tausendjährigen Krönungsstadt näherten, desto unruhiger wurde sie.

Sie war noch nie am Main gewesen. Hier würde sich heute ihr Schicksal entscheiden. Wieder einmal.

In ihrem jungen Leben hatte sie noch nie eine so weite Reise unternommen. Von Weißenfels aus war sie immer nur nach Freiberg oder Leipzig gefahren, zu den Gerlachs oder zusammen mit Vater und Oheim zu den Leipziger Buchmessen.

In der Kutsche bestand ihre Gesellschaft aus der deutlich älteren Frau eines Majors, die sie durchs Lorgnon musterte und sich danach demonstrativ in Schweigen hüllte, deren ebenso wortkarger Begleiterin und einem grauhaarigen, sehr freundlich wirkenden Mann, der sechs Sprachen in Wort und Schrift beherrschte. Wie er bereitwillig erzählte, war er vom preußischen Hauptquartier zu den diplomatischen Verhandlungen in Frankfurt angefordert worden.

Von Wilhelmsen ritt vor oder hinter ihnen, begleitet von seinem ebenfalls berittenen Burschen Franz. Der Offizier genoss es sichtlich, endlich wieder im Sattel zu sitzen, obwohl ihn das Bein beim Auf- und Absteigen noch schmerzte, wie Henriette an seinen Bewegungen erkannte.

Sie hätte gern gelesen; die Witwe Lindenthal hatte ihr zum Abschied Goethes *Werther* aus der Bibliothek ihres verstorbenen Gatten geschenkt. »Zu aufregend für mich in meinem Alter, aber Sie kennen und mögen es gewiss!«, meinte sie mit schelmischem Blick. Doch bei dem Geholper war Lesen unmöglich.

So verbrachte sie die meiste Zeit mit Grübeleien. Die führten immer wieder zu dem einen Ergebnis: Sie hätte die Einladung des Stabskapitäns nie annehmen dürfen, mit ihm nach Frankfurt zu reisen. Denn die Hochzeit würde nicht stattfinden, wenn sie Maximilian erst *all* ihre Verfehlungen gebeichtet hatte. Der Skandal würde auch auf ihn zurückfallen, und das durfte sie ihm nicht antun. Nun kam sie sich auch noch wie eine Betrügerin vor.

Unter der Sitzbank war eine kleine, abgenutzte Reisetruhe

verstaut – ein Geschenk von Madame Lindenthal, die erklärt hatte, in ihrem Alter beabsichtige sie ohnehin nicht mehr, auf Reisen zu gehen. In der Truhe lag auf ihren wenigen anderen Kleidungsstücken das mit Spitze und Satinband zum Brautkleid aufgebesserte weiße Tageskleid mit den kleinen blauen Punkten. Von Wilhelmsen hatte ihr einen Muff aus Kaninchenfell geschenkt. Als Dank für die Pflege und mit ausdrücklicher Erlaubnis ihres Zukünftigen, wie er versicherte – sonst hätte sie das Geschenk nicht annehmen dürfen.

Sie trug nun ein warmes blaues Kleid unter dem Mantel.

Am Abend vor der Abreise hatte ihr die Witwe noch ein elegantes Schächtelchen in die Hand gedrückt, um das eine weiße Schleife gebunden war.

»Mögen sie Ihnen Glück bringen, mein Kind!«, sagte sie mit Tränen der Rührung in den Augen.

Nach ihrem auffordernden Blick öffnete Jette das Kästchen und errötete beim Anblick der weißen Strümpfe und der mit Spitze verzierten Strumpfbänder. Ein Aspekt ihrer Reise, über den sie gar nicht nachdenken wollte.

»Ihr Verlobter wird Sie glücklich zu machen wissen, vertrauen Sie mir!«, wisperte die sonst so Stimmgewaltige. Ein wehmütiges Lächeln zog über ihr Gesicht, und zu Jettes Überraschung griff die Witwe nach ihren Händen und drückte sie.

»Sie haben mir viel Ärger erspart – zum Beispiel drei Dutzend Kosaken als Einquartierung«, gestand Charlotte Wilhelmine Lindenthal. »Und Sie haben mich daran erinnert, was Barmherzigkeit bedeutet, als sich mein Herz verhärtet hatte. Am schlimmsten Tag der Schlacht, damals, als Sie mich um das letzte Brot baten, um es draußen an die Bedürftigsten zu verteilen. Dafür danke ich Ihnen.«

Über weite Strecken waren sie durch zerstörtes Land gefahren. Auf den Feldern um Leipzig lagen immer noch Leichen und Pferdekadaver. Ebenso links und rechts der Marschwege der Armeen. Krähenschwärme hackten Fleisch von den Knochen und ließen sich nicht stören. Schaudernd schloss Jette die Augen, ohne die grausigen Bilder verdrängen zu können. Nun, kurz vor Frankfurt, sah sie überall Einheiten beim Exerzieren oder bei Waffenübungen, wenn sie aus dem Fenster blickte. Im Umkreis von Meilen waren sämtliche Dörfer von alliierten Truppen besetzt.

»Wir sind gleich da«, frohlockte der Übersetzer, Monsieur Friedermann, wie alle in der Kutsche erleichtert, dass die lange, unbequeme Reise endlich ein Ende nahm.

»Den Main werden Sie jetzt leider nicht überqueren, Mademoiselle. Ein erhabener Anblick! Aber Sie kommen schon noch in den Genuss. Soweit ich weiß, bezogen die preußischen Garden ihre Quartiere unmittelbar davor. In Sachsenhausen, am südlichen Mainufer, direkt gegenüber von Frankfurt. Im hiesigen Dialekt heißt der Stadtteil *Dribb de Bach*«, erzählte der Sprachkundige.

Als Jette ihn fragend ansah, übersetzte er vergnügt: »*Drüben vom Bach*. Den Main einen Bach zu nennen, das bringen auch nur die Frankfurter fertig.«

Die ganze Reise über hatte er ihr schon von der geschichtsträchtigen Stadt erzählt, um die Zeit zu vertreiben, da die Majorin offenbar kein Wort mehr als nötig mit den anderen wechseln wollte: dass die Franzosen Frankfurt im Revolutionskrieg von 1792 erobert und gewaltige Summen gefordert hatten, dass 1806 der gefürchtete Marschall Augereau mit neunzigtausend Mann einmarschierte und weitere vier Millionen Franken erpresste, dass Frankfurt mit Gründung des Rheinbundes zu den Ländereien des Fürstprimas von Dalberg kam und 1810 Hauptstadt des neuen Großherzogtums Frankfurt wurde.

»Bis vor kurzem gab es hier mächtige Befestigungsanlagen und große Türme an der Brücke über den Main«, plauderte er. »Aber die sind abgerissen worden, damit Frankfurt nicht noch einmal so schlimm beschossen wird wie 1796, als sich Österreicher und Franzosen um die Stadt schlugen. Stattdessen wurden Gärten angelegt. Um diese Jahreszeit sehen Sie nicht viel davon, Mademoiselle, aber sollten Sie im Frühjahr noch hier sein, werden Sie staunen: Ganz Frankfurt ist von einem Park umgeben.«

Der Postillion rief mit schallender Stimme den Halt Sachsenhausen aus und brachte die Pferde zum Stehen.

Nach dreitägiger Reise durchgerüttelt, durchgefroren und ganz steif, ließ sich Henriette aus der Kutsche helfen.

Von Wilhelmsen war auf den letzten Meilen vorausgeritten und wartete bereits auf sie. Er wies seinen Burschen an, Mademoiselle Gerlach samt Gepäck in ihre Unterkunft zu bringen. »Ich lasse dem Premierleutnant Ihre Ankunft melden. Er wird sicher gleich nach Dienstende bei Ihnen vorstellig werden«, versprach der Stabskapitän.

Dann entschuldigte er sich mit besten Wünschen und ging – das Bein leicht nachziehend – auf ein Gebäude am Markt zu, in dem ein reges Kommen und Gehen von Militärs herrschte.

Franz wusste offenbar, wo Jette untergebracht sein würde, nahm ihre Reisetruhe und führte sie in der grimmigen Kälte zielstrebig durch schmale Gassen. Es war kaum ein Durchkommen, so wimmelte es von Menschen und Pferden. In der Stadt schienen mehr Militärs als Zivilisten zu sein.

Vor einem schön verzierten Fachwerkhaus, dessen Schild davon kündete, dass die Besitzer Winzer waren und hier einen Ausschank und eine kleine Pension betrieben, hielt er an. Er stellte Jettes Gepäck auf der steinernen Schwelle ab und hämmerte gegen die Tür.

Lange rührte sich nichts im Haus. Fröstelnd trat Henriette von einem Bein aufs andere, froh über den Muff, denn ihre Hände waren ebenso eiskalt wie die Füße. Es schneite winzige Flocken, ihr Atem bildete Wolken.

Im ersten Stock wurde ein Fenster geöffnet, und eine Frau schrie mürrisch herunter: »Wir öffnen erst in einer Stunde!« Dann schien ihr beim Anblick des Mädchens und der Reisetruhe ein Licht aufzugehen, und sie rief: »Sind Sie die Mademoiselle, die den preußischen Gardeoffizier heiratet?«

Als Henriette nickte und sich höflich vorstellte, schloss die Frau das Fenster wieder.

Endlich hörten Jette und Franz Schritte die Treppe herunterpoltern, ein Riegel wurde zurückgeschoben.

»Ihre Unterkunft liegt im zweiten Stock«, erklärte die übernächtigt wirkende Wirtin, nun um mehr Freundlichkeit bemüht. »Folgen Sie mir, ich zeige Ihnen alles.«

Franz trug das Gepäck hoch und verabschiedete sich höflich. Überrascht sah sich Henriette in dem Quartier um, das ihr erstes gemeinsames Zuhause mit Maximilian Trepte sein würde. Falls er sich nicht von ihr lossagte.

Es bestand aus zwei winzigen Zimmern: hinten eine Schlafkammer mit schneeweiß bezogenen Betten, einem Schrank, einer flachen Truhe, einem Gestell mit Waschschüssel und Krug und einem ovalen, leicht fleckigen Spiegel darüber. Der vordere Raum war noch kleiner. Darin befanden sich ein Kachelofen, ein Tisch, ein Schemel und zwei Stühle. Auf dem Regal an der Wand standen Teller und hingen Tassen am Henkel.

Angesichts der Zimmerknappheit in der Stadt – zweifellos war jedes Haus mit Einquartierung belegt – hatte Maximilian dafür vermutlich seine halbe Löhnung ausgegeben. Auch das würde sie ihm zurückzahlen müssen.

Wieso hatte sie sich nur auf diese Reise eingelassen? Ein Mann aus gutem Hause erwartete, dass seine Zukünftige unberührt in die Ehe ging. Doch eine Enthüllung dieses Ausmaßes in einem Brief war undenkbar. Das ging nur von Angesicht zu Angesicht; so viel war sie ihm schuldig.

Oder belog sie sich selbst, weil sie insgeheim hoffte, es könnte eine Zukunft für sie beide geben?

»Der Ofen ist noch nicht angeheizt, weil wir nicht wussten, wann Sie kommen, Mademoiselle. Holz ist knapp, überall in der Stadt. Ich kann mich nicht erinnern, wann wir schon einmal einen so bitterkalten November hatten. Und dann noch so viel Einquartierung! Aber ich schicke gleich jemanden, der es Ihnen warm macht«, versprach die übernächtigte Wirtin. »Möchten Sie etwas essen? Wein? Eine Kanne Kaffee?«

»Heißer Kaffee wäre eine Wohltat!«, sagte Henriette sofort.

Im Korb war noch etwas von dem Proviant übrig, den Madame Lindenthal ihr für die Reise mitgegeben hatte. Aber sie war dermaßen durchgefroren, dass schon die Vorstellung beglückend wirkte, die Hände an der Kaffeekanne zu wärmen.

Die Winzerin nickte und verschwand.

Kurz darauf kam ein Dienstmädchen, feuerte an und legte kräftig Scheite in den Ofen.

Immer noch in Hut und Mantel, packte Henriette derweil ihre wenige Habe aus und hängte die Kleider auf, damit sie nicht weiter zerknitterten. Am liebsten hätte sie sich ins Bett gelegt und unter der Decke verkrochen. Aber das wagte sie nicht. Stand ihr dieses Bett überhaupt zu?

Vielleicht hätte sie gar nicht erst auspacken sollen.

Sie nahm den Hut ab, wusch sich Gesicht und Hände, kämmte sich das Haar und steckte es ordentlich zu einem Knoten auf. Dann lehnte sie sich an den Ofen, der in den ausgekühlten Räumen noch nicht viel Wärme abwarf. Die kleinen Fensterscheiben waren mit Eisblumen beschlagen. Es würde ein harter Winter werden, wenn es schon Mitte November am Main schneite.

Das Dienstmädchen kam noch einmal und brachte eine Emaillekanne voll Zichorienkaffee.

Henriette rückte den Schemel an den Ofen, lehnte sich gegen die warmen Kacheln und nippte an dem heißen Getränk.

Jetzt blieb ihr nichts zu tun, als zu warten, bis Maximilian erschien. Wie lange wohl sein Dienst heute dauerte?

Ihr Herz hämmerte vor Freude und Angst zugleich, wenn sie an ihn dachte. Und sie konnte an nichts anderes denken.

Eine Kirchturmglocke schlug sechs Uhr.

Kurz darauf hörte sie ein energisches Klopfen an der Haustür, eilige Stiefeltritte die Treppe herauf, dann ein leichteres Klopfen an der Zimmertür.

Rasch stand sie auf und öffnete.

Maximilians Gesicht leuchtete vor Freude.

»Henriette! Sie sind tatsächlich hier! Ich hatte kaum zu hoffen gewagt … Geht es Ihnen gut? Verlief die Reise ohne Zwischenfälle?«

Er stand in der Tür, den Tschako im Arm, und wagte nicht einzutreten. Schließlich waren sie noch nicht verheiratet.

Henriette konnte sich nicht sattsehen an ihm. Vieles an seinen Zügen war ihr vertraut, sie hatte so oft an ihn gedacht im letzten halben Jahr. Und doch war er ihr schon wieder fremd geworden. Obwohl er vor Freude strahlte, erkannte sie die Spuren der Erschöpfung auf seinem Gesicht. Sie wusste, dass die Garderegimenter harte Märsche unter schlimmsten Bedingungen hinter sich hatten, auch wenn seine Briefe selten etwas davon verrieten.

Maximilian sah erleichtert, dass sie nicht mehr so abgemagert und abgearbeitet wirkte wie bei ihrer letzten Begegnung. Doch in ihren Augen fand er immer noch Verzweiflung und tiefe Hoffnungslosigkeit.

So standen sie sich in der Tür gegenüber und wurden immer verlegener.

Als Henriette zwei Schritte zurücktrat, um ihn einzulassen, beteuerte ihr Verlobter hastig: »Dies ist bis zur Hochzeit allein Ihr Quartier. So lange werde ich selbstverständlich bei meinem Regiment schlafen.«

Nachdem er das klargestellt hatte, erkundigte er sich besorgt:

»Haben Sie schon etwas gegessen? Wir können hinunter in die Schankwirtschaft gehen. Zuerst muss ich Ihnen allerdings etwas Wichtiges mitteilen und hoffe, Sie damit nicht zu erschrecken.« Er zögerte.

Sie machte sich auf Schlimmes gefasst.

»Der Regimentskommandeur wünscht, dass die Vermählung bereits morgen Vormittag stattfindet.«

»Morgen?« Jetzt erschrak Henriette tatsächlich.

»Morgen Abend wird unser König in Frankfurt eintreffen«, erklärte Maximilian rasch. »Es ist außergewöhnlich großzügig vom Kommandeur, dass ich trotzdem für die Hochzeit den ganzen Tag freigestellt bin. Friedensverhandlungen werden beginnen. Aber niemand weiß, welche Befehle kommen und ob wir nicht doch weitermarschieren.«

Er suchte auf ihrem Gesicht eine Antwort, ohne sie zu finden.

»Ich wünschte wirklich, wir hätten mehr Zeit, damit ich in aller Form um Sie werben kann und Sie mich besser kennenlernen«, beteuerte er, verunsichert durch ihr Schweigen. »Aber keinesfalls kann ich Sie unvermählt hier zurücklassen, falls wir gleich wieder ins Feld ziehen. Verstehen Sie?«

Wehen Herzens sah Henriette ihn an und bemühte sich, ganz gefasst zu wirken.

»Ist der Brief eingetroffen, den ich Ihnen vor meiner Abreise schickte? Dass Sie dringend etwas erfahren müssen, was Sie vielleicht von dieser Hochzeit Abstand nehmen lässt?«

Er nickte, schien aber merkwürdigerweise nicht beunruhigt.

Henriette staunte über ihre eigene Kühnheit, als sie sagte: »Dann müssen Sie es jetzt hören. Aber nicht in einer lauten, vollen Gastwirtschaft. Bitte treten Sie ein, Premierleutnant! Die Umstände sind ... ungewöhnlich genug, um das zu rechtfertigen. Halten Sie mich nicht für leichtsinnig deshalb. Es ist wohl eher ... vernünftig. Und der Not geschuldet.«

Überrascht sah Maximilian sie an, kam nach kurzem Zögern herein und legte Tschako und Handschuhe ab.

Er griff nach ihren Händen und umschloss sie mit seinen. Dann sah er ihr in die Augen und küsste sacht ihre Fingerknöchel, ohne den Blick von ihr zu lassen.

»Sie frieren, Sie sind ja eiskalt!«, murmelte er. »Ist es Ihnen wirklich recht, wenn ich eintrete?«

»Bitte!«, wiederholte sie. »Möchten Sie Kaffee? Er ist noch heiß.«

Sie überspielte ihre Scheu mit Geschäftigkeit, holte eine zweite Tasse vom Regal und schenkte erst ihm ein, dann sich. Eine ganz normale, alltägliche Handlung. Etwas, das eine Frau für den Mann tun sollte, den sie liebte. Und umgekehrt. Maximilian legte den Degen ab und setzte sich ihr gegenüber an den kleinen Tisch.

»Sind Sie hungrig?«, fragte Henriette. »Madame Lindenthal, an die Sie sich gewiss erinnern, war so großzügig, mir Brot mitzugeben. Es wird wieder gebacken in Leipzig. Und auch etwas von der Wurst, die damals Ihre Füsiliere den Männern vom 1. Garderegiment im Nachbarhaus abhandelten. Wie geht es den beiden?«

Max lächelte, als er an diese Episode dachte, und strich sich durch das dunkle Haar.

»Gut. Wir nutzen die Tage in Frankfurt, um das Regiment nach den Verlusten der letzten Monate aufzufüllen und wieder auszustatten. Statt der leinenen Beinkleider werden endlich Tuchhosen geliefert, Montierungen, Schuhe ... Sogar für den riesigen Werslow, was nicht einfach war.«

Dann wurde sein Gesicht wieder ernst. »Wie schlimm steht es in Leipzig?«

»Die eigentliche Tragödie beginnt gerade erst«, sagte Henriette bedrückt und berichtete.

»Dann hat der Stabskapitän also recht«, murmelte Maximilian, obwohl er das nie bezweifelt hatte.

»Ich bin Ihnen wirklich sehr dankbar ...«, begann Jette nach einer Weile beklommen.

»Henriette, es ist nicht *Dankbarkeit*, die ich von Ihnen erhoffe!«, unterbrach er sie brüsk.

Getroffen sah sie zu Boden. »Ich empfinde viel mehr als Dankbarkeit für Sie. Das wissen Sie. Seit jenem Tag, als wir in Freiberg Abschied voneinander nahmen ...«

Maximilians Gesicht erhellte sich.

»Ich muss oft an diese Zeit denken. Wissen Sie, wie sehr Sie mir gegenüber im Vorteil sind? Sie hatten mich eine halbe Woche lang in Ihrer Obhut, konnten mich ständig betrachten – und ich lag im Fieber und bekam nichts davon mit. Erst am letzten Tag sah ich Sie wirklich und war sofort von Ihnen fasziniert. Doch da mussten wir retirieren.«

Sie umklammerte die Tasse mit beiden Händen und starrte auf den Tisch.

»Welches Hindernis für unsere Vermählung glauben Sie mir mitteilen zu müssen?«, ermutigte er sie.

»In Leipzig versuchte ich schon, es Ihnen zu sagen«, begann sie leise. »Ich habe schwere Schuld auf mich geladen. Es gibt noch etwas, das Sie erfahren müssen. Danach werden Sie vermutlich das Verlöbnis auflösen. Ich zahle Ihnen natürlich alles Geld zurück, das Sie mir schickten.«

Henriette starrte weiter auf die Tischplatte. »Ich ...«

Sie suchte krampfhaft nach Worten, während sie bereits vor sich sah, wie er aufsprang und voller Verachtung ging. Ehrenhaft, wie er war, würde er ihr vielleicht sogar einen Tag zum Packen lassen.

Maximilian beugte sich vor und griff nach ihren Händen.

»Sie müssen es nicht aussprechen. Ich weiß es.«

Fassungslos starrte sie ihn an, während ihr das Blut in die Wangen schoss und ihre Augen vor Scham zu brennen anfingen.

»Ich wusste es sofort, als ich Sie in Sankt Thomas sah.«

Die Szene war eindeutig gewesen, wie sie über diesen toten Franzosen gebeugt saß, der den gleichen Dienstgrad geführt

471

hatte wie er. Zu seiner eigenen Verwunderung verspürte Maximilian Trepte keine Eifersucht mehr. Er hatte lange genug darüber nachgrübeln können. Jener Mann war tot, er lebte. Und das Mädchen, das er liebte, sollte nicht an dem Grauen zerbrechen, das es in den letzten Monaten durchleiden musste.

Sacht legte er eine Hand an ihre Wange und zwang sie, ihm in die Augen zu blicken. Sie nahm einen schwachen Duft von Seife wahr und dass er frisch rasiert war.

»Henriette, ich hatte viel Zeit, alles zu durchdenken. Und ich glaube, Sie gut genug zu kennen. Sie verfügen über Eigenschaften, die mir wichtiger sind: Klugheit, Mut, Mitgefühl. Ich muss nur zwei Dinge wissen: Wurde Ihnen Gewalt angetan?«

»Nein.«

»Liebten Sie diesen Mann?«

»Nein.«

Nun schrie sie fast vor Verzweiflung.

»Ich tat es aus Mitleid, weil er wusste, dass er sterben würde! Weil ich all das Sterben um mich herum nicht mehr ertragen konnte! Manche Männer wissen es, wenn sie in die Schlacht ziehen. Sie erleben das doch auch immer wieder, nicht wahr?« Tränen liefen über ihre Wangen.

»Ja, ich erlebe es immer wieder. Ich sah viele gute Männer sterben. Manche wussten, dass an diesem Tag ihre Stunde schlagen würde. Ohne Sie wäre ich auch tot. Das lehrt mich eines: Was zählt, ist das Leben. Jeder einzelne Tag. Sie haben genug gebüßt und gelitten, Henriette.«

Nach einem tiefen Atemzug sagte er: »Ich möchte, dass wir beide diese Erinnerung für alle Zeit verschließen. Es steht mir nicht zu, mich zum Richter über Ihr Tun aufzuschwingen. Und jener tote Offizier verdient Respekt, auch wenn er ein Gegner war. Doch er soll nie zwischen uns stehen. Das müssen Sie mir versprechen, und ich verspreche es Ihnen. Bei allem, was mir heilig ist.«

Sprachlos starrte Henriette durch einen Tränenschleier.

»Ich hoffe, Sie heiraten *mich* nicht nur aus Mitleid!«, sagte er scherzhaft. »Weinen Sie nicht!«

Sanft wischte er ihr die salzigen Rinnsale von den Wangen.

»Sie haben viel Schweres erlebt. Aber Sie haben auch viel Schweres, Unschätzbares geleistet. Sie verdienen es, glücklich zu sein.«

Wieder strich er sich durch das Haar und schenkte ihr Kaffee nach. »Erzählen Sie mir, was Sie glücklich macht!«

Verblüfft blinzelte sie und rieb sich die Tränen aus den Augenwinkeln.

»Was fällt Ihnen auf Anhieb ein, wenn Sie an etwas Schönes denken sollen?«, beharrte er.

Henriette musste in ihrem Gedächtnis lange nach einem schönen Moment suchen.

»Über ein Buch zu streichen, das mein Vater frisch gebunden hat, mit feinem Leder und Golddruck oder Seide ...«, begann sie stockend.

»Ihr Vater war Buchbinder?«

Sie nickte. Nun flossen die Worte schneller. »Bücher! Das Lesen habe ich so vermisst während der letzten Monate. Aber wie hätte ich Gedichte rezitieren können angesichts des schrecklichen Leids? Bei Madame Lindenthal konnte ich vor dem Schlafen wieder ein wenig in Büchern stöbern ...«

»Das schrieben Sie, und es freute mich. Noch eine schöne Erinnerung!«, forderte er sie auf.

»Meine Mutter ... Ihr Gesicht habe ich fast vergessen, aber nicht ihre Stimme. Sie sang mir und meinem kleinen Bruder oft Lieder vor. Als sie starb, wollte mein Bruder, dass ich ihm diese Lieder singe. Aber ich kann nicht gut singen. Also erzählte ich ihm Geschichten, und er bekam gar nicht genug davon. Ich schrieb auch Geschichten – früher, bevor mein Leben aus den Fugen geriet. Mein Oheim, der Verleger, meinte sogar, ich hätte Talent.«

»Lebt Ihr Bruder jetzt bei Ihrem Vormund in Freiberg?«

»Ja. Dort ist er gut behütet.«

Sie musste an Konstantin denken und spürte einen Stich. Was Franz wohl von dem Gerede mitbekam?

Doch dann fiel ihr noch ein glücklicher Moment ein.

»Mein Oheim hat in der Bibliothek ein Geheimfach im Sekretär. Jedes Mal wenn ich kam, zeigte er mir seine neuesten Schätze: verbotene Schriften, Blüchers Proklamation vom Frühjahr. Einmal kursierten in der Stadt Flugblätter mit Körners Gedichten. Jemand schickte mir eines, jemand, mit dem ich im Tanzunterricht Walzer lernte ...«

»Ein jugendlicher Verehrer?«

»Ein sehr jugendlicher und nicht in Frage kommender Verehrer«, antwortete Jette zaghaft lächelnd. »Aber Walzer zu tanzen ist wunderschön! Sofern man es nicht mit jemandem tun muss, den man verabscheut.«

Ihr Lächeln erlosch, als sie an den Ball zu Napoleons Geburtstag und den furchteinflößenden Major de Trousteau dachte.

»Sehen Sie, das waren sogar mehr als drei glückliche Gedanken«, stellte Maximilian zufrieden fest. »Jetzt sind Sie an der Reihe. Fragen Sie alles, was Sie über mich wissen möchten!«

Die eine bohrende Frage wagte Henriette nicht zu stellen. Noch nicht. Doch erfuhr sie, dass er sich freiwillig zur Armee gemeldet hatte. Dass seine Eltern in Berlin lebten, sein Vater Jura an der Universität lehrte und seine Mutter eine begabte Sängerin war. Deshalb seien sie gern gesehene Gäste in den Literarischen Salons.

»Daher also Ihre Liebe zu Schiller?«, riet sie.

»›Geben Sie Gedankenfreiheit, Sire!‹«, zitierte Maximilian noch einmal – wie damals im Mai, kurz bevor sie sich aus den Augen verloren. Mit diesem einen Satz, der Henriette besonders viel bedeutete in Zeiten doppelter Zensur und allgegenwärtiger Geheimpolizei, hatte Maximilian Trepte ihr Herz berührt.

Er griff nach seinem Tschako, drehte ihn um und zog etwas heraus. Ein kleines Päckchen, in gewachstes Leinen eingeschlagen.

Jäh erstarrte sie. Waren das ihre Briefe und ihre Locke? Würde er ihr nun beides zurückgeben und die Verbindung lösen?

»Ich sollte Ihnen Blumen schenken, aber um diese Jahreszeit gibt es keine. Doch ich hoffe, darüber freuen Sie sich ebenso.« Auf seine Aufforderung hin öffnete sie das Päckchen: eine kleine gebundene Ausgabe von Schillers Dramen. Vor Freude presste sie die Hände ans Herz.

Und er freute sich über ihre Begeisterung. Sie blätterten gemeinsam darin, zitierten abwechselnd Dialogzeilen auswendig. Nach ihren Lieblingsdramen und Lieblingsromanen errieten sie gegenseitig ihre liebsten Farben, Blumen, Komponisten und Gerichte. Der Kaffee war längst kalt geworden, dafür warf der Ofen nun Hitze.

Erleichtert sah Maximilian, wie Leben in Henriettes Züge kam, wie ihre grünen Augen, die ihn so faszinierten, zu strahlen begannen.

Als die Uhr vom Kirchturm acht schlug, stand er auf und erklärte, es sei Zeit für ihn, sich zurückzuziehen. Er legte den Degen an und nahm den Tschako in den linken Arm.

Auch Henriette erhob sich.

»Ich erklärte vorhin, ich müsste nur zwei Dinge von Ihnen dringend wissen«, sagte er. »Doch nun habe ich noch eine dritte Frage ... wenn Sie gestatten.«

Reglos wartete sie und bekam schon wieder weiche Knie.

»Henriette ... Sie fühlen sich aus einer Notlage zu dieser Heirat gedrängt. Ich spüre Ihre Ängste und Zweifel. Aber ich schwöre, ich liebe Sie von ganzem Herzen und wünsche mir nichts mehr, als mein Leben mit Ihnen zu verbringen. Ich möchte Sie glücklich machen. Empfinden Sie genug für mich, um sich vorzustellen, dass Sie an meiner Seite glücklich werden könnten?«

Jette zögerte.

Sie waren sich sehr nahegekommen an diesem Abend. Ihre Gefühle für Maximilian brannten nun mit heller, lodernder Flamme. Doch seine Männlichkeit schüchterte sie ein. Konnte sie morgen schon mit ihm das Eheversprechen ablegen, würde sie morgen Abend das Bett mit ihm teilen können?

Als Enttäuschung in seinem Gesicht aufflackerte, platzte sie heraus: »Ja, aus tiefstem Herzen!«

Maximilian kniete vor ihr nieder.

»Henriette Gerlach, würden Sie mir die Ehre und Freude erweisen, morgen vor Gott und der Welt meine Ehefrau zu werden?«

»Von Herzen gern!«, flüsterte sie und fühlte eine bleierne Last von ihren Schultern fallen.

Beschwingt stand er auf. »Darf ich Ihnen zum Abschied einen Kuss auf die Wange geben?«

Henriette spürte erneut den schwachen Duft von Seife, als er ihre rechte Wange küsste und mit seiner warmen Hand sanft über ihren Nacken strich. Das Gefühl, das sie dabei durchströmte, zerstob alle Ängste und Sorgen.

»Ich schicke morgen jemanden, der Ihnen beim Ankleiden hilft«, sagte er zum Abschied und eilte die Treppe hinunter.

Jette stand da und lauschte seinen Schritten. Dann lief sie zum Fenster und hielt nach ihm Ausschau, bis er in der von Militärs wimmelnden Straße ihren Blicken entschwand.

Sie hatte geglaubt, in dieser Nacht kein Auge schließen zu können. Doch wider Erwarten lag sie kaum unter der Decke, als sie auch schon in tiefen, ruhigen Schlaf fiel.

Feldhochzeit

ott zum Gruße, Mademoiselle. Der Herr Premjeeleutnant schickt mir. Josefine Kapernick aus Berlin, die Frau von Korporal Kapernick, Marketenderin. Also, denn wolln wa Se ma rausputzen für Ihre Hochzeit!«

Die Frau, die in der Tür stand und wie ein Wasserfall redete, war vielleicht Mitte vierzig, kräftig gebaut und trug eine blaue Jacke über dem grauen Rock. Eine gestärkte weiße Haube bedeckte kaum zu bändigendes kupferfarbenes Haar. Sie trug einen großen Korb, dessen Inhalt ein Leinentuch verhüllte.

»Der Herr Premjeeleutnant schwebt vor Glück, und det janze Rejiment is aus'm Häuschen. Ne Hochzeit hatten wir ewich nich, nur lauta Begräbnisse. Aba davon wird heut nich jeredet«, räsonierte sie weiter, während sie eintrat.

Sie wuchtete den Korb auf den Tisch, zog das Tuch herunter und faltete es schwungvoll zusammen. Obenauf lag ein Kranz aus Eichenlaub in herbstlich leuchtenden Farben.

Mit kritischem Blick musterte Josefine Kapernick abwechselnd den Kranz und Henriettes Haar.

»Hm«, sagte sie, anscheinend nicht ganz zufrieden. »Hab ick selbst jewunden. Is aba janz scheen groß jeworden, und Ihr Haar is zu fein, um's drunter hochzustecken. Sonst sieht man ja nüscht davon! Am besten waschen und nass flechten«, entschied sie. »Sie setzen sich ann Ofen, bis et jetrocknet is, und denn lassen wir et offen in Wellen fließen. Ja, det wird scheen! Ick seh et schon.«

Rasch stieg sie die Treppe wieder hinunter, um heißes Wasser zu besorgen. Sie wusch Henriette das Haar, kämmte und flocht es. Dann lehnte Jette schon wieder am Ofen, damit die Zöpfe rasch trockneten.

Sie trug nur Strümpfe und Unterkleid – ihr bestes aus feinem

Musselin, das Madame Lindenthal vor der Abreise noch hatte waschen, bügeln und mit Baumwollspitze verschönern lassen. Gegen die Kälte schlug sie sich ihr Wolltuch um die Schultern.

Derweil kramte die Marketenderin Brot, Butter und ein Töpfchen Pflaumenmus aus dem Korb hervor.

»Erst ma müssen Se wat friesticken. Damit Se nich noch vorm Altar umfallen! Jeht uff mir!«, verkündete sie. »Ick vadiene heute jenuch an dem Fässken Branntwein, det Ihr Zukünftija zur Feier des Tages den Männern von seim Zuch spendiert.«

Doch als die tüchtige Frau des Korporals der Braut beim Essen zusah, beanstandete sie: »Sie müssen schon een bissken mehr essen, wenn Se nachher Frau Premjeeleutnant wern wolln, trotz alla Uffrejung!«

»Später«, murmelte Jette, nachdem sie eine Scheibe Brot mit Pflaumenmus in kleinen Bissen hinuntergezwängt hatte.

»Jut, also denn ans Werk!«, entschied Josefine Kapernick und räumte das Essen beiseite.

»Wo ist det Kleid? Huch, wie patriotisch, janz zart jemustert mit Preußischblau!«, juchzte die Berlinerin beim Anblick des improvisierten Hochzeitskleides und schlug die Hände begeistert zusammen. »Det wird jut ankommen bei die Truppe!«

»Ich bin Sächsin«, wandte Henriette zaghaft ein.

»Ab heute nich mehr!«, meinte Frau Kapernick grinsend.

Jette schoss durch den Kopf, dass sie nicht nur eine Genehmigung benötigte, um das Land zu verlassen, sondern sicher auch eine, um einen Ausländer – einen Preußen – zu heiraten. Aber das zählte wohl zu den Formalitäten, um die sich der Stabskapitän gekümmert hatte wie um alles andere in kürzester Zeit. Kein Wunder bei so viel Tüchtigkeit, dass ihn sein Regiment dringend zurückerwartete.

»Ick frach mal die Wirtin, ob se mir een Plätteisen leiht«, kündigte die Marketenderin an. »Det hier lässt Ihnen der Herr Premjeeleutnant schicken.«

Sie überreichte der nervösen Braut feierlich ein Päckchen und rauschte mit dem Kleid über dem Arm hinaus.

Jette hatte keine Vorstellung, was sich darin befinden könnte, und las deshalb zuerst den dazugehörigen Brief.

Liebste Henriette! Da Sie trotz der kalten Jahreszeit nicht ohne Brautstrauß vor den Altar treten sollen, schicken Ihnen meine Eltern dieses Geschenk mit besten Grüßen und Segenswünschen aus Berlin. M

Gestern noch hatte sie Maximilian zweifelnd gefragt, wie seine Eltern es wohl aufnehmen würden, dass er ein Mädchen heiratete, das sie nicht einmal kannten.

»Sie wissen, dass ich Ihnen mein Leben verdanke, und schon deshalb werden sie Sie mögen!«, hatte er voller Überzeugung geantwortet.

Sie öffnete das Päckchen und hielt den Atem an: ein Bukett von seidenen Kornblumen aus der Berliner Manufaktur. In leuchtendem Blau, Preußischblau. Luisen-Blumen, wie sie auch zur Erinnerung an Königin Luise genannt wurden. Und in der Mitte drei zartgelbe Rosen.

Bisher kannte Jette nur die Stoffblumen für Hüte und Kleider aus der Bertuchschen Manufaktur in Weimar, wo dem Vernehmen nach Goethes Geliebte als junges Mädchen gearbeitet haben soll. Jahrelang hatte die feine Weimarer Gesellschaft Christiane Vulpius dafür verachtet. Doch als Napoleon nach seinem Sieg bei Jena 1806 Weimar zur Plünderung freigab und sie bewaffneten Eindringlingen im Haus des Dichters am Frauenplan mutig entgegentrat, entschloss sich der Geheime Rat von Goethe gegen alle Einwände, sie zum Altar zu führen. Eine Geschichte, die damals weit über Weimar hinaus für Aufsehen sorgte.

Die Kunstblumen aus Berlin waren unglaublich schön und bestimmt sehr teuer. Maximilian musste seine Eltern gleich nach der Verlobung darum gebeten haben, damit sie rechtzeitig ankamen.

Sie hatte gedacht, nicht nur ohne Verwandte und Freunde, sondern auch ohne Brautstrauß und ohne Schleier heiraten zu müssen – angesichts der Jahreszeit und weil bei einer Feldhochzeit alles sehr schlicht zugehen würde. Aber dass ein Preußisches Garderegiment Wert auf Symbole wie Eichenlaub und Luisen-Blume legen würde, wurde ihr jetzt erst bewusst.

Freudestrahlend betrachtete die Marketenderin die Braut mit dem schönen Bukett.

»Nu sehn Se schon viel glicklicher aus«, meinte sie zufrieden und hängte das gebügelte Kleid in den Türrahmen.

Sie half Henriette in Mieder und Kleid, brachte sie mit einem Scherz über die Strumpfbänder in Verlegenheit und bürstete ihr hellbraunes Haar, als es getrocknet war, damit es in glänzenden Wellen über ihre Schultern floss. Dann probierten sie vor dem Spiegel den Kranz auf.

Dabei redete die Frau des Korporals unentwegt, was Henriette von Grübeleien abhielt und wodurch sie einiges über das Regimentsleben erfuhr.

»Ehrlich, wundascheen!«, schwärmte Josefine Kapernick bei Jettes Anblick. »Der Bräutijam wird vor Bejeisterung dahinschmelzen! Und halb Berlin in Tränen ausbrechen, zumindest der unvaheiratete Teil der weiblichen Einwohnaschaft.« Sie grinste.

»Aber Sie wer'n ooch staunen, wenn Sie nachher Ihrn Herrn Premjeeleutnant sehn! Unsa Rejiment is ja erst im Somma jegründet worden und hatte nich ma einheitliche Uniformen. Det kommt jetzt nach und nach, wo fürn Moment die Schlachten und Märsche vorbei sind. Aba die besten Montierungen hat Ihr Zukünftijer jekricht, damit er heute Eindruck macht. So, nu nehme' Se ma noch det schöne Bukett in beede Hände ... und drehen!«

Befehlsgemäß wirbelte Henriette herum und fühlte sich selbst ganz beschwingt.

»Wundascheen!«, wiederholte die Frau des Korporals begeistert.

»Gleich holn die Herren Offiziere Sie ab, wir müssen nur zweemal um die Ecke ...«

Plötzlich wurde Henriette klar, dass sie keine Ahnung hatte, wo die Vermählung stattfinden würde. Wirklich unter freiem Himmel, vor dem Regiment, Mitte November?

»Inner Dreikönigskirche. Die is uralt und janz schön anjeschlagen. Aba heute wird se wohl noch halten«, erklärte die Marketenderin. Nun zog sie die Stirn in Falten und betrachtete Henriettes Aufmachung skeptisch.

»Wissen Se, Mademoiselle, ick hab Angst, det Sie Ärmste sich zu Tode friern. Et schneit zwar nich mehr, aba trotzdem ...«

Nach kurzer Durchsicht von Henriettes nicht sehr umfangreicher Garderobe wurde beschlossen, dass sie ihr schwarzes Samtjäckchen über dem Brautkleid tragen sollte.

Als Jette hineingeschlüpft war, erklärte Josefine Kapernick im Brustton der Überzeugung, dass das schwarze Jäckchen Henriettes Aufmachung einen besonders feinen Schliff verleihen würde. Die Worte waren kaum ausgesprochen, als es an der Tür klopfte.

Henriette wurden die Knie weich. Sie griff nach dem Brautstrauß und prüfte noch einmal, ob der Kranz auch richtig saß, während die Marketenderin dem Stabskapitän von Wilhelmsen die Tür öffnete.

Der betrachtete Henriette wohlwollend. »Sie sehen bezaubernd aus, Mademoiselle Gerlach! Meinen Glückwunsch!« Dann bot er ihr den Arm.

Vor dem Haus stand ein halbes Dutzend Offiziere, denen er sie vorstellte und deren Namen an ihr vorbeirauschten.

Wenig später betrat sie in Begleitung der Offiziere die Dreikönigskirche. Da wurde ihr zum ersten Mal richtig bewusst, dass sie gleich eine verheiratete Frau sein würde.

Von Wilhelmsen geleitete Henriette in die Kirche. Beiläufig nahm sie wahr, dass das Gotteshaus wirklich einer Renovierung bedurfte, dann musste sie am Arm des Offiziers den endlos scheinenden Gang zwischen den Bankreihen entlangschreiten, während sich die Militärs links und rechts von ihr wie auf Kommando erhoben und alle Augen auf sie richteten. Am liebsten wäre sie im Boden versunken.

Vorn stand Maximilian in voller Galauniform der preußischen Garde: blauer Uniformrock, weiße Hose, silberne Schärpe, Epauletten, im Arm den Tschako mit allem Behang und Federbusch. So hatte sie ihn noch nie gesehen, und der Anblick verschlug ihr den Atem.

Ihm schien es aber ebenso zu ergehen, als sie ihm entgegenschritt.

Von dem Zeremoniell und den Worten des Feldgeistlichen blieb ihr fast nichts in Erinnerung, sosehr sie sich auch bemühte zuzuhören. Sie zitterte schrecklich vor Kälte und Aufregung, und abgesehen davon, nahm sie nur Maximilians dunkle Augen wahr, die vor Glück strahlten.

Der erste Kuss, den er ihr vor allen geben durfte, war warm und innig. Dann reichte er ihr seinen Arm, um sie hinauszuführen.

Natürlich spürte er, wie sehr sie in dem dünnen Kleid fror. Wegen des ungewöhnlich frostigen Novemberwetters war die Feldhochzeit in die Kirche verlegt worden, doch auch in den jahrhundertealten Mauern herrschte Eiseskälte. Deshalb legte er seine Linke zusätzlich über ihre Hände, um sie zu wärmen, selbst wenn er dafür mit dem Tschako in der Armbeuge etwas balancieren musste.

Im Vorraum der Kirche durfte das junge Paar eine endlose

Zahl an Gratulationen entgegennehmen. Maximilian zog seine Frau eng an sich, damit sie nicht so fror.

»Ich bin der glücklichste Mensch auf Erden!«, raunte er ihr ins Ohr.

Sie konnte nicht antworten, weil ihre Zähne klapperten. Anstelle einer Antwort schmiegte sie sich an ihn und sah ihm lächelnd in die Augen, glücklich und geborgen.

»Wir danken Ihnen allen für Ihr Kommen und die Segenswünsche!«, rief Maximilian den Gratulanten zu. »Aber ich möchte nicht, dass meine junge Frau als einzige Erinnerung an diesen Tag behält, wie sehr sie gefroren hat. Die Feiern sind vorbereitet; trinken Sie auf unseren König und diese glückliche Ehe!«

Nach solcher Aufforderung zogen die Männer seines Zuges lärmend in die Marketenderei, wo das Branntweinfässchen von Josefine Kapernick wartete. Ein Becher auf den König, einen auf das glückliche Paar – mehr war nicht erlaubt, da am Abend die Ankunft Seiner Majestät erwartet wurde.

Die Offiziere, die Henriette abgeholt hatten, begleiteten das Brautpaar Richtung Schankwirtschaft zu einer Feier im kleinen Kreis.

Die Brautleute und ihre Gäste hatten die Kirche kaum verlassen, als eine Windbö Henriette den Kranz vom Kopf riss. Reaktionsschnell fing ihn ein hinter ihr stehender Sekondeleutnant auf, doch dabei zerfiel das Gebinde in loses Laub, das davonflatterte.

»Das bringt Unglück!«, raunte jemand mit dunkler Stimme.

Licht in der Dunkelheit

Frankfurt-Sachsenhausen, 13. November 1813

er so wat sacht, bringt Unglück!«, rüffelte die Marketenderin den Rufer sofort streng und sehr laut.
»Hör keena druff! Det eenzije Pech hier is, det die junge Frau Premjeeleutnant nu ohne Kopfbedeckung rumläuft. Aba dem ist schnell abjeholfen!«
Schon nahm sie die dunkelblaue Schute ab, die sie über ihrer weißen Haube trug, und setzte sie Henriette auf.
»Ick steck Ihnen die Haare hoch, wenn wir im Quartier sind«, versprach sie.
Fast zu Eis erstarrt kam Jette im Haus der Winzerfamilie an und wurde von Josefine Kapernick sofort vor Bräutigam und Gästen für eine halbe Stunde entschuldigt und hinaufgeführt.
»Stelln Se sich erst ma ann Ofen! Sonst holen Se sich noch die Lungenpest«, befahl sie. Das musste sie Jette nicht zweimal sagen.
Die Frau des Korporals löste vorsichtig die einzelnen Blüten aus dem Brautbukett, drehte Jettes Haar strähnchenweise zu Locken, befestigte sie mit Haarnadeln und steckte die Rosen und Kornblumen in die kunstvolle Frisur.
»So, jetzt sehn Se wieda wie 'ne Braut aus! Und friern tun Se ooch nich mehr«, konstatierte sie zufrieden, als das Werk vollbracht war. »Ick melde dem Bräutijam, det er Sie abholen kann. Von Herzen allet Jute und den Segen des Herrn!«

Als Maximilian – ihr Ehemann, wie sie sich immer noch ungläubig in Erinnerung rief – Henriette holen kam, verharrte er hingerissen bei ihrem Anblick.
»Du bist wunderschön. Meine Liebste. Meine Ehefrau.«
Er zog sie an sich und drückte ihren Kopf sanft an seine

Brust. »So lang habe ich von diesem Augenblick geträumt«, flüsterte er.

Sie konnte sein Gesicht nicht sehen, und das sollte sie wohl auch nicht bei dem nun folgenden Geständnis. Aber sie hörte an seiner Stimme, wie aufgewühlt er war, während er sie an sich presste.

»Ich fürchte den Kampf nicht und bin Soldat aus Überzeugung. Aber in den schlimmsten Momenten dieses Krieges erfüllte mich der Gedanke an dich mit Licht. Als wir hinter Bautzen so viele Männer verloren ... Als wir in Dresden in Regen und Schlamm tatenlos zusehen mussten, wie die Unsrigen scharenweise niedergemetzelt wurden ... Als es gar keine Hoffnung mehr zu geben schien.«

Er hielt sie in den Armen, und sie genoss die Wärme und Zärtlichkeit seiner Berührung, während ihr seine Worte fast das Herz brachen. Wie viel Tod musste er gesehen haben, wie viele Gefährten starben an seiner Seite, ohne dass er es verhindern konnte? Wie oft hatte er selbst damit gerechnet, als Nächster zu fallen?

Dann nahm er ihr Gesicht zwischen seine Hände und küsste sie ein zweites Mal, länger und leidenschaftlich.

Als Maximilian sich von Henriette löste, schlang sie die Arme um seinen Hals und legte ihre Wange an seine, auch wenn sie sich dafür auf die Zehenspitzen stellen musste.

»Du bist meine Liebe, mein Schutz und mein Halt. Und so will ich dir Halt und Licht sein, selbst in den dunkelsten Momenten«, flüsterte sie in sein Ohr.

Reglos blieben sie aneinandergeschmiegt stehen und ließen die Worte nachhallen, um sie tief in sich zu bewahren.

»Gehen wir hinunter, sonst müssen wir uns zu viele Spötteleien anhören, ob wir es nicht mehr bis heute Nacht erwarten können«, sagte er schließlich und zog sie mit sich hinaus.

Als sie die kleine Gaststube Arm in Arm betraten, erhoben

sich die dort sitzenden Offiziere und brachten Trinksprüche auf das junge Paar, den König und den Sieg der Alliierten aus.

»Einer guten preußischen Tradition folgend, haben meine wunderbare Frau und ich vereinbart, dass wir uns mit Du anreden«, verkündete Maximilian.

Henriette wusste natürlich wie jeder in der Runde, er spielte auf Friedrich Wilhelm und Luise an, die am Morgen nach ihrer Hochzeit – damals noch als Kronprinzenpaar – den preußischen Hof mit dieser Mitteilung verblüfft und entsetzt hatten. Doch das Volk war begeistert und liebte sie dafür.

»Das war aber *nach* der Hochzeitsnacht!«, erinnerte ein Premierleutnant mit hellblonden Haaren grinsend. »So lang seid ihr beide doch gar nicht oben gewesen!«

Um die frivolen Spötteleien sofort zu beenden, erhob sich der Stabskapitän von Wilhelmsen.

»Ein Vivat auf die Königin, Gott hab sie selig! Und möge diese Ehe genauso glücklich werden, wie es die Seiner Majestät mit der unvergessenen Luise war!«

Von dem Rest der Feier bekam Henriette wenig mit.

Die Gespräche rauschten an ihr vorbei, sie sagte kaum etwas. Endlich fror sie nicht mehr, und sie genoss es, an Maximilians Seite zu sitzen. Immer wieder musste sie ihn ansehen vor Freude und Glück.

Nur einmal merkte sie auf, als jener blonde Leutnant spöttelte: »Wir holen uns Sachsen, aber Trepte war schneller, der hat sich seinen Anteil schon gesichert – und nicht den schlechtesten, der Glückspilz!«

Er hatte es als Spaß und Kompliment gemeint, aber Jette zuckte zusammen. Was bedeutete das: Preußen holt sich Sachsen?

Sofort wies der Stabskapitän den Blonden zurecht.

»Sachsen ist derzeit *russisch* regiert. Über das Schicksal der Verlierernationen wird an anderer Stelle entschieden. Dies ist eine Hochzeit, und da sollten wir auf die Schönheit der Braut anstoßen. Auf die symbolträchtige Verbindung zweier junger Menschen, die in schweren Zeiten zueinandergefunden haben. Möge ihnen Glück beschieden sein! Auf den tapferen preußischen Premierleutnant Trepte und seine nicht minder tapfere sächsische Frau, die unserer Armee in Leipzigs Lazaretten große Dienste erwiesen hat!«

Damit war das heikle politische Thema umgehend beendet.

Doch Jette sinnierte, wie sehr sich die preußischen Gepflogenheiten von sächsischen unterschieden. Und was der Ausgang des Krieges noch für Sachsen bedeuten konnte – außer all dem Elend, das er über das Land gebracht hatte.

Im Kerzenlicht betrachtete sie ihren Ring: aus Eisen natürlich. Kein Preuße, der auf sich hielt, würde in diesen Zeiten Goldschmuck tragen.

»Gold gab ich für Eisen« – so hatte Prinzessin Marianne von Preußen im Frühjahr aufgerufen. Frauen sollten ihren Schmuck spenden, um die Ausrüstung der preußischen Armee für den Kampf gegen Napoleon zu finanzieren. Wer Ketten, Broschen oder Eheringe opferte, erhielt dafür ein Gegenstück aus kunstfertig gegossenem Eisen.

Maximilian erriet ihre Gedanken. »Den Ring konnte ich in der Eile nur vom Feldschmied anfertigen lassen«, sagte er leise zu ihr. »Hier gibt es nicht so schönen gusseisernen Schmuck wie in Berlin aus der Königlichen Manufaktur. Aber wenn der Krieg vorbei ist oder ich Urlaub bekomme und wir zu meinen Eltern reisen, lassen wir dir einen hübschen Ring anfertigen«, versprach er.

»Das ist nicht nötig«, wehrte sie ab.

»Doch, Liebste«, widersprach er energisch. »Du hast dir deine Heirat sicher viel prachtvoller ausgemalt. Ich kann in dieser Enge und ohne Musikanten nicht einmal auf unserer eigenen Hochzeitsfeier mit dir tanzen. Aber das holen wir nach, mein Wort darauf! Wie ich es dir in Freiberg versprach: Wir werden durch die Gärten von Sanssouci spazieren und auf einem Ball Walzer tanzen. Wenn nur erst Frieden ist. Vielleicht gibt es sogar in Frankfurt Bälle, sollten die Verhandlungen länger dauern.«

Falls es hier einen Ball gibt, muss Maximilian mit seinem Garderegiment Spalier bilden, und ich darf höchstens als Zaungast gemeinsam mit den Frankfurtern zusehen, wie die hohen Gäste aus den Kaleschen steigen, dachte Jette.

Auch wenn sie jetzt die Frau eines preußischen Gardeleutnants war – auf einem Ball des europäischen Hochadels hatte sie nichts verloren.

»Es genügt mir völlig und macht mich glücklich, einfach nur bei dir zu sein. Deine Frau zu sein«, sagte sie ehrlichen Herzens. »Wir haben noch unser ganzes Leben Zeit, all das zu tun.«

Dabei drängte sie mit Macht den Gedanken beiseite, wie schnell sein Leben ausgelöscht sein könnte. Oder ihres. Ihr Satz klang schon fast wie die tröstenden Lügen, die sie Étienne bei seinen letzten Atemzügen erzählt hatte: dass sie gemeinsam durch blühende Lavendelfelder schlendern würden, über Wiesen voller Blumen und Schmetterlinge.

Sie schalt sich dafür und erschrak auch darüber.

Sie sollte jetzt nicht an Étienne denken.

Mit Maximilian würde sie all das tun!

Doch je näher der Moment rückte, in dem sie gemeinsam mit ihrem Ehemann hinaufgehen und das Brautbett teilen würde, umso mehr fürchtete sie sich.

Bei Einbruch der Dunkelheit verabschiedeten sich die Gäste, um für die Ankunft des preußischen Königs bereit zu sein.

Die Wirtin hatte dem Brautpaar eine Flasche Wein und zwei Gläser aufs Zimmer gestellt. Kaum war die Tür hinter ihnen geschlossen, zog Maximilian Jette an sich und küsste sie leidenschaftlich, bis ihr schwindelte.

»Fürchte dich nicht. Ich will dich glücklich machen, dir mit meinem Leib huldigen«, sagte er.

Dann nahm er den Degen ab – Tschako und Handschuhe hatte er bereits auf den Tisch gelegt – und goss ihnen beiden Wein ein. Ihr wurde ganz beklommen bei dem Gedanken, was nun folgen würde.

»Fürchte dich nicht!«, flüsterte er erneut und küsste sie noch einmal. »Henriette, mein Herz! Meine innig geliebte Frau ...« Er umschloss sie mit seinen Armen und gab ihr von seiner Wärme, bis sie aufhörte zu zittern. Dann küsste er sie im Nacken und begann, vorsichtig die Blüten und Nadeln aus ihrem Haar zu ziehen. Als es offen und gewellt über ihre Schultern fiel, fuhr er hingerissen mit seinen Händen hindurch.

Nun legte er Stück für Stück seine Uniform ab.

Wenn er es hinauszögerte, würde sie sich nur noch mehr fürchten. Und er wollte nicht, dass sie an die Nacht mit dem französischen Premier-Lieutenant dachte. Sie war jetzt sein. Er hatte nicht die Ehre, ihr als Erster beizuliegen, doch dafür den Vorteil, ihr nicht weh tun zu müssen.

»Hilfst du mir bei den Häkchen?«, fragte sie zaghaft, als er in Hemd und Hose vor ihr stand. Es war nun wohl an der Zeit, den Dingen ins Auge zu sehen. Sie waren verheiratet.

Sie drehte ihm den Rücken zu, und geschickt hakte er die Verschlüsse ihres Kleides auf und entknotete das Satinband unter ihrer Brust. Dann stieg sie aus dem Kleid und ließ ihn die Schnüre ihres Mieders öffnen.

Nun stand sie vor ihm, nur im Unterkleid. Dem zarten, das noch mit Baumwollspitze verschönert worden war.

»Du zitterst ja schon wieder!«, sagte er. »Rasch unter die Decke!«

Ein wenig erleichtert, sich nicht gänzlich ausziehen zu müssen, schlüpfte sie ins Bett und zog sich die Decke bis zur Schulter.

Maximilian trug inzwischen nur noch sein weißes Hemd und legte sich zu ihr.

Sie hatte keine Mutter, die sie auf diesen Moment hätte vorbereiten können. Aber Mütter sprachen mit ihren Töchtern zumeist auch nicht mehr als ein paar kryptische Worte über Hochzeitsnächte.

»Ist es das Hemd, das ich dir geflickt hab?«, fragte sie, um ihre Angst zu überspielen.

»Nein, das hattest du zerrissen, als der Stabskapitän fast verblutete.«

»Ach ja ...«

Im Mai hatte sie Maximilians Körper so oft gesehen und berührt. Doch damals war er halb tot gewesen, brauchte Pflege und nahm sie im Fieber gar nicht wahr. Und das lag Monate zurück. Die besondere Vertrautheit zwischen Patient und Pflegerin war längst verflogen und hatte auch nichts mit dem zu tun, was hier gleich geschehen sollte.

Nun wurde die Erinnerung an die Nacht mit Étienne überwältigend. Er war zärtlich zu ihr gewesen, sehr behutsam, um ihr möglichst wenig Schmerz zuzufügen. Trotzdem hatte es weh getan. Hinzu kam für sie damals das Wissen, etwas Unerlaubtes und Unwiderrufliches zu tun, das ihr ganzes Leben zerstören konnte. Doch vor allem war da der riesengroße Schmerz, der sie ausfüllte und überhaupt erst dazu gebracht hatte, Étienne zu erlauben, sich ihr zu nähern: der Schmerz um die vielen jungen Männer, die in diesem Krieg sterben mussten.

Sie würde Maximilian jetzt gern sagen, dass sie ihn nicht nur geheiratet hatte, weil er ihr trotz ihres Fehltritts die Chance auf ein Leben als ehrbare Frau bot. Sie liebte ihn, schon lange. Doch er würde ihren Gedankengang erraten, und damit hätte sie gegen die Abmachung verstoßen. Étienne hatte in diesem Bett nichts zu suchen.

»Ist die Wunde wirklich gut verheilt?«, fragte sie deshalb.

Er setzte sich ein wenig auf, streifte das Hemd über den Kopf und zeigte ihr die Stelle, wo ein Bajonett seinen Körper durchbohrt hatte.

»Dank dir, Liebste!«, sagte er lächelnd.

Zaghaft strich sie mit dem Finger darüber, als könnte sie damit die tiefe Narbe auslöschen.

Henriette kam nicht in den Sinn, dass Maximilian sich kaum weniger Gedanken um sein nächstes Vorgehen machte.

Es war ihre Hochzeitsnacht, ein unwiederbringlicher Moment.

Zum ersten Mal lagen sie so innig beieinander, doch sie kannten sich kaum, und ihre Körper mussten erst miteinander vertraut werden.

Er spürte ihre Angst und Scheu. Und natürlich würde sie an jenen französischen Premier-Lieutenant denken.

Er konnte es nicht erwarten, ihre Brüste zu berühren, die Weichheit ihrer Haut, die Wärme ihres Körpers zu spüren ... Und das durfte er nun, sie war seine Frau.

Doch verschrecken wollte er sie nicht.

Also zog er sie zu sich heran und umfing sie mit seinen Armen. Er küsste sie, liebkoste sie durch den dünnen Stoff des Unterhemdes, arbeitete sich langsam von ihrem Hals zu ihren Brüsten vor und saugte sanft daran. Sie stieß einen überraschten leisen Schrei aus, dann ein ebenso überraschtes wohliges Seufzen, das ihn ermutigte.

Er schob ihr Nachthemd ein Stück hoch, streifte ihre Strümpfe ab und begann, ihre Schenkel zu streicheln.

»Liebste, sag mir, was dir gefällt ...«, flüstere er in ihr Ohr.

Zwischen Küssen und Fragen erkundete er ihren Körper, bis er sich nicht mehr zurückhalten konnte.

Als er in sie eindrang, stöhnte er und verharrte kurz, wartete auf ihre Reaktion. »Hab keine Angst!«, raunte er noch einmal. Er küsste die Biege zwischen Hals und Nacken und flüsterte ihr zärtliche Worte zu.

Sie legte ihre Arme um seinen Rücken und zog ihn an sich, erst scheu, dann fordernd, und so fing er an, sich schneller zu bewegen. Länger konnte er sich nicht mehr zügeln. Zu sehr hatte er auf diesen Augenblick gewartet.

Sie glühte vor Wärme und Glück und bog sich ihm entgegen. Danach lagen sie nebeneinander, er auf dem Rücken, sie in seinem Arm an ihn geschmiegt, und schwiegen, jeder in Gedanken von dem eben Erlebten schwelgend.

Der Mond hinter Wolkenfetzen warf fahles Licht in das Zimmer des Brautpaares. Kein Geräusch drang durch die tiefe Nacht, abgesehen vom Jaulen eines Hundes in weiter Ferne.

Plötzlich fuhr Henriette mit einem Schrei aus dem Schlaf und saß aufrecht im Bett, starr vor Entsetzen.

Maximilian war sofort wach, berührte sie vorsichtig, um sie nicht noch mehr zu verschrecken, dann nahm er sie fest in seine Arme.

»Beruhige dich, es war nur ein Traum!«

»Ich träumte, dass dir etwas zustößt«, schluchzte sie. »Es war so wirklich … Gott steh uns bei, ich will dich nicht verlieren!«

»Liebste, ich bin hier, bei dir. Und mir wird nichts zustoßen.« Jetzt lächelte er und strich über ihre Wange.

»Ich habe doch dich! Wie soll mir Schlimmes widerfahren, da sich alles endlich zum Guten wendet? Der Krieg ist vorbei, es wird über Frieden verhandelt. Und wir sind Mann und Frau.«

Sie klammerte sich an ihn. Er fuhr beruhigend mit seinen starken, warmen Händen über ihren Rücken und küsste ihren Nacken. Bald wurde daraus ein leidenschaftlicher Kuss und aus dem Kuss eine leidenschaftliche Umarmung.

Henriette war so aufgewühlt, dass sie nichts mehr zurückhielt. Sie waren einander nicht mehr fremd.

Staunend erlebte Henriette, wie ihr Körper und ihre Seele mitgerissen wurden von den Wogen eines unbeschreiblichen, köstlichen Gefühls.

Als sie wieder in die Kissen sanken, standen ihr erneut Tränen in den Augen, diesmal vor Glückseligkeit und Verzweiflung zugleich.

»Verlass mich nicht!«, flüsterte sie mit erstickter Stimme.

Maximilian zog sie an sich und hielt sie schweigend.

Genau das konnte er ihr nicht versprechen, obwohl er nichts lieber täte, als bei ihr zu bleiben. Das musste er ihr nicht erklären, sie wusste es ohnehin. Jeden Augenblick könnte der Marschbefehl kommen. Sogar jetzt, in der nächsten Minute. Wenn vorerst auch Verhandlungen geführt wurden – früher oder später würde er wieder ins Feld ziehen, in die nächste Schlacht. Gott allein wusste, was dort geschah.

Aber für sie war gesorgt. Und er würde alles tun, um zu überleben.

Licht in der Dunkelheit!, dachte er wieder und wieder, während er sie in den Armen hielt, ohne es auszusprechen.

Wie eine Beschwörungsformel.

Schicksalstage

Frankfurt am Main, Dresden, Torgau und Altenburg, 14. November 1813

Jhren ersten Tag als Jungvermählte konnten Henriette und Maximilian nicht gemeinsam verbringen, obwohl es ein Sonntag war. Die Präsenz des preußischen Königs erforderte die Anwesenheit seiner Garden.

Deshalb stand das Brautpaar sehr früh auf. Wehmütig sah Jette zu, wie ihr Mann die Galauniform anlegte, um zu gehen, dann frühstückten sie noch gemeinsam Brot mit Pflaumenmus und verabschiedeten sich mit einem innigen Kuss.

Als Maximilian fort war, kroch Henriette zurück unter die Bettdecke und versank in Tagträumen. Zum ersten Mal seit

Monaten durfte sie sich noch eine Weile dem Müßiggang hingeben und musste nicht gleich aufspringen, um sich um ihren kleinen Bruder und den kranken Vater zu kümmern oder um die Verwundeten in den Lazaretten.

Nach dieser stillen Stunde ging sie zusammen mit der Winzerfamilie zum Gottesdienst in die Dreikönigskirche.

Sie spazierte zum Main, um den Anblick des Flusses und der Stadt »drüben vom Bach« zu erleben. Über die große Brücke zu gehen und Frankfurt zu erkunden, das schob sie noch auf. Sie wollte gern den Römerberg sehen, den schönen Platz mit dem Rathaus und anderen prächtigen Häusern, und den Kaiserdom, wo die meisten römisch-deutschen Kaiser gewählt und gekrönt wurden. Doch in der Stadt konnte man sich kaum bewegen vor Militärs zahlloser Nationen, zu Fuß und berittenen. Deshalb schien es ihr nicht ratsam, ohne Begleitung zu gehen. Sie würde Frankfurt gemeinsam mit Maximilian erkunden, sobald er Zeit hatte. Also schlenderte sie zurück ins Quartier.

Es waren Briefe zu schreiben: an den Oheim und die Tante in Freiberg, an Maximilians Eltern in Berlin, an Madame Lindenthal in Leipzig, die natürlich erwartete, über jede Einzelheit der Hochzeitszeremonie unterrichtet zu werden.

Nach kurzem Zögern entschloss sich Henriette, auch Felix zu berichten, dass sie nun zu ihrer eigenen Überraschung in Frankfurt weile und die Ehefrau des Premierleutnants Trepte geworden sei.

Bei ihrer Unterhaltung am ersten Abend in diesem Zimmer hatte sich Maximilian beiläufig erkundigt, was es mit jenem Felix Zeidler auf sich habe.

»Er ist mir wie ein Bruder. Ein guter, zuverlässiger Freund«, hatte sie versichert, und so empfand sie auch. »Kannst du dich nicht an ihn erinnern? Er gehörte damals in Freiberg zu denen, die bis zum Schluss blieben, um euch zu evakuieren. Dunkles krauses Haar, Brille, ein Student.«

»Ich lag die meiste Zeit im Fieber, Liebste, wie du weißt …
Ich erinnere mich nur noch an dich.«

Er sah sie lächelnd an, dann wurde er wieder ernst.

»Wenn er jetzt zum Korps Yorck gehört, dann ist er wahrscheinlich am Rhein«, mutmaßte Maximilian. »Blüchers Schlesische Armee zieht in Eilmärschen westwärts.«

Also schrieb sie auch einen Feldpostbrief an Felix und hoffte inbrünstig, dass es ihm gutging, er noch Schuhe besaß, genug Schlaf und zu essen bekam. Der Zustand der Regimenter, die vorerst in Frankfurt bleiben und feste Quartiere beziehen durften, war schon erschreckend nach Monaten auf dem Marsch und blutigen Schlachten. Aber Blüchers Armee wurde von ihrem Feldmarschall dem Feind in höchstem Tempo hinterhergejagt.

Während Henriette den Tag in Frankfurt still für sich beging und sehnsüchtig auf Maximilians Rückkehr wartete, hallte in Dresden euphorischer Jubel.

Denn an diesem 14. November marschierte – wie in der Kapitulationsvereinbarung festgelegt – die erste Kolonne französischer Truppen aus der sächsischen Hauptstadt ab, angeführt von Marschall Gouvion Saint Cyr. Er und sein Stab waren beinahe die einzigen noch Berittenen, nachdem fast alle Pferde geschlachtet und gegessen worden waren.

Am Mittag zogen sechstausend Franzosen aus der Stadt, ohne Beute, größtenteils sogar ohne Schuhe, aber vom klingenden Spiel ihrer Musikkorps begleitet. Am Freiberger Schlag erwarteten sie die Musiker der Russen und Österreicher und spielten gemeinsam den gegnerischen Kapellen auf.

Vereinbarungsgemäß legten die französischen Soldaten ihre Gewehre nieder, nachdem sie die Stadtgrenze passiert hatten. Die italienischen Husaren und polnischen Ulanen übergaben ihre letzten Pferde an ungarische Husaren. Bei denen wussten sie sie wenigstens in guten Händen.

Alles verlief zu jedermanns Erleichterung ohne Zwischenfälle. Im Gegenteil, die Franzosen waren ebenso glücklich, Dresden verlassen zu dürfen, wie die Dresdner, die französische Garnison endlich loszuwerden und nicht länger unter Belagerungszustand zu stehen. Der Hunger, das Nervenfieber, die Requisitionen und Einquartierungen!

Österreicher und Russen zogen unter Glockengeläut in die Stadt, der Graf von Klenau nahm Quartier im Reußischen Haus.

Die Dresdner jubelten Prinzessin Therese als Beschützerin der Stadt begeistert zu, die Bürgergarde brachte ihr ein Ständchen dar. Lebensmittel wurden in die Stadt gefahren und zu festen Preisen feilgeboten, Befehle erlassen, die Straßen endlich von den Unmengen Pferdemist und sonstigem Unrat zu reinigen, die während der Belagerung niemand entfernt hatte.

Auch für Torgau wurde der 14. November 1813 ein Schicksalstag. Allerdings noch im Verborgenen. An diesem Sonntag ließ sich der preußische General von Tauentzien von seinen Artillerieoffizieren den Plan für die Beschießung und Eroberung Torgaus vorlegen. Die sollte in der Nacht vom 26. auf den 27. November stattfinden.

Sie würden – wie von Thielmann erkannt – zunächst das größte Außenfort erobern, Zinna. Damit rechneten natürlich die Franzosen und schossen jede Nacht Leuchtkugeln ab, um zu sehen, ob der Feind dort Geschütze in Stellung brachte.

Zur Täuschung und Zermürbung des Gegners befahl von Tauentzien, in allen anderen Abschnitten für Unruhe zu sorgen. Unregelmäßig flogen Kanonenkugeln hinüber und herüber. Derweil ließ der preußische General in den gefrorenen Boden tausendeinhundert Meter Parallelen graben, schmale Gänge, durch die Geschütze gezogen und in Stellung gebracht werden konnten.

Die sächsische Armee würde an dem bevorstehenden Be-

schuss Torgaus nicht beteiligt sein. Sie wurde an genau jenem
14. November, als Tauentzien dem Plan seiner Artilleristen
zustimmte, durch preußische Truppen ersetzt und nach Merseburg abkommandiert.

Am Krankenbett Narbonnes im belagerten Torgau erklärte
der Leitende Militärarzt, Baron Dèsgenettes, es bestehe keine
Hoffnung mehr für den Gouverneur; er habe höchstens noch
zwei oder drei Tage zu leben. Und infolge des zehrenden Fie-
bers werde er nichts mehr von seiner Umgebung wahrnehmen.

Ein Begräbnis, ein Wortbruch und ein Ball

Torgau, Altenburg und Frankfurt am Main,
17. und 18. November 1813

Drei Tage später starb General Louis Marie de Narbonne-
Lara. Unter unsäglichen Qualen, trotz aller Bemühungen der Ärzte.

»Ich hätte ihn nicht in die Lazarette gehen lassen dürfen!«,
dachte sein Stellvertreter Brigadegeneral Le Brun de Villaret
voller Schuldgefühle.

Doch niemand hier konnte dem Typhus entrinnen. Nicht nur
Schloss, Zeughaus und das große Proviantmagazin waren
längst Lazarett, sondern nun auch noch das Rathaus, die
Klosterkirche, sämtliche Schulen, das Kornhaus, die Salznie-
derlage, sogar die Bastion IV und viele Privatquartiere. Alles
zusammen reichte trotzdem nicht, um die tausenden Erkrankten unterzubringen.

Als der Tod des französischen Gouverneurs durch Glockengeläut bekanntgegeben wurde, brachen auch viele Zivilisten
in Tränen und Wehklagen aus. General Narbonne genoss bei

den Torgauern große Hochachtung, so wie früher sein Vorgänger Thielmann. Sie erhofften von ihm Rettung für ihre Stadt.

Viele Gebete wurden gesprochen. Doch noch häufiger erscholl der verzweifelte Ruf: »Was soll nun aus uns werden?«

Die preußischen Belagerer hatten nicht mit dem höchst angesehenen General Narbonne verhandeln wollen. Umso weniger würden sie es mit seinem Nachfolger tun, ganz gleich wer es sein würde. Es konnte nicht mehr lange dauern, bis auch der Letzte innerhalb der Mauern die schreckliche Krankheit in sich trug.

Le Brun als nun amtierender Festungsgouverneur rief den Verteidigungsrat zusammen, der in einem der Häuser am Markt tagte. Trauer, Betroffenheit, Ratlosigkeit lagen auf den Gesichtern, mancher schämte sich seiner Tränen nicht.

Der Brigadegeneral räusperte sich und legte so viel Kraft in seine Stimme, wie er vermochte. »Ein Parlamentär wird zum Oberkommandierenden des Belagerungskorps gesandt, um ihn über den Tod des Gouverneurs zu informieren. Außerdem ersuchen wir General Tauentzien, aus Respekt vor dem Toten während der morgigen Bestattungszeremonie das Feuer einzustellen.«

Der Bitte wurde stattgegeben.

Am nächsten Tag wurde Louis Marie Comte de Narbonne-Lara in allen Ehren in Torgau begraben – so feierlich, wie es unter diesen Umständen für einen einstigen französischen Kriegsminister und General Napoleons möglich war.

Le Brun hatte als vorläufige Ruhestätte eines der Festungsvorwerke an der Elbe ausgewählt. Die Nähe zum Fluss würde ihm gefallen, dachte er. Ein Adjutant würde Narbonnes Herz nach Paris bringen. Bei einem Torgauer Steinmetz war ein Grabmonument mit der Aufschrift *Honneur – Vertu – Courage* in Auftrag gegeben.

Ehre, Tugend, Mut.

Oberst Bernard, einer der Adjutanten Napoleons, hielt die Grabrede. Er war wegen eines gebrochenen Beines in Torgau zurückgeblieben und aufgrund seiner Fähigkeiten von Narbonne in den Verteidigungsrat berufen worden.

Ein großer Mann ist von uns gegangen!, dachte und sagte er. Und sein Grab wird noch nicht einmal vollständig mit Erde bedeckt sein, da wird schon der Streit um seine Nachfolge ausbrechen. Das sagte er nicht, aber er wusste es.

Doch Le Brun muss weiter die Verhandlungen führen, denn er ist am längsten von allen hier, überlegte Bernard. Falls der Oberkommandierende des Belagerungsheeres überhaupt zu Verhandlungen bereit ist …

General von Tauentzien hatte nicht vor zu verhandeln. Die Zeit und das Nervenfieber arbeiteten für ihn.

Er wusste, in der Stadt gab es jeden Tag schon mehr als zweihundertfünfzig neue Sterbefälle; die Toten wurden entkleidet, nackt zu Dutzenden auf Karren gehievt und in Massengräbern gestapelt, die nur dünn schichtweise mit Kalk und Erde bedeckt werden konnten. Mehrere Fuhren Leichen waren sogar schon in die Elbe gekippt worden.

Über der Stadt lag der beißende Gestank von Verwesung.

In ein paar Tagen würde er den Sturmangriff auf das Fort Zinna befehlen, und wenn alle Geschütze in Stellung waren, den Beschuss Torgaus beginnen.

Er traf Vorkehrungen, um sich und seine Männer vor der Seuche zu schützen. Im Vorwerk Obernaundorf hatte er auf Rat der Ärzte eine Quarantänestation einrichten lassen, in der jeder aus der Festung Kommende mit Ätzkali behandelt und drei Tage lang auf Symptome kontrolliert wurde.

An dem Tag, als General Narbonne starb, am 17. November 1813, erreichte Marschall Gouvion Saint Cyr das hundert Kilometer von Dresden entfernte Altenburg.

Seit sie Dresden verlassen hatten, verlangte der Marschall seinen ausgehungerten Truppen ein hohes Marschtempo ab.

Aus Gewohnheit? Weil er es eilig hatte, über den Rhein zu kommen? Oder weil er den Absprachen mit den Österreichern nicht traute?

Die Bedingungen waren für ihn außerordentlich günstig gewesen: ein ehrenvoller Abzug in Waffen aus der sächsischen Hauptstadt und die schnelle Rückkehr nach Frankreich. Nur ein, zwei Tage später hätte er aufgrund der desolaten Lage bedingungslos kapitulieren müssen.

Heute würde die letzte französische Kolonne Dresden verlassen. Doch noch war die Vereinbarung nicht ratifiziert.

Während die Salutschüsse am Grab von General Narbonne in Torgau verhallten und der Wind den Pulverdampf elbwärts trieb, marschierte das Gros der ersten französischen Kolonne aus Dresden in Altenburg ein, eskortiert von einigen österreichischen Truppen und einer fünfzig Mann starken Einheit Kosaken. Soldaten und Offiziere quartierten sich in der Stadt und den umliegenden Orten ein. Der nächste Tag sollte für sie ein Rasttag sein.

»Euer Exzellenz, General Marquis de Chasteler bittet empfangen zu werden, im Auftrag des Fürsten zu Schwarzenberg«, meldete ein Adjutant dem Marschall von Frankreich.

Dieser sah dem österreichischen Generalfeldzeugmeister bereits von weitem an, dass er in einer Mission kam, die ihn mit Unbehagen erfüllte. Das las er deutlich auf dem schmalen Gesicht, obwohl eine Brille mit ungewöhnlich dicken Augengläsern von der Mimik des Mannes ablenkte.

Mit einer höflichen Geste forderte er ihn auf zu sprechen.

De Chasteler, in zwölf Sprachen bewandert und trotz seiner

starken Kurzsichtigkeit ein hervorragender Artillerist und Militäringenieur, holte tief Luft.

»Ich bedaure, Euer Exzellenz mitteilen zu müssen, dass der Oberkommandierende der Alliierten Streitkräfte, Fürst zu Schwarzenberg, die Konvention nicht anerkennt, die Euer Exzellenz mit dem Grafen von Klenau abgeschlossen haben. Ich bin beauftragt, Sie aufzufordern, sich mit Ihren Truppen zurück nach Dresden zu verfügen.«

Gerüchten zufolge sollte der sonst so auf Ausgleich bedachte Schwarzenberg ungewohnt zornig gewesen sein, als er von Klenaus Abmachung erfuhr. Doch hätte *er* den Bittbrief der Kaisertochter erhalten, würde er sich ebenfalls beeilt haben, ihren Wunsch zu erfüllen, argwöhnte de Chasteler.

Laurent Gouvion Saint Cyr starrte den österreichischen General so durchdringend an, dass dieser begann, sich ernsthaft Sorgen zu machen.

Der Franzose musste sich zutiefst in seiner Ehre gekränkt fühlen. Ein Marschall von Frankreich brach sein Wort nicht! Außerdem ging es für ihn und die dreißigtausend Mann unter seinem Kommando hier nicht nur um Ehre, sondern um Leben und Tod. Sie hatten kaum zu essen und viele Kranke dabei, die schnell an einen Ort gebracht werden mussten, an dem sie genesen konnten. Sie wollten heim.

Sobald die Männer von Schwarzenbergs Befehl erfuhren, würde sie das in maßlose Wut und Verzweiflung versetzen. Sechshundert Franzosen waren noch bewaffnet, selbst die ohne Gewehre alles andere als ungefährlich. Die zweihundert Mann Bewachung wären im Nu überwältigt.

Gnade uns Gott, wenn sich der Marschall nun auch nicht mehr an sein Wort gebunden fühlt!, dachte der österreichische General erschrocken. Verübeln könnte ich es ihm nicht. Dann haben wir hier, sobald die anderen Kolonnen eintreffen, dreißigtausend wütende Franzosen unter Führung eines der fähigsten und unerbittlichsten Marschälle Napoleons!

Und niemanden, der sie aufhalten kann.

Als hätte Gouvion Saint Cyr diesen Gedanken gelesen, erklärte er mit schneidender Stimme: »Ich traf mit dem Grafen von Klenau eine verbindliche Übereinkunft. Wollen Sie die Gültigkeit meines Wortes in Frage stellen?«

»Natürlich nicht, Euer Exzellenz!«, beeilte sich Johann Gabriel de Chasteler zu versichern. »Nur war diese Übereinkunft nicht durch das Oberkommando der Alliierten bewilligt. Der Fürst zu Schwarzenberg stimmt ihr nicht zu. Graf Klenau überschritt seine Vollmachten, indem er Ihren Truppen einen so großzügigen Auszug in Waffen und den Übergang über den Rhein gewährte.«

Das glaube ich sofort, dachte Gouvion Saint Cyr verächtlich, dass Schwarzenberg nicht dreißigtausend Mann auf schnellstem Weg nach Frankreich ziehen lassen will. Denn im Frühjahr kehren wir zurück, neu ausgerüstet und wieder bei Kräften. Und dann wird sich zeigen, wer den längeren Atem und den besseren Heerführer hat!

»Ich muss Sie auffordern, sich mit Ihren Truppen zurück nach Dresden zu verfügen«, wiederholte der General mit den starken Brillengläsern.

»Und ich weigere mich entschieden, das zu tun«, entgegnete der Marschall kalt. »Es ist eine Beleidigung meiner Person, mein Wort in Frage zu stellen, das ich Graf Klenau gab.« Dann fixierte er sein Gegenüber.

»Schätzen Sie sich glücklich, dass ich mich nach wie vor an dieses Wort gebunden fühle! Sonst würde ich meine Soldaten und Offiziere demonstrieren lassen, wie sie auf einen Wortbruch der Alliierten reagieren.«

Ein winziges Zucken im Mundwinkel, bei diesem Marschall schon fast ein überbordender Gefühlsausbruch, verriet, dass ihm die Wachmannschaft und alles, was die Alliierten schnell heranziehen konnten, nur ein verächtliches Lächeln entlockte.

De Chasteler war ein kampferprobter Mann. Doch angesichts dieser Drohung fühlte er sich noch unwohler in seiner Haut.

»Mir ist kein einziger Fall in der Kriegsgeschichte bekannt, dass eine Garnison, die kapituliert und ihre Festung bereits verlassen hat, dorthin zurückkehren soll«, fuhr Gouvion Saint Cyr nun in aller Schärfe fort. »Ich empfehle dem Feldmarschall zu Schwarzenberg, noch einmal zu überdenken, ob das wirklich in seinem Interesse liegt. Und im Interesse der Dresdner sowie der dort weilenden Mitglieder der königlichen Familie.«

»Die Mitglieder der königlichen Familie sind nach Prag abgereist«, informierte de Chasteler.

»Doch die Bevölkerung Dresdens kann das nicht!«, erwiderte der Marschall streng. »Bei unserem Abmarsch gab es in der Stadt keine Krume Brot mehr, die letzten Pferde waren geschlachtet und gegessen. Wollen Sie wirklich *dreißigtausend* Mann dorthin zurückschicken? Sollte sich das in Dresden herumsprechen, haben Sie zusätzlich zu allen Problemen, von denen wir Sie mit unserem Abmarsch befreiten, morgen einen Aufruhr in der Stadt.«

Touché. In Dresden griff schon Panik um sich, weil das Gerücht aufkam, die Franzosen würden zurückkehren.

»Ich muss Ihre Forderung strikt ablehnen, unter Protest. Wir werden nicht nach Dresden umkehren«, erklärte Gouvion Saint Cyr schroff. »Das ist mein letztes Wort.«

»Dann muss ich Euer Exzellenz bitten, hier als Kriegsgefangener zu verweilen, bis eine Entscheidung getroffen ist«, erwiderte de Chasteler unglücklich. »Sammeln Sie Ihre Truppen in Altenburg und sorgen Sie dafür, dass sie Ruhe bewahren.«

»Das werde ich. Und *ich* werde mein Wort halten.«

Der Zynismus in seinem letzten Satz war unüberhörbar. Doch dahinter lag unermessliche Verbitterung.

In den folgenden Tagen strömten nicht nur immer mehr Franzosen nach Altenburg, sondern auch russische, österreichische Truppen und Landwehr, die sie bewachten.

Berittene Kuriere hasteten zwischen Altenburg und dem Alliierten Hauptquartier hin und her. Bis schließlich der Marschall und sein Korps Ende November unter starker Eskorte als Kriegsgefangene nach Mähren geführt wurden, das zu Österreich gehörte.

Laurent Gouvion Saint Cyr bedauerte sehr, seinem Kaiser nicht so schnell wieder zur Seite stehen zu können, wie er erhofft hatte. Doch es würde nur eine Verzögerung von einigen Monaten sein.

Für Altenburg bedeutete der erzwungene Aufenthalt der erschöpften, von Typhus geschwächten Truppen, dass das Nervenfieber nun auch diese blühende Stadt in den Würgegriff nahm.

Während sich in Torgau und Altenburg die Lage dramatisch zuspitzte, war das alles beherrschende Thema in Frankfurt ein Ball. Für die in der Stadt weilenden Monarchen, Heerführer und Diplomaten würde es einen großen Empfang und Tanz geben; in der einstigen Kaiserlichen Reichspost, dem Palais, wo bis zu seiner eiligen Abreise vor ein paar Tagen noch Karl Theodor von Dalberg als Großherzog von Frankfurt residiert hatte. Wie ein Lauffeuer verbreitete sich die Kunde.

Die uralte Krönungsstadt hatte schon viele prunkvolle Feste gesehen. Aber nach den Jahren des Krieges sehnte sich jeder nach etwas Glanz zum Zeichen dafür, dass nun die besseren Tage kamen.

Der Ball ließe allerdings sehr an Eleganz vermissen, monierte ein englischer Diplomat. Den Damen fehle es an Schönheit und Stil, der Saal sei dürftig dekoriert, und es habe nicht einmal ein Essen gegeben.

Doch dieser Ball sollte vor allem durch die schlechte Laune der höchsten Gäste an Glanz verlieren. Die Monarchen, Heerführer und Diplomaten stritten in Frankfurt äußerst erbittert darüber, ob sie mit ihren Armeen über den Rhein gehen sollten oder nicht.

Alles drehte sich um eine Frage: War die Überquerung des Rheins eine zwingende Notwendigkeit, um Napoleon endgültig niederzuringen? Oder eine Invasion?

Eine Einladung zum Tee

Frankfurt-Sachsenhausen, 17. November 1813

Madame, ein Brief für Sie!«, rief die Frau des Winzers durch die Tür.

Henriette sprang auf und ließ sie in das kleine Zimmer herein, das nun ihr vorläufiges Zuhause war.

Sie wartete sehnsüchtig auf Post: vom Oheim und der Tante, Eduard und ihrem Bruder. Von Felix, um zu wissen, dass er lebte. Und mit nervösem Gefühl im Magen darauf, wie wohl Maximilians Eltern auf ihren Brief reagierten. Doch so schnell konnte noch keine Antwort eingetroffen sein.

Die Wirtin trat ein, wischte sich die Hände an der Schürze ab und zog ein akkurat gefaltetes Blatt Papier aus der Tasche.

»Ist eben für Sie abgegeben worden, Madame.«

Neugierig betrachtete Henriette das Schreiben, das nicht mit der Post gekommen war, sondern durch jemanden hier in Frankfurt überbracht worden sein musste.

»Werden Sie heute Abend auch hingehen und zuschauen, wie die Majestäten beim großen Ball vorfahren?«, fragte die Winzerin. Die anfangs so mürrisch wirkende Frau verhielt sich inzwischen sehr freundlich zu Henriette – vielleicht, weil sie sich über das junge Glück freute, sicher aber auch, weil das Zimmer des neuvermählten Paares mit barer Münze bezahlt wurde. Ob es hingegen für die Quartierbilletts der Militärs je Geld gab, stand in den Sternen.

»Ich weiß es noch nicht«, antwortete Henriette zögernd. »Sicher werden sich Tausende vor dem Palais drängen.«

»Das gewiss«, bekräftigte die Wirtin. »Aber wann hat man schon wieder Gelegenheit, einen Blick auf so viele gekrönte Häupter zu erhaschen? Beim großen Te Deum mit Kaiser Franz und dem Zaren kam unsereins ja nicht einmal in den Dom hinein. Und heute wird sicher auch Seine Majestät Friedrich Wilhelm erscheinen. Ihr König ist äußerst beliebt bei den Frankfurtern, Madame! So ein höflicher Mann, geht in schlichter Uniform durch die Straßen! Und der Kronprinz erst, der fast ständig seinen Vater begleitet! Ein hübscher Bursche und wohlerzogen ...«

Für Henriette klang es immer noch befremdlich, dass Friedrich Wilhelm von Preußen nun *ihr* König war.

»Ja, ich werde hingehen«, beschloss sie plötzlich.

Noch nie in ihrem Leben hatte sie einen leibhaftigen König gesehen. Und vielleicht entdeckte sie ja Maximilian, wenn sein Garderegiment vor dem Palais aufzog.

Sie war glücklich über jede Stunde mit ihm. Doch tagsüber vermisste sie ihn, dass es schmerzte. Er musste sehr früh zum Dienst aufbrechen und kam erst spät zurück. Die Zeit dazwischen wollte einfach nicht vergehen.

Als Frau eines Offiziers würde sie lernen müssen, auf ihn zu warten. Jetzt sahen sie sich jeden Abend, konnten jede Nacht miteinander verbringen. Sehr oft in ihrem Leben würden sie monatelang getrennt sein, ohne dass sie wusste, wo er war und wie es ihm ging. Wie sollte sie das ertragen?

Anfangs hatte sie tagsüber Briefe geschrieben, die *Preußische Feldzeitung* und die neueste Ausgabe des *Frankfurter Intelligenzblattes* studiert. Für Goethes *Werther* und Schillers

Dramen fehlte ihr die Ruhe, und für Spaziergänge in der von Militärs überfüllten Stadt war das Gewimmel zu bedrohlich. Sie hatte ihre Kleidung ausgebessert und wollte das auch mit Maximilians tun. Doch die befand sich in tadelloser Ordnung.

Oft stand sie am Fenster und hielt Ausschau nach ihrem Mann, während sie über die Ereignisse nachgrübelte, die sie hierhergetrieben hatten. Über die ganz andere Welt, in die sie nun geraten war. Nach all den Monaten, in denen sie bis zur völligen Erschöpfung in den Lazaretten gearbeitet hatte – sollte sie jetzt einfach nur warten und Monogramme in Taschentücher sticken?

»Gehen Sie rechtzeitig hin, am besten schon ein paar Stunden vorher, damit Sie auch etwas sehen! Ganz Frankfurt wird dort sein«, rief die Winzerin ihr wohlmeinend zu, bevor sie die Tür hinter sich schloss.

Als Henriette allein war, ließ sie sich auf den Stuhl sinken, öffnete voller Neugier den Brief und las staunend.

Es war eine Einladung zum Tee von den in Frankfurt weilenden Ehefrauen der Offiziere des 2. Garderegiments, für heute am frühen Nachmittag.

Sie würden sie gern kennenlernen und ihr helfen, sich in ihrem neuen Leben einzurichten, stand da. Unterzeichnet war das Blatt von einer Frau Hauptmann von Lilienström.

Jette spürte ihr Herz vor Schreck bis zum Hals klopfen.

Auf den ersten Blick war das eine willkommene Abwechslung und ein Hilfsangebot von unschätzbarem Wert. Doch sie würde in diesem Zirkel sehr kritisch geprüft werden.

Die überraschend angesetzte Hochzeit war ganz sicher Anlass zu Spekulationen. Vielleicht würde man ihr auch ihre sächsische Herkunft ankreiden. Sachsen hatte auf der Seite von Preußens Gegnern gestanden. Jeder Fehler, den sie beging, würde auf Maximilian zurückfallen.

Doch abzusagen war undenkbar. Sie verfasste ein kurzes Antwortschreiben, in dem sie sich für die Einladung bedankte und ihr Kommen zusagte, und gab es selbst an der angegebenen Adresse ab, die nur zwei Straßen entfernt lag.

»Die junge Frau Premierleutnant! Wie freuen wir uns, endlich Ihre Bekanntschaft zu machen, Madame Trepte«, begrüßte die Gastgeberin Henriette überschwenglich. »Nachdem wir schon so viel von Ihnen gehört haben! Obwohl Ihre Vermählung mit dem Premierleutnant eine große Überraschung war …«

»Oder gerade deshalb«, klang eine ironische Stimme vom Fenster des Salons, in dem ein schwacher Duft von Tabak hing. Frau von Lilienström war eine elegante Dame Ende dreißig. Sie trug ein Kleid aus grünem Samt, das ihre schlanke Figur betonte, und eine kunstfertig gearbeitete, feingliedrige gusseiserne Halskette. Offenbar hatte sie Goldschmuck für die preußische Armee gespendet.

Die Frau am Fenster hingegen konnte nicht viel älter als Anfang zwanzig sein. Ihr hellblondes Haar wurde von Satinbändern gehalten, Locken ringelten sich anmutig von den Schläfen, das himmelblaue Seidenkleid stand ihr ausgezeichnet, und sie lächelte Henriette aufmunternd zu – trotz der kecken Bemerkung. Doch ihre Augen und ihre Nase waren gerötet. Entweder hatte sie geweint oder einen Schnupfen. Sie wurde Henriette als Gattin des Premierleutnants von Allschow vorgestellt.

»Im Moment sind nur wir zwei zu Besuch bei unseren Männern, da niemand weiß, wie lange das Regiment hierbleibt«, erklärte die Frau des Hauptmanns. »Wenn Sie erst in Berlin sind, meine liebe Frau Premierleutnant, werden Sie in einem viel größeren Kreis willkommen geheißen.«

Nachdem Henriette artig geknickst und die Damen begrüßt hatte, wurde sie zu einem Tischchen gebeten, auf dem zartes Porzellan und eine Kristallschale mit Gebäck standen.

Die Gastgeberinnen machten es sich in darum gruppierten Sesseln bequem und plazierten die Jungvermählte gegenüber auf der kleinen Chaiselongue.

Um einen guten Eindruck zu hinterlassen, hatte Henriette noch am Vormittag die Spitze von ihrem improvisierten Hochzeitskleid abgetrennt und auf das Kleid aus blauem Tuch gesetzt. Die Haare trug sie wie gewohnt schlicht zum Knoten gesteckt, als einzigen Schmuck den eisernen Ehering und das Medaillon ihrer Mutter am schwarzen Samtband.

So saß sie nun eingeschüchtert auf der vordersten Kante des Sitzmöbels, den Rücken durchgedrückt, die Knie sittsam zusammengepresst, die Hände im Schoß verschränkt, und hoffte inständig, hier nur eine Prüfung und keine Beichte ablegen zu müssen.

»Der Herr Stabskapitän von Wilhelmsen hält große Stücke auf Sie«, eröffnete die Frau des Hauptmanns das Gespräch, während sie Tee einschenkte. »Allerdings scheinen Sie mir noch sehr jung«, fuhr sie im Plauderton fort. »Wie und wann haben Sie Ihren Gatten kennengelernt?«

Das klang nach beiläufiger Konversation. Doch auf den Gesichtern der Offiziersgattinnen stand nicht bloß Neugier, sondern auch Argwohn wegen der auffallend kurz anberaumten Hochzeit.

»Nach der Schlacht von Großgörschen wurde Premierleutnant Trepte zusammen mit anderen preußischen Verwundeten in ein Freiberger Notlazarett gebracht, wo ich als Freiwillige half«, antwortete Henriette vorsichtig. An den auffordernden Blicken sah sie allerdings, dass die Damen weitere Einzelheiten hören wollten.

»Der Premierleutnant war dem Tode nah. Ein Bajonettstich. Er hatte viel Blut verloren und fieberte stark«, fuhr sie also fort. »Die leicht Blessierten versorgten wir und schickten sie gleich weiter, denn die Franzosen rückten schnell nach. Doch ihn und die anderen schweren Fälle behielten wir, solange wir konnten. Sein Fieber brach endlich an dem Tag, an dem die Grande Armée Freiberg erneut einnahm. Das war am 7. Mai.« Andächtig lauschten die beiden Zuhörerinnen.

»Die Franzosen stürmten schon durch das Donatstor, als wir die letzten Verwundeten evakuierten, auch ihn. Wir hörten den Kanonendonner bis auf den Markt. General Lanskoi führte die Arrièregarde an, um den Rückzug zu sichern.«

»Lanskoi mit seinen tollkühnen Kosaken!«, rief die junge Frau von Allschow begeistert.

»Als wir alle auf Karren gebettet und durch das letzte freie Tor geschickt hatten, verbrannten wir rasch alle Überreste von blutigen Verbänden und preußischen Uniformteilen. Dann rannten wir in unsere Häuser, während die Franzosen zu Tausenden in die Stadt fluteten.«

»Sehr mutig!«, lobte die Frau Hauptmann. »Sie sind demnach Freibergerin? Welcher Profession geht Ihr Herr Vater nach?«

»Meine Familie lebte in Weißenfels. Meine Mutter starb, als ich noch klein war. Mein Vater war Buchbinder. Er starb im Frühjahr, unmittelbar bevor die Grande Armée wieder in Weißenfels einfiel. Vor den Plünderern floh ich mit meinem Bruder zu meinem Oheim nach Freiberg. Er ist Verleger, Buchdrucker und Zeitungsherausgeber.«

»Sind Sie Waise? Mein Mitgefühl! Da mussten Sie Ärmste in Ihren jungen Jahren schon einiges durchmachen«, sagte die hübsche Frau des Premierleutnants von Allschow. Hastig zückte sie ein besticktes Taschentuch, versuchte vergeblich, ein Niesen zu unterdrücken, und schneuzte sich.

»Also wuchsen Sie in Verlegerkreisen auf?«, hakte die Frau von Lilienström interessiert nach.

»Ja, mit Erstausgaben, Manuskripten, Zeitungstexten und Lettern. Wenn es nötig wäre, könnte ich die nächste Ausgabe der *Preußischen Feldzeitung* setzen«, meinte Henriette mit einem zaghaften Lächeln. »Auf den Leipziger Buchmessen durfte ich in Begleitung meines Oheims einige angesehene Verleger kennenlernen.«

»Bemerkenswert!«, fand Madame von Lilienström. »Davon müssen Sie uns gelegentlich mehr erzählen. Kosten Sie nur von dem Gebäck!«

Einladend schob sie ihr die Schale entgegen.

»Doch jetzt sind Sie uns erst einmal die Fortsetzung der Geschichte schuldig, wie aus der Begegnung in Freiberg eine Hochzeit in Frankfurt werden konnte.«

Frau von Allschow nieste erneut. »Bitte entschuldigen Sie, ich habe mich auf der Reise furchtbar erkältet«, hauchte sie mit zuschwellender Nase.

»Der Premierleutnant schrieb mir später, um sich zu bedanken und zu berichten, dass er genesen sei. Und wer von den Männern noch überlebte«, berichtete Henriette. »Seitdem korrespondierten wir. Später ging ich nach Leipzig, um zu helfen, wo die Not am größten war. Am letzten Tag der Schlacht trafen wir uns unverhofft wieder, als Maximilian … als Premierleutnant Trepte den verwundeten Stabskapitän von Wilhelmsen ins Hauptlazarett brachte. Bevor er Leipzig verließ, trug er mir ein Verlöbnis an.«

»Wie romantisch!«, seufzte die Frau des Premierleutnants von Allschow und zückte erneut ihr Taschentuch. »Und wie patriotisch!«

»Verwundete zu pflegen ist weniger eine Frage von Patriotismus«, widersprach Henriette bedacht. »Sondern von Barmherzigkeit.«

»Natürlich«, pflichtete Frau von Lilienström bei und drapierte die Falten ihres grünen Samtkleides. »Wir alle engagieren uns wohltätig, zupfen Charpie und sammeln Geld, damit unsere Soldaten Schuhe und Mäntel bekommen. Ist es nicht großartig, dass allerorts Frauenvereine entstehen, die sich dafür engagieren? Haben Sie den Bericht des Breslauer Frauenvereins in der vorgestrigen *Feldzeitung* gelesen?«

Jette nickte und unterdrückte einen hysterischen Laut, die junge Frau von Allschow sah fragend hinter ihrem Taschentuch auf.

»Jeden Tag gehen drei der Damen ins Lazarett, verteilen die Morgensuppe und das Zehnuhrfrühstück an die Blessierten, kontrollieren die Reinlichkeit in den Stuben und achten darauf, dass jeder Socken, Schuhe und ein weiches Kissen hat«, erklärte Frau von Lilienström ihrer erkälteten Freundin, die andächtig lauschte.

»Das ist sehr ... verdienstvoll von den Damen in Breslau«, begann Jette vorsichtig und atmete tief durch. Doch dann konnte sie nicht an sich halten.

»In Leipzigs Lazaretten hatten wir weder ein erstes noch ein zweites Frühstück, keine einzige Krume Brot ließ sich auftreiben!«, platzte sie heraus, von schrecklichen Erinnerungen überwältigt. »Es gab keine Stuben, keine Betten, geschweige denn *Kissen*! Nicht einmal Lagerstroh. Die Sterbenden lagen in Kirchen oder in den Straßen auf dem nackten, eiskalten Boden. Wir hatten weder Medikamente noch Branntwein zur Betäubung bei Amputationen. Die Männer verbluteten, erfroren, verhungerten oder gingen am Typhus qualvoll zugrunde. Zum Schluss konnten wir nichts tun, als ihnen etwas Wasser zu geben und beim Sterben tröstend die Hand zu halten. Es waren einfach zu viele.«

Sie schloss die Augen, als könnte sie so die grausigen Bilder vertreiben und die Tränen hinter den Lidern halten.

Beklemmendes Schweigen herrschte im Salon.

Nur noch Straßenlärm war zu hören, der durch die geschlossenen Fenster drang, lautes Wiehern und ein Warnruf, ein Streit keifender Weiber.

»Das war vor dem Sturm auf die Stadt. Also pflegten Sie damals *französische* Blessierte?«, fragte die blonde Frau von Allschow mit hochgezogenen Augenbrauen. »Haben Sie nicht Ernst Moritz Arndt gelesen? Wir müssen die Franzosen hassen!«

»Kann Hass zwischen Völkern Gutes bringen?«, widersprach Henriette, wissend, dass man ihr diese Worte ankreiden würde. »Oder ein dichter Wald zwischen Frankreich und den deutschen Ländern, wie Arndt es fordert, von wilden Tieren bevölkert, damit kein Mensch hindurchkann? Wären wir nicht ärmer ohne die Schriften Rousseaus und Voltaires, die sogar Ihr König Friedrich der Große über alles schätzte, die Dramen Molières und Diderots, die Gemälde Jacques-Louis Davids und die Karikaturen Horace Vernets? Ohne französische Musik, Mode, selbst den Code civil?«

»Wir haben eine Bonapartistin unter uns!«, meinte durch die zugeschwollene Nase die Gattin des Premierleutnants von Allschow belustigt.

»Sie sollten besser auf Ihre Worte achten, wenn Sie mit einem Gardeoffizier der preußischen Armee verheiratet sind«, rügte deutlich ernster die Frau des Hauptmanns von Lilienström.

»Ganz bestimmt bin ich keine Bonapartistin«, wehrte sich Henriette. »Doch wenn Sie gehört hätten, wie die Männer vor Schmerz schrien, als ihnen ein Bein oder ein Arm amputiert wurde, wenn Sie gesehen hätten, wie sie sich im Starrkrampf verbiegen, bis sie sich das Rückgrat brechen, wenn Sie all das Elend erlebt hätten, die unzähligen Verblutenden, Hungernden, Fiebernden, denen niemand helfen konnte … dann wäre Ihnen auch gleich, ob es Franzosen, Polen, Italiener, Russen oder Preußen sind! Oder Sie müssten ein Herz aus Stein haben.«

Nun schien die Stille bleiern zu sein.

Gleich werfen sie mich hinaus, und Maximilian wird aufgefordert, sich besser um die Gesinnung seiner Angetrauten zu kümmern, dachte Jette bedrückt. Es tut mir leid, Liebster. Ich wollte dich nicht enttäuschen. Schon gar nicht wollte ich dir schaden. Aber das musste ich einfach sagen.

Deshalb griff sie nach dem letzten Argument.

»Arndts neueste Schrift ist in aller Munde: *Der Rhein soll Deutschlands Fluss, nicht Deutschlands Grenze sein.* Wenn der König beschließt, seine Armee bis nach Paris zu führen, ziehen unsere Männer bald wieder ins Feld.«

Sie schluckte, fast versagte ihr die Stimme. »Falls ihnen dort etwas zustößt, werden Sie glücklich sein, wenn sich in Frankreich barmherzige Menschen finden, die ihre Wunden verbinden und ihnen Wasser geben. Sich als Soldaten im Felde gegenüberzustehen ist eines. Doch Verwundete sind Verwundete, ganz gleich woher sie kommen.«

»Angesichts Ihrer Jugend vertreten Sie Ihre Meinung recht energisch«, erklärte die Frau des Hauptmanns. Doch um ihren Mundwinkel spielte ein Lächeln. »Seien Sie vorsichtig! Man könnte Ihnen Ihre sächsische Herkunft verübeln.«

»Die kann ich nicht leugnen.«

»Der sächsische König hätte seinem Land viel Elend erspart, wäre er auf unsere Seite gewechselt, statt Bonaparte sklavisch die Treue zu halten.«

»Es steht mir nicht zu, die Handlungen eines Königs zu beurteilen. Doch viele Menschen in Sachsen hofften inständig, dass er zu den Alliierten übertritt. Auch ich.«

»Er hat sich erheben lassen, während Preußen erniedrigt wurde«, sagte die Frau des Hauptmanns vorwurfsvoll.

»Und wie furchtbar erniedrigt!«, bekräftigte ihre Freundin. »Erinnern Sie sich an die Schreckenstage von 1806?«

»Wer könnte die vergessen?«

Madame von Lilienström verknotete die schlanken Finger auf dem Schoß und seufzte. »Es begann schon mit einem schlimmen Omen: Als bei Abreise des Königspaares die Skulptur der Kriegsgöttin vom Zeughaus stürzte ... Dann die Nachricht, dass Prinz Louis Ferdinand bei Saalfeld gefallen sei. Ganz Berlin war entsetzt. So ein hoffnungsträchtiger junger Mann, geistvoll, kühn ...«

»Der Schwarm der Damen! Selbst ich wünschte mir damals unbedingt ein Bildnis von ihm, obwohl ich fast noch ein Kind war«, schniefte Madame von Allschow.

»Und schließlich die Kunde von der schrecklichen Niederlage bei Jena und Auerstedt ...«

»Die Proklamation des Stadtkommandanten von der Schulenburg. Ich weiß noch jedes Wort: ›Der König hat eine Bataille verloren. Jetzt ist Ruhe die erste Bürgerpflicht. Ich fordere die Einwohner Berlins dazu auf. Der König und seine Brüder leben!‹«

»Zu Hunderten, zu Tausenden sammelten sich die Menschen auf Straßen und Plätzen, vor dem Stadtschloss, vor dem Palais, in dem das Königspaar lebte, überall. Jedermann hoffte, irgendeine Neuigkeit zu erfahren.«

»Wer konnte, ließ sofort anspannen und flüchtete gen Osten.«

»Und welche Erleichterung, als endlich spät in der Nacht Königin Luise eintraf, in Tränen aufgelöst, doch tapfer genug, um uns zur Ruhe zu ermahnen.«

Henriette kam sich vergessen vor. Ihre beiden Gastgeberinnen waren ganz in Erinnerungen versunken und warfen sich gegenseitig die Stichworte zu.

»Tage der Ungewissheit ... Bis Marschall Davout mit den ersten Divisionen einzog. Männer, die sogar auf der Straße Pfeife zu rauchen pflegten!«, entrüstete sich die Frau von Lilienström. »Und jener schlimmste Schicksalstag: der 27. Oktober. Napoleon ritt durch das Brandenburger Tor, gefolgt von seinen Truppen. Welche Schmach!«

»Immerhin fand sich kaum Volk, um ihn zu bejubeln.«

Die blonde Frau Premierleutnant nieste erneut.

»Meine jüngere Schwester war dort«, gestand Madame von Lilienström. »Inkognito natürlich und weit abseits. Sie wollte mit eigenen Augen sehen, was geschieht. Die *Vossische Zeitung* würde unter der Zensur der Franzosen ja nur Lobgesänge drucken, und der *Preußische Hausfreund* wurde wegen patriotischer Gesinnung verboten. Meine Schwester beteuerte, die wenigen Hochrufe der Berliner kamen von bezahlten Claqueuren. Und der Usurpator selbst hatte auch nicht mehr das blitzende Falkenauge wie auf den Porträts. Er setzte damals schon Fett an.«

»Unser König und die Königin mussten fliehen, der armen Luise brach es schier das Herz. Berlin war über Jahre französisch besetzt und verarmte, die Kunstsammlungen geplündert, die Quadriga vom Brandenburger Tor geraubt ...«

»Jener Marschall Davout, den Sie erwähnten, ließ im März in Dresden die schöne steinerne Brücke des Baumeisters Pöppelmann zerstören«, brachte sich Henriette vorsichtig wieder in Erinnerung. »Es gab einen Aufruhr, und mein Oheim meinte, wenn Sachsen je zu einem Aufstand bereit wäre, hätte dies das Fanal werden können.«

»Aber es *gab* keinen Aufstand in Sachsen«, vermerkte Madame von Lilienström spitz.

Es gab auch keinen Aufstand in Preußen, schoss Jette durch den Kopf. In Hamburg, Tirol – ja. Doch der Aufruf Friedrich Wilhelms nach Freiwilligen und Spenden hatte bei weitem nicht das erhoffte Ergebnis gebracht, das wusste sie sowohl von ihrem Vater als auch von ihrem Oheim, die durch ihre Logenbrüder beide gut informiert waren.

»Immerhin *gab* es zwei Versuche von Sachsen, Napoleon zu ermorden«, sagte sie.

»Dieser junge Mann, der 1809 in Schönbrunn mit dem Messer auf ihn losging? Der war Sachse?«, erinnerte sich Frau von Lilienström vage.

»Ja, Friedrich Staps. Er wurde gefasst und exekutiert, nachdem er ein Gnadenangebot abgelehnt hatte. Gerade erst siebzehn Jahre alt. Der zweite, von der Sahla, ein Leipziger Student, ging vor zwei Jahren nach Paris, um ein Attentat zu versuchen, wurde aber vor der Tat verhaftet und wird wohl nie mehr freikommen.«

»Von dem haben wir nichts gehört«, wunderte sich Frau von Allschow und schneuzte sich erneut.

»Die Affäre wird geheim gehalten. Ich weiß es von meinem Oheim«, erklärte Henriette.

»Mit dem Messer auf Napoleon loszugehen – mutig, heldenhaft, leider wenig erfolgversprechend«, konstatierte die Gastgeberin. »Zwei einzelne junge Männer. Doch Sachsens Regent hat sich von Bonaparte zum König erheben lassen und seine Armee gegen uns geschickt.«

»Dafür musste Sachsen teuer büßen«, antwortete Henriette bitter auf den Vorwurf. »Jetzt ist das Land verwüstet, ausgeplündert und ein einziges Lazarett. Städte und Dörfer sind zerstört, eine Hungersnot ist unausweichlich, und der Typhus wütet, dass es jegliche Vorstellung übersteigt.«

Die Preußen hatten unstrittig leiden müssen in den vergangenen Jahren; außerdem wurden sie so in ihrem Stolz gedemütigt, dass daraus Hassschriften wie die von Arndt wucherten. Doch Preußen würde bald wieder erblühen.

Aber Sachsen? Die Not war grenzenlos.

»Als die Preußen und Russen im Frühjahr in Sachsen einzogen, wurden sie bejubelt«, erinnerte sie. »Wir waren so voller Hoffnung! Dann kam die Grande Armée zurück, schlimmer denn je. Ins Haus meines Oheims wurden zwanzig Mann einquartiert. Ein Offizier hatte den Auftrag zu kontrollieren, was gedruckt wurde. Ich musste ihm jedes einzelne Wort von den Korrekturbögen übersetzen.«

»Sie sprechen so gut Französisch?«, fragte Frau von Lilienström mit hochgezogenen Augenbrauen. Ihr Tonfall und ihre Miene zeigten, dass hinter dieser Frage ein besonderer Sinn stecke, und Jette fragte sich, welcher.

Daraus konnten sie ihr doch keinen Vorwurf machen! Gute Französischkenntnisse gehörten zur Bildung jeder jungen Dame aus gutem Haus.

»Oui, bien sûr!«, antwortete sie beiläufig. »Ebenso Griechisch und Latein. Mein Oheim geriet in Verdacht, Flugblätter mit Gedichten Theodor Körners gedruckt zu haben. Die Druckerei wurde durchsucht und verwüstet, der Setzer um ein Haar in Festungshaft geschickt.«

»Körner, der große preußische Freiheitsdichter!«, sagte seufzend die junge Frau von Allschow. »So jung und so talentiert. Welch tragischer Verlust!«

»Körner war Dresdner«, berichtigte Henriette. »Ich sah ihn gelegentlich, als er noch in Freiberg studierte. Er wohnte am Untermarkt gegenüber dem Haus meines Oheims.«

Das war etwas, worauf die Damen mit großen Augen reagierten.

»Die Nachricht von seinem Tod erschütterte uns zutiefst«, fuhr Henriette bedrückt fort. »Zwei Freunde, Freiberger Studenten, meldeten sich ebenfalls zum Freikorps des Majors von Lützow. Einer fiel, einer wurde verwundet und kämpft nun im Korps Yorck. Ich bete, dass es ihm gutgeht.«

Wieder herrschte einen Moment Schweigen im Raum.

»Nun, liebe Frau Premierleutnant, zu meiner Erleichterung sind Sie wohl doch keine Bonapartistin«, sagte die Frau von Lilienström lächelnd. »Und ich räume ein, Sie geben sich alle Mühe, Sachsen zu rehabilitieren. Aber Sie müssen nun lernen, preußisch zu denken!«

»Sollten wir nicht alle in erster Linie *patriotisch* denken?«, fragte Jette in vorsichtig scherzhaftem Ton.

»Natürlich«, stimmte die Frau Hauptmann zu. Dann fragte sie: »Waren Sie schon einmal auf einem Ball, Madame Trepte?«

Verblüfft über diesen abrupten Themenwechsel, starrte Jette sie an. »Ja, einmal. Und das werden Sie mir sicher ankreiden«, meinte sie resigniert. »In Freiberg, zu Napoleons Geburtstag. Der französische Major, der zur Überwachung im Haus meines Oheims einquartiert war, bestand darauf, dass meine Verwandten und auch ich dorthin gehen.«

»In Berlin hat sich keine anständige Patriotin auf den Bällen der Franzosen blicken lassen«, behauptete Frau von Allschow kategorisch.

»Mein Vormund hätte sonst die Lizenz für die Druckerei und die Zeitung verloren. Aber vielleicht freut es Sie zu hören, dass dieses Fest wenig Glanz hatte, obwohl dazu sogar Marschall Gouvion Saint Cyr aus Dresden kam.«

»Die Franzosen schickten Gouvion Saint Cyr?«, wunderte sich Madame von Lilienström. »Dann scheint dieses Freiberg bedeutender zu sein, als man meint ...«

»Es gab an dem Tag schon Ärger wegen der Ansprache im Freiberger Dom«, berichtete Henriette. »Der Superintendent erklärte, er könne den Kaiser der Franzosen nur willkommen heißen, wenn er als Friedensbringer käme. Und auf dem Ball wurde kaum getanzt. Fast niemand von der hinbeorderten städtischen Prominenz beherrschte Walzer.«

»Beherrschen *Sie* den Walzer?«, erkundigte sich die Frau des Hauptmanns interessiert.

»Ja. Premierleutnant Trepte versprach mir schon im Mai, dass wir auf einem Ball Walzer tanzen werden«, erinnerte sie sich lächelnd. »Aber das muss warten, bis der Krieg vorbei ist.«

Die zwei Offiziersgattinnen tauschten Blicke. Zwischen ihnen fand ganz offensichtlich eine stumme Kommunikation statt, die Jette rätselhaft blieb. Dann setzten beide eine feierliche Miene auf und strahlten die Jungvermählte an.

»Nun, meine Liebe, Sie sind klug genug, um zu wissen, dass wir Sie ein wenig ausfragen würden«, erklärte Madame von Lilienström. »Wir müssen darauf achten, dass die richtige Gesinnung unter den Frauen im Offizierskorps herrscht. Ich gratuliere, Sie sind aufgenommen in unsere Runde – trotz Ihrer ... sächsischen Sichtweise. Sie haben recht, wir müssen patriotisch denken, nicht nur preußisch oder sächsisch.«

Erleichtert wollte Henriette aufatmen. Zu früh.

»Machen Sie sich auf eine Überraschung gefasst! Der Major von Müffling und der Stabskapitän von Wilhelmsen hatten diese Idee – sofern wir zustimmen, nachdem wir Sie etwas näher kennengelernt haben.«

Was konnte denn nun noch kommen?

»Sie gehen heute Abend auf den großen Ball, meine Liebe! Gemeinsam mit Ihrem Gatten«, verkündete die Frau des Hauptmanns feierlich.

»Auf den Ball im ... im Palais?«, stammelte Jette, eher entsetzt als geschmeichelt. »Ich bin nicht standesgemäß für solch eine erlauchte Gesellschaft! Ich habe noch nie einen König von Angesicht zu Angesicht gesehen, nicht einmal aus fünfzig Metern Entfernung! Und ich besitze auch kein Kleid für diesen Anlass.«

»Seien Sie unbesorgt, meine junge Freundin!«, beschwichtigte Madame von Lilienström sie. »Unsere Gardeoffiziere werden gern zu Bällen geschickt, um dem Ganzen mehr Pracht zu verleihen – und damit es ausreichend Tänzer für die Damen gibt. Wir haben beschlossen, dass Sie mit Ihrem Gatten dorthin gehen. Sozusagen als Hochzeitsgeschenk des Regiments und angesichts Ihrer Verdienste für preußische Blessierte. Kleid und Diadem leihe ich Ihnen. Ich schicke Ihnen meine Bedienstete, die Sie angemessen herausputzt.«

Henriette war sprachlos.

Schließlich wandte sie ein: »Wäre es nicht Ihr Vorrecht, auf dieses große Fest zu gehen, mit all den Kaisern und Königen?«

»Es wird noch viele Feste geben«, tat die Frau des Hauptmanns diesen Einwand ab. Doch Henriette begriff, dass sie zu ihren Gunsten verzichtete.

»Ich bin erst gestern angekommen und noch zu durchgerüttelt von der Reise, um heute einen ganzen Abend stehen zu können. Und die Frau Premierleutnant neben mir kann unmöglich niesend und schniefend auf einen Ball Seiner Majestät! *Sie* werden das Regiment würdig vertreten.«

»Weiß Premierleutnant Trepte davon?« Maximilian hatte heute Morgen nichts dergleichen angedeutet.

»Sobald wir dem Stabskapitän unsere Zustimmung übermitteln, erhält Ihr Gatte entsprechenden Befehl. Nun gehen Sie, meine Liebe, ruhen Sie sich noch etwas aus!«

Doch beim Abschied sah sie Henriette streng in die Augen.

»Wenn ich Ihnen einen Rat erteilen darf: In Gegenwart preußischer Offiziere halten Sie Ihre Ansichten über Arndt besser zurück.«

Ein Ball von umstrittener Pracht

Frankfurt, 17. November 1813

Inmitten der Gruppe preußischer Gardeoffiziere, die auf den Ball zum Tanzen und nicht als Spalier abkommandiert waren, schritt Henriette an Maximilians Arm vorbei an tausenden Frankfurtern, von denen die meisten schon Stunden warteten, um den Einzug der Kaiser, Könige und Generäle zu erleben.

Heute Vormittag hatte sie noch gedacht, sie würde selbst in der Menschenmenge stehen und sich auf Zehenspitzen recken, um wenigstens etwas zu sehen. Nun durfte sie auf diesem Ball tanzen, in Gesellschaft höchster Gäste. Selbst in ihren kühnsten Träumen hätte sie das nie auch nur erwogen.

»Ich sterbe vor Angst. Was muss ich tun?«, flüsterte Henriette Maximilian zu, während sie sich dem Saal näherten.

Seine Augen blitzten belustigt.

»Halt dich einfach an mir fest und lächle! Das genügt. Du siehst zauberhaft aus. Seine Königliche Majestät ist noch nicht da, also warten wir ohnehin erst einmal.«

»Du hast gut reden! Für dich ist das hier offenbar nichts Besonderes!«, protestierte sie leise. »Ich war noch nie in so hoher Gesellschaft.«

Seinen Sinn für Humor hatte sie in den letzten Tagen kennen- und lieben gelernt, doch bei all ihrer Aufregung wollte sie nicht auch noch verspottet werden. Der einzige Ball, den sie je besuchen durfte, hatte in einer viel kleineren Stadt stattge- funden und war kein Vergnügen gewesen, sondern eine unliebsame Pflicht mit vielen Fallstricken.

Sie hatte mit Étienne Walzer getanzt und sich schrecklich be- fangen dabei gefühlt, weil jedermann sie argwöhnisch beob- achtete und weil sie fürchtete, sie könnte sich in ihn verlie- ben – in einen Feind. Und dann bat auch noch sein Vater sie zum Tanz, vor dem sie sich fürchtete wie vor kaum jemandem sonst. Natürlich hatte der Major de Trousteau ihre Angst be- merkt und ausgekostet.

Auf diesem Ball hier würden – vermutlich – keine Feinde sein. Aber Fallstricke würde es geben, mehr, als sie in ihrer Unerfahrenheit erahnen mochte.

»Es ist für mich durchaus etwas Besonderes!«, widersprach Maximilian so leise, dass die Offiziere vor und hinter ihnen nichts hörten. »Weil ich mit dir hier sein darf.«

Er lächelte und strich beruhigend über ihre Hand auf seinem Arm, während er sie bewundernd ansah.

Das Kleid von Madame Lilienström war ein Traum: nicht strahlend weiß, sondern etwas dezenter; paillefarben wie die Uniformen der Zastrow-Kürassiere. Es bestand aus Atlas- seide mit eingewirkten Blüten, das Mieder war mit Süßwas- serperlen besetzt. Wenn Henriette sich drehte, wogte der Rock um sie. Sie hatte es im Zimmer probiert, als ihr die Zofe der Madame von Lilienström ins Kleid geholfen, die Haare mit der Brennschere gelockt und ein Diadem aufge- setzt hatte.

Dazu trug sie Handschuhe aus Satin, die bis über die Ellbo- gen reichten, und einen Fächer aus Perlmutt und Brüsseler Spitze. Die Ballschuhe waren ein wenig zu groß, deshalb hatte sie sie vorn mit Papier ausgestopft.

Die Gardeoffiziere sparten nicht mit Komplimenten, und sie bedankte sich mit einem höflichen Nicken.

Beim Betreten des Saales wurde ihre Gruppe ausgerufen: »Major von Müffling, Kommandeur des 2. Preußischen Garderegiments zu Fuß, und Begleitung.«

Dann schritten die Offiziere in Galauniform und sie als einzige Dame unter den neugierigen bis bewundernden Blicken der Anwesenden durch den Saal bis zur Stirnfront, in deren Mitte der König von Preußen und die Kaiser von Russland und Österreich Platz nehmen würden.

So standen sie und warteten, tauschten ein paar Worte aus, hielten Ausschau nach bekannten Gesichtern.

Der Major hatte den Jungvermählten gleich zu Beginn des Abends gratuliert und um die Ehre gebeten, Madame Trepte zur Polonaise zu führen. Auch deshalb war Henriette ganz aufgeregt. Was, wenn sie einen Schuh verlor? Sie wäre unsterblich blamiert.

Solange es ging, hielt sie sich lieber an Maximilians Arm fest, das gab ihr ein beruhigendes Gefühl.

Während sich die Offiziere unterhielten, mit wachsamem Blick zur Tür in Erwartung ihres Königs, memorierte Henriette in Gedanken die Schrittfolgen. Doch bald sah sie sich lieber in dem riesigen Saal um, dessen Pracht sie atemlos machte.

Kristallene Lüster mit hunderten Kerzen, Vorhänge aus schwerem Damast, erlesene Skulpturen und Gemälde an den Wänden. Die Kleider der Damen, die aufwendigen Frisuren, der kostbare Schmuck, die blitzenden Orden an den Uniformen … Sie staunte wie ein kleines Mädchen beim Betreten einer Märchenwelt.

Plötzlich reckten alle die Köpfe.

Beide Flügel der kurzzeitig geschlossenen Tür wurden aufgerissen, das aus mindestens vier Dutzend Musikern bestehende Orchester auf der Balustrade spielte eine festliche Melodie, und gemeinsam schritten Zar Alexander, Kaiser Franz und König Friedrich Wilhelm durch den Saal.

Alle Gäste wichen sofort zurück; die Damen – auch Henriette – sanken in einen tiefen Knicks und verharrten so, bis die Monarchen an ihren Platz gelangt waren. Die Offiziere hatten Haltung angenommen und salutierten.

Mehrere Dutzend Männer folgten den alliierten Herrschern in einigem Abstand, überwiegend Militärs. Doch einen Zivilisten erkannte Henriette, als sie vorsichtig hochspähte: Wilhelm von Humboldt, den großen Gelehrten und Diplomaten des preußischen Königs, den sie einmal in der Leipziger Katharinenstraße gesehen hatte.

Die Monarchen erlaubten mit einer Geste, dass sich die Damen erhoben und die Militärs bequeme Haltung einnahmen, dann wechselten sie ein paar Worte miteinander.

Alexander nickte lächelnd, während Friedrich Wilhelm Platz nahm, Kaiser Franz ebenso. Mit einem Blick befahl der Zar einen seiner Begleiter zu sich, der sich verneigte, kehrtmachte und eine atemberaubend schöne Dame zu ihm führte.

Nach einem tiefen Knicks wurde die Schönheit vom Zaren aufgerichtet und in die Mitte des Saales geleitet. Offenbar wollten die beiden anderen Regenten nicht tanzen und überließen es Alexander, den Ball zu eröffnen.

Das Orchester intonierte eine Polonaise, der Zar führte seine Auserwählte elegant durch die ersten Takte, und rasch füllte sich der Saal mit weiteren Paaren, die ihnen folgten.

Der Major von Müffling verneigte sich vor Henriette, bot ihr seinen Arm und geleitete sie dorthin. Trotz ihrer Nervosität gelangen ihr alle Schritte, mit jedem Takt fand sie besser hinein – in dankbarer Erinnerung an den Unterricht bei Maître Meunier in Freiberg, zu dem Tante Johanna sie geschickt hatte.

Nach der Polonaise brachte der Major sie zurück zu Maximilian, der eine zierliche, grauhaarige Dame zum Eröffnungstanz gebeten hatte.

»Premierleutnant, Sie haben Erlaubnis, sich auf diesem Ball von nun an ganz Ihrer jungen Frau zu widmen«, erklärte der Regimentskommandeur.

Maximilian bedankte sich förmlich, Henriette strahlte.

Üblicherweise waren die Offiziere verpflichtet, mit so vielen Damen wie möglich zu tanzen, damit keine sich langweilte. Doch sie beide durften den ganzen Abend zusammenbleiben!

Ein Walzer wurde angekündigt.

Maximilian schlug die Hacken zusammen, verbeugte sich vor seiner Frau und bat um die Ehre dieses Tanzes. Freudestrahlend nahm sie seinen Arm.

»Nun kann ich mein Versprechen einlösen – eines meiner Versprechen«, sagte er mit leuchtenden Augen.

Anders als in Freiberg füllte sich das Parkett zu dem Walzer rasch mit Paaren.

Maximilian verbeugte sich erneut. Henriette sank in eine Reverenz, raffte ihr Kleid mit einer Hand wie eine Schleppe, weil es für einen schwungvollen Walzer etwas zu lang war, und dann drehten sie sich im Takt der Musik, bis sie glaubte, vor Glückseligkeit zu vergehen.

Als die Musiker pausierten, sammelten sich die Gardeoffiziere wieder in der Nähe ihres Königs. Livrierte trugen Tabletts voller Kristallgläser vorbei, und Maximilian ließ seiner Frau ein Glas Champagner bringen.

Ihr war warm vom Tanzen und vor Aufregung.

Während sie an dem Glas nippte, in dessen Facettenschliff sich das Licht von unzähligen Kerzen brach, beobachtete sie verstohlen den König von Preußen, der nun ihr König war, wie sie immer wieder zu hören bekam.

Er hatte nicht getanzt und schien auch nicht die Absicht zu haben, es noch zu tun. Auf keinem seiner Porträts, die ihr Oheim gedruckt und im Frühjahr gut verkauft hatte, sah man ihn lächeln. Während Henriette ihn unauffällig betrachtete, fragte sie sich, ob er überhaupt jemals lächelte. Er wirkte nicht so. Jedermann wusste, dass er den Verlust seiner geliebten Frau nach wie vor betrauerte.

Jetzt erweckte Friedrich Wilhelm von Preußen ganz den Eindruck, als wünschte er sich weit weg von diesem Fest und diesem Ort. Die Finger seiner rechten Hand trommelten unruhig auf der Lehne des Sessels, und es schien, als wollte er jeden Moment aufspringen und aus dem Saal stürmen.

Eine bekannte Stimme riss Henriette aus ihren Betrachtungen.

»Sir, ich glaube, gleich werde ich unsere Wette gewinnen«, hörte sie den freundlichen Übersetzer sagen, der zu ihrer Reisegesellschaft nach Frankfurt gehört hatte.

Freudig kam er direkt auf sie zu. In seiner Begleitung befand sich ein kostbar gekleideter Mann um die dreißig mit dünnem rotgoldenem Haar und höchst verdrossener Miene.

»Meine Teuerste, darf man Ihnen zur Vermählung gratulieren, und dies ist ganz gewiss Ihr Herr Gemahl?«, erkundigte sich der sprachgewandte Monsieur Friedermann.

Formvollendet übernahm er die Vorstellungszeremonie für die kleine Gruppe und umschiffte dabei mit Leichtigkeit alle Hürden, die sich aus dem Umstand ergaben, dass er mit dem mutmaßlichen Ehemann seiner Reisebekanntschaft noch nicht bekannt gemacht worden war.

Den hochnäsigen Herrn im hellblauen Samtrock stellte er als »Sir George Jackson, Diplomat in Diensten Seiner Majestät des Königs von Großbritannien und Irland, Georg III.« vor.

»Zu Ihren Diensten, Madam!«, begrüßte der Brite Henriette. Sobald den gesellschaftlichen Gepflogenheiten Genüge getan war, erklärte Friedermann: »Bitte verzeihen Sie mir mein forsches Vorgehen, aber ich musste eine Wette mit Sir Jackson abschließen, sozusagen zur Ehrenrettung der Deutschen. Sir Jackson findet nämlich dieses Fest völlig inakzeptabel.«

»*Indeed*«, bestätigte der noch junge britische Diplomat und fuhr dann auf Französisch fort: »Es ist niederschmetternd in seiner Ärmlichkeit, man servierte uns nicht einmal ein Dinner. Auf jedem englischen Kleinstadtball geht es vornehmer zu. Die Damen und ihre Roben sind ... gewöhnlich und ohne jeden Liebreiz. Sie sind natürlich davon ausgenommen, Madam!«

Er deutete eine Verbeugung vor Henriette an und meinte dann naserümpfend: »Die Deutschen scheinen sich nicht amüsieren zu können. Sehen Sie nur all die finsteren Mienen Ihrer Fürsten und Generäle! Selbst der Kaiser von Österreich schleicht mit essigsaurer Miene umher.«

Monsieur Friedermann räusperte sich.

»Da die Briten es lieben zu wetten, wusste ich mir nicht anders zu helfen, als Sir Jackson zu versprechen, mindestens drei glückliche Menschen auf diesem Fest zu finden«, erklärte er und lächelte seinem Begleiter zu. »Ich denke, wir haben zwei vor uns; den Premierleutnant und seine unübersehbar strahlende junge Frau. Stimmen Sie mir zu, Sir?«

Pflichtgemäß musterte Sir George Jackson das Paar.

»Es mag Sie enttäuschen, Sir, aber meine Gattin und ich sind definitiv außerordentlich glücklich. Nicht wahr, Liebste?«

Maximilian zog Henriette zu sich, und pflichtgemäß lächelte sie in die Runde. Dabei dachte sie entrüstet: Das hier ist diesem Briten nicht fein genug? Man sollte ihn nach Leipzig schicken, wo alles in Elend versinkt!

Eine Stimme in ihrem Hinterkopf warnte sie eindringlich stillzuschweigen; er war ein Diplomat, der Gesandte einer wichtigen verbündeten Nation und von Adel.

Doch eine zweite Stimme rief: Er hält dich sowieso für ein kleines dummes Mädchen.

Also setzte sie ihr strahlendstes Lächeln auf.

»Zweifellos sind die Bälle in Ihrer Heimat von unvergleichlicher Pracht und Vornehmheit, Sir Jackson«, sagte sie in höflichstem Französisch. »Wir bewundern die Tapferkeit Ihrer

Truppen in Spanien und Portugal, sind außerordentlich dankbar für die Lieferungen an Waffen und anderem. Ohne Großbritanniens Beitrag in diesem Krieg wären wir nicht hier, daran besteht kein Zweifel.«

Die preußischen Offiziere um sie herum verfolgten ihre Worte leicht angespannt bis alarmiert und bereit, sofort einzugreifen. Die Briten waren wichtige Verbündete, schon wegen der enormen Geldlieferungen, und durften nicht verprellt werden.

Graziös klappte Henriette ihren Fächer auf und wedelte sich Luft zu, um dem Ganzen mehr Beiläufigkeit zu verleihen.

»Doch seien Sie etwas nachsichtiger mit den Deutschen, Sir! Dieses Land ist Schauplatz eines furchtbaren Krieges. Die britischen Städte hatten das unschätzbare Glück, nicht von plündernden napoleonischen Truppen verwüstet und niedergebrannt zu werden.«

Sir Jackson starrte Jette verblüfft an. Dann meinte er mit gezwungenem Lächeln: »Wären Sie ein Mann, dürften Sie durchaus eine diplomatische Laufbahn in Betracht ziehen.«

Er verbeugte sich erneut knapp.

»Madam, Gentlemen, meine Empfehlung! Friedermann, Sie sind mir einen dritten glücklichen Ballgast schuldig. Aber diesmal bitte ein Fürst! Oder ein General. Zeigen Sie mir wenigstens einen, der keine schlechte Laune hat!«

»Den finden wir, Sir«, versicherte der Übersetzer.

Bevor er dem Briten nacheilte, neigte er sich den Gardeoffizieren entgegen und raunte: »Er ist nur so verstimmt, weil der Zar den Hosenbandorden nicht angelegt hat. Da verleihen die Briten Seiner Kaiserlichen Majestät ihren höchsten, exklusivsten Orden, und er trägt ihn nicht bei solch einem Fest. *Impertinent!*«

Sein Tonfall und seine Miene ließen keinen Zweifel daran, dass er Sir Jackson nachahmte.

Henriette kicherte, die Offiziere blickten amüsiert, dann verabschiedete sich Monsieur Friedermann, um dem Diplomaten zu folgen.

»Ein Glück für unsere britischen Verbündeten, dass du keine diplomatische Laufbahn einschlagen darfst!«, kommentierte Max belustigt.

Der nächste Walzer wurde ausgerufen.

Maximilian Trepte bat Henriette erneut aufs Parkett.

»Ich liebe es, eine kluge, schlagfertige und *diplomatische* Frau zu haben«, raunte er ihr ins Ohr.

Sie tanzten die ganze Nacht, wirbelten durch den Saal und schwebten vor Glück und Verliebtheit, vergaßen die Welt um sich herum. Als gäbe es kein Morgen und keinen Krieg.

Monsieur Friedermann hatte erhebliche Mühe, Sir Jackson einen lächelnden Fürsten oder General zu zeigen. Der Streit, ob sie mit ihren Armeen über den Rhein setzen oder hierbleiben sollten, verhagelte den meisten die Stimmung.

Ganz besonders dem König von Preußen, der mit sich haderte, grübelte, zweifelte. Henriette hatte richtig beobachtet; am liebsten würde er auf der Stelle dieses Fest verlassen.

Nach dem verhängnisvollen Auftakt in Großgörschen und Bautzen, nach der Katastrophe von Dresden hatte der preußische Herrscher viele Nächte keinen Schlaf finden können.

Den Sieg in Leipzig konnte er immer noch kaum fassen. Sollte er es nicht besser damit bewenden lassen, statt das Schicksal noch einmal herauszufordern? Was war 1806 dabei herausgekommen?

Der König von Preußen sollte und wollte nicht über den Rhein, sein Generalfeldmarschall wollte und durfte nicht.

Blücher war schon bis zum Rheinufer durchmarschiert, als ihn der Befehl des Zaren zurückbeorderte.

Der von Unruhe getriebene alte Generalfeldmarschall schnaubte vor Wut und verspürte Lust, sich gründlich zu betrinken. Wieder einmal konnten sich die hohen Herren

und »Diplomatiker«, wie er sie verächtlich nannte, nicht entschließen, die Sache zu Ende zu bringen! War ihnen nicht
bewusst, dass »dat Unjeheuer« nach Paris geeilt war, um sich
vom Senat gewaltige neue Truppenkontingente bewilligen zu
lassen? Wenn sie ihn jetzt nicht bezwangen, würde Napoleon spätestens im Frühling erneut über den Rhein kommen.
Wie vor einem halben Jahr, als er nach dem russischen Desaster zu aller Schrecken mitsamt seiner Grande Armée in
Großgörschen Wiederauferstehung feierte.

So schimpfte und fluchte Blücher, mit Gneisenau und Stein
einer Meinung. Schließlich waren sie sich schon auf der
Siegesparade in Leipzig einig, dieser Feldzug dürfe nicht am
Rhein enden.

Mehr noch als Friedrich Wilhelm von Preußen zauderten und
haderten viele Regenten kleinerer Staaten. Der Rheinbund
war zerfallen, nun mussten sie ihre Titel und Besitztümer
sichern, statt sich in einen neuen Krieg zu stürzen. Sie wollten
diesseits des Rheins bleiben und hofften inbrünstig, Napoleon würde dann im Gegenzug auch auf seiner Seite des Flusses verharren, die seit fast zwanzig Jahren französisches
Gebiet war, annektiert im Ergebnis des Ersten Koalitions-
krieges.

Bloß keine weiteren Kämpfe!

Kaiser Franz von Österreich verspürte am wenigsten Lust,
weiter Krieg gegen seinen Schwiegersohn zu führen. Erst
recht nicht zusammen mit ein paar zerlumpten Kosaken.
Doch offenbar war für den Zaren dieser Feldzug noch nicht
zu Ende. Und auch nicht für Bernadotte, den sonst ewig Zaudernden. Der Thronfolger von Schweden und einstige Marschall von Frankreich hoffte nämlich, mit Alexanders Hilfe
neuer Kaiser der Franzosen zu werden.

Nur zwei Monarchen schienen sich auf diesem Ball wirklich
zu vergnügen.

Einer war wie stets bei solchen Gelegenheiten Zar Alexander. Eifrig umwarb er die schönsten Damen, warf mit Komplimenten um sich und sonnte sich in der Bewunderung. Zusammen mit Stein, Blücher und Gneisenau würde er die Zaudernden schon über den Rhein treiben, bis an die Seine. Doch Friedermann verzichtete lieber darauf, den missgestimmten britischen Diplomaten auf den Zaren aufmerksam zu machen. Zu seiner Rettung fiel sein Blick auf den leutseligen König Maximilian Josef von Bayern. Der hatte tatsächlich Grund zur Freude. Denn er konnte sich glücklich schätzen, auf die Gegner Napoleons unter seinen Ratgebern gehört und quasi in letzter Minute noch die Seiten gewechselt zu haben.

Wrede hatte das Seine beigetragen, und dabei spielte keine Rolle, dass die Schlacht um Hanau eine Niederlage wurde. Sie hatten gegen Napoleon gekämpft, das allein zählte. Der General war sogar wieder auf dem Weg der Genesung.

So nahm der König von Bayern bestens gelaunt an dem Fest der Sieger in Frankfurt teil, während sein Schwager, der König von Sachsen, als Kriegsgefangener in Berlin schmachtete.

Zugegeben, Friedrich August würde nicht wirklich schmachten. Aber der Wettiner musste tatenlos hinnehmen, wie die Alliierten über ihn und sein Land entscheiden würden. Bayern dagegen durfte sogar auf Gebietszuwachs hoffen.

Im Vertrag von Ried, der am 8. Oktober den Übergang der Bayern auf alliierte Seite besiegelte, wurde ihm Frankfurt zugesichert. All das hier, die reiche, mächtige Stadt, würde bald ihm gehören!

Wenn das kein Grund zum Feiern ist!, dachte der leutselige Max Josef von Bayern. Sein bedauernswerter sächsischer Schwager hatte ganz eindeutig den richtigen Zeitpunkt verpasst. Doch das musste er nun selbst ausbaden.

Ein König wacht auf

Berliner Stadtschloss, 17. November 1813

Für König Friedrich August, dessen Gefangenschaft im Berliner Residenzschloss bereits fast einen Monat währte, verstrich die an dramatischen Ereignissen reiche Zeit in Abgeschiedenheit und Monotonie.

Das einzige, sehr kurze und sehr förmliche Gespräch mit seinem »Gastgeber«, dem preußischen König Friedrich Wilhelm III., lag nun schon drei Wochen zurück, ohne dass sich seither etwas getan hätte – abgesehen von der Rückkehr seiner Bediensteten und dem Umstand, dass er seine Hofhaltung selbst zu bezahlen hatte.

Besuche im Theater oder in der Oper waren dem alternden sächsischen Königspaar nach wie vor nicht gestattet. So blieben nur tägliche Spaziergänge oder Ausritte. Die boten wenig Reiz unter ständiger Bewachung und bei eiskaltem Novemberwetter.

Doch ausgerechnet an dem Tag, an dem sich die Sieger der Leipziger Schlacht in Frankfurt zum Ball trafen, veränderte sich etwas in dem starr in seiner eigenen Gedankenwelt lebenden sächsischen König.

Sein Gesandter von Watzdorf war aus Dresden gekommen und hatte Neuigkeiten gebracht, gute und schlechte. Die Belagerung Dresdens war aufgehoben, die französische Garnison zog ab. Seine Brüder samt Gemahlinnen weilten nun auf Einladung des Kaisers Franz in Prag – außer Reichweite der Preußen und Russen.

Bald würde Fürst Repnin-Wolkonski in Dresden einziehen. Das Geheime Kabinett war aufgelöst, und einige dem König höchst suspekte Individuen wie Thielmann, Miltitz und Carlowitz waren in führende Funktionen eingesetzt.

Doch was Friedrich August am meisten beunruhigte: In

Frankfurt versammelten sich die Regenten der alliierten Siegermächte und nahezu aller deutschen Lande, um ihre Interessen bei den Friedensverhandlungen und somit bei der Verteilung der Beute durchzusetzen. Einzig er, der König von Sachsen, war nach wie vor Kriegsgefangener und hier in Berlin. Nichts deutete darauf hin, dass man ihn zu den Gesprächen einladen würde.

Seit der Ankunft des Generals von Watzdorf vor drei Tagen zerbröckelte Stück für Stück die Überzeugung des Königs, dass diese Gefangenschaft ein Irrtum sei, der sich bald aufklären werde.

Wie gewohnt begann der entmachtete Wettinerfürst den Tag mit einem einstündigen Gebet vor dem Altar kniend. Welch Glück, in Berlin nur ein paar Schritte vom Schloss entfernt eine prachtvolle katholische Kirche zu finden! Prachtvoll zumindest nach preußischen Begriffen.

Friedrich der Große mit seinem bemerkenswerten Grundsatz »Jeder werde selig nach seiner Fasson!« hatte den Katholiken Baugrund und Pläne für eine Kirche in bester Lage geschenkt, auf dem Forum Fridericianum, das er am Beginn der Straße Unter den Linden errichten ließ.

Mit eherner Regelmäßigkeit folgte dem Besuch in der Hedwigskirche die einstündige Beichte. Nach erteilter Absolution war der strenggläubige Friedrich August von Sachsen eins mit sich und der Welt. Doch nicht heute.

Gleich nach dem Frühmahl ließ der hohe Staatsgefangene ausrichten, er und seine Gemahlin wünschten spazieren zu gehen. Für einen Ausritt quälte ihn die Gicht zu sehr. Das Wetter lud auch nicht zu längerem Verweilen unter freiem Himmel ein. Doch ein Abweichen von der täglichen Routine kam nicht in Frage.

So schritten der König und die Königin von Sachsen Seite an Seite durch die Allee Unter den Linden bis zum Brandenburger Tor. Vorbei an Zeughaus und Forum Fridericianum – dem großen Platz, um den sich das Opernhaus, die Königliche Bibliothek, die vor drei Jahren von Humboldt gegründete Berliner Universität und die Hedwigskirche gruppierten.

Wie stets begleiteten sie der Fürst Golitzyn und die Hofdame von Vieregge, pflegten freundlich Konversation und machten sie auf diese und jene Besonderheit aufmerksam. Zum Beispiel, dass die Bibliothek von den Berlinern ihrer geschwungenen Form wegen »Kommode« genannt werde, die Universität im ehemaligen Prinz-Heinrich-Palais eingerichtet sei und die Form der Hedwigskirche an das Pantheon in Rom erinnere.

Für Berlins Architektur konnte sich Friedrich August nur mäßig erwärmen. Die Säle und Galerien des Schlosses waren zwar prachtvoll, soweit er sie zu sehen bekam. Auch der Dom und die Königskolonnaden. Aber das meiste erschien ihm zu preußisch geordnet, zu streng.

Kein Vergleich zum Zwinger, der Frauenkirche, den üppig verzierten und verspielten Barockbauten in und um Dresden! Und diese an der Antike orientierte neue Mode, der Klassizismus, war einfach nicht nach seinem Geschmack.

Der nach dem Zaren in Alexanderplatz umbenannte alte Königstorplatz bot erst recht nichts Schmeichelhaftes fürs Auge: Manufakturen, Obdachlosenhaus, Arbeitshaus, Exerzierhaus ... Was das Terrain mit einer wenig respektablen Gesellschaft bevölkerte.

Die Parade zu seinen Ehren musste dem eitlen Alexander wohl den Blick darauf versperrt haben, wenn er die Namensgebung annahm, ohne beleidigt zu sein.

Friedrich August wäre noch weit mehr empört, wüsste er, dass der ursprüngliche Name des Ortes Ochsenplatz lautete. Doch das hatte dem Kaiser von Russland auch niemand mitgeteilt.

Die Linden waren kahl um diese Jahreszeit, ein rauher Wind wehte und fegte winzige Eiskörner in Wirbeln über den Boden. Trotzdem hielten sich Passanten in der beliebten Straße auf: Militärs, zum Teil beritten, geschäftig wirkende Zivilisten und flanierende Pärchen.

Die Königin mit ihren wachen Augen und Ohren bekam mit, wie sich ein paar magere, rotznäsige Burschen über die Perücke ihres Gemahls lustig machten. Hier trug niemand mehr Perücke. Der frechste Junge las einen Pferdeapfel auf und wog ihn in der Hand, um ihn zu werfen. Doch eine kräftige Frau mit einem großen Henkelkorb, vielleicht eine Köchin mit Einkäufen, stürzte sich auf den Burschen, packte ihn deftig schimpfend am Ohr, zog ihn mit sich und hinderte ihn so an der Majestätsbeleidigung.

Zum Glück bekam der Adressat des Spotts die Szene nicht mit, denn er war gerade mit dem russischen Fürsten in ein Gespräch auf Französisch vertieft, das Hofsprache sowohl in Dresden als auch in St. Petersburg war.

Doch es gab auch Passanten, die in respektvollem Abstand stehen blieben, die Hüte zogen und sich verneigten.

Das sah ihr Gemahl. Stocksteif den Rücken, den Kopf erhoben, das Kinn vorgereckt, reagierte er auf die ehrerbietige Geste mit dem denkbar knappsten Nicken.

Vielleicht waren es Sachsen, die ihren König erkannten. Vielleicht reagierten die Fremden auch nur auf die kostbare Kleidung der kleinen Gruppe.

Das Paar und seine Begleiter gingen auf das Brandenburger Tor zu, vor fast fünfundzwanzig Jahren nach antikem Vorbild errichtet und schon ein Wahrzeichen der preußischen Hauptstadt. Es wirkte seltsam kahl, seit die Friedensgöttin mit dem Viergespann auf Napoleons Befehl abmontiert und nach Paris geschafft worden war.

Dreißig Schritte vor den mächtigen dorischen Säulen blieb der König stehen. Wortlos starrte Friedrich August auf das

Portal und versuchte, sich vorzustellen, wie der Kaiser der Franzosen hier 1806 mit seiner Armee triumphal Einzug gefeiert hatte. Phantasie war keine Stärke des sächsischen Königs. Doch er kannte Kupferstiche und kolorierte Drucke von dem Ereignis. Manche mit jubelnden Berlinern, manche mit gaffenden. Die Preußen behaupteten beharrlich, nur ein paar bezahlte Claqueure hätten dem Kaiser der Franzosen »Vive L'Empereur!« zugerufen.

Ein Napoleon Bonaparte brauchte keine bestellten Statisten, um Eindruck zu hinterlassen. Das wusste sein einstmals *treuester Verbündeter* Friedrich August von Sachsen genau. Voller Unbehagen erinnerte er sich an jenen Tag im Mai, als Napoleon die Rückkehr des sächsischen Königs auf seine Seite mit einer Parade im Dresdner Großen Garten inszeniert hatte. Ein schrecklicher Moment. Demütigend. Sich wie ein reuevoller Sohn vor aller Augen umarmen zu lassen – zum Beweis von Napoleons Gnade nach einem halbherzig versuchten Seitenwechsel.

Deshalb fiel es ihm jetzt nicht schwer, sich die epochale Szene vorzustellen, wie Napoleon an der Spitze seiner Armee durch das Brandenburger Tor ritt, um die preußische Hauptstadt in Besitz zu nehmen: donnernde Hochrufe der Alten Garde, vieltausendfaches Hufgetrappel, prächtig uniformierte Marschälle und Generäle.

Stumm verharrte der König vor dem Säulenportal.

Wird der Kaiser der Franzosen noch einmal mit seiner Armee hier durchziehen?, fragte sich Friedrich August. Wird er das Unmögliche schaffen und erneut das Blatt wenden?

Wenn es einem zuzutrauen war, dann ihm.

Dann würde *er* als König von Sachsen, nunmehr ein Märtyrer, wieder auf der Seite des Siegers stehen.

Doch die Chancen dafür waren äußerst gering, das war selbst dem Wettiner bewusst, der bis zum bitteren Ende in Leipzig an die Überlegenheit Napoleons geglaubt hatte.

Er musste endlich auf die Seite der derzeitigen Sieger gelangen!

Rasch verdrängte er die Trugbilder und erklärte mit brüchiger Stimme, zurück ins Schloss gehen zu wollen.

Erleichtert drehte auch Amalie Auguste um. Sie fror trotz des Zobels am Kragen. Und etwas in der ansonsten zumeist ausdruckslosen Miene ihres Mannes beunruhigte sie.

Nach der Mittagsruhe befahl der König seinen Minister von Einsiedel zu sich. Der mit nur vierzig Jahren jäh ins Amt gerufene einstige Meißner Kreisamtmann war froh über jedes Zeichen erwachender Aktivität seines Herrschers. Denn *er* wusste, sein König musste handeln, wollte er Titel und Land behalten.

»Es sind Briefe zu schreiben«, verkündete Friedrich August. »Und an das Alliierte Hauptquartier in Frankfurt zu überreichen. Von Watzdorf soll sich morgen dorthin begeben.«

Voller Skepsis dachte Detlev von Einsiedel daran, dass all die unterwürfigen Briefe, die sein König seit der Leipziger Schlacht an die alliierten Herrscher geschrieben hatte, nur mit ein paar Floskeln oder gar nicht beantwortet worden waren.

Der Zar besaß sogar die Unhöflichkeit zu schreiben, dass jetzt militärische Dinge wichtiger seien als die Angelegenheiten des Königs von Sachsen.

Und wie der König von Preußen zu Friedrich August stand, daran hatte sein kurzer Besuch vor drei Wochen keinen Zweifel gelassen.

»Wir müssen unbedingt erreichen, dass Sachsen zu den Verhandlungen in Frankfurt zugelassen wird«, ermutigte der Minister seinen Herrscher. »Sofern Euer Majestät nicht dazu eingeladen werden« – von Einsiedel war Realist genug, um zu wissen, das würde nicht geschehen, sonst wäre sein König längst am Main –, »muss wenigstens eine sächsische Gesandtschaft einbezogen werden.«

Er räusperte sich. »Wie Euer Königliche Majestät wissen, hat bereits mein Vorgänger Graf Senfft von Pilsach angeboten, dorthin zu reisen, um zu vermitteln.«

Von Einsiedels Vorgänger war im Mai mehr oder weniger freiwillig zurückgetreten, um den König zu schützen. Graf Senfft von Pilsach hatte im Frühjahr die heimliche Allianz mit Österreich mit angebahnt, und sein Rücktritt ermöglichte es dem König, vor Napoleon die Hände in Unschuld zu waschen.

Dankbar atmete Friedrich August auf. »Die Österreicher können Senfft nicht abweisen! Und Watzdorf war Gesandter in St. Petersburg; der Zar schätzt ihn und wird ihn empfangen«, sprach sich der König selbst Mut zu.

Sie berieten stundenlang. Diener brachten Kaffee, Wein, kleine Köstlichkeiten, die unbeachtet blieben, legten Holz im Kamin nach.

Nur ein einziges Mal hatte von Einsiedel bisher eine so lange Unterredung mit seinem Regenten gehabt.

Das war im August gewesen, unmittelbar vor Beginn der Herbstoffensive. In sicherer Erwartung von Napoleons Sieg hatte der König von Sachsen dem Kaiser der Franzosen eine Liste der Gebiete geschickt, die er sich zum Dank für seine Treue wünschte: Würzburg, Erfurt, große Teile von Thüringen, Anhalt, Schlesien …

Wie sich die Zeiten ändern!, dachte der Minister. Nun droht Sachsen, als Siegesbeute aufgeteilt zu werden. Ob Seine Majestät das schon vollends verstanden hat?

Offensichtlich nicht.

Denn gerade referierte Friedrich August mit für ihn untypischer Leidenschaft, wie er morgen den Gesandten von Watzdorf zu instruieren gedenke.

»Wir fordern: vollen Erhalt von Sachsens Integrität, Rückgabe sämtlicher von den Alliierten besetzter Provinzen und Festungen, Unterstellung der sächsischen Truppen unter meinen Befehl, die Rückgabe jeglicher Ausrüstung, Pferde und Waffen«, zählte der König herrisch auf. »Im Gegenzug ist Sachsen bereit, aus dem Rheinbund auszutreten und über einen Beitritt zu den Alliierten zu verhandeln. Aber lediglich mit zehntausend Mann Infanterie und zweitausend Mann Kavallerie.«

Triumphierend endete er: »Schließlich ist der Beitrag Sachsens im Kampf gegen Napoleon nicht komplett, solange sein König nicht offiziell der Koalition beigetreten ist.«

Das war mit so viel Selbstherrlichkeit ausgesprochen, dass der Minister den Gedanken aufgab, zur Mäßigung zu raten.

Von Watzdorf war eindeutig nicht zu beneiden, wenn er mit diesen Forderungen bei den Alliierten Verhandlungen über Sachsens Schicksal anbahnen sollte. Vermutlich würden sie ihn einfach hinauswerfen.

Bis tief in die Nacht hinein verfasste der alternde Monarch Briefe. Zweimal musste er nach einem Diener läuten, der die niedergebrannten Kerzen gegen frische austauschte.

Zuerst schrieb er an Zar Alexander, dass er unbegrenztes Vertrauen in dessen Gerechtigkeit und Großzügigkeit habe. Friedrich August glaubte fest daran, dass Schmeichelei und ein moralischer Appell Wirkung zeigten.

Den preußischen König Friedrich Wilhelm bat er, ihn bei der Wahrung seiner Interessen bei den anderen Alliierten zu unterstützen. Eingedenk der Schroffheit des Hohenzollernkönigs vor drei Wochen fügte er einen Schwall unterwürfigster Dankbarkeitsbezeugungen hinzu.

An Kaiser Franz von Österreich schrieb er, einmal in Schwung geraten, die Nachricht vom Übertritt Österreichs zu den Alliierten im August sei *einer der glücklichsten Momente* seines Lebens gewesen.

Von Einsiedel hatte Bedenken gegen diese Formulierung geäußert: Der Tod tausender österreichischer Soldaten allein bei der Schlacht um Dresden dürfte den Kaiser kaum glücklich gemacht haben. Das ignorierte der entmachtete sächsische Regent. Er war in Dresden nicht dabei gewesen, und Kaiser Franz war es auch nicht, denn sie verabscheuten es beide, auf dem Schlachtfeld zu sein.

Die Uhr schlug schon Mitternacht, als er endlich das letzte Schreiben aufsetzte. An Bernadotte, den einstigen Marschall von Frankreich und jetzigen Kronprinzen von Schweden. Lange hatten sie auf einer Seite gestanden, auf französischer. Also bat er ihn, sich für ihn bei den Monarchen einzusetzen und zu erreichen, dass sie endlich auf seine Briefe reagierten.

Als das getan war, fühlte sich der König erschöpft und zufrieden. Schweißtröpfchen hatten sich am Rand seiner Perücke gebildet, die den Puder zusammenklumpten. Er ließ sich auskleiden und zu Bett bringen.

Statt gleich einzuschlafen wie sonst, spann er weiter Pläne. Intrigen, wenn es sein musste, sollte er nicht erhört werden. Seine Brüder waren in Prag; sie standen unter dem Schutz des Kaisers von Österreich, konnten dieses und jenes insgeheim anbahnen. Franz würde ihn nicht fallen lassen. Es lag nicht im Interesse Österreichs, dass Sachsen annektiert wurde – von einem dann übermächtigen Preußen.

Und um die Gunst des Zaren zu erringen, sollte er vielleicht die sächsische Armee direkt dem Zaren unterstellen? Die wurde jetzt von Thielmann kommandiert, auf den Alexander große Stücke hielt.

König Friedrich August von Sachsen hatte immer noch nicht das ganze Ausmaß seiner Machtlosigkeit begriffen.

Die Alliierten brauchten ihn nicht.

Über seine Armee verfügten sie längst, und sein Land würde sich Preußen einverleiben. Das war längst entschieden.

Noch ehe General von Watzdorf in Frankfurt eintraf und dort mit den Forderungen seines Königs höchstes Missfallen erregte, hatte Senfft von Pilsach bei seinen früheren preußischen und russischen Amtskollegen vorgeführt, Hardenberg und Nesselrode. Danach schickte er seinem König am 20. November die niederschmetternde Nachricht: Preußen und Russland seien entschlossen, Sachsen als erobertes Land zu betrachten. Und Österreich werde sich nicht gegen die Verbündeten stellen.

Drei Briefe nach Frankfurt

Frankfurt-Sachsenhausen, 20. November 1813

Gedankenversunken hielt Henriette die drei Briefe in der Hand, die heute für sie eingetroffen waren: einer nur aus einem einzigen Blatt bestehend und zwei deutlich umfangreichere. Sie kamen aus Berlin, Freiberg und Leipzig, und sie hatte alle drei schon überflogen, um zu wissen, ob sie gute oder schlechte Nachrichten brachten.

Jetzt wollte sie sie noch einmal lesen, in aller Ruhe.

Doch obwohl sie sich über die Post freute – eine Sorge bohrte in ihr. Sie hatte keine Antwort von Felix bekommen. Nicht eine Zeile, seit sie hier in Frankfurt war! Dabei wusste sie von Maximilian, dass das Korps Yorck ganz in der Nähe stand. Ging es ihm schlecht? Lebte er überhaupt noch?

Sie musste damit aufhören, sich Schreckensbildnisse auszumalen! Leicht konnte ein einzelnes Blatt Papier in diesen Wirren verlorengehen oder zumindest aufgehalten werden.

Stirnrunzelnd trat sie ans Fenster, um mehr Licht zu haben, und vertiefte sich in die drei Briefe, den kürzesten zuerst.

Liebe Henriette,

so dürfen wir Sie wohl nennen, da Sie nun zur Familie gehören. Danke für Ihre freundlichen Zeilen! Anhand Ihres anschaulichen Berichtes über die Hochzeit konnten wir wenigstens in unserer Vorstellung dabei sein.
Von unserem Erstgeborenen wissen wir, dass Sie ihn glücklich machen. Dafür sind wir Ihnen sehr verbunden.
Fühlen Sie sich willkommen geheißen in Berlin.

Mit Segenswünschen, und bitte übermitteln Sie Maximilian unsere innigsten Grüße!
Wilhelm und Carlotta Trepte

Das klang recht kühl. Aber was sollte sie erwarten? Maximilians Eltern kannten sie nicht, sie hatten gerade zwei Söhne verloren und trauerten.
Mit einem wehmütigen Lächeln griff sie nach dem Brief von ihrem Oheim, und beim Lesen fühlte sie sich fast nach Freiberg versetzt.

Mein liebes Kind,

Deine Tante und ich freuen uns von ganzem Herzen, dass Du Dein Glück gefunden hast. Das ist in diesen schweren Zeiten nicht vielen Menschen vergönnt.
Dein Bruder ist furchtbar stolz, nun einen preußischen Gardeoffizier zum Schwager zu haben. Er kann es kaum erwarten, ihn kennenzulernen (wie wir alle) und über alles Militärische auszufragen (wobei meine liebe Johanna und ich uns zügeln werden). Ich fürchte, wir müssen Franz anhalten, weniger vor seinen Mitschülern damit zu prahlen, wenn er nicht bald in eine Rauferei verstrickt werden möchte.

Von Eduard soll ich Dir herzliche Grüße ausrichten. Im
Vertrauen: Dein Cousin hat Deine Ehre mit großer Ritter-
lichkeit verteidigt und sich dafür sogar mit seinem Bruder
angelegt; ein Zwischenfall, an den ich mich nur ungern
erinnere und mit dem ich Dich nicht belasten möchte.
Wir sind in größter Sorge um Konstantin, denn Erfurt
wird immer noch belagert. Wir haben keinerlei Nachricht
von ihm und beten inständig, dass er lebt. Man hört
Schreckliches über die Beschießung der Stadt; die Feuersbrunst muss meilenweit zu sehen gewesen sein.
In Freiberg bemüht sich der russische Stadtkommandant
Baron von Hollstein nach Kräften darum, die Lage zu
normalisieren. In den Gemeinnützigen Nachrichten
konnten wir während der dramatischen Tage nur Unver-
fängliches publizieren wie Betrachtungen zur Stadtge-
schichte. Wobei Du weißt, es ist meine feste Überzeugung,
dass sich aus der Besinnung auf die Tatkraft unserer Vorfahren auch Mut für die Gegenwart ziehen lässt.
Doch schon am 14. Oktober – also noch vor dem Sieg
der Alliierten in Leipzig – ließ der Baron einen Befehl
abdrucken, dass Plünderungen und Requisitionen zu un-
terbleiben haben und jegliche Übertretung ihm persönlich
zu melden sei. Das hat bei den Freibergern viel Erleichterung und Sympathie für die neuen Herren hervorgerufen.
Lebensmittel sind knapp und teuer, doch in der Hoffnung
auf Frieden bescheiden wir uns gern. Die Gattin des Kreis-
amtmanns von Carlowitz organisiert unter den Frauen des
Erzgebirges Spenden zugunsten Leipzigs und für die Blessierten und findet dabei rührige Mitstreiterinnen.
Inzwischen ist sogar das hiesige Schloss zum Lazarett
geworden. Der Zustrom reißt nicht ab, und der Lage ist
kaum Herr zu werden. Ich vermag mir nicht auszumalen,
wie es da erst in Leipzig bestellt ist, und bin doppelt
erleichtert, Dich nicht mehr dort zu wissen. Mein

geschätzter Freund Reclam schreibt mir Schreckliches
darüber.

Bevor uns heute Dein Brief mit so viel Freude erfüllte,
durchlebten wir einen sehr traurigen Moment.

Der junge Dr. Meuder, an den Du Dich noch erinnern
wirst, ist in Ausübung seiner Pflicht am Lazarettfieber
gestorben. Er hatte noch nicht einmal sein 32. Lebensjahr
vollendet. Seine gramgebeugte Witwe und seine Mutter
baten mich heute Vormittag um Hilfe beim Formulieren
der Todesanzeige. Gerade erst hatten wir einen Nachruf
auf Dr. Beyer veröffentlicht, der das gleiche Schicksal wie
der bedauernswerte Meuder erlitt.

Die gute Frau Tröger, unsere Köchin, erfuhr mit der glei-
chen Post, dass Wilhelm, ihr Ältester, wie durch ein Wun-
der doch noch lebt und nun mit den sächsischen Truppen
vor Torgau liegt, dass aber ihr Jüngster gefallen ist – der
kleine Anton, der sich im August heimlich mit dem Trupp
des Majors de Trousteau davongeschlichen hatte. Du
kannst Dir vorstellen, wie sehr die Ärmste vom Schicksal
zerrissen ist.

Da die Grande Armée aus Weißenfels verjagt ist und kei-
nerlei Nachfragen mehr zu dem Vorfall drohen, der Franz
und Dich von dort weggetrieben hat, steht Euch das Haus
Eures Vaters wieder offen. Wie mir Monsieur Kell schrieb,
wurde das Dach beim Rückzugsgefecht der Franzosen am
21. Oktober von einer Kanonenkugel getroffen, aber ich
werde es ausbessern lassen. Nun kann ich Deine liebe
Tante zusammen mit Herrn Tröger hinschicken, damit sie
Dir einige Kleider und andere nützliche Dinge zusam-
menpackt und sendet.

So Gott will und die Plünderer etwas übrig gelassen
haben, findet sie auch etwas für Franz. Der Bursche
wächst, dass man beinahe dabei zusehen kann. Und
sobald Du – ob mit Deinem Ehemann oder ohne ihn, falls

*er wieder ins Feld muss – nach Berlin ziehst, schicken wir
dorthin an Weißwäsche und Geschirr, was Deine seligen
Eltern für Dich zusammengetragen haben und womit wir
noch aushelfen können. Du sollst Dein neues Leben nicht
mit leeren Händen beginnen.*

*Meinen Segen und alle guten Wünsche für Dich und
Deinen Gatten, auch von Deiner Tante,
Dein Dich liebender Oheim Friedrich Gerlach*

Noch zweimal las Henriette diese Zeilen, und dabei standen
ihr die vertrauten Gesichter vor Augen. Dann faltete sie den
Brief sorgfältig zusammen, und vertiefte sich in die Neuigkeiten von Madame Lindenthal aus Leipzig.

Meine liebe Frau Premierleutnant,

*so muss ich Sie ja jetzt nennen! Wer hätte das gedacht, als
Sie zum ersten Mal vor mir standen, erschöpft und vollkommen niedergedrückt?
Ich freue mich von Herzen über Ihr Glück. Denn dass Sie
glücklich sind, daran hege ich nicht den geringsten Zweifel, nachdem ich das Vergnügen hatte, Ihren damaligen
Verlobten kennenzulernen. Ehrlich gesagt, ich bin auch
ein wenig gerührt und versinke in wehmütigen Erinnerungen an meinen Gatten, Gott hab ihn selig!
Heutzutage meint ja jedermann, aus Liebe heiraten zu
müssen. Zu meiner Jugend war das noch ein durchaus
ungewöhnlicher Gedanke. Doch mein Seliger und ich, wir
waren uns von Herzen zugetan. Leider blieb uns nur sehr
wenig Zeit miteinander vergönnt. Nach seinem Ableben
konnte ich mich nicht entschließen, erneut eine Ehe einzugehen, denn ich glaube, seine einzig wahre, große Liebe
findet man nur einmal im Leben.*

Verzeihen Sie einer alten Witwe diese Rührseligkeit und genießen Sie Ihr junges Glück!

Leipzig durchlebt weiter bewegte Zeiten. Das Gewimmel ist kaum weniger geworden, seit die Armeen und das Alliierte Hauptkommando fortgezogen sind. Wir warten noch darauf, dass die neue Regierung nach Dresden übersiedelt.

Über unseren König, Gotte schütze ihn, gibt es keine Nachricht.

Fürst Repnin, der neue Gouverneur für Sachsen, ist ein einnehmender Mann. Außerordentlich gebildet, er spricht sogar Deutsch, was für einen Russen recht ungewöhnlich ist, und ist ein großer Liebhaber der Künste.

Dem neuen Stadtkommandanten, dem russischen Obristen Prendel, kann man schon beim Anblick Originalität nicht absprechen. Sie haben ja sicher noch vom Te Deum in St. Nikolai seinen martialischen Schnurrbart in Erinnerung, dessen Enden bis auf die Brust reichen. Vielleicht ist das in seiner Heimat so Mode. Er müht sich nach Kräften, die Leipziger dazu zu bringen, die Stadt von Unrat und krepierten Pferden zu befreien. Beinahe jeden Tag gibt er neue Erlasse heraus und legt ebenso viel Beharrlichkeit wie Strenge an den Tag. Nur leider mit mäßigem Ergebnis, trotz der angedrohten zehn Taler Strafe zugunsten der Hospital- oder der Armenkasse.

Wie sollen wir auch all des Elends Herr werden? Der Magistrat erwägt, die Reserven an Mehl anzugreifen. Von meinem Bruder weiß ich, dass Leipzig derzeit mehr Kranke und Blessierte in den Lazaretten als Einwohner hat. Die am Nervenfieber Leidenden sind in den Baracken untergebracht, die Dr. Reil errichten ließ. Kaum eine der armen Seelen darf auf Rettung hoffen. Für den guten Reil gibt es leider auch keine, sofern nicht ein Wunder geschieht.

Der Tod schleicht durch die Stadt und greift sich wahllos seine Opfer; es sind jeden Tag Dutzende Leute aus der Bekanntschaft und Nachbarschaft dabei. Dieser Tage starb das Söhnchen vom Musiklehrer Anschütz am Neumarkt, kurz nachdem es auf den bedeutungsschweren Namen Kutusow Bernadotte Wellesley getauft wurde.

Die Witwe Wagner vom Brühl mit ihren vielen Kindern – der kleine Richard ist ja kaum ein halbes Jahr alt – hat angekündigt, nach Dresden zu ziehen, um dem Elend und der Hungersnot zu entkommen. Ob sie es dort besser trifft?

Leider muss ich Ihnen die betrübliche Nachricht vom Tod Ihres Bekannten übermitteln, dem Setzer bei Mahlmanns Zeitung. Ich bat meinen Bruder um Auskunft, weil mich das Schicksal der jungen Familie sehr bedrückte.

Dafür wird Sie freuen, dass heute ein Brief von der Verlobten des erblindeten Leutnant Skiba ankam. Die beiden haben das Aufgebot bestellt und werden heiraten.

Die Zeitung erscheint wieder täglich; Hofrat Mahlmann scheint gut mit den neuen Behörden auszukommen und liefert uns höchst anschauliche Berichte vom Geschehen dieser Tage.

Die Preise für Butter, Kaffee, Fleisch sind ungeheuerlich und auch für mich kaum noch zu erschwingen.

Neulich kam ich in der Reclamschen Buchhandlung mit einem Herrn Bertuch aus Weimar ins Gespräch, dem Sohn des berühmten Verlegers und Besitzers der Putzmachermanufaktur. Der junge Mann beabsichtigt, so etwas wie Wanderungen über das Schlachtfeld bei Leipzig zu publizieren, und erzählte grauenvolle Dinge – dass sich auf den Feldern draußen immer noch die Leichenberge türmen. Wer soll sie auch begraben? Man kommandierte die gefangenen Franzosen dazu ab, doch die meisten sind krank, verwundet oder von Hunger geschwächt.

Der Herr Kaufmann Hußel, der uns im Frühjahr die erbaulichen Beschreibungen der Baschkiren in ihrem Biwak auf dem Leipziger Markt bescherte, berichtet Ähnliches.

Gott bewahre mich davor, dass ich auch nur einen Fuß vor die Stadttore setze!

Dafür erzählt der Postillion Gabler in den Trinkstuben jedem, ob er es hören will oder nicht, wie er den Kaiser Napoleon aus der Stadt herausgeführt hat. Seien wir dem wackeren Mann dankbar dafür, dass er es getan hat! Sonst würde in Leipzig gewiss kein Stein mehr auf dem anderen stehen.

Ungeachtet des Elends, vor dem man die Augen nicht verschließen kann, greift vor allem in akademischen Kreisen eine neue Welle von Patriotismus um sich; die Sachsen müssen und wollen auch Anteil am Sturz des Usurpators leisten. Es heißt, es werde ein Freiwilligenkorps aufgestellt, ein Banner der Freiwilligen Sachsen. Vor allem Studenten haben sich dazu gemeldet, sogar der Universitätsrektor Krug!

Was will wohl ein Philosoph und Professor im Felde bewirken? Als Reitender Jäger? Ich kann mir diesen respektablen Gelehrten beim besten Willen nicht mit drei Pferden bei der Truppe vorstellen. Aber er ist ja von jeher preußisch gesinnt und will wohl mit gutem Beispiel vorangehen.

Meine Liebe, verzeihen Sie mir meine Weitschweifigkeit, aber ich dachte, vielleicht möchten Sie wissen, was in Leipzig vor sich geht nach der schrecklichen Schlacht im Oktober.

Der Jubel und die Erleichterung sind dem schleichenden Schrecken und den Sorgen um Seuche und Hungersnot gewichen. Doch hält uns bei all dem Elend die Hoffnung aufrecht, dass endlich bessere Tage anbrechen.

Gotte schütze Sie und Ihren wackeren Premierleutnant!

Ihre Ihnen gewogene Madame Lindenthal,
Witwe zu Leipzig

Die Briefe gaben Henriette den letzten Anstoß zu einem Entschluss, der schon seit Tagen in ihr schwelte.

Als Maximilian an diesem Abend in ihr kleines Quartier zurückkehrte, umarmte sie ihn innig wie nach jedem Tag endlosen Wartens. Seine Uniform roch intensiv nach Pulver. Das Regiment hatte wohl Schießübungen gemacht.

Sie gab ihm die Briefe zu lesen, die er aufmerksam studierte.

»Liebster!«, sagte sie dann und sah ihn an. »Ich bin glücklich über jeden Augenblick, den wir zusammen sind. Kaum bist du morgens gegangen, ist es, als fehle ein Teil von mir ...«

»Aber?«, fragte er mit hochgezogenen Brauen.

In ihren Worten schwang eindeutig ein »Aber« mit.

»Ich sterbe fast vor Langeweile, während ich auf dich warte! Ich kann die Hände nicht in den Schoß legen. Erlaubst du, dass ich hier in den Lazaretten helfe? Tagsüber, ein paar Stunden und immer nur dann, während du Dienst tust?«

Maximilian sah sie zärtlich und besorgt zugleich an.

»Hast du bedacht, dass du vielleicht schwanger sein könntest?«

Das Blut schoss ihr in die Wangen. *Das* hatte sie eindeutig nicht bedacht. Es war viel zu früh für irgendwelche Anzeichen.

»Geh und tu es, solange du dich kräftig genug dazu fühlst«, entschied er, insgeheim stolz auf seine Frau. »Aber du gehst nur zu den Verwundeten, auf keinen Fall in die Typhusbaracken!«

Schutt und Asche

Erfurt, 20. November 1813

Der Trommler, der eine Bekanntmachung des Gouverneurs von Erfurt ankündigte, zog einen langen Rattenschwanz besorgter und aufgebrachter Stadtbewohner nach sich.

»Was denn nun noch? Sind wir nicht schon genug geplagt?«, murmelte mancher trotz seiner Angst, ein Spitzel könnte ihn auf der Stelle verhaften. Für jegliche feindselige Äußerung drohten harte Strafen.

Mehr als einhundertundzwanzig Häuser waren an jenem schrecklichen 6. November zerstört worden. Noch Tage danach schwelten Brandstellen in der Stadt. Einige Feuer waren sogar wieder aufgeflammt. Das Peterskloster auf der Zitadelle hatte drei Tage lang lichterloh gebrannt und war bis auf die Grundmauern vernichtet.

Seitdem gab es nur noch gelegentliche kurze Schusswechsel. Doch den Erfurtern blieb keine Chance, sich von der Katastrophe zu erholen. Gouverneur d'Alton hatte weitere Requisitionen befohlen, die mit größter Rücksichtslosigkeit durchgeführt wurden.

Vor dem Rathaus hielt der Trommler an. Der Ausrufer wartete, bis das Publikum näher heran war.

»Hiermit wird bekanntgegeben, dass der Waffenstillstand vom Feind aufgekündigt wurde und ab sofort mit Wiederaufnahme der Kampfhandlungen zu rechnen ist.«

Sofort brach schiere Panik aus, gleich könne erneut ein Kugelhagel auf die Stadt niedergehen und die nächste Feuersbrunst verursachen. Schreiend stoben die Leute davon, jeder zu seinem Obdach, sofern er noch eines hatte.

Von seiner Buchhandlung aus sah Constantin Beyer Scharen von Menschen über den Markt Richtung Predigerkirche rennen, beladen mit hastig und oft wahllos gegriffenen Besitztümern, um in dem alten Gemäuer Zuflucht zu finden.

Dort hausten seit der Kanonade immer noch diejenigen, die obdachlos geworden waren und keine Verwandten oder Freunde hatten, die sie aufnehmen konnten.

Sein Freund und Teilhaber Maring trat neben ihn ans Fenster. »Jetzt sind wir alle in Gottes Hand«, sagte er leise und zog die Schultern zusammen, als würde schon der nächste Kugelhagel pfeifend und krachend auf sie niedergehen.

»Das sind wir ohnehin«, antwortete Beyer bitter. »Wir können nichts tun. *Gar nichts!*«

Er zögerte und sagte dann: »Statistisch gesehen ist unsere Aussicht größer, am Nervenfieber zu sterben, als durch eine Kugel oder ein Feuer. Pohle sagte mir gestern, die meisten katholischen Friedhöfe müssen wegen Überfüllung geschlossen werden. Und in den Militärhospitälern sind in den letzten drei Wochen *tausendfünfhundert* Mann qualvoll verreckt! Sie werfen die Leichen in den Spitalgraben, wie damals 1680, im schlimmen Pestjahr.«

»Ich hatte schon immer wenig Freude an Statistik«, antwortete Maring trocken. »Tragen wir Wasser auf den Dachboden – falls das Feuer doch schneller ist als das Nervenfieber.«

»Jetzt sind wir alle in Gottes Hand«, sagte auch Magdalena Keyser, die dem Trommler gefolgt war und nun ihrer zum Frühstück versammelten Familie die schlimme Neuigkeit berichtete.

Sofort schickte das Familienoberhaupt alle Anwesenden los, um Wassereimer und nasse Säcke auf den Dachboden zu schaffen. Das würde das Haus nicht retten, sollte es in Brand geschossen werden. Doch mehr konnten sie nicht tun.

»Sie hätten wirklich lieber in Freiberg bleiben sollen!«, meinte Magdalena zu dem bleich gewordenen Konstantin Gerlach, als sie sich wieder am Tisch zusammenfanden, um die karge Mahlzeit zu beenden.

»Das war unmöglich«, antwortete der junge Freiberger sofort. Im Streit mit seinem Vater waren Worte gefallen, die eine rasche Versöhnung ausschlossen. Alles nur wegen Henriette! Doch gab er zu: »Es schmerzt mich, dass ich meinem Vater keinen Brief als Lebenszeichen zur Beruhigung schicken kann.«

»Ich wünschte mir auch, Ihren Eltern diese Sorge zu nehmen«, meinte Georg Adam Keyser, während er sich dünnen Kaffee nachschenken ließ. »Beten wir, dass der Schrecken bald ein Ende findet. Mir ist unverständlich, warum die Preußen nicht energischer vorgehen.«

»Ich fand ihr Vorgehen neulich außerordentlich energisch«, antwortete Magdalena spitz. »Nur leider nicht von Erfolg gekrönt. Sie trafen die Falschen, im wahrsten Sinne des Wortes!«

»Krieg trifft immer auch die Falschen«, wies ihr Vater sie zurecht. »Wenn die Ritter früher Fehde führten, verhungerten die Bauern, denen sie die Felder niederbrannten und das Vieh abstachen. Doch dieser Krieg übersteigt alles Dagewesene. Ganze Länder werden verheert: erst Sachsen, nun Thüringen und Hessen ...«

Konstantin nutzte die Pause, um eine Bitte vorzutragen, die ihn den ganzen Morgen schon beschäftigte.

»Monsieur Keyser, da wir keine Zeitung drucken dürfen und noch nicht geschossen wird ... Ich würde gern in die Predigerkirche gehen und dort den Notleidenden den Rest meines Frühstücks bringen.«

Obwohl ihm der Magen knurrte, hatte er nur den Haferbrei gegessen und zwei dünne Scheiben dunkles Brot aufgespart.

»Ich gehe mit ihm, Vater, wenn du erlaubst«, meldete sich Magdalena. »Wir haben noch etwas Zwieback, den wir vielleicht entbehren können.«

Ihr Vater hatte nach dem Tod seiner zweiten Frau vor fünf

Jahren nicht wieder geheiratet, so dass sie jetzt die Verantwortung für die häuslichen Dinge trug.

Georg Adam Keyser nickte zustimmend. Jeder anständige Bürger sollte in diesen Zeiten bereitwillig den Gürtel enger schnallen, um denen zu helfen, die alles verloren hatten.

»Vergesst nicht, Wasser mitzunehmen! Und einen Krug Milch für die Kinder.« Es hatte keinen Sinn zu sparen. Entweder würden die Franzosen ihre letzten Vorräte wegholen oder die nächste Feuersbrunst.

Gemeinsam liefen Magdalena und Konstantin durch die Straßen, vorbei an hastenden Menschen, die versuchten, sich in einer der Kirchen in Sicherheit zu bringen; manche schwer beladen, andere nur mit dem, was sie am Leibe trugen.

Das Innere der alten Predigerkirche bot ein befremdliches und erschütterndes Bild.

Überall standen Kisten, Truhen, lagen Strohsäcke und Federbetten auf dem kalten Boden – alles, was die Flüchtenden gerade noch hatten mitnehmen können. Seit drei Wochen hausten hier Menschen, die anderswo nicht unterkamen, mit ihrem letzten Besitz.

Magdalena ging zielstrebig auf den Altar zu, um den sich eine Gruppe kleiner Kinder versammelt hatte – nicht um zu beten, sondern weil darauf ein Käfig mit einem Eichhörnchen stand, mit dem sie ihre Späße trieben.

Während sie schon den Zwieback verteilte, hielt Konstantin noch suchend Ausschau. Doch dann entdeckte er sie. Das blonde Mädchen, dem er in der Feuernacht geholfen hatte.

Sie bemerkte ihn erst, als er sich neben sie hockte. Ihre Augen waren tränenverquollen.

»Mein Vater ist letzte Nacht gestorben«, sagte sie dumpf. »Dabei sah es so aus, als würde er sich wieder erholen ...«

Hilflos starrte Konstantin sie an.

»Sie müssen etwas essen«, war alles, was ihm einfiel.

Er hielt ihr die zwei Scheiben Brot hin, dünn mit Butter bestrichen, eine Kostbarkeit in diesen Tagen. Rasch fügte er noch hinzu: »Mein Beileid, Mademoiselle.«

Sie nickte, ohne ihn anzusehen, und griff nach dem Brot.

»Danke, Monsieur Gerlach. Das ist sehr freundlich von Ihnen.«

Konstantin wusste nicht, was er sonst noch sagen sollte.

Magdalena wartete an der Kirchentür auf ihn.

Missbilligend sah sie den Freiberger Drucker an.

»Machen Sie sich ja keine Hoffnungen! Sie hat einen französischen Liebsten.«

Das ist nicht wahr!, dachte Konstantin wütend. Marie ist die Unschuld in Person.

Zu ihrer unendlichen Erleichterung blieb den Erfurtern an diesem Tag eine Kanonade erspart.

General von Kleist hatte weitere Verhandlungen angeboten. Ihm fehlten nach wie vor Geschütze und Munition. Irgendwie musste sich doch d'Alton zum Aufgeben bewegen lassen! Erfurt, das war dem verdienstvollen preußischen General klar, würde kein Ruhmesblatt für ihn und sein Korps werden.

Heiß und kalt

Wiesbaden, 20. November 1813

Mit bleierner Schwere in den Gliedern und langsam zufallenden Augen lehnte Felix Zeidler in einer Ecke des Dachbodens, in dem sein Zug einquartiert war.

Nach Eilmärschen bis an den Rhein waren Yorcks Truppen zurückbeordert und in Wiesbaden stationiert worden. Endlich konnte sich auch dieses Korps ein paar Ruhetage gönnen!

Der viereinhalbtausend Einwohner zählende berühmte Bade-
ort war mit fünfzehntausend preußischen Soldaten hoffnungslos überfüllt. In jedem Haus waren ein Dutzend Mann
oder mehr einquartiert. Dennoch ließen die Einheimischen
keine Gelegenheit ungenutzt zu betonen, wie lieb ihnen die
neuen Gäste seien, verglichen mit den Kosaken, die noch vor
Tagen hier gehaust, geplündert und gewütet hatten, ehe sie
widerstrebend endlich nach Frankfurt zogen.

Felix' Zug durfte heute die heißen Quellen Wiesbadens besuchen, die schon zur Römerzeit sehr beliebt waren.

Natürlich keines der neuen, vornehmen Bäder in den Kurho-
tels, sondern das Gemeindebad am Schützenhof.

Doch die Männer hatten wochenlang gekämpft, gehungert
und gefroren und mussten nicht selten auf der nackten Erde
schlafen. Auf den Märschen konnten sie kaum einmal sich
selbst, geschweige denn ihre Kleider waschen, sondern höchstens die Hemden übers Feuer schwenken, um des Ungezie-
fers halbwegs Herr zu werden. Für sie war ein heißes Bad
selbst im bescheidensten Schuppen ein unglaublicher und
höchst willkommener Luxus.

»Wenn du reinsteigst, hörst du die Englein singen. Wenn du
drinsitzt, fühlst du dich warm und glücklich wie in Mutters
Schoß und willst nie mehr heraus. Doch wenn du heraus-
steigst … Mit einem Mal haut es dich um wie eine gefällte
deutsche Eiche!«, fasste Felix' zweiter Mann im Tirailleurgefecht, der rothaarige Jakob Häusler, das Erlebnis zusammen.

Das heilkräftige Bad hatte die Männer für den Rest des Tages
niedergestreckt. Obwohl die Abendration noch gar nicht
ausgeteilt war, lagen die meisten schon auf dem Bretterboden; einige laut oder sanft schnarchend, andere lethar-
gisch auf die Dachsparren starrend. Nur ein paar ganz Unerschütterliche saßen in der Mitte um ein umgestülptes Fass
und würfelten, doch beileibe nicht so lebhaft wie normalerweise.

Felix döste vor sich hin und sann über den Brief von seinen Eltern nach, den er gestern bekommen hatte.

Nach den üblichen Einleitungen – sie waren leidlich gesund, was ihn sehr beruhigte, und natürlich voller Sorge um ihn – hatte ihm seine Mutter eine Neuigkeit mitgeteilt, die ihn zutiefst bewegte und in seine Köthener Jugendjahre zurückversetzte.

Wir sind hier alle in Aufruhr wegen der Auflösung des Königreichs Westphalen. Du erinnerst dich doch noch an die Familie des Generals von Griesheim, die am Markt wohnt?

Als ob jemand in Köthen diese Familie nicht kennen würde! Als der alte Herzog von Braunschweig 1806 in Jena fiel, konnte sein Sohn das Erbe nie antreten, denn Napoleon schlug die Ländereien dem von ihm gegründeten Königreich Westphalen zu und ernannte seinen Bruder Jérôme zu dessen Regenten. Deshalb zogen die Griesheims nach Köthen, und der General trat in die Dienste des Herzogs von Anhalt-Köthen. Doch jetzt war das Königreich Westphalen aufgelöst, Jérôme geflohen, und der Herzog von Braunschweig-Oels, der Anführer der berühmten Schwarzen Schar, beanspruchte sein Land und Erbe.

Die Familie des Generals beabsichtigt, wieder nach Braunschweig zu ziehen. Es heißt, der neue Herzog von Braunschweig wolle den Mann, der seinem Vater so trefflich gedient hatte, zu sich rufen. Für das arme Fräulein Philippine ist es sicher auch besser so.

Philippine von Griesheim.

Als junger Bursche hatte Felix wie die meisten seiner Altersgefährten in Köthen für die hübsche Generalstochter geschwärmt. Natürlich war sie unerreichbar für ihn und würde es immer sein.

Aber bald war ihr Name nicht nur wegen ihrer Schönheit in aller Munde. Sie verlobte sich mit einem preußischen Offizier, Albert von Wedell. Der wurde vor vier Jahren als einer von elf Schillschen Offizieren auf Napoleons Befehl exekutiert. An dem Verlust zerbrach die damals Neunzehnjährige fast.

Philippine würde also nach Braunschweig zurückkehren.

Noch ein Teil seines alten Lebens, das entschwand. Auch wenn er nie ein Wort mit ihr gewechselt hatte.

Stiefeltritte auf der Treppe rissen ihn aus seinen Gedanken.

Der Zugführer erschien, ein Bündel Briefe in der Hand. Grinsend murmelte er etwas von »müden Kriegern« und verteilte die Post.

Zu Felix' Überraschung rief der Zugführer auch diesmal seinen Namen auf. So schnell er konnte, stemmte er sich hoch. Felix erkannte sofort, dass der Brief von Henriette stammte und mindestens drei Blatt dick war. Sein Herz sprang vor Freude und uneingestandener Hoffnung.

»Du bist wirklich ein Glückspilz, Zeidler!«

Neidisch näherte sich Jakob Häusler und beäugte den Brief.

»Gestern Post von deinen Eltern, und heute ... Sieh mal an, wenn das nicht von zarter Frauenhand kommt! Der ist bestimmt von der geheimnisvollen Unbekannten, die dir schon einmal schrieb. Also hast du doch eine Liebste! Es ist nur gerecht, wenn du mir von ihr erzählst, denn ich hab schon seit Wochen keinen Brief mehr gekriegt.«

»Lass mich in Ruhe lesen!«, murrte Felix. »Du bekommst auch meine nächste Ration Tabak.«

Der rothaarige Scharfschütze grinste. »Die nehme ich. Aber ich werd's dir trotzdem entlocken, Studiosus!«

Diesen Spitznamen hatte Felix verpasst bekommen, als sie in den berühmten heißen Quellen von Wiesbaden saßen. Weil die den übermüdeten und durchgefrorenen Soldaten wie ein Wunderwerk Gottes erschienen, war er so leichtsinnig gewesen, etwas über Ursprung und Wesen heißer Quellen zu erzählen. Als Student der Mineralogie und Schüler des berühmten Abraham Gottlob Werner wusste er viel darüber.

Um Jakobs Neugier zu entkommen und ungestört lesen zu können, beschloss Felix, nach draußen zu gehen. Er wollte jede Zeile genießen, die Henriette ihm geschrieben hatte. Ihm! Längst war es dunkel um diese Zeit im November.

Er holte einen Kerzenstummel, Schlageisen, Feuerstein und Zunder aus dem Tornister, meldete sich ab und stieg die Treppe hinunter. Vielleicht erfüllten sich endlich seine Hoffnungen?

Ungeachtet der Kälte setzte er sich auf die unterste Steinstufe vor der Tür, entzündete Feuerschwamm und dann den Docht der Kerze und entsiegelte den Brief.

Es waren tatsächlich drei Blätter, zwei davon beidseitig beschrieben, stellte er glücklich fest. Doch dann stutzte er schon bei der obersten Zeile.

Frankfurt? Wieso schrieb sie ihm aus Frankfurt, nicht aus Leipzig? Oder Freiberg?

Er blinzelte, rückte seine Brille zurecht und ging mit dem Papier so nah an die flackernde Flamme, dass es fast angesengt wurde. Als er bei den Abschiedsgrüßen angelangt war, konnte er sie kaum noch entziffern, weil ihm alles vor Augen verschwamm.

Henriette verheiratet.

Mit diesem Trepte. Den er noch in Freiberg vor dem Fiebertod und den Franzosen gerettet hatte.

Das traf ihn wie eine Kugel in die Brust.

Und aus jeder ihrer Zeilen sprach das pure Glück.

Abgesehen vom Schluss, als sie ihm über das schreckliche Schicksal von Hermanns Familie berichtete. Da war etwas auf die Tinte getropft und hatte mehrere Worte verwischt.

Felix merkte nicht, wie ihm Tränen über die Wangen liefen.

Er hatte nicht geweint, als neben ihm seine Kameraden vom Korps Lützow gefallen waren. Nicht, als ihm ein Säbelhieb drei Finger von der Hand trennte und ihn zum Krüppel machte. Nicht, als er vom Tod seines Freundes Richard erfuhr. Nicht einmal nach dem blutigen Schlachten und dem vieltausendfachen Tod in Möckern. Da hatte er jedes Mal die Zähne zusammengebissen, obwohl er wusste, dass er Stück für Stück von seinem früheren Leben verlor. Dem unbekümmerten Studentenleben, bevor er sich mit seinem Freund Richard Karlmann freiwillig zu den Truppen gemeldet hatte. Es schien zu einem anderen Menschen zu gehören.

In Wirklichkeit war *er* ein anderer Mensch geworden. Nicht nur äußerlich durch die Uniform und die verstümmelte Hand.

Felix las den Brief ein zweites Mal. Er sollte erleichtert sein, dass Henriette glücklich und in Sicherheit war. Dass sie nicht mehr sterben wollte wie damals, als sie ihn in höchster Verzweiflung überredete, sie nach Leipzig zu bringen.

Natürlich würde er ihr schreiben und zur Vermählung gratulieren. Wie es sich unter guten Freunden gehörte.

Er richtete seinen Blick durch die Dunkelheit starr nach Osten. Irgendwo dort war sie, nur dreißig Kilometer von ihm entfernt. Mit einem Tagesmarsch könnte er bei ihr sein.

Ausgeschlossen.

Das gehörte zu seinem alten Leben, einem anderen Leben.

Es war nicht nur die Kälte des Steins, auf dem er saß, die Felix Zeidler das Herz gefrieren ließ.

Bei den heißen Quellen von Wiesbaden.

Taktische Spiele

Streng sah Napoleon Bonaparte in die Runde der Minister und hohen Militärs, nur mühsam seine Wut und Verachtung unterdrückend.

»Der Herzog von Bassano wird mit sofortiger Wirkung sein Amt an den Herzog von Vicenza übergeben.«

Überraschtes Raunen flammte auf, hörbares Aufatmen bei einigen, erleichterte Blicke bei fast allen.

Hugues-Bernard Maret, bis eben noch französischer Außenminister, verneigte sich und trat zurück – im wörtlichen wie im übertragenen Sinne. Er wusste, dass er ein Bauernopfer war. Jeder im Saal wusste es. Aber Napoleon hielt zu seinen Getreuen; er würde ihm zur Entschädigung seinen alten Posten als Staatssekretär wiedergeben. Das hatte er ihm unter vier Augen versprochen.

Armand de Caulaincourt, der Großstallmeister des Palastes, der im Schicksalswinter 1812 den weiten Weg von Wilna nach Paris in nur dreizehn Tagen an der Seite des Kaisers zurückgelegt hatte, einer seiner letzten Vertrauten und ab sofort französischer Außenminister, trat vor und verneigte sich.

Napoleon starrte in die Runde der Männer, die zurückstarrten, als ob sie von ihm ein Wunder erwarteten. Brüsk drehte er sich um und stapfte ohne ein weiteres Wort hinaus, in sein geliebtes Kartographiezimmer.

Er würde ein gottverdammtes Wunder wirken.

Doch dafür brauchte er Zeit, Zeit, Zeit! Und Geld.

Auf keinen Fall durfte er einen Winterfeldzug riskieren!

Sechs Monate musste er herausschinden, bis er wieder über eine Armee verfügte, die auch zu siegen imstande war.

Zwar war er den Verfolgern – vor allem diesem alten Blücher – immer knapp eine Fußlänge voraus gewesen. Er hatte mit den Überresten seiner geschlagenen Truppen Mainz und damit sicheren französischen Boden erreicht, sieben Tage lang wieder Ordnung und Disziplin in die Reihen gebracht, bevor er nach Paris reiste, um hier die Angelegenheiten zu regeln, die sich übel entwickelten.

Doch von seinen erfahrenen Soldaten trug nicht einmal jeder zweite mehr eine Waffe, und zu viele waren krank. In Mainz, wo zigtausende Geschwächte und Fiebernde auf engstem Raum zusammengedrängt lagen, entwickelte sich das Nervenfieber binnen weniger Tage zu einer solch verheerenden Seuche, dass die Ärzte kopfschüttelnd von *le Typhus de Mayence* sprachen, als sei es eine neu entdeckte Krankheit. Dort verlor er so viele Männer, dass er jetzt kaum noch fünfzig- oder sechzigtausend Bewaffnete in einen Kampf schicken könnte.

Der Senat hatte ihm vor fünf Tagen dreihunderttausend Konskribierte bewilligt; die Hälfte als Reserve, die anderen konnte er gleich in Dienst nehmen. Doch diese jungen Burschen mussten erst ausgebildet werden.

Bitterlich fehlten ihm die hundertfünfzigtausend erfahrenen Kämpfer, die noch in deutschen und polnischen Festungen umzingelt waren. Davout in Hamburg, d'Alton in Erfurt und all die anderen mussten die Stellung halten, bis er wiederkam. Und um ihn herum nichts als Verrat!

Das Volk war kriegsmüde, seine Generäle waren kriegsmüde, die Jakobiner und die Anhänger der Bourbonen reckten keck die Häupter und schienen nur auf seine Abdankung zu warten. Die Bank von Frankreich weigerte sich, ihm neue Kredite zu bewilligen. Also musste er die Steuern erhöhen.

Zum zweiten Mal war er als Besiegter nach Paris zurückgekommen. Doch diesmal stand der Gegner nicht an der Weichsel, sondern am Rhein.

Voller Bitterkeit erinnerte er sich an ein Gespräch, das er vor zwei Wochen mit Marschall Marmont geführt hatte. Selbst der unerbittliche Marmont, der ihm so viele Schlachten gerettet hatte, war überzeugt, dass der Feind auf Paris marschieren würde und sie ihn nicht daran hindern konnten.

Wie sollte er einen Krieg gewinnen, wenn nicht einmal seine besten Anführer an den Sieg glaubten? Alt und müde waren sie geworden nach mehr als zwanzig Jahren des Krieges.

Mit einem Wink scheuchte der Kaiser die Schreiber hinaus, die wie üblich an kleinen Tischen in den Ecken des Raumes saßen, bereit, sein Diktat aufzunehmen.

Er wollte allein sein.

Gewohnheitsmäßig trat er an die große, ihm bis ins Detail vertraute Karte, auf der Stecknadeln die Positionen seiner und der gegnerischen Truppen markierten.

Holland war verloren; der schmächtige Bülow, der ihm dreimal vor Berlin so zu schaffen gemacht hatte, war bereits dort und half den Oraniern, ihren Thron zurückzuerobern.

Spanien war nicht mehr zu halten; das hatten die Briten nun fast vollständig eingenommen. Sein Bruder Joseph musste abdanken, und ihm blieb nichts, als den gefangenen Thronanwärter Ferdinand freizulassen. Sollten die Spanier mit einem spanischen König selig werden! Sofern die Engländer ihnen einen gönnten.

Spanien war ein Fiasko. Mit der Erschießung von vierhundert Aufständischen Anfang Mai 1808 hatte Murat einen erbarmungslosen Partisanenkrieg gegen seine Truppen entfesselt. Und die Briten bereiteten ihnen dort eine Niederlage nach der anderen. Wenn er die noch in Spanien verbliebenen hunderttausend Mann nach Italien schickte, ließe sich wenigstens das retten. Selbst nach dem Verrat seines Schwagers Murat, der sich mit den Alliierten arrangieren würde, um das Königreich Neapel zu behalten.

Die Österreicher gierten nach Italien, zuallererst nach den Illyrischen Provinzen an der Adria. Und Metternich würde alles tun, sie seinem Kaiser zu Füßen zu legen.

Metternich! Dieser durchtriebene Fuchs war schuld an dem Dilemma, durch das nun der bisherige Außenminister Maret aus der Schusslinie genommen werden musste.

Der Fürst von Metternich hatte vor ein paar Tagen den gefangenen Baron Saint Aignan mit einem Friedensangebot geschickt. Mit einem dreisten, ungeheuerlichen und verlogenen Friedensangebot, das anzunehmen nicht in Frage kam.

Er, Napoleon Bonaparte, solle Rhein, Pyrenäen und Alpen als *natürliche Grenzen* Frankreichs anerkennen!

Das war natürlich völlig inakzeptabel.

Und er bezweifelte, dass der preußische König von diesem Vorschlag wusste. Die Deutschen würden kaum freiwillig auf die Gebiete jenseits des Rheins verzichten, die ihnen noch vor zwanzig Jahren gehört hatten.

Weisungsgemäß hatte Maret auf das Ultimatum der Alliierten geantwortet, Frieden sei stets ein Herzenswunsch des Kaisers der Franzosen gewesen, und Seine Kaiserliche Majestät werde am 6. Januar zu einem Friedenskongress in Mannheim eintreffen. Auf die Forderungen war er – ebenfalls weisungsgemäß – mit keiner Silbe eingegangen.

Mit dieser Antwort hoffte Napoleon, die Alliierten von einem Winterfeldzug abzuhalten und sich die nötige Atempause bis zum Frühjahr zu verschaffen, um sein letztes Aufgebot aufzustellen, dreihunderttausend Mann.

Doch bei seinen Ministern und sogar den Militärs rief die Antwort Entrüstung hervor. Sie wollten Frieden.

Jetzt. Sofort. Deshalb musste Maret gehen.

Nach einem letzten Blick auf die Karte stürmte Napoleon zur Tür, riss sie auf und wies den draußen wartenden Generalstabschef Berthier an, den Herzog von Vicenza kommen zu lassen.

Caulaincourt erschien fast augenblicklich.

Nachdenklich musterte der Kaiser das vertraute Gesicht.

Caulaincourt war eine gute Wahl für die bevorstehenden

heiklen Verhandlungen. Auch er wollte Frieden, aber er würde seinen Kaiser nie hintergehen. Und der Zar schätzte ihn. Alexanders Rolle in diesem Spiel würde maßgeblich sein. Mit ihm konnte er sich einigen.

»Sie warten noch ein paar Tage, bis Sie Metternich antworten«, entschied Napoleon nach kurzem Nachdenken. »Wir müssen Zeit gewinnen.«

Das war ein Fehler.

Als der Fürst von Metternich im Dezember 1813 das Schreiben des neuen französischen Außenministers erhielt, Seine Majestät der Kaiser der Franzosen sei bereit, mit den Alliierten zu verhandeln, hatten diese bereits beschlossen, den Rhein zu überschreiten und bis nach Paris zu ziehen.

Und dafür bereiteten sie ein Täuschungsmanöver vor, mit dem sie sogar den unbestrittenen Meister der Strategie überrumpelten.

DRITTER TEIL

ÜBER DEN RHEIN

Hoffnung, Trauer und dünnes Eis

Dresden, 12. Dezember 1813

Drei Tage nach seiner Ankunft in Dresden ließ der neue Generalgouverneur für Sachsen, Fürst Repnin-Wolkonski, einen Dankgottesdienst in der Frauenkirche durchführen. Eigens dafür war das berühmte barocke Bauwerk mit der ungewöhnlichen glockenförmigen Kuppel, von Napoleon als Depot entweiht, in aller Schnelle notdürftig wiederhergerichtet worden.

Doch nicht nur deshalb oder weil sie das berühmte Brühlsche Palais bezogen hatten, waren der neue Vizekönig und seine Gemahlin seit Wochen schier unerschöpfliches Gesprächsthema in der Hauptstadt.

Sie, Warwara Alexejewna Repnina-Wolkonskaja, sei eine geborene Rasumowskaja, wussten Eingeweihte zu berichten, entstammte also einer der bedeutendsten russischen Dynastien. Und Fürst Repnin selbst sei nicht nur ein *äußerst* stattlicher, gebildeter und kulturbeflissener Mann, er habe auch in der Schlacht bei Austerlitz vor den Augen des Zaren eine tollkühne Attacke gewagt, um die weichenden russischen Truppen aufzuhalten und zurück in den Kampf zu führen, was ihn beinahe das Leben kostete.

Repnin hatte schon vor seiner Ankunft klug erwogene Schritte unternommen, um die Sympathien der Dresdner zu gewinnen. Für den 6. Dezember gestattete er den leidgeprüften Hauptstädtern zu ihrer Freude nach Monaten der Entbehrungen einen außerordentlichen Markt. Korn, Kartoffeln und andere unentbehrliche Güter waren gleich nach Abzug der französischen Garnison geliefert worden, zum Teil als Hilfssendungen aus weniger betroffenen Städten.

Für Begeisterung und trotzigen Stolz sorgte, dass er einen Tag vor seiner Ankunft die Reparatur der steinernen Elbbrücke beginnen ließ, die wegen ihrer Länge und Schönheit als Wunderwerk in Europa galt. Marschall Davout hatte im März einen Pfeiler sprengen lassen, um beim Rückzug der Grande Armée nach dem Russlandfeldzug die russischen und preußischen Verfolger aufzuhalten. Das brachte zwei der steinernen Bögen zum Einsturz.

Ebenfalls auf Repnins Befehl waren in den letzten Tagen die Straßen von dem knöcheltiefen Unrat befreit worden, den wochenlang niemand entfernt hatte. Die unter Napoleon als Depots oder Pferdeställe zweckentfremdeten Kirchen wurden gereinigt und wieder geweiht.

All das erfüllte die Herzen der Dresdner mit Freude und Hoffnung. Ganz zu schweigen von der Genugtuung, dass die neue sächsische Regierung endlich ihren Sitz in der Residenzstadt einnahm, wie es sich gehörte, und nicht länger in Leipzig, der Stadt der Kaufleute und Buchdrucker.

So versammelten sich an diesem Sonntag tausende Dresdner auf dem Neumarkt vor der Frauenkirche, um einen Blick auf den Gouverneur, seine Gemahlin und sein Gefolge zu erhaschen.

Die Menge jubelte, als sich das Fürstenpaar unter dem Geläut von Glocken der Freiberger Glockengießerdynastie Hilliger durch ein Spalier von Garden näherte.

Dahinter folgten ordensgeschmückte Offiziere, die Mitglieder der Regierung und die Ratsherren.

Die Gerüchte stimmten; der Fürst war wirklich eine beeindruckende Erscheinung, noch dazu in Galauniform.

Doch die meisten Blicke zog seine Gemahlin auf sich, eine Schönheit, schlank, dem Aussehen nach kaum älter als dreißig und von hoheitsvoller Haltung. Nicht nur sie, auch ihre

Robe war mit höchster Spannung erwartet worden. Und die anspruchsvollen Dresdnerinnen wurden nicht enttäuscht.

»So eine schöne Dame! So ein elegantes Kleid! Nein, die russische Mode steht der französischen wahrlich nicht nach!«, seufzte die Frau des Apothekers vom Neumarkt hingerissen.

»Der russische Adel trägt französische Mode!«, wurde sie von ihrer Freundin belehrt, deren Mann Kleider für die Hofdamen entwarf. »Aber Sie haben recht, meine Liebe. Es ist das Eleganteste, was ich seit langem gesehen habe. Da könnte höchstens die Gräfin von Kielmannsegge mithalten. Erinnern Sie sich noch an ihr Kleid bei der großen Parade im Mai, als unser König zurückkehrte? Und dieser Hut! Gewagt, gewagt, aber ein Traum. Sie kam ja auch direkt aus Paris und erfreute sich der besonderen Gunst Napoleons ...«

Hier setzte sie eine Miene auf, die vielerlei Deutungen für die Art dieser Gunst ermöglichte.

Das Gerücht hielt sich hartnäckig, die schöne Gräfin von Kielmannsegge sei Napoleons sächsische Geliebte. Nur sie und der Kaiser selbst wussten, dass es nicht zutraf. Das intimste Geheimnis zwischen beiden, die Briefe in der roten Saffianbörse, die sie im Fall der Fälle dem Zaren übergeben sollte, trug sie immer noch unentdeckt bei sich.

Auch eine Putzmacherin, die sich neben der Apothekersgattin auf die Zehenspitzen reckte, erinnerte sich genau an den glanzvollen Auftritt der Kielmannsegge im Mai. Noch Wochen später konnte sie sich kaum vor Aufträgen retten, so viele Dresdnerinnen bestellten Hüte nach der Mode, wie sie die Gräfin trug. In weiser Voraussicht hatte sie sich damals jedes Detail eingeprägt.

Heute wollte sich die Putzmacherin erneut von den Kopfbedeckungen der vornehmen Damen inspirieren lassen. Doch zu ihrer Enttäuschung trug die Gouverneurin – oder Fürstin Repnina-Wolkonskaja, wie es bei den Russen zungenbrecherisch hieß – auf dem kastanienbraun glänzenden Haar keinen

Hut, sondern einen schwarzen Spitzenschleier. Natürlich, sie war Russin, da herrschten andere Sitten beim Kirchgang. Warum hatte sie nicht früher daran gedacht!

Die Männer hielten derweil Ausschau nach bekannten Gesichtern im Gefolge des Gouverneurs.

»Gleich in seiner Nähe – das ist General von Thielmann, der neue Oberkommandierende der sächsischen Armee, sehen Sie ihn?«, fragte der Apotheker seinen Begleiter, einen Gewürzhändler.

»Der in Torgau in den Sack gehauen hat?«, platzte dieser etwas unfein heraus.

»Genau der. Und der uns 1809 vor einem Einfall der Schwarzen Schar rettete.«

Das schien dem Gewürzhändler den Übertritt des Generals auf russische Seite aufzuwiegen. Die Schwarze Schar des Herzogs von Braunschweig-Oels hatte sich damals in Sachsen keinen guten Ruf erworben, sie kamen nicht als Freunde. Und überhaupt waren die Russen ja nun hier die Sieger.

»Der neben ihm ist Carlowitz, frisch zum russischen Generalmajor ernannt«, rief der Apotheker seinem Nachbarn ins Ohr, um das Glockengeläut zu übertönen. »Der das sächsische Freiwilligenkorps auf die Beine stellen soll. Mein Sohn will sich dafür melden, wenn wir es nicht schaffen, ihm das auszureden. Sie müssen sich alle selbst ausrüsten. Woher um alles in der Welt sollen wir drei Pferde nehmen? Jedermann glaubt zwar, in Zeiten wie diesen verdienen sich Apotheker eine goldene Nase – aber fast alle meine Vorratsbehälter sind leer.«

»Dort hinten, ist das der Appellationsrat Körner?«, unterbrach ihn sein Begleiter. »Sie wissen schon, der, dessen Sohn …«

Er sprach nicht weiter, denn jeder in Dresden kannte das tragische Schicksal des jungen Dichters, der sich als Freiwilliger zum Lützower Freikorps gemeldet hatte und im August in einem Gefecht bei Gadebusch im Mecklenburgischen gefallen war.

»Ja, traurig, traurig«, stimmte der Apotheker zu.

Nun betraten die hohen Gäste die Frauenkirche. Jäh und überwältigend setzte zu ihrem Entree das Spiel der Silbermannorgel ein. Selbst die draußen Wartenden lauschten respektvoll, ehrfürchtig und ergriffen.

»Die Preußen haben die Frauenkirche im Siebenjährigen Krieg mit Kanonen beschossen, Napoleon hat sie als Depot missbraucht«, sinnierte jemand zwei Reihen hinter dem Apotheker. »Doch ein russischer Fürst lässt sie säubern und wieder weihen, um hier ein Dankgebet zu sprechen. Sollte uns das nicht zuversichtlich stimmen?«

Nach dem Dankgottesdienst in der Frauenkirche trennte sich die hohe Gesellschaft.

General von Thielmann wartete in der Nähe des Portals, bis sein alter Freund Christian Gottfried Körner aus dem berühmten Sakralbau trat. Er, Miltitz und Carlowitz waren zum Essen bei Körners eingeladen, um das Wiedersehen nach bewegten Zeiten und dramatischen Ereignissen zu begehen. Doch er hatte die anderen beiden gebeten, erst in einer Stunde zu kommen. Es gab etwas, das er mit Körner unter vier Augen besprechen musste.

»Wie tragen es die Frauen?«, fragte er mit gesenkter Stimme, während sie Richtung Kohlmarkt liefen.

Schneematsch spritzte unter ihren Stiefeln. Nach der grimmigen Kälte, die schon im November eingebrochen war, kündigte sich Tauwetter an. Der Himmel war grau verhangen, nur schwach schimmerte da und dort ein Sonnenstrahl hindurch. Nun fing es an zu schneien. Winzige Flöckchen, vermischt mit Regenspritzern.

»Seine Schwester zerbricht daran«, sagte der Vater des Toten verzweifelt. »Und ich stehe hilflos daneben. Meine Frau und ihre Schwester werden ja selbst ihrer Trauer nicht Herr, auch wenn sie sich bemühen, nach außen Haltung zu wahren …«

»Vielleicht kann Sarah sie ein wenig aufrichten«, versuchte Thielmann zu trösten. Wenn es überhaupt jemand vermochte, dann die Frau ihres Freundes Miltitz, eine Engländerin, die Sanftmut, Klugheit und Herzensgüte auf besondere Art vereinte.

Um seine eigene Frau, Wilhelmine, war er selbst in höchster Sorge. Die Monate des Exils, die Anschuldigung des Verrats gegen ihren Mann, die Ängste um ihn und die Kinder – fünf waren schon im zartesten Alter gestorben – hatten sie in tiefe Schwermut gestürzt. Dazu die Geldnöte. Thielmann besaß keine Güter, aber was er für Pferde und Ausrüstung aufwenden musste, verschlang ein Vermögen.

»Du bist in Gedanken schon wieder fort!«, hatte sie ihm vorgeworfen, als sie sich nach Monaten der Trennung endlich wiedersahen. Es stimmte; er war ruhelos, seine Gedanken eilten voraus zu den gewaltigen Aufgaben, die vor ihm lagen.

Zu all den Dingen, die ihn zerrissen, kamen nun auch noch die Selbstvorwürfe, seine Frau in schwersten Zeiten allein gelassen zu haben, weil sein Beruf es erforderte.

Bedrückt schwiegen er und sein Begleiter, bis sie das Haus am Kohlmarkt erreichten. Thielmann begrüßte Minna Körner und ihre Tochter Emma sowie deren Tante Dora Stock und sprach ihnen sein Beileid aus.

Dann zogen sich die beiden Männer in die Bibliothek zurück. Der Justizrat füllte zwei Gläser. Sie erhoben sie zum Gedenken an Carl Theodor Körner, tranken und ließen sich jeder in einen der schweren Sessel sinken.

Johann Adolph von Thielmann sah, dass sich die Augen seines Freundes mit Tränen füllten.

»Ich habe ihn noch einmal getroffen, im Sommer in Schlesien, während des Waffenstillstandes«, sagte er gedämpft. »Damals verweilte er ein paar Tage im Alliierten Hauptquartier in Reichenbach, gemeinsam mit Max von Schenkendorf, bevor sie sich zurück zur Truppe meldeten.«

Er rang sich ein wehmütiges Lächeln ab. »Blass war er, mager, trug noch einen Verband um den Kopf und stocherte nur in seinem Essen herum. Aber er war schon wieder voller ... Leidenschaft. Er bat mich, euch auszurichten, es ginge ihm gut und er sei voller Zuversicht.«

Christian Gottfried Körner erwiderte nichts.

Ahnte er, dass dies eine Lüge war? Eine barmherzige Lüge, mit der Carl Theodor Körner, der gefeierte Dichter und Held des Korps Lützow, seine Familie trösten wollte?

In Wirklichkeit ging der damals noch nicht einmal Zweiundzwanzigjährige von dieser letzten Begegnung mit dem Freund der Familie fort, um zu sterben. Er wusste, dass er sterben würde, wie es viele Soldaten im Krieg ahnten. Und er sehnte es herbei. Er war es leid geworden, zum nationalen Symbol für ein Korps geworden zu sein, dessen Disziplinlosigkeit und Zerstrittenheit ihn abstießen. Er sah keinen Sinn mehr in seinem Tun und konnte sich doch nicht entziehen, ohne seine Ideale zu verraten.

»Einer seiner Kameraden brachte mir Wochen später Carls Sachen und erzählte von dem Begräbnis in Wöbbelin«, sagte der Vater schließlich nach langem Schweigen mit brüchiger Stimme. »Es muss sehr feierlich gewesen sein. Mit gedämpftem Trommelschlag, sie sangen *Lützows wilde, verwegene Jagd* und begruben ihn unter einer uralten Eiche, in deren Rinde jemand Carls Namen und Todestag brannte. Und er versicherte, mein Sohn sei fast auf der Stelle tot gewesen, er habe nicht leiden müssen.«

Körner räusperte sich, dann beugte er sich vor.

»Mir ist mehrfach zu Ohren gekommen, das Gefecht bei Gadebusch sei eine militärisch sinnlose Aktion gewesen. Und Friedrich Ludwig Jahn habe aus Rache sämtliche gefangenen Franzosen am Grab meines Sohnes hinrichten wollen. Wie kann ich mit diesem Wissen leben? An meinem Tisch, in meinem Haus war immer Platz für jede Meinung! Doch nicht für eine solche … Barbarei.«

»Diese Exekution ist nicht geschehen!«, widersprach der General fest. »Und das andere wissen wir nicht.«

Zwar hatte er Ähnliches gehört. Doch keiner von ihnen war dabei gewesen. Dem trauernden Vater zu sagen, was er wirklich glaubte, nämlich dass sein Sohn den Tod gesucht hatte – das würde er um nichts in der Welt über sich bringen.

Der Justizrat stand auf und holte einen Stapel beschriebener Blätter vom Sekretär. Bevor er sich wieder setzte, rüttelte er sie zu einem ordentlichen Bündel zusammen. »Seine Gedichte aus der Zeit beim Korps. Ich werde sie drucken lassen.«

»Haben Sie sich schon einen Titel überlegt?«, erkundigte sich Thielmann.

»*Leyer und Schwert*«.

Körner zog das unterste Blatt hervor und reichte es dem Freund. »Dabei fand ich das hier … und bin fassungslos. Das kann ich unmöglich veröffentlichen.«

Das Gedicht hieß *Das Lied von der Rache*, und auch Thielmann lief es beim Lesen kalt über den Rücken.

»Das ist durch nichts zu entschuldigen! Nicht nach dem Geist der Aufklärung und dem klassischen deutschen Humanismus eines Gotthold Ephraim Lessing«, klagte Körner, das Gesicht in den aufgestützten Händen verborgen.

»Bei unserer letzten Begegnung sprach er von diesem Gedicht«, sagte sein Freund leise. »Voller Reue. Mit dem Säbelhieb in Kitzen sei ihm widerfahren, was er den Feinden wünschte. So sei der Fluch auf ihn zurückgekehrt. Das waren seine Worte.«

Thielmann schob das Blatt über den Tisch zurück.

»Er war ein leidenschaftlicher, überschwenglicher junger Mann von einundzwanzig Jahren, und ganz Deutschland jubelte ihm für seine patriotischen Verse zu. Er hat sich mitreißen lassen. Leider wurde ihm nicht die Gnade zuteil, zu altern und zu reifen und dabei zu solcher Weisheit zu gelangen wie ein Lessing oder Goethe.«

Müde rieb sich der General die Stirn. »Es wird Zeit, dass wir alldem ein Ende bereiten. Friede muss werden, und dieser Hass zwischen den Völkern muss aufhören. Ich stimme Ihnen zu, mein Freund: Halten Sie dieses Gedicht zurück. So wird dem Andenken Ihres Sohnes nicht geschadet.«

Drei Stunden später, nach einem bescheidenen Mahl, saßen die Frauen des Hauses Körner im Salon und ließen sich durch Sarah von Miltitz trösten.

Auch Wilhelmine von Thielmann war bei ihnen, ganz in ihrer eigenen Düsternis gefangen. Carlowitz' Gattin fehlte in der Runde; sie kümmerte sich auf Schloss Kuckuckstein um die Reparatur der Schäden, die die napoleonische Einquartierung im Herbst dort hinterlassen hatte. Zum Glück war die riesige Carlowitzsche Bibliothek von Verwüstung verschont geblieben – auf Befehl Napoleons, wie es hieß.

Sarah von Miltitz schaffte es, die Anwesenden ein wenig aus ihrer Lethargie zu reißen. Sie sprachen über die schönen Stunden, die sie auf dem Miltitzschen Gut in Siebeneichen verlebt hatten, und Sarah erzählte Anekdoten aus ihrer englischen Heimat.

Die Männer – Körner, Thielmann, nun auch Carlowitz und Miltitz – hatten sich erneut in die Bibliothek zurückgezogen und debattierten leidenschaftlich über die Zukunft Sachsens. »Endlich können wir unsere Träume von einem modernen Staatswesen verwirklichen!«, rief Dietrich von Miltitz enthusiastisch, dem vom Gouverneur die innere Verwaltung Sachsens übertragen worden war. »Das Geheime Kabinett ist aufgelöst, fast alle wichtigen Ämter sind mit Gleichgesinnten besetzt. Und Fürst Repnin ist sehr an der Wiederherstellung der Ordnung gelegen.«

»Fürst Repnin entscheidet nichts ohne die ausdrückliche Zustimmung des Freiherrn vom und zum Stein«, dämpfte Thielmann ihn aus eigenem Erleben in den letzten Wochen.

»Und Stein ist kein Freund Sachsens, sofern mich mein Gefühl nicht täuscht«, warf Carlowitz ein.

»Ihr Banner der Freiwilligen Sachsen wird bald besser ausgerüstet sein als die sächsische Armee«, versicherte ihm Thielmann bitter. »Ich komme kaum voran, weil alles per Briefwechsel zwischen Dresden und Frankfurt genehmigt werden muss. Was Wochen dauert. Wir haben kaum brauchbare Gewehre, so gut wie keine Munition. Ich versuche, wieder ein Kürassierregiment aus dem Boden zu stampfen, das mag mir noch unter Mühen gelingen. Aber wenn die Infanterie in einen Winterfeldzug muss – dann ohne Tuchhosen, Mäntel und Gewehre! Ich kann die Sache nur vorantreiben, indem ich mich direkt an Stein wende. Die sächsische Armee ist ab sofort dem Dritten Deutschen Armeekorps zugeteilt, das unter dem Kommando des Herzogs von Sachsen-Weimar steht.«

Nun platzte er heraus: »Mit ihm als König wäre Sachsen besser dran! Er ist aufgeklärt, gebildet, wird von Goethe beraten. Und er kämpft auf der richtigen Seite. Unter Karl August von Sachsen-Weimar bliebe Sachsen als Ganzes *und* dem Hause Wettin erhalten. Es bekäme endlich eine landesständische Verfassung.«

»Seien Sie vorsichtig, mein Freund, Sie wagen sich da auf sehr dünnes Eis!«, warnte der weise Carl Adolph von Carlowitz. »Mir kam zu Ohren, dass Ihnen genau wegen dieser Ansicht eine Auszeichnung verwehrt wurde, für die Fürst Repnin Sie vorgeschlagen hatte. Denn Stein verlangt, dass sich Militärs nicht in die Politik einmischen.«

»Sachsen *hat* einen König«, warnte noch eindringlicher der Justizrat Körner.

»Der, von dem Sie reden, ist ein Kriegsgefangener und kann

nichts bewirken«, brauste Thielmann auf. »Er führte Sachsen an den Abgrund!«

»Haben Sie selbst ihm nicht nach der Niederlage bei Jena nahegelegt, ein Bündnis mit Napoleon einzugehen? Waren Sie nicht jahrelang ein Bewunderer Napoleons?«, polemisierte Körner immer noch leise. »Unserer Freundschaft hat das keinen Abbruch getan; Sie wissen, an meinem Tisch wird jede Meinung zugelassen, sofern sie mit Gottes Geboten in Übereinstimmung zu bringen ist.«

»Das trifft zu. Doch ich kam in Russland aus triftigen Gründen zu einer anderen Meinung über Napoleon. Nach meiner Rückkehr habe ich mit Engelsgeduld auf den König eingeredet, zu den Alliierten zu wechseln. Er fand nicht den Mut. Und ich glaube nicht, Freund Miltitz, dass unser Traum von einem freien Sachsen wahr werden kann, wenn nicht ein grundlegender Wechsel stattfindet. Wir sind ein besiegtes Land und werden auch so behandelt. Haben Sie die verzweifelten Briefe gesehen, die von Oppel in den letzten vier Wochen aus Hellendorf erhielt? Wie russische Marodeure um Peterswalde plünderten und ganze Häuser niedersengten? Und so etwas geschieht nicht nur dort.«

Lange herrschte Schweigen in der Runde.

Dann sagte Carlowitz: »Dem König lag stets daran, Sachsen mit Mäßigung voranzubringen und nach Möglichkeit aus Kriegen herauszuhalten. Das Volk liebte ihn dafür. Jetzt ist er ein alter Mann, der verzweifelt das Beste für sein Land tun wollte und keinen Ausweg fand.«

»Es gab einen Ausweg! Ich eröffnete ihm eine Alternative, als ich im Frühjahr wochenlang mit den Alliierten über einen Beitritt Sachsens verhandelte – mit seinem Wissen, in seinem Auftrag!«, rief Thielmann zornig.

Von Carlowitz musterte den Freund durchdringend.

»Sie haben von Torgau gehört. Deshalb sind Sie so verbittert.«

Thielmann nickte bloß. Die sächsische Stadt und Hauptfestung war vor zwei Tagen durch das Belagerungskorps unter General Tauentzien massiv und von allen Seiten beschossen worden. Er hatte es gerade erfahren.

»Niemand weiß, wie viele Häuser zerstört wurden und wie viele Menschen starben. Ich hätte es verhindern können! *Ich* hätte schon vor fünf Wochen eine Einigung mit Narbonne erzielt! Er ersuchte um meine Vermittlung, doch Tauentzien lehnte ab. Nun ist Narbonne tot, ein Mann von edelster Gesinnung, und tausende Soldaten und Zivilisten dazu.«

Verzweifelt fuhr er sich durchs Haar. »Wer weiß, ob sich überhaupt noch eine lebende Seele in der verseuchten Stadt findet, wenn die Preußen sie einnehmen.«

Wieder herrschte Schweigen in der Runde.

Bis Thielmann sagte: »Sämtliche thüringischen Länder erklärten am 19. Oktober ihren Übertritt zu den Alliierten. Am Tag der Völkerschlacht. Keinen Tag eher, keinen Tag später. Damit stehen sie auf der Siegerseite. Sachsen hätte das auch können. Doch der König lehnte es selbst nach Napoleons Flucht ab, seine Truppen aus dem Gefecht zu ziehen. So ist Sachsen Kriegsbeute und sein Schicksal völlig ungewiss. *Das* kann ich ihm nicht verzeihen.«

Ein Gespräch über das Töten

Frankfurt, 12. Dezember 1813

Der Regimentsarzt hatte Henriette, nun verehelichte Frau Premierleutnant Trepte, aufgrund ihrer Empfehlungsschreiben die Fürsorge über zwei Dutzend Operierte übertragen. Zumeist junge Männer mit Durchschüssen, Streifschüssen, Bajonettstichen, außerdem zwei Beinamputierte. In einem der vielen Frankfurter Lazarette wechselte sie nun blutdurchtränkte Verbände, kühlte fiebernde Haut, ließ sich Briefe an die Familien diktieren und tröstete, während Maximilian seinen Zug auf dem Exerzierplatz ausbildete.

Auch ihre hiesigen Patienten wollten aus der *Preußischen Feldzeitung* vorgelesen bekommen, die in diesen Tagen in Frankfurt noch begehrter war als das örtliche *Intelligenzblatt*. Als die Zeitung am 2. Dezember berichtete, der Senat habe Napoleon dreihunderttausend Konskribierte bewilligt, ging ein Aufschrei durch die Stadt.

»Er kommt zurück! Er kommt zurück! Rettet euch!«, schrillte eine Frau, die mit angstgeweiteten Augen und flatterndem Haar durch die Straßen rannte. Menschen weinten vor Furcht.

»Er denkt, er kann das Wunder dieses Frühjahrs wiederholen«, brummte ein schnauzbärtiger Grenadier, während Henriette ihm den verkrusteten Verband vom Kopf löste.

»Kann er das wirklich?«, fragte sie beklommen.

»Wir werden ihm in die Suppe spucken!«, versicherte der Grenadier grinsend. Und die zwei Dutzend Mann in ihren Krankenbetten beeilten sich, ihm zuzustimmen.

»Machen Sie sich keine Sorgen, Frau Premierleutnant! Vertrauen Sie auf Gott und Marschall Blücher!«, versuchte ein gutmütiger Korporal mit Brandwunden, sie zu beruhigen.

Die *Feldzeitung* erschien täglich in Frankfurt, solange sich das Hauptquartier der Alliierten dort befand, und wurde von da aus in viele Städte und zu den Truppen geliefert.

Sie brachte jede Menge ermutigende Nachrichten: dass die Festung Stettin kapituliert habe, auch Dresden nun frei sei, sich die Lage in Berlins Lazaretten bessere, im ganzen Land Spenden zugunsten der Blessierten gesammelt würden. Wie das Korps Bülow in Holland vordrang, unter dem Jubel der Holländer Arnheim einnahm, dass in Rotterdam, Delft, Leiden, Haarlem und anderen Städten provisorische Regierungen gebildet wurden und die Menschen riefen: »Es lebe Holland und Oranien!«

Doch schaudernd las Henriette von den vielen Seuchentoten in Torgau und vom Beschuss Erfurts. Sie hoffte und betete, dass ihr Cousin Konstantin dem Inferno entkommen war – ganz gleich, was er Schlechtes über sie gesagt haben mochte.

Am meisten bedrückten sie die langen Listen: »In der Schlacht bei Möckern Gebliebene und Blessierte«.

Fast täglich wurde die Aufzählung der Namen fortgesetzt.

Sie wusste, dass Felix dort gewesen war, der ihr unlängst Glückwünsche zur Vermählung geschickt hatte.

Gab es den Felix überhaupt noch, den sie kannte?

Als er auf dem Weg nach Leipzig die verängstigen Bewohner von Liebertwolkwitz sicher durch den Kugelhagel führte, agierte er zu ihrem Erstaunen wie ein erfahrener Soldat.

In Möckern musste er Tausende um sich sterben sehen, hatte vielleicht selbst getötet. Wie mochte der einst sanfte, grüblerische Student aus dieser Hölle hervorgegangen sein?

Und je länger sie darüber nachdachte, umso mehr regte sie das Wort *Geblieben* über den Totenlisten auf.

Geblieben – das klang, als seien all diese Männer noch dort, weil es so schön war, als würden sie bald nachkommen!

Im militärischen Sprachgebrauch war es die Kurzform für: »Im Feld geblieben«. Doch präzise bedeutete es: tot auf dem Schlachtfeld liegen geblieben.

Erschossen. Von Kanonenkugeln in Stücke gerissen. Von Säbelhieben zerstückelt. Von Kartätschen zerfetzt. Von Bajonetten durchbohrt. Mit zerschlitztem Unterleib qualvoll verendet. Vergeblich um Hilfe schreiend verblutet. Zermalmt. Lebendigen Leibes verbrannt.

Das simple *Geblieben* klang natürlich viel harmloser für den, der noch nie auf einem Schlachtfeld oder in einem Lazarett gewesen war.

Sie vermochte es nicht zu Ende zu denken, ohne dass ihr Tränen der Wut und der Angst in die Augen stiegen. Denn nichts konnte verhindern, dass vielleicht eines schrecklichen Tages auch Maximilians Name auf solch einer Liste stand, falls kein Frieden geschlossen wurde.

Am 9. Dezember veröffentlichte die *Preußische Feldzeitung* auf der Titelseite eine Proklamation der alliierten Herrscher: Die französische Regierung habe erneut die Aushebung von dreihunderttausend Konskribierten beschlossen. Doch die verbündeten Monarchen würden *nicht gegen Frankreich* Krieg führen, das sie sich frei und glücklich wünschen, sondern gegen die unheilvolle Übermacht, die Kaiser Napoleon über Europa gebracht habe. Damit auch die Völker der Verbündeten frei und glücklich leben könnten.

Von diesem Moment an wusste Henriette mit Bestimmtheit, dass Maximilian bald fortmusste. Dass die Alliierten in Frankreich einmarschieren würden. Und dass es bis zur Entscheidungsschlacht noch ein Dutzend Schlachten geben konnte, eine blutiger als die andere.

Sie verlor kein Wort über die Proklamation, als Maximilian an diesem Abend in ihre Unterkunft kam, obwohl sie sich sonst jeden Tag über die Zeitung unterhielten und das Blatt auf dem Tisch lag. Es wäre aufgefallen, hätte sie es beiseitegeräumt. Sie sagte überhaupt nichts.

Er warf nur einen Blick auf ihr Gesicht und wusste, dass sie die richtigen Schlussfolgerungen gezogen hatte.

Ich darf nicht weinen!, ermahnte sie sich.

Er zog sie in die Arme, hauchte ihr einen Kuss auf die Schläfe und sagte: »Lass uns zu Bett gehen, Liebste. Es ist lausig kalt im Zimmer, die Wirtin kann kein Holz mehr auftreiben.«

Eine durchsichtige Ausrede, denn er fror längst nicht so schnell wie sie. Aber ein guter Vorwand, um alles kummervolle Reden zu vermeiden.

Das Abschiednehmen hatte begonnen.

Drei Tage darauf kam Maximilian abends eine Stunde später als sonst in ihr Quartier. Henriette hatte den Topf voll Suppe auf den Ofen gestellt und mit einem Handtuch umwickelt, damit das Essen warm blieb.

Er legte Tschako, Degen und Handschuhe ab und sah ihr in die Augen. »Wir haben Marschbefehl. Morgen früh rückt mein Regiment ab. Wir gehen über den Rhein, auf Paris.«

Morgen früh.

Sie hatte es gewusst, den ganzen Tag schon genau auf diese Worte gewartet. Die Anzeichen waren eindeutig.

Gestern hatten bereits die russischen Gardeuregimenter Frankfurt verlassen. Und vor drei Tagen hatte es Beförderungen und Auszeichnungen gegeben. Der Major von Müffling war zum Oberstleutnant ernannt worden.

Jette war vorbereitet und beherrschte ihre Gesichtszüge, so viel Mühe es sie auch kostete. Keine Tränen!

»Ich habe Brot besorgt. Papier und Bleistifte, damit du schreiben kannst. Siegelwachs. Ein zusätzliches Paar Socken. Und Leinenstreifen, nur für alle Fälle.«

Seit Tagen hatte sie überlegt, was ihm nützlich sein könnte, und dafür alles Geld ausgegeben. Sie schob ihm den Stapel über den Tisch entgegen. Dann stellte sie ein kleines Töpfchen dazu.

»Es ist Winter, ihr werdet nicht immer Quartier haben. Das hilft, wenn du dich erkältest und dir Hals und Lunge weh tun.« Skeptisch zog er den Korken aus dem Gefäß und wich vor dem kräftigen Aroma von Kampfer und Thymian zurück.

»Meine Männer werden sich sehr wundern, wenn sie Befehle von jemandem erhalten, der nach Großmütterchens Hustensalbe statt nach Schießpulver riecht.«

»Bist du heiser, kannst du gar keine Befehle geben«, antwortete sie unwirsch und stellte mit lautem Geräusch ein Fläschchen daneben. »Eine Tinktur gegen Fieber. Nimm jede Stunde einen Schluck davon, falls nötig.«

Er lächelte ein wenig. »Wir kurieren so was mit Branntwein.«
Auf ihren finsteren Blick hin lenkte er ein: »Aber den werden
wir nicht immer haben. Zu Befehl, Frau Oberfeldscher!«
Maximilian salutierte ironisch, nahm den Packen entgegen
und legte alles sorgfältig auf die schmale Truhe.

Dann drehte er sich wieder zu ihr um, völlig ernst.

»Du reist übermorgen nach Berlin. Meine Eltern erwarten
dich. Sei unbesorgt, ich habe ihnen geschrieben und sie gebeten, dich herzlich aufzunehmen. Deine Abreise ist organisiert, deshalb kam ich heute später. Für morgen bleibt dir
Zeit, zu packen und dich im Lazarett abzumelden.«

Und zu weinen, fügte er in Gedanken hinzu.

Er bewunderte Henriette sehr dafür, dass sie es jetzt nicht tat,
obwohl es ihr sehr schwerfallen musste.

»Lass uns essen, Liebste.«

Er setzte sich an den Tisch. »Ich bin hungrig wie ein Wolf.
Und so gut wie hier werden wir wohl in nächster Zeit nicht
mehr verpflegt.«

Es gab Eintopf mit Rindfleisch, dazu hatte Jette noch Brot
und zwei Äpfel erstanden. Sie umfasste die Griffe des Topfes
mit dem Tuch, hievte ihn vom Ofen auf den Tisch, verteilte
Teller und Suppe. Schweigend aßen sie.

Als Henriette den Teller von sich schob, weil sie nicht mehr
als drei Löffel voll hinunterbekam und ihm den Rest überlassen wollte, legte ihr Mann seine Linke über ihre rechte Hand
und ließ sie nicht mehr los.

Keiner von beiden sagte ein Wort, doch jeder betrachtete den
anderen stumm, um sich noch die kleinste Einzelheit einzuprägen. Sie würden einander lange Zeit nicht sehen. Vielleicht
nie wieder.

Aber so etwas zu denken brachte Unheil. Deshalb stieß jeder
diesen Gedanken von sich, sooft er sich auch aufdrängte.

Nach dem Essen packte Maximilian seinen Tornister mit lange geübten Handgriffen. Sie reichte ihm, was er brauchte.

Er gab ihr ein in Wachstuch eingeschlagenes Päckchen. »Deine Briefe. Heb sie in Berlin für mich auf, bis ich wiederkomme. Dann ist Platz im Tschako für die Briefe, die du mir von nun an schreibst. Aber deine Locke nehme ich mit, als Glücksbringer.«

Lächelnd zeigte er ihr die mit einem hellgrünen Band umwundene Haarsträhne. Dann wusch er sich, rasierte sich; dafür hatte sie warmes Wasser auf dem Ofen bereitstehen.

Sie half ihm bei allem, was zu tun war. Und weiter fiel kein Wort zwischen ihnen. Es war alles gesagt. Jeder von ihnen wusste, was der andere gerade dachte.

Henriette hatte seinen blauen Uniformrock ordentlich aufgehängt, die Schärpe glatt zusammengerollt, die graue Tuchhose über die Stuhllehne gelegt.

Nun stand er vor ihr, nur im Hemd, und zog ihr die Nadeln aus der Frisur. Schwelgerisch strich er mit seinen Fingern durch ihr Haar und sagte mit belegter Stimme: »Ich möchte dich heute sehen.«

Maximilian blies alle Kerzen aus bis auf eine. Danach wandte er sich erneut ihr zu und entkleidete sie langsam. Diesmal zog er ihr auch das Unterhemd aus.

Alle Scham fiel von ihr ab. Für solch ein Gefühl hatte sie jetzt keinen Platz in ihrem übervollen Herzen.

Er legte sie aufs Bett, nahm die einzige noch brennende Kerze und betrachtete ihren Körper.

Licht in der Dunkelheit! Nur diese Worte konnte er noch denken, während er das Bild für immer in sich aufnahm.

Als sich Gänsehaut auf ihren Armen bildete, steckte er die Kerze wieder auf den Messinghalter, zerrte sich das weiße Hemd über den Kopf und ließ es auf den Holzboden fallen.

Er stieg zu ihr ins Bett, zog die wärmende Decke über sie, und dann begann er sie zu lieben – andächtig und langsam wie noch nie. Als könnte er so das Verrinnen der Zeit verlangsamen.

Als er in sie eindrang, sah er ihr ins Gesicht, und auch sie schloss die Augen nicht. Sie hielt ihn mit beiden Armen fest umschlungen, dann flüsterte sie etwas in sein Ohr, und länger konnte er seine Leidenschaft nicht zurückhalten.

Sie liebten sich heftig, innig, laut; blieben eins nach den Schreien der Erleichterung und der Ekstase.

Während draußen Sturmböen ums Haus fegten und an den Fensterläden rüttelten, liebten sie sich ein zweites Mal.

Danach setzte sich Maximilian auf und lehnte sich gegen das Kopfteil des Bettes. Er bedeutete Henriette, Gleiches zu tun, und zog die Decke hoch, so dass sie beide bis zum Hals zugedeckt waren.

»Solltest du nicht lieber schlafen? Du hast morgen sicher einen anstrengenden Marschtag vor dir.«

Schwer kamen ihr diese Worte über die Lippen.

»Nur einen Marsch, keine Schlacht«, erwiderte er. »Ich bin schon so viele Tage und Nächte marschiert, ohne geschlafen zu haben. Meine letzten Stunden hier mit dir will ich genießen. Jeden einzelnen Augenblick. Sonst würde ich es bereuen.«

Er lächelte und strich ihr sanft übers Haar

»Ich weiß, dass du dir Sorgen machst. Das sollst du nicht. Es hilft nichts, sich zu sorgen. Ich verspreche zu tun, was ich kann, damit ich wiederkomme. Ich schreibe. Und bei meinen Eltern bist du gut aufgehoben.«

»Deine Eltern kennen mich überhaupt nicht!«

»Ich weiß, ihr Brief an dich klang etwas … distanziert. Hilf ihnen, über den Tod meiner Brüder hinwegzukommen, soweit das möglich ist. Wenn das jemand kann, dann du.«

Er griff nach ihren Händen, um sie zu betrachten.

»Du bist so zart, so sanft … aber wenn es sein muss, unbeugsam. Wenn du die schlimmsten Wunden versorgst, sogar Sterbenden beistehst. Jedes andere Mädchen in deinem Alter würde wegrennen oder in Ohnmacht fallen.«

»Nicht jedes«, widersprach sie. »Aber die meisten vermutlich.« Er hörte das kurze Lächeln eher aus ihren Worten heraus, als er es sah.

»Man kann nicht im Lazarett arbeiten, ohne sanft und trotzdem unerbittlich zu sein«, sagte sie und starrte auf das flackernde Licht der schon weit heruntergebrannten Kerze. Nach einer Weile gestand sie: »Manchmal fühle ich mich, als würde ich dich schon mein ganzes Leben lang kennen. Als seien wir so vertraut, dass wir sogar die Gedanken des anderen lesen können.«

»Sind wir das denn nicht?«

»Eine Frage habe ich dir noch nie zu stellen gewagt.«

»Dann frag!«, sagte er ohne Zögern und ohne zu wissen, welche von vielen Fragen ihr am meisten zu schaffen machte.

Er hatte so eine Ahnung. Aber er würde dem heiklen Thema nicht aus dem Weg gehen. Sie brauchte die Antwort, um zu verstehen. Auch, um sich selbst zu verstehen.

Jette holte tief Luft, zögerte. Und dann sprach sie es aus.

»Wie erträgst du es zu töten? Jemanden, den du nicht kennst und der dir nichts getan hat? Warum hast du ausgerechnet *das* als Beruf gewählt? Du bist klug, zärtlich, so voller Leben ...«

»Du meinst, es passt nicht zu mir, Soldat zu sein? Hätte ich vielleicht besser Lehrer werden sollen, um Kindern Lesen und Schreiben beizubringen?«

Er zerrte das Kissen unter dem Kreuz hervor und legte es sich in den Nacken, bevor er weiterredete. Dies würde ein längeres Gespräch werden.

Jette tat es ihm nach, ohne zu antworten.

»Zunächst müssen wir über den Toten reden, der *dir* immer noch auf der Seele lastet«, begann er, und sie fuhr zusammen.

»Ein Leben zu nehmen ist etwas Furchtbares und Unwiderrufliches. Das musstest du selbst erfahren. Aber so schwer es fällt, Liebste: Ruf dir den Moment in Erinnerung. Er trug Waffen, er hatte die Hand an deiner Kehle und drückte zu. Richtig?«

Sie schauderte und nickte.

»Du wärst tot, hättest du dich nicht gewehrt. Und dein kleiner Bruder auch. Du bist in die Kirche gegangen und hast um Vergebung gebetet. Du hast gesühnt, bis du fast daran zerbrochen bist. Gott vergibt den Barmherzigen. Mit dem Rest musst du leben bis zu deinem letzten Atemzug. Aber lass nicht zu, dass dieser Kerl noch aus dem Grab nach dir greift. Zumal wir nicht einmal sicher wissen, ob er tot ist. Vielleicht ist er aufgestanden und gegangen, kurz nachdem du Hals über Kopf geflohen bist. Es wurde kein Toter im Haus gefunden, schrieb dein Oheim.«

Das Kerzenlicht flackerte in einem Windzug, der durch die Fensterritzen drang.

»Nun zu mir«, fuhr er unerbittlich fort. »Es gibt Männer, die eindeutig nicht mehr aufstehen und weggehen konnten, und damit muss *ich* leben. Ich weiß nicht einmal, wie viele es sind. Denn wenn ich Feuerbefehl gab … Man kann nie genau sagen, wie viele eine Salve erwischt. Anders im Nahkampf. Da sehe ich jeden noch vor mir, und manchmal frage ich mich, ob sie Kinder hatten, Frauen, Mütter, die auf sie warten. Doch es waren ausnahmslos bewaffnete Männer, keine Wehrlosen wie du. Sie hätten ebenso *mich* töten können.«

Er stand auf, entzündete eine frische Kerze an der fast heruntergebrannten und setzte sie darauf. Dann kam er zurück ins Bett und verschränkte die Hände im Nacken.

»Noch vor zehn Jahren hätte ich weder Offizier werden können, weil ich nicht von adligem Stand bin, noch es werden wollen«, fuhr er mit seinem Monolog fort. »Dann kam die Katastrophe von Jena und Auerstedt mit all ihren bitteren Folgen, mein Land am Rande der Vernichtung … Als die

preußische Armee reformiert wurde, rief General von Scharnhorst nach dem Soldaten, der bewusst diese Pflicht für sein
Vaterland übernimmt. Das wollte ich tun. Napoleon war in
Berlin und Wien einmarschiert, er hatte halb Europa unter
seinem Stiefel. Wer sollte ihm Einhalt gebieten? Es braucht
ausgebildete Kämpfer, um einer so starken und gut ausgerüs-
teten Armee wie der Grande Armée entgegenzutreten. Wir
Soldaten tun das für alle, die es nicht können. Um euch zu
schützen.«
Maximilian schwieg. Eine Glocke schlug in der Nähe.
»Denk nicht, Liebste, mich lässt das Blutvergießen kalt. Das
Töten. Niemanden, der noch eine Seele hat, kann das kaltlassen. Die Toten werden einen ewig heimsuchen. Und denke
nicht, ich wäre ohne Furcht. Nur ein Dummkopf fürchtet
sich nicht. Aber am meisten fürchte ich um die Männer, die
unter meinem Kommando stehen. Ich will sie wieder nach
Hause bringen. Und oft kann ich *nichts* tun, um sie zu retten ...«
Jette hörte die Not aus seinen Worten und schob eine Hand
auf seine Brust, um seinen Herzschlag zu spüren.
»Ich schaffte es, alle aus den russischen Sümpfen herauszuführen. Doch wenn wir in Reserve stehen und unter Beschuss
geraten, werden viele weggemäht, ohne sich nur einen Schritt
gerührt zu haben. Als wir bei Bautzen auf den Kreckwitzer
Höhen standen, vor uns die Alte Garde mit ihrer Artillerie,
da dachten wir, sie zermalmen den Hügel zu Staub ... Von
drei Seiten rückten die Feinde an, und hätte Blücher nicht in
letzter Minute den Rückzug befohlen, wäre das im Mai das
Ende für die russischen und preußischen Alliierten gewesen.
Ich überlebte, Hansik und Werslow auch, doch mein halber
Zug nicht. Ich weiß noch jeden Namen und jedes Gesicht.
Und jenseits des Hügels verblutete unsere Marketenderin, die
Frau des Korporals Beier. Ich hatte sie fortgeschickt, weil ich
glaubte, sie sei dort sicher ...«

Er stockte und legte seine Hand über ihre.

»Diese Toten lasten mir auf den Schultern. Deshalb habe ich in den letzten Tagen meine Männer bis zum Umfallen exerzieren lassen. Damit sie jeden Handgriff beherrschen, damit ihnen keine Zeit für Furcht bleibt, wenn es darauf ankommt. Es sind so viele Neue unter ihnen, noch halbe Kinder. Ich bin für sie verantwortlich. Doch ich werde nicht alle heimbringen können. Das macht mir Angst, riesige Angst. Es raubt mir den Schlaf. Gott helfe mir, dass ich so viele wie möglich heimbringe!«

Eine Weile starrte er auf die Deckenbalken, bis er sich räusperte und wieder Henriette zuwandte.

»Es hat immer Krieg gegeben. Und ich weiß nicht, ob es in ferner Zukunft einmal eine Zeit ohne Krieg geben kann. Dann würde ich vielleicht Lehrer sein. Oder Ingenieur. Ich würde nützliche Maschinen erfinden, statt Menschen zu töten. Doch solange Napoleon eine Armee um sich schart, um erneut in dieses Land einzufallen, muss ich das tun. Damit es niemand tun muss, der das nicht kann.«

Draußen schlug ein Hund an, ein Vogel kreischte.

»Das war eine sehr lange Rede. Doch du hast gefragt, und auf diese Frage darf es keine leichtfertige Antwort geben.«

Er zog sie mit seinen starken Armen an sich.

»Der Krieg verhärtet die Seelen«, sagte er leise. »Gebete helfen. Doch heilen können uns nur die Frauen. Ihre Wärme, ihre Zärtlichkeit, ihr Schoß. Wem Gott das größte Geschenk machen will, dem gibt er eine Frau wie dich zur Seite … Der ich all diese Dinge beichten kann. Auch wenn du kein einziges Wort gesagt hast, Liebste. Jetzt sag bitte etwas, rede mit mir! Und dann schenk mir eine Erinnerung, die mich das alles ertragen lässt, was jetzt vor mir liegen mag.«

»Ich verstehe es nun. Du übernimmst diese Pflicht für andere, für uns alle. Weil du nicht anders kannst.«

»So wie du zu den Verwundeten gehst. Sie brauchen dich.«

Nun flüsterte sie: »Komm wieder! Und bring sie heim!«
Noch einmal liebten sie sich, hielten sich umklammert, als wollten sie einander nie wieder loslassen.
»Schlaf jetzt, Liebste« murmelte er, und ihre Lider fielen zu.

Zwei Stunden später versuchte Maximilian, sich vorsichtig von Henriette zu lösen. Zeit für den Aufbruch. Doch sie wurde sofort wach, stand auf, schlug sich ein wollenes Tuch um die Schultern und reichte ihm die Sachen zum Ankleiden. »Gott segne und schütze dich!«, raunte sie heiser zum Abschied. Er hatte darauf bestanden, dass sie ihn nicht zum Stellplatz des Regimentes begleitete.
Noch einmal sog er ihren Anblick in sich auf und lächelte.
»Und Gott behüte dich! Meine Liebste, meine Gefährtin, meine Frau. Ich komme wieder. Um mit dir zu leben.«
Er küsste sie ein letztes Mal und ging.
Als sie die Tür hinter ihm schloss, war ihr zumute, als würde ihr das Geräusch mitten durchs Herz schneiden.
Sie lief zum Fenster und sah ihm nach, bis er in eine Quergasse einbog und ihren Blicken entschwand. Max hatte sich nicht umgedreht. Darüber war sie bedrückt und erleichtert zugleich. Nun hatte sie einen ganzen Tag Zeit, um zu weinen.

Aufruhr

Erfurt, Haus des Buchhändlers Keyser in der Marktstraße, 13. Dezember 1813

Bedenklich schwungvoll knallte Magdalena Keyser die Kaffeekanne auf den zum Frühstück gedeckten Tisch, so dass die Tassen klirrten.

»Genießt euern Kaffee heute Morgen, es ist der letzte!«, sagte sie wütend. »Schon seit Tagen bekam man bei jedem Krämer oder Viktualienhändler nur noch zwei oder drei Lot pro Person, und das zu unerschwinglichen Preisen. Aber seit gestern gibt es gar keinen mehr. Ich bin extra selbst in alle Läden gegangen, weil ich dachte, mir stecken sie noch eher etwas zu als dem Dienstmädchen.«

»Sei vorsichtig, Kind, es ist das gute Porzellan!«, mahnte ihr Vater mit rasselndem Atem. Das Henneberger aus Ilmenau kam sonst nur sonntags auf den Tisch.

»Ich dachte, wir nehmen es heute zur Würdigung der letzten Unze Kaffee«, meinte Magdalena schnippisch. »Ab morgen gibt es Kaffeeersatz, den können wir aus der Blechkanne trinken.«

Kein Wunder, dass sie keinen Mann kriegt, dachte Konstantin zum hundertsten Mal beim Anblick der Sechsundzwanzigjährigen. Ein Mädchen sollte sanft und schüchtern sein – so wie Marie. Aber Magdalena? Rote Haare und dann noch ein Mundwerk, dass es schon einen Feldwebel braucht, um mit ihr fertig zu werden! Doch einen Franzosen wird sie nicht nehmen, und auf einen Preußen muss sie lange warten, wenn kein Wunder geschieht.

Es liefen immer noch Verhandlungen zwischen Kleist und d'Alton. Vor zwei Tagen hatte der Gouverneur zwar bekanntmachen lassen, er sei bereit, den Preußen die Stadt mit Ausnahme der beiden Zitadellen zu übergeben, doch dafür verlange er von den Erfurtern zweihundertvierzigtausend Franc für die Militärhospitäler.

Die eiligst zusammengerufene Bürgerkommission sah sich außerstande, diese Summe aufzubringen. Stattdessen bot sie an, selbst für die Betreuung der Hospitäler zu sorgen. Das lehnte der Gouverneur unter lautstarken Drohungen ab.

In den letzten Wochen hatten die Franzosen mehrere Ausfälle gewagt, um Proviant zu besorgen, waren aber jedes Mal von der preußischen Kavallerie sofort zurück hinter die Wälle getrieben worden. So holte sich der Gouverneur weiter von den Erfurtern, was seine Garnison benötigte. Das gewalttätige Vorgehen der Requisitionstrupps verbreitete Wut und Verzweiflung in der Einwohnerschaft. Zumal immer noch viele Menschen ohne Obdach waren.

Seufzend ließ sich Magdalena auf ihren Platz sinken.

»Das Pfund Fleisch kostet mittlerweile sechs Groschen. Es gibt keine Seife mehr und kaum noch Salz. Also geht sparsam damit um!«, ermahnte sie ihren Bruder und seinen Helfer aus Freiberg. »Ich weiß wirklich nicht mehr, was ich uns Weihnachten auf den Tisch bringen soll.«

»Sag endlich ja zu deinem glühenden Verehrer, und es wird dir an nichts mangeln«, spöttelte ihr Bruder Friedrich, während er sich dünn Butter auf eine Scheibe Brot strich.

Magdalena erstarrte vor Wut.

»Heirate doch selbst!«, zischte sie ihn mit halb zusammengekniffenen Augen an. »Die hässlichste alte Schachtel, die du im Gouverneurspalast findest.«

Missbilligend blickte der Haushaltsvorstand auf seine streitenden Kinder und räusperte sich.

Sofort wurde Magdalenas Stimme sanft. »Kreidebleich siehst du aus, Vater, und dein Atem rasselt. Du solltest dich ins Bett legen. *Ich* gehe an deiner Stelle zum Wohltätigkeitsverein. Die Herren werden mit mir vorliebnehmen müssen.«

»Wenn ihnen ihr Leben lieb ist, tun sie das auch«, bekräftigte Friedrich keck. »Magda hat recht, Vater. Ruh dich aus! Konstantin und ich schaffen die Arbeit schon.«

Georg Adam Keyser krächzte ein paar matte Einwände, ließ sich aber von seiner Tochter ins Bett bringen. Sie würde ja doch keine Ruhe geben. Die nächtliche Verhaftung seines Sohnes und die Feuersbrunst hatten seine Gesundheit schwerer angegriffen, als er vor der Familie zugeben wollte. Sein Kopf hörte kaum noch auf zu schmerzen, er fühlte sich matt und schwindlig, und häufig spürte er ein beunruhigendes Stechen in der Brust.

Magdalena schob ihrem Vater ein Kissen ins Kreuz, so dass er im Bett saß und besser Luft bekam, und verabreichte ihm drei der Herzpastillen, die der Apotheker Bauer für ihn angefertigt hatte. Eine Kostbarkeit inzwischen, denn auch Medikamente waren in der Stadt kaum noch erhältlich.

»Die Köchin bereitet dir eine kräftigende Brühe zu«, versprach sie und legte ihm Euripides' Dramen und Marc Aurels *Selbstbetrachtungen* auf den Nachttisch. »Wünschst du sonst noch etwas? Soll ich nicht doch lieber einen Arzt holen?«

Müde griff der Zweiundsiebzigjährige nach ihrer Hand und streichelte sie.

»Keinen Arzt, Kind. Ich bin nur … ein wenig erschöpft.«

Zweifelnd musterte sie ihn und verbarg ihre Sorge hinter einer forschen Miene.

Was sollte aus ihnen werden ohne den Vater?

Ihr Bruder war zu hitzköpfig, um das Geschäft und die Familie in solch schlimmen Zeiten über Wasser zu halten. Und sie sah in dieser Stadt keinen Mann, den zu heiraten sie bereit gewesen wäre.

Würde sie Madame Lindenthal aus Leipzig kennen, gäbe sie ihr recht, dass einem Menschen nur einmal im Leben eine große Liebe vergönnt sei. Die ihre hatte sie in den Schrecknissen des Jahres 1806 verloren.

»Versuche, ein wenig zu schlafen. Wenn ich zurückkomme, schaue ich nach dir.«

Falls es ihm nicht besserging, würde sie Dr. Sixt um einen Besuch bitten, ob es ihrem Vater passte oder nicht. Sie gab dem Kranken einen Kuss auf die Stirn, dann lief sie die Treppe hinunter, zog sich den Mantel über, der noch ein paar winzige Löcher von der Feuersbrunst aufwies, setzte den Hut auf das rötliche Haar und ging hinaus.

Magdalena Keyser hatte vor, nacheinander mehrere Herren des neu gegründeten Wohltätigkeitsvereins aufzusuchen, der Geld und Kleidung für die in Not geratenen Familien sammelte. Doch dazu kam sie gar nicht. Sie war kaum aus der Tür hinaus, als sie schon sah, dass es in der Stadt wimmelte wie in einem Bienenstock – trotz der frühen Stunde und obwohl Ansammlungen strikt verboten waren.

Vor vielen Häusern hatten sich Menschentrauben gebildet. Rasch blickte sie sich um, ob sie einen Polizeispitzel oder einen Uniformierten entdeckte. Die Familie eines Buchdruckers stand in solchen Zeiten immer unter Generalverdacht. Einmal war ihr Bruder schon auf die Festung verschleppt worden, und die Zeitung, die er herausgab, war nach wie vor verboten.

Doch der Gouverneur hatte seine gesamte Mannschaft auf die Zitadelle beordert. So ging sie äußerlich ganz ruhig die paar Schritte zum Markt, auf die erstbeste Gruppe Menschen zu, die vor einem der Häuser lebhaft gestikulierten und debattierten. Gegenstand ihres Interesses war ein an die Wand geklebtes Blatt Papier, und es schienen noch weitere an anderen Gebäuden zu hängen.

Schon wieder eine Proklamation des Gouverneurs?, dachte sie stirnrunzelnd. Was will er denn noch alles verbieten?

Wir dürfen uns nicht mehr als sechzig Schritt den Wällen nähern, müssen jedem Posten eine Parole zurufen, um nicht niedergeschossen zu werden … Da die Leute so in Aufruhr sind, geht es wohl um die ungeheuerlichen zweihundertvierzigtausend Franc, die wir zahlen sollen.

An den Gesprächsfetzen erkannte Magdalena allerdings sofort, dass der Aushang keine offizielle Verlautbarung war.

»*Räuber* ist das rechte Wort!«, rief ein gut gekleideter Herr aufgebracht, »Ja, greift zu den Waffen!« ein anderer, dem Aussehen nach Student.

Ihr Herz stockte vor Freude und Furcht. Sosehr sie einen

Aufruf zum Widerstand gegen die Besatzer begrüßte – falls diese über Nacht aufgetauchten Zettel einer waren, würde man sofort ihre Familie beschuldigen, sie gedruckt zu haben. Gott, steh uns bei, wir sind alle des Todes!

Würde ihr Bruder derart unvorsichtig sein, so etwas heimlich zu drucken? Oder Konstantin? Ja, sie traute es beiden sofort zu.

Doch als sie nah genug heran war, erkannte sie zu ihrer großen Erleichterung, dass der Aufruf per Hand geschrieben war. Sie drängelte sich durch die Menge, um ihn zu lesen.

Bürger! Thüringer! Wo habt ihr euern Heldenmut, eure Vaterlandsliebe gelassen, dass ihr stillschweigend das Verderben eurer Stadt, eurer Felder, eures Eigentums von einer Handvoll Räuber geschehen lasst? Erwacht aus eurer Betäubung, greift zu den Waffen!

Rasch überflog sie das Pamphlet des unbekannten Verfassers. Sie war die Tochter eines Buchhändlers und inmitten von Büchern aufgewachsen, deshalb hatte sie sich auch den übrigen Text schon nach einmaligem Lesen eingeprägt.

Vorsichtig trat sie zurück, um eiligst nach Hause zu gehen und zu berichten, bevor noch jemand sie erkannte. Da vernahm sie hinter sich eine verhasste Stimme und zuckte zusammen.

»Demoiselle Keyser! Ich bin entsetzt, Sie hier zu sehen. Sie werden sich doch nicht an einem Aufruhr beteiligen?«

Hastig trat sie aus der Menge heraus, doch der Mann hatte sie schon am Arm ergriffen – scheinbar fürsorglich, aber unerbittlich. Ein dürrer Kerl von etwa fünfzig Jahren, der mit der Linken den Hut von seinem schütteren Haar zog, um sie zu begrüßen, während er sie mit der Rechten weiter festhielt.

»Sehr erfreut, Sie zu sehen, Monsieur Kahlert!«, begrüßte sie ihn knicksend und rang sich ein Lächeln ab.

Der Polizeioberinspektor trug weder Uniform noch Zwei-spitz, sondern Zivil. Obwohl ihn jedermann in der Stadt kannte und fürchtete, hatte er die unheimliche Fähigkeit, völlig unauffällig zu wirken, fast unsichtbar, wenn er es darauf anlegte. Sonst wäre die Menschenansammlung bei seinem Anblick sofort auseinandergerannt.

Magdalena schauderte. Dieser Mann konnte ihre Familie vernichten. Er war einflussreich, gefährlich und ihr abgrundtief zuwider. Dennoch warb er seit einem Jahr beharrlich um sie, ohne sich von ihrer Abweisung beirren zu lassen. Kahlert erstrebte die vollständige Kontrolle über den bedeutendsten Verleger und Buchhändler der Stadt und sah in ihr das beste Mittel dazu. Seiner Überzeugung nach musste sie angesichts ihres Alters glücklich sein, noch einen Bewerber zu finden, und dankbar in seine Arme sinken, wenn sie nur erst zu Verstand käme. Aber dem ließ sich mit ein wenig Druck nachhelfen, und dies war die Gelegenheit.

»Aufruhr?« Magdalena tat erstaunt. »Ist das etwa keine neue Bekanntmachung von Seiner Exzellenz, dem Gouverneur?«

»Demoiselle, Sie glauben doch nicht allen Ernstes, Seine Exzellenz ließe etwas *Handschriftliches* aushängen?«, fragte der Polizeioberinspektor scharf.

»Handschriftlich?« Gespielt verblüfft zog die Tochter des Buchhändlers die Augenbrauen hoch. »Wie merkwürdig! Ich bin gerade erst gekommen und war noch nicht nah genug heran, um das zu erkennen.«

Verlegen senkte sie die Lider. »Eigentlich, Monsieur, müsste ich Augengläser tragen. Aber Sie verstehen, die weibliche Eitelkeit ...«

Der Oberinspektor setzte ein falsches Lächeln auf.

»Meine liebe Demoiselle Keyser! Wenn ich Sie nicht so gut kennen würde – und ich kenne Sie besser, als Sie meinen, meine Teuerste ... Und wenn ich nicht überzeugt wäre, Ihr Herr Vater würde zutiefst missbilligen, falls sich seine einzige

Tochter mit solchem Pöbel einließe ... Apropos, mir kam zu Ohren, es geht Ihrem Vater nicht gut?«

Sein bleiches, schmallippiges Gesicht verwandelte sich schlagartig in eine Trauermiene.

»Bloß die übliche Erkältung, wie immer um diese Jahreszeit«, beeilte sie sich zu sagen. »Ein, zwei Tage Ruhe, etwas Hustentonikum, und er ist wieder auf den Beinen.«

Mit einem Ruck entzog sie sich seinem Griff.

»Kommen Sie mit mir fort von hier, damit Sie nicht noch unter Verdacht geraten!«, beharrte Kahlert und bot ihr seinen Arm. Sie übersah das gezielt, raffte ihre Röcke ein wenig und hastete zwei, drei Schritte durch den schmutzigen Schnee, weg von der Menge.

»Ja, Monsieur. Wenn es ist, wie Sie sagen, sollten wir uns umgehend entfernen.«

Doch er stellte sich ihr in den Weg.

»Meine liebste Demoiselle Keyser«, sagte er mit süßlicher Stimme. »Jedermann weiß, ich bin Ihnen sehr gewogen. Über alle Maßen gewogen. Und solange das so ist, müssen Sie nichts befürchten. Sofern Sie nicht mich oder Ihren Vater kompromittieren.«

Sprachlos über die unverblümte Drohung, starrte sie ihn an.

Sein schmallippiger Mund verzog sich zu einem Lächeln, hinter dem kaum verhohlener Triumph steckte. Wieder zog er seinen Hut und entblößte damit die sorgfältig über den Kopf gekämmten dünnen Strähnen.

»Meine Verehrung, Jungfer, und die besten Empfehlungen an Ihren Herrn Vater!«

Er verbeugte sich und zwängte sich durch die Menge, die ihn dabei erkannte und ängstlich zurückwich. Mit seinen langen, dürren Fingern löste er das Blatt von der Wand, faltete es zusammen und schob es unter seinen Gehrock.

Magdalena stand wie erstarrt, die Knie wurden ihr weich, und alles Blut wich aus ihrem Gesicht.

Constantin Beyer, der die Szene aufmerksam beobachtet hatte, trat zu ihr, zog höflich seinen Hut und bot der Tochter seines geschätzten Kollegen an, sie nach Hause zu geleiten. Es waren nur wenige Schritte bis zur Marktstraße, wo er auch wohnte. Dort angekommen, knickste sie, bedankte sich und lief sofort in die Druckerei, um ihrem Bruder und Konstantin von den Flugblättern zu berichten.

»... zeigt, dass ihr des Namens der Deutschen würdig seid!«, zitierte Magdalena aufgeregt aus dem Gedächtnis.

»Unsere Freunde, die Preußen, stehen vor unseren Toren und suchen unsere Wohnungen, unser Eigentum zu schonen, indessen die Räuber in unseren Mauern unsere Wohnungen, unsere Dörfer in Brand stecken ...«, setzte Friedrich Keyser den Text fort.

Seine Schwester starrte ihn mit offenem Mund an.

»Ist das von dir? Hast du völlig den Verstand verloren?«, schrie sie, die Arme in die Hüften gestemmt. »Genügt es nicht, dass du schon einmal verhaftet worden bist und beinahe umgekommen wärst?«

»Nein, beruhige dich doch, Schwesterchen!«, versuchte der junge Zeitungsherausgeber, sie zu beschwichtigen. Er zog einen unter dem Setzkasten versteckten Brief hervor und entfaltete ihn. Magdalena warf einen Blick darauf – die gleiche Handschrift, der gleiche Text.

»Das war heute Morgen unter dem Türspalt der Buchhandlung durchgeschoben. Das Dienstmädchen brachte es, doch ich behielt es für mich, weil ich niemanden beunruhigen wollte.«

»Verbrenn es!«, schrillte Magdalena. »Sofort! Wir stehen unter Beobachtung! Kahlert hat mir eben aufgelauert und gedroht. Wenn er eine Hausdurchsuchung befiehlt ...«

Bestürzt sah Friedrich auf seine Schwester und murmelte etwas, in dem das Wort »Ratte« deutlich zu hören war.

Magdalena riss ihm den Brief aus der Hand, rannte in die Küche und warf ihn ins Feuer. Sie wartete, bis das Blatt vollständig verbrannt war, dann erst atmete sie tief durch und ging zurück in die Druckerei.

»Hast du eine Ahnung, wer das geschrieben haben könnte?«, fragte der junge Gerlach seinen Freund.

»Ich erkenne die Handschrift nicht. Der Verfasser hat offenbar noch nie einen Beitrag oder eine Annonce bei uns eingereicht«, meinte Friedrich. Alle Texte für die Zeitung wurden handschriftlich abgegeben – wie auch sonst? »Doch so viele Exemplare kann kein Einzelner geschrieben haben. Es muss eine ganze Gruppe von Verschwörern sein.«

»Ich bin mir fast sicher, dass Monsieur Beyer etwas weiß. Ihm entgeht nichts in der Stadt«, spekulierte Konstantin.

Aufgeregt sah er die Geschwister an.

»Wir stehen um Haaresbreite vor einem bewaffneten Aufstand! Es hat ganz sicher nicht jeder seine Waffen abgeliefert wie befohlen. Bei der Stimmung in der Stadt genügt ein Funke, um eine Explosion auszulösen. Alles, was wir brauchen, ist eine kleine Ablenkung, damit jemand den Preußen die Tore öffnen kann!«

Magdalena platzte der Kragen.

»Alles, was *wir* jetzt brauchen, ist Vorsicht, sonst gibt es ein Blutbad, und ihr zwei werdet die Ersten sein, die sie an die Wand stellen! Und falls ihr euch erinnert: Monsieur Beyer war unlängst so freundlich, euch Hitzköpfe vor eurer eigenen Dummheit zu warnen.«

Widerstrebend gab Friedrich seiner Schwester recht. Konstantin schwieg trotzig.

Friedrich Keyser legte Setzwinkel und Ahle beiseite, und in stummer Übereinkunft gingen die drei jungen Leute nach vorn in die Buchhandlung, um durch das Fenster zu beobachten, was geschehen würde.

Polizeioberinspektor Kahlert war direkt vom Markt zum Gouverneur gegangen, um über den drohenden Aufruhr in der Stadt zu berichten, und wurde sofort vorgelassen.

»... und die nun verwüsten wollen, was das Feuer verschonte«, übersetzte er vom Blatt ins Französische.

General Alexandre d'Alton, Offizier der Ehrenlegion und seit Mai Gouverneur von Erfurt, hörte mit regloser Miene zu. Er war nicht zum ersten Mal mit solch einer Situation konfrontiert. Vor mehr als zehn Jahren gehörte er dem französischen Expeditionskorps von General d'Ostin an, das auf Hispaniola, auf den Westindischen Inseln, den Aufstand unter dem schwarzen General Toussaint Louverture unterdrücken sollte, der die Befreiung der Sklaven und die Unabhängigkeit von Frankreich proklamiert hatte.

D'Alton wusste daher, dass Aufruhr um sich griff wie eine Feuersbrunst im Hochsommer, wenn man nicht sofort mit eiserner Hand dagegen vorging.

»Verwüsten, was das Feuer verschonte?«, fragte er rhetorisch. »Das können sie haben. Die Garnison soll sofort vollständig zum Ausrücken antreten!«

Wenig später ritt die gesamte Kavallerie der Garnison in die Stadt, hundertzwanzig Mann zu Pferde unter dem Kommando von Colonel de Turenne. Dicht hinter ihnen marschierten die Infanteristen unter Trommelwirbeln, die wie bei einem Exekutionskommando klangen.

Ein Teil der Mannschaft postierte sich mit mehreren Geschützen vor dem Regierungspalast. Doch das Gros seiner Truppen ließ der General vor den Domstufen aufmarschieren, samt Kanonen und Kartätschen. An jedem Geschütz bezog ein Artillerist mit brennender Lunte Stellung.

»Vergessen Sie nie, dass Sie unter meinen Kanonen sitzen!«, rief d'Alton den herbeibefohlenen Bürgern Erfurts zu, was umgehend ins Deutsche übersetzt wurde.

Dann reckte er das Flugblatt in die Höhe, das Kahlert ihm gebracht hatte.

»Ich setze zehntausend Franc Belohnung für denjenigen aus, der mir den Verfasser dieser Ungeheuerlichkeit benennt!«

Ein Raunen ging durch die Menge, die angesichts der feuerbereiten Geschütze ängstlich verstummt war. Zehntausend Franc waren eine ungeheure Summe. Genug Anreiz für manchen, vorzutreten und diesen Verrat vor aller Augen zu begehen, damit ihm niemand zuvorkam.

Gespannt und ängstlich musterte jeder der zwangsweise Versammelten die Menschen in seiner Nähe. Ob wohl einer auch nur das geringste Anzeichen dafür erkennen ließ, etwas über die Herkunft der Blätter zu wissen, die mittlerweile alle entfernt worden waren?

Magdalena war als Einzige aus ihrer Familie dorthin gegangen. Sie hoffte, als unverdächtig zu gelten, weil niemand eine Frau für fähig hielt, eine Proklamation zu verfassen. Dieser Gedanke beruhigte sie zwar, doch am liebsten hätte sie verächtlich geprustet. Männer waren so dumm, wenn sie das glaubten!

Dennoch grübelte sie, wer der mutige Verfasser sein könnte. Neugierig sah sie sich unter den Menschen auf dem Markt um. Nicht weit von ihr stand Constantin Beyer mit sorgenvoller Miene. Wusste er etwas? Doch auch der sonst bestens informierte Beyer hatte keine Ahnung, von wem der Aufruf zum bewaffneten Widerstand stammen könnte.

Sie beide wären nie im Leben darauf gekommen, dass der nervöse sechzehnjährige Bursche, der direkt neben ihnen stand und sich reckte, um die Menge zu überblicken, der gerade am meisten gesuchte Erfurter war.

»Zehntausend Franc. Niemand?«, wiederholte d'Alton.

Johann Friedrich Platz, der Sohn eines alten Drechslermeisters, fühlte sich vor Stolz und Angst ganz benommen. Das Flugblatt war seine Idee gewesen. Zusammen mit seinem

Vater und dessen Freund Ditecke, einem einstigen preußischen Soldaten, hatten sie die Sache ausgeheckt, nachdem alle Versuche gescheitert waren, den Preußen heimlich ein Stadttor zu öffnen. Doch sein Vater hatte darauf bestanden, dass die Mutter und Ditecke die Aufrufe anfertigten, damit niemand ihn oder den Sohn an der Schreibweise erkannte. Johann hatte eine sehr ordentliche Handschrift, denn er wollte einmal Postbeamter werden.

Die Mutter und Freund Ditecke hatten die ganze Nacht lang geschrieben, die Aushänge und auch Briefe mit gleichem Wortlaut an namhafte Erfurter. Noch vor dem Morgengrauen waren sie zu viert durch die Stadt geschlichen, um die Briefe zu verteilen und den Aufruf an Wände zu kleben.

Dem Sechzehnjährigen stand trotz der Kälte der Schweiß auf der Stirn. Plötzlich hatte er das dringende Bedürfnis, sich vor Aufregung zu übergeben. Und aus Angst um seine Eltern. Er wagte kaum zu atmen. Doch niemand trat vor, um mit dem Finger auf ihn zu zeigen und anklagend seinen Namen zu rufen.

Was, wenn der Gouverneur auf die Menge schießen lassen oder sie niederreiten lassen würde? Das wäre seine Schuld! Immer noch herrschte eisernes Schweigen auf dem Platz.

»Also gut«, sagte der Gouverneur grimmig.

Nun befahl er laut und für alle hörbar: »Reißt alle Häuser nieder, die noch vor den Graden stehen! Reißt alle Häuser in der Stadt nieder, die freie Schussbahn auf den Feind verhindern! Sonst lasse ich sie sprengen.«

Ein Aufschrei ging durch die Versammelten. Sollte alles, was die Feuersbrunst durch Glück oder den Einsatz tapferer Bürger überstanden hatte, doch noch zerstört werden?

Kalt ließ General d'Alton seine Blicke über die Erfurter schweifen. Noch hatte er die Menge fest im Griff; angesichts der geladenen Geschütze würde niemand einen offenen Aufruhr wagen und damit ein Blutbad auslösen.

Doch seine Erfahrungen mit den aufständischen Sklaven in Santo Domingo ließen ihn abwägen.

Den Rebellenführer Toussaint Louverture, wegen seines militärischen Könnens und seiner Ausstrahlung auch »der schwarze Napoleon« genannt, hatte das Strafkorps gefangen genommen und nach Frankreich deportiert, wo er bald starb. Doch ein anderer nahm seinen Platz ein, und inzwischen raffte das Gelbfieber die französischen Truppen einschließlich ihres Generals wie die Fliegen dahin.

Es war einer der zynischen Scherze der Weltgeschichte, dass sowohl der schwarze Rebellengeneral Toussaint Louverture wie auch der charismatische Venezolaner Simón Bolívar, der halb Südamerika im Kampf gegen die spanischen Kolonialherren anführte, in ihren Idealen von der Französischen Revolution und anfangs auch von Napoleon Bonaparte inspiriert wurden. Zunächst waren sie dem Kaiser auch sehr nützlich gewesen: Die von Bolívar angeführten Aufstände beschäftigten das spanische Mutterland so gründlich, dass sich eine günstige Gelegenheit für den Einmarsch der Grande Armée bot, und der von Napoleon zum französischen Brigadegeneral ernannte Toussaint Louverture vertrieb die Spanier aus dem Ostteil Hispaniolas. Doch als er sich *gegen* Frankreich wandte und die Freiheit seines Landes forderte, entsandte Napoleon eine Strafexpedition, der auch Alexandre d'Alton angehörte.

Am Ende mussten die paar Überlebenden des Gelbfiebers ergebnislos abziehen. Trotz des Todes ihres Rebellenführers deklarierte die abtrünnige einstige Kolonie die Unabhängigkeit von Frankreich.

Und wie damals in Westindien das Gelbfieber wütete jetzt in Erfurt der Typhus unter seinen Männern. Mittlerweile gab es hunderte Tote in der Garnison, und er wusste kaum noch, wo er sie bestatten sollte. Ewig konnte er die Zivilisten auch nicht auf diesem Marktplatz ruhig halten.

»Reißt eure Häuser ab, sonst lasse ich sie sprengen!«, wiederholte er grimmig. »Sofort!«

Nun rannten die Erfurter los, holten Seile und Werkzeug für das Zerstörungswerk. Lieber brachen sie die ohnehin schon beschädigten Häuser selbst ab und nahmen das Holz, als Sprengungen und noch einen Stadtbrand zu riskieren.

Mit Genugtuung sah General d'Alton zu, wie Seile um das Fachwerk geschlungen und ganze Wände zum Einsturz gebracht wurden.

Einige Stunden später verkündete er, dass sich ab sofort niemand mehr nach halb acht abends auf den Straßen oder in öffentlichen Gebäuden aufhalten dürfe. Zusammenkünfte von mehr als drei Personen seien verboten.

Gegen sechs Uhr abends ließ er die Kanonen wieder auf die Zitadelle schaffen. Aufgebracht, entsetzt, fassungslos blieben die Einwohner Erfurts zurück und versuchten, aus den Schutthaufen noch zu retten, was zu retten war.

Nur der junge Sohn des Drechslers Platz war über alle Maßen erleichtert. Niemand hatte sein Geheimnis erraten.

Und es hatte kein Blutbad gegeben.

Gouverneur d'Alton gedachte nicht, den ungeheuerlichen Zwischenfall auf sich beruhen zu lassen. Als Erstes rüffelte er den Polizeioberinspektor, dieser solle gefälligst sofort herausfinden, wer der Verursacher der Schmierereien sei.

»Es ist Zeichen Ihrer höchsten Unfähigkeit, dass dergleichen überhaupt stattfinden konnte!«, brüllte er ihn an. »Schaffen Sie mir den Kerl herbei, oder Sie werden es bereuen!«

Noch während der zu Tode erschrockene Kahlert davonhastete, entsandte d'Alton einen Parlamentär zu General von Kleist, um sein Angebot zu erneuern, dass er unter gewissen Umständen bereit sei, sich mit seiner Garnison auf die Zitadelle auf dem Petersberg und die Cyriaksburg zurückzuziehen und den Preußen die Stadt zu überlassen.

Die Verhandlungen würde er nach Kräften in die Länge ziehen.

Um den geringsten Aufruhr im Keim zu ersticken, befahl Alexandre d'Alton in der Nacht zum 15. Dezember, sechsundzwanzig der angesehensten und wohlhabendsten Bürger Erfurts aus den Betten zu holen und als Geiseln in der Zitadelle einzusperren – so lang, bis die geforderten zweihundertvierzigtausend Franc gezahlt seien.

Kaufleute, Fabrikanten, zwei Apotheker, den Postmeister, den Justizdirektor, den Pastor, den Arzt ... und vor den Augen seiner entsetzten Tochter auch den Buchhändler Georg Adam Keyser.

Am nächsten Morgen, noch während sich die ungeheuerliche Geiselnahme in der Stadt herumsprach, ließ der Gouverneur erneut Kanonen vor den Domstufen auffahren.

Kriegsweihnacht

Ende Dezember 1813

Weihnachten 1813 in deutschen Landen – es hätte nicht widersprüchlicher sein können: zerrissen zwischen Hoffnung und Furcht, Dankbarkeit und höchster Not.

Die Zeitungen waren gefüllt mit patriotischen Gedichten und Todesanzeigen. Nicht nur für die in den Schlachten Gefallenen, sondern nun hauptsächlich für die Opfer des Nervenfiebers.

In den Kirchen beteten die Menschen um Frieden und wussten doch, dass der Krieg fortgesetzt würde. Sie dankten Gott, dass sie die Schrecken der Schlachten überlebt hatten, und bangten, ob sie auch Hungersnot und Seuchen überleben würden, die grausige Hinterlassenschaft der Heere.

In Orten, die Belagerung und Beschuss durchlitten hatten, begannen Beherzte, inmitten all der Verwüstung Brandstätten aufzuräumen und den Bau neuer Häuser zu planen.

In den Festungsstädten, die noch umzingelt waren, beteten die Bewohner, die Alliierten mögen endlich handeln, um der Not ein Ende zu setzen, jedoch die Stadt verschonen.

Angst, Entbehrung und Verzweiflung bestimmten dieses Weihnachtsfest – aber auch ein Funke Hoffnung auf Frieden und bessere Zeiten. Wann sonst sollte man darum beten, wenn nicht zu Weihnachten?

Braunschweig jubelte, als am 22. Dezember Herzog Friedrich Wilhelm von Braunschweig in die Stadt einzog. Die Herrschaft König Jérômes war vorbei, aus dem napoleonischen Departement Oker im Königreich Westphalen war wieder das Herzogtum Braunschweig geworden, und der Schwarze Herzog Friedrich Wilhelm konnte endlich das Erbe seines Vaters antreten.

Die Braunschweiger Kaufleute hatten ihm aus diesem Anlass ein prächtiges Reitpferd geschenkt, auf dem der Anführer der Schwarzen Schar zum Schloss ritt. Er trug die Uniform seiner legendären Truppe, den schwarzen Husarenrock und die Kopfbedeckung mit dem metallenen Totenkopf.

Im Gefolge ritt auch der frisch in seine Dienste getretene General von Griesheim. Tochter Philippine wartete mit tausenden Braunschweigern vor dem Residenzschloss, bis der Welfenfürst auf den Balkon trat. Seinen jubelnden Untertanen rief der kämpferische Herzog zu, die Waffen für die deutsche Sache zu ergreifen.

Philippine stiegen die Tränen in die Augen. Albert, ihr Verlobter, und seine Kameraden würden gerächt werden.

Alles andere als in Jubelstimmung war Feldmarschall von Blücher. Zwar hatte er vor wenigen Tagen ausgelassen seinen einundsiebzigsten Geburtstag gefeiert und dabei zu aller Amüsement in einer Quadrille mit Yorck getanzt.

Doch er grollte seit Wochen – seit ihn der Zar vom Rhein zurückbeordert hatte. Statt dem Feind nachzusetzen und ihn vernichtend zu schlagen, war er zum Stillhalten gezwungen. Bloß damit die hohen Herren in dem reichen Frankfurt Feste feiern konnten!

Demonstrativ hatte Blücher sein Quartier im Bolongaropalast von Höchst bezogen, in hinreichendem Abstand zu Frankfurt, um nicht dauernd zu unnützen und frustrierenden Besprechungen gerufen zu werden.

Welch wirre Pläne da ausgeheckt wurden! Mit der Hauptarmee über die Schweiz einzumarschieren und das Hochplateau von Langres zu besetzen statt auf direktem Weg nach Paris! Das brachte als einzigen Vorteil, vom höchsten Punkt aus gleichzeitig Richtung Mittelmeer *und* Richtung Atlantik pissen zu können!

Außerdem war die Schweiz neutral; die Erlaubnis zum Durchmarsch durch Schweizer Territorium musste erst ausgehandelt werden. Der Zar und Kaiser Franz weilten deshalb bereits in Freiburg. Unterdessen hatten Bülow und Bennigsen schon halb Holland befreit!

Jene merkwürdigen Pläne zeigten dem alten Feldmarschall wieder einmal: Die anderen fürchteten sich immer noch vor Napoleon. Sie waren zwar bereit, sich seinen Marschällen zur Schlacht zu stellen, am liebsten jedem einzeln. Doch nicht Napoleon selbst. Dessen Ruf als genialer Feldherr war ungebrochen.

Blücher fürchtete sich nicht vor Bonaparte. Im Gegenteil, er konnte kaum erwarten, es direkt mit ihm aufzunehmen.

Gerade schrieb der weißhaarige Heerführer einen Brief an seinen Freund und Nachbarn Bonin, um sein übervolles Herz auszuschütten, als ein Adjutant anklopfte und einen Besucher meldete. Unwillig schaute er auf.

Doch beim Anblick des jungen Offiziers mit dem dicken Kopfverband ließ er den Federkiel abrupt fallen, so dass die Tinte über das noch fast leere Blatt spritzte, sprang auf und umarmte ihn so heftig, dass seine Knochen knackten.

»Franz, mein Junge! Jeht's dich jut?«

»Ja, Vater. Wirklich!«

Oberstleutnant Franz von Blücher war Mitte September bei einem Gefecht nahe Dresden schwer am Kopf verwundet worden und in Gefangenschaft geraten. Im Zuge der Kapitulation Dresdens wurde er gegen einen französischen Offizier ausgetauscht.

Vor Wiedersehensfreude rannen Vater und Sohn Tränen über die Wangen. Dann trat der besorgte Vater einen halben Schritt zurück und musterte seinen Erstgeborenen, ihn immer noch fest bei den Armen haltend.

»Man hat mich gut behandelt«, versicherte Franz. »Ich wurde zu Napoleon gebracht, als sie erfuhren, wer ich bin … oder, besser: wer mein Vater ist«, berichtigte er sich. »Wir führten ein wenig höfliche Konversation, und dann wies der Kaiser an, dass sich sein bester Arzt um meine Wunde kümmert. Der Erste Heereschirurg Larrey persönlich hat mich operiert. Es geht mir schon viel besser.«

Der alte Blücher dankte Gott, dass Er ihn von dieser großen Sorge befreit hatte. Wenn der geniale Larrey, der Beste seines Faches, Franz operiert hatte, dann würde der Junge auch wieder gesund werden.

»Bleib noch die paar Tage bei mich!«, drängte der Vater den Fünfundzwanzigjährigen. Der Junge war doch längst nicht so weit genesen, dass er sich schon wieder bei seinem Regiment melden konnte!

So wurde Weihnachten doch noch ein Freudenfest für Gebhard Leberecht von Blücher.

Zumal er wusste, dass er bald seine militärischen Pläne verwirklichen konnte: die größte Geheimoperation dieses Krieges. Um die Gegner in dem Glauben zu wiegen, der alte Feldmarschall sei müde geworden und richte sich über den Winter bequem ein, verlegte Blücher sein Hauptquartier am ersten Weihnachtstag sogar widerstrebend nach Frankfurt.

Dort verbrachte der preußische König Friedrich Wilhelm mit seinen Söhnen das Weihnachtsfest.

Frankfurt kam selbst Weihnachten nicht zur Ruhe, obwohl seine Bewohner gehofft hatten, mit dem Abzug der meisten Einquartierten wäre das Schlimmste überstanden. Immerhin waren wochenlang so viele Männer zu verpflegen und unterzubringen, wie die Stadt Einwohner hatte!

Doch am 23. Dezember und selbst am Heiligen Abend zogen wieder neue Truppen ein, Russen und Preußen.

Lebensmittel waren schon lange knapp. Noch schlimmer war der Mangel an Brennholz.

Und ausgerechnet im *Intelligenzblatt* vom 24. Dezember mussten die Frankfurter lesen, dass eine Landwehr eingerichtet werde, für die sich jeder Mann zwischen achtzehn und zweiundvierzig Jahren bereithalten müsse. Das Los entscheide, wer zum Militärdienst einberufen werde.

So saßen bei diesem Weihnachtsfest in Frankfurt Hunger, Angst und Kälte als ungebetene Gäste mit am Tisch.

Das Leipziger Theater gab am Heiligen Abend eine Benefizvorstellung zugunsten der tausenden Verwundeten in den Lazaretten. Zuvor hatte der eifrige Stadtkommandant Prendel teils zur Belustigung, teils zum Ärgernis der Messestädter Verhaltensmaßregeln aushängen lassen, wie man sich in einem Theater zu betragen habe.

Auf Befehl Fürst Repnins erstrahlte Leipzig im Schmuck unzähliger Kerzen. Dies jedoch weniger wegen des Weihnachtsfestes, sondern zu Ehren des Geburtstags von Zar Alexander am 23. Dezember.

Deshalb wurden am 23. und am 24. Dezember die Glocken geläutet, es gab Kanonensalut von je einhundert Schuss, ein Te Deum in St. Nikolai und eines in der griechischen Kirche. Zufällig hatte am 23. Dezember nicht nur Zar Alexander Geburtstag, sondern auch der sächsische König. Wie viele der Leipziger beim Glockengeläut wohl an ihn dachten statt an den Zaren?

Die Witwe Lindenthal und ihr Bruder Rudolphus spazierten vor der Christmette in der Nikolaikirche zum Rathaus, um sich den Lichterschmuck anzusehen. Dort prangte ein großer leuchtender Stern mit dem Namenszug Alexanders.

»Genau wie im August zu Napoleons Geburtstag: Geläut, Te Deum, Festbeleuchtung – sie haben nur den Namen ausgetauscht«, bemerkte Madame Lindenthal spitz.

Ihr ebenfalls verwitweter Bruder, der in Würde ergraute Beamte der Lazarettverwaltung, murmelte etwas von Ehrenbezeugungen, die einem Kaiser nun einmal zustünden, ob man ihn bewundere oder nicht.

Madame Lindenthal und ihr Bruder ersparten sich das Ständchen der Bürgergarde und gingen durch den Schnee zurück in ihr Haus, um zu Abend zu essen. Die Tafel war mit dem feinen Meißner Porzellan gedeckt, aber das Mahl dem Brauch und dem kargen Inhalt der Speisekammer entsprechend schlicht. Kartoffelsuppe mit einigen kross gebratenen Stückchen Blutwurst, eingetauscht gegen das letzte Pökelfleisch von der unkonventionellen Versorgungsaktion des 1. Preußischen Garderegiments.

Rudolphus schenkte sich und seiner Schwester Rotwein ein, den Charlotte in einem Versteck über jedwede Einquartierung gerettet hatte.

Nachdenklich starrte die Witwe auf das geschliffene Glas, in dem das vielfach gebrochene Kerzenlicht schimmerte.

»Danken wir Gott aus tiefster Seele, dass wir dieses schreckensreiche Jahr überlebten«, sagte sie, und ihre kräftige

Stimme klang ungewohnt leise. »Danken wir Gott, dass Leipzig noch steht und wir ein Dach über dem Kopf haben!«

Sie schwieg eine Weile und meinte dann: »Mittlerweile kommt es mir so vor, als sei dieses Haus das einzige weit und breit, in dem noch niemand am Nervenfieber gestorben ist.«

Ihr Bruder, der sonst fast nie über seine Arbeit sprach, rieb sich resigniert die Schläfen.

»Hör auf meinen Rat, verlass die Stadt für eine Weile!«, drängte er dann. »Der Magistrat und die Militärverwaltung tun, was sie können. Fürst Repnin lässt eine Lehranstalt für Feld- und Wundärzte einrichten. Aber wir haben mittlerweile eintausend Tote jede Woche. Tausend Tote jede Woche allein in den Militärlazaretten! Und dazu Hunderte aus der Zivilbevölkerung. Wir können die Seuche nicht eindämmen.«

Er holte tief Luft und ächzte: »Leipzig ist verloren.«

In Dresden herrschte zu den Weihnachtstagen quirlige Geschäftigkeit. Nicht nur die Reparatur der schönen Pöppelmann-Brücke bescherte Gouverneur Repnin-Wolkonski viel Sympathie bei den Hauptstädtern. Ebenso seine anderen Pläne: das Theater, den Großen Garten und die Kunstsammlungen wieder zugänglich zu machen, eine Chirurgisch-Medizinische Akademie und eine Industrieschule zu gründen. Fürst Repnin beabsichtigte erklärtermaßen, Dresden zum Mittelpunkt der deutschen Kultur zu machen.

Was könnte die Dresdner mehr zufriedenstellen?

Dafür nahmen sie auch recht gelassen hin, dass es schon wieder Einquartierung gab, diesmal russische. Überall entstanden Sammelstellen für die geforderte Landwehr und das Banner der Freiwilligen Sachsen.

Doch insgeheim bildeten sich erneut zwei Parteien in Dresden, so wie früher die Bewunderer und die Gegner Napoleons, die Gegner und die Befürworter eines Zusammenschlusses mit den Alliierten.

Sie trennten sich diesmal in *Royalisten* und *Patrioten*. Die einen ersehnten die Rückkehr ihres Königs, die anderen ein modernes, reformiertes Sachsen in einem geeinten, reformierten Deutschland.

Der sächsische König Friedrich August beging seinen dreiundsechzigsten Geburtstag in Berlin in aller Stille. Das hatte seine Gemahlin arrangiert, die nach fünfundvierzigjähriger Ehe viele seiner geheimsten Gedanken erriet. Also verhinderte sie eine große Gratulationscour, die nur wie ein Hohn wirken konnte. Wahrscheinlich hätte er das Fest noch selbst bezahlen müssen, von den Krediten der Berliner Bankiers, da ja ihre Kassen durch das russische Gouvernement beschlagnahmt waren!

Also gab es nach Kirchgang, Beichte und den kurz gehaltenen offiziellen Gratulationen ihres Hofstaates nur den täglichen Spaziergang Unter den Linden und ein festliches Siebengängemenü im engsten Kreise.

Finstere Gedanken plagten den König.

Auch seine jüngsten Briefe waren unbeantwortet geblieben, und seine Gesandten hatten nichts bewirkt. So ungeheuerlich es klang: Sachsen würde kein Mitspracherecht bei der Neuaufteilung der deutschen Territorien bekommen!

Er sollte sein politisches Testament abfassen. Blieb er weiter handlungsunfähig, musste sein Bruder Maximilian reagieren. Und *sollte* sich die politische Lage noch einmal grundlegend ändern ... Wenn der Wind sich drehte, wenn die Allianz zerbrach, wenn Napoleon doch noch einmal das Ruder herumriss, dann musste sich sein Bruder unbedingt an die Österreicher halten, auf keinen Fall an die Preußen oder Russen!

Und auch nicht an die Franzosen.

Nur wenige hundert Schritte vom Stadtschloss entfernt lebte nun Henriette bei Maximilians Eltern. Wieder einmal fühlte sie sich gestrandet, entwurzelt und fremd. Binnen eines Dreivierteljahres hatte das Schicksal sie von Weißenfels nach Freiberg, Leipzig, Frankfurt und jetzt nach Berlin getrieben.

Ihre Schwiegereltern holten sie von der Posthalterei ab. Carlotta Trepte war eine zarte, sehr schöne, dunkelhaarige Frau Anfang vierzig mit italienischen Vorfahren. Ihr Mann Wilhelm, mit grauem Backenbart und wachen, klugen Augen hinter der Brille, hatte ein wenig Ähnlichkeit mit Friedrich Gerlach, nur dass er etwas größer und breitschultriger war.

Beide trugen Trauerflor am Ärmel.

Henriette knickste, sie begrüßten einander, alle drei noch ein wenig unsicher ob der neuen verwandtschaftlichen Verhältnisse. Wilhelm Trepte sorgte dafür, dass der Postillion gegen ein Trinkgeld ihr Gepäck in die bereitstehende Kutsche umlud, dann fuhren sie gemeinsam zum Heim der Familie in der Brüderstraße 11.

Überrascht sah Henriette, dass dieses Haus in unmittelbarer Nachbarschaft der berühmten Nicolaischen Verlagsbuchhandlung lag, die seit dem Tod ihres Gründers vor vier Jahren von dessen Schwiegersohn Monsieur Parthey geführt wurde, wie ihr Carlotta erklärte.

Eine Buchhandlung in der Nachbarschaft – das nahm Jette als gutes Omen und fühlte sich gleich etwas besser.

Das Personal hatte sich im Flur aufgestellt, um das neue Familienmitglied zu begrüßen: Madame Bellefleur, die Haushälterin, Frau Meier, die Köchin, der Diener Paul und ein Dienstmädchen mit dunkelblondem Haar unter der spitzenverzierten Haube namens Änni.

»Ich bringe Sie in Ihr Zimmer, Madame«, sagte das junge Mädchen und knickste. Paul trug das Gepäck hinterher.

»Dort haben früher die drei jungen Herren gewohnt, auch Ihr Gatte, der Herr Premierleutnant, bevor er auf die Offiziersschule ging«, plauderte Änni. »Im Krug auf dem Waschtisch ist Wasser, ich habe ihn frisch für Sie gefüllt, Madame.

Wenn ich Ihnen beim Umkleiden helfen soll, läuten Sie. Wünschen Sie eine Kleinigkeit aus der Küche? Vielleicht ein paar Butterbrote nach der langen Reise? Zum Abendessen werden Sie um sechs im Salon erwartet. Ich komme vorher und helfe Ihnen ins Kleid und mit der Frisur. Ach ja, und das hier kam gestern für Sie an, Madame.«

Sie wies auf eine größere Reisetruhe, die der Beschriftung nach aus Freiberg expediert worden war.

Dann ging sie hinaus, um Paul einzulassen, der Jettes Gepäck abstellte.

Mit klopfendem Herzen sah sich Henriette um. Das einstige Zimmer der drei Trepte-Brüder war umgeräumt und für ein Ehepaar eingerichtet worden: zwei Betten, ein großer, mit Intarsien verzierter Schrank, ein Tischchen mit Schreibutensilien, Spiegel, sogar ein Teppich. Es war mit einer Vase voll kräftig duftender Kiefernzweige geschmückt, an der Wand hing ein Porträt von Königin Luise.

Auf dem Tisch entdeckte sie zu ihrer großen Freude einen Brief ihres Mannes und öffnete ihn sofort. Maximilian hatte ihn gleich am ersten Abend nach dem Aufbruch verfasst. Aber auch sie hielt Wort und schrieb ihm täglich, obwohl sie keine Ahnung hatte, ob und wann ihn diese Post erreichen würde. Sie ließ sich auf das Bett nieder und las, ganz in Erinnerungen versunken:

Liebste Henriette, meine innig geliebte Frau,

ich hoffe, Du befindest Dich wohl und bist nicht traurig – unsere Trennung wird nur von kurzer Zeit sein, das verspreche ich Dir. Mein Regiment zieht rheinaufwärts durch das schöne hessische und badische Land. Als Nächstes überschreiten wir den Neckar bei Heidelberg und dann den Rhein bei Basel. Doch voraussichtlich müssen wir einige unfreiwillige Ruhetage einlegen, da unser Durch-

marsch durch neutrales Schweizer Gebiet noch nicht
genehmigt ist. Wie Du Dir vorstellen kannst, sind meine
Männer wenig begeistert davon. Sie brennen darauf, dem
Feind zu begegnen. Und ich werde jede untätige Stunde
auch deshalb bedauern, weil ich sie lieber mit Dir zubrin-
gen würde, meine Liebste. Sicher schläfst Du jetzt in dem
Zimmer, in dem Julius, Philipp und ich aufwuchsen. Schau
hinweg über die Spuren unserer jugendlichen Raufereien!
In Wirklichkeit waren wir drei zwar schwer zu bändigen,
aber einander sehr zugetan.
Bitte versuche, meine Eltern ein wenig aufzumuntern.
Schlaf gut, meine Liebste, sei unbesorgt. Ich schreibe bald
wieder und warte sehnsüchtig auf ein paar Zeilen von
Deiner Hand.

Dein Dir treu ergebener Mann M

Sie las den Brief noch zweimal, Wort für Wort, dann presste
sie ihn an die Brust und sah sich lächelnd nach den erwähnten
Hinterlassenschaften der drei Brüder um – da ein paar Ker-
ben im Türrahmen, eine Scharte im Fensterbrett. Auf einem
Brett an der Wand standen ein bemaltes hölzernes Pferd und
zwei Dutzend in Reih und Glied aufgestellte Zinnsoldaten.
Sie legte den Brief zurück auf den Tisch und wandte sich der
Truhe aus Freiberg zu.
Ihr Oheim hatte Wort gehalten und geschickt, was Tante
Johanna aus Weißenfels gerettet hatte: Bettwäsche, Handtü-
cher, einige ihrer Lieblingsbücher, ihre Kleider, Schuhe und
Strümpfe. Obenauf lag ein Geschenk, das ihr den Atem ver-
schlug: ein zartblaues Kleid mit lavendelfarbener Spitze am
Ausschnitt und um die Taille.
Gerührt las sie den Brief Friedrich Gerlachs.

Mein liebes Kind,

*Deine Tante und ich senden Dir innige Grüße und diese
Dinge, die Dir sicher nützlich sein werden. Natürlich grü-
ßen auch Eduard und Dein Bruder Franz. Das Kleid, von
dem wir hoffen, dass es Dir gefällt, ist unser nachträgliches
Hochzeits- und auch Weihnachtsgeschenk für Dich. Zum
Glück wusste der Schneidermeister in der Weingasse Deine
Maße noch genau.*

*Johanna und ich dachten, da Du nun in Berlin lebst,
zumal als Gattin eines Gardeoffiziers, musst Du etwas
mehr Eleganz zeigen. Vielleicht geht ihr sogar ins Nationaltheater, um den großen Iffland zu sehen? Wie meine
liebe Johanna und ich Dich beneiden!*

*Bitte grüße Deine Schwiegereltern unbekannterweise von
uns, denen wir als Geschenk zwei der neueren Drucker-
zeugnisse von Graz und Gerlach senden: einen wissenschaftlichen Beitrag von Professor Werner – Dein Schwiegervater wird ihn hoffentlich anregend finden – und einen
Bericht über die Schlacht bei Leipzig, von einem Augenzeugen verfasst nebst ausführlichem Kartenmaterial. Um
ehrlich zu sein, schauderte es mich nachträglich beim
Lesen, Dich dort gewusst zu haben. Ich kann mir kaum
verzeihen, dass Du so etwas Schreckliches erleben musstest.*

*Erlaube mir, Dir einen väterlichen Rat zu geben. Da ich
nicht glaube, dass Du nach diesen Erlebnissen noch den
ruhigen Schlaf Deiner Kindheit hast, mach Dir Dein
Talent zunutze und schreibe nieder, was Du gesehen hast!
Vielleicht kannst Du damit die bösen Geister vertreiben.
Aus Freiberg gibt es nicht viel zu berichten.*

*Die Lage in den Lazaretten ist weiterhin höchst betrüb-
lich. In der nächsten Ausgabe der* Gemeinnützigen Nachrichten *– ausgerechnet Weihnachten! – veröffentlichen wir*

eine fünfseitige Bekanntmachung des Königlich-Sächsischen Sanitätskolloquiums mit Verhaltensregeln bezüglich des Nervenfiebers. Das russische Gouvernement verfügte auch, dass wir hier Mahlmanns Leipziger Zeitung mit anbieten, und die Nachfrage ist groß. Die Gattin des Oberberghauptmanns von Trebra hat einen Verein von Frauen des Erzgebirges gegründet, um das Banner der Freiwilligen Sachsen bei der Ausrüstung zu unterstützen. Hier im Hause geht es allen gut, abgesehen von Lisbeth Tröger, die den Tod ihres Jüngsten immer noch beweint. Wann sie Wilhelm und Karl wiedersieht, weiß der Himmel. Sie ist ganz schmal geworden vor Kummer.
Anbei noch ein kleiner Gruß von Franz.
Wir hoffen, Dich bald wiederzusehen und in die Arme schließen zu können.
Gottes Segen mit Dir!

Amüsiert las Henriette das Gekritzel von Franz:

Liebe Schwester,

es geht mir wirklich gut. Auch wenn die meisten in meiner Schulklasse Dummköpfe sind. Mein Latein ist viel besser geworden, seit Eduard mit mir übt. Inzwischen bin ich sicher fast so groß wie Du.
Manchmal vermisse ich, wie Du mir abends Geschichten erzählt hast, seit Mama nicht mehr unter uns weilt. Aber sie und Papa schauen vom Himmel auf uns herab.

Ein gesegnetes Weihnachtsfest wünscht Dir
Dein braver Bruder Franz

Sie lächelte immer noch in sich hinein, als sie ein Postskriptum ihres Oheims auf der Rückseite seines Briefes entdeckte.

Liebes Kind, den gesamten Schmuck Deiner Mutter
haben die Plünderer gestohlen, bis auf das Amulett, das
Du selbst retten konntest. Da mir Gott zwei Söhne
geschenkt hat, ich Dich aber inzwischen wie eine Tochter
ins Herz geschlossen habe, schenke ich Dir anlässlich
Deiner Vermählung den Schmuck meiner Großmutter.
Du bist seiner würdig und wirst ihn mit Anmut tragen.
Ich gebe ihn einem verlässlichen Bekannten mit, der
nach Berlin reist.

Das Kästchen war noch vor ihrer Ankunft im Hause Trepte
für sie abgeliefert worden. Beim Öffnen verschlug es ihr die
Sprache: eine silberne Kette mit filigran eingefassten Ame-
thysten, die sicher aus den Gruben bei Freiberg stammten,
und passende Ohrgehänge.

Dass sie den alten Familienschmuck der Gerlachs tragen
durfte und der Oheim sie als seine Tochter bezeichnete,
brachte sie schon wieder zum Schluchzen.

Am Tag vor Heiligabend lud Carlotta Trepte Henriette zu
einem Spaziergang ein, um ihr ein wenig von ihrer neuen
Heimat zu zeigen. Sie schlenderten die Friedrichsgracht entlang, am Schloss und am Dom vorbei, Richtung Unter den
Linden. Der Himmel war blau und fast unbewölkt.

Der Anblick der Universität verschlug Jette den Atem. Sie
blieb stehen und sog den Anblick in sich auf: ein riesiger
Palast für die Bildung, für die Wissenschaft!

Die Freiberger Bergakademie war einfach im Wohnhaus eines
ihrer Begründer untergebracht worden.

Auch die Größe der Königlichen Bibliothek in der »Kommode« machte sie sprachlos.

Carlotta Trepte freute sich über das unbändige Staunen ihrer
Schwiegertochter. Ihre Bücherbegeisterung nahm sie für sie
ein, auch ihren Mann, der Rechtsgelehrter war.

Sie spazierten zum Brandenburger Tor. Henriette kannte das Bauwerk natürlich von unzähligen Drucken. Doch ohne Johann Gottfried Schadows Quadriga wirkte es nackt, seiner Krone beraubt. Nur noch eine Eisenstange ragte dort in den Himmel, wo einst die berühmte Wagenlenkerin stand.

»Verstehen Sie nun, wie sehr wir Preußen uns durch Napoleon gedemütigt fühlten?«, fragte Carlotta. »Warum daraus so viel Hass erwuchs? Meine drei Söhne meldeten sich alle zur Armee. Anfangs war ich sehr stolz darauf. Doch für diesen Stolz musste ich teuer zahlen.«

Ihre Stimme erstarb. Sie kehrten um und gingen zurück.

Ein von Gefolge begleiteter Greis in kostbarer Kleidung kam ihnen entgegen: hager, mit scharf geschnittener Miene und weißer Perücke. Einige Passanten traten zur Seite und verneigten sich.

Ist das etwa der sächsische König?, fragte sich Henriette ungläubig. Sie hatte ihn noch nie leibhaftig zu Gesicht bekommen, sondern kannte sein Antlitz nur von Bildern. Die strengen Züge, die Perücke … Ein König würde doch nie ohne Reitereskorte und Garde hier entlanglaufen, noch dazu an seinem Geburtstag!

Henriette hatte lange gegrübelt, was sie ihren Schwiegereltern zu Weihnachten schenken könnte. Als sie am Heiligen Abend zu dritt beisammensaßen, gab sie ihnen einen Brief, um den sie Felix gebeten hatte, als sie noch in Frankfurt war.

Sehr verehrte Madame und Monsieur Trepte,

Ihr Sohn Philipp war mein Waffengefährte und mein Freund, das darf ich ehrlichen Herzens von mir behaupten. Seite an Seite standen wir im Gefecht. Ich versichere Ihnen bei allem, was mir heilig ist, dass er schnell starb, als ihn die tödliche Kugel traf, ohne lange Qualen. Ich konnte

ihn nicht retten, weil es keine Rettung gab. Aber ich blieb
bis zu seinem letzten Atemzug an seiner Seite, damit er
nicht allein war, als er seinen letzten Weg gehen musste.
Ich hoffe innig, Ihnen mit diesen Worten ein wenig Trost
spenden zu können. Philipp sprach während unserer
gemeinsamen Zeit auch viel von seinem Bruder Julius. Er
erzählte mir viele lustige Episoden. Vielleicht möchten Sie
ja einige lesen?

Wilhelm Trepte trug den Brief vor, bis ihm die Stimme brach,
und dann lagen sich alle drei schluchzend in den Armen.
»Danke!«, brachte Wilhelm hervor. »Maximilian sagt, du
machst ihn glücklich. Das glaube ich gern. Die Männer meiner Familie haben sich oft ihre Frauen in der Fremde gewählt.
Mein Großvater brachte seine Liebe aus Italien mit. Und
unser Ältester fand dich in Sachsen.«
Er räusperte sich, um wieder Herr seiner Stimme zu werden.
»Wir haben zwei Söhne verloren, aber eine Tochter gewonnen. Willkommen in unserer Familie.«

Eine unerwartete Versöhnung gab es am Heiligen Abend im
Lager der sächsischen Armee, die mittlerweile in Querfurt
Quartier bezogen hatte. Soeben war ein Tagesbefehl des Herzogs Karl August von Sachsen-Weimar verlesen worden, des
Führers des Dritten Deutschen Armeekorps. Zu diesem Ver-
bund waren thüringische, sächsische, anhaltische und mehrere kleinere Einheiten zusammengeschlossen worden, unter
anderem das berühmte Hellwigsche Streifkorps, das 1806 mit
nur fünfundzwanzig Husaren viertausend preußische Gefangene befreit hatte.
Der Herzog von Weimar ließ die sächsischen Regimenter
nach Ausrüstungsgrad und Mannschaftsstärke neu bilden.
Karl Tröger gehörte ab sofort zum 3. Bataillon des 1. Provisorischen Linienregiments.

Wilhelm Tröger blieb bei der Reitenden Artillerie und ging am Abend auf die Suche nach seinem Bruder.

Der zuckte zusammen, als der Ältere plötzlich vor ihm stand. Ihre letzte Begegnung hatte ihm etliche blaue Flecken und ein noch schlechteres Gewissen eingebracht, als er ohnehin schon hatte.

»Kleiner, versprich mir, dass du dir von nun alle Mühe gibst zu überleben, ja?«, sagte Wilhelm mit fordernder Stimme.

Karl riss die Augen auf, aber schließlich brachte er ein zögerndes »Hm« heraus.

»Du kannst hier nicht weg, bevor der Krieg vorbei ist, also mach Mutter nicht noch mehr Kummer. Versprochen?«

»Versprochen.«

»Ich pass auf dich auf, so gut ich kann. Und nun komm her, Kleiner, lass dich umarmen, es ist Weihnachten!«

Karl schniefte fürchterlich und wischte sich die Nase am Ärmel ab. Dann setzten sie sich etwas abseits von den anderen und erzählten einander leise vom Tod ihrer Brüder.

Der preußische Major Peter von Colomb verbrachte den Weihnachtsabend im soeben eroberten nordbrabantischen Breda. Seine Streifschar war zusammen mit der russischen Vorhut unter General von Benckendorff gegen diese Stadt gezogen. Als die französische Garnison einen Ausfall wagte, erhob sich die holländische Bürgerschaft und verwehrte den Franzosen die Rückkehr in die Stadt, unterstützt von den Russen und Colombs Eskadrons.

So konnte sich der Major am Weihnachtstag endlich der Post widmen, die er in Breda für sich vorgefunden hatte.

Dabei musste er feststellen, dass er unwissentlich gegen einen Befehl verstoßen hatte – bei einem Zwischenfall in der flandrischen Stadt Löwen am 18. Dezember.

General von Bülow, der ebenso wie der russische General von Bennigsen seit Wochen in Holland operierte, forderte

Colomb in einem Schreiben vom 12. Dezember auf, die Einwohner anzufeuern, gegen die Franzosen zu den Waffen zu greifen.

Genau das hatte Colomb in Löwen verhindert. Denn dort war bei seinem Eintreffen ein Tumult zugange, der in einem furchtbaren Blutbad zu enden drohte.

Als er an jenem Tag in die Stadt einrückte, deren französische Besatzung nur Stunden zuvor nach Brüssel geflohen war, sah er eine Horde wütender Menschen den Bürgermeister aus dem Rathaus zerren und über ihn herfallen. Es begann eine zügellose Schlägerei, in deren Verlauf mehrere Menschen von Pferden überritten wurden.

Ein österreichischer Dragoneroffizier beschwor Colomb einzugreifen, sonst werde ein unvorstellbares Plündern und Morden entbrennen, das durch nichts mehr aufzuhalten sei.

Also feuerte der Major seine Pistole in die Luft ab und forderte in dem jäh eintretenden Moment der Stille das tobende Volk zur Ruhe auf, statt es zu bewaffnen.

»Bald trifft General von Bülow mit fünfzigtausend Mann hier ein und wird der Gerechtigkeit Genüge verschaffen!«, rief er. »Bis dahin wartet, sonst werden die Franzosen furchtbar Rache nehmen. Diesen Mann hier« – Colomb wies auf den zu Tode verängstigten und im Gesicht blutenden Bürgermeister – »nehme ich als Geisel mit.«

Der Kerl war ihm alles andere als sympathisch. Doch wenn er nicht vom Pöbel erschlagen werden sollte, musste er ihn außer Reichweite der Wütenden bringen. Niemand widersprach, bald zerteilte sich der Auflauf.

Wäre mir dieser Brief früher zu Augen gekommen, hätte ich in Löwen anders handeln müssen, überlegte Colomb in Breda. Der Befehl ist eindeutig. Doch es gibt Befehle, und es gibt Situationen, da muss man nach seinem Gewissen und seiner Ehre handeln. Und die Verantwortung dafür übernehmen.

Eine Weile sann Peter von Colomb über mögliche Konsequenzen für seine bis eben noch glanzvolle militärische Laufbahn nach, dachte an seine junge Frau und sein Söhnchen, die er ewig nicht gesehen hatte.

Er war es gewohnt, auf sich gestellt zu sein und Entscheidungen nach Lage der Dinge zu treffen.

Und so blieb es seine Überzeugung, in Löwen richtig gehandelt zu haben. Sonst hätte es dort ein Blutbad mit unabsehbaren Folgen gegeben.

In Erfurt wurden schon vor dem Heiligen Abend Freudenfeste gefeiert, wenn auch nur heimlich. Gouverneur d'Alton und General Kleist hatten am 20. Dezember eine Konvention über die Übergabe Erfurts an Preußen abgeschlossen. Am 6. Januar 1814 sollte sie vollzogen werden.

Die französische Garnison würde sich auf Petersberg und Cyriaksburg zurückziehen. Doch Dom, Severikirche, Andreastor und Brühler Tor blieben französisches Gebiet.

Hinter verschlossenen Türen jubelten die Erfurter und hatten allen Grund: Die Stadt würde nicht gestürmt, das Requirieren sollte eingestellt und alle Geiseln freigelassen werden.

Zur Beruhigung der Einwohner wurde vor Weihnachten zum ersten Mal sogar wieder Salz verkauft – für einen Groschen das Pfund bei riesiger Nachfrage.

Magdalena und Friedrich Keyser gingen sofort zur Zitadelle, um ihren Vater abzuholen.

»Monsieur Keyser bleibt vorerst in Gewahrsam, zusammen mit sechs weiteren Gefangenen, den berüchtigtsten Aufrührern. Befehl des Gouverneurs!«, beschied ihnen ein Unteroffizier harsch, der herbeigerufen worden war, weil sich die zwei Zivilisten partout nicht abweisen ließen.

Friedrich wollte heftig protestieren, doch Magdalena presste seine Hand so fest, dass er begriff, sich beherrschte und ihr das Reden überließ.

»Bitte Monsieur, zeigen Sie Milde! Unser Vater ist kein Aufrührer. Er ist ein alter Mann und krank. Es wird ihn umbringen, wenn er weiter in diesem eiskalten Verlies bleibt«, bat sie den Unteroffizier unter Tränen.

»Das habe ich nicht zu entscheiden«, erklärte der schroff.

»Dürfen wir für ihn vorsprechen?«, erkundigte sich Friedrich Keyser höflich.

»Nein.«

»Vorerst – was heißt vorerst? Bis wann? Wird Seine Exzellenz wenigstens so gnädig sein und angesichts des Weihnachtsfestes Milde walten lassen?«, fragte Magdalena ebenso höflich.

Sie verzweifelte fast, als sie die Antwort hörte.

»Bis die geforderten zweihundertvierzigtausend Franc gezahlt sind … Und nun entfernen Sie sich!«

Grimmig nickte der Uniformierte ihr zu, dann ihrem Bruder.

»Demoiselle, Monsieur!«

Er wandte sich ab, um davonzustapfen.

»Aber wir dürfen unserem Vater etwas zu essen bringen?«, rief Friedrich Keyser ihm nach.

»Sofern Sie noch etwas zu essen *haben* … und die für den Zutritt übliche Gebühr zahlen«, höhnte der Mann.

Auf vereisten Wegen gingen die Geschwister schlitternd und rutschend hinunter in die Stadt. Magdalena schluchzte.

Die Zelle, in der ihr Vater und die anderen Geiseln saßen, war an den Wänden eisbeschlagen und wimmelte von Ungeziefer. Die Gefangenen bekamen nur Wasser und Brot, wenn ihnen nicht die Angehörigen etwas brachten und dafür auch noch die Wachposten bestachen. Mit ihren letzten Münzen. Denn das Blockadegeld, das der Gouverneur hatte herausgeben lassen, war kaum das Papier wert, auf dem es gedruckt wurde. Und ihrem Vater ging es zusehends schlechter.

Bald sollten auch die anderen Erfurter merken, dass sie sich zu früh gefreut hatten.

Gouverneur d'Alton nutzte jede Stunde, um für eine lange Belagerung bereit zu sein. Er ließ sämtliche Geschütze und Munition von den Wällen auf den Petersberg schaffen, schickte einen schnellen Reiter zum Kaiser, um Instruktionen einzuholen, und ließ unvermindert requirieren. Für die Freilassung der verbliebenen Geiseln forderte er riesige Mengen Brot, Getreide, Heu, Wein und Vieh. Rücksichtslos drangen seine Soldaten in die Häuser ein, um fortzuschleppen, was ihnen nützlich sein konnte.

Noch mehr Gebäude wurden abgerissen oder gesprengt – sogar am 24. Dezember. Da traf es die Häuser am Rubenmarkt: den Güldenen Hahn, den Güldenen Adler, Zum schwarzen Rade und all die anderen. Der Lärm der Sprengungen erschütterte die ganze Stadt.

Am Vormittag kam Friedrich Keyser erneut unverrichteter Dinge zurück von der Zitadelle.

»Sie geben ihn nicht frei!«, sagte er bitter und sank resigniert auf einen der Stühle. Konstantin Gerlach wollte auffahren, doch Friedrich brachte ihn mit einer Handbewegung zum Schweigen.

»Ich sehe nicht tatenlos zu, wie Vater den Heiligen Abend in dieser Zelle verbringt!«, erklärte Magdalena zornig.

»Was willst du dagegen tun? Wir werden beim Gouverneur nicht vorgelassen. Ich habe es eben versucht!«, meinte ihr Bruder.

»Ich gehe zu Kahlert.«

Entsetzt sah Friedrich ihr ins Gesicht. »Nicht allein! Ich begleite dich.«

»Nein!«, widersprach sie energisch. »Erstens warst du selbst schon einmal als Aufrührer verhaftet, und er könnte dich wieder festnehmen lassen, einfach so. Und außerdem …«

Sie seufzte und blickte gequält.

»Es ist aussichtsreicher, wenn ich allein gehe. Vielleicht lässt er sich herab, mir einen Gefallen zu tun.«

Sie wurde abwechselnd rot und blass bei dem Gedanken, freiwillig den Mann aufzusuchen und auch noch um etwas zu bitten, den sie aus tiefstem Herzen verabscheute.

»Schwester …« Friedrich räusperte sich.

Er griff nach ihren Händen und sah ihr ins Gesicht. »Er wird einen Preis dafür fordern. Geh nicht darauf ein! Das ist es nicht wert, hörst du! Auch Vater würde es niemals wollen.«

Magdalena blieb stumm.

Vor dem Büro des Polizeiinspektors musste die Tochter des führenden Buchhändlers der Stadt zwei Stunden warten, obwohl niemand ein- und ausgegangen war außer dem Sekretär, der ihre Ankunft gemeldet hatte. Die Demütigung traf sie nicht unerwartet, sie hatte damit gerechnet.

Als sie endlich eintreten durfte, erhob sich der Polizeioberinspektor nicht einmal, um sie zu begrüßen.

Das war äußerst ungewöhnlich. Männer standen aus Höflichkeit unverzüglich auf, sobald eine Dame den Raum betrat. Er blieb hinter seinem riesigen, mit Papieren übersäten Schreibtisch sitzen, und sie trat als Bittstellerin vor ihn.

Die Botschaft ließ an Klarheit nichts zu wünschen übrig.

Scheinbar nachdenklich legte Kahlert den spärlich behaarten Kopf schief und musterte sie.

»Verehrte Demoiselle Keyser, so gern ich Ihnen behilflich wäre, schon um der großen Zuneigung willen, die ich für Sie empfinde … Mir sind in dieser Angelegenheit die Hände gebunden. Die sieben weiterhin Inhaftierten gelten als gefährliche Aufrührer, die man nicht unbeaufsichtigt lassen darf. Es sei denn, sie bringen die geforderte Summe auf.«

»Das können wir nie und nimmer, nicht einmal in Blockadegeld«, erklärte Magdalena aufgebracht. »Und halten Sie meinen alten, kranken Vater ernsthaft für einen gefährlichen Mann, Monsieur? Wollen Sie sich seinen Tod auf die Seele laden?«

Der Oberinspektor Kahlert sah sie so durchdringend an, dass

ihr ein Schauer über den Rücken lief. Dann schickte er seinen Sekretär mit einem Wink hinaus.

Sie waren nun zu zweit in dem riesigen Raum.

»Es gäbe natürlich eine Möglichkeit ...«, sagte er vieldeutig und legte die Fingerspitzen seiner Hände gegeneinander.

Sie entgegnete nichts und wartete.

»Wenn Sie sich zu einem Verlöbnis mit mir bereit erklären, jetzt gleich, auf der Stelle ...«

Er zog die Augenbrauen hoch und überließ es ihr, den Satz zu Ende zu denken.

»Als gehorsame Tochter kann ich dies unmöglich ohne die Erlaubnis und den Segen meines Vaters tun!«, erwiderte sie höflich, aber abweisend. Sie hatte dieses Angebot befürchtet und sich die Antwort längst zurechtgelegt.

»Ich würde mich auch für Ihren Herrn Vater einsetzen, wenn Sie mir ein anderweitiges Zeichen Ihrer Gunst zukommen ließen.«

Er schnellte hinter seinem Schreibtisch hervor, blieb vor ihr stehen, leckte sich die Lippen und streckte die Hand nach ihrer Wange aus.

Angewidert wich sie zurück.

Ihr Bruder hatte recht. Das war es nicht wert. Und ihr Vater würde lieber sterben, als auf diese Weise freizukommen. Sofern er überhaupt freikommen würde. Kahlert hatte kein eindeutiges Versprechen abgegeben, nur Andeutungen. Und am 6. Januar, wenn die Preußen Erfurt einnahmen, hatte seine Macht ein Ende.

Mit einem Ruck wandte sich Magdalena um und stürmte aus dem Zimmer, wobei sie den draußen wartenden Sekretär beinahe überrannte.

So verbrachten der Buchhändler Georg Adam Keyser, der Fabrikant Rothstein, der Hospitalpfarrer Müller, der Postdirektor Löber, der Lohgerber Müller, der Hospitalvorsteher Ziegler und Friedrich Keysers ehemaliger Zellengenosse

Dr. Born das Weihnachtsfest in einer eisigen, von Ungeziefer wimmelnden Gefängniszelle auf der Erfurter Zitadelle und beteten darum, den Tag noch erleben zu dürfen, an dem die Preußen die Stadt übernahmen.

Torgau starb. Fast jedes zweite Haus in der immer noch vom Korps Tauentzien umschlossenen Stadt war zerstört oder beschädigt. Noch schlimmer als Kanonen und Kartätschen wütete das Nervenfieber. Kaum jemand blieb verschont. Täglich wurden Karren voll entkleideter Toter durch die dahinsiechende Stadt gefahren, um sie irgendwo unter einer dünnen Kalkschicht in den gefrorenen Boden zu bringen.
Der flehentliche Appell des Superintendenten Koch an General von Tauentzien um Schonung bewirkte lediglich einen Waffenstillstand von vierundzwanzig Stunden.
Doch am zweiten Weihnachtstag gestattete der General seinem Unterhändler, die Kapitulation von Le Brun de Villaret entgegenzunehmen.
Die französische Garnison sollte am 10. Januar Torgau verlassen, um sich in Kriegsgefangenschaft zu begeben. Jeder musste zunächst in die Quarantänebaracken, die Tauentziens Leitender Feldarzt hatte errichten lassen.
Kaum mehr als siebentausend Franzosen verließen die Stadt, fast zweieinhalbtausend blieben in den Lazaretten. Dreißigtausend waren seit dem Frühjahr hier am Nervenfieber gestorben. Dazu mehr als eintausend Zivilisten bei einer Einwohnerschaft von nicht einmal fünftausend.
General Thielmanns düstere Prognose war Wirklichkeit geworden.

Zwei Tage nach der formellen Kapitulation der Franzosen, am 28. Dezember, ritt General von Tauentzien nach Wittenberg. Dies war die nächste Festung, die er einnehmen würde. Und danach Magdeburg.

General von Dobschütz hielt die Festung Wittenberg schon seit zwei Monaten in Tauentziens Auftrag mit sechstausend Mann blockiert. Das waren doppelt so viele, wie die gut ausgerüstete Festungsmannschaft zählte. Doch die nahm stetig ab durch Krankheit und Desertion. Holländer, Italiener und Portugiesen suchten fast ausnahmslos das Weite, weil sie sich Napoleon nicht länger verpflichtet fühlten.

Für die Bewohner Wittenbergs waren Not und Furcht die gleichen wie in anderen belagerten Städten. Der französische Gouverneur, General Marquis de Lapoype, hatte seit Übernahme des Kommandos im Frühjahr 1813 unzählige Häuser in den Vorstädten abreißen und tausende Bäume fällen lassen, um freie Sicht und Schussbahn zu haben. Längst herrschte eine Hungersnot; die Wasserversorgung für Wittenberg war gestört und Brennholz kaum noch aufzutreiben. Sogar die mächtige Luthereiche war den Äxten zum Opfer gefallen. Die berühmte Universität, an der Martin Luther und Philipp Melanchthon gelehrt hatten, war ausgelagert worden und sollte nie mehr zu alter Größe zurückfinden. Und die Wittenberger wussten: Das Schlimmste stand ihnen erst noch bevor.

Doch das wohl schrecklichste Los durchlitten an diesen Weihnachtstagen die Hamburger.

Marschall Davout, der Eiserne Marschall, unbestechlich, pflichtbewusst und unerbittlich, war bereits im Frühjahr mit drakonischer Strenge gegen die Aufständischen in Norddeutschland vorgegangen. Seitdem ließ er Hamburg zur Festung ausbauen. Tausende Zivilisten wurden zu Schanzarbeiten verpflichtet, die Bank beschlagnahmt, ganze Dörfer abgerissen.

Anfang Dezember kehrte der fähigste Marschall Napoleons nach Hamburg zurück, da er sich nicht länger gegen die alliierten Truppen unter Wallmoden, Bennigsen und Woronzow halten konnte. Ihm unterstanden nun fast vierzigtausend

Mann französischer Besatzung, und in gewohnter Härte und Gründlichkeit ließ er sich Hamburg auf eine lange Belagerung einrichten. Da er mit seinem Korps nicht mehr zu Napoleon durchbrechen konnte, würde er Hamburg bis zum Letzten halten, um jeden Preis.

Vororte wurden niedergebrannt, Häuser und Gärten vor sämtlichen Toren zerstört, alle Bäume auf den Wällen abgeholzt, fast ganz Hamm mit vierhundert Häusern eingeäschert. Der Marschall persönlich – vom Aussehen her eher schmächtig und mit starker Brille, doch gefürchtet wie kein Zweiter – ritt alle Stellungen ab und wies an, wo noch Vernichtungswerk zu erledigen sei. Es wurde mit aller Strenge requiriert, um die Verpflegung für fast vierzigtausend Soldaten auf Monate zu sichern.

Was Marschall Gouvion Saint Cyr den Dresdnern angesichts des Proviantmangels zur Wahl gestellt hatte, machte Davout den Hansestädtern zur unumstößlichen Pflicht, in ihrem eigenen Interesse: Jeder Hamburger, der nicht Vorräte für ein halbes Jahr besaß, hatte die Stadt laut Befehl vom 19. Dezember zu verlassen, sonst drohten Stockhiebe und Beschlagnahme des Eigentums.

Scharen Verzweifelter zogen in den Tagen vor Weihnachten durch Schnee und Kälte nach Altona, Lübeck oder Bremen und beteten, lebend anzukommen und Aufnahme zu finden. Viele wollten ihr Obdach nicht aufgeben. Davout verlängerte die Frist bis zum 24., zum 26., doch dann gab es kein Erbarmen mehr. Tausende Hamburger wurden gewaltsam durch die Tore getrieben.

Nur in einem Fall zeigte Davout Milde. Die Kinder des Hamburger Waisenheims ließ er bereits Mitte Dezember auf Wagen an einen sicheren Ort fahren, damit ihnen nichts geschehe. Vielleicht dachte er an seine eigenen Kinder, von denen vier im jüngsten Alter gestorben waren?

Der Eiserne Marschall handelte durch und durch als Militär,

nur seinem Kaiser und den Soldaten unter seinem Befehl verpflichtet. Wer sich nicht an die Bestimmungen des Ausnahmezustands hielt, der wusste, worauf er sich einließ, und hatte mit der Todesstrafe zu rechnen. Und wie sollte er Zivilisten ohne Proviant in der Stadt belassen? Sie würden verhungern! An Narbonnes Stelle hätte er auch aus Torgau sämtliche Bewohner verbannt, abgesehen von Ärzten und Krankenpflegern. Es wäre zu aller Bestem gewesen.

Vor Hamburg stand der russische General Bennigsen mit seiner Belagerungsarmee und ließ bekanntgeben: Jeder Waffenfähige habe sich bei ihm zu melden und könne sich bewaffnen, um Rache zu üben. Er erhielt reichlich Zulauf. Auch von zweitausend deutschen und holländischen Soldaten, die zu Davouts Korps gehörten und freudig desertierten.

Unterdessen gingen auf Befehl des Marschalls die Häuser vor dem Dammtor und die Vorstadt Hamburger Berg in Flammen auf, Häuser brannten an der Alster, am Rothenbaum, am Grindel und in Pöseldorf.

Mehr als fünfundzwanzigtausend Hamburger hatten Weihnachten 1813 ihr Zuhause verloren und mussten auf Leben und Tod in die Kälte hinaus.

Am letzten Tag des Schicksalsjahres 1813 wurden in Berlin alle Kirchen zum feierlichen Gebet geöffnet.

Die sieben Erfurter Geiseln kamen frei und durften zu ihren Familien zurückkehren. Schwer krank, aber nicht gebrochen, umarmte Georg Adam Keyser seine tränenüberströmte Tochter und seinen Sohn.

Der preußische König verließ Frankfurt, um zu seiner Armee zu stoßen und bei Mannheim den Rhein zu überqueren.

Die Schweizer Truppen zogen sich aus Basel zurück, damit ein Teil der Alliierten Armee Schweizer Territorium durchqueren konnte.

Am Neujahrstag hielt Napoleon Bonaparte während der

Gratulationscour in den Tuilerien eine sehr lange und sehr zornige Brandrede. Er beschuldigte die Abordnung des Senats, sich von Aufwieglern leiten zu lassen.

Der Kaiser der Franzosen wusste normalerweise bestens über die gegnerischen Truppenbewegungen Bescheid. Doch zu dieser Stunde ahnte er nicht im Geringsten, dass Blücher gerade mit der Schlesischen Armee auf das französische Rheinufer übersetzte und die größte Geheimoperation dieses Krieges in vollem Gange war.

Das Unmögliche

Zwischen St. Goarshausen, Weisel und
Kaub am Rhein, 31. Dezember 1813

Sie spürten es alle, dass an diesem Tag etwas Besonderes geschehen würde – schon länger mit dem Instinkt erfahrener Soldaten und nun ganz klar, weil die Ereignisse einfach keinen anderen Schluss zuließen.

»Ich sage dir, der Alte hat heute noch was Großes vor, und das wird *keine* Silvesterfeier«, prophezeite Felix' Nebenmann. »Der Alte« für Feldmarschall Blücher klang bei Jakob Häusler äußerst ehrfürchtig. Er hatte den Satz kaum zu Ende gesprochen, als er mit seinen genagelten Schuhen auf dem vereisten Weg ausrutschte und gestürzt wäre, hätte Felix ihn nicht geistesgegenwärtig am Arm gepackt. Beide kamen ins Schlingern und stießen gegen ihre Vordermänner, die in wildes Fluchen ausbrachen.

Ihr heutiger Marschbefehl lautete von St. Goarshausen nach Kaub, aber nicht am Rhein entlang, sondern wieder ein Stück landeinwärts nach Weisel. Das konnte vom gegnerischen Rheinufer aus nicht eingesehen werden, dort war Platz für die

Aufstellung größerer Truppenkontingente, und es lag nur etwa fünf Kilometer von Kaub entfernt.

Die letzten Wochen hatte die 1. Brigade des Korps Yorck, der auch Felix Zeidler angehörte, in dem kleinen Ort Langenschwalbach zugebracht. Das Korps Yorck konnte und musste nach den Strapazen der Schlachten und Eilmärsche wieder zu Kräften kommen. Es hatte unzählige Männer verloren: beim blutig erkämpften Elbübergang bei Wartenburg, während der Schlacht um Leipzig in Möckern gegen das Korps Marmont, danach bei der Verfolgung der Grande Armée. Doch selbst die scheinbar erholsame Zeit in und um Wiesbaden bescherte dem Truppenverband noch einmal hohe Verluste: Fünftausend Soldaten erkrankten am Nervenfieber. Aus Brandenburg und Schlesien kamen neue Rekruten, die das auf nur noch sechstausendfünfhundert einsatzfähige Männer geschrumpfte Korps allmählich wieder auf zwanzigtausend Mann verstärkten.

Blüchers gesamte Schlesische Armee war nun entlang des rechten Rheinufers einquartiert, von Mannheim bis Neuwied, nördlich von Koblenz. Dort standen alle vier Korps: Yorck, Langeron, Saint Priest und Sacken, dreiundsiebzigtausend Mann.

Rasch zeigte sich, dass die kleineren Orte des Herzogtums Nassau nicht in der Lage waren, so viele Männer über Wochen zu verpflegen. Regimenter wurden umquartiert und Lieferungen aus den benachbarten Fürstentümern angefordert.

Felix und seine Kameraden verbrachten die Wochen mit Wachdiensten und damit, ihre Ausrüstung auszubessern. Auf den Eilmärschen durch Thüringen bei Schlamm, Regen und Schnee und über das Taunusgebirge hatten viele die Schuhe eingebüßt. Die Mäntel faulten ihnen durch die ständige Feuchtigkeit von unten weg, Beinkleider und Strümpfe waren zerrissen.

Unterdessen schlossen die Männer der 1. Brigade Wetten ab, ob sie hier wohl überwintern oder bald schon auf Paris marschieren würden. Kaum einer von ihnen glaubte ernsthaft, dass ihr »Marschall Vorwärts« tatenlos bis zum Frühjahr abwartete. Das sähe ihm überhaupt nicht ähnlich. Und dafür gab es auch zu viel Unruhe sogar an ihrem Standort; ein Kommen und Gehen von Kurieren, aus dem Soldaten stets eigene Schlüsse zogen.

Gestern war urplötzlich das Gerücht aufgetaucht, der Generalfeldmarschall sei unterwegs nach Langenschwalbach. Das hatte jedermann mit gespannter Erwartung erfüllt.

Doch keiner von ihnen sollte gestern auch nur die Bartspitzen Blüchers zu sehen bekommen. Überraschend wurde Abrücken nach St. Goarshausen befohlen, einem Ort direkt am Rhein.

Es war von Langenschwalbach ein Tagesmarsch durch das Taunusgebirge dorthin, bei Schnee und Eis. Nach dem ungewöhnlichen Novemberfrost hatte es ein paar Tage milderes Wetter gegeben, doch jetzt war der Frost mit klirrender Strenge zurückgekehrt.

»Hol mich der Teufel, wenn sie uns ausgerechnet heute an den Rhein schicken, damit wir dort Silvester feiern!«, platzte Häusler heraus, während sie eilig ihre Tornister packten und nach den Waffen griffen, um sich draußen zum Abmarsch zu sammeln. »Ich sag's ja: Wir gehen über den Rhein!«

»*Hier*? Wie denn?«, prustete verächtlich einer der Neuen in ihrem Zug, ein blonder Havelländer mit schiefen Zähnen namens Michalke. »Es gibt auf hundert Kilometern Länge keine einzige Brücke über den Rhein.«

»Bürschlein, wenn du jemals von einem gewissen Marschall Blücher gehört hast«, begann Häusler, die anderen lachten, »dann würdest du mir glauben: *Er* kann bestimmt auch übers Wasser *gehen*! Ach, zuck nicht gleich zusammen, Hasenfuß, das ist keine Gotteslästerung.«

Er sah sich unter seinen grinsenden Kameraden um. »Leider können das die Artillerie und die Kavallerie nicht. Also werden sie wohl eine Pontonbrücke bauen.«

Der Havelländer starrte ihn skeptisch an und schüttelte den Kopf. »Ihr seid ja ganz sicher die großen Helden zu Lande!«, meinte er sarkastisch. »Aber ich bin Fischer. Zwar nur auf der Havel, aber jeder, der sich auf dem Wasser auskennt, weiß: Der Rhein ist hier sehr breit und hat gefährliche Strömungen, die schlimmsten ausgerechnet bei St. Goarshausen. Habt ihr noch nie von der Loreley gehört? Dort ist der Rhein zwar nur hundertsechzig Meter breit, aber fünfundzwanzig Meter tief und völlig unberechenbar! Eine Pontonbrücke von dieser Länge an der gefährlichsten Stelle? Unmöglich! Außerdem haben wir gar keine Pontons mehr.«

Normalerweise wurden Pontons aus Kupfer, Eisen oder Holz im Tross einer Armee für die erforderlichen schnellen Brückenschläge mitgeführt, doch nach dem langen Feldzug und vielen Flussübergängen waren alle verschlissen oder verlorengegangen.

Der rothaarige Häusler zeigte sich nicht im Geringsten beeindruckt von diesen Argumenten, sondern drehte sich zu Felix um. »Los, Studiosus, erklär's ihm!«

»Ja, der Rhein ist hier wirklich sehr unberechenbar«, meinte der, auf das Spiel eingehend, und rückte seine Brille zurecht.

»Wie unser havelländischer Freund schon sagte, voller Strudel, Untiefen und Felsen. Sogar bei ihm zu Hause kennt man die uralte Sage von der Zauberin Loreley, die ganz in unserer Nähe auf einem Felsen sitzt und die Schiffer mit ihrer Schönheit so verwirrt, dass sie von den Strudeln in die Tiefe gezogen werden.«

Er lächelte geheimnisvoll und senkte die Stimme. »Vielleicht ist es auch eine Nixe, vielleicht eine Elfe, wer weiß? Der Felsen gibt ein siebenfaches Echo und summt und rauscht unheimlich. Zwerge sollen darin hausen. Clemens Brentano, der

Dichter, schrieb eine Ballade: ›Zu Bacharach am Rheine wohnt eine Zauberin‹ …«

»Zeidler, du sollst hier keine Märchenstunde halten!«, unterbrach ihn Jakob und rollte mit den Augen. »Und ihr macht euch keine falschen Hoffnungen! Bei dieser Hundekälte hockt kein nacktes Mädchen auf dem Felsen, um euch zu bezirzen. Weder Elfe noch Nixe.« Häusler prustete. »Nicht mal ein in Lumpen gehülltes Fischweib. Obwohl man nie weiß, wer gefährlicher ist: die Elfe oder die alte Hexe.«

Ungerührt dozierte Felix weiter und legte die Schlussfolgerungen dar, die er anhand seines Wissens in den letzten Tagen aus Beobachtungen und beiläufigen Sätzen der Vorposten und Meldereiter gezogen hatte.

»Weil es also absolut unmöglich scheint, jetzt und hier mit einer ganzen Armee den Rhein zu überqueren, rechnet auch niemand auf französischer Seite damit, dass wir etwas anderes vorhaben könnten, als in aller Ruhe den Winter zu verbringen. Es gibt ja weit und breit keine Brücke! Drüben in St. Goar, Oberwesel und Bacharach, den nächsten Orten auf französischer Seite des Rheins, sind nur wenige Wachposten stationiert. Und gegenüber von Kaub hocken ein paar gelangweilte Douaniers in der Zollstation, die sich gründlich ins neue Jahr betrinken wollen.«

»Das mag ja alles sein«, widersprach der Havelländer, ganz und gar nicht eingeschüchtert. »Aber wenn wir nicht über den Rhein schwimmen, fliegen oder wie der Generalfeldmarschall *wandeln* wollen, wird sie niemand bei diesem Besäufnis stören.«

»Man merkt, Bürschlein, du bist noch nicht lange beim besten Korps von Blüchers Armee«, hielt Jakob Häusler ihm vor. »Sonst wüsstest du nämlich, dass unser ›Marschall Vorwärts‹ *niemals* seine schlagkräftigsten und erfahrensten Truppen – nämlich uns und das Korps Langeron – wochenlang tatenlos herumsitzen lassen würde. Er und Gneisenau haben einen

Plan, einen genialen Plan. Von dem du Dummkopf natürlich erst erfahren wirst, wenn es so weit ist!«

»Also *wandeln* wir über den Rhein?«, fragte der blonde Rekrut hämisch.

Jakob Häusler verdrehte erneut die Augen und flehte Felix geradezu an: »Erklär's ihm zu Ende, Studiosus! Bitte!«

Felix tat ihm und den anderen den Gefallen, denn draußen erklang schon das Kommando zum Antreten.

»Ein Stück flussaufwärts von St. Goarshausen, in Kaub, ist mitten im Fluss eine Insel mit einer uralten Zollburg, die heißt Pfalzgrafenstein. Wenn sie also *zwei* Pontonbrücken bauen – eine bis zur Insel, und von dort aus eine zweite ans andere Ufer ... sollte es gehen.«

So zogen sie bei klirrendem Frost durch das Taunusgebirge. Niemand sprach, jeder Atemzug bildete weiße Wolken vor ihren Mündern. Felix schauderte, als er vom Gebirgskamm in das tief eingeschnittene Flusstal sah, in das sie nun mit voller Ausrüstung hinunter nach St. Goarshausen mussten.

Links und rechts von ihm, so weit er schauen konnte, stieg eine ganze Armee von den schneebedeckten Bergen hinab.

»Es gibt drüben keinen Platz am Ufer, um einen Brückenkopf zu errichten«, meinte einer der Männer nachdenklich, der schon in Wartenburg und Möckern mitgekämpft hatte. »Wir müssten die steilen Abhänge dieses Gebirges – wie es auch heißen mag – erst runterschlittern, über den Fluss und dann auf französischer Seite gleich wieder hoch.«

»Rheinisches Schiefergebirge«, warf der Bergstudent Zeidler ein.

»Ja, schiefer könnte es kaum noch sein«, witzelte ein hagerer Schlesier, der erst vor zwei Wochen zu ihnen gestoßen war. »Ich frage mich, wie ein Pferd oder ein Geschütz die steilen Hänge runter- und wieder hinaufgelangen sollen.«

»Dann erkundige dich mal bei Schwarzenbergs Böhmischer

Armee, wie die im Sommer über den Nollendorfer Pass gekraxelt sind«, meinte Häusler sarkastisch, während er Ţabakrationen als Wettgewinne von ein paar Neulingen einsammelte.

Über Nacht bezogen sie Quartier in St. Goarshausen: durchgefroren, durchnässt, mit Eis auf den Augenbrauen und Bärten. Eine mitleidige Bäuerin, in deren Scheune sie sich einquartierten, starrte sie an wie Wesen aus einer anderen Welt. Dann seufzte sie und ging, um den Männern aus ihren schwindenden Vorräten eine heiße Suppe zu kochen.

Und nun, am letzten Tag des Schicksalsjahres 1813, marschierten sie nach Weisel, in dessen Umgebung sich riesige Truppenkontingente aufstellten. Bei Einbruch der Dunkelheit würde Bataillon für Bataillon in Kaub einrücken.

Da die 1. Brigade des Korps Yorck nicht als Avantgarde eingeteilt war, hatten die Männer zunächst stundenlang zu warten; in Schnee und klirrendem Frost.

Zum wohl tausendsten Mal dankte Felix in Gedanken seiner Mutter dafür, dass sie ihm schafwollene Socken geschickt hatte. Und er besaß wenigstens noch gute Schuhe – im Gegensatz zu den Männern der Landwehr, die zumeist nur Holzpantinen und dünne Leinenhosen zur Litewka trugen.

Während einer Marschpause im Wald beneidete einer der Neuen in Felix Zeidlers Zug laut das Korps Saint Priest. Das hatte Ende Oktober Kassel besetzt, die riesigen Lager der westphälischen Truppen erbeutet und war daher so gut gekleidet und gerüstet wie kein anderes in Blüchers Armee.

»Sie würden jetzt also lieber bei Ehrenbreitstein stehen und irgendwann gemütlich mit einer Fähre nach Koblenz übersetzen, statt mit dem tapfersten aller Korps dabei zu sein, wenn Geschichte geschrieben wird?«, fragte plötzlich jemand scharf von hinten.

»Natürlich nicht, Herr Premierleutnant!«, versicherte der Gerügte eiligst, der nicht gesehen hatte, dass ihr Zugführer gerade von einer Offiziersbesprechung zurückkam.

Der noch junge Premierleutnant, der nach einem Bajonettstich nur knapp der Amputation seiner linken Hand entgangen war und diese immer noch verbunden trug, betrachtete die frierenden, mit den Füßen stapfenden Männer seines Zuges.

»Ich verrate euch noch einen guten Grund, warum *wir* ausgerechnet hier sein sollten. Wisst ihr, wer uns da drüben erwartet?« Er wies mit der verletzten Hand in Richtung des französischen Rheinufers.

»Irgendwo dort hinter den Bergen, auf der anderen Seite des Flusses, steht mit seiner gesamten gottverdammten Artillerie und dem übrigen Korps Marschall Marmont! Der uns in Möckern so eingeheizt und fast sämtliche Offiziere weggeschossen hat. Wobei es unseren Brigadekommandeur von Steinmetz so erwischte, dass er beinahe den Arm eingebüßt hätte. Jeder von euch, der dort war, hat ein paar seiner besten Kameraden verloren. Das ist etwas Persönliches! Und jedermann hier, ob er nun dabei war oder neu im Korps Yorck ist, sollte es auch persönlich nehmen! Dort lang« – wieder wies er Richtung französische Rheinseite – »geht es zur Festung Metz. Und von da aus nach Paris.«

Er sammelte sich kurz und ging wieder zur formellen Ansprache über. »Wir werden nicht vor Einbruch der Dämmerung weiterziehen. Bis dahin können Sie schon einmal überlegen, was Sie in Paris tun, wenn wir dort einmarschiert sind. Und reden Sie jetzt nicht von hübschen Mädchen!«

Ohne ein weiteres Wort stapfte er davon.

»Woran sollen wir bei Paris denken außer an hübsche Mädchen?«, wunderte sich einer der Jüngsten im Zug.

Felix schlug vor, ein Ratespiel daraus zu machen. Er wollte weder, dass die Männer in prahlerische Weibergeschichten verfielen noch in Rachepläne bezüglich des Korps Marmont. Von beidem wollte er nichts hören.

»Mich satt essen, bis ich fast platze, die Läuse und das andere Ungeziefer loswerden und dann eine ganze Woche schlafen, unter einem schönen dicken Federbett«, meinte ein magerer Füsilier aus Schlesien sofort.

»Das wünschen wir uns doch alle jeden Tag«, erwiderte Felix, und die anderen lachten oder seufzten und starrten in den verschneiten Wald. »Aber in Paris? Los, denkt nach, etwas Besonderes!«

»Siegesparade!«, rief der Havelländer. »Wir ziehen durch den Triumphbogen wie Bonaparte einst durch das Brandenburger Tor und paradieren vor den Majestäten, während uns die schönen Pariserinnen zujubeln.«

Jakob lachte. »Wir sind zwar das tapferste Korps von Blüchers Armee, aber guck dich mal an – auch das zerlumpteste! Solange uns General Saint Priest nicht eine Lieferung aus Kassel schickt oder es Mäntel, Tuchhosen und Schuhe vom Himmel schneit, werden wir wohl kaum an dieser Parade teilnehmen dürfen.«

»Die Quadriga«, schlug Michalke stattdessen vor. »Wir suchen sie und bringen sie zurück nach Berlin. Als Helden werden sie uns feiern!«

Dieser Plan fand einhellige Zustimmung. Doch dann geriet das Spiel wieder ins Stocken.

»Wem würdet ihr gern in Paris begegnen?«, unternahm Felix einen neuen Versuch.

»Joséphine. Sie soll immer noch wunderschön sein.«

»Und ganz sicher sehnsüchtig ausgerechnet auf dich warten!«

»Marschall Ney. Um zu sehen, ob er nun so ein großer Held ist oder ein Idiot, der links und rechts nicht auseinanderhalten kann«, brummte einer der älteren Füsiliere. »Der hat es bei Bautzen nicht geschafft, mit seinem Korps auf den Kirchturm von Hochkirch zuzuhalten, und der ist wirklich nicht zu übersehen. Unser Glück, sonst wären wir eingekreist und vernichtet worden.«

»Auf den treffen wir schon *vor* Paris, darauf kannst du Gift nehmen«, meinte Jakob. »Wem würdest du gern in Paris begegnen, Studiosus?«

»Humboldt«, sagte Felix sofort.

»Der kommt *nach* uns, mit dem Hauptquartier. Erst mal müssen wir die Stadt einnehmen.«

»Nein, ich meine nicht den Diplomaten. Ich meine seinen jüngeren Bruder. Alexander von Humboldt.«

»Wieso *den*?«

»Er hat in Freiberg studiert wie ich und ist nun einer der größten Gelehrten. Fünf Jahre war er auf Expedition in Südamerika und machte bedeutende Entdeckungen.«

»Warum sitzt er dann in Paris und nicht in Berlin?«, fragte der Havelländer misstrauisch.

»Aus ... diplomatischen Gründen«, wich Felix aus. »Soll ich euch erzählen, wie er den höchsten Berg der Welt bestiegen hat, den Chimborazo?«

»Lass das lieber, das kann man ja nicht einmal aussprechen!«, wehrte Jakob ab. »Die Berge hier sind schon höher, als mir lieb ist. Wenn wir nicht über die schönen Mädchen in Paris reden sollen, erzähl uns mehr von der schönen Loreley!«

»Also gut. Es gibt viele Legenden, aber eine Geschichte ist bezeugt. Sie hat sich erst vor ein paar Jahren zugetragen. Wollt ihr sie hören?«

Das war natürlich eine rhetorische Frage. Seine frierenden Kameraden, die noch endlose Stunden des Wartens vor sich sahen, waren froh und dankbar über jeden Zeitvertreib.

Jemand reichte eine flache Flasche Branntwein herum.

»Ein halbes Dutzend junge Burschen aus St. Goarshausen weigerte sich, in der Grande Armée zu dienen«, begann Felix. »Die Nassauischen Infanterieregimenter waren nach Spanien geschickt worden, und die meisten sind dort gefallen. Statt dem Einberufungsbefehl zu folgen, haben sich diese Burschen hoch oben in einer Höhle im Loreleyfelsen versteckt, selbst auf die Gefahr hin, der unheimlichen Zauberin zu begegnen. Als Vergeltung wurden ihre Eltern in Zwangshaft genommen und Jagd auf die Versteckten gemacht, bis sie sich stellten und in Napoleons Armee gepresst wurden. Man brachte sie sofort nach Mainz …«

»… und wenn sie da nicht der Typhus geholt hat, stehen sie uns morgen mit geladenen Gewehren gegenüber?«, schlug der Havelländer als Ende der Geschichte vor.

»Nein. Sie kamen in die Seefestung Brest«, berichtete Felix.

»Zeidler, woher weißt du solche Dinge nur?«, wunderte sich Jakob.

»Ich konnte nicht einschlafen und hab mich gestern noch ein wenig mit dem Bauern unterhalten, in dessen Scheune wir einquartiert waren«, erklärte er achselzuckend.

Warum er nicht schlafen konnte, nicht einmal nach dem kräftezehrenden Marsch, ging die anderen nichts an.

Bevor jemand auf die Idee kam, ihn das zu fragen, beugte er sich vor, zog die Augenbrauen hoch und sagte mit geheimnisvoller Stimme: »Und wisst ihr, was ich dabei noch erfahren habe? Was für unheimliche Dinge hier seit Wochen vor sich gehen?«

»Los, Zeidler, raus damit!«, riefen die anderen sofort.

»In den Wäldern von Weisel …«, begann Felix.

Dramatisch schwenkte er den ausgestreckten Arm. »In den Wäldern von Weisel hausen neuerdings …«

»Wer?«

»Was?«

»Die schwarzen Teufel!«

Felix schob sich die Brille zurecht und blähte die Nasenflügel.

»Riecht ihr es auch? Pech und Schwefel?« Dann platzte er heraus: »Und ich glaube, wir bekommen sie heute noch zu sehen!«

Fannur und Sidyka

Zwischen Weisel und Kaub, 31. Dezember 1813

ie »schwarzen Teufel« in den Wäldern von Weisel waren weder Teufel noch sonstige Höllenwesen. Sondern eine zunächst gar nicht schwarze Gruppe Baschkiren, die zum Bau von Pontons in den Bucherwald abkommandiert worden war, zusammen mit russischen Schiffszimmerleuten.

Das sollte zwar alles streng geheim vonstattengehen, mit Postenketten abgesperrt. Aber vor der Dorfbevölkerung ließ sich nicht verbergen, was in nächster Nähe geschah. Noch dazu, wenn dort außerordentlich fremdartig gekleidete Männer Bäume fällten und Balken zimmerten. Sie redeten in einer fremden Sprache, die noch nie jemand hier gehört hatte. Von welchem Ende der Welt sie wohl gekommen waren?

Trotz der Wachposten schlichen sich immer wieder ein paar vorwitzige Burschen aus dem Dorf in den Wald, um einen Blick zwischen den Bäumen hindurch zu wagen. Schnell war zumindest eines der vielen Rätsel gelöst. Die Fremden bauten Schiffsgestelle!

Bald – und das ließ sich nun gar nicht mehr geheim halten – hängten sie riesige Kessel über lodernden Feuern auf und bestrichen die Bootsgerippe mit Teer. Ganze Wagenladungen mit dickem Segeltuch rumpelten durchs Dorf zu ihrem Biwak. Nun teerten die Fremden auch das Tuch, nagelten es auf die Schiffsrümpfe, teerten alles erneut, nagelten eine weitere Lage Tuch darüber, teerten diese, dann die dritte Lage … Bald waren ihre merkwürdigen Kleider und Mützen, ihre Haare und die Schaffelle, die sie um die Beine gewickelt trugen, über und über mit Teer bekleckst.

»Schwarze Teufel!«, kreischten die alten Weiber und schlugen die Hände zusammen über das unheimliche Treiben im Wald und das unheimliche Aussehen der Fremden.

Doch der Schrecken hielt nicht lange vor.

Zuerst kamen ein paar neugierige Kinder, die von der fremden Musik am Lagerfeuer angezogen wurden, sich staunend Pfeil und Bogen zeigen ließen oder die lockigen kleinen Pferde der Fremden betrachteten.

Nach und nach lernten aber auch die anderen Dorfbewohner, dass diese Fremden – Baschkiren nannten sie sich – auskömmliche und fröhliche Burschen waren. Keine Christen, trotzdem Menschenkinder. Der Herr Pfarrer wusste sogar, woher sie kamen: von ganz weit weg, aus dem Uralgebirge. Demnach mussten sie tausende Kilometer bis hierher geritten sein. Unglaublich! Kein Wunder, dass ihre Kleider so fremd und nun so mitgenommen aussahen.

Jetzt, am Nachmittag des Silvestertages, waren alle einundsiebzig Pontons fertig und auf Fuhrwerke verladen, bereit zum Abtransport nach Kaub. Die Männer, vom Haar bis zu den Stiefeln teerverschmiert, durften auf Weisung des Kommandeurs ein gedecktes Feuer entzünden und bis zum Aufbruch ausruhen, denn ihnen stand eine anstrengende Nacht bevor.

Fannur Ayup uly, ein fünfundzwanzigjähriger Sotnik, Anführer einer Hundertschaft im 1. Baschkirischen Regiment unter Kosaken-Hetman Platow, versammelte die Männer seines Zuges ums Feuer. Längst waren sie keine hundert mehr.

Es war Fannur gewesen, den Maximilian Trepte auf dem Weg von Leipzig nach Pegau die Kuraj spielen hörte, die baschkirische Flöte. Jetzt musizierte niemand.

Die Männer aßen getrocknetes Pferdefleisch und Talkan, grob gemahlenes Getreide, mit Wasser angerührt. Dann zogen sie sich zu ihren Pferden zurück, um an deren zottige Leiber geschmiegt sofort in tiefen Schlaf zu fallen.

Fannur war das sehr recht. So konnte er den Arm zärtlich um

seine Frau Sidyka legen, deren rundes Gesicht mit den ausdrucksstarken Augen erstrahlte.

Sie schmiegte sich an ihn und fragte leise: »Was für ein Geist wohl in diesem Berg dort wohnt? Ob wir mit dem Lärm der Äxte seine Ruhe gestört und ihn verärgert haben?« In der Vorstellungswelt ihres Volkes lebte in jedem Berg ein Geist.

»Wenn, dann hätte er uns das längst spüren lassen«, beschwichtigte ihr Mann sie.

»Berggeister lieben die Stille!«, widersprach Sidyka. »Ich warte immer noch, dass er herauskommt und zürnt. Ob er sich uns als grauhaariger Greis zeigt? Sieht er aus wie die Fremden hier oder wie einer von unserem Volk? Oder erscheint er als Tier? Als Wolf vielleicht?«

»Einen Wolf kann ich töten«, sagte Fannur und strich über das Holz seines Bogens. »Das wäre der zwölfte.«

»Nicht wenn er ein Geist ist«, gab Sidyka zu bedenken.

»Vielleicht betrachtet der Geist des Berges uns genauso neugierig wie die alten Weiber im Dorf und freut sich über das Spiel der Kuraj und deine Schönheit«, meinte Fannur.

Dass auch eine Frau zu den fremden »schwarzen Teufeln« gehörte, hatte unter den Weiselern größtes Erstaunen hervorgerufen. Doch bei den Baschkiren war es nichts Ungewöhnliches, dass eine Frau ihren Mann auf den Kriegszug begleitete. Sie waren ein Nomadenvolk, und Sidyka war ebenso im Sattel aufgewachsen wie ihr Mann.

Der Sitte nach sollte sie für ihn und seine Begleiter kochen, aber das Kochen lag ihr nicht besonders. Dafür war sie eine ausgezeichnete Heilerin und hatte es geschafft, dass viele aus Fannurs Zug, die auf der langen Reise verwundet oder krank geworden waren, wieder genasen.

»Denkst du, dass wir jemals wieder zurück nach Hause kommen?«, fragte sie sehnsüchtig. »So viele Monde sind wir nun schon unterwegs, tausende Werst, haben die merkwürdigsten Dinge gesehen. Riesige Häuser ganz aus Stein, Landschaften, so fremdartig … Die Bäume und Tiere sind uns fremd, von den Menschen und ihren Bräuchen ganz zu schweigen. Sogar die Kälte ist anders, sie geht bis in die Knochen. Mir fehlen die Weite der Steppe und das Gebirge. Weißt du noch, diesen Sommer, als es so furchtbar heiß war und wir drei Tage und Nächte lang durchgeritten sind? Wir fielen fast vom Pferd vor Müdigkeit und blieben einfach im Gras liegen.«

»Da dachte ich wirklich: Leb wohl, mein schönes Baschkirien!«, erinnerte sich Fannur und seufzte. »Aber du hast keine Ruhe gegeben, bis wir uns zu diesem Tümpel schleppten. Und dann waren wir voller Blutegel.«

»Aber wieder bei Kräften!«, triumphierte seine Frau.

»Hast du je bereut, mit mir geritten zu sein?«, fragte Fannur nach einem Moment des Schweigens. Die kräftigen Hände hatte er lose auf die Knie gelegt, den Blick nachdenklich zu Boden gerichtet.

»Nein. Niemals.«

»Dann kommen wir auch wieder nach Hause!«, meinte er erleichtert und froh. »Es kann nicht mehr weit sein bis Paris. Wir preschen kurz hinein, der Zar nimmt die Siegesparade ab, und dann reiten wir nach Hause.«

»Liebster!«, sagte sie streng und musterte ihn; Schalk blitzte in ihren Augen. »Wenn du zur Siegesparade in Paris reiten willst, beachte zwei Dinge.«

»Welche denn?«, fragte er und sah sie misstrauisch an.

»Falls du dort den schönen Frauen nachschaust, sorge ich persönlich dafür, dass du nicht zurück nach Hause kommst, *Liebster*!«

Fannur beeilte sich zu versichern, dass er für keine Frau außer ihr Augen habe. Was auch in diesem Wald nicht schwer war. Aber er liebte Sidyka wirklich, von ganzem Herzen.

»Und das Zweite?«, erkundigte er sich deshalb vorsichtig.

»Glaubst du, der Zar will dich von oben bis unten mit Teer beschmiert bei seiner Parade sehen?«

Flink stand sie auf und ging zu einem der Bündel, die neben ihrem hellbraunen Pferd lagen.

»Ich habe bei *Pitirrs* Mutter Wollstoff und ein Schaffell eingetauscht und nähe uns neue Kleider, bis wir in Paris sind.«

Peter gehörte zu den Jungen, die sich als Erste zu ihnen gewagt hatten, von unstillbarer Neugier und Abenteuerlust getrieben. Fannur hatte ihm ein Pferdchen geschnitzt und geschenkt. Der Zehnjährige, dessen Namen Sidyka kaum aussprechen konnte, bewunderte Fannur maßlos, seit er gesehen hatte, wie der mit einem einzigen Pfeilschuss eine Taube vom Baum holte.

Fannur besaß ein erbeutetes Gewehr, auf das er sehr stolz war. Zur Jagd aber benutzte er lieber Pfeil und Bogen, die traditionellen Waffen der Baschkiren. Sein Köcher war üppig mit Metallbeschlägen verziert; Zeichen seines Erfolges und Geschicks. Denn nach einem Bauernaufstand vor vierzig Jahren hatte Zarin Jekatarina den Baschkiren den Besitz von Metall verboten. Sie durften nicht einmal mehr Schmieden betreiben.

Durch Peter und die anderen Kinder entwickelte sich bald eine rege Verbindung zwischen Dorfbewohnern und Baschkiren, die zu vielen Tauschgeschäften führte.

Überrascht betrachtete der junge Krieger Stoffe und Fell.

»Du hast etwas von deinem Schmuck dafür eingetauscht?«

Baschkirische Frauen, die ihre Männer auf Kriegszügen begleiteten, benutzten die gleiche zweckmäßige Kleidung: den Beschmet, einen asymmetrisch geschlossenen Mantel, Hosen und die spitze Mütze. Von weitem waren sie kaum als Frauen zu erkennen. Doch unter dem Beschmet trugen sie ihre traditionellen Gewänder und Schmuck, der einen wesentlichen Teil ihres Besitzes darstellte.

»Ich gab ihr zwei Goldmünzen. Du kannst so nicht zur Parade, ich will auch aus den pechverschmierten Sachen heraus.«

Fannur verzichtete klugerweise darauf, seine Frau zu ermahnen, sie hätte das mit ihm absprechen sollen.

Stattdessen sagte er: »Ich preise Allah für den Tag, an dem mein Vater und dein Vater übereingekommen sind, uns zu verheiraten.«

Sidyka prustete belustigt.

Ihr Mann sah sie entrüstet an. Sie blickte sich um, ob niemand sie hörte. Doch alle in ihrer Nähe lagen bei den Pferden und schnarchten in unterschiedlicher Lautstärke.

Dann kicherte sie und raunte ihm ins Ohr: »Das glaubst du! Und das glauben unsere Väter. In Wirklichkeit haben unsere Mütter zuerst gesehen, wie es um uns steht. Sie haben sich beim Getreidemahlen abgesprochen und den Männern diese Idee als eigene eingeflüstert. Dafür danke *ich* Allah jeden Tag!«

Jetzt musste Fannur lächeln. Er zog seine Frau noch ein wenig enger an sich und schnupperte an ihrem Haar. Zwecklos, einfach alles an ihnen roch nach Teer.

Er küsste sie, da er sich unbeobachtet wusste.

»Sidyka!«, sagte er dann streng und sah ihr in die Augen.

Sie wusste: Was jetzt kommen würde, meinte er bitterernst. Die Zeit zu scherzen war vorbei.

»Wenn wir nachher zu diesem Fluss gehen und die Pontons rudern ... Du wirst das nicht tun, hörst du! Deine Aufgabe ist es, unsere Pferde zusammenzuhalten und sicher über die Brücke zu führen. Das ist wichtig. Ich verlasse mich auf dich. Hast du verstanden?«

Sidyka verstand genau. Er wollte sie schützen. Die Boote konnten lecken und sinken oder in der eisigen Strömung abtreiben. Und sollten am anderen Ufer Gegner stehen, würden sie zuerst auf die Pontons und die Männer darin schießen, um den Bau der provisorischen Brücke zu stören.

»Wenn irgendetwas Unvorhergesehenes geschieht: Spring in den Sattel und reite los, bring dich in Sicherheit. Geh zum Kommandeur. Versprichst du mir das?«

Er sah sie eindringlich an, denn seine Frau, sosehr er sie auch liebte, neigte mitunter zu Eigensinn. Doch sie nickte.

»Schwöre es!«

»Ich schwöre es bei Allah«, versprach sie. »Doch du schwöre mir, mich nicht in der Fremde allein zu lassen!«

Kriegsrat am Rhein

Kaub, 31. Dezember 1813

Pünktlich um vier Uhr nachmittags, wie angekündigt, ritt Generalfeldmarschall Blücher in Kaub ein. Genau gesagt in die schmale Metzgergasse, um sich hier im Gasthof *Zur Stadt Mannheim* einzuquartieren. Das war nicht nur das erste Haus am Platze, sondern weit bekannt, da die Wirtsleute über die besten Weinlagen von Kaub, Bacharach und im Rheingau verfügten. Über Generationen war die Familie Kilp durch den Handel mit ihren Weinen reich geworden.

Als Blücher zusammen mit seiner Entourage durch die steil abwärtsführende Gasse ritt, die zu beiden Seiten mit Häuserzeilen bebaut war, jubelten ihm Soldaten und Zivilisten begeistert zu. Aus sämtlichen Fenstern beugten sich Schaulustige heraus, um den berühmten Feldmarschall zu sehen, ihm zuzuwinken und ihn aufzufordern, es »dem Napolium«, wie sie ihn nannten, ja recht zu zeigen.

Das rührte den alten Haudegen. Leutselig grüßte er zurück, doch weitere Rufe unterband er mit einer beschwichtigenden Geste. Am gegenüberliegenden Rheinufer befand sich die Zollstation der Franzosen. Die Douaniers konnten zwar nicht sehen, was in der Metzgergasse vor sich ging, aber vielleicht würden sie es hören und misstrauisch werden. Das galt es um jeden Preis zu verhindern.

Das Gasthaus *Zur Stadt Mannheim* war ein prächtiger Barockbau, die zartgrüne Fassade perfekt proportioniert, doch in dem bloß wenige Schritte breiten Straßenzug fiel das nur dem auf, der darauf achtete. Und Blüchers Gedanken weilten bereits bei der gewagten Aktion, mit der er heute Nacht den Gegner überrumpeln wollte.

Am Eingang des berühmten Gasthauses erwartete ihn Stadtkommandant Oberstleutnant von Klüx, Befehlshaber des Ostpreußischen Jägerbataillons, der sich bereits seit mehreren Wochen in Kaub aufhielt. Neben ihn trat sofort nach dem Absitzen Generalmajor Karl von Müffling. Er war der ältere Bruder jenes Oberstleutnants von Müffling, der das Kommando über das 2. Preußische Garderegiment zu Fuß erhalten hatte.

Die beiden geleiteten den Feldmarschall an der Gaststube im Erdgeschoss vorbei hinauf in die Salons im ersten Stock.

Blücher blinzelte verblüfft, als er die Räume betrat. In seinem Kriegerleben hatte er schon in armseligsten Quartieren genächtigt, gemeinsam mit seinen Soldaten, und in verschwenderisch ausgestatteten Palästen.

Doch so atemberaubende Schönheit hatte er hier nicht erwartet: kunstvoll bemalte Tapeten mit biblischen Szenen, kristallene Lüster, sämtliche Einrichtungsgegenstände perfekt aufeinander abgestimmt.

Bevor er sich genauer umsehen konnte, beanspruchte eine respektheischende Dame mit Falkenblick seine ganze Aufmerksamkeit. Sie trug ein Kleid aus kastanienbraunem Samt mit bernsteinfarbener Seide und auf dem kunstvoll frisierten eisgrauen Haar ein Häubchen aus Brüsseler Spitze.

»Euer Exzellenz, die Frau Kommerzienrätin Kilp, die Witwe des Weinhändlers, dessen Vater dieses vornehme Haus erbauen ließ«, stellte der Oberstleutnant von Klüx sie vor.

Sie knickste, ohne ein Auge von ihrem hohen Gast zu lassen.

»Es ist uns eine außerordentliche Ehre und Freude, Herr

Generalfeldmarschall, Euer Exzellenz hier beherbergen zu dürfen!«, versicherte sie mit überraschend kraftvoller Stimme.

Dann schob sie ihre drei Söhne vor, die sich der Reihe nach verbeugten: Karl, der das Geschäft jetzt führte, Daniel und Gerhard, den jüngsten.

Blücher salutierte strahlend vor der Witwe.

»Madame Kommerzjenrat, es is mich janz und jar eene Freude, in Ihrem beriehmten Lokale zu weilen!«

»Dann gestatten Euer Exzellenz, als Willkommensgruß den besten Wein zu kredenzen, den 1811er, den auch der Herr Geheime Rat von Goethe sehr schätzt.«

Auf ihren Wink trat ein hübsches Schankmädchen mit einem Tablett voll geschliffener Gläser heran.

Sobald den Begrüßungsformalitäten Genüge getan war, führte Madame Kilp ihre Gäste durch die Räume.

»Wir überlassen Eurer Exzellenz die beiden Salons und nutzen selbst derweil die Gästezimmer«, erklärte sie. »Im großen Salon können sich Euer Exzellenz mit den Herren Stabsoffizieren treffen, der Damensalon ist für Sie als Quartier vorbereitet.«

Dieses entgegenkommende Arrangement stimmte Blücher sehr zufrieden. Sein Generalstab umfasste derzeit etwa achtzig Mann. Und die würden sich seiner Order gemäß schon in ein paar Minuten hier versammeln.

Sein Zimmer, der etwas kleinere Salon, war ebenfalls mit kunstvoll gemalten Szenen auf den Tapeten geschmückt, doch nicht mit biblischen Motiven, sondern römischen Grazien.

Eine gute Seele hatte bereits sein Feldbett aufgestellt. Darüber hing ein breiter, mit Glasperlen bestickter Klingelzug, mit dem er eine Ordonnanz rufen konnte. Am Tisch würde er seine Mahlzeiten mit seinem Freund und Stabschef Gneisenau und einigen anderen einnehmen. Der wunderschöne Kachelofen strahlte wohlige Wärme aus.

»Aus der Herrenhuter Manufaktur in Neuwied«, erwähnte

die Witwe Kilp stolz. Dort bestellten sogar die Fürstenhäuser Europas.

Die Kommerzienrätin erkundigte sich nach weiteren Wünschen: ob für die Herren Offiziere vor dem Abendessen ein kleiner Imbiss gewünscht werde und welche Getränke sie bringen lassen solle.

Am besten einen Waschkessel voll Glühwein, scherzte Blücher. Er erwarte gleich den gesamten Generalstab, und die Herren seien vermutlich recht durchgefroren.

Madame Kilp schmunzelte und versprach zu sehen, wie Abhilfe zu schaffen sei.

Sie wollte sich schon mit ihren Söhnen zurückziehen, um alles Nötige zu veranlassen, als Stimmengewirr vor der Tür von einem Auflauf kündete.

Blüchers Adjutant Generalmajor von der Goltz ging mit hochgezogenen Augenbrauen hin, um zu klären, was es gab. Nach einem leise geführten Disput kehrte er zurück und informierte seinen Feldherrn, draußen stünden einige Schiffer und Schiffsbauer aus St. Goarshausen und ließen sich nicht davon abbringen, dem Herrn Feldmarschall persönlich ein Geschenk zu übergeben.

»Denn rein!«, entschied Blücher sofort. Er wollte die Männer bei Laune halten, die für diese Nacht zu harter Arbeit zwangsverpflichtet worden und für den Erfolg ihrer Geheimoperation unabkömmlich waren.

Zu aller Erstaunen trat ein junger Fischer vor, der einen prächtigen, bestimmt fast dreißig Pfund schweren Lachs in beiden Händen trug und die Last kaum halten konnte.

»Georg Philipp Menges«, stellte er sich schüchtern vor, verbeugte sich ungelenk und stammelte dann, dass er diesen schönen Salmen aus den Tiefen des Rheines bei der Loreley dem Herrn Generalfeldmarschall im Namen der St. Goarshäuser Fischerzunft überreichen wolle. Damit dieser »dem Napolium« auch ordentlich einheize.

»Dat ist aber brav! So wat Scheenet aus'm Rhein!«, freute sich der Beschenkte gerührt. »Dafor kriegste ooch 'nen richtjen Husarenschnaps!«

Umgehend wünschte er sich von Madame Kilp diesen Lachs für sich und seine Offiziere zum Abendessen.

Der junge Menges unternahm Anstalten, den riesigen Fisch bei der Witwe Kilp loszuwerden, doch die stemmte die Arme in die Hüften und rüffelte ihn zur allgemeinen Belustigung: »Borsch, du glaabst doch nit, isch trahn das glitschiche Vieh in die Kich? Bring's mol scheen selbscht enunner, denn kriehste aach deen Husarenschnaps!«

Als Gastgeber und Fischer endlich hinauskomplimentiert waren, blieb dem alten Feldmarschall keine Zeit mehr zum Ruhen oder Essen. Doch er konnte es auch kaum erwarten, mit seinem Stab noch ein letztes Mal alle Einzelheiten der Operation durchzugehen.

So gönnte er sich nur ein paar Minuten sitzend auf dem Feldbett und strich über sein faltenzerfurchtes Gesicht. Dann stemmte er sich hoch und trat schwungvoll in den vorderen Salon, der sich binnen weniger Augenblicke mit Dutzenden Generälen und Offizieren füllte.

Sie versammelten sich um den großen Tisch, auf dem Karten und Skizzen ausgebreitet lagen.

»Mesjöhs!«, begrüßte der Oberkommandierende der Schlesischen Armee die hochkarätige Runde und verkündete feierlich: »Heute Nacht wird Jeschichte jeschrieben. Heut Nacht jehn wir übern Rhein, um den Feind nach neunzehn Jahren Krieg und Eroberungen zum Frieden zu zwingen. Pünktlich zum neuen Jahr. Von Silvester 1813 in Kaub am Rhein wird man noch lange reden! Denn wat wir wagen, dat traut uns keiner zu. Aber mit uns sind die besten und tapfersten Männer, und mit Gottes Hilfe jelingt dat Werk.«

Dann übernahm August Neidhardt von Gneisenau das Wort,

Blüchers vor ein paar Tagen überfällig zum Generalleutnant
beförderter Generalstabschef. Er hatte die meisten Einzelheiten des Planes ausgearbeitet.

»Abgesehen von der Strömung, gibt es vor allem zwei kriti-
sche Punkte«, kam der brillante Stratege sofort zur Sache.

»Am anderen Ufer ist kein Platz für einen Brückenkopf –
unsere Truppen müssen sofort die Steilhänge hinauf. Und
sämtliche Bataillone müssen in Kaub durch zwei enge, steil
abfallende Gassen, um an den Rhein zu gelangen. Entsteht
hier ein Engpass und führen die Franzosen ihre Artillerie aus
Bingen heran, gibt es ein fürchterliches Blutbad. Das erfor-
dert zweierlei Gegenmaßnahmen: absolute Stille und starke
Artilleriedeckung.«

Er sah kurz in die Runde, in der jeder mit den Einzelheiten
der Operation vertraut war.

»Unser Erfolg hängt davon ab, dass auch heute Nacht
strengste Geheimhaltung gewahrt bleibt. Die Dörfer auf der
französischen Rheinseite sind mit Wachen besetzt, aber nur
schwach. Sobald die Avantgarde zur Deckung des Brücken-
baus drüben ist, schwärmt ein Teil aus und nimmt die Wachen
in Oberwesel und Bacharach gefangen, damit niemand von
unserem Übergang erfährt. Der optische Telegraph nach
Metz muss zerstört werden.«

Napoleon hatte eine Kette solcher Signalgeber errichten lassen, mit denen Nachrichten durch Zeichen binnen weniger
Minuten bis nach Paris gemeldet werden konnten. Einer
stand südlich von hier in Sprendlingen.

»Das Ostpreußische Jägerbataillon sichert von der Pfalz
aus das gegnerische Ufer«, fuhr der Chef des Generalstabes
fort. »Ein Viertel unserer schweren Artillerie geht in den
Bergen in Stellung, um den Truppen Deckung zu geben: eine
Batterie Zwölfpfünder oberhalb des Tals, eine halbe Batterie
bei der Burg Gutenfels und zwei Geschütze am Runden
Turm.«

Nun wandte sich Gneisenau direkt an den Mann mit der grimmigsten Miene im Raum.

»General von Yorck, sind damit Ihre Bedenken ausgeräumt?«

»Vorerst«, knurrte der strenge Korpsführer, der nur selten mit Blücher und Gneisenau einer Meinung war.

Seine Männer bildeten die Avantgarde, und er selbst würde zunächst auf der Pfalz bei den Jägern bleiben, damit jeder Angriff vom anderen Ufer abgewehrt wurde.

»Die Pontons sind einsatzbereit und auf dem Weg?«, wandte sich Gneisenau an General Langeron, den Führer des gleichnamigen russischen Korps.

Alexandre Graf von Langeron, ein altgedienter russischer General, bestätigte. Er besaß neben Kampferfahrung auch viel militärtheoretisches Wissen und hatte nicht die beste Meinung von Blüchers unorthodoxer Kommandoführung. Doch der Erfolg gab dem »Marschall Vorwärts« recht, das erkannte er inzwischen ehrlich an, und die Kühnheit der heutigen Operation begeisterte auch Langeron. Er schätzte Gneisenaus Klugheit und Gründlichkeit.

»Die 8. Brigade bildet die Avantgarde«, fuhr dieser konzentriert fort. »Punkt Mitternacht Aufstellung, dann beginnt das Übersetzen der ersten zweihundert brandenburgischen Füsiliere und zwanzig Yorckscher Jäger.«

Brigadeführer General von Hünerbein bestätigte.

»Ebenfalls Punkt Mitternacht beginnt der Bau der ersten Pontonbrücke bis zur Pfalz.«

Auch Langeron bestätigte.

»Nach Einbruch der Dunkelheit rückt die gesamte Armee durch die Gassen von Kaub zum Rhein. Absolute Stille ist befohlen; weder Feuer noch Pfeifen werden entzündet. Zuerst setzt die Infanterie mit Booten über. Artillerie und Kavallerie gehen über die Pontonbrücke, sobald sie fertig ist.«

Der Generalstabschef konsultierte seine Taschenuhr und sah zu Oberstleutnant von Klüx.

»Die Kauber Schiffer sind für sechs Uhr in die Kirche bestellt? Dann werden Sie sie zum Einsatz verpflichten. Den Rheinsalmen zum Abendessen müssen Sie leider verpassen. Sorgen Sie dafür, dass niemand die Kirche verlässt, bis die Männer ihre Nachen zu Wasser bringen!«

Klüx salutierte und verließ mit Erlaubnis seiner Vorgesetzten den Raum, um den Auftrag auszuführen, der grundlegend für das Gelingen ihres Vorhabens war.

Gebhard Leberecht von Blücher verspürte nicht den geringsten Einwand dagegen, dass sein Generalstabschef diese Besprechung führte, während er sich zurücklehnte.

Die Einzelheiten hatte Gneisenau entworfen, und er wusste genau, was er an ihm hatte. Er, Blücher, war der Impulsive, der Ruhelose, der die ganze Armee mit sich riss. Doch Neidhardt von Gneisenau war derjenige, der mit seinem Sachverstand den Erfolg ihres Vorgehens ermöglichte.

Sie ergänzten sich hervorragend – das wussten und respektierten auch diejenigen im Saal, die Blücher für zu unberechenbar und wenig vorausdenkend hielten.

Diese beiden Männer fürchteten sich nicht vor Napoleon. Sie hatten gezeigt, dass es möglich war, ihn zu besiegen. Und sie waren sich einig, dass es keinen Frieden geben würde, ehe der rücksichtslose Eroberer nicht vollständig bezwungen war.

So sehr sich der alte Feldmarschall darauf freute, seinem Erzfeind und sämtlichen Spionen heute mit einer Kriegslist ein Schnippchen zu schlagen, so sehr gönnte er seinem fast zwanzig Jahre jüngeren Stabschef diesen Tag. Beziehungsweise diese Nacht, mit der sie Militärgeschichte schreiben würden. Wie viele Pläne hatte Gneisenau dem Oberkommando in Frankfurt vorgelegt! Alle waren abgelehnt worden – aus Angst vor Napoleon. Doch letztlich hatten sie sich durchgesetzt gegen die Zaudernden, die »Diplomatiker«, wie Blücher sie verächtlich nannte. Endlich durften sie handeln!

Und das Beste daran: Jeder – Napoleon eingeschlossen –

glaubte, der verrückte alte Blücher würde die Silvesternacht spielend und trinkend in Wiesbaden zubringen, wie er überall verbreitet hatte. Dafür war er sogar noch einmal kurz dorthin geritten, nur um gesehen zu werden.

Zu ihrer Kriegslist gehörten auch die zur Schau gestellte Ausgelassenheit bei seiner Geburtstagsfeier und die vielen Einladungen zu Bällen und Essen bis in den Februar hinein, die er verschickt hatte – Feste, die nie stattfinden würden.

Niemandem auf gegnerischer Seite käme auch nur im Traum der Gedanke, dass er stattdessen hier in Kaub mit fünfzigtausend Mann, fünfzehntausend Pferden und fast zweihundert Geschützen über den Rhein setzte. Dass er mit zwei provisorischen Brücken aus frisch gezimmerten Pontons den heftig strudelnden, eisigen Fluss bezwingen wollte. Einhundertzwanzig Meter waren bis zur Insel zu überwinden, dann noch einmal einhundertfünfundneunzig Meter bis zum französischen Ufer. Bei Winterströmung, bei erhöhtem Wasserstand. Es war ein verrückter Plan. Verrückt, gewagt und genial.

Doch während sein Stabschef noch einmal die letzten Einzelheiten für alle repetierte, beobachtete Blücher stolz und gerührt die Gesichter der Männer um sich. Auf jeden Einzelnen konnte er sich verlassen. Und er selbst fühlte sich stark und voller Tatendrang wie lange nicht.

Sein Blick hakte sich an dem jungen Hauptmann von Scharnhorst fest, dem Sohn seines im Sommer an den Folgen einer Verwundung gestorbenen Generalstabschefs. Er vermisste Gerhard von Scharnhorst – als Freund, als Ratgeber. Als den Kopf derer, die das preußische Heer reformiert hatten, und den, auf dessen klugen Rat der preußische König oft hörte. Sofort sprangen Blüchers Gedanken zur Königin, der auch von ihm innig bewunderten Luise. Was er heute tat, das tat er auch für sie, ihr zum Gedenken. Für Luise würde er in Paris einreiten. Doch dann konzentrierte er sich wieder auf den Vortrag seines Stabschefs.

»Zur gleichen Stunde gehen unsere beiden anderen russischen Korps – Saint Priest und Sacken – mit Fähren bei Koblenz und Mannheim hinüber. Sie blockieren die Festung Mainz, dann vereinen wir uns und umschließen die Festung Metz. Mit Gottes Hilfe wird es gelingen. Gibt es noch Fragen?«

Da niemand sich rührte, beendete General Neidhardt von Gneisenau den Kriegsrat mit dem üblichen »Mit Gott, für König und Vaterland!«.

Die anderen erwiderten den Ruf. Dann ging jeder auf seinen Posten.

Punkt Mitternacht würde es beginnen.

Die Avantgarde setzt über

Kaub am Rhein, Silvester 1813

Die Nacht war sternenklar und dunkel, dichter Nebel zog wabernd über den Rhein. Besser hätten es sich Blücher und Gneisenau für ihr kühnes Vorhaben nicht wünschen können.

Der alte Feldmarschall stand am Rheinufer, um zuzuschauen, wie sich die Avantgarde der Brigade Hünerbein vor dem hiesigen Zollhaus formierte.

Durch die Nebelschwaden sah er Licht in der Zollstation auf der gegenüberliegenden Seite des Flusses schimmern. Die Douaniers feierten wohl Silvester und glaubten, die hier stationierten Preußen und Russen täten Gleiches. Nichts deutete darauf hin, dass sie Verdacht schöpften.

Ein junger Offizier trat heran und meldete mit gedämpfter Stimme, dass die Artillerie die befohlenen Stellungen bezogen habe.

Zufrieden darüber und ganz aufgeregt vor lauter Vorfreude

wandte sich Blücher wieder dem General von Hünerbein zu, um ihm leise zu seinem neuen Kommando zu gratulieren. Der Brigadeführer mit dem ungewöhnlichen Namen war überraschend zum Militärgouverneur des Großherzogtums Berg ernannt worden. Das hatte einst Napoleons eitlem Schwager Murat gehört.

»Ich bin froh, dass ich heute hier dabei sein darf. Und sogar die Ehre habe, die Avantgarde zu stellen«, meinte der bei den Truppen überaus beliebte Hünerbein ungewöhnlich ernst.

Die Soldaten schätzten den General aus dem Mansfelder Land wegen seines sprühenden Humors und weil er stets mit ihnen Quartier und Essen teilte, auch wenn er Besseres fordern könnte. Obwohl er nach einer schweren Verwundung in Großgörschen nie wieder vollends genesen würde.

Doch nun brach seine typische Spottlust durch.

»Ich weiß nicht recht, ob ich den modischen Anforderungen des Großherzogtums Berg entspreche«, erklärte der Kommandeur der 8. Brigade. »An einen Turban könnte ich mich schwerlich gewöhnen.«

Blücher gluckste belustigt. Sie durften hier weder laut sprechen noch lachen. Aber die extravaganten Uniformen Murats fanden sie beide höchst albern.

Inzwischen näherte sich der Oberstleutnant von Klüx mit den Kauber Schiffern, die ihre Nachen zum Ufer schleppten. Die Männer waren überraschend schnell bereit und sogar begeistert gewesen, als ihnen der preußische Stadtkommandant in der Kirche eröffnete, dass sie ab Mitternacht die Avantgarde der Blücherschen Armee über den Rhein befördern würden. Denn auf Napoleon waren die Schiffer und Lotsen am Rhein schlecht zu sprechen. Der Kaiser hatte befohlen, hier jedes Schiff und jeden Kahn zu requirieren, um zu verhindern, dass die Alliierten auf französisches Territorium übersetzten. Damit waren sie um die Existenz gebracht.

»Wir haben unsere Nachen vor den Räubern versteckt«, hatte

einer von ihnen stolz erklärt, und seine Augen blitzten listig. »Hier auf dem Friedhof. Die hätten sie nie gefunden. Jagen wir sie ein für alle Mal davon!«

Die Zeit bis zum Aufbruch nutzte der Oberstleutnant, um mit dem Amtmann von Heusser einige Worte zu wechseln, die ihm am Herzen lagen.

»Richten Sie allen Kaubern unseren Dank für den außerordentlichen Einsatz aus, den sie im hiesigen Lazarett leisten. Ich weiß, es ist eine große Belastung, und der Typhus greift auch unter den Einheimischen um sich. Doch so gute Genesungsbedingungen finden unsere Soldaten nur selten vor.«

»Ich werde es weitergeben«, erwiderte Heusser. »Viele haben dazu beigetragen. Schneidermeister Dillenburger zimmerte die Pritschen, Monsieur Beysiegel lieferte Trinkgeschirr und Lichter, Adam Pfaff Krüge und Kochgeschirre. Die Frauen der Krankenwärter kochen. Leider sind inzwischen auch die meisten Pfleger am Fieber erkrankt.«

Bevor von Klüx antworten konnte, traten einige der Schiffer erneut zu ihm heran, offenbar mit einer äußerst wichtigen Frage, wie er ihren Gesichtern entnahm.

»Herr Oberstleutnant! Dürfen wir heute den Herrn Generalfeldmarschall Blücher hinüberfahren?«, platzte der älteste von ihnen heraus. »Bei uns ist er sicher wie in Abrahams Schoß! Und Sie wollen Ihren Feldmarschall doch nicht über das wacklige Ding schicken, das diese schwarzen Teufel in Weisel zusammengewerkelt haben?«

Klüx war überzeugt, dass sein Heerführer die ganze Operation vom diesseitigen Ufer aus beobachten und dann über die Pontonbrücke gehen würde. Um die Schiffer nicht zu enttäuschen, versprach er: »Wir treffen Seine Exzellenz gleich am Fluss. Er wird sich den Anblick nicht entgehen lassen, wie die Ersten übersetzen.«

Von der Aussicht geradezu erschüttert, dem berühmten Blücher schon bald persönlich gegenüberzustehen, holten die

Männer ihre Kähne aus den Verstecken und trugen sie zum Rhein, zu einer Stelle vor dem Gasthaus *Stadt Heidelberg*, das auch von den Kilps betrieben wurde und wo Gneisenau Quartier bezogen hatte.

Und da stand er, der legendäre »Marschall Vorwärts«, begrüßte die Fischer und Lotsen leutselig und wechselte ein paar aufmunternde Worte mit ihnen – natürlich alles geflüstert, damit sie niemand drüben hörte. Davon konnten sie noch ihren Enkeln und Urenkeln erzählen!

Punkt Mitternacht begannen die russischen Pontoniere mit dem Bau der Brücke zur Pfalz. Die ersten Pontons wurden zu Wasser gelassen und nebeneinander verankert, insgesamt siebenundzwanzig Stück. Darüber wurden Bretterwände gelegt; Scheunentore, Türen, alles, was breit genug war, damit Pferde und Geschütze darübergeführt werden konnten.

In der Bugspitze jedes Pontons saß einer der teergeschwärzten Russen oder Baschkiren, um das Boot in Position zu halten. Blücher freute sich wie ein Kind. Alles lief nach Plan!

Halb drei in dieser sternenklaren, frostigen Nacht war der denkwürdige Moment gekommen: Zweihundert Brandenburgische Füsiliere und zwanzig Ostpreußische Jäger von Hünerbeins Avantgarde stiegen in die Boote, um als Erste über den Rhein zu setzen, auf die französische Seite.

Yorcks Adjutant Major Graf von Brandenburg führte sie an.

Schweigend, angespannt und zutiefst bewegt verfolgten tausende Soldaten, Offiziere und ihr Generalfeldmarschall vom Ufer aus, wie sie im Nebel verschwanden. Zu hören waren nur das Rauschen des Flusses und ein leises Plätschern, wenn die Schiffer aus Kaub und St. Goarshausen die Ruderblätter ins Wasser tauchten.

Inbrünstige Gebete wurden in Gedanken gesprochen: auf Deutsch, Latein, Hebräisch, Russisch, Ukrainisch, Livländisch, Baschkirisch und in vielen anderen Sprachen.

Fünfzehn Minuten später landeten die Füsiliere auf französischer Seite.

Daran gab es trotz des dichten Nebels keinen Zweifel.

Denn ungeachtet ihrer Befehle konnten sich die zweihundert Mann nicht verkneifen, den Erfolg ihrer streng geheimen Mission mit einem laut gebrüllten »Hurra!« zu feiern – ob nun aus patriotischer Ergriffenheit, Erleichterung oder einfach nur aus Gewohnheit. Durch den Nebel verstärkt, hallte ihr Ruf weithin und klar durch die Berge links und rechts des Rheins.

Gneisenau zuckte zusammen und ballte die Hände.

Yorck hielt mit Mühe an sich, um nicht vor Zorn aus der Haut zu fahren.

Die bis eben noch unbekümmert feiernden französischen Douaniers griffen nach einem Moment kurzer Verwirrung zu den Gewehren und eröffneten das Feuer.

Felix und die anderen Männer der 1. Brigade waren noch weit von der Übergangsstelle entfernt, aber auch sie hörten das »Hurra!« und die Schüsse und erfassten sofort, was geschehen war. Felix fuhr ein deftiger Fluch durchs Gehirn, sein Nebenmann Jakob sprach aus, was er dachte.

»Diese Idioten!«, murmelte er zwischen den Zähnen hindurch. Da sie nun entdeckt waren und Schüsse krachten, war das strikte Redeverbot wohl hinfällig, oder?

Seit Stunden durften sie weder sprechen noch rauchen, die gepflasterten Straßen waren sogar mit Stroh ausgelegt worden, damit drüben kein Hufgeklapper zu hören war – und nun das!

»Warum haben sie uns nicht genommen statt der 8.?«, zischte Jakob wütend. »*Wir* sind die 1. Brigade, die ruhmreiche Brigade Steinmetz. Auch wenn jetzt General von Pirch das Kommando führt. *Wir* hätten nicht dort drüben herumgebrüllt und die Franzosen aus dem Rausch geweckt.«

Er stieß Felix in die Rippen und flüsterte: »Stell dir vor: als Erste drüben. Oder in der Pfalz auf dem Fluss! Stattdessen sind wir hier eingekeilt und können nicht vor und zurück.«

Kaub war seit Anbruch der Dunkelheit von schier endlosen Kolonnen Soldaten so verstopft, dass kein Durchkommen war, geschweige denn Vorankommen. Der Ort verlief lang gestreckt parallel zum Fluss, es gab nur zwei schmale Straßen, beidseitig mit Häusern bebaut: die Metzgergasse und die Holzbachgasse, durch die auch noch ein Bächlein lief und die beängstigend steil abwärts zum Rheinufer führte – noch beängstigender, wenn man bedachte, dass sie vereist war und Soldaten mit genagelten Schuhen, Pferde und schwer beladene Geschützlafetten dort hinuntermussten.

Hier steckte Felix' Brigade fest, ohne zu wissen, wie lange sie noch warten musste. Eisiger Wind pfiff über sie hinweg.

Unruhig lauschten sie, ob sich aus dem ersten Schusswechsel ein Gefecht entwickeln würde. Doch nach einigen unregelmäßigen Salven wurde es wieder still.

Hoffentlich ist keiner entkommen, der die französische Artillerie holt, dachte Felix.

Die französischen Zöllner hatten nur ein paar Schüsse blindlings abgefeuert und dann angesichts der gewaltigen Übermacht die Flucht ergriffen.

Die ganze Nacht hindurch ruderten nun die Schiffer mit zwanzig Kähnen immer wieder hin und zurück und brachten mit jeder Fuhre zweihundert preußische Soldaten hinüber, Bataillon um Bataillon. Ein Ortskundiger aus Kaub führte die Männer in der Dunkelheit durch das Hunsrückgebirge, damit sie gegen die in Henschhausen und Bacharach stationierten Truppen vorgehen konnten.

Gegen acht Uhr früh rückten mehrere hundert Franzosen mit zwei Geschützen an und bezogen Stellung an der Uferstraße. Doch die schon übergesetzten Preußen und die Ostpreußischen Jäger sorgten dafür, dass sie nicht mehr als zwanzig Schüsse abgeben konnten, die ohne Wirkung blieben.

Eine Stunde später war die Brücke bis zur Insel mit siebenundzwanzig Pontons geschlagen. Das 2. Leibhusarenregiment und zwei Geschütze der Reitenden Artillerie wurden vorsichtig über die Pontons bis zur Pfalz geführt, die Geschütze und zwei Eskadrons mit Fähren ans andere Rheinufer befördert.

Patrouillen schwärmten nach Bacharach und Oberwesel aus. Und weitere Infanteristen setzten mit Booten über.

Felix und seine Gefährten warteten am Neujahrsmorgen immer noch eingekeilt in der engen Holzbachgasse und konnten nur hören, nicht sehen, was auf dem Fluss und am anderen Ufer geschah. Alle halbe Stunde rückten sie ein Stück voran.

Wann würden sie endlich am Rhein stehen?

Sie hatten Proviant in den Brotbeuteln, doch sie froren und waren hundemüde trotz Anspannung und Kälte.

Freundliche, mitleidige und geschäftstüchtige Kauber reichten ihnen für ein paar Pfennige etwas Heißes zu trinken, frische Brötchen und warme Würstchen aus den Fenstern.

Glücklich schloss Felix die Augen, als der erste Schluck heißer Kaffee seine Kehle hinabbrann, auch wenn es nur Kaffeeersatz aus Zichorie war. Dann stieß er mit seinem Henkelbecher gegen Jakobs und sagte: »Prosit Neujahr!«

»Prosit Neujahr, Studiosus!«, meinte der und grinste zurück. »Was wünschst du dir für 1814?«

Zu überleben!, dachte Felix sofort. Aber das konnte er nicht aussprechen.

Jakob antwortete sich selbst. »Den Sieg natürlich! Wir marschieren in Paris ein und schicken ›den Napolium‹, wie sie hier sagen, zur Hölle. Dann wird Frieden geschlossen, und heim geht's! Wir kriegen Urlaub, ich such mir ein hübsches Mädel und heirate. Genau so werde ich es machen. Und du?

Du bist Freiwilliger und kannst gehen, wenn der Krieg vorbei ist. Wirst du wieder studieren und ein gelehrter Mann werden wie dieser Humboldt? Oder bleibst du bei der Truppe?«

»Weiß nicht«, meinte Felix schulterzuckend.

Wen interessierten noch Minerale?

Der Krieg trieb ihn vorwärts, von einem Tag zum anderen.

Die meisten Soldaten machten keine Zukunftspläne, weil sie nicht einmal wussten, was ihnen das Schicksal in der nächsten Stunde bescheren würde.

Zu seiner eigenen Überraschung hatte es ihm eine kurze Freude bereitet, den anderen etwas über heiße Quellen oder die Loreley zu erzählen. Doch wie sollte er angesichts dessen, was er auf den Schlachtfeldern sah und erlebte, jemals ein beschauliches Leben als Salinenbeamter führen?

Er hatte kein Ziel mehr, außer diesen Tag zu überleben. Vielleicht auch den morgigen. Und noch einen …

»Dann solltest du dir langsam mal Gedanken darüber machen, Kamerad!«, ermahnte ihn Jakob Häusler streng und spülte den letzten Bissen mit einem Schluck Zichorienkaffee hinunter. »Ich wette, spätestens in einem Vierteljahr sind wir in Paris. Dann ist Frieden. Da wird sich doch Verwendung finden für einen Schlaukopf wie dich!«

Jakob packte seinen Becher weg und lehnte sich gegen die Wand, um nach der durchwachten Nacht ein paar Minuten im Stehen zu schlafen. Ein paar andere taten es ihm nach, denn es sah nicht so aus, als würden sie bald weiterrücken.

Felix beneidete sie um diese Fähigkeit. Inzwischen schlief er wie ein richtiger Soldat bei jeder sich bietenden Gelegenheit, selbst auf kahlem Boden, bei Wind und Wetter. Aber im Stehen – das brachte er noch nicht fertig.

Trotzdem schloss er die Augen vor Müdigkeit. Doch statt Ruhe zu finden, brodelten seine Gedanken, aufgewühlt durchs Jakobs Worte.

Seit Philipps Tod hatte er keine engen Freundschaften mehr geschlossen. Er konnte die Greuel von Möckern nicht vergessen. Die Erinnerungen wühlten und bissen sich wie Schlangen durch seinen Leib: die sterbenden Männer um ihn herum ... wie er direkt in den Kanonenhagel rannte und mit seinem Leben abgeschlossen hatte ... das Eingreifen der eiligst zusammengezogenen Reservekavallerie in letzter Minute ... die Worte des sterbenden Leutnants Eckardt.

Und die grauenvolle Szene, als die Überlebenden nachts einen Wall aus Leichen errichteten.

Das konnte er nicht auslöschen aus seiner Seele.

Wenn es erneut zum Kampf gegen das Korps Marmont kam, würde er töten müssen. Sollte er das persönlich nehmen, wie der Leutnant gefordert hatte?

Nein. Auch damit würde er es nicht auslöschen.

Im Gegenteil, es würde alles noch schlimmer machen.

Seit Möckern fühlte er sich, als sei sein Herz vereist.

Lediglich der Gedanke an Henriette hatte ihn aufrecht gehalten. Nun war sie die Frau eines anderen Mannes. Eines Mannes, der ihrer wert war, wie er widerstrebend zugab.

Kurz vor Weihnachten hatte er wieder einen Brief von ihr bekommen, aber nicht gelesen. Er wollte weder mitleidige Worte noch Einzelheiten über ihr Glück.

Jäh öffnete er die Augen und fand sich inmitten der bei Eiseskälte wartenden Soldaten in der Holzbachgasse in Kaub wieder. Niemand schenkte ihm Beachtung. Die anderen schliefen oder starrten müde vor sich hin.

Er überwand sich, nahm den Tschako ab, zog den noch ungeöffneten Brief heraus und brach das Siegel.

Zu seiner Verblüffung war eine kleine kolorierte Zeichnung in das gefaltete Blatt eingelegt. Sie hatte die Blume gemalt, die er ihr im Frühjahr aus seinem Herbarium geschenkt hatte – die gelbe Galmeiflora.

Rasch überflog er die ersten Zeilen mit Weihnachtsgrüßen

und dem Dank für den Brief an Philipps Eltern, bis er die Erklärung für die unerwartete Beigabe fand:

Mein treuer Freund, bitte glauben Sie nicht, ich möchte Ihnen Ihr Geschenk zurückgeben – im Gegenteil, ich werde es weiter für Sie aufbewahren. Dies ist als Erinnerung daran gedacht. Die Zeichnung ist nicht besonders gut gelungen, obwohl ich mir große Mühe gab. Doch ich schicke sie Ihnen, damit Sie nicht vergessen, dass es bald, so Gott will, wieder ein Leben jenseits des Krieges für Sie geben wird.
Die faszinierende Welt der Minerale und Zeigerpflanzen warten auf Sie – und gute Freunde.
Bitte vergessen Sie das nie, ganz gleich wo Sie jetzt auch sein mögen und was Sie gerade tun! Bewahren Sie sich dafür einen Platz in Ihrem Herzen auf. Darum bitte ich Sie mit ganzer Seele.

Ihre gute Freundin Henriette

Sie verstand besser als jeder andere, was in ihm vorging. Denn auch sie hatte in das eisige Herz des Krieges geblickt.
Dass sie sich sorgte, er könnte nach dem Krieg nicht wieder in sein früheres Leben zurückfinden, wärmte Felix Zeidler in den bitterkalten Gassen von Kaub. Zumindest ein wenig.

Die Brücke

Neujahr 1814 in Kaub am Rhein

Die Katastrophe geschah am Nachmittag gegen vier Uhr: Die zweite Pontonbrücke riss, die von der Insel zum französischen Ufer.

Felix und seine Kameraden waren inzwischen so weit vorgerückt, dass sie am Ufer standen und darauf warteten, endlich überzusetzen. So konnten sie aus nächster Nähe miterleben, was passierte.

Seit dem kurzen morgendlichen Geplänkel hatte sich kein Feind mehr blicken lassen. Dafür kamen immer mehr Menschen aus der Umgebung, um zuzusehen, wie Blücher tatsächlich mit einer ganzen Armee – genau genommen war es bloß seine halbe, zwei von vier Korps – den Rhein überqueren wollte. Über eine wie aus dem Nichts gezauberte Brücke, die angesichts der Flussbreite von fast dreihundertfünfzig Metern und der starken Winterströmung alles andere als vertrauenerweckend wirkte. Das waren doch nur ein paar Kähne aus Holz und Leinwand, über die ein wackliger Steg aus Scheunentoren, Türen und sonstigen Bretterwänden verlief! Darüber wollten sie Männer, Pferde und Kanonen schicken? Hunderte Schaulustige erschienen trotz der Kälte, nicht nur einheimische Winzer, Fischer und Bauern, sondern auch Herren im Sonntagsstaat und Damen in pelzbesetzten Mänteln. Sogar eine Postkutsche hielt auf der anderen Seite an, damit die Reisenden das Schauspiel bestaunen konnten.

Es war Neujahr, und wo im weiten Umkreis gäbe es Spannenderes und Bedeutenderes zu erleben?

Blücher zog nach Frankreich, um Napoleon heimzuleuchten! Der Feldmarschall hatte am Morgen einen Aufruf an die Bewohner des linken Rheinufers verbreiten lassen und ihnen seinen Schutz versprochen.

»Der Kaiser Napoleon hat Holland, einen Teil von Deutschland und von Italien dem französischen Reiche einverleibt; er hat erklärt, dass er kein Dorf dieser Eroberungen wieder herausgeben würde, selbst wenn der Feind auf den Höhen von Paris erschiene«, hieß es darin. »Gegen diese Erklärung, gegen diese Grundsätze marschieren die Armeen aller europäischen Mächte.«

Die Bürger sollten in ihren Wohnungen bleiben, die Beamten ihre Arbeit fortsetzen. Wer allerdings seine Verbindung zu Frankreich beibehalte, der komme vors Kriegsgericht.

Doch solch ein denkwürdiges Spektakel wollten sich die Hiesigen nicht entgehen lassen. Zugleich war das die beste Gelegenheit, patriotische Gesinnung zu beweisen, um *nicht* vors Kriegsgericht zu kommen.

Die Zuschauer winkten den Soldaten zu, und jede Bootsladung Preußen, die auf der anderen Seite des Rheins eintraf, wurde jubelnd als Befreier willkommen geheißen.

Einige Schaulustige suchten das Ufer sogar mit Ferngläsern ab, um den berühmten Feldmarschall zu entdecken.

Bald boten geschäftstüchtige Frauen den Besuchern Glühwein oder belegte Brote feil, sachkundige Männer erläuterten den angereisten Städtern für ein freundliches Trinkgeld Wasserstand und Strömung.

Der erste Teil der Brücke war bereits am Morgen fertig geworden. Die fragile Konstruktion aus siebenundzwanzig Pontons führte über einhundertzwanzig Meter bis zur Insel.

So konnten zeitig erschienene Zuschauer gebannt beobachten, wie zwei Geschütze über den wankenden Brettersteg geschoben und gezogen wurden: erst eines, und erst als es wohlbehalten auf Pfalzgrafenstein ankam, beförderten die Artilleristen das nächste hinüber.

Für die Soldaten war das kein ungewöhnlicher Anblick. Sie hatten auf ihrem Marsch hierher schon viele Flüsse mit Pontons überqueren müssen.

Die Zuschauer aber schlossen Wetten ab, ob die schweren Kanonen wohl je wieder festen Boden erreichen oder ins Wasser stürzen würden.

Felix beobachtete angespannt, wie vier Eskadrons des Leibhusarenregiments und zwei Eskadrons der Avantgarde über die Pontonbrücke zur Pfalz vorrückten.

Natürlich ritten die Husaren nicht, sondern führten ihre Pferde am Zügel und redeten beruhigend auf sie ein. Pferde gingen normalerweise nicht über wankenden Boden. Noch dazu strudelte und toste der Fluss unter ihnen.

Der auf einem Gestüt aufgewachsene Felix glaubte die Angst jedes einzelnen Tieres zu spüren. Er sah, dass am Ufer ein junger Grauschimmel kurz davor stand durchzugehen; er scheute, stampfte, warf den Kopf nach hinten und wollte keinen Huf auf die wankende Brücke setzen. Der Mann in Trompeteruniform, der das Tier führte, packte es härter an der Kandare.

»So wirst du es noch verletzen oder töten!«, hätte Felix am liebsten geschrien, doch Pferd und Trompeter waren zu weit weg. Auch von den Männern dort konnte keiner eingreifen – die waren alle vollauf damit beschäftigt, ihre eigenen Pferde zu beruhigen, die immer nervöser wurden.

Am liebsten würde er losrennen, um den Grauschimmel zu retten, der ihn an jene wunderbare Stute erinnerte, die er unter dem Kommando des Rittmeisters von Colomb reiten durfte. Als er den Anblick des verstörten Pferdes nicht länger ertragen konnte, bat er seinen Zugführer um Erlaubnis zum Handeln. Der Leutnant wusste von Felix' besonderer Begabung und sagte nur: »Beeilen Sie sich, marsch, marsch!«

Felix rannte los und verlangsamte seinen Schritt erst kurz vor dem Pferd, das durchdringend wieherte und auszubrechen versuchte. Der Trompeter war inzwischen genauso verängstigt wie sein Reittier. Felix hatte schon im Laufen seinen Uniformrock ausgezogen und warf ihn dem Pferd über den Kopf, um dessen Augen zu bedecken. Er griff nach dem Halfter, befahl dem hilflosen Trompeter, sofort die Kandare loszulassen, und redete beruhigend auf das Tier ein.

Militärpferde wurden alle auf Kandare geritten. Nur der exzentrische General Yorck tat dies nicht und verlangte Gleiches auch von seinen Offizieren, wofür ihn Felix sehr bewunderte.

Endlich wirkte die Stute gefasst genug, um sich vorsichtig und mit immer noch bedeckten Augen über die Pontonbrücke führen zu lassen. Sie gingen Schritt für Schritt, während er weiter auf sie einsprach, bis sie die Insel erreichten und er sich den Uniformrock wieder überzog, schweißüberströmt und zähneklappernd zugleich.

Lobend klopfte er der Grauschimmelstute auf den Hals.

»Danke, Kamerad! Ich hab sie erst seit zwei Tagen«, stammelte der Trompeter verlegen.

Felix funkelte ihn wütend an, dann ging er zum Eskadronführer, um weitere Hilfe anzubieten.

Bis Felix Zeidler wieder bei seinem Zug stand, war es Nachmittag, und das Bild am Fluss hatte sich verändert.

Die zweite Pontonbrücke reichte nun von der Pfalz fast bis ans andere Ufer. Nur noch zehn Pontons mochten fehlen.

Einige schaulustige Besucher ließen sich inzwischen sogar mit kleinen Booten auf den Rhein rudern, um das Geschehen aus nächster Nähe zu betrachten. Besonders die Damen wollten gern einen genauen Blick auf die unheimlichen schwarzen Gestalten richten, die in den Bugspitzen der Pontons saßen und von denen die meisten hektisch Wasser aus den leckenden Booten schöpften. Davon konnten sie später mit einem wohligen Schauder ihren neiderfüllten Freundinnen und Bekannten erzählen.

Die Männer der 1. Brigade des Korps Yorck – früher Brigade Steinmetz, jetzt Brigade Pirch – hatten inzwischen überschlagen, dass es noch ein, zwei Stunden dauern würde, bis auch sie endlich in einen der Kauber Nachen steigen durften. Wer konnte, sank nach der durchwachten Nacht immer wieder in einen kurzen Schlaf im Stehen.

Plötzlich gellten Schreie von beiden Seiten des Flusses und vom Fluss selbst.

Felix schlug erschrocken die Augen auf und sah: Die zweite Pontonbrücke hatte sich aus der Verankerung gelöst. Und die Strömung, die an dieser Stelle wegen der vielen, eng beieinanderstehenden Felsen besonders stark und tückisch war, riss das ganze Brückenstück mit sich fort.

Fannur spürte den Ruck, mit dem der Anker aus dem Boden schoss, dann wurde sein Ponton nach hinten geschleudert.

In ihm war vorher schon das vage Gefühl aufgestiegen, dass etwas nicht stimmte: Die leichten russischen Anker, einfache Dreibeine aus der Feldschmiede, fingen an zu grasen, wie die Schiffer es nannten – sie lösten sich vom Grund des Flusses. Doch in seinem Ponton stand das Wasser schon zwei Handbreit hoch, er musste so hastig schöpfen, dass er kaum darauf achtete. Sein Leinenhemd unter dem Beschmet war schweißverklebt, um seine Stiefel schwappte eisiges Wasser.

Die Kauber Fischer hatten die Baschkiren gewarnt, dass ihre Anker zu schwach für den felsigen Grund des Rheins seien. Doch abgesehen davon, dass Fannur und seine Gefährten weder Deutsch noch Russisch noch Französisch sprachen: Woher hätten sie so viele schwere Anker nehmen sollen?

Hastig warf Fannur dem Mann im nächsten Ponton einen Strick zu, damit sie verbunden blieben. Sollte die Kette reißen, würden die einzelnen Pontons kentern, und dann würden sie alle wie Steine im eisigen Wasser versinken. Gleiches drohte, sollte auch nur einer von ihnen auf die Felsen prallen, gegen die sie die Strömung trieb.

Fannur ruderte, was er konnte; er ruderte um sein Leben und das seiner Kameraden.

In Gedanken sprach er hastig ein Gebet für Sidyka.

Zwischen beiden Ufern wurden laute Befehle gebrüllt, Männer und Boote in Bewegung gesetzt, Seile geworfen und festgezurrt. Zum Glück hielt die Verbindung zur Pfalz – vorerst! Sollte sich dieses Ende der Brücke auch noch lösen, wären Männer und Pontons rettungslos verloren.

Blücher fluchte, was das Zeug hielt, als er das Desaster mit eigenen Augen sah.

Ließ sich die Brücke nicht retten, wäre nicht nur die ganze Operation gescheitert, sondern könnte das ihr Untergang sein!

Denn hinter ihnen stauten sich noch Zigtausende in den Straßen von Kaub bis Weisel. Die Infanteristen konnten weiter mit Booten übersetzen, aber nicht die Kavallerie und die Artillerie, die unzähligen Wagen mit Munition, Pulver, Proviant, die Feldschmieden und der ganze sonstige Train!

Und ohne ausreichend Kanonen und Reiterei waren die Fußsoldaten, die bereits drüben am steilen Ufer den Brückenkopf bildeten, nicht genügend geschützt.

Sollten die Franzosen mit Verstärkung zurückkehren und von ihrer Rheinseite aus Kaub und die dort dicht gedrängt wartende Armee mit Brandgranaten beschießen, würde es das schlimmste Blutbad geben.

Alles, was nur irgendwie zur Rettung der Pontonbrücke geeignet war, wurde hinkommandiert und arbeitete aus Leibeskräften. Dennoch würde sie das Unglück mindestens einen ganzen Tag kosten: einen Tag, an dem fünfzigtausend Mann hüben und drüben auf engstem Raum festsaßen.

Zu allen möglichen militärischen Komplikationen kam so auch noch das Dilemma, dass in diesem winzigen Terrain fünfzigtausend Mann nicht zu verpflegen waren.

Zum Glück erschien keine französische Artillerie.

Während immer noch hektisch und verzweifelt daran gearbeitet wurde, die zweite Pontonbrücke zu retten, setzten

Felix und die anderen Männer der 1. Brigade am Neujahrs-
abend gegen halb acht über.

Am rechten Rheinufer stand Blücher und rief ihnen einen
feurigen Spruch zu, am anderen erwarteten sie immer noch
ein paar unermüdliche Zuschauer, um sie als Befreier zu bejubeln.

Wie selbstverständlich griff der blonde Havelländer zu den
Rudern, nachdem er ein paar Worte mit dem Steuermann gewechselt hatte. Der knurrte zwar, auf der Havel herumzu-
dümpeln bedeute gar nichts im Vergleich zum Rhein. Aber er
war sichtlich froh, hier nur noch ein paar Kommandos zu
geben, während die Soldaten ruderten.

Mit hochsteigender Übelkeit starrte Felix auf das tiefschwarze, strudelnde Wasser. Bisher war noch kein einziges
Boot gekentert; die hiesigen Fischer und Lotsen waren mit
den tückischen Strömungen vertraut. Aber sollte es passieren,
wären alle Insassen unweigerlich einem schnellen, nassen und
kalten Tod geweiht. Er spürte weiß Gott lieber festen Boden
unter sich als so ein schwankendes Ding. Oder einen Sattel.

»Wie alt bist du?«, fragte er einen mageren und furchtbar
müden Jungen, der dem Steuermann zur Hand gehen sollte.

»Vierzehn. Ich heiße Philipp Kroll«, antwortete der Junge
wohlerzogen und gab sich alle Mühe, größer zu wirken. Felix
hatte ihn höchstens für zehn gehalten.

»Solltest du nicht langsam zu Bett gehen, Philipp Kroll?«,
fragte er. »Ich denke, du hast heute allen bewiesen, dass du ein
Mann bist.«

»Nur noch einmal hinüber und zurück«, meinte der Junge
und gähnte, wobei er sich beinahe den Kiefer ausrenkte.
»Sonst krieg ich Ärger mit Mutter.« Er grinste. »Ich war die
ganze Nacht nicht daheim. Aber das hier wollte ich erleben.
Ihr verjagt ihn doch, ›den Napolium‹, oder?«

»Schneller, als er gucken kann!«, versicherte Jakob großspu-
rig. »Und du hast mitgeholfen, kleiner Kroll. Das kannst du

noch in fünfzig Jahren deinen Enkeln erzählen, wenn ihr am Neujahrstag gemütlich um den Ofen sitzt.«

Neun Uhr morgens am 2. Januar stand die Pontonbrücke über den Rhein. Blücher und sein Generalstab schritten unter dem Jubel ihrer Soldaten darüber, mit ihnen der Bruder des Königs, Prinz Wilhelm von Preußen, der Blücher in Weißenfels die Ernennung zum Feldmarschall überbracht hatte und nun anstelle von Hünerbein die 8. Brigade übernahm.
Artillerie und Kavallerie des Korps Yorck folgten.
Kaum auf französischer Rheinseite angelangt, stürmte Oberst Graf Henckel von Donnersmarck mit nur sechs Eskadrons berittener Landwehr, einem Bataillon Infanterie und einer halben Reitenden Batterie nach Simmern, sprengte die Stadttore und zwang die fast achttausend Mann starke französische Garnison zur Kapitulation.
Am Abend des 3. Januar war das gesamte Korps Yorck übergesetzt. Vom nächsten Morgen an zog das russische Korps Langeron über die Pontonbrücke, was bis zum 5. Januar dauerte. Dann wurde die Brücke abgebaut, die Pontons wurden verladen und mit über das Gebirge geführt.
Fannur Ayup uly suchte und fand seine Sidyka wieder, die samt den Pferden auf ihn und seine Männer gewartet hatte.

Damit war eine der unglaublichsten Operationen der Militärgeschichte unter strengster Geheimhaltung gelungen: Mit fünfzigtausend Mann, fünfzehntausend Pferden und hundertzweiundachtzig Geschützen hatte Blücher den Rhein überquert. Hundert Kilometer von der nächsten Brücke entfernt, ohne dass der Feind auch nur etwas ahnte.
Es gab keinen einzigen Toten, nur zwei Verwundete nach dem Schusswechsel mit den Douaniers in der Neujahrsnacht. Außerdem wusste Blücher inzwischen, dass auch die beiden anderen ihm unterstellten Korps den Rhein hinter sich gelas-

sen hatten. Emmanuel Vicomte de Saint Priest, ein französischer General in russischen Diensten, war in der Neujahrsnacht mit Lastkähnen bei Ehrenbreitstein nach Koblenz übergesetzt und dort mit klingendem Spiel einmarschiert. General von Sacken hatte am Neujahrstag im Beisein des preußischen Königs bei Mannheim eine Schiffbrücke mit Neckarkähnen geschlagen. Gegenüber der Neckarmündung gab es anfangs noch heftige Kämpfe um eine stark befestigte französische Schanze, was die Russen zweihundert Mann Verlust kostete.

Doch die Schlesische Armee hatte den Rhein in breiter Front überschritten und marschierte nun dem nächsten Ziel entgegen, dem Festungsgürtel um Metz.

Dann würde der Krieg auf französischem Gebiet fortgesetzt.

Cäsar hatte den Rubikon überschritten, Blücher den Rhein.

Nur Kaub und die umliegenden Ortschaften sollten von dieser denkwürdigen Operation statt Ruhm Elend ernten.

Das Abtreiben der zweiten Pontonbrücke führte zum verlängerten Zwangsaufenthalt tausender Soldaten und Pferde, die weder vor- noch zurückkonnten, und damit zu einer Notlage ohne Ausweg.

Die frierenden, hungernden, oft fiebernden Männer griffen nach allem Essbaren und allem, was Wärme spenden konnte. Sie verbrannten – wie schon in Leipzig in den Tagen der großen Schlacht – in ihren Wachfeuern Haustüren und Zäune, Fensterläden, Möbel, das Stroh auf den Straßen …

In Weisel steckten mehrere russische Regimenter für Tage fest und verfeuerten ganze Obsthaine und Scheunen samt Inhalt, sogar das Saatgut.

In den Weinbergen um Kaub verbrannten die Frierenden zuerst die Pfähle, dann die Reben und schließlich sämtliche Weinstöcke. Es sollte Jahre dauern, bis hier wieder Wein geerntet werden konnte.

Noch bevor Felix den Fuß auf französischen Boden setzte und seine Brigade sofort Richtung Bacharach geschickt wurde, fasste er einen Entschluss. Jakob und Henriette hatten recht; er musste sich ein Ziel setzen.

Ob er je wieder studieren würde, stand für ihn völlig in den Sternen. Aber wenn sie nun Richtung Paris zogen, wollte er alles tun, damit er zur Kavallerie kam. Er musste wieder auf ein Pferd. Das war seine Bestimmung in diesem Krieg.

Nach allem, was er erlebt hatte, brauchte er die Gesellschaft von Pferden, um die Gesellschaft von Menschen zu ertragen.

Die geteilte Stadt

Erfurt, 2. Januar 1814

Am gleichen Tag, als Blücher mit seinem Generalstab über die Pontonbrücke schritt und das linke Rheinufer betrat, als sich die Festung Danzig den Alliierten ergab und neuntausend Mann französischer Garnison in russische Gefangenschaft gerieten, als die Preußen in Bonn einzogen und die Grande Armée Nimwegen räumte, da sollte auch Erfurt Schauplatz denkwürdiger Ereignisse werden.

Am Morgen dieses 2. Januar wurde unter erheblicher Bewachung das Schmidtstedter Tor im Südosten geöffnet, und ein hochdekorierter preußischer Major ritt in die Stadt, begleitet von einem Trompeter und einer Gruppe weiterer Offiziere, die den Uniformen nach dem Geniekorps angehörten: Ingenieurtechniker und Vermessungsspezialisten.

Nach zeremonieller Begrüßung durch eine ähnlich zusammengesetzte Gruppe französischer Militärs zogen beide Pulks los, um die Demarkationslinie abzustecken, die Erfurt von nun an in einen preußischen und einen französischen Teil trennen würde.

Für die Bewohner der Stadt galt immer noch Versammlungsverbot. Aber als Franzosen und Preußen gemeinsam eine Grenze mitten durch die Stadt zogen, sogar vor den Domstufen, ging jeder, der Zeit und Gelegenheit hatte, dorthin und schaute zu, auch wenn er dafür durch den Schnee waten musste.

Die Erfurter fürchteten die Franzosen nicht mehr so wie früher. In vier Tagen war deren Herrschaft vorbei, dann mussten sie sich auf die Zitadelle verkriechen, und Erfurt würde wieder preußisch. Zumindest der größte Teil davon.

Friedrich Keyser und Konstantin Gerlach gehörten zu den aufmerksamen Beobachtern auf dem Domplatz. Der junge Verleger hoffte, seine von den Franzosen verbotene Zeitung unter preußischer Herrschaft wieder herausgeben zu dürfen. Dann wollte er aus erster Hand berichten können.

Die Buchhandlung blieb an diesem Vormittag geschlossen, derweil Magdalena den kranken Vater umsorgte. Heute würde sowieso niemand ein Buch kaufen.

Wie er sah, dachte sein älterer Kollege Constantin Beyer das auch, denn er entdeckte ihn einige Meter vor sich und zog den Hut respektvoll zum Gruß.

Beyer grüßte zurück und schritt auf die beiden zu.

»Wie geht es Ihrem Herrn Vater?«, erkundigte er sich besorgt.

»Die Haft hat ihn sehr mitgenommen. Aber meine Schwester und Doktor Sixt kümmern sich um ihn. Wir hoffen, dass er sich wieder erholt.«

Beyer bat, seine Genesungswünsche auszurichten.

»Traurig sieht's aus in unserer Stadt«, meinte er und deutete auf das riesige Areal von Schutthaufen, Sprenglöchern und Brandresten, wo vor ein paar Tagen noch prachtvolle Häuser gestanden hatten. »Ein ganzes Viertel beim preußischen Beschuss abgebrannt, was mühsam gerettet wurde, mussten die Erfurter selbst wegreißen, und den Rest haben die Franzosen in die Luft gejagt. Das waren auch noch einmal einundsechzig Häuser und fünf Scheunen, wenn ich richtig gezählt habe. Ob dieser Platz je wieder bebaut wird?«

»Das kann ich mir kaum vorstellen«, erwiderte Friedrich Keyser. »Woher soll das Geld kommen? Wir sind allesamt bis aufs Hemd ausgeplündert.«

»Oh!«, meinte der stets hervorragend informierte Beyer in einem Tonfall und mit einer Miene, die eine pikante Enthüllung erwarten ließen.

Neugierig starrten die beiden jungen Männer ihn an.

»Seine Exzellenz Gouverneur d'Alton hat gestern beim Neujahrsempfang vor den Notabeln der Stadt verkündet, die harte Kontribution …«

»Das *Lösegeld*, das er für meinen Vater und die anderen Gefangenen *erpresst* hat!«, zischte Keyser wütend, gerade noch leise genug, um nicht auf der Stelle verhaftet zu werden.

»Ja, genau dieses Geld … Es sei nur geliehen, wir würden es in einigen Monaten zurückbekommen. Und er hätte noch viel mehr requirieren können«, berichtete Beyer sarkastisch.

Friedrich Keyser lachte bitter auf.

»Wie großzügig!«, höhnte er. »Das fällt mir schwer zu glauben. Beides«, ergänzte er, um keinen Zweifel zu lassen.

Er wusste, dass Beyer die Preußen nicht besonders mochte, weil sie ihn vor zehn Jahren aus städtischen Diensten entlassen hatten. Doch für die französischen Besatzer dürfte inzwischen kein Erfurter mehr Sympathien hegen, ausgenommen einige servile Stadtobere wie dieser Lump Kahlert. Um weder sich noch Beyer in Schwierigkeiten zu bringen, wechselte er rasch das Thema.

»Wissen Sie, Monsieur Beyer, wer der Offizier ist, der die preußische Abordnung anführt?«

»Major von Reitzenstein, der Stadtkommandant von Gotha.«

Verblüfft fragte sich Friedrich, woher sein Gegenüber wusste, wer derzeit Kommandant von Gotha war. Seit Monaten waren sie ohne Nachricht über das Geschehen außerhalb der Stadt.

Konstantin Gerlach beteiligte sich nicht an dem Gespräch und hörte nur mit halbem Ohr hin. Soeben hatte er eine vertraute Gestalt mit langem blondem Haar entdeckt und wartete ungeduldig darauf, dass sie in seine Richtung schaute.
Endlich! Er zog seinen Hut und lächelte Marie Fischer so strahlend an, dass sie sich nach kurzem Zögern ermutigt fühlte, die paar Schritte in seine Richtung zu laufen.
»Guten Tag, Mademoiselle, wie geht es Ihnen?«, begrüßte er sie überschwenglich. »Ich habe Sie lange nicht mehr gesehen. Wie ich hörte, sind Sie nun doch bei Verwandten untergekommen, stimmt das?«
»Ja, Monsieur Gerlach. Eine Großtante aus dem Andreasviertel hat sich meiner erbarmt.«
Marie zögerte, drückte ihren Henkelkorb an sich und flüsterte: »Sie ist so garstig …«
Doch dann senkte sie beschämt den Kopf. »Sie hat mich aufgenommen und mir ein Dach über dem Kopf gegeben. Dafür muss ich dankbar sein.«
Sie deutete auf die Militärs, die um den Dom herum und parallel zu den Domstufen in regelmäßigen Abständen Pfosten in den Boden schlugen und mit Seilen verbanden. Dahinter, auf den Domstufen, errichteten französische Soldaten bereits zwei Reihen Palisaden.
»Was tun diese Leute da?«
»Sie legen die Demarkationslinie fest.«
Auf ihren fragenden Blick hin erklärte der junge Freiberger: »Das gehört zu den Kapitulationsbedingungen. Die Franzosen behalten die Hoheit über Cyriaksburg, Zitadelle und alles jenseits dieser Linie: entlang dem Kartäuserstrom bis zum

äußeren Brühler Tor, um den Dom und St. Severi herum, an den Domstufen vorbei, über das ganze in Schutt und Asche gelegte Areal hier bis zum Andreastor.«

»Und was hat *das* zu bedeuten?« Marie wies auf die zwei schnell breiter werdenden Palisadenzäune auf den Domstufen.

»Alles jenseits der Linie ist militärisches Sperrgebiet. Wo keine Mauern oder Bäche eine Grenze bilden, werden Palisaden errichtet.«

Konstantin freute sich, so lange mit ihr reden zu dürfen. Deshalb erklärte er noch: »Auf dieser Seite patrouillieren dann die preußischen Wachen, auf der anderen französische. Da kommt keine Maus mehr durch, es sei denn mit Passierschein.«

»Sie bauen einen Zaun mitten durch Erfurt, und in vier Tagen darf niemand mehr auf die andere Seite?«, fragte sie ungläubig.

»So wird es werden. Das hat es bestimmt noch nie gegeben.«

Marie verlor jegliche Farbe im Gesicht.

»Nun fürchten Sie sich doch nicht, Mademoiselle Fischer!«, versuchte er, sie zu beruhigen. »Ewig wird das nicht bleiben. Bald ist Napoleon besiegt, dann muss d'Alton bedingungslos kapitulieren.«

Aber Marie wirkte regelrecht verstört. Sie starrte auf die Doppelreihe Palisaden und schien den Tränen nahe.

Konstantin war besorgt. Marie befand sich in einer besonderen Notlage: ganz allein auf sich gestellt, der Vater gestorben, das Haus verbrannt, nur widerstrebend gelitten bei einer hartherzigen Verwandten … Und dann verbreitete Magdalena auch noch solche Gerüchte! Niemals würde Marie so etwas tun wie Henriette, die mit ihrer Schamlosigkeit beinahe die ganze Familie in den Abgrund getrieben hätte. Mühsam verbannte er den Anflug von Zorn bei der Erinnerung an seine Cousine.

»Wenn ich Ihnen irgendwie zu helfen vermag, Mademoiselle …«

»Das ist sehr nett von Ihnen, Monsieur Gerlach«, sagte sie höflich und knickste, um sich hastig zu verabschieden.

Mir kann niemand helfen, dachte sie schluchzend, während sie fortlief.

Die preußisch-französische Vermessungskommission hatte inzwischen beschlossen, eine Pause einzulegen und das Mittagsmahl im Gasthof *Zum römischen Kaiser* einzunehmen, einem angesehenen Haus am Anger.

Die Zuschauer verliefen sich, und Constantin Beyer spazierte wie jeden Tag zum Essen ins *Weiße Ross*.

Heute rechnete er nicht mit Damenbesuch. Im Haus seiner heimlichen Geliebten wurde gepackt. Ihr Mann wollte beim Einzug der Preußen so schnell wie möglich die Stadt verlassen, bis sich die Lage wieder beruhigt hatte.

Deshalb pochte sein Herz vor Freude und heimlicher Hoffnung, als er eine in einen Umhang gehüllte Gestalt vor seinem Haus warten sah.

Doch rasch wurde ihm klar, es konnte nicht seine Liebste sein. Diese Besucherin war zierlicher. Als sie die Kapuze abnahm, erkannte er sie gleich.

»Monsieur Beyer, hätten Sie die Güte, mir noch einmal ein Brieflein zu übersetzen?«

»Natürlich. Treten Sie ein, Mademoiselle Fischer.«

Zu seinen gelegentlichen Einnahmequellen gehörte es, Briefe für Privat- und Geschäftskorrespondenzen zu übersetzen. Doch die Blockade hatte diesen Erwerb auf Bittgesuche und Liebesbriefe reduziert, die zwischen Erfurterinnen und Soldaten – manchmal auch Offizieren – der französischen Garnison hin und her wanderten.

Dass so etwas ab dem 6. Januar nicht mehr möglich sein würde, hatte die kleine Marie Fischer wohl gerade begriffen.

Und angesichts ihrer offensichtlichen Verzweiflung hoffte er von Herzen, sie stecke nicht in noch größeren Schwierigkeiten.

»Bitte setzen Sie sich doch und trinken Sie etwas. Sie sehen aus, als würden Sie gleich umfallen«, sagte er besorgt und füllte ihr ein Glas mit Wasser.

Seine Haushälterin hatte Anweisung, das Schreibzimmer nie zu betreten, wenn er Besuch hatte. Strikte Vertraulichkeit war etwas, das seine Kundschaft erwartete.

Das Mädchen trank das Glas zur Hälfte aus, atmete tief durch und zog einen zerdrückten, schon oft gelesenen Brief aus dem Mieder. »Würden Sie mir das bitte noch einmal auf Deutsch vorlesen, Monsieur Beyer?«

Er erkannte das Schreiben gleich wieder. »Ich kann Ihnen auch gern eine schriftliche Übersetzung anfertigen, Mademoiselle«, bot er an.

»Dafür reicht mein Geld nicht. Ich hatte es mir gut eingeprägt, aber ich muss es noch einmal hören. Und dann möchte ich Sie bitten, einen Antwortbrief auf Französisch für mich zu schreiben, wenn das möglich ist.«

»Natürlich. Machen Sie sich wegen des Geldes keine Sorgen!«, erwiderte er freundlich und beruhigend.

Er schlug das an den Falzen schon ganz zerfaserte Blatt auseinander und übersetzte:

Meine liebste, wunderschöne Marie,

seit meine Kameraden und ich allesamt auf die Zitadelle beordert sind, habe ich keine Gelegenheit mehr, in die Stadt zu kommen und Dich zu sehen. Ich bin jetzt ständig zu Patrouillen in den Gängen und Nachtwachen eingeteilt. Deshalb werde ich den nächsten meiner Freunde, der in die Stadt geschickt wird, bitten, Dir diese Zeilen zukommen zu lassen. Ich vermisse Dich sehr und denke

*Tag und Nacht an Dich. Wir wissen beide, dass wir nicht
heiraten können, solange noch Krieg ist. Aber wenn das
hier vorbei ist, nehme ich Dich mit nach Frankreich, und
dann wirst Du auch vor Gott meine Frau. Ich liebe Dich.*

Jean

Marie hatte leise geseufzt, während er las, doch jetzt brach sie
in hemmungsloses Weinen aus. Hilflos reichte Beyer ihr ein
Taschentuch und wartete, bis sie sich etwas beruhigte.
Er ahnte, was nun kommen würde, und sie tat ihm leid.
Die von ihm übersetzte Liebeskorrespondenz zwischen Garnison und Stadtbewohnerinnen entsprang zumeist flüchtigen
Affären. Es waren Versprechen, die nie eingehalten werden
sollten, und flehentliche Bitten, sich daran zu erinnern.
Manchmal allerdings wurde er mit seinen Übersetzerdiens-
ten Zeuge einer wirklichen Liebe. Wie diese eine zu sein
schien. Doch nun konnte sie zu keinem glücklichen Ende
führen.
Beyer ließ seiner Besucherin Zeit, um sich zu sammeln, indem er in aller Ruhe ein Blatt Papier hervorzog, den Federkiel spitzte und Tinte anrührte.
»Sind Sie bereit, Mademoiselle?«, fragte er dann.
»Es … Sie sagen es doch nicht weiter?«, fragte sie und richtete
die vom Weinen geschwollenen Augen auf ihn.
»Natürlich nicht.«
Marie schneuzte sich noch einmal, holte tief Luft und diktierte mit zittriger Stimme:

Liebster Jean,

*ich werde alles versuchen, damit Du diesen Brief noch
bekommst, bevor dieser grässliche Zaun das unmöglich
macht. Bis dahin halte ich bei sämtlichen Wachposten*

Ausschau, ob ich einen Deiner Kameraden finde oder sonst eine freundliche Seele, die ihn Dir bringt.

Jean, ich liebe Dich so sehr, wie Du mich liebst. Und ich trage ein Kind von Dir unter dem Herzen. Ich habe schon versucht, eine Anstellung als Wäscherin oder Näherin auf der Zitadelle zu finden, aber man hat mich davongejagt. Kannst Du ein gutes Wort für mich einlegen? Schon bald wird es jeder sehen, dann wirft mich die Großtante aus dem Haus, und man wird mich Franzosenhure schimpfen. Es ist Dein Sohn oder Deine Tochter, Du weißt es genau, und im Sommer soll es zur Welt kommen. Bitte hilf mir! Ich weiß mir keinen Rat.

Marie

Constantin Beyer löschte die Tinte, faltete den Brief und versiegelte ihn.

»Sergeant Jean Martin, 2. Bataillon, 3. Zug«, diktierte sie ihm den Adressaten.

»Behalten Sie Ihr Geld, liebes Kind«, sagte Beyer, als sie nach ein paar Münzen kramte. »Soll ich mich bei der Wohltätigkeitskommission für Sie einsetzen? Vielleicht stellt man Sie dort als Wäscherin oder Näherin ein.«

Maries Blick besagte, dass sie wusste, wie unwahrscheinlich das war. Sie bedankte sich, steckte den Brief zusammen mit dem anderen ins Mieder und ging.

Besorgt schaute er ihr nach und grübelte, was wohl aus Marie Fischer und dem Ungeborenen in ihrem Leib werden würde. Wenn sich nicht eine barmherzige Seele ihrer annahm, würde sie im besten Fall im Armenhaus, im schlimmsten als Hure enden.

Zwölf Uhr mittags

Erfurt, 6. Januar 1814

Nachdem wir dreiundsiebzig Tage eingeschlossen und von allem Verkehr mit der Umgebung abgeschnitten ...«, begann Constantin Beyer an diesem Morgen seinen Tagebucheintrag.

Dann legte er die Feder voller Genugtuung beiseite.

Heute würde dieser fürchterliche Zustand enden. Und jetzt würde er hinausgehen und Augenzeuge werden, um der Nachwelt zu berichten, wie jener denkwürdige Tag in Erfurt verlief.

Der Gouverneur hatte die Stadtbewohner aufgefordert, in ihren Häusern zu bleiben, bis die Preußen zwölf Uhr mittags in die Stadt einziehen würden. Aber diese Anweisung kümmerte ihn nicht im Geringsten. Die anderen Erfurter anscheinend auch nicht. Die Straßen waren voller Menschen, denen Freude und Erwartung in den Gesichtern stand.

Er sah Scharen zum Anger strömen und ahnte ihr Ziel: der Obelisk, der vor zweieinhalb Jahren anlässlich der Taufe von Napoleons Sohn errichtet worden war.

Beyer konnte sich gut an die Jubelfeier aus diesem Anlass erinnern und verkniff sich ein paar sarkastische Gedanken über die Wechselhaftigkeit der öffentlichen Meinung.

Die zwanzig Meter hohe, viereckige Stele mit pyramidenförmiger Spitze beherrschte das Bild auf dem Platz. Sie war jedoch nicht aus Marmor, wie es schien, sondern nur eine schlichte Holzkonstruktion, verkleidet mit vergipster und in Marmorstruktur bemalter Leinwand.

Nicht für die Ewigkeit gedacht, sinnierte Beyer lächelnd.

Beim Rückzug der Grande Armée im Oktober hatten sogar die Franzosen selbst das Denkmal beschädigt und die Absperrung darum verfeuert.

Doch als er näher kam, verging ihm das Lächeln.

Ein reichliches Dutzend Infanteristen unter dem Kommando eines Offiziers bewachte den Obelisken vor einer aufgebrachten Menge, ein Stück weiter hinten warteten wohl vierzig oder fünfzig Husaren, bereit loszureiten und einzugreifen, sollte der Volkszorn entflammen. Und wie es aussah, genügte ein Funke, um die lange angestaute Wut der Bürger zur Explosion zu bringen.

Schon flogen böse Worte, wurde gerempelt, und die sich bedrängt fühlenden Infanteristen schoben die Wütenden grob zurück.

Doch dann lenkten Jubel und Musik vom nahen Schmidtstedter Tor alle Aufmerksamkeit dorthin.

»Sie kommen, sie kommen!« Mit diesem vielstimmigen Schrei wandte sich die aufgeregte Menge sofort in jene Richtung, rannte jedermann los, um den feierlichen Einzug der Preußen ja nicht zu verpassen.

Zurück blieben außer der französischen Wache nur wenige, darunter die blonde Marie Fischer. Denn endlich, nachdem sie sich tagelang auf ihrer verzweifelten Suche die Füße wund gelaufen hatte, sah sie einen von Jeans Freunden. Und das Glück schien ihr doppelt hold – es war sogar jemand, der Deutsch sprach: Robert aus Koblenz im französischen Rhein-Mosel-Departement.

Den Brief fest mit der Hand umklammernd, näherte sie sich zaghaft, denn der Offizier und auch die Infanteristen blickten äußerst finster angesichts der eben erlebten Szene.

Sie setzte ihr freundlichstes Lächeln auf, knickste vor dem Offizier, ging dann vorsichtig auf Robert zu und streckte ihm den Brief entgegen.

»Gib das Jean, bitte! Es ist sehr, sehr wichtig«, bat sie flehentlich.

Robert sah zu dem Offizier, der jedoch keine Anstalten unternahm, dieses vorbildliche Beispiel eines freundschaftlichen Kontaktes zur Zivilbevölkerung zu unterbinden.

»Du weißt es nicht?«, fragte er Marie bestürzt. »Il est mort! Er ist tot. Das Nervenfieber, schon vor vier Tagen.«

Marie riss die Augen auf. Dann schien die Erde unter ihren Füßen zu schwinden, und hätte Robert sie nicht aufgefangen, wäre sie mitten auf dem Anger ohnmächtig zu Boden gefallen.

Die große Wachablösung fand am Schmidtstedter Tor statt. Die französische Abordnung wurde vom Chef der Kavallerie angeführt, Oberst de Turenne, der alles andere als glücklich über diesen Auftrag war.

Genauer gesagt war er furchtbar wütend: über die lautstarken »Vivats!« auf die Preußen, die Hohnrufe auf ihn und darüber, dass *er* dieses Zeremoniell übernehmen musste, während die gegnerische Seite gleich mit zwei Generälen aufwartete: von Kleist und von Borstell.

Aber natürlich war nicht damit zu rechnen, dass Seine Exzellenz d'Alton an dieser demütigenden Szene teilnahm. Demonstrativ blieb der Festungskommandant auf der Zitadelle, die weiterhin seiner Befehlsgewalt unterstand. Und zum Zeichen dafür, dass auch künftig nicht mit ihm zu spaßen sei, ließ er dort oben gerade ein paar Kanonen auf die Stadt richten.

Mit versteinerter Miene trabte Oberst de Turenne vorweg, gefolgt von der nun abkommandierten Wachmannschaft des Schmidtstedter Tors.

Damit war Erfurts Zeit als Privatdomäne Napoleons beendet. Alle Glocken läuteten, als hinter Turenne und seinen Wachen die Generäle von Kleist und von Borstell in die Stadt ritten, laute Hurra- und Freudenrufe erklangen von allen Seiten.

Die Gefolgschaft der beiden Generäle und ihrer Stäbe war auffallend schlicht: sechs Trompeter von den Landwehr-Ulanen und ein Bataillon Schlesische Landwehr, gefolgt von weiteren Musikern.

Das Gros seiner Truppen hatte Kleist schon an diesem Morgen in Marsch gesetzt. Schlimm genug, dass sein starkes Korps hier über zwei Monate aufgehalten worden war!

Er selbst würde ihnen heute Abend noch folgen, wenn der offizielle Einzug der Preußen sowie der Empfang der städtischen Autoritäten und der Geistlichkeit im Gouvernementsgebäude absolviert waren.

Tausende jubelnde Erfurter säumten den Weg der Preußen in die Stadt durch die Auguststraße Richtung Anger, und als vom Balkon des Packhofes eine Bläsergruppe auch noch *Nun danket alle Gott* spielte, begannen viele vor Ergriffenheit zu weinen.

Plötzlich – mitten im Lied – hallten Schüsse aus Richtung Anger. Schreiend stürzte die Menge dorthin.

Die Bläser hörten auf zu spielen, packten eiligst ihre Instrumente ein und rannten hinterher, um nichts zu verpassen.

Constantin Beyer wurde von der Menge mitgerissen, sonst wäre sie über ihn hinweggetrampelt. Er erreichte den Anger als einer der Ersten, und was er dort sah, ließ ihn entsetzt erstarren: Eine vor Wut rasend gewordene Menge steinigte, prügelte, stach mit entrissenen Bajonetten auf die französischen Wachen ein, von denen die meisten schon zu Boden geschlagen waren.

»Haut sie tot!«, kreischte eine dürre Frau. »Die haben den Prinzen von Weimar fast umgebracht!«

Beyer verabscheute Gewalt aus tiefster Seele.

Doch das hier war mit Vernunftappellen nicht mehr aufzuhalten. Jahrelang angestaute Wut brach sich ungehemmt Bahn. Wer nicht auf die am Boden Liegenden einschlug, der rammte eroberte Gewehre aufs Pflaster, bis die Schäfte zersplitterten. Sogar die Trommel des Tambours wurde mit kräftigen Tritten zerstört. Schaudernd sah Beyer, wie der blutjunge Tambour in den Kanal geworfen und im Wasser herumgeschleift wurde, offenbar in der Absicht, ihn zu ertränken. Er wollte schon dorthin rennen, um einzugreifen, als sein Freund Pohle aus dem Einquartierungsamt atemlos neben ihm auftauchte und ihn mit aller Kraft von den Rasenden fortzerrte.

»Was ist passiert? Was war mit dem Prinzen?«, fragte Beyer, sich vor Entsetzen schüttelnd.

»Prinz Bernhard von Weimar ...«, berichtete Pohle keuchend, »forderte den französischen Offizier auf, nicht so grob gegen die Bürger vorzugehen. Der sticht mit dem Degen nach ihm, ein Erfurter verpasst dem Offizier eine Ohrfeige, der befiehlt seinen Leuten zu schießen – und dann stürzt sich alles auf die Soldaten, entwaffnet sie und schlägt sie zu Boden.«

Gerade ritt General von Kleist mit seinem Generalstab auf den Platz. Doch selbst er konnte sich in dem blutigen Tumult nur Aufmerksamkeit verschaffen, indem er eine Salve in die Luft abfeuern ließ.

Die rachsüchtige Menge erstarrte.

»Schluss damit!«, befahl Kleist mit donnernder Stimme. »Diese Männer stehen unter meinem Schutz.«

Seine Begleiter mussten mit Säbeln vorgehen, um die zum Teil beträchtlich verletzten Franzosen aufzuheben.

»Übergebt sie und den toten Offizier den französischen Wachposten!«, wies der General an.

Er warf noch einmal einen mahnenden Blick auf die wutentbrannte Meute, wendete sein Pferd und ritt zum Gouverneurspalast, wo ihn weiß gekleidete Ehrenjungfrauen mit einem Lorbeerkranz, einem Gedicht und einer selbstbestickten preußischen Fahne erwarteten.

Bis der General und sein Gefolge samt den verletzten französischen Wachen und dem erstochenen Offizier außer Sicht waren, herrschte Schweigen auf dem Anger, wurden nur Blicke getauscht.

Doch dann suchten sich die immer noch maßlos wütenden

Bürger sofort ein neues Ziel für ihre blinde Zerstörungssucht: den Obelisken.

Gassenjungen schlugen unter dem Johlen der Anwesenden die Inschrift »Napoleon dem Großen« ab und hieben ein Loch in den hölzernen Sockel, um Stroh und allerlei anderes Brennbare hineinzustecken. Es fand sich ein bereitwilliger Spender für ein Fässchen Teer, und damit auch alles richtig loderte, stiegen zwei ganz waghalsige Burschen innen bis hinauf zur Spitze, um die pyramidenförmige Blechkappe herunterzuwerfen.

Ein Mann entzündete eine Fackel, schritt feierlich zum Obelisken und warf sie hinein. Jubelnd, johlend, applaudierend sahen die auf dem Anger Versammelten das Symbol napoleonischer Herrschaft in Flammen aufgehen.

»Das Symbol speichelleckerischer Kriecherei«, korrigierte Beyer seinen jüngeren Freund Pohle. »Der Rauch verfliegt wie Napoleons Ruhm. Und die Obeliskenstürmer ziehen beruhigt nach Hause.«

Das tat zumindest Beyer.

Es hieß, Bauern würden heute noch ganze Karren voll Kartoffeln und Gemüse in die Stadt bringen. Darum sollte sich seine Haushälterin kümmern. Aber worauf er hoffte: Zeitungen! Seit fast einem Vierteljahr hatten sie nichts mehr darüber erfahren, was in diesem Krieg vor sich ging. Und das wollte er nun endlich wissen.

So versäumte Constantin Beyer eine Szene, bei der er sicher eingegriffen hätte, wäre er Zeuge geworden.

Es blieben Leute auf dem Anger, die nicht eher gehen wollten, bis die letzte Aschekrume des Obelisken verflogen, die letzte entrissene Patronentasche zerstört war.

»Du da, was hockst du da rum? Hier ist noch viel zu tun, bis jeder französische Fetzen beseitigt ist«, schrie die dürre Frau Marie zu, die an einer Hauswand hockte, den Kopf auf die Knie gelegt, und jämmerlich weinte.

Sie zuckte zusammen und blickte erschrocken auf.

»Seht mal, ist das nicht das Franzosenliebchen?«, rief die Frau. »Hast dich ja vorhin einem richtig in die Arme geworfen!«

Marie sprang auf und sah sich ängstlich nach einem Fluchtweg um.

»Da, seht, sie trägt sogar Franzosenbrut in sich!«, schrie die Frau triumphierend und deutete auf Maries leicht gerundeten Bauch. »So was dulden wir hier nicht!«

So schnell sie konnte, rannte Marie Fischer davon, rannte und rannte, verfolgt von den anderen, die »Franzosenhure!« und »Reißt ihr das Balg aus dem Leib!« grölten.

Sie lief, bis sie vor Atemnot und Seitenstechen nicht mehr konnte. Kraftlos ließ sie sich gegen einen Baum sinken und nahm gerade noch wahr, dass sie sich in einem Park befand. Doch dann verschwamm ihr schon wieder alles vor Tränen.

Jean tot. Robert vor ihren Augen fast erschlagen. Die Großtante würde sie aus dem Haus jagen.

»Franzosenhure!«, hatten sie ihr nachgeschrien. Und: »Reißt ihr das Balg aus dem Leib!«

Sie war verloren.

In seiner Wohnung in der Marktstraße saß Constantin Beyer überglücklich vor einem dicken Stapel Zeitungen der letzten Monate. Es störte ihn überhaupt nicht, dass viele der Berichte längst veraltet waren. Er wollte alles wissen, was vor sich gegangen war.

So las er staunend, dass sich der Rheinbund aufgelöst hatte, das Königreich Westphalen nicht mehr existierte, sich alle deutschen Staaten außer Sachsen den Alliierten angeschlossen hatten, Bülow und Wittgenstein in Holland einmarschiert waren, wo sich die Einheimischen gegen die französische Herrschaft erhoben und die Besatzer verjagten. Spanien wurde nun wieder von den Bourbonen regiert, Joseph Bonaparte hatte abdanken müssen. Schwarzenbergs Hauptarmee zog Richtung Basel, und Blücher hatte auf breiter Front den Rhein überquert.

Der Krieg um ganz Europa, um die halbe Welt, der so lang und blutig auf deutschem Boden ausgefochten worden war, wurde nun in französisches Gebiet getragen.

Krieg war eine furchtbare Sache in den Augen des freundlichen, Bücher liebenden Feingeistes Beyer. Ein privilegierter Mord. Die Soldaten Kanonenfutter Napoleons.

Aber dieser Krieg konnte wohl nur in Paris ein Ende finden. Hoffentlich bald.

»Von allen Seiten kommen Viktualien in die Stadt!«, jubelte Magdalena. »Sogar Zucker und Kaffee!«

Triumphierend hielt sie den Zuckerhut und das Säckchen mit Bohnen hoch; die anderen dringend benötigten Dinge würde die Köchin bald heranschleppen.

Von den Ereignissen des Tages hatten sie, ihr Bruder und Konstantin dem Vater schon ausführlich berichtet. Doch dann war Magdalena noch einmal losgezogen, als es hieß, Bauern würden Lebensmittel durch die endlich wieder geöffneten Tore bringen.

»Gratuliere!«, strahlte ihr Bruder sie an. »Aber schau mal, was wir für Beute haben!« Stolz wies er auf den dicken Packen.

Magdalena bekam große Augen. »Zeitungen! Endlich!«

»Komm, wir gehen hinauf zu Vater und lesen ihm gemeinsam vor, was in den letzten Monaten in der Welt passiert ist«, schlug Friedrich vor.

Konstantin Gerlach fühlte sich von dieser Runde ausgeschlossen. So brennend ihn auch interessierte, was in den Zeitungen stand – das Krankenzimmer des Familienoberhauptes zu betreten stand ihm nicht zu.

Auf Keysers Weisung hatte er vorhin einen Brief an seine

Eltern in Freiberg geschrieben, damit sie wussten, dass es ihm gutging. Vielleicht konnte er den gleich aufgeben. Nun mussten die Postverbindungen ja wieder funktionieren. Dann würde er noch auf ein, zwei Bier in *Vogels Garten* gehen und mit den Erfurtern den Einzug der Preußen feiern.

Einige Stunden und einige Biere später, euphorisch und erhitzt von patriotischen Reden, ging Konstantin leicht schwankend zurück Richtung Stadt. Als rechts von ihm ein schriller Ton gellte, rieb er sich mit dem Finger das Ohr. Doch dann wandte er den Kopf in die Richtung und sah eine Frau auf der Brücke über die Wilde Gera stehen. Jetzt schrie sie noch einmal und deutete mit dem Arm auf etwas, das er nicht sehen konnte. Er rannte los und kam schlitternd auf der vereisten Brücke neben der Fremden zu stehen.

Der Anblick traf ihn wie ein Fausthieb in den Magen.

Im eisigen Wasser trieb mit dem Gesicht nach oben Marie Fischer. Ihr Fuß hatte sich im kahlen Gestrüpp an der Böschung festgehakt, ihr blondes Haar wogte in den Wellen, und das nasse, am Leib klebende Kleid offenbarte ihre Schwangerschaft.

Konstantin rutschte schreiend die Böschung hinab und versuchte, sie aus dem Wasser zu zerren. Bis er es endlich geschafft hatte und begriff, dass in ihr schon seit Stunden kein Leben mehr war, hatten andere Wirtshausgäste einen Polizisten geholt. Der klopfte ihm unbeholfen auf die Schulter, fragte ihn nach seinem und ihrem Namen und schickte ihn nach Hause. Ein Passant hatte nicht ohne Häme von dem Zwischenfall am Anger berichtet.

»Selbsttötung wegen illegitimer Leibesfrucht«, fasste der Polizeikommissar Schütze zusammen. »Gestern hat sich schon eine erhängt deswegen ...«

Warum, Marie?, fragte sich Konstantin dumpf, während er einen Fuß vor den anderen setzte.

Plötzlich kam ihm ein so schrecklicher Gedanke, dass er mitten im Gehen erstarrte. Jette!

War das auch ihr Schicksal? Vielleicht hatte sie es längst getan, wegen seiner verächtlichen Worte, und er wusste es nur noch nicht, weil keine Post durchkam?

Warum hatte er nicht auf den Vater gehört und sie geheiratet, sie geschützt, allen Gerüchten zum Trotz? Wie konnte er so verblendet sein? So selbstgerecht, so unbarmherzig?

Jette, Jette, vergib mir, schluchzte er. Vergib mir!

Weißt du nicht, dass ich dich immer geliebt habe, schon seit wir Kinder waren?

Herr im Himmel, gib, dass sie lebt! *Bitte!*

Zwei Schauspiele, zwei Enthüllungen und eine Entscheidung

Berlin und Paris,
23. und 25. Januar 1814

Ich habe Iffland gesehen!, staunte Henriette immer noch auf dem Heimweg vom Nationaltheater am Gendarmenmarkt. August Wilhelm Iffland, den größten deutschen Charakterdarsteller, den Dramatiker und Direktor der Königlichen Schauspiele, den Mann, der Berlin zu einer Theaterstadt machte!

Sie hob den Saum des neuen, zartblauen Kleides etwas an, damit er nicht von zertretenen Schneeresten beschmutzt wurde, und ließ das Erlebnis in sich nachklingen.

An diesem Abend hatte es einen Festakt anlässlich der Wiederkehr der königlichen Familie gegeben, und Iffland trat als Friedrich der Große in dem von ihm gedichteten Prolog auf. Wilhelm Trepte musste seine besten Beziehungen spielen lassen, damit sie drei Plätze im restlos ausverkauften Haus bekamen.

Nie hätte Henriette zu hoffen gewagt, den wunderbaren Schauspieler noch auf der Bühne erleben zu dürfen. Iffland war krank und übernahm seit längerem keine Rollen mehr. Doch für diesen Abend, aus diesem Anlass, hatte er sich noch einmal dazu entschlossen und mit seinem kurzen Auftritt das Publikum zu Begeisterungsstürmen hingerissen. So dankten ihm die Berliner auch sein Wirken und den Mut, während der Besatzungszeit eine Vorstellung am Geburtstag von Königin Luise mit Hochrufen auf die Vertriebene beginnen zu lassen. Henriette war überwältigt.

Jedes Detail von Ifflands Spiel stand ihr noch vor Augen. Seine Kunst ließ völlig vergessen, dass er von der Statur her dem Alten Fritz nicht im Geringsten ähnelte. Wie gern hätte sie ihn in seinen frühen Glanzrollen erlebt, als Franz Moor in Schillers *Räubern*, als Wurm in *Kabale und Liebe* oder Shylock in Shakespeares *Kaufmann von Venedig*! Doch wenigstens *hatte* sie ihn auf der Bühne gesehen.

Maximilians Eltern gaben sich alle Mühe, damit sie sich wohl bei ihnen fühlte. Carlotta schlenderte mit ihr durch die Stadt, ging mit ihr stundenlang nach Büchern stöbern.

Nur der Besuch in der benachbarten Nicolaischen Verlagsbuchhandlung fiel recht förmlich aus. Wie Carlotta ihr erzählte, war der verstorbene Inhaber zwar ein Freund Mendelssohns und Lessings gewesen, aber ein scharfer Gegner von Kant und Fichte. Doch Johann Gottlieb Fichte, der erste gewählte Rektor der Berliner Universität, gehörte zum weiteren Freundeskreis der Treptes und lag in diesen Tagen todkrank am Lazarettfieber darnieder. Seine Frau hatte sich selbst und dann ihn bei der Pflege Verwundeter angesteckt. »Wie es scheint, wird Johanna wieder genesen. Aber für ihn gibt es keine Hoffnung mehr«, berichtete Carlotta bedrückt. Das erklärte wohl ihr distanziertes Verhalten gegenüber

Monsieur Parthey, der nun Berlins berühmteste Buchhandlung führte. »Gott muss wirklich seine Hand über dich gehalten haben, dass dir die schreckliche Krankheit erspart blieb.«

Henriette schrieb Briefe, las ausgiebig die Zeitungen und besuchte ein Treffen der Offiziersfrauen in der Dorotheenstadt. Einmal führte Wilhelm Trepte sie sogar als staunende Besucherin durch die Universität.

Hauptsächlich jedoch wartete sie auf Post von Maximilian. Seit Tagen war kein Lebenszeichen mehr von ihm gekommen. Er befand sich jetzt in Feindesland. Lebte er? Ging es ihm gut? Darum kreisten ihre Gedanken, während die Zeit einfach nicht verrinnen wollte.

Selbst das Erlebnis im Theater söhnte sie nur kurzzeitig damit aus, dass sie sich in Berlin ziemlich nutzlos vorkam.

Am gleichen Tag, als Henriette in Berlin den letzten Bühnenauftritt des großen Iffland erlebte, veranstaltete Napoleon Bonaparte in Paris seine eigene Inszenierung.

Er hatte die Offiziere der Nationalgarde – eine Art Miliz – zur Vereidigung in die Tuilerien befohlen.

Nach dem feierlichen Akt und der Messe führte er Kaiserin Marie Louise und seinen nicht einmal dreijährigen Sohn in den Saal, nahm den kleinen König von Rom auf den Arm und verkündete, er werde Paris verlassen, um an der Spitze der Armee den Feind aus dem Land zu treiben.

Deshalb überlasse er seine geliebte Frau und sein geliebtes Kind der Obhut der Nationalgarde. Ihre Truppen dürften weder wanken noch sich entzweien lassen. Und sollte sich der Gegner den Mauern von Paris nähern, würde er, Napoleon, zu Hilfe eilen.

Mit dem Kind auf dem Arm ging er unter den Offizieren umher, bei denen diese Geste nach der glühenden Ansprache so tiefen Eindruck hinterließ, dass sie in donnernde Hochrufe auf den Kaiser, die Kaiserin und den König von Rom ausbrachen. Viele weinten vor Ergriffenheit.

Iffland wäre sicher beeindruckt gewesen von der Darbietung des Kaisers der Franzosen. Ein wenig überzogen vielleicht, doch sie erzielte die erhoffte Wirkung beim Publikum.

Gleich im Anschluss hielt Napoleon eine mahnende Ansprache an die Senatoren und Staatsräte. Er musste sie – wie zuvor die Nationalgarde – auf sich einschwören.

Seit Wochen drangen die Alliierten fast ungehindert auf französisches Gebiet vor. Es war höchste Zeit, dass er, Napoleon, sich wieder an die Spitze seiner Armee stellte. Das konnte er nur, wenn Paris gehalten wurde. Doch hier gärten Mutlosigkeit und Verrat. Gegner im eigenen Land versuchten, ihn vom Thron zu stoßen, weil sie dadurch einen milden Frieden erhofften.

Den nächsten Tag verbrachte der in Bedrängnis geratene Kaiser damit, seine weinende Frau zu trösten und sich von seinem Sohn zu verabschieden.

Am Morgen des 25. Januar 1814 verließ er Paris, um erneut in die Schlacht zu ziehen. Seine Soldaten würden ihm folgen, wenn er erst bei ihnen war. Das hatten sie stets getan.

Henriette überraschte an jenem Morgen ihre Schwiegereltern mit einem Entschluss. Taktvoll formulierte sie ihn als Frage.

»Ich bin sehr dankbar für eure liebevolle Fürsorge«, begann sie während des gemeinsamen Frühstücks, und beide merkten sofort auf bei dieser Eröffnung.

»Doch ich kann das Warten und die Untätigkeit nicht länger ertragen. Darf ich in einem der Lazarette helfen? Bitte! Ich bin geübt in der Pflege Verwundeter und habe Empfehlungsschreiben von Ärzten. Maximilian hatte es mir in Frankfurt auch erlaubt, solange ich mich von den Typhuskranken fernhalte.«

Wilhelm Trepte erstarrte kurz in der Bewegung; sein Löffel

verharrte in der Luft, statt in das weich gekochte Ei zu fahren. Dann legte er ihn klirrend beiseite, nahm die Brille ab und putzte sie, wie es Friedrich Gerlach auch tat, wenn er Zeit zum Überlegen brauchte.

»Der Gedanke ist natürlich sehr löblich ...«

Schon fiel ihm Carlotta ins Wort: »Aber nicht jetzt, wo sie ein Kind unterm Herzen trägt!«

Nun war es an Jette, verblüfft zu starren.

Um Gewissheit zu haben, war es noch zu früh. Sie wollte nicht einmal über die Möglichkeit nachdenken, sich nicht Hoffnungen machen, die vielleicht enttäuscht würden.

Doch offenbar besaß Carlotta als Mutter von drei Söhnen ein Auge dafür.

Wie zur Bestätigung sprang Jette auf und stürzte hinaus, weil sie urplötzlich der Duft des geräucherten Schinkens wie ein Keulenhieb traf. Mit auf den Mund gepresster Hand suchte sie im Flur nach der erstbesten Schüssel, in die sie sich übergeben konnte. Da sie in der Not keine fand, musste eine Ziervase im antiken Stil herhalten.

Wenig später – erfrischt, aber immer noch kreidebleich – kehrte sie an den Tisch zurück, unfähig, etwas zu sagen.

»Wir freuen uns so«, sagte Carlotta strahlend und ergriff Jettes Hand. »Ein Enkelchen! Und wie glücklich wird erst unser Junge sein.«

Wilhelm Trepte wirkte etwas verlegen, aber auch auf seinem Gesicht lag ein freudiges Leuchten. Der Gedanke an einen Enkel gefiel ihm ausnehmend.

»Ich bin mir nicht sicher. Vielleicht warten wir alle noch ein wenig, ehe wir Maximilian davon berichten«, wandte Jette ein. Sie hatte schon ein Kind zu Beginn einer Schwangerschaft verloren, bedingt durch die Strapazen des Krieges. Aber das durfte niemand wissen.

»Natürlich, Liebes!«, meinte Carlotta und tätschelte ihr die Hand. »Du musst dich jetzt schonen. Also zupf lieber Charpie, statt ins Lazarett zu gehen. Die Arbeit dort ist anstrengend und der Anblick nichts für werdende Mütter.«

Sie sah ihren Mann verliebt an.

»Ich bin überglücklich, Wilhelm! Und du doch auch, gib es ruhig zu!«

»Natürlich. Meinen Glückwunsch!«

»Ich beobachte die Anzeichen schon seit Tagen«, triumphierte Carlotta. »Aber du hast recht, Kleines. Ehe wir die Pferde scheu machen und Maximilian abgelenkt wird, wo er jetzt in Feindesland steht, warten wir lieber, bis es sicher ist.«

Das beruhigte Henriette. Doch statt im Lazarett etwas Nützliches zu tun, blieben ihr nun für die nächsten Monate vermutlich nur lange Spaziergänge und ab und zu ein Kaffeekränzchen. Und endloses Warten – auf Maximilians Briefe und seine Heimkehr.

»Nimm wenigstens etwas Tee und Zwieback, Liebes!«, drängte Carlotta. »Stell dir vor, Max kommt bald zurück und sieht dich mit seinem Kind unterm Herzen! Er wird so glücklich sein. Aber keine Sorge, bis dahin sollst du nicht vor Langeweile sterben. Wir sind demnächst zu einer kleinen literarischen Gesellschaft eingeladen …«

»In einen Salon?«, platzte Jette verblüfft heraus.

Davon hatte sie seit Jahren geträumt, noch mehr als von einem Theaterabend mit Iffland: einmal in einen der berühmten Literarischen Salons zu dürfen, die in Berlin von klugen und einflussreichen Damen geführt wurden.

»Leider in keinen der ganz großen«, schränkte Carlotta ein. »Die meisten Berliner Salons ruhen ja, seit Napoleon hier einmarschiert ist.«

Sie schenkte sich Kaffee in eine der blau- und goldverzierten Tassen aus der Königlich-Preußischen Porzellanmanufaktur nach und zählte auf: »Wie der von Madame Levin. Madame Herz veranstaltet keine Salons mehr, seit ihr Mann gestorben ist, sie unterrichtet jetzt mittellose Kinder. Madame von Berg, die Vertraute von Königin Luise, Gott hab sie selig, weilt derzeit nicht in der Stadt, soweit ich weiß. Und die Freifrau von Humboldt ging vor vier Jahren mit den Kindern nach Wien, als ihr Gatte Gesandter wurde. Schloss Tegel ist ja seit den Plünderungen nicht mehr bewohnbar.«

»Ihr Schwager studierte in Freiberg«, warf Henriette ein. »Damit rühmen sich die Freiberger gern. Sie selbst soll auch eine außergewöhnliche Frau sein.«

»Das ist sie in der Tat«, bekräftigte Wilhelm Trepte.

»Und ihr Gatte wird bald in Paris den Frieden aushandeln«, beendete Carlotta vorerst dieses Thema. »Um auf die Salons zurückzukommen, Liebes: Von den großen Salonnièren führt derzeit meines Wissens nur Madame von Crayen ihren in der Charlottenstraße weiter. Sie ist sogar eine Leipzigerin. Aber ihre Soireen sind … nun ja … etwas offenherzig. Ach, nennen wir es ruhig beim Wort: frivol! Dort kannst du dich unmöglich blicken lassen. Also stell dich auf eine kleinere Gesellschaft ein. Du wirst es sicher dennoch interessant finden. Ich habe dich übrigens als literarisches Talent angekündigt.« Sie lächelte spitzbübisch.

»Seit Ewigkeiten habe ich nichts mehr geschrieben!«, wandte Jette ein.

»Dann wird es Zeit. Monsieur Gerlach versichert uns, da schlummert Großes in dir. Er meint, wir sollen dich ermutigen. Also geh und schreib! Wenn erst das Kindchen da ist, wirst du dafür kaum noch Zeit haben. Glaube mir.«

Henriette fühlte die auffordernden Blicke beider auf sich gerichtet und bekam weiche Knie.

Da war zum einen die große Neuigkeit … wenn sie zutraf. Ihre Brüste wurden voller, aber das musste nicht zwingend heißen, dass sie schwanger war. Oder?

Und war sie wirklich fähig, etwas zu Papier zu bringen, das sie öffentlich vortragen konnte, noch dazu in einem Berliner Literarischen Salon?

In ihrem Zimmer holte Henriette die drei Briefe von Maximilian aus dem Kästchen, die zuletzt eingetroffen waren. Sie musste sie einfach immer wieder lesen. Dabei legte sie sacht die Hand auf ihren Leib, als könnte sie schon spüren, ob dort Leben heranwuchs. Sein Sohn oder seine Tochter.

Weihnachten 1813,
in einem Dorf am Neckar

Liebste Henriette,

all meine Gedanken fliegen zu Dir. Wie gern würde ich dieses Fest mit Euch verbringen. Tröste Dich: Es wird die letzte Kriegsweihnacht.
Meine Eltern werden in diesen Tagen besonders um meine Brüder trauern. Als ich mich freiwillig zur Armee meldete, tat ich es auch, um diese Pflicht für Julius und Philipp zu übernehmen. Aber sie wollten unbedingt ihrem großen Bruder nacheifern, und ich konnte es ihnen nicht ausreden.
Ich habe mich immer verantwortlich für sie gefühlt, und in ganz düsteren Momenten gebe ich mir die Schuld an ihrem Tod.
Wie Du an der ersten Zeile siehst, sitzen wir immer noch fest. Das Vorhaben, mit der Hauptarmee den Rhein bei Basel zu überschreiten, verzögert sich, da erst Verhandlungen geführt werden müssen, die unseren Durchmarsch erlauben.
So leidig der erzwungene Aufenthalt auch ist, bietet er zwei Vorteile: Wir haben feste Quartiere, das ist unschätzbar angesichts des Wetters. Und – noch wichtiger – wir nutzen die Zeit, um die vielen neuen Rekruten weiter auszubilden, deren Jugend und Mangel an Kampferfahrung mir große Sorge bereiten. Ich lasse sie bis zum Umfallen

exerzieren und an den Waffen üben, damit sie eine
Chance haben zu überleben.
Alle Segenswünsche und die Versicherung meiner innigen
Liebe

Dein Dir treu ergebener M

1. Januar 1814, Baden

Mein Herz, meine liebste Henriette,

nun schreiben wir 1814. Möge es ein gutes Jahr werden
und endlich Frieden bringen!
Das Jahr beginnt für mich freudig, denn heute erhielt ich
gleich zwei Briefe von Dir. Ich kann Dir gar nicht sagen,
wie glücklich ich bin, die Zeilen von Deiner Hand in
meiner zu halten.
Vor drei Tagen erhielten wir endlich Marschorder. Gestern
erreichten wir Baden. Das badische Gardebataillon und
eine badische Batterie Reitender Artillerie wurden unserer
Brigade zugeteilt. Die Männer sind frohen Mutes, denn
das neue Jahr wird den Sieg und den Frieden bringen.
Heute wurde feierlich eine allerhöchste Kabinettsorder
verlesen, nach der unser König jedem eine eiserne
Gedenkmünze verleiht, der 1813 mitkämpfte. Leider ist
noch nicht entschieden, an welchem Knopfloch die
Medaille zu tragen ist. Es soll auch im neuen Jahr eine
geben, sobald wir den Sieg errungen haben.
Wie geht es Dir, Liebste? An den Abenden male ich mir
aus, wie Du in Berlin lebst, in dem Haus, in dem meine
Brüder und ich aufgewachsen sind. Deine Schilderungen
bringen mich zum Schmunzeln, wie mein Vater philo-
sophische Exkurse mit Dir führt und Mutter mit Dir sämt-

liche Buchhandlungen der Stadt aufsucht – beides sehr zu
Deiner Freude, wie ich hoffe.
Du fehlst mir, ich denke in jeder freien Minute an Dich
und unsere glückliche Zeit in Frankfurt. Doch der Tag
rückt näher, an dem ich Dich wieder in meine Arme
schließen kann.

In inniger Liebe Dein M

13. Januar 1814, Basel

Meine liebste Henriette, mein Ein und Alles,

heute war ein höchst feierlicher Tag. Stell Dir vor, heute
ist die gesamte Reservearmee in Paradeuniform vor
Basel aufmarschiert, um in bester Ordnung und mit viel-
tausendstimmigem Hurra den Rhein zu überschreiten –
im Beisein von Zar Alexander und Kaiser Franz von
Österreich. Fünf Stunden dauerten Parade und Durch-
marsch durch Basel. Die Schweizer Truppen hatten sich
vorübergehend aus der Stadt zurückgezogen. So wurde
das Neutralitätsproblem im wahrsten Sinne umgangen,
wenn Du mir dieses Wortspiel erlaubst. Weit nach
Anbruch der Dunkelheit bezogen wir Quartier im Elsass
und verbrachten so die erste Nacht auf feindlichem
Terrain.
Ich muss schließen, denn gleich geht noch ein Reiter mit
der Feldpost ab.

Dein Dir in Liebe treu ergebener M

Nun war ihr Liebster auf französischem Gebiet. Wie lange
würde es dauern, bis von dort der nächste Brief kam? Und

was könnte ihm nun erst zustoßen, wenn schon auf deutschem Boden so viele gestorben waren?

Sie hatte einen Offizier geheiratet und musste sich wohl damit abfinden, dass die Angst um ihn ihr steter Begleiter sein würde – bis Friede geschlossen war.

Hatten die Männer jetzt wirklich keine andere Sorge als die, in welchem Knopfloch eine Medaille zu tragen war, weil dazu die königliche Order fehlte? Wie schwer konnte es für den König sein, diese Entscheidung zu fällen?

Sie prustete. Und rügte sich umgehend dafür, dass ihr das Verständnis für militärisches Zeremoniell fehlte. Das sollte sie sich wohl besser aneignen.

Draußen schneite es große Flocken, der Himmel war grau und ohne Sonnenstrahl. Immer noch stand Henriette am Fenster, die Briefe in der Hand, die sie längst auswendig kannte, und dachte nach. Über das Kind, das sie womöglich unterm Herzen trug.

Über die Gefahr, in der Maximilian vielleicht gerade in diesem Augenblick schwebte.

Und darüber, dass schon bald von ihr eine Talentprobe für einen Literarischen Salon erwartet wurde.

Was sollte sie schreiben? Verse? Etwas Romantisches? Eine Liebesgeschichte? Ein patriotisches Gedicht?

Die halbe Nacht lang lag sie im Bett, ohne Schlaf zu finden, grübelte und verwarf sämtliche Ideen wieder.

Dabei wusste sie längst, was sie schreiben würde. Jedes Wort, jeder Satz steckte bereits in ihr. Sie musste nur all ihren Mut dafür sammeln. Den Schmerz noch einmal durchleben.

Irgendwann tief in der Nacht war die Geschichte in Gedanken fertig, Wort für Wort. Und da sie ohnehin nicht einschlafen würde, ehe sie alles niedergeschrieben hatte, entzündete sie einen Kienspan an der letzten Glut des Kaminfeuers und damit eine Kerze, wickelte sich in die Decke und setzte sich an den Tisch.

Lange starrte sie auf das weiße Blatt, die Feder in der Hand. Sie wollte den reinen, makellosen Bogen, die Verheißung unendlicher Möglichkeiten nur aus Gedankenkraft, nicht durch Tintenkleckse oder Streichungen entweihen.

Dann schrieb sie, ohne eine Pause einzulegen.

Als das Dienstmädchen am Morgen kam, um ihr beim Ankleiden zu helfen, hob sie nur die Hand und bat, allein gelassen zu werden, sie brauche kein Frühstück.

Wie von fern hörte sie auf den Gängen das Raunen: »Sie schreibt. Die junge Frau schreibt!«

Offenbar nahmen die Treptes keinen Anstoß an ihrem ungewöhnlichen Benehmen. Sie wollten ja, dass sie schrieb, und Maximilians Vater als Gelehrtem waren Nächte am Pult sicher vertraut, in denen Gedanken sofort festgehalten werden mussten, ehe sie wieder verblassten und gänzlich verschwanden.

Wenig später brachte ihr das Dienstmädchen ein Glas Milch und einen Teller mit Honigbroten. Änni wollte etwas sagen, aber Jette schüttelte den Kopf und hob erneut abwehrend die linke Hand, während die rechte mit der Feder in der Luft verharrte. Das Mädchen knickste und ging hinaus.

Die Unterbrechung hatte Henriette aus dem Fluss gerissen. Sämtliche im Kopf schon fertigen Sätze schienen sich in Luft aufgelöst zu haben. Ihr blieb nichts weiter, als alles von vorn zu lesen. Erst dann wusste sie wieder, wie sie fortfahren musste.

Sie schrieb bis in den Vormittag hinein, las alles noch einmal sorgfältig, klopfte die Blätter zu einem ordentlichen Stapel zusammen und kroch durchgefroren, aber erleichtert ins Bett. Sie schlief, bis sie zum Mittagessen gerufen wurde.

Carlotta warf nur einen kurzen, triumphierenden Blick auf sie. »Fertig?«

Henriette nickte, Carlotta lächelte. Sie war furchtbar neugierig, was ihre Schwiegertochter geschrieben haben mochte. Aber sie hielt sich taktvoll davon ab zu fragen.

Manche Dichter, das wusste sie, konnten ihre eigenen Worte gar nicht oft genug hören. Aber die meisten hüteten sie scheu, bis sie sich endlich überwanden, damit an die Öffentlichkeit zu treten.

Am Abend vor der Soiree las Henriette ihre Erzählung noch einmal. Es war in ihren Augen genau das, was sie ausdrücken wollte, keine Silbe zu viel und keine zu wenig. Dennoch bekam sie langsam Angst, ob *das hier* wohl in einen Salon passen würde. Womöglich würden die Treptes danach nie wieder eingeladen. Von dieser Sorge getrieben, suchte sie Maximilians Vater auf, der in der Bibliothek saß und in ein Schriftstück vertieft war.

Als er sie mit dem Bündel Blätter in der Hand in der Tür stehen sah, winkte er sie aufmunternd herein.

»Natürlich lese ich es gern, Kind, wenn es dich bestärkt.«

Er schlug ihr vor, es sich auf der Récamiere bequem zu machen, doch dafür war sie zu unruhig gestimmt. Sie trat ans Fenster und beobachtete von dort aus genau die Gesichtszüge ihres Schwiegervaters.

Angesichts der Überschrift zog er überrascht die Augenbrauen hoch. Dann las er aufmerksam Zeile um Zeile, ohne ein Wort zu sagen. Am Ende angelangt, sah er sie mit einem Ausdruck an, der ihr ein wenig Furcht einjagte. Sein Blick war aufgewühlt, beinahe erschrocken.

War sie zu weit gegangen?

»Die Damen werden *sehr indigniert* sein«, meinte er schließlich und nahm die Brille ab, um die Gläser zu putzen. »Sich entrüsten, vielleicht sogar aus Protest in Ohnmacht fallen. So etwas haben sie mit Sicherheit noch nicht zu hören bekommen.«

Nachdenklich legte er eine Pause ein. Jette fand sich damit ab, die Seiten ins Kaminfeuer zu werfen.

Stattdessen sagte der Gelehrte Trepte: »Es ist brillant. Es ist mutig. Ich habe selten etwas so Bewegendes gelesen. Das hier muss erzählt werden.«

Nun lächelte er. »Geh hin und bring sie aus der Fassung!«

Eklat im Salon

Berlin, 3. Februar 1814

Unruhig trommelte Henriette mit den Fingerspitzen auf der Armlehne, drauf und dran hinauszustürzen, und spürte die alarmierten Blicke ihrer Schwiegereltern auf sich.

Sie saß zwischen den anderen Gästen in einem vornehmen Saal und wäre am liebsten gegangen. Aber sie wollte keinen Ärger erregen. Sie war neu in dieser Runde, fremd, fast die Jüngste … und außerdem sollte sie zum ersten Mal in ihrem Leben etwas Eigenes vorlesen. Noch dazu in einem Berliner Literarischen Salon!

Gerade trugen die beiden sechzehnjährigen Töchter der Gastgeberin selbstgereimte patriotische Verse vor. Von »blitzenden Klingen, die wuchtig in der Feinde Leiber dringen«.

Henriette drehte sich fast der Magen um. Ihr habt noch nie ein Schlachtfeld gesehen!, dachte sie abgestoßen und zornig zugleich. Und was eine Säbelklinge oder ein Bajonett mit einem menschlichen Körper anzurichten vermögen. Seid froh über diese Gnade! Doch schreibt keine Gedichte darüber!

Dabei hatte sie sich so auf diesen Abend gefreut, hatte alles so vielversprechend begonnen …

Wieder trug sie das zartblaue Abendkleid und den Familienschmuck der Gerlachs. Carlotta selbst hatte ihr das kunstvoll zu Locken gebrannte Haar hochgesteckt und mit kleinen weißen Seidenblüten geschmückt. Sie fühlte sich wie im Märchen. Wenn Maximilian sie so sehen könnte!

Mehr als dreißig Gäste waren in dem großen, ganz im klassizistischen Stil eingerichteten Haus in der Charlottenstraße versammelt. Man zelebrierte Schlichtheit in prächtigen Räumen, um Patriotismus zu beweisen. Die Damen trugen filigranen Eisenschmuck zum Zeichen dafür, dass sie Gold für das Vaterland gespendet hatten. Der Tradition gemäß gab es kein opulentes Abendessen, sondern nur Platten mit Butterbroten, denn in einem Literarischen Salon sollte sich alles um die geistige Nahrung drehen.

Gastgeberin war Bertha von Hoyer, die Gattin eines Sprachwissenschaftlers an der Berliner Universität, eine vor Enthusiasmus sprühende, hagere Dame in einem Empirekleid aus hellem Musselin.

»Nun, da die schweren Jahre für Preußen vorbei sind, möchten wir eine Tradition wieder aufleben lassen, die den Geist Berlins prägt und zeigt, wozu Frauen in unserer Zeit fähig sind«, erklärte sie feierlich zur Eröffnung. »Erinnern wir uns, wie es bei Madame Herz begann. Ihr Gatte empfing regelmäßig Gelehrte in seinem Haus, doch die Damen begnügten sich nicht damit, im Nebenzimmer nur Kaffeekränzchen zu veranstalten. Die großartige Henriette Herz gründete einen Freundschaftsbund, man las und diskutierte die neuesten literarischen Werke, und bald riss sich das gebildete Berlin darum, hier miteinander in Verbindung und geistigen Austausch zu treten.«

Freundlich bis euphorisch applaudierten die Anwesenden; etliche von ihnen waren selbst einst bei Henriette Herz zu Gast gewesen.

»Heute führen Frauen Salons, sie sind Schriftstellerinnen, Dichterinnen – auch wenn die *Jenaische Allgemeine Literaturzeitung* sie geflissentlich zu ignorieren sucht oder ihnen jegliche Fähigkeit zu denken abspricht.«

Gelächter flammte auf.

»Es gibt Komponistinnen, Malerinnen ... Wie ich hörte, hat Meister Kügelgen in Dresden zwei vielversprechende Schülerinnen: Caroline Bardua und Louise Seidler, von denen wir sicher noch hören werden.«

Die Gastgeberin hätte auch Karoline Jagemann von Heygendorff als Beispiel nennen können, die das Weimarer Opernhaus als Intendantin leitete. Doch die war die Geliebte des Herzogs Karl August – ein Sonderfall und etwas heikel.

Deshalb wechselte sie lieber von den Künsten zur Wissenschaft. »Mit Ausnahmegenehmigung Friedrichs des Großen durfte Dorothea Erxleben vor sechzig Jahren als erste deutsche Ärztin promovieren. Nun höre ich von einem Fräulein von Siebold aus Darmstadt, das in Göttingen Privatvorlesungen in Medizin besucht. Womöglich wird es Frauen in ferner Zukunft sogar erlaubt, die Universität zu besuchen?«

Auffordernd sah Madame von Hoyer in die Runde. Einige junge Mädchen nickten hoffnungsfroh, doch den meisten Gästen schien diese Vision allzu kühn.

»Erinnern wir uns an den Tag, als die mutige Wilhelmine Reichard aus Braunschweig in Berlin mit einem Ballon in die Lüfte stieg«, fuhr sie munter fort. »Die erste deutsche Ballonfahrerin! Ich weiß es noch wie heute, es war der 16. April 1811. Welche Ehre für uns, sie danach in diesem Haus zu begrüßen.« Madame von Hoyer reckte sich ein wenig. »Wie viel Großartiges Frauen in den letzten Jahren leisteten, um das Vaterland und unsere tapferen Krieger zu unterstützen, muss ich nicht erst aufzählen.« Bewusst legte sie eine Pause ein, damit die Anwesenden kräftig applaudierten.

»Den Krieg lassen wir heute vor der Tür; dies ist ein Literarischer Salon. Ich bin beglückt, so viele vertraute Gesichter zu sehen. Besonders freue ich mich, heute drei literarische Debütantinnen ankündigen zu dürfen: meine Töchter Isabel und Eleonora ...«

Zwei hübsche, weizenblonde Mädchen standen auf und knicksten lächelnd.

»… sowie – noch neu in Berlin – die junge Gattin eines Premierleutnants der Garde, Madame Henriette Trepte.«

Auch Jette erhob sich rasch und knickste. Röte schoss ihr in die Wangen, während die Gäste höflich applaudierten und sie neugierig musterten. Ihre unerhörte Geschichte trug sie nicht bei sich, die lag noch zusammengerollt in ihrem Muff. Sie wollte es dem Verlauf des Abends überlassen, ob sie sie vorlas. Doch nun, nach zwei endlos scheinenden Stunden, hatte sie diesen Gedanken aufgegeben.

Zuerst waren Gedichte rezitiert worden. Von Rosenduft und Mondenschein, von Sternenglanz und Himmelblau.

Zwei Mädchen traten geziert ans Pianoforte, die eine sang, die andere begleitete sie holpernd.

Danach schmetterten Isabel und Eleonora ihr Versgemetzel in den Saal. Als mehrere Gäste ankündigten, Ähnliches vorzutragen, sah Jette zur Tür und überlegte, ob sie sich mit Verweis auf ein Unwohlsein zurückziehen durfte.

Doch da stand Carlotta auf, ging zu Madame von Hoyer und richtete leise einige Worte an sie. Die Salonnière zog freudig überrascht die Augenbrauen hoch und gab bekannt, ihre liebe Freundin Madame Trepte habe sich bereit erklärt, ein Lied vorzutragen.

Henriette staunte, denn sie wusste, dass Carlotta nicht mehr gesungen hatte, seit zwei ihrer Söhne gefallen waren.

»Sie tut das für dich«, raunte Wilhelm Trepte ihr zu, der vor einiger Zeit wieder aus der Bibliothek in den Salon gekommen war.

»Es ist ja kaum zu übersehen, wie du leidest unter diesen grässlichen Reimen … Ehrlich gesagt, wir haben in diesem Haus schon Geistvolleres erlebt. Ich bin auch enttäuscht.«

Die Gastgeberin setzte sich ans Pianoforte und nickte Carlotta zu. Die zierliche Frau sang in glasklarem Sopran eine wehmütige Melodie, und ein Zauber schien sich über den Raum zu legen.

Henriette stiegen Tränen auf vor Ergriffenheit.

Ich werde hier *nicht* vorlesen, beschloss sie noch einmal.

Bevor jemand sie dazu auffordern konnte, platzte ein etwa vierzehnjähriges Mädchen herein. Sofort verflog der Zauber, alle drehten sich zur Tür.

»Elisa!«, wunderte sich Bertha von Hoyer über das Erscheinen ihrer jüngsten Tochter, die sie nach einem Ausflug bei Verwandten wähnte.

»Ich weiß, Maman, ich störe! Aber es gibt wunderbare Neuigkeiten, die alle interessieren werden. Cousin Willi schreibt Einzelheiten, wie Wittenberg gefallen ist.«

Aufgeregt wedelte sie mit einem Brief herum. »Er war dabei!«

»Wir wollten eigentlich den Krieg vor der Tür lassen«, wies die Mutter sie mild zurecht. »Aber da du gute Neuigkeiten berichten kannst … Erzähl schon, was dein Vetter schreibt!«

Elisa, die ein Jäckchen im Husarenstil über dem Kleid trug, ratterte enthusiastisch los: »Sie haben monatelang Gräben geschaufelt, um die Geschütze in die besten Stellungen zu bringen. Am 12. Januar ab Mittag wurden aus allen Batterien zweieinhalbtausend Kanonenschüsse auf Wittenberg gefeuert. Nachts um eins nahm General von Dobschütz die Stadt im Sturm. Gefangene preußische Offiziere wagten ihr Leben, um unseren Männern die Tore zu öffnen. Willi schreibt, es war ein blutiger Kampf mit hunderten Toten und Verwundeten. Doch heldenmütig opferten sich die Unsrigen und eroberten die Stadt. Und der französische Gouverneur General Marquis de Lapoype ist nun Gefangener.«

Triumphierend sah sie um sich. »Nur zwei Tage nach Torgau schon wieder ein preußischer Sieg! Torgau musste ja bedingungslos kapitulieren wegen der vielen Typhusfälle. Das Ergebnis französischer Misswirtschaft, so steht es in der heutigen Ausgabe der *Preußischen Feldzeitung*.«

Einer der älteren Gäste, ein Mann mit nur einem Auge, sprang auf und brachte ein dreifaches Vivat auf Preußens glorreiche Armee aus. Die anderen Gäste erhoben sich ebenfalls, stimmten ein und setzten sich wieder.

Nur Jette blieb zu aller Verwunderung stehen.

Völlig betäubt. Die Worte »Typhus« und »Verwundete« hatten sie wieder in die Thomaskirche versetzt. Als trüge sie die blutverschmierte Schürze statt des Abendkleides, als kniete sie auf dem kalten Boden zwischen den Sterbenden. In ihren Ohren gellten Schmerzensschreie, sie sah Ströme von Blut und Hermanns Gesicht, der den Tod seiner Frau und seiner kleinen Kinder beweinte.

»Sie dürfen wieder Platz nehmen, meine Liebe«, sagte Madame von Hoyer nachsichtig. »Oder möchten Sie jetzt Ihr Werk zum Vortrag bringen? Was dürfen wir erwarten? Etwas Lyrisches? Eine romantische Naturbetrachtung?«

Was für ein Wahn!, schrie alles in Jette. In Torgau, Wittenberg und Leipzig sterben gerade Menschen qualvoll, weil es an Hilfe mangelt, und wir sitzen hier ... herausgeputzt ... und beklatschen schlechte Verse!

Einzig Wilhelm Treptes fester Blick hielt Henriette davon ab, den Auftritt abzulehnen. Tu es!, schien er sie aufzufordern.

Carlotta eilte auf leisen Füßen hinaus, um die zusammengerollten Seiten zu holen.

»Bevor ich meine Geschichte vorlese, möchte ich erklären ...«, begann Henriette.

»Oh, wenn Sie es erst erklären müssen – typischer Anfängerfehler«, fiel ihr eine füllige Dame in rosafarbenem Kleid ironisch ins Wort, die in Liebesgedichten geschwelgt hatte. »Das würde Ihnen die *Jenaische Literaturzeitung* sofort ankreiden!«

Die Schwestern Hoyer kicherten.

»Doch für Ihren ersten Auftritt haben Sie bei uns alle Nachsicht. Jeder fing einmal klein an«, meinte die rosa Dame generös.

»Bevor ich meine Geschichte vorlese, möchte ich erklären ...«, wiederholte Jette stur und erntete dafür konster-
nierte Blicke.

Sie holte tief Luft. »Angesichts der dramatischen Umstände
bei der Einnahme Wittenbergs und Torgaus sollten wir nicht
nur Jubelrufe ausbringen, sondern auch der zahllosen Opfer
gedenken.«

Hinter ihr sagte jemand halblaut, dass jeder ihn verstehen
konnte: »Natürlich, sie hat einen Mann im Felde, einen Gardeleutnant, nicht wahr?«

Doch Henriette ging es jetzt nicht um Maximilian, auch wenn
sie jeden Tag betete, dass ihm nichts zustieß.

»Ich kann Ihnen versichern, allein mit französischer Misswirtschaft ist das Elend Torgaus nicht begründet«, rief sie,
sich langsam in Rage redend. »Fünftausend Einwohner und
dreißigtausend Mann Garnison auf engstem Raum, die meisten davon typhuskrank. Unter solchen Umständen kann kein
Arzt noch etwas bewirken. Sahen Sie schon einmal jemanden
am Nervenfieber sterben? Das ist ein außerordentlich qualvoller Tod. Wie viele Menschen leben in Berlin? Zweihunderttausend? Dann stellen Sie sich hier eine Million Typhus-
kranker vor. Und Sie können vielleicht *erahnen*, welche
Tragödie sich in Torgau abspielte.«

Sie holte kurz Luft und versuchte, die Bilder aus Leipzig ab-
zuschütteln.

»Wie wir eben hörten, gab es in Wittenberg hunderte Tote
und Verwundete. Und die unglücklichen Bewohner dieser
Stadt sind nicht nur von General Lapoypes Garnison bis aufs
letzte Hemd und letzte Brot ausgeplündert, sondern viele
werden ihr Obdach verloren haben – im bitterkalten Winter.«
Die Gäste starrten sie an, teils betroffen, teils empört.

»Junge Frau, wir sind hier ein Literarischer Salon und keiner
dieser Orte, wo man sich Schauergeschichten erzählt!«, entrüstete sich die Dame im rosa Kleid.

»Schauergeschichten? Das sind sie. Nur leider nicht erfunden«, widersprach Henriette voller Bitterkeit.

»Woher wollen Sie das wissen?«, rief jemand von hinten.

»Ich war in Leipzig während der großen Schlacht.«

Einen Moment lang glaubte sie, das reiche als Erklärung. Doch diese Leute waren nicht dort gewesen. Sie hatten keine Vorstellung, wie viel schrecklicher Leipzig war als alles je Dagewesene.

Deshalb wiederholte sie voll bitterer Leidenschaft: »Ich war dort. Ich war im Lazarett und hielt Sterbenden die Hand, als wir sonst nichts für sie tun konnten. Ich sah das Leid und die Zerstörung, den Tod und die Greuel, die Leichenberge und Pferdekadaver in dem Land, von dem niemand mehr spricht.« Sie zügelte sich und wiederholte leiser: »Niemand spricht davon.«

»Nun, Sie tun es gerade, Madame, aber vielleicht ein wenig deplaziert. Jetzt lesen Sie endlich vor!«, drängte der ältere Herr mit dem fehlenden rechten Auge.

»Sie werden verstehen, dass ich weder über Schmetterlinge reime noch über blitzende Klingen«, sagte Jette entschuldigend und nahm die Blätter von Carlotta entgegen, die ihr aufmunternd zunickte.

»Meine Geschichte heißt: *Der Geruch von Schmerz*.«

»Verzeihen Sie«, unterbrach die Dame in Rosa erneut. »Schmerz kann man nicht riechen.«

»Hören Sie zu. Dann können Sie es«, entgegnete Henriette Trepte knapp.

Und las. Vom Lazarett in der Thomaskirche, den bei vollem Bewusstsein verstümmelten jungen Männern, den Sterbenden jeglicher Nation auf nacktem, kaltem Boden, denen ohne Brot, Leinen und Medikamente keine Hilfe zuteilwerden konnte.

Als sie geendet hatte, herrschte Grabesstille. Nicht einmal ein verstohlenes Husten oder Schnauben war zu hören.

Carlotta rannen Tränen übers Gesicht.

Endlich fasste sich Madame von Hoyer.

»Es ist … nicht das, was wir von Ihnen erwartet hätten in Ihren jungen Jahren. Wir alle sind erschüttert und bewegt.«

»Niemand sonst spricht davon!«, wiederholte Henriette leise.

»Es sterben mehr Soldaten in den Lazaretten als auf dem Schlachtfeld. Und es ist mein Land, das da zugrunde geht. Mit anständigen, fleißigen Menschen, nicht anders als hier in Preußen. Doch es hatte das Unglück, zum Austragungsort eines Krieges zu werden, in den ganz Europa verwickelt ist.«

Gemurmel und Getuschel gingen durch den Raum, bis sich eine hochgewachsene Frau in einem betont schlichten, aus edlem Stoff gefertigten Kleid erhob. Sie hatte bislang weder etwas deklamiert noch gesungen, war Henriette jedoch durch einige geistvolle Bemerkungen aufgefallen.

»Madame Trepte übertreibt nicht«, sagte sie. »Ich hörte Einzelheiten aus dem Bericht von Doktor Reil über die unfassbaren Zustände in Leipzigs Lazaretten. Geben wir nicht leichtfertig den Menschen dort oder in Torgau die Schuld daran. Sachsen stand uns 1806 als einziger Verbündeter zur Seite, erinnern Sie sich? Dafür musste es bitter büßen. Es war in den letzten zwei Jahren Aufmarschgebiet gewaltiger, ausgehungerter Heere und Austragungsort blutiger Gefechte und Schlachten.«

Niemand wagte es, dieser Frau zu widersprechen, die jeder außer Henriette zu kennen schien.

»Wir sollten Madame Trepte nicht nur für ihre mutigen Worte danken. In Preußen sammeln die neu gegründeten Frauenvereine Leinen und Charpie für Verwundete, Geld und Kleider für die Witwen und Waisen, die unsere Hilfe dringend benötigen. Wollen wir nicht auf Anregung Madame Treptes auch eine Hilfsaktion für das notleidende Sachsen ins Leben rufen, vielleicht sogar speziell für Leipzig? Ich weiß, es gibt solche Kampagnen bereits in Böhmen, Flandern und England, ebenso in weniger betroffenen deutschen Städten.

Schließen wir uns an. Ich zeichne mit hundert Talern. Madame Trepte, verfügen Sie über Verbindungen, das Geld an richtiger Stelle zukommen zu lassen?«

»Ja, zur Leipziger Lazarettverwaltung«, sagte Henriette sofort. Bei Madame Lindenthal wäre die Angelegenheit in besten Händen. »Am dringendsten werden Leinen, Medikamente und Nahrung benötigt.«

Die Knie zitterten ihr, als sie tief knickste. »Auch im Namen meiner Landsleute danke ich Ihnen von ganzem Herzen.«

»Ich wollte keinen Skandal anzetteln, schon euretwegen nicht. Aber dann konnte ich einfach nicht länger schweigen«, entschuldigte sich Henriette auf dem Heimweg. »Mit diesem Ausgang hätte ich nie gerechnet.«

»Das war sehr mutig«, lobte sie ihr Schwiegervater zu ihrer Überraschung. »Allein mit deinen Worten hast du etwas bewirkt. Ich bin stolz auf dich. Und Maximilian wäre es auch.«

Carlotta blieb die ganze Zeit über stumm. Als sie in ihrem Heim angekommen waren, nahm sie Henriette bei den Händen und sah sie mit Tränen in den Augen an.

»Jetzt erst begreife ich, was du auf dich genommen hast. Was du selbst durchleiden musstest, um den Leidenden beizustehen. Es zerreißt mir das Herz. Wie konntest du das nur ertragen?«

»Ich konnte es *nicht*. Maximilian erkannte das. Nun habe ich es mir von der Seele geschrieben. Vielleicht bringt das Heilung.«

Sie zögerte, bevor sie leise sagte: »Fürchtet nicht, dass Maximilian nach seiner Verwundung auch unter so schrecklichen Umständen leiden musste. Als er im Mai ins Lazarett nach Freiberg kam, waren die Zustände noch besser. Ihn konnte ich gesund pflegen.«

Carlotta schluchzte auf. »Danke, dass du diesen Alpdruck von mir nimmst!«

Eine Prinzessin von Preußen

Berlin, 5. Februar 1814

Zwei Tage nach Henriettes literarischem Debüt brachte das Dienstmädchen zu ungewohnter Zeit einen Brief. »Das ist eben für Sie abgegeben worden, Madame.«

Änni knickste, doch ihre Miene verriet höchstes Erstaunen.

Jette betrachtete den Brief näher und staunte nicht minder: feinstes, schneeweißes Büttenpapier, ein Siegel – mit einem Doppeladler? – und eindeutig ihr Name darauf.

Welche bedeutende Person würde *ihr* einen Brief schicken, noch dazu durch einen Boten?

Vorsichtig das Schreiben mit den Fingerspitzen haltend, lief sie zu Carlotta, die an diesem Vormittag gerade selbst über einem Brief saß. Ihre Schwiegermutter warf einen Blick auf das Siegel und bekam große Augen.

»Die Prinzessin von Preußen-Radziwill schreibt dir!«, rief sie aufgeregt.

Henriette verschlug es die Sprache. Louise von Radziwill war eine Nichte von Friedrich dem Großen. Sie hatte zusammen mit Königin Luise und Prinzessin Marianne zur »Kriegspartei« am preußischen Hof gehört, die den zaudernden König zum Kampf gegen Napoleon aufrüttelte.

Was konnte diese couragierte Frau von ihr wollen? Würde sie Henriette wegen ihrer anklagenden Worte über die Kriegsgreuel zur Rechenschaft ziehen? Sie wegen unpatriotischer Gesinnung aus Preußen verbannen lassen?

»Nun öffne ihn schon!«, drängte Carlotta, die sich derlei Sorgen nicht zu machen schien. Im Gegenteil, sie wirkte ganz außer sich vor Freude.

Vorsichtig brach Henriette das Siegel und hielt das Blatt so, dass Carlotta gleich mitlesen konnte.

Berlin, den 5. Februar 1814

Geschätzte Madame Trepte,

wie mir zu Ohren kam, sorgten Sie vorgestern Abend für erheblichen Aufruhr im Salon der Madame von Hoyer. Das macht mich neugierig auf Sie. Wenn Sie die Zeit und Freundlichkeit hätten zu kommen, würde ich Sie gern heute um 2 Uhr bei mir empfangen.

In gespannter Erwartung
Louise, Prinzessin von Preußen-Radziwill

PS: Sie würden mir eine Freude bereiten, wenn Sie mir Ihren literarischen Beitrag zur Lektüre geben würden.

Vorsichtig versuchte Henriette zu erfassen, was das bedeutete.

Carlotta hingegen plante schon eifrig.

»Die Prinzessin hat von dir gehört und will dich kennenlernen. Welche Ehre! Und sie möchte deine Geschichte lesen. Also setz dich sofort hin und fertige eine Abschrift, die du ihr widmest und überreichst! Wir müssen überlegen, was du anziehst, wenn du ins Palais Radziwill gehst. Hoffähig, aber keine Abendrobe. Du wirst eines meiner Kleider tragen müssen. Zum Glück haben wir fast die gleiche Figur. Ans Werk! Ich suche Kleid und Accessoires, und du beginnst mit der Abschrift. Worauf wartest du? Uns bleibt nicht viel Zeit bis zwei Uhr!«

Carlotta räumte ihren Platz am Schreibpult und drückte Jette eine frisch gespitzte und gehärtete Feder in die Hand.

»Rasch, ein paar Zeilen als Antwort, in denen du dich für die große Ehre bedankst und dein Kommen zusagst. Ich lasse sie gleich hinschaffen. Dann die Abschrift mit der Widmung.«

»Wie kann sie davon erfahren haben?«, wunderte sich Jette.
»Oh, so groß ist Berlin nicht, dass sich ein Skandal nicht sofort herumspräche«, meinte Carlotta amüsiert. »Erinnerst du dich an die große, schlanke Frau, die die Sammlung vorschlug? Madame Wronski, eine der Vertrauten der Prinzessin. Sie wird es ihr erzählt haben.«

Es wäre ein Spaziergang von kaum einer halben Stunde zum Palais Radziwill in der Wilhelmstraße, doch Carlotta bestand darauf, dass sie mit der Kutsche fuhren. Das gehöre sich so.
Das Palais wirkte von außen nicht so groß und auffällig, wie Henriette erwartet hatte. Louise war immerhin Prinzessin, auch wenn es hieß, durch ihre Liebesheirat mit dem polnischen Fürsten Anton Radziwill habe sie sich unter ihrem Stand vermählt.
Doch das Haus strahlte Harmonie aus, und Jette wusste, dass es einer der wichtigsten Treffpunkte des geistigen Lebens in Berlin war. Außerdem ein sehr musikalisches Haus: Der Fürst komponierte und spielte Cello, die ganze Familie musizierte.
Sie wurden eingelassen und gemeldet, legten Mäntel und Hüte ab. Carlotta zwinkerte ihrer Schwiegertochter aufmunternd zu und wurde in ein Zimmer geleitet, wo man ihr Tee und Gebäck anbot, während sie wartete.
Die hochgewachsene Frau von Wronski nahm Jette in Empfang und führte sie.
In einem der Räume hörten sie jemanden Piano spielen, temperamentvoll und präzise. Jäh brach die Tonfolge ab und wurde noch einmal wiederholt.
»Prinzessin Elisa. Sie ist erst zehn, aber schon so begabt!«, flüsterte Madame Wronski ihr zu, um die Klavierstunde von Louises Tochter nicht zu stören.
Dann standen sie vor einer hohen, doppelflügligen weißen Tür mit Goldverzierung. Henriettes Begleiterin klopfte an,

meldete den Gast, und plötzlich sah sich Jette allein in einem Raum mit einer Prinzessin von Preußen.

Sofort sank sie in einen tiefen Knicks.

»Königliche Hoheit!« Sie wagte kaum zu atmen.

»Madame Trepte, nehmen Sie doch Platz! Wir sind hier privatim, und wenn ich mir die Gäste selbst auswähle und einlade, verzichte ich auf Etikette«, erklärte die Nichte Friedrichs des Großen herzlich. Mit einer Geste lud sie ihre Besucherin zu einem Tischchen, auf dem ein edles Service und Gebäck standen.

»Tee oder Mokka?«

Henriette wählte Mokka, ein Bediensteter schenkte ein, räumte die nicht benötigten Teetassen auf ein Tablett und zog sich wortlos zurück, die Türflügel lautlos hinter sich schließend.

»Sie haben also die allzu beschauliche Gesellschaft in der Charlottenstraße kräftig durcheinandergewirbelt?«, erkundigte sich Louise mit feinem Lächeln. »Kaum in Berlin eingetroffen, im zarten Alter von …?«

»… achtzehn Jahren, Königliche Hoheit«, ergänzte Henriette verlegen.

»Achtzehn erst! Erstaunlich. Das war sehr wagemutig von Ihnen.«

Aufmerksam musterte Louise von Radziwill ihren Gast.

Sie selbst war eine zeitlos schöne Frau mit strahlend blauen Augen und lebhafter Miene; niemand würde glauben, dass sie bereits Mitte vierzig war. Zum schlichten, dunklen Kleid, das ihre harmonischen Gesichtszüge betonte, trug sie Halsschmuck aus honigfarbenem Bernstein. Sie hatte eine Feder ins hellbraune Haar gesteckt, dass kunstvoll zum losen Knoten verschlungen war und sich an den Seiten über die Schultern ringelte.

»Erzählen Sie ein wenig über sich!«, forderte sie Jette auf.

Die fühlte sich gleich noch mehr verunsichert: Was könnte

eine Prinzessin schon an ihr interessieren? Zaghaft und knapp gab sie Auskunft.

»Eine Waise, unter Buchkünstlern aufgewachsen, von Plünderern durchs Kriegsgebiet gejagt und dann nach einer schrecklichen Odyssee mitten auf dem Schlachtfeld gelandet. Noch schlimmer: in den Lazaretten bei den Opfern, die direkt vom Schlachtfeld kamen«, fasste Louise von Radziwill zusammen.

Ein Schatten zog über ihr Gesicht, unwillkürlich wanderte ihr Blick zu dem Porträt ihres gefallenen Bruders Louis Ferdinand, den sie innig geliebt hatte.

»Würden Sie mir vielleicht Ihre *unerhörte Geschichte* – so heißt sie jetzt schon, wie ich erfuhr – zu lesen geben?«

Hastig zog Henriette die zusammengerollte Abschrift aus ihrem Réticule und reichte sie samt Widmung der Prinzessin. Musste sie dabei wieder aufstehen und knicksen? Sie unternahm Anstalten, aber Louise hielt sie mit einer Geste davon ab. Sie nahm die Seiten entgegen, lehnte sich im Sessel zurück und vertiefte sich in den Text.

Derweil nippte Henriette am Mokka, studierte das vollendet klassizistische Muster der Tasse aus der Königlich-Preußischen Manufaktur. Doch dann hob sie vorsichtig den Blick und sah sich um: das lichtdurchflutete Zimmer, das Pianoforte, die Notenstapel, die Bücher ...

Wie magisch wurde ihr Blick vom Porträt des Prinzen Louis Ferdinand angezogen. Ein gut aussehender junger Mann; die Frauen Berlins sollen ihm zu Füßen gelegen haben. Künstlerisch begabt, geistreich und tapfer, ein erklärter Gegner Napoleons. Viele Hoffnungen Preußens ruhten auf ihm – bis er zu Beginn des Krieges von 1806 fiel.

»Er ist nicht einmal vierunddreißig geworden«, sagte Prinzessin Louise, die inzwischen die Lektüre beendet hatte und Jettes Blick folgte. »Für mich wird er immer mein kleiner Bruder bleiben. Ewig jung. Ein Romantiker. Beethoven meinte einmal, er spiele gar nicht wie ein Prinz, sondern wie ein ordentlicher Klavierspieler.«

Sie lächelte wehmütig, dann erlosch das Lächeln.

»Er führte die Avantgarde im Gefecht bei Saalfeld, vier Tage vor Jena und Auerstedt. Mit ihm starben viele Hoffnungen.«

Die Prinzessin löste den Blick von dem Porträt und legte die Hand auf Henriettes Text.

»Sie sorgen sich um Sachsen, mein Gemahl und ich sorgen uns um Polen. Diese beiden Länder werden wohl die Verlierer der ganzen Geschichte sein. Sie wissen, dass mein Gemahl und ich mit Fürst Poniatowski befreundet waren?«

»Sein Tod in Leipzig wurde dort von vielen betrauert«, sagte Henriette und senkte den Kopf. »Polnische Studenten suchten tagelang nach ihm, damit sie ihm ein würdiges Begräbnis bereiten konnten.«

»Fürst Poniatowski, ein überaus tapferer Mann, hoffte Polen wiederherzustellen, indem er an der Seite Napoleons kämpfte. Mein Gemahl versucht es an der Seite des Zaren und unseres Königs.«

Dieser Krieg zerreißt Länder, Freundschaften und Familien, dachte Henriette und hatte dabei die Söhne von Lisbeth Tröger vor Augen, der Köchin im Hause ihres Oheims. Der älteste hatte zum Schluss auf russischer Seite gekämpft, die jüngsten auf französischer. Es hätte durchaus geschehen können, dass sie aufeinander schießen.

»Preußen feiert seine Helden. Preußen braucht seine Helden«, sagte die Prinzessin leidenschaftlich. »Doch das Leid des Krieges wird von jenen gern vergessen, die es nicht sehen. Und Abhilfe muss her.«

Louise tippte mit den Fingerspitzen leicht auf Jettes Geschichte. »Sie haben mich tief berührt. Und ich werde Ihre wohltätige Aktion zugunsten Sachsens unterstützen.«

Jette wusste, dass sich Louise von Preußen-Radziwill für die

Notleidenden einsetzte. Doch das übertraf all ihre Erwartungen.

Henriette erhob sich, sank in einen Knicks und bedankte sich aus vollem Herzen.

Die Audienz war beendet. »Lassen Sie mich wissen, wenn Sie etwas Neues geschrieben haben!«, gab ihr die Prinzessin mit auf den Weg. »Ich freue mich, dass auch Sachsen so mutige und kluge Frauen hervorbringt.«

Die braucht es dringend in diesem Dilemma und mit diesem König, dachte Louise von Preußen. Sie hatte die sächsische Königin und deren Tochter mehrfach im Stadtschloss getroffen, und die beiden taten ihr fast leid: ganz im alten Geist erzogen, dass Frauen nicht politisch zu denken und unaufgefordert nicht zu sprechen haben. Armes Sachsen!

Zum Glück gab es auch Menschen wie diese beeindruckende, blutjunge Frau Premierleutnant.

»Madame Trepte!«, rief sie ihre Besucherin noch einmal kurz zurück. »Ihr Gatte ist preußischer Gardeoffizier?«

»Ja, Hoheit. Und inzwischen mit seinem Regiment auf französischem Gebiet.«

Louise zwang sich, nicht auf das Bildnis ihres gefallenen Bruders zu schauen. »Möge ihm eine glückliche Heimkehr beschieden sein.«

Feldpost

Frankreich, Januar bis März 1814

20. Januar 1814

Meine innig geliebte Frau,

geht es Dir gut, mein Herz? Je weiter wir vorrücken, desto seltener kommt Post zu uns durch.
Und je weiter wir in französisches Gebiet eindringen, umso feindseliger ist die Haltung der Einheimischen uns gegenüber. Sie fürchten uns, verstecken Lebensmittel, treiben ihr Vieh in den Wald. Manche Orte sind bei unserer Ankunft vollkommen verlassen. Unsere Marketenderin, die Dir bekannte Frau Kapernick, stößt überall auf Ablehnung, wenn sie die nötigsten Dinge kaufen will. Es mangelt selbst an Salz und Brot.
Bis zum Rhein sind wir überall als Befreier gefeiert worden. Jetzt werden wir als Eindringlinge gefürchtet, obwohl striktes Plünderungsverbot und gute Manneszucht befohlen sind.
Ich vermag Dir nicht zu sagen, wie viele der Hiesigen noch Anhänger Napoleons sind. Aber sie fürchten, wir würden dafür Rache nehmen, wie schrecklich sein Heer in unseren Landen gehaust hatte, in Deiner Heimat noch schlimmer als in Preußen. Darum wollen wir als Garden den Eindruck bester Disziplin hinterlassen.
Dessen sei versichert, ebenso wie meiner unendlichen Liebe

Dein M

Meine Liebste, mein Herz,

welche Erleichterung und Freude für mich, heute gleich
einen ganzen Stapel Briefe von Dir auf einmal zu erhalten! Deine Berliner Betrachtungen sind höchst vergnüglich
zu lesen.

Jedenfalls weiß ich nun wieder, dass es Dir gutgeht, und
bin erleichtert. Das kann ich im Vertrauen auf unser
gegenseitiges Versprechen: dem anderen nicht nur »Schön-
wetterbriefe« zu schicken. Deshalb nun die unbeschönigte
Lage aus diesem Biwak.

Wir haben anstrengende Märsche hinter uns, bei Kälte,
Regen, Schlamm und Schneegestöber. Es wird immer
schwieriger, die Mannschaft abends dazu zu bringen,
Essen zu kochen. Obwohl wir noch kein einziges Mal ins
Gefecht durften, sind die Männer von den Märschen zermürbt. Zumal es uns durch die Feindseligkeit oder im besten Falle Gleichgültigkeit der Einheimischen an jeglicher
Erleichterung fehlt. Oft schlafen wir trotz der Kälte unter
freiem Himmel.

In solch einer Lage ist Essen wichtiger als Schlafen.
Deshalb treibe ich meine Kochgemeinschaften ohne
Rücksicht auf den Grad ihrer Erschöpfung dazu an, noch
abzukochen, bevor sie sich schlafen legen. Sie wirkten
zunächst nicht gerade glücklich darüber, obwohl natürlich niemand in meiner Gegenwart widersprechen
würde. Aber dann haben – wie mir zu Ohren kam –
Hansik und Werslow wilde Geschichten von unseren
»Abenteuern« in den russischen Sümpfen erzählt. Ich
will lieber nicht wissen, wie viel sie dazuerfunden
haben. Doch es ist augenfällig und bringt mich insgeheim
zum Schmunzeln: Seitdem wird ohne mürrische

*Mienen gekocht, auch wenn die Männer noch so
müde sind.
Dir danke ich für Deine Zeilen und
Deine Liebe zu mir.*

Von ganzem Herzen Dein M

31. Januar 1814, bei Brienne

Meine liebe, wunderbare Gefährtin, liebste Henriette,

*heute wären wir beinahe in die Schlacht gezogen. Nach
mehreren Tagen Kantonierung an der Straße nach
Langres erhielten wir den Befehl, unverzüglich Richtung
Brienne vorzurücken, wo Generalfeldmarschall Blücher
vorgestern von Napoleon angegriffen worden war. Wir
waren als Reserve eingeteilt, sollte der Kampf wieder aufgenommen werden. Doch nach mehrstündigem Marsch
kam der Gegenbefehl, und nun harren wir ungeduldig auf
neue Order. Wegen der Nähe des Feindes bleiben wir auch
nachts in den Kleidern, in jedem Quartier muss ein Licht
brennen. In dessen Schein ich Dir, Liebste, nun diese
Zeilen schreibe.
Jeder hier hofft, dass wir morgen endlich in die Schlacht
dürfen und beweisen können, dass wir den Titel Garde
verdienen.
Ich weiß, dass Du Dich sorgst. Vertrau auf Gott, so wie ich
es tue. Und vergiss nie, was ich Dir beim Abschied in
Frankfurt sagte: Du gibst mir den besten Grund zurückzukommen.*

In inniger Liebe Dein M

Henriette, meine geliebte Ehefrau,

gestern von Mittag an bis in die Nacht hörten wir ganz in
der Nähe Kanonenfeuer. Blüchers Armee schlug sich bei
La Rothière mit Napoleon – bei dichtem Schneegestöber
und siegreich, wie wir heute erfuhren! Und wir waren zu
unserer maßlosen Enttäuschung nicht dabei.
Unsere Brigade erreichte erst heute Morgen Trannes, wo
sich die Schlesische und die Hauptarmee vereinigten.
Du kannst Dir vorstellen, wie den Männern zumute war,
die Schlacht versäumt zu haben. Sechs Wochen sind wir
marschiert, unter schlimmsten Strapazen, ohne uns im
Kampf beweisen zu dürfen. Wir ziehen allmählich den
Spott der anderen Regimenter auf uns.
Vorhin erfuhren wir mehr über Blüchers Sieg so nah bei
unseren Stellungen. Die Bayern unter dem wieder genese-
nen Wrede, die Württemberger unter ihrem Kronprinzen
Wilhelm, die Österreicher unter Gyulai und die Russen
unter Barclay de Tolly haben dem Tyrannen den ersten
großen Sieg auf französischem Boden abgerungen.
Obwohl Blücher das Kommando führte, waren kaum
Preußen beteiligt außer zweitausend Mann Kavallerie
unter Prinz Biron von Kurland.
Sorge Dich nicht, wenn es jetzt länger dauert, bis Dich
meine Briefe erreichen. Dafür rückt der Sieg immer
näher – und damit auch meine Heimkehr.

Mit den innigsten Grüßen M

22. Februar 1814, 2 Stunden vor Troyes

Meine Liebe, meine Sonne, mein Herz,

*erneut liegen zermürbende Märsche hinter uns, manchmal
ohne alle Verpflegung und auf Wegen, in denen wir bis
über die Knöchel im Schlamm versinken. Hin und zurück,
aber letztendlich doch Richtung Paris. Wir überschritten
die Aube und die Seine.*
*Heute ereignete sich ein Zwischenfall in unserem Biwak
zwei Stunden vor Troyes. Ich schrieb Dir schon von der
Feindseligkeit, die uns von vielen Einheimischen entgegen-
gebracht wird, seit wir den Rhein überschritten. Die ist
heute in offene Feindschaft umgeschlagen. Hier entwickelt
sich ein Partisanenkrieg, wie man ihn aus Spanien kennt,
nur ist er diesmal gegen uns gerichtet. Wir gelten als Inva-
soren, nicht als Befreier. Mehrere russische und preußische
Grenadiere wurden heute in einem Dorf bei der Suche
nach Proviant von einer Gruppe bewaffneter Bauern
überfallen; es gab auf unserer Seite einen Toten und einen
Verletzten. Unsere Vorgesetzten sahen von Racheakten
ab, um nicht noch mehr böses Blut zu schaffen.*
*Da es an Brot mangelt, hat der Oberstleutnant von
Müffling angewiesen, dass diejenigen Regimentsangehörigen, die Müller oder Bäcker von Beruf waren, in jedem
Ort, in dem wir biwakieren, die Mühlen besetzen und für
uns mahlen und backen. Es ist bitterkalt, die Biwaks
bieten nicht die geringste Annehmlichkeit. Aber sei unbesorgt, Liebste, noch musste ich keine Deiner Arzneien in
Anspruch nehmen.*
*Ich hoffe inniglich, dass es Dir gutgeht, und lebe ganz in
der Hoffnung auf unser baldiges Wiedersehen.*

Ganz der Deine M

Liebste, teure Henriette,

wie Du wohl schon aus den Zeitungen wissen wirst, verlief unsere Sache in den letzten Tagen nicht gut.
La Rothière war ein Triumph, doch seitdem hat Napoleon wieder einen Sieg nach dem anderen errungen. Fürst Schwarzenberg befahl der Hauptarmee den Rückzug. Zunächst nach Troyes, dann sogar bis Chaumont, wo wir seit dem 1. März kantoniert sind.
Morgen marschieren wir endlich weiter, froh, dass der Rückzug ein Ende hat. Das haben die Männer schon ausführlich gefeiert, als sie auf ein russisches Garderegiment trafen, das große Weinvorräte entdeckt hatte und gleich aus Eimern trank. Wir wurden großzügig zu der Feier eingeladen.
Doch ansonsten waren die Ruhetage dazu bestimmt, die Ausrüstung in Ordnung zu bringen.
Die Stimmung unter den Männern ist gereizt. Sie wollen kämpfen und dürfen nicht, was sie angesichts der Lage nicht verstehen. Ich fürchte, dass sie unvorsichtig werden, wenn es endlich so weit ist. Deshalb lasse ich meinen Zug weiter in jeder verfügbaren Stunde exerzieren, auch wenn sie mich dafür hassen werden.
Mir genügt zu wissen, dass ich Deine Liebe errungen habe. Jede Faser meines Körpers sehnt sich nach Dir.

Bis bald, für immer Dein M

Meine Liebste,

endlich! Heute wurde der Beschluss des Kriegsrates
bekanntgegeben, dass sich Blüchers Schlesische Armee und
Schwarzenbergs Hauptarmee vereinigen und gemeinsam
auf Paris vorrücken, mit Napoleon im Rücken, den das
Kavalleriekorps von Wintzingerode beschäftigen soll.
Die Männer meines Regiments sind froh und stolz, sich
nun endlich beweisen zu können. In dieser französischen
Kampagne haben wir so oft den Kanonendonner aus der
Nähe gehört, waren aber nie im Gefecht. Ob nun in
Brienne, La Rothière, Arcis-sur-Aube ...
Morgen wird unsere Brigade nach Connantray marschie-
ren. Von dort aus sind es nur noch ein paar Tage nach
Paris. Und wenn mich auch jeder Schritt von Dir entfernt,
bringt er mich am Ende wieder zu Dir.

In aufrichtiger Liebe Dein M

29. März 1814, Villeparisis

Meine innig geliebte Frau, liebste Henriette,

unser Biwak ist jetzt nicht mehr weit von Paris entfernt.
Morgen wird die Entscheidung fallen.
Ihre Majestäten haben beschlossen, dass die preußischen
und russischen Garden den Sturm auf Paris anführen
werden.
Wir stehen nun als Preußisch-Badische Garde-Infanterie-
Brigade unter dem Kommando des Obersts von Alvens-
leben, eines kampferprobten und tapferen Mannes aus der

Börde. Du hast ihn auf dem Ball gesehen, er führt das
1. Preußische Garderegiment zu Fuß.
Der Kampf wird hart und muss unbedingt morgen zu
Ende ausgefochten werden, denn noch ist Paris nur
schwach besetzt. Übermorgen könnte Napoleon mit
Verstärkung hier eintreffen, und bevor ihm das gelingt,
müssen wir die Stadt genommen haben.
Ich sorge mich nicht um mich, sondern vertraue auf Gott.
Aber ich sorge mich um die Männer meines Zuges. Viele
sind sehr jung, die meisten habe ich noch nicht kämpfen
gesehen und weiß nicht, wie sie unter Beschuss reagieren.
Dabei fürchte ich nicht, dass sie wegrennen, sondern dass
sie nicht aufmerksam genug sind, dass sie sich ablenken
lassen oder alle Vorsicht vergessen.
Ich schrieb Dir ja schon, wie sehr sie darauf brennen, ihren
Mut zu beweisen. Nur ist Mut allein eine sehr gefährliche
Sache – es braucht auch Umsicht und Schnelligkeit.
Fünfunddreißig Mann stehen unter meinem Kommando.
Das sind fünfunddreißig Leben, für die ich verantwortlich
bin.
Wie viele werde ich wieder nach Hause führen können?
Der Gedanke an Dich gibt mir Kraft.
Und so bete ich für Dich, meine innig geliebte Frau, meine
Gefährtin, und vertraue uns alle dem Schutz Gottes an.

In ewiger Liebe Dein M

Sturm auf Paris

Vor Pantin, 30. März 1814

Es war ein kalter Frühlingsmorgen und die Schlacht um Paris längst entbrannt.

Dichter Nebel waberte durch die Gegend östlich der Hauptstadt, wo die preußischen und badischen Garden auf ihren Marschbefehl warteten. Sie sollten in Richtung Pantin vorrücken. Am Ende dieser Straße lag eines der Tore zur Hauptstadt. Der Montmartre im Norden und das Dreieck um Pantin im Osten mit seinen Barrieren bildeten die wichtigsten Verteidigungsbastionen der Stadt.

Heftiger Kanonendonner tobte aus mehreren Richtungen; mehr als einhundert schwere französische Geschütze feuerten erbarmungslos in dichter Folge.

Das Zweite Russische Infanteriekorps unter Prinz Eugen von Württemberg, einem erst sechsundzwanzigjährigen, aber sehr fähigen General der Kaiserlich-Russischen Armee und Cousin des Zaren, hatte den Kampf eröffnet. Ohne seinen schonungslosen Einsatz wären die Schlachten um Kulm und die im Süden Leipzigs verlorengegangen, vor einem Monat hatte er entscheidend zur Niederlage Marschall Oudinots bei Bar-sur-Aube beigetragen.

Jetzt kommandierte er das Zentrum der Schwarzenbergschen Armee und war vom Zaren erneut mit der schwierigsten Aufgabe betraut. Nur wenn Prinz Eugen und sein Korps die von starker Artillerie verteidigten Dörfer Pantin und Romainville eroberten und behaupteten, konnte die Schlacht um Paris heute zu Ende geführt und der Gegner zur Kapitulation gezwungen werden. Und es musste unbedingt heute geschehen, denn ansonsten würde morgen Napoleon mit seinen Truppen aus dem nahen Fontainebleau eintreffen, und dann gäbe es ein Blutbad unvorstellbaren Ausmaßes.

Das wussten auch die Männer von Premierleutnant Treptes Zug. Der Feldgottesdienst war vorbei, auch die nochmalige Kontrolle aller Waffen. Nun warteten sie auf ihren Einsatzbefehl. Eine Situation, in der alle das Gleiche fühlten: jene merkwürdige Mischung aus dem Drang loszustürmen und Beklemmung.

Maximilian Trepte wusste genau, wie ihnen zumute war. Deshalb richtete er eine strenge Ansprache an seine Männer.

»Sie haben gehört, was von diesem Tag und von uns abhängt. Ab sofort herrscht ständige Gefechtsbereitschaft. Sie dürfen sich setzen, bis der Marschbefehl kommt, aber die Gewehre bleiben ständig in Reichweite. Niemand entfernt sich – es sei denn kurz hinter die Büsche. Nutzen Sie die Gelegenheit. Wer weiß, wann wieder Zeit dazu ist. Eine Ration Branntwein ist gestattet, den Rest heben Sie auf. Sie könnten ihn später brauchen.«

Der Premierleutnant legte eine kurze Pause ein, bevor er noch strenger fortfuhr: »Ich will keine Reden hören, welche Heldentaten jeder von Ihnen heute vollbringen wird. Gehen Sie in sich, machen Sie Ihren Frieden mit Gott und allen, die Ihnen am Herzen liegen. Haben Sie gestern Abend an Ihre Nächsten geschrieben und die Briefe Frau Kapernick zur Verwahrung gegeben?«

Einhellig bestätigten die Männer.

Sollte ihnen etwas zustoßen, hatte die Marketenderin wenigstens noch einen Brief für jede Familie – und die Adressen, um sie zu benachrichtigen. Erfahrungsgemäß war es nach großen Schlachten mit vielen Opfern unmöglich, dass die Vorgesetzten die Übersicht über Verwundete, Vermisste und Tote behielten. Innerhalb eines Zuges ging das eher. Dafür würde er sorgen.

»Unterschätzen Sie nie einen Gegner, auch wenn Paris derzeit nur schwach bemannt ist! Marschall Marmont führt das Oberkommando. Er ist einer der besten Korpsführer Napo-

leons und ein außerordentlich erfahrener Artillerist. Ihm zur
Seite steht Marschall Mortier. Wie wir von dort vorn hören« –
er wies in Richtung Pantin –, »hat Marmont starke Batterien
in Stellung gebracht. Also rechnen Sie mit heftigem Artilleriebeschuss und Häuserkämpfen.«

Er ließ ihnen einen Moment Zeit, das aufzunehmen.

»Ich will, dass Sie ab sofort an nichts anderes denken als das,
was ich Sie gelehrt habe. Wiederholen Sie in Gedanken jeden
Handgriff, prüfen Sie wieder und wieder, ob die Patronentaschen gefüllt sind, das Pulver trocken ist, die Feuersteine
gewechselt sind. Seien Sie wachsam und befolgen Sie ohne
Zögern jeden meiner Befehle. So Gott will, hat Paris heute
Abend kapituliert.«

Der Premierleutnant ließ wegtreten und ging beiseite, damit
die Männer seine Worte überdenken konnten.

Die ersten stürzten sofort hinter die Büsche, wo Latrinengru-
ben ausgehoben waren. Sie würden es noch öfter tun, sollten
sie länger hier warten müssen. Ein normales Phänomen selbst
bei erfahrenen Kämpfern. Auch Maximilian verspürte das
dringende Bedürfnis.

Einige fingen an zu beten, andere tranken den erlaubten
Schluck Branntwein oder zählten die Munition durch. Die
meisten jungen Rekruten betrachteten still etwas, das sie in
den Händen hielten und eifersüchtig vor den Blicken der anderen verbargen: ein Kreuz, eine Locke, das Bild der Liebsten
oder der Mutter.

Prinz Eugens russische Infanteristen kämpften schon verbis-
sen um Pantin und Romainville, als noch Morgennebel jede
Sicht versperrte. Inzwischen war die Sonne durchgebrochen.
Unmengen Verwundete strömten den Preußen entgegen und
vermittelten eine Ahnung von dem Gemetzel, das Marmonts
Kanonen vor ihnen anrichteten. Dabei waren dies nur jene
Blessierten, die sich noch auf den Beinen halten konnten.

Eilboten preschten heran und meldeten aufgeregt, die Russen benötigten dringend Verstärkung gegen mehrere Bataillone Alter Garde und die Artillerie.

Großfürst Konstantin, der Bruder des Zaren und Kommandeur der russischen Reservekavallerie, fragte den Oberst von Alvensleben, ob er bereit sei, mit seinen Preußisch-Badischen Garderegimentern vorzurücken. Dieser bejahte und erhielt sofort den Befehl dazu.

Die russischen Stabsoffiziere warnten: Das Gelände zwischen Pantin und der dahinter liegenden Barriere, dem Stadttor, werde von drei Seiten durch Artillerie beschossen. Außerdem seien viele Häuser mit Schützen besetzt, die auf die Heranrückenden feuerten.

Der Großfürst und der Brigadekommandeur richteten ein paar anfeuernde Worte an die Männer. Dann marschierten die Preußisch-Badischen Garden Richtung Pantin.

Halb zwölf waren die Gardisten nur noch eine halbe Stunde von dem Ort entfernt und erblickten Paris, sprachlos und überwältigt.

Das Füsilierbataillon des 1. Garderegiments und das 1. Bataillon des 2. Garderegiments – damit auch Maximilians Zug – wurden als Vorhut bestimmt. Sie sollten sich als Erste auf den Feind stürzen, auf Kanonen und Kanoniere, um die Geschütze zum Schweigen zu bringen.

Die von Geschossen aufgewühlte Erde war übersät mit Leichnamen russischer Infanteristen, zerfetzten Körpern, zertrümmerten Gewehren. Und auf ganzer Breite standen fünfundfünfzig schwere Geschütze und feuerten auf die Avantgarde.

Mit gefällten Bajonetten stürmte das Gardefüsilierbataillon in das Kanonen- und Kartätschenfeuer hinein und wurde fast restlos zusammengeschossen. Bis zur Unkenntlichkeit zermalmt, verblutete auf der kahlen Erde, was eben noch junge, lebenshungrige Männer waren.

Sofort wurde das nächste Bataillon ins Feuer geschickt.

Auch Premierleutnant Trepte und sein Zug rannten nun los, den Tod speienden, donnernden Geschützen entgegen. Links und rechts von Maximilian spritzten Blut und Erde auf. Er sah neben sich jemanden stürzen, einen ganz jungen Rekruten, den er gestern noch wegen einer Nachlässigkeit gescholten hatte und dem jetzt eine Granate beide Beine zerfetzt hatte. Drei Schritte weiter riss eine Kugel gleich zwei Mann zu Boden. Neben ihm rückte jemand brüllend auf und verstummte mitten im Schrei – tot, noch bevor er den Boden erreichte.

Was in ein paar Metern Abstand geschah, konnte Max in den beißenden Schwaden von Pulverdampf nicht erkennen. Doch auch dort würde wohl gerade einer neben dem anderen sterben, ohne dass er etwas dagegen tun konnte.

»Rückzug!«

Der Befehl kam, als schon fast alle tot oder verwundet am Boden lagen. Die Überlebenden – nur noch einhundertfünfzig von tausendachthundert – sollten Deckung in den Gehöften suchten.

Premierleutnant Trepte rief hastig zusammen, was von seinem Zug übrig war, ganze zwölf Mann. Sie rannten auf eine Meierei zu, ein Gehöft namens le Rouvray, das ostpreußische Schützen besetzt und wieder verloren hatten. Sein Zug sollte es zurückerobern und von dort aus die feindlichen Batterien und Schützen unschädlich machen.

Die Straße war mit Toten bedeckt. Nach dem, was Maximilian Trepte gesehen hatte, mussten fast sämtliche Offiziere des Gardefüsilierbataillons gefallen sein. Es grenzte an ein Wunder, dass er noch lebte. Auf Offiziere wurde zuerst geschossen, um den Truppen die Kommandeure zu nehmen und für Verwirrung und Mutlosigkeit zu sorgen.

Im Laufen teilte er seine Männer in zwei Gruppen ein.

»Sie sechs geben uns Feuerschutz, die anderen folgen mir ins Haus!«

Er hatte die Befehle kaum ausgesprochen, als ein heftiger Schlag seinen linken Oberarm durchfuhr. Blut quoll durch den Uniformstoff, doch darum konnte er sich jetzt nicht kümmern. Sie mussten schnellstens aus dem Schussbereich der Artillerie und der Schützen in den Häusern entkommen. Die als Feuerschutz eingeteilten Füsiliere zielten aus jeder sich bietenden Deckung auf die Gegner, die vom Gehöft auf sie feuerten.

Mit den Übrigen rannte der Premierleutnant zum Eingang des vom Feind besetzten Hauses. Er zog den Degen und trat die Tür ein. Ein Blick durch den ebenerdigen Raum sagte ihm, hier war niemand. Rasch winkte er den am Kopf bluten-den Hansik herbei, der sein Gewehr auf die Kellerluke rich-tete, während Werslow mit feuerbereiter Waffe die Treppe im ersten Stock sicherte. Maximilian riss die Abdeckung weg und sah im Dunkel des Kellerlochs eine zusammengekauerte Frau und drei ängstlich wimmernde Kinder.

»Bleiben Sie hier, gehen Sie nicht hinaus, solange geschossen wird!«, rief er ihr auf Französisch zu und klappte die Luke wieder herunter. Wieso war die Familie nicht in die Stadt ge-flohen?

Er sah kurz nach draußen, wo seine Scharfschützen auf die Gegner zielten, die aus den Fenstern der oberen Geschosse feuerten. Zwei seiner Männer lagen bereits tot oder schwer verletzt am Boden; einer mit Kopfschuss, der andere mit zer-fetztem Bauch.

Er fluchte still vor sich hin und suchte den Blick seines erfahre-nen Korporals Braksch. Der feuerte erneut ins oberste Stock-werk. Über ihnen polterte es dumpf, dann signalisierte Braksch ihm mit Fingerzeichen: einer im ersten Stock, vier oben.

Sie drangen in den ersten Stock vor und verharrten kurz vor der halb geöffneten Tür.

Jäh stürmte dahinter ein riesiger Grenadier hervor und stach mit dem Bajonett auf den Premierleutnant ein. Doch der war darauf vorbereitet, er konnte ihn hinter der Tür keuchen hören. Er wich seitlich aus und hieb dem Angreifer mit aller Wucht die Klinge in die Kehle. Röchelnd ging der Grenadier zu Boden und presste die Hand auf die klaffende Wunde, ohne das heftig sprudelnde Blut aufhalten zu können.

Trepte teilte vier Leute ein, die unteren Stockwerke zu sichern und das Gelände rundum im Blick zu behalten, falls sich Angreifer näherten. Mit den anderen beiden stieg er weiter die Treppe hinauf. Das zweite Stockwerk war wirklich leer bis auf einen Leichnam, der mit einem Loch in der Stirn unter einem der Fenster lag.

Der Premierleutnant sah noch einmal hinaus zu Braksch, der gerade wieder gefeuert hatte und ihm nun signalisierte: drei! Sie selbst waren auch zu dritt; zwei mit geladenen Gewehren, Trepte zog seine Pistole. So leise wie möglich nahmen sie die letzte Treppe. Jetzt trat Werslow kraftvoll die Tür auf, alle richteten ihre Schusswaffen auf die gegnerischen Soldaten, die mit ihren Musketen erschrocken herumfuhren.

»Ergeben Sie sich!«, brüllte Trepte auf Französisch.

Und diese drei, allesamt noch blutjunge Kerle, keine Gardisten, ließen die Waffen sofort fallen. Sie sperrten sie kurzerhand in die Vorratskammer.

»Verhungern werden sie nicht!«, meinte Hansik mit neidvollem Blick auf die Räucherwürste und Speckseiten.

Dann ging er mit Werslow kontrollieren, ob der Dachboden leer war.

Premierleutnant Trepte rief den Rest seines Zuges ins Haus.

»Wir warten auf Verstärkung. Feuern Sie von hier aus auf die Artillerie. Aber teilen Sie Ihre Munition gut ein!«

Seine besten Schützen postierte er so, dass sie die feindlichen Kanoniere und Füsiliere im Schussfeld hatten, die hinter einem Erdwall in Deckung gegangen waren. Gegen das oberste Stockwerk der Meierei nützte ihnen diese Deckung nicht viel; Treptes Schützen zielten gut.

Die nur leicht Verwundeten verteilte der Leutnant an die anderen Fenster, damit sich kein Gegner unbemerkt näherte. Er selbst besah sich Hansiks Kopfwunde, die stark blutete, und verband sie mit Leinen aus Henriettes Vorräten.

Dann half ihm Hansik, den verletzten linken Oberarm zu inspizieren. Eine Fleischwunde, wohl eine matte Kugel, die vom Knochen aufgefangen war. Hansik umwickelte die Wunde. Alles andere musste warten bis nach der Schlacht.

Zwei Stunden hielten sie die Stellung in dem Gehöft, immer wieder auf Artilleristen und Füsiliere feuernd, sobald sich Gelegenheit zu einem gezielten Schuss ergab.

Da waren von Treptes Zug nur noch sieben Mann übrig. Einen tötete ein Schuss aus einem Fenster im Haus gegenüber, einer verblutete an einer Wunde am Oberschenkel, die sich nicht stillen ließ, und nicht alle hatten es von draußen ins Haus geschafft.

Unterdessen ließ Marschall Marmont in Romainville eine weitere Batterie Geschütze auffahren, so dass Russen, Preußen und Badener nun auch noch von links in schweres Feuer gerieten, von Zwölf- und sogar Vierundzwanzigpfündern, deren Kugeln einen ganzen Obsthain sprengten und riesige Baumsplitter durch die Luft jagten.

Nach dem dramatisch verlustreichen Scheitern der ersten Angriffswelle seiner Männer hatte von Alvensleben Marschall Barclay de Tolly um russische Kavallerieunterstützung gebeten. Der jedoch lehnte das ab. Der Nachschub an sonstigen Truppen stockte infolge von Pannen bei der Befehlsübermittlung.

Also setzte der Oberst von Alvensleben alle übrigen preußischen und badischen Garden in Marsch. Ihr Auftrag: sich durch Pantin durchkämpfen und gleich dahinter, in La Villette, die einzige Brücke über den Canal d'Ourcq in Besitz nehmen, der das Gefechtsfeld zerteilte. Gelang ihnen das, würden Marmonts Truppen und Mortiers Reserven voneinander getrennt bleiben und konnten sich nicht gegenseitig zu Hilfe kommen.

Als die Bataillone durch Pantin marschierten, schlossen sich ihnen die Überlebenden der Avantgarde an, die sich so lange in blutig eroberten Häusern verschanzt hatten.

Auch die letzten sieben von Premierleutnant Treptes Zug ordneten sich ein.

Bei La Villette lagen vor ihnen achtzig Schritt freies Feld, die – wie es die russischen Stabsoffiziere berichtet hatten – von drei Seiten mit Kanonen und Kartätschen beschossen wurden.

»Nehmt die Geschütze, bringt sie zum Verstummen!«, befahl von Alvensleben.

Mit gefällten Bajonetten stürmten die Gardisten vorwärts, während links und rechts Kugeln einschlugen, Männer tot zu Boden fielen. Wer die achtzig Schritt freies Feld lebend überwand, stach die feindlichen Kanoniere nieder oder trieb sie in die Flucht. Ein Teil der todspeienden Geschütze verstummte.

Doch die beiden anderen Batterien feuerten immer noch. Eine Kanonenkugel riss Müfflings Pferd zu Boden und tötete oder verwundete mehr als ein Dutzend Männer.

In diesem kritischen Moment traf die dringend erwartete Verstärkung ein.

»Die Kavallerie kommt!«, dachte Maximilian unendlich erleichtert. Das Preußische Leibhusarenregiment und die Brandenburgischen Husaren ritten in La Villette ein, gefolgt von weiteren Einheiten.

Hätte Maximilian Zeit gehabt hinzusehen, würde er Felix Zeidler unter den Brandenburgischen Husaren erkannt haben.

Doch dazu kam es nicht. Er wollte gerade aufatmen, da traf ihn etwas wie ein Hammerschlag mitten in die Brust.

Im Fallen dachte er verwundert: Wird nicht alles schwarz, wenn man stirbt? Stattdessen sah er gleißendes Licht.

War das die Sonne hinter Pulverdampf?

Dann kam die Schwärze.

Marschall Marmont stand am Nachmittag auf den Anhöhen von Belleville und wusste, es war vorbei.

Die preußischen Garden hatten trotz enormer Verluste Pantin, La Villette und sämtliche anderen Barrieren genommen. Prinz Eugen drängte mit Verstärkung der Österreicher und Württemberger im Osten die Truppen Arrighis zurück, und Blüchers Korps Yorck und Kleist eroberten gerade den Montmartre im Norden.

Als die Preußen dort vierundachtzig Kanonen aufstellten, die Mündungen drohend auf Paris gerichtet, tauschten Marmont und Mortier nur einen Blick.

Sie hatten getan, was sie konnten. Aber mit nicht einmal zwanzigtausend Mann Linientruppen und dreizehntausend Mann Nationalgardisten, von denen kaum jeder Vierte ein Gewehr besaß, mit Veteranen und Kadettenschülern ließ sich die Stadt nicht halten. Nicht gegen diese Überzahl.

Und nicht ohne Napoleon und Truppenverstärkung, worum Marmont dringlichst gebeten hatte. Bis zuletzt hatte er auf ein Wunder gehofft.

Der Kaiser war schon bis auf ein paar Kilometer an Paris heran – doch zu spät.

Von dieser steilen Anhöhe aus war für Marmonts Truppen nicht einmal ein geordneter Rückzug möglich. Schon schlugen Kanonenkugeln in die Außenbezirke ein.

Er konnte nicht zulassen, dass die Stadt zerstört wurde.

In Voraussicht dieser Situation hatte sich der Marschall und Oberbefehlshaber über die Verteidigung von Paris bereits am Mittag von Joseph Bonaparte Verhandlungen genehmigen lassen. Sofort danach war der einstige König von Spanien von dannen gezogen. Die Kaiserin und ihr Sohn hatten Paris schon gestern verlassen. Und mit ihr tausendfünfhundert Gardisten, die Marmont heute dringend gebraucht hätte.

Joseph Bonapartes letzte Anweisung als Statthalter von Paris war es, sämtliche Kriegstrophäen zu vernichten, die sein Bruder im Hôtel des Invalides zur Schau gestellt hatte: die erbeuteten Fahnen zu verbrennen und den Degen Friedrichs des Großen zu zerschlagen.

Marschall Mortier hatte bereits vor einer Stunde einen Parlamentär zu Fürst Schwarzenberg geschickt und um einen vierundzwanzigstündigen Waffenstillstand gebeten. Das wurde abgelehnt. Der Oberbefehlshaber der Alliierten forderte bedingungslose Kapitulation.

Nun mussten sie versuchen, ein paar Einzelheiten auszuhandeln, die nicht ganz so bedingungslos klangen.

»Sie suchen den Zaren auf und bieten Gespräche über seine Forderungen für einen Waffenstillstand an!«, befahl Marmont einem seiner Adjutanten. Der salutierte und ritt los.

Während die Marschälle auf die Rückkehr des Parlamentärs warteten, schwiegen sie, aber ihre Gedanken mochten sich gleichen.

Auguste-Frédéric-Louis Viesse de Marmont, Herzog von Ragusa, fühlte in sich nur noch Wut und Enttäuschung. Wie sollte er mit so wenigen Männern, von denen ein großer Teil weder kampferprobt noch richtig ausgerüstet war, die Hauptstadt verteidigen? Nicht einmal die hundertzwanzig Geschütze brachten Rettung, die er noch vor der Stadt hatte aufstellen können. Die Gegner waren einfach ins Feuer gestürmt, ungeachtet aller Verluste.

So viele Jahre hatte er für Napoleon gekämpft, die härtesten Schlachten für ihn ausgefochten. Schon als neunzehnjähriger Capitaine der Artillerie war er als Adjutant an seiner Seite gewesen, mit sechsundzwanzig Jahren Brigadegeneral. Als Generalinspekteur der Artillerie hatte er die Schlagkraft dieser Waffengattung bedeutend verstärkt. In Salamanca, während der großen Schlacht gegen Wellington, zerschmetterte ihm eine Kanonenkugel den rechten Arm, bei Leipzig hatte er zwei Finger verloren und trotzdem nicht aufgegeben. In Hanau wie in Möckern waren es seine Geschützbatterien und seine Hartnäckigkeit, die entscheidend zum Sieg beigetragen hatten. Und zu den Siegen der letzten Wochen.

Es dauerte nicht lange, bis sein Parlamentär in Begleitung des Generaladjutanten des Zaren zurückkehrte, des Grafen Orlow-Denissow.

In einem Haus vor der Barriere von Saint-Denis trafen sich beide Marschälle mit einer Abordnung der Alliierten und vereinbarten einen Waffenstillstand ab fünf Uhr abends.

Sämtliche Truppen unter Marmonts Kommando sollten nach Paris zurückkehren und noch in der Nacht die Stadt verlassen.

Zwei Uhr nachts unterzeichneten Marmont und Mortier die Kapitulation und zogen mit ihren Männern ab.

Als Napoleon zwei Stunden später davon erfuhr, kehrte er nach Fontainebleau zurück, um dort die Reste seiner Armee zu sammeln.

Die Alliierten hatten Paris erobert.

Um den Preis von mehr als achttausend Toten und Verwundeten auf eigener, mehr als neuntausend auf französischer Seite.

Morgen würde die große Siegesparade stattfinden.

Blutpreis

Vor Paris, 31. März 1814

Maximilian erwachte von einem markerschütternden Schrei.

Er bekam die Lider nur einen winzigen Spalt auf, sah ein verschwommenes, verzerrtes Gesicht über sich gebeugt, flackernde Lichter in Dunkelheit und schloss die Augen vor Erschöpfung wieder. Um ihn herum brüllten Männer vor Schmerz. Der Schrei, der ihn geweckt hatte, war jäh verstummt, doch links, rechts, überall stöhnten, ächzten, weinten Männer.

War dies die Hölle?

Es klang ganz so, und er fühlte sich auch so: mit brennendem Schweiß in den Augen, vor Schmerz gelähmt und unfähig, sich zu rühren. Auf seiner Brust schien ein zentnerschweres Gewicht zu lasten, das ihm das Atmen fast unmöglich machte. Doch warum fror er so erbärmlich, wenn er in der Hölle war?

Es dauerte eine Weile, bis sein Hirn weitere Sinneseindrücke verarbeitete und er sich stark genug fühlte, um die Lider noch einmal einen Spalt zu öffnen.

Der Anblick bestätigte ihm, was sein mühsam erwachender Verstand gerade zu argwöhnen begann: Er war nicht in der Hölle. Sondern im Lazarett. Oder dem Verbindeplatz. Was auch eine Art Hölle war.

»Herr Premjeeleutnant!«, hörte er neben sich eine rauhe Frauenstimme leise schluchzen.

»Endlich komm' Se zu sich! Ick hol gleich den Chirurgen. Bleiben Se ja bei uns!«, flüsterte ungewohnt leise die Frau des Korporals Kapernick und rieb sich hastig mit dem Ärmel die Augen. »Wat soll ick sonst Ihre junge Frau erzähln?«

Sie drehte sich um und befahl Hansik in gewohnter Forschheit: »Sie rührn sich nich vom Fleck und passen uff, det er uns nich untern Händen wegstirbt, nachdem wir uns so 'ne Mühe mit ihm jemacht ham!«

Dann humpelte sie davon. Das kupferfarbene Haar ragte wirr unter ihrer Haube hervor und umgab ihren Kopf im Gegenlicht wie ein Flammenkranz.

Hansik trat näher. Durch den Leinenverband sickerte ihm Blut über Schläfe und Wange.

Maximilian hatte tausend Fragen, brachte aber kein einziges Wort heraus, nicht einmal ein Krächzen, um Wasser zu erbitten. Doch Fred Hansik hielt schon einen Becher in der Hand und hob sacht seinen Kopf an, damit er einige Schlucke trinken konnte.

Dann zog der Füsilier einen Bottich zu sich, kippte den Rest des schlammigen Wassers kurzerhand unter den Tisch, auf dem Trepte lag, stülpte das Gefäß um und setzte sich wankend darauf, weil er sich selbst nicht länger auf den Beinen hielt.

»Hab viel Blut verloren und noch einen Granatsplitter in der Schulter. Wird schon wieder«, sagte Hansik, der seit Russland jeden Kampf zusammen mit Trepte durchgefochten hatte, ebenso wie Werslow. Und er wusste auch, was sein vorgesetzter Offizier jetzt hören wollte, obwohl er nicht fragen konnte.

»Paris hat kapituliert«, berichtete der junge Füsilier. »In der Nacht sind Marmont und Mortier mit ihren Truppen abgerückt. Jetzt wird wohl gleich die Siegesparade beginnen. Die verpassen wir – wieder mal. Aber Werslow und Braksch sind da und werden es uns erzählen, mit allen Einzelheiten. Wir haben etliche Geschütze erobert, nachdem Sie … nicht mehr mit uns stürmen konnten.«

Um die Beklemmung zu überspielen, gab er seinem Premierleutnant noch einmal zu trinken.

»Der Zar war so beeindruckt, dass er mitten im Gefecht sein St.-Georgs-Kreuz abnahm und es an Alvensleben überbringen ließ. Unglaublich, nicht wahr?«

»Wie viele?«, ächzte Maximilian.

Das Gesicht des jungen Füsiliers verfinsterte sich. Er wusste, dass Trepte nicht die eroberten Geschütze meinte.

»Nur Braksch, Werslow, Sie und ich sind noch übrig. Korporal Kapernick vom Vierten mussten sie ein Bein abnehmen. Deshalb ist seine Frau hier und fest entschlossen, nicht nur ihn, sondern auch Sie durchzubringen.«

Hansik seufzte kaum hörbar. »Alle dachten, Sie seien tot. Aber Werslow und ich wollten das nicht glauben. Den kriegt keiner tot, hat Werslow gebrummt und ist nach dem Kampf stur wie ein Ochse losgezogen, um Sie zu suchen. Ich hinterher. Dann lagen Sie da, einen Einschuss knapp unterm Herzen. Nicht rühren!«, schrie er auf, als Max sich bewegen wollte.

»Werslow hat Sie auf seinen Pranken ganz vorsichtig zu dem Wagen getragen, mit dem die Kapernick Verwundete aufgelesen und zum Verbindeplatz gefahren hat. Seitdem ist sie nicht von Ihrer Seite gewichen – außer wenn ihr Fritz wach war. Und als er amputiert wurde. Er liegt gleich neben Ihnen, der arme Kerl.«

Hansik deutete auf einen Bewusstlosen, der ein Stück weiter auf einen blutdurchtränkten Mantel gebettet war.

Maximilian sah sich um, so gut er konnte, ohne sich zu bewegen. Sie waren auf freiem Feld, über sich ein Dach aus Leinwand; Leinwand auch an drei Seiten zum Schutz gegen Wind und Regen. Aufgebockte Tische, an denen operiert oder verbunden wurde. Die schon Behandelten lagen etwas weiter entfernt oder wurden weggetragen. Das Gras war dunkel verfärbt, der Boden ein blutiger Morast. Es musste früh am Morgen sein, denn die niedrig stehende Sonne leuchtete matt in den Eingang des provisorischen Lazarettes.

Hinter sich hörte er eine dunkle Stimme: »Sie können nichts mehr für Ihren Regimentsadjutanten tun, Herr Major von Blücher. Glauben Sie mir, er muss sofort tot gewesen sein. Aber lassen Sie mich nach Ihrer alten Kopfverletzung schauen, da stimmt etwas nicht …«

Ein Mann mit jüngerer Stimme antwortete und schien das Gesagte nicht verstanden zu haben: »Er heißt Bolte, Premierleutnant Heinrich Bolte. In zwei Wochen wird er dreiundzwanzig.«

Maximilian wollte Hansik vieles fragen. Doch die brennenden Schmerzen in der Brust schienen seinen ganzen Körper zu lähmen, sogar sein Vermögen zu sprechen. Er zitterte vor Kälte, und vor seinen Augen verschwamm alles, bildeten sich helle und dunkle Flecke.

Frau Kapernick näherte sich mit dem Regimentsarzt, den sie heftig debattierend zu ihm dirigierte.

Hansik grinste wankend. »Da sehen Sie, wer hier das Kommando führt.«

»Sie haben Glück im Unglück, Premierleutnant«, eröffnete ihm der Arzt, ein übermüdeter Mann mit grauen Bartstoppeln und Brille. »Eine Kugel traf Sie knapp unterm Herzen. Sie haben allerdings so viel Blut verloren, dass ich letzte Nacht nicht wagte, noch länger nach ihr zu suchen. Sie wären mir auf dem Tisch weggestorben.«

Der Arzt wies mit dem Kinn auf Josefine Kapernick.

»Da diese Frau keine Ruhe gibt und Sie wider Erwarten dazu brachte, noch einmal die Augen zu öffnen, will ich mein Bestes versuchen.«

Der Arzt sah ihn eindringlich durch die zerkratzten Brillengläser an. »Sie haben die Wahl, Premierleutnant«, begann er. »Es ist durchaus möglich, dass sich die Kugel verkapselt und im Körper bleibt, ohne groß zu stören. Sie könnte sich aber auch bewegen, direkt auf Ihr Herz zu, und Sie töten – eher früher als später. Doch wenn ich jetzt noch einmal an die Wunde so nahe am Herzen gehe, könnten Sie mir gleich hier verbluten. Außerdem ist da eine zweite Kugel, die ich aus Ihrem Oberarm holen muss, ehe der brandig wird. Das hatte ich heute Nacht nicht getan, weil es nicht dringend war und ich kaum eine Überlebenschance für Sie sah. Die gibt es jetzt ... vielleicht. Nachdem Sie noch einmal aufgewacht sind.«

Der dürre Regimentsarzt holte tief Luft und putzte die Brille.

»Ich kann für nichts garantieren. Aber wir haben gestern so viele Offiziere verloren ... Ich würde gern wenigstens Sie durchbringen, verdammt noch mal! Sie sind jung, Ihr Körper ist kräftig und hält einiges aus.«

Maximilian schloss kurz die Augen.

»Holen Sie zuerst die Kugel aus dem Arm. Dann die andere«, sagte er mit heiserer Stimme.

Erst die Kleinigkeiten erledigen, sich dann auf das Wichtige konzentrieren. Aber wenn er ehrlich zu sich war: Sollte er das Gestocher in seiner höllisch schmerzenden Brust überleben, besäße er wahrscheinlich nicht mehr den Mut, noch einmal ein chirurgisches Instrument an sich heranzulassen.

Der Arzt nickte zustimmend.

»Wo steckt dieser Hüne, der ihn gebracht hat und die ganze Nacht beim Transport der Verwundeten half?«, wandte er sich an Frau Kapernick.

»Der is zur Siegesparade in Paris und kommt erst wieda, wenn det janze Theata vorbei is.«

Der Regimentsarzt musterte kurz ihre kräftige Statur und entschied: »Halten Sie seinen Arm!«

Rasch schnitt er den Ärmel von Treptes Hemd ab.

Maximilian sprach in Gedanken ein Gebet und schloss die Augen.

»Ich muss die Wunde verbreitern, um an die Kugel heranzukommen«, erklärte der Arzt, und schon spürte Maximilian den Schmerz zweier Schnitte. Doch der war nichts gegen das pulsierende, alles beherrschende Brennen in seiner Brust.

»Sie haben noch einmal Glück, Premierleutnant. Das Geschoss sitzt nicht tief. Der Knochen hat es aufgehalten und scheint nicht zersplittert. Ich kann den schmalen Kugelzieher benutzen; das wird nicht so schlimm.«

Trepte öffnete die Augen wieder. Er kannte die Chirurgenwerkzeuge, schließlich hatte er schon einige Zeit in Lazaretten verbracht. Der Arzt führte einen dünnen Stab in die Wunde, in dessen Spitze ein Gewinde geschnitten war. Mit der Spitze stieß er auf das Geschoss, bohrte das Gerät vorsichtig in das weiche Blei und zog es heraus.

»Da ist sie. Saß nicht tief.« Mit zufriedenem Blick löste der Regimentsarzt die Kugel vom Instrument und reichte sie Hansik, der versicherte, sie für seinen Premierleutnant aufzubewahren.

»Kann er bei nächster Gelegenheit zurückschicken!«

Der Arzt nähte die Wundränder zusammen, verband den Arm und richtete sich auf, den schmerzenden Rücken reibend.

»Jetzt zum schwierigen Teil«, sagte er. »Die zweite Kugel sitzt unglücklicherweise nicht auf einem Knochen. Ich muss also das größere Instrument nehmen, sonst würde ich sie nur tiefer in Ihren Körper drücken. Bereit, Premierleutnant?«

Dieser Kugelzieher hatte einen Fuß, den der Arzt unter das Bleigeschoss schieben musste, um es anbohren zu können. Er war wesentlich sperriger als das schmale Gerät eben.

Maximilian deutete ein Ja mit den Augen an, seine Zähne fingen an, vor Kälte zu klappern. Josefine Kapernick legte ihm etwas Wärmendes über die Beine, vielleicht seinen Uniformrock, während der Arzt drei weitere Helfer heranrief.

Diesmal bekam Max ein Beißholz zwischen die Zähne.

Der Arzt löste den verklebten Verband von der Brust, richtete kurz die Augen zum Himmel und wies die Helfer an, den Patienten still zu halten, wenn sie wollten, dass er überlebe.

Jemand griff nach Maximilians rechter Hand. Einen verwirrten Augenblick lang dachte er schon, es sei Henriette. Aber die Hand fühlte sich rauh und abgearbeitet und viel größer als Jettes an, und als er vor Schmerz fest zudrückte, erkannte er in dem Höllenlärm von Schreien und Befehlen ein kurzes

Aufstöhnen der Marketenderin. Sie also stand ihm hier bei und würde dafür morgen blau gequetschte Finger haben.

Maximilian fühlte die Kälte des Instruments, den glühenden Schmerz in seiner Brust, der immer schlimmer wurde und weiter ausstrahlte, er fühlte, wie sich Metall in seine Wunde wühlte, sich vorsichtig suchend immer tiefer hineinschob ...

Er sah etwas vor seinen Augen explodieren, wollte aufspringen und wegrennen ... Doch Josefine Kapernick hielt ihn und murmelte Worte, die er nicht verstand.

Dann verlor er das Bewusstsein.

Als Maximilian wieder zu sich kam, saß Hansik kreidebleich immer noch an seinem Krankenlager und rief sofort Madame Kapernick herbei.

»Nicht bewegen!«, warnte der junge Füsilier unnötigerweise. Vor Schmerz und Schwäche hatte Maximilian keinerlei Bedürfnis danach.

»Die Sache is die, Herr Premjeeleutnant«, begann die Marketenderin mit betretener Miene zu erklären. »Der Doktor hat det Ding nich jefunden. Sie ham zu stark jeblutet, und denn mussta uffhörn zu suchen. Vielleicht ver-kap-selt sich det Stück ooch, wie der Doktor det nennt, wenn Se sich in nächster Zeit in Acht nehmen. Da pass ick schon uff. Falls nich, müssen Se später noch mal versuchen, det Ding rausholen zu lassen. Aba nich hier!«

Sie wies um sich auf den Platz voller Verwundeter unter dem zerschlissenen Leinendach. Der Boden bestand aus blutigem Schlamm, gerade trug jemand eine Kiepe voller amputierter Gliedmaßen an ihnen vorbei. Immer noch klangen herzzerreißende Schreie, stank es nach faulendem Fleisch, Schweiß, Urin, Erbrochenem und Exkrementen.

»Sie zwee« – sie wies auf Trepte und Hansik – »und meen Fritz bleiben inner Stadt, bis Se transportfähich sin. Erst ma wird hier een Provinziallazarett einjerichtet, damit die Verwundeten een Dach übam Kopp ham. Sobald et jeht, bring ick Sie und meen Fritz nach Berlin. Und da suchen Se sich den besten Chirurjen. Is Ihr Herr Vata nich Professa? Der sollte die doch alle kennen, den Hufeland und die janzen Beriemtheiten. Die kriejen det schon hin, Herr Premjee-leutnant!«

Sie drehte sich weg, angeblich, um etwas zu suchen, doch Maximilian hatte die Tränen in ihren Augen gesehen.

Aufmunternd drückte sie ihm die Hand, scheuchte Hansik los, damit der sich endlich den Granatsplitter aus der Schulter holen ließ, und vergewisserte sich, dass ihr Mann noch atmete. Dann bezog sie Wachposten zwischen den beiden Halbtoten, und niemand hätte sie von dort wegtreiben können.

Paradeordnung

Am Tor nach Paris, 31. März 1814

Vor der Porte de Pantin, dort, wo tags zuvor noch hunderte russische, preußische und badische Soldaten und Offiziere gestorben waren, versammelten sich am Morgen nach dem Sieg die Monarchen und Heerführer der Alliierten für ihren triumphalen Einzug in Paris.

Zar Alexander hatte befohlen, dass nur seine bestgekleideten Regimenter in die französische Hauptstadt einmarschierten, um einen guten Eindruck zu hinterlassen. Nur die Garden, die in der Mehrzahl bis gestern geschont und aus allen Kämpfen herausgehalten worden waren.

Und sein Freund Friedrich Wilhelm von Preußen beschloss sofort, das ebenso zu handhaben. Vor allem das zerlumpte Korps Yorck – so tapfer es auch gekämpft hatte – sollte sich in dem eleganten Paris nicht blicken lassen.

»Wo sind meine Garden?«, rief Preußens König ungeduldig in dem Gewimmel von Fürsten, Generälen, Adjutanten, Pferden, Pferdeknechten und sich aufstellenden Regimentern.

Die Überreste seiner Garden standen bereits seit acht Uhr früh in voller Paradeuniform. Aber die Bataillone waren so dezimiert, dass jeweils mehrere zu einem zusammengefasst werden mussten. Deshalb entdeckte der König sie nicht gleich.

»*Das sind Ihre Garden*, Euer Majestät!«, ließ sich der eigensinnige General von Yorck laut vernehmen und deutete stolz auf die abgerissenen Kämpfer seines Korps.

Der König starrte irritiert.

Doch der gerade erst in den Grafenstand erhobene Ludwig Yorck von Wartenburg erwartete keine Antwort. Normalerweise legte er keinen Wert auf Beliebtheit bei seinen Truppen – aber *das* hier hatten sie sich verdient. Keins der preußischen Korps hatte in diesem Krieg so hart gekämpft und immer wieder so hohen Blutzoll gezahlt wie seines, erst vor ein paar Wochen wieder in Montmirail, wo sie den Rückzug des russischen Korps Sacken deckten, das sonst völlig aufgerieben worden wäre.

Dieser Satz – »Das sind Ihre Garden!« – würde sofort die Runde machen und in Erinnerung bleiben.

Als Yorcks Genugtuung dafür, dass der König seinen Soldaten und all den anderen, deren Uniformen und Schuhe nach aufreibenden Kämpfen und Eilmärschen in Fetzen hingen, die Teilnahme an der Siegesparade verwehrte.

Vor der Porte de Pantin hatte über Nacht das Zweite Russische Infanteriekorps unter dem Kommando Prinz Eugens von Württemberg biwakiert. Erstaunt vernahm der junge General am Morgen, dass ihm sein Adjutant, der Stabskapitän von Helldorf, das Erscheinen des russischen Feldmarschalls Barclay de Tolly ankündigte.

Im nächsten Augenblick stand der Heerführer schottisch-litauischer Abstammung auch schon vor ihm.

»Königliche Hoheit, Ihr Korps hat die Ehre, tausend Mann als Erste in die Stadt zu schicken und das Rathaus zu besetzen«, verkündete Barclay de Tolly.

»Exzellenz, für diese Auszeichnung bedanke ich mich auch im Namen meiner Krieger«, antwortete der Prinz. »Sie haben tapfer gekämpft und viel Blut geopfert.«

Und Dank wurde ihnen bis eben nicht zuteil, dachte Eugen von Württemberg grimmig. Beim Siegesappell in Kulm wurde der Name des Korps nicht einmal erwähnt – als wären sie nie dabei gewesen. Obwohl in erster Linie ihnen der Sieg zu verdanken war.

Das hatte er bis heute nicht verwunden.

Allerdings stellte Barclay de Tolly eins zur Bedingung: »Die Avantgarde muss Stiefel tragen. Keine Holzschuhe, keine Bauernkittel, keine Weiberröcke. Und *schon gar keine französischen Uniformen*!«, forderte er energisch.

Prinz Eugen konnte gerade noch ein Lachen unterdrücken. Fast sein ganzes Korps steckte mittlerweile in französischen Uniformen, die sie in Bar-sur-Aube und Troyes dem Train der gegnerischen Linientruppen abgenommen hatten, denn von ihren eigenen war nach tausenden Meilen und blutigen Gefechten nichts mehr übrig. Nur riesige Fichtenreiser auf den Tschakos und weiße Armbinden unterschieden sie optisch von den Franzosen. Doch er würde sich hüten, den Marschall darauf hinzuweisen. Seine Soldaten und Offiziere hatten sich diesen Einzug redlich erkämpft.

Also legte er die Hand aufs Herz, lächelte und versicherte im überzeugendsten Tonfall: »Vom Zweiten Infanteriekorps werden reine russische Herzen in Paris einmarschieren.«

Barclay de Tolly, etwas überrumpelt von so viel russischer Seele, war klug genug, lieber nicht nachzufragen, und gab sich mit dieser Antwort zufrieden.

So zog Prinz Eugens Korps mit Strauchwerk an den Tschakos und dem Wolhynischen Musikkorps vorweg schon um neun Uhr morgens in die Stadt, während sich die anderen noch am Tor von Pantin formierten.

Viele Pariser hielten das bereits für den Beginn der Siegesparade und jubelten dem gut aussehenden jungen General zu. Der führte seine Männer weisungsgemäß zum Rathaus und ritt zurück zur Porte de Pantin.

Dort ernannte ihn der Zar zum General der Infanterie.

Prinz Eugen bedankte sich in aller Form für diese Ehre, von der er sofort begriff, dass sie ein Danaergeschenk war. Dutzende dienstältere Offiziere würden ihm das nun neiden. Voller Bitterkeit dachte er: Und mein Korps wird er wieder nicht nennen, wenn die am Sieg beteiligten Regimenter verlesen werden – wie damals in Kulm.

So kam es dann auch.

Alexander argwöhnte immer noch zu Unrecht, sein Vater, der ermordete Zar Paul, habe Eugen bevorzugt und zu seinem Nachfolger ernennen wollen.

Wieder einmal erwog Prinz Eugen von Württemberg, den Dienst zu quittieren.

Bittere Pflichten

Lazarett vor Paris, 31. März 1814

Als Maximilian zu sich kam, hatte er nicht das geringste Gefühl für Zeit und Raum. Erst die Gegenwart der stämmigen Josefine Kapernick machte ihm zumindest bewusst, *wo* er sich befand.

»Sie sehn schon viel bessa aus«, meinte sie. »Meen Fritz war ooch schon mal wach. Der wird wieda. Der kriecht 'ne Invalidenrente. Wo nu Frieden wird, machen wa vielleicht 'ne kleene Budike uff in Potsdam ...«

Sie gab Maximilian etwas zu trinken und flößte ihm Löffel für Löffel eine Schale voll Haferschleim ein. Es schien Stunden zu dauern, bis er ihn hinuntergeschluckt hatte. Jeder Atemzug, die geringste Bewegung löste in seiner Brust einen brennenden Schmerz aus, der ihn bis kurz vor die Bewusstlosigkeit trieb.

Nach der qualvollen Prozedur schloss er die Lider und ließ seinen Geist treiben ... in eine merkwürdige Traumwelt, in der er – welche Wohltat! – weder etwas tun noch etwas denken musste.

Der gedämpfte Klang einer vertrauten Stimme trieb ihn irgendwann dazu, die Augen zu öffnen. Wenigstens einen Spalt. Er hatte sich nicht getäuscht. Da stand Werslow.

»Ist die ... Siegesparade ... schon vorbei?«

Dieser eine Satz schien die letzten Kräfte Maximilians aufzubrauchen. War wirklich so viel Zeit vergangen?

Sicher wollte ihm Werslow jetzt zur Aufmunterung alle Einzelheiten erzählen. Doch der Hüne wirkte ganz und gar nicht begeistert, sondern ließ die breiten Schultern hängen.

»Ähm, Herr Premierleutnant, bitte ganz formlos berichten zu dürfen ...«

Trepte verzichtete mit einer winzigen Handbewegung auf jegliche Formalität. Was für eine Farce! Sie waren im Lazarett, er konnte sich kaum rühren und würde wahrscheinlich in den nächsten Stunden sterben.

»Die Parade geht gerade erst los. Bin nicht dabei«, beichtete Werslow mit gesenktem Kopf.

Auf Treptes fragenden Blick hin rückte er mit einer Erklärung heraus. »Wir stellten uns schon zeitig auf, vor diesem Tor. Das heißt die paar Mann, die noch übrig waren. Also von unserem Zug Korporal Braksch und ich. Dann kamen der König mit dem Kronprinzen und Prinz Wilhelm und Kaiser Alexander und hielten Lobreden auf unseren Kampfestmut. Wird sicher jede Menge Orden geben. Aber wie die Majestäten so redeten, da sah ich sie alle wieder sterben, die jungen Burschen von unserem Zug, und ich konnte sie schreien hören. Dann kam's mir hoch. Es ... sollte ja keine Majestätsbeleidigung sein ... und wäre auch der Feierlichkeit einer Siegesparade abträglich. Also erhielt ich Erlaubnis, mich im Lazarett zu melden. Gibt viel zu tun hier. Wollte sehen, ob Sie noch leben. Dem Kleinen, ich meine Hansik, geht's auch nicht gut. Wunde entzündet, alles geschwollen und eitrig. Wenn Sie gestatten, geh ich dann rüber zu ihm.«

Trepte gab mit den Augen sein Einverständnis. Er sah Werslow nach, der mit hängenden Schultern losschlurfte, von Sorge um den Freund niedergedrückt, und sinnierte, wie viel wohl zusammenkommen musste, bis so ein hartgesottener, kampferprobter Mann wie Werslow sich fast die Galle herauswürgte und freiwillig auf eine Siegesparade verzichtete, von der er seit Jahren geträumt hatte.

Josefine Kapernick kam zurück und betrachtete ihn gründlich – wohl um zu sehen, wie viel sie ihm zumuten konnte.

»Ick hab ja nu die Briefe vom janzen Zug«, sagte sie leise und zögernd. »Soll ick die abschicken? Und een Satz dazu, wat aus die Leute jewordn ist? Es jibt fast vollständijen Verlust im Offizierskorps. Die paar Leute könn' sich jetzt nich drum kümmern.«

Maximilian fühlte sich, als würde ihn noch eine Kugel in die schon aufgerissene Brust treffen. Röchelnd rang er nach Luft, ganz vorsichtig, und wartete, bis die flackernden Funken vor seinen Augen verschwanden.

»Bringen Sie dem Stab eine Liste von allen, die Sie mit eigenen Augen tot gesehen haben. Aber warten Sie noch ... mit den Briefen«, sagte er unter Qualen. »Ich erledige das ... wenn ich wieder sitzen und schreiben kann. Schlechte Nachrichten kommen immer früh genug.«

Sollte er sterben – er gab sich keinen Illusionen hin, das

konnte bald geschehen, ob nun am Blutverlust, an Wundbrand oder weil die Kugel zum Herzen wanderte –, musste
die Marketenderin sie eben doch zum Stab bringen.

»Wat ist mit Ihre junge Frau? Die wartet sicher janz verzweifelt uff een Lebenszeichen! Det wird sich rumsprechen, det
wir enorme Verluste hatten.«

Krächzend erbat sich Maximilian Blatt und Stift. Josefine
Kapernick bückte sich, holte zu seiner Überraschung unter
dem Gestell seinen Tornister hervor und suchte beides.

Er kritzelte, so gut es im Liegen ging. Schweißperlen bildeten
sich auf seiner Stirn von der Anstrengung.

Jette, Liebste, ich wurde in der Schlacht um Paris leicht
verwundet, aber sorge Dich nicht. Meine Hand ist
verbunden, deshalb die krakelige Schrift. Du sollst wissen,
dass ich lebe.
In unsterblicher Liebe zu Dir M

»Schicken Sie ihr das.«

Er hatte keine Skrupel wegen der Lüge, auch wenn Henriette
Ehrlichkeit gefordert hatte. Dafür war erst wieder Zeit, wenn
er lebend vor ihr stand.

»Und schwören Sie mir, dass Sie meiner Frau nichts über
meinen Zustand schreiben, solange ich nicht tot bin!«, verlangte er mit letzter Kraft.

Vorwurfsvoll starrte Josefine Kapernick ihn an, doch dann
schwor sie. Nun, so fand er, hatte er sich die nächste Bewusstlosigkeit redlich verdient.

Champs-Élysées

ei strahlendem Sonnenschein ritten die alliierten Sieger durch die Porte de Pantin in Paris ein. Voran leichte preußische Gardekavallerie und russische Garde-Kosaken. Ihnen folgten auf prachtvollen Pferden der Zar, der König von Preußen sowie der Oberkommandierende Fürst Schwarzenberg als Vertreter des Kaisers Franz, der lieber in Dijon geblieben war.

Dicht dahinter ritten die preußischen Prinzen, Großfürst Konstantin, russische, preußische und österreichische Generäle: Gneisenau, Barclay de Tolly, Prinz Eugen, Yorck, Kleist, Radetzky, Langeron und viele, viele andere.

Emmanuel Vicomte de Saint Priest, der russische General französischer Herkunft, der an der Seite von Bagration und Kutusow gekämpft und mit seinem Korps in der Neujahrsnacht in Koblenz den Rhein überschritten hatte, konnte nicht mehr dabei sein. Er war zwei Tage zuvor nicht einmal vierzigjährig einer schweren Verwundung erlegen.

Auch Blücher fehlte. Die Anstrengungen der letzten Tage hatten sein Augenleiden so verschlimmert, dass er kein Licht ertrug und die Augen verbinden musste. Deshalb konnte er schon gestern in der Schlacht nicht das Kommando führen, und zu den Pannen in der Befehlsübermittlung waren auch noch Streitigkeiten über die Befehlsgewalt gekommen.

Gneisenau hätte ihm von ganzem Herzen diesen Moment gegönnt. Doch der völlig erschöpfte Generalfeldmarschall hatte nur geknurrt: Es wäre ja keine Schlacht, da würden sie schon ohne ihn zurechtkommen. Und das Nest – gemeint war Paris – werde er sich später anschauen.

Den Monarchen und Generälen folgten die russischen und preußischen Garden. Wer nur leicht verletzt war, hatte sich eingereiht, um dabei zu sein. Die Preußen marschierten zu den Klängen eines Marsches, den ihr König eigens für diesen Tag komponiert hatte.

Die Spitze des Zuges war noch gar nicht weit gekommen, als sie aufgehalten wurden. Hundert vornehme Herren in schwarzen Fräcken mit weißen Handschuhen und weißen Binden am Ärmel zum Zeichen dafür, dass sie Royalisten waren, begrüßten die Monarchen mit Hochrufen auf Ludwig XVIII., den zukünftigen König Frankreichs.

Auch viele Pariser trugen weiße Kokarden oder Armbinden und jubelten den Monarchen und ihren Generälen zu. Ekstatisch gefeiert, bewegte sich der Zug Richtung Elysäische Felder, den Champs-Élysées. Hübsch herausgeputzte Pariserinnen liefen auf die Spitze der Parade zu, zwängten sich zu Zar Alexander durch, berührten und küssten seine Gardeuniform. Alexander sah sich am Ziel seiner Wünsche.

Er war der Retter Europas. Der Held Europas. Moskau war gerächt. Nun würde er der Anführer einer Heiligen Allianz sein, die von den Weiten Sibiriens bis an die Küsten des Atlantiks reichte.

Der König von Preußen brachte alle weiblichen Avancen mit seinem abweisenden Blick zum Erliegen. Auch er hatte lange von diesem Tag geträumt. Nun zog er mit seiner Armee über die Champs-Élysées – die Revanche für Napoleons Einmarsch Unter den Linden. Und er würde die Quadriga zurückbringen. Bonaparte hatte es nicht geschafft, sie auf seinen Triumphbogen zu setzen, der größtenteils nur eine Attrappe aus Holz und Stuck war. Gewaltige Reparationen würde er fordern und Preußen zum Erblühen bringen.

Auf den Champs-Élysées ließen Zar und König ihre Garderegimenter stundenlang an sich vorbeiparadieren, genossen ihren Sieg und schmiedeten große Pläne.

Der Fürst zu Schwarzenberg, der an ihrer Seite zu Pferde saß, verspürte mehr Erleichterung als Euphorie. Und weil er jetzt nicht darüber nachdenken wollte, wie viele bittere Niederlagen, wie viele folgenschwere Streitigkeiten untereinander es bis hierher gegeben hatte, erging er sich in Betrachtungen über die Wankelmütigkeit des Volkes.

Winkten ihnen die Pariser tatsächlich aus Sympathie mit weißen Tüchern zu? Jubelten sie über die angekündigte Rückkehr der Bourbonen, die sie vor nicht einmal fünfundzwanzig Jahren verjagt oder sogar hingerichtet hatten?

Doch der Revolution war der Terror gefolgt. Vierzigtausend Menschen wurden zur Guillotine gezerrt, die kleinste Denunziation genügte. Dann die endlosen Jahre des Krieges. Der Taumel der Begeisterung für die triumphalen Erfolge des jungen, charismatischen Napoleon Bonaparte, der Stolz auf die Eroberungen des unbesiegbar scheinenden Kaisers – sie waren vorbei. Die dort jubelten, wollten ihre Söhne, Brüder und jungen Männer nicht länger in den Krieg zum Sterben schicken.

Schwarzenberg zog seine Taschenuhr und klappte sie auf. Zwei Uhr nachmittags. In einer Stunde würde der Zar im Namen aller Souveräne verkünden, dass nicht mehr mit Napoleon und seiner Familie verhandelt werde. Morgen würde unter Vorsitz des einstigen Außenministers Talleyrand eine provisorische Regierung zusammentreten und Napoleon absetzen. Metternich hatte alles in die Wege geleitet, damit die alten dynastischen Verhältnisse in Europa wiederhergestellt wurden.

Die Ära Napoleon ist vorbei, dachte Fürst Schwarzenberg erleichtert.

Napoleon sah das anders.

Er versammelte zwei Tagesmärsche südlich in Fontainebleau fünfzigtausend kampferprobte Männer, die wild entschlossen waren, mit ihm nach Paris zu ziehen und die Stadt zurückzuerobern.

Sieg oder Tod

Schloss Fontainebleau, 4. bis 13. April 1814

Fontainebleau war das größte Schloss der französischen Könige. Jeder einzelne Saal, jede Galerie von atemberaubender Pracht in Gold und Marmor, mit italienischen Fresken an Decken und Wänden, edelstem Mobiliar.

Doch Napoleon Bonaparte war blind für diese Schönheit und den Prunk. Er wartete. Ungeduldig. Auf die Marschälle, die er zu sich befohlen hatte.

Er war bereit zuzuschlagen.

Fünfzigtausend seiner Soldaten waren bereit zuzuschlagen. Seine Brust weitete sich bei der Erinnerung an die mitreißende Szene, als er gestern seinen Garden zurief, zu siegen oder zu sterben. Und aus tausenden Kehlen scholl der Schrei: »Es lebe der Kaiser! Auf nach Paris!«

Mit solchen Männern konnte er seine Hauptstadt zurückerobern, mit so einer Armee konnte er die Welt erobern! Sie würden für ihn sterben. Er musste nur vor ihnen stehen und ihnen den Befehl erteilen.

Doch galt das auch für die Marschälle? Waren *die* bereit? Nach mehr als zwanzig Jahren Krieg waren sie müde, alt und unzuverlässig geworden. In Paris hatten sie ihre Familien, Schlösser, Stadthäuser. Dabei verdankten sie diesen Reichtum nur ihm! Wenn erst die Bourbonen wieder regierten, würden sie alles verlieren: Güter, Adelstitel, Ränge.

Napoleon straffte sich und sah zur Tür. Sie kamen.

Er hörte schon ihre Stiefelschritte durch die lange Galerie hallen, noch bevor sein Generalstabschef Berthier anklopfte und sie meldete. Entschlossene Schritte, und das erfüllte ihn mit Hoffnung.

Entschlossenheit sah er auch auf den Gesichtern, als die Marschälle vor ihm standen. Gut!

Ney, der »Tapferste der Tapferen«, Lefèbvre, der nach schwerer Verwundung erst seit ein paar Wochen wieder im Feld stand und wie ein Löwe gekämpft hatte, Oudinot, der sich in jeder Schlacht mit Todesverachtung an die Spitze seiner Grenadiere stellte. Und Macdonald, ein aufrechter Mann, der ihm nach dem Desaster bei Leipzig ungeachtet aller Folgen mit wütenden Vorwürfen entgegengetreten war. Solch seltenen Mut respektierte Napoleon. Mit diesen Männern konnte er das Schicksal noch einmal wenden.

Und so traf es den Kaiser wie ein Schlag, als die Marschälle einmütig ablehnten, Paris anzugreifen.

»Wollen Sie etwa Sklaven der Engländer werden?«, schrie er sie an, nachdem er die erste Fassungslosigkeit überwunden hatte. »Im November bot man uns noch Frankreich bis zum Rhein, jetzt soll Frankreich auf die Grenzen von 1792 gestutzt werden! Sollen wir alles verlieren, was wir in zwanzig Jahren blutig erkämpft haben? Das lasse ich nicht zu! Das ist indiskutabel!«

Zornentbrannt hieb er mit der Faust auf den Tisch.

»Indiskutabel!«, wiederholte er nicht minder wütend. »Wir haben die Alliierten so oft besiegt, wir werden es wieder tun! Habe ich das nicht in den letzten Wochen bewiesen? Ja, ich weiß, La Rothière war eine Niederlage. Doch habe ich den Feind seitdem nicht immer wieder geschlagen?«

Das hatte er, nachdem die Alliierten den Fehler begangen hatten, ihre Armeen nach erfolgter Vereinigung wieder zu trennen. Diese gute Nachricht beflügelte ihn so, dass er noch einmal zu alter Kraft und Stärke fand und kurz hintereinander mehrere Siege errang.

»Wir lassen Frankreich nicht untergehen!«, beschwor er seine Marschälle. »Wir bauen eine neue Front bis nach Orléans auf. Hier stehen fünfzigtausend kampfentschlossene Männer; Marmont zieht mit seinem Korps nach Essonnes und sichert unsere Flanke.«

Er redete, fluchte, beschwor, bat ...

Sie schwiegen mit verschlossenen Mienen.

Und Ney, ausgerechnet Ney war es, der einen Schritt vortrat, den Zweispitz unterm Arm, und verkündete: »Sire, der Senat hat Sie vorgestern abgesetzt. Sie müssen abdanken – zugunsten Ihres Sohnes! Die Kaiserin wird Regentin.«

Sprachlos starrte Napoleon den Marschall an, den er lange Zeit für seinen besten Mann gehalten hatte. Auch wenn er schon seit einer Weile wusste, dass er ihm nicht trauen durfte.

Lefèbvre, Oudinot, Macdonald, denen wirklich keiner Feigheit nachsagen konnte – dachten die etwa auch so?

Wenn nur Marmont hier wäre! Der hielt zu ihm, der war schon als junger Artillerist an seiner Seite gewesen, seit zwanzig Jahren sein Weggefährte.

»Hinaus!«, schrie der Kaiser.

Er brauchte Zeit zum Nachdenken. Allein.

Ruhelos schritt er auf und ab, bis er zur Tür stürmte, sie aufriss und nach dem Herzog von Vicenza verlangte, den im November neu ernannten Außenminister. Seinen einzigen Vertrauten. Wenn er überhaupt noch einen hatte.

»Ich wollte Frankreich groß und mächtig machen. Ich will es glücklich sehen. Lieber verzichte ich auf den Thron, als einen Schmachfrieden zu unterzeichnen«, erklärte er Armand de Caulaincourt pathetisch. »Aber eine Schlacht ist noch zu schlagen, von der hängt alles ab. Wenn ich siege, erhalten wir einen ehrenvollen Frieden. Verhandeln Sie mit den Verbündeten, um mir Zeit zu verschaffen!«

Marie Louise musste unbedingt ihren Vater dazu bringen, sich für ihn einzusetzen. Franz würde doch seine geliebte Tochter und seinen Enkel nicht im Stich lassen.

Und Caulaincourt sollte das Seinige versuchen. Begleitet von Ney und Macdonald. Lieber würde er Marmont mitschicken. Aber der musste die Stellung in Essonnes halten.

Caulaincourts Mission wurde durch eine drastische Änderung der Lage hinfällig. Marschall Marmont hatte mit Schwarzenberg verhandelt und seine Truppen hinter die feindlichen Linien marschieren lassen. Nun verlangte der Zar bedingungslose Abdankung.

Napoleon erfuhr in der Nacht zum 5. April durch seinen Adjutanten Oberst Gourgaud von Marmonts Eigenmächtigkeit und erstarrte in entsetztem Schweigen.

Auch Marmont? Wieso?

In der Nacht darauf gegen zwei Uhr kehrten Caulaincourt, Ney und Macdonald aus Paris zurück und überbrachten die neue Forderung des Zaren: bedingungslose Abdankung!

Napoleon beriet sich mit Caulaincourt und beklagte sich bitterlich. Dann schickte er den niedergeschlagenen und völlig erschöpften Außenminister zu Bett und erlaubte Ney und Oudinot einzutreten, die übereinstimmend verkündeten, Marmonts Verrat habe schlimmste Auswirkungen auf die Moral der Truppen. Auf die Armee sei kein Verlass mehr.

»Fünfzigtausend Mann kommen überall durch«, behauptete der Kaiser gelassen. »Also gehen Sie mit mir nach Italien? Ziehen wir zusammen über die Alpen?«

Eine rhetorische Frage, auf die er keine Antwort erwartete. Es kam auch keine.

Ginge er von diesem prächtigen Salon hinüber zu den jungen Subalternoffizieren, hinaus vor das Schloss zu seinen Soldaten – sie würden ihm begeistert folgen.

Doch für sein selbstgeschaffenes Kaisertum brauchte er die glanzvolle Begleitung der von ihm ernannten Marschälle und Herzöge.

Am Morgen des 6. April ließ er Caulaincourt erneut rufen, der nur zwei Möglichkeiten sah: sofortiger Rückzug hinter die Loire oder Abdankung.

Widerstrebend ging der Kaiser zum Tisch, griff nach der

Feder, besah sie kurz, warf sie beiseite, nahm eine andere und kritzelte im Stehen eigenhändig die Urkunde über seine Abdankung zugunsten seines Sohnes; viereinhalb Zeilen mit Änderungen und Streichungen in kaum leserlicher, unsteter Schrift, die seinen aufgewühlten Gemütszustand verriet.

Dann löschte er die Tinte und gab das Papier Caulaincourt.

»Erhalten Sie den Thron meinem Sohn!«

Erneut wurde die dreiköpfige Gesandtschaft zu Zar Alexander geschickt. Wo Caulaincourt und Macdonald die nächste böse Überraschung erlebten.

Lächelnd reichte der russische Kaiser Marschall Ney eine druckfrische Zeitung, die dessen Brief an Talleyrand als Vertreter der provisorischen Regierung vom Vortag im Wortlaut veröffentlichte. Die dienstfertige Mitteilung Neys, der Kaiser habe auf *sein Drängen* hin einer bedingungslosen Abdankung zugestimmt.

Mit zynischem Spott lobte der Zar den Marschall. Er habe seinem Land einen großen Dienst erwiesen. Auf alliierter Seite werde man das sicher zu würdigen wissen.

Caulaincourt und Macdonald starrten sich fassungslos an.

Das übertraf in ihren Augen noch den Treuebruch Marmonts, dessen Beweggründe niemand verstand. Wollte er Paris retten? Seine Soldaten? Sich selbst? Oder hatte General Souham eigenmächtig gehandelt, der mit dem Korps losmarschiert war, obwohl Marmont seine Abmachung mit Schwarzenberg widerrief?

Sie warteten tagelang in Paris, bis endlich die Bevollmächtigten Österreichs und Großbritanniens eintrafen, Metternich und Castlereagh. Am 11. April unterzeichneten die Alliierten den Vertrag, der nur aus Höflichkeit »Vertrag von Fontainebleau« genannt wurde.

Die Bestimmungen waren erstaunlich milde: Napoleon verzichtet für sich und seine Erben auf den Thron von Frankreich und den Thron von Italien, dafür behält er den Titel Kaiser, bekommt die Insel Elba als souveränes Fürstenreich zum Eigentum, jährlich zwei Millionen Franc Unterhalt und vierhundert Mann seiner Garde als Schutzwache. Marie Louise wird Herzogin von Parma, Piacenza und Guastalla, ihr Sohn Prinz von Parma.

Nur um den Ort der Verbannung gab es Streit: Talleyrand und Metternich hielten Napoleon immer noch für gefährlich und Elba für viel zu nah am italienischen Festland. Lieber wüssten sie ihn an einem entlegenen Ort mitten im Ozean. Zum Beispiel auf St. Helena. Doch der Zar wollte Großzügigkeit demonstrieren, folgte der flehentlichen Bitte Caulaincourts und setzte sich wie immer durch.

Am Nachmittag dieses 11. April trafen Außenminister Armand de Caulaincourt und Marschall Alexandre Macdonald wieder in Fontainebleau ein – mit dem von den Alliierten unterzeichneten Vertrag, aber ohne Ney.

Der einst vor allen Bevorzugte hatte es nach der kompromittierenden Veröffentlichung vorgezogen, in Paris zu bleiben und sich der neuen Regierung anzudienen.

Noch einer!, begriff Napoleon sofort angesichts dessen, dass nur zwei zurückgekehrt waren.

Murat, Marmont, Ney ... Wer verschwindet als Nächster? Wahrscheinlich Berthier. Der packte bereits – nach siebzehn Jahren treuer Dienste, nach vielen Beförderungen und Unsummen an Geschenken.

So würden sie alle gehen, einer nach dem anderen.

Er hatte nichts mehr zu vergeben, keine Titel, keine Ämter, keine üppigen Dotationen. Selbst Marie Louise würde ihn verlassen. Auf dieses winzige Eiland würde sie ihm nicht folgen. Ja, wenn er die Toskana bekommen hätte!

Doch über all das verlor er kein Wort.

Wer den Kaiser an diesem und am nächsten Tag auf Fontainebleau zu sehen bekam, dem erschien er ruhig, gelassen, freundlich. Napoleon gab sich auch größte Mühe, diesen Anschein zu erwecken. Doch die meiste Zeit blieb er allein, und unbeobachtet konnte er seine Wut abreagieren, auf Wände, Kissen, Tische einschlagen.

Er hatte es satt, satt, satt!

Diese Demütigung! Diese Schmach! Verrat von allen Seiten! Und nun sollte er diesen Fetzen unterschreiben, seine Abdankung. Er brachte es einfach nicht fertig.

Tief war er gefallen. Ging es überhaupt noch tiefer?

Eben noch Herrscher der Welt, bald ins Exil deportiert ...

Und alle Welt sah zu. Voller Hass und Häme.

Die Royalisten würden ihn lynchen wollen, sobald seine Ehrenwache abgezogen war. Auf der Reise zum Hafen würde ihn der Pöbel mit Steinen und faulem Obst bewerfen, ihm Verwünschungen und Spott zurufen.

Und die Bourbonen? Würden die nicht zwingend planen, ihn und seinen Sohn aus dem Weg zu räumen, um ihre Herrschaft zu sichern? Ein paar Meuchelmörder dingen?

Hielt er sein Schicksal noch in den eigenen Händen?

Selbstmord war eine abscheuliche Sünde. Doch in Russland hatte er beschlossen, seinen Feinden nicht lebend in die Hände zu fallen. Seitdem trug er stets Gift bei sich, Opium. Genug für einen raschen Tod, der seinen Körper nicht verstümmelte wie Schwerter oder Gewehre. Er hatte zu viele verstümmelte Körper auf den Schlachtfeldern gesehen.

Auch im Tod wollte er noch erhaben wirken.

Wie es einem Kaiser zustand.

Er holte das schwarze Säckchen mit dem tödlichen Pulver hervor, das er seit Jaroslawl bei sich trug, und starrte es an.

Wovor fürchtete er sich mehr: vor dem Sterben und dem Schmerz oder vor dem demütigenden Sturz?

Morgen früh würde der Adjutant des Zaren kommen, um

das Dokument über die bedingungslose Abdankung abzuholen.

Napoleon legte das Gift auf den Tisch, so dass er es aus dem Augenwinkel sehen konnte, und begann zu schreiben.

Caulaincourt hatte schon geschlafen, als er tief in der Nacht auf den 13. April zum Kaiser gerufen wurde.

»Wie spät ist es?«, fragte er benommen den Kammerdiener, während er sich rasch mit einer Handvoll Wasser erfrischte und sich in die Kleider helfen ließ.

»Drei Uhr, Euer Exzellenz.«

Es war nichts Ungewöhnliches, um diese Zeit zum Kaiser beordert zu werden. Meistens ins Kartographiezimmer. Doch diesmal wurde er ins Schlafgemach geführt. Wahrscheinlich stand ein vertrauliches Gespräch an. Caulaincourt war es gewohnt, dass Napoleon stundenlange Gespräche – eigentlich eher Monologe – mit ihm führte.

Das kaiserliche Schlafgemach war eine Augenweide in Weiß, Gold und dunkelgrünem Samt mit roten Rosen.

Aber von all der Pracht nahm der besorgte Minister in diesem Augenblick nichts wahr. Napoleon lag im Bett, und das alarmierte ihn aufs höchste.

Der Kaiser empfing zwar sogar Besucher oder diktierte Befehle, während er in der Wanne lag und seine geliebten morgendlichen heißen Bäder nahm. Aber im Bett? Nie!

Jetzt sollte er sich auch noch zu ihm setzen?

»Die Kaiserin wird mich verlassen«, wehklagte Napoleon. »Man wird sie und meinen Sohn von mir trennen. Ich werde ihn nie wieder sehen. Ich bin von Verrätern und Mördern umgeben.« Er zog einen Brief unter dem Kissen hervor. »Der ist für die Kaiserin. Holen Sie die rote Ledermappe mit ihren Briefen und den Bildnissen von ihr und meinem Sohn.«

Danach forderte er Caulaincourt zu dessen größter Überraschung und Erschütterung auf, ihn zu umarmen.

Schluchzend zog der Gestürzte seinen langjährigen Begleiter an die Brust, und nach einem gequälten Atemzug sagte er: »Bald werde ich nicht mehr sein. Bringen Sie den Brief der Kaiserin. Die Mappe geben Sie meinem Sohn, wenn er groß geworden ist.«

Erschrocken wich Caulaincourt zurück.

»Sire! Haben Sie Gift genommen?«

Die graue Blässe, der kalte Schweiß, das schmerzverzerrte Gesicht genügten als Antwort. Caulaincourt sprang auf.

»Ich lasse sofort Doktor Yvan holen!«

»Nein!«, widersprach Napoleon hart. Ein Krampf fuhr durch seinen Leib, schmerzerfüllt krümmte er sich zusammen.

»Was ich seit vierzehn Tagen durchleide, ist schlimmer als das hier. Vielleicht bedeutet mein Tod das Wohl Frankreichs und meiner Familie.«

Er hatte die Worte kaum herausgebracht, als er sich aus dem Bett beugte und zu würgen begann.

Geistesgegenwärtig zog Armand de Caulaincourt das Nacht-geschirr hervor, bevor der Kaiser einen Schwall erbrach. Bei-ßender Gestank erfüllte den Raum.

Der Minister hielt den schlaffen Körper während der nächs-ten Welle des Erbrechens, doch dann waren ihm Befehle gleichgültig. Er rief den Kammerdiener Constant herein und wies ihn an, auf der Stelle den Leibchirurgen Seiner Majestät herbeizuschaffen.

Dr. Alexandre-Urbain Yvan, ein schlanker, dunkelhaariger Mann von knapp fünfzig Jahren, kam mit schnellen Schritten und erfasste die Lage sofort anhand weniger Details: der schwarze Beutel, das Wasserglas, auf dessen Boden sich Satz gebildet hatte, die Menge des Erbrochenen.

Er fühlte den Puls seines Patienten, sah in die Pupillen, tastete sanft den Bauch ab und trat beiseite, als der Kaiser ein weite-res Mal zu würgen begann.

»Sire, Sie haben den größten Teil des Giftes wieder von sich gegeben, das wird Sie retten«, sagte er und füllte ein Glas mit Wasser.

Napoleon schlug das Gefäß beiseite und forderte kategorisch: »Nein, geben Sie mir neues!«

»Sire, das muss ich ablehnen. Ich bin Arzt, kein Mörder«, erklärte Dr. Yvan nicht minder kategorisch.

»Yvan, geben Sie mir mehr, das ist Ihre Pflicht!«, schrie der Kaiser in einem seiner gefürchteten Wutausbrüche.

»Meine Pflicht ist es, Ihnen zu helfen. Und ich werde nichts tun, Sire, was gegen mein Gewissen als Arzt verstößt.«

Er wandte sich an den Diener und wollte ihn beauftragen, mehr zu trinken zu holen. Am besten lauwarmes Salzwasser, um durch weiteres Erbrechen alles Gift aus dem Magen zu befördern, sofern es nicht schon ins Blut geraten war.

Doch das war nicht nötig; schon wieder beugte sich der Kaiser über die Schüssel, die Constant inzwischen gegen das randvolle Nachtgeschirr ausgetauscht hatte.

Keuchend kam der Kaiser hoch und wischte sich mit dem Handrücken über den Mund.

»Geben Sie mir mehr!«, forderte er noch einmal mit wut- und schmerzverzerrtem Gesicht.

Alexandre-Urbain Yvan blickte auf den bleichen, derangierten Kaiser, der das befahl, und in ihm stieg eine riesige Wut auf.

Dieser Mann dort hatte ohne die geringsten Skrupel Hunderttausende in den Tod geschickt.

Und er als Chirurg musste auf seinem Tisch Unzählige qualvoll verrecken sehen, die mit zerfetzten Gliedmaßen und aufgerissenen Leibern von den Schlachtfeldern zu ihm gebracht wurden und für die es keine Rettung gab.

Hätten die Preußen Napoleon gefangen genommen, würden sie ihn sofort exekutiert haben, ob mit oder ohne Kriegsgericht. Stattdessen wurde er großzügig abgefunden – und war nicht zufrieden?

Dem Leibchirurgen stand eine Szene vor Augen, die kein Jahr zurücklag. Vorigen Mai in einem Dorf nahe der Neiße wurde er ans Sterbelager von Marschall Duroc gerufen, dem eine Kanonenkugel sämtliche Organe des Unterleibs zerfetzt hatte. Ihm hatte er ein Fläschchen Laudanum hingestellt, für den Fall, dass er schnelle Erlösung wollte. Napoleon war ans Lager seines qualvoll sterbenden Freundes getreten ... und erleichtert gegangen, als Duroc ihn darum bat. Weil er den Anblick nicht ertragen konnte, den Anblick der Folgen seines Tuns.

Genauso feige wollte er sich jetzt davonstehlen, statt die bei Lichte besehen außerordentlich milden Konsequenzen auf sich zu nehmen.

»Geben Sie mir mehr!«

»Wenn Sie auf solchen Forderungen bestehen, muss ich Sie verlassen.«

Und Dr. Yvan ging. Er hätte dem Diener einige Ratschläge geben können, über Kräutersude und milde Speisen. Doch die wären ohnehin nutzlos angesichts der haarsträubenden Essgewohnheiten des Patienten, der seine Mahlzeiten nur hastig in sich hineinschlang. Nach ein paar Stunden Schlaf würde er sich von allein wieder erholen.

Als der Arzt den Raum verlassen hatte, ließ sich Napoleon auf sein Kissen sinken, murmelte etwas Abfälliges und schloss die Augen. Erleichtert sah Caulaincourt, wie er in Schlaf fiel; kein Todesschlaf. Dr. Yvan hatte recht. Fast alles Gift war heraus, die Gefahr vorbei.

Der Minister ermahnte den Kammerdiener zu strengster Verschwiegenheit und bezog Sitzwache am Bett, während Constant die Spuren des Vorfalls beseitigte und das Zimmer lüftete.

Am nächsten Morgen informierte Caulaincourt den immer noch bleichen und vor Kälte zitternden Kaiser, Graf

Orlow sei eingetroffen und warte auf die unterschriebenen Verträge.

»Er weiß nichts hiervon«, versicherte er. »Ich habe absolutes Stillschweigen befohlen.«

»Fertigen Sie sie aus. Ich unterzeichne«, wies der Kaiser müde an.

Nachdem Caulaincourt die Formalitäten mit dem Adjutanten des Zaren abgeschlossen hatte, kehrte er zurück – und traf zu seiner grenzenlosen Verblüffung einen völlig veränderten Napoleon an. In Hemd und Morgenmantel, doch geradezu euphorisch.

»Die Kaiserin hat geschrieben! Sie kommt! In drei Tagen ist sie zu einem Gespräch mit ihrem Vater befohlen, aber sie schreibt ...«

Bonaparte strahlte und wedelte mit dem Brief, forderte ihn sogar auf, Marie Louises Zeilen zu lesen: *Sobald ich mit Papa gesprochen habe, werde ich zu meinem Gatten eilen und ihn trösten.*

Caulaincourt fiel die Formulierung auf: Sie würde ihren Gatten trösten. Nicht: Sie würde ihn in die Verbannung begleiten. Doch er sagte nichts dazu.

»Sehen Sie, alles wird gut!«, jubelte Napoleon. »Das Schicksal hat nicht gewollt, dass ich sterbe. Es will, dass ich die Geschichte meiner Feldzüge schreibe.«

Das war am Morgen des 13. April.

Fürst Metternichs romantische Intrige

Mit seiner wie üblich verdrossenen Miene saß Kaiser Franz von Österreich hinter einem ausladenden Tisch im Schloss Petit Trianon und seufzte.

Er war ein müder Mann, dessen schmales, langgezogenes Gesicht viel älter wirkte, als er an Jahren zählte: sechsundvierzig. Und er lächelte ebenso selten wie der König von Preußen. Der fast nie lächelte. Es wäre ein interessanter Vergleich, welcher von beiden Herrschern sich öfter zu solcher Gefühlsregung hinreißen ließ, doch noch war niemand auf diese Idee gekommen. Vielleicht würde Sir Jackson es einmal tun, der englische Diplomat, den Henriette in Frankfurt kennengelernt hatte.

Aber wie sollte der Herrscher des Hauses Habsburg und Kaiser von Österreich auch *nicht* müde und verdrossen sein? Gerade erst zweiundzwanzigjährig hatte er die Nachfolge seines Vaters antreten müssen, und schon im nächsten Monat erklärte ihm Frankreich den Krieg. Das war 1792. Es folgten fast zwanzig Jahre voller blutiger Schlachten, in denen Österreich einen Feldzug nach dem anderen verlor. Als sich Napoleon 1804 selbst zum Kaiser der Franzosen krönte, nahm Franz den Titel des Kaisers von Österreich an, um ihm ranggleich zu bleiben, denn das römischdeutsche Kaiserreich würde binnen kurzem aufhören zu existieren.

Am bitteren Ende stand 1809 der »Friede von Schönbrunn«, einer der dreistesten Friedensschlüsse der Weltgeschichte. Napoleon hatte einfach die Liste seiner maßlosen Forderungen vorgelegt und in ganz Wien die Glocken läuten lassen, noch bevor irgendjemand auf österreichischer Seite bereit gewesen wäre, das erpresserische Dokument zu unterzeichnen. Österreich verlor beträchtliche Teile seines Territoriums, darunter den Zugang zum Mittelmeer, hatte gewaltige Zahlungen zu leisten und musste zwei Jahre später den Staatsbankrott erklären.

Wieder seufzte Franz und legte seine schlaffen Hände übereinander.

Dieses kleine Lustschloss im Park von Versailles hatte einst seiner Tante Marie Antoinette gehört. Jener, die von den Franzosen im Zuge ihrer abscheulichen Revolution aufs Schafott geschickt worden war. Sie hatte sich gern hierher zurückgezogen, wenn sie dem strengen Hofzeremoniell in Versailles entfliehen wollte.

Jetzt hatte *er* sich hierher zurückgezogen, um nicht an den Siegesfeiern in Paris teilnehmen zu müssen. Franz verabscheute das Gemetzel auf Schlachtfeldern, den Anblick von Toten und abgehackten Gliedmaßen, mit denen auch die Straßen vor Paris verschandelt sein würden.

Vor allem aber war er hier, um eine äußerst dringende Familienangelegenheit zu regeln.

Und sein Außenminister Metternich sollte ihm dabei helfen. Der stand auch schon am Fenster, wie immer aufs eleganteste gekleidet in einem smaragdgrünen Frack mit üppiger goldener Bouillonstickerei, reglos wartend und nur gelegentlich auf den Hof spähend.

Dieser brillante Kopf hatte nach der Katastrophe von 1809 Rettung bewirkt, indem er eine Hochzeit als Ausweg vorschlug, die Vermählung der jungen Erzherzogin Marie Louise mit Napoleon. Das übliche Verfahren im Hause Habsburg, wenn andere Mittel gescheitert waren, obwohl sich zunächst die Heuchler über den »Opfergang einer österreichischen Jungfrau« entsetzten.

Und Metternich hatte es voriges Jahr auf geniale Weise geschafft, Österreich diplomatisch völlig korrekt von Napoleons Seite hinüber zu den Alliierten zu manövrieren. Damit gehörte es nun zu den Siegermächten.

Doch jetzt musste er Marie Louise, das liebste Kind des Kaisers, aus der misslichen Lage befreien, in die sie durch die Abdankung und Verbannung ihres Gemahls geraten war. Deshalb hatte Franz seine Tochter herbefohlen.

Durch die hohen Fenster verkündeten die üblichen Geräusche die Ankunft einer mehrspännigen Kutsche: Hufgeklapper, das Rasseln der Räder auf dem riesigen steingepflasterten Hof, Kommandos, der markante Klang, mit dem das Treppchen ausgeklappt wurde, hastige Schritte.

Der Fürst von Metternich sah hinaus und nickte seinem betrübten Kaiser zu, ohne den Platz am Fenster zu verlassen oder mit einem Wort die herrschende Stille zu durchbrechen. Sie war da.

Erstaunlich kurz danach wurde Marie Louise ihrem Vater gemeldet. Sie musste durch die Flure gerannt sein.

Schon stürzte sie ihm entgegen, mit derangierter Frisur und vom Weinen verquollenen Augen, küsste ihm die Hand und ließ sich schluchzend an seine Brust sinken.

»Mein liebster Papa!«

»Mein liebstes Kind!«, meinte der liebste Papa gerührt.

»Wie furchtbar das alles! Und nun muss ich wohl auf diese grässliche Insel?«, wehklagte sie. »Schicken Sie mich dorthin, liebster Papa?«

Clemens Wenzel Lothar Fürst von Metternich räusperte sich diskret und trat einen Schritt vor.

Marie Louise hatte ihn bei ihrer Ankunft gar nicht bemerkt, so geradewegs und tränenblind war sie ihrem Vater in die Arme gefallen.

Galant holte der Fürst die Begrüßung der Kaisertochter nach, zog die Augenbrauen hoch und fragte mit erstaunter Miene: »Wer sagt, dass Sie das müssen, Kaiserliche Hoheit? Sie sind eine Erzherzogin von *Österreich*.«

Marie Louise blinzelte verwirrt. Es dauerte ein wenig, bis der Gedanke zu ihr durchdrang.

»Nicht?«

»Kind, ich *verbiete* dir, diesem Mann nach Elba zu folgen!«, erklärte der Kaiser streng. »Du wirst umgehend nach Wien reisen und auf Schloss Schönbrunn leben.«

»Ich muss nicht dorthin?«, wiederholte sie ungläubig. Marie Louise seufzte vor unendlicher Erleichterung. Sie musste nicht auf dieses öde Eiland. Sie durfte nach Hause!

»Die Wiener werden Ihnen zujubeln. Sie werden Sie als Heldin feiern, weil Sie ihnen Frieden verschafft haben«, versprach nun auch noch der Fürst von Metternich sehr freundlich und überzeugend. So weit war Marie Louise mit ihren Gedanken noch gar nicht gekommen.

Die Franzosen hatten ihr zuletzt zwar auch zugejubelt. Aber die meiste Zeit hatten sie sie gehasst und ihrer Vorgängerin Joséphine nachgetrauert. Der Habsburgerin fehle es an Charme, an Ausstrahlung, an Eleganz – solchen Geredes war sich Marie Louise sehr bewusst gewesen.

Auch der Fürst von Metternich seufzte nun erleichtert auf, wenigstens innerlich.

Er war der Stifter dieser Ehe gewesen, weil es damals keinen anderen Ausweg gab. Er hatte Marie Louise an Napoleon ausgeliefert. Dass die beiden plötzlich zärtliche Gefühle füreinander entwickelten, damit konnte niemand rechnen. Nicht einmal er selbst hätte das für möglich gehalten. Dabei kannte er Napoleon gut, hatte ihn viele Jahre intensiv studiert. Und er hielt ihn zwar zugegebenermaßen für einen brillanten Feldherrn, aber für einen Ignoranten in puncto Frauen.

Umso besser für Marie Louise, wenn sie sich verliebt hatte. Doch nun musste er sie dringend von der Seite des Gestürzten lösen, damit der sie nicht mit sich in den Abgrund zog. Das war er ihr schuldig. Jeden Gedanken an diesen Bonaparte musste er in ihr auslöschen.

Dafür hatte Clemens Wenzel Lothar Fürst von Metternich, der Meister der Diplomatie, der aufmerksame Beobachter und Kenner der menschlichen Psyche, vorausschauend ein spezielles Arrangement getroffen.

Er hatte den Feldmarschallleutnant Adam Albert Graf von Neipperg in nicht misszuverstehender Deutlichkeit angewiesen, sich fortan um die Sicherheit und das leibliche Wohl der Erzherzogin zu kümmern. Und nebenbei solle er tunlichst dafür sorgen, dass weder Briefe noch Boten ihres Gatten zu ihr durchdrangen.

Der Mann war mit größtem Bedacht von ihm ausgewählt: attraktiv, obwohl er im Krieg ein Auge verloren hatte, über die Maßen charmant, selbst nach Wiener Maßstäben, ein ruhmreicher Kriegsheld, lebenserfahren – und frisch verwitwet.

»Nun geh, liebstes Kind, und lass dich erst einmal herrichten nach der Reise«, schlug Kaiser Franz gutmütig vor. »Du wirst doch nicht so derangiert vor deinem neuen Oberstallmeister erscheinen wollen, den wir für dich ausgesucht haben?«

»Wer ist es?«, erkundigte sich Marie Louise neugierig.

»Du wirst schon sehen. Ruhe ein wenig, und dann putz dich heraus, mein teures Kind.«

Zufrieden sah der Kaiser von Österreich seiner Tochter nach, bis die goldverzierten Türen hinter ihr geschlossen wurden. Eines seiner seltenen Lächeln erlosch, wieder seufzte er.

Denn nun musste er mit seinem Außenminister das nächste drängende Problem besprechen.

Er sollte also diesen europäischen Kongress ausrichten.

Natürlich konnte der nur in Wien stattfinden, wo sonst? Paris kam nicht in Frage, erst recht nicht das kurz als Vorschlag in die Runde geworfene Berlin – lächerlich! Oder Petersburg, da konnten sie gleich bis Sibirien reisen! Das prächtige Wien würde beweisen, dass es immer noch *die* Metropole Europas war. Und die Habsburger eine tausendjährige Dynastie.

Vor allem: Der Gastgeber bestimmte die Regeln!

Doch was würde das kosten? Wer sollte das bezahlen? Tausend Finessen waren zu berücksichtigen: wer nicht neben wem wohnen wollte, wer nicht wessen Mätresse über den Weg laufen durfte ... Das Schwarze Kabinett galt es dringend aufzustocken. Bälle, Konzerte, Jagden, Schlittenfahrten vorzubereiten, Besichtigungstouren für jeden Geschmack, damit sich die hohen Gäste amüsierten und den allerbesten Eindruck von Wien bekamen.

Die Kosten! Der Staatsbankrott! Ohne neue Steuern würde es nicht gehen. Das würde die Wiener nicht erfreuen, ungeachtet aller Verdienstmöglichkeiten durch die vielen Besucher.

Aber Metternich würde es schon richten.

Auf die huldvolle Geste des Kaisers nahm der Außenminister Platz, schlug elegant die schön geformten Beine übereinander und begann, seine Pläne für den Kongress in Wien darzulegen. Zum Beweis seiner Brillanz nicht vom Blatt, sondern in beruhigender Lässigkeit und Eloquenz im freien Vortrag.

Die Wege trennen sich

Frankreich und Wien im April und Mai 1814

Am 20. April sollte Napoleon Fontainebleau verlassen und sich in Begleitung von vier Kommissaren der Alliierten nach Elba begeben. Die ganze Zeit, bis zur letzten Minute, hoffte und wartete er, dass Marie Louise aus dem nur achtzig Kilometer entfernten Rambouillet zu ihm kam. Vergeblich.

Sämtliche Vorhersagen und unausgesprochenen Pläne Metternichs bezüglich der Erzherzogin erfüllten sich.

Zehn Tage nach dem Gespräch mit ihrem Vater verließ sie Frankreich. In Wien wurde sie jubelnd empfangen und als Heldin gefeiert. Am 21. Mai zog sie in Schloss Schönbrunn ein, und schon im Juni ging sie mit dem galanten Grafen Neipperg in trauter Zweisamkeit auf eine Bäderreise.

Ihren kleinen Sohn ließ sie in Wien. Das Gerede und Getratsche darüber interessierte die sittenstreng erzogene Habsburgerin nicht im Geringsten.

Wieder einmal hatte der Fürst von Metternich sein Ziel erreicht.

Für Marie Louise von Österreich war Napoleon Geschichte.

Seine letzten Tage auf Fontainebleau verbrachte der gestürzte Kaiser zurückgezogen. Nur die Ankunft von Kutschen riss ihn aus seiner Betäubung. Vielleicht war es ja seine Frau? Oder kam Berthier zurück? Oder sonst jemand? Selbst Roustam hatte ihn verlassen, sein vermeintlich treuer Leibmameluck.

Die Kommissare der Verbündeten, die ihn auf seiner Reise ins Exil begleiten sollten, trafen am 17. April ein und fanden einen unrasierten, ungepflegten Napoleon in abgetragener grüner Uniform vor. Sie wählten mit ihm die Route.

Napoleon wollte so viel Strecke wie möglich an Land zurücklegen. Er fürchtete das Meer und die Seekrankheit. Merkwürdig für einen Mann, der die führende Seemacht der Welt bezwingen wollte. Aber es war ihm schließlich auch nicht gelungen, die Briten auf ihren Inseln anzugreifen.

In wehmütiger und rührseliger Stimmung verschenkte er Erinnerungsstücke an die Dienerschaft.

Doch am 20. April, dem Tag seiner Abreise, da würde er aller Welt noch einmal zeigen, wer er war: Napoleon Bonaparte, der Kaiser, der die halbe Welt erobert hatte. Da würde er ein Schauspiel geben, an das sich die *ganze* Welt erinnern sollte.

Ein letztes Mal war die Alte Garde im Schlosshof aufmarschiert.

Die gefürchteten Kämpfer mit ihren hohen Bärenfellmützen und einem goldenen Ring im Ohr als Zeichen ihrer Treue zu Napoleon standen wie immer exakt in Reih und Glied. Alle Blicke waren auf die Stelle gerichtet, wo ihr Idol erscheinen sollte. Der Feldherr, der ihnen zu Ehre und Ansehen verholfen hatte, den sie dafür liebten bis zur Selbstaufgabe.

Napoleon ließ auf sich warten. Absichtlich. Für neun Uhr, dann für halb elf Uhr hatten die Kommissare seine Abfahrt festgelegt. Seit wann ließ er sich die Zeiten befehlen?

Gegen ein Uhr mittags trat er auf die Haupttreppe zum Hof des Weißen Pferdes, von denjenigen in Galauniform begleitet, die bei ihm geblieben waren: General Bertrand, Maret, Oberst Gourgaud, auch zwei ranghohe polnische Offiziere standen inmitten der Entourage. Er drückte jedem von ihnen die Hand und wandte sich dann seinen Garden zu.

Weiter hinten, an den Gittern und Toren, drängten sich tausende Schaulustige, die sich diesen denkwürdigen Moment nicht entgehen lassen wollten.

Trommelwirbel erklangen.

Bis Napoleon vor seine Alte Garde trat. Da hätte man ein Blatt fallen hören können, so still war es.

Und noch einmal zeigte er der Welt, dass er der große Magier war, jemand, der die Menschen nur mit Worten verzaubern und für sich begeistern konnte. Er kannte die Klaviatur der Seele, wusste, welche Tasten er drücken, welche Worte er wählen musste.

Doch heute war es anders. Da war es keine Rolle, die er spielte – plötzlich steckte er mittendrin in dieser Welle höchster Emotionalität in dieser schicksalhaften Stunde, sie hatte auch ihn ergriffen und fast überwältigt. Nur mit Mühe schaffte er es, nicht selbst zu weinen, als er seinen *grognards* Lebewohl sagte.

Den meisten dieser Männer liefen Tränen über die zerfurchten Gesichter, als ihr Kaiser dem General Petit, der mit dem Adler der Garde vortrat, die Wangen küsste und die Fahne an sich presste, stellvertretend für sie alle.

»Lebt wohl, meine Kinder und alten Kameraden!«

Aufgewühlt stieg er in den Wagen und ließ die Gardisten in tiefster Bestürzung zurück.

Nur auf der ersten Wegstrecke durfte ihn die Gardekavallerie geleiten und alle Unbill von ihm fernhalten.

Unterwegs stieß die Kolonne von Reitern und Kutschen überraschend auf Marschall Augereau. Napoleon ließ halten, um ihn zu begrüßen.

Doch der für seine Derbheit berüchtigte Marschall brüllte beim Anblick seines einstigen Kaisers: »Feigling!«

Dann wütete er: »Jemand mit Ehre wäre an die Spitze einer Batterie marschiert, um sich töten zu lassen, um als Soldat zu sterben, nachdem er Millionen von Menschen seinen grausamen Zielen opferte!«

In glühendem Zorn gingen sie auseinander, Napoleon völlig überrumpelt von der Tirade.

»Wussten Sie nichts von seiner Proklamation?«, fragte der österreichische General Koller verwundert, einer der vier offiziellen alliierten »Begleiter« auf dieser Reise. »Marschall Augereau hat seine Soldaten von ihrem Eid entbunden, mit ebendieser Begründung: Sie seien zu feige, als Soldat zu sterben. Und dann ließ er sie König Ludwig die Treue schwören.«

Je weiter sie nach Süden kamen, umso bedrohlicher wurden die Ausschreitungen der Royalisten und des Pöbels – wie er es befürchtet hatte. Bei Aix sah sich Napoleon zu einer Maskerade gezwungen: Ein russischer Adjutant musste seinen Mantel umlegen und seinen Hut aufsetzen, während der Kaiser selbst Kollers österreichische Uniform und einen russischen Mantel trug.

In Fréjus sollten die Reisenden sich und das umfangreiche Gepäck Napoleons am 27. April einschiffen. Doch weigerte sich der gestürzte Imperator beleidigt, mit einer kleinen französischen Brigg überzusetzen.

»Ich habe Frankreich eine Marine gegeben und bekomme nicht einmal einen Dreimaster?«, empörte er sich. »Was für eine Schweinerei!«

So ging er am 29. April an Deck der englischen Fregatte *Undaunted* – eines mächtigen, mit Dutzenden Kanonen bestückten Kriegsschiffs der Seefahrernation, die er stets als seinen ärgsten Feind betrachtet hatte. Kapitän Ussher ließ ihm dieses Angebot unterbreiten und ihn sogar mit Kaisersalut begrüßen.

Am Mittag des 4. Mai 1814 wurde Napoleon Bonaparte sehr höflich, aber höchst dürftig auf seinem neuen Inselreich empfangen. Was die Zeitungen genüsslich bis boshaft schilderten, besonders die englischen.

Europa atmete auf.

Ungewissheit

Berlin, Brüderstraße 11, 4. Mai 1814

Ist der Krieg nun tatsächlich und endgültig vorbei?«, fragte Jette zweifelnd. Sie legte die Rechte schützend auf ihren Leib, der sich schon deutlich rundete. Das Ungeborene reagierte mit einem sanften Stoß, wie zur Begrüßung.

»Ja«, versicherte Wilhelm Trepte. Er war zum Mittagessen von der Universität nach Hause gekommen, und bei Tisch erörterten sie wie gewohnt die Neuigkeiten, die jedermann bewegten.

»Es ist Frieden geschlossen zwischen Frankreich und den

Alliierten. Die alten Grenzen gelten wieder«, beruhigte der Jurist seine Schwiegertochter. »Inzwischen sollten sämtliche Festungen übergeben worden sein, und bei ruhiger See und gutem Wind dürfte Bonaparte gerade seinen Verbannungsort erreichen. Auf dem Kongress in Paris handeln die verbündeten Monarchen nur noch Einzelheiten aus.«

»Zum Beispiel, was aus Sachsen wird? Und aus dem Zusammenschluss der deutschen Länder zu einer Nation?«, bohrte Henriette nach.

Vorsichtig nahm sie den nächsten Bissen in Augenschein. Die Wochen der Übelkeit waren zum Glück vorbei, aber ihr Appetit immer noch sehr unberechenbar.

Darüber würde auf dem großen Kongress in Wien entschieden, erklärte Wilhelm Trepte.

»Wenn die hohen Herrschaften nun allesamt in Paris versammelt sind – weshalb tun sie das nicht gleich dort?«, wunderte sich Carlotta. »Sie sind jetzt ein Jahr oder noch länger bei Wind und Wetter durch die Lande geritten. Jeder sollte froh sein, wenn er endlich nach Hause kommt und sich dort um seine Geschäfte kümmern kann, statt gleich wieder nach Wien aufbrechen zu müssen. So gemütlich ist das Reisen wahrlich nicht, nicht einmal für einen König.«

»Mir schmerzt der Rücken schon bei der Erinnerung an die letzte Fahrt mit der Postkutsche«, meinte ihr Mann und verzog das Gesicht. »Aber die ganze Welt muss neu geordnet werden. Nicht nur Europa, auch Kolonialbesitz in Übersee. Das braucht Zeit, wenn dieser Friede halten soll.«

»Klingt nach Geschacher wie auf dem Markt«, befand Carlotta spitz.

»Meine Liebe, dies ist keine diplomatische Formulierung«, erklärte ihr Mann leicht tadelnd und griff nach der Serviette, um dahinter ein Lächeln zu verbergen, das seiner Frau nicht entging. »Aber es trifft den Kern der Sache vermutlich ziemlich genau.«

Henriette hörte kaum noch zu. Längst waren all ihre Gedanken wieder zu einem einzigen zusammengeschmolzen: Wenn Friede ist, *muss* Maximilian heimkommen!

Sein letzter Brief war Mitte April eingetroffen.

An jenem Tag hatte sie zum ersten Mal ganz deutlich das Leben in ihrem Leib gespürt. Nicht nur ein sanftes Glucksen, sondern eine Bewegung, die ihren Bauch kurz ausbeulte. Ein »Da bin ich, Mama!« des Ungeborenen. Dann kam auch noch der Brief, und so hatte sie gleich zwei Gründe, in Freudentränen auszubrechen.

Doch als sie las, dass Maximilian am nächsten Tag in die Schlacht um Paris ziehen würde, stöhnte sie auf.

Die Schlacht um Paris hatte Berichten zufolge tausende Tote und Verwundete gekostet. Und sie lag nun schon fünf Wochen zurück. Wenn Max noch lebte, hätte er ihr nicht sofort nach dem Kampf geschrieben, damit sie sich nicht sorgte? Mit täglich wachsender Verzweiflung wartete sie auf diese Nachricht – vergebens.

Unruhig sah Jette zur Uhr auf dem Kamin. Bald würde der Postbote kommen, falls er einen Brief für diesen Haushalt hatte. Maximilians Eltern lasen auf ihrem Gesicht so deutlich, was sie dachte, dass Carlotta vorschlug, noch gemeinsam einen Kaffee in der Bibliothek zu trinken. Sie wussten, dass die Gesellschaft von Büchern beruhigend auf ihre Schwiegertochter wirkte.

Während sie hinübergingen, schellte die Türglocke. Jette sprang auf und lief zur Treppe.

Sie sah, wie das Dienstmädchen den Postboten verabschiedete, sich umdrehte und rief: »Ein Brief für Madame Henriette!«

Schon rannte Änni die Stufen hinauf und drückte ihr das gefaltete und gesiegelte Blatt Papier freudestrahlend in die Hand. Jeder hier wartete auf eine Nachricht vom ältesten Sohn des Hauses; auch die Dienstboten bangten mit.

Jettes Herz hämmerte vor Freude. Doch als sie die Handschrift erkannte, sank sie in sich zusammen.

»Von Madame Lindenthal aus Leipzig«, murmelte sie und wusste, dass ihre Schwiegereltern gerade die gleiche bittere Enttäuschung durchlebten wie sie.

Verstört folgte sie den beiden in die Bibliothek und las, während der Kaffee gebracht wurde.

»Die Lazarettverwaltung bedankt sich und informiert über die Verwendung der Spenden; sie haben für das Geld Lagerstroh, Decken und Medikamente besorgt«, fasste sie zusammen und reichte das Schreiben an Wilhelm Trepte weiter.

»Das solltest du Madame von Hoyer und Prinzessin Louise berichten.«

Henriette nickte und versprach, heute noch zwei Briefe aufzusetzen, während sie zu schluchzen begann.

Carlotta sah von einem zu anderen und ging leise hinaus.

Sie hatte mit ihrer eigenen Verzweiflung zu kämpfen und konnte der Schwangeren jetzt kein Trost sein.

Maximilians Vater nahm die Brille ab, legte sie beiseite und rieb sich erschöpft die Augen.

»Vielleicht kommt morgen sein nächster Brief, die Bestätigung, dass er lebt«, sagte er ruhig und fest. »Oder übermorgen. Wir haben keine Vorstellung davon, welches Durcheinander in solchen Zeiten und bei so gewaltigen Heeresmassen herrschen mag. Da kann sogar bei der preußischen Feldpost einmal etwas durcheinandergeraten. Das sind, soweit ich weiß, immerhin drei Feldpostämter mit siebenundzwanzig Sekretären, vier Briefträgern und neunundsiebzig Postillionen.«

In Wirklichkeit fiel es Wilhelm Trepte nach seinen Erfahrungen an der Universität schwer zu glauben, dass in der preußischen Bürokratie etwas verlorenging.

Doch Todesnachrichten wurden nach Möglichkeit rasch zugestellt. Die Garden hatten enorme Verluste bei der Eroberung von Paris erlitten, das wusste er von seinen Logenfreunden. Insofern war es schon fast ein gutes Zeichen, wenn vorerst *kein* Brief kam.

Nur konnte er damit Henriette unmöglich trösten.

Übergabeverhandlungen

Mainz, Erfurt, Wesel, Magdeburg und Hamburg im Mai 1814

Jn einem Punkt irrte der ansonsten gut informierte Wilhelm Trepte: Obwohl die letzten noch französisch besetzten Bastionen Anfang Mai übergeben werden sollten, schafften es einige Festungskommandanten, das beträchtlich hinauszuzögern. In Hamburg, Magdeburg, Erfurt, Mainz und Wesel hatten die Gouverneure mit drakonischer Strenge die Stellung gehalten. Statt bedingungslos zu kapitulieren, durften sie nach harten Verhandlungen in allen militärischen Ehren abmarschieren – mit klingendem Spiel, in Waffen und mancherorts sogar mit preußischen Sicherheitskordons zum Schutz vor dem Zorn der Bürger.

Am 4. Mai 1814 endete die sechzehnjährige »Franzosenzeit« von Mainz. Siebenundzwanzigtausend Mann stark war die Garnison unter General Morand und hatte trotz der extremen Ausmaße der Typhusepidemie ausgeharrt.

Seit Januar belagerten dreißigtausend Russen die wichtigste östliche französische Festung, neuntausend Preußen kamen im Februar noch hinzu. General Charles Antoine Morand schaffte es dennoch, freien Abzug für seine Truppen auszuhandeln. Am 4. Mai räumten sie Stadt und Festung, und das Fünfte Deutsche Armeekorps unter Herzog Ernst von Sachsen-Coburg-Saalfeld nahm noch am gleichen Tag beides in Besitz. Fast zwanzigtausend Menschen waren in den vergangenen Monaten in Mainz am Typhus gestorben, darunter ein Zehntel der Zivilbevölkerung.

Alexandre d'Alton ließ in Erfurt am 5. Mai auf dem Petersberg eine weiße Flagge hissen. Ein Kurier aus Paris hatte den Befehl zum Heimmarsch der Garnison überbracht. Um gar nicht erst Missverständnisse zu wecken und auch die angemessene Aufmerksamkeit zu erregen, wies d'Alton an, das Flaggensignal mit Geschützfeuer vom Petersberg und der Cyriaksburg zu begleiten.

Aufgeregt rannten die Erfurter zum Markt und vor den Dom, um zu erfahren, was los sei. Auch Constantin Beyer schloss sofort seine Buchhandlung ab und eilte der Menschenmenge nach. Schon hörte er die Jubelschreie: »Die weiße Fahne! Sie kapitulieren! Die Franzosen ziehen ab!«

Er wollte es kaum glauben, doch da wehte wirklich eine weiße Flagge. Wildfremde Menschen lagen sich in den Armen und lachten und weinten zugleich.

Auf den Mauern der Zitadelle stand die Besatzung und brüllte wieder und wieder: »Vive le Roi!«

»Ja, Schluss mit *Lampröhr*!«, kommentierte eine dicke Erfurterin gehässig die Hochrufe auf den neuen Bourbonenkönig, die das bisher übliche »Vive L'Empereur!« für Napoleon ersetzten.

»Du wirst es noch erleben, Papa! Das Ende der Franzosenzeit«, versicherte Magdalena am Krankenbett ihrem Vater, so zuversichtlich sie konnte.

Georg Adam Keyser hatte sich nicht von den Folgen der Festungshaft erholt. Seine Lebenskraft erlosch. Weder der Arzt noch die Medikamente konnten helfen. Im Bett saß der Einundsiebzigjährige gegen Kissen gelehnt, mit blau verfärbten Lippen und immer schlimmeren Anfällen von Atemnot. Sanft strich Magdalena über die eingefallenen, pergamentfarbenen Wangen ihres Vaters und richtete sich auf eine weitere schlaflose Nacht ein, um Krankenwache zu halten.

Am nächsten Tag wurden endlich das Brühler Tor und das Andreastor wieder geöffnet, die seit der Teilung der Stadt verschlossen waren. Fast hätte es dabei ein Blutbad gegeben, denn der dort eingesetzte Artillerieoffizier wollte das Feuer auf die Preußen eröffnen. Im letzten Augenblick kam der Major de Trousteau angaloppiert und brüllte aus dem Sattel, sofort das Feuer einzustellen.

Das Kommando über das Belagerungskorps führte nun der aus Wittenberg gekommene Generalmajor von Dobschütz. Er verhandelte mit d'Alton alle Einzelheiten des Abzugs, um Ausschreitungen wie am 6. Januar vorzubeugen.

Ab dem Morgen des 9. Mai durfte sich kein Franzose mehr in der Stadt blicken lassen. Schützenkorps patrouillierten.

Am 14. Mai verließen die nicht französischen Angehörigen der Grande Armée Erfurt: ein paar hundert Polen, Holländer und Rheinländer. Sie gaben ihre Waffen ab und gingen froh nach Hause.

Der Abzug der Franzosen am 16. Mai begann um drei Uhr nachts, und zu ihrem Schutz bildete preußische Infanterie entlang des Marschweges bis weit vor die Stadt ein doppeltes Spalier.

Von Dobschütz ritt d'Alton entgegen. Nach der zeremoniellen Begrüßung der beiden Generäle lenkte d'Alton sein Pferd neben das des preußischen Kommandeurs, und Seite an Seite ritten sie in allen militärischen Ehren hinaus.

Alexandre d'Alton war überaus zufrieden mit sich. Seine Garnison zählte nach den Verlusten durch das Nervenfieber zwar nur noch etwas mehr als zweitausend Mann. Doch er hatte dem vielfach überlegenen Gegner getrotzt und die Festung gehalten. Sogar sechs Kanonen und fast einhundert Gepäck- und Munitionswagen durfte er mitnehmen.

Auch der Major de Trousteau war sehr zufrieden mit diesem Triumph. Nun würde er nach Paris reiten, dem König Treue schwören und sich wieder Oudinot anschließen.

Doch dann – und bei diesem Gedanken verflog sein Stolz jäh und wich Zorn und Trauer – musste er sich darum kümmern, den Leichnam seines Sohnes nach den Beschreibungen der Demoiselle Gerlach ausfindig zu machen, ihn überführen zu lassen und dafür zu sorgen, dass der Junge ein anständiges Begräbnis bekam. Mehr konnte er nicht mehr für ihn tun.

Wie sollte er das nur Étiennes Mutter beibringen?

Nicht unter den Abmarschierenden befand sich der Lieutenant de vaisseau der Marinegarde Lucien Junot. Ihn hatte in den letzten Tagen noch das Nervenfieber erwischt.

»*Merde!*«, dachte er wütend und verzweifelt. Wenigstens würden sie seinen Leichnam nicht einfach von der Zitadelle in die Stadt hinabwerfen, wie es seit Einsetzen des Tauwetters üblich geworden war, weil es auf der Festung keinen Platz mehr für die Toten gab. Die mehreren hundert Kranken, die in Erfurt zurückblieben wie er, sollten in das Lazarett St. Severihof verlegt werden. Vielleicht genas er ja wieder. Schließlich wartete seine Juliette auf ihn mit den Kindern. Und er konnte doch nicht sterben, ohne zu wissen, ob das dritte nun ein Junge oder Mädchen geworden war.

»*Merde!*«, fluchte er noch einmal und versuchte, die Trommeln und Pfeifen zu ignorieren, zu deren Tönen die anderen im Gleichschritt nach Hause marschierten.

Was hatte er hier zu suchen, in diesem fremden Land, so weit weg vom Meer, nach dem er sich sehnte? *Merde!*

Von brennendem Durst und Fieberhitze getrieben, stemmte er sich hoch und wankte los, um einen Becher Wasser zu holen, während um ihn herum die Kranken stöhnten oder schrien.

Georg Adam Keyser, der angesehene Erfurter Universitäts-
buchhändler, erlebte den Abmarsch der Besatzer nicht mehr.
Er starb am 10. Mai 1814. Seinem Wunsch gemäß begruben
ihn seine Kinder in ihrem Garten am Fuße der Cyriaksburg.

»Er muss sich nicht mehr quälen«, versuchte Friedrich, Magdalena zu trösten.

Sie ignorierte das angebotene Taschentuch und rieb sich mit
dem Ärmel übers Gesicht, um die Tränen wegzuwischen.
Dann griff sie doch nach dem Taschentuch und putzte sich
die Nase. »Was werden wir nun tun? Du bist jetzt der Inhaber des Geschäfts«, fragte sie schniefend.

»Ich bin voller Pläne, die würden Vater gefallen«, sprudelte er
heraus. »Und ich darf das *Intelligenzblatt* wieder herausgeben! Gerade kamen der Bescheid und die ersten preußischen Bekanntmachungen. Ich werde einen Lehrling einstellen. Und wenn es gut läuft, noch einen Drucker.«

»Willst du Konstantin aus Freiberg zurückholen?«

Der war gleich nach Ende der Blockade heimgereist.

Ihr Vater hatte ihn geschickt. Offiziell, damit er von Friedrich
Gerlach sämtliche verfügbaren Sonderdrucke holte: Berichte
über die Leipziger Völkerschlacht samt Karten, alles, was sich
sonst noch auftreiben ließ. Die Erfurter hatten viel Lesestoff
nachzuholen. Aber natürlich wollte Georg Adam Keyser
auch die Versöhnung zwischen Vater und Sohn bewirken.

Doch Konstantin war nach dem traurigen Tod dieses Mädchens ohnehin nicht mehr zu halten. Er wollte dringend nach
Freiberg, um zu erfahren, was aus seiner Cousine geworden
war. Vielleicht würde er aus Maries Tod lernen, weniger
schnell zu urteilen und zu verurteilen.

»Konstantin hat bei seinem Vater vollauf zu tun. Aber sicher
wird sein Bruder bald auf Wanderschaft gehen. Vielleicht
frage ich Monsieur Gerlach, ob er uns nächstes Jahr seinen
Eduard schickt?«

»Sofern die Geschäfte gut gehen«, gab sie zu bedenken. »Es

wird wohl noch eine Weile dauern, bis die Erfurter wieder Geld für Bücher ausgeben können.«

Friedrich nickte, und damit war dieses Thema für ihn vorerst abgeschlossen.

Nun musterte er seine Schwester auf eine so merkwürdige Art, dass sie zurückstarrte und ungehalten fragte: »Was ist?« Ihm ging gerade irgendein Gedanke durch den Kopf, der ihr nicht gefallen würde. Das sah sie genau an seinem Gesicht.

»Sag's, sonst kriegst du nachher kein Essen!«, drohte sie.

Ihr Bruder grinste. »Das erschreckt mich nicht. In *Vogels Garten* wird heute sicher kräftig gefeiert. Weißt du, was mir gerade klarwird, Schwesterherz? Ich muss mich nun darum kümmern, für dich einen geeigneten Ehemann zu finden.«

»Das ist nicht deine Aufgabe!«, fauchte sie ihn an.

»Wessen sonst?«, entgegnete er verwundert.

»Ach, lass mich in Ruhe damit!« Wütend warf sie die roten Locken nach hinten und verschwand mit wehenden Röcken.

Ruhe kehrte noch lange nicht in Erfurt ein. Scharenweise marschierten Truppen durch die Stadt, immer neue und immer andere. Das Dankfest mit Glockengeläut in der ganzen Stadt am 22. Mai war kaum vorbei, als sechshundert Spanier durchzogen, die aus Magdeburg kamen und nach Hause wollten. Dann lagerte ein russischer Artillerietrain mit siebenhundert Mann und eintausend Pferden vor dem Brühler Tor. Zehntausend Russen unter Großfürst Konstantin passierten die Stadt, von Paris kommend, überwiegend Kavallerie. Sänger und Balalaikaspieler von den Donkosakenregimentern zogen vorweg und erregten großes Aufsehen. Gegen Mittag durchquerten die am weitesten gereisten Truppen aus dem Zarenreich das staunende Erfurt: Kalmücken, Kirgisen, Tataren …

Mit dem 1. Baschkirischen Regiment ritten auch Fannur und Sidyka, glücklich, wieder nach Hause zu dürfen.

Bald folgten ein russisches Husarenregiment, wolhynische Ulanen, Infanterie …

Die russische Armee auf dem Heimweg.

In all dem Trubel und den schaulustigen Menschenmengen kam ein etwa zehnjähriger, magerer und ziemlich verschmutzter Junge auf Constantin Beyer zu.

»Monsieur, ich soll Ihnen das hier übergeben.«

Vorsichtig hielt er einen Brief hoch und rückte ihn erst heraus, nachdem ihm Beyer einen Botenlohn in die Hand gedrückt hatte. Er hatte den Schriftzug mit seinem Namen sofort erkannt, und sein Herz klopfte vor Freude.

Seine Geliebte! Sie hatte einen Weg gefunden, mit ihm in Verbindung zu treten.

Nur ein paar Schritte weiter erlebte auch Magdalena Keyser etwas Unerwartetes. Kurz bevor sie ihr Haus in der Marktstraße erreichte, hörte sie von hinten jemanden ihren Namen rufen. Sie drehte sich um und erstarrte, als sie den Rufer erkannte.

»Ferdinand?«, fragte sie ungläubig und verlor jegliche Farbe im Gesicht. Sah sie einen Geist?

»Ich dachte, du seist tot!«

»Das wäre ich auch beinahe. Doch ich hatte Glück und überlebte«, erwiderte Carl Christian Ferdinand von Griesheim, Hauptmann der Königlich-Preußischen Infanterie.

»Du hättest schreiben können«, sagte sie nach einem ersten Moment der Sammlung und ignorierte, dass ein Passant sie anrempelte. »Aber du hast es wohl nicht für nötig gehalten.«

Sie verschloss ihr Gesicht, als ihr die Tragweite dieser Worte bewusst wurde, begrub alle ihre jäh aufgeflackerten Hoffnungen ein zweites Mal.

Sie hatte sich damals also nur eingebildet, er würde sie lieben. Und er hatte sie sofort vergessen, kaum dass er den Fuß aus der Stadt gesetzt hatte. Sie sollte nicht hier stehen und sich in aller Öffentlichkeit zur Närrin machen.

»Lena!«, beschwor er sie und griff sogar nach ihrem Arm, als sie sich umdrehen und gehen wollte. »Ich lag wochenlang im Lazarett, dem Tode nah. Als ich endlich zu mir kam, hatte ich viel Zeit nachzudenken. Erfurt war französisch geworden, und es bestand nicht die geringste Aussicht, dass ich dich jemals wiedersehe. Ich wollte in dir keine Hoffnungen wecken, die sich nie erfüllen konnten. Ich wollte, dass du mich vergisst und dir jemanden suchst, der dich glücklich macht.«

»Ich hätte dich vielleicht vergessen können, wenn du mir das mitgeteilt hättest!«, fauchte sie ihn an. »Ich habe um dich *getrauert*! All die Jahre! Weißt du, was du mir damit angetan hast, du ... du ...«

Ihr fehlten die Worte, und Tränen schossen ihr in die Augen.

»Lena, Liebste!«

»Nenn mich nicht so!«

»Lena, jetzt bin ich hier und werde länger bleiben. Verzeih mir, ich flehe dich an! Sicher bist du längst vermählt und Mutter ... Nein? Dann gib mir noch eine Chance! Gib uns eine Chance! Es war der Krieg, der uns auseinandergerissen hat, nicht zu schwache Liebe.«

Sie riss sich von ihm los und stapfte davon.

Reuevoll und fasziniert zugleich schaute der Hauptmann ihr nach. Aus dem bezaubernden Mädchen war eine hinreißende junge Frau geworden, und sein Herz stand erneut in Flammen. Wie hatte er damals nur glauben können, es wäre möglich, sie zu vergessen? Wie es aussah, musste er sich auf die nächste lange Belagerung einstellen. Aber er würde nicht aufgeben.

An jenem Tag, als in Erfurt Georg Adam Keyser starb, dem 10. Mai 1814, wurde die Festung Wesel übergeben. Zunächst hatte der preußische Generalmajor von Borstell mit seiner Brigade die von siebentausend Mann besetzte Stadt umschlossen, später lösten ihn Russen ab, dann eine Brigade unter dem Befehl des Prinzen von Hessen-Homburg.

Das Kommando über die Festung Wesel führte seit November Jean Raymond Charles Bourke, ein hochdekorierter, mehrfach verwundeter Generalmajor irischer Abstammung, der wie d'Alton auf Santo Domingo gewesen war und in Spanien gekämpft hatte.

Sofort nach seiner Ankunft ließ er die Stadt auf eine Belagerung vorbereiten – mit Folgen, die auf bestürzende Weise den Szenarien in Erfurt, Hamburg oder Wittenberg glichen: Tausende Bäume wurden abgeholzt, Häuser abgerissen oder niedergebrannt, gnadenlos Proviant, Geld, Vieh und Leinen requiriert. Bürger, die sich nicht verpflegen konnten, mussten die Stadt verlassen.

Als General Bourke von der Abdankung Napoleons erfuhr, lehnte er Übergabeverhandlungen strikt ab. Ohne eine persönlich an ihn gerichtete Order aus Paris käme das nicht in Frage. Doch selbst als diese Order eintraf, verzögerte er die Übergabe, um möglichst viel Pulver und Vorräte zerstören zu lassen, damit sie den Preußen nicht in die Hände fielen.

Am 6. Mai – einen Tag nach dem Abzug der Franzosen aus Erfurt – ließ er die Stadttore öffnen, am 10. Mai marschierten die letzten seiner fünftausend Soldaten und dreihundert Offiziere ab und überließen die verwüstete Stadt den Preußen.

Die zogen unter Glockengeläut in Wesel ein, an ihrer Spitze der Prinz von Hessen-Homburg.

Stadtkommandant von Wesel wurde der zum Generalmajor beförderte Karl Friedrich Steinmetz, dessen Brigade in Wartenburg und Möckern so hart und verlustreich gekämpft hatte.

Magdeburg, die einstmals stärkste preußischen Festung, war durch das Belagerungskorps des Generals von Tauentzien umschlossen, nachdem Torgau und Wittenberg kapituliert hatten. Gouverneur Generalmajor Graf Jean le Marois signalisierte zwar am 16. April Verhandlungsbereitschaft, doch er schaffte es geschickt, den Abzug seiner Truppen bis in die zweite Maihälfte hinauszuzögern.

Marois war ein auffallend gut aussehender Mann Ende dreißig. Symbol seiner eisernen Herrschaft als Stadtkommandant und Festungsgouverneur war der Galgen auf dem Alten Markt, an dem Bürger öffentlich gehenkt wurden, die holländischen Soldaten zur Flucht verholfen hatten. Die Deserteure wurden anschließend exekutiert.

Marois ließ wie d'Alton in Erfurt in der Stadt und ihrer Umgebung plündern und beschlagnahmen, was nur zu holen war, erpresste Geld von Bürgern, die er als Geiseln nahm.

Hunger, der Mangel an Feuerholz und eine Kältewelle ab Anfang Januar, die sogar die Elbe teilweise zufrieren ließ, zwangen über eintausenddreihundert Familien, Magdeburg zu verlassen.

Am 21. April einigte sich der Graf le Marois im Dorf Olvenstedt mit dem Grafen von Tauentzien über einen Waffenstillstand. Zwischen dem 16. und 23. Mai marschierten achtzehntausend Mann Garnison geordnet ab. Die viertausend Spanier, Kroaten, Italiener und Holländer unter ihnen durften in ihre Heimat zurückkehren und taten dies mit Hochrufen auf Kaiser Franz, den König von Preußen und Tauentzien. Dieser hielt am nächsten Tag Einzug in Magdeburg und wurde euphorisch gefeiert.

Bogislav Friedrich Emanuel Graf von Tauentzien hatte sein Ziel erreicht: Torgau, Wittenberg und Magdeburg genommen. Für seine Verdienste hatte er den Ehrentitel »von Wittenberg« und das Großkreuz des Eisernen Kreuzes bekommen, obwohl er nicht dabei gewesen war, als Wittenberg erobert wurde. Das hatte der General von Dobschütz am 13. und 14. Januar erstürmt.

Nun war auch Magdeburg wieder preußisch.

Blieb noch Hamburg unter dem Kommando des Eisernen Marschalls, Louis-Nicolas Davout. Der stellte deutlich unter Beweis, dass er der fähigste von Napoleons Marschällen war.

Für ihn zählte nur der Befehl, Hamburg zu halten. Dazu musste er seine Garnison verpflegen können und sämtliche Verteidigungsstellungen ausbauen. Das hatte er getan und Anfang Januar noch die Vorstadt St. Pauli abbrennen lassen. Auch Harburg und die Nachbardörfer litten schwer.

Der russische General Bennigsen belagerte Hamburg seit Monaten mit zwanzigtausend Mann und konnte es nicht einnehmen. Die erhoffte Unterstützung durch Bernadotte blieb aus. Der einstige Marschall Napoleons und jetzige Kronprinz Karl Johann von Schweden kam nicht mit seiner Nordarmee. Er schickte nicht einmal Geschütze. So prallten alle Angriffe Bennigsens an der Stärke der Verteidiger und ihren klug gewählten Stellungen ab.

Auf die Nachrichten aus Paris reagierte Davout wie Bourke: Bedingungslos zu kapitulieren, lehnte er strikt ab. Etwas anderes als ein Abzug in vollen militärischen Ehren kam auch für ihn nicht in Frage. Obgleich sein Korps inzwischen um fast zehntausend Mann reduziert war, weil der Typhus immer stärker um sich griff und die Holländer in Scharen zu den Alliierten überliefen.

Die ganze zweite Aprilhälfte über führte Davout Verhandlungen. Währenddessen war Marschall Gouvion Saint Cyr bereits aus österreichischer Kriegsgefangenschaft entlassen worden und auf dem Weg nach Paris.

Am 29. April überbrachte ein Gesandter des neu eingesetzten französischen Königs die Bestätigung für den Machtwechsel in Frankreich. Louis-Nicolas Davout, der Napoleon seinen Eid geschworen hatte, sah sich bei seiner Ehre gezwungen, von seinem Kommando zurückzutreten. Er ließ die Garnison auf den neuen König Ludwig XVIII. vereidigen und das Lilienbanner der Bourbonen hissen, übergab das Kommando an General Gerard und zog sich vom Dienst zurück.

Da Hamburg aber dank seiner entschlossenen Verteidigungsmaßnahmen nach wie vor von den Alliierten nicht einzunehmen war, verschleppte die neue französische Regierung die Übergabe der Stadt an die Russen bewusst noch einen ganzen Monat. Erst zwischen dem 28. Mai und dem 31. Mai zogen die Besatzer ab, rund dreiundzwanzigtausend Mann. Fast fünftausend blieben in den Lazaretten.

Der Bourbonenkönig dankte es dem Marschall nicht, die letzte französische Bastion auf deutschem Boden so lange und entschlossen gehalten zu haben. Er verbannte ihn vom Hof und warf ihm Verrat vor. Er habe Frankreich verhasst gemacht.

Der in Ungnade gefallene und aus dem Militärdienst entlassene einstige Marschall zog sich auf sein Schloss Savigny-sur-Orge zurück, zu seiner jungen Frau Aimée, die er über ein Jahr nicht gesehen hatte, und seinen Kindern.

Und wartete. Er kannte Napoleon viel zu gut, um zu glauben, dass dessen Ära vorbei war.

Eine Familie bangt, eine Stadt jubelt, und ein König zieht um

Berlin, 26. Juni 1814

Mitte Mai kam endlich ein Brief von Maximilian, fünf Zeilen in krakeliger Schrift: Er sei an der Hand verwundet, und sie solle sich nicht sorgen.

Henriette weinte vor Freude und Erleichterung.

Doch als danach wochenlang kein weiteres Lebenszeichen eintraf, verfiel sie erneut in Angst – und nun auch in Grauen. Sie hatte lange genug in Lazaretten gearbeitet, um zu wissen, was aus einer harmlos scheinenden Wunde werden konnte. Doch selbst wenn ihr Mann nur mit einer Hand wiederkäme, wäre sie froh und dankbar. Hauptsache, er kam wieder!

Abends weinte sie sich in den Schlaf, während sie mit den Händen über ihren Leib strich, den Regungen des Kindes nachspürte, das in ihr heranwuchs und sich schon kräftig bewegte.

Sie suchte die Frau des Obersts von Lilienström auf und bat um Rat – ohne Ergebnis, abgesehen von ein paar mitfühlenden Worten. Schließlich wusste sie sich nicht mehr anders zu helfen, nahm allen Mut zusammen und schrieb an den Stabskapitän von Wilhelmsen, ob er etwas über Maximilians Schicksal und Verbleib wisse.

Seine Antwort traf am 26. Juni ein.

Wieder saß die Familie Trepte zu Mittag und diskutierte diesmal die erstaunliche Neuigkeit, dass Blücher von der Universität Oxford zum Ehrendoktor der Philosophie ernannt worden war.

Preußens König und sein Generalfeldmarschall feierten gerade einen wahren Triumphzug in London, an dem die Berliner dank der Presse lebhaft Anteil nahmen. Prinz Georg

August, der anstelle des geisteskranken Königs Georg III. aus dem Hause Hannover Großbritannien regierte, hatte die Herrscher der anderen alliierten Mächte eingeladen, um mit ihnen den gemeinsam errungenen Sieg zu feiern.

In England wurde Friedrich Wilhelm bejubelt und mit höchsten Ehren ausgezeichnet. Mehr noch allerdings Blücher, der unbestrittene Liebling der Londoner Gesellschaft.

»Der Philosoph des Kavalleriesäbels«, spottete Carlotta. »Also wird Berlins Universität Oxford folgen und ihn bei seiner Ankunft ebenfalls zum Ehrendoktor ernennen?«

»Ihn und mehrere andere Generäle«, bestätigte ihr Mann. »Wir können ja den Briten nicht nachstehen. Und schließlich hat der König die Universität gegründet. Das zumindest macht ihn doch ein Stück weit auch zum Philosophen, oder?«

Bevor jemand auf diese rhetorische Frage antworten konnte, trat nach höflichem Klopfen Madame Bellefleur ins Esszimmer, die Haushälterin: zuverlässig in allen Belangen und wie immer in einem strengen dunkelblauen Kleid.

»Sie wünschten doch, sofort informiert zu werden ... Dies wurde eben für Madame Premierleutnant abgegeben«, sagte sie mit besorgter Miene und reichte Henriette einen Brief.

Sofort richteten sich alle Blicke auf Jette, die ihn hastig öffnete und vorlas.

Hochgeschätzte Madame Trepte,

es betrübt mich, Ihnen keine befriedigende Auskunft geben zu können. Premierleutnant Trepte ist im Kampf um Paris verwundet worden und musste hier einige Zeit im Lazarett zubringen. Eine Kugel traf ihn am Arm, die mühelos entfernt werden konnte, eine weitere in der Brust, und diese bereitete dem Regimentsarzt beträchtliche Probleme.

*Der Premierleutnant verließ Paris mit uns am 3. Juni,
jedoch im Lazaretttrain. Der Transport verschlechterte
seinen Zustand, so dass er kurz darauf in einem Privatquartier untergebracht werden musste. Womöglich ist Ihr
Gatte noch zu krank, um zu schreiben.
Madame Trepte, bitte verlieren Sie nicht die Hoffnung!
Wäre er tot, hätten Sie es sicher schon erfahren – entweder
über die Lazarettschreiber, das Regiment oder die barmherzigen Menschen, die ihn bei sich aufgenommen haben.
In wenigen Tagen wird das Regiment wieder deutschen
Boden erreichen, von dort aus werde ich weitere Nachfor-
schungen anstellen. Aber vielleicht halten Sie Ihren Gatten schon glücklich in den Armen, noch bevor meine Antwort Sie erreicht.*

*Mit dieser Hoffnung verbleibe ich
in vorzüglicher Hochachtung
H. von Wilhelmsen
Stabskapitän im 2. Preußischen Garderegiment zu Fuß*

»Ich muss ihn suchen«, platzte Jette sofort heraus.
»In zwei Monaten kommt dein Kind, du kannst unmöglich
auf so eine lange, ungewisse Reise gehen«, unterband Wilhelm Trepte strikt diese Idee. »Wo willst du ihn denn suchen?
Er könnte überall sein, in jedem Haus entlang der Marsch-
strecke. Wenn es die winzigste Chance gäbe, ihn zu finden,
einen einzigen Anhaltspunkt, würde ich selbst sofort aufbrechen. Glaubt mir!«
Das war an beide Frauen gerichtet. »Wir können nur das
Beste hoffen und warten, so schwer es auch fällt. Vielleicht
bringt der Stabskapitän noch etwas in Erfahrung. Wenn nicht,
werden wir jeden aus dem Regiment fragen, wenn die Truppen zum Geburtstag des Königs zurück nach Berlin kommen. Wir finden ihn. Ganz gewiss.«

Während sich im Hause Trepte Verzweiflung breitmachte, überschlugen sich die Zeitungen im Siegestaumel.

Berlin wartete gespannt und euphorisch auf die Rückkehr des Königs, der siegreichen Truppen und der Quadriga.

Die Depesche, dass Blüchers Truppen die Quadriga in Paris aufgespürt hatten, war wie der Blitz eingeschlagen. Und während der Heimkehr des zurückeroberten Beutestücks ereignete sich Unglaubliches.

In fünfzehn großen Kisten wurde das Kunstwerk nach Düsseldorf verschifft. Als die damit beladenen Kähne im neuen Hafen eintrafen, erfasste eine Welle patriotischer Begeisterung sogar die Rheinländer: Sie spannten sich vor die Wagen mit den Kästen und zogen sie.

Unter Glockengeläut und Kanonendonner setzte sich nun der Triumphzug der heimgekehrten Friedensgöttin quer durch Deutschland fort. Enthusiastische Zeitgenossen schmückten die Kisten mit Blumen, Gedichten und Inschriften.

Über Herford, Hannover, Braunschweig, Magdeburg, Brandenburg gelangte die überall umjubelte Wagenlenkerin samt Pferden nach Zehlendorf ins Jagdschloss Grunewald. Dort sollte der Hofkupferschmied Wilhelm Ernst Emanuel Jury das Kunstwerk, das er nach Schadows Entwürfen gefertigt hatte, restaurieren und in einigen Details verändern.

Die Zeitungen berichteten unablässig über den »Siegeswagen«, wie sie ihn getauft hatten.

Die für ihren Wortwitz berühmten Berliner erfanden einen anderen Namen dafür: die *Retourkutsche*.

Morgen, am 27. Juni, würde Friedrich Wilhelm aus England abreisen, zwei Tage später die Quadriga wieder auf das Brandenburger Tor montiert werden, doch verhüllt bleiben bis zur großen Siegesparade.

Das alles waren Ereignisse, denen der immer noch gefangene sächsische König um jeden Preis entgehen wollte.

Deshalb hatte er die preußische Hofkanzlei um Erlaubnis gebeten, mit seiner Familie und dem Hofstaat in das vor der Stadt gelegene Schloss Friedrichsfelde zu ziehen. Dafür werde er auch Mietzins entrichten. Das Schloss gehörte Herzogin Katharina von Holstein-Beck und stand seit zweieinhalb Jahren leer.

Zu seinem Erstaunen wurde die Bitte rasch genehmigt.

Sofort befahl er den Umzug für den 26. Juni – einen Tag, bevor Friedrich Wilhelm England verließ.

Friedrich August von Sachsen war zu der Überzeugung gelangt: Das Berliner Schloss ist nicht groß genug für zwei Könige. Nicht wenn der eine als übermächtiger Bezwinger Bonapartes zurückkehrt und der andere sein Gefangener ist.

Deshalb ging in jenem Flügel, in dem der sächsische König und seine Familie untergebracht waren, schon seit Tagen ein großes Packen und Räumen vonstatten.

Friedrich August wollte nicht nur dem Siegesdünkel Friedrich Wilhelms entgehen und dem Hohn der Berliner. Nein, in diesen schwierigen Zeiten brauchte er Abgeschiedenheit, um gewisse Dinge erledigen zu können.

Prinzessin Maria Augusta schmollte, während ihre Zofen hin und her huschten, dies und jenes zusammenpackten und immer wieder fragten, welche Robe Ihre Hoheit morgen zu tragen wünsche, welche Schuhe, welches Geschmeide, welchen Haarschmuck, damit dies nicht versehentlich in den Truhen verstaut werde.

Gereizt von der Unruhe und dem Durcheinander, lief sie zu ihrer Mutter und beklagte sich bitterlich. Sie habe sich inzwischen mit einigen preußischen Prinzessinnen angefreundet und wollte nicht aufs Land, wo sie niemanden kannte und auch nie jemanden kennenlernen würde!

»Glaubst du wirklich, du könntest mit einer preußischen Prinzessin *befreundet* sein?«, wies die sächsische Königin sie ungewohnt streng zurecht. »Nach allem, was die Preußen uns antun und noch mit uns vorhaben? Schlag dir das aus dem Kopf! Sie wollen dich nur aushorchen. Und *zuallererst* schlag dir diese Radziwill aus dem Kopf! Sie ist nicht mehr standesgemäß seit ihrer polnischen Mesalliance. Und es ziemt sich nicht für Frauen, sich in politische Belange einzumischen, so wie diese Person es tut!«

Die Tochter schwieg in stummem Protest und starrte wütend.

»Was genau wirst du an Berlin vermissen? Das Theater, in das wir nicht dürfen? Die Feste, zu denen wir nicht eingeladen werden?«, zählte die Königin sarkastisch auf. »Die langweiligen Besuche in Manufakturen und wissenschaftlichen Anstalten, die wir über uns ergehen lassen und dabei auch noch interessiert tun müssen? Oder gar die Spaziergänge, bei denen diese unverschämten Berliner Gassenjungen deinen gütigen Herrn Vater mit ...« – sie brachte das Wort kaum über die Lippen – »Pferdedung bewerfen?«

Angewidert rümpfte Maria Amalie Auguste von Zweibrücken-Birkenfeld-Bischweiler die Nase und atmete tief durch, um sich zu beruhigen, ehe sie weiterredete.

»Du wirst mehr Freiheiten haben als hier«, versprach sie ihrer Tochter. »Du wirst dich dort bald wie zu Hause fühlen. Wir werden wieder von Meißner Porzellan speisen und nicht von den Tellern der Preußischen Manufaktur. Dort sind riesige Gärten und Wälder. Wir werden lange Ausritte mit den edlen Pferden unternehmen, die dein Vater aus Böhmen kommen ließ. Und wir werden *Besucher* empfangen können.«

»Was für Besucher?«, erkundigte sich die Prinzessin mit jäh erwachendem Interesse.

»Verschiedene ... wichtige ... interessante Besucher «, meinte ihre Mutter vieldeutig.

Diese Aussicht gehörte auch zu den Hauptgründen, aus denen Friedrich August den Quartierwechsel erstrebte, nicht etwa die Vorliebe für das ruhige Landleben.

Schloss Friedrichsfelde mit seinen weitläufigen Parks und Gärten war deutlich besser geeignet, Besucher zu empfangen, ohne dass sofort die preußische Geheimpolizei davon erfuhr. Natürlich würden ihn ein Unteroffizier und zehn Mann preußischer Garde als »Ehrenwache« begleiten, die auf sächsische Kosten zu verpflegen waren. Aber das bedeutete schon gelockerte Bedingungen. Niemand war so dumm zu glauben, dass man ihn aus den Augen lassen würde.

Kaiser Franz hatte angeboten, seine Briefe mit der Diplomatenpost zu befördern. Selbstredend würde das Schwarze Kabinett in Wien sie dann lesen. Doch lieber Metternich als Hardenberg, der in Berlin über eine gleichartige geheime Institution verfügte.

Während die blau-gelb gekleideten Kammerdiener in den benachbarten Räumen bemüht geräuschlos Röcke, Perücken, Hemden, Stiefel und tausend andere Dinge in Kisten und Truhen verpackten, zog der König einen Brief unter seiner Weste hervor, den er seit Wochen stets bei sich trug und den ein Bote persönlich überbracht hatte. Er las ihn noch einmal, entzündete ihn dann an einer Kerze und warf ihn in den kalten Kamin. Reglos sah er zu, wie sich das Papier bräunte und zusammenrollte, schwarze Rauchfäden aufstiegen, Flammen züngelten, bis von dem brisanten Dokument nur noch Ascheflocken übrig waren.

Niemand durfte wissen, welche Nachrichten – eine schlimmer als die andere – ihm sein Pariser Gesandter Baron von Just über den General von Watzdorf hatte zukommen lassen. Die Polen des noch sächsischen Herzogtums Warschau würden intrigieren und sich unter den Schutz des Zaren stellen wollen. Damit würde Preußen in Wien *ganz* Sachsen als Entschädigung fordern, weil ihm Warschau entging.

Der Herzog von Sachsen-Weimar sei nicht bereit, sich für seinen wettinischen Verwandten zu engagieren. Es gebe Gerüchte und sogar Pläne, die Rückkehr des sächsischen Königs in sein Land zu verhindern. Und Österreich lehne es ab, sich offen für Sachsen einzusetzen.

Der neue französische König und sein Außenminister Talleyrand hatten den sächsischen Gesandten empfangen, doch nur, um Unverbindlichkeiten auszutauschen.

Hilfe für das bedrängte Königreich und seinen bedrängten König wollte niemand zusagen. Weder die Russen noch die Österreicher noch die Briten noch die Bayern noch die Württemberger.

In wenigen Wochen würden sich die Monarchen Europas und ihre Bevollmächtigten in Wien treffen – was eigentlich zwingend erforderte, dem sächsischen König umgehend die Rückkehr in sein Land zu gestatten, damit er seine Vorbereitungen treffen konnte. Doch Friedrich August hatte nicht einmal eine Einladung zu dem Kongress erhalten.

Sie wollten ihn nicht dabeihaben. Sie würden Sachsen als russische Provinz behandeln.

Sogar Frankreich als Verlierer hatte einen Vertreter am Verhandlungstisch, sämtliche Kleinstaaten, die erst nach der Leipziger Schlacht die Seiten gewechselt hatten.

Nur Sachsen nicht.

Also musste er handeln. Im Verborgenen eine Exilregierung bilden und seine Getreuen instruieren, damit sie in Wien zu retten versuchten, was noch zu retten war.

Vermisst

Alle Hoffnungen Henriettes richteten sich auf diesen Tag: den Geburtstag des preußischen Königs.

Heute marschierten die Garderegimenter in Berlin ein. Und sie würde zur Parade vor dem Stadtschloss gehen, um Maximilian zu suchen. Oder jemanden von seinem Regiment, der Auskunft über sein Schicksal geben konnte. In ihrer Verzweiflung sah sie keinen anderen Lichtschimmer, und der gestern eingetroffene jüngste Brief des Stabskapitäns bekräftigte sie darin.

Halle, 25. Juli 1814

Hochgeschätzte Madame Trepte,

für uns verliert sich nach wie vor die Spur Ihres Gatten in Frankreich. Mag sein, dass er nach Besserung seines Zustands allein aufgebrochen ist, wobei sich nicht erklärt, warum er Ihnen nicht schrieb. Doch in solchen Zeiten kann ein Brief leicht verlorengehen. Vielleicht er ist noch zu krank, um zu schreiben – oder aber schon ganz in Ihrer Nähe. Das hoffen wir alle.

Unser Regiment ist seit heute wieder auf preußischem Gebiet. Gerade sind wir in Halle höchst begeistert empfangen worden. Über Dessau und Treuenbrietzen werden wir nach Potsdam ziehen und am Geburtstag Seiner Majestät im Lustgarten vor der königlichen Familie paradieren. Vielleicht treffe ich dort auf Sie und den Premierleutnant.

In dieser Hoffnung verbleibe ich treu zu Ihren Diensten H. von Wilhelmsen Stabskapitän im 2. Preußischen Garderegiment zu Fuß

Carlotta und Wilhelm Trepte konnten ihrer Schwiegertochter nicht ausreden, zum Lustgarten am Schloss zu gehen – weder mit Verweis auf die nahende Niederkunft noch auf den zu erwartenden Menschenandrang.

Also bestanden sie darauf, sie zu begleiten, sobald Wilhelm Trepte von dem Festakt zurückgekehrt war, mit dem die Berliner Universität tatsächlich den Staatskanzler Hardenberg, den Feldmarschall Blücher sowie die Generäle Yorck, Bülow, Gneisenau, Kleist und Tauentzien zu Doktoren der Philosophie ernannt hatte.

Vom Haus in der Brüderstraße 11 waren es glücklicherweise nur zehn Minuten zu Fuß bis zum Lustgarten, am Kupfergraben entlang. Doch das Gewühl war so dicht, vor allem an der Spreebrücke, dass sie kaum vorwärtskamen. Schützend legte Henriette beide Hände über den Leib.

»Kehrt um, ich suche ihn allein!«, entschied Wilhelm Trepte. »Das Gedränge ist für Henriette und das Kind zu gefährlich.«

»Nur ich kenne die Soldaten und Offiziere des Regiments, wenigstens einige davon«, wandte Jette ein. Doch ihr Schwiegervater hatte recht. Sie würde nicht weiterkommen in diesem rücksichtslosen Schieben der schaulustigen Berliner.

»Sorge dich nicht! Falls sich hier etwas in Erfahrung bringen lässt, finde ich es heraus«, versprach Wilhelm Trepte.

Schon arbeitete er sich mit seinen für einen Gelehrten recht breiten Schultern nach vorne durch.

Enttäuscht lehnte sich Jette gegen eine Hauswand und drückte beide Hände in das jäh schmerzende Kreuz. Carlotta musterte ihre Schwiegertochter scharf.

»Ein Ziehen im Rücken bis vor in den Leib? Lang anhaltend?« Jette nickte nur und biss die Zähne zusammen. Waren das die ersten Vorzeichen der Niederkunft?

»Die Senkwehen, Kleines«, konstatierte Carlotta, und dass sie dabei nicht in helle Aufregung geriet, beruhigte Henriette beträchtlich.

»Gehen wir nach Hause.« Maximilians Mutter nahm sie am Arm und führte sie behutsam zurück zum Haus.

»Es wurde Zeit, dass sich das Kind senkt! Ich warte schon seit Tagen darauf. Du legst dich jetzt hin, und ich lasse zur Sicherheit die Wehfrau holen. Hab keine Angst! Das ist etwas ganz Normales. Jetzt dauert es vielleicht noch vier Wochen, bis das Kleine kommt. Aber wenn es sich erst gesenkt hat, kannst du wieder besser atmen und essen. Nur deine Füße wirst du nicht mehr erreichen.«

Wehmütig lächelte Carlotta bei der Erinnerung an ihre vier Schwangerschaften. Ihr einziges Mädchen war kurz nach der Geburt gestorben. Aber nun hatte sie ja eine Tochter – und bald auch ein Enkelkind, wenn alles gutging.

Da ganz Berlin auf den Beinen war, stellte es sich als schwierig heraus, die Hebamme zu finden, obwohl sie in der Nähe wohnte. Doch nachdem sie eingetroffen war und die Schwangere untersucht hatte, bestätigte sie Carlottas Vermutung: Senkwehen.

»Ruhen Sie sich aus, Madame!«, empfahl die heilkundige Witwe Wernicke, eine resolute Frau um die vierzig mit vertraueneinflößender Gelassenheit. »Das gibt sich, kann aber noch ein-, zweimal wieder vorkommen. Dem Kind geht es prächtig, und es liegt gut. Sie haben noch Zeit.«

Wilhelm Trepte war gerade zurückgekehrt und begleitete die Hebamme selbst zur Tür, statt das Madame Bellefleur oder Änni zu überlassen. Er ließ sich ausführlich berichten, bezahlte sie großzügig und klopfte dann an die Zimmertür seiner Schwiegertochter.

Henriette lag auf dem Bett, die Hände über dem gewölbten Leib. Seine Frau saß an ihrer Seite.

»Hier besteht kein Grund zu Sorge, mein Lieber. Konntest du etwas in Erfahrung bringen?«, fragte Carlotta ungeduldig.

Seufzend ließ sich Wilhelm auf einen Stuhl sinken.

»Es war unmöglich, jemanden von der Garde zu sprechen.

Gleich im Anschluss an die Parade sind die Regimenter in Reih und Glied nach Potsdam zurückmarschiert, wo die Stadt ein Fest für sie gibt. Wir suchen Sonntag weiter, bei der großen Siegesfeier. Da bleiben die Truppen den ganzen Tag.«

»Oder am 15., beim Fest für die Garden Unter den Linden«, sprach sich Carlotta selbst Mut zu. »Dann können wir von Tisch zu Tisch gehen und nach ihm fragen.«

Henriette nickte bedrückt.

Vorsichtig setzte sie sich auf. Das Kind war wirklich tiefer gerutscht, sie konnte es deutlich spüren. Auch daran, dass es ihr kräftig in die Blase trat, wodurch sie das jähe Bedürfnis verspürte, auf den Abort zu rennen – wenn sie denn noch rennen könnte. Wenigstens wird es ein starkes Kind, stark und gesund, sagte sie sich. Geb Gott, dass es nicht als Waise zur Welt kommt!

Wilhelm Trepte aber nahm sich im Stillen vor, am nächsten Tag nicht in die Universität zu gehen, sondern ein Pferd zu mieten und nach Potsdam zu reiten, um dort in den Biwaks der Garden nach seinem Sohn zu suchen. Den Frauen würde er nichts davon sagen.

Das war auch gut so. Denn als er spät am nächsten Abend heimkehrte, staubbedeckt und erschöpft, hatte er trotz aller Bemühungen nach wie vor nicht den geringsten Anhaltspunkt gefunden, dass sein Sohn noch lebte. Er hatte sich überall durchgefragt, zu den Regimentsärzten, den Krankenpflegern, zum Schluss bis zum Stab. Niemand konnte Auskunft geben.

Carlotta verlor kein Wort darüber, woher er so spät und in diesem Zustand kam. Sie kannten einander lange und innig genug. Wenn er etwas herausgefunden hätte, würde er es ihr sofort sagen. Ob gut oder schlecht.

Eklat zu Königs Geburtstag

Koblenz, 3. August 1814

Auch in Koblenz wurde der Geburtstag des preußischen Königs gefeiert. Dort gab General von Thielmann, Chef der sächsischen Armee und seit Juni Oberbefehlshaber des Dritten Deutschen Armeekorps, aus diesem Anlass ein Essen für die höheren Offiziere unter seinem Kommando.

Die Stadt war russisch besetzt, seit in der Neujahrsnacht Blüchers Korps Saint Priest dort über den Rhein gegangen war. Das bescherte Koblenz das Ende seiner Ära als Hauptstadt des französischen Departements De Rhin-et-Moselle – und ein originelles Symbol für die Zeitenwende.

Im Sommer 1812 hatte der französische Stadtkommandant vor der Basilika St. Kastor einen Gedenkstein mit einer Brunnenschale aufstellen lassen, der die Inschrift trug: *Zur Erinnerung an die Kampagne gegen die Russen.* Auf Französisch selbstverständlich. Sein russischer Nachfolger ließ den Brunnen nicht etwa demontieren oder sprengen, sondern fröhlich mit dem französischen Vermerk versehen: *Gesehen und genehmigt durch unseren russischen Stadtkommandanten von Koblenz, 1. Januar 1814.*

Doch Fröhlichkeit würde bei dem von Thielmann arrangierten Essen nicht aufkommen. Im Gegenteil, er plante einen Eklat.

Die Stimmung in der sächsischen Armee brodelte.

Unablässig schwirrten Gerüchte, Sachsen würde an Preußen fallen; es stand in Flugblättern und Zeitungen.

Vor allem aber war diese Armee zutiefst zerstritten.

Ein unüberwindlicher Graben klaffte zwischen jenen, die im Vorjahr zu den Alliierten übergetreten waren, und jenen, die stolz darauf waren, ihrem König bis zum bitteren Ende die Treue gehalten zu haben. Zwischen jenen, die ungeduldig auf die Rückkehr von Friedrich August warteten, und denen, die ihm vorwarfen, die Zukunft seines Landes verspielt zu haben. Zwischen *Royalisten*, die sich nach der alten Zeit zurücksehnten, und *Patrioten*, die Sachsens Zukunft in einem geeinten Vaterland sahen.

Doch eine zerstrittene Armee war auch eine unzuverlässige Armee. Deshalb wollte und musste Johann Adolph von Thielmann klare Fronten schaffen.

Bis vor wenigen Tagen hatte er versucht, zu vermitteln und zu überzeugen. Das war nun vorbei. Seit der Affäre Görres.

Noch einmal überprüfte Thielmann den Sitz der Uniform und der Orden, mit denen er in den letzten Monaten ausgezeichnet worden war, bevor er zu dem Festmahl hinunterging. »Wollen Sie das wirklich tun?«, mahnte sein Freund und Stabschef Ernst Ludwig Aster, Vertrauter aus Torgauer Tagen und inzwischen zum Oberst befördert. Der begabte Militäringenieur wusste nicht im Detail, was der General vorhatte. Nur dass er eine Provokation plante. Und so wie er Thielmann und dessen Husarentemperament kannte, fürchtete er um die Folgen.

Voller Sorge betrachtete er den Freund. Aster kannte das Porträt, das der berühmte Maler Anton Graff vor nicht einmal zehn Jahren von Thielmann in sächsischer Husarenuniform geschaffen hatte. Es zeigte einen stattlichen, gut aussehenden Mann voller Tatendrang und kühner Zuversicht und gab damals das lebende Vorbild genau wieder.

Doch der Mann vor ihm besaß keine Ähnlichkeit mehr mit dem auf dem Gemälde. Er war abgemagert, scheinbar über zwanzig Jahre gealtert, mit tief eingekerbten Falten und einem bitteren Zug um den Mund.

»Es ist unumgänglich nach dem Vorfall mit Görres«, erklärte Thielmann fest, während ihm sein Bursche die letzten Stäubchen vom Uniformrock bürstete. »Wir müssen zeigen, auf welcher Seite diese Armee und ihre Offiziere stehen.«

Die Affäre Görres: ein Skandal, der im ganzen Land für Aufsehen gesorgt hatte und in den Thielmann und mehrere seiner Offiziere direkt verwickelt waren.

Der angesehene Publizist Joseph Görres, Herausgeber des *Rheinischen Merkurs* und wie Thielmann leidenschaftlicher Befürworter einer geeinten deutschen Nation, hatte eine Reihe von Zeitungsbeiträgen »Sachsens Pflicht und Recht« veröffentlicht, in der er Friedrich August Schwäche, Verrat an der deutschen Sache und Verrat am Gemeinwohl seines Volkes vorwarf.

Das erboste den sächsischen Stadtkommandanten Hauptmann Anton von Dziembowski dermaßen, dass er Görres in dessen Wohnung aufsuchte, mit dem Säbel bedrohte und schließlich verhaften ließ.

Thielmann musste eingreifen und die Freilassung des ihm gut bekannten Redakteurs befehlen. Sofort verfasste er ein Rundschreiben an die Generäle seines Korps, in dem er den Vorfall missbilligte und sie scharf zur Ordnung rief.

Wer als Privatmann Dr. Görres widerlegen wolle, dem stünde die Presse offen. Doch wer dies als Staatsdiener tun wolle, der sei nochmals erinnert: Jeder Sachse ist seines Eides an den König entbunden und hat keinen anderen Souverän als die Alliierten Mächte. Wer diese nicht anerkenne, den müsse er aus der Liste der Armee streichen.

Das war eine Kriegserklärung an jene Offiziere, die sich immer noch Friedrich August verpflichtet fühlten, trotz des Überlaufens während der Leipziger Schlacht und obwohl die Alliierten diesen Eid für hinfällig erklärt hatten.

»Im besten Falle erreiche ich den Rücktritt dieses oder jenes Widersachers«, versuchte Thielmann, seinen Stabschef zu beruhigen. Doch daran glaubte Oberst Aster nicht.

Alle waren gekommen und standen hinter ihren Stühlen. Gut! Zumindest hatte es auch unter Thielmanns erklärten

Gegnern niemand gewagt, die Einladung abzulehnen, obwohl hier der Geburtstag des *preußischen* Königs gewürdigt werden sollte.

Also erhob der General von Thielmann sein Glas.

Und brachte einen Trinkspruch aus, der in dieser Runde einschlagen musste wie eine Haubitzgranate: »Auf dass bald das ganze nördliche protestantische Deutschland unter dem gerechten, weisen, kräftigen und milden Zepter Seiner Majestät des Königs Friedrich Wilhelm vereinigt werde!«

Herausfordernd sah er in die Gesichter seiner heftigsten Gegner im sächsischen Offizierskorps. Deren Mienen versteinerten. Was würden sie tun?

Sie warteten ganz offensichtlich trotz ihrer Verärgerung, dass gleich noch ein Vivat auf den sächsischen König folgte, dessen Namenstag heute war. Doch einen Trinkspruch auf Friedrich August würde er hier nicht ausbringen.

Thielmann spürte, wie sich sein Stabschef anspannte, als erwarte er ein Handgemenge. Doch jetzt hatte er keinen Blick für ihn übrig; er musste die Wortführer unter seinen Widersachern im Auge behalten.

Und sie reagierten genau in der vermuteten Reihenfolge.

Als dem Vivat auf Friedrich Wilhelm von Preußen nichts folgte, nahm der Oberst von Zezschwitz sein Glas, drehte es langsam und demonstrativ um und goss den Inhalt auf den Teller mit der Vorspeise, ohne dabei seinen Oberkommandierenden aus den Augen zu lassen. Nach kurzem Zögern tat der Hauptmann im Generalstab von Langenau das Gleiche – und nacheinander noch ein halbes Dutzend Männer.

Totenstille herrschte im Raum. Die anderen starrten fassungslos auf diese demonstrative Geste, mit den Gläsern in der Hand, oder blickten zu ihm.

Thielmann blieb äußerlich die Ruhe selbst.

»Wie ich sehe, haben Sie heute keinen Appetit. Das Essen ist beendet. Sie dürfen sich entfernen«, erklärte er kühl.

Der Riss quer durch das Offizierskorps war längst nicht mehr zu kitten. Nun war der Bruch unwiderruflich.

Die jähe Auflösung der Runde wurde kurz aufgehalten, als ein verstörter Artillerieleutnant kam und bat, dem Chef der Artillerie, Oberstleutnant Raabe, Meldung erstatten zu dürfen. Bei den Salutschüssen für den preußischen König sei ein Unfall geschehen, ein Kanonier habe den Arm eingebüßt.

»Ein schlechtes Omen!«, kommentierte für alle hörbar der Hauptmann von Langenau, bevor er, Zezschwitz und ihre Gesinnungsgenossen gemeinsam hinausgingen.

Thielmann fluchte still vor sich hin und beauftragte Raabe, sich um den Zwischenfall zu kümmern und dann Bericht zu erstatten. Den Verletzten im Lazarett aufzusuchen hatte keinen Sinn; er war ohnmächtig und sein Armstumpf versorgt.

So stand er jetzt im Raum mit denjenigen, auf die er sich noch verlassen konnte und die ihn nun bestürzt ansahen.

»War das klug?«, fragte mit gerunzelter Stirn der zum Generalmajor beförderte Friedrich August Wilhelm von Brause. Vor einem Jahr hatte er das Kriegsgerichtsverfahren gegen den ersten mit seinem Regiment übergelaufenen Offizier geleitet. Doch nur Wochen später führte er selbst als Kommandeur der 1. Sächsischen Infanteriebrigade seine Männer über die Frontlinie, um ihr Leben zu retten.

»War das *nötig*?«, mahnte Kavalleriechef Oberst von Leysser.

»Wenn wir nicht beweisen, dass wir zuverlässig auf der Seite der Alliierten kämpfen, wird Sachsen untergehen und als Kriegsbeute aufgeteilt!«, rief Thielmann zornig.

»Es herrscht zu viel Unruhe. Nicht nur im Offizierskorps, auch unter den Mannschaften«, wandte Oberst von Lindenau ein, der die leichte Kavallerie führte. »Der Krieg ist vorbei, der Kongress in Wien noch nicht eröffnet, und von allen Seiten hagelt es Proklamationen, Aufrufe und Mutmaßungen über die Zukunft Sachsens.«

»Die Mannschaften wollen nicht preußisch werden«, erklärte der dünne General von Brause. »Sie halten weiter dem König die Treue und sind aufgebracht, weil er immer noch gefangen ist. Nun darf sogar in den Kirchen sein Name beim Fürbittgebet nicht mehr genannt werden, auf Befehl der Alliierten! Wissen Sie, wie viel Aufruhr dieses Verbot schafft? Es kursieren Gerüchte, der König solle entthront werden. In Dresden gibt es Kundgebungen für seine Wiedereinsetzung!«

»Und die Männer wissen genau, wie schlimm es zu Hause steht«, ergänzte Oberst von Lindenau. »Unser ausgeblutetes Land muss nicht nur die russischen Besatzungstruppen verpflegen und bekleiden, sondern seinerzeit auch die Belagerungskorps um Dresden, Torgau und Wittenberg. Jetzt werden sämtliche russischen Korps durch Sachsen geführt, die auf dem Weg in ihre Heimat sind. Es gibt neue Steuern, die Ernte ist verloren, und trotz aller Versprechungen kommt keine Hilfe für die Lazarette. Allein in Meißen laufen fünfhundert Kriegswaisen bettelnd durch die Straßen.«

Er fuhr sich mit den Fingern unter den hohen, kratzenden Kragen und sagte voller Bitterkeit: »Aus Frankreich werden die alliierten Truppen abgezogen, aus Sachsen nicht. Wir werden schlechter behandelt als der Feind.«

»Ja, wir gelten immer noch als Fremdling in der deutschen Familie. Als gehörten wir nicht dazu. Sogar jetzt sind wir schlecht untergebracht und versorgt. Also müssen wir beweisen, dass wir dazugehören!«, appellierte Thielmann.

»Wegen dieser desolaten Lage daheim hatte ich mich dafür eingesetzt, dass unsere Armee vorerst am Rhein bleibt. Sachsen kann nicht noch ein Heer zusätzlich ernähren. Fürst Repnin will auf meine Bitte veranlassen, dass Zuschüsse für die sächsische Kriegskasse gezahlt werden. Sie alle haben sich an meiner Sammelaktion zugunsten unseres Landes beteiligt, so dass wir fast zweitausend Taler in die Heimat schicken konnten. Dafür bin ich Ihnen sehr dankbar.«

Er sah durchdringend von einem zum anderen.

»Doch Ihnen ist klar, dass wir diese Armee nicht nach Hause schicken können, solange ihre Loyalität nicht sicher ist?«

Landwehr und Freiwillige waren schon in die Heimat entlassen. Mit ihnen zusammen wären es dreißigtausend Mann unter Waffen – die vielleicht diese Waffen erheben würden, wenn ihr gefangener König sie dazu aufforderte?

Es käme zum Bürgerkrieg.

»Schade um das Essen. Lassen Sie es ins Lazarett bringen und an die Kranken und Verwundeten verteilen«, wies der General an und ging in sein Quartier.

Johann Adolph von Thielmann war zutiefst verbittert.

Der unglückliche Entschluss des Zaren, ausgerechnet ihm das Kommando über die sächsische Armee zu geben, trieb nun die hässlichsten Blüten. Das bekam sogar seine Frau in Dresden zu spüren. Das Wort vom »Verräter Thielmann« machte dort erneut die Runde. Gestern erst hatte er ihr einen Brief geschrieben, hatte versucht, sie zu trösten: *Lass Dir wegen des Hasses gegen mich keine grauen Haare wachsen. Mein Gewissen macht mir keine Vorwürfe …*

Die Stimmung gärte im Land – so wie seine Offiziere es schilderten. Der General kannte den verzweifelten Brief, den Moritz von Schönberg, der als Präsident der Kriegsverwaltungskammer zuständig für die Verpflegung der Heere war, an seinen Freund Miltitz geschrieben hatte:

Wir werden immer noch als Fremdlinge in der großen deutschen Familie behandelt.

Dieser Satz traf ihn ins Herz. Und er stimmte. Deshalb hatte er ihn eben zitiert, deshalb wollte er unbedingt, dass sich Sachsen durch Taten rehabilitierte.

Mit Feuereifer war er nach seiner Ernennung darangegangen, quasi aus dem Nichts wieder eine sächsische Armee aufzubauen. Es fehlte an allem: Uniformen, Waffen, Ausrüstung.

Die Infanterie musste im Winter in dünnen Leinenhosen ausrücken. Im Frühjahr konnten fast zehntausend Mann nicht mit ins Feld ziehen, weil sie trotz all seiner Bemühungen keine Gewehre bekamen. Das neue sächsische Kürassierregiment trug französische Kürasse, glänzend und mit rotem Seidenfutter, aus· Beständen einer erbeuteten Trainkolonne. Wenigstens hatten sie gute Pferde: ihre eigenen, die Colomb in Schleusingen erbeutet hatte und nun zähneknirschend auf Befehl Steins den Sachsen zurückgeben musste.

Thielmann hatte darauf gedrängt, seine Armee trotzdem schnell gegen den Feind zu führen. Doch im Gefecht bei Courtray Ende März musste er sich gegen eine Übermacht zurückziehen. Die Kavallerie, vor allem seine kühnen Husaren, hatten sich wieder einmal von der besten Seite gezeigt, aber die unerfahrenen Landwehreinheiten verpatzten den Rückzug, was unnötige Opfer kostete.

Alle Sorgfalt und Mittel wurden in das Freiwilligenkorps gesteckt, das Banner der Freiwilligen Sachsen. Welches so schöne Uniformen bekam, dass der Zar es als Garden anforderte. Zum Kampfeinsatz kam diese Truppe nicht. Doch zweiundsechzig Mann ertranken, als sie im April bei Miltenberg den Main überquerten und eine Fähre kenterte.

Johann Adolph von Thielmann war von ganzem Herzen Sachse. Aber er sah dort keine Zukunft mehr für sich.

Die Royalisten würden weiter Unruhe stiften. Und *er* war der am wenigsten Geeignete, um den Riss zu kitten, der durch das Land und seine Armee ging.

Es wäre für alle besser, wenn er in die preußische Armee wechselte. Dort würde man ihn als erfahrenen Reiterführer willkommen heißen und nicht als Verräter schmähen.

Wenig später stand Ernst Ludwig Aster auf der Festung Ehrenbreitstein, blickte über den Rhein nach Koblenz und ließ in Gedanken das gesamte Befestigungssystem erstehen, das er gerade in einer Denkschrift entwarf, um den Fluss als Grenze gegen Frankreich zu sichern.

Doch nach dem verstörenden Vorfall eben überkam ihn das irritierende Gefühl, den Feind nicht vor sich im Westen zu haben, sondern im Rücken. Die feinen Härchen in seinem Nacken richteten sich auf. Blut würde fließen.

Im Schloss Friedrichsfelde erfuhr der gefangene sächsische König natürlich umgehend von dem Zwischenfall. Sofort schrieb er seinem Bruder Maximilian in Prag, er solle die sächsischen Soldaten auffordern, dass sich jeder *einzeln und schriftlich* für die Wiedereinsetzung seines Königs auszusprechen und seinen Treueid an ihn zu erneuern habe.

Friedrich August von Sachsen war sich darüber im Klaren, dass er mit dieser Forderung angesichts der unversöhnlichen Haltung der Alliierten Öl in ein Feuer gießen würde, das nur noch mit Blut zu löschen war. Doch für alles Unheil, das daraus erwachsen mochte, hatte er nun den passenden Sündenbock: Thielmann.

Victoria

Berlin, 7. August 1814

Vor Jahr und Tag war König Friedrich Wilhelm III. ausgezogen gegen einen übermächtigen Feind, weil er sich keinen anderen Ausweg mehr wusste.

Er tat es ohne Hoffnung, ohne große Armee, ohne Geld.

Ohne die Frau an seiner Seite, die ihn stets ermutigt hatte.

Nur mit den Russen als Verbündeten. Er hatte sogar sein Volk um Hilfe gebeten für den bevorstehenden Kampf.

Die ersten Monate des Feldzuges wurden zum Desaster.

Den Sieg bei Leipzig konnte Friedrich Wilhelm kaum fassen. Als er vom größten Schlachtfeld der Menschheitsgeschichte in seine Hauptstadt zurückkehrte und in der Domkirche vor dem Altar kniete, tat er das in tiefster Dankbarkeit und Demut.

Dann zog er wieder in den Krieg, bis nach Paris. Das Unmögliche gelang, und diesmal genoss er den Triumph in vollen Zügen.

Er genoss auch die folgenden zwei Monate an der Seine, bestand unnachgiebig auf seinen Forderungen beim Pariser Friedenskongress und dem noch ausstehenden in Wien.

Zeigte sich großzügig, wie es einem König zusteht, indem er Blücher und Hardenberg in den Fürstenstand erhob, Gneisenau, Yorck, Kleist und Bülow zu Grafen ernannte. Ignorierte den Freiherrn vom und zum Stein und den für den Sieg gestorbenen Scharnhorst, wie es Könige tun, wenn ihnen jemand unbequem wurde.

Er ließ sich durch Alexander von Humboldt zu den Pariser Sehenswürdigkeiten und Kunstsammlungen führen und setzte mit dem Zaren nach England über, um von den Bundesgenossen gefeiert zu werden.

Als Friedrich Wilhelm III. aufs Festland zurückkehrte, hatte er sich verändert.

Das fiel schon Constantin Beyer auf, als der preußische König am 1. August Erfurt symbolisch wieder in Besitz nahm.

Aus dem wortkargen, grüblerischen Zauderer, dessen freudlose Miene nachsichtig und mitfühlend seiner Trauer um Luise zugerechnet wurde, war ein selbstsicherer Sieger geworden.

Ganz Berlin schien aus dem Häuschen an diesem schwülen, wolkenverhangenen Sonntag. Niemand, der auf sich hielt, wollte sich entgehen lassen, wie der König an der Spitze seiner siegreichen Armee in die Stadt einzog und die Quadriga auf dem Brandenburger Tor enthüllt wurde.

So waren schon vom Morgen an die Straßen voller festlich gekleideter Menschen, die flanierten und debattierten, die Kokarden in den Farben Preußens an Hüten oder Fräcken trugen und Blumensträuße oder Eichenlaubkränze, um sie den ruhmreichen Soldaten zu schenken.

Die sonst je nach Wetter staubige oder schlammige Straße Unter den Linden war vom Schloss bis zum Brandenburger Tor in eine prachtvolle Siegesallee verwandelt worden, mit Fahnen und riesigen Kandelabern in gleichmäßigen Abständen, dazwischen Gebinde aus Tannenzweigen.

Auch die Häuser trugen Festschmuck: Girlanden und Birkenreisig, Bänder und Schleifen, an die Gedichte und Segenssprüche geheftet waren.

Noch war die Quadriga verhüllt.

Eine riesige Menge hatte sich vor dem Tor versammelt und starrte wie gebannt zwischen den Säulen hindurch, ob der König nahte. Oder hinauf, ob sich vielleicht ein Zipfel von der Plane löste und schon etwas den neugierigen Blicken preisgab.

Hinter dem Brandenburger Tor waren in einem großen Halbkreis zehn Säulen mit Siegesgöttinnen errichtet worden, mit Adlern und den Namen von sechzehn Schlachten.

Aus Charlottenburg kommend, ritt der König in diesem Halbkreis an die Spitze seiner Truppen und gab das lang erwartete Zeichen. Die Hülle fiel.

Da war sie wieder, die Wagenlenkerin!

Auch sie deutlich verändert. Aus dem römischen Adler war ein preußischer geworden, anstelle des Lorbeerkranzes trug sie nun einen aus Eichenlaub und darin ein großes Eisernes Kreuz. Den Orden, den Friedrich Wilhelm aus Anlass dieses Krieges und zum Gedenken an Luise gestiftet hatte.

Die Massen schrien vor Begeisterung, Damen fielen vor patriotischer Ergriffenheit in Ohnmacht, Herren warfen die Hüte in die Höhe.

Und ein stämmiger Bierkutscher brummte: »Hat in Paris die Unschuld verloren, det Mädel. Aus der Friedensgöttin is 'ne Siegesgöttin jeworden, aus der Irene 'ne Victoria.«

Doch solchen tiefschürfenden Betrachtungen gab sich sonst niemand hin. Denn nun ritten der König, seine beiden ältesten Söhne sowie Blücher, Bülow und Tauentzien durch das Tor, und der Jubel kannte keine Grenzen.

Henriette erlebte das Spektakel am Fenster eines Hauses ganz nah am Brandenburger Tor.

Wilhelm Trepte hatte bewirkt, dass einer seiner Logenfreunde Carlotta und die hochschwangere Jette zu sich einlud, damit sie das denkwürdige Ereignis sicher aus dem ersten Stock verfolgen konnten. Alle Fenster waren von der Familie des Gastgebers und ihren Freunden umlagert, die auf den König, den Sieg und die Rückkehr des Viergespanns anstießen und dann in den Jubel einfielen. Kleine Kinder wurden auf den Arm gehoben, damit sie es sahen, die größeren rannten durch die Räume und hieben mit Holzschwertern aufeinander ein.

Henriette hatte kaum einen Blick für den König und die ihm folgenden Prinzen und Generäle. Sie wartete auf den Vorbeimarsch der Garderegimenter. Carlotta stand neben ihr, drückte ihre Hand und starrte suchend in die gleiche Richtung. Sie hatte sogar ihre Brille aufgesetzt, was sie sonst nie in der Öffentlichkeit tat.

Jäh musste Henriette an die Siegesparade in Leipzig denken. Zerlumpt, blutend, zu Tode erschöpft und abgemagert waren die Soldaten da gewesen, auf den Straßen lagen Tote, Verwundete, Pferde; alles war voller Blut.

Aber in Berlin hatte auch keine mörderische Schlacht stattgefunden. Sollten die Berliner jubeln darüber.

Als die Garden vorbei waren, sank Jette mit schmerzendem Kreuz auf einen Stuhl; aus dem Sessel würde sie kaum wieder hochkommen. Die Gastgeberin, eine winzige Dame mit grauen Löckchen und Lorgnon, kam besorgt zu ihr, fragte nach ihren Wünschen und ließ eine Tasse Tee bringen.

»Wir gehen mit den Truppen zum Te Deum im Lustgarten. Dort ist extra dafür ein Altar errichtet worden«, plauderte sie. »Wie fühlen Sie sich, Madame Premierleutnant? Möchten Sie uns begleiten oder lieber hier ausruhen? Sie können gern bleiben, solang es Ihnen beliebt. Machen Sie es sich auf der Récamiere bequem.«

Artig bedankte sich Jette. »Es wird sicher sehr feierlich. Aber ich glaube, ich muss noch ein paar Minuten sitzen.«

Die grauhaarige Dame lächelte verständnisvoll.

»Ihr erstes Kind, nicht wahr? Ich habe sieben zur Welt gebracht. Drei überlebten. Aber in den letzten Wochen vor der Niederkunft wird einem jeder Tag zu viel.«

Ihr Mann aus Humboldts diplomatischem Stab rief zum Aufbruch. Wilhelm Trepte dankte dem Paar für die Gastfreundschaft. »Wir kommen nach, sobald es geht. Aber wir werden unterwegs sicher Madame Hoyer in der Charlottenstraße einen kurzen Besuch abstatten.«

Dort konnte Henriette noch einmal etwas ausruhen.

Auch im Haus der Hoyers hatten sich viele Freunde der Familie versammelt. Um Henriette zu schonen, waren die Treptes ein paar Umwege über Seitenstraßen gelaufen, wo weniger Gedränge herrschte. Doch nach ein paar hundert Metern hatte sie schon wieder das Gefühl, der Rücken würde ihr durchbrechen und die Blase überlaufen.

Madame von Hoyer empfing sie überaus herzlich.

Ihre Töchter seien den Paradierenden gefolgt, um die Helden zu feiern, berichtete die Salonnière aufgeregt.

»Wie geht es Ihnen, meine Liebe? Haben Sie wieder einmal etwas geschrieben?« Sie musste fast schreien, um das Getöse auf den Straßen zu übertönen.

»Nur ein paar Versuche«, gestand Henriette. Doch die konnte

sie niemandem zeigen. Sie waren zu düster, ihren Angstträumen entsprungen.

»Bleib sitzen, bis du dich kräftig genug fühlst, um weiterzugehen«, beruhigte Carlotta ihre Schwiegertochter, als die aufstehen wollte. »Die Garden werden noch lange im Lustgarten feiern. Wir finden ihn, wenn er da ist.«

So verpassten die Treptes das Te Deum im Lustgarten mit Glockengeläut und Kanonendonner.

Noch in hundert Jahren würden der Einzug des Königs durch das Brandenburger Tor und die Enthüllung der Quadriga beschrieben und auf unzähligen Gemälden verewigt werden.

Doch für einen aufmerksamen Beobachter wäre eine andere Szene bemerkenswerter gewesen: als Friedrich Wilhelm von Preußen die regenbogenfarbenen Stufen zum Siegesaltar emporstieg, bis in mehr als zwanzig Meter Höhe, und von dort auf sein Volk blickte, das vor ihm niederkniete.

Transformation. Mit jedem Schritt nach oben veränderte sich sein innerstes Wesen, streifte er einen Teil seiner früheren Persönlichkeit ab wie eine alte Haut.

Selbst die Naturgewalten schienen mit ihm zu sein. Eben hatte es noch ein wenig geregnet, jetzt schob sich die Sonne durch die Wolken und beleuchtete die Szene.

Als sich das Volk mit ihm wieder erhob, da jubelte es einem Herrscher zu, der nichts mehr von dem verzweifelten Zauderer hatte, der vor anderthalb Jahren ausgezogen war, um gegen einen unbezwingbar scheinenden Feind anzutreten, und deshalb seine Untertanen um Hilfe anflehte.

Die Friedensgöttin hatte ihre Unschuld verloren.

Und der König würde seine Versprechen nicht halten.

Die Treptes hörten das Glockengeläut und den Kanonendonner auf dem Weg. Gerade gingen sie an zwei riesigen Siegessäulen mit erbeuteten Waffen und Fahnen vorbei, die an der Schlossbrücke errichtet worden waren.

Im Lustgarten standen oder liefen Soldaten und Zivilisten zu Tausenden durcheinander, umarmten sich, plauderten, lachten.

Geschäftstüchtige Krämerinnen verkauften aus Bauchläden Roggenbrötchen mit Schmalz oder Würstchen, ein Schlückchen Branntwein für die Herren zu Ehren des Königs oder ein Duftwasser für die Damen zur Erfrischung.

Viele Berlinerinnen hatten Körbe voll Kuchen, Pasteten oder anderer Leckereien mitgebracht, um sie an die heimgekehrten Kämpfer zu verteilen. Aus Fässern wurde Bier ausgeschenkt, von Marketenderwagen Branntwein.

Henriette, der in der Schwüle der Schweiß in Strömen rann, obwohl sie nur ein leichtes Sommerkleid und einen Strohhut trug, sah genau hin. Doch es war nicht Josefine Kapernick mit ihrem fuchsroten Haar. Trotzdem ging sie hin und fragte.

»Die Kapernick? Die is nich hier. Der ihr Mann is in Paris jefallen. Det heeßt, erst amputiert und denn vablutet. Det hat sie selbst umjehauen. Ick weeß nicht mal, ob sie's bis Berlin jeschafft hat«, gab die Frau voller Bedauern Auskunft.

Bedrückt und hilflos schaute sich Henriette weiter um, zog ein Tuch aus dem Mieder und wischte sich den Schweiß ab. Die Haarsträhnen, die Änni ihr am Morgen noch sorgfältig gelockt hatte, klebten jetzt im Nacken.

Schon wurden erste Lichter entzündet, um den Platz festlich zu beleuchten.

Hübsche Mädchen kokettierten mit Männern in Uniform.

Familien umringten wiedergefundene Angehörige oder Freunde, stolz und überglücklich.

Mit einem Stich im Herzen sah Henriette eine junge Frau, die einem Mann jubelnd und weinend um den Hals fiel.

Doch sie sah auch Frauen wie sie, die suchend von einer Gruppe Soldaten zur anderen gingen.

Wilhelm Trepte begann, sich beharrlich nach den Garden

durchzufragen. Carlotta und Henriette folgten ihm und hatten Mühe, sich in dem Gedränge nicht zu verlieren.

Da stand jemand in der Uniform des 1. Garderegiments. Aufgeregt machte Jette ihren Schwiegervater darauf aufmerksam und hielt schon auf den Sergeanten zu.

»Verzeihung, Sergeant, haben Sie meinen Mann gesehen? Premierleutnant Trepte, 2. Garderegi...«

Der Gefragte deutete mit einer Hähnchenkeule in der Hand Richtung Schloss und kaute weiter.

Jette lief zu jedem, der ihr vielleicht Auskunft geben konnte. Zugleich hielt sie Ausschau nach Maximilians vertrautem Gesicht. Dort! Jemand in seiner Uniform, von seiner Statur! Ihr Herz machte einen Satz. Sie drängte sich zu ihm durch, doch als er sich umdrehte – ein Fremder.

»Ich suche Premierleutnant Trepte ...«

»Ich suche ... 2. Garderegiment ...«

»Ich suche ... in Paris verwundet ...«

Zwei Stunden war sie nun schon zwischen den Feiernden hindurchgegangen, die Hände abwechselnd um den Leib geschlungen oder in den schmerzenden Rücken gestemmt. Aber niemand konnte ihr helfen, niemand hatte Maximilian gesehen. Sie fragte jeden Gardesoldaten, den sie sah, dann die Offiziere, und erntete nur Schulterzucken, freundlich bedauernde, mitleidige Blicke.

Mit der Zeit entdeckte sie zwischen den fröhlich Feiernden mehr Frauen wie sie, die verzweifelt fragten: »Haben Sie meinen Mann gesehen?«, Regiment und Namen nannten.

Eine sah sie nun schon zum dritten Mal an sich vorbeigehen, eine junge blonde Frau mit tränenverquollenen Augen. Sie erkannten einander, Schwestern in der Not.

Eine andere hielt ein Kind an der Hand und trug eines auf dem Arm, aber auch sie suchte bislang erfolglos.

Verschwitzt, ausgedörrt, körperlich und seelisch erschöpft, begann Henriette zu halluzinieren.

Anstelle der Frau, die ihr Kornblumen aus gewachstem Papier feilbot, sah sie auf einmal die Leipziger Hökerin mit dem Kästchen voller Zähne, die sie den Toten auf dem Schlachtfeld ausgeschlagen hatte.

Schreiend wich Jette zurück und rieb sich die Augen, bis das Schreckensbild verschwand.

»Wir gehen! Du bist kreidebleich, komm nach Hause«, entschied Wilhelm Trepte, der sie aufgefangen hatte.

Carlotta folgte nur ungern. Aber sie sah selbst, Henriette musste jetzt dringend ruhen, bevor ein Unheil geschah.

Noch ein Unheil, abgesehen davon, dass zwei ihrer Söhne gefallen waren und der dritte vermisst wurde, ohne jede Spur.

»Wir suchen morgen weiter. Ich werde alle meine Verbindungen nutzen«, versprach Maximilians Vater. »Aber in diesem Gewühl können wir ihn nicht finden, seht es ein! Er könnte nur einhundert Schritt von uns entfernt stehen, und wir würden ihn nicht entdecken.«

Und wenn Maximilian inzwischen zu Hause war? Dieser Gedanke überfiel Jette ganz plötzlich, die einzige Hoffnung, an die sie sich noch klammern konnte.

Im Geist sah sie das Bild ganz klar. Sie hätte gar nicht hierherkommen sollen! Mit einer Verletzung, wie sie der Stabskapitän beschrieb, konnte Maximilian nicht an einer Parade teilnehmen. Nicht einmal am Geburtstag seines Königs.

Zu dritt bahnten sie sich den Weg aus der fröhlichen Menschenansammlung heraus und gingen Richtung Brüderstraße. Als sie über die Sperlingsgasse dorthin einbogen, sahen sie zu ihrem Erstaunen Änni suchend aus dem Fenster blicken. Das Dienstmädchen winkte heftig und verschwand. Augenblicke später kam ihnen Änni ganz aufgeregt aus der Haustür entgegengerannt.

»Der Premierleutnant ist zurück! Der junge Herr ist wieder da!«, jubelte sie.

Die kleine Gruppe verharrte ungläubig mitten im Gehen.

»Er ist zurück, seit einer Stunde! Madame Bellefleur kümmert sich um ihn, Frau Meier gibt ihm Essen, Paul hat ihn rasiert. Und ich wollte es Ihnen sofort erzählen!«

Sie holte Luft, und der freudige Ausdruck auf ihrem Gesicht wich Kummer. »Es geht ihm nicht gut.«

Endlich erfasste Henriette das Unglaubliche und lief los, so schnell sie konnte mit dem Ungeborenen unterm Herzen.

Odyssee

Berlin, Brüderstraße 11, 7. August 1814

Carlotta raffte die Röcke und rannte als Erste die Treppe hoch. Sie zerrte sich den Hut vom Kopf und warf ihn achtlos auf einen Stuhl, lief in den Salon und stieß einen Freudenschrei aus, als sie ihren Sohn sah. Der erhob sich mühsam aus dem Sessel; abgemagert bis auf die Knochen, totenbleich und nur unter Qualen atmend.

Seine Mutter erschrak und hielt inne. Sie unterdrückte den Impuls, auf ihn zuzustürzen und ihn zu umarmen, um nicht an eine schmerzende Wunde zu stoßen. Vorsichtig trat sie zu ihm, nahm sein Gesicht zärtlich in die Hände und begann zu weinen.

Maximilian umarmte seine Mutter sacht und küsste ihre Wange. Dann wandte er sich seinem Vater zu, der nicht wagte, ihm auf den Rücken zu klopfen, wie es Männer gern bei freudigen Wiedersehen taten. Also legte er ihm die Hände auf die Schultern.

Wilhelm Treptes Brillengläser beschlugen, seine sonst sonore Dozentenstimme vibrierte, als er sagte: »Wir haben schon fast alle Hoffnung aufgegeben.«

Das hätte er noch vor fünf Minuten nie eingestanden.

»Nun begrüße endlich deine junge Frau!« Der Vater trat beiseite, um den Blick auf Henriette freizugeben.

Die war mit ihrem schweren Gang als Letzte die Treppe hochgekommen und lehnte am Türrahmen, erschöpft und atemlos. Sie weinte vor Glück und Schrecken. Denn an vielen Einzelheiten erkannte sie, wie schlecht es Maximilian ging.

Der Zurückgekehrte sah sie – und ungläubiges Staunen zog über sein Gesicht angesichts ihres hochschwangeren Leibes. Niemand von der Dienerschaft hatte darüber ein Wort verraten, um das der werdenden Mutter zu überlassen.

Sein Antlitz leuchtete vor Freude. Er ging mit unsicheren Schritten auf sie zu, streckte ihr beide Hände entgegen und zog sie zu sich.

»Ich habe nur noch für diesen Augenblick gelebt ... dich wiederzusehen«, sagte er leise. »Nun stehst du vor mir ... und schenkst mir sogar ein Kind. Du machst mich überglücklich!«

Henriette brachte kein Wort heraus. Also nahm sie seine Hand und legte sie auf ihren Leib. Sofort reagierte das Ungeborene mit einem kräftigen Tritt. Maximilian stieß einen verblüfften Laut aus und zog die Hand hastig weg. Jette gluckste.

»Hast du gegessen?«, fragte Carlotta. »Möchtest du etwas trinken? Sollen wir einen Arzt rufen? Was brauchst du?«

Das Sprechen fiel ihm ebenso schwer wie das Atmen.

»Danke, Mutter, Madame Bellefleur und die Köchin haben mich schon nach Kräften verwöhnt. Ein Arzt – nicht mehr heute. Jetzt ... muss ich etwas ausruhen. Paul hat mich rasiert, damit ich euch nicht wie ein Marodeur gegenübertrete. Aber meine Verbände müssten erneuert werden.«

»Das übernehme ich«, erklärte Henriette sofort. »Paul soll die Wanne in unser Zimmer tragen und Änni frisches Leinen und warmes Wasser bringen.«

Als sie allein miteinander waren, umarmten sie sich innig. »Wie geht es dir wirklich?«, flüsterte Jette nach langem Schweigen. »Steckt die Kugel noch drin?«

Vorsichtig legte sie die Hand über das Loch in seinem Uniformrock, das jemand mit feinen Stichen geflickt hatte.

»Woher weißt du davon?«, fragte er keuchend und rasselnd.

Sie drückte ihn auf einen Stuhl und begann, ihm behutsam die Uniformjacke auszuziehen. Sein Hemd war zerschnitten und ebenfalls ordentlich wieder zusammengenäht worden.

»Vom Stabskapitän«, erklärte sie zu seiner Verblüffung. »Als nach der Notiz mit der Handverletzung wochenlang keine Nachricht mehr von dir kam. Er schrieb, sie mussten dich unterwegs zurücklassen. Von da an gab es keine Spur mehr.«

»Aber ich hatte dir geschrieben, danach auch noch! Und du nimmst mir meine Lüge nicht übel?«

Dass der Hausdiener anklopfte und Wasser brachte, ersparte ihr die Antwort. Das war jetzt nicht wichtig. Jetzt musste sie sich auf seine Verletzungen konzentrieren.

Sie vermischte heißes und kaltes Wasser in einer Schüssel, nahm den feinsten Badeschwamm, tauchte ihn in das lauwarme Wasser und weichte vorsichtig die verklebten und verschmutzten Leinenstreifen auf, zuerst die auf seiner Brust. Als sich das blutgetränkte Leinen vom Körper lösen ließ, griff sie zur Schere, schnitt es auf und ließ es achtlos fallen. Die Waschfrau konnte es auskochen. All ihre Aufmerksamkeit galt ihm. Vorsichtig wusch sie das getrocknete Blut von der Wunde in der Brust. Der Anblick verriet ihr, welche Qualen er hatte durchleiden müssen: zwei lange Schnitte, wulstige Narben, die sich brennend rot auf weißer Haut erhoben.

Dann inspizierte sie die Wunde am linken Arm, und wider Willen entglitt ihr ein beklommenes »Oh!«.

»Ja, sie hat sich entzündet und musste noch zweimal aufgeschnitten werden«, sagte er unter Mühen. »Beinahe hätten sie mir den Arm amputiert.«

Sie ließ Maximilian in die nur zur Hälfte mit mäßig warmem Wasser gefüllte Wanne steigen und träufelte ihm mit dem Schwamm Wasser über Schultern und Rücken, während er vor Wohlbehagen seufzte.

Dann drückte sie ihm den Schwamm in die Hand. »Leg den verletzten Arm über den Rand und den Kopf nach hinten.«

Sie wusch seine staubigen Haare, die lange nicht geschnitten worden waren, und spülte sie aus.

»Langsam beginne ich, mich wieder wie ein Mensch zu fühlen«, meinte er froh.

Doch Henriette sah, dass er dringend ruhen musste; seine Lippen wurden blau. So gut sie konnte, stützte sie ihn, rieb ihn kurz trocken und half ihm in ein sauberes Hemd.

»Schlaf ein wenig, Liebster.«

Sie schob ihm ein Kissen unter die Beine, damit sie höher lagen. Dann deckte sie ihn mit einer Wolldecke zu – es war immer noch drückend schwül an diesem Augustabend – und rückte einen Stuhl ans Bett.

»Ich bleibe bei dir und halte Wache.«

»Ja, bleib, Liebste! Ich will jetzt nicht schlafen. Ich will dich ansehen, dich neben mir spüren … dich und unser Kind.«

Sie griff nach seiner Hand und umfasste sie tröstend.

»Willst du erzählen, wie es dir ergangen ist?«, fragte sie zögernd. »Ich kann kaum glauben, dass du es in diesem Zustand bis hierher geschafft hast.«

»Eine schlimme Odyssee. An die meiste Zeit erinnere ich mich nicht. Ich wollte sterben und war oft genug nah dran. Nur der Gedanke an dich trieb mich noch vorwärts. Sonst hätte ich mich dem Fieber und den Schmerzen ergeben und *wäre* gestorben. Es wäre leichter gewesen.«

»Das glaube ich«, flüsterte sie.

»Von einem Lazarett kam ich ins nächste, sobald ich halbwegs transportfähig war. Wenn ich mich kräftig genug fühlte, lief ich ein Stück oder stieg auf einen Wagen. Oft bin ich ein-

fach umgefallen. Aber ich hatte dir versprochen zurückzukehren.«

Selbst das Lächeln fiel ihm schwer. Sie richtete ihn auf und
flößte ihm etwas zu trinken ein.

»Muss die Kugel entfernt werden?«

»Ja. Sie ist zu nah am Herzen und drückt dagegen.«

Fast hätte Henriette vor Angst aufgeschrien.

Maximilian hingegen schien sich damit abgefunden zu haben;
er sprach ganz ruhig darüber, langsam und heiser.

»Der Regimentschirurg versuchte es zweimal vergeblich.
Dann entzündeten sich die Wunden, beide, und zu alldem
wurde ich immer wieder bewusstlos. Schon beim ersten
Transport mussten sie mich nach zwei Tagen in Frankreich
zurücklassen, weil mich die Erschütterungen auf den holpri-
gen Wegen fast umgebracht hätten. Barmherzige Menschen
nahmen mich auf und pflegten mich.«

»Eine Frau?«, riet sie angesichts der feinen Flickarbeiten.

»Eine Familie mit einem Bauernhof. Die jüngere Tochter hat
sich wohl ein wenig in mich verliebt. Vielleicht kam deshalb
kein Brief? Als das Fieber sank, schrieb ich dir und bat sie, die
Briefe abzusenden. Ich war so krank, dass ich kaum etwas um
mich wahrnahm.«

Er runzelte die Stirn. »Wenn das Regiment nichts weiß, muss
ich mich dort melden! Ich habe Entlassungspapiere aus den
Lazaretten mit allen Vermerken zur Wiederaufnahme, Pässe
für die Weiterreise. Das müsste doch weitergemeldet worden
sein!«

»Morgen. Das hat alles Zeit bis morgen«, beschwichtigte sie
ihn. »Schlaf jetzt.«

»Es waren Franzosen, sie hätten mich verhungern oder im
Straßengraben krepieren lassen können. Sie taten es nicht.
Und manchmal, zwischen meinen Fieberträumen, dachte ich:
So empfange ich den Dank dafür, dass du in Sachsen ihre
Landsleute gepflegt hast ...«

Er schloss die Augen vor Erschöpfung. »Bleib bei mir.«

Sie blieb und hielt seine Hand, während er schlief.

Nur einmal stahl sie sich kurz hinaus, um seine Eltern von dem zu unterrichten, was sie wusste.

Carlotta wurde blass.

»Ich spreche gleich morgen mit Hufeland«, sagte Maximilians Vater sofort. »Er soll mir seine besten Chirurgen empfehlen, und dann werden wir hören, was zu tun ist.«

»Der Junge sieht doch jetzt schon mehr nach Tod als Leben aus!«, wehklagte Carlotta und ließ sich auf die Chaiselongue sinken. »Wie soll er das überstehen?«

»Ich suche die besten Chirurgen. Ich verspreche es.«

Tief in der Nacht hatte Maximilian einen Alptraum; er stöhnte und schrie im Schlaf. Henriette rief seinen Namen und legte die Hand an seine Wange, um ihn zu wecken.

Sie hatte ein kleines Öllicht brennen lassen und entzündete nun eine Kerze daran. Während sie das tat, musste sie an ihre letzte gemeinsame Nacht in Frankfurt denken. Max auch.

»Licht in der Dunkelheit«, flüsterte er.

Aneinandergeschmiegt lagen sie in den Betten, Henriette mit ihrem kugelrunden Leib und den voller gewordenen Brüsten, er krank, abgemagert und wissend, dass die geringste Anstrengung das Bleigeschoss in sein Herz drücken könnte.

Im Kerzenschein ließ sie ihre Hand dicht über der Brustwunde schweben, als könnte sie die Kugel so aufspüren, legte die Fingerspitzen auf die wulstige Narbe.

»Willst du das wirklich wagen? Die kaum verheilte Wunde wieder aufschneiden, bei vollem Bewusstsein noch einmal den schlimmsten Schmerz durchleiden?«

Sie verstummte und biss sich auf die Lippe.

»Und ich könnte dabei sterben, sag es ruhig. Ich weiß es. Aber die Kugel wird mich so oder so töten. Bald.«

Er umfasste ihre schmalen Finger.

»Liebste, das hier ist kein Leben! Ich kann dir kein Ehemann sein, dich nicht schützen, dich nicht lieben. Jede Bewegung könnte den Tod bringen. So will ich nicht neben dir leben. Ich könnte nicht einmal mit dir tanzen.«

»Wir *haben* getanzt, das kann uns keiner nehmen.«

»Und du meinst, das genügt dir für den Rest des Lebens? Willst du mit einem Krüppel an deiner Seite leben?«

»Ich will mit *dir* an meiner Seite leben!«, entgegnete sie scharf, während ein stechender Schmerz durch ihren Leib fuhr. Sie hielt kurz den Atem an und versuchte, sich etwas bequemer hinzulegen.

»Ich habe es bis hierher geschafft. Und das war eine schreckliche Schinderei, glaube mir!« Er lächelte matt. »Da werde ich das auch durchstehen. Es muss bald sein. Aber zuvor möchte ich wissen, ob ich einen Sohn oder eine Tochter habe. Ich will unser Kind sehen und bei der Taufe in den Armen halten. So lange hat es Zeit. Und ich möchte bei dir sein in deiner schweren Stunde.«

Henriette strich ihm zärtlich durchs Haar. »Du wirst wohl kaum Zutritt bekommen ins Wöchnerinnenzimmer. Nicht einmal, wenn du mit deinem ganzen Zug aufmarschierst.«

Sein Lächeln erlosch jäh, und in seine Augen trat ein Ausdruck, der ihr tief ins Herz schnitt.

»Wie viele?«, fragte sie beklommen.

»Nur zwei kamen durch. Braksch und Werslow. Die anderen fielen beim Sturm auf Paris. Hansik starb am Wundbrand. Nur zwei von fünfunddreißig! Ich konnte nicht einen der jungen Burschen nach Hause bringen.«

Jetzt wusste sie, was er in seinem Alptraum geschrien hatte.

Quälend holte er Atem. »Jeder von uns wusste, dass das geschehen kann, und war bereit. Wir haben Paris erobert, den Frieden erkämpft. Dafür hat es sich doch gelohnt, oder?«

Sie nahm seine Hand und legte sie erneut auf ihren Bauch.

»Spüre es! Da ist Leben. Heiße es willkommen. Deinen Sohn oder deine Tochter.«

Mühsam drehte sie sich auf die Seite, und er beobachtete verblüfft die Wellen, die dabei durch ihren Körper gingen, weil sich das Kind auch drehte.

»*Dafür* hat es sich gelohnt. Ich hatte ein gutes Leben. Ich durfte dich zur Frau nehmen. Wir werden ein Kind haben. Und es kann in Frieden aufwachsen.«

»Du musst einen Namen auswählen«, sagte sie – erleichtert, dass zumindest für den Moment ihre Ablenkung funktionierte. »Genauer gesagt zwei. Die Dienstboten debattieren schon seit Wochen, ob es ein Mädchen oder ein Junge wird.«

»Wie möchtest du es nennen, wenn es ein Töchterchen wird?«

»Clara, nach meiner Mutter ... sofern du einverstanden bist«, sagte sie zögernd.

»Clara. Und falls ich vorher sterbe und es ein Junge wird, nenn ihn Max. Dann lebt er für mich weiter.«

Mit geballten Fäusten fuhr sie auf. »Mach darüber keine Scherze!«

Er fing ihre Hände in der Luft ab. Es war nicht als Scherz gemeint, das wussten sie beide. Doch niemand würde das aussprechen. Tröstend küsste er jeden ihrer Finger einzeln, streichelte ihre Wangen, umfasste zärtlich ihren Leib.

»Wann soll es zur Welt kommen? Ich kann es kaum erwarten, es in den Armen zu halten.«

»Ich auch nicht.« Gequält verdrehte sie die Augen.

»Ich fühle mich wie ein Fass, kann meine Füße nicht mehr sehen, und alle fünf Minuten treibt es mich auf den Abort.«

Wieder massierte sie sich den Rücken und verzog das Gesicht.

»Sind das ... Wehen?«, fragte er argwöhnisch. »Kommt das Kind *jetzt*?«

»Noch lange nicht!«, beruhigte sie ihn. »Und jeder sagt, beim Ersten kann sich die Geburt über den ganzen Tag und die Nacht hinziehen.«

»Himmel! Das halte ich nicht aus.«

Sie lachte. »*Du* hältst das nicht aus? Was soll ich dazu sagen? Und glaubst du, ich hätte Einfluss darauf?«

Jäh verflog der Spott auf ihrem Gesicht, er sah es im Kerzenschein deutlich.

»Du hast so viel durchlitten, um zurückzukommen. Du musst es mir nicht erzählen, ich sehe es an den Narben, den Wunden, dem Schorf, der rohen Haut … Vergiss nicht, ich war dabei, wenn sie den Männern ohne Betäubung ins Fleisch schnitten. Ich habe erlebt, wie die armen Seelen wochenlang im Fieber glühten, Wunden nicht heilten, sondern eiterten, faulten, wie Narben aufrissen … Du musst mir nichts sagen.« Zärtlich strich sie ihm durchs Haar.

»Da werde ich wohl ein Kind zur Welt bringen können.«

Maximilian griff wieder nach ihrer Hand.

Viele Frauen sterben bei der Entbindung oder am Kindbettfieber, dachte er bedrückt. Das sind ihre Schlachten, auf Leben und Tod. Ich würde mein Leben ohne Zögern für ihres und das des Kindes geben. Doch ob sich Gott auf so einen Handel einlässt? Wenn sie bei der Niederkunft stirbt, wie soll ich da weiterleben?

Und Henriette dachte: Wenn er bei der Operation stirbt, wie soll ich da weiterleben?

So lagen die Liebenden nebeneinander, endlich wieder vereint, und jeder fürchtete, der Tod könnte schon am nächsten Tag den anderen holen.

Herztöne

Wilhelm Trepte hielt Wort. Am nächsten Morgen ging er statt in das Universitätsgebäude in die Charité, um dort mit Christoph Wilhelm Hufeland zu sprechen, dem königlichen Leibarzt und Direktor des berühmten Krankenhauses. Es gehörte zur Universität, hier wurden Militärärzte ausgebildet.

Kurz darauf schickte er ein Billett an seine Frau, dass am frühen Nachmittag zwei Chirurgen kommen würden, um Maximilian zu untersuchen. Beide mit Felderfahrung und bei besonders schwierigen Fällen gefragt, außerdem Dozenten für angehende Militärchirurgen.

Wie sich zeigte, waren die Doktoren Rudolph und Johann Mahlow Brüder zwischen Mitte und Ende dreißig: beide hochgewachsen, mit langen, schmalen Händen und verblüffend ähnlichen Gesichtszügen. Sie verständigten sich hauptsächlich mit Blicken und halben Sätzen, die jeweils der andere zu Ende sprach, genau wissend, was sein Bruder und Kollege meinte.

Carlotta dirigierte sie sofort in den Salon zum Kaffee, und sie nutzten die Gelegenheit, dort ihrem Patienten schon Fragen zu stellen. Allerdings keine, von denen sie befürchteten, die Antworten würden die Damen erschrecken.

»Wir würden Sie jetzt gern untersuchen, Premierleutnant«, erklärte der ältere Dr. Mahlow schließlich.

Carlotta verstand das als Aufforderung zu gehen, obwohl sie nur ungern von der Seite ihres Sohnes wich.

»Meine Frau soll bleiben!«, forderte Maximilian. »Sie hat lange Zeit in Lazaretten gearbeitet, sogar in Leipzig während der Schlacht unter schlimmsten Umständen. Sie besitzt beste Referenzen und kann mich pflegen.«

»In Leipzig?«

Überrascht und beeindruckt musterten die beiden Chirurgen die junge Frau. Wieder verständigten sie sich mit einem Blick. »Wenn das so ist, würden wir hier im Haus operieren. Sie hätten die beste Betreuung und viel Ruhe, Premierleutnant«, meinte der ältere Dr. Mahlow.

Maximilian wurde gebeten, sein Hemd abzulegen.

»Ordentlich verbunden, alles sauber«, murmelte der jüngere anerkennend. Schnuppernd beugte er sich ein wenig über die Wunde, während Henriette die Verbände löste. »Was für Salbe haben Sie verwendet, Madame?«

»Beinwell. Und Kamille dort bei der leichten Rötung, gegen die Entzündung«, antwortete sie und musste schon wieder die Hände in den schmerzenden Rücken stemmen.

»Sehr gut«, lobte der jüngere Arzt. »Ich sehe, bei Ihnen ist der Premierleutnant in besten Händen. Allerdings ...«

Nun zückte er mit prüfendem Blick auf sie zum wiederholten Mal seine Taschenuhr. Das schien eine Eigenart von ihm zu sein, er hatte es schon beim Kaffee mehrfach getan.

»Es fällt ja nicht in mein Fachgebiet als Militärchirurg«, sagte er freundlich, »aber mir scheint, Madame, Sie haben Wehen.«

»Senkwehen, wie vor ein paar Tagen«, ächzte Jette.

»Nein, nein!«, versicherte ihr Dr. Johann Mahlow höflich. »Ich beobachte das schon die ganze Zeit. Sie haben mittlerweile alle zehn Minuten Wehen.«

»Und sofern Sie nicht von uns entbunden werden wollen – was, wie gesagt, nicht unser Fachgebiet ist –«, mischte sich sein älterer Bruder ebenso freundlich ein, »sollte jemand aus diesem Haushalt dringend eine Hebamme holen.«

Vor Schreck ließ sich Jette auf einen Stuhl sinken, den aufgerollten Verband in der Hand.

»Warum hast du nichts gesagt?«, fragte Maximilian entsetzt.

»Ich war mir nicht sicher. Und jetzt geht es um *dich*. Ich

dachte, das kann warten«, meinte sie matt und kam sich bei diesen Worten unendlich dumm vor.

»Nun ja, man kann definitiv vierzig Wochen darauf warten, Madame, aber dann lässt sich der Vorgang nicht mehr aufhalten«, versicherte Dr. Johann Mahlow leicht belustigt.

Er schritt zur Tür, ließ die Dame des Hauses holen und setzte sie ins Bild. Nach einem kurzen Anflug von Panik übernahm Carlotta sofort das Kommando.

»Madame Bellefleur, schicken Sie bitte umgehend Paul los, damit er die Wehfrau holt. Frau Meier soll in der Küche Wasser heiß machen, Änni frische Wäsche hinaufschaffen. Und du, Henriette, legst dich sofort ins Bett!«

»Lassen Sie sie ruhig noch ein wenig auf und ab gehen, wenn ihr danach zumute ist«, schlug der ältere Dr. Mahlow vor. »Die Fruchtblase ist doch noch intakt, oder?«

Jette nickte. Frau Wernicke hatte ihr erläutert, worauf sie achten sollte.

»Sie können auch ein heißes Bad nehmen, das fördert die Wehen, falls Sie sich wohl genug dafür fühlen.«

»So oder so, du musst dich jetzt auf deine Aufgabe konzentrieren!«, erklärte Carlotta resolut und führte Jette bei den Schultern hinaus.

Die schaffte es gerade noch, sich umzudrehen und Max einen hilfesuchenden Blick zuzuwerfen.

Als die Frauen die Tür hinter sich geschlossen hatten, wirkten die beiden Chirurgen deutlich erleichtert.

Nun hörten sie abwechselnd Maximilians Herztöne ab, fühlten seinen Puls, tasteten das Umfeld der Wunde mit sanften Händen ab und verständigten sich leise untereinander, während er sein Hemd wieder anlegte.

Dann räusperte sich Dr. Rudolph Mahlow und veranlasste, dass sie sich alle drei wieder an den Tisch setzten.

»Ihr Herz schlägt unregelmäßig.«

»Besorgniserregend unregelmäßig. Sie sind vermutlich öfter bewusstlos geworden, sogar mitten im Gehen?«

»Dann raten wir dringend zur Operation. Obwohl wir Sie darauf hinweisen müssen, dass das Risiko erheblich ist. Selbst wenn wir die Kugel finden und entfernen, wissen wir nicht, wie Ihr Herz reagiert«, erklärte der ältere Dr. Mahlow.

»Ich weiß, die Wahrscheinlichkeit ist groß, dass ich dabei sterbe«, unterbrach ihn Maximilian schroff. »Aber es besteht eine Chance. Sonst bleibt mir nur zu darben, bis ich sterbe, was ebenso jeden Moment geschehen kann. Würden Sie an meiner Stelle zögern, *doctores*?«

»Wir geben unser Bestes, Premierleutnant«, versicherte der jüngere Dr. Mahlow. »Den Schmerz können wir mit Laudanum mildern. Wir arbeiten mit feineren Instrumenten und Methoden, als das in der Feldchirurgie möglich ist, wir dürfen uns mehr Zeit nehmen. Wann wären Sie bereit?«

»Vorher möchte ich noch mein Kind sehen und bei der Taufe halten. Am Freitag?«

»Einverstanden«, meinte der ältere Dr. Mahlow nach einem kurzen Blickwechsel mit seinem Bruder.

»Sie sind ein tapferer Mann, Premierleutnant. Und nun sehen Sie noch einmal nach Ihrer jungen Frau, bevor die Hebamme eintrifft und Sie hinauswirft. Wir warten hier für alle Fälle, bis sie da ist. Obwohl, wie gesagt …«

Nun lächelte er wieder ein wenig. »Geburtshilfe ist nicht unser Spezialgebiet. Wann musstest du das letzte Mal eine Entbindung vornehmen, Johann?«

»Ha! Erst vor drei Wochen in einer Postkutsche eine Meile vor Frankfurt. Die Mitreisenden waren wenig erbaut über die Unterbrechung. Aber alles endete glücklich.«

Maximilian durfte noch einmal kurz zu Henriette hinein.

»Wie geht es dir, Liebste?«

Sie trug jetzt ein weißes Nachthemd, ihre Haare waren gelöst, und sie ging mit kleinen Schritten im Zimmer auf und ab, die Hände in den Rücken gestemmt.

»Ich liebe dich, Maximilian! Und wenn ich nicht gerade abgelenkt bin durch das hier«, sie keuchte und krümmte sich vor Schmerz, bis die Wehe wieder verebbte, »werde ich nur an dich denken und daran, dass du dort draußen wartest und dein Kind im Arm halten willst.«

Er küsste sie sanft und spürte ihre Angst.

»Wenn ich könnte, würde ich dir den Schmerz abnehmen.«

»Du hattest wahrlich genug davon. Ich halte das aus. Es ist *natürlich*. Königin Luise hat zehn Kinder geboren.«

Und ihr erstes kam tot zur Welt, dachte er beklommen.

Ich wünsche mir dieses Kind so sehr. Aber noch mehr wünsche ich mir, dass du lebst.

Energische Schritte polterten die Treppe hoch. Es klopfte, und zusammen mit Carlotta trat Frau Wernicke ein, die einen großen Korb abstellte, gefolgt von Paul, der den Gebärstuhl ins Zimmer hievte.

»So, Herr Premierleutnant, Sie richten jetzt ein paar aufmunternde Worte an Ihre liebe Frau Gemahlin, und dann lassen Sie uns allein. Sie können hier nichts beitragen – außer beten«, versicherte die erfahrene Heilkundige. »Anderen Männern rate ich in dieser Lage, einen stärkenden Schluck zu nehmen. Aber Sie erwecken nicht den Endruck, als ob Ihnen das guttäte. Im Krieg verwundet? Und gerade erst zurückgekehrt? Hm. Vielleicht sprechen Sie ein Gebet.«

Der werdende Vater ging nicht ohne einen zärtlichen, herzergreifenden Abschied, der sogar Frau Wernicke rührte.

Dann untersuchte sie Henriette und verbarg ihre Sorge mit jahrelanger Routine.

Die ganze Zeit über hatte diese Schwangerschaft keinen Grund zur Beunruhigung gegeben, jedenfalls nicht über das normale Maß hinaus. Doch jetzt klangen die Herztöne des

Kindes unregelmäßig, setzten manchmal sogar einen winzigen Moment aus. Hatte sich die Nabelschnur um den Hals gelegt? Die Wehen waren kräftig, aber die Geburtshelferin hielt es angesichts der Herztöne für besser, den Vorgang zu beschleunigen. Sie scheuchte das völlig aufgelöste Dienstmädchen in die Küche, um einen Kessel voll kochendes Wasser zu holen, und brühte einen Sud aus Himbeerblättern, Eisenkraut, Ingwer und Nelken. »Trinken Sie das, meine Liebe, es treibt die Sache voran.«

Inzwischen war auch Wilhelm Trepte im Haus eingetroffen und über sämtliche Neuigkeiten informiert.
»Begleitest du mich in die Kirche?«, fragte ihn Maximilian.
Sein Vater wirkte erstaunt, ließ sich aber umgehend wieder in den Gehrock helfen und griff nach Hut und Spazierstock.
Die Straßen waren voller Leben an diesem Sommertag. Kinder spielten Kreisel, zwei trieben einen Holzreifen mit Stöckchen vor sich her und kollidierten beinahe mit einer Frau, die einen schweren Korb Wäsche trug. Ihr Zornesausbruch scheuchte eine Schar Singvögel aus dem Geäst des nächsten Baumes.
»Ich habe das nun viermal hinter mir«, meinte der Gelehrte.
»Warten zu müssen, nichts tun zu können … Aber Henriette ist tapfer, sie steht das durch mit Gottes Hilfe. Und mit der guten Frau Wernicke, die ihr Handwerk wirklich beherrscht, wenn dich das beruhigt.«
Maximilian verlangsamte seinen Schritt, trat an das schmiedeeiserne Geländer am Spreeufer und stützte die Arme auf. Die paar Treppenstufen hatten ihn schon wieder erschöpft, sein Herz hämmerte und stach, das Atmen schmerzte. Wilhelm Trepte stellte sich neben ihn.
»Vater, ich muss dir etwas sagen«, begann Max, den Blick starr auf das träge strömende Wasser gerichtet, in dem Abfälle schwammen.
»Frei heraus damit!«

»Beim Kampf um Paris habe ich fast alle Männer meines Zuges verloren. Uns wurde befohlen, ins Artilleriefeuer zu stürmen, und nichts konnte sie retten. Wenn ich Henriette jetzt auch noch verliere … Wenn sie bei der Geburt stirbt … Es wäre meine Schuld. Dann sterbe ich auch.«

Das wirst du vielleicht ohnehin, dachte sein Vater verzweifelt und hätte ihn am liebsten in die Arme geschlossen.

»Es wäre *nicht* deine Schuld«, widersprach er energisch.

»Doch! Sie ist so zerbrechlich, viel zu zart zum Gebären.«

»Zerbrechlich? Du hättest deine Henriette erleben sollen, wie sie den Salon der Madame von Hoyer durcheinandergewirbelt und allen die Stirn geboten hat! Sogar Prinzessin Louise war beeindruckt.«

Genüsslich erzählte er seinem verblüfften Sohn von Jettes fulminantem literarischem Debüt, über das sie in ihren Briefen nur kurz und zurückhaltend berichtet hatte.

»Kein Wunder, dass du dich Hals über Kopf in sie verliebt hast. Sie ist wirklich ein außergewöhnliches Mädchen.«

Beruhigend legte er seinem Sohn die Hand auf die Schulter.

»Es wird gutgehen.«

In der Kirche entzündeten sie zwei Kerzen und setzten sich auf eine Bank. Die Hände zum Gebet verschränkt, versank jeder für sich in Gedanken. Ob es im Hause Trepte bald eine Taufe geben würde oder eine Beerdigung. Oder zwei Beerdigungen. Oder im schlimmsten Falle gar drei.

Die Unruhe trieb Vater und Sohn bald wieder zurück in die Brüderstraße. Als sie schon beim Eintreten von oben einen unterdrückten Schrei hörten, wurde Maximilian noch blasser. Langsam und keuchend stieg er hinauf in den Salon. Niemand war dort. Der Hausherr beauftragte Paul, auf der Stelle jemanden ausfindig zu machen, der sie gefälligst über den Stand der Dinge informierte.

»Sie ist sehr tapfer«, meinte Wilhelm Trepte, während sie in die Sessel sanken. »Deine Mutter hat viel lauter geschrien. Ich erinnere mich genau. Und an die Verwünschungen, die sie dabei ausgestoßen hat. Von denen viele ... nun ja, mich betrafen. Zum Glück meinen Frauen das in diesen Momenten nicht so ernst, wie es sich anhört.«

Er schmunzelte versonnen.

Madame Bellefleur klopfte an und trat ein, wie stets die Ruhe selbst in ihrem strengen dunkelblauen Kleid.

»Die Hebamme sagt, es dauert nicht mehr lange. Und die Madame Premierleutnant halte sich sehr tapfer«, berichtete sie mit einem feinen Lächeln, das von Herzen kam.

»Wünschen Sie zur üblichen Zeit zu essen? Und möchten Sie vielleicht jetzt gleich eine kleine Erfrischung oder Stärkung?«

»Danke, ich nehme mir selbst«, entschied Wilhelm Trepte und schenkte sich einen Cognac ein.

Maximilian lehnte ab, als er ihm auch etwas anbot, und bat um Kaffee. Müde lehnte er sich zurück und schloss die Augen. Der kurze Weg von der Kirche schien seine Kräfte völlig aufgebraucht zu haben. Seine Lippen hatten wieder eine beunruhigend bläuliche Farbe, und er schien Schmerzen zu haben, auch wenn er das verbergen wollte.

Sein Vater konnte es kaum ertragen, den Sohn, der immer vor Kraft gestrotzt hatte, so zu sehen. Aber noch atmete er, sein Brustkorb bewegte sich, die Lider flackerten.

Der Gelehrte versank in Erinnerungen an die Geburt seiner Kinder. Die Sorge um Carlotta, der Moment, als er Max zum ersten Mal in den Armen hielt ... Als er erfuhr, dass seine Tochter tot geboren war ... Wie die drei Brüder aufgewachsen waren, eine wilde Rasselbande, aber voller Wissensdurst. Und nun gab es nicht einmal ein Grab, an dem er um Julius und Philipp trauern konnte.

Seltsam, wie viele Gedanken sich bei einer Geburt ums Sterben drehen und nicht ums Leben, sinnierte er.

Liegt das an diesen Zeiten? Oder wird das immer so sein?

Ein dünner, zittriger Schrei wehte durch das Haus.

Wilhelm Trepte erkannte sofort: Das Kind war da!

Maximilian zuckte zusammen, schlug die Augen auf, begriff und stemmte sich hoch. Er ging zur Tür, riss sie auf und rief in den Flur: »Lebt sie?«

Schon kam ihm Madame Bellefleur strahlend entgegen.

»Meinen Glückwunsch, Premierleutnant. Sie haben einen Sohn. Mutter und Kind sind wohlauf.«

Eine zentnerschwere Last fiel Maximilian von den Schultern. Er wollte sofort zu Henriette, aber Madame Bellefleur trat ihm höflich in den Weg.

»Es dauert noch ein wenig, bis Sie Ihre Frau sehen können.«

Ungeduldig blieb er im Flur stehen, wo nun anscheinend Heerscharen von Dienstboten mit Schüsseln, Krügen, blutigen Tüchern und frischen Wäschestapeln hin und her liefen. Dabei waren es nur Änni, eine Küchenhilfe und ein weiteres Mädchen, das er nicht kannte.

Endlich erschien Frau Wernicke in der Tür und verkündete würdevoll und sehr zufrieden: »Meine Gratulation an den frischgebackenen Vater! Sie dürfen nun hinein.«

Für sie gab es auch allen Grund, zufrieden zu sein.

Wie befürchtet hatte sich tatsächlich während der Geburt die Nabelschnur um den Hals des Kindes gewickelt, doch zum Glück nicht fest. Sobald der Kopf ausgetreten war, schob sie die Finger dazwischen, um die Schlinge zu lockern, und dann war alles schnell und gut gegangen.

Sie hatte der jungen Frau nichts von dieser Komplikation erzählt. Das tat sie nie, wenn es nicht unvermeidlich war, obwohl es ihr vielleicht ein höheres Salär einbringen würde. Die Kreißenden hatten schon genug Ängste auszustehen, und die meisten würden bald wieder schwanger werden.

Hier müssen wir uns mehr Sorgen um den Vater machen als um Mutter und Kind, dachte sie. In den letzten Stunden hatte sie einiges über die Rückkehr des Premierleutnants erfahren.

Doch jetzt würde sie die junge Familie erst einmal allein lassen und sich in der Küche stärken.

Henriette saß gegen ein Kissen gelehnt im Bett, erschöpft, das Gesicht noch von der Anstrengung gerötet, die frisch gekämmten Haare flossen herab. Im Arm hielt sie das Kind, das in weiche Wolle und feines weißes Leinen gehüllt war.

»Du hast einen Sohn. Dein Sohn«, sagte sie leise, und ihr Gesicht leuchtete vor Glück.

»Wie geht es dir?« Er wagte es kaum, den Blick von ihr abzuwenden – aus Furcht, sie könnte jetzt noch verbluten.

»Nun sieh ihn dir doch an!«

Und dann hatte er nur noch Augen für das Kind, dieses unglaublich kleine und vollkommene Lebewesen. Es hatte die winzigen Fäuste geballt, nun öffnete es die Lider einen Spalt und verzog das Gesicht zu einer komischen Miene.

Maximilian spürte, wie ihm vor lauter Freude das Blut durch die Adern schoss. Sofort war da wieder dieser Druck, dieser stechende Schmerz, doch er ignorierte das.

»Darf ich ihn berühren?«, fragte er verunsichert. Er hätte nie gedacht, dass Neugeborene so klein waren.

Jette lachte. »Natürlich!«

Ganz sanft fuhr er mit der Fingerspitze über das gerötete Gesicht, den weichen schwarzen Haarflaum.

»Er hat blaue Augen«, stellte er verblüfft fest.

»Die haben anfangs alle Kinder«, versicherte sie ihm.

»Also bekommt er vielleicht noch deine grünen Meerjungfrauenaugen? Liebste, du machst mich so glücklich … Wie kann ich dir je dafür danken?«

»Setz dich zu mir aufs Bett«, forderte sie ihn auf. Als er es tat, legte sie ihm unversehens das winzige Bündel in den Arm.

»Macht euch bekannt miteinander!«, sagte sie und lächelte.

»Es ist … ein Wunder«, flüsterte er, um seinen Sohn nicht zu wecken, und verlor sich in der Betrachtung, dass ein Neugeborenes sogar schon winzig kleine Fingernägel hatte.

»Ja« erwiderte sie. »Und nun hol deine Eltern, sie wollen ihren Enkel sehen!«

Nachdem die Treptes den Nachwuchs hingerissen begrüßt und bewundert hatten, zerrte Carlotta ihren Mann am Arm wieder hinaus; die junge Mutter brauche jetzt Ruhe.

Auf Jettes Bitte blieb Maximilian, während sie das Neugeborene anlegte.

Madonna, das war alles, was er bei diesem Anblick denken konnte. Dieses Bild würde er nie vergessen.

In den nächsten Tagen verbrachten Henriette und Maximilian jeden möglichen Moment gemeinsam mit ihrem Kind.

Er genoss es zuzuschauen, wie sie es stillte. Darüber schien ein besonderer Zauber zu liegen, das sah er an ihrem Gesicht. Oft nahm er sein Söhnchen selbst in den Arm und betrachtete es, prägte sich jedes Detail ein, die Veränderungen, die das Neugeborene täglich durchmachte. Manchmal blinzelte es ihn schon an, verzog die Lippen zu etwas, das er unbeirrbar als Lächeln bezeichnete, umklammerte seinen Finger und versuchte, daran zu saugen.

Sie sprachen wenig; es bedurfte keiner Worte.

Sie liebten einander. Mehr gab es nicht zu sagen angesichts der immer schneller verrinnenden Stunden bis zur Operation.

Herr im Himmel, bitte sorge dafür, dass er seinen Sohn auch aufwachsen sieht!, betete Henriette still bei seinem Anblick.

Und Maximilian fragte sich: Gott, hast du mich zurückgeschickt, damit ich das noch erleben darf?

Oder damit ich weiß, was ich verliere?

Am Donnerstag wurde das Neugeborene in St. Nikolai auf den Namen Maximilian getauft. Maximilian Christian Trepte, nach seinem Vater und Henriettes Vater.

Sie bedauerte, dass Oheim und Tante nicht anwesend waren. Aber die Gerlachs konnten den Brief mit der guten Nachricht gerade erst erhalten haben und würden später kommen.

Als Taufpatin hatte sich zu aller Überraschung Madame Wronski angeboten, die Henriette seit ihrem Auftritt im Salon nie ganz aus den Augen gelassen hatte. Und als Pate erschien der siebzigjährige Monsieur Parthey aus der benachbarten Nicolaischen Verlagsbuchhandlung.

Mit ihm hatte sich Jette in den letzten Monaten angefreundet, seit ihr einmal direkt vor seinem Haus schwindlig geworden war und besorgte Passantinnen sie ohne Widerrede durch die erstbeste Ladentür führten, damit sie sich setzen konnte. Sie kamen ins Gespräch, und als Friedrich Daniel Parthey erfuhr, dass die junge Frau aus der Nachbarschaft Buchbinder-, Verleger- und Buchhändlerdynastien entstammte und noch dazu aus Sachsen kam wie er, war das Eis im Nu gebrochen. Seitdem ließen sich auch Carlotta und ihr Mann öfter bei ihm blicken und begruben den Streit, den sie mit seinem Schwiegervater gehabt hatten.

Als Henriette nach der Taufe ihren Sohn in ihrem Zimmer stillte, bat Maximilian seinen Vater in die Bibliothek.

»Ich habe meine Angelegenheiten für den Fall geregelt, dass die Operation morgen misslingt«, eröffnete er ohne Vorrede und unterbrach mit einer Geste jede Entgegnung. Er wollte keine tröstenden Sprüche.

»Wenn ich sterbe, wird Henriette bei euch ein Obdach haben, das weiß ich. Oder bei den Gerlachs, falls sie das wünscht. Sie wird eine Weile trauern. Versprich mir, ihr einen guten Mann zu suchen. Jemanden, der für sie und das Kind sorgt.«

Wilhelm Trepte starrte seinen Sohn finster an.

»Mach bitte diesen Zeidler ausfindig, der euch von Philipp schrieb. Er scheint ein zuverlässiger, tapferer Mann zu sein.«

»Abgesehen von der Absurdität deines Ansinnens, mein Sohn«, protestierte nun sein Vater in aller Schärfe, »hat sie gesagt, er sei ein guter Freund, mehr nicht!«

»Gute Freunde wird sie brauchen, falls ich sterbe«, erwiderte Maximilian nicht weniger scharf. »Und ich glaube kaum, dass Felix Zeidler Jette nur als gute Freundin sieht. Niemand, der sie kennt und einigermaßen bei Verstand ist, kann sich *nicht* in sie verlieben.«

»Niemand, der sie kennt und einigermaßen bei Verstand ist, kann auf die Idee kommen, ihr einen Nachfolger für dich zu bestimmen«, sagte Wilhelm Trepte brüsk und ging hinaus.

Für die Operation war der Salon am Freitag nach den Anweisungen der beiden Ärzte umgeräumt worden. Der Esstisch wurde dicht an die Fenster gerückt, damit sie so viel Licht wie möglich für ihre Arbeit hatten.

Zwei weitere Tische, eigens hereingeschafft, dienten als Ablage für Krüge, Schüsseln, Tücher, chirurgische Instrumente und andere Utensilien.

»Sie bleiben bei Ihrem Entschluss?«, fragte Dr. Rudolph Mahlow.

Maximilian nickte. Noch waren er und die beiden Ärzte allein im Salon.

Es hatte eine kurze, aber heftige Diskussion darum gegeben, wer zugegen sein würde. Carlotta musste draußen bleiben; die Chirurgen bestanden darauf. Sie konnten sich nicht noch um jemanden kümmern, der vielleicht in Ohnmacht fiel. Wilhelm Trepte und Paul sollten dafür sorgen, dass der Patient stillhielt. Madame Bellefleur wurde in Rufweite an der Tür postiert, falls noch jemand zur Hand gehen musste.

Henriette würde an seiner Seite sitzen. Maximilian hätte sie nie von sich aus darum gebeten, doch sie bestand hartnäckig darauf. Beide Ärzte weigerten sich zunächst, einer Wöchnerin eine solche Belastung zuzumuten.

»Er ist mein Mann. Ich werde hier sitzen und seine Hand halten. Wenn nötig, kann ich nach Ihren Anweisungen helfen. Vergessen Sie nicht, ich war schon oft bei Operationen dabei.«

Die Empfehlungsschreiben aus den Lazaretten stimmten die Chirurgen schließlich um.

Nun warteten sie auf Henriette, die noch ihr Kind stillte. Sobald es eingeschlafen war, würde es heute in der Obhut des Kindermädchens bleiben.

»Das Laudanum nimmt Ihnen nur einen Teil des Schmerzes«, erklärte der jüngere Dr. Mahlow seinem Patienten. »Sie werden wach sein und das meiste mitbekommen. Wir dürfen Ihnen nicht viel geben, das könnte sonst genauso schädlich für Ihr angegriffenes Herz sein wie das ursächliche Problem oder die Reaktion auf den Schmerz beim Schneiden.«

»Ich habe es schon zweimal ohne jegliche Betäubung durchgemacht«, erinnerte Maximilian. Er trank die Dosis, die die Ärzte ihm zumaßen, während beide die Uhren zückten.

Wie schnell beginnt es zu wirken?, fragte er sich, während er auf den Lippen noch den würzigen Kräutergeschmack spürte.

Henriette kam herein.

Ruhig und ohne ein Wort setzte sie sich auf den Stuhl neben dem Tisch. Es war eine Absprache zwischen ihnen: kein Kuss, kein aufmunternder Spruch.

Sie war da, sie sah ihn an, und das genügte.

Maximilian lag auf der Tischplatte, unter sich große Tücher aus schneeweißem Leinen. Er war festgegurtet, sein Vater musste ihn halten.

Die Ärzte warteten, dass die Wirkung des Opiums einsetzte. Noch hatte keiner von ihnen ein Messer oder eine Sonde in der Hand. Sie tasteten an der Narbe entlang, ob sie die Kugel fühlen konnten, diskutierten über den Einschusswinkel und eine mögliche Wanderung.

Maximilians Blickfeld wurde enger, Geräusche und Empfindungen gedämpft. Er spürte Hände auf seiner Brust herumdrücken, aber es tat nicht so weh, wie es sollte.

»Bereit, Premierleutnant?«

Er sah noch ein letztes Mal zum Fenster, durch das die Sonne schien, und bejahte. Dann konnte er den Blick nicht von dem Messer abwenden, das nun über seiner Brust schwebte.

»Sieh zu mir!«, forderte Henriette ihn auf, und mit verschwommenem Blick tat er das.

Erneut spürte er den Schmerz der Klinge, die in sein Fleisch schnitt, warmes Blut, das über seine Haut lief, die Sonde, die sich in die Wunde bohrte. Er stöhnte grauenvoll, doch Jette hielt seinen Blick fest.

Meerjungfrauenaugen, dachte er, während er von weitem einen der Chirurgen murmeln hörte: »Etwas schräger, da ist der Kanal. Ich spüre sie! Da steckt sie.«

Gleißender Schmerz durchzuckte ihn, sein Vater hielt ihn fester. Schemenhaft sah er die beiden Ärzte neben sich; einem standen Schweißtropfen auf der Stirn, die er mit dem Ärmel abwischte, dann zog er einen Metallstab aus seinem Körper und legte ihn klirrend beiseite.

»Premierleutnant, wir haben die Kugel gefunden und werden sie jetzt herausholen; bitte nehmen Sie noch einmal alle Kraft zusammen. Sie haben es gleich überstanden.«

Er schwamm durch einen Nebel aus blutroten Schlieren. Ströme von Blut, die über seinen Körper rannen. Blutdurchtränkte Leinenknäuel schwebten zu Boden, dazwischen explodierten Sterne, vage Gesichter formten sich vor seinen Augen und lösten sich wieder auf.

Philipp? Julius?

»Sieh zu mir!«, forderte Henriette erneut und drückte seine Hand.

Er sah seinen Vater über sich gebeugt, kreidebleich, und fing wieder Jettes Blick auf.

Kaltes Metall schob sich in seinen Körper und riss sein Fleisch auseinander. »Jetzt nicht atmen!«

Nun presste er Jettes Hand, dass sie rot anlief, doch sie ließ sich den Schmerz nicht anmerken.

»Ich habe sie«, hörte er eine gedämpfte Stimme von ganz fern, und der Druck löste sich.

»Sie haben es geschafft, Premierleutnant!«

Eine der beiden schemenhaften Gestalten hob triumphierend eine schmale Zange mit einer Kugel, von der sich unendlich langsam ein Tropfen Blut löste. Er hörte, wie sie klirrend in eine Emailleschüssel fiel, und sah wieder zu Jette.

Er spürte ihre warme Hand – und plötzlich Eiseskälte.

Ihre grünen Augen. Dann Dunkelheit.

»Sein Herz schlägt nicht mehr«, rief der jüngere Dr. Mahlow alarmiert.

Wilhelm Trepte ächzte gequält.

»Warten Sie! Warten Sie! Manchmal fängt es wieder von allein an zu schlagen«, sagte der ältere Dr. Mahlow.

Aber Henriette sah es schon an Maximilians Augen. Sie waren starr auf sie gerichtet, ohne jegliches Leben.

»Es tut uns sehr leid. Sein Brustkorb ist offen, wir können nichts tun.«

Es war völlig gleich, welcher von beiden Ärzten das gesagt hatte.

Drei Gräber

Das Begräbnis fand auf dem Garnisonsfriedhof statt, in Berlins Mitte zwischen dem Rosenthaler und dem Schönhauser Tor.

Es war ein drückend heißer Sommertag. Die strahlende Sonne und das satte Grün der Bäume und des Rasens sprachen dem traurigen Anlass Hohn.

Henriette trug ihr Hochzeitskleid und das schwarze Samtjäckchen, doch diesmal anstelle des Eichenlaubkranzes einen schwarzen Schleier. Und im Arm ihr Kind, ihr Neugeborenes. Sie hatte sich nicht ausreden lassen, den kleinen Maximilian zum Begräbnis seines Vaters mitzunehmen, trotz der Bedenken seiner Großeltern.

»Er hätte es so gewollt«, war alles, was sie monoton antwortete, wenn die Rede darauf kam. Schließlich gaben Carlotta und Wilhelm auf, sie umstimmen zu wollen. Zweifelsohne gehörte ein nur wenige Tage alter Säugling kaum auf eine Beerdigung. Doch wenn er der jungen Witwe Halt und Trost gab …

Sie waren ja nicht weniger verzweifelt! Sie konnten Jette nicht Halt sein, weil der Schmerz sie selbst zerriss.

Am Portal des Friedhofes erwartete der Stabskapitän von Wilhelmsen die Trauergesellschaft mit einer kleinen militärischen Abordnung. Er sprach der jungen Witwe und den Eltern des Toten sein Beileid aus, dann reichte er Henriette den Arm. Er hatte diese Hochzeit mit gestiftet, er hatte die Braut zum Altar geführt. Deshalb betrachtete er es als Pflicht, ihr in dieser schweren Stunde beizustehen.

Gütiger Gott, sie hatten gerade vier Wochen füreinander, dachte er bedrückt. Wieder musste er an seinen Sohn denken, der gefallen war, bevor er seine Braut heiraten konnte.

Und er erinnerte sich an jenen Tag, als das Regiment nach einem Monat Aufenthalt Paris verlassen hatte und über das Schlachtfeld von Pantin marschierte, wo sie so unzählige Offiziere und Soldaten verloren hatten.

Es gab einen Halt zum Gedenken, Ansprachen der Kommandeure, ein stilles Gebet für die Gefallenen … Niemand, dem dabei nicht ein eisiger Schauer über den Rücken gelaufen wäre.

Doch keine Pflicht war schmerzlicher, als jetzt mit den Hinterbliebenen am Grab stehen zu müssen. Mit den Eltern, die alle drei Söhne verloren hatten, und mit dieser jungen Frau, in deren Augen jede Hoffnung erloschen war und die jetzt für ihr Kind leben musste.

So wie Henriette kaum eine Erinnerung an die Hochzeitszeremonie in der Sachsenhausener Kirche besaß, außer daran, wie sehr sie gefroren hatte, wie Maximilian sie gewärmt und ihr den ersten zärtlichen Kuss als ihr Ehemann gegeben hatte, so rauschten die Einzelheiten der Zeremonie in der Garnisonskirche an ihr vorbei. Sie wollte nicht hören, was dort gesagt wurde, während Carlotta an ihrer Seite schluchzte. Sie konnte es nicht ertragen. All ihre Kraft brauchte sie, um nicht schreiend und weinend zusammenzubrechen.

Stattdessen drückte sie ihr Kind an sich, das Einzige, worauf sie sich mit ihren vor Schmerz betäubten Sinnen konzentrieren konnte.

Nach den Reden und Gebeten in der Kirche stolperte Henriette benommen am Arm des Stabskapitäns zum westlichen Teil des Friedhofs, wo die Offiziere bestattet wurden. Schmiedeeiserne Kreuze und elegische Skulpturen schmückten viele der Gräber. Ihr Blick war von Tränen so verschwommen, dass sie keine Namen lesen konnte.

Wer wohl von den gefeierten Helden dieser Tage hier künftig noch zu Staub werden würde?

Maximilians Grab war im Schatten einer jungen Eiche ausgehoben. Neben der Grube lagen zwei Gedenksteine für Maximilians Brüder, die in der Ferne in Massengräbern bestattet worden waren. Sie würden links und rechts von Maximilians Grab aufgestellt werden, wenn es sich gesenkt hatte und bepflanzt werden konnte. Das war erlaubt worden, obwohl sie keine Offiziere gewesen waren.

Sechs Gardisten trugen den Sarg und senkten ihn in die Erde. Als einzigen erkannte Henriette Werslow. Der Korporal neben ihm war sicherlich Braksch.

Nach einem sorgenvollen Blick auf die junge Witwe und Mutter löste der Stabskapitän behutsam ihren Arm von seinem. Er trat vor und hielt eine kurze Rede. Dann nahmen auf seinen Befehl die Soldaten Habtachtstellung ein, die Offiziere zogen die Degen und senkten sie rechts von sich zu Boden.

Das Kommando weckte den Säugling, der zu weinen begann. Ja, weine nur!, dachte Henriette, und nun liefen auch ihr die Tränen über das Gesicht, während sie das Kind noch enger an sich presste. Nimm Abschied von deinem Vater. Du siehst ihn nie wieder. Du bist nun eine Waise. Eine Kriegswaise. Und ich eine Witwe von achtzehn Jahren.

Weil sie unfähig war, sich aus ihrer Erstarrung zu rühren, traten Maximilians Eltern als Erste vor, um drei Handvoll Erde auf den Sarg ihres Sohnes zu werfen. Henriette war die Letzte, der diese symbolische Geste blieb.

Sie kniete am Rand der Grube nieder und ließ die zusammengebundenen Luisen-Blumen hineinfallen, aus denen ihr Brautstrauß bestanden hatte. Die gelben Rosen würde sie für sich behalten, für immer.

Wie eine Welle überkam sie ein Anflug von Zorn auf das preußische Pathos, den sie dann gerechterweise ausweitete auf diesen ganzen menschenfressenden Krieg. Doch jäh wich der Zorn Verzweiflung. Sie hatte nicht die Kraft für Zorn.

Es kann nicht sein, dachte sie.

Das kann unmöglich Maximilian sein! Er war doch immer so voller Kraft, Entschlossenheit und Zuversicht. Und noch so jung. Er liegt nicht dort unten in diesem Sarg und wird zu Staub und Knochen.

Jemand hob sie sanft hoch und führte sie fort von dem Grab. Als die Trauergesellschaft den Friedhof verließ, umarmte Carlotta Jette unter Tränen.

»Bleib bei uns! Du und unser Enkelsohn, Verlasst uns nicht!« Sie stiegen in eine Kutsche und fuhren nach Hause. Jette musste ihr Kind stillen.

Von da an hatte sie keine Erinnerungen mehr.

Ein Tag wie der andere verstrich in dumpfer Trauer. Nicht einmal sprechen konnte sie. Das Einzige, was sie aufrecht hielt, war ihr Kind: es zu halten, es zu liebkosen, es zu stillen und in seinen sich täglich verändernden Zügen nach seinem Vater Ausschau zu halten.

Am Tag von Maximilian Treptes Begräbnis gab der preußische König ein Fest zu Ehren der durchmarschierenden 2. Russischen Garde-Infanterie-Division.

Unter den Linden und im Lustgarten waren Tafeln aufgestellt, an denen zehntausend russische und preußische Gardisten bewirtet wurden.

Korporal Braksch und Füsilier Werslow hatten sich direkt von der Zeremonie auf dem Garnisonsfriedhof dorthin zu begeben. Die anderen feierten schon kräftig, hatten manchen Becher Branntwein geleert und waren ausgelassener Stimmung. So wurden die beiden finster dreinblickenden Neuankömmlinge mit deftigen Sprüchen begrüßt.

Der riesige Werslow zog die Augenbrauen zusammen und starrte den fröhlichen Rufer so drohend an, dass der sofort verstummte und bereitwillig ein Stück zur Seite rückte, um ihm Platz zu machen. Braksch setzte sich ihm gegenüber zu den Männern des Zuges, dem sie nun zugeteilt waren.

»Er sollte verdammt noch mal hier bei uns sein und mitfeiern!«, brummte Braksch voller Zorn.

Ja, dachte Werslow ebenso zornig, der auch um seinen Freund Hansik trauerte. »Er war ein guter Mann.«

VIERTER TEIL

DER KONGRESS FEILSCHT

Eröffnungstaktiken

Wien, 29. September 1814

Tausendfache begeisterte »Ahs!« und »Ohs!« hallten durch den Prater, Vivats und Applaus, während der Kunstfeuerwerker Kaspar Struwer dem erlauchten Publikum ein atemberaubendes Spektakel bot. Nicht nur bunte Funkenregen sprühten vom Nachthimmel, sondern ganze Bilder, Allegorien auf die Hoffnungen, die sich auf diesen Kongress richteten: »Gürtel der Eintracht«, »Europas Völkern Dank«.

Der Andrang war riesig, die Kutschen standen vom Prater bis zum Burgplatz, und selbst der verwöhnteste Zuschauer musste zugeben: Ein solches Feuerwerk brachten nur Struwers in Wien zustande.

Zufrieden ließ Clemens Wenzel Lothar Fürst von Metternich seine Blicke über die hohen Gäste in den Galerien schweifen. Er brauchte durch Festlichkeiten gut gelaunte und vor allem abgelenkte Monarchen, die sich nicht in die Arbeit ihrer Gesandtschaften einmischten.

Fast jedermann betrachtete den prächtigen, nicht enden wollenden Funkenregen als Eröffnung des Kongresses, obwohl diese erst für den 1. November angesetzt war.

Genau das sollte die Welt auch glauben.

Sämtliche Kaiser, Könige, Fürsten und Gesandtschaften waren angereist. Die Wiener hatten schon jede Menge zu schauen und zu staunen gehabt, wenn die Monarchen in die Hofburg einfuhren und die farbenfroh uniformierten Ehrenregimenter in Reih und Glied antraten. Manchem fuhr Kaiser Franz auch entgegen, wie dem Zaren und dem König von Preußen, die vor ein paar Tagen gemeinsam anreisten.

Alle waren hier, der Kongress konnte beginnen. So glaubten es die Uneingeweihten.

Doch unter strengster Geheimhaltung war der Kongress bereits am 22. September eröffnet worden. Im engsten Kreise, von den »Großen Vier«: Russland, Preußen, Österreich und Großbritannien. Gleich in ihrer ersten Deklaration räumten sie sich das Entscheidungsrecht in allen wichtigen Fragen ein. Das taten sie exakt einen Tag vor der Ankunft des französischen Außenministers Talleyrand. Nach Metternichs Plan war damit der alte Gegner ausmanövriert.

Der wendige und schlaue Herzog von Talleyrand-Périgord hatte einst Napoleon auf den Kaiserthron geholfen und diente ihm als Außenminister, bis sie sich zerstritten. Dann erwies er sich zugegebenermaßen für die Alliierten als sehr hilfreich, um Bonaparte loszuwerden und den Bourbonen Ludwig XVIII. auf den Thron zu setzen. Dafür war er nun *dessen* Außenminister, und dafür saß er nun mit am Verhandlungstisch, wohl oder übel.

Metternich hatte den Erzrivalen gebraucht, als er erfuhr, der Zar wolle Bernadotte zum Kaiser von Frankreich machen und mit dem Hause Romanow verheiraten. Das musste er um jeden Preis verhindern. Ein übermächtiges Zarenreich wäre für Österreich und ganz Europa ebenso übel, wie es das übermächtige napoleonische Frankreich gewesen war.

Also blieb ihm nichts übrig, als sich mit dem verhassten Talleyrand in Verbindung zu setzen, den viele wegen seines Klumpfußes, seiner unheimlichen Erscheinung und seiner Durchtriebenheit für einen Abgesandten der Hölle hielten.

Der sorgte dafür, dass die Wiedereinsetzung der Bourbonen auf den französischen Thron schon angebahnt wurde, ehe Napoleon auch nur an Abdankung dachte. Zum Lohn dafür durfte die Verlierernation nun mitverhandeln, bekam die

Grenzen von 1792 zugesichert und sogar Reparationen erlassen, obwohl sie jedes eroberte Land maßlos ausgeplündert hatte. Die Österreicher mussten noch vor gar nicht langer Zeit ihr gesamtes Tafelsilber für Kontributionszahlungen an Frankreich abliefern, selbst das kaiserliche Geschirr in der Hofburg wurde eingeschmolzen! Und jetzt war noch nicht einmal von der Rückgabe der geraubten Kunstschätze die Rede!

War das nicht überaus großzügig?

Es war *genug*. Deshalb der Schachzug mit den »Großen Vier«. Doch Talleyrand, nach seinen Worten Patriot und stets Diener Frankreichs, ganz gleich wer gerade regiere, wusste natürlich, dass Metternich ihn auch künftig brauchte.

Die demonstrative Einigkeit, mit der Zar Alexander und Friedrich Wilhelm von Preußen gebetsmühlenartig deklarierten, dass der eine Polen und der andere Sachsen bekam, erforderte ein Gegengewicht. Ein Gegengewicht zu dieser übermächtigen russisch-preußischen Allianz.

Deshalb würde Metternich wohl auch bald engere Freundschaftsbande zum englischen Außenminister Castlereagh schließen, obwohl sie einander ebenfalls nicht übermäßig schätzten.

Beunruhigt sah der Fürst auf seinen Programmzettel. Da schien gerade etwas nicht zu klappen bei diesem Feuerwerk: Statt drei Sonnen als Symbole für die Hauptalliierten glitzerten und funkelten nur zwei am Nachthimmel. Doch der König von Preußen schien das nicht zu bemerken. Metternich atmete auf. Notfalls ließen sich die zwei Sonnen mit zwei anwesenden Kaisern erklären.

Es gab so unendlich viel zu tun auf diesem Kongress!

Doch solch einen Kongress hatte es auch noch nie gegeben: wo nicht während des Krieges über Kapitulationsbedingungen verhandelt wurde, sondern *nach* Friedensschluss alle europäischen Staaten gemeinsam einen dauerhaften Frieden schaffen sollten; zweihundertzwanzig Gesandtschaften, die der vielen Kleinststaaten mitgerechnet.

Einiges war schon im Pariser Friedensabkommen vom 30. Mai geregelt: Die Niederlande gehörten nun den Oraniern, die Schweiz wurde unabhängig, ein Teil der überseeischen Kolonien war neu verteilt, Malta weiter britisch, die Schifffahrt auf dem Rhein frei. Aber die entscheidenden Fragen blieben offen: Was wird aus Sachsen, Polen, Italien? Wie soll der Deutsche Bund beschaffen sein? Tausend Details galt es zu klären.

Die hier den glitzernden Funkenregen am Himmel bestaunten, hatten nicht die geringste Vorstellung, was alles nötig war, um ein solch gigantisches und schicksalhaftes Ereignis vorzubereiten. Schließlich mussten so viele erlauchte Gäste nicht nur untergebracht und beköstigt werden, sondern *angemessen* untergebracht, streng nach Rangfolge, nach Freund- und Feindschaften. Die Staatskanzlei musste herausgeputzt und umgebaut werden, er brauchte unzählige Schreiber, die direkt über dem Konferenzsaal saßen und jedes Wort protokollierten. Und Geheimpolizisten, die jedes Wort überwachten, das außerhalb der Verhandlungsräume fiel.

Metternich wollte wissen, was die anderen planten, und sein Kaiser wünschte Berichte über ihre Liebesaffären.

Prächtige Feste mussten organisiert werden, damit sich die Hoheiten nicht langweilten und die Verhandlungen ihren Diplomaten überließen. Wie es der Kaiser von Österreich tat. Franz vertraute seinem Kanzler Metternich vorbehaltlos und hatte keinerlei Neigung, an endlosen, öden Sitzungen teilzunehmen.

Sie teilten zwei Überzeugungen: Krieg war eine furchtbare Sache, aber eine Revolution ebenso. Dieser Kongress musste die alte dynastische Ordnung wiederherstellen. Das erforderte ein Gleichgewicht der Kräfte in Europa – und *das* war Metternichs ehrgeiziges Ziel für den Kongress, den er leitete.

Deshalb galt es dafür zu sorgen, dass sich der Zar und sein treuer Freund und Schatten Friedrich Wilhelm möglichst wenig in die Verhandlungen einmischten.

Im Moment wirkten die beiden gut gelaunt und schienen das Spektakel zu genießen. Wie die ganze überaus glanzvolle und verwöhnte Gästeschar. Zufrieden lehnte sich der Kongressleiter ein wenig zurück und fing bei seiner stillen Musterung einen Blick der Kaiserin auf. Galant verneigte er sich und ließ sie nicht aus den Augen.

Die schöne junge Maria Ludovica, schon immer eine erklärte Feindin Napoleons, hasste Metternich. Aber ihr knappes, leicht spöttisches Lächeln sagte ihm: Sie würde ihre Rolle als liebreizende Gastgeberin und blonder Engel vollendet spielen, trotz ihres Lungenleidens und der Gleichgültigkeit des Kaisers ihr gegenüber. Zu der er, Metternich, mit einer Intrige beigetragen hatte.

Ja, Wien würde sich der Welt von der besten Seite zeigen. Schöne Frauen, grandiose Feste, große Künstler …

Hinter den Kulissen hielt er alle Fäden in der Hand.

Er würde den Kongress leiten und sein Meisterwerk abliefern, das Europa einen langen Frieden brachte.

Und sich dabei aufs beste amüsieren. Auch in diesem Moment spürte er die neugierigen, interessierten, auffordernden Blicke etlicher Damen auf sich gerichtet. Manche verstohlen, manche ganz offen. Sicher ein Dutzend der Schönen würde ihm auf das geringste Zeichen wortlos folgen. Doch jetzt begehrte er die reizende Wilhelmine von Sagan, die Tochter der Herzogin von Kurland. Fast meinte er, den berauschenden Duft ihrer Haut und ihres seidigen Haares zu spüren. Er würde die alte Liebe wieder auffrischen, heute noch. Er konnte es kaum erwarten.

Während der Fürst von Metternich beim großen Feuerwerk den Glanz Wiens beschwor, traf ein völlig erschöpfter Mann

Mitte dreißig mit schmaler Statur in der Stadt ein und erlebte sie von einer wenig glanzvollen Seite.

Carl Bertuch, Schriftsteller und Redakteur des *Journals des Luxus und der Moden* aus Weimar, kam als einer der beiden Deputierten der deutschen Buchhändler zum Kongress. Diese Aufgabe hatte er anstelle seines kranken Vaters übernommen, des Verlegers und Fabrikanten Friedrich Justin Bertuch.

Der junge Weimarer musste sich mit den Ellbogen durch die überfüllten Straßen kämpfen, wäre zweimal fast Taschendieben zum Opfer gefallen, hatte ständig aufdringliche Huren abzuwehren, und als er das Zimmer sah, das er mit Mühe und für einen Wucherpreis im *Weißen Hirsch* auftrieb, fiel ihm nur ein Wort ein: Spelunke.

Er konnte kaum stehen in der winzigen Dachkammer, die ewig nicht gefegt worden war, geschweige denn gewischt, auf dem schmalen Bett lag eine alte Pferdedecke. Mit spitzen Fingern warf er sie zu Boden, zog das schmuddelige Laken ab und schüttelte es kräftig, um das Ungeziefer zu verjagen.

Auf der Straße war er mit einem der Buttenweiber aneinandergeraten, das ihm im Gedränge fast seinen mit Urin gefüllten Holzeimer über die Schuhe gekippt hatte. Doch beim Anblick des stinkenden Abtritts auf dem Hof wünschte er sich, er hätte den Eimer der Buttenfrau benutzt, den transportablen Abort für Passanten.

Was hilft's?, seufzte er schicksalsergeben. Er war achtundvierzig Stunden unterwegs gewesen, sogar nachts in der Kutsche gefahren, und hundemüde. Also wickelte er sich mit knurrendem Magen in seinen Reisemantel und legte sich auf das Bett. Hoffentlich fing er sich hier kein Ungeziefer ein.

Dabei hatte sich Carl Bertuch so darauf gefreut, die schöne Stadt an der Donau wiederzusehen! Seine von Madame Lindenthal erwähnten *Wanderungen über das Schlachtfeld bei Leipzig* waren inzwischen erschienen, und auch über den Kongress wollte er ausführlich berichten.

Was für ein Ereignis! Kaiser, Könige, Fürsten, zweihundertzwanzig Gesandtschaften, hunderttausend Gäste!

In Wien traf sich ganz Europa, und die Welt wurde neu geordnet. Vor allem aber beflügelte ihn die Aussicht, die Anliegen der Buchhändler vortragen und durchsetzen zu können. Doch jetzt, in dieser Spelunke, sehnte er sich zurück nach Hause, nach seiner lieben Frau und seinen Kindern, nach seinem warmen und sauberen Bett und einer guten Mahlzeit. Hoffentlich zog sich der Kongress nicht so lang hin!

Mitte November wollte er wieder daheim sein. Spätestens.

Hungrig und erschöpft schlief der Redakteur ein und erwachte mit dem schlimmen Gefühl, sich überall kratzen zu müssen.

Er stritt heftig mit der Wirtin um eine Kanne Wasser, wusch und rasierte sich und packte seine Sachen zusammen, wobei er jedes Kleidungsstück gründlich begutachtete und ausschüttelte. Goethe hatte ihm ein Empfehlungsschreiben für den Minister von Humboldt mitgegeben. Ein Alptraum, beim preußischen Gesandten vorzusprechen, während einem eine Wanze aus dem Ärmel krabbelte!

Bertuch frühstückte in einem Kaffeehaus und schickte von dort aus ein Billett – eher einen Notruf – an zwei befreundete Wiener Buchhändler, die Herren Schaumburg und Armbruster.

Die beiden reagierten sofort und verschafften ihm Logis in einem Haus in der Straße Am Graben. Das war sogar eine der besten Adressen in der Stadt, hier wohnten etliche Delegierte. Carl Bertuch hinterlegte im Quartier des Herzogs Karl August von Sachsen-Weimar am Roten Turm einen Brief, um seinem Regenten die Ankunft in Wien zu melden. Einen weiteren in der Hofburg für Herzogin Luise, die wegen der öffentlichen Affären und vielen außerehelichen Kinder ihres Gemahls getrennt von ihm wohnte.

Dann bezog er glückselig seine neue Unterkunft im dritten Stock des Hauses Nr. 655 Am Graben und traf eine Etage tiefer auf das zweite Mitglied der deutschen Buchhändlerdeputation, den angesehenen Tübinger Verleger Johann Friedrich Cotta.

Am Morgen des nächsten Tages – Carl Bertuch hatte schnell begriffen, dass man hier früh aufstehen musste, um noch jemanden anzutreffen – ließ er sich bei Humboldt im Gasthof *Römischer Kaiser* melden. Das Empfehlungsschreiben des Geheimen Rates aus Weimar bewirkte, dass er umgehend vorgelassen wurde.

»Ich bin auf dem Weg zu einer Konferenz. Aber da mir mein Freund Goethe ans Herz legt, Sie und Ihre Sache dem Fürsten von Metternich zu empfehlen – worum geht es den Buchhändlern, junger Mann?«, erkundigte sich Wilhelm von Humboldt freundlich.

»Zum einen um Pressefreiheit, wie Euer Exzellenz verstehen werden. Aber auch um eine ruinöse Praxis, die den deutschen Buchhandel, die Verleger und die Schriftsteller um die Existenz bringt«, redete Bertuch, fast ohne Luft zu holen.

Er wusste, ihm blieb nicht viel Zeit, der Gesandte war in Eile.

»Jedermann, der ein Buch kauft, kann es nach Belieben nachdrucken und verkaufen. Das ist Diebstahl von Eigentum, es bringt den Verfasser und den Verleger um ihr Brot. Die deutschen Buchhändler und Schriftsteller bitten deshalb um ein Gesetz, das den Nachdruck von Büchern verbietet.«

»Ich verstehe«, antwortete Humboldt. »Ich glaube zwar nicht, dass dies beim Kongress angesichts der Fülle an Themen zum Vortrag kommt, aber vielleicht kann ich mich anderweitig dafür einsetzen. Finden Sie sich am Mittwoch zum Diner bei mir ein, dann sprechen wir darüber.«

Dann stieg er in die Kutsche, die bereits vorgefahren war.

Der Freiherr Wilhelm von Humboldt, außerordentlicher Gesandter und bevollmächtigter Minister in Wien und während des Kongresses dem mächtigen Staatskanzler Fürst von Hardenberg unterstellt, war an diesem Morgen zu sehr mit einem akuten Problem befasst, um über die Nöte der Buchhändler nachzudenken; das musste er vertagen oder Metternich überlassen.

Nur hatte der im Moment leider die gleichen Sorgen wie er. Gemeinsam wollten sie Talleyrand ausmanövrieren und hatten festgelegt, dass allein die »Großen Vier« alle wichtigen Entschlüsse fassen würden. Aber Charles-Maurice de Talleyrand-Périgord argumentierte so logisch, souverän und geschliffen, dass sich ihr Konstrukt im Nu in Luft auflöste.

Und soeben, diesen Morgen, hatte der schlaue französische Außenminister eine Denkschrift vorgelegt, dass nur der Kongress mit sämtlichen Gesandtschaften berechtigt sei, Entscheidungen zu treffen. Zur Tagesordnung oder zur Gründung weiterer Ausschüsse könnten die acht Unterzeichner des Pariser Friedens beschließen: Russland, Preußen, Österreich, Frankreich, Großbritannien, Spanien, Portugal und Schweden. Aber nur gemeinsam.

Damit hatte der messerscharf denkende Franzose die »Großen Vier« ausmanövriert.

Humboldt spürte Kopfschmerzen herandräuen, weil er im Geiste schon hören konnte, wie sich Hardenberg empörte: »Man kann doch Kleinststaaten mit einer Armee von zwei Dutzend Soldaten nicht die Angelegenheiten Europas regeln lassen!«

Er hatte zwar selbst empfohlen, die deutschen Kleinstaaten aus den Abstimmungen herauszuhalten. Aber Hardenbergs Forderung war unmissverständlich: Frankreich dürfe keinerlei Anteil an den Erörterungen haben.

Diese Maßgabe konnten sie nun ebenso zu Grabe tragen wie ihren »Viererplan«. Stattdessen mussten sie zustimmen, dass die Gruppe der acht Signatarmächte von Paris die Entscheidungen traf. Womit Frankreich wieder im Spiel war. Und sie konnten den Kongress nicht offiziell eröffnen, da sonst die kleinste Gesandtschaft ebenso stimmberechtigt wäre wie die Großmächte, sondern mussten alles auf formlosen Treffen und in internen Runden klären.

Kaum war Talleyrand in Wien angekommen, hatte er sie überrumpelt, statt sich überrumpeln zu lassen!

Garantiert würde er nun sofort die Vertreter der kleinen Staaten zusammenrufen und ihnen versprechen, Frankreich werde sie gegen die Vorherrschaft der vier Großen schützen. So hatte sich das Metternich bestimmt nicht vorgestellt!

Humboldt stieg aus der Kutsche, betrat die Staatskanzlei und wies einen Bediensteten an, ihm ein Pulver gegen Kopfschmerzen zu besorgen. Dabei fragte er sich, wie es seine Amtskollegen wohl schafften, auch noch diese ganzen Feste und Bälle zu besuchen, die ihm zutiefst verhasst waren. Sie hatten weiß Gott genug zu tun!

Gedenken ein Jahr danach

Wien, Leipzig und Friedrichsfelde,
18. und 19. Oktober 1814

Bälle, Jagden, Konzerte, Ausflüge, Besichtigungstouren, kleine Gesellschaften in den Salons schöner Damen, große in Palästen – der Wiener Kongress schien denen, die nichts von den harten Verhandlungen im engsten Kreise wussten, eine einzige Abfolge von Vergnügungen zu sein.

Mit größter Feierlichkeit wurde der erste Jahrestag des Sieges bei Leipzig am 18. Oktober begangen. Jubelfeste ein Jahr nach dem »Errettungssieg« gab es auch in sämtlichen deutschen Städten. Aber Wien überbot natürlich alles.

Kaiser Franz hatte Kongressteilnehmer und Militär in den Prater eingeladen. Der Erzbischof von Wien zelebrierte ein Hochamt in einem eigens dafür errichteten riesigen Pavillon. Zwanzigtausend Offiziere und Soldaten standen im Karree, eintausend Schuss Kanonensalut dröhnten.

Nach der Messe ritten die Herrscher der Siegermächte vor ihre Truppen und nahmen die Parade ab, danach wurden sechzehntausend Soldaten, die in Leipzig gekämpft hatten, vom Kaiser zu Tisch geladen.

In schier endlosen Reihen quer durch den Prater sitzend, konnten sie sich satt essen an Braten, Knödeln, Krapfen. Hinter ihnen waren die Gewehre in exakten Abständen zu Pyramiden zusammengestellt, dazwischen standen Bierfässer, aus denen freigiebig ausgeschenkt wurde.

Die hohen Herrschaften speisten im Lusthaus und würden sich gegen Abend zum Ball im Gartenpalais des Fürsten Metternich einfinden. Vom Lusthaus führten Pontonbrücken zur Simmeringer Haide, wo bis tief in die Nacht ein ausgelassenes Volksfest gefeiert wurde.

Die wogende Menge erfüllte den ganzen Prater, alles atmete Frohsinn und Freude, notierte Carl Bertuch, der seit seiner Ankunft in Wien schon eine beeindruckende Anzahl von Audienzen bei Fürsten und Gesandten absolviert hatte.

Sein größter Erfolg: Gemeinsam mit Cotta durfte er bei Metternich vorsprechen, und der sagte ihnen Unterstützung zu. Offenbar galten die einundachtzig deutschen Buchhändler und Verleger, die sie hier repräsentierten, doch noch etwas! Beflügelt von diesem Erfolg, kam Carl Bertuch eifrig seiner Chronistenpflicht nach, und das Fest im Prater fand bei ihm höchstes Lob.

Nur in Leipzig selbst herrschte am Jahrestag der Schlacht auffällige Stille. Abgesehen davon, dass alle Glocken läuteten. Der Rat und Stadtkommandant Prendel hatten angeordnet, dass zwei Tage lang während der Gottesdienste alle Geschäfte ruhten.

Madame Lindenthal war bereits früh am Morgen in die Nikolaikirche gegangen, um die Predigt von Dr. Rosenmüller *Zum Gedenken an die Gefallenen für Deutschlands Freiheit* zu hören, danach Dr. Tzschirners *Lob- und Dankesrede für den Sieg und die glückliche Errettung der Stadt.*

Ihren Bruder, der sie begleitete, hatte sie zu sich zum Mittag geladen. Als der kränkelnde Rudolphus nach dem Essen ging, um ein wenig zu ruhen, blieb Madame Lindenthal aufgewühlt und gedankenschwer in ihrer Wohnung zurück.

Die Geschehnisse vor einem Jahr standen ihr beängstigend lebhaft wieder vor Augen. Kugeln stürzten krachend nieder, von allen Seiten dröhnte Kanonendonner, die Straßen lagen voller Verwundeter und Toter, und die Leipziger zitterten vor dem unausweichlichen Sturm auf die Stadt.

Henriette Gerlach – damals mager, völlig erschöpft und niedergedrückt vom Leid in den Lazaretten – überredete den französischen General, der mit seinem Gefolge das Haus belegte, ihr sein Brot für die Verwundeten zu geben. Schließlich hatte er ja noch Schinken, Ei und Kuchen.

In der Nacht suchte der General klammheimlich das Weite.

So gönnten sie und Henriette sich am nächsten Morgen ein angesichts der Lage opulentes Frühstück mit Zwieback, Pflaumenmus und einem gekochten Ei. Gemeinsam beteten sie, dass diese Stadt und dieses Haus am Abend noch stehen würden. Dann gab die Witwe ihrem Herzen einen Stoß und legte Henriette das letzte Brot in den Korb, für die Notleidenden in der Thomaskirche.

Kurz darauf brach in Leipzig die Hölle aus. Und als das Schlimmste für diesen Tag vorbei und die Stadt eingenommen war, stand der Premierleutnant Trepte vor ihrer Tür, brachte den verwundeten Stabskapitän und stellte sich als Verlobter Henriettes vor.

In Erinnerungen versunken, setzte sich Madame Lindenthal an das Pult, nahm Papier und Feder und begann zu schreiben. Durch Friedrich Gerlach wusste sie vom tragischen Schicksal des Premierleutnants. Auf ihren Kondolenzbrief an die blutjunge Witwe war keine Antwort gekommen. Monsieur Gerlach hatte sie in seiner Post schon darauf vorbereitet und berichtet, seine Nichte sei völlig in ihrem Kummer gefangen und nehme nichts mehr um sich wahr außer ihrem Kind. Charlotte Wilhelmine Lindenthal war darüber sehr bedrückt und besorgt. Aber vielleicht würde dieser Brief die junge Frau ein wenig aus ihrer Lethargie reißen.

Leipzig, Dienstag, 18. Oktober 1814

Meine liebe Madame Trepte, liebes Kind,

wenn ich Sie noch so nennen darf, da Sie nun selbst Mutter sind. Aber Sie wissen ja, dass ich Sie wie eine Tochter ins Herz geschlossen habe …
Ich kann heute gar nicht aufhören, mich an all das zu erinnern, was wir vor genau einem Jahr gemeinsam hier durchlitten. Und ich bin sicher, trotz Ihrer Trauer wird es Ihnen nicht anders gehen.
Es ist ein schwacher Trost zu wissen, es hätte in jenen schrecklichen Tagen noch schlimmer kommen können. Heute möchte ich nicht in Berlin sein, wo sich bestimmt alles vor Begeisterung überschlägt. Die siegestrunkenen Preußen werden es zu einem Jubeltag machen. Aber bei aller Freude über ihren Sieg – kann ein Jubeltag sein, was hunderttausend Menschen das Leben kostete?
Sicher haben Sie auch die Denkschrift von Ernst Moritz Arndt gelesen, wie man diesen Jahrestag des Sieges feiern soll. Und so, wie ich Sie kenne, werden Sie von diesem Pamphlet recht angewidert sein. Das ganze Volk festlich

gekleidet, dagegen ist nichts einzuwenden. Ehrengastmäh-
ler für die Verwundeten – sehr löblich. Leuchtfeuer durchs
ganze Land, laufende Boten, Kinderfeste ...
Es ist wichtig, dass die Jugend erfährt, was geschah, denn
es darf nie vergessen werden. Doch ein Kinderfest auf
Massengräbern? Kann so etwas das richtige Gedenken
sein?
Der Tod so vieler Menschen – Ihr ehrenwerter Gatte
eingeschlossen – ist noch zu frisch, und das Elend zumin-
dest hier in Sachsen kaum gemildert.
Eine deutsche Tracht will er einführen, der Arndt. Wie soll
die aussehen? Und was machen wir mit denen, die bereits
eine Tracht haben – wie die Sorben in der Lausitz? Auch
dass die Bauern ihre Hochzeiten künftig auf den Jahrestag
der Schlacht legen sollen, klingt wie ein schlechter Scherz.
Ein Denkmal, ein Gedenkstein wäre angemessen.
Aber der Herr Arndt will auf dem Schlachtfeld von tau-
senden Soldaten oder Bauern einen Koloss errichten lassen,
so groß wie eine Pyramide oder der Kölner Dom!
Die sächsischen Soldaten sind gar nicht im Land, um dies
zu tun, und die Bauern hier haben weiß Gott andere Sor-
gen, nachdem ihnen vor Jahresfrist ihre Gehöfte verbrannt,
ihr Vieh geschlachtet und ihr Saatgut gestohlen wurden.
Wir in Leipzig, wo die blutige Schlacht ausgetragen wurde
und die Toten und Verwundeten noch tagelang auf den
Straßen lagen, sehen das etwas anders als der Rest der
Nation, die uns ohnehin vergessen zu haben scheint.
Doch darf ich Ihnen berichten, dass der heutige und mor-
gige Tag in Leipzig sehr würdevoll begangen werden.
Alle Glocken läuten von früh an. Stellvertretend für alle
bei den Kämpfen in den umliegenden Dörfern Gefallenen
ließ Stadtkommandant Obrist Prendel in Probstheida die
russische Geistlichkeit ein Seelenamt halten. Für das
Dankfest in der Nikolaikirche hat der Herr Hofrat Mahl-

mann höchstpersönlich einige Verse verfasst. Nachher fin-
det ein geistliches Konzert im Gewandhaus statt. Heute
Abend wird die Stadt festlich illuminiert, und an einem
Haus am Markt ist ein Satz aus Schillers Tell zu lesen, das
würde Ihnen gefallen: Wir Deutsche wollen sein
ein einzig Volk von Brüdern.

Meine liebe, schwer geprüfte Henriette,
ich habe Ihnen einmal unvorsichtigerweise gesagt, dass
man nur ein einziges Mal im Leben seine große Liebe fin-
den kann. Das gilt für mich, aber ich revidiere ganz ent-
schieden diese Ansicht, was Sie betrifft, auch wenn Sie
davon jetzt nichts hören wollen. Sie sind jung und haben
noch fast Ihr ganzes Leben vor sich. Es mag seine Zeit
dauern, aber ich glaube fest daran, dass Sie eines Tages
wieder Ihr Glück finden.
Ich bete für Sie und Ihr Kind.
Seien Sie weiterhin so tapfer, wie Sie es immer waren.
Ich wünsche, dass Sie Freude und Trost an Ihrem Söhn-
chen finden. Vielleicht kann ich Ihnen mit den beigelegten
Kleinigkeiten etwas Freude bereiten.

Mit den aufrichtigsten Wünschen für Sie und Ihr Kind und
meinen Empfehlungen an Ihren Herrn Schwiegervater
und Madame Carlotta
Ihre
Charlotte Wilhelmine Lindenthal

Dann packte sie ein Päckchen. Zuunterst ein Dankschreiben
der Lazarettverwaltung für die zweite Spende, die Anfang August eingetroffen war. Dazu mehrere Briefe von Verwundeten,
die sich persönlich bei der jungen Frau bedanken wollten – in
fehlerhaftem Deutsch mit Bleistift geschrieben, mit zittriger,
ungeübter Hand und schlichten Sätzen, aber von Herzen.
Obenauf legte sie zwei Kinderhemdchen. Genäht hatte sie

beide vor langer Zeit, als sie selbst noch hoffte, ein Kind zu bekommen. Seitdem lagen sie unberührt ganz unten in einer Truhe. Doch nach Friedrich Gerlachs Nachricht über die Geburt von Henriettes Sohn und den Tod ihres Mannes hatte sie die Hemdchen herausgeholt und zu besticken begonnen. Mit grünem Muster und Initialen. Sie argwöhnte, dass Henriette im Moment kein Preußischblau sehen wollte.

Ganz anders in Wien.

Dort trugen sämtliche Damen, die am Abend des 18. Oktober zum großen »Fest des Friedens« bei Fürst Metternich eingeladen waren, blaue Ballroben. Die Gala im Gartenpalais des Fürsten wurde wegen der Pracht der Räume, der Kleider und des würdevollen Einzugs so vieler Monarchen zu feierlichen Klängen aufs höchste gelobt.

Der Zar wollte dem Kaiser von Österreich nicht nachstehen und gab am nächsten Tag, dem ersten Jahrestag der Einnahme von Leipzig, ein Essen für siebenhundert Gäste im Palais des Fürsten Rasumowski, des russischen Gesandten in Wien.

Es war – wie vieles auf diesem Kongress – ein rauschendes Fest und ein Wettstreit zugleich.

Ein Wettstreit, der besorgniserregende Formen annahm.

Clemens von Metternich war souverän genug, um wie stets den strahlenden und äußerst charmanten Gastgeber zu spielen.

Immerhin fügte sich gerade das nächste Stück im Ringen um die Neuordnung der Welt: Dänemark musste Norwegen abtreten. Der Reichstag in Christiania würde heute die Vereinigung Norwegens mit Schweden beschließen. So, wie es dem Kronprinzen Karl Johann zugesichert worden war, damit Schweden den Alliierten beitrat. Deshalb war Bernadotte auch gar nicht erst in Wien erschienen. Er hatte seinen Anteil am Kuchen.

Doch nicht nur Talleyrand bereitete Metternich Sorgen, der

in den offiziellen und inoffiziellen Gesprächen des formal immer noch nicht eröffneten Kongresses dermaßen geschickt agierte, dass ihm – Metternich – alle Felle davonzuschwimmen schienen.

Noch schlimmer war die Sturheit des Zaren und des preußischen Königs, die in schönster Eintracht Front gegen alle anderen machten.

Der Standpunkt Alexanders schien wie mit riesigen Lettern in die Wände der Staatskanzlei gemeißelt zu sein: »Der König von Preußen wird König von Preußen und Sachsen sein – wie ich Kaiser von Russland und König von Polen sein werde.«

Für Metternich war es undenkbar, Sachsen den Preußen zu überlassen. Österreich brauchte eine Reihe mittelgroßer Staaten als Sicherheitszone gegen Preußen. Und es war mit dem sächsischen Königshaus verschwägert. Ganz abgesehen davon: Ein König war ein König, daran durfte nicht gerüttelt werden. Ging es nicht darum, die monarchische Ordnung wiederherzustellen?

Allmählich ertrug Clemens von Metternich den Anblick des Zaren nicht mehr. Zudem dieser auch noch versuchte, ihm seine Geliebte abspenstig zu machen, die göttliche Wilhelmine von Sagan.

Könnte sich Alexander nicht mit der Bagration und all den anderen Grazien begnügen, die sich um ihn rissen?

Schlimm genug, dass die schöne Katarina, die einst seine Geliebte war und mit der er eine Tochter hatte, die bei ihm und seiner Frau lebte, nun die Favoritin des Zaren sein wollte. Aber da konnte er sich noch rühmen, sie *vor* Alexander gehabt zu haben. Als sie deutlich jünger war.

Auf die Kurländerin Wilhelmine konnte der Zar als Herrscher Druck ausüben, und es gab Anzeichen, dass er das tat …

Der Streit um Sachsen und Polen war persönlich geworden, zum Streit zwischen ihm und Alexander.

Clemens Fürst von Metternich hätte das nie zugegeben, aber

es zehrte an seinen Nerven. Langsam befürchtete er, die Contenance zu verlieren. Das wäre fatal für seinen Ruf als Meister der Diplomatie. Und fatal für diesen Kongress.

Während Metternich grübelte, wie er Alexander Paroli bieten konnte, und der Zar sein Fest im wunderschönen Palais Rasumowski gab, fand bei Leipzig ein Ereignis statt, das Madame Lindenthal Henriette lieber verschwieg. Denn in Preußen würde zweifellos als Verschwörung betrachtet werden, was die Sachsen als Akt der Treue zu ihrem gefangenen König empfanden.

Vor Jahresfrist hatten die Leipziger kaum zur Kenntnis genommen, wie Friedrich August von Sachsen nachts um vier als Gefangener Richtung Berlin eskortiert wurde. Doch mittlerweile gab es im Land eine Welle der Entrüstung, weil der König immer noch festgehalten wurde, sein Name auf Befehl Repnins nicht mehr in den Kirchen genannt werden durfte, die Zeitungen über ihn schweigen mussten und sogar Gerüchte kursierten, er werde sein Land nie wieder betreten. Der bei vielen Sachsen beliebte Herrscher wurde zum Märtyrer stilisiert, seine Wiederkehr herbeigesehnt.

Am Nachmittag des 19. Oktober, auf die Stunde genau ein Jahr, nachdem der König zum Gefangenen erklärt worden war, versammelte sich eine Gesellschaft royalistisch gesinnter Leipziger auf dem höchsten Punkt des Schlachtfeldes und stellte dort ein großes, mit Eichenlaub geschmücktes Kreuz auf. Reden wurden gehalten, Lieder zu Ehren des Königs gesungen und für seine Rückkehr gebetet. Am Jahrestag der Deportation ließ die Gemeinde Probstheida vier junge Eichen um das Kreuz pflanzen.

Natürlich wusste Friedrich August davon.
Sein Umzug nach Friedrichsfelde hatte sich in jeder Hinsicht als glückliche Entscheidung erwiesen. Hier wurde er nicht

verspottet. Die Bewohner der Gegend begriffen sofort, dass sie von seiner Anwesenheit profitieren würden. Der sächsische Hofstaat brauchte Handwerker, Fuhrleute, Pferdeburschen, Lieferungen für die Küche, Unmengen Holz. Nicht zuletzt kamen sonntags Neugierige aus Berlin, die den König bei Ausritten oder Spaziergängen sehen wollten und dafür Geld im Wirtshaus und bei ortskundigen Führern ließen.

Vor allem aber hatte Friedrich August in seinem neuen, abgelegenen Wohnsitz eifrige Aktivitäten entwickelt und viele Besucher empfangen: Hofbeamte, Ratsherren, Kuriere.

Er wusste von den Streitigkeiten in Wien.

Zwar waren weder er noch eine sächsische Abordnung dort zugelassen. Doch sein Bruder Anton wohnte nun auf Schloss Schönbrunn – schließlich war dessen Gemahlin Therese eine Erzherzogin von Österreich! – und traf dort manchen einflussreichen Fürsprecher. Und der Graf von der Schulenburg-Klosterroda, den er auf Vorschlag Metternichs als »Privatmann« nach Wien geschickt hatte, informierte den König in chiffrierten Briefen sehr detailliert.

Friedrich August wusste auch, dass die auf seine Weisung von seinem Bruder Maximilian angeregte Unterschriftenaktion in der sächsischen Armee großen Widerhall fand und für enormen Ärger in der Armeeführung sorgte. Ebenso, dass die Mannschaftsgrade der Armee seinen Geburtstag am 23. Dezember besonders feierlich begehen würden.

Als die Preußen in einem Akt unerhörter Dreistigkeit Anfang November das russische Gouvernement über Sachsen durch ihr eigenes ersetzten, legte er sofort Rechtsverwahrung gegen die preußische Besitznahme seines Landes ein und forderte dessen Rückgabe. Was viele seiner Untertanen auf seine baldige Rückkehr hoffen ließ. In Dresden demonstrierten sie schon dafür.

Friedrich August von Sachsen würde mit Klauen und Zähnen um seinen Besitz und seine Krone kämpfen.

Friedensweihnacht

Freiberg, Weihnachten 1814

Johanna Gerlach hatte keine Ruhe gegeben. Die besorgniserregenden Nachrichten aus Berlin, dass ihre Nichte auch Monate nach dem Tod ihres Mannes nicht die Kraft aufbrachte, sich um mehr als ihr Kind zu kümmern, sondern vor sich hin dämmerte und kaum ein Wort sprach, und der Gedanke, dass Wilhelm und Carlotta Trepte an diesem Weihnachtsfest um alle drei Söhne trauern würden ...

Also überredete sie ihren Mann, Jette samt Kind und Schwiegereltern nach Freiberg einzuladen.

Lange musste sie nicht reden. Friedrich Gerlach wollte die Nichte und seinen Enkel – als solchen betrachtete er ihn, auch wenn es genau genommen sein Großneffe war – selbst gern um sich haben. Und mit den Treptes empfand er nicht weniger Mitgefühl als seine Frau.

Freiberg lag tief verschneit, als die Reisenden aus Berlin eintrafen. Wovon der kleine Max nichts mitbekam, der dank des monotonen Ruckelns der Kutsche fest schlief.

Die Gerlachs erwarteten ihren Besuch an der Posthalterei in der Wallstraße. Nach tränenreicher Begrüßung von Onkel und Tante wandte sich Henriette an Josef Tröger, der mit einem Schlitten gekommen war, um das Gepäck der Gäste zum Haus der Gerlachs zu befördern. Der normalerweise wortkarge Mann wirkte um zehn Jahre gealtert.

»Wie geht es Ihrer Frau? Haben Sie Nachricht von Ihren Söhnen?«, fragte sie ihn.

»Willkommen daheim, junge Frau!«, brummte Josef Tröger ungewohnt freundlich. »Meine Lisbeth kocht Ihnen gerade Ihre Lieblingsspeisen und kann es gar nicht erwarten, Ihr Kindchen zu sehen. Von Karl und Wilhelm hören wir kaum. Die sächsische Armee steht weit weg am Rhein und kommt nicht nach Sachsen. Das ausgeplünderte Land kann nicht mal seine eigene Armee ernähren!«

»Aber es geht ihnen gut?«, vergewisserte sich Jette, die sich nicht erinnern konnte, dass Josef einmal so viele Sätze hintereinander gesprochen hatte. In seinem Haushalt führte die Frau das Regiment, die Köchin Lisbeth. Nur in einem Punkt hatte sie sich nicht durchsetzen können: als ihr Mann wollte, dass sich alle sechs Söhne zur Armee meldeten. Nun waren vier von ihnen tot.

Friedrich Gerlach schlug vor, angesichts des schönen Winterwetters die paar hundert Schritte bis zu ihrem Haus zu Fuß zu gehen und dabei den Obermarkt mit seinen reich verzierten Häusern zu besichtigen.

Nach der langen Reise war ein kurzer Spaziergang eine willkommene Abwechslung. Große Flocken schwebten durch die Dunkelheit, und die verschneite Stadt im Weihnachtsschmuck bot einen romantischen Anblick. In vielen Fenstern standen Bergmann und Engel oder mit Kerzen besetzte Schwibbögen; eine aus dem Bergbau entstandene Tradition, wie Johanna den Gästen aus Berlin erklärte.

Dass heute viele Kerzen zu Ehren des Geburtstages des sächsischen Königs brannten, behielt sie lieber für sich.

»Dies ist unsere Königlich-Sächsische Bergakademie«, erklärte Friedrich Gerlach nach ein paar Dutzend Schritten und deutete auf ein Eckhaus an der Nonnengasse. »Natürlich nicht zu vergleichen mit Ihrer Universität in Berlin, aber sie besteht schon seit fast fünfzig Jahren, und ihre Gelehrten und Absolventen sind weltweit angesehen.«

»Alexander vom Humboldt, ich weiß«, meinte Wilhelm Trepte lächelnd. »Und Werner, der Vater der Mineralogie.«

»Es sieht aus wie ein normales, wenn auch recht geräumiges Wohnhaus«, wunderte sich Carlotta.

»Das war es auch, ehe es der Oberberghauptmann von Oppel für Lehrbetrieb und Sammlungen zur Verfügung stellte«, berichtete Gerlach. »Gehen wir durch die Kaufhausgasse, dann sehen Sie den Obermarkt! Der ist jetzt besonders schön weihnachtlich geschmückt.«

Als sie kurz darauf zum Untermarkt einbogen und Henriette das vertraute Gerlachsche Eckhaus sah, durchströmte sie ein inniges Gefühl. Genau in diesem Moment setzte das Spiel der Silbermannorgel im Dom ein.

»Wunderschön!«, seufzte Carlotta Trepte, die schon immer einmal eine Orgel von Gottfried Silbermann hören wollte.

»Wir werden in die Christmette gehen. So ein Weihnachtskonzert bekommen Sie in Berlin ganz sicher nicht geboten«, versprach ihr Johanna nicht ohne Stolz.

An der Tür wartete Franz auf sie, vor Ungeduld zappelnd.

»Guten Tag, Madame Trepte, Guten Tag, Monsieur Trepte«, begrüßte er die Gäste mit einer Verbeugung und ließ sie in den Flur ein, damit ihnen das Dienstmädchen die schneebedeckten Mäntel und Hüte abnahm.

Dann stürzte er auf seine Schwester zu. »Jette, Jette! Schau, ich bin schon fast so groß wie du!«

Nachdem er das auf Zehenspitzen demonstriert hatte, umschlang er sie samt dem schlummernden Bündel, das Henriette auf dem Arm trug.

»Nun zeig mir endlich meinen Neffen!« Vorsichtig schob er die Decke auseinander. Von dem Lärm und den Lichtern erwachte Max und schaute sich mit großen Augen um.

Fasziniert beugte sich Franz über ihn.

»Bonjour, mon petit Premier-Lieutenant!«, begrüßte er ihn. »Schau mich an, ich bin dein Onkel Franz. Wenn du erst laufen kannst, bringe ich dir viele großartige Dinge bei.«

Max blickte auf Franz, der sich noch dichter über sein Gesicht beugte, und begann freudig zu glucksen.

Henriette zog ihren jüngeren Bruder mit der freien Hand an sich und strich ihm durchs Haar.

»Er mag dich!«, sagte sie. »Doch ich bin ganz froh, dass er

vorerst noch nicht laufen kann. Ehe du ihm allerhand *Groß-artiges* beibringst, von dem ich wohl besser nichts erfahren sollte ...«

Franz warf sich in die Brust. »Natürlich mag er mich! Und er erkennt meine Autorität als Onkel an. Kleiner, wenn du erst laufen kannst, dann lernst du von mir, wie man im Stehen pinkelt, und wichtige Sprüche fürs Leben ...«

»Auf Latein!«, ergänzte er eilig, als ihm Johanna einen Klaps hinter die Ohren gab. Die Tante musste ja nicht wissen, dass er inzwischen auch einige Schimpfwörter in dieser Sprache beherrschte.

Jette gefiel ganz und gar nicht, dass Franz den Kleinen mit »petit Premier-Lieutenant« angesprochen hatte, obwohl er sicher nur mit seinem Französisch prahlen wollte. Aber sie mochte jetzt nicht darüber streiten. Nicht jetzt.

Die Gäste waren inzwischen in den Salon geführt worden, um eine kleine Stärkung zu sich zu nehmen. Ehe Henriette ihnen folgen konnte, kam Lisbeth Tröger aus der Küche und ging mit verzücktem Gesicht auf sie und den Säugling zu.

»Willkommen daheim, aus vollem Herzen!«, sagte auch sie und trat behutsam näher. »Darf ich den Winzling einmal sehen?«

Gerührt betrachtete sie das runde Kindergesicht und strich sanft über die Wange. Ihre Kleider, ihre Hände – alles duftete nach Plätzchenteig, und das schien Max zu gefallen. Es gurgelte vor Vergnügen und sprudelte kleine Bläschen.

»Oje, er bekommt bald den ersten Zahn! Man glaubt kaum, wie schnell sie wachsen«, meinte Lisbeth seufzend. »Sie stillen ihn selbst? Das erkennt man gleich daran, wie gut genährt und glücklich der kleine Bursche aussieht. Aber ich vermute, bald wird er Hunger und Protest gegen die nasse Windel anmelden. Geben Sie ihn mir, ich wechsle seine Windel. Derweil können Sie sich etwas erfrischen, bevor Sie ihn stillen. In Ihrem alten Zimmer ist alles vorbereitet. Ich schicke heiße

Milch und Malzbier und Gebäck, noch ganz warm aus dem Ofen.«

Erleichtert über die Hilfe, bedankte sich Jette, denn ihr schoss schon wieder die Milch ein. Sie sagte im Salon Bescheid, dass sie zunächst ihr Kind versorgen müsse, und ließ die Treptes und Gerlachs beim Kaffee allein. Aus dem Augenwinkel sah sie, wie Franz heimlich zwei Scheiben Christstollen in ein Taschentuch wickelte, und argwöhnte sofort, die horte er für seinen Neffen. Sie würde ihm viel erklären müssen – unter anderem, dass ein vier Monate altes Kind noch keinen Kuchen vertrug.

Erschöpft setzte sich Jette auf das Bett, in dem sie im vorigen Jahr Nächte voller Alpträume verbracht hatte. Dann, während der Einquartierung, hatte Étienne dieses Zimmer bekommen, und sie schlief in der Bibliothek. Als er verwundet fast am Fieber starb, pflegte sie ihn hier gesund.

Auf dem Tisch lag das Herbarium, das Felix ihr zur Aufbewahrung überlassen hatte. Sie ging hin, strich darüber, dann trat sie zum Fenster.

Dort gegenüber hatte Sebastian von Trebra gestanden, ihr Verehrer aus den Tanzstunden bei Maître Meunier, und einen Brief abgeben lassen, mit einem heimlich in die Stadt geschmuggelten Gedicht von Theodor Körner. Bei strömendem Regen hatte er gewartet, bis sie ans Fenster kam und ihm einen Blick gönnte. Kindereien, die beinahe fast zu einer Katastrophe geführt hätten, denn ihr Oheim wurde verdächtigt, die Flugblätter gedruckt zu haben.

Es klopfte, Lisbeth trat ein und brachte ihr Max, frisch gewickelt und hungrig. Gleich darauf kam das Dienstmädchen mit Milch, Malzbier und duftenden Plätzchen.

Jette legte den Kleinen an, der mit gierig ächzenden Geräuschen trank. Sie strich ihm über den dunklen Haarflaum, während das unbeschreiblich innige Gefühl sie durchflutete, das nur eine Mutter beim Stillen erlebt.

Johanna hatte sich bei einer Nachbarin eine Wiege aus Weidengeflecht geborgt. Und die ganze Gesellschaft bestand darauf, den Kleinen eine Weile bei sich im Salon zu haben.

Satt, zufrieden und schläfrig lag Max in dem Körbchen, die Lider fielen ihm zu. Er zog alle Aufmerksamkeit auf sich, bis Eduard und Konstantin eintraten.

Sie kamen vom Zensor, wo sie die Seiten für die nächste Ausgabe der *Gemeinnützigen Nachrichten* vorgelegt hatten.

Eduard begrüßte seine Cousine voller Freude. Auf den kleinen Max starrte er verblüfft. »Ich hätte nicht gedacht, dass die so winzig sind«, murmelte er.

Konstantin verbeugte sich förmlich vor Henriette zur Begrüßung. Sie wusste, dass er sich ihretwegen mit seinem Vater überworfen hatte, und besaß genug Phantasie, um sich auszumalen, was dabei für Worte gefallen waren.

Er hatte ihr lange Briefe geschrieben, nachdem er aus Erfurt in sein Elternhaus zurückgekehrt war, sich entschuldigt und nach ihrem Wohlbefinden erkundigt. Seine Zeilen klangen reumütig, und sie hatte geantwortet, sie verzeihe ihm.

Doch Worte konnten lügen, und aus seinen Sätzen spürte sie etwas heraus, das ihr Misstrauen erregte. Vielleicht zu Unrecht. Vielleicht war sie überempfindlich. Aber angesichts seines gezwungenen Verhaltens verstärkte sich ihr Argwohn. Hatte er diese Briefe nur geschrieben, um wieder bei seinem Vater aufgenommen zu werden? Er war der Erstgeborene und würde einmal Graz und Gerlach weiterführen. Und er war sehr ehrgeizig. Jette beschloss, Konstantin möglichst aus dem Weg zu gehen.

Nachdem seine Söhne alle Gäste begrüßt hatten und vorgestellt waren, erkundigte sich Friedrich Gerlach, wie der Besuch beim Zensor ausgefallen sei.

»Glaubt es oder nicht – seit wir hier die preußischen Zensoren haben, wünschen wir uns die französischen fast zurück«, erklärte Konstantin sarkastisch. »Reglements, Reglements und Reglements zu den Reglements!«

Zu den Besuchern gewandt, fügte er hinzu: »Wir sind nämlich seit vorigem Monat nicht mehr russisch, sondern preußisch besetzt.«

»Der neue Militärkommandant Sachsens, General von Dobschütz, hat in Dresden das Tabakrauchen in der Stadt verboten!«, empörte sich Eduard.

»Das wird dich Grünschnabel sehr schmerzen, wo du so oft Pfeife rauchend durch Dresden ziehst«, spottete sein Vater.

»Rauchen auf den Straßen gehört sich nicht!«, wies Johanna ihren Sohn zurecht.

»Dobschütz hat Wittenberg erobert und ist einer der Retter Berlins«, verteidigte Wilhelm Trepte den preußischen General. »Hätten Bülow, Tauentzien und er die Franzosen voriges Jahr nicht bei Dennewitz und Großbeeren zurückgeschlagen, wäre Berlin gefallen. Und im Feldlager ist das Rauchen im Gehen auch nicht erlaubt. Er hält also auf Ordnung, der neue Militärkommandant.«

»Die Erfurter jubelten den Preußen im Januar sehr zu, als sie in die Stadt einzogen«, warf Konstantin bissig ein. »Über dem französischen Desaster hatten sie nämlich vergessen, wie sehr sie davor die preußische Verwaltung getriezt hatte. Jetzt sehnen sie sich nach kurmainzischer Gemütlichkeit zurück.«

»Respektiere, dass wir preußische Gäste haben!«, ermahnte Friedrich Gerlach seinen Erstgeborenen.

Wilhelm Trepte gab zu, dass auch Humboldt aus Verzweiflung über ausufernde Bürokratie seinen Posten als Bildungsminister hingeworfen habe und Diplomat geworden sei.

»Der Kongress in Wien muss unbedingt Reformen bringen, für ganz Deutschland!«

»Und Sachsens Zukunft klären. Wir sind alle wie vor den Kopf gestoßen, seit vorigen Monat über Nacht das russische Gouvernement gegen ein preußisches ausgetauscht wurde«, klagte der Freiberger Buchdrucker. »Fürst Repnin besaß große Sympathien in Sachsen. Bis er befahl, unseren König aus den Kirchengebeten zu streichen. Und es gab zu viele Disziplinlosigkeiten von russischen Soldaten, sogar Überfälle auf offener Straße. Aber plötzlich unter preußischer Herrschaft zu stehen …«

»Stellen Sie sich nur vor: Im Dresdner Zwinger haben ein paar Russen im Naturalienkabinett sämtliche Behälter mit Spiritus ausgetrunken! Da waren tote Viecher und so etwas eingelegt!«, steuerte Eduard genüsslich bei und beobachtete, wie wohl die Frauen darauf reagierten.

Johanna lud sofort zu einem Rundgang durchs Haus ein, damit sich dieses Gespräch nicht ausweitete, weder politisch noch mit solchen Abscheulichkeiten.

Jette nahm ihr Söhnchen aus der Wiege und ging mit ihm in ihr Zimmer. Nach so viel Gesellschaft brauchte sie jetzt Zurückgezogenheit.

Sie machte es sich mit dem schlafenden Kind auf dem Arm im Sessel bequem, legte die Füße hoch und lehnte den Kopf gegen die Wand. Ihr Blick war zum Fenster gerichtet, wo sie nichts sah außer großen, sanft herabsinkenden Schneeflocken, davor das tröstende Licht einer Kerze.

Licht in der Dunkelheit!, hatte Maximilian sie beschworen. Nun musste sein Sohn ihr Licht in der Dunkelheit sein. Sie schmiegte den Schlummernden an sich und verlor sich in Erinnerungen.

Am Knarren der Dielen hörte sie, dass jemand vor der Tür unschlüssig auf und ab ging. Bleib draußen!, dachte sie unwirsch. Lasst mich alle in Ruhe!

Eine Weile schien die Beschwörung zu funktionieren. Dann klopfte es. Sie reagierte nicht, sie wollte niemanden sehen. Sie wollte allein sein mit ihrem Kind und den Erinnerungen an Maximilian.

Doch das Klopfen hielt beharrlich an, sie hörte Konstantins

Stimme: »Jette, ich weiß, du bist da drinnen. Bitte, lass mich herein! Es ist wichtig.«

»Dann komm«, sagte sie resigniert.

Was konnte er schon Wichtiges von ihr wollen?

Zögernd verharrte ihr Cousin in größtem Abstand, als er die Tür hinter sich geschlossen hatte. Er blieb sogar stehen, obwohl sie ihm einen Stuhl anbot. Trüge er noch seinen Zylinder, würde er den wohl unruhig in den Fingern drehen. In Ermanglung dessen zupfte er an der Weste herum.

»Jette … Henriette …« Er stockte.

Sie sah ihn an und wusste weder, wie sie ihm helfen sollte, noch, warum sie es tun sollte.

Er hatte sein Urteil über sie gefällt, ohne mit ihr gesprochen zu haben. Nach all den Jahren, in denen er sie umschmeichelt hatte. Wollte er sich jetzt mit ihr gutstellen, weil sie wider Erwarten die Frau – nein, die Witwe! – eines preußischen Gardeoffiziers geworden war?

Plötzlich fiel er vor ihr auf die Knie.

»Henriette … Ich habe dir unrecht getan. Ich war so selbstgerecht … Ich war bereit, dich einem ungewissen, schlimmen Schicksal zu überlassen. Das bereue ich tief. Kannst du mir verzeihen?«

Er griff nach ihrer Hand, doch sie entzog sie ihm.

»Ich bitte dich, Cousin, beende diese Narretei und steh auf! Sag, was du wirklich willst, oder geh! Du machst mich und mein Kind nur nervös. Ganz gleich was du über mich gedacht hast, ich vergebe dir. Doch nun lass mich allein. Ich bin von der Reise erschöpft.«

Konstantin stand auf, aber er blieb.

»Als du fort warst … Ich hörte, was die Leute über dich redeten.«

»Deshalb bin ich gegangen. Damit kein Fleck auf deine weiße Weste fällt!«, unterbrach sie ihn schroff.

»Vater schlug mir damals vor, dich zu heiraten, um … alles wieder in Ordnung zu bringen. Damit du zurückkommen kannst. Ich weigerte mich, obwohl ich schon immer ein Herz für dich hatte.«

»Tatsächlich? Und was hat dich davon abgebracht?«

»Eifersucht. Die Fassungslosigkeit darüber, was du getan haben könntest. Ich habe dich verurteilt.«

»Und jetzt verurteilst du mich nicht mehr? Weil sich jemand gefunden hat, der bereit war, mich zu heiraten, *ganz gleich* was ich getan haben *könnte*?«

Konstantin senkte den Kopf, und nach einigem Zögern erzählte er stockend und leise von Marie Fischer.

»Als ich ihren Leichnam im eiskalten Wasser treiben sah, durchfuhr mich ein riesiger Schrecken, das könnte auch dein Schicksal sein. Ich wurde fast wahnsinnig vor Angst. Bis ich endlich von Vater erfuhr, welche unerwartete Wendung dein Leben genommen hat. Gott segne den Premierleutnant, der dir seinen Schutz und seinen Namen gab! Und Gott sei seiner Seele wohlgesinnt.«

Erneut überschwemmte die Trauer um Maximilian Jette.

Das Kind spürte ihre Unruhe und regte sich.

»Bitte geh jetzt!«, wiederholte sie. »Ich lief damals nach Leipzig, um zu sühnen und zu sterben. Nicht von eigener Hand, keine Sorge! Im Krieg gibt es viele Möglichkeiten zu sterben. Doch ich gewährte und erfuhr Barmherzigkeit. Ich verzeihe dir. Und nun lass mich bitte allein. Respektiere meine Trauer.«

Konstantin senkte den Kopf. »Ich möchte meinen Fehler gutmachen. Du bist jetzt wieder schutzlos und allein. Allein mit einem Kind. Du brauchst einen Ernährer und Beschützer. Henriette …«

Er holte tief Luft und platzte dann heraus: »Willst du meine Frau werden? Ich werde dich lieben und dein Kind ebenso, als wäre es meines.«

Jette schloss die Augen, um die Tränen wegzublinzeln. Mit

allem hatte sie gerechnet – aber nicht mit dieser Ungeheuerlichkeit.

»Geh!«, wiederholte sie ein drittes Mal. »Ich danke dir für diesen Antrag. Doch Maximilian ist noch kein halbes Jahr tot. Er war die Liebe meines Lebens. Und ich werde sein Andenken nicht entehren, indem ich einen anderen zum Mann nehme, kaum dass die Blumen auf seinem Grab verwelkt sind. Ich will nicht wieder heiraten, weder jetzt noch später. Der Oheim und Maximilians Eltern werden für mich und mein Kind sorgen. Und ich will dein Mitleid nicht.«

Ziellos

Freiberg, 24. Dezember 1814

Gleich nach dem Frühstück ging Henriette hinunter in die Gerlachsche Buchhandlung, um sich dort umzusehen.

Sie liebte es, über die Regale zu streichen, da und dort ein Buch herauszuziehen, darin zu blättern, sich festzulesen. Die typische Geruchsmischung von Druckerschwärze und Leder, mit einem Hauch Leim und Staub, vermittelte ihr das Gefühl von Geborgenheit.

Ihr Kind hatte sie mitgenommen und in seinem Korb auf den Ladentisch gestellt. Satt und zufrieden kaute Max auf einem Beißring herum, mit großen Augen um sich schauend.

»Nein, du wirst kein Premierleutnant, du wirst vielleicht einmal ein Buchhändler! Was hältst du davon?«, fragte sie ihn und blätterte ihm rasch die Seiten eines Bandes vor, was den Kleinen sehr zu faszinieren schien.

In einer Stunde würde das Geschäft öffnen, für Menschen,

die Bücher verschenken wollten. Bis dahin konnte sie noch allein ein wenig hier herumstöbern.

Die Buchhandlung hatte sich nicht verändert, seit sie vor mehr als einem Jahr von Freiberg fortgegangen war, wohl aber das Sortiment. Das bestand zwar weiter zum großen Teil aus Werken von Gelehrten der Bergakademie und Lehrbüchern für Bergbau und Mineralogie. Aber dem übrigen Angebot ließ sich wie stets viel über die Zeitumstände entnehmen. Der Wechsel Sachsens vom russischen zum preußischen Gouvernement zeigte sich auch im Sortiment von Graz und Gerlach.

Die Sprachführer für französische Einquartierung und Porträts von Napoleon waren natürlich längst verschwunden, nun auch die des Zaren und die Ratgeber für russische Einquartierung.

Dafür gab es Drucke mit Bildern des Königs von Preußen. Keine Porträts der beiden preußischen Gouverneure – aber vielleicht hatten sie gar keine anfertigen lassen, weil ihre Herrschaft nur von kurzer Dauer sein würde? Der Freiherr von der Recke war schon siebzig Jahre alt und aus dem Ruhestand geholt, der Generalmajor von Gaudi früher für die militärische Ausbildung des Kronprinzen zuständig gewesen. Er hatte dafür gesorgt, dass dessen Erzieher Delbrück entlassen wurde, weil der den jungen Prinzen nicht hart genug formte. Das hatte ihr Schwiegervater ihr erzählt.

Die Porträts des sächsischen Königs hatte der Oheim nicht offen ausgelegt. Doch wusste Jette von ihm, dass sie sich bestens verkauften.

Gut plaziert entdeckte sie das schmale Bändchen mit Gedichten von Theodor Körner: *Leyer und Schwerdt. Einzige rechtmäßige, von dem Vater veranstaltete Ausgabe*, gedruckt und vertrieben von der Nicolaischen Buchhandlung Berlin, dem Nachbarhaus in der Brüderstraße. Es war verblüffend, es hier zu sehen, dennoch nicht unerwartet – ihr rühriger

Oheim würde natürlich diese Neuheit für sein Sortiment besorgen.

Mit zusammengezogenen Augenbrauen betrachtete sie das Titelbild mit der lorbeerumkränzten Harfe und dem antiken Schwert. Sie kannte die Gedichte, hatte sie einst bewundert.

Doch jetzt konnte sie sie nicht mehr ertragen. Ob Körner im Angesicht des Todes zu einer anderen Meinung über Schwertergeklirr und blutige Rache gekommen war? Oder war er tatsächlich der Held, der sein Leben ohne Zögern opferte? Sie legte das schmale Büchlein zurück und zog die nächste Neuerscheinung aus dem Regal.

Karoline Friederike von Berg, die Hofdame und engste Freundin von Königin Luise, hatte es verfasst: *Louise, Königin von Preußen. Der preußischen Nation gewidmet. Zum Besten der Witwen und Waisen gebliebener Landwehrmänner und freiwilliger Jäger.*

Das Buch war in Preußen sehr populär. Bemerkenswerterweise war es nicht in Berlin, sondern in Leipzig gedruckt worden, bei Breitkopf & Härtel, eigentlich ein renommierter Musikverlag, der die Werke vieler bedeutender deutscher Komponisten publizierte: Beethoven, Mozart, Haydn, Telemann … Ob die kluge Frau von Berg so die im Krieg fast um die Existenz gebrachte Leipziger Buchbranche unterstützen wollte? Schließlich hatte sie auch den Erlös des Werkes für die Hinterbliebenen der Gefallenen bestimmt. Tausende litten schlimme Not, nachdem sie den Ernährer verloren hatten.

Jette kannte das Buch, stellte es zurück und griff nach dem Werk einer weiteren Schriftstellerin und Berliner Salonnière: *Über deutsche Geselligkeit in Antwort auf das Urteil der Frau von Staël* von Caroline de la Motte Fouqué. Das hatte sie noch nicht gelesen und wollte sich nach einem beruhigenden Blick auf ihr Kind hineinvertiefen, als jemand an die Fensterscheibe der Buchhandlung klopfte.

Unwillig sah sie auf und wollte schon rufen, es sei noch nicht geöffnet. Doch als sie den Besucher erkannte, legte sie das Buch sofort beiseite, lief zur Tür und schloss auf.

»Felix! Wie geht es Ihnen? Ich wusste nicht, dass Sie wieder in Freiberg sind!«, rief sie überrascht und mit einem lange nicht erlebten Anflug von Freude.

Auf den ersten Blick schien er nicht verändert: das dunkle Haar, die Brille. Doch seine Haltung war anders: straffer, militärischer. Und seine Augen hatte jenes warmherzige Leuchten verloren, jene unschuldige Begeisterungsfähigkeit, mit der er von der Wunderwelt der Minerale geschwärmt hatte. Trauriger hätte er auch mit hängenden Schultern nicht wirken können, obwohl er ihr zulächelte.

»Aber ich wusste, dass *Sie* hier sind.«

Sein Lächeln erstarb. »Mein Beileid, Henriette. Es … tut mir wirklich unendlich leid. Wie geht es Ihnen?«

Henriette wollte nicht über ihre Trauer reden.

»Kommen Sie herein! Setzen Sie sich und erzählen Sie, wie es Ihnen ergangen ist. Also studieren Sie wieder? Das freut mich. Soll ich uns einen Tee bringen lassen? Oder Kaffee?«

»Bitte keine Umstände! Ich platze unangekündigt herein …«

Sie bot ihm einen Stuhl an und machte es sich im Sessel in der Leseecke bequem, nachdem sie ihren Sohn aus dem Körbchen geholt hatte, der unruhig geworden war, nun aber wieder verstummte.

Felix klopfte Schnee von Hut und Schultern, rieb seine beschlagenen Brillengläser blank, trat näher und betrachtete das Kind in Henriettes Arm versonnen.

»Ist das nicht ein Wunder? So vollkommen? Ein Mensch, der noch alles vor sich hat. So verletzlich, so hilflos – und doch rührt einen der Anblick bis ins Innerste. Man will alles tun, um dieses Kind vor jeglicher Unbill zu schützen.«

»Ja«, sagte Henriette ebenso leise und andächtig wie er. »Möchten Sie ihn einmal streicheln?«

Sie hielt ihm den Kleinen ein wenig entgegen.

Felix' Miene wurde ganz starr. Erschrocken wich er einen halben Schritt zurück.

»Wie könnte ich mit diesen Händen etwas so Reines, Unschuldiges berühren?«, fragte er bitter und anklagend.

»Felix!«, rief Henriette erschüttert. »Ihre Wunden sind gut verheilt. Und nur ein abgrundtief schlechter Mensch könnte Ihnen Ihre Verletzung vorwerfen. Es war ein Opfer, das Sie gebracht haben.«

»Das meine ich nicht.«

Er hängte den Hut an den Haken, zog den Stuhl heran und setzte sich Henriette gegenüber. Dann hob er seine Hände und betrachtete sie, als sähe er sie zum ersten Mal.

»Ich habe mit diesen Händen Blut vergossen. Und ich wurde bald ziemlich gut darin. Ich hatte sehr beeindruckende Kommandeure, tapfere, aufrechte, fähige Männer. Erst den Rittmeister von Colomb, dann den Oberstleutnant von Sohr. Ich war dabei, als Blüchers Armee in Kaub über den Rhein ging. Davon wird jeder, der dort war, noch seinen Enkeln erzählen. Ich war ein guter Schütze. Ich kämpfte in großen Schlachten. Was bedeutet …«

Sie ließ ihn nicht ausreden, weil sie wusste, was er meinte. »Maximilian sagt … sagte: Oft muss ein Soldat Schlimmes tun, um noch Schlimmeres zu verhindern.«

»Ich weiß«, erwiderte Felix zu ihrer Verwunderung und holte tief Luft, bevor er leiser weitersprach.

»Es sind auch nicht so sehr die Alpträume, die mir Angst machen. Die haben Sie auch nach allem, was Sie erleben mussten, bestreiten Sie es nicht! Die hat jeder, der gesehen hat, was wir sahen. Was mich viel mehr ängstigt: wie oft mich das Vergangene im Wachsein einholt.«

Er legte den Kopf in den Nacken und starrte mit halb geschlossenen Augen ins Leere. »Manchmal genügt ein Geräusch oder ein bestimmter Geruch, und ich bin wieder auf dem Schlachtfeld. Und bevor ich zurückfinde, könnte ich vielleicht aus purer Gewohnheit etwas Gewalttätiges tun. Deshalb *dürfen* Sie nicht zulassen, dass ich Ihr Kind berühre.« Henriette schluckte.

»Felix, Sie sind kein gewalttätiger Mensch«, widersprach sie heftig. Wieder hielt sie ihm das Kind entgegen.

»Nehmen Sie es in den Arm. Vielleicht ist es genau das, was Ihre inneren Wunden heilt.«

»Heilt es Ihre?«, fragte er mit hochgezogenen Augenbrauen.

»Langsam. Auch wenn tiefe Narben bleiben.«

Eine Weile herrschte Schweigen zwischen ihnen.

Henriette stand auf, legte das Kind, das eingeschlafen war, in sein Körbchen und blieb vor den Bücherregalen stehen.

Felix hatte sich gleichzeitig mit ihr erhoben und unternahm Anstalten, sich zu verabschieden.

»Gehen Sie noch nicht!«, hielt sie ihn hastig auf. »Sie studieren also wieder? Geht es Ihren Eltern gut?«

Als sich Felix voriges Jahr freiwillig zur preußischen Armee gemeldet hatte, verschwieg er das den Eltern. Henriette hatte für ihn regelmäßig seine auf Vorrat geschriebenen Briefe aus Freiberg abgeschickt.

»Es geht ihnen gut, dem Alter entsprechend.«

Ein verhaltenes Lächeln zog über sein Gesicht. »Sie sind überglücklich, denn mein Bruder lebt. Er war tatsächlich mit der Königlich-Deutschen Legion in Spanien, wie ich es immer vermutet hatte, unter einem Major Baring, und ist zurückgekehrt.«

»Das freut mich von Herzen!«, sagte sie überrascht und froh.

»Sie wollten nie glauben, dass er wie die meisten anderen von Schills Korps gefallen ist ...«

»Nein, Victor lässt sich nicht unterkriegen. Er entkam dem Gemetzel in Stralsund und setzte mit anderen Überlebenden nach England über. In der King's German Legion kämpfte er in Spanien. Von dort durfte er nicht schreiben, um uns nicht zu gefährden. Einer der Vorzüge seiner überraschenden Rückkehr ist, dass ich nun nicht mehr diese triste Anstellung in der Salinenverwaltung annehmen muss, um meine Eltern zu ernähren.«

»Aber Sie studieren wieder?«, beharrte Jette.

»Da Friede ist und ich Freiwilliger war, bin ich aus der Armee entlassen und kann meine Studien bei Professor Werner bald abschließen.«

»Was werden Sie danach tun?«

»Ich weiß es nicht.« Er zuckte mit den Schultern.

»Die Minerale und all das sind mir gleichgültig geworden. Wer den Krieg gesehen hat, wie kann der wieder zurück in ein normales Leben? Und ich habe ihn nicht nur gesehen, ich hatte daran teil.«

Auffordernd sah er ihr in die Augen. »Was werden *Sie* tun, Henriette?«

»Ich weiß es auch nicht«, gestand sie zögernd. »Ob ich mein Leben in Berlin, Freiberg oder Weißenfels einrichten soll. Ich lasse mich treiben, von einem Tag zum anderen, und bete jeden Abend, am nächsten Morgen die Kraft zu finden, aufzustehen und für mein Kind zu sorgen.«

»Im Krieg war es für mich wie für Sie jetzt – man lässt sich treiben. Aber man betet nicht, am nächsten Tag aufstehen zu können. Dafür sorgen schon die Trommler und Hornisten«, meinte er mit dem Anflug eines Lächelns. »Irgendwann betet man auch nicht mehr darum zu überleben. Das gewöhnt man sich vielleicht sogar zuerst ab.«

»Ich habe noch Ihr Herbarium mit den Zeigerpflanzen zur Aufbewahrung. Warten Sie einen Moment, ich hole es rasch.«

In seinen Augen erlosch etwas.

»Ich denke nicht, dass ich es noch brauche.«

Sie war so erschrocken über die Hoffnungslosigkeit, die aus diesen Worten sprach, dass sie leise aufschrie.

Felix griff mit beiden Händen nach ihren.

»Meine liebe, wunderbare, kostbare Freundin Henriette«, sagte er und ging wieder zum Du über. »Sorge dich nicht um mich, du hast Sorgen genug! Ich wünschte, all das Unheil wäre dir nie widerfahren. Da ich es nicht ungeschehen machen kann, wünschte ich mir, der zu sein, der dir Kraft und Trost spenden kann. Doch ich bin ... nicht gut genug dafür. Nicht gut genug für dich und dieses unschuldige Wesen. Verzeih mir.«

Er griff nach seinem Hut und blickte noch einmal auf das schlafende Kind.

»Ich sage nicht Lebewohl. Wenn du erlaubst, werde ich schreiben. Und wenn du eines Tages wieder Hoffnung schöpfen kannst, kann ich es vielleicht auch.«

Felix Zeidler verneigte sich und verschwand, bevor Henriette etwas sagen konnte.

Ein Gespräch im Hause Gerlach

Freiberg, 26. Dezember 1814

Sich den Schnee von den Stiefeln stapfend, kehrten die Gerlachs und die Treptes am zweiten Weihnachtstag aus dem Orgelkonzert im Freiberger Dom zurück. Carlottas Augen leuchteten vor Begeisterung.

Köstliche Düfte durchzogen das Haus. Lisbeth Tröger hatte Gänsebraten mit Rotkraut und Klößen zubereitet, und als alle satt und durchgewärmt nach dem Mahl am Tisch beieinandersaßen und sich Trägheit auszubreiten begann, schlug Johanna vor, hinüberzugehen in die Bibliothek, um dort einen Mokka zu trinken. Später könne man bei dem herrlichen Winterwetter ja noch einen Spaziergang zur Himmelfahrt Fundgrube unternehmen, von wo aus sich ein herrlicher Blick auf die Stadt darbiete.

Als Henriette den vertrauten Raum betrat, kam ihr sofort der Satz über die Lippen, den sie früher immer als Erstes aussprach, sobald sie mit ihrem Oheim inmitten der kunstvoll gebundenen Bände stand.

»Zeigst du mir deine verborgenen Schätze?«

»Ich warte schon die ganze Zeit, wann du mich das endlich fragst!«, rief Friedrich Gerlach erleichtert.

Seine »verborgenen Schätze« waren Flugblätter, Proklamationen und andere Schriften, deren Besitz angesichts der Zensur nicht ratsam war. Er hatte sich jedes Mal gefreut, wenn sie sich in verschwörerischem Einvernehmen danach erkundigte. Doch dass sie es jetzt tat, nahm er als hoffnungsvolles Zeichen, dass sie aus ihrer Starre erwachte. Sie begann, sich wieder für etwas zu interessieren.

Die vertraute Umgebung, ihr Bruder mit seinen Streichen und Eduards Freundschaft taten seiner Nichte offensichtlich gut. Irgendwie schien sie erfahren zu haben, dass der Junge vor Jahresfrist bereit gewesen war, sie in ihrer Notlage zu heiraten. Obwohl es angesichts seiner damals erst fünfzehn Lenze ein wenig lächerlich war, rührte es sie. Doch zwischen Konstantin und ihr war eindeutig noch nichts im Reinen.

Aus dem Geheimfach seines Sekretärs, das alle Familienmitglieder kannten, aber nicht anrührten, zog der Verleger einige Flugblätter heraus und reichte sie Henriette.

»Karikaturen zum Wiener Kongress!«, rief sie aufgeregt. »Die kursieren in Berlin in Unmengen. Du könntest sie bestimmt gut verkaufen.«

»Sieh genau hin!«, forderte der Oheim sie auf und deutete auf die oberste Zeichnung. »Hier hält der sächsische König krampfhaft seine Krone fest. Das wird in Sachsen kaum jemand lustig finden. Oder das: Die Herrscher verteilen Europa unter sich, und diese Figur hier« – er zeigte ein leicht zerknittertes Blatt Wilhelm Trepte – »soll offenbar Ihr König sein, der nach Sachsen greift. Ich glaube nicht, dass die preußischen Zensoren mich unbehelligt ließen, wenn ich mit derlei handeln würde.«

Er gab Henriette ein weiteres und schmunzelte.

»Aber das geht gut unter der Hand.«

Aus dem Gedächtnis zitierte er:

>*Der Zar von Russland liebt für alle,*
>*der König von Preußen denkt für alle,*
>*der König von Dänemark spricht für alle,*
>*der König von Bayern trinkt für alle,*
>*der König von Württemberg frisst für alle,*
>*und der Kaiser von Österreich zahlt für alle.*«

»Das trifft es wohl ziemlich gut«, meinte Carlotta. »Die Zeitungen in Berlin sind voll von Berichten über Feste, Liebesaffären, Skandale … Über die Ankunft jedes einzelnen Herrschers wurde ausgiebig informiert: wo er wohnt, welche Roben die Damen tragen.«

»Der Umfang dieser Belanglosigkeiten beweist, dass die Redakteure nicht wissen, was wirklich vorgeht«, warf Wilhelm Trepte ein.

»Oder nichts darüber verlauten lassen dürfen«, widersprach Friedrich Gerlach. »Diplomatische Geheimhaltung und strengste Zensur. Ich weiß, wovon ich rede. In Sachsen darf die Presse bei härtester Strafandrohung kein Wort über den Kongress bringen, nicht einmal die *Leipziger Zeitung*. Ein äußerst beunruhigendes Zeichen für die Zukunft unseres Landes. Zumal wir nun schon preußisch regiert werden.«

»Es kursieren die unglaublichsten Geschichten über die sittenlosen Zustände in Wien!«, entrüstete sich Johanna und griff nach einem glasierten Plätzchen. »Der Zar soll seine wunderschöne Kaiserin gezwungen haben, bei einem Fest seiner Mätresse zu erscheinen, dieser Fürstin Bagration. Und man plazierte die arme Elisabeth, die immerhin eine badische Prinzessin ist, auf einer so morschen Chaiselongue, dass das Möbelstück zusammenbrach. Stimmt das wirklich?«

»Ja, das habe ich auch gelesen, im Brief einer Freundin, die derzeit in Wien weilt«, bestätigte Carlotta mit einem ironischen Lächeln. »Dort herrscht ein verbissener Wettstreit der Salonnièren, ganz besonders zwischen Katarina Bagration und der Prinzessin von Kurland, Wilhelmine von Sagan. Die eine war einst die Geliebte Metternichs und ist nun die des Zaren, die andere ist nun die Geliebte Metternichs, wird aber vermutlich bald auch in Alexanders Armen liegen. Was nicht bedeutet, dass sich die beiden hohen Herren auf diese Damen beschränken. Übrigens ist Ihre Leipziger Salonnière, Madame von Crayen, in Wien auch sehr geschäftig.«

Entsetzt schüttelte Johanna den Kopf. »Bei seinem Besuch in Freiberg hatte der Zar ja den liebenswürdigsten Eindruck hinterlassen! Aber so etwas, nein ... Die arme Kaiserin!«

»Es heißt, sie tröste sich ein wenig mit ihrem polnischen Geliebten – mit Einverständnis ihres Gatten«, ergänzte Carlotta spitz.

Johanna verschlug es die Sprache. Aber nur kurz, dann siegte die Neugier. »Stimmt es, dass der preußische König in Liebe entbrannt sein soll? Zu einer jungen Gräfin, die das leibhaftige Ebenbild seiner verstorbenen Luise ist?«

»Das stimmt, nur leider wird diese Liebe nicht erwidert«, bestätigte Carlotta.

»Was kann die arme Julie Zichy auch tun?«, wandte Friedrich Gerlach streng ein. »Sie ist vermählt – soll sie im Haus ihrer Schwiegereltern eine Affäre mit einem König beginnen? Noch dazu, wo alle Welt zusieht ... und über die vergeblichen Avancen des Königs spottet.«

»Sollte man den armen Mann nicht eher bedauern deshalb?«, fand Johanna mit gerunzelter Stirn.

»Bei Beethovens großem Konzert in der Hofburg wäre ich gern gewesen«, sagte Carlotta, um rasch das Thema zu wechseln, so wie es sonst Johanna tat. Für die Mächtigen der Welt galten andere Regeln, auch in der Ehe. Darüber konnte und wollte sie mit diesen ehrbaren Leuten hier nicht reden.

»Wir drei«, sie deutete auf ihren Mann und Henriette, »hatten das große Glück, Iffland noch einmal auf der Bühne zu sehen. Sein letzter Auftritt, bevor er im September starb. Über Beethoven heißt es, er sei inzwischen schwerhörig, fast taub. Wer weiß, wie lange er noch dirigieren und komponieren kann?«

Henriette gab die Karikaturen ihrem Oheim zurück.

»Hast du schon etwas von der Buchhändlerdeputation gehört?«, fragte sie.

»Ja, mein Freund Göschen schrieb mir aus Grimma. Der junge Bertuch hatte auf dem Weg nach Wien bei ihm Station gemacht. Nach einem Monat geduldigen Wartens und Audienzen bei Humboldt und Metternich durften er und Cotta eine Denkschrift an das Deutsche Komitee richten.«

»Erstaunlich, dass ausgerechnet Metternich ihnen helfen will, für Pressefreiheit vorzusprechen, obwohl in Wien jeder Gast bespitzelt wird«, mischte sich nun erstmals Konstantin ein, der sich sonst in Henriettes Gegenwart sehr zurückhielt. »Monsieur Bertuch schreibt, er werde dauernd von *wohlmeinenden Zufallsbekanntschaften* ganz offen ausgehorcht, und in seinem Quartier sei täglich der Papierkorb durchwühlt. Das hast du uns erzählt, Vater.«

Damit löste er bei dem Bücher liebenden Friedrich Gerlach einen regelrechten Redeschwall aus.

»Diese einundachtzig Buchhändler und Verleger stehen mit ihrem Wirken für die deutsche Kultur und Geisteswelt! Damit Deutschland *das Land der Dichter und Denker* bleibt, wie Madame de Staël es so schön formuliert hat. Unsere Deklaration beruft sich darauf, dass auch die Abschaffung des Sklavenhandels zum Kongressziel erhoben wird. Menschen stehlen und verkaufen mag auffallender sein, aber es ist genauso schändlich, Menschen ihr Brot zu stehlen und zu verkaufen.«

Skeptisch sah Henriette von ihrer Meißner Mokkatasse auf.

»Kann man das mit dem barbarischen Menschenhandel auf eine Stufe stellen? Aber ich verstehe. Ihr braucht starke Worte, um gehört zu werden.«

»Ich staune, dass sich der Kongress dieser Sklavensache annimmt. Was hat Europa damit zu tun?«, fragte nun Eduard.

»Überhaupt hatte ich mir so einen Kongress ganz anders vorgestellt. Sollten die Delegationen nicht alle gemeinsam beraten und abstimmen? Laut Monsieur Bertuch gab es bisher keine einzige Vollversammlung.«

»Die Abschaffung des Menschenhandels ist ein humanistischer Gedanke, würdig und angemessen der neuen Zeit, die nun anbricht«, antwortete Wilhelm Trepte dem jungen Mann. »Doch dabei geht es durchaus auch um europäische Interessen.«

Als Eduard erstaunt wirkte, erklärte er: »Großbritannien steht seit 1812 im Krieg mit den Vereinigten Staaten von Amerika. Und seit die englischen Kolonien unter General Washington ihre Unabhängigkeit erkämpften, können die Briten kein Interesse daran haben, dass Sklaven für die Plantagen dorthin gelangen. Auch nicht daran, dass die Spanier und Portugiesen welche auf ihre Kolonien in Übersee verschiffen.«

Er sah den wissbegierigen Cousin Henriettes an und lächelte. »Frankreichs Außenminister Talleyrand wird dem britischen Delegationsleiter Castlereagh in dieser Frage gern entgegenkommen – und hat dann einen Gefallen gut.«

»Das ist wirklich eine Barbarei, die abgeschafft werden muss«, erklärte Johanna energisch. »Doch was wird aus Sachsen? Eine preußische Provinz?«

»Ich fürchte, zunächst einmal ein großer Streit«, gestand Wilhelm Trepte.

»Mit dem Wechsel vom russischen zum preußischen Gouvernement hat Kanzler Hardenberg nicht nur uns völlig überrascht. Wie man hört, auch seine Verhandlungspartner in Wien«, meinte Friedrich Gerlach. »Er schuf über Nacht Tatsachen. Das wird ihnen schwer im Magen liegen.«

Die beiden Männer tauschten einen vielsagenden Blick.

Dann bot Friedrich Gerlach seinem Gast an, mit ihm eine Pfeife zu rauchen.

Das war das Zeichen für Gerlachs Söhne und die Frauen, zu ihrem Spaziergang aufzubrechen, solange es noch hell war.

Der Freiberger Buchdrucker und der Berliner Rechtsgelehrte hatten sofort erkannt, dass sie beide Freimaurerlogen angehörten. Dieses Tabakkollegium bot Gelegenheit, Informationen und Ansichten auszutauschen, die nicht für Außenstehende bestimmt waren.

»Es gibt ernsthaft Anlass zur Sorge. Vorkommnisse, die den Erfolg des Kongresses gefährden«, begann Wilhelm Trepte mit gerunzelter Stirn, während er seine Meerschaumpfeife stopfte.

»So erfahre ich es auch durch meine Verbindungen«, bestätigte sein Gastgeber.

»Es heißt, Metternich und der Zar seien um Polen und Sachsen heftigst in Streit geraten, bis zur Duellforderung. Der Zar habe Metternich in rüdester Weise heruntergeputzt. Seitdem reden sie kein Wort mehr miteinander, schon seit zwei Monaten.«

»Das ist schlecht. Solange geredet wird, ruhen die Waffen. Nichts wäre schlimmer, als wenn es nach diesem furchtbaren Krieg auch noch zum Kampf *zwischen* den Verbündeten käme.«

»Der König von Preußen hat Hardenberg im Beisein des Zaren auf sehr ausdrückliche, demütigende Art befohlen, nichts zu unternehmen, das gegen die Interessen Russlands gerichtet sei«, wusste der Jurist zu berichten. »Damit sind dem Kanzler die Hände gebunden, er kann nicht mehr vermitteln. Der Zar besteht darauf, Polen zu bekommen, und so besteht Friedrich Wilhelm darauf, mit Sachsen entschädigt zu werden. Gegen diese russisch-preußische Front werden sich die anderen zusammenschließen. Ich glaube nicht, dass die Österreicher und Briten der vollständigen Annexion Sachsens zustimmen. Das würde das Kräfteverhältnis in Europa auf äußerst beunruhigende Weise verschieben.«

»Bertuch schreibt auch, alles werde dort immer verworrener, kriegerischer«, berichtete Gerlach besorgt. »Es scheine unumgänglich, dass Sachsen geteilt wird.«

Er blies Rauch aus und sah den dünnen Schwaden nach.

»Ich könnte mich noch damit abfinden, dass ein vollständiges Königreich Sachsen eine Personalunion mit Preußen schließt und vom preußischen König regiert wird. So wie Patrioten wie Miltitz oder Thielmann es sehen, der hier mittlerweile einen schweren Stand hat.«

»Ihre Landsleute tun ihm unrecht. Er ist ein tapferer Mann, und er denkt politisch weit voraus.«

»Ich könnte mich damit abfinden, wenn die angestrebten Reformen, Verfassung, Menschen- und Bürgerrechte dann auch für Sachsen gelten«, nahm Friedrich Gerlach seinen Gedankengang wieder auf. »Der sächsische König ist kein Mensch, der Veränderungen wünscht. Ist der preußische einer?«

Als Wilhelm Trepte schwieg, weil er über die Antwort gründlich nachdenken wollte, gestand sein Gastgeber: »Ich habe ein ungutes Gefühl. Noch nie in der Geschichte wurde ein Land oder auch nur ein halbes annektiert, ohne dass Blut floss.«

»Und Sie wissen von der brisanten Lage innerhalb der sächsischen Armee?«

»Sie meinen diese Unterschriftensammlung?«

»Ja. Die auf Betreiben des Bruders Ihres Königs zustande

kam. Fast die gesamte Armee bittet um die Wiedereinsetzung des Königs, und mehr als die Hälfte der Männer sieht sich nach wie vor Friedrich August zum Eid verpflichtet. Was juristisch übrigens nicht zu halten ist. Die sächsische Armee hat sich durch ihr Überlaufen selbst von ihrem Eid entbunden und untersteht nun alliiertem Kommando.«

Auch er blies nun Rauch aus und sah nachdenklich hinterher. »Vierzehntausend Mann unter Waffen. Und niemand weiß, auf wen sie diese Waffen richten werden. Ich fürchte wie Sie, mein lieber Gerlach, das könnte blutig enden.«

Brandherde

Wien, Silvester 1814

Feuer! Feuer!«, schallte es morgens durch Wien. Einer der prächtigsten Bauten der Stadt brannte lichterloh, das Palais des russischen Gesandten Fürst Rasumowski.

Tausende Soldaten, Löschkommandos mit Feuerspritzen, Polizisten und Freiwillige mühten sich, den Brand einzudämmen, der schon in der Nacht ausgebrochen war – vergeblich. Aus allen Fenstern loderten Flammen oder quoll Rauch. Bald mussten sich die Spritzenkommandos zurückziehen, den Brandherd absperren und dafür sorgen, dass das Feuer nicht auf die Stadt übergriff.

Mit Tränen in den Augen sah der Fürst vom Park aus zu, wie sein schönes Palais, die vielen wunderbaren Gemälde und Skulpturen und seine riesige Bibliothek in Flammen aufgingen.

Doch während diese Tragödie die Aufmerksamkeit fast aller Wiener auf sich zog, drohte am gleichen Tag ein zweiter

Brandherd zum Großfeuer zu werden, das noch viel schlimmere Opfer fordern würde.

Hinter verschlossenen Türen tobte der Kampf um Polen und Sachsen. Preußens König verlangte kompromisslos ganz Sachsen für seine Gebietsverluste in Polen, das der Zar ebenso kompromisslos für sich beanspruchte.

Metternich erklärte die sächsische Frage zur europäischen. Sie müsse von allen entschieden werden, den sächsischen König eingeschlossen.

Talleyrand forderte, dass zumindest Frankreich mitentscheiden müsse.

Beides lehnten der Zar und der preußische König ab und bestanden auf einer Konferenz der »Großen Vier«.

Und hier entglitt die Lage vollends, als in der Sitzung der »Großen Vier« am Silvestertag der preußische Staatskanzler von Hardenberg herausplatzte: Falls Österreich und Großbritannien nicht zustimmen, dass Sachsen vollständig an Preußen angegliedert wird, betrachten Preußen und Russland das als Kriegserklärung.

»Unerhört!«, donnerte der britische Delegationsleiter Castlereagh. Wenn nicht sofort wieder Sachlichkeit einziehe, bliebe nichts, als den Kongress abzubrechen.

Dann ging er hinaus, schnurstracks zu Talleyrand.

Robert Stewart Viscount Castlereagh wusste, dass Preußen bereits Truppen mobilisierte – und Österreich ebenso. Unter normalen Umständen würde er die preußische Drohung nicht übermäßig ernst nehmen. Preußen war arm und verfügte nach diesem langen Krieg kaum noch über Ressourcen. Aber der Zar und sein Adlatus Friedrich Wilhelm entschieden nicht mehr nach Vernunft, sondern wurden immer starrsinniger und unberechenbarer.

Also traf sich Lord Castlereagh mit dem hocherfreuten Herzog von Talleyrand-Périgord sowie Fürst Metternich und erklärte sein Einverständnis zu einem Dreierbündnis von

Briten, Franzosen und Österreichern. Ein geheimes Defensivbündnis, das schon am 3. Januar unterzeichnet wurde.

Sollte eine Seite von Preußen oder Russland angegriffen werden, würden die anderen Mächte zu Hilfe eilen, mit je einhundertfünfzigtausend Soldaten oder entsprechendem finanziellem Beistand. Diesem Bündnis schlossen sich umgehend Bayern, die Niederlande, Hannover und weitere Staaten an.

Castlereagh war glücklich, die akute Krise abgewendet zu haben, Talleyrand war glücklich, weil Frankreich wieder Großmacht war, Metternich war *eingeschränkt* glücklich, denn er hatte gerade einen Abschiedsbrief an Wilhelmine von Sagan geschrieben, die wohl umgehend in die Arme des Zaren sinken würde. Aber er konnte weiter an seinem europäischen Plan arbeiten.

Nun würde sich zeigen, wie ernst die Russen und Preußen ihre Drohung meinten.

Die Feldzugspläne waren in Berlin von Kriegsminister Boyen und General Gneisenau bereits ausgearbeitet worden. Am 26. Dezember, während Wilhelm Trepte und Friedrich Gerlach in Freiberg über ihre Sorge sprachen, es könne zum Krieg zwischen den Alliierten kommen, traf der Generalmajor von Grolman mit diesen Plänen in Wien ein.

Prinz Anton von Sachsen bat seinen Bruder Friedrich August von Schloss Schönbrunn aus um die Regierungsvollmacht für den Fall, dass im Krieg die Verbindung zwischen ihnen riss. Der König übertrug seinem Bruder und Thronfolger alle Befugnisse als Souverän. Sollte Sachsen durch einen neuen Krieg von den preußischen Besatzern befreit werden, könnte Anton sofort sämtliche Regierungsgeschäfte übernehmen.

Kriegsgetöse, Marktgeschacher

Wien und Leipzig, Januar und Februar 1815

Es kam nicht zur offiziellen Kriegserklärung unter den Alliierten – aber nur um Haaresbreite und weil niemand wirklich begierig darauf war, schon wieder Krieg zu führen.

Die Statistische Kommission war nur noch beschäftigt, Flächen und Einwohnerzahlen von Provinzen und Städten zusammenzurechnen und immer wieder neu zu kombinieren, damit Preußen auf die geforderte Entschädigung kam.

Der britische Außenminister überzeugte den Zaren, Preußen ein wenig von seiner polnischen Beute abzugeben, damit sich Friedrich Wilhelm mit *halb* Sachsen begnüge.

Der preußische König protestierte und bestand auf Leipzig. Doch er fand keine Verbündeten mehr. So stimmte er letztlich zu, sich mit halb Sachsen zu bescheiden.

Der Verzicht auf Leipzig wurde ihm vom Zaren mit der Festung Thorn versüßt. Und Lord Castlereagh, der es eilig hatte abzureisen, weil die Parlamentssaison in London begann, legte unter vier Augen noch ein Gebiet drauf, das eigentlich an Hannover gehen sollte. Dazu größere Flächen links des Rheins und dieses und jenes als Trostpflaster. Österreich zog seine Forderung zurück, dass Preußen keinesfalls Torgau und Erfurt bekommen dürfe und beide Festungen geschleift werden müssten.

Am 8. Februar wurde der Kompromiss geschlossen und bei der Gelegenheit gleich noch Polen verteilt.

Österreich behielt Galizien, Preußen Posen und bekam Danzig und die Festung Thorn dazu, Krakau wurde freie Stadt. Der größte Teil des einstigen Herzogtums Warschau ging als Königreich Polen an Alexander, den neuen König von Polen.

So wurde Polen binnen weniger Jahrzehnte zum vierten Mal geteilt.

Der Krieg war verhindert, Sachsens Schicksal entschieden.

Lord Castlereagh atmete auf, nicht nur wegen des verhinderten Krieges und weil er rechtzeitig nach London kam. Er hatte noch ein wichtiges Ziel Englands erreicht: Das Kurfürstentum Hannover wurde zum Königreich erhoben! In Wien würde nun der Kriegsheld Sir Arthur Wellesley, 1. Duke of Wellington, die Leitung der britischen Gesandtschaft übernehmen.

Metternich atmete tief durch, weil endlich die größte Streitfrage gelöst war. Sie mussten die Arbeiten beschleunigen, sollte der Kongress je zum Abschluss kommen. Doch was ihm sein zuverlässiger Freund und Kongresssekretär Gentz an Listen noch offener Fragen vorlegte, schien kein Ende zu nehmen. Und Kaiser Franz wusste nicht mehr, wie er das alles bezahlen sollte. Die zu Jahresbeginn um fünfzig Prozent erhöhte Erwerbssteuer brachte den Volkszorn darüber zum Kochen, wie die hohen Herren auf ihren Festen und Schlittenfahrten das schwer verdiente Geld der Wiener verprassten.

Überaus zufrieden war Talleyrand. Zwar hätte er wie Metternich Sachsen auch lieber komplett erhalten – aus dynastischen Gründen und um Preußen nicht zu mächtig werden zu lassen. Aber was ihn triumphieren ließ: Nicht die »Großen Vier«, nein, die »Großen Fünf« hatten diese Frage entschieden! Frankreich war wieder dabei.

Nun fehlte nur noch die Unterschrift Friedrich Augusts unter dem Teilungsprotokoll.

»Bitten Sie Ihren Kaiser, den sächsischen König nach Österreich einzuladen«, wandte sich Hardenberg an Metternich.

»Aber nicht nach Wien! Nach Pressburg, wenn ich vorschlagen darf.«

Damit Friedrich August gar nicht erst auf den Gedanken käme, seine Meinung wäre beim Kongress gefragt. Gefragt war hier nur seine Unterschrift. Die würde er schon leisten, er kam schließlich gut davon! Er behielt seinen Titel, das Gebiet um Dresden und die reichen Bergbaureviere im Erzgebirge.

Und sogar Leipzig.

Dort geriet wenige Tage später der Hofrat und Zeitungspächter Siegfried August Mahlmann an den Rand eines Nervenzusammenbruchs, als ihn ein Vertreter des preußischen Gouvernements im Comptoir aufsuchte.

»Sie werden das sofort und unverändert in Ihrer *Leipziger Zeitung* veröffentlichen«, forderte der dürre Besucher schnarrend und warf mehrere Blätter auf den Tisch.

Mahlmann war ja dergleichen gewohnt – von den Franzosen, den Russen, den Preußen ... je nachdem, wer gerade das Sagen hatte. Das hatte ihm in der Vergangenheit schon viel Ärger eingebracht, einmal sogar einen eigenen Widerruf über die gesamte Titelseite, wie peinlich! So war eben das Geschäft in bewegten Zeiten, und er hatte sich bisher immer noch ganz gut durchmanövriert.

Doch als er diese Korrespondenz aus Wien vom 10. Februar las, traten ihm Schweißperlen auf die Stirn.

»Ich werde sämtliche Leser verlieren, wenn ich das im Wortlaut bringe!«, protestierte er. »Und es wird einen Aufruhr geben! Soll ich das der sächsischen Leserschaft allen Ernstes so mitteilen: Halb Sachsen geht an Preußen als *Schadloshaltung* für dessen polnische Verluste, das sei eine politische Notwendigkeit und werde Preußen dienen?«

Noch nie hatte sich Siegfried August Mahlmann dermaßen mit einer vorgesetzten Behörde angelegt. Doch jetzt redete er sich regelrecht in Rage.

»Auf welcher rechtlichen Grundlage geschieht das? Dem

Recht des Stärkeren? Sachsen ist kein herrenloses Gut, das man sich nach Belieben greifen kann! Was ist mit unserem König? Seine Majestät muss dem zustimmen! Hier steht kein Wort darüber. Ich sage Ihnen, es gibt einen Aufruhr in Sachsen, wenn ich das so veröffentliche!«

»Sie drucken das exakt so, wie es hier steht!«, forderte der dürre Beamte schroff. »Um mögliche Aufrührer müssen Sie sich nicht sorgen. Darum kümmert sich unsere Polizei. Und auch nicht um Ihren König. Er wird unterschreiben.«

Sie hatten ihre Pläne ohne Friedrich August von Sachsen gemacht.

Vor allem aber hatten sie ihre Pläne ohne Napoleon Bonaparte gemacht. Der sich auf Elba sehr langweilte, nachdem er sein kleines Inselreich auf Vordermann gebracht hatte. Wofür jemand wie er nur ein paar Wochen benötigte.

Ausgeflogen

Elba, 15. bis 26. Februar 1815

Während die Wiener durch den Schnee stapften und über die Kälte und die Steuererhöhung murrten, stand Napoleon Bonaparte auf der Terrasse seines Palastes am malerischsten Ort von Elba und sah übers Meer Richtung Festland, Toskana.

Nach einer Weile wandte er sich an den Mann neben ihm, einen der drei Generäle, die ihm ins Exil gefolgt waren.

»Begleiten Sie mich auf einen Ausritt?«

Der drahtige Artillerist Antoine Drouot, der in Hanau mit einer klug aufgestellten Batterie Wredes Armee zum massiven Rückzug gezwungen hatte, war nicht überrascht.

Es lag etwas in der Luft; das konnte er spüren, dafür kannte er den Kaiser gut genug. Etwas, worüber dieser unbedingt ohne Lauscher reden musste. Also nicht im Palast in der Altstadt von Portoferraio, der Villa dei Mulini. Nicht einmal im wunderschönen Garten des Windmühlenpalastes, in dem sich Napoleon sonst stundenlang aufhielt und Befehle gab.

Für lange Spaziergänge war Drouot nicht der geeignete Mann. Er hinkte seit einer Verwundung, die er in der Schlacht bei Wagram erlitten hatte. Doch ein Ausritt war völlig unverdächtig. Napoleon unternahm täglich einen. Das konnte also seinen britischen Aufpasser Oberst Campbell nicht misstrauisch stimmen.

Sie stiegen in die Sättel und ritten ein Stück zum Tal von San Martino, wo sich Napoleon seine Sommerresidenz zugelegt hatte, eine romantische Villa, zauberhaft ausgestattet. Sie war vor allem für Marie Louise gedacht. Die nicht kam.

Doch auf halbem Weg kehrte Napoleon um und dirigierte seinen Schimmel zur Küste. An den Klippen hielt er an und starrte erneut hinüber zum Festland, das kaum zehn Kilometer entfernt lag, während ihnen der Wind in die Gesichter fuhr und die Mantelschöße zum Flattern brachte.

Dann sah er seinen General an und platzte heraus: »Ich werde diese Insel verlassen, in elf Tagen. Mit sieben Schiffen, allen tausend Gardisten und den hundert polnischen Ulanen.«

Der ansonsten unerschütterliche Antoine Drouot fuhr zusammen.

»Sie planen eine Invasion in Frankreich!«, rief er entsetzt. »Deshalb haben Sie alle Schiffe herbefohlen – nicht, um ins Landhaus nach Marciana zu fahren, wie Sie Bertrand sagten.«

Es überraschte den General nicht völlig. Selbst Sir Campbell, der Beauftragte der Briten, war misstrauisch geworden und hatte Erklärungen gefordert, ließ sich aber abspeisen.

Doch nun die Bestätigung zu hören …

»Sire, die Armee hat dem König Treue geschworen! Fast alle Ihrer einstigen Kampfgefährten leisteten Ludwig XVIII. den Eid!«, appellierte der äußerst besorgte Drouot. »Es wird einen Bruderkrieg geben!«

Napoleon zog den Mundwinkel spöttisch herab.

Natürlich musste dieser Einwand kommen.

Bisher hatte er noch keinem einzigen Menschen von seinem unglaublichen Plan erzählt, sosehr es ihn auch danach drängte. Das Vorhaben erforderte strikte Geheimhaltung. Doch mit Drouot musste er sprechen. Der dachte nicht nur wie er, der trug nicht nur wie er am liebsten seine einfache Uniform. Drouot war außerordentlich klug. Wenn er ihn überzeugen konnte, dann konnte er jeden anderen auch überzeugen. Dann würde es gelingen.

»Wir werden nach Paris gehen, ohne einen einzigen Schuss abzugeben!«, rief Napoleon gegen das Tosen der Brandung.

Und zählte dem zweifelnden Begleiter seine oft durchdachten Argumente auf.

Alles fügte sich, alles schien geradezu danach zu schreien, dass er zurückkehrte und die Zügel wieder in die Hand nahm. Selbst die Nachrichten, die ihm vor zwei Tagen ein getarnter Kurier überbracht hatte, bestätigten nur, was er längst wusste. Manches stand ganz offen in den Zeitungen, manches in den Geheimberichten, die ihm sein einstiger Außenminister Maret, sein einstiger Innenminister Savary, sein einstiger Finanzminister Gaudin und andere Getreue vom Festland schickten.

»Das Volk von Frankreich ist unzufrieden mit den Bourbonen. Niemand hat es gefragt, ob es sie wiederhaben will. Ludwig ist von den Alliierten auf den Thron gesetzt worden. Und jetzt zeigen Bourbonen und Klerus so gnadenlos ihre Macht, dass Jakobiner und Bonapartisten ein neues, gewaltiges Blutbad fürchten – weißen Terror, eine neue Bartholomäusnacht«, begann er. »Die Alliierten sind so entzweit, dass sie sich gerade fast gegenseitig den Krieg erklärt hätten. Jetzt haben sie ihren größten Streitpunkt geregelt, und der Kongress steht kurz vor dem Abschluss. Wenn die Delegationen erst in alle Himmelsrichtungen verstreut sind, wird viel Zeit vergehen, ehe sie auf unsere Ankunft reagieren können. Wir sind in Paris, ehe sie aufwachen.«

»Ohne einen Schuss abzugeben?«, fragte Drouot mit unverhohlener Skepsis. »Wir sind elfhundert gegen zweihunderttausend. Ludwig hat *hundertfünfzigtausend* Mann unter Waffen!«

»Hat er?«, fragte Napoleon ironisch. »Nicht mehr lange. Die Armee wird mir folgen. Sie steht kurz vor einer Militärrevolte. Nicht nur, weil sie die rot-weiß-blauen Kokarden ablegen mussten, um das weiße Zeichen der Bourbonen zu tragen. Vierzehn Regimenter sind entlassen, zehntausend Offiziere und Unteroffiziere auf Halbsold gesetzt. Sie werden kommen und mir folgen. In Scharen werden sie kommen, regimentsweise zu mir überwechseln!«

»Und Ihre Generäle und Marschälle – werden die auch kommen?«, fragte Drouot und legte den Finger auf den wunden Punkt.

Ney, Oudinot, Macdonald, Gouvion Saint Cyr, Marmont, Augereau und viele mehr hatten dem König die Treue geschworen.

Alle Marschälle – außer dem unbeugsamen Davout.

Die meisten taten es, sobald Napoleon seinen Fuß auf das englische Kriegsschiff gesetzt hatte, das ihn nach Elba brachte. Manche sogar schon, während er noch in Fontainebleau wartete. Sein Generalstabschef Berthier, der damals dort gepackt hatte, war nach Paris gefahren, um sich bei Blücher einzuschmeicheln – ein Gespräch, das Blüchers Schwager Colomb sehr zu seinem Leidwesen dolmetschen musste. Sofort nach Napoleons Abdankung hatte sich Berthier im *Moniteur* bei den neuen Herrschern angedient und war an der Spitze von neun Marschällen dem König entgegengezogen, um ihm zu huldigen. Zum Lohn wurde er Chef der Gardekompanie des Königlichen Hauses.

Außer Davout hatten sich nur ein paar Generäle verweigert und in den Ruhestand zurückgezogen.

Und drei waren hier bei ihm auf Elba: Drouot, Bertrand und der hitzköpfige Cambronne, den er erst in Hanau zum General befördert hatte.

Napoleon lächelte grimmig.

Natürlich hatte er darüber nachgedacht. Er war kein Mann, der leicht vergab. Und er vergaß nichts.

»Ich werde drei Proklamationen herausgeben«, weihte er Drouot ein. »Eine an das Volk, eine an die Armee.«

In Gedanken hatte er sie bereits fertig, ganz im Stil seiner Bulletins verfasst, kurz und einprägsam.

»Dem Volk sage ich: Schuldig an der Niederlage sind Marmont und Augereau. Sie haben Frankreich verraten. Marmont, als er Paris aufgab und seine Truppen hinter die feindlichen Linien führte, Augereau, als er dem Feind Lyon auslieferte.« Jeder würde es glauben. Und sie verdienten es, zum Sündenbock gemacht zu werden.

»Auch die Bourbonen sind Verräter! Sie haben kein Recht, Frankreich zu regieren, sie haben mir den Thron geraubt!«, fuhr er fort. »Die Armee fordere ich auf, die weißen Kokarden herunterzureißen und wieder die Trikolore zu tragen. Und als Drittes kommt der Aufruf meiner Garden an die übrige Armee, sich zu erheben: Soldaten, folgt euerm General, befreit das Vaterland! Sie werden mir folgen.«

Drouot war nicht überzeugt. Sein schmales, strenges Gesicht wirkte noch skeptischer als sonst.

»Dafür wären hundertfünfzigtausend Eide zu brechen.«

»Ein Abfall von einem Verräter ist kein Verrat«, argumentierte Napoleon. »Sagt nicht Talleyrand immer, ›Verrat ist nur eine Frage des Zeitpunkts‹?«

Doch sein wichtigstes Argument hatte der Kaiser für den Schluss aufgehoben. »Da die Verräter benannt sind, gilt für alle anderen, die Ludwig Treue geschworen haben, der Freispruch, wenn sie wieder mir folgen.«

»Selbst für Ney? Selbst für Soult, der nun Ludwigs Kriegsminister ist?«, fragte Drouot herausfordernd.

Der Wind wurde stärker, Gischt schäumte zu ihnen herauf und durchnässte ihre Mäntel, die Pferde stampften unruhig.

»Selbst für sie«, versicherte Bonaparte. »Wenn ich erst wieder vor ihnen stehe, werden sie keinen Augenblick zögern. Wie die ganze Armee. Entscheidend ist nur, dass wir keinen einzigen Schuss abgeben.«

»Sie planen eine Invasion mit einer *Armee* von elfhundert Mann. Die keinen Schuss abgeben darf. Wie groß ist die Chance, dass das gelingt? Sie spielen mit hohem Einsatz, Sire«, kritisierte der Artilleriegeneral unumwunden.

»Tat ich das nicht immer?«, meinte der Kaiser und lachte.

»Die Zeit ist gekommen. Morgen wird Sir Campbell wieder in die Toskana segeln, um seine Geliebte zu besuchen. Er bleibt immer zehn bis zwölf Tage. Also brechen wir am 26. auf. Mit allen sieben Schiffen und allen elfhundert Mann. In seiner Liebestollheit gibt uns der Oberst Gelegenheit, die Schiffe zu beladen und zu entschwinden. Dann kann er gleich zurücksegeln und sich von seiner Contessa trösten lassen.«

Napoleon lachte, riss seinen Zweispitz vom Kopf, schwenkte ihn und wendete seinen Schimmel, um wieder nach Portoferraio zu reiten.

Antoine Drouot folgte ihm gedankenschwer.

Der Artilleriegeneral war streng katholisch und führte immer eine Bibel bei sich. Jetzt fühlte er mit der behandschuhten Hand nach der Stelle, wo er die Heilige Schrift aufbewahrte. Eine Invasion mit einer Handvoll Leute und ohne einen einzigen Schuss? Wenn dieser Plan aufging, wäre das ein Wunder. Aber hatte der Mann vor ihm nicht schon viele Wunder bewirkt?

Auch Napoleons Gedanken kreisten rasend schnell während des Rittes zurück zu seinem Palast, seiner Winterresidenz.

Ja, es schmerzte und kränkte ihn zutiefst, wie sie ihn alle verraten hatten. Vergeben würde er, aber nicht vergessen.

Und einigen auch nicht vergeben. Da standen ein paar Namen auf einer Liste, für die kein Pardon galt. Wie Marmont, Augereau, Talleyrand.

Bei Antritt seines Exils hatte er gescherzt, er würde Urlaub auf Elba machen. Nun war der Urlaub vorbei.

Er hatte alles getan, was sich auf dieser kleinen Insel bewegen ließ: Weinanbau und Eisenerzförderung intensiviert, Straßen bauen lassen, in der Hauptstadt eine Feuerwache und ein Theater eingerichtet, die Verwaltung modernisiert. Seinen Regierungssitz hatte er verschönern lassen und um einen großen Saal für Empfänge erweitert. Unfreiwillig verhalf er sogar dem Gastgewerbe zum Aufschwung, denn vor allem Briten kamen scharenweise angesegelt, um die Insel zu sehen, auf der er nun festsaß. *Vorläufig* festsaß.

Die Elbaner liebten und verehrten ihn dafür.

Sie liebten seine Schwester Pauline für ihre Feste, Maskenbälle, die vielen Aufträge an Schneiderinnen.

Und natürlich seine Mutter, die Patronin der Familie und ehrwürdige Madame Mère.

Doch all das war schnell erledigt und nichts, was jemanden von seiner Tatkraft auf Dauer ausfüllen konnte.

Er hatte gewartet, dass Marie Louise kam. Verzweifelt gewartet. Ihr schönste Räume und den Sommerpalast einrichten lassen.

Seine Lieblingsschwester Pauline war gekommen, seine Mutter Letizia. Für ein paar Tage inkognito sogar seine polnische Geliebte Maria Walewska mit ihrem gemeinsamen kleinen

Sohn Alexander und ihrem Bruder. Die süße blonde Maria. Die einzige seiner zahllosen Geliebten, die nicht begierig auf eine kurze Liaison mit ihm gewesen war, um zu prahlen, sondern die geweint hatte, als sie ihm zugeführt wurde. Die einzige, deren Herz er vielleicht wirklich erobert hatte, denn sie war bereit, das Exil mit ihm zu teilen. Doch er schickte sie nach zwei Tagen wieder zurück, um weder sie noch sich zu kompromittieren.

Marie Louise sollte hier sein, seine angetraute Gemahlin.

Lange hatte er geglaubt, ihr Vater halte sie von ihm fern. Marie Louise gehorchte ihrem Vater widerspruchslos. Doch ihre Briefe wurden immer kürzer und kälter und ließen keine Zweifel daran, dass sie nicht kommen würde. Also würde er kommen.

Es waren allerdings nicht nur Langeweile oder Rachsucht, die ihn geradezu dazu zwangen, die Insel zu verlassen. Es gab triftigere Gründe.

Mordversuche. Attentäter. Vor einem hatte ihn sogar Germaine de Staël gewarnt, obwohl sie alles andere als Freunde waren. Dazu kamen glaubwürdige Hinweise, dass Metternich und Talleyrand ihn doch lieber auf das entlegene St. Helena deportieren lassen würden.

Und dieser fette Bourbonenkönig weigerte sich, ihm die vertraglich vereinbarten zwei Millionen Franc Apanage pro Jahr zu zahlen! Nicht ein Centime war gekommen!

Angesichts der Kosten für den relativ bescheidenen Umbau des heruntergekommenen Palastes, die Hofhaltung und den fälligen Sold für seine Truppen stand er kurz vor dem Bankrott. Für den Ausbau des Sommerhauses musste er sich schon Geld von Pauline leihen. Wenn er seine Männer nicht bezahlen konnte, würden sie nicht zu ihm halten. Einige vielleicht, aber das konnte er nicht annehmen. Und wenn er ungeschützt war, würde man sich seiner ganz schnell entledigen.

Doch dazu ließ er es nicht kommen.

Mit Drouot hatte er gesprochen, ansonsten weihte Napoleon niemanden in seinen Plan ein.

Allerdings wurden seit Sir Campbells Abreise die Anzeichen für einen bevorstehenden Aufbruch so eindeutig, dass jeder auf der Insel sich seinen Reim darauf machte. Da lag nun seine ganze Flottille vor Anker, auch wenn sie nur sieben Schiffe umfasste. Das größte Schiff, die *Inconstant* mit achtzehn Kanonen, wurde im Hafenbecken neu gestrichen wie ein englisches Kriegsschiff, mit Proviant beladen und für die Aufnahme der Pferde eingerichtet. Die Soldaten erhielten zusätzliche Schuhe – ein klares Zeichen für bevorstehende Märsche, über deren Ziel verschiedene Gerüchte kursierten.

Die Wahrheit erriet niemand. Es war einfach zu unglaublich, zu unvorstellbar, was er plante.

Am Abend vor dem Aufbruch gab Pauline ein Fest. Auf dem Napoleon – völlig ungewohnt – in schwarzer Frackjacke zu weißen Hosen erschien und mit seiner schönen Schwester einen Kontratanz anführte. Er hatte ewig nicht mehr getanzt und war auch kein guter Tänzer, doch hier in Portoferraio bildeten die Gäste ein Spalier für das Paar.

Spät am Abend gestand er seiner Mutter unter vier Augen im Garten sein Vorhaben – zögernd, aufgeregt, aufgewühlt.

Er umarmte sie und sagte, dass er fortginge, nach Paris.

Letizia di Buonaparte, die harte, scharfäugige Frau, die dreizehn Kinder geboren und die meisten von ihnen als Witwe allein aufgezogen hatte, die täglich die Messe besuchte und mit aller Strenge dafür sorgte, dass ihre sich ständig streitende Familie irgendwie zusammenhielt, sah ihn an und sagte: »Reisen Sie, mein Sohn! Folgen Sie Ihrem Schicksal. Es kann nicht Gottes Wille sein, dass Sie durch Gift oder tatenlos sterben. Sie werden mit dem Schwert in der Hand sterben. Hier können Sie nicht bleiben. Möge Gotte Sie schützen!«

Dann umarmte sie ihren Sohn.

Der nächste Tag, der 26. Februar, war ein Sonntag.

Napoleon besuchte die Messe. Als am Nachmittag alle Schiffe bereit zum Auslaufen waren, ging er noch einmal in den Salon des Windmühlenpalastes, um sich von Mutter und Schwester zu verabschieden, ohne seine Rührung verbergen zu müssen. Beide Frauen bedeuteten ihm viel, und es war ungewiss, ob er sie je wiedersehen würde. Wenn er sich auch gegenüber Drouot zuversichtlich geäußert hatte, sie könnten bis nach Paris marschieren, ohne einen einzigen Schuss abzugeben – wie groß war die Wahrscheinlichkeit, dass es gelang?

Am Hafen schien ganz Elba versammelt. Seine Garden mussten ihm Durchlass verschaffen, denn jeder wollte seine Kleidung berühren oder seine Hände küssen.

Napoleon war fast so tief bewegt wie beim Abschied in Fontainebleau. Doch diesmal rief er die Worte nicht seinen Garden zu, sondern den aufgewühlten Elbanern.

»Meine Kinder, ich komme zurück! Ich vertraue euch meine Mutter und meine Schwester an.«

Dann stieg er in das Beiboot, das ihn zur *Inconstant* brachte.

In der Dunkelheit segelte seine kleine Flottille von sieben Schiffen ab, mit seiner »Invasionsarmee« von elfhundert Mann: die vierhundert Mann Alter Garde, die er hatte mitnehmen dürfen, die hundert polnischen Ulanen, die ihm freiwillig gefolgt waren, und die Garnison von Elba, die er auf Vordermann gebracht hatte.

Diesmal ging er nicht ins Exil. Er brach auf, um noch einmal ein Reich zu erobern. Um seine Feinde noch einmal das Fürchten zu lehren. Bei diesem Feldzug musste er mit Worten siegen, nicht mit Kugeln.

Der fette König Ludwig hätte nicht geizen sollen bei den zwei Millionen Franc. Denn so forderte er jemanden heraus, der nichts zu verlieren hatte. Und den viele mit dem Adler verglichen, den seine Soldaten über den Fahnen trugen.

Mobilmachung

Wien, 7. März 1815

Diesen Dienstag sollte Clemens Fürst zu Metternich nie in seinem Leben vergessen – obwohl mittlerweile in dem nicht enden wollenden Wust von Beratungen ein Tag wie der andere schien.

Sie alle hatten es leid. Der Fastenzeit wegen wurde kaum noch gefeiert, dafür umso härter konferiert. Kaiser Franz drängte, weil ihm die Kosten über den Kopf wuchsen, die anderen Fürsten drängten, weil sie sich langweilten und nach Hause wollten. Die Zeit flog davon, und die Zahl der noch zu lösenden Probleme schien einfach nicht weniger zu werden. Was sollte aus Italien werden? Der Schweiz? Den Niederlanden? Der deutschen Frage?

So war er diese Nacht erst um drei nach Hause gekommen. Nicht etwa wegen eines rauschenden Balles oder einer aufregenden Geliebten, sondern weil die »Großen Fünf« bis zu dieser unchristlichen Stunde verhandelt hatten.

Seinem Kammerdiener befahl er, ihn keinesfalls zu wecken, sollten Kuriere kommen. Der Mann war absolut zuverlässig. Dennoch klopfte er lange vor dem Morgengrauen an, um eine Depesche zu melden.

»Dringend, soeben per Stafette eingetroffen, Euer Durchlaucht!«, sagte er entschuldigend.

»Wie spät?«, stöhnte der aus dem Tiefschlaf gerissene Kongressleiter.

»Sechs Uhr morgens, Euer Durchlaucht.«

Metternich griff nach der Depesche, las müde blinzelnd im Kerzenlicht den Absender »k. und k. Generalkonsulat in Genua« auf dem Umschlag und legte das Papier ungeöffnet auf den Nachttisch.

Die Genuesen! Was konnten die schon Dringendes wollen?

Er blies die Kerze aus und zog das Daunenbett hoch, um weiterzuschlafen. Doch einmal jäh geweckt, wollte ihm das nicht mehr recht gelingen. Er wälzte sich von einer Seite auf die andere und versuchte, das Schriftstück zu ignorieren, das da weiß und unschuldig auf seinem Nachttisch lag.

Per Stafette. Aus Genua. Der Kanzler und Diplomat liebte seine Tätigkeit viel zu sehr, um etwas *nicht* zu erfahren, das wichtig sein könnte. Und »per Stafette« schrie förmlich: Wichtig! Eilig! Brisant!

Als stünde es mit flammenden Lettern auf dem Umschlag.

Nach anderthalb Stunden vergeblichen Ringens um Schlaf setzte er sich mit einem Ruck auf und öffnete das vermaledeite Schreiben.

Es bestand nur aus sechs Zeilen. Aber nach denen war er hellwach.

Der britische Oberst Sir Campbell, der eigentlich auf Elba sitzen und Napoleon Bonaparte nicht aus den Augen lassen sollte, sei soeben im Hafen von Genua erschienen und habe sich erkundigt, ob Napoleon dort gesichtet worden sei. Denn von Elba sei der Exilant verschwunden. Da Besagter sich aber auch nicht in Genua aufhalte, sei Campbell mit seiner Fregatte umgehend wieder in See gestochen.

Wohin, das hatte der Narr natürlich nicht mitgeteilt.

Wütend hieb Metternich auf das Kissen, während er nach seinem Kammerdiener rief.

Abgesehen von der Dummheit Campbells – hatte er nicht immer gesagt, zehn Kilometer vom italienischen Festland entfernt seien viel zu nah als Verbannungsort? Auf ein verlassenes Eiland mitten im Ozean müsse man den Korsen bringen!

Aber nein, der Zar wollte ja unbedingt den Edelmütigen spielen, ließ sich von Caulaincourts Gejammer herumkriegen und bewilligte Elba.

Das musste ja so kommen! Obwohl er sich nicht vorstellen

konnte, welchen Plan Napoleon hatte. Der konnte doch nicht mit tausend Mann Paris erobern wollen?

Doch. Er konnte. Wenn es einer schaffte, dann er.

Metternich schickte jemanden voraus, der dem Kaiser sein Kommen meldete, ließ sich ankleiden und einen Mokka reichen, obwohl er keinen mehr brauchte, um wach zu sein. Dann ging er die paar Schritte von seiner Wohnung in der Staatskanzlei ins Arbeitszimmer des Kaisers und traf noch vor acht Uhr dort ein, um zu berichten.

Franz las die sechs Zeilen, ungerührt in seinem Phlegma.

Sie würden sich doch nicht stören lassen, nur weil Napoleon den Abenteurer spielen wollte, so sein erster Kommentar.

Dann allerdings gab er einen ungewohnt präzisen Befehl.

»Gehen Sie ohne Verzug zum Kaiser von Russland und zum König von Preußen und sagen Sie ihnen, dass ich bereit bin, meiner Armee den Rückmarsch nach Frankreich zu befehlen! Ich bezweifle nicht, dass die beiden Monarchen mit mir einverstanden sein werden.«

Metternich verabschiedete sich umgehend und lief über den Innenhof der Hofburg zur Amalienburg, wo der Zar und seine Gemahlin logierten.

Es war noch eiskalt an diesem frühen Märzmorgen, doch davon spürte er nichts, so schnell schritt er aus.

Um Viertel nach acht stand er vor Alexander und berichtete. Zum ersten Mal seit ihrem Streit vor Monaten sprachen sie miteinander, und Alexander bot ihm sogar gerührt Versöhnung an. Eine Viertelstunde später stand er vor Friedrich Wilhelm von Preußen. Beide reagierten mit ähnlichen Worten wie Kaiser Franz.

Für neun Uhr hatte Metternich den Fürsten zu Schwarzenberg in sein Quartier gebeten.

»Wir ziehen also erneut in den Krieg«, konstatierte der bitter.

»Ja. Und der Zar hat angeboten, den Oberbefehl über die Alliierten Truppen zu übernehmen.«

»Um Gottes willen!«

Verzweifelt rieb sich Schwarzenberg die Stirn eingedenk der vielen Male, bei denen der Zar mit seiner Einmischung in die militärische Befehlsgebung größte Verwirrung gestiftet hatte. Einige der schlimmsten Niederlagen in den zurückliegenden Feldzügen gingen vor allem auf Alexanders Konto.

»Bester Metternich, können Sie ihm diese irrsinnige Idee ausreden?«, flehte er bedrückt.

Der Kanzler hatte mit dieser Reaktion gerechnet, wenngleich vielleicht nicht in solcher Deutlichkeit.

Alexander war ganz sicher der Letzte, der auf ihn hören würde. Aber er war auch der Letzte, der die Armee in den Kampf führen sollte. Und wenn er, Metternich, richtig vermutete, hatte Schwarzenberg nicht unbedingt den Ehrgeiz, es noch einmal zu tun. Eine Armee aus Verbündeten zu kommandieren, während einem drei Monarchen hineinreden, war ein Drahtseilakt, der mehr diplomatisches als militärisches Geschick erforderte und der Schwarzenberg viel Kraft und Nerven gekostet hatte.

»Der größte Teil der russischen Truppen steht inzwischen weit weg von hier in Polen«, überlegte Metternich laut. »Und der Zar ist ein großer Bewunderer Wellingtons. Er wäre bestimmt bereit, unserem strahlenden britischen Schlachtenhelden die Rettung der Welt anzuvertrauen.«

Erleichtert atmete Schwarzenberg auf.

»Ja, das klingt plausibel. Eine großartige Idee!«

Für zehn Uhr hatte Metternich die Minister Preußens, Russlands und Frankreichs zu sich gerufen.

Talleyrand kam hinkend als Erster.

»Was gibt es?«, erkundigte er sich. Immerhin hatten sie noch vor sieben Stunden zusammengesessen und konferiert.

Wortlos reichte ihm Metternich die Depesche aus Genua.

Der französische Diplomat zeigte nicht die geringste Reaktion, abgesehen von leicht hochgezogenen Augenbrauen.

»Wissen Sie, wohin Napoleon geht?«, fragte er.

»Der Bericht sagt nichts darüber.«

»Er wird irgendwo an der italienischen Küste an Land gehen und sich in die Schweiz absetzen«, meinte Talleyrand verächtlich.

»Er wird direkt nach Paris ziehen!«, widersprach Metternich, vollkommen davon überzeugt.

Während er auch die anderen Minister von der neuen Lage informierte, ritten bereits unzählige Kuriere aus, um den heimwärts ziehenden Armeekolonnen Halt zu befehlen.

Es würde einen neuen Krieg geben.

Nach dem kurzen Treffen der Minister hatte Clemens von Metternich noch einiges zu regeln und zu überdenken.

Die Gelassenheit Talleyrands war nur gespielt, das wusste er genau. Von wegen, damit habe Frankreich nichts zu schaffen! Talleyrand traute seinem Kriegsminister Soult nicht, schließlich war der einmal Napoleons Marschall gewesen. Er konnte keinem in der französischen Armee trauen, der unter Napoleon gedient hatte. Er konnte dem trägen Bourbonenkönig nicht trauen, mit dieser Lage fertig zu werden. Die ließ sich ganz sicher nicht aussitzen.

Napoleon mochte ein Abenteurer sein, war es immer gewesen. Aber er war ein brillanter Stratege. Er würde sich nicht auf dieses Abenteuer einlassen, ohne einen Plan zu haben.

Der fesche Neipperg sollte umgehend dafür sorgen, dass Marie Louise keine Einzelheiten erfuhr, und alle Post von ihr fernhalten. Man solle ihr sagen, Napoleon sei auf dem Weg nach Amerika.

Und dann musste endlich dieses leidige sächsische Problem aus der Welt geschafft werden, musste Friedrich August in Pressburg die Teilungsurkunde unterschreiben, damit sie sich mit ganzer Kraft dem neuen, viel größeren Problem stellen konnten.

Clemens Fürst von Metternich kannte Napoleon gut, er hatte ihn viele Jahre studiert. Er war überzeugt, dass der kein anderes Ziel hatte als Paris. Aber wie wollte er das schaffen mit seiner lächerlichen Streitmacht von eintausend Mann?

Er hätte seinen besten Frack verwettet, um das zu erfahren.

Abgelehnt

Pressburg, 9. bis 11. März,
und Wien, 12. und 13. März 1815

Zu dritt standen sie nebeneinander in einem der schönsten Säle des Erzbischöflichen Palais von Pressburg: der Meister der Diplomatie, der Großmeister der Diplomatie und der gefeierte britische Kriegsheld.

Metternich, Talleyrand und Wellington.

Vor sich an einem üppig mit Gold verzierten Schreibtisch den alten sächsischen König, mit dem sie leichtes Spiel zu haben glaubten.

»Sire, dies sind die in Wien von den fünf Großmächten beschlossenen Dokumente zur Teilung Sachsens. Sobald Euer Königliche Majestät gütigst unterschreiben, werden binnen fünfzehn Tagen sämtliche preußischen Truppen aus den Ihnen verbleibenden Gebieten abgezogen, und Euer Königliche Majestät können nach Dresden zurückkehren.«

Clemens Fürst von Metternich, Kanzler und Kongressleiter, wie immer in Samt und Seide aufs eleganteste gekleidet, legte dem sächsischen Herrscher die Teilungsakte mit einem aufmunternden Lächeln auf den Tisch.

Charles-Maurice de Talleyrand-Périgord, Fürst von Benevent und französischer Außenminister, wie immer übertrieben herausgeputzt, geschminkt, gepudert und parfümiert, nickte zustimmend.

Sir Arthur Wellesley, Duke of Wellington, gerade erst anstelle Lord Castlereaghs zum britischen Gesandten in Wien ernannt, im schlichten blauen Rock, den er auch auf dem Schlachtfeld trug statt einer Uniform, beobachtete die Szene mit seiner typischen arroganten Herablassung. Dazu eine Spur Neugier. Und Unruhe, auch wenn er sich die nie anmerken lassen würde.

Das hier sollte schnell gehen. Der Feind war auf dem Marsch. Und was für ein phantastisches oder verzweifeltes Abenteuer Napoleon auch plante, man durfte ihn nicht unterschätzen.

Doch seine beiden Amtskollegen hatten ihm versichert, es würde hier in Pressburg keine Schwierigkeiten geben. Der Sachse sei nach siebzehnmonatiger Kriegsgefangenschaft gebrochen. Er werde glücklich sein, überhaupt etwas von seinem einstigen Königreich zu retten und dorthin zurückzudürfen, statt zum Beispiel nach Paderborn versetzt zu werden.

Drei Augenpaare richteten sich erwartungsvoll und in kaum verhohlener Ungeduld auf den entmachteten Herrscher eines besetzten Staates, der hinter dem riesigen Barocktisch saß und keinerlei Anstalten unternahm, die Feder zu ergreifen.

Machte ihn das Alter so langsam? Begriff er nicht, was er zu tun hatte?

Friedrich August, stocksteif in seiner Uniform, wie immer mit Perücke und allen Orden, die Miene starr und ausdruckslos, reckte das Kinn ein wenig vor.

»Ich werde keinerlei Teilungsplan für Sachsen akzeptieren und unterschreiben«, erklärte er hart und hoheitsvoll. »Ich bin kein Kriegsgefangener mehr, also ist Sachsen auch nicht mehr als besetztes Gebiet zu behandeln. Das preußische

Gouvernement über Sachsen ist sofort zu beenden. Ich bin König eines souveränen Staates und verlange, in Wien gehört zu werden und mitzuverhandeln! Was Sie mir hier vorlegen« – er klopfte verächtlich mit den Knöcheln auf die immer noch geschlossene Mappe mit dem Dokument –, »kann lediglich Ausgangspunkt neuer Verhandlungen sein.«

Seine drei Besucher erstarrten innerlich, verblüfft und überrumpelt. Aber nur innerlich. Talleyrand und Metternich waren berühmt für ihre diplomatische Schauspielkunst und Wellington für seine britische Steifheit, deshalb ließ sich das keiner anmerken.

»Sire ...«, begann Talleyrand sanft und schmeichelnd, um den sächsischen König möglichst schonungsvoll darauf hinzuweisen, dass ihm in seiner Lage nichts blieb, als zu unterschreiben, wollte er wenigstens sein halbes Königreich behalten.

Doch Friedrich August von Sachsen ließ ihn nicht ausreden.

»Richten Sie meine Worte in Wien aus. Die Audienz ist beendet.«

So mussten – insgeheim nach Luft schnappend – der Meister der Diplomatie, der Großmeister der Diplomatie und der gefeierte britische Kriegsheld unverrichteter Dinge den Saal verlassen.

Jeder von ihnen war von Intellekt und Fähigkeiten dem Mann weit überlegen, der sie gerade hinausgeworfen hatte.

Aber sie waren Gesandte. Und Friedrich August König.

Es hatte definitiv seine Vorteile, ein König zu sein.

Nicht nur der preußische König hatte eine Transformation durchlebt. Auch der sächsische. Allerdings hatte Friedrich August nicht zu neuem Selbstbewusstsein gefunden, sondern sein altes Ich wiedergewonnen.

Verschwunden waren der vor Schreck über seine Verhaftung Erstarrte, der unterwürfige Bittsteller bei der Begegnung mit

Friedrich Wilhelm im Berliner Stadtschloss. Er war kein Kriegsgefangener mehr und konnte Preußen nach fast anderthalb Jahren Zwangsaufenthalt verlassen.

Im Kaiserreich seines habsburgischen Schwagers Franz wurde er endlich wieder wie ein König behandelt. Schon bei der ersten Station in Brünn war er mit einhundert Kanonenschüssen und allen sonstigen Ehren empfangen worden, die einem König zustanden. Ebenso in Pressburg bei seiner Ankunft vor fünf Tagen. Hier residierte er im prächtigen Erzbischöflichen Sommerpalais, hatte nun wieder einen Hofstaat von achtzig Personen, und das alles gab ihm sein königliches Selbstbewusstsein zurück.

Peinliches Schweigen herrschte, während die drei Düpierten das Palais verließen.

Als sie durch den Torbogen schritten und die Prachtkutschen vorfuhren, die Kaiser Franz eigens für die hohen Kongressgäste hatte bauen lassen, bemerkte Talleyrand süffisant: »Ich hätte wirklich gern Hardenberg und Humboldt bei dieser Szene dabeigehabt.«

»Unbenommen. Weil Sie sich ausmalen, wie die dann vor ihrem König stehen und berichten«, giftete Metternich zurück.

Ein schadenfrohes Lächeln Talleyrands gab ihm recht.

Kaiser Franz verließ sich ganz auf Metternich, Ludwig XVIII. ganz auf Talleyrand, und beide Monarchen hatten keinerlei Neigung, sich mit solchen Streitigkeiten zu befassen. Der britische König Georg III. war wegen geistiger Verwirrung regierungsunfähig, sein Sohn und Prinzregent gar nicht erst nach Wien gekommen.

Wogegen Friedrich Wilhelm und Alexander ihren Gesandten ständig hineinredeten und mit ihren Einmischungen immer wieder alles durcheinanderbrachten, was gerade erreicht schien.

Doch nicht einmal die Vorstellung, welche Miene der preußische König wohl angesichts dieser Nachricht ziehen würde, konnte Metternich jetzt trösten.

Die Szene eben war für sie alle drei eine furchtbare Blamage. Der alte Mann hatte sie wegtreten lassen wie dumme kleine Jungen.

Sie sandten sofort eine Nachricht nach Wien mit einer kurzen Zusammenfassung ihres Treffens. Im Grunde genommen genügte dazu ein Satz.

Die Antwort traf bereits am nächsten Tag ein und forderte sie auf, den sächsischen König sofort zur Unterschrift zu bewegen. Er verkenne seine Lage. Wenn er sich weigere, bekomme er gar nichts.

Die drei Diplomaten schickten eine Note an Friedrich August und erbaten eine weitere Audienz.

Nun standen sie abermals vor dem Wettiner. Der saß erneut an diesem Prunkstück von Schreibtisch, das den Besuchern den unüberwindbaren Abstand zwischen ihnen und dem König verdeutlichte, im physikalischen wie im übertragenen Sinne.

»Sire, unterschreiben Sie, dann können Sie nach Dresden zurück und Ihre Herrschaft wieder antreten. Ihre Untertanen erwarten Sie freudig«, warb Metternich immer noch schmeichelnd, aber sehr eindringlich.

»Sire, wenn Sie nicht unterschreiben, verlieren Sie alles. Nehmen Sie an, unterschreiben Sie! Die Alliierten sind zu keinem weiteren Kompromiss bereit. Entweder halb Sachsen – oder gar nichts!«, drohte Talleyrand schon deutlicher.

»Sire, der Usurpator ist von Elba geflohen, wir befinden uns im Kriegszustand. Wenn Sie den Abschluss der Verhandlungen verzögern, bringt Sie das in den Verdacht, die Rückkehr Ihres einstigen Verbündeten zu erhoffen«, drohte Wellington ganz offen. »Wollen Sie wirklich weiter als Anhänger Napoleons gelten? Glauben Sie etwa, er könnte siegen? Glauben Sie, er könnte Ihnen Ihr Land zurückgeben?«

Vor dieser Anschuldigung hatte den König auch der Graf von der Schulenburg gewarnt, der als sein »ziviler Beobachter« des Kongresses wusste, was und wie in Wien verhandelt wurde. Und diese Anschuldigung war gefährlich.

Voller Abscheu blickte Friedrich August auf das Dokument, das er unterzeichnen sollte.

Es trug bereits acht Unterschriften: Metternich und Wessenberg für Österreich, Hardenberg und Humboldt für Preußen, Castlereagh und Wellington für Großbritannien, Rasumowski und Capo d'Istria für Russland.

Und dort stand, worauf er alles verzichten sollte: die Niederlausitz, den größten Teil der Oberlausitz, Merseburg, Weißenfels, Naumburg, Querfurt, seinen Anteil am Mansfelder Land, den Thüringischen und den Neustädter Kreis, den Cottbuser Kreis, Teile des Leipziger und des Meißner Kreises, die Elbfestungen Torgau und Wittenberg, die Salzbergwerke ...

Auf mehr als die Hälfte seines Territoriums, zwei Fünftel seiner Untertanen.

Das war die Rache des Königs von Preußen.

Und dieser Gedanke bekräftigte den Starrsinn des alten Mannes, der in dem Irrtum verhaftet war, er könne sich durchsetzen.

»Ich werde nicht unterschreiben.«

Er gab einem Kammerherrn das Zeichen, die Türen zu öffnen, und damit waren die Besucher ein weiteres Mal entlassen.

Sofort rief der König seinen Minister von Einsiedel zu sich, um eine Protestnote aufzusetzen.

Am nächsten Tag, dem 11. März, übergab der sächsische Minister den drei Gesandten eine Note, in der er im Auftrag des Königs zum wohl hundertsten Mal darlegte, Sachsen habe sich aus einer Zwangslage heraus mit Napoleon verbünden müssen und sei nur eine Hilfsmacht gewesen; deshalb ließe sich das Eroberungsrecht weder auf den König von Sachsen noch auf sein Volk anwenden.

Metternich, Talleyrand und Wellington unterzeichneten gemeinsam das äußerst kurz gehaltene Antwortschreiben: Über Einzelheiten könne erst verhandelt werden, *nachdem* der König unterschrieben habe.

Danach reisten sie ab, zurück nach Wien, um eine Krisensitzung der »Großen Fünf« in Sachen Friedrich August einzuberufen. In ziemlich schlechter Laune.

Diese Krisensitzung in der Staatskanzlei im Palais am Ballhausplatz verlief in großer Entrüstung.

Selten war man sich so einig gewesen: Alle Argumente des Wettiners sind Ausreden! Der sächsische König hätte im Frühjahr 1813 durchaus der russisch-preußischen Allianz beitreten oder das Bündnis mit Österreich eingehen können.

Die Stenographen, die im Entlüftungsraum über dem Konferenzsaal saßen, notierten säuberlich jedes Wort. Sie hörten alles hier oben, denn in der Saaldecke waren Schlitze, durch die die Hitze der vielen Kerzen auf den Kristalllüstern entweichen konnte. Und ebenso jedes Wort, das unten gesprochen wurde.

So protokollierten sie den Beschluss: Der König von Preußen könne sofort seinen Anteil am sächsischen Territorium in Besitz nehmen. Und solange der sächsische König nicht unterschreibt, bleibt der ihm zugedachte Teil unter preußischer Verwaltung.

Am nächsten Tag – es war der 13. März 1815 – sprach der Kongress die offizielle Ächtung Napoleons aus und erklärte ihn zum Feind und Störer des Weltfriedens.

Für den Abend hatte Talleyrand seine Amtskollegen zum Diner eingeladen.

Offiziell, um diesen denkwürdigen Schritt zu würdigen und zu betonen, dass Frankreich weiter auf ihrer Seite stehe. Der Krieg sei gegen Napoleon zu führen, nicht gegen Frankreich. Aber auch, damit sie gemeinsam die Nachricht über Napoleons Rückkehr und die Niederlage in Pressburg verdauen konnten. Um zu überlegen, wie sie nun vorgingen.

Friedrich August wollte eindeutig Zeit schinden. Und sie konnten keine Unruhe im sächsischen Hinterland brauchen, falls Bonaparte tatsächlich die Dreistigkeit besitzen sollte, auf Paris zu marschieren. Obwohl Talleyrand nach wie vor nicht daran glaubte. Und wenn, dann würde der Korse nicht weit kommen. Aber er drohte, alles zu zerstören, was Talleyrand gerade unter großen Mühen erreicht hatte: Frankreich saß als Verlierernation mit am Verhandlungstisch, war sogar wieder eine Großmacht! Und nun würde sich ganz Europa gegen Napoleon zusammenschließen – und damit womöglich auch gegen Frankreich. Um das zu verhindern, hatte er sogar die Deklaration zur Ächtung Napoleons entworfen, ein Pamphlet ohnegleichen in der Geschichte.

Außerdem war soeben eine äußerst beunruhigende geheime Nachricht eingetroffen. In den Tuilerien, in den privaten Räumen des Bourbonenkönigs, hatte heimlich jemand »Vive Napoleon!« auf einen großen Spiegel geschrieben. Der König war von Verrätern umgeben, in seiner allernächsten Nähe. Und Charles-Maurice Talleyrand-Périgord hielt Ludwig XVIII. nicht unbedingt für jemanden, der mit Krisensituationen umgehen konnte. Er war krank von Geburt, aufgedunsen und jetzt auch noch so schwer gichtig, dass er kaum gehen konnte. Er schaffte es nicht einmal, seine eigenen Leute im Zaum zu halten. Die Ultraroyalisten brachten mit ihrem weißen Terror die Bevölkerung erneut gegen die Bourbonen auf. Ludwig schien vergessen zu haben, dass sein Bruder auf der Guillotine endete.

Lauter schlechte Zeichen.

Zum Ausgleich wollte sich der mit allen Wassern gewaschene französische Außenminister mit dieser Einladung wenigstens auf Metternichs Kosten amüsieren.

Um den ewigen Rivalen zu ärgern, hatte er auch dessen verflossene Geliebte Wilhelmine von Sagan eingeladen.

Sie gehörte schließlich zur Familie!

Talleyrand war in Begleitung seiner schönen Nichte Dorothea nach Wien gekommen, weil er hier eine Grazie an seiner Seite wünschte, die bei den Kongressteilnehmern Sympathien für Frankreich wecken sollte. Dorothea, die Frau seines Neffen Edmond, war die jüngste Schwester Wilhelmines, eine Tochter der Herzogin von Kurland. Außerehelich, aber das spielte in dieser Familie keine Rolle.

Bestens gelaunt war Wilhelmine erschienen, in einem gewagt dekolletierten Kleid aus changierender Seide in Rotbraun, das ihr schönes braunes Haar, ihren hellen Teint und ihre Augen hervorragend zur Geltung brachte.

Sie umarmte ihre Schwester und strahlte jedermann an.

Metternich kannte sie zu lange und zu gut, um zu wissen, was davon gespielt war.

Er litt immer noch unter der Trennung von ihr. Stundenlang und immer wieder klagte er seinem Freund Gentz sein Leid, obwohl der als Kongresssekretär wirklich alle Hände voll zu tun hatte. Der hastete von Sitzung zu Sitzung, und seine Wohnung war ein einziges riesiges Büro für Schreiber und Chiffrierer geworden.

Doch richtig glücklich konnte die schöne Wilhelmine auch nicht sein. Sie und Katarina Bagration konkurrierten in Wien heftigst mit ihren Salons und um die Gunst des Zaren. Das war schon fast ein Krieg. Noch dazu wohnten sie quasi Wand an Wand – die eine im linken Flügel des Palais Palm, die andere im rechten. Alexander musste aufpassen, dass er sich nicht in den Gängen verirrte.

Das war der Gedanke, an dem sich Clemens Metternich heute aufrichtete. Und die Hoffnung, doch noch die bezaubernde Julie Zichy zu erobern.

Das wusste auch Wilhelmine von Sagan.

Und es erheiterte sie sehr. Der schönen Gräfin Zichy machte der preußische König schon seit Monaten vergeblich den Hof. Nun, das hatte zwar nichts zu sagen, Friedrich Wilhelm war ein Langweiler, und *le beau Clément* ein gut aussehender, galanter Frauenschwarm, ein erfahrener Eroberer. Doch bei der tugendhaften Julie würde er sich vergeblich bemühen, da war sie sich ganz sicher.

Genauso sicher, wie sie wusste, dass die Bagration in riesigen Geldnöten steckte.

Armer Clemens!

Vergnügt ließ Wilhelmine von Sagan die Blicke von einem Gast zum anderen wandern und lächelte jedem charmant zu.

Sie tun so, als sei alles in bester Ordnung, als seien sie vollkommen Herr der Lage, dachte sie belustigt, während sie graziös eine kandierte Kirsche auf die Dessertgabel spießte und dann ihrem einstigen Geliebten tief in die Augen sah.

Oh, wie gefallen mir ihre lügenhaften Gesichter!

Der Krieg und die Musen

Berlin, März 1815

Henriette trauerte weiter, ganz in sich zurückgezogen. Der Winter verging, es taute, Schneeglöckchen reckten die Spitzen aus der kalten Erde.

Oft ging sie auf den Garnisonsfriedhof an Maximilians Grab, zeigte ihm seinen Sohn, als könnte er ihn sehen, sprach leise zu ihm, als könnte er sie hören. Vielleicht sah und hörte er sie sogar von dort, wo er jetzt war?

Das und ihr Kind gaben ihr Halt.

Und das Schreiben. Ihr Oheim hatte bei dem Besuch in Freiberg erneut darauf gedrängt, ihre Schwiegereltern und auch Madame Wronski ließen nicht locker.

Also griff sie wieder zur Feder. Wenn der kleine Max schlief oder in der Obhut des Kindermädchens oder seiner Großmutter war, wenn sie die große Stille über sich kommen spürte, dann schrieb sie.

Sie war entschlossen, die Geschichte dieses Krieges zu erzählen, wie sie ihn am eigenen Leib erlebt hatte. Keine nüchterne Schilderung, wie sie Carl Bertuch inzwischen herausgebracht hatte, obwohl auch die erschütterte.

Sie musste nicht über das Schlachtfeld *wandern* – sie war während der mörderischen Schlacht dort gewesen. Sie war darüber gerannt, als sie mit den Liebertwolkwitzern aus dem brennenden Dorf und der beschossenen Kirche flüchtete, zwei Stunden bei Wind und Regen bis nach Leipzig. Sie hatte Plünderungen miterlebt, Kanonaden, den Sturm auf die Stadt. Das grenzenlose Leid der Verwundeten. Und das Elend danach, während anderswo Siegesparaden gefeiert wurden.

Manchmal glaubte sie, die Erinnerungen nicht mehr ertragen zu können. Deshalb musste sie alles niederschreiben. Um Zeugnis abzulegen.

Sie gab es Wilhelm Trepte zu lesen, der ihr zuredete, das zu veröffentlichen – ob nun bei Graz und Gerlach oder Monsieur Parthey. Aber dazu war sie noch nicht bereit.

Als der letzte Schnee getaut war und die Krokusse blühten, bepflanzte sie Maximilians Grab mit Frühlingsblumen und stellte dazwischen ein kleines verglastes Porträt von ihrem Sohn. Sie hatte eine Bleistiftzeichnung anfertigen und rahmen lassen. Und weil es ihr das Herz zerriss, dass Maximilian sein Kind nicht aufwachsen sehen würde, ging sie nach Hause und begann ein neues Werk.

Einen Briefroman zwischen ihr und Maximilian.

Sie schrieb ihm, als würde er noch leben. Alles, was sie ihm gern sagen wollte. Erinnerungen an ihre gemeinsame Zeit. Wie sie erstarrt an seinem Grab stand und nur durchhielt, weil ihr Kind sie brauchte. Wie sein Sohn wuchs, sich jeden Tag veränderte, was er lernte. Und sie ersann die Antworten, die Maximilian ihr schreiben würde.

Dieses Manuskript entblößte ihre Seele. Deshalb wagte sie nicht, es Wilhelm oder Carlotta Trepte zu zeigen.

Aber eines Tages, als Madame Wronski sie und ihr Patenkind zu sich eingeladen hatte, nahm sie allen Mut zusammen und erzählte ihr davon. Die kluge Frau war selbst verwitwet nach einer kurzen, glücklichen Ehe mit einem Freund des Fürsten Radziwill. Sie bat Henriette um das Vertrauen, ihren Briefroman lesen zu dürfen. Und als sie ihn beim nächsten Treffen zurückgab, standen ihr Tränen in den Augen. »Veröffentlichen Sie!«

Natürlich würde der Oheim es großartig finden und sofort drucken. Aber er war ihr Verwandter, beinahe ihr Vater, und würde es allein deshalb großartig finden.

Sie wusste, wie herablassend bis verächtlich die Kritiker alles aufnahmen, was Frauen schrieben. Doch ihre Werke stammten so unverkennbar von einer Frau, dass sie sie nicht unter männlichem Pseudonym veröffentlichen konnte.

Schließlich fasste sie sich ein Herz und ging hinüber zu Monsieur Parthey in die Nicolaische Verlagsbuchhandlung. Der war nicht nur ein weiser Mann, er kannte die literarische Welt und hatte Verbindungen zu höchsten Kreisen.

»Wie geht es meinem Patenkind?«, fragte der Siebzigjährige gut gelaunt den kleinen Max, als könnte der antworten. Der Junge zappelte mit den Ärmchen und lachte.

Parthey bot Henriette einen Platz an.

Sie zog zwei Mappen voller Blätter unter dem Arm hervor.

»Monsieur, würden Sie dies vielleicht lesen und unabhängig von unserer Bekanntschaft bewerten?«

Friedrich Daniel Parthey, in Kurland einst Hofrat, Musiker und Prinzenerzieher, lächelte durch und durch zufrieden.

»Ich habe lange auf diesen Moment gewartet, Madame Trepte! Und ich bin glücklich, dass Sie sich entschlossen haben. Danke für Ihr Vertrauen! Suchen Sie mich morgen früh wieder auf, dann werde ich alles gelesen haben und mit meiner Meinung nicht hinterm Berg halten.«

Henriette sollte nicht dazu kommen, dem Verleger und Buchhändler am nächsten Morgen diesen Besuch abzustatten.

Er erschien selbst schon am Abend des gleichen Tages.

Änni war ganz erstaunt, als jemand an die Tür hämmerte.

Und Jette verärgert über den Lärm, denn gerade hatte sie ihr Kind in den Schlaf gewiegt. Sie lief hinaus auf den Flur und staunte, Monsieur Parthey ins Haus treten zu sehen.

»Ergreifend! Großartig!«, rief er ihr schon auf der Treppe entgegen und winkte mit den Blättern. »Aber wir müssen Entscheidungen treffen. Ich denke, wir sollten Monsieur Trepte hinzuziehen.«

Der bat den Nachbarn in den Salon. Flüsternd gestand Henriette ihrem Schwiegervater ihre heutige Tat – und auch, warum er nur eines von beiden Manuskripten zu sehen bekommen hatte.

Wilhelm Trepte nahm auf einem Sessel Platz, der Gast auf einem anderen, Carlotta und Henriette teilten sich die Chaiselongue.

»Ich würde beide Werke sofort herausbringen« erklärte Friedrich Parthey ohne Umschweife und legte die Manuskripte auf den Tisch. »Und so etwas sage ich nicht oft. Sie ahnen nicht, wie viel Unerträgliches heutzutage verfasst und mir angepriesen wird. Madame Henriette ist ein außergewöhnliches Talent. Sie schreibt wahrhaftig und so bewegend, dass niemand ungerührt bleiben kann.«

Dann zog er zwei Zeitschriften unter den Seiten hervor.

»Doch ich muss Sie warnen. Machen Sie sich darauf gefasst, dass die Kritiker Sie entweder ignorieren oder aufs bösartigste verreißen – nur weil Sie eine Frau sind. Noch dazu eine junge Frau. Und, um es ganz schlimm zu machen: eine junge Frau, die über den Krieg schreibt. Das wird man Ihnen nicht durchgehen lassen.«

Nun reichte er die beiden Zeitschriften herum.

»Dies sind die neuesten Ausgaben der *Jenaischen Allgemeinen Literaturzeitung*. Die führende Literaturzeitschrift, für die fast alle deutschen Geistesgrößen schreiben. Darin nimmt sich der Rezensent drei Werke von Frauen vor. Vielleicht lesen Sie das zunächst erst einmal, bevor wir weiterplanen.«

Carlotta bekam schon beim ersten Absatz große Augen.

»Der Verfasser schreibt, der Autor des ersten Buches sei nicht habhaft zu machen, aber die Naivität des Werkes spreche dafür, dass es von einer Frau kommt«, rief sie entrüstet. »Nicht wörtlich, aber dem Sinn nach. Alles ist so unterschwellig beleidigend und gehässig ... widerlich!«

»Lesen Sie den Titel des betreffenden Buches«, forderte Monsieur Parthey sie auf und schmunzelte.

»*Louise, Königin von Preußen. Der preußischen Nation gewidmet. Zum Besten der Witwen* ... Madame von Berg schrieb es, die Hofdame und Vertraute von Königin Luise«, erkannte Henriette. Sie hatte dieses Buch erst Weihnachten in der Buchhandlung ihres Oheims in Händen gehalten.

»Ja, und weil er einer so hochstehenden und in der Materie kenntnisreichen Person nicht mangelnde Geistesgaben vorwerfen kann, behauptet er, den Namen des Verfassers nicht zu wissen«, bestätigte Parthey. »Frauen falle es schwer, einen historischen Gegenstand zu handhaben, sie werden ihres Denkens und Empfindens nicht Meister ... Und so geht es weiter, über zwei Ausgaben. Ich gebe Ihnen Brief und Siegel: Stammten diese Bücher von Männern, würde das Urteil viel milder ausfallen. Man fühlt sich irgendwie zurück ins Mittelalter versetzt, als man den Frauen gar keinen Verstand zubilligte.«

»Wer hat das geschrieben?«, fragte Wilhelm Trepte sehr interessiert.

Henriette blätterte. »Hier sind nur Initialen: R. V. K. St.«

»Jemand, der so hart urteilt, sollte wenigstens mit seinem ehrlichen Namen dafür einstehen«, kritisierte der Jurist scharf. »Ist das die Pressefreiheit, die Sie und Ihre Kollegen wollen, weshalb Bertuch und Cotta sogar in Wien vorsprechen?«

»Ich stimme Ihnen zu«, bekräftigte Friedrich Parthey. »Aber es ist erschienen, und es wird gelesen. Ich zeige Ihnen nur, worauf Sie sich einstellen müssen. Und ich glaube nicht, dass Ihre Tochter derzeit die Kraft hat, das zu ertragen.«

»Sie haben recht«, sagte Henriette resigniert. »Ich werde nicht publizieren. Es war eine dumme Idee.«

»Nicht zu schnell, junge Frau!«, meinte der Buchhändler und Verleger lächelnd. »Den Briefroman würde ich wirklich noch etwas zurückhalten. Sie zeigen darin so tiefe Gefühle, es ist so berührend – ich könnte nicht zusehen, wie Sie dafür in den Schmutz getreten werden. Das würden Sie nicht aushalten. Den heben wir uns für später auf. Machen Sie sich erst einmal einen Namen mit dem Kriegszeugnis, debütieren Sie damit. Wir müssen Sie schützen.«

»Wie denn?« Jette hatte schon aufgegeben.

»Präsentieren Sie Ihr Buch nicht bei einer der Salonnièren, sondern bei mir. Das wird Sie nicht davor bewahren, dass Neider, Besserwisser, selbsternannte Scharfrichter und Gralshüter über Sie herfallen, aber vielleicht einige davon abhalten. Zum anderen: Lesen Sie keine Kritiken! Ich kenne Rezensenten, die das Werk kaum durchblättern, das sie verreißen, nur weil sie den Autor oder das Sujet nicht mögen. Es sind nicht alle so. Doch für Frauen, die schreiben, gibt es kein Pardon. Wählen sie einen leichten Stoff, gilt es als seicht. Und über ein so hartes Thema wie den Krieg zu schreiben, billigt man ihnen nicht zu.«

»Ich kann alles bezeugen.«

»Ich weiß.«

Der lebenserfahrene Verleger beugte sich ein wenig vor und sah Henriette eindringlich durch die Brillengläser an.

»Was wirklich zählt, meine Liebe, ist nicht die *Jenaische Allgemeine Literaturzeitung*. Sondern ob die Leser Ihr Werk lieben. Und das werden sie, weil es wahrhaftig ist.«

»Ich ... glaube nicht, dass ich das noch will«, sagte Henriette leise. »Ich könnte es nicht ertragen.«

»Vielleicht sollten wir alle erst einmal eine Nacht darüber schlafen«, empfahl Wilhelm Trepte. »Und ich würde mich gern mit Monsieur Parthey über einige juristische Aspekte unterhalten.«

»Natürlich räume ich Monsieur Gerlach Sonderkonditionen ein«, versicherte Parthey sofort.

»Das meinte ich nicht. Ich dachte eher an Möglichkeiten, solche Schmähungen zu verhindern.«

»Es gibt in der Kunst keinen verbindlichen Maßstab. Einer hält Rubens' Frauen für zu dick, ein anderer die von El Greco für zu dünn. Es steht jedem frei, ein Kunstwerk schlecht zu finden. Nur sollte er das sachlich begründen, statt nur zu beleidigen wie unser Anonymus ...«

Ein Klopfen unterbrach ihn, Madame Bellefleur trat ein, mit zwei Briefen in der Hand.

»Verzeihen Sie, das wurde gerade als äußerst dringend für Sie abgegeben. Dieser ist für Sie, Monsieur, und dieser für Monsieur Parthey, nachdem er in seinem Hause nicht angetroffen wurde.«

Sie reichte Wilhelm Trepte und Friedrich Parthey die Briefe, die einen besorgten Blick wechselten, ehe jeder seine Post öffnete.

»Ich vermute, Ihr Schreiben hat den gleichen Inhalt«, sagte der Rechtsgelehrte zu dem Hofrat.

Beide wirkten so angespannt, dass Carlotta mit zittriger Stimme rief: »Was ist passiert?«

»Setz dich, Liebes, und atme tief durch. Napoleon hat Elba verlassen und zieht gegen Paris. Morgen wird es in den Zeitungen stehen.«

Entsetzt schlug sie die Hände zusammen. »Gott im Himmel, was wird nun werden?«

»Mobilmachung. Die Heere sind schon Richtung Frankreich in Marsch gesetzt.«

»Aber er kann doch unmöglich ...« Carlotta war vor Schreck nicht imstande, den Satz zu Ende zu bringen.

»Nun, wir werden sehen, was er kann«, meinte Friedrich Parthey nüchtern. »Blücher und Wellington werden ihm schon Paroli bieten. Doch für uns bedeutet das jetzt leider erst einmal, Madame Henriette muss ihre literarischen Pläne aufschieben. Im Krieg schweigen die Musen. Und Bücher über die Schrecken des Krieges sind ab sofort nicht mehr erwünscht. Jetzt, da die Heere wieder marschieren, sind Kriegslieder und Heldenepen gefragt.«

Unruhiger März

Wien, Berlin und Leipzig, März 1815

Die Kunde, Napoleon habe mit seinen Garden Elba verlassen, sorgte weithin für Aufschrei und Entsetzen. Doch während Diplomaten und Militärs hektisch Pläne schmiedeten und kaum noch schliefen, verfiel der größte Teil der Wiener Bevölkerung rasch wieder in seine berühmte heitere Gelassenheit.

»Die Nachricht macht große Sensation«, schrieb Carl Bertuch am 7. März in sein Tagebuch, der bei einer Audienz bei dem britischen Admiral Sir William Sidney Smith davon erfuhr. Doch dann ging er ungerührt weiter seinem Besuchsprogramm nach.

»Napoleons Entweichung ist das Tagesgespräch«, notierte er zwei Tage später. »Er setzt den ganzen Kongress in Bewegung.« Aber weder Bertuch noch jemand auf den Straßen räumte Napoleon ernsthaft Chancen ein. Das Volk von Wien amüsierte sich über den Schrecken, der den hohen Herren in die Gedärme gefahren war, ganz besonders und im Wortsinne dem König von Bayern.

Bald kursierte der Witz in der Stadt an der Donau: »Der Kongress hat einen fahrenlassen.«

Die nicht minder spottlustigen Berliner nahmen das weniger gelassen hin. Zu lebendig waren die Erinnerungen an die Schrecken und Demütigungen der letzten Jahre. Aber sie vertrauten auf Blücher und ihren König, jetzt vor allem auf Blücher.

Sofort meldeten sich Freiwillige.

Henriette waren literarische Pläne nun völlig bedeutungslos. Es würde einen neuen Krieg geben, mit noch mehr Toten. Nahm das nie ein Ende?

Ihr Schwiegervater versuchte, sie zu beruhigen. »Ganz Europa hat sich gegen Napoleon gewandt, ihn als Störer des Friedens geächtet. Gegen diese Übermacht hat er keine Chance.«

»Aber es wird Krieg geben«, beharrte sie trostlos.

»Falls die Franzosen ihm nicht selbst Einhalt gebieten, ist das wohl unausweichlich«, gestand Wilhelm Trepte ein.

Einige Tage später kam ein Brief von Felix, der sie schon mit dunklen Ahnungen erfüllte, noch bevor sie ihn öffnete.

Ich habe Professor Werner gebeten, meine Prüfungen vorzeitig ablegen zu dürfen, um mich freiwillig zu den Truppen zu melden. Und ich sandte die Bitte an den Oberstleutnant von Sohr, mir die Ehre zu erweisen, mich erneut in das Brandenburgische Husarenregiment aufzunehmen. Ich werde über Berlin reisen, um mich der Armee anzuschließen. Falls Du es gestattest, werde ich Dich zuvor aufsuchen, um Deinen Segen zu erbitten ...

Henriette hatte gefürchtet, dass er so entscheiden würde – schon seit jenem Abend, als sie von Napoleons Flucht erfuhren. Sie konnte Felix nicht aufhalten. Aber wenn er schon ging, musste sie ihn noch einmal sehen.

Er hatte diesen Lebensüberdruss in den Augen, ein Gefühl, das sie nur zu gut kannte. Ging er, um zu sterben?

Ahnte er den Tod schon und nahm ihn hin, weil er sonst keinen Sinn mehr in seinem Leben sah? Das musste sie ihm unbedingt ausreden.

Sie wollte nicht auch noch ihn verlieren.

In Leipzig veröffentlichte der Hofrat Mahlmann in seiner Zeitung am 15. März die Sensationsmeldung:

Mehreren in Leipzig eingegangenen Nachrichten zufolge
hat Napoleon nebst einem Teil seiner Garden die Insel
Elba verlassen. Mailänder Briefe führen an, die Schiffe
wären auf vier Tage mit Proviant versehen und der Ort
ihrer Bestimmung Antibes in Südfrankreich gewesen.
Andere geben Neapel als ihren Bestimmungsort an.

Siegfried August Mahlmann empfand diese Entwicklung nicht gerade als beglückend, denn er wünschte sich die Zeit der französischen Besatzung wahrlich nicht zurück.

Dennoch erfüllte sie ihn aus zweierlei Gründen mit Genugtuung. Sie würde seine Auflage in die Höhe treiben, weil jeder nun wissen wollte, was daraus erwuchs. Und dass die Preußen diesen Dämpfer verpasst bekamen, freute ihn sehr. Recht geschah ihnen in ihrem Siegestaumel!

Er hatte da besonders diesen einen vor Augen, der ihn vor vier Wochen zu jener unverschämten Bekanntmachung gezwungen hatte.

Zwar kündigte deshalb kein wütender Abonnent, und er wurde auch nicht mit Steinen beworfen. Seine Leser waren geübt darin zu erkennen, wann dem Herausgeber eine Meldung aufgezwungen wurde. Aber natürlich hatte es Tumulte gegeben. Nicht vor der Redaktion, sondern vorm Haus des Rektors Wieland, nachdem der in seinen Vorlesungen ankündigte, er werde künftig preußisches Recht lesen. Aufgebrachte Studenten versammelten sich abends und brachten Hochrufe auf König Friedrich August aus.

Das rief den neuen Stadtkommandanten auf den Plan.

Sein russischer Vorgänger Prendel, der Mann mit dem imposanten Backenbart, war mit Wechsel des Gouvernements abberufen und als Dank für sein Wirken zum Ehrenbürger von Leipzig ernannt worden.

Der neue preußische Stadtkommandant, Generalmajor von Bismarck, sah sich nun vor der heiklen Aufgabe, die Sachsen ruhig zu halten, obwohl sie so üble Nachrichten über die Zukunft ihres Landes erhalten hatten. Er veröffentlichte am Tag nach dem Aufruhr eine noch recht freundlich gehaltene Proklamation, dass er zwar Liebe für Vaterland und König achte. Doch solche Zusammenrottungen wie gestern vor dem Haus des Rektors seien Ordnungswidrigkeiten und würden künftig streng bestraft.

Bewegte Zeiten sind für Zeitungen immer gute Zeiten, sagte sich der Hofrat Mahlmann, und jede Ausgabe mit der winzigsten Information, die über die unerwartete Flucht Napoleons zu erlangen war, wurde seinen Zeitungsexpedienten geradezu aus den Händen gerissen.

Was hatte der Korse vor? Wollte er in Neapel seinem Schwager Murat zu Hilfe kommen, obwohl der ihn verraten hatte? Oder glaubte er allen Ernstes, Frankreich zurückerobern zu können? In *Auerbachs Keller* wurden leidenschaftlich Wetten abgeschlossen: Neapel oder Paris?

Und mit jedem weiteren Glas Wein wurden nicht nur die Hochrufe auf den sächsischen König lauter, sondern auch die auf Napoleon. Was wiederum schwer auf den sächsischen Monarchen zurückfallen würde.

Genau davor warnte der sächsische Gesandte in Wien seinen König, der immer noch in Pressburg saß und sich hartnäckig weigerte, die Teilungsakte zu unterschreiben. Friedrich August bestand auf Verhandlungen.

»Sire, die Alliierten werden nicht verhandeln, schon gar nicht jetzt! Sachsen kann seine Lage nur durch schnelles Entgegenkommen verbessern«, beschwor ihn der diplomatisch erfahrene Graf von der Schulenburg-Klosterroda. »Sonst wird man Euer Majestät verdächtigen, weiterhin ein Anhänger Napoleons zu sein, was Euch *und* das Land in Gefahr bringt! Sie müssen nach Dresden, um die Tumulte im Land und in der Armee zu beenden!«

Durch seine täglichen Gespräche mit den Diplomaten in Wien wusste er, dass die schwer erstrittene Grenzlinie ebenso ehern galt wie die knappe Note vom 11. März: Ohne Unterschrift keine Gespräche! Die »Großen Fünf« waren wütend, Talleyrand, Metternich und Wellington immer noch beleidigt.

Für seine Warnung wurde der Gesandte in Pressburg heftig gerüffelt. Das traf ihn sehr.

Doch er beharrte, denn er wusste, dass es in Sachsen gärte: Aus Wut über die angekündigte Teilannexion durch die Preußen wurden in so mancher Saufgesellschaft Hochrufe auf Napoleon ausgebracht. Es gab Ausschreitungen und Verhaftungen. Das konnte nicht gut enden, wenn nicht der König sofort zurückkehrte und für Ruhe sorgte.

Deshalb überschritt der Gesandte auch mutig seine Vollmachten – auf Bitte der Verbündeten.

Ohne Absprache mit seinem König, aber zum Wohle seines Landes. Erstmals offiziell als Vertreter Sachsens anerkannt, unterschrieb Friedrich Albrecht Graf von der Schulenburg-Klosterroda die Erklärung der Kongressteilnehmer gegen Napoleon.

Die schöne Gräfin von Kielmannsegge erfuhr am 22. März auf ihrem Gut in Schmochtitz bei Lübben von der Rückkehr des Kaisers nach Frankreich. Überglücklich schrieb sie in ihr Tagebuch: »Das Sachsenvolk jubelte laut, trotz der zahlreichen Verhaftungen. Am Grabstein Poniatowskis in Leipzig wetzt jeder vorübereilende Pole den Säbel mit geheimem Schwur.«

Für sie kam diese Nachricht nicht so unerwartet wie für alle anderen. Ein Vertrauter Prinzessin Thereses hatte sie vor einiger Zeit in deren Namen um die Brieftasche aus rotem Saffianleder mit Napoleons geheimem Vermächtnis gebeten. Die Prinzessin habe Mittel und Wege, sie dem Kaiser auf Elba sicher zukommen zu lassen. Inzwischen wusste die Gräfin, dass Pauline Borghese, Napoleons Schwester, ihm die Dokumente übergeben hatte.

Es erleichterte sie, die gefährlichen Papiere nicht länger bei sich verbergen zu müssen. Doch zweifellos steckte etwas Besonderes dahinter, wenn der Kaiser sie zurückverlangte. Das tat er nicht nur aus Sorge um ihre Sicherheit.

Dafür sorgte sie sich jetzt um *seine* Sicherheit. Jener sächsische Attentäter Sahla, ein entfernter Verwandter von ihr, war von den Alliierten in Paris freigelassen worden und nach kurzem Aufenthalt in einer Nervenanstalt wieder im Land.

Sie musste den Kaiser vor diesem Irren warnen!

Ob Auguste Charlotte von Kielmannsegge manchmal auch daran dachte, dass ihr Mann nun erneut gegen Napoleon in den Krieg ziehen würde? Dass er dabei schon einmal nur knapp dem Tod entronnen war? Sie hatten einander lange nicht mehr gesehen und lebten in Scheidung. Ihre einst große Liebe war zerbrochen – an konträren politischen Ansichten.

Ferdinand Graf von Kielmannsegg, befreundet mit Stein, Miltitz und Thielmann, war Oberstleutnant der Husaren und kommandierte ein Husarenregiment des englischen Prinzregenten. Am 21. März, einen Tag bevor seine Frau in der Lausitz von Napoleons Landung in Frankreich erfuhr, wurde sein Regiment als Vorposten gegen die französische Festung Condé eingeteilt, um das Grenzgebiet zu sichern.

Mit dem Fernglas beobachtete der Husarenoffizier, was im gegnerischen Lager vor sich ging, und reagierte sofort.

Er ließ seinen besten Reiter holen, noch während er hastig die Zeilen niederschrieb: »Die Grenzgarnisonen von Condé und Valenciennes haben die weiße Kokarde mit Füßen getreten und einen neuen Eid auf Napoleon geschworen.«

Der Kurier meldete sich zur Stelle und wartete am Eingang

des Zeltes. Sein Vorgesetzter faltete und siegelte das Papier und mahnte: »Das muss unter allen Umständen auf schnellstem Weg ins Hauptquartier!«

Während die Kongressteilnehmer in Wien noch rätselten, was der Korse wohl plante, sah der Kommandeur des Prinzhusarenregiments Ferdinand von Kielmannsegg als einer der ersten Alliierten, wie die französische Armee scharenweise zu ihrem früheren Feldherrn überlief. Damit wusste er, dass die Kämpfe bald wieder aufflammen würden.

Er und seine Husaren waren bereit.

Und seine Brüder würden es auch sein.

Bis zum Friedensschluss hatten sie in dem Freikorps gekämpft, das ihr älterer Bruder Friedrich mit dem Vermögen der Familie finanziert hatte, den *Kielmannseggschen Jägern*. Jetzt standen sie in hannoveranischen – also englischen – Diensten. Und Friedrich Graf von Kielmannsegg führte nun als General die nach ihm benannte 1. Hannoversche Brigade unter Wellingtons Oberbefehl.

Am 25. März schlossen England, Österreich, Russland und Preußen einen neuen Bündnisvertrag zur Niederwerfung Napoleons. Jedes Land würde im Kriegsfall hundertfünfzigtausend Mann bereitstellen.

Preußen hatte schon vor zwei Tagen mobilgemacht.

Schwarzenberg, Wellington und die Generaladjutanten des preußischen Königs und des Zaren, Knesebeck und Fürst Wolkonsky, bildeten eine Kommission für die militärischen Vorbereitungen.

Auf Befehl von Kaiser Franz wurden sämtliche Feste abgesagt. Die Mehrzahl der Fürsten verließ Wien.

Für Marie Louise und ihren – Napoleons – Sohn wurden besondere Sicherheitsvorkehrungen getroffen.

Marie Louise war in Tränen ausgebrochen, als sie von der Flucht ihres Gatten erfuhr. Nicht aus Sorge um ihn, sondern aus Sorge, sie würde ihren gerade noch geretteten Titel einer Herzogin von Parma verlieren. Der Graf von Neipperg tat sein Bestes, um sie zu trösten und zu beruhigen. Sie entfernte alle französischen Symbole von den Kutschen und erhob auch keinen Einspruch, als ihr Sohn auf die Hofburg gebracht wurde, um Entführungsversuchen vorzubeugen. Der kleine Napoleon II. wurde nun nur noch mit seinem zweiten Vornamen »Franz« gerufen und von allem Französischen getrennt, sogar von seiner geliebten Erzieherin Madame de Montesquiou, die er »Maman Quiou« nannte. Ausgerechnet an seinem vierten Geburtstag.

Sechzehn weitere Länder schlossen sich nach und nach der Koalition an, so dass zumindest auf dem Papier bis November eine Million Soldaten zusammengezogen werden konnten.

Die ersten Armeen wurden in Marsch gesetzt. Die sächsische zog Richtung Aachen und Wellingtons Truppen nach Flandern, mit ihnen die Kielmannseggsche Brigade.

Zwei Tage nach den »Großen Vier« unterzeichnete Talleyrand im Namen König Ludwigs den Bündnisvertrag. Er tat es äußerst ungern. Doch nur so konnte er bewirken, dass der Krieg gegen Napoleon und nicht gegen Frankreich geführt wurde. Denn die Kongressparteien waren sich einig: Napoleon durfte nicht wieder auf den Thron.

Als Talleyrand am 27. März im Namen Ludwigs unterschrieb, wusste er nicht, dass dieser längst entmachtet war.

Niemand in Wien ahnte, dass Napoleon schon seit einer Woche wieder in Paris saß und bereits seine eigene Regierung gebildet hatte. Das erfuhren die Kongressteilnehmer erst am nächsten Tag.

Diesmal wurde Talleyrand sogar unter der Schminke bleich.

Vor allem, als ihn der russische Gesandte Nesselrode voller Häme fragte, ob er nicht vielleicht noch irgendwelche kompromittierenden Dokumente in seinen Pariser Archiven habe.

Seine Kaiserliche Majestät kehrt zurück

Fontainebleau und Paris, 20. März 1815

Bevor er in seine Kutsche stieg, wandte sich Napoleon Bonaparte noch einmal um und sah auf den Hof des Weißen Pferdes von Schloss Fontainebleau, in das er vor wenigen Stunden eingezogen war, von jubelnden Soldaten, Bauern und Bürgern förmlich hineingetragen.

Vor weniger als einem Jahr hatte er hier einige der schlimmsten Tage seines Lebens zugebracht. Seine Marschälle stellten sich gegen ihn und zwangen ihn zur Abdankung. In seiner Verzweiflung wollte er sich sogar das Leben nehmen. Auf den Tag genau vor elf Monaten und fast exakt zu dieser Stunde hatte er sich hier mit einer herzergreifenden Rede von seinen weinenden Alten Garden verabschiedet, um in die Verbannung zu gehen.

Nein, nicht die gleiche Stunde, korrigierte er sich.

Jetzt waren es nicht nur elf Monate und eine Stunde später, es war eine Ära später.

Die Bourbonenherrschaft zerfiel, die Ära Napoleon ging weiter, als wäre nichts gewesen. Heute noch würde er in Paris einziehen. Am Geburtstag seines Sohnes.

Er, Napoleon, hatte das Unmögliche geschafft. Das Wunder. Er hatte alles gewagt. Und gewonnen.

In weniger als drei Wochen, mit einer »Invasionsarmee« von kaum mehr als tausend Mann und ohne einen Schuss abzugeben.

Wer hätte das noch vor einem Monat für möglich gehalten? Wann hätte es so etwas je gegeben?

Das Volk und die Armee waren ihm zugelaufen – erst spärlich, aber dann war es wie ein Dammbruch. Heute früh, noch vor dem Morgengrauen, war der Bourbonenkönig geflohen, den die schweren, gichtigen Beine kaum mehr trugen.

Die Tuilerien erwarteten ihn. Paris erwartete ihn.

Das wusste er nicht zuletzt durch eine amüsante Meldung seines einstigen Generalpostdirektors, des Grafen Lavalette. Der hatte aus Treue zu Napoleon nach dessen Abdankung sein Amt niedergelegt. Aber heute Morgen war er zusammen mit General Sébastiani losgezogen, hatte die Postdirektion im Handstreich übernommen und die Verteilung des *Moniteurs* strikt unterbunden. Der bisherige Amtsinhaber, ein Ultraroyalist namens Ferrand, suchte eiligst das Weite.

Dann ließ Lavalette Rundschreiben verteilen: Der Kaiser werde in wenigen Stunden in Paris eintreffen. Die Stimmung sei enthusiastisch – im Sinne von: Sie habe gefälligst enthusiastisch zu sein! Es herrsche Ordnung. Und es werde keinen Bürgerkrieg geben.

Das war eher eine Festlegung des einstigen und bald wieder ins Amt eingesetzten Postdirektors, eine kategorische Prophezeiung. Aber sie war es, die dem amtlich verordneten Enthusiasmus gehörig Auftrieb gab. *Vive L'Empereur!*

Dieser Ruf scholl Napoleon auch jetzt wieder tosend entgegen, als er in die Kutsche stieg. Von Soldaten, Bauern und Bürgern. Und wie überall während seines Triumphzuges der letzten Tage begleiteten ihn nicht nur seine Truppen, sondern auch tausende Einheimische, die ein Stück des Weges mitliefen, die ihn hochleben ließen und die *Marseillaise* sangen. Sein Wagen kam deshalb kaum vorwärts, das störte ihn sehr. Er hatte es eilig, wie stets. Wie man diese revolutionären Ausbrüche wieder loswürde, dazu musste er sich bald etwas einfallen lassen. Aber jetzt wartete Paris auf ihn.

Und zwar eilten seine Gedanken voraus zu all dem, was zu tun war, um sofort, noch heute Nacht, eine neue Regierung zu etablieren. Aber er musste auch Rückschau halten auf diese drei atemberaubenden Wochen, in denen er wieder einmal Weltgeschichte geschrieben hatte, ein ganz außergewöhnliches Kapitel.

Was war da eigentlich geschehen?

Zweifellos hatte es mit dem Glücksstern zu tun, unter dem er geboren war. Aber auch mit seiner Brillanz. Und wie üblich mit den Fehlern, die seine Gegner begingen.

Doch letztlich hing alles an einem einzigen Moment, einem magischen Augenblick. Einer Szene, die sich kein Autor dramatischer ausdenken könnte.

Am 7. März in einem kleinen Ort namens Laffrey.

Hier hätte seine ganze Unternehmung in sich zusammenbrechen und mit einem Massaker enden können. Er musste alles in die Waagschale werfen, selbst sein Leben – und so fiel die Entscheidung.

Die ersten Reaktionen der Einheimischen nach ihrer Landung in einer Bucht zwischen Cannes und Antibes waren nicht gerade ermutigend.

Aber sie hatten schon auf See Glück gehabt und wurden nicht enttarnt, obwohl andere Schiffe sie kreuzten.

Und dann hatten sie noch einmal Glück, als sein einstiger Marschall Masséna, der alte, kranke und müde Kommandeur des Militärbezirkes Grenoble, die ersten Nachrichten nicht ernst nahm, dass Gardisten mit vier Geschützen an der Küste gelandet seien. Ehe er begriff, was dort vonstattenging, Truppen mobilisierte und Paris benachrichtigte, war die kleine Invasionsarmee schon tief ins Land eingedrungen.

Sie gingen nicht über die breite Straße an der Rhône, weil jedermann das erwarten würde und weil Napoleon nicht vergessen hatte, wie feindselig er vor einem Jahr in Südfrankreich behandelt worden war. Der Pöbel hätte ihn fast erschlagen. Stattdessen zog er mit seiner kleinen Streitmacht über die Alpen, auch wenn das mühsam war, vor allem für die Ulanen, die neuen Schuhe zerrissen und sie schweren Herzens die vier Geschütze zurücklassen mussten.

In der Dauphiné wurden sie freundlicher aufgenommen, feierten in dem kleinen Ort La Mure mit den Dorfbewohnern, tranken mit ihnen Wein.

Und dort erfuhr er, dass ihm ein Bataillon des 5. Regiments entgegenkam und sich in einem Engpass ein Stück vor dem Ort aufstellte – eindeutig mit dem Befehl, ihn und seine Männer zu töten oder gefangen zu nehmen.

Schluss mit dem Wein, Schluss mit der Feier!

Sie marschierten dem 5. Regiment entgegen. Überraschenderweise zogen die anderthalbtausend Bauern mit ihnen.

Hatte er einen Plan, oder handelte er intuitiv?

Im Nachgang konnte er es selbst nicht sagen.

Er ermahnte noch einmal den Hitzkopf General Cambronne, unbedingt Ruhe zu bewahren. Und er befahl seinen Alten Garden, hinter ihm zurückzubleiben und die Gewehre unter den linken Arm zu nehmen – als Zeichen dafür, dass sie nicht schießen würden. Das gefiel den Männern mit den Bärenfellmützen überhaupt nicht, aber sie würden gehorchen. Weil er es befohlen hatte.

Dann stieg er vom Pferd und ging allein auf dieses königliche Bataillon zu, das auf ihn angelegt hatte.

Langsam, ruhig, lächelnd, die Hände hinter dem Rücken verschränkt. Näherte sich den Männern bis auf ein paar Schritte. Napoleon zeigte nicht das geringste Quentchen Furcht, obwohl ihn der Gedanke an die drohende Salve ängstigte. Es genügte, wenn ein Einziger abdrückte.

Aber das waren Soldaten, *seine* Soldaten, auch wenn sie jetzt weiße Kokarden trugen. Sie kannten seine Proklamationen.

In ihren Augen sah er Staunen, Bewunderung, Verwirrung – und Angst. Sie hatten ja mehr Angst als er!

»Soldaten des 5.!«, rief er ihnen zu.

Es war schon immer seine Stärke, seine besondere Gabe, die Soldaten mit seiner Stimme, seinen Worten, seinem Charisma für sich zu gewinnen.

»Ihr kennt mich. Will einer von euch seinen Kaiser töten – hier bin ich!«

Dann öffnete er den berühmten grauen Mantel und bot sich zum Schuss dar. Sozusagen mit nackter Heldenbrust.

Im übertragenen Sinne. Natürlich trug er unter dem Mantel wie immer die grüne Jägeruniform.

Einige der Soldaten vor ihm fielen in Ohnmacht, andere weinten, fast allen wurden die Knie weich.

Dann warfen die ersten die Gewehre weg. Und plötzlich brüllte jedermann: »Vive L'Empereur!«

Sie rissen sich die weißen Kokarden von den Mützen und traten sie mit Füßen, sie schrien, lachten und jubelten.

Der völlig um die Fassung gebrachte Bataillonskommandeur Delassart nahm sich zusammen und trat auf Napoleon zu, um ihm zum Zeichen seiner Niederlage den Degen zu überreichen. Doch der meinte lächelnd, er solle ihn behalten; er würde ihn noch brauchen, wenn er an seiner Seite kämpfte.

Das war der Durchbruch.

Er hatte sein Leben angeboten. Alles auf eine Karte gesetzt. Dafür war das erste Bataillon komplett zu ihm übergelaufen.

An diesem Schicksalstag, dem 7. März, an dem Metternich von der Eilnachricht aus Genua aus dem Schlaf gerissen wurde und der *Moniteur* zum ersten Mal eingestand, der »Verräter und Rebell« sei an der Küste gelandet und man werde »über ihn herfallen«.

Eine Formulierung, die bei den Garden und bei Napoleon selbst große Heiterkeit hervorrief. Der in seinen Redensarten wahrlich nicht vornehme Pierre Cambronne brüllte: »*Merde!* Das wollen wir alle gern sehen, wie dieses fette Bourbonenschwein über unseren Kaiser herfällt!«

Der 7. März wurde nicht nur für Napoleon und Metternich schicksalsschwer, sondern auch für Marschall Ney. Der war an diesem Tag in die Tuilerien zum König beordert worden und erhielt von Ludwig den Befehl, den Flüchtigen zu stellen.

Michel Ney hatte erst kurz zuvor von der Rückkehr seines einstigen Meisters erfahren und war völlig durcheinander vor Schreck und schlechtem Gewissen. So gab er dem König das unnötige, übertriebene und geschmacklose Versprechen, er werde Napoleon in einem eisernen Käfig nach Paris bringen.

Typisch Ney!, dachte der Kaiser, als er davon erfuhr. An Mut unübertroffen, aber wenn sein Verstand gefragt war, ein Problem.

Natürlich war Napoleon immer noch wütend auf seinen einstigen Protegé. Der hatte ihn verraten, die Revolte der Marschälle in Fontainebleau auf die Spitze getrieben und sich dann heimlich davongestohlen. Doch Ney war bei den Soldaten außerordentlich beliebt. Er brauchte ihn, wenn er die ganze Armee zum Überlaufen bringen wollte. Deshalb stand Neys Name nicht auf der Liste derer, für die es keine Amnestie gab.

Er konnte selbst nicht voraussagen, wie er reagieren würde, wenn er diesem undankbaren Kerl gegenüberstand. Aber das würde sich zeigen, wenn es so weit war. Vorerst war Ney nicht in Sicht – ob mit oder ohne Käfig.

Von dem Schicksalsmoment in Laffrey an war Napoleons Triumphzug nicht mehr aufzuhalten. Noch am gleichen Tag liefen weitere Regimenter über, die ihm entgegengeschickt wurden, um ihn aufzuhalten. In der Nacht eroberten sie das stark befestigte Grenoble, das kaum mehr Verteidiger hatte. Dann marschierten sie nach Lyon, die zweitgrößte Stadt Frankreichs, wo Napoleon große Popularität besaß, weil er hier den durch die Jakobinerherrschaft entbrannten Bürger-krieg beendet hatte.

In Lyon, so hörte er zu seiner Belustigung, sollte ihn der Bru-der des Königs mit einer Armee aufhalten, der eitle und mili-tärisch unerfahrene Graf von Artois. Um sicherzugehen, gab ihm der König drei kampfbewährte und bei den Truppen höchst angesehene Militärs zur Seite: die Marschälle Oudi-not, Macdonald und Gouvion Saint Cyr.

Macdonald, der Mann, der nach der Leipziger Schlacht durch die reißende Elster geschwommen war und dann triefend nass in der Lindenauer Mühle seinem Kaiser eine Standpauke gehalten hatte, traf als Erster ein. Zu seinem Entsetzen musste er feststellen, dass die Soldaten dem Grafen nicht ge-horchten und sich weigerten, Hochrufe auf den König aus-zubringen.

Er führte den Bruder des Königs zu einem Gespräch unter vier Augen beiseite, um ihm nahezulegen, die Stadt sofort zu verlassen.

»Ich kann sonst nicht für die Truppen einstehen, sie sind kurz vor einer Meuterei«, erklärte Macdonald ganz offen.

Der Graf reiste ab.

Aber nicht einmal der tapfere Macdonald konnte die Stadt halten, obwohl er dazu entschlossen war. Seine gesamten Truppen liefen über, fielen den Gegnern in die Arme, die immer noch oder wieder die dreifarbigen Kokarden trugen.

Die ganze Garnison desertiert! Mit Mühe und Not entkam der fassungslose Marschall, um in Paris zu berichten.

Er hatte genug gesehen und wusste, wie das enden würde.

Der König musste das Land verlassen. Sofort.

Napoleon zog ins Lyoner Erzbischöfliche Palais ein, von einer ungeheuren Menschenmenge begleitet. Doch entging ihm nicht, dass es Ausschreitungen gegen Royalisten gab, Fenster eingeschlagen wurden. Konnte er noch einmal eine

Revolution abwürgen? Konnte er sich das erlauben in seiner derzeitigen Lage? Vorerst brauchte er das Volk.

Am 11. und 12. März blieb er in Lyon und erließ Dekrete. Kaiserliche Dekrete. Als ob es keinen König gäbe. Alles Bourbonische wurde aufgelöst und verboten: die weißen Kokarden, die gesetzgebenden Kammern, die vornapoleonischen Adelstitel, die von Ludwig verliehenen Orden und Titel.

Man stelle sich vor: Ludwig hatte sich selbst die Ehrenlegion verliehen, den von Napoleon gestifteten Orden! Dafür wurde er per Dekret von Napoleon des Landes verwiesen.

Dazu die Generalamnestie. Ausgenommen vierzehn Namen. Marmont stand auf dieser Liste, Augereau, Talleyrand. Nicht Ney.

Als Napoleon am 13. März Lyon verließ, strömten ihm überall die Menschen entgegen, sie feierten ihn und schmückten seinen Weg mit der Trikolore.

Dennoch wusste der Zurückgekehrte: Am 7. März hatte er gewonnen, aber bald stand ihm noch einmal eine Begegnung bevor, von der alles abhing.

Er brauchte Ney. Auch wenn das Eingeständnis schwerfiel.

Michel Ney, den alle nur den »Tapfersten der Tapferen« nannten, der den Rückzug der Grande Armée aus Russland so opferreich und zäh gedeckt hatte, wie es kaum ein anderer könnte, sah der Begegnung mit seinem einstigen Kaiser noch banger entgegen. Der rotblonde Sohn eines Fassbinders aus Saarlouis schämte sich. Alles – Rang, Titel, Reichtum, Schlösser – verdankte er Napoleon.

Doch dann hatte er sich hinreißen lassen zu diesem Satz in Fontainebleau, dieser offenen Revolte. Und gleich danach zu der Dummheit, einen Brief an Talleyrand zu schreiben, den der durchtriebene Schuft dem *Moniteur* zuspielte. Er war kompromittiert und traute sich nicht mehr zurück, unter die Augen des Kaisers.

Der König war sehr gütig zu ihm, gab ihm ein Kommando und den Titel eines Pairs, denn er wusste um Neys Beliebtheit bei den Truppen. Doch unter den Bourbonen war Ney nicht glücklich, und seine junge Frau schon gar nicht. Die vom alten Adel ließen die vom napoleonischen Adel spüren, dass die Neuernannten weit, weit unter ihnen standen.

Die hatten seine Frau gekränkt und zum Weinen gebracht! Und dass der Dummkopf Artois das Oberkommando über die Armee gegen Napoleon bekam und nicht er, war genauso ungeheuerlich!

Doch nach seinem Verrat gab es kein Zurück. Und nun hatte er im Gefühlsüberschwang auch noch diese Dummheit mit dem eisernen Käfig von sich gegeben.

Was hatte ihn da nur geritten?

In Lons-le-Saunier, hundertzwanzig Kilometer nördlich von Lyon, wo er seine Streitmacht sammeln wollte, hockte Ney in trübster Stimmung in einem Gasthof, empfing eine schlechte Nachricht nach der anderen und sah keinen Ausweg. In Grenoble und Auxerre, eigentlich überall südlich von ihm wehte schon die Trikolore. Die Truppen liefen regimentsweise über, sogar seine eigenen.

Er las die Proklamationen.

Und die Liste. Auf der sein Name nicht stand.

Würde Napoleon ihm vergeben?

Er gab wirr-schwülstige Erklärungen an seine Generäle ab, hin- und hergerissen, schrieb einen ebenso wirr schwülstigen Brief an Napoleon.

Der zerriss den Brief und ließ Ney ausrichten, er wolle keine Rechtfertigungen, sondern ihn umarmen.

Er musste ihm vergeben, und deshalb las er diesen Brief besser nicht, damit ihn nicht doch noch der Zorn übermannte.

Schließlich, am 18. März, standen sie sich gegenüber, der Kaiser und sein abtrünniger Marschall.

Napoleon und Ney.

Der Adler und der »Tapferste der Tapferen«, der nun gar nicht mehr tapfer war, sondern stammelte, sich rechtfertigen wollte.

Napoleon hörte sich das eine Weile an, dann hatte er genug.

Sie beteuerten sich gegenseitig, nur das Wohl Frankreichs im Sinn zu haben. Die versprochene Umarmung fand nicht statt, aber die formelle Versöhnung.

Ney war nun wieder ein Marschall Napoleons, Fürst von Elchingen und Fürst von der Moskwa.

Und zwei Tage später brachen sie gemeinsam von Fontainebleau aus auf nach Paris.

Auf halber Strecke hielt die Kutsche, um einen alten Weggefährten aufzunehmen: Armand de Caulaincourt, der vom König aus Paris verbannt worden war. Napoleons einstiger Großstallmeister und kurzzeitiger Außenminister, General und Herzog von Vicenza. Der bei den Alliierten bewirkt hatte, dass Napoleon nur nach Elba verbannt wurde und nicht weiter weg.

Der Mann, mit dem der Kaiser zwei der intimsten Momente seines Lebens geteilt hatte: die legendäre Fahrt von Wilna über Dresden nach Paris in dreizehn Tagen nach dem russischen Desaster und die Nacht seines versuchten Selbstmordes in Fontainebleau.

»Sire, Sie werden bereits in den Tuilerien erwartet!«, berichtete Caulaincourt tief bewegt. »Maret ist da, Davout, Goudin, viele Ihrer Getreuen versammeln sich bereits voller Freude.«

»Gut, sehr gut! Wir haben viel Arbeit vor uns.«

»Die Gerüchte schwirren schneller als die Schwalben im Sommer«, erklärte der sonst eher besonnene Caulaincourt und platzte heraus: »In Paris soll ein Spaßvogel auf einem der königlichen Plätze ein Schild angebracht haben: *Napoleon an*

Ludwig XVIII.: Werter Cousin, es ist unnötig, mir weitere Soldaten zu schicken. Ich habe genug.«

Sie lachten beide wie die Kinder, bis ihnen Tränen aus den Augen liefen. Die Anspannung der letzten Stunden, Tage, Monate fiel für einen Moment von ihnen ab.

Tatsächlich war nun fast die ganze Armee übergelaufen, nicht nur sämtliche Regimenter, auf die sie unterwegs trafen.

Viele aus dem Dienst Entlassene und die auf Halbsold Gesetzten kamen und stellten sich erneut unter seinen Befehl. Und wie aus dem Nichts tauchten auch wieder die kaiserlichen Adler auf, die Ludwig verboten hatte. Soldaten hatten die Adler die ganze Zeit über in Tornistern versteckt, die dazugehörigen Fahnen um den Leib gebunden.

Doch nachdem sich die zwei Reisegefährten eine Weile königlich – nein, kaiserlich! – über den Spruch des Spaßvogels amüsiert hatten, wurde Napoleon wieder ernst. »Sie müssen erneut das Außenministerium übernehmen!«, bedrängte er den früheren Großmeister des Palastes.

Armand de Caulaincourt wurde blass.

»Sire, bitte geben Sie mir ein Kommando! Ich will Ihnen bei den Truppen dienen, nicht am Verhandlungstisch.«

»Unsinn! Sie haben Elba für mich herausgehandelt, der Zar liebt Sie.«

»Gerade deshalb wird mich der Zar nicht mehr lieben«, mahnte Caulaincourt. Er hatte keine Vorstellung, wie dieses Abenteuer ausgehen sollte. Aber eines wusste er genau: Die Alliierten würden Napoleon nicht auf dem Thron dulden.

Napoleon ließ das Thema ruhen. Für den Moment.

Er brauchte jemanden, der den Alliierten klarmachte, dass *er* der zu Unrecht entmachtete und nun zurückgekehrte legitime Herrscher der Franzosen war und Frieden wollte. *Und* ein Verhandlungsmandat in Paris. Das konnte nur Caulaincourt. Sollte er eine Nacht darüber schlafen.

Paris tobte vor Begeisterung bei ihrer Ankunft; vor den Tuilerien standen seit Stunden schon Zehntausende, schoben, drängten und ließen sich nur von Wachen davon abhalten, das Schloss zu stürmen. Sie schrien »Hoch Napoleon!«, »Hängt die Adligen an die Laterne!« und »Hängt die Pfaffen an die Laterne!«.

Als Napoleon und Caulaincourt am Abend eintrafen, hatten sie Mühe, in den Palast zu kommen, ohne erdrückt zu werden. Der ideale Moment für Attentäter.

Hunderte Hände trugen den zurückgekehrten Kaiser die Treppe hoch – Caulaincourt vor ihm, Lavalette hinter ihm. Sie alle drei atmeten erleichtert auf, als sich die Türen hinter ihnen schlossen.

Jetzt erst kam Napoleon dazu, Lavalette als Ersten zu umarmen und ihn sofort wieder in sein Amt als Generalpostdirektor einzusetzen.

»Ein großartiger Streich heute Morgen!«, lobte er, und beide lachten.

War das zu fassen? Er war in Paris, im Stadtschloss der französischen Herrscher! Von einer tosenden Menge hineingetragen, mit vieltausendfachem »Vive L'Empereur!« umjubelt und drinnen von festlich gekleideten Damen und Herren empfangen, die hastig noch die letzten bourbonischen Lilien von Teppichen und Wänden entfernten, unter denen sein Wappentier wieder zum Vorschein kam, die Biene.

Er umarmte und begrüßte diesen und jenen.

Ein strenger Blick auf Hortense, seine Stieftochter, die ganz in Schwarz ging.

»Du hast mir nicht einmal geschrieben, dass sie gestorben ist!«, fuhr er sie an. »Aus der Zeitung musste ich es erfahren!« Joséphine. Ihre Mutter. Seine erste Frau und Kaiserin, die kurz nach seiner Deportation an einer schlimmen Erkältung starb. Niemand hatte es für nötig gehalten, ihn zu benachrichtigen. Hortense brach in Tränen aus.

Napoleon schritt durch die prachtvollen Gänge, begleitet von seinen Getreuen, hielt immer wieder an, um diesen und jenen zu begrüßen.

Und zog sich dann kurz in sein altes Arbeitszimmer zurück.

Was für ein Triumph! Heute, am Geburtstag seines Sohnes. Ob der Junge wohl an seinen Vater dachte, während er mit seinen Geschenken spielte?

Wüsste Napoleon, dass der Kleine gerade an diesem Tag von allem Französischen getrennt wurde, sogar von seinem Namen und seiner geliebten »Maman Quiou«, dass der Vierjährige vor Kummer und Verlassensein jämmerlich weinte, wäre sein Vater womöglich nach Wien statt nach Paris marschiert. Er wusste es nicht. Aber er würde seinen Sohn zu sich fordern. Und seine Frau.

Sie ist kein schlechter Mensch, dachte er. Doch sie hat keinen Willen. Sie tut nur das, was man ihr sagt. Und jetzt sagen ihr das ihr Vater und dieser Intrigant Metternich.

Das brachte ihn zurück in die Gegenwart.

Er musste eine Regierung bilden. Noch heute Nacht.

Er riss die Tür auf und rief zusammen.

»Maret, Sie bekommen wieder das Staatssekretariat. Savary, Sie werden Innenminister! Nein? Dann eben Carnot!«

Er wandte sich an Davout, den einzigen Marschall, der nicht Ludwig Treue geschworen hatte. »Der Fürst von Eckmühl wird Kriegsminister.«

»Sire, ich erbitte ein militärisches Kommando«, widersprach der Eiserne Marschall. Der Bezwinger Hamburgs, der fähigste unter Napoleons Männern, aber auch der Mann, der nach seinen eigenen Vorstellungen handelte. Sie verstanden einander nicht besonders gut.

»Ich brauche Sie hier, als Minister!«

Zum Schluss gab Davout nach, völlig untypisch für ihn, und sollte es schnell bereuen.

Dann folgte die überraschendste Ernennung: Fouché als Polizeiminister. Der schlaue Teufel, der alles und jeden verraten hatte. Der noch vor ein paar Tagen das Angebot Ludwigs für genau diesen Posten ablehnte, denn es kam zu spät. Fouché wusste stets, was und wem die Stunde schlug.

Er hatte einst auch Napoleon verraten – aber wer hatte das nicht? Und wenn die andere Seite diesen hinkenden Teufel Talleyrand hatte, brauchte er auf seiner Seite den Teufel Fouché, den »Schlächter von Lyon«. Genau der richtige Mann, um alle drohenden Unruhen abzuwürgen.

Zufrieden mit sich und diesem Tag, dachte Napoleon: So, und morgen bestelle ich die Herren Marschälle zu mir. Mal sehen, wer kommt.

Die neue Armee ist die alte Armee

Frankreich im April 1815

Dem Ruf Napoleons nach seinen Marschällen folgte eine herbe Enttäuschung. Ney und Davout waren bereits da, sonst kam keiner von denen, auf die der zurückgekehrte Kaiser am dringendsten zählte.

Drei boten an, wieder in seine Dienste zu treten, die er nicht um sich wissen wollte und abwies: Masséna, Augereau und Murat.

Masséna hätte schon in Grenoble kommen sollen! Außerdem war er so krank, dass er nicht mehr ins Feld konnte. Er blieb ohne Kommando in Paris.

Auch das überraschende Angebot Augereaus lehnte Napoleon kühl dankend ab. Er hatte ihm nie wirklich getraut, und die wüste Beschimpfung auf dem Weg nach Elba war nicht vergessen.

Murat biederte sich an, der inzwischen in einem Anfall von Größenwahn und Dummheit den Kirchenstaat und die Toskana attackiert hatte, geschlagen worden war und sich gerade selbst noch nach Frankreich retten konnte. Er wolle ihn nie wieder sehen, teilte Napoleon seinem verräterischen Schwager mit.

Es kam Marschall Brune, dem er nicht traute und den er deshalb schon einmal abberufen hatte. Ihm gab er den Oberbefehl über Toulon. Es kam Marschall Suchet, dem er das Kommando über die Alpenarmee gab.

Doch vergeblich wartete er auf diejenigen, auf die er am meisten gehofft hatte.

Wie der tapfere Oudinot.

Der lehnte es ab, noch einmal die Seiten zu wechseln, ließ sich auch von Davout nicht überzeugen, er schlug sogar Napoleons persönliche Einladung nach Paris aus, legte sein Kommando über die Festung Metz nieder und zog sich auf seine Güter zurück.

Auch Macdonald, Gouvion Saint Cyr, Victor und Pérignon kamen nicht.

Nach langem Hin und Her gelang es dem Kaiser, Marschall Soult, des Königs Kriegsminister, zu überreden, den Posten seines Generalstabschefs anzunehmen, auch wenn Soult einwandte, er habe darin keinerlei Erfahrung.

Und da fünf Marschälle, über die er nun verfügte, nicht übermäßig viele waren, zumal er keinem von ihnen außer Davout wirklich traute, ernannte Napoleon einen sechsten: Emmanuel de Grouchy, ein erfahrener General der Kavallerie, nach schwerer Verwundung wieder genesen. Ob er wohl auch ein Korps würde führen können?

Napoleon hegte Zweifel, doch was sollte er tun?

Er unterdrückte seinen Zorn und seine bittere Enttäuschung und redete sich selbst zu: Auch wenn sich die alten Marschälle verweigerten – er hatte ja noch so viele großartige Generäle!

Wie die drei, die mit ihm von Elba gekommen waren: Bertrand, Drouot und Cambronne, der so klug die Vorhut bis Paris geführt hatte, dass er ihn dafür zum Comte ernannte.

Und wie die wieder zu ihm gestoßenen Generäle Friant mit der Alten Garde, Milhaud mit seinen Kürassieren, Vandamme oder Kellermann, Pajol, Exelmann und Lefèvbre-Desnouettes mit ihrer Kavallerie! Oder den ehemaligen Erfurter Gouverneur Alexandre d'Alton, der sich sofort nach seiner Rückkehr bei ihm gemeldet hatte und den er umgehend zum Generalleutnant beförderte.

Auch die in den Ruhestand oder auf Halbsold gesetzten Offiziere strömten ihm nur so zu. Viele, noch ehe er sie am 28. März offiziell in den Dienst zurückrief.

Zu denen gehörte auch der Major de Trousteau.

Guillaume de Trousteau, der mit Stolz darauf verweisen konnte, unter d'Altons Kommando die Festung Erfurt gehalten zu haben, bis der Marschbefehl nach Paris kam, sollte bei seiner Heimkehr eine böse Überraschung erleben.

Wie viele treue Offiziere Napoleons war er von der neuen bourbonischen Regierung auf Halbsold gesetzt worden und durfte sich von seinem Wohnort nicht entfernen.

Voller Zorn ritt er zur Kommandantur.

»So behandelt man nur Kriminelle, nicht verdienstvolle Offiziere Frankreichs!«, protestierte der Major.

Er musste dringend nach Leipzig, um Étiennes Leichnam zu überführen. Das konnte er wahrlich keinem anderen überlassen.

»Bedaure, Monsieur le Major, die Anweisungen sind eindeutig«, erklärte ihm der Stabschef des Platzkommandanten herablassend. Der wutentbrannte de Trousteau sah ihn mit einem so furchterregenden Blick an, dass der Stabschef erstarrte und ihn ungehindert in das Zimmer des Kommandanten marschieren ließ. Dann lief er hinaus und rief ein halbes Dutzend Wachen herbei.

Der Platzkommandant, ein Baron von altem Adel, der den Major auch früher nur von oben herab behandelt hatte, trug eine weiße Kokarde und rückte diese demonstrativ beim Anblick des einstigen napoleonischen Offiziers zurecht.

»Gesetz ist nun einmal Gesetz«, meinte der Baron mit unverhohlenem Triumph. »Ihr unverschämter Auftritt, Major, zwingt mich dazu, Sie genauer im Auge zu behalten. Falls Sie auf den Gedanken kommen sollten, sich aus der Stadt zu entfernen, werde ich Sie inhaftieren lassen, noch bevor Sie das Tor erreichen.«

Wütend wandte sich de Trousteau ab, voller wilder Pläne.

Da beging der Baron den Fehler, ihm nachzurufen: »Der Tod Ihres Sohnes ist bedauerlich. Aber Grab ist doch letztlich Grab, ob nun hier oder dort.«

De Trousteau drehte sich um, war mit drei schnellen Schritten bei ihm, legte ihm die Hand um den Hals oberhalb des Kragens und drückte zu.

»Sie werden mir unverzüglich eine Ausnahmegenehmigung ausstellen, damit ich meinen Sohn überführen kann«, zischte er.

Der Kommandant war größer als der Major, aber de Trousteau konnte seine Angst riechen. Zittrig streckte der Baron die Hand nach einer Feder aus, doch im nächsten Augenblick kamen sechs Wachen ins Zimmer gerannt, übermannten den Major und entwaffneten ihn.

»Ich sollte Sie exekutieren lassen, Sie Parvenü!«, keuchte der Stadtkommandant wütend. »Und vielleicht tue ich es auch. Nur angesichts Ihrer Verdienste wäge ich ab, es bei Arrest bewenden zu lassen.«

De Trousteau wurde in Ketten gelegt und in ein winziges Verlies gesperrt. Nun war er noch verzweifelter als in jener Nacht in Erfurt, als er Henriettes Brief über Étiennes Tod gelesen hatte. Kaum einen Tag zu Hause nach endlosen Feldzügen und der Belagerung – und jetzt das! Er saß fest und konnte weder seiner Frau beistehen noch sich um Étiennes Begräbnis kümmern.

Und Isabelle brauchte ihn; sie war bereits zermürbt, noch bevor er ihr die schlimme Nachricht gestand und sie vollends zusammenbrach. Sie hatte nicht nur monatelang in größter Angst um ihn und ihren Sohn gelebt, weil ewig keine Post gekommen war. Seit der Machtübernahme der Royalisten musste sie fürchten, von ihrem Besitz gejagt zu werden, denn den hatte ihnen Napoleon verliehen.

Und das konnte nun jeden Tag geschehen, während er hier steckte und weder etwas erfuhr, geschweige denn etwas unternehmen konnte.

Drei Monate saß der Major in Arrest, ohne eine Nachricht zu schicken oder Besuch empfangen zu dürfen. Dann wurde er ohne Ankündigung und Erklärung entlassen, einfach so von einem Moment zum anderen.

Als Guillaume de Trousteau nach drei Monaten Haft sein Haus erreichte, war der Garten verwildert, die Vorhänge wehten löchrig zum Fenster hinaus, die abgemagerte Katze fauchte ihn vorwurfsvoll an.

Sein Herz war schon zu Eis erstarrt, als er eintrat. Alles hier verströmte Unheil, er spürte es bis in jede Pore.

Er rief nach Isabelle, doch niemand schien im Haus zu sein.

Auf dem Tisch lag ein Blatt, vergilbt von den Sonnenstrahlen, die durch das offene Fenster drangen.

Verzeihen Sie mir. Ich kann nicht mehr. Darunter Isabelles Initialen, nicht mehr.

Nach seiner Frau schreiend, stürzte der Major durchs Haus, warf Möbel um, riss Türen auf, fegte Porzellan vom Tisch.

Bis sein grauhaariger Nachbar kam, einer der wenigen ohne

weiße Kokarde, die er seit seiner Rückkehr gesehen hatte, und mit gesenktem Kopf berichtete: »Wir fanden sie vor drei Wochen, an einem Balken erhängt. Ich hoffe, es war in Ihrem Sinne, dass meine Frau und ich uns um das Begräbnis gekümmert haben. Sie ist nun in Ihrer Familiengruft bestattet. Soll ich Sie dorthin begleiten?«

Sein »Nein!« klang wie ein Gewehrschuss.

»Ihre Gattin ist jeden Tag in die Kommandantur gegangen und hat nach Ihnen gefragt«, erzählte der Nachbar bedrückt. »Aber man hat sie nicht zu Ihnen gelassen und keinerlei Auskunft über Ihr Schicksal gegeben. Es tut mir wirklich sehr, sehr leid. Wir standen ihr bei, so gut es ging, aber letztlich mussten wir hilflos zusehen ...«

Der Major sammelte sich für einen Moment, um dem Mann zu danken, dann schickte er ihn weg.

Rache! Er wollte Rache! Am liebsten wäre er sofort losgezogen und hätte den Platzkommandanten umgebracht. Es wäre ihm ein Leichtes.

Nicht einmal zum Begräbnis hatte der ihn freigelassen, sondern dafür gesorgt, dass er erst hier vom Tod seiner Frau erfuhr! Dafür würde der Kerl sterben. Aber noch nicht heute. Sonst würde er die gesamte Garnison am Hals haben, wenn er die Stadt verließ.

Der Major sprach ein Gebet vor dem Sarkophag seiner Frau und überschüttete ihn mit Blumen – alles, was noch im Garten blühte, hatte er mit seinem Degen abgeschlagen, mit beiden Händen zusammengerafft und über Isabelles steinernes Grab gehäuft.

Dann packte er Uniform und Waffen zu einem Bündel, kleidete sich in unauffälliges Zivil und nahm sämtliche Münzen und Edelsteine mit, die im Haus versteckt waren. Unerkannt und ungehindert gelangte er bis nach Leipzig, fand das Grab seines Sohnes nach Henriettes Beschreibung mit Hilfe eines dürren Totengräbers, trieb einen Sarg und ein Gespann auf und brachte Étienne heim, um ihn neben seiner Mutter zu begraben.

Da war bereits März und Napoleon auf dem Siegeszug nach Paris.

Am nächsten Morgen zog Guillaume de Trousteau seine Uniform wieder an, die mit der dreifarbigen Kokarde, ging in die nur noch schwach besetzte Kommandantur, marschierte an den wenigen, irritierten Soldaten vorbei, die ihm neugierig nachschauten, aber nichts zu unternehmen wagten, und trat die Tür zum Zimmer des Platzkommandanten auf.

Der war ganz eindeutig beim Packen, und zwar in aller Eile.

»Sie hätten Erkundigungen einziehen sollen, ob ich nicht vielleicht doch zurückkehre!«, fauchte de Trousteau, die Spitze seines Degens auf die Kehle des anderen gerichtet.

Der Baron erstarrte und ließ alles fallen, was er in Händen hielt, Papiere und einen Beutel voll Geld. Bevor er anfangen konnte, um sein Leben zu betteln, tötete ihn de Trousteau mit einem einzigen Stich. Das Blut spritzte auf seinen Uniformrock. Aber das war ja nicht das erste Mal.

Dann wischte er die blutige Klinge am Ärmel des Toten ab und marschierte unangefochten aus der Kommandantur hinaus, um sich wieder Napoleons Armee anzuschließen. Er hatte nichts mehr zu verlieren. Aber ein Ziel: Rache an den Royalisten!

Auch Lucien Junots Heimkehr nach Boulogne verlief nicht so glücklich wie erwartet. Nach langen, qualvollen Wochen war er in Erfurt doch vom Typhus genesen und ging – so geschwächt er noch war – auf die lange Heimreise. Er konnte es kaum erwarten, seine Juliette und die Kinder in die Arme zu schließen.

Im März erreichte er Boulogne. Und als er spätabends in der Tür seines Hauses stand, starrte Juliette ihn an wie einen Geist. Dann fing sie an zu weinen.

»Ich dachte, du bist tot. Und du siehst ja auch fast aus wie ein Toter! Was ist dir geschehen?«

»Nun wird alles gut!«, beschwichtigte er sie und presste sie an sich. Dabei sah er sich um. Juliette war abgemagert, er konnte jede ihrer Rippen spüren, und im Haus fehlte jedes Einrichtungsstück von Wert – die Möbel, die Standuhr, die schönen Zinnbecher, das Porzellan. Nur noch das Allernötigste war geblieben: Tisch, Stühle, ein grob behauenes Brett für ein paar irdene Teller und Becher.

»Wie geht es den Kindern?«

Sie wischte sich die Tränen ab und versuchte ein Lächeln.

»Du hast eine Tochter. Ich nannte sie Marieclaire, das ist dir doch recht? Die Jungs sind richtige Rabauken, sie fressen mir die Haare vom Kopf ... Komm leise mit hoch und sieh sie dir an! Sie sind gerade erst eingeschlafen.«

Gerührt betrachtete er sein Töchterchen, das regelmäßig atmete, mit den Lidern zuckte und im Traum leise seufzte.

»Sie ist am 6. November geboren und so ein liebes Kind«, flüsterte Juliette.

Da wurden wir auf der Zitadelle von den Preußen beschossen, rechnete Lucien zurück. Und es gab keine Aussicht, von dort wegzukommen. Wie habe ich mich nach dem heutigen Tag gesehnt! Und nun bin ich hier und muss sehen, dass meine Frau und meine Kinder fast verhungert sind. Verdammtes Bourbonenpack!

Aber ich habe eine Tochter ... Nur der Anblick der schlafenden Kleinen hielt ihn davon ab, loszustürzen und etwas zu zertrümmern oder den Nächstbesten zusammenzuschlagen, der eine weiße Kokarde trug. Sie hatten seine Familie fast verhungern lassen!

Die Jungen wachten auf und erkannten ihn nicht. Sie waren erst zwei und drei gewesen, als er fortging, und das lag Ewigkeiten zurück.

»Begrüßt euren Vater!«, forderte Juliette sie auf.

»Papa?«, fragte der ältere und rieb sich verschlafen die Augen.

»Ja, mein Großer! Ich bin zurück, jetzt wird alles gut. Und nun schlaf weiter.«

Er strich jedem der Kinder übers Haar – froh, ihre Wärme zu spüren, und aufgebracht, weil sie keine Federbetten mehr hatten, sondern nur dünne Wolldecken.

Zusammen mit Juliette ging er wieder hinunter.

Lucien hatte tausend Fragen, aber die Antwort war offensichtlich. Und als sie wieder unten waren, konnte er nicht anders, als alle Fragen aufzuschieben. Er umarmte und küsste seine Frau leidenschaftlich und nahm sie gleich auf dem Küchentisch.

Doch als sie ihm danach etwas zu essen geben wollte, war ein trockener Kanten Brot alles, was sie hatte. Und als er darauf bestand, den mit ihr zu teilen, brachte sie es vor lauter Hunger nicht über sich, das abzulehnen.

»Es ist schon viele Monate lang kein Sold mehr gekommen, seit über einem Jahr nicht«, gestand sie weinend. »In der Kommandantur sagten sie, sie wüssten nichts von dir, und da keine Todesnachricht vorliegt, gibt es keine Witwenrente. Wahrscheinlich seist du desertiert.«

»Ist das der Dank des Vaterlandes?«

Zornig schlug Lucien mit der Faust gegen die kahle Wand.

»Das ist die Rache der Royalisten«, sagte Juliette bitter, die einst so lebensfroh gewesen war. Wie hatte er ihr Lachen vermisst, ihre Fröhlichkeit … Nichts davon war geblieben.

»Weine nicht, es ist vorbei, Liebes. Ich kläre das. Gleich morgen früh gehe ich, fordere einen Vorschuss und hole uns so viel Geld, dass du ein richtiges Festmahl kochen kannst!«, versprach er.

»Ich musste fast alles verkaufen, hab eine Zeitlang für ein paar feine Damen gewaschen. Aber die wollen jetzt nicht mehr die Frau eines Bonapartisten durchfüttern«, berichtete sie.

»Meine Schwester hat mir, so gut sie konnte, durch die schwerste Zeit geholfen. Doch sie kommt ja selbst kaum über die Runden.«

»Du bist die Frau eines Gardeoffiziers, nicht die Waschfrau für ein paar fette alte Kühe! Ab morgen wird alles anders, ich verspreche es dir.«

Doch in der Kommandantur musste auch Lucien Junot erfahren, dass er auf Halbsold gesetzt war – zumindest jetzt, da er wieder aufgetaucht sei. Und da er bisher dem König noch keine Dienste geleistet habe, sei dieser ihm auch kein Geld für die zurückliegenden Monate schuldig, erklärte ihm der zuständige Beamte.

»Hier sind meine Marschbefehle, meine Entlassungspapiere aus dem Lazarett, meine Empfehlungsschreiben von General d'Alton«, brauste Junot auf. »Ich bin Offizier der Marinegarde. Ich habe für Frankreich gekämpft und mein Leben riskiert, während hier meine Familie fast verhungerte – wegen der Schlamperei Ihrer Leute. Das ist Sabotage! Verrat am Vaterland!«

»Ich diene meinem König«, entgegnete der Verwalter kühl.

»Wirklich? Ich erinnere mich noch gut, wie Sie unter dem Kaiser Karriere machten und die dreifarbige Kokarde trugen«, höhnte Lucien.

Drohend legte er die Hand um den Griff seines Degens.

»Vergessen Sie nicht, dass Sie einem Offizier einer Eliteeinheit gegenüberstehen, einer der besten, die Frankreich je hatte. Sie werden jetzt unverzüglich Ihren Vorgesetzten holen und mir den ausstehenden Sold aushändigen, dazu den Betrag für diesen Monat.«

Sein Gegenüber – ein schmächtiger Mann, ein Bürokrat, der froh war, nicht ins Feld zu müssen – überschlug einen winzigen Moment lang die Chancen, ob und wie schnell die Wachen ihm gegen diesen sehr wütenden Marinegardisten beistehen könnten, und gab nach.

Stolz legte Lucien Juliette das Geld auf den Tisch.

»Kauf davon ein, heute gibt es ein Festmahl«, rief er. Sie machte große Augen, umarmte und küsste ihn.

»Aber wir sollten lieber sparen, Vorräte anlegen«, wandte sie ein. Sie wusste doch, dass er wieder gehen würde. Die Nachricht von Napoleons Rückkehr hatte Boulogne schon erreicht, und in wenigen Tagen würde der Kaiser seine alten Truppen zusammenrufen.

Als Juliette nach dem Korb griff, um auf den Markt zu gehen, fragte er beiläufig: »Wer hat dir all unsere Möbel, deine schönen Kleider abgekauft, als du in Not warst? Und ich vermute, zu einem Spottpreis, richtig?«

Sie nickte beschämt und nannte ihm widerstrebend den Namen eines Krämers ein paar Straßen weiter stadteinwärts.

Alle nannten ihn nur *fric,* weil er aussah wie eine Kröte und weil er ein Wucherer war.

Auch hier trat Lucien unangemeldet ein, was den Kahlkopf mit dem krötenförmigen Gesicht vor schlechtem Gewissen zurückzucken ließ. Rasch verschanzte er sich hinter seinem Ladentisch.

»Monsieur, ich möchte Ihnen danken«, begann Junot höflich. Der Kahle entspannte sich unübersehbar und setzte ein falsches Lächeln auf.

»Sie hatten die Güte, meine Frau zu unterstützen, als sie in Not war und nicht wusste, wie sie die Kinder satt bekommen sollte, weil mein Sold ausblieb«, fuhr Lucien nun mit leicht sarkastischem Unterton fort.

»Ja, Lieutenant de vaisseau, man tut, was man kann«, erwiderte der, breitete die Arme aus und lächelte etwas verunsichert.

»Wie ich hörte, haben Sie meiner Frau für all das einschließlich ihrer besten Kleider und der Federbetten nur zehn Franc bezahlt. Ich gebe Ihnen zwölf – aber dafür tragen Sie alles zurück, umgehend.«

»Sie missverstehen, Monsieur! Es sind schlechte Zeiten, viele waren in Not und baten mich um Hilfe, ich bin selbst am Ende meiner Möglichkeiten«, sagte der Kahle in klagendem Tonfall und verharrte in demütiger Verbeugung.

»Zwölf Franc«, wiederholte Lucien unerbittlich und warf die Münzen klirrend auf den Tisch. »Und Sie bringen die Sachen umgehend in unser Haus! Sonst …«

Er beugte sich dem Krötengesicht entgegen, packte ihn am Hemd und zog ihn zu sich über den Ladentisch.

»Meine Frau ist viel zu schüchtern, um mir zu erzählen, Sie hätten ihr einen besseren Preis geboten, wenn sie dafür in Ihr Bett käme. Doch ich kenne Sie gut genug, *fric*, um zu wissen, dass das Ihre üblichen Methoden sind. Also beten Sie zu Gott, dass ich nicht weiter nachfrage und davon ausgehe, dass das in den lächerlichen zehn Franc nicht enthalten war. Denn schon für die Frage müsste ich Sie zum Duell fordern.«

Er ließ den Kahlen los, zog seinen Degen und setzte ihn dem Mann auf die Brust, der ängstlich bis an die Wand zurückwich.

»Sie irren, Monsieur, das hätte ich doch nie gewagt!«, brachte er, am ganzen Leibe zitternd, hervor.

»Ihr Glück«, entgegnete Lucien kühl. »Also lassen Sie sofort alles in mein Haus schaffen. Und sobald ich wieder meinem Kaiser folge, behalten Sie stets in Erinnerung: Madame Juliette Junot ist die Gattin eines Offiziers der Marinegarde. Also behandeln Sie sie demgemäß. Alles andere würde ein tödlicher Fehler sein. Wir sind hier viele in Boulogne.«

Als Juliette ein paar Tage später von Besorgungen zurück in das wieder möblierte Haus kam, brachte Lucien seine Uniform auf Hochglanz.

»Der Kaiser ruft nach seinen Soldaten. Am 28. März werden wir in den Tuilerien reorganisiert. Ich gehe zu ihm. Nur so kann ich mir nach alldem noch meine Würde bewahren.«

Als sie widersprechen wollte, fiel er ihr ins Wort: »Du bist jetzt wieder die Frau eines französischen Marinegardisten, nicht die eines verfemten Bonapartisten. Sie werden es nicht wagen, noch einmal so mit dir umzugehen. Und diesmal verdiene ich mir das Kreuz der Ehrenlegion, ich verspreche es dir! Damit du und die Kinder nie wieder Not leidet.«

Er gab ihr einen Kuss und strich seinem Ältesten übers Haar. »Pass gut auf deine Mutter und deine Geschwister auf, Großer! Schwörst du mir das?«

»Ich versprech's, Papa«, sagte der Junge feierlich und salutierte.

So rekrutierte sich Mann für Mann aus treuen Anhängern und von den Royalisten Verprellten Napoleons Armee. Sie war bei weitem nicht so groß, wie der Zurückgekehrte es wünschte. Nicht einmal hundertdreißigtausend Mann standen ihm jetzt zur Verfügung – die konnte er nicht mehr Grande Armée nennen, sollte man ihn nicht auslachen. Er nannte sie Armée du Nord.

Aber es war die beste Armee, die er je hatte: keine halbwüchsigen Rekruten mehr, die er erst auf dem Marsch ausbilden musste, sondern lauter gestandene Kämpfer.

Er bedrängte seinen Kriegsminister Davout wieder und wieder, dass er dreihunderttausend Gewehre und hunderttausend Uniformen brauche. Und der, obwohl äußerst erfahren in organisatorischen Dingen und bei der Beschaffung alles Nötigen, konnte immer nur entgegnen, dass die Kapazitäten der Waffenschmieden und Textilfabriken nicht reichten, obwohl dort Tag und Nacht gearbeitet wurde.

Doch Napoleon brauchte eine Armee, dringend.

Denn wie sich zeigte, bedeutete allein der Einzug in Paris noch nicht einmal den halben Sieg.

Caulaincourt, dessen Vermittlungsversuche in Wien durchweg abgelehnt wurden, hatte es schon gefühlsmäßig erfasst, als er kurz vor Paris zu Napoleon in die Kutsche stieg.

Er hat nun mehr denn je Feinde im Inneren – die Royalisten einerseits und die Jakobiner auf der anderen, die von ihm eine Revolution erwarten. Er konnte nicht mehr als Diktator herrschen, also sah er sich gezwungen, einen politischen Mittelweg einzuschlagen, den Liberalismus.

Das hatte eindeutig Nachteile – etwa, dass er der Presse nun nicht mehr befehlen konnte. Doch eine Massenerhebung, einen Volksaufstand, wollte und konnte er nicht riskieren.

Er überredete den liberalen Philosophen Benjamin Constant, den er 1802 selbst kaltgestellt hatte – noch so ein Freund der Germaine de Staël –, einen Verfassungszusatz zu entwerfen. Das Kaisertum soll liberal werden. Dazu musste eine Nationalversammlung her, ein Parlament, um seiner neuen Herrschaft ein neues Mäntelchen zu verpassen, das einer parlamentarischen Monarchie.

Und dann waren da natürlich zuerst und besonders die alliierten Feinde, die bereits ein Heer von siebenhunderttausend Mann gegen ihn aufstellten.

Dass der Kongress in Wien entgegen seiner Annahme doch noch nicht zu Ende war, stellte ihn vor gewaltige Probleme.

Am 4. April sandte Napoleon Briefe an die alliierten Herrscher, dass er Frieden wahren wolle, die Bestimmungen des Pariser Friedens und die Grenzen von 1792 respektiere.

Er erhielt keine Antwort.

Damit war alles gesagt.

Nun stand er nur noch vor der Entscheidung: Sollte er sich in Paris verschanzen und sie hier erwarten? Bis ihre Heere im Sommer eintrafen, könnte er noch erhebliche Verstärkung mobilisieren.

Oder sollte er ihnen den Austragungsort der Schlacht diktieren und den Kampf von Frankreich fernhalten?

Noch waren die Heere Russlands und Österreichs weit weg, waren nur Wellingtons und Blüchers Truppen aus zwei Richtungen gegen ihn in Bewegung gesetzt. Wenn es ihm gelang, deren Vereinigung zu verhindern, sich zwischen sie zu drängen und dann jeden einzeln zu schlagen – seine alte, viel bewährte Taktik …

Davout würde Paris halten und sichern. Und Davout würde ein Auge auf Fouché haben.

Nein, er, Napoleon, würde nicht warten, bis auch noch die Österreicher und Russen kamen und ihm dann siebenhunderttausend Mann gegenüberstanden.

Er ließ sich nicht vom Gegner den Austragungsort einer Schlacht vorschreiben. Diese Entscheidung traf immer noch er – so wie es ihm am besten zugutekam!

Alles in ihm drängte, dem Feind entgegenzuziehen und die entscheidende Schlacht vor Brüssel zu schlagen. So hatte er es nur mit den Preußen und den Briten zu tun. Er würde in gewohnter Schnelligkeit vorstoßen, Blüchers und Wellingtons Heere voneinander trennen und dann einzeln vernichten.

Mit der besten Armee, die er je hatte.

Er würde siegen – oder untergehen. Aber dann wenigstens auf eine Art und Weise, dass man noch ewig davon reden würde.

Taktische Spiele

Wien und Pressburg, April 1815

Die Vertreter der acht Signatarmächte des Pariser Friedens hielten es für unnötig, sich mit Napoleons Versprechungen abzugeben. Niemand glaubte, dass der Korse Frieden halten wollte.

Blücher hatte am 17. März den Oberbefehl über die preußische Armee bekommen und sammelte diese zunächst um Aachen und Köln.

Die meisten der Regenten reisten ab, um in ihren Ländern Kriegsvorbereitungen zu treffen. Durch Wien zogen nun Truppen nicht zu Paraden, sondern ins Feld. Weniger farbenprächtig, aber unter klingendem Spiel, wie es üblich war.

Trotzdem war der Kongress noch nicht zu Ende!

So entsetzt Metternich über die Rückkehr des Verbannten und das unausweichliche nächste große Blutvergießen war – sie hatten ein Gutes: Nun konnte er quasi im Schnellverfahren durchpeitschen, was dieser Kongress alles noch auf der Tagesordnung hatte. Die Regenten waren fort und mit dem bevorstehenden Feldzug beschäftigt, und die Gesandten würde er schon dahin dirigieren, wo er sie haben wollte.

Das italienische Problem hatte sich bereits durch Murats Dummheit geklärt, der sich nicht mit Neapel zufriedengeben wollte, darum fürchtete und deshalb gegen Rom marschiert war. So verlor er alles, und Österreich bekam wieder Zugang zur Adria, die Illyrischen Provinzen und Dalmatien, Mailand und Venedig, den größten Teil Oberitaliens. Und Preußen konnte offiziell in Besitz nehmen, was es im Rheinland schon besetzt hatte. Nur der König von Bayern würde Frankfurt nun doch nicht bekommen, das musste Freie Stadt werden. Der Sklavenhandel wurde geächtet. Die Schweiz würde ihre gewünschte Neutralität bekommen.

Diese deutsche Buchhändlerdeputation müsste er hinhalten und mit ein paar Floskeln abspeisen. Abschaffung der Zensur – um Himmels willen! Was dachten die sich nur? Welchen Ärger man sich damit einhandelte, erlebte sogar Napoleon gerade zu seinem Entsetzen, und der hatte früher den *Moniteur* fest im Griff gehabt und bestens für seine Zwecke zu nutzen gewusst. Und plötzlich fiel die Staatspresse über ihn her!

Vor allem aber musste endlich die Unterschrift unter die Teilungsurkunde für Sachsen.

Der sächsische König, der nun schon über einen Monat in Pressburg saß und sein Signum verweigerte, kam allmählich nicht um die Einsicht herum, dass die »Großen Fünf« nicht von ihrer Forderung abgingen: erst unterschreiben, dann über Details sprechen.

Am 6. April sandte er die Nachricht nach Wien, dass er bereit sei, in die Teilung seines Landes einzuwilligen. Doch von dieser Bereitschaft ausgehend, habe er noch einige Dringlichkeiten vorzubringen, die geregelt werden müssten, um künftig Streit zu vermeiden.

Beigelegt in einer zweiten Note hatte er die Liste seiner Forderungen: Abzug der preußischen Soldaten und Beamten aus der ihm verbliebenen Landeshälfte, Aufteilung der Staatsschulden im Verhältnis der Bevölkerung, Lieferung von Salz zum Selbstkostenpreis, da alle sächsischen Salinen an Preußen fielen, Entschädigungen für Kriegsverluste, die Garantie des Besitzerhalts für alle kirchlichen Institutionen …

Das hätte vermutlich jeder König in seiner Lage gefordert, um wenigstens noch etwas für sein Land herauszuholen.

Der verhängnisvolle Punkt auf seiner Liste aber war: Er wolle seine an Preußen fallenden Untertanen erst von ihrem Eid an ihn entbinden, wenn er in seinen Teil Sachsens zurückgekehrt sei und das Land wieder übernommen habe. Auch die Soldaten.

Doch der Feind machte mobil, die Truppen würden bald ins Feld ziehen, und es gab schon Diskussionen, wie man mit der sächsischen Armee verfahren werde.

Hardenberg schlug vor, sie wegen ihrer »meuterischen Gesinnung« lieber unter britisches Kommando zu stellen als unter preußisches.

Doch Sir Arthur Wellington war nur bereit, die gesamte sächsische Armee zu übernehmen, nicht die Hälfte; eine Trennung zu dieser Zeit würde zu viel Unruhe bringen und die ganze Truppe unbrauchbar machen.

Das wiederum missfiel Friedrich Wilhelm von Preußen außerordentlich. Wenn er schon nicht die ganze sächsische Armee unter preußisches Kommando bekam, dann wenigstens die halbe! Deshalb Teilung jetzt, sofort!

Friedrich August wusste unstrittig, mit wie viel Zündstoff er da spielte. Glaubte er, die Alliierten erpressen zu können? Hatte er immer noch nicht verstanden, dass die nicht mit sich verhandeln ließen?

Am 27. April stellten ihm die fünf Großmächte ein Ultimatum: Falls der König von Sachsen nicht binnen fünf Tagen den Teilungsplan unterzeichne, den ihm Metternich, Talleyrand und Wellington im März vorgelegt hatten, würde anderweitig über die ihm zugedachten Landesteile verfügt.

Das hieß, er bekäme gar nichts.

Die Drohung wirkte.

Nach drei Tagen angestrengten Grübelns stellte Friedrich August Vollmachten für seine Gesandten von der Schulenburg und Hofrat von Globig aus; der Minister von Einsiedel war erkrankt.

Am 3. Mai begannen die Verhandlungen.

Zu spät.

Das Unheil war schon tags zuvor geschehen, die böse Saat aufgegangen, die Friedrich August von Sachsen gesät hatte.

Es glüht ein stilles Feuer

Berlin, 16. April 1815

Von Unruhe getrieben, sah Henriette immer wieder aus dem Fenster.

Vor einer Woche schon war Generalfeldmarschall Blücher mit allen seinen noch in Berlin verbliebenen Truppen feierlich verabschiedet worden, mit Musik und vielen Hochrufen, und am nächsten Tag ins Feld gezogen. Das Gros seiner Armee sammelte sich längst um Aachen, Köln oder noch weiter weg bei Lüttich.

Doch Felix hatte sie trotz seines Versprechens immer noch nicht aufgesucht, um sich zu verabschieden. Und mit jedem Tag sank die Aussicht, dass er es tat. Wahrscheinlich war er längst zu seinem Regiment unterwegs.

Zum wohl zehnten Male binnen einer Viertelstunde spähte sie die Straße hinunter, wo Passanten flanierten oder geschäftig entlangeilten, Kinder ihre Kreisel zum Wirbeln brachten, zwei Damen mit einem Bücherpaket unterm Arm Monsieur Partheys Buchhandlung verließen.

Kein Felix weit und breit. Aber der Postbote kam, und er hielt am Haus der Treptes.

Angespannt wartete Henriette, bis er seine Lieferung abgegeben hatte, und ging auf den Flur, um Änni schon an der Treppe abzufangen.

»Gleich dreimal Post für Sie, Madame«, rief das Dienstmädchen freudig. »Ein Päckchen und zwei Briefe aus Leipzig und Freiberg!«

Die Briefe von Madame Lindenthal und ihrem Oheim legte Jette vorerst beiseite, denn sie hatte an der Schrift gleich erkannt, dass das Päckchen mit den Ausmaßen eines größeren Buches von Felix stammte. Und das erfüllte sie mit einer düsteren Vorahnung.

Er würde nicht kommen. Er schickte ihr etwas, statt es persönlich vorbeizubringen. Zur Aufbewahrung? Oder gar zur Erinnerung? Verteilte er schon seine Besitztümer an diejenigen, die seiner gedenken sollten, weil er überzeugt war zu sterben?

Mit fahrigen Fingern entknotete sie die Schnur und schlug das Packpapier auseinander.

Dann musste sie sich vor Überraschung erst einmal setzen, schlug die Hand vor den Mund, und schon rannen ihr Tränen über die Wangen.

Obenauf lag eine Bleistiftzeichnung; Felix hatte sie selbst angefertigt, sie erkannte seinen Strich. Und sie erkannte auch sofort die Szene, die er gemalt hatte: wie sie beide vor knapp zwei Jahren auf dem Freiberger Obermarkt preußische Verwundete pflegten.

Sie selbst war deutlich zu erkennen, Professor Werner, Felix, sein Freund Richard, der bei den Lützowern gefallen war …
und Maximilian.

Sie starrte eine Weile auf die Zeichnung, dann wischte sie sich die Tränen mit dem Ärmel ab und lehnte das Bild gegen das Kästchen mit Maximilians Briefen und Auszeichnungen; sie würde es rahmen lassen.

Als Nächstes betrachtete sie das Buch: ein sehr schön kolorierter Band über Minerale, ein wahres Prachtstück mit einem Amethyst in leuchtendem Lila auf dem Einband. Und nun musste sie endlich seinen Brief lesen, um zu erfahren, was es damit auf sich hatte.

Teure Henriette,

ich weiß, ich hatte versprochen, mich persönlich von Dir zu verabschieden, bevor ich zu meinem Regiment aufbreche. Und ich könnte mich jetzt herausreden, dass ich auf schnellstem Weg dorthin muss. Aber ich will ehrlich

sein. Ich wage es nicht zu kommen – aus Zweifel und
Angst.

Dich und Dein Kind zu sehen würde mich vielleicht von
meinem Vorhaben abhalten, noch einmal in den Krieg
zu ziehen und zu töten. Noch dazu auf französischem
Gebiet.

Es ist ein wesentlicher Unterschied, ob ich mein Gewehr
auf einen französischen Soldaten auf deutschem Gebiet
richte, weil er in mein Vaterland eingedrungen ist und
meine Landsleute bedroht, oder auf französischem.

Du weißt sicher, dass es schon im vorigen Frühjahr Ausschreitungen der französischen Bevölkerung gegen uns
gab – fast wie bei dem Guerillakampf der Spanier, den
Murat mit seinem Blutbad am 3. Mai 1808 entfesselt hatte.
Sie betrachteten uns nicht als Befreier von einem blut-
gierigen Ungeheuer, sondern als Eindringlinge. Und ich
fürchte, diesmal könnte es noch schlimmer werden.

Gewalt gebiert immer neue Gewalt.

Doch es wird keinen Frieden geben, bis wir nicht den
Brandherd dort löschen, von wo er ausgeht: in Paris.

Premierleutnant Trepte hätte solche Zweifel nicht gehabt,
da bin ich mir ganz sicher. Er war ein Mann ohne Fehl
und Tadel, ein tapferer Offizier aus Überzeugung, der
kämpfte, um sein Vaterland zu befreien. So weit glaube
ich ihn zu kennen. Sonst würdest Du auch nicht so tief für
ihn empfinden.

Mir fehlt leider so viel kühne Entschlossenheit; es fällt mir
schwer zu ertragen, was ich im Krieg sehe, erlebe und tue.
Ich werde Dich nicht erschrecken mit Details; außerdem
hast Du selbst schon viele furchtbare Kriegsszenen gesehen.

Doch seit der Schlacht von Möckern werde ich nie wieder
derjenige sein, der ich vorher war. Sie hat meine Seele zerstört.

Trotzdem meldete ich mich abermals freiwillig, weil dieser Kampf unausweichlich ist und mir gute Kommandeure ein Vorbild waren. Zuerst der Rittmeister von Colomb, von dem ich Dir erzählte. Und nachdem ich mit Blüchers Armee bei Kaub über den Rhein gegangen bin, brachten mich ein paar außerordentliche Zwischenfälle und Empfehlungen zum Brandenburgischen Husarenregiment, was eine besondere Ehre ist. Mich wieder um Pferde kümmern zu können – das ist etwas, was mir Kraft und Lebenswillen gibt. Mein Vorgesetzter ist nun der Oberstleutnant von Sohr. Ein äußerst fähiger Kommandeur mit einem ungewöhnlichen Gespür für Pferde, wie ich es sonst noch bei keinem anderen Menschen erlebt habe. Er hörte einiges über mich, nicht zuletzt von meinen alten Gefährten im Colombschen Korps, die nun wieder in diesem Regiment reiten, und bewirkte meine Versetzung unter sein Kommando. Vom Rhein bis nach Paris bestritten wir unzählige harte Gefechte, manche Siege, manche Niederlagen, und ich hatte das Glück zu überleben, sogar an der Pforte von Pantin vor Paris, wo so viele starben.

Die meisten Menschen, die noch nie eine Schlacht sahen, glauben, dass sich nach einem errungenen Sieg die Soldaten jubelnd in den Armen liegen und feiern.

Nichts liegt der Wirklichkeit ferner. Sie sind zu Tode erschöpft, verwundet, sie suchen nach ihren toten Freunden, geben ihren verletzten Pferden den Gnadenschuss, schleppen ihre verwundeten Kameraden ins Feldlazarett, sofern es eines gibt, begraben ihre gefallenen Gefährten. Und – wenn die Kraft noch reicht – die gefallenen Feinde. Jede Schlacht ist ein furchtbares Gemetzel – für den Sieger genauso wie für den Unterlegenen.

Und Dein Anblick und der Deines unschuldigen Kindes könnten mich zu weich stimmen, um das noch einmal zu ertragen.

Deshalb verzeih mir meine Feigheit des ausbleibenden Besuches. Stattdessen bitte ich Dich mit diesen Zeilen, dass Du ab und zu ein Gebet für mich sprichst. Und – wenn Du so gütig bist – für meinen Bruder Victor. Sechs Jahre habe ich ihn nicht gesehen, doch ich hoffe sehr, noch vor der Schlacht auf ihn zu treffen, bevor wir Seite an Seite kämpfen. Er gehört zur King's German Legion, und wenn wir uns mit Wellingtons Truppen vereinen, werde ich ihn finden.

Mit der Zeichnung hoffe ich, Dir eine Freude zu bereiten. Eine Erinnerung an Deinen geliebten Mann, an Freiberg und die aufregenden Tage damals, als wir noch nicht ahnten, wie viel Schlimmeres uns noch bevorstand. Und – sieh es bitte nicht als Anmaßung! – vielleicht auch ein wenig an mich, sollte mir etwas zustoßen.

Das Buch ist ein Geschenk für Deinen Sohn. Er wird einmal in Frieden aufwachsen, auch dank des Opfers seines Vaters. Wenn wir auch noch nicht wissen, wie viel Leid und Tod uns der erneute Kampf gegen Napoleon kosten mag – wir werden ihn besiegen, endgültig.

Und da ich ahne, Du möchtest Deinen Sohn vielleicht lieber einen zivilen Beruf ergreifen lassen statt eine Militärkarriere, ist dieses Buch für ihn. Wenn er größer ist, kann er sich die Zeichnungen anschauen, und vielleicht liest Du ihm beim Blättern vor: Achat, Amethyst, Beryll, Calcit … Es würde mich freuen, so sein kindliches Interesse an der Mineralogie zu wecken, die ein sehr faszinierendes Universum darstellt.

Ich verspreche, euch aufzusuchen, sobald alles vorbei und der Sieg errungen ist – sofern Du mich sehen willst.

Bis dahin seid beschützt und behütet, auch von mir im Brandenburgischen Husarenregiment.
Dein treuer Freund Felix

Lange saß Henriette da und dachte nach, starrte auf Bild und Buch. Sie konnte das einfach nicht zu Ende denken.

Aber immerhin: Er wollte wiederkommen, wenn Gott ihm gnädig war und ihn am Leben ließ. Schon sprach sie das erste Gebet für ihn.

Um auf andere Gedanken zu kommen, öffnete sie den Brief von Madame Lindenthal, der sicher wieder jede Menge Klatsch und Tratsch aus Leipzig enthalten würde, zumindest dem Umfang des Schreibens nach.

Leipzig, 10. April 1815

Wie geht es Ihnen, meine liebe Frau Premierleutnant? Wächst und gedeiht Ihr Söhnchen? Ich hoffe, Sie sind beide wohlauf, und Sie haben Ihre Freude an dem Kleinen.

Nun marschieren also die Truppen wieder. Doch davon bekommen wir hier in Leipzig nicht viel mit außer Proklamationen und Freiwilligenaufrufen.

Wie Sie sich vorstellen können, dreht sich hier alles um Sachsens Lage, den empörenden Raub des halben Landes. Gerüchten zufolge wäre fast auch noch Leipzig an Preußen gefallen. Man stelle sich vor: Deutschlands bedeutendste Messestadt wird preußische Provinz! Tiefer kann man wohl kaum sinken.

Wenigstens scheint dieser Kelch an uns vorüberzugehen, und die Messegeschäfte erholen sich auch langsam wieder. Doch es gibt Tumulte auf den Straßen, und nicht nur in Leipzig. Überall hört man Rufe nach unserem König, Vivats auf ihn, und darunter mischt sich auch beunruhigend häufig ein kräftiges »Hoch Napoleon!«.

Ich glaube nicht, dass sich die Leipziger den Korsen zurückwünschen; dieser Herr hat wahrlich genug Elend über uns gebracht. Sie tun das einfach aus Schadenfreude

*und um die Preußen zu ärgern, die sich hier reichlich
verhasst machen.*

*Deshalb veröffentlichten die preußischen Gouverneure,
von Gaudi und von der Recke, heute eine Proklamation, die für noch mehr Aufruhr sorgt: Jegliche
Anhänglichkeit in Worten und Taten an Napoleon sei
ein Verbrechen gegen die Sicherheit des Staates. Wer
sich dies zuschulden kommen lasse, werde verhaftet
und bestraft.*

Von Gaudi wird hier nur Gaudieb genannt.

*Oh, das hätte ich vielleicht nicht schreiben sollen. Nun
kann ich nur hoffen, dass sich die Geheime Polizei nicht
für die Post einer harmlosen alten Witwe interessiert,
sonst steckt man mich vielleicht auch noch ins Loch. In
dem Fall hoffe ich, dass Sie mit einer Hilfssendung aus
Preußen meine karge Gefängniskost etwas aufbessern!
Mancher in den von der Teilung betroffenen Gebieten
stellt nun fest, dass sein Wohnhaus zwar weiterhin auf
sächsischem Staatsterritorium liegt, sein Hühnerstall
aber auf preußischem. Braucht er dann täglich einen
Passierschein, um die Eier aufzulesen? Und es gibt doch
ganz sicher eine preußische Verordnung, zu welcher
Zeit und in welcher Menge preußische Hühner zu
legen haben!*

*Meine liebe Frau Premierleutnant, es ist ein reiner Gal-
genhumor, der da aus mir spricht. In Wirklichkeit
besteht kein Grund zum Lachen. Nicht nur, dass jahr-
zehntelange Freundschaften zerbrechen, Familien sich
zerstreiten wegen der Frage: Sachsen oder Preußen?
Die Lage hier ist explosiv wie ein Dampfkessel kurz
vorm Hochgehen. Die Leute meutern, im Moment
zwar »nur« mit diesen unsäglich dummen Hochrufen
auf Napoleon, aber auch das kann unabsehbare Konsequenzen haben. Solche Tumulte besitzen leider die*

fatale Eigenschaft, dass sie völlig außer Kontrolle gera-
ten können.
Alles wartet auf eine Nachricht des Königs, auf ein
Wort von ihm, um die Lage zu klären und zu beruhi-
gen. Doch der König schweigt.
Gotte schütze uns hier und in Berlin Sie und Ihren
kleinen Max.
Mit herzlichen Grüßen, auch von meinem Bruder
Rudolphus, der Ihnen nie vergessen wird, wie Sie
Leipzig und die Lazarette sogar noch von Berlin aus
unterstützt haben.

Ihre Ihnen sehr gewogene
Madame Lindenthal, Witwe zu Leipzig

Das klang sehr beunruhigend.

Aber was Henriette dann im Brief ihres Oheims las, war noch schlimmer – obwohl er eingangs zu ihrer Erleichterung schrieb, die ganze Familie sei wohlauf.

Auch er berichtete von Unruhen, großer Aufgeregtheit, wenngleich Freiberg selbst von der Teilung nicht betroffen war, von Tumulten und grassierenden Hochrufen auf den König und Napoleon.

Die Menschen sind empört, wie mit Sachsen umgegan-
gen wird – die eigentlichen Verlierer und Gegner wer-
den mit größter Großzügigkeit behandelt, sitzen sogar
als Führungsmacht mit am Verhandlungstisch, nur
Sachsen ist von allem ausgeschlossen.
Dann die Nachricht von der bevorstehenden Teilung.
Das halbe Land wird annektiert aufgrund einer schlau
konstruierten Anklage, zu der unser König – das muss
ich leider sagen – die Handhabe lieferte.
Aber ihn fast zwei Jahre gefangen und von seinem Land

fernzuhalten, Sachsen den Platz am Verhandlungstisch
in Wien zu verweigern, das ist beispiellos.
Es ist höchste Not, dass der König eingreift und für Ruhe
im Land sorgt. Niemand begreift, warum er es nicht tut.
Dass die Leute hier Hochrufe auf den König ausbringen,
um die Preußen zu ärgern, ist noch zu verstehen. Doch
Hochrufe auf Napoleon!
Abgesehen davon, dass sie ab heute als Staatsverbrechen
gelten und mit Haft bestraft werden, ist es doch eine
furchtbare Schande, dass dergleichen in Sachsen vorfällt.
Es bringt uns in Verruf in Europa, das sich unter bluti-
gen Opfern von dem Tyrannen befreit hat und ihm nun
noch einmal seine Armeen entgegenschicken muss.
Damit liefern diese Rufer denen noch Munition, die
sagen, Sachsen sei Feindesland und werde zu Recht
bestraft.
Liebes, Du erinnerst Dich sicher noch an den Buchhänd-
ler Anton aus Görlitz, dessen Sohn im Frühjahr 1813 als
Freiwilliger zu den Lützowern ging?

Natürlich erinnerte sich Henriette an Vater und Sohn. Sie
hatte beide auf einer Buchmesse kennengelernt, zum Tee bei
Reclams. Und der Sohn, der auch Eduard hieß, hatte ihr
damals ein wenig den Hof gemacht. Doch sie war noch zu
jung und zu schüchtern für seine Komplimente gewesen.
Jetzt hielt sie ängstlich den Atem an – kam nun etwa eine
Todesnachricht? Starben denn alle jungen Männer um sie
herum?

Eduard Anton hat den gesamten Feldzug mitgemacht und
wohlbehalten überstanden, das zu Deiner Beruhigung.
Jetzt ist er wieder im Feld. Die Lützower Reiter sind nun
den regulären preußischen Truppen angegliedert, einem
Ulanen-Regiment.

*Doch sein Vater schrieb mir schon zu Beginn des Jahres
von »Saufgesellschaften auf Napoleon« in seiner Nachbarschaft. Damals hoffte er noch, das sei ein einmaliges Vorkommnis und dem Rausche ebenso wie Mangel an Verstand entsprungen.
Doch jetzt haben wir so etwas zuhauf, und das bereitet
mir allergrößte Sorgen. Es werden anonyme Briefe umher-
geschickt, um Aufruhr zu erregen. Anton schreibt, und
treffender kann man es traurigerweise nicht ausdrücken:*
In Sachsen glüht ein stilles Feuer der Unruhe, das vielleicht bald fürchterlich ausbrechen kann.

Das Feuer schwelt längst

Aachen, 16. April 1815

In einem kargen, ungeheizten Dienstzimmer saß General
Johann Adolph von Thielmann und schrieb den morgigen Tagesbefehl für die sächsische Armee.
Es würde sein letzter an diese Armee sein, die inzwischen in
und um Lüttich Quartier bezogen hatte.
Vor wenigen Tagen war er endgültig in preußische Dienste
übernommen und zum Oberbefehlshaber über das Dritte
Preußische Korps ernannt worden. Nun wollte er umgehend nach Luxemburg aufbrechen, um in Diekirch sein
neues Hauptquartier zu beziehen und das Kommando über
seine neuen Truppen zu übernehmen: zweiundzwanzigtausend bewährte Kämpfer, darunter die legendären Eskadrons des Majors von Hellwig und ehemalige Schillsche
Husaren.
Die ersten Zeilen seines Tagesbefehls, der zugleich ein end-
gültiger Abschied war, schrieb er noch rasch, mit kratzender

Feder, als fürchte er, es könnte in letzter Minute irgendetwas dazwischenkommen und ihn aufhalten.

Alles drängte ihn wieder ins Feld, dem Feind entgegen, in einen Kampf, wo sich die Gegner offen gegenüberstanden.

Von Seiner Majestät dem König zum Befehlshaber des Dritten Armeekorps ernannt, gehe ich zu meiner Bestimmung ab und verweise die sächsischen Truppen einstweilen an die Befehle des Generalmajors von Ryssel.

Doch dann verharrte der nun preußische General. Er strich sich durch das Haar, das in letzter Zeit immer grauer und dünner geworden war, trank gedankenversunken einen erkalteten Mokka, gegen den seine Galle protestieren würde, lehnte sich zurück und gönnte sich ein paar Minuten, um die letzten bitteren Monate, die letzten bitteren Jahre noch einmal in Gedanken an sich vorbeifliegen zu lassen.

In dem großen Durcheinander von Gefühlen empfand er in diesem Moment nur größte Erleichterung, Befreiung.

Der Abschiedsschmerz würde erst später kommen. Denn er hatte seine Heimat verloren. Und dort durch Intrigen von höchster Stelle seinen guten Ruf.

Heute wusste Thielmann: Schon von dem Moment an, als ihm der Zar das Kommando über die sächsische Armee erteilt hatte, stand er auf verlorenem Posten. Von Anfang an. Trotz all seiner Bemühungen, die Armee wieder zu dem zu machen, was sie immer war: eine tapfere, gut ausgerüstete Truppe. Die Sachsen im Kampf gegen Napoleon rehabilitieren sollte.

Doch das »stille Feuer«, von dem der Buchhändler Anton geschrieben hatte, war in der sächsischen Armee schon seit Monaten ein Schwelbrand. Überall sah er Flammen züngeln.

Und er wäre der Letzte, der sie löschen konnte.

Das Unheil hatte nicht erst mit seiner Provokation zum Geburtstag des preußischen Königs oder der Affäre Görres begonnen.

Doch seitdem gab es eine einzige Abfolge von Provokationen, Denunziationen, Intrigen. Nachweislich von Friedrichsfelde, Pressburg und Schönbrunn aus in die Armee getragen, auf Betreiben des Königs und seines jüngsten Bruders Maximilian, die willfährige Gehilfen in jenen Offizieren fanden, die Thielmann feindlich gesinnt waren.

Der Streit fing eigentlich schon an, als er im Mai 1813 den Befehl verweigerte, die sächsische Landesfestung Torgau den Franzosen zu übergeben, und den Dienst quittierte.

Am 18. Oktober, am vorletzten Tag der Völkerschlacht, hatten es fast alle noch übrig gebliebenen sächsischen Soldaten sattgehabt, für die Franzosen zu kämpfen, waren froh gewesen, nicht niedergemetzelt zu werden. Die entkräfteten und fast verhungerten Überläufer wurden von den Russen einfach nur hinter die Linien geführt und aus dem Gefecht genommen.

Angesichts der Gefangenschaft des Königs schlug aber bald so manchem das schlechte Gewissen; hinzu kamen seit dem Pariser Kongress Gerüchte, Sachsen falle an Preußen.

Und so fanden diejenigen bereitwillig Gehör, die den Mannschaften Gift ins Ohr träufelten. Die Unterschriftensammlungen veranstalteten – vom König aus Friedrichsfelde angewiesen, von seinem jüngsten Bruder Maximilian in die Wege geleitet mit Hilfe getreuer Offiziere.

Immer wieder hatte er versucht zu vermitteln, zu erklären.

Er wollte die verunsicherten Soldaten, die zeit ihres Lebens keinen anderen König gehabt hatten als Friedrich August und dazu erzogen waren, ihn zu ehren und ihm zu gehorchen, nicht vor den Kopf stoßen. Deshalb nahm er die Listen mit der Bitte um Freilassung des Königs entgegen. Dennoch ließ er keinen Zweifel daran, dass der Eid an Friedrich August – der nun vom König neu gefordert wurde – nicht mehr galt.

Die Armee hatte durch ihr von ihm nicht genehmigtes Überlaufen selbst ihren Eid gebrochen und unterstand nun alliiertem Kommando.

Für die Entgegennahme der Listen wurde er streng gerügt von Stein und Kleist.

So saß er zwischen Baum und Borke und rieb sich das Fleisch wund.

Und immer, wenn er dachte, wieder einen Schwelbrand gelöscht zu haben, wurden von Schloss Schönbrunn und von Friedrichsfelde aus neue Gerüchte gestreut – wie die, die sächsischen Truppen würden nach Amerika verschifft, was jeglicher Grundlage entbehrte, aber größte Unruhe und Aufregung auslöste.

Einer seiner erbittertsten Gegner, General Karl Christian Erdmann Edler von LeCoq, der gehofft hatte, selbst das Kommando über die sächsische Armee zu bekommen, richtete vor Weihnachten in Koblenz demonstrativ eine prachtvolle Feier zum Geburtstag des sächsischen Königs aus, mit Tafeln auf dem Hof, an denen auch Vertreter der Mannschaften Platz nehmen durften. Stein bestand auf Versetzung LeCoqs und des Obersts von Zezschwitz, der beiden größten Unruhestifter, nach Dresden, und LeCoq inszenierte seinen Abgang am 23. Januar äußerst wirkungsvoll.

Und als dann endlich einigermaßen Ruhe einkehrte, kamen die Nachrichten aus Wien – über Post, Kuriere, es sprach sich in Windeseile herum, was in den Stäben diskutiert wurde, die Burschen, Ordonnanzen und Regimentsadjutanten hörten mit.

»Stimmt es, dass Sachsen geteilt wird?«, wurde Thielmann wieder und wieder gefragt. Er bejahte, denn er wusste, dass die Teilungsurkunde in Wien längst unterschrieben worden war und nur noch die Unterschrift des sächsischen Königs fehlte – eine Formalität, die an den Fakten nichts ändern würde. Hätte er die Männer belügen sollen?

»Die Armee wird geteilt, stellen Sie sich darauf ein!«, appellierte er.

Offiziere, Wundärzte und Feldprediger durften wählen, ob sie künftig in der preußischen oder der sächsischen Armee ihren Dienst verrichten oder aber ganz ausscheiden wollten, die Mannschaften sollten nach Geburtsort aufgeteilt werden. Er wollte den Männern Zeit geben, sich mit den unabänderlichen Tatsachen abzufinden, und ließ entsprechende Listen vorbereiten.

Wieder schrien seine Gegner auf: Seht nur, er hat den Herrn schon gewechselt! Einmal Verräter, immer Verräter!

Was er auch tat – es wurde ihm alles auf schlimmste Weise ausgelegt.

Als die Nachricht von Napoleons Flucht von Elba eintraf, sah Thielmann zu seiner Freude einen Ruck durchs Offizierskorps gehen. Sie waren gewillt, gegen den wieder aufgetauchten Feind anzutreten und sich zu beweisen.

Doch den Mannschaften wurde weiter Gift ins Ohr geträufelt: »Ihr werdet alle verpreußt!«

Die Preußen waren den Sachsen reichlich verhasst; sie hatten im Siebenjährigen Krieg schon versucht, sich sächsische Regimenter einzuverleiben, und wollten jetzt das halbe Land an sich reißen. So erklang auch da manch heimliches »Hoch Napoleon!« neben vielen Hochrufen auf den König.

Zu dieser Schande und diesem Streit kamen weitere schlechte Nachrichten, eine nach der anderen.

Anfang März hatte sich in Lübben der Rittmeister von Gutschmidt erschossen, jener, der in Makranstädt vor Napoleon für die sächsischen Kürassiere eingetreten war, ein in der Kavallerie geachteter Mann.

Am 15. März starb Körners Tochter Emma. Sie hatte den Besuch am Grab ihres Bruders nicht verkraftet, und sein alter Freund und dessen Frau hatten nun auch das letzte ihrer Kinder verloren. Auch diese Familie wurde wegen ihrer patriotischen Gesinnung in Dresden nicht mehr gelitten und bereitete den Umzug nach Berlin vor.

Ebenso wie seine Frau Wilhelmine. Doch sie war inzwischen so schwer gemütskrank, dass sie diesen Kraftakt nicht mehr bewältigen konnte. Zum Glück boten Freunde Hilfe an, auch die Frau seines künftigen Stabschefs Oberst Carl von Clausewitz, eine gebürtige Gräfin von Brühl.

Wenn er an Emma dachte, an Wilhelmine, an die Hasstiraden, denen seine und Körners Familien in Sachsen ausgesetzt waren – wie viele Unschuldige sollten denn noch geopfert werden in diesem Intrigenspiel?

Rasch griff er wieder zur Feder und schrieb seinen letzten Tagesbefehl zu Ende:

… so wie es seit Jahren mein Bestreben war, für die Ehre und das Wohl der sächsischen Truppen nach Kräften zu wirken, ja meine ganze Existenz einzusetzen. Allen Deutschen ist jetzt im Kampf für Tugend, Recht und Völkerglück eine neue Vereinigung eröffnet, da wollen auch wir wetteifern …

Er hatte mit Sachsen abgeschlossen. Sollte es sich in der deutschen Familie beweisen oder in Schande untergehen!

In der preußischen Armee wurde er mit Freude begrüßt – als kampferprobter Truppenführer und deutscher Patriot.

Der Kronprinz von Preußen und Prinz Wilhelm hatten ihm schon Willkommensschreiben geschickt, auch der Zar lobende Worte gesandt.

General von Thielmann ließ den Tagesbefehl kopieren und dann packen. Morgen früh würde er abreisen, um als preußischer Korpsführer das zu tun, was die Stunde gebot: dem Tyrannen entgegenzutreten.

Meuterei

Lüttich, 2. Mai 1815

Leutnant Friedrich Vollborn, Bataillonsadjutant des 3. Sächsischen Grenadierbataillons, hatte an diesem Tag dienstfrei und schlenderte mit zweien seiner Kameraden zum nächsten Dorf vor Lüttich oder Liège, wie die Französischsprachigen die schöne Stadt am Zusammenfluss von Ourthe und Maas nannten. In einer Gastwirtschaft wollten sie sich über die Aufregung der letzten drei Tage Luft verschaffen, und es war ratsam, dies nicht in der Nähe irgendwelcher Preußen zu tun. Gleich im ersten mäßig bevölkerten Gartenausschank machten sie es sich bequem und bestellten Bier, nachdem sie sich vergewissert hatten: keine Preußen in Sicht- und Hörweite.

Am Nachbartisch saß ein Kanonier von ihrer Reitenden Artillerie, ihm gegenüber ein jüngerer Linieninfanterist, den sie kannten. Wegen eines verletzten Beins war er seit kurzem als Kärrner dem Train des 2. Grenadierbataillons zugeteilt worden.

Die beiden Männer erhoben sich vorschriftsmäßig beim Erscheinen der jungen Offiziere, erhielten aber sofort wieder Erlaubnis, es sich bequem zu machen.

Vollborn und seine Begleiter – alle nicht viel älter als zwanzig, alle aus dem Mannschaftsstand befördert – hatten noch nicht einmal ihre Gläser vor sich, als der Erste losplatzte: »Das Bild vorgestern werde ich nie vergessen: General von Ryssel kommt und will das Interimskommando über unsere Armee übernehmen, lässt uns in Parade aufstellen und wagt es tatsächlich, in *preußischer* Generaluniform vor uns auf und ab zu stolzieren!«

»Wenn's nicht so bitter wäre, man müsste lachen: Die sächsische Armee hat hier in Lüttich keinen einzigen sächsischen General mehr, die sind alle verpreußt. Thielmann ist ja wenigstens schon zu seinen neuen Truppen geritten und wird dann die Preußen kommandieren – soll er! Aber Ryssel, Brause – plötzlich alle preußischblau und trauen sich uns noch unter die Augen. Eigentlich möchte man heulen.«

Tatsächlich rieb sich der junge Mann die Augen.

»Bleibt nur noch LeCoq. Stell dir vor, der kommt hier aus Dresden auch noch in preußischer Uniform angeritten.«

»Der niemals! Der ist unserem König treu bis zum letzten Blutstropfen!«, übertönten sich seine Begleiter gegenseitig. »Wenn er erst hier ist, wird er Ordnung in die Reihen bringen.«

Wilhelm Tröger, der Artillerist am Nachbartisch, verzog kaum merklich das Gesicht. General LeCoq war ein kluger, kampferfahrener Mann und würde bald ihr neuer Oberbefehlshaber werden. Doch er traute ihm nicht, denn jeder wusste, er war ein erbitterter Gegner Thielmanns. Wilhelm hatte lange unter General Thielmanns Kommando gekämpft und schätzte ihn als aufrechten und tapferen Mann.

Seinem jüngeren Bruder Karl hätte er raten können: Sieh ihm in die Augen, diesem LeCoq! Aber der Jüngere hatte noch keine Menschenkenntnis, und er konnte auch nicht im entscheidenden Moment die Klappe halten, der Dummkopf. Gerade spitzte Karl ganz ungeniert die Ohren, was die Leutnants am Nachbartisch besprachen.

»Los, Vollborn, du sitzt den ganzen Tag im Stabsquartier, da sortierst du doch nicht nur Post und kopierst die Mannschaftslisten und amtlichen Korrespondenzen, sondern hörst eine Menge, wenn Kuriere kommen«, drängte ihn sein Nachbar, als das erste Bier hinuntergestürzt war. »Werden wir morgen geteilt? Raus mit der Wahrheit!«

Friedrich Vollborn seufzte und strich sich über die hellen Schnurrbartspitzen.

Er hatte sich seinen Leutnantsrang schwer verdient, aus dem Mannschaftsstand heraus, weil er den Kosaken eine erbeutete sächsische Kanone wieder abgenommen hatte. Und auf seinen Posten als Bataillonsadjutant war er überaus stolz: eine Vertrauensstellung, weil er eine sehr ordentliche Handschrift hatte und gut mit Zahlen umgehen konnte.

Doch was derzeit in der sächsischen Armee los war, ließ keinen ruhig, und seit gestern war die Stimmung kurz vorm Überkochen. Denn es stimmte: Vorgestern war der Teilungsbefehl eingetroffen. General Grolman hatte ihn gebracht, und heute hatte Gneisenau im Auftrag Blüchers alle höheren sächsischen Offiziere zu sich eingeladen, um die Details zu besprechen.

»Sie werden aus den Mannschaften eine preußische und eine sächsische Brigade bilden, je nach Heimatort, jetzt sofort«, gab Vollborn zögernd zu, und seine Begleiter stöhnten oder schrien wütend auf.

Das hörten am Nachbartisch natürlich auch Wilhelm Tröger und sein jüngerer Bruder. Die Artillerie unter Oberstleutnant Raabe war ein Stück abseits von Lüttich untergebracht. In der Stadt selbst logierten viertausend sächsische Infanteristen, in der Umgebung noch einmal zehntausend Mann, auch Artillerie und Kavallerie. Raabe hatte seinen besten reitenden Kanonier am Morgen mit Bedarfslisten ins Hauptquartier geschickt. Sie brauchten dringend einen Stellmacher, ihr eigener hatte sich das Handgelenk gebrochen, und es mussten Lafetten repariert werden. Mit der Liste hätte der Artilleriechef auch jeden anderen Kurier schicken können, aber Tröger mit seinem besonderen Händchen für Pferde sollte bei der Gelegenheit gleich schauen, ob er etwas für zwei lahmende Pferde von Stabsoffizieren tun konnte. In solchen Dingen galt er insgeheim als »Wunderheiler«.

Tatsächlich hatte er den halben Vormittag lang die Beine der Pferde massiert, eine erkaltete und gezerrte Sehne wieder gerichtet und über eine offene Wunde Kräuterumschläge und einen heilenden Brei gepackt. Sein Vater war Fuhrmann in Freiberg, von ihm hatte er all das gelernt.

Trotz aller Sorgfalt beeilte er sich diesmal bei der Arbeit mit den Pferden, denn vor dem Rückmarsch zu seinem Quartier wollte er unbedingt noch ein paar ernste Worte mit seinem jüngeren Bruder wechseln, dem einzigen, den er noch hatte, nachdem vier gefallen waren.

Wilhelm Tröger, der älteste von einst sechs Söhnen und Überlebender des Russlandfeldzuges, hatte das dringende Gefühl, er müsste dem Bengel wieder einmal den Sturkopf zurechtrücken.

Da fing er auch schon an, der Kleine, das nachzuplappern, was derzeit in den Mannschaftsständen der Regimenter wieder und wieder heruntergebetet wurde.

»Wir sind von unseren Offizieren verkauft worden«, zischte Karl wütend. »In Oranienbaum bei Wörlitz am 23. September '13 hat es angefangen, als Bünau einfach losmarschierte – und plötzlich stand das ganze 1. Bataillon völlig ahnungslos auf schwedischer Seite. Kriegen wir heute einen Marschbefehl, finden wir uns vielleicht in einer halben Stunde allesamt bei den Preußen wieder. Ich will kein Preuße werden!«

Wilhelm stöhnte und sah seinen Bruder streng an. »Du plapperst nur nach, womit sie euch jetzt verrückt machen. Du bist nicht in Oranienbaum übergelaufen, sondern am 18. Oktober, während der Schlacht. Die meisten in Oranienbaum waren damals sehr froh darüber. Und ich erinnere mich genau, wie heilfroh ihr alle auch wart, dass euch eure Offiziere rübergeführt haben. Ihr hattet eine Woche lang kein Brot mehr gehabt. Aber verhungert wärt ihr nicht, sondern in der nächsten halben Stunde bis auf den letzten Mann niedergemetzelt. Die Franzosen haben euch als Kanonenfutter benutzt. Sei den Offizieren dankbar, die handelten, um euch das Leben zu retten.«

»Ich will nicht verpreußt werden!«, beharrte Karl stur.

»Wirst du doch gar nicht! Es wird nach Geburtsorten geteilt, und Freiberg bleibt sächsisch. Kein Preuße hat Sehnsucht nach dir.«

»Wir wollen nicht geteilt werden. Unser Regiment will zusammenbleiben«, maulte Karl weiter und stützte den Kopf auf die Faust, nachdem sein Bierglas nun ganz leer war. Die Wirtin brachte ihm sofort ein neues.

Wilhelm platzte fast der Kragen. Er richtete sich auf, zog das frische Bier an sich und sah seinen Bruder scharf an.

»Das sage ich jetzt nur einmal, und zwar ganz ernst. Jeder macht hin und wieder was Dummes im Leben, aber du hast deinen Vorrat an Dummheit und Verantwortungslosigkeit fürs gesamte Leben aufgebraucht, als du Anton überredet hast, mit dir zur Armee abzuhauen. Denn jetzt ist er tot, der Kleine, bevor er seinen zwölften Geburtstag feiern konnte!«

Sofort sackte Karl zusammen, von schlechtem Gewissen erdrückt.

»Also nutze dein letztes bisschen Verstand!«, fuhr Wilhelm fort. »Du bist hier nicht in einem Kirchenchor, sondern bei der Armee. Das wolltest du doch unbedingt, oder? Deshalb bist du von zu Hause ausgerissen. In einer Armee gibt es Vorgesetzte und Untergebene, und es gibt Befehle. Die werden ausgeführt. Nun haben sich die hohen Herrschaften in Wien geeinigt, dass sächsische Gebiete an Preußen fallen – ob uns das passt oder nicht, wir können es nicht ändern. Da könnt ihr euch nicht hinstellen und jammern wie die kleinen Kinder: Ich will bei meinen Schulfreunden bleiben. Wird das Land geteilt, wird auch die Armee geteilt. Irgendwie muss da ja Ordnung rein. Und dich betrifft es nicht, du bleibst Sachse. Also halt dich da raus! Verstanden? Halt dein Maul, wann immer die Rede darauf kommt in den nächsten Tagen, nimm den Kopf runter und gehorche den Befehlen!«

Er sah Karl immer noch in die Augen und beugte sich etwas näher zu ihm.

»Alles andere ist Meuterei. Und da kennen die Preußen keinen Spaß. Da gibt es keine gemütlichen Regimentsgerichte wie in Sachsen, wo erst einmal stundenlang geredet wird. Wir sind im Krieg, da gilt Kriegsrecht.«

Karl war blass geworden angesichts dieser Worte.

Sein Bruder teilte das letzte Bier zwischen ihnen beiden auf, bezahlte, dann gingen sie zurück Richtung Stadt, gleich hinter den jungen Leutnants vom Nachbartisch.

Auf dem Weg in die Stadt mussten sowohl die Trögers als auch Vollborn und seine Begleiter an Blüchers Quartier vorbei, dem ehemaligen Präfekturgebäude direkt an der Maas.

Davor hatten sich zu ihrem Erstaunen unzählige Grenadiere vom 1. und 2. Bataillon versammelt und brachten Vivats aus.

»Gibt der Fürst ein Essen, und sie lassen Blücher hochleben?«, wunderte sich Vollborn.

»Nein, hört mal genau hin!«, forderte ihn sein Nebenmann auf.

Das waren nicht Hochrufe auf Blücher, sondern auf den sächsischen König, und immer wieder skandierten die Soldaten: »Wir lassen uns nicht trennen!«

Bloß weg hier!, dachten sowohl Vollborn als auch Wilhelm Tröger, der seinen Bruder gleich am Kragen packte. Doch es war kein Durchkommen, der Platz zwischen Haus und Fluss war voll.

Wenigstens sind sie unbewaffnet!, sah der Artillerist erleichtert. Die Männer warfen ihre Mützen hoch, während sie ihre Rufe ausbrachten.

Aus der Menschenmenge trat eine ältere Frau verstohlen an

Wilhelm Tröger heran und bot ihm versteckt unter ihrem Mantel ein Messer und eine Flasche Branntwein.

»Troll dich, Alte!«, schrie er sie an, entriss ihr das Messer und schleuderte es in den Fluss, während sie kreischte.

Das fehlt noch, dass hier Männer mit Waffen angetroffen werden!, dachte er entsetzt. Das bedeutet Standgericht.

Aus Blüchers Hauptquartier trat in diesem Augenblick dessen Adjutant Ferdinand Graf von Nostitz heraus – in voller Uniform und mit demonstrativer Gelassenheit.

»Wir teilen Ihre Hochachtung vor Ihrem König und schließen uns Ihren guten Wünschen für ihn an«, erklärte er laut und ruhig. »Doch es schickt sich nicht, sich unerlaubt vor dem kommandierenden General zu versammeln, zu singen oder zu schreien. Also hören Sie auf meinen Rat und gehen Sie nach Hause.«

So löste sich die Ansammlung auf – vorübergehend.

Wilhelm Tröger machte seinem Bruder noch einmal eindringlich klar, sich aus allem herauszuhalten.

»Am besten, du lässt dich wegen des Beines ausmustern! Das ist doch jedes Mal schlimmer, wenn ich dich sehe, trotz der Salbe. Sonst nimmt das hier kein gutes Ende für dich!«, sagte er schroff. »Und Mutter braucht dich.«

Mutter wird mir wegen Anton den Kopf abreißen, dachte Karl grimmig. Er wagte sich nicht nach Hause. Der Feldscher hatte ihm angeboten, ihn auszumustern, denn sein nach einem Bruch schlecht verheiltes Bein war seit Wochen so dick geschwollen, dass er nicht im Linienregiment bleiben konnte. Doch als Kärrner beim 3. Grenadierbataillon musste er nicht so viel laufen, und ein Gespann zu führen, hatte er beim Vater gelernt. Ohne ein Wort verabschiedete sich Karl von seinem Bruder, der noch eine beträchtliche Wegstrecke bis zu den Quartieren der Artillerie vor sich hatte.

Es wurden verstärkte Patrouillen eingeteilt.

Leutnant Vollborn wurde zur Wache ans Margarethentor geschickt und bekam nichts von dem mit, was nun geschah.

Während sich dieser erste Auflauf rasch zerstreute, führte Stabschef von Gneisenau in seinem Quartier die anberaumte Besprechung mit den ranghöchsten sächsischen Offizieren durch, um ihnen offiziell den Teilungsbefehl für die sächsische Armee zu übermitteln.

Er tat das äußerst ungern und missgestimmt.

Zum einen hatte ihn der König schon wieder benachteiligt und erneut seine Bitte um ein eigenständiges Kommando abgelehnt.

Vor allem aber fand er es falsch, so kurz vor den Kämpfen dermaßen Unruhe in eine ohnehin schon aufgebrachte Truppe zu bringen. Die bessere Lösung wäre es, die sächsische Armee vorerst Wellington zu unterstellen und die unausweichliche Teilung erst nach den Kämpfen zu vollziehen.

Aber der König hatte seine Einwände wie stets ignoriert, obwohl Gneisenau eindringlich warnte: »Derzeit herrscht kein guter Geist in dieser Truppe!«

Sonst wird uns die ganze sächsische Armee entzogen!, entrüstete sich der König, und das käme nicht in Frage.

Also musste Gneisenau gegen seine eigene Überzeugung die königliche Kabinettsorder ausführen: die Teilung der sächsischen Armee in zwei Brigaden.

Die Zusammenkunft verlief in denkbar schlechter Stimmung.

Die sächsischen Offiziere baten eindringlich, die Truppen zusammen in den Kampf zu schicken und die Teilung erst nach der Eidesentbindung durch den König vorzunehmen; das sei den Männern wichtig.

»Wir haben klare Befehle, und die sind zu befolgen«, würgte Gneisenau jegliche Debatte ab.

Die Befehlsausgabe wurde jäh beendet, da Gneisenau zu Blücher gerufen wurde. Der hatte den Auflauf gegen halb sechs verschlafen und ließ sich nun berichten. Im preußischen Stab stritt man: Die Sachsen in Lüttich lassen oder entfernen?

Mittlerweile – es war gegen halb acht – fingen erneut Soldaten dreier Bataillone an, sich vor Blüchers Quartier zu sammeln, uniformiert, bewaffnet und mittlerweile beträchtlich durch Branntwein aufgeheizt – aus eigenen Vorräten und von erstaunlich freigiebigen Zivilisten zugesteckt.

Blücher wollte vors Haus treten und mit den Grenadieren sprechen, doch das redeten ihm seine Stabsleute entsetzt aus. General von Ryssel wurde beauftragt, verstärkte Patrouillen heranzuholen.

Völlig aufgebracht erschien er beim Kompaniechef des 3. Grenadierbataillons, Capitain Gideon Geibler, in der Hauptwache auf dem Marktplatz.

»Tumult! Vor dem Haus des Fürsten! Wir brauchen Verstärkung!«, rief er atemlos.

Geibler stieß einen stillen Fluch aus, bewahrte aber einen kühlen Kopf. Im Nu sammelte er ein Dutzend Unteroffiziere und Grenadiere um sich und brach sofort auf. Etwa hundertfünfzig Schritt von Blüchers Quartier entfernt kam ihm in größter Eile dessen General von Müffling entgegen und rief: »Rasch, der Fürst ist in Gefahr!«

Der Platz war nun voller Grenadiere, die gern geflüchtet wären, aber nicht konnten, weil hinter ihnen der Weg zur Maasbrücke versperrt war.

Nun zog Müffling zu Geiblers Entsetzen auch noch den Säbel und begann, mit der Blankwaffe auf die Soldaten loszugehen.

»Stecken Sie den Säbel sofort in die Scheide und ziehen Sie sich mit Ihren Leuten nach hinten zurück, sonst kann ich nicht für Ihre Sicherheit garantieren!«, schrie Geibler – weniger höflich, als sein Rang es zuließ, aber völlig angemessen der drohenden Katastrophe.

Von Müffling befolgte den Rat, aufgewühlt und zerknirscht. *Er* hatte immer gesagt, man könne den Sachsen trauen, man könne ihnen sogar die Sicherheit Blüchers anvertrauen – und nun das! Er war vollkommen diskreditiert.

Die ersten Steine flogen, Fenster zersplitterten, der Federstutz des Generals von Ryssel wurde abgeschlagen und mit Füßen getreten.

Capitain Geibler sorgte mit seinen sächsischen Wachen dafür, dass die Preußen unbeschadet ins Haus gelangten, abgesehen von dem Schaden, den ihr Stolz genommen hatte. Dann sicherte er mit seinen Männern die Front des Hauses.

Als auch noch Steine in die Fenster der Blücherschen Wohnung flogen, trat er vor und rief seinen meuternden Landsleuten grimmig zu: »Ist dies ein Betragen von Soldaten und gesitteten Menschen – die Fenster einzuwerfen?«

Nun flogen keine Steine mehr. Doch immer mehr Soldaten drängten gegen den Eingang des Hauses, das von Geibler und seinen Wachen mit Bajonetten verteidigt wurde, gegen die eigenen, aufgeputschten Regimentsangehörigen.

Die Revoltierenden forderten Zutritt ins Haus, denn dort seien einige von ihren Kameraden arrestiert.

Gideon Karl Geibler wusste, die Preußen hatten das Haus bereits zum Hinterausgang verlassen, und es gab darin keine Arrestanten. Also ließ er einige Soldaten bestimmen, die ins Haus durften. Nachdem die wieder herauskamen und nichts Verdächtiges gefunden hatten, zerstreute sich auch dieser Auflauf.

Capitain Geibler teilte für die ganze Nacht verstärkte Patrouillen ein. Nun schien alles ruhig. Doch er wusste, es war noch nicht vorbei. Dieses Vorkommnis würde Konsequenzen haben.

Standgericht

Blücher und sein Stab hatten Lüttich in der Dunkelheit tief gekränkt verlassen und bezogen Quartier in einem zwanzig Kilometer nordwestlich gelegenen Dorf namens Oreye. Zum Schlafen kam keiner von ihnen.

Der alte Feldmarschall wollte und wollte es nicht fassen: »Dat mir die Kerls mit Steine bewerfen! Davonschleichen musst ich mir! Ich bin kompromittiert!«, sagte er wieder und wieder, das weiße Haar raufend.

Verbittert, entsetzt, ratlos saß die Runde beieinander, und jedem war klar: Eine Meuterei dieses Ausmaßes gegen den Generalfeldmarschall, noch dazu im Kriegszustand, durfte nicht ungesühnt bleiben. Die sächsischen Truppen mussten umgehend getrennt und verlegt werden, preußische herangezogen werden. Und dann war über Strafmaßnahmen zu reden.

Dezimierung – ursprünglich die Hinrichtung jedes Zehnten –, fiel dieses verhängnisvolle Wort schon in jener Nacht, in jenem kleinen Dorf?

Das erste sächsische Bataillon erhielt den Abmarschbefehl bereits, kaum dass Blücher die Stadt verlassen hatte.

Der Kommandeur des Gardebataillons, Major Joseph von Römer, ließ seine Männer um zwei Uhr nachts antreten zum Abmarsch nach Huy.

Blücher befahl noch in der Nacht, dass am nächsten Tag auch die übrigen sächsischen Bataillone Lüttich zu räumen hätten und die Teilung der Truppen sofort vorzunehmen sei.

Diese letzte Maßnahme unterband der Generalmajor von Steinmetz, unter dessen Befehl Felix Zeidler in Möckern gekämpft hatte, auf eigene Verantwortung. Stein-

metz hielt das unter den gegebenen Umständen für undurch-
führbar.

Sächsische Offiziere versuchten zu vermitteln: Kavalleriechef
Oberst von Leysser versicherte, auch unter einem preußischen General würde die sächsische Kavallerie zeigen, was sie
könne, wenn man sie nur ungeteilt lasse.

Doch Blücher hatte jegliches Vertrauen in diese Armee verloren. Seinen General von Borstell wies er an, Vorkehrungen zu
treffen für den Fall, dass die Sachsen zu den Franzosen überlaufen wollten.

Als er auch noch erlebte, wie ihm sächsische Soldaten die
Ehrenbezeugung verweigerten, war er zu keiner Nachsicht
mehr bereit. Er befahl, alle Bataillone einzeln zu entwaffnen.

Nach und nach marschierte am Morgen des 3. Mai Bataillon
für Bataillon ab, jedes in eine andere Richtung.

Leutnant Friedrich Vollborn war schon früh um sechs losgeschickt worden, um Quartiere Richtung Maastricht zu besorgen. So entging ihm das unglaubliche und verhängnisvolle
Verhalten seines Bataillons.

Denn auf dem Stellplatz des 2. Grenadierbataillons und etwas
entfernt auch auf dem des 3. Grenadierbataillons eskalierte
die Lage. Die Soldaten, größtenteils betrunken und von Einheimischen großzügig mit Branntwein und aufputschenden
Sprüchen versorgt, weigerten sich zu marschieren, steckten
sich Pfeifen an, ignorierten Befehle, beschimpften diejenigen
Offiziere, die sich für den Dienst bei den Preußen entschieden hatten, und griffen einige sogar tätlich an. Und dieses
Benehmen griff dann auch auf die leichte Infanteriebrigade
über. Der Abmarsch verzögerte sich um sechs Stunden.

Nun wurde das Wort »Dezimieren« im Generalstab deutlich
ausgesprochen – die beiden besonders aufrührerischen Bataillone betreffend.

Als Vollborns 3. Bataillon am Abend immer noch nicht eintraf, wurde dem Adjutanten mulmig zumute. Er ging auf die Suche und traf endlich auf den Regimentskommandeur Oberstleutnant Anger, dem er sich auf dessen Aufforderung anschloss. Der gab nachts um eins die Order aus, dass das Bataillon am nächsten Morgen halb fünf auf dem Alleestück zwischen Veroux und Roloux zu stehen und weitere Befehle abzuwarten habe.

Von den Offizieren zur Ruhe ermahnt, stellten sich die Kolonnen im Morgengrauen auf. Eine gute Stunde lang geschah gar nichts, dann näherte sich von mehreren Seiten preußische Kavallerie, in einiger Entfernung sogar Artillerie.

Vollborn und seine Freunde sahen sich an, einer betete schon ein Vaterunser.

Ein preußischer Offizier ritt auf sie zu, ein weißes Tuch schwenkend, und verlangte den Bataillonskommandeur zu sprechen. Karl Friedrich Anger ritt vor, und Vollborn erkannte daran, wie der Oberstleutnant einen Teil des Zügels dem Pferd über den Hals warf, dass dieser äußerst schlechte Nachrichten erhielt.

Anger kam zurück und rief seine Offiziere zusammen.

»Auf Befehl von Fürst Blücher wird das Grenadierregiment entwaffnet«, rief er, und die Männer starrten ihn allesamt fassungslos an. »Wir sind von Preußen umzingelt, Widerstand bringt nur Untergang. Also ersparen wir sinnloses Blutvergießen und gehorchen.«

Die Männer mussten ihre Gewehre zu Pyramiden zusammenstellen und die Patronentaschen aufhängen.

Nur diejenigen, die am 2. Mai in Lüttich auf Wache gewesen waren, wurden von der Strafe ausgeschlossen. So durfte auch Friedrich Vollborn zurück nach Lüttich, zu Capitain Geibler, und erfuhr erst dort viel später, was seinem Regiment widerfahren war.

Dafür erlebte Karl Tröger die Bestrafung des 2. Grenadierbataillons. Die Grenadiere hatten sich in aller Herrgottsfrühe des 6. Mai auf einem entlegenen Platz zwischen Bierzel und Lozent aufzustellen, wurden von starken preußischen Truppen auf hundert Schritt Entfernung umzingelt und mussten ebenfalls die Gewehre zusammenstellen und die Patronentaschen anhängen.

Dann verlas ein preußischer General einen Befehl Blüchers: von schauderhaften Verbrechen, drei Tagen Aufruhr und Gehorsamsverweigerung gegen Offiziere. »Das Grenadierregiment wird aufgelöst, seine Fahne wird verbrannt«, verkündete der Offizier.

»Das können sie nicht machen!«, flüsterte der völlig entsetzte Karl einem der älteren Pferdeknechte zu, der neben ihm beim Tross stand.

»Können sie. Und hör zu, das ist bestimmt noch nicht alles.«

»Die Offiziere sind frei. Die Mannschaft wird dezimiert, sofern die Rädelsführer nicht benannt werden«, fuhr der General fort.

Karl starrte in die durchweg entsetzten Gesichter der Grenadiere und versuchte zu ergründen, was das bedeutete – dezimiert …

»Da mir keine Rädelsführer genannt wurden, wird also jeder Zehnte standrechtlich erschossen«, fuhr der General nach einigen Augenblicken schreckensstarrer Stille fort und ließ sich von einem Feldwebel die Kompanierollen geben. Dann las er jeden zehnten Namen vor, und die Aufgerufenen mussten vortreten.

»Das können sie nicht machen! Lieber Gott, unternimm etwas, lieber Gott, mach, dass das aufhört!«, wimmerte Karl. Er kannte schon den Ersten, der vortreten musste, ein ganz blutjunger, freundlicher Kerl … und dann fiel ihm ein, dass sicher auch sein Name auf so einer Rolle stand. Was, wenn sie ihn aufriefen und erschossen?

Herr im Himmel, tu das nicht, bitte, ich werde auch ein ganz braves Leben führen, gottgefällig, dachte er wieder und wieder, während er schluchzte und dann auch noch merkte, dass er sich einnässte vor Angst.

Inzwischen waren schon vier Grenadiere zur Exekution aufgerufen. Dies seien nicht die Rädelsführer, intervenierten mehrere sächsische Offiziere.

»Dann benennen Sie diese, damit keine Unschuldigen sterben müssen!«, forderte Generalmajor von Krafft.

Nach heftigem Hin und Her zwischen Mannschaften und Offizieren wurden vier Rädelsführer benannt und aufgerufen:

»Tambour Kahnitz, 2. Kompanie,

Grenadier Uhde, 1. Kompanie,

Grenadier Born, 2. Kompanie,

Grenadier Noacknick, 4. Kompanie.«

Alles junge Burschen, der Tambour war erst neunzehn.

Jetzt heulte fast jedermann unter den Sachsen, nicht nur Karl. Einige preußische Offiziere traten zusammen, das Standgericht, und verkündeten kurz darauf das Urteil: Tod durch Erschießen wegen Meuterei und Drohens mit dem Gewehr gegen einen Vorgesetzten, nach Preußischem Kriegsartikel 9. Die Delinquenten mussten die Uniformröcke ablegen, ihnen wurden die Augen verbunden.

Der Tambour schrie: »Hoch lebe König Friedrich August!«

Da kam auch schon das Kommando: »Legt an! Feuer!«

Karl in seinem Entsetzen hörte die Schüsse des Exekutionspeletons nicht, er sah nur die Wolken von Pulverdampf und die Blutflecken auf den weißen Hemden der jungen Männer, die zu Boden sackten. Ihn schmiss es vor Kälte, und das lag nicht an der morgendlichen Maikühle, seine Hände zitterten, dann fiel er auch einfach um.

Als er wieder zu sich kam, dachte er zum ersten Mal gründlich über die Worte seines Bruders nach.

Als Leutnant Vollborn am Vormittag dieses 6. Mai wieder in Lüttich eintraf, um zusammen mit den anderen von Capitain Geiblers Wache Blüchers Leibgarde zu bilden, erfuhr er, dass auch von seinem nun aufgelösten 3. Grenadierbataillon drei Männer als Rädelsführer exekutiert worden waren: die Grenadiere Schneewald, Keller und Kockott.

Zwei Anklagen gegen zwei Könige

Lüttich, Wien und Koblenz, Mai und Juni 1815

Nicht nur unter den Mannschaften herrschte Entsetzen, auch der alte Blücher war schwer getroffen. Nach langem verzweifeltem Ringen schrieb er am Tag der Exekutionen einen Brief an den sächsischen König. Dieser hatte nicht die geringste Ähnlichkeit mit den Briefen, die er sonst verfasste, spontan aus dem Bauch heraus, in skurriler Rechtschreibung – so wie er sprach.

Bei diesem klang jedes Wort wohldurchdacht und wohlüberlegt, und es war keine einfache Schuldzuweisung, sondern eine erbitterte Anklage.

Eure Königliche Majestät haben durch Ihre früheren Maßnahmen einen geachteten deutschen Volksstamm in das tiefste Unglück gestürzt. Durch Ihre späteren Maßnahmen kam es dazu, dass er mit Schande bedeckt wird. Die Rebellion, die von Friedrichsfelde und Pressburg aus in der Armee organisiert wurde, ist ausgebrochen, wo ganz Deutschland gegen den Feind aufbricht.
Die Verbrecher haben Bonaparte als ihren Beschützer ganz öffentlich proklamiert und mich, der ich in meiner fünfundfünfzigjährigen Dienstzeit in der glücklichen Lage

gewesen bin, nur das Blut meiner Feinde zu vergießen,
genötigt, zum ersten Mal Hinrichtungen in meiner eige-
nen Armee vornehmen zu müssen.
In der Anlage werden E. M. ersehen, wie ich es bis jetzt
noch versucht habe, die Ehre des sächsischen Namens zu
retten, aber es ist der letzte Versuch. Wird meine Stimme
nicht erhört, so werde ich nicht ohne Schmerz, aber mit
der Ruhe meines Gewissens und erfüllter Pflicht die Ord-
nung mit Gewalt wiederherstellen – und sollte ich genötigt
sein, die ganze sächsische Armee niederschießen zu lassen.
Das vergossene Blut wird dereinst vor Gottes Gericht über
den kommen, der es verschuldet hat …

Der völlig außer sich geratene Feldmarschall wusste genau,
woher der Wind blies, der diesen Flächenbrand entfachte:
Friedrichsfelde und Pressburg.
Doch seine anklagenden Worte und die düstere Drohung
sollten den sächsischen König nie erreichen. Staatskanzler
Hardenberg zog das Dokument ein.
Wenn es schon jemand wagte, dem sächsischen König derar-
tige Vorwürfe zu machen, würde vielleicht bald auch jemand
aufstehen und den preußischen König anklagen? Ihm vorwerfen, er hätte nicht auf der Teilung der Armee am 22. April
bestehen sollen, gegen Gneisenaus und auch Humboldts Rat?
Das konnte nicht geduldet werden.

Die sächsischen und Berliner Zeitungen – unter strenger Zensur stehend – brachten kein einziges Wort über den blutigen
Zwischenfall in Lüttich.
Doch natürlich erfuhren die Menschen binnen weniger Tage
davon, durch eine Flut von Briefen, Flugblättern, heimlich
gedruckten und verbreiteten Schriften. Ein beträchtlicher Teil
davon wurde bei Graz und Gerlach in Freiberg hergestellt.
Henriette sah das sofort bei einigen der Blätter, die auch in

Berlin rege zirkulierten. Sie hatte genug Zeit in der Gerlach-schen Druckerei verbracht, um an den Spatien und anderen Details zu erkennen, dass ihr Oheim höchstpersönlich diese Seiten gesetzt hatte.

Eine dieser von Friedrich Gerlach illegal publizierten Bro-schüren hatte anonym der Bataillonsadjutant Vollborn ge-schrieben. Es war nicht seine Idee gewesen.

Schon kurz nach dem schwarzen Tag kam ein Vertrauter LeCoqs zu ihm und sagte dem Verblüfften: »Vollborn, Sie haben doch eine gute Handschrift und können erzählen. Schreiben Sie das auf, schreiben Sie Ihre geballte Wut nieder. Wir haben Wege und Mittel, das zu verbreiten. Es soll Ihr Schaden nicht sein.«

Das tat er dann geflissentlich.

Auch in Wien machte die Nachricht sofort die Runde, dem Blücher seien die Fenster eingeworfen worden, er habe sein Quartier zur Hinterpforte verlassen müssen, und die Sachsen revoltierten.

Humboldt, der zwar die Zugewinne Preußens auf Kosten Sachsens durchaus angemessen fand, schrieb an seine Frau Caroline:

Es ist ein sehr unangenehmes Ereignis geschehen, liebe Li, es ist nämlich eine förmliche Rebellion der sächsischen Truppen gegen uns in Lüttich ausgebrochen ... Man hat den Fehler begangen, eher von dieser Teilung zu reden, als sie vorzunehmen.

Neuerlich war ich ... in heftigen Streit mit Boyen und Grolman darüber geraten. Es schien mir, man hätte recht gut die Teilung bis nach dem Krieg aussetzen können, die Armee zusammen, z. B. unter Wellington dienen lassen ...

Doch der preußische König hatte ja darauf bestanden: Ich will die sächsische Armee jetzt. Sofort.

Merkwürdigerweise kam kein einziges Wort dazu vom sächsischen König, keinerlei Reaktion auf den blutigen Zwischenfall. Obwohl der noch nicht ausgestanden war und jederzeit zu einem noch größeren Blutbad ausarten könnte, richtete Friedrich August nicht ein einziges beschwichtigendes Wort an seine Armee und sein Volk.
Die Menschen rätselten und stellten Mutmaßungen an, warum er schwieg.
War er entsetzt, erschrocken? Gab er sich vielleicht die Schuld?
Oder war es ein von ihm erhofftes Fanal?
Das Zeichen der Treue seiner Untertanen angesichts preußischer Feindseligkeit?
Er hatte über seinen Bruder und seine Helfershelfer das Feuer so lang am Schwelen gehalten, bis es offen ausbrach.
Und sieben Tote, so bedauerlich auch jeder einzelne sein mochte – es hätte viel schlimmer kommen können!
Auf Napoleons Verlangen hatte er nahezu dreißigtausend sächsische Soldaten in den Tod geschickt. Was waren da schon sieben?

Die sächsische Armee sei nun für diesen Krieg nicht tauglich, befanden die Alliierten. Wellington lehnte nochmals dankend ab, sie unter sein Kommando zu nehmen, obwohl Metternich sie ihm wärmstens als kampfstarke Truppe anpries. Er habe bereits mit den Holländern in seiner Armee genug Schwierigkeiten, erklärte Sir Arthur indigniert. Die Preußen weigerten sich, noch mit Männern in einer Reihe zu kämpfen, die ihren verehrten Generalfeldmarschall angegriffen hatten. Zumal der Zwischenfall Preußen auch noch einen bewährten Kommandeur kostete: Da General Karl Leopold Heinrich von

Borstell Blüchers Befehl verweigerte, die Fahne des aufgelösten sächsischen Grenadierregiments zu verbrennen, verurteilte ihn ein Kriegsgericht unter dem Vorsitz des Generals von Tauentzien zu sechs Monaten Festungshaft.

Mehr als eintausendfünfhundert sächsische Grenadiere wurden als Gefangene nach Magdeburg geführt und dort getrennt, danach weiträumig im Hinterland verteilt. Die Teilung der Artillerie und der Kavallerie verlief ohne Zwischenfälle.

Am 18. Mai 1815 wurde der »Friedensvertrag zwischen Sachsen und Preußen« feierlich unterzeichnet.

Der von Preußen geforderte Vertragstitel stellte noch einmal klar: Der König von Sachsen war wegen seiner Bündnistreue zu Napoleon ein Kriegsgegner. Aber nun werde ja auch endlich mit Sachsen Friede geschlossen.

Die schon im März von Metternich, Talleyrand und Wellington vorgelegte Grenzlinie blieb unverändert. Sie hatte nie zur Disposition gestanden. Mit seiner monatelangen Verweigerung hatte Friedrich August nicht viel mehr herausgehandelt als ein paar Krumen Salz zollfrei.

Nun wurden auch die Einzelheiten der Trennung der Armee festgelegt. Für die toten sächsischen Grenadiere von Lüttich sechzehn Tage zu spät.

Am 21. Mai ratifizierten Friedrich August und Friedrich Wilhelm III. den Friedensvertrag.

Am 22. Mai verzichtete der sächsische König außerdem auf das Herzogtum Warschau, das an Russland fiel, und entließ seine dortigen Untertanen aus seiner Herrschaft.

Und an diesem Tag gab er einen Tagesbefehl an die sächsische Armee heraus, eine Abschiedsproklamation an diejenigen seiner Soldaten, die nun preußisch wurden.

Meine Bemühungen, so schmerzliche Opfer abzuwenden, sind vergeblich gewesen, heuchelte er.

Danach reiste Friedrich August aus Pressburg ab, um in sein beträchtlich geschrumpftes Land zurückzukehren und sich dort feiern zu lassen.

Kurz bevor der sächsische König Dresden erreichte, veröffentlichte der Koblenzer Publizist Joseph Görres in seinem *Rheinischen Merkur* eine Serie unzensierter Kommentare zu dem Thema, das »Deutschland sehr bewegt habe« – nach ausgiebigen Recherchen und als Einziger in Deutschland.

Dabei kam der bekennende Befürworter der deutschen Einheit, von Verfassung und Reformen, der Freund Steins und Gneisenaus, zu dem Ergebnis, die Schuld sei insgesamt weder allein den Soldaten noch den Offizieren zuzuschieben. Obwohl ihn ein übereifriger sächsischer Offizier im Vorjahr verhaften wollte, bat Görres um Nachsicht für die Sachsen.

Als Einziger prangerte der mutige Publizist in aller Öffentlichkeit an, was niemand vor ihm zu sagen, ja auch nur zu denken wagte: Preußen habe auf dem Wiener Kongress versagt und durch Gier Zwietracht unter den deutschen Völkern gesät.

Diese unverkennbare Anklage gegen den preußischen König sollte für Görres gravierende Folgen haben. Stand er bisher unter dem Schutz Hardenbergs, wurden ihm nun auf persönliche Weisung des Königs strengste Zensurbestimmungen auferlegt. Wenig später wurde sein Blatt verboten.

Das Ende des *Rheinischen Merkurs*, der während seines kurzen Bestehens als »Gewissen seiner Zeit« galt.

Ereignisreiche Tage

Paris, Dresden, Leipzig, Wien, Brüssel im Juni 1815

Nun schien sich der Zeitenlauf zu beschleunigen, mit Ereignissen an unterschiedlichen Orten, die allesamt auf ein Finale mit weltgeschichtlicher Bedeutung zusteuerten.

Am 6. Juni explodierte in Paris in der Nähe Napoleons eine »Höllenmaschine« – der zweite Versuch des sächsischen Attentäters, vor dem die Gräfin von Kielmannsegge den Kaiser gewarnt hatte. Ernst Christoph August von der Sahla war an die Seine gereist, um zu vollenden, was weder seinem jungen Landsmann Staps noch ihm selbst bisher gelungen war. Jedoch führte er seinen Sprengstoffanschlag so ungeschickt aus, dass Napoleon kein Haar gekrümmt, Sahla selbst aber schwer verletzt und verhaftet wurde.

»Amateure, diese wirren Fanatiker!«, dachte Napoleon nur verächtlich. Der Kerl hätte mal eine meiner Artillerieschulen besuchen sollen.

Am gleichen Tag zogen die preußischen Gouverneure Recke und Gaudi aus Dresden ab, ebenso alle preußischen Verwaltungsangestellten – unter den hämischen bis boshaften Blicken der Sachsen, von denen einige jetzt wohl gern Sahlas Höllenmaschine gehabt hätten, wüssten sie davon. Auch das preußische Militär räumte den Teil Sachsens, in dem es nun nichts mehr zu suchen hatte.

In Leipzig wurden die Schlesische Landwehr und der bisherige Stadtkommandant Generalmajor von Bismarck durch die Studenten sogar mit einem »Vivat!« verabschiedet.

Bismarck hatte die Höflichkeit bewiesen, sich tags zuvor per freundlicher Bekanntmachung von den Bewohnern der Messestadt zu verabschieden. »Das Andenken an die treuen Leipziger wird stets die Erinnerung einer frohen Zeit in mein

Gedächtnis zurückrufen, und meine aufrichtigen und herzlichen Wünsche für Ihr Wohl werden Sie stets begleiten.«
Angesichts dieser zu Herzen gehenden Worte des Generals zeigte sich Madame Lindenthal ein wenig gerührt und zückte sogar ein spitzenbesetztes Tüchlein, um eine Träne aus dem Augenwinkel zu tupfen.

Kein Auge trocken bleiben sollte dann in Sachsen am 7. Juni, dem Tag der Heimkehr des Königs nach zwanzigmonatiger unfreiwilliger Abwesenheit. Zumindest bei den Royalisten.
Viele derer, die Friedrich August Versagen vorwarfen, die nun eine Rückkehr Sachsens zu Provinzialismus, geistiger Enge und Mittelmaß befürchteten, hatten das Land bereits verlassen – wie die Körners.
Um die Wiederkehr des Königs zu einem spektakulären, rührseligen, unvergesslichen, sächsisch anheimelnden Ereignis zu machen, waren bereits wochenlang mit größter Gründlichkeit Vorbereitungen getroffen worden. Dafür wurden seitenlange Anweisungen publiziert, Festsäulen und Triumphbögen errichtet. Jedes junge Mädchen, das guten Gewissens ein weißes Kleid tragen konnte, durfte als Ehrenjungfrau auftreten, jeder Dorfschullehrer und jeder Amtsvorsteher fühlte sich verpflichtet, Lobgedichte auf den Monarchen zu verfassen, ganz gleich wie mühsam da Verse zusammengeknüppelt wurden. Gärten wurden beinahe kahlgeplündert, um den Weg des Königs mit Blumen und Girlanden zu schmücken.
Aus Böhmen kommend, fuhren der sächsische König und die Königin am Abend dieses Tages durch einen riesigen, eigens dafür errichteten Triumphbogen am Pirnaischen Tor in Dresden ein, und der Jubel kannte keine Grenzen.
Ihr König war wieder da! Als Held, als Märtyrer, als Heilsbringer.
»Unser König ist zurück!«, schluchzten die Zuschauer ge-

rührt. »Jetzt wird wieder alles gut. Wie in guten alten Zeiten. Wie vor dem Napoleon. Und vor den Preußen. Und den Russen.«

Friedrich August, sonst karg an Emotionen, genoss das Bad in der Menge in vollen Zügen, sog es auf in sich wie Lebenskraft. Darauf hatte er gewartet, das brauchte er nach all den Demütigungen!

Doch das zeigte er nicht, sondern begann seine Proklamation des gleichen Tages mit den Worten: »Euer König ... tief gebeugt von den Leiden ...«

Der arme alte Mann! Er danke seinen Untertanen für ihre Treue, und fortan würde weitergewirkt am Ruhme Sachsens. Das ging zu Herzen.

Mit doppeltem Fleiß solle nun wiederaufgebaut werden. Und die in letzter Zeit eingeführten Veränderungen in der Verfassung und den Gesetzen des Landes werde er »sorgfältigst prüfen«, was beibehalten und was wieder aufgehoben werde.

Als Friedrich Gerlach, der die Proklamation bereits vorher zum Abdruck erhalten hatte, diese Zeilen las, da wusste er: Alle fortschrittlichen Neuerungen werden wieder abgeschafft.

Als besonders gefeierte Maßnahme initiierte Friedrich August eine Sammelaktion des Königshauses für die Hinterbliebenen der in Lüttich Exekutierten. Dafür durfte sogar Königin Amalie als Erste zweihundert Taler zeichnen.

Doch als Nächstes löste der sächsische König zur Warnung und Drohung eines seiner Regimenter auf. Mit unzuverlässigen Truppen wollte auch er sich nicht umgeben.

Während Sachsen jubelte, drängte in Wien Metternich zu größter Eile: Bevor der Krieg wieder richtig begann, muss der Kongress abgeschlossen sein!

Die meisten Herrscher hatten die Stadt an der Donau längst verlassen. Ende Mai waren auch Alexander, Friedrich Wilhelm von Preußen und Kaiser Franz ins Alliierte Hauptquartier gereist. Ihre Gesandten blieben in Wien, bis letzte Streitpunkte geklärt waren, die Kopisten schrieben sich die Finger wund.

Am 8. Juni wurde die Deutsche Bundesakte unterzeichnet – damit war der Deutsche Bund gegründet. So wie Metternich es wollte: unter österreichischem Vorsitz, von vierunddreißig Fürstentümern und vier Freien Städten unterzeichnet.

Ein Verein von Völkern, aber auch ein Kriegsbündnis.

Sein Organ würde die Bundesversammlung im Frankfurter Palais Thurn und Taxis sein, die wohl kaum je einen grundlegenden Beschluss fassen würde. Ob die einzelnen Mitgliedsstaaten sich Verfassungen geben würden, blieb ihnen überlassen, und nichts deutete da auf großen Eifer hin.

Am nächsten Tag, dem 9. Juni, fand die feierliche Abschlusssitzung des Wiener Kongresses statt – seine einzige Vollversammlung. Die Schlussakte wurde unterzeichnet, ein Produkt der Hast nach monatelangen Verhandlungen, die viele Streichungen, ausradierte Stellen und noch zu klärende Punkte beinhaltete. Der Gesandte des Papstes hatte Einwände, der spanische auch, der russische verkündete, erst müsse der Zar die Schlussakte gelesen haben, dies und das war noch zu streichen oder hinzuzufügen. Die Kopisten saßen Tag und Nacht, um Abschriften der Kongressakte für jede der acht Signatarmächte des Pariser Friedens zu schaffen.

Doch dann war der Kongress beendet – Metternichs großes Werk.

Und Wiens wirtschaftlicher Ruin.

Dafür hatte Preußen seine Einwohnerzahl gegenüber 1805 verdoppelt – auf zehn Millionen. Österreich hatte wieder Zugang zur Adria und andere attraktive Zugewinne. Sachsen war halbiert, Frankreich auf alte Grenzen zurechtgestutzt und musste nun doch sieben Millionen Franc Kriegskontribution zahlen. Der Zar bekam Polen und Gebiete bis weit nach Europa hinein. Die Briten konnten sich an allerhand überseeischem Kolonialbesitz gütlich tun.

Vor allem aber sollte nun Frieden sein, lang währender Frieden. Und die monarchischen Verhältnisse waren wiederhergestellt.

Dafür hat es sich gelohnt!, dachte Clemens Fürst zu Metternich, als er am 12. Juni – erschöpft und erleichtert – in seine Kutsche stieg, um die Stadt zu verlassen.

Und ahnte nicht, dass Napoleon an ebendiesem Tag Paris verließ, um samt seiner Armée du Nord Richtung Flandern zu ziehen.

Sein Kriegsplan stand schon seit Wochen fest.

Blüchers knapp hundertzwanzigtausend Mann starke preußische Armee stand zwischen Charleroi, Namur und Lüttich. Wellington sammelte seine Armee bei Brüssel; dreiundneunzigtausend Mann. Dazu gehörten fünfunddreißigtausend Briten und einundvierzigtausend Deutsche: Hannoveraner, Braunschweiger, Nassauer, wie die Briten kampferfahren in Spanien und Portugal. Aber Wellington hatte auch sechsundzwanzigtausend Niederländer dabei, eine unzuverlässige Truppe – sie hatten ja bis vor kurzem noch unter ihm, Napoleon, gedient und waren in Scharen davongelaufen.

Er würde einen Keil zwischen beide Heere treiben und dann jedes für sich schlagen – seine altbewährte Praxis.

In der Nacht zum 15. Juni überschritt Napoleon mit seiner Armee die französisch-niederländische Grenze.

Am Abend des 15. Juni gab die Herzogin von Richmond in Brüssel einen Ball. Ihr Mann, der 4. Herzog von Richmond, war mit der Verteidigung Brüssels betraut, wo Wellington sein Hauptquartier hatte.

Sir Arthur Wellesley, 1. Duke of Wellington, war natürlich der prominenteste unter den Ballgästen, aber auch der

Schwarze Herzog zeigte sich, der nun offiziell den Titel eines Herzogs von Braunschweig-Wolfenbüttel trug, Prinz Wilhelm von Oranien und General Thomas Picton, einer von Wellingtons fähigsten Divisionskommandeuren, erschienen, dazu Vertreter der Brüsseler Aristokratie.

Es wurde ein Ball von außerordentlicher Pracht – bis mehrere staubbedeckte Boten kamen und Eildepeschen brachten:

Der Feind hatte die Sambre überquert, und es waren bereits erste Scharmützel im Gange.

Ein Tag, zwei Schlachten

Quatre-Bras und Ligny, 16. Juni 1815

Napoleons Befehlsausgabe war äußerst knapp gehalten: »Ney marschiert nach Norden auf die wichtige Wegkreuzung Quatre-Bras und schlägt dort Wellington. Ich selbst ziehe weiter östlich gegen Blücher. Vandamme und Gérard greifen die Preußen schon einmal frontal auf ihrer Verteidigungslinie an. Dann gebe ich ihnen selbst mit Grouchy und den Alten Garden den Rest.«

Es lief nicht ganz so wie geplant.

Auch nicht für die Alliierten. Am Morgen hatte Wellington Blücher noch das Versprechen gegeben, ihm im Fall eines Angriffs durch Napoleon zu Hilfe zu kommen.

Doch bald darauf geriet er selbst in Not, mit seinen Truppen die Wegkreuzung von Quatre-Bras gegen Neys Angriffe zu halten, damit die Verbindung zwischen ihm und Blücher nicht getrennt wurde.

Es gab ein Patt bis zum frühen Nachmittag, als die braunschweigischen Truppen zur Verstärkung aufmarschierten. Dann ließ Ney einen massiven Kavallerieangriff reiten, und hierbei wurde der Schwarze Herzog durch die Kugel eines französischen Kürassiers schwer verwundet. Unter feindlichem Feuer wurde der Sterbende hinter die eigenen Linien gebracht, doch es gab keine Rettung mehr. Lunge und Leber waren durchschossen. Der Stabsarzt konnte Herzog Friedrich Wilhelm von Braunschweig, der erst vor wenigen Monaten sein Erbe angetreten hatte und am Abend zuvor noch auf dem Ball der Herzogin von Richmond gewesen war, nur die letzten Augenblicke etwas erleichtern.

Eine Nachricht, die die braunschweigischen Verbände schwer erschütterte.

Die Ankunft der Hannoverschen Brigade unter General Friedrich von Kielmannsegg und der britischen Brigade Halkett gegen vier Uhr nachmittags brachte Entlastung. Doch durch falsche Befehle des Prinzen von Oranien konnten Neys Kürassiere eine Bresche in Wellingtons Linie schlagen.

Bei Einbruch der Dunkelheit erhielt Ney Order, sich zu Napoleon nach Ligny durchzuschlagen. Da befahl Wellington noch einen Gegenangriff, nun verstärkt durch die King's German Legion, dabei auch Victor Zeidler.

Die Briten behaupteten das Schlachtfeld, doch sie hatten fünftausend Mann Verluste; auch General Sir Thomas Picton war schwer verwundet worden, der Kommandeur der 5. britisch-deutschen Division.

Und sie konnten den Preußen nicht zu Hilfe kommen, die an diesem Tag bei Ligny eine schwere Niederlage erlitten.

»Sieg, Sieg!«, jubelten Napoleons Garden. Ihr Kaiser hatte es Blücher wieder einmal gezeigt. In diesem kleinen Dorf namens Ligny verloren die Preußen an einem Tag vierzehntausend Mann an Toten und Verwundeten!

Es wurde gnadenlos gekämpft, bei sengender Hitze und mit mörderischer Wut. An manchen Stellen lagen die Toten in zwei oder drei Schichten übereinander. Zu Napoleons besonderen Triumphen zählte, dass man ihm den verwundeten Major von Lützow als Gefangenen brachte.

Nur gehörte der jetzt zu den regulären Truppen, nicht mehr zu den schwarzen Briganten, so dass er ihn nicht gleich erschießen lassen konnte.

Napoleon hatte gesiegt, obwohl Ney nicht gekommen war. Weshalb nicht, das würde noch zu klären sein.

Dennoch: Das Ziel war erreicht, Preußen und Briten waren getrennt und konnten sich nicht gegenseitig unterstützen.

Sein Triumphgefühl wäre noch stärker, wüsste er, dass heute beinahe sogar Blücher sein Gefangener geworden wäre.

Der Feldmarschall wollte selbst noch einmal einen Angriff mitreiten und wurde bei einem Sturz unter seinem Pferd begraben, direkt vor einer Gruppe französischer Kürassiere.

Doch sein Adjutant von Nostitz – jener, der beim ersten Auflauf in Lüttich die mahnende Ansprache gehalten hatte – verdeckte ihn geistesgegenwärtig, bis genug Männer heran waren, die den Verletzten in Sicherheit brachten.

Nun lag das Kommando bei Gneisenau. Gegen acht Uhr abends meldete ihm Generalmajor von Krafft, Ligny sei nicht zu halten. Als eine halbe Stunde später auch noch die Alte Garde durchbrach, gab Gneisenau den Rückzugsbefehl – aber nicht rheinwärts, sondern nach Norden, zuerst nach Tilly zum Sammeln, dann nach Wavre. Das ließ die Möglichkeit offen, doch noch zu Wellington zu stoßen.

Napoleon ließ sie nicht verfolgen, sondern seine Truppen ihren Sieg feiern.

Er hielt Blüchers Armee für zerschlagen. Und als Nächstes würde er Wellingtons Armee vernichten.

Soldatenvermächtnis

Bei Tilly in der Nacht zum 17. Juni 1815

Völlig erschöpft, blutbespritzt, noch halb taub vom Lärm der Geschütze und vor Augen die Bilder ihrer sterbenden Kameraden, durften Felix und seine Eskadron bis drei Uhr nachts bei Tilly rasten. Dann war für alle Abmarsch Richtung Norden befohlen.

»Ich habe hier Boltes Letzten Willen«, sagte Premierleutnant Meyer in die Runde. »Da ich genannt bin, würde es bitte jemand anders vorlesen?«

Er trat zu Felix Zeidler und reichte ihm die Seiten.

Weil der erst einmal aus düsteren Gedanken auftauchen musste, fügte Meyer hinzu: »Sein Bruder ist bei der Erstürmung von Paris gefallen. Freiwilliger Jäger im Gardefüsilierbataillon, später Bataillonsadjutant beim jungen Blücher. Heinrich Bolte. Am nächsten Tag sollte er das Eiserne Kreuz erhalten für seinen Mut in Laon. An der Mauer vor Paris, an der er fiel, liegt er zusammen mit achtundneunzig Kameraden begraben.«

»Und jetzt begraben wir Ludwig. Nun lies schon, jeden Moment kann der Befehl zum Aufsitzen kommen«, drängte sein Freund Leutnant Birnbaum.

Felix putzte seine Brille und setzte sie wieder auf, dann nahm er das Blatt, trat ans Biwakfeuer und las vor:

Mein Letzter Wille

Im Fall ich bleibe, so ersuche ich meine Herren Kameraden um folgenden letzten Liebesdienst:
Ich wünsche, dass von allen meinen Sachen nichts öffentlich verkauft werde, und glaube, dies auch verlangen zu können, da ich beim Korps wissentlich keine Schulden

habe. Mein Vater wird alle an ihn meinetwegen eingehen-
den Forderungen sogleich tilgen. Meinen Säbel, Uniform
und Schärpe, Tagebücher und Wäsche erhält mein Vater.
Meine übrigen Sachen mögen sich meine Freunde brüder-
lich teilen. Den Leutnant Meyer bitte ich, als Andenken an
seinen wahrhaften Freund, meine Uhr an sich zu nehmen
und den Verteiler der anderen Kleinigkeiten zu machen.
Ebenso bitte ich ihn, die Papiere, Briefe usw. aus meiner
Brieftasche zu tilgen. Um die Besorgung der einliegenden
Briefe und meiner Tagebücher ersuche ich dringend. Im
Fall Meyer nicht imstande sein sollte, meinen letzten
Wunsch zu erfüllen, ersuche ich den Hauptmann von
Rathenow oder den Leutnant Birnbaum darum.
An meiner Uhr hängen zwei Ringe, die ich in die Hände
meiner Braut zurückwünsche.

An der Stelle stockte Felix. Weil er sich vorstellte, wie dieses
unbekannte Mädchen angesichts der Todesnachricht reagieren würde und weil er dabei Henriette vor Augen hatte.
Er räusperte sich und las weiter:

Meine beiden schlechten Pferde und Sattelzeug erhalten
Meyer und Birnbaum, welche die letzten Nachrichten von
mir meinen Eltern mitteilen werden.
Sollte sich irgendetwas finden, was meiner Willensmeinung
bedürfte, so hat Meyer das Recht, darüber zu verfügen.
Meine rückständigen Traktaten erhält mein Vater zur
Tilgung meiner Schulden. Meine beiden Burschen erhalten
aber jeder 10 Reichstaler Courant davon.

Geschrieben bei Ligny, den 15. Juni 1815, nachts 12 Uhr
August Ludwig Heinrich Bolte

Meyer öffnete Boltes Mantelsack und begann zu sortieren: Die Briefe und Papiere, die verbrannt werden sollten, warf er ins Feuer, die anderen legte er beiseite. Darauf ganz vorsichtig die Ringe.

»Hätte er lieber die beiden schlechten Gäule behalten, als Birnbaum und mir aufzutragen, dafür seinen Eltern und dem armen Mädchen diese Nachricht zu überbringen«, sagte er niedergeschlagen. Sie hatten an diesem Tag viele Leute verloren.

Die Taschenuhr war kaputt; das Glas zersplittert, das Gehäuse von der Kugel verbeult. Der Leutnant steckte sie trotzdem ein.

Tabakdose, eine Pfeife und allerlei Kleinigkeiten verteilte er. Felix drückte er Papier und Tinte in die Hand. »Hier, Sie schreiben doch so viel! Bolte hat Tagebuch geführt – vielleicht setzen Sie das an seiner Stelle fort?«

Dann nahm er den Stapel beschriebener Blätter, auf den er die Briefe an die Eltern und die beiden Ringe gelegt hatte.

»Wo um alles in der Welt kann ich das sicher aufbewahren, damit es die morgige Schlacht übersteht?«

Niemand antwortete. Heute wäre ihre Armee beinahe vernichtet worden. Und die Engländer waren nicht gekommen, trotz ihres Versprechens. Das konnte nur heißen, dass sie selbst in Schwierigkeiten steckten.

Also hing nun alles davon ab, dass sie ihre Heere vereinigen konnten – vor der großen, letzten Schlacht.

Ob Victor noch lebt?, überlegte Felix. Sechs Jahre habe ich fest daran geglaubt, dass er zurückkommt. Und jetzt ist er nur ein paar Kilometer von hier entfernt. Tot oder lebendig?

Am 17. Juni ruhten die Waffen.
Am 17. Juni ruhte Napoleon.
Er ließ seine Männer den Sieg feiern und glaubte, die Preußen bei Ligny vernichtend geschlagen zu haben.

Deren letzte Reste konnten seine Soldaten auch am Nachmittag noch einholen und zerschlagen. Das sollte Grouchy mit seinem Korps erledigen, das waren immerhin siebenunddreißigtausend Mann. Den schickte er mittags Richtung Namur.

Und als Nächstes würde er sich in aller Ruhe Wellington zuwenden. Morgen. Wenn Grouchys Korps als Verstärkung zurück war.

Die Preußen marschierten an diesem 17. Juni nach Norden – unbehelligt. Die Gegner vermuteten ja, sie würden sich Richtung Rhein zurückziehen.

Gegen Mittag fing es an, in Strömen zu gießen – so dicht, dass sie kaum noch etwas sahen.

Am Abend trafen alle vier Korps in Wavre ein.

Wellington hatte Blücher angeboten, in Quatre-Bras zu bleiben und erneut eine Schlacht anzunehmen, wenn die Preußen wieder vorrücken könnten. Sonst würde er sich zurückziehen und warten, bis er sich mit Blüchers Armee vereinigen könne. Doch dann entschieden sie anders. Blücher wollte Revanche, mit allen vier Korps *und* den Briten.

Also befahl Wellington, dass Lord Uxbridges Kavallerie zur Täuschung der Gegner in Quatre-Bras bleiben solle, und zog mit seiner Armee ebenfalls Richtung Norden, um dort auf Blücher zu warten.

Seine Truppen nahmen Stellung zwischen dem Städtchen Braine l'Alleud und dem Gehöft Papelotte. Sein Quartier richtete er vier Kilometer weiter nördlich in einem winzigen Dorf namens Waterloo ein.

Thielmann blieb mit seinem Korps in Wavre – mit dem Auftrag, alles nach Osten zu verriegeln, damit Grouchy nicht zu Napoleon durchkam.

Der nun preußische General war sich vollkommen dessen bewusst, was er auf sich nahm: einen fast doppelt überlegenen

Gegner um jeden Preis aufzuhalten. Es würde viel Blut kosten. Aber sie konnten noch mehr Opfer verhindern, vielleicht sogar eine Niederlage, wenn sie die Stellung hielten. Das starke Korps Grouchy konnte diese Schlacht entscheiden – und sie mussten es aufhalten, um jeden Preis.

Thielmanns Kavallerie waren auch diejenigen einst sächsischen Husarenregimenter zugeteilt, die nun preußisch geworden waren. Er ritt zu ihnen, gemeinsam mit seinem Stabschef Carl von Clausewitz, und suchte in ihren Gesichtern. Die Nachrichten aus Lüttich hatten ihn tief getroffen. Aber das durfte heute und hier keine Rolle spielen, bei keinem.

»Vieles hängt in den nächsten Stunden von unserem Mut, von unserer Entschlossenheit ab«, rief er ihnen zu. »Ich kenne die meisten von Ihnen, und Sie kennen mich. Wir verteidigen hier die Ehre Europas, die Ehre Preußens. Aber Sie verteidigen auch die Ehre Sachsens. Wenn wir es schaffen, das Korps Grouchy aufzuhalten, wird das unser Vermächtnis.«

Waterloo

La Haye Sainte und Wavre, 18. und 19. Juni 1815

Jn dieser Schlacht lief nichts so für Napoleon, wie er es gewohnt war.

»Der Boden ist noch zu nass für die Geschütze, und die Kugeln fallen einfach in den Schlamm, statt weiterzuspringen«, erklärte ihm Drouot am Morgen in ihrem Hauptquartier, einem Gehöft namens *Le Caillou*. Als ob er das nicht selbst wüsste!

Und dann hatte Wellington seine Truppen auf einem langgestreckten Höhenzug aufgestellt und sämtliche Gehöfte davor besetzt. Jedes Kind wusste, dass man nicht gegen einen Hügel stürmte, sofern man nicht riesige Verluste in Kauf zu nehmen bereit war.

Wo steckte Grouchy? Wie lange brauchte der denn, um mit den letzten paar Preußen fertig zu werden?

Am Mittag hatte Napoleon das Warten satt und befahl den Angriff – gegen den Hügel, gegen die starke Defensivstellung der Briten, Deutschen und Holländer unter Wellingtons Kommando.

Gegen alle Wahrscheinlichkeit zu siegen.

Doch die Artillerie unter Drouots Befehl, massive Kavallerieangriffe und seine Alten Garden schafften das Unglaubliche: Sie brachten Wellington so sehr in Bedrängnis, dass der einen Eilboten nach Gent schickte: Ludwig XVIII. solle aus Sicherheitsgründen seine sofortige Abreise vorbereiten.

Wo bleibt Blücher?, dachte Wellington.

Wo bleibt Grouchy?, fragte sich Napoleon.

Er hatte keine Ahnung, dass der mit seinen dringend erwarteten siebenunddreißigtausend Mann in Wavre im erbitterten Kampf mit Thielmanns Korps steckte. Ein Kampf, der noch bis in den nächsten Tag hineinreichen sollte und die Preußen fast fünftausend Mann Verlust kostete. Wieder und wieder wehrten sie die Angriffe auf die Brücken von Wavre ab, die Kavallerieattacken auf breiter Frontlinie bis in die Nachbarorte. Doch sie hielten stand.

Ebenso wie die vierhundert Deutschen der King's German Legion, die unter dem Kommando Major Barings den Meierhof La Haye Sainte verteidigen mussten, im Zentrum vor Wellingtons Höhenzug. Ein Uhr mittags hatte schwere Artillerie den Angriff auf sie eröffnet, dann rückten ganze Kolonnen gegen das notdürftig verschanzte Gehöft vor. General Pictons Division und britische Scharfschützen kamen Baring zu Hilfe. Die Kielmannseggsche Brigade bildete Karrees gegen die anstürmenden Kürassiere. Gegen drei Uhr befahl

Marschall Ney den Angriff von achttausend Reitern, um zwischen La Haye Sainte und Hougoumont durchzubrechen.

»Gott steh uns bei!«, dachte Victor Zeidler, als er die Unmengen an Kavallerie auf das Gehöft zudonnern sah. Ich hätte so gern noch einmal meinen kleinen Bruder gesehen! Kaum zu glauben, dass er jetzt Husar ist und hier ganz in der Nähe herumschwirrt. Sofern er diesen Tag überlebt hat.

Nur zwei Meter neben ihm lag der durch einen Kopfschuss getötete General Picton, der Hof war übersät mit Leichen.

Doch die Verteidiger gaben nicht auf und luden ihre Gewehre erneut, bis die letzte Kugel verschossen war.

Der massive Reiterangriff scheiterte. Kurz darauf befahl Ney einen neuen und stürmte das Gehöft. Die zweiundvierzig noch Lebenden – unter ihnen Major Baring und auch Victor Zeidler – durften sich zurückziehen.

Wellingtons Armee war inzwischen um die Hälfte reduziert.

Doch auch Napoleon musste an diesem Tag zusehen, wie der größte Teil seiner Armee abgeschlachtet wurde.

Bis er auf nahende Truppen aufmerksam gemacht wurde.

Grouchy!, dachte er unendlich erleichtert.

Es war nicht Grouchy. Es war Blücher.

Unter dem Schutz seiner Alten Garde trat Napoleon nach erbittertem Kampf zur Abwehr der Preußen den Rückzug an. Und für diejenigen, die sahen, dass die Alten Garden wichen, brach eine Welt zusammen.

Als einer der Letzten verließ Dr. Larrey das Schlachtfeld, von den Alten Garden gedrängt und geleitet. Er wusste, wohin er auch kam, warteten die Verwundeten auf ihn.

Der verwundete General Cambronne ließ die verbliebenen Kämpfer in Karrees aufstellen. Und im letzten Karree, das sich weigerte, sich zu ergeben, fiel durch eine englische Kugel der Major Guillaume de Trousteau.

Das Ende

Zunächst glaubte noch alle Welt, Waterloo – oder Belle-Alliance, wie die Preußen es nannten – sei das Ende: Napoleon vernichtend geschlagen in seiner letzten großen Schlacht, fünfundzwanzigtausend französische Tote und Verwundete und siebentausend Gefangene, um den Preis von zweiundzwanzigtausend toten oder verwundeten Deutschen, Briten und Holländern. Sogar die gefürchteten Garden waren gewichen – die Garden, die sich nie ergaben!

Doch die Garden hatten sich zurückgezogen, um ihren Kaiser vom Schlachtfeld in Sicherheit zu bringen.

Napoleon überließ die Überreste seiner Armee Marschall Soult und zog nach Paris, wo man seinen Tod schon vorzeitig gefeiert hatte. Dort traf er am Morgen des 21. Juni ein, drei Tage nach seiner Niederlage.

Davout war entsetzt, als er Einzelheiten hörte. Wäre er nur mitgeritten!

»Sire, ich kann hier noch Truppen zusammenziehen, noch ist nichts verloren!«, beschwor er den Geschlagenen. Und als der nicht reagierte, drängte er: »Jagen Sie das Parlament davon, regieren Sie allein!«

Doch Davout sah es an Napoleons Augen: Der Kaiser hatte aufgegeben. Sich aufgegeben.

Napoleon nahm ein Bad, etwas Bedenkzeit und rief seine Minister zusammen. Ein schwerer Schlag, aber nicht das Ende, versicherte er ihnen. Das hatte er schon immer gekonnt, sich seine Niederlagen schönreden, auch vor sich selbst.

Maret riet, mit dem Parlament zu verhandeln, Carnot beschwor den revolutionären Krieg des Volkes, andere plädierten für eine Diktatur.

Nur Polizeiminister Fouché schwieg. Das zeigte Napoleon,

dass dieser längst an einem Plan schmiedete, ihn loszuwerden, ihn zur erneuten und diesmal endgültigen Abdankung zu zwingen.

Natürlich hatte Fouché einen solchen Plan.

Er rief das Abgeordnetenhaus zusammen, nachdem er kräftig Gerüchte gestreut hatte, Napoleon plane einen weiteren Putsch und die Alleinherrschaft.

Das hatte Davout ja auch vorgeschlagen.

Im Abgeordnetenhaus sorgte eine der lebenden Legenden Frankreichs für das Ende der Ära Napoleon: Gilbert Marquis de La Fayette, Sohn und Führer zweier Revolutionen.

Als die britischen Kolonien 1777 ihre Unabhängigkeit erklärten, begeisterte sich der kaum zwanzigjährige, aber kampferfahrene junge Adlige so für die Ideale der amerikanischen Revolution, dass er mit selbstangeworbenen Freiwilligen über den Atlantik segelte und in die Kontinentalarmee General Washingtons eintrat. General La Fayette kämpfte an der Seite George Washingtons. Zu Beginn der Französischen Revolution war er einer ihrer Führer und legte der Nationalversammlung eine Menschenrechtserklärung vor, die er nach amerikanischem Vorbild ausgearbeitet hatte – zusammen mit Thomas Jefferson, damals Botschafter in Paris, zwischen 1801 und 1809 dritter Präsident der Vereinigten Staaten von Amerika.

Doch nach dem Tuileriensturm und der Verhaftung des Königs, mit der aufziehenden Blutherrschaft wurde La Fayette zum Verräter erklärt und verfolgt, in Österreich gefangen genommen und eingesperrt.

Napoleon bewirkte nach fünf Jahren Haft die Freilassung; La Fayette zog sich ins Privatleben zurück – bis zu Napoleons Verbannung. Jetzt war er Mitglied der neuen Deputiertenkammer, die einen Tag nach Napoleons Rückkehr auf Betreiben Fouchés zusammentrat.

Und hier bewies der nun fast sechzigjährige Sohn zweier Revolutionen, der leidenschaftliche Verfechter von Verfassung und Menschenrechten, dass er nichts von seinem Charisma und vor allem keines seiner Ideale verloren hatte.

Als Führer der Opposition ließ er Napoleon ausrichten: Abdankung oder Absetzung.

Napoleon – ruhelos, aufgebracht wie meistens – zog sich zurück und dankte noch am gleichen Tag ein zweites Mal ab.

Fouché bildete eine Übergangsregierung und schickte La Fayette zu Verhandlungen mit den Alliierten.

Dessen Mission verlief äußerst unglücklich.

Wellington war indigniert darüber, dass ihm die Franzosen den General zu Verhandlungen schickten, der zusammen mit Washington den Briten Amerika abspenstig gemacht hatte.

Und Blücher bestand auf Auslieferung Napoleons, um ihn zu exekutieren. Er bestand auf der Übergabe von Paris, allen Festungen an Mosel, Maas und Sambre, der Rückgabe der Kunstschätze. Er wollte Reparationen – und Rache. Auch für seinen Sohn, von dem er nun wusste, dass er nicht wieder genesen würde. Gerade hatte er von Franz' Selbstmordversuch erfahren.

Die Alliierten erkannten die Übergangsregierung nicht an.

Wellington bestand auf Wiedereinsetzung von Ludwig XVIII., holte ihn ins Land und empfing ihn.

Nun hatte Frankreich zwei Regierungen, die einander bekämpften.

Es war immer noch kein Friede zwischen Frankreich und den Alliierten, es wurde weiter blutig gefochten.

Und Wellington und Blücher konnten sich nicht einigen über das Schicksal Napoleons: Blücher forderte seine Auslieferung tot oder lebendig. Er wollte ihn exekutieren lassen.

Wellington war dagegen, das sei unwürdig.

Am 24. Juni wurde Napoleon nahegelegt, Paris zu verlassen. Von Davout. Der richtete dem Abgedankten aus, er sei im Élysée-Palast nicht mehr willkommen.

Durch den Hinterausgang verschwand der Mann, vor dem einst fast ganz Europa zitterte, zog sich für ein paar Tage nach Malmaison zurück, dachte wehmütig an die Zeit zurück, die er hier mit Joséphine verbracht hatte, und ließ sich überreden, nach Amerika zu segeln.

Es wurde immer noch gekämpft.

Kriegsminister Davout organisierte die Verteidigung von Paris in gewohnter Effizienz. Er hatte noch fünfundsiebzigtausend Mann und die Hauptstadt, dazu dreißigtausend Mann Nationalgarde, aber die wenigsten davon so kampfentschlossen wie die Alten Garden, die vor Paris versuchten zu retten, was noch zu retten war, und keinen Schritt wichen. Sie lieferten den Alliierten überaus blutige Gefechte.

Elf Tage nach Waterloo, am 29. Juni, erhielt der Major von Colomb den Befehl, mit seinem Husarenregiment und zwei Bataillonen Infanterie nach Malmaison zu ziehen. Aber das hatte Napoleon tags zuvor verlassen, erfuhr er, rückte stattdessen nach Saint Germain und nahm es ein.

Thielmann und seine Reservekavallerie waren schon bis auf dreißig Kilometer an Paris heran.

Am 30. Juni sollten die Generäle von Bülow und von Zieten die Verschanzungen zwischen Pantin und La Villette angreifen, Thielmann ihnen folgen.

An den Oberstleutnant von Sohr und seine Brandenburgischen Husaren erging an diesem Tag Befehl, Richtung Saint Germain vorzudringen, dort die Seine zu überschreiten und auf der Straße von Paris nach Orléans die Verbindung zwischen der Hauptstadt und dem Landesinneren zu unterbrechen. Das gelang, hier trafen Sohr und Colomb auch noch einmal zusammen.

Am nächsten Morgen brachen Sohrs Husaren, unter ihnen

Felix Zeidler und Heinrich von Yorck, der Sohn des Generals Ludwig von Yorck, Richtung Versailles auf. Die Nationalgarde leistete keinen Widerstand, öffnete bereitwillig die Tore, und die von langen Ritten und der Sommerhitze völlig erschöpften Männer und Pferde rasteten.

Am Nachmittag meldete Sohrs Avantgarde starke feindliche Verbände im Anmarsch.

»Rückzug!«, rief der Oberstleutnant von Sohr, als er sah, dass seine Eskadrons dem Gegner um ein Vielfaches unterlegen waren. Er wollte sich zu Thielmann und Colomb durchschlagen.

Doch bald war der letzte Ausweg durch die Nationalgarde versperrt. Und nun gerieten sie ins Feuer von allen Seiten.

Felix Zeidler sah, dass Sohr durch einen Schuss schwer verwundet wurde und über seinem Pferd zusammensank. Heinrich von Yorck wurde von mehreren Kugeln getroffen, links und rechts von ihm fielen Kameraden tot oder verwundet. Nie gefühlter Zorn stieg in ihm auf.

»Alles hab ich überlebt, von Kitzen an, Möckern, das ganze Gemetzel durch Frankreich voriges Jahr und die Schlächterei bei Ligny und Belle-Alliance! Und jetzt soll ich hier draufgehen, am letzten Tag? Dann nehme ich wenigstens noch einen mit in den Tod!«, dachte er. »Für Richard, für Sohr und für den jungen Yorck.«

Er hob sein Gewehr und richtete es auf einen hochgewachsenen Lieutenant de vaisseau der Marinegarde, mit dunkler Uniform und breiten goldenen Litzen.

Der stand nur zwanzig Schritt von ihm entfernt, sie konnten einander in die Augen sehen. Und als Offizier hatte der andere kein Gewehr, nur einen Degen.

»Merde!«, dachte Lucien Junot. »Am letzten Tag. Und wozu? Juliette, Gott schütze dich und die Kinder …«

Doch dann sah er zu seiner endlosen Verblüffung, dass dieser preußische Husar, der eine verstümmelte Hand hatte, sein Gewehr senkte, ohne ihn aus den Augen zu lassen.

Ich kann nicht jemanden erschießen, dem ich in die Pupillen sehe und der keine Waffe auf mich richtet, dachte Felix in einem Anflug von Entsetzen. Der ist noch jung, bestimmt hat er Frau und kleine Kinder.

Lucien Junot hätte der Linie den Befehl zum Feuern geben können. Zwei Drittel der preußischen Husaren waren bereits tot oder in Gefangenschaft, ihr Kommandeur hing schwer verletzt über dem Leib seines Pferdes.

Sollten sie die Übrigen jetzt einfach abschlachten?

Genug!, dachte er, genug Blut ist geflossen.

Er schrie: »Feuer einstellen!«, ging auf Felix zu, der sein Gewehr nun ganz senkte und sich auf Gefangennahme oder Schlimmeres gefasst machte.

Doch der Marinegardist zog nicht etwa seinen Degen, sondern zerrte sich das weiße Seidentuch vom Hals, das er unter dem Kragen trug. Er drückte es Felix Zeidler als improvisierte Parlamentärsflagge in die Hand und schrie ihn an: »Lauf! Hau ab! Sag deinen Leuten Bescheid, dass sie umgehend mit uns über den Austausch der Gefangenen und der Verwundeten verhandeln!«

Felix starrte ihn einen Augenblick an, dann nickte er.

Ein Leben für ein Leben.

Er schwenkte das Tuch und ritt los ins Hauptquartier nach Saint Germain.

Blücher wollte die Nachricht erst gar nicht glauben: Das Brandenburgische und das Pommersche Husarenregiment fast aufgerieben, Sohr schwer verwundet und in Gefangenschaft, der junge York tödlich verletzt.

Ich habe das Sterben um mich herum so satt!, dachte er.

Davout hatte sein Hauptquartier nach La Villette verlegt und hielt dort in der Nacht vom 1. zum 2. Juli Kriegsrat. Die Gegner waren schon in Saint Germain, bedrohten Paris von der ungeschützten Seite – die Stadt war nicht mehr zu halten. Vier Uhr morgens am 3. Juli bot er Kapitulationsverhandlungen an und schloss noch am gleichen Tag eine Übereinkunft mit Blücher und Wellington.

An ebendiesem Tag erreichte Napoleon den Marinehafen von Rochefort am Atlantik, um nach Amerika überzusetzen. Was er wohl für Pläne hatte? Doch falls er welche für ein Leben in Amerika hatte – sie waren allesamt hinfällig.
Fouché hatte ihn wieder einmal hinters Licht geführt. Keine Geleitbriefe erwarteten ihn, sondern ein Hafen, der durch englische Kriegsschiffe blockiert war.
Als Gefangener der Engländer wurde Napoleon nun doch nach St. Helena gebracht, ein ödes Eiland weit im Atlantik, gegen das sich Elba paradiesisch ausnahm. Wie es Talleyrand und Metternich immer gewollt hatten. Talleyrand und Fouché waren sich schnell einig geworden.

Am 7. Juli zogen die Alliierten in Paris ein, am 8. Juli der zurückgekehrte Bourbonenkönig Ludwig.
Marschall Louis-Nicolas Davout trat von seinem Posten als Kriegsminister zurück, führte die Armee vertragsgemäß hinter die Loire und unterstellte sie dem nun wieder als König eingesetzten Ludwig.
Alexandre Macdonald wurde neuer Kriegsminister.
Nun holten die Royalisten zur Rache gegen Napoleons Getreue aus. Gegen einstige Marschälle und Offiziere wurden Gerichtsverfahren eingeleitet. Davouts Angebot, sämtliche Verantwortung zu übernehmen, wurde abgelehnt, er selbst bei Verlust aller Titel und Bezüge unter Hausarrest gestellt.
Militärgerichte verurteilten die Marschälle Murat, Ney und Brune wegen Hochverrats zum Tode.

Lucien Junot diente nun Ludwig XVIII. als Offizier der Marinegarde, unter dem Befehl von Marschall Macdonald, dessen Mut und Ehrgefühl er achtete.

Nie in seinem Leben würde er den Moment vergessen, als ein junger preußischer Husar mit einer verstümmelten Hand den Gewehrlauf so präzise auf seine Brust richtete, dass er mit seinem Leben abschloss. Doch dann sah ihm der junge Deutsche in die Augen und senkte das Gewehr – um den Preis, womöglich selbst zu sterben. Damit das endlose Töten ein Ende fand.

Was bleibt?

Berlin, 11. August 1815

»Nun haben wir Frieden, der hoffentlich lang halten möge. Doch was haben wir sonst?«, fragte Wilhelm Trepte nachdenklich in die kleine Runde in seinem Salon.

Die Gerlachs und Jettes Bruder Franz waren nach Berlin gekommen, um den ersten Geburtstag des kleinen Max zu feiern und gemeinsam mit Henriette zu Maximilians Grab zu gehen, an seinem ersten Todestag.

Konstantin führte unterdessen in Freiberg die Druckerei weiter, Eduard war zur Ausbildung in Erfurt, wo bald eine Hochzeit anstand: Magdalena Keyser heiratete den preußischen Hauptmann Ferdinand von Griesheim.

Da nach dem opulenten Mittagessen nun ein ernsthaftes politisches Gespräch in der Luft lag, hatten Johanna und Carlotta einmütig erklärt, sie wollten das schöne Sommerwetter nutzen und mit dem kleinen Max ein wenig spazieren gehen. Franz begleitete sie gezwungenermaßen.

So saßen nun Wilhelm Trepte, Friedrich Gerlach und Henriette in der Bibliothek. Sie hatte Fragen, Zweifel, vage Hoffnungen und suchte dringend Antworten.

Das alles, dieses unvorstellbare Blutbad, die vielen Leiden, auch Maximilians Tod, musste doch einen Sinn gehabt haben? Vor diesen beiden klugen Männern konnte Henriette all ihre Zweifel aussprechen.

»Wir haben Frieden. Und wir haben halb Sachsen, das eigentlich niemand wollte außer dem König«, konstatierte Wilhelm Trepte. »Und *Sie* haben Ihren König wieder.«

»Der nun gefeiert wird über alle Maßen!«, berichtete Friedrich Gerlach ungewohnt verbittert. »Die Festlichkeiten zu seiner Rückkehr nahmen Ausmaße an … Er wird verehrt wie ein Heiliger. Und bei allem Respekt, den man seinem König schuldet – das hat er nicht verdient! Ohne sein Zögern und Harren wäre Sachsen nicht Kriegsbeute geworden.«

»Ich habe dich noch nie so etwas sagen hören!«, wandte Henriette erstaunt ein.

»Du hättest es erleben müssen. Und diese heuchlerische, verlogene Kampagne um die sieben exekutierten Grenadiere.«

»Aber du hast doch selbst eine Druckschrift dazu veröffentlicht!«, wunderte sich Henriette immer mehr.

»Du hast es erkannt?« Ein kurzes Lächeln zog über Friedrich Gerlachs Gesicht.

»Ja, und ich wundere mich sehr, dass du so etwas in solch hoher Auflage illegal herausgibst und damit deine Existenz riskierst. Noch dazu für ein dermaßen fragwürdiges Zeugnis. Bei den eigentlichen Tumulten war der Verfasser nicht dabei. Und auch über die Exekution berichtet er nur vom Hörensagen.«

»Man merkt, dass du jetzt bei einem Juristen wohnst«, kommentierte Friedrich Gerlach.

»Was dort über diesen Tambour steht – kommt euch das nicht

bekannt vor?«, beharrte Henriette. »Es sind fast die letzten Worte Albert von Wedells, eines der elf exekutierten Schillschen Offiziere. Oheim, ich mag wohl glauben, dass ein tapferer oder zorniger Mann im Angesicht des Todes seinen König hochleben lässt. Aber die Ähnlichkeit ist zu auffällig: Könnt ihr nicht mal einen Sachsen erschießen! Da werden Mythen gewoben und das Andenken Wedells entehrt.«

»Diese Druckschrift ... man ist von höherer Stelle deshalb an mich herangetreten«, gestand Gerlach. »Und natürlich wollte ich nicht, dass die Sache totgeschwiegen wird. Denk nicht, ich habe Kapital daraus geschlagen. Alle Einnahmen spendete ich den Hinterbliebenen. Doch so tragisch der Tod dieser sieben ist – sie sind keine Helden, denen man Lieder dichten sollte, wie es jetzt geschieht. Sondern die ahnungslosen Opfer einer politischen Intrige.«

»Ahnungslos?«, widersprach Trepte mit hochgezogenen Augenbrauen. »Sie waren betrunken und haben im Kriegszustand gegen ihren Heerführer revoltiert!«

»Sie ließen sich missbrauchen. Wenn Könige sich streiten, zahlen immer die kleinen Leute die Zeche, und meistens mit Blut«, antwortete Gerlach finster.

»Diese ganz unglückliche Teilung – wie viele Lügen mögen vorausgegangen sein, wie viele Lügen werden daraus noch erwachsen?«, fragte Henriette.

»All unsere Hoffnungen auf Fortschritt können wir begraben. Wir kehren zurück ins 18. Jahrhundert, zu Zopf und Krinoline«, antwortete ihr Oheim. »Zumal auch fast die letzten klügsten Köpfe das Land verlassen haben. Ich hörte, die Körners wohnen nun direkt in Ihrer Nachbarschaft?«

»Ja, im Haus von Monsieur Parthey, über der Nicolaischen Verlagsbuchhandlung.«

»Ich sollte meinem geschätzten Kollegen einmal einen Besuch abstatten.«

»Nicht nur die Sachsen können ihre Hoffnungen auf Fortschritt und Reformen begraben«, resümierte Wilhelm Trepte. »Es gibt kein geeintes Deutschland, sondern nur einen Deutschen Bund faktisch ohne Vollmacht. Jeder Fürst regiert nun wieder nach eigenem Gutdünken. Keine Ständeverfassung, nichts von all den Versprechungen ... Selbst Ihre Buchhändlerdeputation wurde nur mit ein paar Versprechungen abgespeist – einer vagen Formulierung in der Schlussakte des Kongresses, juristisch ohne Wert und noch lange keine Handhabe gegen den Büchernachdruck. Und glaubten Sie wirklich, Pressefreiheit durchsetzen zu können?«

»Aber was hat es dann gebracht, all die vielen Opfer?«, rief Jette.

»Frieden. Das Ende der Franzosenherrschaft. Die Neuverteilung Europas«, zählte Trepte auf.

»Die Enttäuschung unter den Patrioten ist maßlos«, sagte Gerlach grimmig.

»Bis zu Stein, Arndt und Gneisenau«, bestätigte Trepte.

»Dann sind alle belogen worden, die für ein geeintes, fortschrittliches Deutschland kämpften, für die Freiheit«, schlussfolgerte Henriette.

»Du musst bald sehr auf deine Worte aufpassen«, riet ihr Schwiegervater. »Wir alle müssen es, die patriotisch denken. Oder dachten, denn das ist jetzt nicht mehr erwünscht. Ich weiß aus sicherer Quelle, dass der Begriff ›Freiheitskrieg‹ bald strikt verboten wird; geredet werden darf nur noch von Befreiungskriegen. Versteht ihr: Es ging niemals um Freiheit. Dieser Krieg wird als Befreiungskrieg gegen die französische Vorherrschaft deklariert.«

»Ja, von wem wurde Sachsen befreit, wenn wir erst eine russische Besatzung bekamen, dann eine preußische und schließlich das halbe Land annektiert wurde?«, höhnte Friedrich Gerlach. »Das klingt für mich eher nach einem Eroberungskrieg, und wir waren die Beute.«

»Es ging immer um Beute, nie um bürgerliche Freiheiten. Es

ging um die Sicherung der Monarchie«, erklärte der Jurist Trepte. »Und deshalb, mein lieber Gerlach, und auch du, Henriette, macht euch auf neue Zeiten gefasst – nur nicht in dem Sinne, wie ihr sie erträumt habt. Überall werden die Kriegsschäden beseitigt, wird wieder aufgebaut von fleißigen Menschen, das ist gut. Aber die erhoffte Gedankenfreiheit wird es nicht geben.«

Er zögerte einen Moment, dann sagte er leiser: »Es werden insgeheim Gesetze vorbereitet über verschärfte Zensur, verstärkte Bespitzelung. Damit nie wieder eine Revolution zum Ausbruch kommt wie in Frankreich – womit alles begann.«

Henriette konnte nicht ahnen, dass nur wenige Meter entfernt gerade eine ähnliche Diskussion stattfand. General von Thielmann und seine Frau besuchten die nun ebenfalls nach Berlin gezogene Familie Körner: Christian Gottfried, seine Frau Minna und ihre Schwester Dora Stock.

Er hatte zunächst Bedenken, seine schwermütige Frau in einen Trauerhaushalt mitzunehmen, doch Wilhelmine widersprach. Minna brauche jetzt Trost.

Der Aufenthalt in Berlin, der Abstand von allen Anfeindungen und Kümmernissen in Dresden, die neue Umgebung taten ihr gut. Und auch die liebevolle Fürsorge der jungen Frau von Clausewitz und die Treffen mit anderen Offiziersgattinnen.

Wilhelmine, Minna und Dora fielen sich schluchzend in die Arme, voller Trauer um die schöne Emma, die den Tod ihres Bruders nicht ertragen konnte.

Dann tauschten sie Erinnerungen aus, Anekdoten, Pläne.

Nach dem Essen saßen sie mit den Männern beisammen und tranken Mokka aus dem mitgebrachten Meißner Porzellan, einer Erinnerung an die verlorene Heimat.

Johann Adolph Thielmann und sein alter Freund Christian Gottfried Körner waren schnell beim Thema. Sie hatten sich lange nicht gesehen, und nun drängten die Worte geradezu heraus, die Enttäuschung.

»Es ist widerwärtig, was gerade in Sachsen stattfindet – die Verherrlichung des Königs in nie gekanntem Maße, die heuchlerische Kampagne um die sieben Toten von Lüttich. Das alles hätte nicht sein müssen!«

»Nein. Es geschah, weil ein König nicht erkannte, dass er um seines Volkes willen handeln musste. Und ein anderer König befahl: Ich will die sächsische Armee *jetzt*. Hätten sie miteinander gesprochen und eine klare Botschaft an Armee und Volk gerichtet, wäre das Unheil nicht geschehen.«

»Was sie nicht hindert, jetzt Ihnen auch noch die Schuld daran zu geben«, warf Minna ein, und Thielmanns Mundwinkel senkte sich bitter herab. Er hatte bis zum Letzten gekämpft in Wavre, hätte bereitwillig sein Leben gegeben – um seine Ehre zu beweisen und die Verleumdungen endlich von sich zu waschen.

»Die Wahrheit wird sich durchsetzen«, behauptete Dora Stock.

»Wann? Wann wird man mich nicht mehr einen Verräter schimpfen? In hundert Jahren? In zweihundert Jahren? Sachsen wird sich wirtschaftlich erholen, aber geistig um Jahrzehnte zurückfallen. Und wenn der König stirbt – Anton, der Thronfolger, hat keinerlei politischen Verstand.«

»Schließen Sie ab mit Sachsen, sonst werden Ihre Wunden nie heilen. Auch wenn ich weiß, dass das eigentlich unmöglich ist. Man kann sich seine Wurzeln nicht ausreißen«, sagte der weise Justizrat Körner.

»War es nicht unser Traum, ein freies, einiges Deutschland als Vaterland zu haben? All unsere Hoffnungen auf Freiheit, Fortschritt, ein geeintes Vaterland und eine Ständeverfassung sind dahin …«

»Eure Hoffnungen sind Phantastereien!«, mischte sich überraschend energisch Wilhelmine ein. »Utopien von einigen wenigen. Die Masse des Volkes ist zufrieden, wenn sie zu essen und ein Dach überm Kopf hat, ab und zu mal ein schönes Fest mit Freibier und eine prächtige Parade.

Und das Letzte, was die Leute wollen, sind irgendwelche Zweifel an ihrem König. Dem sind sie untertan, ohne Entrinnen, und da brauchen sie die Zusicherung, dass er nichts als das Beste seines Volkes im Sinn hat. Der geringste Zweifel daran könnte die gesamte Gesellschaft zutiefst verunsichern. Sie wollen keine Deutschen sein, sondern Sachsen, Württemberger, Bayern! Bis sie reif für eure phantastischen Ideen sind, werden vielleicht noch fünfzig oder gar hundert Jahre vergehen … Lasst uns lieber einen Spaziergang machen.«

Geschrei auf der Straße kündete davon, dass Maximilian mit seinen Großmüttern zurückkam, das war eindeutig seine Stimme. Henriette stürzte zum Fenster und sah, dass ihr Sohn weinte. Mit gerafftem Kleid hastete sie die Treppe hinunter und lief ihm ein paar Schritte entgegen.

Johanna stellte den Kleinen hin und hielt ihn an beiden Händen fest.

»Er ist müde und hat vielleicht auch ein bisschen viel Kuchen in sich hineingestopft«, gestand die Tante.

Henriette ging der Gruppe noch ein paar Schritte entgegen, dann hockte sie sich nieder und streckte ihrem Sohn beide Hände entgegen.

»Mama!«, juchzte er glücklich.

Lockend rief sie nach ihm, er strahlte über das ganze Gesicht. Dann ließ er mit einer Miene konzentrierter Entschlossenheit Johannas Hände los und wankte drei Schritte auf seine Mutter zu. Glücklich angelangt, stolperte er in die Arme seiner Mutter, die ihn fest an sich drückte und dann hochhob.

»Deine ersten Schritte!«, jubelte sie überglücklich, und die Großmütter stimmten einhellig ein.

»Das hast du gut gemacht, mein lieber, tapferer, wunderbarer

Junge«, flüsterte sie ihm ins Ohr und pustete in seinen Nacken, was er sehr liebte und ihn stets zum Kichern brachte.

Dann schlang er seine Ärmchen um ihren Hals und legte seinen Kopf auf ihre Schulter.

Durch die Tür der Buchhandlung kam Monsieur Parthey, der den denkwürdigen Moment knapp verpasst hatte: die ersten Schritte seines Patensohnes.

Natürlich musste Max die großartige neue Fähigkeit noch einmal vorführen, wofür er angemessen gelobt wurde.

Aus Partheys Haus traten Thielmanns und Körners.

Monsieur Parthey begrüßte sie und meinte: »Oh, ich muss Sie unbedingt mit einer bemerkenswerten jungen Dame bekannt machen, einer begabten Literatin. Die übrigens auch aus Sachsen kommt. Ich denke, ich sollte für uns alle in dieser Runde – meinen Patensohn natürlich ausgenommen, solange er noch nicht schreiben kann – einmal eine kleine literarische Gesellschaft geben.«

Wenig später ließ sich Max widerspruchslos ins Bett bringen, wo er augenblicklich einschlief.

Henriette setzte sich in den Sessel und betrachtete zärtlich ihren Sohn. In seinem schwarzen Haar, den dunklen Augen und den sich nun langsam formenden Gesichtszügen konnte sie viel von seinem Vater erkennen.

Sie fühlte sich versucht, noch einmal alle Briefe Maximilians zu lesen. Aber dann würde sie nur weinen. Und sie kannte ohnehin jeden auswendig.

Vielleicht sollte sie sich heute lieber darüber freuen, dass sein Sohn die ersten eigenen Schritte getan hatte.

Nachdem eine ganze Weile vergangen war, stand sie auf und holte einen anderen Brief aus dem Kästchen, den letzten, der von Felix gekommen war.

Wir haben den Sieg errungen.

*Aber glaube mir, Henriette, auch eine gewonnene Schlacht
ist ein schrecklicher Anblick. Du kannst es Dir vielleicht
vorstellen, deshalb erspare ich Dir die Details, um Dich
nicht zu bedrücken.*

*Mein Bruder Victor gehört zu den wenigen Überlebenden
um Major Baring, die das Gehöft La Haye Sainte verteidigten.*

*Es war einer meiner glücklichsten Momente, ihn wieder-
zusehen und in die Arme zu schließen.*

*Der große Sieg bei Belle-Alliance – oder Waterloo, wie die
Briten es nennen – war für uns Husaren jedoch noch lange
nicht das Ende. Wir verfolgten den Usurpator bis vor Paris
und gerieten dort – mit völlig erschöpften Pferden – gegen
eine Übermacht. Der Oberstleutnant wurde schwer verwundet und geriet in Gefangenschaft, etliche Kameraden
auch. Unser Regiment – das eigentlich aus zweien
besteht – ist fast völlig aufgerieben. Ich dachte, nach den
Bergen von Toten in diesen zwei Schlachttagen könnte
mich nichts mehr erschüttern, aber ich habe mich geirrt.
Doch ich bin fest davon überzeugt, der Oberstleutnant
wird wieder genesen. Er hat schon einmal eine sehr
schwere Verwundung überlebt, einen Lungenschuss.*

*Er muss überleben, denn er hat mir ein Ziel für das Leben
nach dem Krieg gegeben.*

*Ich werde nicht als Beamter in die Salinenverwaltung
gehen, obwohl ich als mehrjähriger Freiwilliger in der
preußischen Armee darauf drängen könnte – die sächsischen Salinen sind ja nun allesamt in preußischem Besitz.
Es ist Sohrs Idee, eine Einrichtung für kriegsverletzte und
kriegsgeschädigte Militärpferde aufzubauen, dort die Tiere
zu behandeln, aber gleichzeitig auch die Kavalleristen
in Tiermedizin und dem Umgang mit den Pferden zu
schulen.*

Ich denke, das ist etwas, das meinem Leben wieder Sinn geben wird.
Dann wäre ich auch in Berlin, ganz in Deiner Nähe.
Wir könnten uns gegenseitig Halt geben. Nun muss ich nur noch heil zurückkommen.

Bis dahin und darüber hinaus bleibe ich
Dein treuer Freund Felix

Vermächtnis

Berlin, 12. August 1815

Der nächste Tag war Maximilians erster Todestag.
Henriette hatte die halbe Nacht geweint, von Erinnerungen überwältigt.
Beim Aufstehen kühlte sie sich die geschwollenen Augen und überlegte, Max diesmal in der Obhut des Kindermädchens im Haus zu lassen. Er sollte seine Mutter nicht weinen sehen.
Sie hob ihn aus seinem Bett, und er umklammerte sofort ihre Beine. Dann wiederholte er voller Stolz das Kunststück, zwei Schritte allein zu laufen.
»Kann!«, krähte er stolz. »Max. Mama.« Sein ganzer Wortschatz bislang. »Tis!«
Verwundert fragte sich Jette, was er damit meinte, und lächelte wehmütig, als sie verstand. Er zeigte auf das Buch mit dem Amethyst, dessen farbige Bilder er sehr liebte.

Nach dem Frühstück fuhren die Treptes und die Gerlachs gemeinsam zum Garnisonsfriedhof. Als die kleine Zeremonie der Familie vorüber war, bat Henriette, noch eine Weile allein an Maximilians Grab bleiben zu dürfen.

Johanna nahm Max auf den Arm und sagte: »Sind wir nicht vorhin an einem Kaffeehaus ganz in der Nähe vorbeigefahren? Spazieren wir dorthin und warten auf Jette?«

Als sie allein war, strich Henriette ihr Kleid glatt und setzte sich vor den Grabstein aufs Gras. Niemand war in der Nähe, und so begann sie ihren leisen Monolog.

»Liebster, ich weiß nicht, ob du mich hörst. Nicht da unten in dem finstren Grab, sondern irgendwo, wo du jetzt sein magst. Deshalb rufe ich deinen Namen: Maximilian Trepte, Premierleutnant im 2. Preußischen Garderegiment, Sohn von Wilhelm und Carlotta Trepte, Bruder von Julius und Philipp.

Liebster, du fehlst mir jeden Tag und jede Stunde. Ich kann meine Trauer nicht in Worte fassen, und ich will es auch nicht, um dich nicht zu betrüben.

Aber dein Sohn wächst und gedeiht, und wie sehr wünschte ich mir, du könntest ihn in den Armen halten.

Der Krieg ist vorbei, endgültig, das kann ich dir berichten.

Irgendwann bekam ich ein Kästchen zugestellt mit der Kriegsgedenkmünze für alle, die 1814 kämpften. So wie du schon eine für 1813 bekamst; du schriebst mir damals, dass ihr anfangs noch keine Order hattet, an welchem Knopfloch sie zu befestigen ist.

Du und deine Brüder, ihr habt als Soldaten tapfer viele Entbehrungen erlitten und ohne Zögern euer Leben gegeben – für euer Vaterland, für Fortschritt und Freiheit.

Liebster, euer Opfer ist verraten worden. Zwar ist das Land frei von den Besatzern, und Friede herrscht, aber es wird weder ein geeinigtes Deutschland geben noch eine landesständische Verfassung noch Aufhebung der Zensur.

Weißt du noch? *Sire, geben Sie Gedankenfreiheit!*

Bald wird man das Wort Freiheit nicht einmal mehr aussprechen dürfen. Und euer Kampf um Freiheit darf nicht mehr so genannt werden.

Du bist verraten worden von deinem König.

Und ich sage dir noch eins, Liebster. Sie werden diesen Sieg feiern und bejubeln, Jahr für Jahr, vielleicht hundert Jahre lang. Mit geschwellter Brust und voller Pathos, als Sieg der großen preußischen Helden, als ob nicht auch andere Nationen mitgekämpft hätten. Von den Opfern und Zerstörungen und dem Länderschacher wird keine Rede sein. Und irgendwann – vielleicht in zweihundert Jahren – werden die Menschen das so satthaben, dass sie gar nicht von diesem Krieg reden wollen.

Das kann ich nicht hinnehmen.

Ich schrieb über diesen Krieg und das Grauen, das er brachte. Heldengeschichten gibt's genug darüber, wahre und erfundene. Schlachtenepen, Hassgesänge, schwülstige Verklärungen des vieltausendfachen Todes, bunte Bilder von Siegesparaden.

Ich will die andere Seite dieses Krieges zeigen, sein wahres Gesicht.

Ich werde das veröffentlichen, solange die Zensur es noch erlaubt. Es ist mir gleichgültig, ob die *Jenaische Literaturzeitung* über mich herfällt oder nicht.

Ich werde alles festhalten, was ich selbst gesehen habe. Ich werde Josefine Kapernick zu Wort kommen lassen, den Totengräber Ahlemann, Werslow, Felix und seinen Bruder, die Kells in Weißenfels, den Kürassier Enge aus Unterauerswalde, Konstantin und Monsieur Beyer in Erfurt ... alle, die nicht bei den großen Siegesparaden waren, sondern die litten, halfen und ihre Mitmenschen sterben sahen.

Und wenn es die Zensur verbietet, werde ich es heimlich verbreiten lassen.

Diese Geschichte darf nicht in Vergessenheit geraten. Ich werde sie erzählen. Die ganze wahre, schreckliche Geschichte. Für dich und deine Brüder. Und für deinen Sohn.«

Nachwort

Ein Buch wider den Krieg –
und wider das Vergessen

Sie werden jetzt womöglich erst Fragen haben.

Um das Ganze von hinten »aufzudröseln«, wie die Sachsen sagen, sicher als allererste: Wieso schreibt sie über Waterloo, die große Schlacht, nur so wenig?

Ganz einfach: Das war nicht mein Thema für diesen Roman. Es gibt über Waterloo unzählige Bücher und Filme, und weitere werden in diesen Tagen erscheinen, da muss ich nicht auch noch eines darüber schreiben. Obwohl ich natürlich nicht daran vorbeikam, wenigstens ein Kapitel zu liefern – es gehört einfach dazu.

Doch mein Anliegen für dieses Buch war es von vornherein zu beleuchten: Was geschah eigentlich zwischen Völkerschlacht und Waterloo, insbesondere auf deutschem Boden?

Der Sieg der Alliierten in Leipzig ist zwar ein Wendepunkt, aber noch ist Napoleon nicht besiegt. Und bis Waterloo ist es noch ein langer, blutiger Kampf, der auch für viele deutsche Städte und ganze Landstriche schlimmste Auswirkungen hatte. Doch darüber weiß kaum jemand etwas außer den Fachleuten. Deshalb wollte ich diese Geschichte erzählen.

Mich dem zuwenden, worum sich sehr, sehr lange kein Romanautor gekümmert hat. Etwas Neues schaffen, das große Panorama jener Jahre, das viele Einzelereignisse verknüpft, Zusammenhänge deutlich macht und Hintergründe verstehen lässt.

Und damit sei auch gleich all jenen der Wind aus den Segeln genommen, die beanstanden werden: Im Titel steht groß die Jahreszahl »1815«, aber der Großteil der Handlung findet 1813 statt. Alles läuft auf 1815 hinaus, auf dieses für Europas Geschichte so entscheidende Jahr. Doch vorausgegangen sind seit der Völkerschlacht sehr viele dramatische Ereignisse auf deutschem Boden, die es zu erzählen gilt.

Und je mehr ich mich in das Thema vertiefte, musste ich feststellen: Diese Zeit scheint weitgehend aus unserem kollektiven Bewusstsein gestrichen. Selbst in Städten, die schwer betroffen waren von Schlachten, Bombardements, Plünderungen und dem Typhus, den die durchziehenden Heere mit sich brachten, erinnert man sich daran nicht gern.

Zum Glück gibt es überall ein paar Unentwegte, die das wachhalten wollen, und so ging ich von Ort zu Ort auf Spurensuche und wurde dabei großzügig mit Quellen, Analysen, Augenzeugenberichten und Ortsbegehungen unterstützt, ebenso von Historikern, die zu jener Ära forschen.

Es ist eine Überlegung wert, warum das Thema so unerwünscht ist. Es scheint fast tabu.

Ging die Dramatik dieser Kriege unter in jener der Kriege des 20. Jahrhunderts? Oder liegt es daran, dass das Thema immer wieder missbraucht wurde – in seiner Symbolik und seiner Aussage? Sollten wir deshalb schamvoll darüber schweigen? Das Völkerschlachtdenkmal sprengen oder begrünen, wie es unlängst wieder ernsthaft vorgeschlagen wurde?

Nein! So wird Geschichte nicht »bewältigt«. Man kann sie überhaupt nicht »bewältigen«, nur aufarbeiten und sich damit auseinandersetzen. Was – nebenbei bemerkt – überaus spannend ist.

Ich bin der festen Überzeugung, gerade wir Deutsche sollten uns viel mehr mit unserer Geschichte befassen, und zwar nicht nur ab 1914 oder 1945.

Es ist *unsere* Geschichte: mit Glanzpunkten, mit großen Namen und Taten, aber auch mit ganz schrecklichen Zeiten. Lassen wir sie uns nicht verbieten, lernen wir daraus! Denn wenn Geschichte unter den Teppich gekehrt wird, drohen die Katastrophen sich zu wiederholen.

Schauen wir näher hin, was geschah und warum es geschah:

auf die Helden, ob sie ihre Denkmale verdienen, auf die Anstifter und ihre Motive, auf die »kleinen Leute«, die immer die Leidtragenden waren, von denen viele unbekannte Helden Großes taten, um noch Schlimmeres zu verhindern, und auf manchen, der rehabilitiert werden muss.

Wer hingegen von vorn mit seinen Fragen beginnt, der wird schon beim Prolog entsetzt gewesen sein. Stimmt das wirklich? Wurden – so unvorstellbar es ist – in Leipzig nach der Völkerschlacht die schwer verwundeten Franzosen erschlagen? Hier sind wir bei dem sehr komplexen Thema Quellen.
Ich habe für beide Romane weit über fünfzigtausend Seiten Material gelesen: Fachwerke, Tagebücher, Zeitungsjahrgänge, Korrespondenzen, offizielle Berichte und heimlich gedruckte, durfte Einblick in Familienchroniken von Nachfahren nehmen, konferierte mit Historikern.
Dieser ungeheuerliche Vorgang vom 22. Oktober 1813 wird nur in einer einzigen, aber soliden Quelle erwähnt, ganz verschämt in einem Satz in Maximilian Poppes rund tausendseitiger *Chronologischer Übersicht der wichtigsten Begebenheiten aus den Kriegsjahren 1806 bis 1815*, erschienen 1848 in Leipzig. Die Urquelle ist nicht feststellbar.
Angesichts der unbeherrschbaren Notlage in Leipzig halte ich es für durchaus wahrscheinlich, dass es geschah, auch wenn dieser Befehl sicher offiziell nicht erteilt werden durfte. Es war sicher eher als Akt der Gnade gedacht. Deshalb habe ich das Ereignis nicht nur im Prolog, sondern auch noch einmal in erweiterter Form in den Text aufgenommen, um das Ungeheuerliche sichtbar zu machen. Auch das sind die Greuel des Krieges.
Viele der unglaublich erscheinenden Details entnahm ich Augenzeugenberichten – wie denen des Leipziger Totengräbers Ahlemann. Die aufgebrachten Vorwürfe von Dr. Reil im Gespräch mit Multon und Frege entstammen seinem Rap-

port an Stein, der überliefert ist und den zu lesen man kaum ertragen kann.

Ich habe mir erlaubt, diese und viele andere Zeitzeugen durch meinen Roman laufen zu lassen und ihnen szenisch in Interaktion mit Henriette und anderen Figuren die Möglichkeit zu geben, ihr Erleben mit uns zu teilen.

Insgesamt gilt auch für dieses Buch, dass die meisten der handelnden Personen tatsächlich gelebt haben und ich ihren Lebensläufen Tag für Tag folge.

Zum Beispiel hat uns Constantin Beyer eine für Erfurt sehr wichtige Stadtchronik dieser Jahre hinterlassen. Indem ich ihn zu einer handelnden Person mache, lasse ich die Leser alles durch seine Augen erleben, bis ins kleinste Detail wie das Eichhörnchen auf dem Altar oder die Offizierswitwe, die verzweifelt ins Wasser starrt. Auch die Berichte von Pohle habe ich verarbeitet, alles, was wir über die Keysers wissen. Der Verfasser der anonymen Flugblätter hat sich übrigens erst Jahrzehnte später zu erkennen ergeben. Doch jene Aktion auf dem Markt fand statt, ebenso der grausige Racheakt des Lynchmobs am 6. Januar 1814. Nur die Werbung des Polizeiinspektors um Magdalena ist von mir erfunden, und ihre Heirat mit dem preußischen Offizier fand erst 1824 statt.

Eine kleine Freiheit habe ich mir auch bei Beyers geheimnisvoller Geliebter herausgenommen. Es gab sie wirklich, wenngleich er in seinen Tagebüchern nie ihren Namen nennt. Natürlich kann ich das Geheimnis nicht lüften, weil niemand weiß, wer sie war, und so habe ich diese Figur frei erschaffen.

An vielen Orten der Handlung habe ich lokale Episoden und Anekdoten, die dort in die Geschichte eingingen, eingearbeitet – so die vom Fischer Mundt in Weißenfels oder das Geschenk der Fischer an Blücher in Kaub.

Auch die im Roman genannten Bürgermeister, Stadtkommandanten usw. waren zu dieser Zeit im Amt, nur kann ich unmöglich jeden einzelnen im Personenverzeichnis aufführen.

Ein besonderes Anliegen war es mir, namentlich wenigstens einigen der vielen Ärzte ein Denkmal zu setzen, die in jener Zeit in Ausübung ihrer Pflicht bei der Betreuung der Typhuskranken starben. Es waren unzählige.

Bei allen belegten Personen habe ich mich strikt an ihre jeweiligen Aufenthaltsorte gehalten, auf den Tag genau. Und obwohl Maximilian Trepte eine fiktive Figur ist, so stimmen seine Berichte und Briefe mit der Chronik seines Regiments überein.

Auf dem Alten Berliner Garnisonsfriedhof, der zu einem Teil noch besteht, wurden übrigens später der zum General der Kavallerie beförderte Peter von Colomb, der zum General beförderte Ludwig Adolph Wilhelm von Lützow und andere führende Militärs dieser Zeit begraben.

Zeitungsberichte, Briefe von historischen Persönlichkeiten, amtliche Proklamationen sind Originale, ich habe sie lediglich an einigen Stellen ganz behutsam unserer heutigen Sprache angeglichen.

Nur bei einem musste ich einen Kunstgriff anwenden: das Testament des Heinrich Bolte. Dies und sein Tagebuch wurden mir von seinem heute in Melbourne, Australien, lebenden Nachfahren Carsten Johow zur Verfügung gestellt. Ich hatte keine andere Möglichkeit, Heinrich Bolte noch in die Romanhandlung einzubinden, als mit diesem kurzen Dialog, den Maximilian im Lazarett vor Pantin hört. Vor Pantin fiel auch Heinrich Bolte. Doch ich fand seinen Letzten Willen so berührend, dass ich dieses sehr persönliche Zeitdokument unbedingt einbringen wollte, und deshalb »erfand« ich seinen Bruder, der in Felix' Eskadron starb. Ich hoffe, Sie sehen mir das nach.

Dialoge nach schriftlichen Berichten musste ich stärker ändern: In den zumeist extremen Situationen ist sicher nicht so ausführlich und höflich geredet worden, wie es später für die Akten niedergeschrieben wurde.

Ein Sonderfall sind Zitate nach Memoiren, insbesondere Napoleon und sein Umfeld betreffend. Hier blühen die Legenden, nicht wenige von ihm selbst erschaffen, und so gibt es von jeder einzelnen Episode unzählige Varianten, die immer wieder weitererzählt werden. Wie bei allen Quellen muss man schauen: Wer hat's erzählt, wann hat er es aufgeschrieben, und welchem Augenzeugen darf man am ehesten trauen?

So gibt es unzählige sich widersprechende Beschreibungen von Napoleons Selbstmordversuch. Auch ob er bei seiner Begegnung mit Augereau auf dem Weg nach Elba diesen umarmt hat oder sie sich heftig stritten, ist ungewiss. Ich halte den Streit für wahrscheinlicher nach der Aussage des österreichischen Begleiters Koller. Aber genau weiß es niemand.

Wie wir vieles heute nie mehr genau herausfinden werden. Dafür wurde seit zweihundert Jahren zu stark an diesem Thema manipuliert und mythisiert.

Besonders deutlich wird das im Zusammenhang mit der Meuterei gegen Blücher in Lüttich. Die preußische und die sächsische Interpretation der Vorgänge weichen – verständlicherweise – extrem voneinander ab. Aber auch hier beginnt die Mythenbildung sogleich, die Sieben wurden in Sachsen sofort zu Helden verklärt. Aber es ist sehr viel faul an dieser Geschichte – zum Beispiel, warum die Lütticher Bürger so freigebig mit Alkohol für die Sachsen waren und wer ihnen das Geld dafür gab. Der Zwischenfall wurde inszeniert, und Sie dürfen gern Ihre eigenen Überlegungen anstellen, von wem und wozu.

Dagegen wäre es doch eine wunderschöne, herzerwärmende Episode, dass Blücher Larrey in Waterloo vor der Erschießung bewahrte, weil man den mit Napoleon verwechselte, und ihm für die Rettung seines Sohnes dankt. Als Romanautor darf man sich durchaus diese Freiheit herausnehmen.

Doch auch das ist wahrscheinlich eine nachträglich gebildete Legende. Und ich habe mir zum Ziel gesetzt, auf dichterischen Freiheiten bei historischen Personen zu verzichten, mich in ihre Psyche hineinzuversetzen, sie zu verstehen und die Geschichte – soweit es geht – von mythischer Verklärung zu entrümpeln. Wie gesagt – es gibt hier keine »reine Wahrheit«; selbst für Truppenstärken und Schreibweisen von Namen existieren differierende Angaben auch in der Fachliteratur.

Dies ist *meine* Version der Geschehnisse.

Zwei zeitliche Vorgriffe musste ich aus dramaturgischen Gründen nehmen: Die kommende Verschärfung von Zensur und Repression konnte Wilhelm Trepte auch als Jurist an bevorzugter Stelle im August 1815 noch nicht ahnen. Doch ich habe diese Szene so gestaltet, um die kommende dunkle Zeit der Restauration schon anzukündigen. Als beinahe einziger deutscher Fürst führte der aufgeklärte Herzog Karl-August von Sachsen-Weimar-Eisenach eine landesständische Verfassung mit dem Recht auf freie Meinungsäußerung ein.

Außerdem: Die hier erwähnten beiden Ausgaben der *Jenaischen Literaturzeitung* erschienen erst im Mai 1815. Aber sie enthalten wirklich die Verrisse der Bücher dreier Schriftstellerinnen. Nun habe ich die betreffenden Bücher nicht gelesen; vielleicht war die Kritik berechtigt. Sie haben die Zeit nicht überdauert – doch das gilt auch für die meisten Werke der männlichen Autoren. Die Boshaftigkeit, mit der die drei Schriftstellerinnen hier vorgeführt werden, spricht eher für massive Vorurteile als für ein fundiertes literarisches Urteil.

Es war für mich eine interessante Entdeckungsreise, auf welch große Persönlichkeiten der deutschen Geschichte wir in diesen Jahren noch alles treffen – wie Iffland, Hufeland, Fichte, die bedeutenden Salonnièren, die großen Verleger jener Zeit: Reclam, Brockhaus, Breitkopf & Härtel, Cotta, Nicolai … Und von ihren Nöten mit Raubkopien zu lesen. Wie erstaunlich aktuell!

Manchen erwähne ich nur einmal mit einem Satz, als Bonbon für Kenner und aufmerksame Leser. Aber alles zusammen soll das Bild jener Zeit ergeben, in der so viel geschah, das nicht vergessen werden soll.

Und bewusst lasse ich Henriette in Berlin in der Brüderstraße 11 wohnen – nicht nur wegen der damals sehr bedeutenden Nicolaischen Buchhandlung. Brüderstraße 11/12 ist heute der Sitz der Ständigen Vertretung Sachsens in Berlin.

Mit all meinen historischen Romanen wollte ich nie nur eine Liebesgeschichte, ein Abenteuer oder einen Kriminalfall vor historischer Kulisse erzählen, sondern immer zuallererst ein Stück deutscher Geschichte.

Geschichte ist wichtig, schafft Identität, lässt uns unsere Vergangenheit verstehen und unsere Gegenwart mit anderen Augen sehen. Und wer dieses Buch gelesen hat, wird vielleicht so manches Mal wie ich auch gestaunt haben, wie viel aus dieser Epoche noch unser heutiges Leben bestimmt.

Mit *1813 – Kriegsfeuer* und *1815 – Blutfrieden* wollte ich ein breit angelegtes Panorama dieser Zeit erschaffen, das den Leser über die Schicksale der Protagonisten in jene Zeit führt und an Leid erinnert, das nicht vergessen werden darf.

Wenn ich Ihnen damit nicht nur unsere Geschichte nähergebracht, sondern auch Ihre Herzen berührt habe, wenn meine Botschaft – nur Barmherzigkeit lässt uns in schlimmen Zeiten Menschen bleiben – Sie erreicht, dann war es all die Mühe wert.

Danksagung

Sehr viele Menschen haben zum Entstehen dieses Buches beigetragen – ihnen allen meinen tiefen Dank, auch jenen, die ich jetzt vielleicht vergesse zu nennen.

Mein erster Dank geht an zwei Personen, ohne deren Einsatz ich diesen Kraftakt nicht zum Abgabetermin bewältigt hätte:

- meinen Agenten Roman Hocke, der mir den Rücken freihielt zum Schreiben angesichts des enormen Rechercheaufwandes, der häufig Forschungsarbeit bedeutete, und der Komplexität des Themas
- und Dr. Christiane Meine, für Rat und Tat und viele medizinische Details.

Ein großes Dankeschön gilt den drei Fachberatern, die mich mit ihrem Wissen durch das schwierige und facettenreiche Thema geleitet und fachliche Fehler ausgemerzt haben. Alles, was jetzt noch nicht stimmen sollte, geht auf mein Konto. Das sind:

- Prof. Rudolf Jenak in Dresden, speziell zu sächsischen Fragen und der Korrespondenz des Königshauses
- Dr. Frank Bauer in Altenburg, Militärhistoriker mit enzyklopädischem Wissen über die napoleonische Zeit
- Brigadegeneral a. D. Harald Fugger in Leipzig zum militärischen Leben und zu vielen anderen Details.

Dank an den Verlag Droemer Knaur, der sich nach *1813 – Kriegsfeuer* erneut auf dieses schwierige, aber wichtige Thema eingelassen hat, obwohl Mittelalterromane eindeutig mehr im Trend liegen, und zwar an die ganze Mannschaft – von Geschäftsführer Dr. Hans-Peter Übleis über meine Lektorin Christine Steffen-Reimann, die mir jedes neue Kapitel förmlich aus den Händen riss, um weiterzulesen, zu allen, die Anteil daran haben, dass aus einer Datei ein schön gestaltetes Buch wurde.

Ebenso an Kerstin von Dobschütz für ihr überaus sorgfältiges Lektorat.

Nun muss ich all denen danken, die von sich aus Initiative ergriffen und Kontakt zu mir aufgenommen haben, damit dieses Buch zustande kam und so detailreich wurde.

Das symbolische Band spannt sich dabei von Leipzig bis nach Kaub am Rhein. Von vielen Wegstationen der Armeen bekam ich Material, Einladungen, Antworten auf tausend Fragen.

Das beginnt in Leipzig beim Verband Jahrfeier Völkerschlacht bei Leipzig 1813. Dort entstand vor fünf Jahren die Idee, mir dieses Thema nahezulegen. Daraus wurden zweitausend Seiten Romanstoff.

Die Verbandsmitglieder sind im Reenactment, in der lebendigen Vermittlung von Geschichte, überaus engagierte Leute. Sie zeigten und erklärten mir nicht nur auf ihren Biwaks jedes Jahr in Markkleeberg bei Leipzig an einem Wochenende um den 18. Oktober herum alle möglichen Details zu Waffen, Uniformen, dem Lazarettwesen dieser Zeit u.v.a.m. Sie standen quasi auch immer Gewehr bei Fuß, wenn ich überm Schreiben mal eine besonders knifflige Frage hatte – ob es nun spezielle Befehle waren oder wie ein Branntweinlager brennt. Ich nenne stellvertretend für alle:

- Michél Kothe, Jürgen Hoffmann, Dirk Heinze, Ralf Hiller, Thomas Bielig, Marc Rosenthal, Jürgen Rolle, Helmut Börner, Siegfried Meurer, Hagen Leissner sowie Irek Baischew als Spezialisten für die Baschkiren.

Weiterhin in Leipzig und Umgebung geht Dank an: Steffen Poser vom Museum Völkerschlachtdenkmal, Hendryk Loose, Andreas Baage, Dr. Reinhard Münch, Frank Hart-

mann sowie Jörg Titze, der mir Ausschnitte aus dem Voll-
born-Tagebuch zur Verfügung stellte.

Es ist mir eine Freude und Ehre, dass die Premiere dieses
Buches im Rahmen des Festjahres »1000 Jahre Leipzig« stattfindet.

- In Torgau fand ich Unterstützung auf den von Dr. Uwe
  Niedersen organisierten Kolloquien und durch Dr. Klaus
  Landschreiber mit seinen Forschungen zum Sanitätswesen
  in der Festung Torgau während der Belagerung
- in Dresden beim Team des Militärhistorischen Museums
  sowie bei Bolislaw Richter und André Wiegand
- in Freiberg bei Angela Kießling vom Wissenschaftlichen
  Altbestand der Universitätsbibliothek
- in Weißenfels bei Rüdiger Peters und Museumsleiter Martin Schmager
- in Wittenberg eine sachkundige Führung zur Belagerungs-
  zeit durch Dr. Horst Schumann, Coswig.

Fast so etwas wie ein Kuratorium stand mir in Erfurt zur
Verfügung, damit Erfurt in diesem Buch sachlich fundiert
geschildert ist. Besonderer Dank geht hier an Frank Palmow-
ski, darüber hinaus an:

- Museumsdirektor Hardy Eidam, Stadtarchivarin Dr. Antje
  Bauer, Peter Bach, Stadtführer Roland Büttner, Museolo-
  gin Gudrun Noll-Reinhardt sowie auf der Festung Petersberg an: Dr. Christine Hanke, Bernd König und Karsten
  Grobe.

In Gotha danke ich dem Oberbürgermeister Knut Keuch und
seinen Mitarbeitern für die Verifizierung des preußischen
Stadtkommandanten.

In Hanau danke ich: Martin Hoppe vom Geschichtsverein
und Kurator Erhard Bus, der mich durch die Sonderausstel-
lung im Historischen Museum führte.

Dank geht an:

- Marco Schröder aus Göppingen-Faurndau, der aus Begeisterung für mein Buch die »Briefe aus Hellendorf« transkribierte
- Stefanie Bollin in Greifswald, die mich und die anderen Mitglieder der Historiengruppe *hochmuot* die Tänze jener Zeit lehrte. Das war sehr inspirierend für das emotionale Einleben in diese Zeit. Und den Dank reiche ich durch an alle Mitwirkenden dieser Historienspiele
- Dr. Roman Töppel in München, der mir gestattete, den bewegenden Satz des Buchhändlers Anton aus seinem höchst spannenden Sachbuch *Die Sachsen und Napoleon* zu verwenden
- Jan Meyer in Mannheim, der eine der Brücken von Leipzig nach Kaub schlug
- Maximilian Skiba in Hamburg, dessen Erfahrungen als Kriegsblinder ich verwenden durfte, auch wenn die Romanfigur fiktiv ist.

Und herzlicher Dank an alle in Kaub am Rhein, die mir halfen, Blüchers Rheinübergang in Gedanken nachzuvollziehen: ganz besonders an Ingrid Leonhard im Blüchermuseum, das wirklich eine Reise wert ist, an Dr. David Th. Schiller, an Dieter Weber vom Verein der Freunde und Förderer des Blüchermuseums, an Klaus Hinner, Ute Graßmann und die Damen in der Metzgergasse, die mir den Satz der Witwe Kilp in die »Cauwer Sproch« übersetzten.

Ich danke Carsten Johow in Australien für das Angebot, das Tagebuch seines Vorfahren zu verwenden, sowie Dietrich und Ingrid Rogner, die es mir zusandten.

Ebenso dem Freiherrn Speck von Sternburg, der mir die Familienchronik zur Verfügung stellte, damit ich seine Vorfahrin, die 1813 wie Henriette Verwundete jeglicher Nation in der Thomaskirche pflegte, in eine Szene integrieren konnte.

Und ganz besonders Hanno Graf von Kielmansegg für seine anerkennenden Worte zu *1813 – Kriegsfeuer* und den Einblick in die Familienchronik, auch wenn ich nicht so viel über den General von Kielmannsegg und seine Brüder in diesem Buch unterbringen konnte, wie ich gern gewollt hätte.

Sie sehen, dass ich mich für dieses Buch quasi durch ganz Deutschland gearbeitet habe und von sehr vielen Seiten Unterstützung bekam – von begeisterten *1813*-Lesern, die wollten, dass ein Stück der Geschichte ihres Ortes in der Fortsetzung ihren Platz findet.

Allen Lesern, die mich ermutigt haben zu diesem Mammutwerk – sei es nun durch konkrete Hinweise oder durch ihre Begeisterung –, danke ich aufrichtig und von ganzem Herzen. Ohne euch hätte ich es nicht geschafft!

Es ist ein wichtiges Thema für Deutschland.

Und wer nicht sofort zum Fachbuch greifen mag, der besucht vielleicht einmal Yadegar Asisis »1813-Panometer« in Leipzig, wo man bei genauer Suche auch Henriette findet.

Oder eines der Biwaks der Reenactment-Szene, die auf ihre Art lebendige Geschichte vermitteln.

Oder meine Website www.sabine-ebert.de, wo ich eine Rubrik einrichten werde, die erzählt, was nach 1815 aus den historischen Persönlichkeiten in meinem Roman wurde.

Sabine Ebert, Leipzig, 11. Januar 2015

Dramatis Personae

Aufstellung der wichtigsten handelnden Personen

Historische Persönlichkeiten
sind mit einem * gekennzeichnet

Frankreich / Grande Armée

Napoleon I. Bonaparte*, Kaiser der Franzosen

Joachim Murat*, König von Neapel, Marschall, Schwager Napoleons

Armand Augustin Louis, Marquis de Caulaincourt*, Herzog von Vicenza, Großmarschall des Palastes, Adjutant und Vertrauter Napoleons, später Außenminister

Louis Alexandre Berthier*, Marschall, Fürst von Neuchâtel und Valengin, Fürst von Wagram, Generalstabschef

Michel Ney*, Herzog von Elchingen, Fürst von der Moskwa, Marschall

Charles-Nicolas Oudinot*, Herzog von Reggio, Marschall

Étienne Jacques Joseph Alexandre Macdonald*, Herzog von Tarent, Marschall

Auguste-Frédéric-Louis Viesse de Marmont*, Herzog von Ragusa, Marschall

Louis-Nicolas Davout*, Marschall, Herzog von Auerstedt

Laurent de Gouvion Saint Cyr*, Marschall, Marquis, Kommandierender General in Dresden

Graf Louis Marie de Narbonne-Lara*, General und Kommandant der Festung Torgau

Antoine Drouot*, General, Artillerist

Pierre Jacques Étienne Cambronne*, General, während Napoleons Verbannung auf Elba dortiger Militärkommandant, nach Rückkehr nach Paris zum Comte ernannt

Dominique Jean Larrey*, Erster Heereschirurg der Grande Armée, Chefchirurg der Garden

Dr. Alexandre-Urbain Yvan*, Leibchirurg Napoleons

Guillaume de Trousteau, Major im Korps Oudinot

Lucien Junot, Lieutenant de vaisseau der Marinegarde

Frankreich, zivil

Ludwig XVIII.*, nach Napoleons Abdankung König von Frankreich

Charles-Maurice de Talleyrand-Périgord*, Fürst von Benevent, ehemaliger und nach Sieg der Alliierten wieder eingesetzter Außenminister

Marie-Joseph-Paul-Yves-Roch-Gilbert du Motier, Marquis de La Fayette*, französischer General und Mitstreiter George Washingtons

Joseph Fouché*, ehemaliger und nach Napoleons Rückkehr wieder eingesetzter Polizeiminister

Sachsen

(Dresden und Armee)

Friedrich August I.*, genannt der Gerechte, König von Sachsen und Herzog von Warschau

Maria Amalie Auguste von Zweibrücken-Birkenfeld-Bischweiler*, seine Gemahlin

Prinzessin Maria Augusta*, ihre Tochter

Johann Adolph Freiherr von Thielmann*, Generalleutnant

Carl Friedrich Wilhelm von Gersdorff*, Generalleutnant, Generaladjutant des sächsischen Königs, Chef des sächsischen Generalstabes

Auguste Charlotte Gräfin von Kielmannsegge*, glühende Napoleonverehrerin

Christian Gottfried Körner*, Jurist und Schriftsteller

Detlev Graf von Einsiedel*, sächsischer Kabinettsminister

Karl Friedrich Ludwig von Watzdorf*, Generalmajor, sächsischer Gesandter

Carl Adolph von Carlowitz*, sächsischer Oberst, später russischer Generalmajor

Dietrich von Miltitz*, Offizier, Begründer eines Kunstkreises

Ernst Otto Innocenz Freiherr von Odeleben*, königlich-sächsischer Offizier und Generaladjutant, sächsischer Verbindungsoffizier in Napoleons Stab

Rittmeister Adolph Freiherr von Gutschmidt*, Kürassieroffizier

Wachtmeister Johann Gottfried Enge*, Kürassier im Regiment Zastrow

Heinrich Franke, Kürassier im Regiment Zastrow

Friedrich Vollborn*, Bataillonsadjutant des 3. sächsischen Grenadierbataillons

Capitain Gideon Karl Geibler*, Kompaniechef des 3. sächsischen
   Grenadierbataillons

Wilhelm Tröger, Kanonier bei der Reitenden Artillerie

Karl Tröger, Infanterist, sein jüngerer Bruder, beide Söhne von
   Lisbeth und Josef Tröger in Freiberg

Friedrich Albrecht Graf von der Schulenburg-Klosterroda*, sächsischer Gesandter

(Leipzig und Umgebung)

Henriette Gerlach, Waise, Kriegsflüchtige, Nichte des Buchdruckers Gerlach aus Freiberg

Stadtkommandant Victor Anton Franz von Prendel*, russischer
   Offizier

Doktor Multon*, Erster Wundarzt von Leipzig

Siegfried August Mahlmann*, Hofrat, Dichter, Redakteur und
   Pächter der *Leipziger Zeitung*

Christian Gottlob Frege*, Kaufmann, Bankier, Oberster Verwalter der Leipziger Lazarette

Christoph Heinrich Ludwig Hußel*, Kaufmann mit Neigung zur
   Literatur

Carl Heinrich Reclam*, Buchhändler und Verleger

Johann Daniel Ahlemann*, Totengräber von Leipzig

Johann Gottfried Gabler*, Postillion

Charlotte Elisabeth Speck*, Kaufmannsgattin

Charlotte Wilhelmine Lindenthal, wohlhabende Witwe

Hermann, Schriftsetzer

Greta, seine Frau

Artur Reinhold Münchow, Stadtschreiber

(Freiberg)

Johann Christoph Friedrich Gerlach*, Buchdrucker, Buchhändler und Zeitungsherausgeber

Johanna Christiana Gerlach*, seine Frau

Eduard Gerlach*, sein jüngerer Sohn

Josef Tröger, Fuhrmann

Lisbeth Tröger, seine Frau, Köchin bei den Gerlachs

(Weißenfels)

Johann Carl Leberecht Kell*, Buchdrucker

Karoline Kell*, seine Frau

Leopold Kell*, ihr Sohn

Erfurt

General Alexandre d'Alton*, französischer Gouverneur von Erfurt

Constantin Beyer*, Buchhändler und Chronist

Johann Daniel Pohle*, städtischer Angestellter im Einquartierungsamt

Georg Adam Keyser*, Buchhändler und Verleger

Friedrich Keyser*, sein Sohn und Zeitungsherausgeber

Johanne Wilhelmine Magdalena Keyser*, seine Frau

Konstantin Gerlach*, Sohn des Freiberger Buchdruckers Gerlach, bei Keyser zur Ausbildung

Marie Fischer, Waise

Polizeioberinspektor Kahlert*

Johann Friedrich Platz*, anonymer Verfasser aufrührerischer Flugblätter

Kaub am Rhein

Elisabetha Amalia Catharina Kilp*, Erbin des Gasthofs *Zur Stadt Mannheim*

Philipp Kroll*, Bootsjunge

Georg Philipp Menges*, Fischer aus St. Goarshausen

Preußen

Friedrich Wilhelm III.*, König von Preußen

Heinrich Friedrich Karl Reichsfreiherr vom und zum Stein*, Leiter des Zentralen Verwaltungsrates für alle zurückeroberten deutschen Gebiete

Gebhard Leberecht von Blücher*, Generalfeldmarschall, Befehlshaber der Schlesischen Armee

August Neidhardt von Gneisenau*, Generalleutnant, Blüchers Generalstabschef

Johann David Ludwig von Yorck*, Generalleutnant, Korpsführer, Graf von Wartenburg

Friedrich Wilhelm Freiherr von Bülow*, Generalleutnant, Korpsführer

Friedrich August Peter von Colomb*, Major des Brandenburgischen Husarenregiments, Freikorpsführer

Major (später Oberst) Wilhelm Freiherr von Müffling*, Kommandeur des 2. Preußischen Garderegiments zu Fuß

Bogislav Friedrich Emmanuel Graf von Tauentzien*, General

Leopold Wilhelm von Dobschütz*, General

Freiherr Wilhelm von Humboldt*, außerordentlicher Gesandter und bevollmächtigter Minister in Wien, Gelehrter, Diplomat

Oberstleutnant Friedrich von Sohr*, Kommandeur des Brandenburgischen Husarenregiments

Friederike Dorothea Luise Philippine*, Prinzessin von Preußen-Radziwill

Johann Christian Reil*, ärztlicher Leiter der linkselbischen Lazarette

Maximilian Trepte, Premierleutnant, 2. Preußisches Garderegiment zu Fuß

Heinrich von Wilhelmsen, Stabskapitän im 2. Preußischen Garderegiment zu Fuß

Braksch, Korporal

Fred Hansik, Füsilier

Karl Werslow, Füsilier

Josefine Kapernick, Marketenderin

Felix Zeidler, Bergstudent aus Anhalt-Köthen und Freiwilliger im Korps Yorck

Jakob Häusler, Tirailleur im Korps Yorck

Wilhelm Trepte, Jurist, Gelehrter an der Berliner Universität

Carlotta, seine Frau

Friedrich Parthey*, Musiker, ehemaliger Hofrat, Inhaber der Nicolaischen Buchhandlung

Leutnant Richard Skiba, preußischer Verwundeter

Russland

Zar Alexander I.*, Kaiser von Russland

Wassili Wassiljewitsch Orlow-Denissow*, Generaladjutant des Zaren und Anführer der Garde-Kosaken

Fürst Nikolai Grigorjewitsch Repnin-Wolkonski*, von Oktober 1813 bis November 1814 Generalgouverneur Sachsens

Fürst Dimitrij Wladimirowitsch Golitzyn*, Generalleutnant

Matwej Iwanowitsch Platow*, Graf, Generalleutnant und Hetman der Don-Kosaken

Sergei Nikolajewitsch Lanskoi*, Generalleutnant

Michael Andreas Barclay de Tolly*, Prinz, Kriegsminister, nach der Schlacht von Bautzen Oberbefehlshaber der russischen Truppen

Oberst Michail Fedorowitsch Orlow*, Reiterführer

Alexandre Graf von Langeron*, russischer General

Fannur Ayup uly, Anführer einer Hundertschaft im 1. Baschkirischen Regiment unter Kosaken-Hetman Platow

Sidyka, seine Frau

Johann Protasius von Anstett*, Baron und russischer Gesandter

Österreich

Kaiser Franz I. von Österreich*

Maria Louise*, seine Tochter, Gemahlin Napoleons

Clemens Wenzel Lothar Fürst von Metternich*, Außenminister und Leiter des Wiener Kongresses

Karl Philipp Fürst von Schwarzenberg*, Oberbefehlshaber der Alliierten Armee

General Carl Philipp Graf von Wrede*, Oberkommandierender der bayrisch-österreichischen Armee

Emmanuel von Mensdorff-Pouilly*, Oberst, Anführer eines Streifkorps

Johann Graf Klenau*, Freiherr von Janowitz, General der Kavallerie

Johann Gabriel Marquis de Chasteler*, Generalfeldzeugmeister

Wilhelmine von Sagan*, Herzogin und Salonnière, Geliebte Metternichs

Großbritannien

Sir Arthur Wellesley*, 1. Duke of Wellington, britischer Feldmarschall und Gesandter

Sir George Jackson*, Diplomat in Diensten Seiner Majestät des Königs von Großbritannien und Irland, Georgs III.

Robert Stewart Vicomte von Castlereagh*, britischer Außenminister und Gesandter in Wien

Sonstige

Kronprinz Karl Johann von Schweden*, als Jean-Baptiste Jules Bernadotte ehemaliger Marschall der Grande Armée, Oberbefehlshaber der Alliierten Nordarmee

General Antoni Pawel Fürst Sulkowski*, zeitweiliger Anführer der polnischen Truppen in der Grande Armée nach Fürst Poniatowskis Tod

Herzog Friedrich Wilhelm von Braunschweig-Oels*, genannt der Schwarze Herzog

Carl Bertuch*, Schriftsteller und Redakteur des *Journals des Luxus und der Moden* aus Weimar

Glossar

Adler (franz./milit.): Aigle de drapeau – Fahnenadler. Als
sich Napoleon 1804 zum Kaiser der Franzosen ernannt
hatte, führte er nach antikem römischem Vorbild die Aquila,
den Reichsadler, an der Spitze der Truppenfahnen ein. Ihr
Verlust bedeutete für die Einheit eine besondere Schande,
da die Adler von Napoleon persönlich gestiftet wurden.
Der Aigle de drapeau war ein Feldzeichen, das jedes Regiment der Grande Armée neben der Truppenfahne besaß

Adler (preuß.): Wappentier; seit Erhöhung Preußens zum
Königreich 1701 mit Krone, Reichsapfel und Zepter, ab
1750 mit Krone, Schwert und Zepter

Arrièregarde: Nachhut

Avantgarde: Vorhut

Batterie: militärische Einheit der Artillerie mit vier bis acht
Geschützen

Charpie (auch: Scharpie): zur Zeit der Romanhandlung ge-
bräuchliches Wundverbandmaterial aus Fasern, die durch
Zerzupfen von Baumwoll- oder Leinenstoffen gewonnen
wurden

Chevaulegers: leichte Kavallerie

Code civil: von Napoleon 1804 eingeführtes bedeutendes
modernes französisches Zivilgesetzbuch, zeitweise auch
Code Napoléon genannt. Es wurde – z. T. in abgewandelter

Form – auch in den von Napoleon beherrschten Gebieten gültig. In Frankreich gilt es in wesentlichen Teilen immer noch

Detachement: für besondere Aufgaben eingesetzte militärische Abteilung

Dragoner: ursprünglich berittene Infanterie, entwickelte sich aber im 18./19. Jahrhundert immer mehr zur Schlachtenkavallerie

Eisernes Kreuz: preußische Kriegsauszeichnung, von König Friedrich Wilhelm III. am 10. März 1813 gestiftet, für Verdienste in diesem Krieg unabhängig von Stand, Herkunft und Rang. Der Stiftungstag war der Geburtstag der Königin Luise, die das Eiserne Kreuz posthum als Erste bekam. Das Design stammt von Karl Friedrich Schinkel nach Entwürfen des Königs. Friedrich Wilhelm III. hatte ausdrücklich festgelegt, dass diese Auszeichnung nur während der Befreiungskriege verliehen und nicht wieder aufgelegt werden dürfe

Elysäische Gefilde: in der griechischen Mythologie eine Insel der Seligen, auf die jene Helden entrückt werden, die die Götter lieben und/oder denen sie Unsterblichkeit schenken; Elysäische Felder heißt übersetzt die Prachtstraße von Paris für die großen Paraden, Champs-Élysées

Epaulette: Schulterstück auf Uniformen, gibt Auskunft über den militärischen Rang

Eskadron: kleinste taktische Einheit der Kavallerie, in der Regel einhundertfünfzig Männer zu Pferde umfassend

Füsilier: mit Steinschlossgewehr ausgerüstete Soldaten der leichten Infanterie, führten kein zerstreutes Gefecht

Grenadier: Elitesoldat der Infanterie

Grognards (franz.): für Haudegen, Spitzname für die Angehörigen der Alten Garde

Hetman (russ. Ataman): ursprünglich Führer der Kosaken-
gemeinde, später Befehlshaber eines Kosakenheeres

Hispaniola: alter Name für die zweitgrößte der Westindischen (Karibischen) Inseln, auf der heute Haiti und die Do-
minikanische Republik liegen. Dort begann 1791 ein großer
Sklavenaufstand. Dazu verbündete sich der Anführer Toussaint Louverture mit Engländern und Franzosen, vertrieb
die Spanier aus Santo Domingo und verkündete die Abschaffung der Sklaverei. Als er jedoch auch Unabhängigkeit
von Frankreich forderte, schickte Napoleon Truppen, um
den einstigen Verbündeten zu bezwingen

Husar: Angehöriger der leichten Kavallerie, zumeist als
Vorposten, für die Aufklärung oder Störung der Versor-
gungslinien des Feindes eingesetzt, ab dem 18. Jahrhundert
auch als Schlachtenkavallerie; typisch in der Uniformierung
die aufwendig verschnürten Jacken (Dolmans), die auf die
ungarische Tradition der Husaren verweisen

Jäger (milit.): Angehörige der leichten Infanterie, die als
Aufklärer, Scharfschützen und Plänkler eingesetzt wurden
und im Gefecht verstreut kämpften, nicht in Linien; infan-
teristischer Kampf im bedeckten und durchschnittenen
Gelände sowie im Orts- und Häuserkampf

Jakobitenaufstand: Versuch des schottischen Exilkönigs
Charles Stuart, 1745 mit französischer Unterstützung den
schottischen und englischen Thron zu erobern. Die darauf
folgende blutige Niederlage bei Culloden gegen die Briten
1746 führte zur Vernichtung der Highland-Clans und trieb
viele Schotten ins Exil

Karree (franz. Carré): Gefechtsformation der Infanterie mit

nach vier Seiten hin geschlossener Front zur Abwehr von Kavallerie; auch zur Aufnahme von Kavallerie und Fahrzeugen sowie von Kommandeuren, Spielleuten, Ärzten etc. Die Karrees wurden meist bataillonsweise formiert und gaben ihr Feuer gliedweise in Salven ab

Kartätsche: Schrotladung der Artillerie, vorwiegend aus gehacktem Blei, Eisen oder Nägeln

Konskribierte: zum Wehrdienst nach Altersklassen Verpflichtete. Bei der Konskription bestand die Möglichkeit, sich vom Wehrdienst freizukaufen oder einen Stellvertreter zu schicken

Kontinentalsperre: von Napoleon im November 1806 verhängte Wirtschaftsblockade gegen Großbritannien, die bis 1814 in Kraft blieb

Kontratanz: Gesellschaftstanz, bei dem sich die Paare in Reihen gegenüberstehen und verschiedene Schrittkombinationen ausführen; kein reiner Paartanz

Kreuzbandelier: über die Schulter gelegte, schräg über den Oberkörper getragene breite Lederriemen, an denen militärische Ausrüstungsgegenstände befestigt waren, schon seit Anfang des 18. Jahrhunderts üblich

Kürassier: Angehöriger der schweren Kavallerie, mit Brustpanzer und Metallhelm ausgestattet, bewaffnet mit dem Pallasch, einer schweren Hieb- und Stichwaffe, und ein bis zwei Pistolen

Kuraj: baschkirische Flöte

Lafette: Gestell, auf dem ein Geschützrohr montiert und transportiert werden kann

Lancier (auch Ulan): mit Lanze bewaffneter Kavallerist

Laudanum: Opiumtinktur, damals quasi das einzige Betäu-
bungs- und Schmerzmittel

Litewka: blusenförmiger Uniformrock mit langen Schö-
ßen; wurde in Preußen vor allem von Freikorps und der
Landwehr getragen

Lorgnon: an einem Stiel vor die Augen gehaltene Lesegläser

Nervenfieber: zur Zeit der Romanhandlung verbreitete Bezeichnung für Typhus

Parallelen (im Festungswesen):   schmale Gräben, um Geschütze an eine Festung heranzuführen, die eingenommen
werden soll

Parlamentär: Unterhändler zwischen feindlichen Truppen

Peloton: Schützenzug, auch: Erschießungskommando

Ponton: Element zum Bau von Behelfsbrücken

Redoute (milit.):   geschlossene Schanze; sonst auch: Ballsaal,
Ball

Reitende Artillerie: mit kleineren Geschützen ausgerüstete
Artillerieeinheit, deren Kanoniere zur besseren Beweglich-
keit im Gefecht und auf dem Marsch auf Pferden ritten

Rekognoszierung: Erkundung, militärische Aufklärung

Requisition (milit.):   Beschlagnahme von zivilen Sachgütern
wie z. B. Lebensmittel für Heereszwecke

Réticule (franz.):   Accessoire der Damen, runder Stoffbeutel

retirieren: sich zurückziehen

Rittmeister: Dienstgrad für Offiziere der Kavallerie, ent-
spricht dem Rang eines Hauptmanns

Salm: Lachs; zur Zeit der Handlung galten die Lachse aus dem Rhein, speziell in der Gegend um die Loreley, als besondere Delikatesse

Sappeur: Belagerungspionier, Truppenhandwerker

Schwarzes Kabinett: Ort bzw. Behörde, wo im staatlichen Auftrag die Post bestimmter Personen heimlich geöffnet und gelesen wurde

Tambour: Trommler

Te Deum: feierlicher Lob-, Dank- und Bittgesang der christlichen Kirche

Tirailleur (auch: Plänkler): in aufgelöster Ordnung kämpfender Soldat der Infanterie, gehört zur leichten Infanterie

Train: Bezeichnung für das militärische Transportwesen (Tross)

Tschako: militärische Kopfbedeckung in zylindrischer oder konischer Form mit Augen- oder Nackenschirm, aus dem ungarischen Husarenhelm abgeleitet; zur Zeit der Romanhandlung oft aus Leder gefertigt, aber häufig auch aus Filz, teilweise mit metallenem Kinnriemen, um den Kopf vor Säbelhieben zu schützen

Ulanen: Lanzenreiter, mit Lanze und Säbel bewaffnete Gattung der Kavallerie

Volontär (milit.): Freiwilliger

Der große Roman der Bestsellerautorin über die
Völkerschlacht bei Leipzig 1813

SABINE EBERT

1813

Kriegsfeuer

ROMAN

Eine Mutter, die verzweifelt auf die Rückkehr
ihrer Söhne hofft.
Ein General, der seinen Kopf riskiert.
Eine Gräfin, die aus Liebe Napoleons Spionin wird.
Zwei Studenten, die für die Freiheit kämpfen wollen.
Eine junge Frau auf der Flucht vor Plünderern.
Ein Kontinent am Scheideweg.
Ein Epos wider den Krieg.

»Ein großer Wurf, ein großes Historienpanorama [...],
ein bemerkenswertes Buch.«

Peter Hetzel, Sat.1 Frühstücksfernsehen

Keiner erzählt Geschichte so spannend
wie Bestsellerautorin Sabine Ebert

SABINE EBERT

Blut und Silber

ROMAN

Deutschland 1296: König Adolf von Nassau setzt
eine gewaltige Streitmacht gegen Freiberg in Bewegung, um die reiche Silberstadt in die Knie zu zwingen. Unter den Bürgern entbrennt ein heftiger
Streit: Dürfen sie sich ihrem König widersetzen?
In den Reihen der Freiberger, die die belagerte Stadt
heldenhaft verteidigen, kämpfen auch Änne, eine
Nachfahrin der Hebamme Marthe, und die Gaukle-
rin Sibylla. Entsetzt müssen sie miterleben, wie
Freiberg blutig erobert wird – durch Verrat!